La période
煉獄の時
de
笠井潔
purgatoire
文藝春秋
KIYOSHI
KASAI

煉獄の時／目次

［現在Ⅱ］

おもな登場人物

ジャン＝ポール・クレール　思想家、二十世紀最大の知識人
エルミーヌ・シスモンディ　クレールの生涯の恋人
マルク・ドゥブレ　クレールの代理秘書
アナベラ・モランジュ　クレールのタイピスト兼介護役
ピエール・ペレツ　クレールの秘書
カシ　女野宿者
マルセル・ペイサック　野宿者
シルヴィー・ガレル　国土監視局(DST)の捜査官
アラン・リヴィエール　パリ大学の哲学教授

*

イヴォン・デュ・ラブナン　バスク生まれでスペイン内乱を戦った青年
アンリ・ヴォージョワ　シュルレアリストの詩人
ジュリエット・ドゥア　アンリの恋人
シモーヌ・リュミエール　独立左派活動家、思想家
アンドレ・ルヴェール　共産党員
ジョルジュ・ルノワール　異端思想家
吉田一太　前衛美術家
クロエ・ブロック　パリ大学で古典悲劇を専攻する学生

アリス・ラガーシュ　　クロエの友人

シャルル・ヴァラーヌ　　パリ警視庁警部

ダニエラ　　女優

ゾエ・ガルニエ　　〈無頭女（メドゥーサ）〉結社の中心人物

ルシー・ゴセック　　冷凍倉庫の労働者

モーリス・オーシュ　　映画関係者、シュルレアリスト

*

ルネ・モガール　　パリ警視庁警視

ナディア・モガール　　ルネの娘、パリ大学の女子学生

ジャン＝ポール・バルベス　　パリ警視庁警部

矢吹駆　　謎の日本青年

ニコライ・イリイチ　　矢吹の宿敵

装丁　城井文平

煉獄の時

序章　冬の越境

灰色の雲が垂れこめた空は低く、山越えの街道には冷たい風が吹きつける。左右に広がる岩屑(いわくず)の斜面は薄い雪で覆われ、左側には雪に埋もれたピレネーの山稜が続いている。国境に蛇行しながら続く峠道には、疲労した男たちが陰気な長い列をなしている。

不揃いの野戦服に軍用のギャリソンキャップやベレ帽、旧式銃を肩にしたスペイン共和国の兵士たちだ。なかには寒さしのぎに汚れた毛布を躰に巻きつけた者もいる。戦友に躰を支えられた、包帯姿の負傷者も目につく。

国境の関門はフランスの国境警備隊員が固めている。粗末な小屋の横には線路の踏切にあるのと同じような遮断機があって、二色に塗り分けられた長い棒がいまは斜め上に上がっている。三人一組で列から離れ前に出たスペイン人兵士は、無愛想な顔で待ち受けているフランス側の警備隊員に、戦場で使いこんできた愛着のある小銃や軽機関銃を渡さなければならない。兵士たちから回収した銃は、トラックの荷台に次々と無造作に投げこまれる。荷台では使い古された小火器が山をなしている。銃を奪われ身体検査で躰を撫で回される屈辱にも、男たちは黙って耐える。

口髭の中年兵士は固く巻いた毛布を首に廻し、前庇の短い軍帽を少し斜めに被っている。唇をきつく結んだ中年兵士が、太い銃身に小さな穴が無数に開いた軽機関銃を警備隊員に手渡す。硬い表情をした口髭の兵士は、なにかに耐えるように眼を細めている。

簡単な身体検査を終えて国境線を通過した瞬間、歴戦の兵士も他国に身の安全を委ねるしかない無力な亡命者に変わる。数歩先に待つ運命の転変に身構えた男たちとは違って、武装解除を進めている国境警備隊員の態度は無感動で実務的だ。

順番が来て、次の三人がのろのろと遮断機を通過する。先頭の一人目の男が銃を手放す。頭に包帯を巻いた二人目の若者も。しかし黒いハンチング帽の三人目は、その場で不自然に足を止めて動こうとしない。男は怒りを圧し殺した陰惨な表情だ。銃を受け取ろうとする警備隊員を喰いつきそうな眼で睨み、その場で身を翻して、来た道を大股で戻りはじめる。回収に応じるため片手に下げていた銃を、負い紐であらためて肩にかけ直し、頑固そうな顔を緊張に強張らせて。

なにをしようとしているのか、いったいどうするつもりなのか。男の意図をはかりかねていた兵士たちが口々に声を上げる。「どこに行くんだ」、「行っても無駄だ」、「なにもできない」、「諦めろ」、「もう終わった」、「戦争は終わったんだ」

優勢なファシストの軍隊が待ちかまえる戦場に、無謀にも引き返そうとしているらしい男の身を案じて、仲間たちが一人また一人と列から飛び出してくる。行手を遮られ左右の腕を取られ、幾人もの仲間に取り押さえられた男は必死で抵抗するが、無理矢理に引きずられて元の列に押しこまれてしまう。ハンチングは仲間と揉みあったときに脱げてしまったのか、短い黒髪が風に逆立っている。

陰気な曇天を背景にして、祖国を追われた敗兵たちの顔が大写しで流れはじめる。茫然とした表情、顰（しか）め面、泣き出しそうな顔、遠い目をした顔……。そこに映画タイトルが浮かんでくる、『青ざめた馬を見よ（ビホールド・ア・ペイル・ホース）』と。共和国側の民兵隊に志願して反乱軍と戦ったイヴォン・デュ・ラブナンも、こんなふうに冬のピレネーを越えてフランスに戻ってきたのか。

国境から戦場に引き返そうとした主人公のマヌエルは、物語の設定からしてバスク人だろう。しかし演じているのがアングロサクソン系のグレコリー・ペックで、バスク人にもスペイン人にも見えない。敵役の警察署長を演じたアンソニー・クインのほうが、どちらかといえば南欧的な風貌だ。

共演者のオマル・シャリーフはエジプト人だが、映画化された『ドクトル・ジバゴ』ではロシア人の主役を演じていた。細かいことにこだわらないのがハリウッド映画の流儀にしても、グレゴリー・ペックのマヌエル役には違和感がある。バスク出身の親しい友人がいたからだろうか。

内戦に敗れた主人公はフランス領の北バスクの町ポーを拠点として、極秘のうちにピレネーを越えてはスペイン側で破壊活動（サボタージュ）を続けてきた。しかし内戦から二十年が経過して、いまは過酷なパルチザン生活に疲弊し覇気を失って反フランコ闘争の意志も挫（くじ）けかけている。

故郷の町の病院で母親が重体になっているとの、密告者による虚偽の知らせが息子の許に届けられる。オマル・シャリーフ演じる神父から母親は病死したという真実を告げられたマヌエルは、それが警察署長の罠であると知りながら最後の山越えを決意し、潜入したピレネー南麓の町でファシストの銃弾に斃れる。

この映画を観たのは、マヨルカ島の港町パルマでのことだ。家庭的な雰囲気の小さな料理店に入って一人だけの夕食を終えた。海岸には新しいリゾートホテルが建ち並んでいるが、泳ぎにマヨルカまで来たわけではない。予算の関係もあるし、泊まることにしたのは町中の地味なホテルだった。

旧市街を散歩したら喉が渇いたので、適当なバルを見つけて店員にセルヴェサを頼んだ。どうしてかスペイン語ではビールのことをセルヴェサという、フランスやイギリスやドイツをはじめ、どこの国でもBではじまる言葉なのに。ただしフランスでもガリアの大昔には、ビールのことをセルヴェサの語源にあたる言葉で呼んでいたという。雰囲気のよい店なので、少し早めだけれど夕食もすませることにしてアヒージョも注文する。

話しかけてくる男を適当にいなして店を出た。ホテルに戻る途中、古びた石畳道の一段高い場所に映画館を見つけた。入口横のポスターでは、短い煙草を唇の端に咥えたバスクベレの男が銃を横に構えている。フランスとは形の違うスペイン警察の制帽を被った男も。ポスターの惹句から判断すると、どうやらスペイン戦争を背景にした映画らしい。

カタルーニャ沖の島を訪れたのはイヴォンのことを知るためだ。パルマに着いたその夜に、反フランコ派のバスク人パルチザンが主人公らしい映画に出遇えたのは偶然でない気がする。

ホテルに戻ってベッドに入るにはまだ早いし、最終回の上映時刻には少し間がありそうだ。ひっそりとした窓口でチケットを購入し、わたしはみすぼらしい建物に足を踏み入れた。

劇場の外に掲示されていたのとは違うポスターが、ホールの壁には掲示されている。それを見ると一九六四年に初公開された作品のようだ。ハリウッドの人気俳優三人が顔を揃えた映画なのに、わたしの記憶にはない。公開されたときはまだ小学生だったからだ。

色の褪せたビニールクロスの長椅子に凭れ、英語の本を膝に乗せている老人がいる。薄い黄白色をした麻の上下を着込んで大きな眼鏡を掛けている。考え深そうな顔をした老人の隣に坐って、片言のスペイン語で尋ねてみた。

「十五年も昔の映画を、どうしていまごろ上映してるんでしょう。ここ、旧作の上映が専門の映画館なんですか」

みごとな銀髪の老人がこちらを見てフランス語で答える。

「お嬢さんはフランス人ですな。知らなくても無理のないことだが、この映画は長いことスペインでは上映禁止でした。なにしろ〈バスク祖国と自由〉（ETA）をモデルにしたような、反フランコ派のテロリストが主人公だからね。シナリオを検閲した政府からスペインでの撮影を拒否され、ロケはピレネーのフランス側で行われたとか」

〈バスク祖国と自由〉（ETA）はバスク分離独立派の地下組織で、フランコの副官ブランコの専用車を爆破し暗殺したことで知られている。

「三年前にようやくフランコが死んで、カルロス国王による上からの民主化がはじまった。昨年は人民戦線が勝利したとき以来の総選挙が四十一年ぶりに行われ、まもなく国民投票で民主的な新憲法も制定されそうだ。だからですよ、いまになってスペインの田舎でも『青ざめた馬を見よ』（ビホールド・ア・ペイル・ホース）が上映されるのは」

この老人も内戦時代はまだ若者で、話の様子からはフランコ側でなく共和国政府の支持者だったようだ。

「この本をご存じかな」老人から示された本の表紙には『日曜日に鼠を殺す』（キリング・ア・マウス・オン・サンデー）とある。「この映画の原作小説で、作者はイギリスの脚本家なんですがね」

イギリス人が書いた小説なら、映画ではゲイリー・クーパーが主役を演じた『誰が為に鐘は鳴る』の、興味の方向を少し変えた後日談を狙ったのかとも思う。

「いいや、原作者はハンガリー生まれのユダヤ人。映画の仕事をはじめたのは戦前のベルリンで、ナチから逃れイギリスに渡った人物ですよ。ところで原作の題名には出典がある、わかりますか」

「思いあたらないんですが」わたしは老人を見た。

「リチャード・ブレイスウェイトの『清教徒が月曜日に猫を吊しているのを見た、日曜日に鼠を殺したからだ』という詩句からの引用です」

これはカルヴァン派の厳格主義への皮肉なのか、思わぬことで責任を問われないように注意しろという教訓なのか。原作小説の風変わりな表題は主人公の人生を暗示しているのかもしれない。

もう少し話を聴きたいと思ったのだけれど開幕のブザーがホールに響いた。ドアを押し開け見渡してみる、観客は全部で十人ほどしかいない。後ろの席に坐るとじきに照明が落ちて映画がはじまる。

プロローグとして軍部の反乱から共和国政府の敗北までが、当時のドキュメンタリー映像を背景として簡単に語られていく。そして映写幕には雪のピレネー国境でフランスに逃れようとしている敗兵たちが映し出された。わたしは無意識のうちに、そこにいるわけのないバスク人青年を、クローズアップされた男たちの顔と顔のあいだに探していた。写真で見たことのある二十歳のイヴォンは、どんな気持ちを抱え、どんな表情で国境を越えたのだろう。

【現在Ⅰ】

第一章　深夜の電話

1

幼児が坐っている。ふっくらして目鼻立ちの整った、かわいらしい男の子だ。半ズボンに白いシャツを着て、縁のある円い帽子を被っている。風があるのか、帽子のゴム紐が顎の下に喰いこんで少しきつそうに見える。

子供の背後には多角形の構造物がある、東京湾の入口に位置する観音埼の灯台だという。巨大なコンクリート製の塔の前に坐った子供は、前方に開ける太平洋に見入っている。はじめて見る圧倒的な光景に魅せられ、彼方に向けて魂が彷徨(さまよ)い出しかけた表情。

映画『気狂いピエロ(ピエロ・ル・フー)』の終幕でも引用されていた、「永遠」という短い詩がある。「海と溶けあう太陽」に詩人は永遠を感じた。この詩句からは、太陽が半ば水平線に沈みかけた夕方の海を思い浮かべるのが自然だ。太平洋は日本列島の東側だから、日の出の瞬間でなければ海と太陽が接触する光景を見ることはできないし、光の状態から写真が早朝に撮影されたとも思われない。たぶん午後のことだろう。

子供の表情はどことなく無防備に見える。撮影者を含めて、あらゆる人間が関心の外にあるのではないか。男の子はひたすら海に見入っている。いや、厳密には海を見ているとさえいえない。主体が海という対象を知覚しているわけではない。よくいわれるように眼が心の窓だとすれば、窓から流れこんだ海に意識は完全に呑みこまれている。水で満たされたコップのように、眼のあちら側にある海が眼のこちら側を満たし、意識は海で溢れ終えた。

完成された古典期ギリシアの彫像では、眼球の膨らみまでが克明に再現されている。しかし、わたしはアルカイックなエジプト彫刻の眼のほうに惹かれる。顔面の左右に間隔を置いて二つ抉(えぐ)られたにすぎない、小さな空虚としての眼。海に向けられた子供の眼は、どこかアルカイックなエジプト彫刻のそれを思わせる。

石像の眼として穿(うが)たれた、小さな穴の底に宿るなにか。永遠性や彼岸性や超越性に小さな子供は見入っているようだ。しかし永遠は穴の底に秘められているのではない。外側に無限なるものとして存在し、眼という窓から流れこんで内側を満たしているにすぎない。詩人が語った「海と溶けあう太陽」ではないとしても、子供もまた海に永遠を見ていた。

テーブルに置いた写真から顔を上げる、喫茶店(カフェ)の給仕がテラス席までシャンディを運んできたのだ。キャビネの写真を頁のあいだに挟んでノートを閉じる。たまたまレ・アールの屋根裏部屋を訪れたとき、他の紙屑と一緒に棄てられようとしていた四歳の矢吹駆(ヤブキカケル)の写真。この無愛想な青年にも可愛らしい子供だった時代はあるらしい。

棄てるくらいならわたしがもらいたいというと、青年は無表情に小さく頷いた。好きなようにしろという意思表示だろう。偏屈な日本人の気が変わらないうちに、大急ぎで写真をショルダーバッグに仕舞いこんだ。

パナシェと似たような清涼飲料だが、イギリス人が愛好するシャンディはリモナードの代わりにジンジャエールを使う。観光客が多い店だから、メニューにシャンディもあるのだろう。

届いた飲み物を口に含むと舌の上で炭酸がはじけた。陽光が溢れるエドガール・キネ通りには初夏らしい軽装で人びとが行きかい、絵具で一面に塗りつぶしたような青空を背景にモンパルナス塔(トゥール)が高々と聳(そび)えている。

三日前のことだ、そろそろベッドに入ろうかと思っているとき、不意に電話が鳴りはじめたのは。受話器を取ると、聴こえてきたのは記憶にない年配の女性の声だった。

「マドモワゼル・モガールを」

「わたしですが」わが家にマドモワゼルは一人しかいない。「リヴィエールの紹介で、あなたに電話することに。エルミーヌ・シスモンディです」

自己紹介されてようやく気づいた。アンテーヌ2（ドゥー）で観たことがあるシスモンディの声、話し方ではないだろうか。それでも「有名なシスモンディさんですか」と尋ねるわけにもいかない。違っていたら滑稽だが、わたしは口にしてみた。

「ご著書は拝読しています」

「ありがとう」当然のように女は応じた。「お願いしたいことがある、あなたに」

「なんでしょう」高名な女性思想家が平凡な大学生に、いったいなにを頼もうというのか。

「ムッシュ・ヤブキをご存じですね」

「日本語を習っています」

「ヤブキさんを紹介してほしいの」

簡単そうで簡単ではない依頼だ。「連絡先を教えればいいんですか」

「少し複雑な話なの、わたしの家までヤブキさんと一緒に来ていただけませんか」

レ・アールにある星なし家具付きホテルの、住所や電話番号を伝えるだけなら簡単だ。リヴィエール教授の紹介だというし、連絡先をシスモンディに教えてもかまわないだろう。しかし依頼人のアパルトマンまでカケルを連れていけるかどうか、わたしにはなんともいえない。あの日本人は常識外れの偏屈者なのだ。

「失礼ですが、どんな用件なんでしょう」

「彼に頼みたいことがあるの」

「どんなことですか」

「捜してもらいたいものがあるのよ」

これは駄目だと思った。リヴィエール教授はどんなふうにカケルを紹介したのか。あの日本人は便利屋でも私立探偵（デテクティーヴ）でもないし、捜し物の依頼があればどこにでも出向くわけではない。たとえ著名人からの依頼であろうと。いや、著名人であればなおさらのこと。

「難しいと思います」少し緊張して応じる。

「忙しいのかしら、ムッシュ・ヤブキは。もちろん相応の謝礼は考えていますよ」シスモンディは不審そうだ。

「そういうことではなくて……」

「では、どういうことなの」

「なんというか、とても気難しい人なんです。どちらかといえば変人の部類」

「ムッシュ・ヤブキが変わった人だということは、リヴィエールからも聞いています。だからあなたにお願いしているの、その変人にものを頼めるのはナディア・モガール一人だろうといわれて。


ミシェル・ダジールから聞いた話だと前置きして、未公表の事実をリヴィエールが教えてくれました。クレタの小島で起きた大量殺人の真相を突きとめたのもムッシュ・ヤブキだと。どうしても引き受けてもらいたいの、わたしの依頼を」


やむをえない、はっきりいうことにした。「ヤブキは犯罪や捜査に無関心ではありませんが、興味をもつのはきわめて特殊な事例に限られるんです」

「特殊な事例とは」女教師の口調でシスモンディに詰問される。

「その生成に立ち会うことで、人間学的な発見がもたらされるような犯罪現象……」飼い猫が行方不明になったとか貴重品がなくなったという種類の出来事に、カケルが興味を惹かれるとは思えない。

「わたしにとって人生の重大事なんです、この捜し物は。話だけでも聴いてもらえるようになんとか頼めないかしら」


老婦人の声には切実なものが滲（にじ）んでいて、無下には断れそうにない。カケルにシスモンディの意向を伝えるくらいならかまわないだろう。少し間を置いてからやむなく応じた。「どうなるか結果は約束できませんが、話すだけは話してみます」

「心から感謝するわ」


エルミーヌ・シスモンディに押しきられて、その翌日にはレ・アールの安ホテルを訪ねることにした。管理人の肥った老婆に厭味をいわれるから、あまり電話はかけないようにしているのだ。この訪問で思わぬ収穫もあった、四歳のカケルの写真を手に入れたのだから。

断られるのを覚悟でもちかけた話だったが、日本人は黙って耳を傾けていた。最後に小さく頷いたので、気が変わらないうちにモンパルナスの珈琲店（カフェ）で待ちあわせることにする。日時は翌々日、六月十七日の午後三時。偏屈者から約束を取りつけることができて一安心だったが、としてもカケルはどうして失せ物捜しになど応じる気になったのか。

有名人に憧れるファン心理からではあるまい。知覚と身体性の現象学者が語るように、著者のことを知りたければ著作を読めばいい。本人との個人的な接触は、その人物を本当に知るための役には立たない。いかなる意味でもファン心理など皆無という青年だから、ときに言及する『悪霊』や『イデーン』の著者と仮に会えるような機会が提供されても、少しの興味もないという冷淡な態度で首を横に振るだろう。著作が読めればそれで充分なのだ。

エルミーヌ・シスモンディといえばジャン＝ポール・クレールで、著述家という公的な面でも私生活の面でも、この二人は何十年ものあいだ親密な関係を保ってきた。シスモンディの「生涯の恋人」ジャン＝ポール・クレールは、第二次大戦直後からアルジェリア戦争の時期まで十五年ほどのあいだフランス知識界を制覇し、戦後最大の知識人と評されてきた人物だ。その時代のことをよく知らない年少者には実感が薄いのだが、文学でも哲学でも政治思想でもクレールの影響力は絶大だったという。

しかし哲学に関心のあるわたしの周囲の学生で、クレールの主著を読んでいる者はさほど多くない。クレールの実存主義より、それに批判的なミシェル・ダジールやジャック・シャブロルのほうが、いまの学生には人気がある。わたしにしても第二次大戦中に刊行された主著『物と意識』はともかく、戦後に書かれた第二の主著『実践の弁証法』は未読なのだ。実存主義とマルクス主義の総合の試みといわれても興味は湧いてこないし、それに哲学書としても膨大にすぎる。『純粋理性批判』や『精神現象学』よりも長大で、簡単に手にできるような本ではない。『物と意識』だって、大学で現象学を学んでいなければ読む気にならなかったろう。

アルジェリア反戦闘争の先頭に立ち、秘密軍事組織(OAS)のテロリストによって自宅に爆弾をしかけられた一九五〇年代の終わりから六〇年代はじめまでが、クレールという著述家の頂点だった。第二の主著も同じ時期に刊行されている。そして到来した「五月」の叛乱の季節にクレールは、すでに半ば過去の人と見なされはじめていた。

政治に自己拘束(アンガジェ)する姿勢は一貫していたが、五〇年代末には運動の指導的知識人として仰ぎ見られていたクレールの影響力は次第に衰えて、六八年には街頭叛乱に同伴する老知識人として遇されていたにすぎない。クレールの哲学的主著は十年前の青年たちには難解すぎたのだろうか。学生区(カルチエ・ラタン)のバリケードで読まれていたのはクレールではなくマルクーゼだった。

クレールがアルジェリア戦争に反対した理由はよくわかる。フランスのブルジョワ社会は十九世紀以来、国境の内側だけで存在してきたわけではない、海外植民地を支配し収奪することで繁栄を続けることができた。ブルジョワ社会に反抗する以上、植民地主義も拒否しなければ筋が通らない。一九六八年に学生だった「五月」世代はヴェトナム戦争に反対した。しかしアルジェリア反戦とヴェトナム反戦では意味するところが違う。

十九世紀のフランスは資源と市場を求めてアルジェリアやインドシナを植民地化した。しかし一九六〇年代のアメリカは、かつてのフランスと同じような意味で南ヴェトナムを支配したのではない。コミュニストが勝利したヴェトナムを起点として、ドミノ倒しのようにインドシナや東南アジア諸国が共産化し西側世界から離脱することを阻止しようと、アメリカは貧しい小国に五十万という大軍を送りこんだ。

アメリカをはじめ西側先進諸国では豊かな社会が実現されたが、その富は旧植民地従属国からの体系的な搾取や収奪によって支えられている。先進諸国の革命派は豊かな社会で飽食し牙を抜かれた自国の労働者階級ではなく、貧困の再生産が構造化されている第三世界の農民を真の同盟者としなければならない……。北バスク出身の学生活動家だった友人アントワーヌは、こうした主張をよく口にしていた。

ジャン＝ポール・クレールはアルジェリア戦争に反対し、「五月」世代の左翼主義者（ゴーシスト）はヴェトナム戦争に反対した。根拠は違うのだが、両者は反植民地主義という言葉で曖昧に結びつくことができた。「五月」以降のクレールは、マオイズムに影響された極左派（ゴーシスト）を支援して逮捕されたりもしている。左翼主義（ゴーシズム）の政治的位置は共産党の「左」だが、当時もいまも単一の政治組織が存在するわけではない。アナキスト、トロツキスト、マオイストなどの小グループが多数分立している。

マオイストの政治組織〈プロレタリアの大義〉は、デモで労働者が殺害された報復として自動車企業の幹部を誘拐した。処刑か釈放か、これが分かれ道だった。もしも人民裁判で処刑していれば、モロ元首相を暗殺したイタリアの〈赤い旅団〉と同じ道を辿ったろう。

あのころのことはよく覚えている。誘拐事件のあと、左派系の新聞では「処刑は是か非か」をめぐる論争が活発化した。どうやらミシェル・ダジールの理を尽くした反対論に、〈プロレタリアの大義〉指導部は説得されたようだ。

友人のコンスタンも属していた〈プロレタリアの大義〉は、ドイツやイタリアの仲間のようにテロリズムの道に踏みこむことなく、まもなく自主的に解散した。

　あの時期、テロリズムという臨界に直面した左翼主義（ゴーシズム）を、クレールはどんなふうに評価していたのだろう。抑圧された者の暴力は肯定しなければならないと、アルジェリア戦争に際して過激な主張を展開した哲学者だから、処刑には賛成だったのか。ダジールの反対論は記憶しているけれど、クレールの発言はよく覚えていない。わたしにとって過去の人だったからだろう。

　一九六八年五月にソルボンヌ広場で、少しあとにビヤンクールのルノー工場前で演説するクレールを、子供のとき新聞か雑誌の写真で見たことがある。老人が場違いなところに迷いこんでいるようで、なんだか痛々しい気がした。「五月」のバリケードのとき、クレールはもう六十歳を過ぎていた。

　名前こそヨハネ（ジャン）とパウロ（ポール）だがクレールは徹底した無神論者だ。ただし大知識人が渾身の力で対抗しなければならないほどの影響力など、二十世紀のカトリック教会にはない。正面の敵は、やはり出生の場所であるブルジョワ的な家庭と社会だったろう。第二次大戦後に到来した豊かな社会は、伝統的な階級社会の輪郭を不鮮明なものにした。しかしクレールが青春時代を過ごしたのは、小説の第一作でゴンクール賞の候補作にも選ばれた『鬱（メランコリア）』を読むとよくわかるが、まだブルジョワ的な規範が支配的な大戦間の時代だった。

　アントワーヌたち「五月」世代が打ち倒そうとしたのは、十九世紀以来のブルジョワ的な階級社会というよりも第二次大戦後の福祉社会だった。進学率が急上昇し教室が学生で溢れたりしなければ、大学革命の要求も生じたわけはない。大学生の急増は一九五〇年代と六〇年代に達成された豊かな社会の結果だ。もはや大学は特権階級の教育機関ではない。

　もちろん今日でもブルジョワ階級は厳然として存在している。わたしにも多少の縁があるロシュフォール家やダッソー家のような大資産家からピエール・ロンサーヌのような高級官僚の一家まで。としても階級的な差異が平準化してきた事実は否定しがたい。

　文化や生活様式という点で労働者階級は中産化し、わたしが幼いころまでは残っていたモンマルトルの下町文化も絶滅に瀕している。昔ながらのシャンソン酒場は次々に消えていき、いまでは観光客を当てこんだ店しか残っていない。週末になるとモンマルトルの若い男女は、シャンソン酒場でなくディスコテクに繰り出していく。映画『サタデー・ナイト・フィーバー』に登場するブルックリンの若者と同じように。

バルザックの小説を読むとよくわかるが、十九世紀のパリでは馬車の所有者とそうでない者のあいだに階級的な分割線が引かれていた。二十世紀後半では農民も労働者も当然のように自家用車を乗り廻している。ブルジョワと労働者のあいだには、メルセデスの上級車とルノーの大衆車くらいの差異しかない。

飢餓や貧困が完全でないまでも基本的には消滅し、豊かな社会が実現されて、労働者階級は革命も社会主義も求めないようになった。一九三〇年代の大不況と四〇年代の世界戦争を体験した親世代は、ようやく到来した豊かな社会を歓迎したろう。しかし子の世代は平明すぎて先が見えすぎる平和な時代や、未曽有の安定と繁栄を謳歌する社会に根深い違和感を抱いた。「五月」の青年たちは豊かな社会を土台から覆す、まったく新しい革命を夢想した。その「五月」世代もいまや三十代で、わたしから見ると立派な大人だし、「五月」世代の運動を支援していたクレールはすでに老人だ。

エルミーヌ・シスモンディとクレールは「生涯の恋人」と称されている。しかし二人の愛情関係には波乱もあったようだ。教授資格試験（アグレガシオン）の受験準備中に知りあった二人は、じきに愛しあうようになる。ブルジョワ的な結婚生活を嫌悪するクレールから、性的な自由を認めあう新しい愛情関係を提案されてシスモンディは同意した。二人ともリセの哲学教師だった第二次大戦前には、クレールと自分の女子生徒の恋愛関係をシスモンディが嫉妬したし、戦後になるとシスモンディも他の男とつきあいはじめた。クレール以外の男性と同居していたこともある。

とはいえ二人の関係は「必然的」だが、それ以外の関係は「偶然的」にすぎないという了解は半世紀ものあいだ維持されてきた。クレールが失明に近い状態になってからは、シスモンディが夫をいたわる老妻のような役割を果たしている。モンパルナスに住んでいる大学の友人は、シスモンディに手を引かれたクレールの姿を街でときどき見かけるという。

半世紀前に青春時代を過ごした男女であれば当然かもしれないが、性的な自由を求めたのはクレールのほうで、少女時代のエルミーヌはどちらかといえばブルジョワ的に慎ましい性愛観の持ち主だった。家庭からの自立や作家になるという野心は印象的だが、性的な奔放さを自伝から窺うことはできない。

　斜視の小男で外見的な魅力は乏しいが、鷹揚な性格と魅力的な話術と抜群の知的能力を持つ青年に心を奪われた娘にとって、ほとんど選択の余地はなかったろう。提案された契約に応じなければ恋人は他の女のところに行ってしまう。自由な男女関係という契約から利益を得たのは男のほうで、たぶん女の側ではない。

　わたしの友人には同居しているカップルも少なくないし、未婚のまま子供ができた例もあるけれど、誰もクレールとシスモンディのように大袈裟な「契約」など結んではいない。ヒッピー運動やフリーセックスに続いた女性解放運動（MFL）の大波が結婚の意味を大きく変えたのだ。子供ができたので婚姻届を出したカップルの場合も、ブルジョワ的な規範に屈服し妥協したからとはかならずしもいえない。社会保障の受給資格を求めて、といった理由が多いように思う。なにしろ不景気で就職難だからみんな貧乏なのだ。

　クレールとシスモンディの親密な関係が半世紀も続いてきたのは、いずれも著述家だったことが大きいのではないか。もっとも身近な読者、信頼できる助言者や批評家として二人の親密な関係は続いてきた。性と暮らしにまつわるもろもろよりも、クレールとシスモンディには書くことのほうが重要だった。思考と執筆の禁止かセックスの禁止かという究極の選択を迫られたら、身体的なレヴェルでブルジョワ的な性規範を刷りこまれていたシスモンディはむろんのこと、若い女が大好きだと公言して憚らないクレールも躊躇なく後者を選んだことだろう。

　第二次大戦中に刊行されたエルミーヌ・シスモンディの最初の小説には、女主人公とエキセントリックで小悪魔的な少女との同性愛的な恋愛感情が描かれている。この少女は女主人公の恋人を誘惑して三角関係が生じるのだが、同じ人物をモデルにした少女はクレールの小説にも登場する。このモデル人物とエルミーヌとクレールが実際に三角関係だったのかどうか、シスモンディの自伝からはよくわからない。

　昨年の秋、クレタ沖のミノタウロス島に招待された客には、サンフランシスコのゲイの政治家アーノルド・ダグラスがいた。ダグラス氏から聞いた話だが、二十世紀前半までアメリカでは暴力的なまでに激しい同性愛差別が存在していた。パリに住んでいたこともあるジェイムズ・ボールドウィンの小説には、黒人差別と同性愛差別に苦しむ主人公が描かれている。

フランスではアメリカほどに暴力的なゲイ差別が横行していたとは思えないが、当事者には耐え難いだろう不当な抑圧と偏見はもちろん存在する。戦闘的なプロテスタントが建国したアメリカと比較して、カトリックの国フランスでは性的禁忌が多少はゆるいとしても、同性愛者のカミングアウトは今日でも相応の勇気が求められる。社会的立場によって程度の多寡はあるだろうが、リスクを負う決意をしなければ本当の自分として生きることはできない。第二次大戦前の時代、こうした抑圧ははるかに強力だったろう。

同性愛とブルジョワ的に慎ましい性愛観は、一見して矛盾するようだ。しかし思春期の人間が男女別に共同生活を営んでいるような場、たとえば軍隊や女子寮などでは同性愛的な感情が生じやすい。性的な禁忌が厳重で、少年少女の異性愛が禁じられていればなおさらだろう。男子校と女子校に分割され閉じこめられた少年少女が、同性に憧れたり恋愛感情を抱くことは稀でないとしても、人工的に条件づけられた少年による少年愛や少女による少女愛は、成熟した同性間の性愛とは意味が違うような気もする。

良識的なブルジョワ家庭の娘として育てられ、性的禁忌が身体化されていたエルミーヌ・シスモンディだから、教師として赴任した女子校で生徒に恋愛感情を抱いた。しかし性的規範の拘束から解放されるにつれ、女性でなく男性を求めるようになる。クレール以外に男性の恋人はいたとしても、第二次大戦後のシスモンディに女性の恋人がいたという噂はないようだ。

シャンディを飲み終えて、空になったグラスを目の前にかざしてみる。湾曲した硝子を通して、エドガール・キネ通りの彼方にモンパルナス塔が歪んで見えた。

旧モンパルナス駅の跡地に超高層ビルが建設されはじめたのは、リセ初級の生徒だったころのことだ。モンマルトルの丘に登ると、建設が進んで次第に高くなる塔が遠く眺められた。まだ子供だったわたしは、エッフェル塔が建てられたときもこんな感じだったのかと思って、学校帰りにサクレクール寺院の前まで毎日のように寄り道した。歴史の現場を目撃するという感動を味わいたかったのだ。

二百七メートルの超高層ビルが完成した直後に、パパの部下のジャン＝ポール・バルベス小父さんにねだって五十八階の展望台に連れていってもらった。けれども眺望はエッフェル塔の展望台とさして変わらない。少し落胆し、あらためて期待した。モンパルナス塔を第一号として続々と摩天楼が建ちならび、パリ市街がマンハッタンのような光景に変わる新時代の到来を。

　しかし、この期待は裏切られてしまう。パリで最初の摩天楼は、黴(かび)臭い伝統しか眼中にない大人たちから非難と反感を盛大に浴びせられた。結果として市内では超高層ビルの建設が禁止されるにいたる。いまでもモンパルナス塔(トゥール)はパリ市内にある唯一の超高層ビルで、二番目のオテル・コンコルド・ラファイエットは三十三階しかない。

　この冬、ジュリア・ヴェルヌイユ医師のところに幾度か通った。ジュリアの診療室があるラ・デファンス地区はマンハッタンの模型のような雰囲気だが、それでもモンパルナス塔(トゥール)より高いビルは存在しないし、これからも建てられそうにない。

　高い場所に憧れるのとアルカイックなエジプト彫刻の眼に惹かれるのとには、どこか共通するところがあるように思う。カケルと読んでいた本に「馬鹿と煙は高いところに上る」という日本の俗諺(ぞくげん)が出てきたとき、まるで自分のことのようだと思った。「馬鹿(フー)」といえば、『気狂いピエロ(ピエロ・ル・フー)』のフェルディナンは「バーバレラ」を愛読していた。「バーバレラ」はアメリカのSFコミックを下敷きにしているし、本場の「スーパーマン」や「バットマン」の舞台は摩天楼が聳(そび)え立つ大都会だ。

　旧約聖書で神は巨大な煙の渦として降臨するし、狂人(フー)は聖なる人、神に通じる人だと前世紀までのロシア民衆は信じていた。二十世紀も八十年を数えようとしている時代、硬質プラスティックとクロームで華麗に飾られたアメリカニズムの夢に、超越的なるものへの夢は最後の避難所を見出すしかないのだろうか。こんな感想を口にするとカケルは、あの俗諺にそれほどの含意はない、愚か者は目立ちたがるという程度の意味だと冷淡に応じた。

　デカルト以来、アメリカニズムの夢にはじめて感応したフランスの哲学者がジャン＝ポール・クレールだ。アメリカ帝国主義に激しい非難を浴びせてきた戦後最大の知識人はまた、アメリカの二十世紀小説に決定的な影響を受けた最初のフランス作家で、第二次大戦後にはアメリカ訪問記も書いている。

　試験管に入った白濁した粘液をクレールは、部屋に連れこんだ若い娘に「私の精液だ」と嬉しそうに見せつけたという。わが国にはサド以来、倒錯的な性をめぐる文学的伝統がある。娼婦に下剤入りのボンボンを与えた廉(かど)でサド侯爵は逮捕されたのだが、ラファイエット夫人やラクロが描いた宮廷や社交界の住人も、寝室では人工的に官能性を高めた逸脱的な性行為に耽(ふけ)っていたろう。

しかし伝統的な性的逸脱とクレールのそれには微妙な違いがある。一九六〇年代のカリフォルニアでフリーセックスにまで極端化したアメリカ的な性意識と、フランスの由緒ある倒錯性の奇妙な混合。老いたクレールが一九六八年「五月」の若い叛乱者たちに肩入れしたのも、青年時代からアメリカニズムに複雑な形で影響されてきた事実と無縁ではないように思う。一九六〇年代の若者の叛乱は公民権運動やヴェトナム反戦運動としてアメリカで発火し、フランスなど西欧諸国や日本にまで燃え広がったのだし。

クレール的な思想感性とは簡単にいえば文化的アナキズムのそれだろう。この国の堅実で堅苦しいブルジョワ社会を破壊しうる可能性として、哲学者はアメリカにアナーキーな無量の力を見出したのではないか。アメリカニズムのアナーキーはアメリカ資本主義の無政府性の反映に違いない。マルクス主義を「乗り越え不可能な哲学」と称讃するクレールが、自由市場の無政府性を経済的土台とするアメリカ的アナーキーに魅力を覚える。これは思想的に自己矛盾しているだろうか。

『気狂いピエロ（ピエロ・ル・フー）』のフェルディナンが読んでいたコミックは、「五月」の年に映画化されている。バーバレラを演じたアメリカの若い女優はヴェトナム反戦運動に参加し、新左翼組織〈民主社会のための学生たち（SDS）〉の指導者だった青年と結婚した。フランスでも「五月」世代の若者たちは、アメリカ帝国主義に反対しながらもアメリカニズムには憧れていた。

友人のアントワーヌ・レタールやコンスタン・ジェールより年下で「五月」世代とはいえないわたしにしても、おそらく事情は変わらない。だからこそ、パリが摩天楼で埋めつくされる近未来を想像し興奮したのだ。

SF映画『未知との遭遇』や『スター・ウォーズ』もわたしは愉しんだ。どちらの監督も一九六〇年代に学生だった世代で、悪の帝国に抵抗する共和派の地下組織といった『スター・ウォーズ』の設定には、六〇年代ラディカリズムの残照が感じられる。『未知との遭遇』の場合は、学生革命と併走していたヒッピー運動だろうか。サイケデリックな巨大宇宙船は幻覚剤による想像力の産物かもしれない。

ニューシネマのファンで『イージー・ライダー』に興奮していたアントワーヌが、もしも『未知との遭遇』や『スター・ウォーズ』を観たら、「六八年」ラディカリズムと対抗文化（カウンターカルチュア）のハリウッド化や商業化を声高に非難したに違いない。

一九三〇年代に地方のリセで哲学を教えていたころ、生徒に映画を推奨して物議をかもしたというクレールの場合はどうか。なにしろ第二次大戦前の地方都市のことで、生徒が映画に親しむことなど問題外だった。フォークナーやドス・パソスの小説と同じように、チャップリン映画も高く評価していたクレールだから、『未知との遭遇』や『スター・ウォーズ』も歓迎したのではないか。近年は目がよく見えないようだから、実際には観ていないとしても。

2

喫茶店（カフェ）のテラス席でもの思いに耽っていると、街路を歩いてくる日本青年の姿が目に入った。腕時計で確認するまでもない、待ちあわせの時刻ぴったりに違いない。散歩するカントを見てケーニヒスベルクの市民は時計を合わせたというけれど、非常識なほど時間に正確なのはカケルも同じことだ。

同じテラス席に腰を下ろした青年が給仕に鉱泉水を注文する。わたしの顔を見つめながら、低い声で挨拶の言葉を囁（ささや）きかけてきた。

「元気かい」

「ええ、もう大丈夫。このところ体調は悪くないし」

わたしを悩ませていたのは外傷神経症だった。ミノタウロス島で体験した膨大な恐怖の重圧で心が押し潰されかけていたのだ。最悪の時期は鏡を見ることもできなかった。自分の顔が崩れ醜い肉の塊に変わってしまう幻覚に襲われるから。

〈ヴァンピール〉事件が終わるとき、わたしの前に聖なるアスタルテの化身があらわれ、そして囁きかけてきた。〈……心に傷を負った娘よ、わたしの命を分けてあげよう〉と。導かれるままに指先で大地の女神の乳房に触れた。指先の熱に全身が充たされ、わたしは陶然としていた。同じ幻覚でもこちらは至福感に溢れた肯定的な体験だった。

アスタルテの幻覚を見聞きし女神の膚（はだ）に触れさえした結果なのか、それから鏡を見ても顔が崩れる怖ろしい幻覚に襲われたことは一度もない。毎夜のように悪夢を見ることや、恐怖の記憶に捕らえられて身動きできなくなることも稀になった。ときとして怖ろしい夢にうなされ汗まみれで目覚めても、なんとか耐えることはできる。これもアスタルテの幻覚の心理的なプラシーボ効果なのだろうか、幻覚だったことは認識しているのだからプラシーボ効果とはいえない気もするが。

晩秋から冬にかけて塞ぎこんでいたわたしも、季節がめぐり太陽が輝きを増すにつれて精神的な健康を取り戻してきた。もう大丈夫だろうと思ってはいるけれど、根深い不安を最終的には克服できていない気もする。このまま精神的に回復できるのか、また外傷神経症の症状が再発するのか。

精神医や心理療法家の治療ではなく、神秘的な幻覚を体験したことによる症状の急速な改善を、どこまで信じていいものか自分では判断がつかない。治ったというのは錯覚で、あの地獄のような日々がまた戻ってくるのかもしれない。回復か再発か、どちらともつかない中途半端な状態そのものが精神的な負担でもある。

かつて外傷神経症は砲弾(シェル)ショックと呼ばれていた。第一次大戦に従軍した兵士に、しばしば見られたという心的な障害。精神分析の創始者は、多発するシェルショックの症例を前に考えこんでしまう。長い年月をかけて構築してきた精神分析理論だが、それでは説明困難な症状だったからだ。

幼少期の性的虐待という外傷体験が、女性のヒステリーや神経症の原因だと精神分析家は考えた。これを誘惑理論という。「誘惑」とは前世紀のブルジョワふうに迂遠な、あるいは偽善的な言い方で、ようするにレイプを含む性的虐待のことだ。恐怖と嫌悪に満ちたこの体験は、否定的であるがゆえに無意識化され忘却されるが、抑圧されたものは神経症の症状として回帰してくる。だから精神分析は、無意識の領域に抑圧された外傷体験を受診者(クリアン)に意識化させようと努める。

誘惑理論が放棄されて以降も、性的なものなど社会規範に反する欲望が無意識の心的領域に押しこめられ、それが神経症の症状として回帰するという精神分析理論は精緻化されていった。しかしシェルショックや戦争神経症では、戦場の外傷体験が反復的に意識化される。防ぎようもなく暴力的に想起され、体験者に襲いかかるのだ。

不快でおぞましい記憶は抑圧されるどころか、忘れることさえできないものとして体験者を苦しめ続け、悪夢と不眠症、フラッシュバック、アルコール依存症、暴力的なアクティングアウトといった症状の原因となる。

シェルショックという病名には、もともと至近距離での砲弾の爆発による器質的障害という含みがあった。まもなく心因性の障害と捉えられるようになり、戦争神経症と呼ばれはじめる。戦争神経症の多発に直面したフロイトは、超心理学的(パラサイコロジカル)な仮説にすぎないと留保しながらも「死の欲動」という新概念を提唱するにいたる。新たな説によれば快を求める生の欲動、快感原則の彼岸には死の欲動が存在し、不快な記憶は不快であるがゆえに強迫的に反復される。

現象学は無意識の実在を認めない。意識の外にある世界や事物や他者と同じことで、無意識なるものは「ある」とも「ない」とも確定しえないとする。意識の底に無意識を想定するのは、意識の外に実在的な世界を想定するのと同じことで厳密な哲学的思考にとっては意味がない。とはいえ『快感原則の彼岸』で語られている死の欲動という着想に、わたしは興味を惹かれた。

あらゆる生命体は、むろん人間も他者や世界によって殺されることなどない。死ぬときは自分から死ぬ、死の欲動というデモーニッシュな力のために。あらゆる有機物は無機物から生じている。だから生命は無機物という原初の状態に戻ろうとする、これが死の欲動だと精神分析の創始者は語っていた。

この冬のわたしがそうだったように、外傷神経症者は不快な記憶を強迫的に反復してしまう。しかし死の欲動をめぐる理論を前提とすれば、たとえばミノタウロス島の殺戮と恐怖の体験や記憶は、死の欲動を解き放つきっかけだったにすぎない。

ベランジュ家の事件で顔を合わせたことのある思想家ジョルジュ・ルノワールは、百刻みという残忍な身体刑を科せられた中国人の青年の写真を見て、人生観が根底から覆されるほどの衝撃を覚えたという。人権の観点から刑の野蛮さに眉を顰めたわけではむろんない。極限的に苛酷な暴力にさらされ毀損される身体と、耐えがたい苦痛を宿した青年の表情に快不快を超えた崇高なもの、聖なるものが禍々しく凝固していると感じたからだ。

大戦間の時代に自己形成した思想家で、シュルレアリスム運動の指導者アンドレ・ブルトンとも面識があったルノワールだから、フロイティスムにも相応の知識はあったろう。消尽と呪われた部分、内的体験と至高性を焦点としたルノワール思想には、死の欲動をめぐる理論と共鳴するところがあるのではないか。フロイトとの関係でルノワールを論じた本があるなら、そのうち読んでみたいと思う。

テーブルでル・モンドを読んでいる洒落たジャケットに緑色のネクタイの中年男が、こちらをちらちらと見ていた。この喫茶店の客は大半が観光客とスノッブだ。問題の男はスノッブのほうで、しかも男色者らしい。

経済的にも豊かそうな中年のゲイが注目する綺麗な顔立ちの青年は、女のわたしと同席している。少しからかってやろうと思って、大胆なほど日本人に身を寄せながら、こちらを見ている中年男に誘惑的に微笑みかけた。こんな屈折した理由がなければ、カケルの躰（からだ）に触れることのできない自分に少し複雑な気分になる。腕をとられても身をよせられても拒むことのない青年は、わたしのことをどう思っているのだろう。

　カケルの耳元に囁きかけた。「気が向かないならやめてもいいのよ。わたし一人でシスモンディのアパルトマンに行って、申し訳ありませんがムッシュ・ヤブキは来られませんと伝えてくるわ」

「話を聴くだけならかまわない、リヴィエール教授からの紹介なんだし」

　そろそろ約束の時刻になる。珈琲店（カフェ）を出てエドガール・キネ通りをモンパルナス塔（トゥール）の方向に歩きはじめた。モンパルナス墓地の石塀が途切れた少し先に電話で教えられた番地の建物がある。

　建物に入ってエレベータに乗った。部屋番号を確認してノックすると、ほとんど一瞬でドアが開かれる。アパルトマンの女主人は、ドアのところで来客を待ちかまえていたかのようだ。写真で知っているよりもエルミーヌ・シスモンディは老けていた。自宅だからか、いつものターバンは巻いていない。白髪まじりの髪をシニョンに結い、少し古風な感じの青いワンピースを着ている。以前より少し肥った印象の老婦人が、青年の顔を見ていう。「待ちかねていたわ」

　切り口上でいわれると、遅刻したわけではないのに弁解しなければならない気分になる。無愛想に黙りこんでいる青年をシスモンディに紹介した。

「こちらがムッシュ・ヤブキです」

　上品なインテリアの居間に通された。家具もカーテンも敷物も居住者の趣味を物語っている。勧められてどっしりしたソファに腰を下ろすと、さっそく老婦人は話を切り出した。

「リヴィエールに助言されたの、もしも解けない謎があるならヤブキという日本人に相談してみろって。あなたはどんな不可解な謎も解いてしまうそうね、物語の名探偵さながらに」

「なにかの間違いでしょう」カケルが冷淡に応じる。

「ラルース家の事件やクレタの小島で起きた陰惨な大量殺人事件の謎をあなたが解いたと聞いたわ」

　ラルース家事件の内幕を、ある程度までリヴィエール教授は知っている。なにしろ身近で起きた事件だったから。教授にミノタウロス島の事件のことを話したのは、三人の生存者の一人で思想家のミシェル・ダジールらしい。

ベランジュ家やダッソー家の事件をめぐるカケルの役割までは、シスモンディも摑んでいないようだ。クレールとシスモンディは、青年として第一次大戦を通過したジョルジュ・ルノワールやアンドレ・ブルトンよりも年少の戦間期世代に属する。ただしクレールとルノワールは世代を超えて、第二次大戦中に親しくしていた時期もあるようだ。はじめて二人が接触したのは、ロシア人哲学者による伝説的なヘーゲル講義の席だったかもしれない。その講義はソルボンヌの教室で行われていた。

わたしは横から口を出した。「カケルは犯罪事件を現象学的に研究しているんです」

「犯罪をめぐる日常生活者の自然的態度の研究かしら」

シスモンディの自伝には、クレールに勧められて現象学の創始者の主著を読んだとある。とはいえ第二次大戦前に現象学関係の論文を幾篇も書いたクレールはともかく、シスモンディの思想的著作に現象学的な方法意識は希薄に感じられる。

無愛想な日本人に代わって、わたしが答えた。「具体的な犯罪現象を対象とする発生史的研究ですから、現象学的社会学とは関係ありません。事件の支点に位置するモノやコトを見出し、その本質を直観するんです」

「よくわからないわね、もう少し説明して」

「たとえば撲殺された屍体が発見されたとします。現場には被害者の血が付いた硬質硝子の花瓶が落ちていた。警察官は常識的に、犯人は花瓶を使って被害者を殺害したと推定するでしょう」

「それで」

「しかし違う道具で被害者を撲殺し、犯人が現場から持ち去ったのかもしれませんね」

老婦人が頷いた。「犯人が花瓶に血を塗りつけて、屍体の横に置いた……」

「あるいは被害者が自分でそうしたのかも。前者の場合は、第三の人物を犯人に見せかけるのが目的だったのかもしれません。絶命寸前の被害者が犯人を告発しようと硝子の花瓶に自分の血を付けたとすれば、これが後者の場合ですね。犯行の現場には無数の意味（シニフィカシオン）が交錯していて、屍体の横に落ちていた花瓶が意味するところも、常識的な警官が思いこむようには一義的ではありません」

「あなたが出した例で、事件の支点に位置する現象とは」

「たとえばの話にすぎませんが、撲殺された屍体でも血が付着した花瓶でもなく、床に散乱していた花を支点的現象として選んで、落ちた花の本質を必然的な死と直観するんですね。この直観から犯行現場や事件をめぐるもろもろを論理的に再構成すると、他殺に見せかけた自殺という結論が導かれる。……こんな具合に事件を解釈しながら、いったんの結末まで記述するのが現象学的な犯罪研究です」

「謎めいた事件の真相が、本質直観でわかるというのかしら」

「犯罪現象の詳細が情報として提供されているなら。しかし現象学的な犯罪研究は、犯人の逮捕といった実用性のためになされるわけではありません。事件の支点の意味を直観することで真相が判明するとしても、それは研究の副産物にすぎないんです」

われながら舌足らずな説明だと思う。あとはラルース事件などの実例に即して語るしかないが、特別に知ることのできた捜査情報を第三者に洩らすわけにはいかない。部外者には口を閉じているという、パパやジャン＝ポールとの約束があるから。

シスモンディが口を開く。「もう半世紀も昔のことですが、はじめて現象学という言葉を耳にしたのはモンパルナスの料理店でのこと。ベルリンに留学していた友人が店の名物だった杏（あんず）のカクテルを示していったの。『現象学者なら、このカクテルそれ自体について哲学的に語ることができる』ってね。カクテルで可能であれば犯罪だって哲学的に語ることもできるでしょう。

杏のカクテルを前にしてクレールは興奮と感動で青ざめていた。フランスの講壇哲学に飽き飽きしていた彼は、裸の事物を語るための新しい哲学を渇望していたから。モンパルナスからサン・ミシェル通りに出たわたしたちは、その足で書店に入った。棚にあったエマニュエル・ガドナスの現象学の本を手に入れて、クレールは道を歩きながら夢中で読みはじめたわ」

森屋敷の事件の際に少し話したことのあるユダヤ人哲学者のガドナスは、フランスへの現象学の紹介者として出発した。ただしそれは第二次大戦前のことで、ハルバッハ哲学への批判を意識化する以前のことだが。当時はリセの哲学教師だったクレールも、杏のカクテルをめぐる友人の言葉に触発されたのか、ナチスが政権を獲得した直後のドイツに留学して現象学を学ぼうと決意する。

シスモンディの自伝でも紹介されている杏のカクテルをめぐる挿話だが、当事者の口から語られるとまた印象が違う。わたしも現象学の発想を人に説明するとき、ついテーブルの上のグラスを引きあいに出してしまう。それは現象学者の視覚中心主義のせいで、本当は痛覚こそ真に現象学的な感覚だとカケルはいうのだが。

老婦人が言葉を継いだ。「現象学的な推理でもなんでもかまいませんが、とにかく盗まれた手紙の謎を解いてもらいたいの。その手紙、どうしても取り戻したいから」

カケルがこちらを見て無言で目配せする。自分の代わりにシスモンディから話を訊けということのようだ。現象学的推理を真剣に受けとる気がなさそうな老婦人に、嫌気がさしたのでなければいいが。シスモンディもシスモンディだ。東洋人の若者と違って年季を積んだ現象学の専門家だと自負しているにしても、手紙捜しを頼みたいなら小馬鹿にするような態度は取らないほうがいいのに。

「どんな謎なんですか」仕方がないので質問をはじめた。

「オーギュスト・デュパンなら大喜びで飛びつきそうな謎よ。あらかじめ手紙を盗んだ犯人がわかっている点もデュパンの第三の事件と同じ。あれは二週間ほど前、六月四日の午後三時すぎのこと……」

シスモンディは世界最初とされている虚構の名探偵に言及した。たしかにデュパンは盗まれた手紙の謎を解いている。シスモンディが持ちこんできた事件でも犯人の正体はすでに割れているというのだが、どんな謎をカケルに解かせようというのか。

昼食の時刻にはエドガール・キネ通りのアパルトマンを訪れて、午前中に通いの家政婦が用意した食事を目の不自由な老人に食べさせる。夜更かしのため目覚めるのは昼ごろのクレールにとって、これが朝食を兼ねた昼食になる。食後は本を読み聴かせたり、話をしたりするのがシスモンディの日課だという。

手紙の盗難事件の詳細を老婦人が語りはじめた。「目が不自由だし身体的にも弱っているクレールのために、週日は家政婦が通ってきています」

通いの家政婦が一日に二回、前半は午前十時から午後一時まで、後半は午後三時から六時までアパルトマンに詰めている。正午から午後三時まではシスモンディ、夜に仕事をするクレールのため午後五時以降は秘書とタイピストが。土曜日曜はできるだけ〈家族(ファミーユ)〉が交代で付き添うようにしているけれど、必要に応じて別の家政婦を頼むこともある。

こんな具合にクレールに付き添う各人の時間的な分担は決められている。もちろんこれは大雑把な目安で、各人の出入りの時刻が一分一秒まで厳守されているわけではないだろう。

二人の住居は歩いて五分ほどしか離れていない。その日は古い手紙をハンドバッグに入れて、老人のアパルトマンを訪れたという。クレールが三十五年も昔にシスモンディ宛に書いた手紙で、読み返したいから捜してほしいと頼まれていたようだ。

　第二次大戦直後から一九五〇年代までサン・ジェルマン・デ・プレ広場の同じ建物に、二人がそれぞれの部屋を持っていたことは知られている。建物の地上階は有名な、あるいはクレールとシスモンディが有名にしたともいえる珈琲店（カフェ）で、その時代には店内で二人の姿が毎日のように見られたという。いま二人はサン・ジェルマン・デ・プレから二キロと離れていないモンパルナスに住んでいる。距離的には近い場所だが、わたしは少し気になった。どうしてモンパルナスに根城を移したのか。

　わたしの家はモンマルトルにある。第一次大戦の前まで、モンマルトルにはパリ派の画家など多くの芸術家が住んでいた。状況が変わったのは大戦後のことで、芸術家たちの少なからぬ者はモンパルナスに移住する。そして第二次大戦後には、サン・ジェルマン・デ・プレが芸術や思想風俗の先端に躍り出た。

　一九四〇年代後半には実存（エグジスタンス）族と呼ばれる青年男女が、珈琲店（カフェ）〈ドゥ・マゴ〉や隣の〈フロール〉にたむろしていたという。このように知的流行の先端は、第一次大戦前のモンマルトルから、戦間期のモンパルナス、第二次大戦後のサン・ジェルマン・デ・プレへと移動してきた。首都圏高速鉄道（RER）の地下駅や国立文化芸術センターや巨大ショッピングモールの新設で、いまではレ・アール界隈が新しいパリの中心になろうとしている。ただし再開発された中央市場の跡地が、かつてのモンマルトルやモンパルナスのような文化的先端の街になるものかどうか、まだはっきりしたことはいえない。

　どうしてクレールとシスモンディは、時間を逆行するようにサン・ジェルマン・デ・プレからモンパルナスに住居を移したのか。生家がモンパルナスだったというシスモンディの場合はわからないでもない。歳を重ねて、また生まれ育った街で暮らしたくなったのかもしれないし。

　高名な思想家で文学者でもある老婦人は、落ち着いた口調で話し続ける。「クレールのアパルトマンのドアを開いたのは、マルク・ドゥブレでした」

「その人、もしかして医師じゃないですか」

　わたしの問いにシスモンディはかぶりを振る。「ドゥブレはクレールの秘書ピエール・ペレッツが、自分の長期旅行中の代理として連れてきた男。ペレッツより歳は十歳も上ですけど」

　リセの生徒だったころのことだ、マルティニク出身の医学生フランソワ・デュヴァルと友達になったのは。医学部で同期の女子学生アデルをフランソワから紹介されたことがある。アデルの恋人が、たしかマルク・ドゥブレという名前のインターンだった。フランソワはマルク、アデルと三人でギリシア旅行をしたことがあるとか。旅行中の出来事について他にもフランソワから話を聞いた気がするけれど、とっさには思い出せない。

　フランソワ・デュヴァルは同郷の医師で革命家のフランツ・ファノンや、キューバ革命の主役の一人エルネスト・ゲバラのことをよく話題にしていた。キューバを離れたゲバラはボリビアの密林でゲリラ活動をはじめる。高等師範学校（エコール・ノルマル・シュペリウール）を卒業したあとハバナ大学に招聘（しょうへい）され哲学を講じていたレジス・ドゥブレは、キューバ革命を論じた『革命の中の革命』の著者としても知られる。ドゥブレは密かにゲバラの部隊に参加して逮捕され、懲役三十年を宣告された。それでも、クレールも参加した釈放運動によって一九七〇年には刑務所から解放される。

　フランソワは冗談まじりに「アデルの恋人はドゥブレだが、レジス・ドゥブレとは別人だよ、同じ年齢の左翼活動家だけどね。ただし医師だから、この点はゲバラと同じ」と語っていた。そのときレジス・ドゥブレはアジェンデ社会主義政権の取材のためチリに滞在していたし、まだリセの生徒だったわたしでもマルク・ドゥブレとレジス・ドゥブレを混同するわけはなかったが。

　そのあとも二度ほどフランソワがマルク・ドゥブレに言及したことがある。優秀な外科医として期待されていたが、一九七〇年代のはじめに大学病院を離れた。デモで暴力警官に手指の骨を折られ、後遺症のためデリケートな手術の執刀が難しくなったからだ。退職したのは左翼運動に専念するためではないかとも、フランソワは語っていた。

　それが一度目で二度目は昨年の秋、クロード゠ベルナール病院に入院中のフランソワを見舞ったときのことだ。もうドゥブレとは別れたアデルが、この病院にたまたま勤務していて毎日のように病室に顔を出してくれると、病気でやつれた青年は口にしていた。

　ピエール・ペレッツと親しいマルク・ドゥブレなら、わたしが名前を耳にしたことのある人物ではないか。そう思ったのは二人とも〈プロレタリアの大義〉の指導的な活動家だったからだ。労働者家庭の娘をレイプして殺害しながら不起訴処分になったブルジョワ男の誘拐を命じ、活動家たちを鉱山町ブリュエ・アン・ナルトワに送りこんだのが〈プロレタリアの大義〉指導者のピエール・ペレッツだった。

組織が解散した五年ほど前から、この青年はクレールの秘書を務めてきた。〈プロレタリアの大義〉の活動を支援していたクレールは、二十代の若き実践的理論家としてペレッツを高く評価していた。この二人には『造反有理』という対談書があるほどだ。

誘拐作戦の実行部隊には、ミノタウロス島で偶然の再会を果たしたコンスタン・ジェールもいた。誘拐の目的は人民裁判、人民裁判の目的はブルジョワ腐敗分子への有罪判決と処刑だから、ようするに暗殺行為をコンスタンたちは命じられたことになる。この非合法作戦が中止された経緯を、部外者は知ることができないのだが。

「ピエール・ペレッツは旅行中なんですか」

「昨年からエルサレムに滞在していて、帰国は秋になるとか。マオイスト崩れが無節操にもユダヤ思想にかぶれはじめたのよ」孫のような年齢の青年に対する露骨な反感を、シスモンディは隠そうともしない。

「どんな関係なんでしょう、その二人は」

「アルジェリア反戦世代のドゥブレのほうが年長ですが、いずれにしても左翼主義者(ゴーシスト)のころからの仲間ね。秘書の代理でじきにいなくなる人だし、ちゃんと話したこともないので詳しいことはわかりませんけど」

「その時刻、秘書代わりのドゥブレはアパルトマンにいないのがふつうなんですか」

「クレールが仕事をするのは夜だから、代理秘書やタイピストが来るのも夕方のこと。大量の喫煙や飲酒と同じことで、若いころからの習慣が抜けないのね、もう躰はぼろぼろだというのに。『実践の弁証法』を死にもの狂いで書いていたとき、『これさえ完成できれば、私は死んでもいいんだよ』と大真面目で口にしていた。アルジェリア戦争の最中のことで、あのころは覚醒剤も。大量の煙草に酒に覚醒剤、そして徹夜、徹夜……」

命を削るようにして執筆された第二の哲学的主著だが、しかし序説と第一部しか出版されていない。第二部は今日まで未刊行なのだ。哲学と思想、批評と小説を問わずクレールには未完の大著が多い。例外は戯曲で、未完の戯曲を上演するわけにはいかないからだろうか。もはや十九世紀的な哲学体系や全体小説が不可能であることを、人生を賭けて証明した二十世紀人がジャン＝ポール・クレールなのかもしれない。

シスモンディは盗まれた手紙の話を続ける。「わたしが居間に入るとドゥブレは奥の書斎に退きました。前夜からアパルトマンに泊まりこんでいたアナベラが、そのときは奥の部屋で仕事をしていたのね。書斎からタイプライターの打鍵音が聞こえていた。テープに入れたクレールの口述をタイプする仕事のために、ペレッツが連れてきたのがアナベラ・モランジェ。視力が低下し体力が弱ってきたクレールの介護役もかねていて、必要な場合にはアパルトマンに泊まることもある」

シスモンディは硬い表情でアナベラの名前を口にした。ピエール・ペレッツの紹介でクレールの家に入りこんできた、やはり左翼主義者（ゴーシスト）としての活動歴がある若い女に警戒心を抱いているようだ。もともとアナベラはペレッツの恋人だったが、ペレッツがイスラエルから帰ってこないからなのか、最近ではドゥブレとつきあいはじめたらしい。ペレッツと別れたアナベラがドゥブレを真剣に愛しているのか、あるいは軽い遊びにすぎないのか、シスモンディにはよくわからないようだ。

「ドゥブレが書斎に移ったのは自分からですか」

わたしの問いにシスモンディが肩を竦（すく）める。「しばらく二人にしてと、わたしがいったの。昔の手紙を捜せないかとクレールから頼まれたのが、その前日のこと。家から持ってきた封筒を手渡すと、クレールは上着のポケットに入れたわ」シスモンディ宛のクレールの書簡は何百通もありそうだが、いつでも目当ての手紙を捜せるようにきちんと整理してあるらしい。「それから十五分ほど話をして調理室に行きました。珈琲を淹れるのに手間どって、居間に戻ったのは十分ほどしてから」

「クレールさんに頼まれて珈琲を淹れたんですか」

「いいえ、クレールが水差しを床に落としてしまって」

安楽椅子の書斎側に小卓が、廊下側に電話機などが載せられた硝子テーブルがある。小卓の上には重たいクリスタルの水差しとグラスのセットが置かれていたが、盲目の老人が手を滑らせて水差しを落としてしまう。下は絨毯だから分厚い硝子製の水差しが壊れることはなかったが、なかの水は床に流れ出した。シスモンディはティッシュペーパーで簡単に絨毯を拭いてから、水差しを持って調理室に向かった。珈琲を淹れることにしたのは調理室でのことらしい。

「お湯を沸かしているうちに居間からドゥブレが出てきました」シスモンディが調理室に行ってから五分ほどあとのことだ。

「居間と調理室の位置関係はどうなっているんでしょう」

紙と鉛筆を出したシスモンディがアパルトマンの略図を描きはじめる。玄関扉から玄関室（アントレ）に入り、屋内ドアを開くと奥まで廊下が続いている。廊下の東側手前に調理室、奥には食堂と副寝室。廊下を挟んで調理室の入口の反対側に居間、副寝室の反対側には主寝室のドア。

居間の西側が書斎で、書斎に通じるドアは廊下側のドアの正面に位置している。書斎の南側が化粧室。化粧室には北側と東側にドアがあって、書斎からも主寝室からも入ることができる。廊下から調理室、調理室から食堂に通じる出入口にはドアがない。調理室にいれば廊下と居間に入るドアを見渡すことができる。

調理室にいたシスモンディは、居間のドアが開かれる物音を耳にして廊下のほうを見た。居間から出てきたドゥブレが後ろ手にドアを閉じ、そのまま玄関室（アントレ）に消えていく。

「外出したんですか、ドゥブレは」

「午前中に届いた大きな荷物が玄関室（アントレ）には置かれていたの。珈琲茶碗と水差しを盆に載せて調理室から廊下に出ると、ドゥブレが荷物を解いているのが見えました。玄関室（アントレ）の室内ドアは開け放されていたから」

午後四時か五時に来て深夜までクレールの秘書役を務めるドゥブレだが、その日は少し早めにアパルトマンに着い

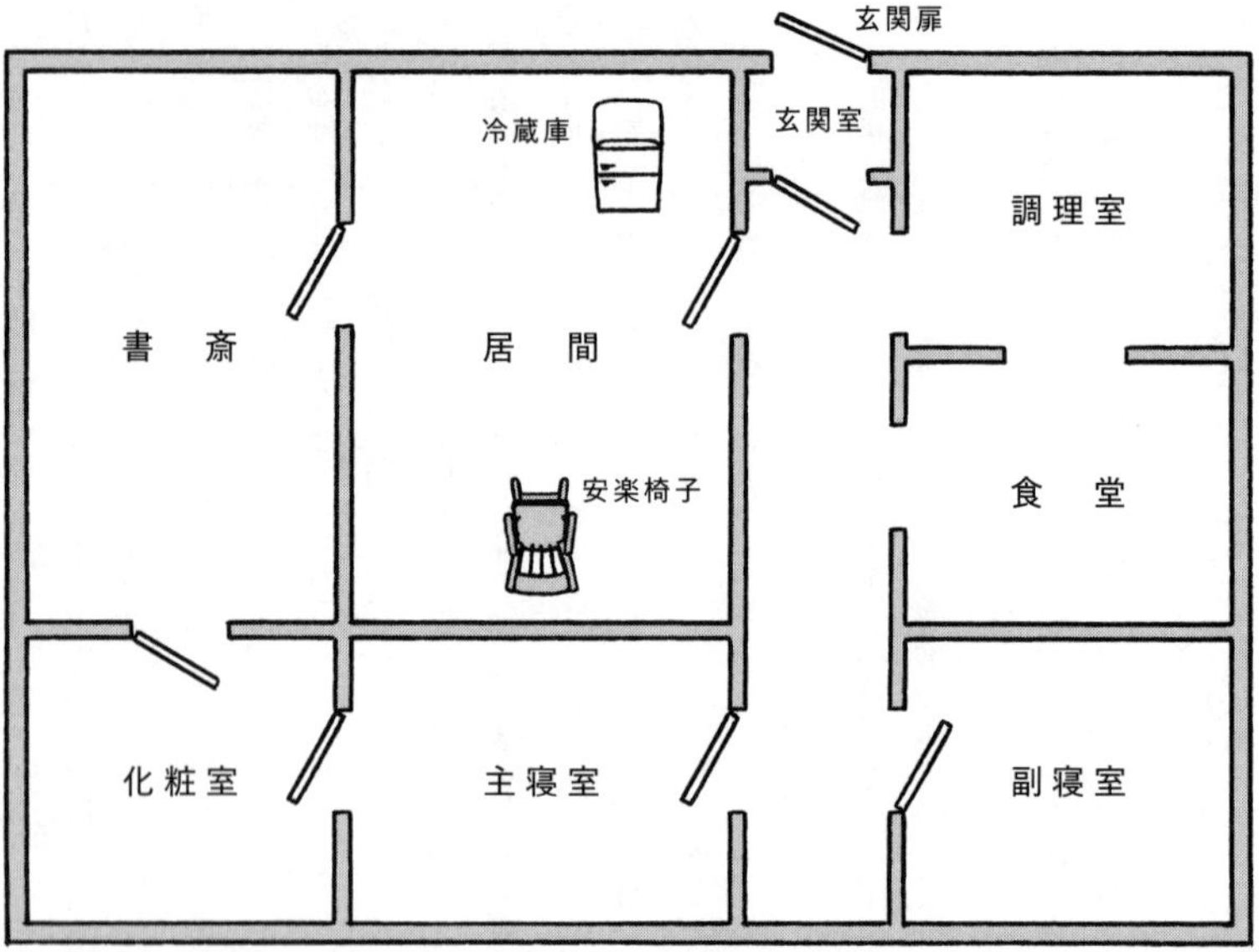

クレールのアパルトマン略図

ていた。午後二時すぎに荷物が届く予定だったからだ。しかし問題の荷物は午前中に着いてしまい、クレールの介護のために泊まっていたアナベラが代わりに受けとっていた。

「シスモンディさんが手紙の紛失に気づいたのは」

わたしの質問に老婦人が応じる。「クレールの上着を見ると、手紙を入れたポケットの辺りに水で濡れた染みが」

シスモンディに「手紙が湿るといけないわ」と注意された老人は、心得ているという表情で横の小卓を示した。

「上着が濡れたことに気づいて、ポケットの手紙を小卓の上に移したというのね。しかし安楽椅子の右横の小卓には、水のグラスと灰皿以外なにもなかった」

老婦人が居間を出たあと、クレールは上着のポケットから横の小卓に手紙を移した。十分ほどしてシスモンディが居間に戻ったとき、手紙は小卓の上から消えていた。これが老婦人を悩ませている手紙消失の謎というわけだが、推理を進める前に確認しておくべき点がある。

「手紙を小卓に移したというのが、クレールさんの勘違いだった可能性はないでしょうか」

勘違いとは限らない、意図して嘘をついたのかもしれない。いまのところ動機はわからないが、手紙消失事件の犯人はクレール本人だとしたら。この可能性が否定されない限り前に進むことはできない。

「そうかもしれません」老婦人が眉根を寄せた。

手探りで小卓になにもないことをたしかめると、クレールは急に茫然とした表情になって、「どうしたことだろう」と呟いた。それから動転したように立ちあがって、両掌で服を叩きはじめる。「どこに仕舞ったのか」と繰り返しながら。

「ときどき直前の記憶が曖昧になるようなの。そんなときは見ていられないほど慌ててしまう。内緒で精神医に相談してみましたが、短期記憶に軽い障害が出ているようだ、海馬の機能に問題が生じているのかもしれない、高齢者には多かれ少なかれ見られる症状だし、その程度なら心配するほどではないと」

興奮して躰をふらつかせた老人を抱きとめて、シスモンディは手紙捜しを手伝うことにした。クレールに頼まれて、上着だけでなく全身を念入りに調べてみたが、どこにも見あたらない。この事実を知って、老人はようやく落ち着いたように見えた。

下着から靴下まで確認したというのだから、シスモンディも徹底している。自分の精神状態に不安を感じたクレールから、そうしてくれと頼まれたのだ。床の上や小卓と安楽椅子の下も調べたがクレールの手の届く範囲に手紙は落ちていない。老人はシスモンディを抱きしめて礼の言葉を幾度も口にした。その背中を軽く叩いて安心させた老婦人だったが、今度は本人が不安になった。クレールが持っていないとしたら手紙はどこに消えたのか。

「風で小卓から飛ばされたとか」平凡な可能性から潰していかなければ。

「窓は閉じられていたし扇風機も使っていなかった。もし飛んだとしても床に落ちていれば気づいたわ」

目が見えない老人でも歩くことはできる。シスモンディが調理室にいるうちに、居間のどこかに手紙を隠した可能性はまだ否定されていない。しかしクレール犯人説に固執する根拠もないし、わたしは話を進めることにした。

「いつまでアナベラは書斎にいたんですか」

「服を検(あらた)め終えて、手紙が見つからないことをクレールに説明しはじめたときのことね、アナベラが書斎から居間に入ってきたのは。ほとんど同時にドゥブレも廊下から居間に」

カケルに相談するまでもない単純な事件ではないか。調理室に行ったシスモンディが戻ってくるまでの十分ほど、クレールは一人で安楽椅子に坐っていた。そのあいだ居間に立ち入った人物は一人しかいない。アナベラが書斎にいたとすれば、書斎を出て居間を横切り調理室に通じる廊下に出たドゥブレだ。この人物が小卓から問題の手紙を奪ったとしか考えられない。

老婦人が上品な仕草で軽く頷いた。「誰でもそう思うわね。しかし、どうすればドゥブレは手紙を盗めたのか、それがわからないのよ」

略図を引きよせたシスモンディが、居間の南側中央に丸印を書き加える。丸印はクレールの安楽椅子が置かれている場所のようだ。書斎のドアから廊下のドアをめざす場合、最短距離なら安楽椅子から離れた線上を移動することになる。ドアからドアまで北側の壁沿いにまっすぐ進んだとすれば、安楽椅子に最も接近する位置でも五メートルは離れている。もちろん腕を伸ばして届くような距離ではない。

シスモンディが調理室に行ってから五分ほどして、クレールは書斎に通じる屋内ドアの開閉音を耳にした。「マルクだね」とクレールが問いかけると、「ええ」と本人が応じた。玄関室(アントレ)に置かれている荷物の中身を確認し、そのあと書斎まで運ぶつもりだという。荷物の件でクレールは、居間を横断していくドゥブレと短い言葉のやりとりを続けた。

直後にドゥブレが居間のドアを開いて廊下に出てきたところは、調理室のシスモンディが目撃している。玄関室(アントレ)で荷物の中身を見ている男の姿を横目で見ながら、老婦人は居間に戻った。そのとき手紙はすでに小卓から消えていたことになる。

　本人の証言によれば、ドゥブレは書斎のドアから出て廊下のドアまで一直線に歩いている。安楽椅子には近づいていない。

「目は不自由でもクレールの耳はたしか。足音が自分のほうに近づいてきたらかならず気づいたでしょう。しかもドゥブレは歩きながらクレールと言葉を交わしていた。代理秘書の声が自分のほうに寄ってきたら勘づかないわけがない。書斎のドアから廊下のドアまでドゥブレが一直線に歩いたこと、安楽椅子や小卓に近づいていないことは確実ね」

　居間を横断する十秒ほどのあいだ、ドゥブレはクレールと荷物のことで言葉を交わしている。書斎から居間に入ってきたのがドゥブレでなくアナベラだった可能性も、この事実から否定される。しかも居間から出てきたドゥブレを、調理室の戸口からシスモンディが目撃しているのだ。そのとき書斎から廊下まで移動した人物がドゥブレであることは疑いない。

　老婦人に確認してみる。「ドゥブレとアナベラの足音を、クレールさんは聴き分けられるんでしょうか」

「聴き分けられます、わたしが部屋に入るとすぐにわかるし」

　それぞれの体重や歩き方の癖の違いで、室内を歩くときの足音は人によって異なる。目が不自由なぶん聴覚は鋭敏になっている老人が、親しい者の足音を聴き分けられても不思議ではない。

「クレールさんとドゥブレが話をしているとき、足音を忍ばせたアナベラが居間に入りこんで、小卓の手紙を盗ってから書斎に戻った可能性は」

「難しいでしょうね」シスモンディはかぶりを振る。

「どうしてですか」

「居間から書斎に通じるドアは掌の幅くらいならともかく、人が出入りできるほど開くと軋(きし)むの。また開いたドアをそっと閉じても少し響く。クレールはドアの開閉音を聞いているから、ドゥブレがドアをきちんと閉じたことはたしか。気づかれることなく、もう一度大きく開くことも閉じることもできません」

　わたしは話を進める。「ドゥブレとアナベラが一緒に書斎を出たとします。アナベラは閉じられたドアの前で足をとめ、ドゥブレだけが廊下に通じるドアの方向に歩きはじめる。ドゥブレとクレールさんが話をしているあいだに、アナベラが足音を忍ばせて小卓まで行って手紙を盗ったとしたら」

「物音をたてないように注意しても手が届くところまで近よれば、クレールに気配のようなものを感じとられてしまうでしょう。気配を完全に消せたとしても、わたしが調理室から居間に戻ったとき書斎に通じるドアは閉じられていた。アナベラが手紙を盗んでも、クレールに気づかれることなく書斎のドアを閉めることはできませんよ」

はじめから書斎にいたアナベラがドゥブレと一緒に書斎を出たとしよう。青年が廊下へのドアに向かうあいだに、足音を忍ばせて小卓に近づき手紙を奪うことができたとしても、書斎に戻る方法がない。手紙を手に入れたアナベラが居間から書斎に入ろうとすれば、どうしてもドアを開閉しなければならないからだ。軋むドアを開いたり閉じたりすればクレールに気づかれてしまう。

「ドゥブレが出たとき以外には、書斎のドアの開閉音をクレールは聴いていません。手紙が小卓から消えていることを知った直後に、わたしは書斎のドアが完全に閉じられていることを確認したわ。頼まれた通りに衣服を検め終え、どこにも手紙はないというと、あの人は感激してわたしを抱きしめた。小卓に置いたという記憶が間違いでないと確認できて、よほど嬉しかったのね。そのときでした、ドアを軋らせて書斎から居間にアナベラが入ってきたのは」

たしかに謎めいている。書斎に通じるドアは一度しか開閉されていない。そのとき居間に入ってきたのはドゥブレだ。クレールは居間を横断していく代理秘書と言葉を交わしたと証言している。玄関室(アントレ)で荷物を開いていたドゥブレが居間に戻ってきたのは、シスモンディがアナベラに事情を尋ねているときだった。

シスモンディが描いた略図を見ると、書斎から化粧室、主寝室、廊下を通っても居間には行ける。この順路で居間に忍びこんだアナベラは、気配を殺してクレールの安楽椅子に近よることができたのではないか。廊下と居間のあいだのドアは軋み音をたてることもないようだし、静かに開閉すればクレールに気づかれないかもしれない。しかし廊下から居間に入るドアは、調理室の入口から丸見えなのだ。調理室で珈琲の用意をしていたシスモンディの目を盗んで、アナベラが密かに居間に入るのは難しい。

まだある。仮にシスモンディの目を盗んで居間に忍びこめたとしても、手紙を奪ったあと書斎まで戻らなければならない。軋み音をクレールに聴かれてしまうため、居間から書斎に通じるドアを使うわけにはいかない。居間から廊下に出て、主寝室、化粧室を通って書斎に戻るしかないわけだ。シスモンディに気づかれることなく、二度も調理室の前を通過できたろうか。

老婦人が忌々しそうに応じる。「残念だけど無理ね。お湯を沸かして珈琲を淹れているあいだも、わたしは廊下のほうを向いていたのだから。調理台や配膳台の位置関係からして、どうしてもそうなるのよ。廊下や居間のドアから目が離れたのは、カップを食器棚から出したときだけ。その数秒を利用できたとしても、二回は絶対に無理。偶然の幸運でアナベラが、わたしに気づかれることなく廊下から居間に入れたとしましょう。それでも出るのは不可能なの」

「わかりました、では別の可能性を検討してみましょう」

「どんな可能性かしら」

「書斎から化粧室と主寝室を通って廊下に出たアナベラは、あなたが食器棚に向かっていたわずかの隙に素早く居間に入った。気配を殺して小卓から手紙を盗り、足音を忍ばせて書斎のドアのところまで移動する」

書斎のドアが開かれてドゥブレが居間に入ってくる。入れ替わりにアナベラは居間から書斎に戻る。それから五分ほどしてシスモンディがクレールの衣服を検め終えたころ、最初から最後まで書斎にいたような顔をして居間に入ってきた。ドゥブレとアナベラは共犯で、ドゥブレがアナベラを書斎に逃がしたことになる。

老婦人が微笑して応じる。「あなたの推理に問題があるとすればクレールの耳、聴覚という条件を充分に考慮していない点。廊下から居間に入るときのドアの開閉音や、廊下側のドアから安楽椅子まで、そして安楽椅子から書斎側のドアまでの足音。どんなに息を殺し物音をたてないように努めても、クレールは微妙な違和感を覚えたでしょう」

わたしは喰いさがることにした。「アナベラの足音や気配を、クレールさんが聴き洩らした可能性も否定はできないと思うんですが」

「そうね。書斎から居間に入ってきたドゥブレが廊下に出るまでの数十秒ほどなら、クレールに気づかれることなくアナベラは手紙を盗めたかもしれない。そのとき室内にはドゥブレの足音や人の気配があったし、クレールはクレールで代理秘書と荷物のことで話をするのに気を取られていたでしょうから」

それでは駄目なのだ。ドゥブレが書斎から居間に入ってくるとき、すでにアナベラは手紙を盗み終えて書斎に通じるドアの前で待機していなければならない。

「シスモンディさんの話からでは、誰がどんなふうにして手紙を盗んだのか見当もつきません。どこにともなく消えたとしか」わたしは当惑して呟いた。

「いいえ、消えたなんてことは絶対にない。手紙は盗まれたに違いないの」

老婦人の強すぎる口調に少し驚かされる。たしかに手紙が中空に消えるわけはない。消えたというのは結果で、そうなるには相応の理由がある。どこかに紛れこんだ、間違って捨てられた、何者かに持ち去られた、あるいは奪われた、盗まれた。手紙は盗まれたと断定してから顔を顰め、それと矛盾することをシスモンディは口にする。

「それでもドゥブレやアナベラを、手紙泥棒として名指すことはできそうにない……」

わたしは応じる。「わからないからですか、盗んだ方法が」

「まだあるのよ。わたしたち四人が書斎で顔を合わせた直後でした、インタフォンのブザーが鳴ったのは。玄関まで出たドゥブレがクロードを書斎に連れてきたわ。たまたま訪ねてきたというクロード・ブレイマンは、クレールとわたしの古い友人」

ブレイマンは友人以上だろう。クレールが主宰する評論誌〈アンガジュマン〉の編集長だし、エルミーヌ・シスモンディは戦後の一時期この人物と一緒に暮らしていた。たがいに第三者との偶然的な愛を認めあうという、クレールと結んだ契約上の権利をシスモンディも行使したことになる。

主寝室でアナベラの身体検査をした老婦人は、ブレイマンに事情を説明してドゥブレの身体検査を頼んだ。もちろん二人とも抵抗したが、「たとえ不愉快でも、エルミーヌが納得できるように協力してほしい」というクレールの言葉が功を奏し、アナベラもドゥブレも手紙を身に着けていない事実は確認された。

身体検査を強要されて気分を害したドゥブレとアナベラは、午後四時すぎにアパルトマンを出ていった。二人が姿を消した直後から夜遅くまで、シスモンディはブレイマンと居間や書斎はむろんのこと、アパルトマンのすべての部屋を隅々まで徹底的に探索したという。

「あの家にある膨大な本も、書棚に並んでいてすぐに手に取れるものは一冊残らず開いてみました。日が暮れるまで捜しても手紙は出てこなかった、アパルトマンのどこからも」老婦人が顔を顰めて語り終える。

身体検査も書斎の捜索も空振りに終わった以上、問題の手紙は宙に消えたとしかいえそうにない。それでもシスモンディは、手紙は消えたのではない、あくまでもドゥブレに盗まれたのだと言いはる。

「あなたがクレールさんの衣服を検め終えたあと、アナベラとドゥブレは居間に入ってきたんですね。それからアパルトマンを出ていくまで、どれくらいの時間でしたか」

「三十分ほどかしら」

「そのあいだ二人が居間から出たことは」

「衣服を検めるため、わたしと一緒にアナベラは五分ほど主寝室に。クレールに確認しましたが、そのあいだドゥブレは居間から動いていません」

盗んだ方法はともかくとして、二人が身体検査を受ける前に盗んだ手紙をどこかに隠したと仮定してみよう。隠し場所はドゥブレであれば玄関室(アントレ)か居間のどこか、アナベラの場合は居間か書斎、あるいは化粧室か主寝室になる。いずれにしても二人が隠せるような場所から手紙は発見されていない。

謎めいているのは手紙の消失という出来事に限らない、たとえば消えた手紙の中身だ。どんなことが問題の手紙に書かれていたのか。「容疑者」二人の身体検査までしたというのだから、失われた手紙へのシスモンディの執着は半端ではない。常識では測れないほど重要な手紙なのだろう。シスモンディにとって絶対に失うことのできない、クレールとの貴重な思い出の品なのか。

警視庁のバルベス警部なら、骨まで染みついた警察犬根性を発揮して無遠慮に疑うことだろう。他人に知られてはならない秘密が記されているのではないかと。もしも悪意ある第三者の手に落ちれば、脅迫の材料として使われかねない内容の手紙。

手紙の秘密に加えて、シスモンディとドゥブレやアナベラの関係も気になる。わたしの場合は論理的な可能性を検討して二人の共犯説を導いたにすぎないが、老婦人はクレールの代理秘書やタイピストが犯人だと決めつけている。なにしろ衣服まで検めたほどなのだ。

とはいえ二人とも盗むのは不可能だし、直後の検査でも衣服から手紙は発見されていない。手紙が消失した事実は否定できないけれども、それが盗難の結果だという確実な証拠はない。どこかに紛れこんだ可能性も否定はできないのに、それでも手紙は「消えた」のではない、「盗まれた」

のだとシスモンディは頑固に言いはる。そう信じているのだろう。老婦人にとってドゥブレやアナベラはよほど疑わしい人物のようだ。

「クレールさんとは親しいんですよね、二人とも」一人は臨時とはいえ秘書役だし、もう一人はタイピストで、必要な場合にはクレールの介護役も務めるという。

シスモンディが唇を曲げる。「でも古くからの〈家族（ファミーユ）〉は信頼していませんよ、クロードもわたしもペレッツたちのことを。あの連中は卑劣にもクレールを利用している」

「なにか、疑うような理由があるんですか」

「二人ともペレッツが連れてきたマオイスト仲間で、ペレッツとアナベラとは親密な仲だったし、エルサレム滞在中のペレッツがクレールの身近に残した監視役がドゥブレというわけ。手紙が消えたなんて嘘、ドゥブレとアナベラが手を組んで盗んだに違いないのよ」

その日モンパルナスのアパルトマンに顔を揃えた五人は、なんとも複雑きわまりない関係だった。クレールとシスモンディは「世紀の恋人」だし、この二人とブレイマンは三角関係だった時期がある。アナベラはペレッツの恋人だったが、ペレッツが長期旅行に出かけてからはドゥブレと関係を持っているらしい。ヒッピーたちによるフリーセックスの新旧〈共同体（コレクティヴ）〉は、クレールの〈家族（ファミーユ）〉の発展形あるいは拡大版ともいえそうだ。

わたしは話を戻した。「どういう意味ですか、ペレッツやドゥブレがクレールさんを利用しているって」

「クレールとの対話と称する原稿をペレッツが左派系のニューズマガジンに持ちこんだの。編集部からわたしに連絡がありました。ひどい中身の原稿だから、引き揚げるようにクレールを説得してくれないかと。それを読んで、掲載してはならないとクレールに忠告したわ」

「活字にできないほど難のある原稿だったんですか」

「クレールを利用するために接近してきた若い野心家が、肉体的にも精神的にも弱った老人を半ば誘導し半ば強制して、偉大な知識人としての業績を自分から全否定するように仕向けた。そんな対談など公表するわけにはいきません、わたしの抗議が功を奏して週刊誌の掲載は中止になったわ」

左派系週刊誌の件で収まらなかったのはペレッツで、シスモンディやブレイマンをはじめとするクレールの古い〈家族（ファミーユ）〉と、原稿の評価や公表問題にかんして激しい対立が生じた。シスモンディたち古い〈家族（ファミーユ）〉は思想的に腐朽した過去の亡霊にすぎないと捨て台詞を吐いて、ペレッツは議論の席を蹴って立ち去ったという。

「直後にペレッツはイスラエルに出発した。わたしもクロードも厄介払いができて一安心という心境だったけれど、代わりにクレールのアパルトマンに出入りしはじめたのがドゥブレ。ペレッツの代役のドゥブレとはきちんとした話をしたことがないし、これからもする気はない。クレールの家でも、できるだけ顔を合わせないようにしているほどよ。

問題の対話原稿が別の評論誌に載ったのが今月のこと。不意のことで驚いたわ。ペレッツは長期旅行中だから、仲間のドゥブレが編集部に裏から手を廻したに違いない。油断も隙もない汚らしい陰謀家たちよ」老婦人は吐き捨てるように語り終えた。

〈家族(ファミーユ)〉と称するクレールの取り巻きたちの派閥抗争は、想像した以上に深刻そうだ。しかも世代間対立に加えてユダヤ人問題をめぐる思想的対立もある。〈アンガジュマン〉誌の編集長ブレイマンのように、旧世代の派閥にもユダヤ系の知識人は含まれているが、新世代はほとんどがユダヤ系らしい。しかも、戦争直後に刊行されたクレールの『ユダヤ人は存在しない』のユダヤ人論には否定的で、この著作の自己批判を若者たちは老知識人に要求しているとか。

「手紙が消えた日には一緒だったわけですよね」

「以前からクレールのアパルトマンでは、午後がわたしの時間、夜はペレッツの時間という棲み分けができていたのよ。ドゥブレもペレッツの場合と同じこと」

手紙が消えた午後、ドゥブレはいつもより三時間も早くからクレールのアパルトマンに来ていた。警察的思考とは一線を画しているわたしでも、この点には疑問を覚える。荷物を受けとるためだという理由も疑えば疑えるし。

「どんなときもクレールの友人はわたしの友人、わたしの友人は彼の友人でした。最初のたった一人の例外がピエール・ペレッツ。悪い意味でボリシェヴィキ的な性格なのね、あの若者は」

日本人が抑揚の少ない声で呟いた。「真理と正義を所有しているという傲慢、自己中心化と支配欲……」

老婦人がカケルを見る。「まあ、そんなところかしら。リヴィエールの話ではあなたも日本で左翼運動の経験があるそうね、歳はペレッツより下でしょうが」

一般に若く見られる日本人だからか、知らない人は外見からカケルを二十歳すぎの年頃だと思う。しかしそれは事実ではない。年齢など個人的なことには頑固に口を閉ざしているのだが、言葉の端々から察するところ「五月」世代に違いない。生きていれば二十七歳のアントワーヌ・レタールと、三十二歳のピエール・ペレツの中間くらいの齢ではないか。生まれ育ったのはたぶん東京だ。

学生時代は左翼主義者（ゴーシスト）で、日本を出国して長いことアジアや北アフリカを旅した。国際放浪を終えて三年ほど前からパリに滞在しているが、年に一度は一ヵ月から二ヵ月もの長期旅行に出かける。仕事をしている様子はないけれども、経済的に困窮している様子はない。簡単な生活（ラ・ヴィ・サンプル）が信条だから、月の生活費は千フランもあれば充分だろう。

老婦人が続ける。「エコール・ノルマル時代からのクレールの親友が、独ソ不可侵条約に抗議して共産党を離れたときのことを思い出すわ。彼のことを共産党は信じられないほど汚い言葉で罵（ののし）った、プチブルの裏切り者とか権力の犬とか卑劣なスパイとか。彼が犬でもスパイでもないことは、罵っている本人自身がよく知っているのよ。あんな酷い中傷をどうして口にできるのかと思ったわ」

〈プロレタリアの大義〉の他の幹部たちと同じように、エコール・ノルマルの教授で寮監だったマルクス主義哲学者に影響されたペレツだが、共産党員だったことは一度もない。それでもボリシェヴィキ的なメンタリティは過剰なまでに引き継いでいる。トロツキストもマオイストもボリシェヴィキの変種だとすれば当然のことかもしれないが。活動家時代に信奉していたマオイズムを放棄し、ユダヤ人としてのアイデンティティに目覚めたペレツは、エマニュエル・ガドナスに私淑して自宅に通いつめているらしい。今回のイスラエル旅行も新しい思想的立場と関係があるのだろうか。

「五月」世代には革命やマルクス主義を放棄して宗教や神秘思想に傾倒しはじめた元活動家も少なくない。『天使』という本を書いた二人組もいるし。わたしの友人を精神的に追いつめて頭の捻子（ねじ）を狂わせたペレツは、ユダヤ思想を背景としたガドナスの〈ある（イリヤ）〉や顔（ヴィザージュ）をめぐる哲学的思索に接近したようだが。

老婦人が顔を顰める。「思想的な立場を変更して熱中する観念を取り替えても、思想や観念を奉じる頑固な排他性と押しつけがましさは、マオイスト時代と少しも変わらない。自分の考えること、語ることは絶対に正しいという度しがたい思いこみ。このボリシェヴィキ的な厚顔と無自覚性が若者たちには魅力的なのかもしれないわね。〈プロレタリアの大義〉の時期にも、彼の熱情と確信に満ちた言葉に魅了され説得された学生は多かったのだし。

これで手紙が盗まれた前後の事情はおおよそのところ説明しました。どう考えるのかしら、ヤブキさんは」

黙りこんで前髪を引っぱっていたカケルが、しばらくして口を開いた。「結論的なことはいえません、欠けている情報があるから」

「たとえば」切り口上でシスモンディが問う。

「手紙が消えた現場を観察しなければ」

「来週にもクレールのアパルトマンに案内します、他には」

「その日の事情をドゥブレ本人から訊いてみること」

「クレールから頼んでもらいます。わたしの紹介だと、ドゥブレは態度を硬化させかねないから。これでいいかしら」

「もうひとつ、あなたに質問が」

「なんですか」

「手紙の中身です。重要な手紙であることは理解できても、重要である理由がわからない」日本人が遠慮のない態度で問いかける。

どんな内容の手紙なのか興味はあるけれど、シスモンディは話したくない様子だった。本人が語ろうとしない以上こちらから問いつめるわけにもいかない。わたしは質問するのを躊躇していたが、日本人的な慎ましさの美徳など皆無の青年は単刀直入だった。

「……わたしにもクレールにも、とても大切な手紙なの。それ以上はいえないわ、残念ですけど」

わたしは口を挟んだ。「これだけは教えてください。ドゥブレかアナベラ、あるいは二人が横取りしたいと思うような手紙だったんですか」

「そうね」老婦人が頷いた。「あの二人には盗む動機があるかもしれません」

「どんな手紙なのか知っていたわけですね」

「二人とも言葉の上では否定しています。あの日、わたしが手紙を持ってくることさえ知らなかったと。あるいはクレールの口から洩れたのかもしれない、本人も気づかないうちに」

「ドゥブレかアナベラ、あるいは二人に誘導されたクレールさんが、昔の手紙を取り戻そうとしたのではないか。こう、あなたは疑っているのでは」

シスモンディが肩を竦める。「わからない、でもその可能性はあるわね」

「問題の手紙が書かれたのはいつでしたか」

「第二次大戦中のことよ。これでいいわね、情報提供は」無表情に頷いた日本人を見て老婦人がいう。「それで、見つけることはできるかしら」

「どのようにして手紙は消えたのか、この謎の解明は約束します。捜査権や強制力を持たない個人にも可能であれば、手紙を取り戻すことも」

　謎を解明し犯人を明らかになしえても、身柄を確保して手紙の所在を追及するわけにはいかないということらしいが、必要と判断すれば違法行為でも躊躇しない青年の言葉にしては常識的にすぎる。とても本音を語っているとは思えない。

「それで充分よ。……なんだか心配事が重なって」

「他にもあるんですか」わたしは尋ねてみた。

「サン・ジェルマン・デ・プレ広場に鉤十字（クロワ・ギャメ）の落書きがあったこと、知ってるかしら」

　五月三十一日の未明のことだが、サン・ジェルマン・デ・プレ教会前の小さな広場に黒のスプレーペンキで、大きな鉤十字（クロワ・ギャメ）が描かれていたことはテレヴィのニュース番組でも報道されていた。〈ヌーヴェル・オプセルバトゥール〉誌の解説記事によれば、このところ勢力を伸ばしているジャン＝マリー・ル・ペンの国民戦線（フロン・ナシオナル）とネオナチの暴力的な若者たちに、いまのところ密接な関係は生じていない。ただし先のことはわからない。国民戦線（フロン・ナシオナル）のような極右政党がネオナチの若者を民兵的に組織化し、ナチ突撃隊（SA）のような暴力装置として活用する可能性もないとはいえないから。

　西ドイツの極右の模倣なのかフランスでもネオナチの若者が増えている。ナチに侵略されたフランスはナチを生んだドイツと、国としての歴史も立場も社会条件も大きく異なる。とはいえ一部の若者たちの頭からは、たとえ右翼であろうと愛国者は反ナチでなければならないといった、戦後フランス社会の常識など蒸発してしまったようだ。

　オイルショック以来の長引く不況のため、若年失業率は第二次大戦後で最悪の状況にある。街角には若い失業者が溢れているし、わたしだって大学を出たあと安定した仕事に就けるかどうか知れたものではない。いざとなれば司法警察官を志望すればいい、モガール警視の一人娘なら採用は間違いないとか、無責任な冗談でジャン＝ポールにからかわれる始末なのだ。もちろん、わたしは警察官になる気などない。

　若年失業者の一部からは、ナチズムにかんする歴史的知識など皆無のまま、赤と黒のナチ党旗を振る者も出はじめている。戦後フランス社会の良識や規範を逆撫でするために、若者たちはナチのシンボルを振りかざすのだろう。自分たちから職を奪い将来の希望を奪っている「敵」の正体は、反ナチを国是としてきた戦後フランス社会だと思いこんで。

「この件は報道されていないけれど、サン・ジェルマン・デ・プレ広場のあと六月六日にはクレールの家の前に、六月十二日にはオデオン広場にも」

シスモンディの言葉にわたしは首をかしげた。「右翼やネオナチの落書きはパリでも珍しくないのでは。最近よく見かけるのは、ペタン派の〈ウーヴル・フランセーズ〉の落書きですが」

「わたしたちが住んでいたところなのよ、サン・ジェルマン・デ・プレは。警戒したドゥブレがクレールの家に泊まりこむことも増えたわ」

クレールの付き添いでアナベラが泊まるのに加え、このところ警護の名目でドゥブレが泊まる夜も少なくないという。年少の〈家族（ファミーユ）〉による老知識人の囲いこみを警戒しているのか、老婦人は複雑な表情だ。

第二次大戦後の一時期、クレールとシスモンディはサン・ジェルマン・デ・プレ広場に面した同じ建物にそれぞれ別のアパルトマンを借りて暮らしていた。かつてクレールが居住していた、あるいはいま住んでいるところにナチのシンボルが描かれたことになる。

「アルジェリア戦争の時代、クレールは秘密軍事組織（OAS）にプラスティック爆弾をしかけられたことがある。あのときのことを思い出すと……」眉を寄せた老婦人は本気で心配しているようだ。

今度はネオナチに狙われているということなのだろうか。ボローニャのデモに連帯を表明したりイランの反体制派知識人を支持したり、老いたいまもクレールは政治参加（アンガジュマン）に熱心だ。とはいえ、ネオナチの標的になるほど極端に目立っているわけでもない。欲求不満のスキンヘッドたちは、どうして老知識人を標的としたのだろう。

ふいに日本人が口を開いた。「シスモンディさんは気に病んでいませんか、核戦争による世界の終わり、人類の死滅の可能性を」

「もちろん。核戦争を望んでいる人なんていませんよ、あなただって同じでしょう」

「望んではいません、しかし望んでいないともいえない」

「どちらでもかまわないってことなの」たちの悪い冗談だと思ったのか老婦人は憮然としている。

「シスモンディさんが世界の終わりを拒否するのは、世界が存在すると信じるからですか」

「もしも信じないというのなら、時代遅れの独我論ね」

「世界は存在しないといえば、それは間違いです。しかし存在するといっても、やはり間違いですね。正確にいえば、世界は存在するともしないともいえない。存在するかしないかわからない世界の運命を、どうして気に病むことができるのでしょう」

「エルミーヌ・シスモンディという私は、たしかに実在しているという初歩的な反論は、意味をなさないわけね」女性思想家が唇を曲げた。

「初歩的に再反論します。エルミーヌ・シスモンディという私が、たとえば矢吹駆という他者を、自分と同じ私だと信憑（しんぴょう）することに根拠はない」

「あなたはわたしが見ている夢かもしれない。そういわれたら、あなたは『違う』というのじゃないの」

「僕が見ている夢の登場人物が、僕のことを夢のなかの人物だという。夢のなかの人物から自分は夢ではない、さらに矢吹という私こそ自分の夢にすぎないのだといわれても、他者や世界が僕の夢かもしれないという疑念は解消されませんね」

「若いころ、わたしはリセの哲学教師でした。あなたのいうようなことを、はじめてデカルトを読んだ生徒が得意満面で口にしていたわ」

シスモンディの言葉を遮って青年が続ける。「独我論者として非難されたバークリーでも、疾走してくる馬車の前に飛び出そうとはしませんでした。馬車が実在しているのかどうかわからない、あるいは実在しないと確信していても」

「どうしてかしらね」

「知っているからです、馬車が実在することを」

「あなたも知っているわけかしら」

「ええ」カケルが無表情に頷く。「だから不思議なんです。どうして原理的に知りえないはずのことを、私はつねにすでに知っているのか。……厳密にいえば、知っているわけではありません。知っていると思っている、ようするに信憑している。問題は認識でなく信憑なんです」

　カケルは発生的現象学の前提を語ろうとしているのだろうか。志向的意識とは区別される能作的な、前述語的な世界の構成について。

「テーブルの上に杏のカクテルが実在するのかどうか、僕にはわからない。杏のカクテルを、真に不可疑のものとして認識することはできません。しかし杏のカクテルがあると信憑し、それに手を伸ばすことはできる。むろん口に含んでみることも。

原理的に認識不能な事物や他者や世界の実在を、それでも私は確信できる。日々刻々、そう信憑することで生きている。この確信、この信憑の出来を問い質そうというのが、現象学的思考の出発点ですね。そのためには世界の実在性を括弧（かっこ）に入れ、世界そのものを意味としての世界にまで還元しなければならない。還元によって得られる超越論的主観性の世界では杏のカクテルは実在でなく、私に与えられる多重化された意味の総体にすぎません。赤い色、甘い香り、冷たさ、その他もろもろの」

いったん目を閉じてからまた見ると、やはり杏のカクテルはある。他の人間もあるという。こうした条件が揃えば、認識論的な厳密さで実在性が証明されたのでないとしても、私は杏のカクテルの実在性をごく自然に信じてしまう。

このようにして現象学者は、主観に与えられる意味としての世界から確信の体系を再構成していく。再構成された世界は、われわれが実在していると素朴に思いこんでいる世界とよく似ていても完全に同じではない。再構成された世界は厳密であり、日常的な世界では避けがたい不純性や曖昧性は含まれないから。

青年が続ける。「意味的な確信の体系として再構成された世界は、たしかな実在に裏打ちされたものではありません。信憑が揺らぎ一瞬にして崩れ去る可能性は不断にある。だから人は、ときとして疾走してくる馬車の前を横切ろうとしてしまう。結果、私と世界は消滅するのかもしれない……」

シスモンディが口を開いた。「クレールの『鬱（メランコリア）』では、主人公の掌の上で、泥のついた小石がなにか異様なものに変貌します」

「そして吐き気に襲われるわけですね。しかし意味の背後から無意味で偶然的なものそれ自体が出現したと捉えるのは、現象学的には不正確です。これは小石だという確信を失った裸の意味、ざらざらした手触りや泥の不定形な染み、平たい楕円の形などもろもろの意味が混乱し散乱して与えられているのですから。

小石という統一的な意味が失われても、もろもろの意味は知覚的な直観として意識に与えられ続ける。裸のものだと主人公が思いこんだのは、確信として秩序化されない意味のカオスだったのですね」

当然のことながら老婦人は苛立ちを抑えられない様子だ。

「世界が滅びるかもしれないと心配することに意味はないという、あなたの主張に反論するのは次の機会にしましょう。今日わざわざ来ていただいたのは、世界が存在するかどうかを議論するためではありませんよ」

　こんな議論をどうしてはじめたのか、わたしにもカケルの意図が摑めない。世界は存在しないかもしれないから、世界の消滅を怖れるべきではないといって挑発したのは、シスモンディの反応を観察するために違いない。しかし、そんなことをした目的がよくわからない。

「少し待ってちょうだい、いまクレールの予定を訊いてみます」

　電話するために席を立ったシスモンディが、じきに戻ってくる。「クレールは三日後の六月二十日なら都合がいいと。あなた方の予定はどうかしら」

「わたしは大丈夫です」二十日は火曜日だが、大学の講義は欠席してもかまわない。

「ヤブキさんは」カケルが頷いたのを確認して、シスモンディが続ける。「その前に昼食はどうかしら」

　クレールのアパルトマンに案内する前に、馴染みの店で食事を一緒にどうかというシスモンディの誘いだった。その日の昼食時は時間の都合がつきそうにない、食事が終わるころには料理店に顔を出せるだろうと日本人は応じる。カケルのことをよく知らない老婦人は、なにか約束でもあるのかと思ったようだ。そうではない、他人との会食を好まない青年だから今回も食事の招待を断ったに違いない。

　食べるのは少量の野菜と小麦粉で充分、食卓での社交的な会話など時間の無駄というのがこの偏屈な日本人の本音なのだ。どんなご馳走にも興味のない青年のことは無視して、わたしは〈ドーム〉での昼食という素敵な招待に応じることにした。

第二章　手紙の消失

1

待ちあわせの時刻の少し前に、ヴァヴァン交差点の料理店〈ドーム〉に着いた。モンパルナス通りを挟んで向かい側には、有名珈琲店（カフェ）が歩道まで赤い日除けを広げている。この界隈で生まれたエルミーヌ・シスモンディは、七十年後のいまも同じ場所に住んでいる。いまのシスモンディと同じくらいに年老いる二〇三〇年のわたしも、生まれ育ったモンマルトルで暮らし続けているのだろうか。

落ちついた雰囲気の店内に入ると、事情を呑みこんでいる様子の給仕に名前を尋ねられる。鄭重に案内された奥の席では、エルミーヌ・シスモンディが一人でアペリチフを啜っていた。老婦人に挨拶して席に着き、わたしも同じカクテルを注文する。

祖母のような歳の婦人が上品に微笑みかけてくる。「ヤブキさんは残念でしたね、ご一緒できなくて」

「ええ、本当に」わたしは適当に相槌を打った。革装の大判メニューとよく冷えたキール・シャンパーニュが運ばれてくる。

飴色の艶がある板壁には、かつて常連だったパリ派の画家たちの写真が並んでいる。その時代には今日ほどの高級店ではなく、貧乏絵描きでも気楽に入れる店だったのだろう。電灯の笠はアールヌーヴォーの硝子細工だ。真っ白なテーブルクロスの上で分厚いメニューを開いた。魚料理を選んだシスモンディに合わせて、わたしも前菜は鰊（にしん）、料理は鱸（すずき）にする。

老眼鏡をかけたシスモンディが、給仕の差し出した葡萄酒（ヴァン）のリストを熱心に眺めている。「無理なことを頼んだから、あなたにはシャンパーニュを奢（おご）るわ。手紙を取り戻してくれたら、ヤブキさんには別にお礼をするつもりですけど」

カケルは謝礼など受けとらないだろうが、わたしはシャンパーニュを遠慮なくいただくことにした。ただし食事のあとはジャン＝ポール・クレールのアパルトマンを訪れる予定だから、あまり飲みすぎないように注意しなければ。

「あなたもご存じのミシェル・ダジールが入院したこと、誰かに聞いたかしら」

「半年ほど前のことですね」わたしが外傷神経症の治療を

受けていた女医から、その話は耳にしている。

老婦人が眉根を寄せて頷いた。「自宅で気を失って倒れたようね、血まみれで病院に運ばれたとか。クレタ島での体験が精神的に負担なのかもしれない、あなたは大丈夫かしら」

「……ええ」

わたしは曖昧に口を濁した。事件の後遺症で精神的に苦しんでいたことを、この席では話題にしたくない。ダジールはオイディプス症候群（シンドローム）のウイルスに感染しているから、いよいよ発症したのかもしれないと心配したのだが、転んで怪我をしたせいだと聞いて少し安心した。

「あれから十年以上もたつかしら、まだクレールが元気だったころクレタを旅行したことがあるの。七月のことでイラクリオンの市街は光に溢れていた。二人でクノッソス遺跡を見た翌日、案内人を頼んで沖まで出たわ。わたしは少し泳ぎ、クレールはボートから縞模様の綺麗な魚を釣りあげて大喜び。魚は無理だけど、そのときに使った竿は記念にパリまで持ち帰ったほどよ。いまでも副寝室の収納庫で埃を被っている」

クレタ島には行ったけれど、わたしはイラクリオンもクノッソスも観光してはいない。記憶にあるのは晩秋の荒れた海、雲が垂れこめた鉛色の空、膚（はだ）を切るような冷たい風だけだ。ロレンス・ダレルの小説に、アザラシ革の外套を着たアレキサンドリアの娼婦が登場する。熱砂のエジプトで革外套を着込んだら暑苦しいのではないか。そう思っていたけれど、ミノタウロス島に閉じこめられて長年の疑問は氷解した。晩秋のクレタ南岸でさえ震えるほど寒いのだから、アレキサンドリアも冬になれば防寒具が必要なほど気温が下がるのだろう。

「大学のほうは順調なの」

注文を終えた老婦人がおもむろに問いかけてくる。カケルが大嫌いな社交上の質問に違いないから、わたしは無難に応じることにした。

「来年には卒業できると思います」

「卒業後の進路はもう決めたのかしら」

なんだか教師に面接されているようだ。実際、第二次大戦中までシスモンディはリセの哲学教師だった。

「まだ、はっきりとは……」

「哲学の研究者を志望しているようだ、とリヴィエールは」

「いいえ、そんな」わたしは首を横に振る。

「一生の仕事にふさわしいわ、哲学は。教授資格試験（アグレガシオン）を受ければいいのに。父の反対でエコール・ノルマルには進めなかったわたしでも、アグレガシオンは通ったのだし」

リヴィエール教授はシスモンディに、自分の学生のことをどんなふうに紹介したのだろう。よほどの秀才と思われているようだ。半世紀前でもアグレガシオンに通るのは、ほとんどが高等師範学校（エコール・ノルマル・シュペリウール）の卒業生だった。ソルボンヌで学んだシスモンディだが、それでも哲学のアグレガシオンは二番で合格している。前年は試験に落ちたクレールがその年度では一番だった。学生時代の二人は全国でも有数の秀才だったのだ。

前菜を口に運びながら老婦人がいう。「でも時代は変わった、エコール・ノルマルもね。クレールと一緒にアグレガシオンの準備をするために、わたしが出入りしていた昔とは大違い。長いこと寮監だった、あの共産党員のせいだとまではいいませんけど」

クレールの実存主義を批判した構造主義哲学者に、シスモンディは皮肉な口調で言及した。この哲学者の影響で「五月」世代のノルマリアンにはマオイストが少なくないが、『弁証法的権力と死』のコンスタン・ジェールをはじめ、かつての弟子の少なくない者たちが革命や社会主義を否定する新哲学者（ヌーヴォー・フィロゾーフ）に転向した。五年前には〈プロレタリアの大義〉の指導者で、いまはクレールの秘書を務めているピエール・ペレツはユダヤ思想に目覚めたというが、ペレツの仲間で代理秘書のマルク・ドゥブレの場合はどうなのだろう。

前菜を片付けて、よく冷えたシャンパーニュを口に含む。舌の上で微小な泡が無数にはじけた。

「大学を卒業したら東洋語学校（ラングゾー）に入ろうと。カケルは教えるのが上手なんですが、週に一度の個人教授ではどうしても限界があるので。とにかく日本語をものにしたいんです」

「どれほどの水準なの、あなたの日本語は」

「日常の会話でしたら、なんとか」

ジゼール・ルシュフォールのようなブルジョワ娘は別として、学生仲間では小遣いに不自由していないほうだと思う。有馬という日本人留学生から、定期的に割のよいアルバイトの口が舞いこんでくるからだ。先月は中年夫婦のパリ案内で、学生には大金といえる報酬を得た。

最初は日本人カメラマンが依頼主の仕事だった。客はシトロエンⅡCVの屋根に自転車を載せて、パリ郊外にあるサン・ジェルマン・アン・レイの森で写真を撮りたいという。フランスではありふれた光景だが、それが日本人には洒落たものに感じられるらしい。注文の車や機材を調達する自信がない有馬は、リヴィエール教授の講義で顔見知りの女子学生に話を持ちかけてきた。

パリ生まれのパリ育ちだから、そうした仕事に必要なコネには困らない。社会学者がいう人間関係資本というやつだ。わたしのシトロエン・メアリは屋根がないから使えないが、キャリア付きのシトロエンⅡCVには心あたりがある。屋根に載せる自転車も一緒に友人から借り出すことにした。このときからだ、ときどき有馬から日本語関係の仕事が廻ってくるようになったのは。

博士論文を準備中の有馬も観光案内で学費を稼いでいる。しかし学業で忙しい時期や、自分には応じられない特別の注文がある場合はわたしの出番になる。先月の日本人夫婦の希望は、若いころに熱中したヌーヴェルヴァーグ映画の舞台を訪れることだった。『勝手にしやがれ（ア・ブ・ド・スフル）』で主人公が射殺された街路を探すとか、そうした類いの仕事なら外国人よりパリ育ちのほうが向いている。ゴダール映画が大好きな友人に訊いてみると、自動車泥棒のミシェルが撃たれたのはラスパイユ通りの脇道だったことが判明した。この料理店があるヴァヴァン交差点からも歩いて数分の距離だ。

シスモンディが主菜の皿にフォークを置いた。「読むほうはどうかしら」

「現代日本語なら、ある程度は」

「どんな本を日本語で読むの」

「小説では探偵小説（ロマン・ポリシエ）がほとんどですけど」

大学で日本文学を専攻しているエマは古代や中世の日本語で苦労しているけれど、わたしは『源氏物語』や『平家物語』を原文で読みたいとは思わない。谷崎や川端や三島にしても同じで、関心があるのは日本の探偵小説（ロマン・ポリシエ）だ。パレ・ロワイヤル広場やサン・トノレ街にある日本の書店で探偵小説（ロマン・ポリシエ）の文庫本を毎週のように購入している。

イギリスやアメリカの古典的なパズラーはアガサ・クリスティもエラリイ・クイーンも、めぼしいところはリセ時代に読み終えた。第二次大戦後のアメリカで古典的なパズラーは不人気だし、クリスティを例外としてイギリスも事情は似たようなものだ。

日本語で読むしかないがと前置きして、横溝正史の存在を教えてくれたのも有馬だった。数年前に映画化されたという『犬神家の一族』を読んでみて、わたしは未知の金脈でも掘りあてた気分だった。それから一年半、いまでは本棚に探偵小説（ロマン・ポリシエ）の文庫本が何十冊も並んでいる。日本には未読の探偵小説（ロマン・ポリシエ）が山ほどあるのだ。

老婦人が苦笑する。「日本の探偵小説（ロマン・ポリシエ）の翻訳をしたいの」

「戦間期ドイツの思想家は探偵小説（ロマン・ポリシエ）を正面から論じていますよ。戦後のフランスでもヌーヴェル・クリティックの批評家や理論家は」

ヴァルター・ベンヤミンやエルンスト・ブロッホと同時代を生きたシスモンディなのに、どうしてヴァン・ダインやエラリイ・クイーンに無関心でいられたのか、そちらのほうが問題ではないだろうか。

「大衆文化を軽視しているわけじゃないわ。若いころはアガサ・クリスティを愛読していたし、ハリウッド映画もよく観たし」

わたしは話を戻した。「日本の探偵小説（ロマン・ポリシエ）を読むのは趣味です。将来は戦間期の日本で、どんなふうに現象学が受容されたのか研究したいと」

「一九二〇年代、三〇年代の日本にも現象学者がいた……」シスモンディは驚いたようだ。

「現象学の影響はフランスより少し早いかもしれません。第一次大戦後のドイツに留学した日本人には、ハルバッハの学生が幾人もいましたから。マールブルク大学やフライブルク大学でハルバッハの講義に出席していたのは九鬼周造や和辻哲郎や三木清、それに斑木（むらき）震太郎など、いずれも日本では著名な哲学者です。九鬼周造がハルバッハから学んだのは、現象学よりも解釈学の方法だったようですが」

ダッソー家の事件のとき、カケルは犯人の前で口にしていた。ハルバッハの講座（ゼミネール）に出席していた祖父は思想犯として摘発され、一九四四年に逮捕され獄死したと。大戦間の時代にドイツ留学してハルバッハに師事した日本人で、第二次大戦中に逮捕された人物は二人しかいない。三木清と斑木震太郎で、いずれも獄死している。

別のときにカケルは、父も祖父も東京で生まれたと洩らしていた。三木は兵庫県の出身だから、青年の祖父は斑木震太郎ということになる。この推測に自信はあるけれど、経歴や家族にかんして語ることを好まないカケルに真偽を確認するのは気が引けた。問い質しても無愛想に肩を竦めるだけだろうし。

斑木震太郎の主著『存在と受苦』を日本から取りよせているところだが、そろそろカケルに相談してみなければならない。研究課題として「戦間期日本における現象学の受容と展開」を選んだ学生に、適切な助言ができる哲学研究者などフランスには一人もいないからだ。

シャンパーニュの細長いグラスを置いて老婦人がいう。

「わたしが学生だった戦前にも日本人の哲学研究生はいた

わね。ドイツのハイデルベルク大学に留学中の学生で、フランス語を習得するためパリに一時滞在しているとか。クレールがフランス語の個人教授を頼まれていたし、わたしも顔を合わせたことがある」

「どんな人でしたか」

「半世紀も昔のことで名前が出てこないけど、育ちがよくて品がある、お金には困ったことなどなさそうな青年だった。お洒落だし会話も軽妙だし、娘たちが放っておかないタイプね。そんな若者をわたしは二人だけ知っている。一人はベルクソンに将来を期待されていた日本の哲学青年、もう一人はアンドレ・ブルトンに才能を見出された少年詩人」

一九三〇年代にシュルレアリストの少年詩人が幾人もいたわけはない。シスモンディは、マチルドの父親イヴォン・デュ・ラブナンとも面識があったようだ。としても驚くようなことではない。リヴィエール教授は学校の先輩のクレールと、戦前からのつきあいだという。他方、教授のリセ時代の親友がイヴォンだから、二人の人物をあいだに挟んでシスモンディとイヴォンは繋がる。

しかし、この席でイヴォン・デュ・ラブナンの件には立ち入らないことにした。父親のことを質問すれば娘のことまで会話が広がりかねないし、ラルース家の事件を食事の席での軽い話題にはしたくない。

シスモンディが続ける。「同じ日本人でもヤブキさんと彼は、目鼻立ちが整ったところ以外は似ていないわね。陽気で会話も魅力的だった彼とは違って、ヤブキさんは無愛想で憂鬱そうな表情。ふだんは寡黙なのに、哲学的な議論になると相手の興味など関係なしに見境なく喋り続ける。会話という点でも二人の日本人は対照的だし」

先日も手紙の謎をめぐる話をしているとき、カケルは脈絡の見えない議論を突然はじめた。常識的に判断して、青年の態度は礼を失しているといわざるをえない。

しかしシスモンディにしてみれば、無礼な日本人にも間に立ったわたしにも怒りは向けられない。問題の青年は常識外れの変人だと、あらかじめ念を押されているからだ。どんな人物でもかまわない、紹介してもらえないかと頼みこんだのは自分のほうで、苦情をいえる立場ではない。それでも一言いいたい気持ちは抑えられないようだ。

あのときカケルはどんな理由で、不意に独我論をめぐる長広舌（ちょうこうぜつ）を振るいはじめたのだろう。あるいは手紙は消えたのではない、盗まれたのだというシスモンディの言葉が引っかかったのではないか。盗まれたにしても奪われたにしても、手紙が消えたことに変わりはない。盗難と消失は事態の裏表だから、「手紙が消えた」と「盗まれた」は矛盾する陳述ではないのに、前者を否定しようとするシスモンディの言葉はわたしの印象でも語調が強すぎた。

　シスモンディやブレイマンなど古くからの〈家族（ファミーユ）〉と、ピエール・ペレツ、マルク・ドゥブレ、アナベラ・モランジュなど〈プロレタリアの大義〉の残党たちは、クレールの好意や支持を奪いあって対立している。手紙はドゥブレやアナベラが盗んだに違いないという思いこみから、老婦人は消失でなく盗難という言葉に執着した……。

　常識人であれば、こんな具合にシスモンディの言動を解釈するのがふつうだろう。しかし常識的ならざる変人は、手紙をめぐる消失の否認には実存的な根拠があると想定した。「手紙が消えた」ことを認めないのは、私が消えること、世界が消えることへの根深い強迫観念（オブセッシオン）に捉えられているからではないか。

　だからカケルは、あえて挑発的な態度で独我論的な議論を吹っかけた。老婦人の無意識化された本音を引き出そうとしたのだろう。もっとも、あの日本人が心にもないことを口にしたともいえない。「死とは世界から私が消える出来事ではない、私の前から世界が消えるにすぎない」とカケルはいう。人類には観測できない宇宙の彼方で岩のかけらが消えようと、私にはなんの関係もない。それと同じことで、私が死んだあとの世界は端的に無だ。世界が消えれば私も消えるから、すべては無に帰する。

　シスモンディの表情が引き締まる。「あのときヤブキさんから世界の消滅について問われましたが、世界の終わりは私の死を意味しますね。死とは他者たちの無慈悲な勝利だというクレールの意見に、わたしも若いころは同意していた。でも、いまでは少し違うように感じるの。死んだあと私の人生が他者たちに横領され簒奪（さんだつ）されてしまうとしても、それは本当の地獄ではない。わたしが生きたことの意味は、まだ完全に無に帰したのではないから。たとえ誤解され悪意で歪められていても、エルミーヌ・シスモンディの記憶が少しでも残されていれば救われる。本当に怖ろしいのは、わたしの悪口をいう他人さえも一人残らず消えてしまうこと」

　クレールは哲学的な主著『物と意識』でハルバッハの死の哲学を批判し、独自の視点を打ち出している。シスモンディが言及したのはそこでのクレールの議論だろう。カケルの意図を理解したらしい老婦人が続ける。

「カルナックの浜辺に巨石を運んだ人々の名前なんて、いまでは誰も知らない。でも列柱の遺跡があれば、その人が生きて存在していた事実は世界に刻まれている。名前なんてどうでもいい、人類が存続し私の実践が世界に刻んだ痕跡さえ後世まで残るのなら。としても、だからわたしが手紙の消失を否認しているんだろうというヤブキさんの指摘は的外れね。手紙は何者かの意志で盗まれた、ひとりでに消えたんじゃないと指摘したにすぎないから」

立派な風采の給仕が、テーブルから料理の皿を片付けはじめる。グラスを大きく傾けて、シスモンディはシャンパーニュを最後の一滴まで飲みほした。わたしは二杯しか飲んでいないから一瓶の大半が老婦人の胃に流しこまれたことになる。しかも料理は半分ほども残している。昼食でフルボトルを一本、たぶん夕食でも一本。年齢のことを考えると、アルコールは少し控えたほうがいいように思うが。

デザートを終えるころのことだ、カケルが〈ドーム〉に姿をあらわしたのは。先に席を離れて店の前で待っていると、身支度を終えた老婦人が出てくる。ラスパイユ通りからエドガール・キネ通りに入るところで老婦人が少しよろめいた。躰を支えようとシスモンディの腕を取る。

「大丈夫ですか」

「歳のせいかしら、このところ足腰が弱ってきたのかもしれない。昼食の葡萄酒(ヴァン)くらいで酔うわけはないから。第二次大戦中のことだけどニコチン中毒のクレールは、わずかな配給の食品類まで安煙草と交換してしまうの。それでも医者に命令されてとうとう禁煙した。お酒もよくないんだけど、わたしが油断していると飲んでしまう。来客に持ってこさせるのか、アパルトマンのあちこちに隠してあるのよ。消えた手紙を見つけようとクロードと二人で家捜しをしたら、ウイスキーやコニャックや開栓された酒瓶が何本も出てきたわ」

問題は視力に限らない。大量の煙草に酒、徹夜で執筆するための覚醒剤。若いころからの不摂生で、老いたクレールの躰は病気の巣になっている。充分に健康といえないのはシスモンディの場合も変わらないようだ。見ていると身ごなしに不安定なところがある。中高年のフランス人の多くがアルコール依存症だといわれている。習慣で何十年ものあいだ葡萄酒(ヴァン)を昼食に一本、夕食に一本、さらに寝酒まで呑んでいればアルコールなしで生活できなくなるのも当然のことだ。この老婦人も同じかもしれない。

だからなのか葡萄酒(ヴァン)の消費量は年々低下している、中高年と比較して若者のアルコール摂取量が減少している結果だろう。わたしたちは葡萄酒(ヴァン)なしの食事でも平気だ、大人たちは伝統的な食文化が崩れてきたと嘆くけれど。

安心したのか老婦人が骨張って大柄な躰を預けてくる。シスモンディの腕をとって、大小の屋台がぎっしりと並んだ市場の通りを進みはじめる。時刻は三時少し前で、空は絵葉書の写真さながらに真っ青だ。初夏の太陽は燦々と輝き、片付けはじめた露店を見ながら歩いていると少し汗ばんでくる。

「ナディアは何歳なの」

「二十二歳になったところです」わたしは五月生まれだ。

老婦人が溜息をついた。「わたしがクレールと出逢って、アグレガシオンに合格したのと同じ年頃ね。わたしも老いたものだわ」

二十一歳のエルミーヌ・シスモンディは、ほっそりした躰つきの美しい娘で、しかも史上最年少の哲学教授有資格者だった。日本では「天は二物を与えず」というようだけれど、個性的な美貌と優秀な頭脳を併せもつ稀有な例外もこの世には存在する。しかもシスモンディはたんなる受験秀才ではない、四十歳をすぎるころには思想家としても文学者としても世界的な名声を得たのだから。

老婦人の躰を支えて歩きながら少し複雑な気分だった。作家になるという少女のころからの夢を実現し世界的な名声を博して成功した人生といえるのに、それでも老いた自分を嘆いている。才能という点でシスモンディとは比較にならないわたしが、もしも老婦人と同じような年頃になったらなにを思うのだろう。

生に対立するのは死ではなく、生の滑稽なパロディとしての老いだとシスモンディは論じていた。老いが惨めなのは、抑圧的な社会の歯車に挽き潰され続けた惨めな青年期や壮年期の帰結にすぎない。死を迎えるそのときまで人生を価値あるものとする目標を追求できれば、老いは悲惨でも滑稽でもなくなる。労働能力を失った「廃品」としての老人に、福祉国家が提供する年金や施設の類で問題は解決されえない、老人を解放する根本的な社会変革が求められている。

シスモンディが呟いた。「二十代とはいわない、せめて三十代に戻れるならね。また戦争で苦労するとしても」

戦争中の苦労話は、親の世代の体験者から飽きるほど聞かされてきた。たとえ暖房もない部屋で空っぽの胃袋を抱え、ヴィシー政府の民兵団(ミリス)やゲシュタポの監視に怯えた占領時代であろうと、それでもシスモンディは若いころに戻りたいという。

「老いることを嫌悪し若さに憧れるからではないわよ。肉体的精神的な衰えを感じて老人が自己嫌悪に陥るのは、そうするように社会から仕向けられているため。老人を醜い無能者だと責める社会とは、実は本人自身なんですけどね」その本人とは、クレール哲学の用語でいえば対他存在になる。

「どうして占領時代に戻りたいんですか」

「わたしが選んできた人生に大きな悔いはない。でもね、もしも可能であれば選び直したいことがひとつだけあるのよ」

状況に規定されながらも、自由な選択によって状況を乗り越えていくのが人間だ。事後的に誤った選択だったことが明らかになろうと、後悔することには意味がない。結果を引き受けて、新たな選択に向かうしかないとクレールは主張している。

この主張を共有するシスモンディなのに、どうしても選び直したいことがひとつだけあるという。実存主義者として容認できない後悔の種は、どうやら占領中に播かれたらしい。まだ二十二年しか生きていないのにわたしの人生は後悔ばかりで、このままシスモンディの年齢まで生きたら悔恨の山に押し潰されてしまいそうだ。

しかし半世紀先のことを心配してもはじまらない、どんな人生が待ちかまえているか想像もつかないのだし。あるいは、すでに劇的すぎる人生を過ごしてきたともいえる。二年と少しのうちに六件もの殺人事件に出くわしたのだ。ル・アーヴル生まれの従妹ヴェロニクは冒険に憧れている小学生だが、殺人者に襲われたことがない幸運を感謝したほうがいい。

「あなたが来るのを楽しみにしてるわ、クレールは若い娘と話すのが好きなの。あれは六月に入って最初の金曜日のこと……」

六月二日の午前中のことだという、通いの家政婦がクレールから急な用件を頼まれて一時間ほど外出したのは。アパルトマンに戻ると、調理室のシンクに珈琲茶碗が二つ置かれていた。しかも一方の縁には口紅の跡が残っている。どうやら主人の依頼で女性の訪問者が珈琲を淹れたようだ。この来客のためクレールは家政婦を追い出したに違いない。

「わたしが訊いても、どんな客だったのか白状しないのよ、笑ってごまかすばかりで。家政婦の話では四、五日あとにも似たようなことがあったよう。どんな若い女を呼んでいるんだか」老婦人は苦笑している。

「今日はクレールさんだけでなく、マルク・ドゥブレやアナベラ・モランジュからも話を聴けるんですか」

クレールは夜遅くまで秘書のドゥブレと仕事をするという。夕方になればドゥブレはアパルトマンにあらわれるだろう。

「今日は無理、まだドゥブレやアナベラにヤブキさんのことを伝えていないから。巧く切り出さないと臍(へそ)を曲げそうだし、二人の話を訊く機会はあらためて設けます。それでかまいませんね」老婦人が背後の日本人に問いかける。

舗石に靴音を響かせていた日本人が低い声で返答する。

「……いずれにしてもクレール氏の話を聴いてからですね」

2

エドガール・キネ通りをモンパルナス墓地の石塀ぞいに歩いていくと、じきにジャン＝ポール・クレールのアパルトマンがある建物が見えてきた。鉄筋コンクリートの新しい建築物で、外壁は灰色のタイル、各階のベランダには青い飾り付きの手摺がある。

シスモンディのアパルトマンが入っている建物は昔ながらの石造だが、クレールが住んでいるのは見方によっては安っぽいコンクリート建築だ。こんなところにも青年時代のアメリカニズムからの影響が窺われる。二人の家は半キロほども離れていない。これなら足腰の弱った老婦人でも、さほどの苦労なくクレールのアパルトマンに通えそうだ。

通いの家政婦、シスモンディ、代理秘書とタイピストが時間を分けてクレールに付き添っている。老人の体調が思わしくないようなときは、アナベラが付き添いで泊まりこむこともあるらしい。鉤十字(クロワ・ギャメ)の事件以降はドゥブレもときどき。アナベラとドゥブレの休日はクレールとの相談で決めるが、二人一緒には休まないようにしている。こんな具合で一人になる時間は少ないが、それでも失明状態のクレールには不便な暮らしに違いない。

どうしてシスモンディは、半世紀も愛し続けてきた男と同居しないのだろう。一緒に住むことをクレールが拒んでいるのか、目の不自由な恋人の介護に忙殺される気が女のほうにないのか。いずれにしても伝統的な性別役割分業を拒否してきた二人だから、歩いて通える場所に別れて住むのが自然なのかもしれない。

建物全体の硝子ドアもアパルトマンの玄関ドアも、老婦人は自分の鍵で開けた。「ジャン＝ポール、お客さんを連れてきたわ」と住人に声をかけ、シスモンディがわたしたちを室内に招き入れる。

小さな玄関室(アントレ)には壁に外套掛けがある。玄関室(アントレ)から奥までは廊下で、突きあたりに抽象画が掛けられている。廊下に入ってすぐ左が調理室、その真向かいに屋内ドア。調理室にはドアがないから、真向かいの屋内ドアが開閉されたら否応なく気づくだろう。

屋内ドアから広い居間に入った。ドアは部屋側の内開きで、開かれたドアのすぐ先に大きな白い直方体が据えられている。後ろに人が隠れられそうな大型冷蔵庫だ。冷蔵庫なら調理室にあるのに、どうして居間にもあるのかわたしは不審に思った。

左手奥の大きな安楽椅子に、写真で見覚えのある老人が凭れている。髪は薄いし皮膚もたるんでいるがジャン＝ポール・クレールその人に違いない。バルベス警部と同名の、戦後フランス最大の知識人をじかに目にしてわたしは少し緊張した。

「このあいだ話したムッシュ・ヤブキ、それにマドモワゼル・モガールよ」

クレールの頬に軽くキスしてからわたしたちを紹介する。膝掛けを剝いで椅子から立ちあがろうとする老人を、慣れた仕草でシスモンディが支えた。

丸顔の老人は大きな眼鏡をかけていた。完全な失明状態ではなく光の明るさ程度はわかるのだろうか。乏しい白髪のあいだから灰色の地膚が透けて見える。弛緩した皮膚が袋のようになって両の頬から垂れている。歳月が全身に刻んだ残酷な痕跡にもかかわらず、来客を歓迎して微笑んでいる老人には生気が感じられた。

差し出された手を軽く握ると、自己紹介する間もなく老人が語りかけてくる。「待ちかねていたよ。若い女性の掌だ、きみがマドモワゼル・モガールだね。エルミーヌの話では、綺麗な娘さんだそうじゃないか。リヴィエールの学生なら、私にとっても友人のようなものだ。ナディアと呼ぶことにしよう、かまわないね」

「もちろんです」わたしは応じた。

世紀の大知識人には不似合いな気さくさ、愛想のよさで、気取ったところや偉そうなところは微塵も感じられない。外見の醜さを自覚した幼児のころから、意識して身につけた態度だと自伝には書かれていたが、わたしには生来のものとしか思われない。それに醜貌というのは大袈裟だろう、片目が斜視だったとしても。

たとえ初対面でも、こんなふうに懐に飛びこまれてしまうと抵抗できない。クレールの魅力的な物腰は、これまで何十何百という人たちの心を摑んできた。この人物はしかし、絶妙のレトリックを総動員して論敵を打ち倒すまで批判をやめることのない攻撃的な論争家でもあった。

数えきれないほどの文学者や思想家や哲学者が、ジャン＝ポール・クレールの舌鋒で心臓を深く抉られ論壇に屍の山を築いてきた。無類の好人物にしか見えない実際の態度と論敵にたいする紙の上での徹底した攻撃性を、どのように使い分けてきたのか。歳のせいで性格が穏やかになったわけではなさそうだ。論争のとき以外は誰にも愛想よく接する、親切で気前のよい人物だというような人物評は少なくないから。

カケルが老人の手に軽く触れようとした。この青年は貴婦人のような握手しかしないのだが気取っているからではない。できるだけ他人との肉体的接触を避けようとしているのだ。しかし、そんなことを気にするような老人ではない。すかさず日本人の手を摑んでがっしりと握りしめ、溢れるほどに親愛の情を込めて語りかけた。

「三十五年も昔の手紙のことで、わざわざ家まで来てもらって申し訳ない。きみの話はダジールやリヴィエールから聞いている。一九六〇年代末の学生時代は左翼主義者、パリでは現象学を研究しているそうじゃないか。きみと同じような年頃だったな、私も現象学に熱中していた。寂しがるエルミーヌを放り出してベルリン行きの列車に乗りこんだほどさ。……さ、坐ってくれたまえ」

クレールが凭れている安楽椅子の正面に向かって右横には小卓がある。左横にはカセットレコーダーと薄緑色の電話機を載せた硝子テーブル。テーブルには剝がされたラップと皿に半分ほど残ったサンドイッチ、それに果汁のペットボトルが置かれている。グラスやカップは見あたらない。ほとんど失明状態の老人だからナイフやフォークを使うのは面倒なのだろう。サンドイッチなら手に取って食べられる。ボトルから直飲みにすれば飲み物のグラスを倒したり中身を零すこともない。

老婦人が食事の残りを片付けながら、少し弁解がましい口調でわたしにいう。「今日のようにわたしが遅れるときは、居間の冷蔵庫から自分で昼食を出すことに。ちゃんとした昼食を用意すると家政婦がいっても、そんなときはサンドイッチのほうが食べやすいからとクレールはいう」

老婦人の言葉でようやく理解できた、居間には不調和といわざるをえない冷蔵庫が置かれている理由も。起きている時間のほとんどを、老人は居間の安楽椅子で過ごしているようだ。わざわざ調理室まで行かなくても一人で飲み物や作り置きの食事などを出せるように居間にも冷蔵庫が備えられている。

クレールから見て硝子テーブルの右側には二人掛け、左側には三人掛けの椅子がある。安楽椅子の正面にあたる壁は一部が本棚、一部がテレヴィやオーディオのラック、それ以外は戸棚になっている。冷蔵庫があるのは向かって右側の戸棚の斜め前で、廊下に通じるドアのすぐ横だ。しかし、ぴったり寄せてしまうと戸棚が開かない。戸棚から五十センチほど離れた場所に冷蔵庫は置かれている。

書斎に通じる左側のドアも、わたしたちが廊下から入ってきた右側のドアも正面の壁よりで、クレールの安楽椅子からは距離がある。左のドアから右のドアまでまっすぐに歩けば、シスモンディが説明していたように安楽椅子とは五メートルも離れた直線上を移動することになる。

クレールの安楽椅子やテーブルが置かれた一角には、白と青の模様が織りだされた北欧ふうの絨毯が敷かれている。居間の中央から先は褐色の床板が剝き出しで足音がよく響きそうだ。他には大小のスタンドが六つ、室内に影ができないように配置されている。

スタンドのデザインはどれも機能的だし、壁に飾られているのは前衛的な抽象画だ。フランスのブルジョワ文化と闘ってきた老知識人には、現代的なインテリアのほうが好ましいのかもしれない。居間に冷蔵庫が置かれていてもさして不自然でない気がしてくる。シュルレアリストなら場違いな場所に置かれた冷蔵庫はオブジェだというかもしれない。

二人掛けの椅子はシスモンディの定位置らしい。わたしたちは老婦人に三人掛けのほうを勧められた。クッションのない臙脂(えんじ)の革張り椅子にカケルと並んで腰を下ろす。

安楽椅子に凭れ直した直後に老人が口を開いた。「若いころは日本に憧れていたんだ。京都に長期滞在できそうな仕事に応募したほどさ」

「マルローと同じなんですね」わたしは口を挟んだ。

クレールの『鬱(メランコリア)』の主人公は、インドシナの冒険に飽きて帰国した青年だ。この人物設定はアンドレ・マルロー自身を、あるいはマルロー作品の主人公を下敷きにしている。

「あの作家が好きなんだね、きみは」

「代表作は読みましたが」愛読したというほどではない。

「蔣介石に爆弾を投げようとして殺されるチェンの影響でスペインに行った少年のことを思い出すよ。『人間の条件』で描かれる中国人テロリストに憧れて、私も自作の主人公に銃の引金を引かせたのかもしれない」

クレールが口にしたのは、未完に終わった長篇小説『自由(リベルテ)』の主人公のことだ。愛人の中絶費用を求めてパリをうろつき廻るしかない、凡庸な日常に窒息しそうだった主人公が第二次大戦の勃発で動員され、最終的にはドイツ軍に絶望的な抗戦を決断する。

「もしもクレールさんが京都を訪れていたら、興味深い出遇いがあったかもしれません」

「どんな出遇いかね」

「シスモンディさんには話したことですが、一九三〇年代の日本にはハルバッハに学んだ哲学者が複数いたんです。フランスで簡単な解説書が出版されていたにすぎないころ、もう『イデーン』が翻訳されていたとか。その時代、日本では独自の現象学的研究が進められていたようです」

老人が真面目な口調で応じる。「なるほど。日本人の現象学的研究の成果は、たとえば私の『物と意識』と比較してどうなんだろう」

質問されても答えるだけの知識がない。斑木震太郎の主著さえ未読だし、あとは書名しか知らないのだ。日本人の現象学者による偶然論や構想力論はクレールの仕事と関係ありそうな気もするけれど、詳しいことはよくわからない。わたしが言葉に詰まっていると老人が続ける。

「一九二〇年代のことだが、年長の日本人留学生にフランス語を教えていたことがある。ドイツではリッケルトに学んでいたが、ドイツ留学を中断してフランスに来たのはソルボンヌのベルクソン講義に出るためだとか。私が日本に行きたいと思ったのは、その留学生から故国の話をいろいろと聴いたからなんだ」

昼食の席でシスモンディが口にしていた人物に違いない。

「その日本人の名前、覚えていませんか」

「生徒というと少し印象が違うかな。年長の外国人が会話の習得のためフランス人の学生を雇っていたわけだから。なかなかに気前のいい雇い主で、小遣いに不自由していた学生には割のいい仕事だった。クキという姓の意味はヌフ・デーモン、祖先は海賊だったと冗談を口にしていたな。哲学の研究者には不似合いな都会的で洒落た青年だった」

シスモンディが応じる。「海賊なんていってたかしら。魔は魔でも、エルフの子孫だから耳が大きいんだなんて、わたしには気の利いた自己紹介をしていたけど」

クレールの思いがけない話に少し興奮した。九鬼姓は日本でも多くないようだし、その時期にパリに滞在していた哲学専攻の留学生なら九鬼周造に違いない。日本の鬼と西洋の魔は同じではないけれど、適当なフランス語が思いつかないので『九人の魔（ヌフ・デーモン）』と無理に訳したのだろう。

カケルが口を挟んだ。「その人物は九鬼周造ですね。帰国後の九鬼は京都大学の哲学科に迎えられました。八年の留学中に新カント派からベルクソン、そして現象学に興味を移した九鬼は、ハルバッハに師事したのち時間性と偶然性をめぐる独自の哲学的思索を深めていきます」

「ドイツに戻ってマールブルク大学でハルバッハの講座（セミネール）に出ていたとすれば、現象学に接近したのは私より早かったことになる。第二次大戦前の日本で、それほどまで現象学が知られていたとはね」

「ナディアの言葉は少し大袈裟です。現象学やハルバッハ哲学を半世紀前の日本で正確に理解していたのは、九鬼を含めてほんの数人でしたから」

「フランスでも事情は似たようなものさ。そのころの日本で現象学はどんなふうに捉えられていたんだね」

「根本的な発想は理解されていたようです」

「というと」老人が話の先を催促する。

「主観と客観の近代的な二律背反、あるいは近代哲学に不可避である観念論と実在論の相克を最終的に解消すること」

わが意を得たという表情で、クレールが大きく頷いた。

「私が現象学に惹かれたのと同じだ」

「しかし、問題がないわけではありません。西欧ではラディカルにすぎた現象学の発想ですが、ある意味で日本人には常識的でした」

「常識的とは」

「現象学の出発点は主客未分化な純粋経験で、根源的な現象経験が二次的に主体と客体を産出する。しかし日本人は昔から、ごく自然にそのように考えてきましたから。ガリレイやデカルトによる切断がなければ、フランス人やドイツ人にしても同じだったかもしれませんが」

クレールが微笑んだ。「そいつは面白い。西欧の近代的理性と近代を通過していないアジア的理性が、ぐるりと廻って同じ地点に達したということかね」

「世界は実在しない、世界は仮象にすぎないという説もインドや中国では古代から唱えられていましたし」

「だったら、どうしてアジアからフッサールやハルバッハが生まれなかったの」わたしが横から問いかけた。

「西田幾多郎のように似たようなことを考えた哲学者はいたよ。ハルバッハに学んだ日本人の多くも西田の系統だった。しかし昔ながらのアジア的な発想を西洋哲学の文脈に置き直しても、さほどの意味はない。ハルバッハの基礎的存在論の衝撃力は、あるはずのものが崩れたという時代経験と不可分なんだから」

青年がクレールのほうに向き直る。「戦間期のドイツやフランスでは思考の大前提だった崩壊感や喪失感が、幸運にも第一次大戦を体験しないですんだ日本人には他人事でした。だからドイツやフランスの二十世紀的なニヒリズムを、古代的なアジアのニヒリズムに引きよせて理解してしまったんですね」

本題とは無関係な二人の対話にシスモンディは苛立ちはじめたようだ。二人の話を遮って老婦人が横から口を出す。「哲学の議論はまたの機会にして、手紙を捜すのに必要な話をしましょう」

老婦人はマルク・ドゥブレの到着を気にしているのではないか。このアパルトマンでは午後の早い時間はシスモンディ、夕方からはドゥブレやアナベラに時間が割り振られている。このままでは、手紙捜しのための話に入る前に代理秘書があらわれかねない。

クレールを挟んでシスモンディと秘書のピエール・ペレツは対立関係にある。しかも若いペレツのほうが優勢で、シスモンディやクロード・ブレイマンなど〈アンガジュマン〉編集部の古い〈家族(ファミーユ)〉は勢力争いで劣勢に立たされているようだ。旅行中に代役を務めるようペレツに頼まれて、代理秘書としてクレールの身辺を固めているのがマルク・ドゥブレということになる。

こちらを見てカケルが無表情に頷きかける。手紙の捜索に必要な質問をまたしても押しつける気らしい。興味のある主題なら際限なく喋り続けるのに、さほど関心のない話題のときは口を動かすのも面倒そうな青年なのだ。

「忘れていたよ、エルミーヌ。きみたちの目的は消えた手紙を捜し出すことなんだ」

老人の面白がるような口調にシスモンディの表情が曇る。クレールは意図して、盗まれた手紙でなく消えた手紙と口にしたのだろうか。

その気がなさそうな日本人を軽く睨んで、わたしが切り出すことにした。「では、そろそろ本題に入りましょうか。シスモンディさんの話では奇妙な事件が起きたのは六月四日のことだったとか」

「このアパルトマンの前に黒いスプレーペンキで鉤十字(クロワ・ギャメ)が描かれていた、たしかその前々日だった」日付を思い出そうと老人は考えこんでいる。

「鉤十字(クロワ・ギャメ)の脅迫事件は六月六日よ」

老婦人の言葉にクレールが頷く。「そうだった。その幾日かあとにはきみの家の前にも」

「シスモンディさんのお宅の前にも鉤十字(クロワ・ギャメ)の落書きの被

害が」わたしは確認した。

「六月十日でした、アパルトマンの建物前に黄色いスプレーペンキで六芒星（ろくぼうせい）が描かれていたのは」

しかしシスモンディが話していたのはクレールのアパルトマン前の鉤十字（クロワ・ギャメ）のことだけで、手紙の消失事件とは無関係だろうと判断したのか、自宅前の悪戯（いたずら）書きについては口を噤んでいた。黄色の六芒星はシオンの星で、第二次大戦中はドイツ占領軍によってユダヤ人が服に縫いつけることを強制されていた差別的な記章でもある。

「手紙がなくなった日の出来事を、順に話していただきたいんですが」

記憶をたしかめていたのか、少しの沈黙のあと老人が語りはじめた。「このところ夜明けまで寝つけないことが多くて、その日も目覚めたのは正午を過ぎた時刻だった。寝室の隣にある書斎からタイプの音が聞こえてきたんだ。日曜で通いの家政婦は休みだし、不審に思って声をかけるとアナベラが返事をした。少し加減の悪かった私を心配して、前夜は泊まってくれたことを忘れていたんだね」

「夕方に来るはずのドゥブレさんが、その日は午後二時に着いたんですね」どんな理由で代理秘書は、いつもよりも早くクレールのアパルトマンに到着したのか。

「前の晩に運送業者が電話してきたのさ、翌日の午後早くに荷物を届けたいと」

玄関に出て一人で大きな荷物を受けとるのは目の不自由な老人には負担だろう。いつもより早く午後二時にドゥブレはアパルトマンに着いたのだが、そのとき荷物はすでに届いていた。体調のよくないクレールを介護するため前夜から泊まりこんでいたアナベラが、運送業者のために玄関扉を開いて段ボール箱を受けとったことになる。

「荷物というのはピエールと進めている共著の仕事に必要な資料類でね、イスラエルからピエールが戻る前にマルクたちに音読してもらわなければならない」

失明状態のクレールは紙に原稿を書くことができない。タイプライターの打鍵は可能でも打ちあげた原稿を読み直すのは無理だから、もっぱら口述筆記に頼っている。この数ヵ月は秘書のピエール・ペレッツと対話形式の本を作るため、資料を参照し構想をまとめているところらしい。準備に必要な本も他人に声に出して読んでもらわなければならない。ノートを取ることも難しいので、頭に閃（ひらめ）いたことや考えたことはカセットレコーダーに吹きこんでメモ代わりにする。クレールの口述メモをタイプ原稿に起こすのもアナベラの仕事だ。

渡されている鍵で玄関扉を解錠しアパルトマンに入ったドゥブレは、玄関室（アントレ）に荷物が置かれているのを見て不審に思い、居間から書斎に行ってアナベラに説明を求めた。いったん目覚めたあとも主寝室のベッドでうつらうつらしていたクレールだが、二人の話し声に気づいてようやく起き出すことにした。

洗面を終えたクレールが居間の安楽椅子に腰を据えてからも、アナベラは書斎で作業を続けていた。クレールとドゥブレが居間で話をしているうちに午後三時をすぎ、いつもの時刻より遅れてシスモンディが到着する。アナベラが仕事をしている書斎にドゥブレを行かせてから、老婦人はクレールに問題の手紙を渡した。それを捜していて、クレールの家に来るのがいつもより少し遅れたのだという。十五分ほどして老人が水差しを落とし、シスモンディは調理室に向かう。

「渡された手紙、どうしたんですか」この点はクレール本人に確認しなければ。

「手渡された直後にポケットに仕舞った」老人が上着の右ポケットを叩く。

「床に落としたりしませんでしたか」

「入れたことに間違いない。そのあと水差しを床に落としてね、新しい鉱泉水を入れてくるように頼んだ。エルミーヌが調理室に立ったあとだ、上着の裾が濡れていることに気づいてポケットから手紙を出したのは。湿ったりしないように手紙は横のテーブルに置いた」安楽椅子の書斎側に置かれた小卓を老人が示す。

「それから書斎に通じるドアが開いたんですね、いつごろのことですか」

「エルミーヌが調理室に行ってから、五分ほどしてかな」

「誰が居間に入ってきたのかわかりましたか」

わたしの質問にクレールが断定的に応じる。「もちろんマルクだよ、靴音で聞き分けられる。裸足で居間に入ってきてもわかるんだが、誰かまではね」

「ドゥブレで間違いありませんか」

「アナベラはハイヒールだったが、ハイヒールの踵の音には特徴がある。聞こえてきたのは男物の靴音だし、書斎のドアが閉じられると同時にマルクが問いかけてきた。受けとったまま玄関室（アントレ）に置いてある荷物をそろそろ書斎まで運ぼうと思うが、どこに片付けたらいいだろうかと」

書斎のドアから廊下に通じるドアの方向に、靴音とドゥブレの声は同時に移動していく。歩きながら話していたことに疑問の余地はない。

「そのまま廊下に出たんですね、ドゥブレは」

「いいや。あと数歩で廊下のドアというあたりだった、いったん足を止めたのは」

新情報だ、そんな話はシスモンディから聞いていていない。

「どうして立ち止まったんでしょう」

「アナベラがマルクに尋ねたのさ、冷蔵庫でリモナードが冷えているかどうか。喉が渇いたんだろう」

「アナベラは書斎のドア越しに訊ねたんですか」

「いや、ドア越しの声ではなかった。軋む音はしなかったから、小幅に開いていたんだろう」人が出入りできるほど大きくドアが開かれたら、蝶番の軋む音でクレールにはわかる。

「居間には入ってきませんでしたか」

老人がかぶりを振る。居間の床を踏むハイヒールの音はクレールも耳にしていないわけだ。そのとき「リモナードだね」と青年が応じ、冷蔵庫のなかを掻き廻す乱雑な音が聞こえてくる。十秒ほどして「見あたらないな」という声、そして冷蔵庫のドアが閉じられる音。じきに廊下に通じるドアの開閉音が響いた。その後、居間から出てきたドゥブレが玄関室で段ボール箱を開いているところは、調理室のシスモンディが目にしている。

「アナベラが書斎のドアを閉じたのは」

「リモナードはないとマルクが返事をした直後に、ぴったり閉じられるときの小さな音が聞こえた」

「ドゥブレが冷蔵庫を捜していた時間はどれくらいでしたか」

「ほんの少しだね、十秒か二十秒か」

十秒か二十秒のあいだ書斎側からドアを開いて、アナベラは戸口から居間を覗きこんでいたことになる。最初から最後まで居間には足を踏み入れていないとクレールは語ったが、この証言を信じてもいいだろうか。

「実際に確認してみたいんですが」

横からカケルが口を出して、わたしに目配せする。老人の聴覚が信用できるかどうか実験してみろということだろう。話を疑っているようで気が引けるけれど、ワトスン役は探偵役の指示を無視できない。

「書斎から廊下まで歩いてみたいんですが、かまいませんか」

わたしの言葉にシスモンディが椅子から立って書斎のドアを開いた。蝶番が気障りな音で軋む、これなら聞き逃すわけがない。書斎側からドアを閉じ、またドアを開いて歩きはじめる。居間を横断したわたしが廊下側のドアから出ると、カケルはクレールに問いかける。

「彼女の動きがわかりましたか」

「書斎から廊下までまっすぐに歩いている」

書斎側のドアまで戻り、今度は足音を忍ばせてクレールのほうに歩みよる。眉間に皺をよせていた老人は三歩目で口を開いた。「こちらに向かっているね」

「もういいよ、ナディア」

青年の言葉で椅子に戻ろうとすると、シスモンディが口を開いた。「もう一点、あなたたちに確認してもらいたいことが」

わたしとカケルを調理室まで案内して、老婦人が立つ位置を指定する。「お湯を沸かして珈琲を淹れる場合、顔は廊下の方を向いているわね。調理台の位置から、どうしてもそうなる」

いったん居間に戻ったシスモンディが、可能な限り物音をたてないようにドアを開閉して、また廊下に出てきた。視線の角度とは無関係に、これなら誰でも気づくことだろう。今度は廊下の奥のほうから歩いてきて静かに居間に入る。調理室の人間の注意を引かないで廊下から居間に入ることは不可能だ。

老婦人が困惑するのも無理はない、クレールの聴覚とシスモンディの視覚が手紙の消失、あるいは盗難という事実の不可能性を証明している。

二つの実験を終えて席に戻ると、老人が笑いを含んだ声で問いかけてくる。「わかったかね、探偵さん。小卓に置かれた手紙はどんなふうに消えたのか。もしも消失事件の謎が解けたなら、ここで聞かせてもらいたいものだが」

「……少し考えさせてください」わたしは額に指をあてた。

無視できない新事実がある、書斎から廊下まで移動する途中にドゥブレは冷蔵庫の前で足を止めているのだ。青年が冷蔵庫を掻き廻している十秒か二十秒のあいだ、アナベラは書斎のドアを開いて居間を覗きこんでいた。

戸口のアナベラから質問されたドゥブレが、答えるため冷蔵庫の前で足を止める。ドゥブレを立ち止まらせるため、わざとアナベラはリモナードのことを尋ねたのかもしれない。これならドゥブレが途中で足を止めても、クレールに不自然な印象を与えないですむ。

リモナードをめぐる一件は共犯者二人による作為ではないだろうか。その疑惑は無視できないにしても、だから手紙の消失という謎が氷解するわけではない。アナベラは居間に足を踏み入れていないし、冷蔵庫の前で立ち止まったドゥブレも安楽椅子に近づいていない。二人が小卓の上の手紙を奪えたとは思えない。

わたしは軽く唇を嚙んだ。「わかりません、いまのところはまだ」

冷蔵庫の周りを歩いていた日本人が戻ってきた。小卓のところまで来てから書斎のドアをめざす。また冷蔵庫まで歩いて椅子に戻ってきたカケルに訊いてみる。

「なにを調べたの」

「……小卓から冷蔵庫、冷蔵庫から書斎のドア、書斎のドアから小卓までいずれも七歩だ。距離は五メートル前後かな」小卓、冷蔵庫、書斎のドアの三点を結ぶと一辺が五メートルほどの正三角形になるというのだが、だからどうしたというのだろうか。

安楽椅子のクレールに青年が許可を求める。「小卓の抽斗ですが、開けてもかまいませんか」

小卓の抽斗には薬瓶や処方薬の紙箱、目薬やガーゼ付き絆創膏の小箱などの医薬品、それに鉛筆や消しゴムやメモ帳などの文房具類が入っている。鉛筆やメモ帳はクレールでなくシスモンディが使うのだろう。

「手紙が消えた日の前後一週間ほど、お二人が擦り傷かなにかで絆創膏を使った記憶はありませんか」

カケルが妙なことを質問する。クレールもシスモンディも最近は、ガーゼ付き絆創膏を貼ったことはないという。ドゥブレとアナベラは小卓の抽斗の品を使うことはない、二人が仕事をする書斎にも絆創膏は備えられているからだ。

「どうですか、ヤブキさんは」席に着いた青年の顔を老婦人が見る。

「謎を解明するためには事件の支点にあたる現象を見出して、支点的現象の意味を的確に把握しなければ。そのためには本質直観が役立ちます」

「なるほど。本質直観による現象学的探偵術というやつだな、リヴィエールから聞いているよ。しかし、きみのいう本質直観は現象学的なそれとは違うようだが」

「現象学的還元は認識論的ですが、僕がめざしているのは実存論的還元です。還元を認識論的な操作から解放し、それ自体を生きようとするなら、結果として本質直観の方法も違ってきますね」

「頼んだのは盗まれた手紙を見つけることよ。誰がどのようにして盗んだのか、あなたの結論を早く聞きたいんですけど」

そのとき玄関ドアの開閉音が聞こえた。時計を見ると三時少し前で、どうやら家政婦が到着したらしい。しばらくして親切そうな中年婦人が、人数分の珈琲を居間のテーブルまで運んできた。

「エルミーヌ、とにかくヤブキ君の話を聞いてみようじゃないか」

話を再開した盲目の老人に日本人が続ける。「この小卓から手紙が消えた、消失したと聞いて浮かんできたのはマジックのことでした」

「奇術（プレスティディジタシオン）のことかね」

青年は頷いた。「小学生のときボリショイサーカスの公演を観たことがあります。なかでも印象的だったのは、檻のなかの虎を消してしまうマジックでした」

「ソ連で最高といわれるサーカス団だね。……それで」脱線としか思われないカケルの話に、どうしてかクレールは興味を示している。

「不思議だったのは虎が消えたことよりも、それを不思議だと思う自分のほうでした。たとえ小さな子供であっても、マジックに仕掛けがあることくらいわかります」

そんなふうに思うのは、カケルのようにませた子供くらいだ。小学校に入学したころ、シルクハットから白い鳩が飛び出してくる手品を見て本気でびっくりした。仕掛けがあるなんて思いもしないで。

「僕が子供だったころの日本では生半可な合理主義が迷信的に信仰されていました、第二次大戦中に吹き荒れた非合理主義の反動で。ほんの少し前まで、日本は神の国だから戦争に負けることはないと信じこんでいた日本人が、神風どころか神それ自体を、あるいは経験的世界と異なる超越論的世界までを、安手の合理主義を振りかざして侮蔑し否認していたんですね。そんなわけで小学生だった僕も非合理な出来事など信じられないと思いましたよ。虎は本当に消えたのではない、消えたように見えたにすぎないと」

合理主義に毒された子供は虎が消えたことよりも、それを不思議だと思う自分のほうが不思議に思えた。ものごとを不必要に複雑に考える小学生だったとしても、カケルなら当然だという気がする。

「檻のなかの虎は消えるわけがない、なんらかの仕掛けで見えないところに移動したにすぎません。この部屋から消えた手紙にしても同じです」

盗まれた手紙にこだわるシスモンディを無視して、カケルは消えた手紙という言葉を平然と口にする。厳密にいえば手紙は消失したのではない、どこか見えない場所に移動したのだと。この世に消失などない、人もモノもA地点からB地点に移動するにすぎない。移動の過程が隠されているとき、人は虎が消えたと思って驚く。移動の過程が明らかになればこの驚きは失われるだろう。

「たんなる移動を消失と思いこむのは、移動の過程が見えないからだけではありませんね。あるべき場所にないと、それは消えた、消失したのだと思いこんで人は驚きます」

物質的存在としての人間を含めモノにはモノの秩序がある、たとえば首が胴体に付いているように。首のある人体は服を着ていることが多いし、たとえば椅子に腰かけている。椅子は床の上に置かれ、床は家の一部で、家は大地の上に建てられている。

あるモノはかならず他のモノと連関していることを、現象学では事物の外部地平という。この私は単独で存在するのではない、椅子、部屋、家、その他もろもろの事物と多重的に連関しているという現象学的な洞察をマルティン・ハルバッハは、この私の周囲に開ける世界の構造として捉え直した。モノとモノが複雑に絡みあう世界は、道具連関による世界の世界性として把握される。

「ハルバッハは現象学的な意識の志向性を、人間の本質である配慮性と言い換えました。さらに言い換えれば欲望です。人間は空気を、水を、食物を欲望する。他者を、他者からの承認を、愛や名誉を欲望する。こうした欲望が私を中心としてその周囲に、もろもろの道具の集積としての世界を構成する」

意識とは何ものかについての意識である。意識のこうした特性を志向性という。デカルトの思惟と延長を出発点として、近代哲学は主観と客観、意識と対象の二元論をさまざまに変奏してきた。しかし志向的意識は実体ではない。現象学が近代哲学の臨界点に位置するのは、意識から実体性を剝奪し主客二元論の外に踏み出そうとしたからだ。近代的な認識論を問い直すものとして創始された現象学は、こうして存在論的な方向に展開されていく。

カケルが続けた。「ハルバッハによれば、私が水を認識するのは水を飲みたいという欲望があるからで、たんに目の前にあるからではない。視覚のシステムとしては目に入っていても、目の前にある水が見えていない場合もあることをわれわれは経験的に知っています。対象が認識されるためには、認識するための動機が必要だから」

「リヴィエールの学生から現象学の初歩を講義してもらう必要はありませんよ」

消失をめぐるカケルの議論に苛立っている様子のシスモンディを、老人が穏やかに抑える。「まあ、いいじゃないか。ヤブキ君がいいたいのは、周密な道具連関としてあらわれる世界に、事物や人間の身体は幾重にも編みこまれているということだ。こうした半ば以上も必然的な編成から ある固有の対象が失われたとき、われわれは消失という現象を驚異として経験する。

この部屋には安楽椅子がある、椅子の隣には小卓がある、小卓の上には手紙が置かれていた。そこから手紙が失われるとき事物の秩序には空白が生じる。この空白をわれわれは消失として体験するというわけだ。あるべきものがそこにないという事態は人を動揺させる、この動揺が驚異として体験される」

モノの移動した過程が見えないとき、人は消失を体験する。しかしそれだけではない、道具連関としてあらわれるモノの秩序に不気味な穴が開くのでなければ、消失に驚くこともないだろう。虎が移動した過程を認識できないことから、子供のカケルは消失の驚きを体験した。加えて虎と檻の道具連関が断ち切られ、檻のなかにいるべき虎の不在、虎という空虚に直面したことで消失の驚異はさらに増したことになる。

「しかし驚異だけではない、消失は恐怖としても体験されるのでは」

「ええ、ある場合には」カケルが老人に応じる。

「もう四十年も昔のことだが、恐怖という情動の意味を現象学的に考察したことがある。恐怖とはマジカルな世界変容ではないか。逃れることのできない恐るべき脅威を、魔術的に消去するものとしての恐怖。檻の扉が開いて虎が飛び出してきたら人は恐怖する。この恐怖が意味するのは、世界のマジカルな変容による虎という脅威の消去なんだ。どう考えるかな、この点についてきみは。恐怖が虎を消去するのか、虎の消失が恐怖をもたらすのか」

「虎の脅威とは襲われる可能性、最終的には喰い殺される可能性ですね。ようするに虎の脅威とは死の可能性の露呈です。虎を前にした者は虎を怖れるのではなく死を怖れている、だから虎を恐怖し消去しようとする。同じことですよ、虎の消失を恐怖する者がいるとしても」

「虎の脅威が死という不可能な可能性の露呈だというのはハルバッハ的な発想で、私には異論があるぞ」

現象学的にいえば、世界とは私のために編集された固有の世界だから、主観の数だけ世界はある。私の主観的世界の外に万人に共通の客観的な世界があるとはいえないから、理の当然として私が消滅すれば世界も消滅する。しかしハルバッハ哲学は、人が実存の本来性に覚醒できるのは死に臨む存在だからだという。これを批判してクレールは、世界を意味づける存在が人間であるとし、死とは人間の可能性の無化に他ならないと語っていた。昼食の席でシスモンディが触れていたように、死はあらゆる意味を人生から奪い去ると。

わたしは尋ねてみた。「クレールさんは『物と意識』で現象学的な志向的意識をさらに徹底化して、それは無だとしていました。無と消失は、さらに消失と死はどんな関係にあるんでしょう」

意識は対象を意識し自身をも意識する。ようするに意識は対自的で、対自とは「おのれがそうでないところのものであり、そうであるところのものでない」矛盾した存在だ。これにたいし意識の対象になるモノは「そうであるところのものである」ところの無矛盾的な、それ自体で存在する自己同一的な即自存在ということになる。

自体的に存在する即自はひたすら無意味に充実しているから、そこに無はない。存在の世界に無を生じさせるのは意識作用だとクレールは語っていた。だから物と意識は即自と対自に、さらに存在と無に置き換えることもできる。

「即自の空間的な充実とは時間的には持続でもあるね。この時間性は人間的なそれとは異なる、いわば物理的な、たとえば地質学的な時間性だが。なんの意味もなくモノはひたすら存在し続ける。これにたいし意識は切断されうる。自身の切断可能性を意識するところに対自の対自たるゆえんがある」

「意識の切断可能性って、死の可能性のことですか」

「与えられるのは切断の記憶だ。熟睡状態から醒めるとき、私は意識が失われていたことを自覚する。失神や全身麻酔の場合でも。切断の記憶、さらに繰り返し切断されたことがあるという記憶は、意識が意識であるために不可欠な条件だ。いつか醒めない眠りに意識が失われていく予測もまた」醒めない眠りとは死のことだろう。

わたしは質問する。「死は私の意味を他者に奪われること、死者であるとは生きている他者たちの餌食になることですね」これは対他存在という第三の概念に関係する出来事で、対自にとっての死をクレールは主題的に論じていない。

「ただしもう死んでいるわけだから、人生が他有化されたとしても苦痛や屈辱は感じない。それを感じるのは、まだ生きている私が死を想像するときだね。生きている限り私は新たな可能性を見出し、新たな意味を私の人生にもたらそうと努める」

「若者と老人では死の了解が異なると。『物と意識』を書いた三十代と七十歳を過ぎたいまとで、クレールさんの死の捉え方は違ってきたんでしょうか」

「そうだな。このまま朽ちていくのなら、もう煉獄にいるようなものだと感じる日がある。地獄とは他者のことだから、私の煉獄に出口はひとつしかないんだが」

時代を代表した著名な文学者や哲学者であろうと、死没すれば存在感は薄くなるのがふつうだ。そのまま完全に消えてしまうか、歴史的評価が確定し偉人として遇されるようになるか。どちらになるのか結論が出ていない中途半端な一時期を「煉獄の時」という。没後のクレールには著述家として「天国」への門が開かれるのか、あるいは「地獄」に堕ちてしまうのか。ただし存命中の人物が、この意味で「煉獄の時」を過ごしているとはいえないから、クレールの言葉には別の意味があるのだろう。

人生が他有化されてしまう死後こそ地獄ではないか。心身ともに衰弱し人生に新たな意味を与えることが困難である老人は、まだ地獄ではないが、その手前の煉獄にいるようなものだという意味だろうか。とすればクレールの煉獄は地獄にしか通じていない、天国という可能性は皆無だから。

老人が話を戻した。「もう少し説明がほしいところだが、議論の角度を変えてみよう。サーカスの虎のような空間的な移動とは異なる種類の消失もあるのでは。消滅した古代文明、たとえばプラトンの『クリティアス』で語られたアトランティスだ」

議論を愉しんでいる老人にカケルが応じる。「事物は空間的に移動するだけでなく、むろん時間的にも変容します。アトランティスの神殿が崩壊しても、柱や屋根や床に使われた石材は、たとえ石材が波に砕かれても大小の石塊は残る。石塊が海底の砂に変わろうと同じことです。第二の地殻変動で地底から噴出した溶岩に呑まれ、それが凝固して新たな岩盤の一部になろうと」

「何十億年もの時間が経過して地球が爆発しても。質量はエネルギーの一形態だから、たとえ物質のかたちをとらないとしても、かつてアトランティスの神殿だったそれは一定量のエネルギーとして存在し続けるわけだ」

二人の議論には無関心そうだった老婦人が、ようやく口を開いた。「でも、本当に消えてしまうものはある。核戦争で文明が崩壊し人類が死滅しようと、凱旋門やパンテオンや、この建物、このアパルトマン、この部屋の椅子とテーブルと花瓶にいたるまで形が変わるだけで永遠に残るとしても、わたしたちは……。

身体としての人間は、テーブルや花瓶と同じかもしれない。私の身体を構成している原子は、なんらかの形で残るのだから。しかし、この私は物質的存在に還元されないわ。この私という不可思議な存在は、いったいどうなるのか。もう一点、人間が精神と物質の複合体であるとしたら、たとえば手紙にも同じことがいえるわね。封筒や便箋やインクは物質だとしても、書かれた文字、その意味内容は人間的な次元のものだから」

　手紙を燃やしても灰は残る。燃焼の結果として大気中に漂う二酸化炭素も物質としての手紙が形を変えたものだ。手紙が燃えてしまえば、そこに記された文字や文章も消える。しかし文字や文章を紙やインクと同じ性格の存在と見ることはできない。その手紙が燃えて消えても、あるいは灰や二酸化炭素に姿を変えても、たとえば複写があれば文字や文章は残るからだ。

　文字や文章として手紙に刻まれていたのは、書き手の意識作用の産物だろう。しかし問題は個的な意識に留まらない。海底に沈んだアトランティス文明の場合でも、神殿や宮殿、家屋や家具、美術品や貨幣などだけで構成されていたわけではない。それらは歴史的に累積した集合的意識——ドイツ人の言葉でいえば精神（ガイスト）を入れる器にすぎないからだ。物質としての器は形を変えて永遠に残るとしても、器を満たしていた精神はどうなってしまうのか。

　シスモンディが強い口調で続ける。「アトランティスの場合にはたまたまプラトンのテキストが残された。だからわたしたちもこのように論じることができる。もしも『クリティアス』が失われていたら、後世の誰一人としてアトランティスのことなど知るはずもなく、語ることもできなかったでしょうね」

　曖昧な伝承さえ後世に残すことなく完全に失われた文明もあったろう。では、その文明を創造し支えた精神はどうなったのか。精神の容器としての神殿や芸術品は、たとえ塵（ちり）に変わろうと消滅したとはいえない。しかし容器の中身、たとえば彫刻として表現された精神は跡形なく消失したのではないか。

　カケルが小さく頷いた。「個的な意識と同様に集合的な意識としての精神も消失します。原理的に消失しえない事物とは異なって、ある意味では特権的に消えてしまうことができる」

「どうして特権的といえるの、怖ろしいことなのに」老婦人が顔を顰める。

「インド人は消滅しえないことが最大の苦痛、最大の恐怖だと信じてきましたよ。たとえ死んでも存在は消えることなく、永劫の輪廻(サンサーラ)の宿命からは逃れようがない」

「わたしはインド人ではありませんから」

「インド人でなくても仏教徒なら同じことです。ネパールでもタイでも、あるいは中国でも日本でも」

「仏教徒でもないわ」

「完璧な消滅、無に帰することこそ解放だという思想は西洋にも存在しました。『クリティアス』や『ティマイオス』の登場人物が語った古代ギリシアの秘教的精神からストア哲学を経由して、この思想は近代にまで及んでいる」

カケルによれば意識は虚空を漂っているわけではない。意識が脳を流れる電気信号の総体だとすれば、意識が存在するには脳という蛋白質の塊が必要で、物質なしの意識など存在しえない。ただし意識が物質に、脳という蛋白質の塊に還元されるともいえない。物質に依存しながらも、意識には物質的次元とは異なる固有の次元がある。

二人の応酬にクレールが割って入った。「意識は身体を通じた実践によって物質的環境に作用し、それを加工し変形し続ける。個的な主体の作用で物質は実践的惰性態となるわけだ」

「とはいえ、精神と物質の相互規定や相互転化の弁証法は消失現象の不思議さ、不可解さを少しも説明しません。モノは空間的に移動し、時間的に変容しながらも不滅です。けれども、このように物質を認識する意識は消失の運命から逃れられない。

こうした認識が集合化され文明を支える知として精神化されたとしても、文明もろともに消えてしまうかもしれない。いや、それは可能性でなく必然性ですね。もろもろの古代文明とは違ってわれわれの近代文明だけが永続しうると、まさかシスモンディさんも信じてはいないでしょう」

硬い表情で老婦人は沈黙している。文明の永続を信じられないからシスモンディは怖れるのだろう。クレールが話を引きとる。

「消滅しえない事物と消えることができる意識を、きみは対立的に捉えるわけだな。モノは空間的に移動するか時間的に変容するにすぎない、真に消えうるのは意識のみだと。文明や文化としての集合化された意識も、最終的にはやはり消えてしまう。

消失は恐怖されるべきか、そうでなく崇高な出来事として畏怖(いふ)されるべきなのか。畏怖が宗教的感情の出発点であるなら、絶望的な恐怖とは違って肯定的な感情といえるかもしれん。どちらでもいいじゃないかというのが、ここにいる四人のうちで最も早く死にそうな私の意見だが。

しかしね、ヤブキ君。事物と意識、存在と無を対立的に捉えようとするのは、かならずしも独創的とはいえん。きみと同じような年頃に、私が徹底的に考えぬいたことにすぎないからな。……で、この話はどこに通じるんだろう」

クレールに日本人が反問する。「どうしてマジシャンは檻から虎を消したんでしょうか。真の謎はマジシャンが虎を消した理由にある」

「それが仕事だから……」

こう呟いたわたしをカケルが見る。「仕事でマジシャンが虎を消したとすれば謎は観客の側に移し替えられるね。真の意味で虎が消えることなど原理的に不可能なんだ。空間的に移動したか時間的に変容して、消えたように見えたにすぎないことを熟知しながら、偽の奇跡や仮の驚異を求める観客という謎。どうして観客は虎が消えるのを見たいのだろう」

老知識人が軽く頷く。「虎が消えれば自分は消えなくてすむからだね」

「そう思いました、僕も」

「なるほど。だから小学生のきみは檻から消えた虎でなく、虎が消えたことを不思議に感じる自分こそ不思議だと思った。モノは消失しえないのだから、主観の消失可能性がモノに投影されてはじめて事物が消えたという信憑が生じる。虎が消えたときの驚異、ある場合には恐怖、ある場合には畏怖ともなるだろう強烈な感情はおのれが消失する必然性を鏡に映しているにすぎん……」

カケルが〈消失〉の本質直観を語っていることに、ようやくわたしは気づいた。消失とは虎の側にではなく、虎が消えれば自分は消えない、消えなくてもすむと信憑する人間の側にある。奇跡のまがいものにすぎないと知りながら、マジックを欲望する人間の側に。

「モノが消えるたびに人は、究極の自己消失である死の可能性から少し遠ざかることができます。虎を前にして人は、死の可能性を遠ざけようと恐怖する。逆に死の可能性を遠ざけるため虎を消失させることもある。この場合、恐怖は虎が消えたという異常事に由来するようでも、本当は自分が消えてしまう可能性から生じています」

わたしは確認してみた。「だったら、〈消失〉という現象の本質は」

「……対象に転移した自己消失の可能性」

この世界で消失の必然性を課せられた唯一の存在者、クレールの『物と意識』によれば、果実のなかで果肉を喰い荒らす虫のように、存在の懐で存在を喰い荒らすところの無としての意識。死という不可能な可能性に呪われた意識存在、対自存在だけが真に消失しうる、その宿命が逆説的に虎を消失させる。

　移動したり変容したりするだけで事物は原理的に消失しえない、人間だけが完璧に消失しうる。ハルバッハ哲学に即して言い換えれば、事物は死ねない、人間だけが人間的な意味で死ぬことができる。死という不可能な可能性の自己隠蔽という点で虎の消失を愉しむ者たちは、好奇心とお喋りに没頭する日常人（ダス・マン）と少しも変わらない。

　いずれ自分は消えてしまうという可能性を自己隠蔽するためにこそ、虎には消えてもらわなければならない。空間的に移動するか時間的に変容するだけで、真の意味では消失しえない虎の〈消失〉を期待して観客はサーカス小屋に出かけていく。虎が消えれば自分は消えなくてもすむからだ。

　探偵小説（ロマン・ポリシエ）では密室に閉じこめられた人間をはじめ、トンネルのなかの列車から豪壮な大邸宅まで多種多様な事物や人間が消失する。檻のなかの虎どころではない、探偵小説作家は象だって消してしまう。読者が望むならモン・サン・ミシェルの大伽藍（だいがらん）もカルカソンヌの城壁都市（シテ）だって消してしまうだろう。

消えるはずのない事物が消えたように見える体験を、なぜ人は求めてしまうのか。仕掛けがあることを知りながら、どうして人はマジックを愉しめるのか。不思議なのは事物が消えることではない、消えるはずのない事物が消えたように見える体験を、それでも求めてしまう人間こそが不思議なのだ。

　クレールが面白がるように応じる。「対自の特権性である消失可能性を対象に転移することで、原理的に消失しえない即自が擬制的に消失する。ようするにモノの消失という自己欺瞞的な了解が意識に生じる。しかし消失現象をめぐる自己欺瞞の根拠が、きみの議論では説得的に解明されてはいないぞ。虎が消えれば私は消えないという信憑が消失現象をもたらすというなら、きみもハルバッハの掌の上で踊っているにすぎん」

「日常人（ダス・マン）が死の不安を紛らわせるために消失マジックを愉しんでいるとすれば、現存在（ダーザイン）の頽落（たいらく）の一例にすぎませんね。しかし、それだけではない」

「というと」

「どのようにして死は発見されたのか。それまで生きて動き廻っていた同類が、不意に動かなくなる。熟睡しているようにも見えるが、もう息がないし膚は冷たいし、どれほど待っていても目覚めることがない。まもなく躰は腐敗しはじめ最後には白骨化してしまう。このように肉体的な消滅を認識しても、まだ死を発見したことにはなりませんね。肉体の消滅は可視的でも心の消滅は見ることができないから」

　熟睡しているようだが息のない仲間を見た原人は、心も熟睡状態と同じように一時的に活動を停止しているのだろうと思う。しかし醒めることのない眠りの果てに、身体は腐敗し白骨化する。それと相即的に意識も回復までのあいだ一時的に中断しているのではなく最終的に消失したのだという認識が生じる。

「身体の消失と心の消失の相互性が認識されてようやく、原人は死を発見したことになります」

「いいや、身体の消失という事実は心の消失という認識を導くとは限らんな。魂（エスプリ）の語源はギリシア語のプシュケーで、もともとプシュケーは息を意味していた。息の絶えた仲間を見て、原人は息こそ意識あるいは心魂だと考える。消えた息すなわち魂はどこかに飛び去ったのだろうと。魂の不滅や死後の生という観念は死の発見と同時的だったに違いない。

　死んだらそれで終わり、肉体と同じことで心も消えてなくなるという観念が常識化したのは近代のことだ。回復することのない意識の喪失として死を捉えることもまた。こうして死の可能性は消失の可能性と二重化し、人間は絶対的な自己消失としての死の可能性に脅かされはじめる。消失マジックが成立するのも近代のことだ」

　魔術を信じていた中世や古代の人々なら、たとえ檻のなかで虎が消えても近代人と同じようには驚かない。魔術師の不可思議な業に感嘆するとしても、虎の消失に自己消失の可能性を投影することはないから。

「そろそろ手紙の話に戻りましょう。手紙を盗めた方法や犯人の正体がわからないから、長々しい議論で時間を引き延ばしていると疑われても仕方ありませんよ」シスモンディの口調には苛立ちが滲んでいる。

「いつだって真相は見る者の目の前にある、必要なのは瞼（まぶた）を開いてみることだけです」

「それならいまここで瞼を開いてちょうだい、現象学的推理の話はもう充分」

「手紙の消失事件は事件そのものが支点だから、その本質を導きの糸にして推論する必要はありませんね」

　クレールが確認する。「この部屋で手紙が消えた謎は、きみの現象学的推理では解決できないということかね」

「手紙の消失事件の支点は〈手紙の消失〉だといっても同義反復です。本質を手掛かりに推論するまでもなく、問題は提起されると同時に解決されている」

「もう謎を解いたというなら、わたしたちに答えを話せるわね」

シスモンディに詰めよられた青年が無表情に応じた。

「かまいませんが、瞼を開いて真相を見るにも多少の時間は必要です」

「鉛なのかしら、ずいぶんと重たい瞼だわ。開くのに必要な時間はどれくらいなの」

「一週間か十日ほどあれば」

「それで結構です、また集まることにしましょう。今度こそ納得できる説明を聞かせてもらいたいわ」

「ええ、約束しますよ」

「それでは、このアパルトマンで七月一日の午後二時に。ドゥブレやアナベラからも話を聴けるよう早めに手配しますから」

無言のままカケルが席を立ち、老人の掌に軽く触れながら耳元に別れの言葉を囁いた。守れない約束をするような青年ではない。すでに謎は解けているが、結論を確認するために多少の時間が必要ということだろうか。わたしには消えた手紙の行方が皆目わからないのだけれど。

クレールの家を辞去し、エドガール・キネ通りをモンパルナス塔（トゥール）のほうに歩きはじめる。平たい形の高層建築を眺めながら、横を歩く青年に声をかけることにした。まともな返答は期待できないが、それでも質問だけはしてみる。曖昧な一言半句でも、なにを示唆していたのか、あとから思いあたることも少なくないから。

「もう手紙の謎は解けたの」

「誰がどのように手紙を消したのか、消失現象の本質を導きの糸にすればきみにもわかることさ。ただし手紙をめぐる出来事の全貌は明らかでない。消失の本質直観に導かれて組み合わせるべきピースが揃っていないんだ」

「ドゥブレやアナベラの話を聴けば、必要なピースは揃うわけね」

「……興味があるのは手紙の消失と路上に描かれた鉤十字（クロワ・ギャメ）やシオンの星との関係かな」

「関係があると思うのね、その二つに」

「あるかもしれないしないかもしれない。同時代の人々にとってホロコーストは人間が大量に消失していく異様な出来事だった。連行されたユダヤ人が絶滅収容所のガス室に送られている事実は、戦後になるまで一般には知られていなかったから。

かつてクレールが住んでいたあたりにホロコーストを想起させる鉤十字（クロワ・ギャメ）が描かれた、続いて現在の住居前にも。それと前後してクレールのアパルトマンから、内容の定かでない古い手紙が消えている。これらの出来事を無関係といえるだろうか。シスモンディが住んでいるアパルトマンの建物の前に描かれたという黄色い星は、さらに直截（ちょくせつ）的にホロコーストの記憶を想起させる」

他の占領地と同じように、この国でもナチはユダヤ人に黄色い星の記章を付けるように強制していた。としても、それは考えすぎではないだろうか。鉤十字（クロワ・ギャメ）やシオンの星の悪戯描きはネオナチの仕業に違いないが、スキンヘッドの若者がクレールのアパルトマンに忍びこんで手紙を盗んだ可能性は無視できるほどに低い。

手紙をめぐる謎の真相には興味があるけれど、経験に学んでいるわたしはこれ以上の追及をする気になれない。カケルの牡蠣よりも固い口をこじ開けるのは至難のことで、自分から喋る気になるまで待つしかないのだ。

わたしは話を変えた。「クレールのこと、カケルはどんなふうに思うの」

「小説の『鬱（メランコリア）』は幾度も読んだよ」

この青年と主人公のアントワーヌは、孤独癖という点以外に性格として似ているところは見あたらないけれど、それでも愛読書の一冊だったようだ。わたしは探偵小説的構成に引っぱられて最後まで一気に読み終えた。

「哲学書のほうは」

「第二の主著はさほど評価できない。ナポレオンがイエーナ会戦で勝利した翌年に刊行の『精神現象学』を、逆立ちさせて焼き直したような哲学書にすぎないから。本の厚さだけだね、かろうじて『精神現象学』を超えているのは」

予想していた通りの冷淡な反応だった。そろそろカケルとの交友も三年になるから、なにを考えているのか少しはわかる。大学の講堂ではじめて出逢ったころわたしは十九歳で、まだマルティン・ハルバッハの『実存と時間』もジャン＝ポール・クレールの『物と意識』も読んでいない哲学の初心者だった。

「それなら第一の主著は」

「大戦間のフランスで試みられた二十世紀的な思考では、ジョルジュ・ルノワールの『神秘体験』と『物と意識』が双璧だと思う」

偏屈な日本人には珍しい高評価で少し驚いた。「二十世紀的な思考って」

「……葡萄酒(ヴァン)や料理からシャンソンと映画、美術や文学や哲学にいたるまでフランスの文化に憧れた日本人は少なくない。いまも同じだけど、横浜からマルセイユまで船で一ヵ月もかかった時代にはなおさら。シベリア鉄道を利用すれば半月と少しでパリに着けたが、ソ連の通過ビザを取るのが大変だった」

質問の答えになっていないが、ダッソー家の事件のときハインリヒ・ヴェルナーが口にしていたことを思い出していた。「でもカケルのお祖父さんは、フライブルク大学でハルバッハに哲学を学んだのでしょう」

「日本が近代化のモデルにしたのはドイツだから、国費留学生の派遣先はドイツの大学が多かった。その次はイギリスで、フランスに留学しようという青年は少数だった。ドイツやイギリスの場合には、学者や官僚としての出世をめざした若者が多数を占めていたが、フランスに渡ったのは主として芸術家の卵で私費での滞在者が多かった」

「レオナール・フジタのような」

「二十世紀的でスキャンダラスな個性という点で、いまの日本では藤田より著名といえる吉田一太も戦間期のパリで青年時代を過ごしている。しかし僕は芸術家志願者ではないし、日本に少なくないフランス文化の愛好家でもない」

そんなことは承知している、わざわざいわれるまでもないことだ。「フランス語を覚えたのも暮らすのに必要だから。この国にとくには関心のない人間がたまたま流れ着いたようなものだけど、それでも『メカラウロコガオチタ』発見はあったよ」

「メカラ、ウロコって」

「目(ウィユ)と鱗(エカイユ)、衝撃的なまでに発見的な、という意味の慣用句」

どうして日本人の目には魚の鱗が貼りついているのか、それこそ目から鱗が落ちるような奇抜な表現で、一度でも聞いたら忘れそうにない。「で、あなたの『メカラウロコガオチタ』体験とは」

「フランスの町や村には、中心の広場や教会の横にかならず戦没者の慰霊碑がある」

「あるわね、どこにでも」

「石碑を見るとわかる。その町や村から出征して死亡した兵士の三分の二以上、あるいは四分の三以上が第一次大戦の戦死者だ」

慰霊碑が全国各地に建てられたのは第一次大戦後のことで、ナポレオン戦争や普仏戦争の戦死者の名前が刻まれた石碑は見たことがない。カケルがいうように石碑に刻まれた名前のほとんどは第一次大戦「1914〜1918」で、その下の二行か三行が第二次大戦「1939〜1945」、最後にアルジェリア戦争「1954〜1962」が数名という具合だ。町や村によっては、インドシナ戦争の戦死者名が刻まれている場合もあるだろう。

イギリスの戦死者数もフランスと似たようなものだが、ドイツやロシアでは事情がまったく異なる。第二次大戦の死者数は第一次大戦を大きく上廻るからだ。フランスの対独宣戦布告は一九三九年の九月だが、しばらくは両軍が国境線で睨みあうだけの「奇妙な戦争（ドロール・ド・ゲール）」が続いた。

ドイツの機甲師団が国境線を突破したのは四〇年の五月で、翌月にはペタン内閣が降伏する。ロシア人やイギリス人と違って、フランス人が対独戦争を戦った期間は一ヵ月ほどにすぎない。ドイツ占領下では対独抵抗運動が闘われ、ノルマンディ作戦以降はロンドン亡命政府の軍隊が前線に出たとしても。

だから第二次大戦と比較して第一次大戦の戦死者数が圧倒的に多いのだ。それにしても小学生も知っている程度の歴史的事実が、どうしてメカラウロコガオチタほどの衝撃をもたらしたのだろう。

「第二次大戦が起こるまでは大いなる戦争（グランド・ゲール）と呼ばれていた史上初の世界戦争によって、ヨーロッパでは十九世紀の終焉と二十世紀の開始が劇的に告げられた事実を、僕も教科書的な知識として知ってはいた。しかし慰霊碑に刻まれた名前の三分の二以上、四分の三以上を占める戦死者数を自分の目で確認してようやく、そのことの意味が体感できたように思う」

「日本も戦勝国として、ヴェルサイユ会議に出席したのじゃないかしら」そんなことを歴史の授業で習ったような気がする。

「形だけの戦勝国だね、たいした戦闘もなく中国のドイツ植民市を占領したにすぎない。ようするに日本は第一次大戦を通過していない。ヨーロッパが二十世紀という苛酷な新時代に否応なく巻きこまれ終えてからも、日本は十九世紀の夢に浸り続けることができた。

まだある。十九世紀の後半、この国でルイ・ナポレオンの第二帝政が崩壊するころまで、日本は鉄道も郵便も学校も病院も、憲法も議会も存在しない中世末期あるいは古典主義時代のような前近代社会だった。日本の十九世紀とは半世紀足らずで建てられた仮小屋のようなもので、そのことが日本近代に固有の遅れや歪みをもたらしていると明治大正の知識人たちは思い悩んでいた」

しかし一九二〇年代以降の日本社会を正確に把握するには、日本の十九世紀が仮普請の掘っ立て小屋にすぎないという前提に加えて、すでに世界は二十世紀に突入しているのに、不完全な十九世紀性が第一次大戦後もそのまま残存していた第二の特殊性に注目しなければならない。

「それが直覚できたのは、フランスの田舎町で変哲もない慰霊碑を目にした瞬間だった。ようするに目から鱗が落ちたわけさ。この体験がなければ、いまでも近代と前近代の物差し一本で、日本社会の特殊性や固有性を測ろうとしていたろう。いまだに同じような発想から脱けられない凡庸な日本知識人の多くと同じように。

二十歳前の少年時代からクレールの著作には関心があった。哲学も小説も戯曲も政治的なエッセイも。なにしろ二十世紀を代表する大知識人の著作だから、同世代の友人たちもみんな読んでいたよ。日本ではクレールほど絶大な人気はなかったけれど、ハルバッハの『実存と時間』も読んでみた。それとクレールの『物と意識』を読み較べて、瑣末なようだが気になったことがある」

『実存と時間』は一九二七年、『物と意識』は一九四三年の刊行だ。「現象学的存在論の試み」という副題からもわかるように、クレールにはハルバッハの影響が無視できない。現象学を学ぶ目的でクレールは、ヒトラーが権力を掌握した直後のベルリンに留学している。一九三〇年代の後半には現象学関係の論文を幾篇も発表し想像力論の哲学書も刊行しているが、現象学研究を集大成し独自の哲学を体系化した『物と意識』を世に問うたのはナチ占領下の時代のことだ。

「それで気になったことって」

「若さの印象かな。『実存と時間』が成熟した大人の著作だとすると、『物と意識』は世界に居場所を見出せない反抗的な青二才の本のように感じたんだ。実際のところは、どちらも三十八歳のときの著作なんだけどね」

七百万人ともいわれる未曽有の戦死者を算えた第一次大戦の衝撃を、敗戦国ドイツは真正面から蒙った。ドイツではハルバッハをはじめ戦前に精神形成を遂げていた世代が、悪夢のような大量死の体験から二十世紀精神を探究することになる。

「一九二〇年代のドイツでは第一次大戦に出征した世代、二十代から三十代の思想家や哲学者が重々しくも暴力的で預言的な大著を次々に刊行した。ヒトラーの『わが闘争』からハルバッハの『実存と時間』まで。キリスト教関係では『ロマ書解読』、左翼の側からは『歴史と階級意識』や

『ユートピアの精神』など」
しかし戦勝国のフランスでは、事情が違っていたとカケルはいう。大変な戦争だったが最終的には勝利できた、これで戦前の平和で豊かな時代が戻るだろう、そう思いこんだ大人たちが大勢を占めていた。シュルレアリスム運動が活発に展開され、ルイ＝フェルディナン・セリーヌのような特異な作家も登場はしたけれど、敗戦国ドイツの思想的混乱やそこから生じた新思潮の圧倒的な迫力とは比較にならない。

「フランスで二十世紀思想が本格的に探究されはじめるのは、少年時代に第一次大戦を通過した世代からだね。ハルバッハは一八八九年生まれ、クレールは一九〇五年生まれで十六歳の年齢差がある。ハルバッハは第一次大戦の戦中世代だけど、クレールがサラエヴォの銃声を聞いたのは九歳のときなんだ。この年齢差を無視することはできない。

　晩年のシモーヌ・リュミエールの思考も重要だけど、この時期にはノートや断片のようなものしか残していない。エマニュエル・ガドナスも同じで、主要著作が書かれるのは第二次大戦後のことだ」

　ガドナスとはダッソー家の事件の際に顔を合わせている。最近ではクレールの秘書で元マオイストのピエール・ペレツがこの哲学者に私淑しているとか。

　シモーヌ・リュミエールは大戦間の女性思想家で、女子として最初に高等師範学校（エコール・ノルマル・シュペリウール）の難関を突破した秀才だ。卒業後は社会党でも共産党でもない独立派の左翼活動家として、革命的サンディカリストと行動をともにしていた。リセの哲学教師を休職して工場の現場労働を体験し、共和国政府を支持してスペイン内戦に参加した。ドイツ占領下のマルセイユで神秘主義的な信仰に目覚める。亡命先のロンドンで対独抵抗派による前線看護婦部隊の創設のため奔走するが、過労と衰弱のために倒れて、アッシュフォードのサナトリウムで死亡している。

「クレールの『物と意識』とルノワールの『神秘体験』。第二次大戦中にフランスで刊行された著作では、この二冊が二十世紀精神の探究として画期的というわけね」

　カケルが頷いた。「いたるところで論争を繰り返してきたクレールだが、真の思想的対立者は構造人類学者でも身体論の現象学者でもアルジェリア出身の小説家でもなくジョルジュ・ルノワールだった」

　第二次大戦中に刊行された『神秘体験』をクレールは批判している。このエッセイが掲載されたのは大戦中に自由地区で刊行されていた、シモーヌ・リュミエールも常連執筆者だった評論誌〈南仏通信（デペッシュ・デュ・シュッド）〉だ。ルノワールはリュミエールをモデルにした小説を書いているし、はじめてクレールが読んだ現象学の入門書はガドナスの著作だったという。両大戦間の青年知識人たちの交友は、いたるところで複雑に交錯しているようだ。

　とはいえ一九三〇年代にデビューした作家や知識人は、すでに七十歳をすぎている。もう煉獄にいるようなものだと冗談まじりに語る、ジャン＝ポール・クレールのような老人さえいるほどだ。

　わたしはミノタウロス島で大量殺人者に追い廻され、つい最近まで外傷神経症の症状に苦しめられてきた。精神的な健康を本当に取り戻せたのかどうかいまでも自信はない。回復したのか再発するのか、先に待っているのは天国か地獄なのか。失明し心身の衰弱を感じているらしい老人のクレールと同じことで、わたしも心理的な煉獄にいるようなものだと思う。

第三章　船室の屍体

1

シスモンディが電話してきたのは一時間ほど前、深夜一時のことだ。わたしはまだ起きていたけれど、親しい友人ならともかく一、二度しか会ったことのない人の電話としては、いささか非常識な時刻といわざるをえない。

「夜遅くにごめんなさいね、これからヤブキさんと連絡を取りたいの」

「いますぐにですか」

「ええ、一時間後にロワイヤル橋まで来てもらいたいのよ。無理なことは承知していますが、どうしてもお願いしたいの」

　老婦人が切迫した口調で懇願する。理由を尋ねても答えようとしないで、とにかく急いでくれと譫言（うわごと）のように繰り返すのだ。なにが起きたのか想像もつかないが、断ることのできそうな雰囲気ではない。とにかく連絡してみるとわたしは応えた。カケルの安ホテルに電話してみたが誰も出ない。こんな時刻だから管理人夫婦は寝室で、事務室は無人なのだろう。

やむをえない、手早く外出の支度を終え大急ぎでアパルトマンを飛び出した。もしもパパが家にいたらなにかいわれたろうが、モガール警視は南仏（ミディ）に出張中で、明日の夜まで帰宅しない。

タクシーでルーヴル街とモンマルトル街の合流地点に急いだ。ときどきカケルと入る珈琲店（カフェ）の前で車を止め、狭くて見栄えのしない路地を小走りに進む。深夜の路地は暗くてまったく人気がない。午後十一時にはホテルの玄関扉は施錠されてしまう。滞在客は投宿した時点で自室の鍵の他に玄関扉の鍵も渡される。深夜に戻ったときは自分で玄関扉を解錠して建物に入らなければならないが、滞在客でないわたしは玄関扉の鍵など持ってはいない。

白地に黒字の〈オテル〉という地味な看板の下で足を止め、大きく首をそらせた。カケルの屋根裏部屋の窓は闇に沈んでいる。いつも朝の四時か五時まで起きている青年だから寝たわけはない、外出しているのだ。

そのまま引き返そうかとも思ったが、エルミーヌ・シスモンディの切迫した口調が思い出される。管理人の老婆に嫌な顔をされるのを覚悟して玄関ベルのボタンを押し続けた。しばらくして重たそうな扉を開いたのは老婆の夫の小柄な老人だった。人命にかかわる重大事なのでと適当な言い訳をして屋根裏まで駆けあがる。不細工な重たいドアを拳で叩いてみても、真っ暗な室内から返事はない。予想した通りカケルの部屋は無人だった。

シスモンディからは「どうしてもヤブキさんと連絡が取れないときは、あなたが二時までにロワイヤル橋まで来て」といわれている。腕時計を見るとあと十五分ほどしかない。ルーヴル街に出てまたタクシーを止め、運転手にシスモンディから指定された地点を告げる。

タクシーはリヴォリ街を通ってカルーゼル橋を渡り、セーヌ左岸を下流に向かう。ロワイヤル橋のたもとで車を下りた。人通りのないがらんとした石橋を街灯の光が物寂しく照らしている。午前二時五分前でシスモンディに指定された時刻よりも少し早い。見渡してもシスモンディの姿は見えないが、右岸のたもとで待っているのだろうか。

足を急がせてロワイヤル橋を渡っていくと、背の低い街灯の下で川面を見下ろしていた女がこちらを振り返る。シスモンディではない、まだ若い女だ。夏物のパンツスーツで髪は短めのボブ、歳は二十代の半ばから後半というところか。わたしの顔を無遠慮に眺め廻す女の非礼に腹が立ち、視線に力を込めて見返した。神経質そうな細面の女は少し慌てたように眼をそらせる。夜中の二時に一人で暗い川面を眺めている女の横を通りすぎ、足早に橋を渡りきった。

ロワイヤル橋の右岸のたもとは闇に沈んでいる。通過する自動車のヘッドライトが、街路に設置された広告塔の下で佇んでいる老婦人の姿を照らし出した。大きく手を振って、わたしはエルミーヌ・シスモンディのほうに急いだ。

「ホテルの部屋まで行ってみましたがカケルは外出中で連絡がとれません。いったいどうしたんですか、こんな夜更けに」

セーヌ川とチュイルリ公園やルーヴル美術館に挟まれた河岸通りだから、この時刻になると人通りが絶えてしまう。パリの中心部で治安の悪い区域とはいえないが、七十歳の老婦人が一人でうろつくような場所ではない。もう〇時を廻って夏至当日ということになるが、それでも日が暮れてから三時間はたつ。

「……電話で呼び出されて」シスモンディが弱々しい声で応える。

「誰にですか」

「知らない女」

「呼び出された理由は」

「もしも手紙を取り戻したいなら、と」友人の多いシスモンディなのに、消えた手紙をめぐる事情を相談できる相手は一人しか思いつかなかったようだ。

老婦人の案内で、わたしとカケルがジャン＝ポール・クレールの家を訪問したのは一昨日のことだ。老人から事情を訊き出し簡単な調査を終えた時点でカケルは、十日後には謎を解いて真相を語るとシスモンディに宣言した。しかしあの日本人が正体を突きとめるまでもなく、犯人のほうから連絡してきたことになる。犯人の意図はなんだったのか、手紙を買いとらせようと盗難の被害者を深夜のロワイヤル橋に呼び出したのだろうか。

わたしは確認した。「その女にロワイヤル橋のたもとを指定されたんですか」

「いいえ、あそこよ」街灯の光で淡く照らされているセーヌ河岸を老婦人は指さす。

「川沿いの遊歩道ですか」

わたしたちがいるチュイルリ河岸通りの南側はセーヌ川で、通りから五メートルほど下に石畳の遊歩道が続いている。通りから遊歩道までは垂直の石垣だ。季節によって上下するが、いま川の水面は遊歩道の下一メートル半ほどのところにある。

「いいえ、あの〈小鴉(コルネイユ)〉という船」

シスモンディが指さしたのはロワイヤル橋のすぐ西側、ソルフェリーノ橋方向に係留されている一艘の平底船(ペニッシュ)だった。船首に船名はない、ここからは見えない船尾に書かれているのだろう。窓が明るいから船内には人がいるようだ。

黒い塗装がふさわしい〈小鴉(コルネイユ)〉という船名に反し、船体は白く塗られている。貨物用の平底船(ペニッシュ)らしく船首も反対側の船尾も角張って、橋の上からは細長い長方形に見える。中央部は前後の甲板よりも高い。中央前部と後部が甲板で中央部は前後の甲板よりも高い。中央部の船首側でひときわ高い構造物が操舵室らしい。操舵室の左右は前部甲板からの短い通路で、左舷通路の奥には入口がある。中央部の居住区画に入るためのドアだろう。前部甲板にはデッキチェアやテーブルが置かれている。

前部甲板からの短い通路以外、舷側には左右とも通路はない。前部甲板から後部甲板に移動するには、いったんドアから船内に入り居住区画を通り抜けなければならないようだ。操舵室や居住区画の屋根は平らで上を歩くことはできるにしても、甲板から屋根に上がるための梯子が船首側の甲板には見当たらない。

セーヌ河岸には大小の川船が係留されている。川に平底船(ペニッシュ)を浮かべて石炭や穀物などの荷を運んでいたのは昔

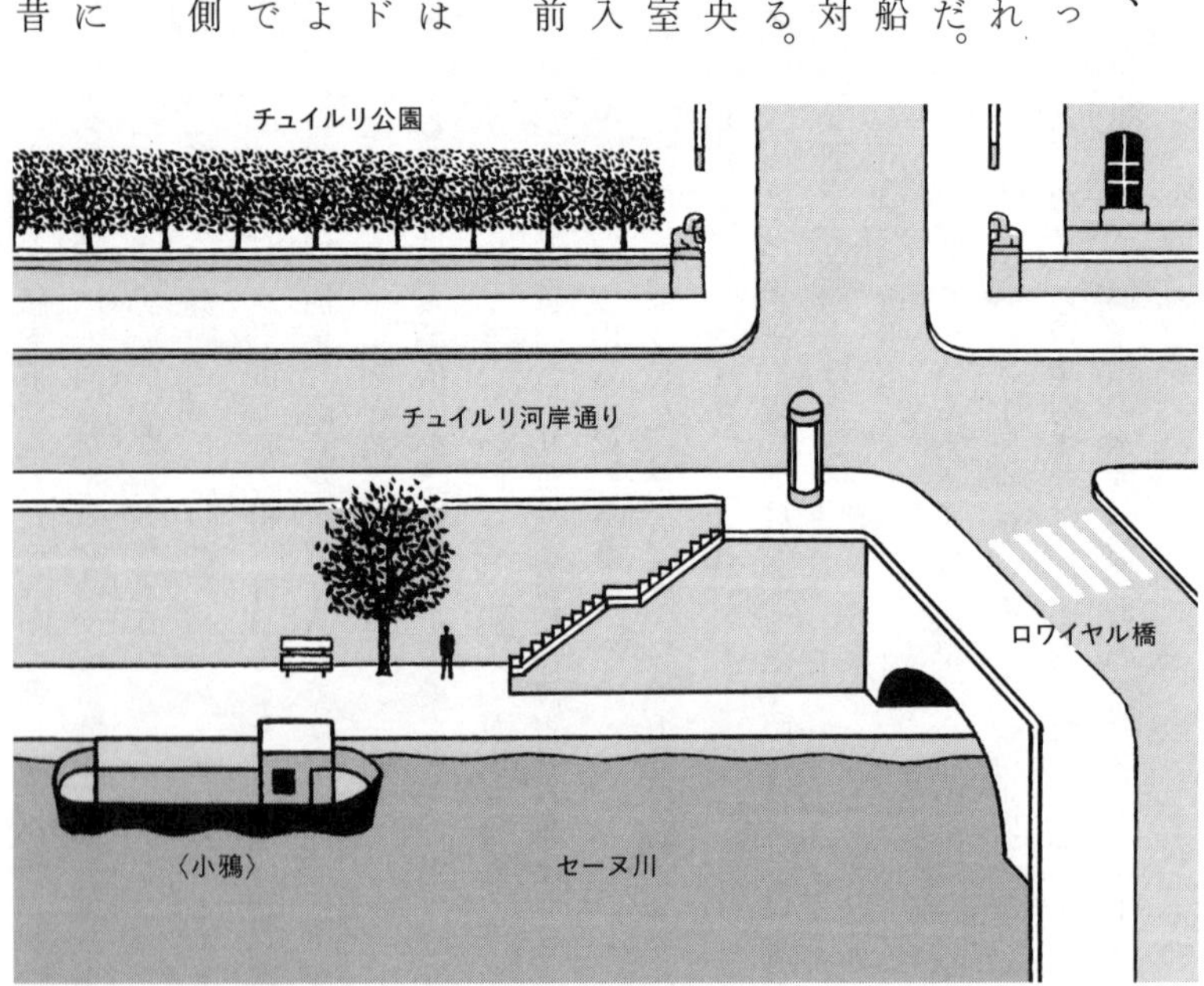

〈小鴉〉付近の略図

のことで、いまでは住居に使われている船がほとんどだ。〈小鴉(コルネイユ)〉は船首から船尾まで二十メートルほど、広いところで幅が五メートルほど。ミノタウロス島に渡るときに乗った〈イアソン〉より一廻り以上も大きいようだ。ただし船底の平らな川船だから、〈イアソン〉のように外洋を航海するのは難しい。

　老婦人が続ける。「電話があったのは真夜中の〇時五十分ごろで、午前二時に素人探偵(デテクティーヴ)を連れてセーヌ河岸に来いと。女から少し古風な言葉遣いで指定されたのはロワイヤル橋の斜め下に係留中の白い船で、船名は〈小鴉(コルネイユ)〉。時刻通りに来なければ取引の意志はないと見なす、二度と手紙は取り戻せない……」

「で、いわれた通りにするんですね」不安な表情ながら小さく頷いた老婦人に、わたしは少し強い口調でいう。「危険だと思いませんか」

　七十歳の女性が不審な人物の呼び出しに一人で応じるとは。なにしろ電話の主は、どんな方法で奪ったのかはともかく窃盗犯なのだ。盗んだ本人でなく仲間がシスモンディを呼び出した可能性もある。

　通報すれば盗まれた手紙の存在が公になってしまうからか、老婦人は警察に相談したくない様子だ。だからカケルに同行を求めたのだろうが、あの青年は警護の専門家ではない。カラテかカンフーの一撃でダルテス刑事の顎骨を叩き折った腕前からして用心棒の能力はあるとしても、自分の仕事ではないからとシスモンディの依頼には応じそうにない。

　老婦人が弁解がましく応える。「場所はパリの真ん中で相手は上品そうな女だし、あの青年が一緒に来てくれるなら安心だと思って」

　ここなら警視庁とも目と鼻の先だが危険が皆無とはいえない。終電の少し前にシャトレの地下道で、わたしは数人の不良に襲われかけたことがある。手にしていた重たい鞄を振り廻し、なんとか逃げることはできたけれど。

「シスモンディさんが着いた時刻は」

「あなたが来る五分ほど前かしら」

　どことなく疑わしい話だが興味をそそられないこともない。「わかりました、では行きましょう」

　バルベス警部に電話して警官をよこしてもらうことも考えたが、なにしろ午前二時だ。気安くものを頼める刑事は帰宅している。顔見知りでない夜勤の警官に来てもらうのも気が引けるし、シスモンディと二人でも大丈夫だろうと思うことにして歩きはじめた。ロワイヤル橋のたもとから三十歩ほど下流方向に行くと下の遊歩道に下りる石段がある。階段の上から河岸を覗きこんだ。遊歩道の石畳が街灯の光で薄ぼんやりと照らされている。自分で決めたことだし、ここまで来て逃げるわけにもいかない。老婦人に腕を貸して川側に石の手摺がある階段を下りはじめた。この位置からは下流側に鉄製の歩行橋の輪郭が闇に滲んで見える、ソルフェリーノ橋だ。

　階段を下りたところから下流方向に街路樹が点々と植えられて、樹と樹のあいだにはベンチもある。河岸通り側の石垣と川に接する岸壁の距離は五、六メートルほど。階段を下りたあたりに、岸壁から一歩分ほどの距離を置いて〈小鴉（コルネイユ）〉が係留されている。黒っぽい色の船の甲板は河岸よりほんの少し高く、居住区画の窓から電灯の黄色い光が洩れていた。

　ロワイヤル橋の斜め下という位置だから、〈小鴉（コルネイユ）〉と縦に並んで上流に係留されている船は一艘もない。灯りが見える次の船は橋の向こうの上流側だ。十メートルほど下流には茶色の平底船（ペニッシュ）が浮かんでいるが、もう住人は寝ているようで窓に光はない。

「煙草一本くれないかね」不意にしゃがれ声が聞こえてシスモンディの躰が硬直する。

声をかけてきたのはベンチに身を横たえている女で、船から差している乏しい光でも五十歳は超していることがわかる。シスモンディよりは若そうだが六十すぎかもしれない。埃まみれの蓬髪（ほうはつ）と薄汚れて黒ずんだ顔からして、この辺りを根城にしている野宿者のようだ。身に着けているボロは男物の外套で擦（す）り切れた袖も裾も長すぎる。寝るときは毛布代わりに使うのだろう。

　街灯の光で腕時計を見たシスモンディが落ち着かない口調でいう。「そろそろ二時だわ、〈小鴉（コルネイユ）〉に入らなければ」

「わたしも一緒に」

「いいえ、船内には一人で来いという指示だから」

「それなら必要なときは大声で叫んでください」

　遊歩道の樹木の下には女野宿者がいるし、橋の向こう側に係留されている船には灯りが点（とも）っている。シスモンディになにかあればベンチの女野宿者に加えて、隣船の住人も駆けつけてくれるだろう。いざというときのために流浪（ヴァガボンド）の女を味方にしておきたいが、禁煙したわたしに煙草の手持ちはない。

　垢じみた体臭を嫌ってか、ベンチから少し離れたところにいるシスモンディに問いかける。「煙草、持ってませんか」

ハンドバッグから出したロスマンズの紙箱をわたしに手渡し、老婦人は自分に頷くようにしてから無言で川船に向かう。船の前部甲板の舷側には簡単な手摺として細い金属が渡されているが、操舵室の下あたりに人が乗り降りするための切れ目が作られている。パイプの切れ目から船に入ったシスモンディは、操舵室下の短い通路にあるドアを開いて船内に姿を消した。ドアは施錠されていない様子だ。

それまで寝そべっていた女野宿者が身を起こし、わたしのためにベンチの半分を空けてくれる。年代物の外套は汗と垢の異臭を漂わせているが、わたしは平気な顔を装って腰を下ろし右側の女に煙草の箱を差し出した。

「箱ごとどうぞ、その代わりに少し教えてもらいたいの」

なにか〈小鴉（コルネイユ）〉の住人について訊き出せるかもしれない。

「いいとも、わかることとならね」

大きすぎるボロ外套のため、女野宿者の手は左右とも袖のなかだ。女は上体を捻（ひね）ってこちらに向き、土埃で汚れた右手を袖から出してロスマンズを受けとる。親指で器用に紙蓋を開いて振り出した一本を口にくわえ、煙草の箱を右ポケットに押しこんだ。代わりにライターを出して火を点（つ）け、胸一杯の紫煙を大きく吐き出す。

満足そうな表情の女野宿者に言葉を継いだ。「いつもここにいるんですか」

「いいや、夏至だからね」

夜の〇時を過ぎて夏至の当日になったのは事実だが、老女がなにをいいたいのかよくわからない。夏至にはロワイヤル橋近くの河岸遊歩道にいなければならないというのだろうか。女野宿者が夏至とこの場所をどんな具合に重ねあわせているものか、多少の興味は湧いたけれど、わたしは緊急性のある話題に切り替えた。

「ここには何時からいるんですか」

「一時半ごろだったかね」

この場所に女野宿者は三十分ほど前からいたようだ。規律訓練（ディシプリーヌ）を拒否して生きるヴァガボンドなのに正確な時刻を答えることができたのは、ライターだけでなく時計も所持しているからだろう。ただし煙草を受けとった右手に腕時計は着けていない、外套の袖に隠れた左手首に巻いているようだ。わたしは右手だが、左手に腕時計を着ける人のほうが多い。

「けど、どうしてそんなことを訊くんだい」女は不審そうだ。

「あなたが……」わたしの言葉は女に遮られた。

「名前はカシだよ」

「わたしはナディア・モガール。カシさんが来たとき、あの船には人がいたかしら」

「わからないけど電灯は点いていたね」

「それから船を出入りした人は」

「一人もいないよ」

「この船にどんな人が住んでいるのかわかりますか」

「わたしはよく知らないんだけど、ここを根城にしている若い男がいてね、そいつから聞いた話では、たしかクロエ・ブロックという中年女が一人で住んでるとか」深夜の電話でシスモンディを〈小鴉(コルネイユ)〉に呼び出したのは、クロエという女なのか。

「若い男って」ここにはわたしたち二人しかいない。

「ペイサックだよ、十分ほど前に出かけたけどね」

わたしは確認する。「クロエという人、たったいまも船内にいるのかしら」

「ペイサックの話では一時間半ほど前に出かけたようだね、それから戻っていない」

午前〇時三十分ごろに〈小鴉(コルネイユ)〉を外出したクロエ・ブロックは、まだ帰船していないという。深夜二時にシスモンディを船まで呼び出したのは、その女とは別人のようだ。指定の時刻に指定の場所にいなければ奪った手紙を売りつけることなどできない。クロエは取引の場所を犯人に提供したのかもしれない。とすると犯人は、深夜の〇時三十分より前に〈小鴉(コルネイユ)〉に到着していたことになる。ペイサックという男に確認すれば正確な時刻がわかるかもしれない。

慌ただしい足音が聞こえて思わず〈小鴉(コルネイユ)〉のほうを見た。なにかに追われるように、怯えた表情のシスモンディが川船から河岸に飛び出してくる。わたしは身構えて尋ねた。

「どうしたんです」

「……奪(と)られているの、また首が」

「奪られたって、どういうことですか」

荒い息を抑えるようにして老婦人が語る。「電灯は点いているけれど人の気配は感じられない。短い階段を下りたところは居間で中央に大きなテーブルが。その上に横たわったものを見て大急ぎで逃げ出してきた」

シスモンディの目に飛びこんできたのは、矩形(くけい)のテーブルの上であおむけに横たわる全裸の女だった。しかもテーブルは赤い液体で濡れていたという。

血まみれでテーブルに身を横たえている女。どう見ても異常な状況だ、自殺だろうか。しかし居間のテーブルの上で裸になって、手首を切ったり心臓を刺したりして自殺する人間がいるだろうか。

事故の可能性もある。自宅では全裸でいるのが趣味というタイプが、たまたま足を滑らせてテーブルの上に倒れこんだとき、手にしていた包丁で自分の躰を傷つけた。あるいはシャワーを浴びたあと裸のまま冷蔵庫から飲み物を出そうとして転び、手を離れた瓶から赤い液体がテーブルに飛び散る、本人は頭でも打って昏倒した。この場合には救急車を呼ばなければならないが。

「目撃したのが負傷者なら救急車を、もう死亡しているなら警察を呼ばなければ」

「救急車は必要ありません、間違いなく死んでいるから」シスモンディは怯えている。

「死亡を確認したんですか、脈の有無とかを」

「いいえ」シスモンディが虚脱した表情でのろのろと首を振る。「屍体には首がないのよ、生きているわけがない」

「首は奪られた、人は死んだ、首は消えた、人は生きる……」女野宿者が意味不明な言葉を不思議な調子をつけて、まるで歌うように呟いた。

「本当ですか」わたしの声は掠れていた。

どうやらシスモンディは首なし屍体を発見したらしい。しかも屍体があるのは、謎の人物が盗んだ手紙を餌にシスモンディを呼び出した川船の船内なのだ。本当に屍体から首が失われているのであれば、事故や自殺ではない。殺人事件の可能性が高いのだが、被害者は老婦人に電話してきた謎の女だろうか。

「屍体のように見えたのは女なんですね」

「乳房が見えたから。屍体には血で奇妙な模様が描かれていて、左腕には紐が巻かれ右手には小さな壺が」

「被害者はクロエかしら」思わず呟いていたが、船の住人は外出中なのだ。

「クロエ……」眉を顰めて老婦人がこちらを見る。「どこにいるの、その人」

「この船に住んでいるようですけど」

思いあたる名前なのか、驚愕に表情を歪ませたシスモンディが掠れ声で問いかけてくる。「クロエ・ブロックなのね、六十年配の」

「いいえ、中年に見えたとか」

年齢はカシからの伝聞だが詳しい事情を説明している暇はない。しかしシスモンディは、どうしてクロエの姓がブロックだと知っていたのだろう。電話の主がクロエ・ブロックで、元の所有者に手紙を売りつけようとしたのか。その女が殺されたのか、あるいは別人の屍体なのか。仲間割れが起きたのかもしれない。

シスモンディとわたしのどちらか一人が警察に通報する、もう一人は〈小鴉（コルネイユ）〉を見張っているという役割分担が順当だろう。殺人だとすれば、たったいまも殺人者が船内に隠れている可能性は否定できない。シスモンディが厭だというなら、警官が到着するまでわたしが河岸で平底船（ペニッシュ）を見張っていてもいい。シスモンディを現場に残してわたしが警察に通報するのでもかまわない。いずれを選ぶにしても、その前にやらなければならないことがある。老婦人が本当に首なし屍体を見たのかどうか確認すること。

昔からジャン＝ポールに、女の子とは思えないほど無鉄砲だと呆れられてきた。おじさんに誉められているのだと思って幼いわたしは得意だった。犯罪捜査に首を突っこみはじめたのも、そんな性格と無縁ではないように思う。そして行き着いた先がミノタウロス島の惨劇だった。

殺人事件の捜査に関与する気など二度とない。シスモンディに協力したのは、持ちこまれたのが古い手紙の消失をめぐる日常的な謎にすぎないからだ。もしも血なまぐさい事件だったらどんなに頼まれても断ったろう、そう思っていた。

屍体があるという〈小鴉（コルネイユ）〉に立ち入るのは、この状況では無謀きわまりない行動だ。それでも船内の状態を確認したいと思う自分に気づいて愕然とする。外傷神経症の回復か再発かという宙吊り状態はもう終わらせたい。惨殺された屍体を眼前に突きつけてみれば、何ヵ月もわたしを閉じこめてきた煉獄からは解放される。待ちかまえているのは天国か地獄なのか、少なくとも事態は明確になる。

無鉄砲だといわれてきた子供のころからの性格は簡単には変わらないらしい。思い悩むまでもなく、この機会に曖昧な状態に決着をつけてしまおうと決めていた。

シスモンディに語りかける。「いまから船内を見てきます、ここで少し待っていてください」

「見間違いではない、本当のことよ」

老婦人の顔色がよくない、青ざめて血の気がないように見える。街灯の薄明かりのせいだろうか。緊張と恐怖で強張ったような表情も気になる。船室で目にした怖ろしい光景がまた甦ってきたのかもしれない。

「すぐ戻りますから」

ベンチに老婦人を坐らせてから、河岸の狭い遊歩道を横断して船に近づいていく。細い金属パイプ製の手摺には船首側に一メートルほどの切れ目がある。手摺の切れ目を通って岸壁から甲板に身を移した。船体と河岸は一歩分ほど離れているので、隙間から川に落ちないように注意する。

船首側の甲板には船室に通じる小さなドアがある。シスモンディが入れたのだから施錠されてはいないはずだ。初夏のことで手袋の用意などない、念のためノブにハンカチを添えて廻した。剝きだしの掌でドアに触れないようにしたのは指紋を残さないためだ。真夜中に一人で殺人現場に踏みこもうというのだが、それにしては冷静なほうではないか、そう思って気を落ち着かせる。

ドアを手前に開くと、電灯で明るく照らされた空間が目に入った。いつでも飛び出せるようにドアは開け放したまま静かに足を進める。緊張していても躰はちゃんと動いている。

「どなたかいませんか」

船内に入ったところで声をかけてみる。無意識に身構えていたけれど、怪しい人物が飛び出してくるようなことはない。船内は人気なく静まり返っている。

ドアを入って左手、船首方向には操舵室があるようだ。短い階段の上に大きな舵輪が見えた。舵輪の先には前方を視認するための横に長い硝子窓、窓の下には大小の計器類が並んでいる。

右手の階段を下りて奥に広い空間に入った。居間と食堂として使われているようだ。列をなして天井に埋めこまれている電球が無人の空間を煌々と照らしている。

短い階段を下りた瞬間、わたしは耐えきれずに表情を歪めていた。胸から込みあげてくるものを前歯で必死に嚙み殺す。居間の中央に据えられた矩形の大テーブルの上で足をこちら側にしてあおむけに身を横たえているのは、間違いなく女性の全裸屍体だった。絶命していることは一目でわかる、なにしろ首がないのだから。この光景を目にした直後にシスモンディは船から飛び出したのだろう。

わたしだって逃げ出したい、もう屍体なんか見たいとは思わない。それでも心配したほどではない、われながら落ちついているほうだと思う。膝が震えているわけでも心臓が暴れているわけでもない。緊張して息は荒いけれど大丈夫、ちゃんと歩ける。

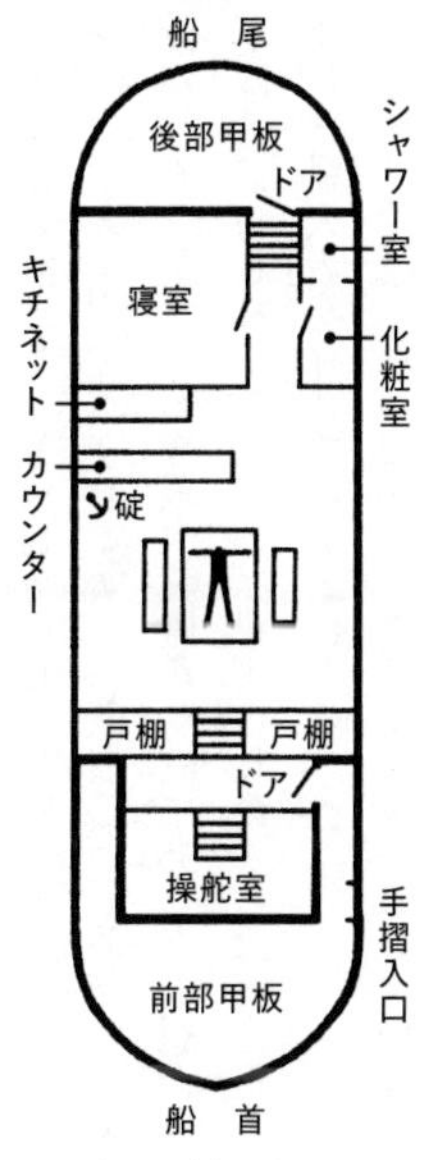

船尾
後部甲板
シャワー室
ドア
寝室
化粧室
キチネット
カウンター
碇
戸棚
戸棚
ドア
操舵室
手摺入口
前部甲板
船首

〈小鴉〉略図

どんな人間でも自分で自分の首を切断することなどできない。本人が刃を落とせるように改造した断頭台（ギヨチーヌ）でも使えば別だろうが、そんな殺人装置が船内にあるとも思えない。女性は自殺したのではない、殺害されたことは明白だ。とすれば殺人者が存在することになる。

屍体は確認したのだから、このまま公衆電話まで走って警察に通報しなければ。被害者を殺害し首を切断した犯人が船内のどこかに隠れている可能性もある。それでもわたしは屍体のほうにそろそろと近づいていく。

〈小鴉（コルネイユ）〉の住人らしい女は一時間半以上も前に外出したという。それ以降に船を出入りした人物はシスモンディ一人のようだ。とすると犯人はクロエ・ブロックの可能性が高い。クロエは被害者を殺害して殺人現場の船から脱出し、どこかに姿を消した。であるなら〈小鴉（コルネイユ）〉は無人のはずで、船内に隠れ潜んでいる犯人に襲われる可能性は低い。そう思って自分を安心させた。

屍体はテーブルの上で両腕を左右とも真横に拡げ、脚を二十度ほど開いている。食卓にも使える大テーブルの両側には座面が高めの長椅子が置かれている。椅子は左舷側が三人掛け、右舷側が二人掛けで五人がテーブルを囲んで坐ることができる。テーブルの縦幅は二メートルほどあるから、首のない屍体を横たえても前後に余裕がある。

テーブルや床の敷物を染めているのは、切断された頸部の血管から流れ出た血液だ。血は壁や天井まで汚しているわけではない。もしも生きている人間の頸動脈を切断すれば、噴出した大量の血が天井まで飛び散る。首が切られたのは死後のことではないか。赤い液体には粘り気があるようだ。法医学者でも警察医でもないから詳しいことはわからないが、これが血液だとすれば体外に流出してある程度の時間が経過しているようだ。

床の血溜まりを踏んだりするわけにいかない、わたしは少し離れたところからテーブルの屍体を観察する。

頭部を切断された屍体なら二年前の冬にも目にしている。オデット・ラルースの屍体に掛けられていた布を好奇心から捲ってみたのだ。……はじめてじゃないんだから。唇をきつく嚙んで自分にいい聞かせ、蛍光灯の白い光に照らされている異形の屍体に目を凝らす。

胸部には二つの膨らみがあるし屍体が女性であることは間違いない。乳頭を中心に乳房の上には赤い星形が描かれている。腹部には縦長の螺旋（らせん）形も。血まみれの蛇がとぐろを巻いているようだ。恥毛のところには鍵穴のような形が描かれている。星形も螺旋形も鍵穴形も、被害者の躰を画布に、その血を絵具代わりにして犯人が描いたものではないか。どんな意図でそうしたのか想像もつかないが。

屍体の両腕は脇を九十度に開いて、まっすぐ左右に伸ばされている。テーブルの横は縦ほど幅がない。そのため屍体の手は左右ともテーブルから中空に突き出している。垂れていないのは、両肘ともテーブルの上で左右の掌を表にしているからだ。

左腕の肘から手首にかけて太い紐が巻きつけられ、先端は指が三本しかない掌の上にある。きつく瞼を閉じてからあらためて確認してみた。見違いではない、左手で欠けているのは小指と薬指だ。

はじめからないのか、あるいは殺害されたときに切断されたのか。もう少し近づかないとはっきりしたことがわからない。切り落とされたのが今夜なら傷口から出血したはずだが、左手が血で汚れているようには見えない。肩や胸を濡らしている血も肘の関節を伸ばしきった左腕の先までは達していない。

左腕と違って右腕に紐は巻かれていない。ただし手指が半ば内側に折り曲げられていて、右手は薬瓶のような小瓶を緩く握っている。壺だとシスモンディは呟いていたけれど正確には硝子製の小瓶だ。それにも血液が付着している。どうして硝子瓶を壺に見違えたのだろう。

頭部が欠けているため被害者の身長は推定するのが難しいけれど、女性として長身でも小柄でもないふつうの背丈のようだ。皮膚の状態は若くはないが老いてもいない、躰つきはアスリートのように引き締まって均整がとれている。年齢は三十代というところではないか。年齢の点ではクロエ・ブロックと一致しそうだが、この屍体が〈小鴉（コルネイユ）〉の住人では辻褄が合わない。平底船（ペニッシュ）に住んでいる女は午前〇時三十分ごろに船を出てから戻ってきていないからだ。もっとも河岸の女野宿者カシが同業の男から聞いたという話だから、正確でない可能性もあるが。

大きく息を吐いて船室を見渡した。床と天井は板張りだが、壁は船の外側と同じ鉄製で薄緑色に塗装されている。床と天井は板にニスが塗られているだけで色は薄茶だ。

テーブルの下には唐草模様の古めかしい絨毯が敷かれている。それ以外は剝き出しの板床は綺麗に磨きあげられて足跡は見あたらない。砂漠の風景やチャドル姿の女性と子供や円屋根のモスクなど、壁には大小の写真が飾られている。川船の住人はマグレブや中東を旅するのが趣味なのかもしれない。壁には丸窓が並んでいて天井は民家の常識より少し低い。

見上げると真新しい赤い大きな汚れが目に入る。テーブルの真上の天井に残されているのは、大きさからして三本指の血染めの手形に違いない。被害者はテーブルの上に立って、わざわざ天井に左の手形を血で付けたことになる。その不自然さが気になって、もう少し居間の状態を調べてみることにした。

もう一箇所、じきに三本指の血染めの手形を見つけることができた。テーブルの下に落ちていた大判の雑誌だ。表紙にあるのは乱雑に擦(こす)ったような跡だが、それでも三本指だということはわかる。雑誌から少し離れて大小二本の包丁が床に放り出されていた。どちらも血まみれで首の切断に使われた刃物のようだ。切られた頭部はどうやら居間にはないらしい。

気になる血痕は他にもある。居間の船尾側では右舷からカウンターが横に延びている。カウンター左隅の下には、見慣れない形状の分厚い鋼板製品が置かれていた。大きさは一抱えもある。抱え持ってみるわけにはいかないが、見たところ十キロあるいは二十キロもの重量がありそうだ。

板床には五十センチ四方ほどの布が敷かれていて、敷布に接した平たい部分から両側に大きな爪が突き出し、尖った爪は左右とも湾曲し先端は天井を向いている。平たい部分は二等辺三角形で、こちらを向いた頂点の角には鈍い丸みがある。二等辺三角形の底辺の中央から上方向に分厚くて重たそうな腕が伸び、途中で百度くらいに折れてわたしの方を向いている。腕の先にはロープを通すためらしい円い穴がある。

見たことのない形状だがこれも碇(いかり)の一種ではないか。二箇所で折れ曲がった腕部分を平らに伸ばせば海軍の記章にあるような碇の形になる。河岸に固定された〈小鴉(コルネイユ)〉に碇の必要はない、平底船(ペニッシュ)を住居に改造するときに外しオブジェとして居間の隅に飾ることにしたのかもしれない。船に碇があるのは当然としても、わたしは見過ごせない事実に気づいていた。カウンターとは反対方向に突き出した鉄爪の先端が真っ赤に染まっているのだ、血痕に違いない。

被害者の死因は判断がつかない。躰の前面に大きな傷はないようだが、屍体を引っくり返して背面を確認するわけにはいかない。背中に致命傷を負っている可能性はある。もしも奇妙な形をした碇が凶器なら犯人は相当の力持ちだ、一抱えもある鉄細工を振り廻したのだから。

カウンターの奥はキチネットで、仕切りの板越しに食器棚や冷蔵庫などが見える。キチネットの右舷側には小さなステンレス製のシンク、そして火口が二つの電気調理台。

シンクの前は小さな窓でセーヌの暗い川面が眺められる。

キチネットの横は奥に行く通路で、その両側には室内ドアがある。通路の突きあたりは短い階段になっていて、ドアから船尾の甲板に出られるようだ。右舷側のドアを開くと寝室で、中央の隙間を挟んで作り付けのベッドが二つある。船首側はシングル、船尾側はダブル。左舷側のドアを開くと小さな化粧室だった。ビニールのカーテンの奥はシャワーだろう。

居間はもちろんキチネット、寝室、化粧室のどこにも切断された頭部は置かれていない。とはいえ犯人が生首を持ち去ったと結論するのは早計だ、突きあたりのドアの先にある後部甲板はまだ調べていないから。

腕時計に目をやると二時十二分で、〈小鴉〉の船内に入ってから九分ほどが経過している。船尾側の甲板を調べたい気持ちもあるけれど、そろそろ潮時だろう。寝室のドアの前で躰の向きを変えて、通路から居間を抜け短い急階段を小走りに上る。開け放したままのドアから前部甲板に出て、足下に注意しながら岸壁に身を移した。

大仕事を終えた気分で深呼吸する。立木の下のベンチで膝を抱えて女野宿者がこちらを見ていた。しかし、どういうわけかシスモンディの姿がない。女に小走りで近づいた。

「わたしと一緒に来た人は」

「ついさっき帰ったよ、エルミーヌ・シスモンディは気分が悪いそうだ」

「あの人のこと知っていたのね」

「顔を見ればわかる、若いときに著作を読んだこともあるし。……人は女に生まれるのではない」

女野宿者はシスモンディの主著の有名な言葉を引用した。かつてシスモンディの本を読んだというのは事実だろう。元学生の野宿者は珍しい存在ではない、サン・ミシェル広場の噴水の前ではミシェル・ダジールの本を若い野宿者が読んでいる。学生のようなヴァガボンではなくてヴァガボンのような学生かもしれない。

悪化する一方の景気のため、適当なアルバイトさえ見つけられない貧乏学生の生活水準は野宿者とさして変わらないところまで落ちこんでいる。自宅にいて部屋代はいらないし、割のいい日本語のアルバイトも期待できるわたしは幸運だ。とはいえカシという女野宿者は若くても五十代、あるいは六十代ではないか。若いころというから、シスモンディの本を読んだのは二十年も三十年も前のことだろう。そのころにはまだカシにも帰る家があった。

それにしても老婦人の身勝手な行動には呆れる。わたしが〈小鴉（コルネイユ）〉の船内にいるうちに、同行を頼みこんできたシスモンディ本人は姿を消したのだ。たしかに青白い顔をしていたし気分が悪くなったというのも嘘ではないかもしれないが、孫のような年齢の若い娘が屍体を確認している最中に一人で逃げてしまうなんて無責任きわまりない。

謎の人物からの電話で、手紙を餌に〈小鴉（コルネイユ）〉に呼び出されたというシスモンディの言葉さえこれでは疑いたくなる。どんな思惑で老婦人は、まだ二回しか顔を合わせていないカケルを真夜中のロワイヤル橋に呼び出そうとしたのか。

疑惑に満ちたシスモンディの行動だが、殺害と首の切断に必要な時間を考えれば犯人とはいえない。船内にいたのは一分か二分のことで、あの犯行は五分でも不可能だろう。最短でも十分かそれ以上の時間が必要だ。

さて、どうしたものか。わたしが殺人現場を見張っていて女野宿者に通報を頼むことにしようか。しかし警察に電話してくれといわれたら、面倒事に巻きこまれるのを警戒して姿を消してしまうかもしれない。ヴァガボンドは一般に警官が嫌いだから。重要な証人だし、この人物を逃がしてしまうわけにはいかない。関係者自身による正確な証言はどうしても必要だ。

貴重な情報を提供してくれたカシを騙すのは気が引けるけれど、こんな事情ではやむをえない。わざわざ埃を叩き出したりしないように、ジャン＝ポールには厳重に申し渡しておこう。

「屍体なんか見あたりませんでした、シスモンディさんの錯覚じゃないかしら。あの人をこれから捜しにいきますけど、わたしがいないあいだも平底船（ペニッシュ）には立ち入らないように」

最後の一言は余計だったろうか。興味を掻きたてられて船内を覗いた女は屍体を目にして逃げてしまうかもしれないが、そのときはそのときだ。

遊歩道から石段を駆けあがっても深夜のチュイルリ河岸通りに人の気配はない。わたしがロワイヤル橋のたもとでタクシーを降りたとき、橋の上からセーヌの川面を見下ろしていた若い女も姿を消していた。

いちばん近い公衆電話はどこだろう。チュイルリ公園を横断してパレ・ロワイヤル広場に出るか、チュイルリ河岸通りをシテ島のほうに走るか。地下鉄駅（メトロ）ポン・ヌフの階段横には公衆電話があったと思う。としても公衆電話の二つにひとつは故障中だし、ポン・ヌフまで歩くなら車で警視庁に乗りつけるほうが早い。わたしは近づいてきたタクシーに大きく腕を振った。

警視庁にタクシーを乗りつけて夜間受付でバルベス警部の名前を叫んだ。もうジャン＝ポールは帰宅したと思っていたのだが、ちょうど一仕事を終えたところだった。午前二時半まで刑事部屋でとぐろを巻いていたジャン＝ポールが、わずか数分で姿を見せる。わたしの真剣な表情から嘘でも冗談でもないことを察したのだろう。受付の電話で部下に指示を下し、正門前の河岸通りに並んでいる警察車にわたしを押しこんだ。

事件になると細かい法律など無視するジャン＝ポールだが、それでも一方通行の道路を逆走するわけにはいかない。バイクだったら歩道を走ったかもしれないが。威嚇（いかく）的なサイレンの音で通行車を次々と蹴散らし、いったん左岸に渡る。ロワイヤル橋で右岸に戻って歩道に車を乗りあげた。あとは徒歩だがのんびり歩いたわけではない、全力疾走だった。

夢中でジャン＝ポールの跡を追って、ようやく〈小鴉（コルネイユ）〉横の遊歩道まで辿りついたときは息もたえだえだった。船内に飛びこむジャン＝ポールを見送って思わず舌打ちする。ベンチで躰を丸めているのは若い男で教養派のヴァガボンドは姿が見えない。何事かと身を起こした野宿者に問いかける。

「このベンチにいたカシという女の人、どこに行ったのかしら」

濃緑色のコニャック瓶を抱いた男が答える。「なんの騒ぎだね、〈小鴉（コルネイユ）〉に無断で押し入った大男はいったい何者なんだい」

「警視庁のバルベス警部よ」

問題の女野宿者によれば、川船横の立木の下で寝泊まりしているのはペイサックという若い男だ。わたしが河岸から離れているうちに戻ってきたのだろう。

「どんな用事だろう、警官が〈小鴉（コルネイユ）〉に」男が不審そうに呟いた。「電灯は点いていても人はいないのに」

「あなたがペイサックさんね」わたしは情報収集をはじめることにした。

「どうして知ってるんだい、おれのことを」

「お仲間のカシさんに聞いたから。どこに行ったの、あの人」

「おれが戻ってきたときにはもう姿を消していたね」

「行き先はわからないかしら」

ペイサックが首を横に振る。「わからないよ、会ったのは今日がはじめてだから。多少の現金は持っているようだし、感じからして野宿生活をはじめたのは最近のことだ、なにしろハイヒールを履いていた」

わたしはカシの足許を見ていない。埃だらけの蓬髪と汚れた顔、汗と脂で饐(す)えた悪臭が染みついた毛布代わりの古外套。年季が入ったヴァガボンドのように見えたが、本業のペイサックは老女を野宿者としては新人ではないかという。

「それ事実なの、あなたの思い違いってことは」

「嘘じゃない、これから酒盛りをしようとおれに酒を買ってくるようにいったんだ。会ったばかりの他人に百フラン札を預けるような同業者はいないよ、持ち逃げされたら終わりじゃないか」

若い野宿者が抱えている酒瓶を見る。「そのコニャックを買おうとして、四十分くらい出かけていたわけね」

「なにしろ真夜中だからな、酒を手に入れるのは一苦労だったよ」

ペイサックは日中、河岸のねぐらにいることが多いという。天気がよければ立木の下のベンチ、雨のときはロワイヤル橋の下。「夕食」のために午後十時四十五分に出かけ、ベンチに戻ってきたのは深夜〇時すぎ。リヴォリ街の裏にある小さな料理店で、顔見知りの給仕から残飯をもらうのが日課らしい。

道端での晩餐のあと河岸に戻って一時間半ほどすると、どこからともなく初老の女があらわれたという。わたしたちが到着する午前二時の十分ほど前に百フラン札を渡されて、このベンチから体よく追い払われた。頼まれた酒を手に入れてねぐらに戻ってきたとき、にわか野宿者らしい女はもう消えていた。

わたしは質問を続ける。「この船に女の人が住んでいるとか」

「この一ヵ月ほど〈小鴉(コルネイユ)〉で寝泊まりしてるけど住んでるわけじゃない、滞在者ってところかな。この船はマラベールさんの住居なんだ」

〈小鴉(コルネイユ)〉の所有者はルイ・マラベールで、ペイサックとは顔を合わせれば挨拶する仲だという。マラベール氏は係留した川船、野宿者(ヴァガボン)ペイサックのほうは〈小鴉(コルネイユ)〉横の木陰がねぐらだとしても隣人は隣人だ。

二ヵ月前にマラベールは長期の中近東旅行に出発した。帰るのは六月末になる、留守のあいだ船に妙なやつが入りこまないよう注意していてくれと、旅に出るマラベールからペイサックは頼まれたという。バックパックを背負って黒の大きな樹脂製スーツケースを提げた女が、船に入るところを見たのは先月のことだ。

「それ、幾日のことでしたか」

「日付は忘れたが五月で最後の日曜日だった、晩飯なしの日だったから日曜に間違いない」リヴォリ街の料理店は日曜が定休日なのだろう。

今年のカンヌ映画祭は五月二十九日の月曜日が最終日だった。大島渚が『愛の亡霊（ランピール・ド・ラ・パシオン）』で監督賞を受賞したのでよく憶えている。その前日は五月二十八日だから、クロエ・ブロックが外国人旅行者だとしても六月四日にジャン＝ポール・クレール宅で手紙を盗むことや、六月六日の未明にクレール宅前に鉤十字（クロワ・ギャメ）の落書きをすることは時間的に可能だった。

船の所有者に留守を頼まれているペイサックは〈小鴉（コルネイユ）〉に立ち入ろうとする女に声をかけた。見知らぬ女はクロエ・ブロックだと自己紹介し、旅先のマラベールから一時的に滞在を許された者だと応じた。所有者から預かった鍵もあるし女の説明に不審な点はなさそうだ。

中近東のどこかでクロエ・ブロックと親しくなったマラベールが、フランス旅行を計画している女性に留守宅を使わせることにした。ホテル代が必要ないのでパリ旅行を思いたったのかもしれない。川船に寝泊まりできれば滞在費はわずかな額ですむし、係留されているのがルーヴル美術館のすぐ横だからパリ観光の拠点としても最適だろう。

クロエ・ブロックが中近東からの旅行者とすると名前がフランスふうだ。「その人、中近東在住のフランス人なのかしら」

ペイサックが眉根を寄せる。「そういえば、初対面のとき妙なことを訊かれたな」

「どんなこと」

「エドガール・キネって何者かって。よく知らないけど歴史家のようだ、そう答えておいたけどね」

〈小鴉（コルネイユ）〉の女はエドガール・キネ通り、あるいは地下鉄（メトロ）のエドガール・キネ駅に行こうとしていた。ようするに地名を先に知っていて、命名の由来である人物について尋ねたのではないか。エドガール・キネをめぐる女の質問と、ジャン＝ポール・クレールの住所がエドガール・キネ通りである事実が偶然とは思えない。

「クロエ・ブロックってどんな女性だったの」

「名前も顔もフランス人のような外国人なのか、フランス人でも外国育ちなのかちょっと変な喋り方をする」

シスモンディに電話してきたのは上品だが少し古風な言葉遣いの女で、外国人のような話し方だったとは聞いていない。川船の滞在者が外国人を装っていたなら別だが、深夜の電話の主はクロエ・ブロックではなさそうだ。

「外見や年恰好は」

「見たところ三十代の半ばかな」

均斉のとれた躰つき、背丈は百六十センチ台の半ば、黒髪で瞳はエメラルド色。カーキ色のブルゾンに黒のジーンズといった気楽な恰好でいることが多い。

「美人の部類だが髪型が変わってる、中年の女ヒッピーって感じ」

「目立つ髪型って」

「背まである長い髪を、ボブ・マーリーみたいに何十本もの細い房にしている。顔はアテナでも髪のほうはメドゥーサってわけさ」

ヴァガボンが教養のあるところを見せた。見た者を石に変えてしまうギリシア神話の怪物がメドゥーサで頭部には無数の蛇が蠢(うごめ)いていた。房になった髪を何十本も下げているクロエは神話のメドゥーサを連想させたという。レゲエミュージシャンのボブ・マーリーのような髪型ならドレッドロックスだろう。ブレイズかもしれないが、いずれにしてもセットは一苦労で続けるのは大変そうだ。西インド諸島の出身者が多い郊外の移民地区は別として、都心でドレッドヘアを見かけることはまだ少ない。チュイルリ界隈を歩いていると、クロエ・ブロックの髪型は目についたことだろう。

わたしが気になったのは、首のない屍体が〈小鴉(コルネイユ)〉の滞在者クロエ・ブロックかもしれない点だ。首を切断されたのが無数の蛇のように細い髪の房を下げた女なのだとすると、神話のメドゥーサさながらの最期ではないか。

「髪型だけじゃなくて、本当にミュージシャンだったのかもしれない。おれが訊いても、はっきりした答えはなかったけどね」

チュイルリ河岸通りに止めたタクシーから平底船(ペニッシュ)の船室まで、ペイサックは煙草一箱の報酬で荷物運びを手伝ったことがある。そのとき〈小鴉(コルネイユ)〉の居間の天井に三十センチ四方の写真が貼られているのを見た。

「女の写真なんだがLPレコードのジャケットじゃないかと思う。写真の女は髪型も顔もブロックさんによく似ていた。その場で本人に訊いてみたんだけど、おれの質問は無視されたよ」

歌手名や収録曲はジャケットの裏に印刷されていて、絵や写真がデザインされた表側を見てもタイトルがわからないLPレコードはよくある。ペイサックの話から、船室の天井に血染めの手形が付いていた理由も見当がついた。わたしが船室の天井を見たときは写真もレコードジャケットもなかった。左手の指が三本しかない女は、写真あるいはLPジャケットを外そうとして血染めの手形を残したのではないか。

「その女の人、もしかしてイスラエル人じゃないかしら」

「よくわからない。たしかに名字はユダヤ系のようだが、五時間ほど前には女性イスラム教徒（ムスリマ）みたいな恰好で出かけたし」

「ムスリマの恰好って」

「ヒジャブっていうのか、青いスカーフで顔を覆っていた」

昨日の午後九時半に船から出てきたとき、クロエは白のマキシドレスを着てスカーフで髪と顔の下半分を隠し右手に黒のスーツケースを提げていたという。樹脂製のスーツケースは〈小鴉（コルネイユ）〉の到着時に持ちこんできた品だった。

わたしは確認する。「それ、本人に間違いないのね」

「もちろん本人だよ。〈小鴉（コルネイユ）〉を出発するのでスーツケースを持っているのかと訊いてみたら、三本指の左手でスカーフを捲（まく）って答えた。まだ出発ではない、今夜はじきに戻ると」

「どういうことなの、指が三本って」わたしは小さく叫んでいた。

「ブロックさんは左手の指が三本しかない。どんな事故で失ったのか小指と薬指が根元から欠けているんだ。いつもは薄手の黒い革布で覆って切断面が見えないようにしているけど、指がないことは見ればわかる」

〈小鴉（コルネイユ）〉に滞在していた女性旅行者も左手の指が三本しかないという、であれば首なし屍体はクロエ・ブロック本人に違いない。三本指という決定的な特徴を持つ女性が二人いて、それぞれ別に〈小鴉（コルネイユ）〉に出入りしたとは考えられない。

クロエ・ブロックが出かけた一時間十五分ほどあとに、ペイサックは夕食を調達するため河岸を離れた。戻ってきたのは深夜の〇時すぎで、そのあいだにクロエは船に戻っていたらしい。ペイサックが遊歩道のベンチに帰ってきたとき、すでにクロエ・ブロックは殺害されていたのだろう。午後十時四十五分から午前〇時まで最大で一時間十五分の幅がある。クロエを殺害して首を切断し、躰に奇妙な模様を血で描いてから逃走するのにも充分すぎる時間だ。

「今夜、あの人が外出したのは一度だけじゃない。深夜の〇時半にも九時半のときと同じ服装、同じスーツケースで船を下りてきたから」

同じようなことをカシも口にしていたけれど、そんなことが可能だろうか。問題の女が〇時三十分に船を離れたあと、シスモンディとわたしが到着するまで〈小鴉（コルネイユ）〉を出入りした人物は一人もいないのだ。二度目の外出のあとクロエ・ブロックは船に戻っていないし、したがって殺されてもいないことになる。

ただし百フラン札を餌にペイサックを追い払ってから、わたしとシスモンディが到着するまでの十分ほどはベンチにカシが一人だった。ペイサックが真実を語っているなら、カシしか目撃者がいない十分のあいだにクロエは平底船（ペニッシュ）に戻ってきたことになる。しかし、どうしてカシはそんな嘘をついたのだろう。

カシという老女が犯人なのか。十分あれば被害者を殺害することはできる、服を脱がせて全裸にすることも。しかし首を切断し血の模様を描いたりするのは難しそうだ。いや、ペイサックもカシも真実を語ったとしよう、それでも可能な解釈がひとつだけある。

わたしは確認してみた。「本当にクロエ・ブロックだったの、別人という可能性はないかしら」

「間違いなく本人だったよ。おれはベンチで寝ていたんだが、横を通りすぎたときに見上げてみた。薄布のスカーフだから顔の輪郭がわからないってわけじゃない。横顔が船の窓明かりに浮かんだときのことだ、スカーフの下にあるのは見覚えのあるアテナの鼻だった」

ブロックはドイツ語ではブロッホになる。いずれもユダヤ系の姓で著名な作家、思想家、歴史学者などがたちどころに思い浮かぶ。しかしクロエは古代ギリシアの物語に登場する少女の名前だし、もともとは新緑という意味らしい。外国人のようなフランス語で話すユダヤ系の姓の女は、ギリシア由来の名前とアテナの彫像にふさわしい端正な鼻梁（びりょう）の持ち主なのだ。

若いヴァガボンが続ける。「〇時半に船から出てきたのがブロックさん本人に間違いないのは、髪型からしても確実さ。橋のほうを頭にして寝そべっていたんだが、わざわざ寝返りをうって顔を上げ、ベンチの前を通りすぎるブロックさんの後ろ姿を見送った。そんな夜更けに外出したことは一度もないからちょっと気になったんだ。

ブロックさんは歩きながら左手でスカーフを外した。そこの石段の下で薄布をひらひらさせながら軽く左腕を上げたんだが、そのとき見えた髪はいつものレゲエミュージシャンふうだったよ。スカーフは親指と人差し指で軽く挟んでいたけれど、その掌には小指と薬指が欠けていて中指を立てているように見えたから一瞬ぎくりとした。もちろんおれのことを侮辱したわけじゃない。いつもの黒い革布は外していたから、二本の指が根元からないことはちゃんと確認できた」

「掌を見たのね」

「そう、甲の側じゃない」

小指と薬指を掌にきつく折りこめば、甲の側からは三本指に見えそうだ。街灯の光だし、何メートルか距離があれば本当に指が欠けているように見えたろう。しかしペイサックは開いた掌を見たという。それが嘘でなければ、○時三十分に出かけた女が三本指だった事実は疑いない。とすれば、その夜に二度目の外出をしたのもクロエ・ブロックだったことになる。

「わたしが着いたとき〈小鴉(コルネイユ)〉の船内は電灯の光で明るかったけど、クロエ・ブロックは二度目に出かけるとき消灯したのかしら」

九時半ならまだ明るいが、○時三十分となればセーヌ河岸も闇に包まれている。出かけるまで船内では点灯していたに違いない。

「おれが戻ってきたとき船室はもう点灯されていたな。○時半の外出時も電灯は点けたままで、じきに戻るつもりなんだろうと思った」

いまも船内の電灯は点いたままだが、なにしろ夏至のことで空は早くも白みはじめている。何台もの警察車のサイレン音が響きわたり、じきに一団の男たちが河岸通りから階段を駆け下りてきた。〈小鴉(コルネイユ)〉横の遊歩道は制服警官や私服警官でたちまち一杯になる。

「なんだろう、いったい」

驚いて身を起こした野宿者を到着したばかりの刑事に紹介する。「こちらはペイサックさん、あなたたちの参考になる話をしてくれるわ」

「了解しました、お嬢さん」

パパの部下のマラスト刑事に野宿者のことは頼んだ。自由を愛するヴァガボンには迷惑だろうが、カシの先例に倣(なら)って姿を消されては困る。貴重な情報源だから。

チュイルリ河岸通りに列をなしている巡回車(ヴォワチュール・ピエジェ)や大型の警察車両に興味を惹かれたのか、未明の時刻だというのにロワイヤル橋には数人の見物人が石造りの手摺に凭(もた)れてこちらを見下ろしている。橋の反対側、ヴォルテール河岸通りに面した建物にも灯りの点った窓が目に着く。サイレン音で目が覚めて、なにが起きたのかとアパルトマンの窓から戸外を見下ろしている住人も少なくないようだ。

通りかかったダルテス刑事に声をかける。「話を聴いたほうがよさそうな人がいるんだけど」

「誰ですか」

「橋の上からこちらを見ている、左から三人目の若い女。先方に気づかれないようにね」失敗してジャン＝ポールにどやしつけられることがよくある若い刑事に、念のため忠告しておいた。

ロワイヤル橋から遊歩道を見下ろしているパンツスーツ姿の女は、わたしが最初に着いたときも同じ場所にいた。なにか目撃している可能性は高いし、あるいは首なし屍体の事件と無関係ではないのかもしれない。たんなる散歩者にすぎないとしても事情は聴いておくべきだ。そのためにも呼びとめておかなければ。

2

「嬢ちゃん、嬢ちゃん」

野蛮な大声で鼓膜を叩かれ、のろのろと顔を起こした。整頓されたデスクに頬を押しつけて知らないうちに眠りこんでいたらしい。窓からは朝の明るい光が差しこんでいる。

「ほっぺたに皺がよってるし、口からよだれまで垂らしてる。せっかくの美人が、これじゃだいなしだね」

灰色熊のような巨漢にいわれて、まだ曖昧な意識のまま唇を拭っていた。もちろんよだれなんか垂れてはいない、頬の皺のほうは鏡を見てみなければ確認しようはないが。ジャン＝ポールにからかわれたのだ、わたしは唇を曲げて灰色熊を睨んだ。

「嘘ばっかり」

「寝ぼけた顔が可愛いのって、大事なことなんだよ」

「どういうことよ」

「はじめての愛の行為のあとに目覚めると、見覚えのない女の顔が朝日に浮かぶんだ。唇をよだれで濡らして、いぎたない鼾（いびき）さえかいてる。こうして男たちは、もの狂おしい恋の情熱から冷めるのさ。あんたみたいに寝ぼけた顔が魅力的なら、不幸な男は恋の迷宮を永遠に彷徨（さまよ）うことになる」ジャン＝ポールがにやついている。

「男だって同じことでしょ」

「おじさんの経験では、ちょっと違うような気もするね」

ブルドーザーで轢（ひ）き潰されたような顔のバルベス警部なのに、どうしてか女性にはもてる。それも半端ではない。サン・ドニの娼婦では稼ぎ頭という妖艶な美女からモンマルトルの珈琲店（カフェ）の小鳥のような看板娘まで。あるいは高級ブランド品で着飾ったブルジョワの未亡人から辣腕（らつわん）で知られる事業家の美人まで。身長百九十センチを超えるジャン＝ポールの棍棒みたいな腕にいかにも嬉しそうな顔で身を寄せていた女たちを、わたしは子供のときから数えきれないほど見てきた。

「憧れていた男の素顔を見て、女の場合は安心することが多いんじゃないか。男にとってセックスは最後の頂点だが、女には、翌日からはじまる愛の暮らしの最初の出発点にすぎない。その辺が男と女では、ちょっとばかり違う気がするね。

　でも、嬢ちゃんなら大丈夫。おしめを替えたこともあるおじさんがいうんだから、絶対に間違いない。あんたの寝ぼけ顔は、男を恋の地獄に突き落とす最後の一撃だよ。どんな男だって、もう逃げることはできない。……たぶん、東洋の修行僧だってね」

　イタリア人ふうにいえばアモーレの専門家である中年男のさりげない助言なのか、あるいは激励なのか。しかし灰色熊から恋の手管（てくだ）をめぐる説教なんかされたくない。わたしはできる限り冷静な口調で応じた。

「捜査のほうはどうなの」

「朝のうちに初動捜査は終えたよ。正午までには警視も帰庁するが、これから二、三日は前の仕事の事務処理で忙しそうだ。警視が現場に復帰できるまでは、おじさんが捜査の指揮を執ることになるだろうな」

「パパがいなくてもいいじゃない、午前中にさっさと犯人を捕まえてしまえば」わたしは意地悪そうに笑った、寝ぼけ顔をからかわれたお返しだ。

「じゃ、そろそろ嬢ちゃんの話を聴かせてもらおうか。あんたの情報提供が適切なら、昼飯までに犯人を挙げられるかもしれん」

〈小鴉（コルネイユ）〉の横にあるベンチに坐っていると、船から出てきたジャン＝ポールが、わたしを警視庁まで送るように警官に指示した。子供のときから出入りしているパパの執務室に連れていかれ、デスクで回転椅子に凭（もた）れているうちに眠りこんでしまったらしい。壁の時計を見ると時刻は午前七時を少し廻ったところだ。

　ノックの音がして執務室のドアが開かれ、若い警官が大きな盆を運んできた。魔法瓶に入った珈琲と二人分のカップ、それにハムやチーズのサンドイッチが四人前。開店前の珈琲店（カフェ）に頼みこんで調達したようだ。三人分のサンドイッチはバルベス警部の胃袋に消えることだろう。

　舌が焼けるほど熱い珈琲を啜っていると、バゲット半分のサンドイッチを三口か四口で平らげたバルベス警部がこちらを見た。「じゃ、そろそろはじめようか。知人と午前二時にロワイヤル橋のたもとで待ちあわせた、先に〈小鴉(コルネイユ)〉に入った知人が首なし屍体を見つけたというので、あんたも船内に入ってみた。これで間違いないね」

わたしは頷いた。警視庁から現場に急行するまでの五、六分でジャン＝ポールに説明できたのは、ロワイヤル橋付近のセーヌ河岸に係留されている船に女の首なし屍体があるという程度のことだった。シスモンディのことも盗まれた手紙のこともまだ話していない。巨漢の無謀運転で無茶苦茶に振り廻される躰を、両手両足を突っぱるようにして支えるのに必死だったのだ。

「どんなわけでセーヌ河岸の平底船(ペニッシュ)に行ったんだね、それも真夜中に。できるだけ詳しく事情を話してもらいたいな」

「いいけど、その前に約束してほしいことがある」

「なんだい」巨漢が目を細める。

「〈小鴉(コルネイユ)〉の殺人事件には某著名人が関係しているんだけど、事情がはっきりするまでその人のことは公表しないこと」

ジャン＝ポールが顎を撫でる。「捜査に必要がなければ、記者連中に余計なお喋りなんかしないよ。いったい何者なんだ、その著名人というのは」

「エルミーヌ・シスモンディ」

「あのシスモンディかね」ジャン＝ポールは驚いたようだ。

「そうよ、あのシスモンディ」

哲学や思想に興味がないバルベス警部でもエルミーヌ・シスモンディは知っている、むろんジャン＝ポール・クレールのことも。自分と同じ名前だからではない。二人は国民的有名人なのだ。ただし、ある年齢以上という限定は必要かもしれない。中学(コレージュ)に通学中の子供の多くは、ジュリアン・クレールならともかくジャン＝ポール・クレールのことは知らないだろう。その子が大学生になったらどうなのか、わたしにはなんともいえない。

長期低落傾向にある二人の名声だが、十年後には劇的な復活を遂げているかもしれない。歴史の波間に沈んで完全に忘れ去られている可能性も否定はできないが。クレールとシスモンディの名声が最も輝かしかったころにジャン＝ポールは青春期を過ごした。小説はアメリカSFしか読まない警官でも、二人の顔と名前くらいは常識として知っている。

「嬢ちゃんが、あのシスモンディと親しかったとはね。それも真夜中にロワイヤル橋で待ちあわせるほどに」

約束は取りつけた、もう口を閉じている理由はない。ジャン＝ポールの特注らしいバターを厚く塗ったバゲットに、どちらも分厚いカマンベールとハムが挟まれたサンドイッチの端を囓（かじ）りながら語りはじめる。

「そもそものはじまりは六月一四日の夜のこと、面識のないエルミーヌ・シスモンディから突然の電話があった……」

リヴィエール教授の紹介だという不意の電話で、カケルを自宅に連れてくるように頼まれたことから説明をはじめる。盗まれた手紙の件を公にしたくない様子のシスモンディだったが、こうなっては警察に口を閉じているわけにもいかない。秘密にするという約束を破ることになるけれど文句はいわないだろう。わたしに首なし屍体を押しつけて自分一人だけ殺人現場を立ち去ったのだし。

カケルと一緒にエルミーヌ・シスモンディの家を訪れたこと、その三日後にはジャン＝ポール・クレールのアパルトマンに案内されたことまでをかいつまんで説明した。〈小鴉（コルネイユ）〉の船内で女性の首なし屍体を発見するまでの事情や、カシという女野宿者のことも。

「……なるほどね」ジャン＝ポールが手帳を閉じる、顔に似合わない綺麗な字でわたしの話を詳しくメモしていたのだ。「一応の事情は呑みこめたよ」

「シスモンディにも事情聴取するのね」

「午後には自宅を訪ねてみよう。著名人だから対応を間違えると新聞や雑誌で袋だたきにされかねない、左派系知識人への不当弾圧だとか。どんな具合に進めるか、あんたのパパと相談しないとね」

といいながらもエルミーヌ・シスモンディの所在を早急に確認し、監視下に置くに違いない。「疑ってるの、シスモンディを」

「屍体の第一発見者が犯人というのは珍しくないんだ。昨日の夜、シスモンディはどうしてたのかわかるかい」

「モンパルナスの料理店で夕食、午後九時に帰宅してからはアパルトマンで一人だったそう」

ようするに午後九時前から、わたしとロワイヤル橋で会った午前二時前までの五時間ほどシスモンディには不在証明（アリバイ）がない。午前〇時五十分に電話してきた女なら老婦人が家にいたと証言できるだろうが、そもそも〈小鴉（コルネイユ）〉に電話で呼び出されたという話それ自体も疑えば疑える。発信の記録は電話局に残っても受信記録は残らないからだ。

「なるほど。しかし人を殺すのに五時間も必要はない。シスモンディはあんたに、正体不明の女から電話で〈小鴉（コルネイユ）〉に呼び出されたと話したんだね」

　謎の女は盗まれた手紙を餌に老婦人を〈小鴉（コルネイユ）〉まで誘い出した。ところが返り討ちにあって自分のほうが殺されてしまう。それなら五時間どころか一時間もかからない。いかにも警官が思いつきそうな安直な筋書きだし、しかもバルベス警部の推理には根本的な無理がある。

「でもね、ジャン＝ポール」

「なんだい」

「シスモンディに犯行は不可能よ、午前二時に船に入った直後に血相を変えて飛び出してきたんだから。たったの一分か二分であれだけの仕事をするのは絶対に無理。よほど手慣れた人なら別でしょうけど、七十歳の老女には殺害だけでも難しいと思う。さらに首を切ってから屍体に奇妙な模様を描くための時間も必要なんだし」

　人間の頭部を切断する専門家が、どこかの国にはいまでもいるのだろうか。大斧で罪人の首を切り落とす斬首役人は、この国では何世紀も前に断頭台（ギヨチーヌ）との競争に敗れて失業した。その断頭刑もこれから数年のうちに廃止になるようだが。いずれにしても素人が鉈（なた）や肉切り包丁を使って、一撃で首を切り落とすのは難しい気がする。

　短刀で腹を割いた三島由紀夫だが、クーデタ計画の同志は一撃で首を落とすことができず二度も三度も斬りつけたらしい。内臓にまで達した腹部の傷に加えて、皮膚や筋肉がはじけて脊髄が露出した首筋。死にきれない三島は想像を絶するほどの苦痛を味わったことだろう。剃刀より鋭利だという日本刀でさえ経験のない者なら斬首に失敗する。

　フランス人が書いた三島の伝記を読んで切腹なんて最悪の自殺法だと思った。武士道の極致として割腹自殺に憧れていたアンドレ・マルローは、浮世絵マニアとは違うタイプのジャポニストだったにすぎない。

「シスモンディが船内にいたのは一分ではなく十数分だった。あんたが居眠りでもして時間を間違えたんじゃないかね」巨漢が冗談口調でいう。「それで辻褄は合うんだが」

「シスモンディ犯人説では、わたしを〈小鴉（コルネイユ）〉に呼んだ理由が説明できないわ」

　最初に指名されたのはカケルだったが、それでも同じことだ。遊歩道に野宿者がいても日没後のことで、通ったのはエルミーヌ・シスモンディだと気づかれる可能性は少ない。心配なら顔を隠して船に入るという手もある。しかしカケルでもわたしでも第三者に同行を頼んだりすれば、殺人現場に自分がいたことは隠しようがなくなる。

「証人にするためだよ、一分から二分で船から飛び出してきたことの。それで犯人だという疑いはそらせる。もちろんシスモンディ以外にも容疑者はいるよ。あんたが話をしたカシという婆さんも疑わしい」

カシが犯人でも犯行の困難性は変わらない。〈小鴉（コルネイユ）〉の横で一人だったのは午前一時五十分ころから二時ころまでのことだから。わずか十分ほどで女を殺害し首を切断し、屍体に模様を描くことは可能だろうか。躰や衣類に付着した血を洗い流す時間も含めると、どんなに急いでも十五分か二十分、余裕を含めれば三十分以上が必要だろう。

「カシが犯人なら、目撃者が嘘の証言をしたことになるな」

「目撃者って」

「あんたが目を付けた橋の上の女、シルヴィー・ガレルに現場で話を聴こうとしたんだが、身分証を振り廻して抵抗する。面倒なので警視庁に連行することにした。持っていた手帳には興味深い記載があってね。身分証が偽物でなければ、手帳に記された時刻なども信用できそうだ。午前一時二十七分にあらわれた『野宿者（女）』はカシのことに違いないが、午前二時二十分に立ち去るまでのあいだ、一度も船内に足を踏み入れていない。ついでにいっとくと、シスモンディと思われる『訪問者（女1）』が〈小鴉（コルネイユ）〉に入ったのは午前二時ちょうど、船から飛び出してきたのは一分四十秒後のことだ。ちなみに、あんたは『訪問者（女2）』として記載されている」

いったい何者なのだろう、ガレルという女は。手帳に記録された時刻が正確すぎる。〈小鴉（コルネイユ）〉を監視して、なにか起きるたびに時計を確認していたようではないか。

ジャン＝ポールが補足した。「身分証によれば、シルヴィー・ガレルは二十七歳、国土監視局（DST）の局員で捜査官だ。DST本部に問いあわせたところ、上司が身柄を引きとりにくるとか」

「国土監視局（DST）の捜査官がどうして〈小鴉（コルネイユ）〉を監視していたのかしら」

「わからん。少しばかり揺さぶってみたんだが口を割らないんだ。訓練期間を終え局員としての任務についてから間のない新人で、どう対応したらいいのか判断できないんだろう。あんたに疑われて警察にとっ捕まるドジなところは、うちのダルテスといい勝負だな。頭が悪くて機転がきかないところもよく似てる。上司の許可がない限り、任務の内容にわたることは喋れないってわけさ。上司だという男が警視庁に来たら、捜査への協力を頼んでみる。縄張り根性の旺盛な連中のことだから、上のほうを通さないと難しいかもしれんが」

押しの強さでは警視庁有数のバルベス警部にしては弱気な発言だ。司法警察と公安警察、警視庁と国土監視局（DST）は同じ国家警察に属していても、あるいは同じ組織の別部局だからこそ競争心が旺盛で仲はよくない。だから国土監視局（DST）の幹部局員に捜査協力を頼みこむのも、そのために頭を下げるのも厭なのだ。

ジャン＝ポールのことだから、逮捕もしていないガレル捜査官の手帳を強引に取りあげて中身を見たに違いない。違法な捜査として問題になるかもしれないが、いつものことでパパがなんとかするだろう。

ガレル情報で〈小鴉（コルネイユ）〉事件をめぐる時刻表は正確になる。カシやペイサックが証言した時刻とガレルが確認している時刻をわたしは重ねてみた。関係者の名前を把握していない捜査官はクロエを「監視対象（女）」としているが、それが何者なのか事情を知っている者には特定できる。

ペイサックによれば、クロエ・ブロックは午後九時三十分にムスリマふうの恰好で〈小鴉（コルネイユ）〉を出発し、ペイサック自身も十時四十五分ごろにはねぐらを離れている。ロワイヤル橋からの監視記録は午後十一時三十三分からだ。ガレル捜査官が橋に到着し〈小鴉（コルネイユ）〉を監視しはじめた時刻はわからない。

午後一一時三三分　監視対象（女）が船に入る
午前〇時〇三分　野宿者（男）、遊歩道のベンチに来る
午前〇時三〇分　監視対象（女）は船を出る
午前一時二七分　野宿者（女）がベンチに来る
午前一時五二分　野宿者（男）はベンチを離れる
午前二時〇〇分　訪問者（女1、女2）が来る、女1が船に入る
午前二時〇三分　女1船から出てきて、女2が船に入る
午前二時〇八分　女1がベンチを離れる、尾行開始
午前二時一六分　女1はタクシーに乗る、監視地点に戻ると女2の姿が見えない
午前二時二〇分　野宿者（女）がベンチを離れる
午前二時三二分　野宿者（男）が遊歩道のベンチに戻る
午前二時四〇分　警察車で戻ってきた女2が、私服警官と船に入る

ガレルが確認している時刻は午前二時四十分まで。しかも、わたしが午前二時十五分に〈小鴉（コルネイユ）〉付近を離れた事実は記録されていない。

バルベス警部が口を開いた。「現場を離れたシスモンディを追跡したが見失って、すごすごとロワイヤル橋に戻ってきたんだな」

「午前一時五十二分にペイサックがベンチを離れてもガレルは尾行した様子がない。三分後にわたしがロワイヤル橋に着いたとき、問題の女は石の手摺に凭れて川面を眺めていたんだけど」

ガレル捜査官の関心は〈小鴉（コルネイユ）〉船内に立ち入った者にだけ向けられていたようだ。とすると午前〇時三十分に、その夜では二度目の外出をしたクロエも尾行したのではないか。カシが来たことを確認している点からして午前一時二十七分までにはロワイヤル橋に戻ってきたようだが、それでも最大で一時間ほど監視地点を離れていた可能性がある。あるいはガレル捜査官は、クロエ・ブロックの行き先を知っているのではないか。

「被害者の指だけど首と同じときに切られたのかしら」気になっていた点を確認してみる。

「切断面を観察して警察医のデュランは何年も前、あるいは何十年も前の子供時代に失ったのかもしれないと。少なくとも昨日今日の傷痕じゃない」

ジャン＝ポールの言葉に溜息が洩れる。この国で左手の薬指と小指が根元から欠けた三十代の女性は何十万人に一人だろう、あるいは何百万人に一人かもしれない。屍体の頭部が持ち去られているためペイサックがメドゥーサに喩（たと）えた髪型は確認できていないが、被害者がクロエ・ブロックである可能性は九十九パーセント以上といわざるをえない。その場合にはしかし、さらに不可解な謎が新たに生じてしまう。

「あなたはどう思うの、被害者はクロエ・ブロックなのかどうか」

巨漢が肩を竦める。「まだなんともいえんな。〈小鴉（コルネイユ）〉に滞在していた女旅行者は、深夜の〇時半に船を出ている。しかも二人の野宿者の話でも、ガレル捜査官の手帳に記された時刻表でも、事件が起きるまで船には戻っていないようだ。それが事実であれば、被害者はクロエ以外の女ということになる」

シルヴィー・ガレルの記録によれば、最後までベンチに坐っていたカシは一度も〈小鴉（コルネイユ）〉に立ち入っていない。

被害者がクロエであるなら、二人の野宿者とガレル捜査官の目にとまることなく、どうやって平底船（ペニッシュ）に戻ることができたのか。

疑問はまだある。ペイサックもカシもガレル捜査官も犯人らしい人物が船に入るところを目撃してはいない。ただしペイサックが「夕食」のために河岸を離れた午後十時四十五分から、ガレルがロワイヤル橋に着いた十一時三十三分まで〈小鴉（コルネイユ）〉に監視の目はなかった。この四十八分ほどの隙に犯人は船内に入ったのだろうか。その場合、十一時三十三分に戻ってきたクロエは、〇時三十分に二度目の外出をするまでの一時間ほど〈小鴉（コルネイユ）〉で犯人と一緒だったことになる。

「滞在先の船内で不審人物に出くわしたら誰でも驚くわ。でも、ガレルもペイサックも女の叫び声や不審な物音を耳にしていない。もしかしてクロエにとって犯人は旧知の人物だったのでは」

わたしが開いたとき、船首側の入口ドアの状態に異状は見られなかった。犯人は鍵を用意していたに違いない。でなければドアは壊されていたろう。鍵を所持していたらしい点からして犯人とクロエは友人か知人で、なんの関係もない他人同士ではなかったと考えられる。

「シスモンディに電話して、手紙を餌に〈小鴉（コルネイユ）〉に呼び出した女がクロエ殺害の犯人かもしれない」

「その可能性は考えたよ。犯人はシスモンディと取引するために〈小鴉（コルネイユ）〉を借りたとしよう。船を貸したクロエ・ブロックは、取引の邪魔にならないように〇時半に船を出た」

予定を変えて早めに船に戻ったクロエを犯人が殺害する。クロエが船に戻った方法はまだわからないにしても、これなら手紙の盗難事件と〈小鴉（コルネイユ）〉の殺人事件の関連性も説明できる。整合的な仮説といえるが、とすると犯人はどのようにして殺人現場を脱出したのか。

「嬢ちゃんは川船のなかを隅々まで調べたわけじゃない。野宿者二人の目を警戒した犯人は、安全になるまで床下の船倉に潜りこんでいたのかもしれん。後部甲板の物陰に隠れていた可能性もあるな。船室から後部甲板に出るドアは施錠されていた、鍵は船首側のドアと共通のようだ」

わたしが船尾側の甲板に出ないことにしたのは、なにか予感でも覚えたからだろうか。あのときは無我夢中だったけれど、ジャン＝ポールの言葉にあらためて身の毛がよだつ。犯人と鉢合わせしていたかもしれないのだ。

船内の隠れ場所として居住区画の屋根の上はどうか。わたしとシスモンディが午前二時少し前にロワイヤル橋の上から見下ろしたとき、屋根の上は無人だったが。それはそれとして、甲板から屋根に這いあがることは可能だろうか。操舵室の屋根は前部甲板から三メートル以上もありそうで、ふつうの背丈では飛び上がっても屋根に手を掛けることさえ難しい。上がれそうなのは短い通路の突きあたり、入口ドアの横だろう。居住区画の屋根は操舵室より一段低くて甲板から二メートルと少し程度だ。そこからなら屋根に上がることはできる。

　わたしは確認してみた。「後部甲板に船の屋根に上がれる梯子はあるのかしら」

「梯子はないが屋根に手を掛けて這いあがることはできる。ただし死体発見時に犯人が屋根の上に隠れていたとは考えられん、なにしろガレルが橋の上から見張っていたんだ。橋の上と遊歩道からの視線を避けながら、犯人が船内で身を隠せたとしたら後部甲板しかない」

　ジャン＝ポールの指摘の通りで、少なくとも十一時三十三分以降〈小鴉（コルネイユ）〉の屋根は無人だったことがガレル捜査官によって確認されている。

「それにしても、船内で十分ほどもなにしてたんだね。二十歳を超えても無鉄砲なところは、小さな女の子だったころと少しも変わらん」巨漢は呆れ顔だ。

「このこと、パパには内緒にしてね」

「そうはいかん、ばれたら怒られるのはおじさんだ」ジャン＝ポールはにやついている。

　お説教されるのはごめんだ、早めに話題を変えることにしよう。「もう確認できたの、クロエ・ブロックの身許は」

「パスポートや身分証明書（カルト・ディダンテテ）や運転免許証、クレジットカードなど身許がわかる品は現場から発見されていない。船内に残されていた被害者の所持品は、靴下や下着やタオル、洗面用具や化粧品にいたるまでフランスに来てから購入したらしいものばかり。〈小鴉（コルネイユ）〉に到着したとき被害者が着ていたブルゾンやジーンズ、背負っていたバックパックも見あたらない。本当に外国人旅行者なのかどうか。ペイサックに話したのは嘘で、本当はフランス人なのかもしれん。外国訛（なまり）のフランス語は、正体を隠すための偽装だったとか」

　さすが他人を疑うのが商売の警察官だ。「でも天井に貼られていた写真があるわ」

「居間の床には鋲（びょう）が落ちていたし、天井には小さな穴があった。鋲も穴も四つで、ＬＰレコードのジャケットを鋲で留めていた痕に違いない。船の壁は鉄だから写真だのなんだのは貼りたくても貼れない。床ってわけにもいかないから、天井に貼ったんだろうな。その位置なら、船首側を頭に左舷の長椅子に寝転がると真上に見える」

「問題のレコードジャケットは現場で発見されたの」

「刑事に捜させたんだが、船内には見あたらない。犯人が持ち出したのかもしれんな」

「そんなわけないわ、ジャケットを天井から外したのはクロエ・ブロックなんだから」

ジャン＝ポールが軽く頷いた。「たしかに、天井には三本指の血染めの手形が残されていた。テーブルの上で躰を安定させるため、開いた左手を天井に突いて、右手の親指と人差し指で鋲を外そうとしたんだな。レコードジャケットを外したのが被害者だったとしても、犯人が船から持ち出した可能性が消えるわけじゃない」

ペイサックが想像したように、クロエ・ブロックは自分のレコードジャケットを天井に貼っていたとしよう。ジャケットにはクロエの写真が使われていた、被害者の顔がわかる写真を持ち出した犯人は当然のことながら……。

「現場から首も持ち去った、違うかしら」

「その通り。船内を徹底的に捜索したんだが、切断された被害者の頭部は見つからない。犯人が処分したんだな。生首も写真も持ち去ったところからして、被害者の顔を知られたくない理由が犯人にはあるようだ」

「現場に落ちていた雑誌の表紙にも、三本指の血染めの手形が付いていたと思うけど」

「あんたはちゃんと見ていないんだな、どんな雑誌なのか」

わたしは頷いた。「落ちていたのはテーブルの下だし、手に取って調べるわけにもいかないし」警官の娘だから、発見者は犯罪現場を保全しなければならないことくらいわきまえている。

「硬派の評論誌の最新号で、クレールの対談が掲載されている」

「対談の相手はピエール・ペレツじゃないかしら」

「そう、そんな名前だった」

エルミーヌ・シスモンディが苦々しい口調で洩らしていた内輪話を思い出し、わたしは確認してみた。掲載の是非について編集部がシスモンディに連絡してきたという対談ではないか。最終的には不掲載となったのだが、この「言論弾圧」に腹を立てたペレツは、秘書の仕事をマルク・ドゥブレに任せて長期旅行に出かけてしまったという。シスモンディには影響力のない他の評論雑誌に持ちこまれた原稿が、ようやく日の目を見たわけだ。

「どうして雑誌の表紙に血染めの手形が……」

わたしの自問にジャン＝ポールが応じる。「もともと雑誌はテーブルの上に置かれていたんだろう。表紙に左手を突いてクロエはテーブルに上り、同じ手を天井に押しつけて躰を安定させながら鋲を外した。テーブルから下りるとき蹴飛ばしたかなにかで、雑誌は床に落ちたってわけさ」

バルベス警部の常識的な想定とは違う別の解釈も存在しうる。昨年末の〈ヴァンピール〉事件では、最初の犠牲者が床に血文字を書き残していた。イギリス人がいうところのダイイング・メッセージではないか、そのようにパパたちは疑ったようだ。同じように今回の被害者も、犯人の正体を指示しようと評論誌に血染めの手形を残したのかもしれない。

ジャン＝ポールが心得顔で頷く。「表紙の手形は犯人を示すために被害者が付けたんだと、嬢ちゃんは考えてるんだろう。とすれば、被害者が名指そうとしたのはジャン＝ポール・クレールかピエール・ペレッになるが、あんたの話では二人とも犯人の可能性は薄そうだな。クレールは失明状態だし、シスモンディを船に誘い出したのは女だから。

クレールとシスモンディの仲は誰でも知ってる。被害者は評論誌掲載の対談に血の徴（しるし）を付けることで、間接的にシスモンディを告発したんだろうか。可能性は検討してもいいが、その前に考えなきゃならんことがたくさんある。もう一点、評論誌の頁の空白には『反逆には道理がある（オナ・レゾン・ド・ス・レヴォルテ）』と、短い文章が走り書きされていた。被害者が書いたのなら、筆跡見本は手に入ったことになる」

それは中国の文化大革命で紅衛兵が唱えたスローガン『造反有理』の翻訳で、クレールとペレッの対談書のタイトルでもある。雑誌の記事を読んで、同じ二人による他の著作にも興味を持ったということだろう。しかし筆跡から被害者の身許を特定するのは難しそうだ。見本を数秒だけテレヴィのニュースで流しても、視聴者から有力な情報提供がなされる可能性は顔写真ほど高くはない。よほど特徴的な筆跡であれば話は別だろうが。

しばらく口を閉じて頭を整理し、次の質問に移る。「被害者の死因はわかったの」

「まだ結論は出ていない、頸部の切断面の他に屍体には目立った外傷はないんだ。頭を殴られたか首を絞められたか、毒殺という可能性もある。船内で検出された指紋や血痕その他と同じで、夕方までには解剖の結果も出るだろう。死因は特定できたという報告を期待したいものだよ」

「死亡推定時刻はどうかしら」

「死後硬直や屍斑の有無、直腸温などから現場でデュランが推定した時間帯は、おおよそ午後十一時から午前二時まで。解剖の結果次第では、もう少し絞れそうだとか」

午前二時までという法医学的推定には意味がない。被害者が二時に死んでいたことはわたしが証言できる。〈小鴉（コルネイユ）〉の床に流れていた血液の状態からして、死亡から長い時間は経過していないと思うのだが、それでも死亡推定時刻には三時間もの幅がある。未明の事件のため警察医の現場到着が遅れたとしても、もう少し死亡推定時刻は限定できないものか。

デュランが出した犯行の時間幅では、いまのところ事件の真相を解明する手掛かりにはならない。午前〇時三十分にクロエは船から出るところを目撃されているし、午前二時には屍体が発見されているからだ。〇時三十分に外出したクロエが船内で殺害されるには、国土監視局（DST）のガレル捜査官やペイサックやカシの目にとまることなく船に戻らなければならないが、どうすればそんなことが可能だったのか想像もつかない。

犯人が首の切断その他の作業に二十分か三十分を費やしたとすれば、犯行時間帯はさらに狭くなる。犯人は不吉な仕事を終えてから殺人現場を脱出しているけれども、逃走可能だった時間帯に〈小鴉（コルネイユ）〉はペイサック、カシ、ガレルと最大で三人の監視下に置かれていた。

どのようにして被害者は船に戻れたのか、犯人は船から出られたのか。この謎を検討する前に、他の捜査情報をジャン＝ポールから聴き出してしまおう。

「碇らしいものには血が付着していたけど、被害者の死因は頭部への打撲かしら」

「短い時間で碇の血痕まで見つけていたとはね」奇妙な形状の分厚い鋼板製品はやはり碇らしい。「十五キロもある碇を振り廻して被害者を殺したとすれば、犯人は腕力のある男の可能性が高い。しかし、青銅製の鋳像や大理石のスタンドから重たいクリスタルの花瓶まで、鈍器として使うのに適当な品は船室にいくらもある。どうしてまた、ブルース型の碇なんかを」

「碇に指紋は」

「新しい指紋は出ていない、犯人は手袋をしていたんだろうな」

「どうしてわかるの」凶器として使用してから指紋を拭きとったのかもしれない。

「船室にある戸棚の開き戸や棚に、血の指跡や手形が残っていた。どれも鮮明だが指紋は採れない。血染めの手袋の跡だから」

　戸棚の開き戸に手形があることまでは気づかなかった。

「戸棚に左手の手形はあったの」

「指を完全に開いた手形ではないが、左手の小指や薬指は確認できた。間違いなく五本指の手形だ」

　船内には左手の指が欠けていない人物がいたわけで、被害者は三本指だから犯人の手形ということになる。「指紋だけど、天井や評論誌の手形からは」

「無理だな、どちらも擦れているから。手形の血は屍体のものと同じだろう。もしも違えば、犯人の血ということになるが」

　不自然きわまりない状況だが、それについて考えるのは解剖結果などが出てからのほうがいい。情報が少なすぎる状態では、推理も見当違いな方向に迷いこみかねないし。

「被害者の首はテーブルの上で切断されたのかしら」不吉な話でも確認しないわけにはいかない。

　巨漢が重々しく頷いた。「床には大小二つの刃物が放り出されていた。どちらも船内のキチネットから持ち出された品らしい。犯人は鋭利な小型ナイフで、被害者の頸部の皮膚や脂肪や筋肉を切断し、重たい肉切り包丁を振り下ろして頸骨を叩き切った。そのとき付いたらしい疵がテーブルには残されている。大小どちらの包丁の刃にも柄にも血が付いていたが、どちらからも指紋は検出できない。やはり手袋をはめていたようだ」

「首のない屍体は右手に硝子の小瓶を持たされ、左腕には太い紐が巻かれていた。胸や腹には血で奇妙な模様が描かれていたけれど、どれも犯人の作為に違いないわ」

「どれもこれも意味不明だが、小瓶の中身ならはっきりしてる。毒薬だよ、蓋を開けたら青酸の臭いがした。左腕の紐は、居間の戸棚に仕舞われた一束から切りとられたものだな。切り口が一致したから間違いない。血染めの手袋の跡は、そのとき付いたんだろう。戸棚は道具入れとして使われていたようで、紐束の他にコード束やガムテープ、ハンマーやドライバーやカッターなどが仕舞われていた。

　意味がわからんのは、糞いまいましい屍体の血模様だ。星に螺旋に鍵穴。なんのつもりで犯人は、あんな模様を屍体に描いたりしたのか。ここはカケルさんの出番だろうな。あの人なら、なにか素敵な知恵を出してくれるかもしれん」

　首を切断して殺人現場から持ち出したことには、一応のところ合理的な理由が想定できる。レコードジャケットらしい写真も持ち去られているところからして、犯人は被害者の顔を警察に知られたくなかったのだろう。しかしそのように思わせるのが本当の目的で、必要もないのにジャケットを剝がした可能性もある。その場合、犯人が屍体の首を切断して現場から持ち出したのには、被害者の顔を隠すこと以外に真の理由があったことになる。

「首は川に沈めたのかしら」

「もちろん渫(さら)うよ。〈小鴉(コルネイユ)〉の右舷から投げこんだなら、じきに見つけられるさ」

左舷は接岸しているし野宿者たちの目もあったから、首を川に処分したとすれば右舷からだろう。とはいえ〈小鴉(コルネイユ)〉の船首と右舷はロワイヤル橋の上から丸見えだ。仕事熱心らしい女性捜査官だから、犯人の不審な行動を目撃していた可能性がある。国土監視局(DST)が警視庁の捜査に協力するなら、その点も確認できるだろう。

「そろそろ仕事に戻らなきゃならん。現場で簡単な事情聴取しかしていないペイサックからは、まだ聴かなければならんことも多いんだ。おじさんは取調室に戻るよ」

逮捕されたわけでもないのに警視庁の取調室に拉致され、人のよさそうなヴァガボンは刑事から小突き廻されているようだ。なんだか申し訳ない気分になる。

「この事件の話を聴くだけにしてね。置き引きみたいな、ちょっとした悪さをしていても問題にしないでほしい」

「いいとも。おじさんの仕事は人殺しを捕まえることで、こそ泥やかっぱらいの取締まりじゃないからね。これから家に帰るんなら警察の車を出そう。捜査に協力してくれたんだし、遠慮はいらない」

「車の必要はないわ、途中で寄るところもあるし」

仕事中のパパを訪ねて小さな子供のころから出入りしてきた警視庁だが、この役所が好きというわけではない。昔と違って館内は小綺麗に改装されているし、通路を行き来している制服や私服の警官たちから威圧的な雰囲気を感じることは少ない。としても薄茶色の石で造られたこの建物が、パリ全市を統括する監視と処罰の中枢である事実に変わりはない。父親の勤務先でなければ足を踏み入れたいとは思わないだろう。

どこかしら陰気で冷え冷えとした雰囲気の建物を出て、わたしは胸一杯の深呼吸をした。朝の大気が新鮮で生き返った気分になる。セーヌの上空には六月の青空が広がっている。逮捕されて幾日も留置されていたり、朝から晩まで容疑者として尋問されていた人なら、警視庁を出たときの解放感はもっと大きいのだろう。

若いころはヘヴィ級のアマチュア・ボクサーでフランスではチャンピオンだったこともある巨漢は、徹夜明けなのに元気一杯だった。体力が常人の二倍も三倍もあるジャン＝ポールだから二日や三日の徹夜など平気なのだ。

これから一日のバルベス警部の動きは予想できる。わたしが提供した情報を前提にペイサックを再聴取し、鑑識や警察医からの報告が来るのを待って被害者の死亡推定時刻などを確認する。モンパルナスのアパルトマンを訪ねてエルミーヌ・シスモンディから事情を聴き、日が暮れるまで〈小鴉（コルネイユ）〉周辺の川底を探索する。今日一日の捜査結果は明日にでも訊き出すことにしよう。

3

朝の街を歩いていると爽快感が湧いてくる、淡い高揚感も。試練を乗り切ることができたのかもしれない。首のない屍体なんかを見たのは二年半も前、ラルース家事件のとき以来のことだったが、激しい恐怖に動転し絶叫することはなかった。パパのデスクで眠っていたときも悪夢に襲われてはいないし。

もちろん安心するわけにはいかない、最初の試練は越えられたというにすぎないから。自分から首を突っこんだのは最初の三件、ラルース家とロシュフォール家とベランジュ家の殺人事件にすぎない。そのあとの三件は事件に襟首を摑まれて、否応なく渦中に引きずりこまれたのだ。ミノタウロス島で犯人に殺されかけてからは、もう二度と犯罪事件などにはかかわるまいと心に決めていた。

しかし今回は話が別だ。〈小鴉（コルネイユ）〉の事件を最後まで追い続けられたなら、わたしは外傷神経症の再発という不安から解放されるだろう。もちろん危険はある、殺人事件にかかわることで不眠や悪夢や怖ろしい幻覚が再発するかもしれない。それでも新しい一歩を踏み出してみたい、先がどうなるのかわからない中途半端な精神状態にはもう我慢できそうにない。

木曜日は朝から授業があるため、いったん帰宅してもじきに家を出ることになる。警視庁と大学は目と鼻の先だから、サン・ミシェル界隈にある早朝営業の珈琲店（カフェ）で本でも読んでいるほうが時間の無駄は少なくてすむ。

ジャン＝ポールほどではないけれど、わたしだって体力には自信がある。老いたる灰色熊とは比較にならないほど若いから、徹夜明けで授業に出るくらいは平気だ。家まで送る必要はないとジャン＝ポールに応じたのは、大学の門が開くのを待つためではない。

セーヌの川船で首なし屍体を発見したその朝なのだ、事件のことが気になって『経験と判断』のドイツ語講読には集中できそうにないし、大学は休むことにしよう。とはいえこのまま帰宅してベッドに入ろうとは思わない、家に帰る前にどうしても立ちよりたい場所がある。

シテからレ・アールまで地下鉄で二駅の距離だし、気分転換に歩いてみることにしよう。ポン・ヌフで右岸に渡ってルーヴル街に出るか、それともシャンジュ橋からシャトレ広場、モンマルトル街という順路にするか。ちょっと迷ったがシャンジュ橋を渡ることにした。

まだ出勤には早い時刻でシャトレ広場は閑散としている。走っている車は少ないし、すれ違うのは青い制服の清掃人か、でなければ犬を散歩させている老人くらい。早朝の都心を歩くのはひさしぶりだ。二十歳になるまでは、週に一度はサン・ドニのディスコテクに繰り出して、仲間たちと朝まで踊り明かしたものだが。

閉店で追い出されると、充血した眼に朝日が眩しく感じられた。朝の白い光を浴びると高揚していた気分がしぼんでいく。大量のアルコールとディスコダンスの疲労で重たい躰を、通勤客の大群を掻きわけながら地下鉄の車輛に押しこんだものだ。

ラルース家の事件が終わったころだった、ディスコ通いをやめたのは。毎週のようにサン・ドニに繰り出していた遊び友達とも自然に距離ができた。ディスコは飽きた、もう子供じゃないからとパパにはいったのだけれど、本気にしたかどうか。

真剣に哲学を学びはじめたのも同じころのことだ。この二年半、自分でもよく勉強してきたと思う。カケルの小難しい話をちゃんと理解できるようになりたかったから。来年には現象学がテーマの論文を提出して、大学は終えることになる。将来は哲学の博士号を取得することも考えてみないかと、リヴィエール教授からは勧められている。けれども先のことはまだ決められない。

カケルは大学となんの関係もない、いわば巷の現象学者だ。あの日本人に影響されたのかどうか、わたしも現象学は研究の対象でなく、みずから生きるべきものだと思っている。大学で現象学を専攻していれば現象学者になれるというわけではない。あらゆる哲学がそうなのかもしれないが、この哲学もまた現象学的に生きることを命じる。日常的自明性を疑って世界を厳密に捉え直すことを。

『実存と時間』のハルバッハや『全体性と超越』のガドナ

スは現象学を生きた、あるいは生きつつある哲学者だろう。大学にいるかどうかとは関係なく『物と意識』のクレールもまた。しかし哲学的な大著を書くことはわたしの能力を超えている、もしも書けたら素晴らしいとは思うけれど。

知的能力や才能という点で平凡な人間が哲学博士をめざしても三流の研究者にしかなれそうにない、たとえ幸運に恵まれたとしても。だったらジャン＝ポールが笑いながらいうように、司法警察に就職したほうがまだましだ。

カケルのやり方を間近に見てきたから、優秀な捜査官にはなれるかもしれない。わたしの好みでは教授よりも警視のほうがいい、公務員としての給料は似たようなものだろうし。その先は文化資本や人間関係資本の有無が問題だとしても、大学の学長より警視総監のほうが面白そうだ。……というのはもちろん冗談だが。

こんなことを漠然と考えてしまうのも、大学の卒業を控えているからだ。歩きながら進路のことを考えていたら右の爪先に激痛が走って、思わず「馬鹿（サロー）」と悪態をついてしまう。歩道に転がっていた拳サイズの石塊を勢いよく蹴ってしまったのだ。新しい都心駅シャトレ＝レ・アールは完成しても、この界隈では再開発工事が続いている。建設用材を積んだトラックから落ちた石塊かもしれない。

右足がじんじんと痛む。お気に入りの青いパンプスなのに、爪先の革が小さく裂けていた。一睡もしていないせいか注意力が落ちている。右足を庇（かば）ってゆっくり歩くことにした。

シスモンディに問われて口にしたように、大学を卒業したら東洋語学校（ラングゾー）に再入学することも考えている。あと何年かラマルク街の家にいてもパパは文句をいわないだろうし、仕事を増やしたいと有馬に頼めば、学資と小遣いくらいは観光案内や通訳で稼げそうだ。

日本は世界第二の経済大国なのに、観光案内ができる程度でも日本語を話せるフランス人は少ない。英語とドイツ語と日本語を使いこなせれば、オイルショック以来の先が見えない不況下でも就職先は見つけられるのではないか。

学びはじめてから二年半にすぎないが、日本語能力はそれほど悪くないほうだと思う。大学で日本文学を専攻している友人のエマより現代日本語なら速く読めるし、常識的な水準の会話であれば喋るほうも問題ない。

わたし自身の努力もあるけれどカケルの教え方が上手だからだ。週に一度のレッスン以外のときにも、折に触れて日本語のイディオムなどを印象的な瞬間に忘れようがない仕方で教えてくれる。しかし先生がどれほど優秀でも、生徒に学習意欲がなければ上達するわけがない。

最近では自分自身にたいして素直に認めることにしている。現象学と同じことで日本語の勉強にも熱心なのは、あの青年が好きだからだ。そう、わたしは若い女としてカケルに惹かれている、これは恋愛感情だろうか。

たぶんそうなのだろう。夜中に目覚めて、いますぐ会いたいという気持ちに焦がされ眠れなくなってしまう。いつも一緒にいたいと思う。日本語の授業が終わって別れなければならないときは、寂しくて切ない気分になる。待ちあわせしているときは、約束の時刻より十分も二十分も早く着いてしまう。人込みのなかにカケルの姿が見えるのを期待しながら、一心に待ち続けている。

『危険な関係』のメルトゥイユ夫人でなくても、これが恋に落ちた娘のありふれた反応だと判定することだろう。夫人のような恋愛の専門家ではないわたしでもそう思うし、パパは娘の片想いをあれこれと気遣ってくれる。色恋の手管に自信があるジャン＝ポールは、男の気を惹くためのテクニックを伝授したいようだ。

ナディアは一人の青年を愛している。青年はわたしに、少なくとも女としては興味がない。かわいそうなナディア。自分に気がない相手を、それでも諦めきれない愚かなナディア。……といったふうに親しい人たちはわたしとカケルを見ている。

しかしわたしだって恋には大胆なパリの下町娘なのだ。なにもしないでいるわけではない。今年は年が明けた瞬間にキスをしてみた。奇襲攻撃で青年の唇を奪ったという感じだけれど、キスはキスだ。精神的な健康さえ回復すれば、もっと自信を持てるし積極的になれる。二度目のキスを求める勇気だってきっと湧いてくる。

中央市場の跡地に新設された巨大ショッピングモールのフォーロム・デ・アール横を通って、昔ながらのモンマルトル街に入った。地下四階まであるフォーロム・デ・アールは首都圏高速鉄道（RER）の都心駅シャトレ＝レ・アールの地下駅に通じている。わたしがリセの生徒だったころから続いていた長い工事のあいだ、市場跡の敷地を囲んでいた板壁もいまは撤去されている。

パン屋がそろそろ店を開ける時刻だ。首なし屍体を発見するという生まれてはじめての体験に、まだ興奮しているのかもしれない。撤水されて濡れた朝の街路を、痛む右足を庇いながら歩き続けた。モンマルトル街がルーヴル街に合流する少し手前で狭い路地に折れると、白地に黒字のホテルの看板が目に入る。埃を被って薄汚れた小さな看板だ。

六時間ほど前に叩き起こした老人が、街路に金属製のゴミ容器を運び出している。ホテルの管理人夫婦の夫は外人部隊の元兵士で出身国はポルトガルだとか。肥った老妻は熱烈なド・ゴール派（ゴーリスト）だから似合いの夫婦かもしれない。ド・ゴールに批判めいたことをいうと出入り禁止を申し渡されかねないから、顔を合わせても政治の話は口にしない。

「すみませんでした、さっきは寝ているところを起こしてしまって」

わたしの顔を見て、小柄な老人が愛想のよい微笑で応じる。妻は頑固で少し意地悪でも夫のほうは好人物なのだ。

「おや、あんたかね」老人のフランス語にはかすかな外国訛がある。「人の生死にかかわるとか叫んでいたが」

あのときは適当なことを口にしたのだが結果的に事実だったことになる。もう少し早く着けば事件を阻止できたかもしれない、事件に巻きこまれてわたしの身にも危害が及んだ可能性もあるが。とはいえ老人に体験談を吹聴するわけにはいかない。

「ムッシュ・ヤブキ、部屋を覗いてみたらいい」

「わからんね、部屋に戻ったかしら」

管理人夫婦は寝る前に玄関扉を施錠してしまう。夜中に戻ってきた住人は自分で、あらかじめ渡されている鍵を使って玄関扉を開けなければならない。こんな事情だから、あれからカケルが戻ったかどうか管理人にもわからないわけだ。

他に雇い人はいないので一方が事務室に詰め、他方が階段や通路を掃除したり客室にシーツを運んだりしている。電話番を兼ねて事務室に腰を据えているのは、どちらかといえば肥った老婆のほうが多い。

管理人夫妻が起き出す前に外出した住人がいたら、玄関扉は解錠されている。ドアが施錠状態だったところから考えて、まだ出かけた者はいないのだろう。老朽化した建物の前にポルトガル出身の老人を残し、わたしは重たい玄関扉を押し開けた。

パリでも稀なほど安く泊まれる木賃宿にエレベータの設備などない。昼間でも暗い階段には石炭と消毒薬の刺激的な臭気が染みこんでいる。狭くて古めかしい階段で、わたしの体重でも踏み板がぎしぎしと軋むほどだ。一階の踊り場から、上半分が硝子のドア越しに事務室を覗くことができる。老婆が朝食の支度でもしているのか部屋は無人だった。

右足を庇いながら屋根裏まで登ると息が切れる。鍵穴だけでノブのない不細工なドアを軽くノックすると、待ちかまえていたように内側に開かれた。かすかな気配で人が来たことを察したのだ。

青年が住んでいる屋根裏部屋は踊り場のいちばん隅だし、隣室の前で足音が止まらなければ来客だとわかる。わたしの他に訪れてくる友人など皆無だから、足音の主も見当がついたろう。

日本人は起きていたようだ。ピレネーの山村やクレタの小島で一緒に過ごしたときに知ったのだけれど、就眠は明け方でもわたしより早い時刻に起床するのが日課なのだ。ナポレオンでも見習っているのか一日に三時間か四時間しか眠ろうとしない。睡眠時間を短くするのも修行のうちなのだろうか。他人事ながら健康によくないのではと心配になる。

「おはよう、カケル」

ジーンズに長袖シャツの青年が小さく頷き、ドアから窓際まで移動して円椅子に腰を下ろす。この部屋に椅子はひとつしかない。たとえ粗末な円椅子であろうと、二つ置けるような隙間など存在しないのだ。早朝でもシーツや毛布は綺麗に整えられている。病院にあるような金属パイプ製の小さなベッドに上がって、わたしは石壁に凭れた。右足の靴下を脱いでみると親指が紫色に腫れていた。

こうしていると、はじめてカケルの部屋に入ったときのことが思い出される。「寝台を入れた石の棺」という言葉が浮かんできて、なんともファンタスティックな空間ではないかと面白がった覚えがある。横に三歩、縦に五歩分しかない戸棚のような小部屋にも粗末な洗面台はある。銀色に塗られた古色蒼然としたアコーデオン状の蒸気暖房器も。どちらもホテルとして営業するための必要最低限の設備なのだろう。

しかもこの部屋では、ベッドに躰を横たえたまま洗面台で手を洗える。やはりファンタスティックというしかない。ベッドから蛇口まで腕を伸ばし、濡らしたハンカチで親指を冷やすことにした。腫れた足先のことをカケルは尋ねようともしない。軽傷で命に別状なさそうだ、事情を確認するまでもないと判断したのだろう。愛想のかけらもない常識外れの変人だから、この程度の怪我で他人の心配をするわけがない。とはいえ本当に危険なときは身を挺して庇ってくれる、そのことをわたしは少しも疑ってはいない。これまで幾度もそんなことがあったから。

足先の応急手当を終えて問いかける。「何時だったの、寝たのは」

「……四時半」青年が呟くように答える。

「こんなに朝早く訪ねた理由わかるかしら」

「いいや」青年が関心もなさそうに応じた。

「事件が起きたの、殺人事件よ。生まれてはじめて警察から公式に事情聴取されたわ」

　場所はパパの執務室、聴取役はジャン＝ポールだから気楽なものだったが、それでも緊張はしていた。ミノタウロス島の事件ではギリシアの警察に幾日も話を訊かれた。ただし孤島の連続殺人事件は終結していて、事情聴取といっても事後処理のために行われたにすぎない。今回は進行中の事件だから、わたし自身の証言で捜査の方向が左右されかねない。ミノタウロス島のときとは証言者としての立場が違うし、誤解が生じないよう事実を丁寧に説明することを心がけた。

　興味などなさそうな顔で沈黙している日本人に続ける。

「ロワイヤル橋の下の平底船（ペニッシュ）で女性の屍体を発見したの、それも首のない屍体よ。きっかけは夜中の一時にエルミーヌ・シスモンディから電話で呼び出されたことで……」

　屍体発見までの経過を詳しく説明していく。〈小鴉（コルネイユ）〉の船室で屍体を見つけたところまで話が進んだとき、興味があるのかないのかわからない顔つきだった青年が不意に口を開いた。

「女の首なし屍体に描かれた奇妙な模様とは」

「左右とも乳房に星形が」

「下腹部からみぞおちにかけて縦長の螺旋模様……」カケルが無表情に呟く。

「どうしてわかるの」青年の言葉に驚いて思わず問いかけてしまう、被害者の腹部にはとぐろを巻いた蛇のようにも見える螺旋形が血で描かれていたから。

「見たことがある、乳房に星形、腹部に螺旋形の模様が描かれた首のない女のペン画を。そのときはマッソンのデッサンを下敷きに、男を女に置き換えたパロディかと思ったが」

　シュルレアリストで画家のアンドレ・マッソンのことらしいが、そんな絵は知らない。「屍体の左腕には紐が巻かれ、右の掌には小さな硝子瓶が。下腹部に鍵穴の形が血で描かれていたわ」

「どれも意図して置かれた徴（シーニュ）だね。左腕に巻きついた紐は蛇を擬している。右手の硝子瓶は血の入った壺の代わりで、血は薬かもしれないし毒かもしれない。鍵穴の形に見えたのは髑髏（どくろ）で人間の頭蓋骨を意味している」

「どこで見たの、その絵を」

「ヨシダ・イチタの著書で」

日本人らしいがわたしの知らない人物だ。簡単な日本史の本しか読んでいないから、ヨシダで思いあたるのは吉田兼好に吉田松陰、それに吉田茂くらい。兼好と松陰は歴史上の人物だし、敗戦後の日本で最大の政治家だった吉田茂も過去の人物に変わりはない。

原油の高騰でフランスもドイツも、イギリスもアメリカも大不況に喘いでいるというのに、日本だけが経済的に安定し成長を続けている。それは第二次大戦後に吉田首相が確立した経済復興政策の結果だといった解説記事を、ル・モンドかなにかで読んだ覚えがある。政治的にはアメリカの属国も同然である敗戦後日本の現実を容認し、経済成長優先の国家戦略を定めたのが吉田首相らしい。

中世日本の偉大なエッセイストだった兼好の本は今後も手に取ることはないだろう。『源氏物語』だって同じことだ。日本の古典文学専攻の友人は扇子や日本人形を飾った部屋で暮らしているけれど、わたしはエマのようなジャポニストではない。明治維新を思想的に準備したという松陰は、フランスでいえばルソーのような人物かもしれないが、わたしは日本の歴史を専攻する気もない。

しかし「エコノミック・アニマル」という言葉を世界中で流行させせた大元の吉田茂には、多少の関心がある。第二次大戦の戦勝国と敗戦国という条件の差はあるにしても、国家としての誇りこそ最優先だったシャルル・ド・ゴールを選んだわれわれと、吉田茂を最大の政治家に押しあげた日本人は大違いだから。吉田の後継者の池田勇人がフランスを訪れた際、会見後にド・ゴールは「トランジスタラジオのセールスマン」と評したとか。軍人出身の政治家より商売人のほうが、わたしは平和的でいいと思うけれど。

大戦間の日本で現象学に影響された哲学者は京都大学に多い。京都学派やその周辺の哲学者は多かれ少なかれ対中戦争や対米戦争を支持したようだ。日本はアジアの盟主として欧米植民地主義と闘うのが世界史的使命だと主張し、大東亜共栄圏や東亜協同体などの構想に熱中していた。ナチスの生存圏理論と似たようなものだろう。どうしても理解できないのはアメリカに原爆まで落とされた日本が、第二次大戦後に親米国家に変身しえた理由だ。この謎は吉田茂という政治家を研究すれば解けるかもしれない。しかし、いずれにしてもヨシダ・イチタは吉田茂とは別人だ。

わたしは尋ねてみた。「で、ヨシダ・イチタって」

「美術家だよ」

円椅子から手を伸ばしたカケルが、シーツの上に指で吉田一太と書いた。文字の形を見て思い出したことがある。

そのヨシダとは、カケルがレオナール・フジタと並べて言及していた戦前の画家ではないか。

「吉田はパリで暮らしていたことがあるのね、もしかして……」〈小鴉(コルネイユ)〉の船内で発見されたのは星と螺旋で飾られた首のない女性なのだ。一方は現実の屍体で他方は紙に印刷されたデッサンだが、この克明なまでの類似を偶然の一致とするのは難しい。数時間前に発見された首なし屍体のデッサンが、カケルの読んだ本に印刷されているわけはないから、ヨシダのデッサンを模して屍体は装飾されたと考えるしかない。吉田一太が川船事件の犯人という可能性はないだろうか。

青年が首を横に振る。「吉田がパリに住んでいたのは一九三〇年から十年ほど、いまから半世紀も昔のことだ」

それなら高齢だろう。「もう亡くなったのかしら」

「僕が日本を出てからは知らないが、たぶん存命だと思う」

カケルによれば吉田一太は一九一一年生まれで、屍体を発見したシスモンディより三歳下になる。パリに滞在していたのは十九歳からの十年間だという。

「吉田一太って日本では有名な画家なの、レオナール・フジタみたいに」

洗礼名がレオナールの藤田嗣治は、フランスでも高く評価された日本人画家だ。パリ派の多くと同じように第一次大戦前からモンパルナスにアトリエを構えていた。その時代にはパリ派の画家たちが集った〈ドーム〉の常連客だったろう。

大戦間のパリで、そのセックスシンボルとして男たちの欲望を掻きたてたキキ・ド・モンパルナスだが、フジタにはキキをモデルにした裸婦像もある。写真家の愛人マン・レイの影響なのか、歌手で女優のキキ自身も絵を描いていた。

青年が応じる。「吉田も有名といえば有名なんだろうね、藤田嗣治のように画壇での評価が高いとはいえないにしても」

フジタがパリで暮らしはじめたのは第一次大戦前で、吉田は一九三〇年から。年齢は吉田がフジタより二十歳以上も下になる。この年齢差は美術家として決定的だろう。年長のフジタは後期印象派やパリ派の世代に属するが、フランスに渡った十九歳の吉田はキュビスムやシュルレアリスムの大波に呑まれていく。美術家なのに民族学にも興味があったのか、吉田一太はソルボンヌでマルセル・モースの講義を聴講していた。

ドイツ軍によるフランス侵攻の直後に日本に帰国し、第二次大戦後は前衛美術家として成功したが保守的な画壇からは黙殺された。両親とも芸術家で無軌道な生活環境で育ったからか、本人も奇矯な言動で知られている。

「どんな本なの、そのペン画が載っていたのは」

「二十年も前に刊行された本で表題は『縄文精神の炸裂』」

いかにもモースの講義を聴講していた画家らしいタイトルの本だ。わたしが読んだ日本史の本によれば、縄文人は日本列島の先住民で縄文土器文化は一万年も続いた。一万二千年以上も昔にはじまったとすれば、縄文文化は世界最古の新石器文化のひとつになる。しかし二千数百年ほど前に日本列島にはアジア大陸から稲作農耕民が移住してきて、縄文文化は新勢力による弥生式の土器文化に圧倒されていく。

弥生農耕民が狩猟採集を生業（なりわい）としていた縄文人を武力で駆逐したのか、両者は平和的に融合したのか日本の歴史学者のあいだでは論争が続いている。イギリスでいえば巨石文化を築いた先住民が縄文人、ケルト人やサクソン人が弥生人という感じだろうか。

カケルが続ける。「発掘された火焔（かえん）土器の造形美に圧倒され、吉田一太は縄文文化に魅了された。ピカソがアフリカ美術を発見したように自分は縄文美術を発見したのだと興奮し、感激したんだろうね。敬愛する年長の友人ピカソと肩を並べるような美術家になることが、吉田には青年時代からの夢だった」

「縄文人が首のない女の図像を残しているの」

青年は無表情に肩を竦めた。「無頭の女の線描や土偶は発見されていない」

「じゃ、どうして」奇妙ではないか。

吉田一太は縄文文化を論じた著書に、どんなつもりで首なし女の図像を収めたのだろう。そもそも問題のペン画は誰が描いたものなのか。縄文美術に由来するのでないとすれば吉田による想像の産物なのか。

「わからないな」窓際の小さな机に頬杖を突いて、青年はぽつりと呟く。

「どういうことなの」

「本の最初には写真頁があって、火焔土器や遮光器土偶など縄文文化の代表的な遺品が紹介されている。そこに首のない女の図像も含まれていたんだが、縄文美術とどんな関係があるのか、いったいなんの絵なのか、作者による説明はない」

このデッサンが対談やインタビューなどで話題になって

も、吉田は言を左右にしてはっきりしたことを語ってはいない。読者のあいだでは、編集上の手違いで無関係な図像が写真頁に紛れこんだ可能性も噂された。『縄文精神の炸裂』第二版では写真頁から問題の図版は外されてしまう。

いかにも謎めいている。正体不明の奇妙な絵が脈絡のない場所に一瞬だけあらわれ、しかも直後に消されてしまったようなのだ。それが二十年もたってから舞台をフランスに移し、しかも今度は生身の人間の姿でセーヌの平底船(ペニッシュ)に出現した……。

冷やした効果なのか足先の痛みは徐々に引いてきている。窓際のちっぽけな机に肘を突いて青年は長い前髪を引っぱりはじめた。なにか考えはじめたときの癖だ。わたしも膝を抱えなおし、脳裏に浮かんだ複数の仮説を検討することにした。

戦前のフランス滞在中に、首のない女のデッサンを吉田一太が描いたとしよう。それが第二次大戦後の著書に収録された。水彩画や油彩画ではなく簡単な線描のようだから、新しく描きなおして撮影したのかもしれない。

編集上の手違いで、無関係なデッサンが本の写真頁に紛れこんだのか。でなければ、なんらかの意図があって吉田は問題の図像を写真頁に載せたのか。かつて吉田のペン画を目にした人間がこの国にいたとしよう。フランスで十年も暮らしていたのだからその可能性はある。作者は帰国するとき自作をフランスに残した。〈小鴉(コルネイユ)〉事件の犯人がそのデッサンを見たのは、何十年も昔ではなくて最近のことかもしれない。そして吉田のペン画を模し、セーヌの川船に首のない女のオブジェを残した。

被害者を殺害した人物と首を切断した人物、屍体に被害者の血で奇妙な模様を描いた人物はそれぞれ別人だったのかもしれない。しかし、とりあえずは同一人物の犯行と考えることにしよう。同じ人物でないことを示唆するような証拠は、いまのところ発見されていない。

犯人は吉田のデッサンを目にしたのではなく、誰かに言葉で教えられた可能性もある。「首のない女。両腕を水平に伸ばし、両脚は少し開いている。両の乳房に星形、腹部に螺旋形、下腹部に髑髏」、これだけ聞いていれば、女の屍体を使って図像を再現することはできそうだ。

いずれにしても憶測に憶測を重ねた脆弱な仮説にすぎない。ただし、首なし屍体が出現した理由については解釈の可能性が生じてきた。先行して存在した図像を模倣し、犯人は屍体の首を切断した。犯人は頭の調子が狂った造形家か美術家なのか、人間の屍体でオブジェを制作したのだから。

カケルが確認する。「また屍体の首が奪られている、シスモンディはそう口にしたんだね」

「その通りよ」

消失現象の意味にこだわるカケルだから、シスモンディの言葉が気になるのだろう。「手紙が消えた」という第三者の言葉を、わざわざ「盗まれた」や「奪われた」と言い換えるシスモンディだから、首なし屍体を見て「首が奪られている」と表現しても不思議ではない。手紙と違って人間の首は自然に消えたりしない。そこには明確な意志が介在している。犯人が切断して現場から持ち去ったに違いないのだから。

「どうしてシスモンディは姿を消したのかしら」

あのときのことを思い出すと、いまでも少し腹立たしい気分になる。真夜中にセーヌの河岸まで呼び出した孫のような年齢の若い女を首なし屍体がある船内に置き去りにして先に逃げ出してしまうなんて。

「きみはどう考える、シスモンディがセーヌの河岸から消えた理由を」

あの女性思想家は盗まれたクレールの手紙に執着していた。犯人かもしれない謎の人物の電話で深夜、人気のない河岸まで誘い出されてしまうほどに。カケルに、そしてわたしに同行を求めたのは、どうしても手紙を取り戻したかったからだ。

仰天して船から飛び出してきた老婦人だが、そのまま河岸を離れる理由はない。わたしが通報に行くように仕向け、警察が来るまでのあいだ〈小鴉(コルネイユ)〉の船内を捜してみることは可能だ。河岸から逃げるように立ち去れば、あれほど執着していた手紙を人手に渡す結果になる。通報で警官隊が急行してくると、船内にあるかもしれない手紙は証拠品として押収され、書かれている中身も人目に触れてしまう。それでもシスモンディが姿を消したのは、新たな事態が生じたからだろうか。

「身の危険を感じたのかしら、たとえばカシに襲われそうになったとか」常識的にはこれが唯一の納得できる解答だ。

わたしは首を横に振った。人物評価に自信があるわけではないが、あの女野宿者が追い剝ぎに変身したとは思えない。顔は黒く煤(すす)けていたし場所は暗いセーヌ河岸だったから正確なところはわからないが、年齢はシスモンディより少し若そうに思えた。腕力も老婦人よりは強そうだが、もしも路上強盗に変身したなら当人も河岸から姿を消したろう。わたしが〈小鴉(コルネイユ)〉から出てくるまで、木の下のベンチに居残っていた理由が今度はわからなくなる。

「クロエ・ブロックという名前にシスモンディは心当たりがある様子だったんだね」

　カケルの言葉に頷いた。「わたしの思い違いかもしれないけど、シスモンディが知っているクロエ・ブロックは六十年輩らしい」

　ペイサックの証言によれば、〈小鴉〉に滞在していた女は三十代半ばでシスモンディより三十歳以上も若い。老婦人の娘の世代といっていい。

「クロエ・ブロックという名前を耳にして、怖くなったのかしら」

「本人に確認したいね」

　シスモンディはクロエ・ブロックという女を知っていた、あるいは恨まれていたのかもしれない。手紙を餌に〈小鴉〉まで誘い出したのは旧知の女だったとしよう。二人の年齢は違うけれど、母親と娘の名前が同じこともある。難産で死亡した妻を偲んで、生まれた女の子に母親と同じ名前をつけたとか。母親に代わって娘が復讐を企んでいるのなら、話の辻褄が合わないでもない。

　河岸の闇に紛れたクロエに監視されているのかもしれない。こんな可能性に怯えたシスモンディは手紙を諦めて、〈小鴉〉傍の遊歩道から大急ぎで立ち去ることにした。いずれにしても老婦人を問い質し、姿を消した理由について率直に語ってもらわなければ。

「わたしたち、どうしたらいいかしら」カケルの表情を窺う。

「警察の事情聴取には応じたのだから、あとはバルベス警部の仕事だろう」

　無表情に言い捨てた日本人に喰い下がる。「でも事件にはシスモンディや盗まれた手紙が絡んでいるのよ。手紙捜しを依頼されたあなたは、もう巻きこまれているようなもの。……ところで手紙が消えた謎は解けたのかしら」

「犯人の正体を摑むのが先決だね」

「約束の日までに犯人はわかりそうなの」

「もちろん」青年は平然とした口調で応じる。

　犯人の正体は察しがついているようだが、シスモンディを〈小鴉〉に呼び出した女の言葉が本当なら手紙を取り戻すのは難しいかもしれない。わたしの話を聴いたジャン＝ポールは、押収品のなかに古い手紙が紛れこんでいないか確認することだろう。結果は明日にも判明する。

　クレール家の居間から手紙を盗んだ人物と、シスモンディに電話してきた女が無関係とは思えない。古風な言葉遣いの女は少なくとも盗まれた手紙のことを知っていた。この件についてカケルに尋ねても納得できる返答は期待できそうにない、この日本人の口をこじ開けるのは牡蠣の殻を開けるよりも難しいから、手紙の件は約束の日まで待つしかない。

青年が話題を変える。「金曜日はリヴィエール教授の演習（セミネール）の日だね」

「ええ」

「教授に頼めないかな、少し時間をもらえないかと」

リヴィエール教授にどんな用件があるのだろう。「いいけど、でもどうして」

「教授に会えばメドゥーサの謎が解けるかもしれない」

「メドゥーサの謎って」

「吉田一太の本で見た首なし女のデッサンには下に文字が書きこまれていた」

「吉田のサインかしら」

青年がわたしの顔を見る。「僕が見たのは縮小された写真版だから、文字は肉眼で判読できないほど小さかった。拡大鏡を使ってようやく読むことができた、走り書きされていたのはフランス語と日本語で『Méduse／無頭女』……」

メドゥーサといえば、ペルシア軍と戦うアレクサンドル大王を描いたモザイクが頭に浮かぶ。ポンペイの遺跡から発掘された床のモザイクだ。馬を駆るアレクサンドルは胸部に女の顔が描かれた鎧（よろい）を着け、右手に槍を構えてペルシア王ダリウスを見据えている。

女の頭には髪の代わりに無数の蛇がくねっている。モザイク床の作者はゼウスの盾アイギスを参照しながら、アレクサンドルの鎧を描いたのかもしれない。ホメロスが語るところでは、ゼウスの盾にはメドゥーサの首が嵌（は）めこまれていた。怪物の顔を見た者は瞬時に石と化してしまうのだから、こんな盾の持ち主は無敵だろう。

ゼウスとアルゴス王の娘ダナエの子がペルセウス。英雄ペルセウスに首を切り落とされたのが『神統記』のヘシオドスによればゴルゴン三姉妹の三女メドゥーサだ。長女はステンノ、次女がエウリュアレ。

ゼウスの盾に嵌められているのは、息子のペルセウスが退治した怪物メドゥーサの首ということになる。ゴルゴンは黄金の羽と真鍮（しんちゅう）の爪、猪の牙をもつとされるが、アレクサンドルの鎧に描かれた女の顔に大きな牙は生えていない。髪の毛は不気味に蠢（うごめ）く無数の蛇のようだが。

ヘシオドスは長女と次女の名前も伝えているが、誰でも知っているのは三女メドゥーサだろう。ゴルゴンをメドゥーサの別称だと信じている人も少なくない。わたしも子供のとき、ゴルゴンはメドゥーサのことだと思いこんでいた。

男に従わない美女が罰せられる物語はギリシア神話に多い。エチオピアの王妃カシオペイアは美しさを鼻にかけた罪で、娘のアンドロメダを海神の生贄に捧げるはめになる。海辺に縛りつけられた美少女を貪ろうと巨大な魔物が上陸してくるのだが、それを倒したのがメドゥーサ退治の英雄ペルセウスだ。

アテナと美を競うほどに高慢だったメドゥーサは、その罰として自慢の髪を無数の蛇に変えられ、妹のために嘆願した二人の姉も醜悪な魔物の姿にされてしまう。しかしメドゥーサをめぐる神話には異説がある。

メドゥーサはアテナの神殿で海神ポセイドンにレイプされた。神殿を穢した罰としてアテナは美少女を怪物に変えたというのだが、この話に納得できる女はいるだろうか。神殿でセックスしたのが罪だとしても責任はポセイドンにある、どうしてレイプ被害者の少女が罰を受けなければならないのか。

この事件が例外というわけではない。テュロスの王女エウロペは白牛に変身したゼウスにさらわれて犯されたし、いたるところギリシア神話にはレイプ事件が溢れている。フェミニストが批判するように、古代ギリシアが最悪の女性抑圧社会だった事実は否定できそうにない。

しかもメドゥーサは殺されたのちも、男たちの便利な道具として使われ続ける。レイプ加害者ポセイドンに飼われていた海の怪物を退治するため、ペルセウスはメドゥーサの生首を突きつけて石に変えるのだ。ゼウスは神話的な盾アイギスを娘のアテナに与えた。魔力のある首をペルセウスから捧げられたアテナは、それを自分の盾アイギスに嵌めこんだ。

盾アイギスに嵌めこまれたことからもわかるように、胴体と切り離されてもメドゥーサの邪眼は生きているときと同じ効果を発揮した。ノートルダム聖堂を守護するガルグイユと同じことで、ローマ時代までメドゥーサの首は魔除けとして描かれることが多かった。

わたしの寝室には高さ二十センチほどのガルグイユ像がある。ノートルダム広場の土産店で売っているような安物とは違う、ちゃんとした彫刻家の作品で、わたしが生まれたときジャン＝ポールがプレゼントしてくれたのだ。

女の赤ちゃんに魔物の置物なんていかにもジャン＝ポールらしい。赤ん坊のときから一緒にいるガルグイユが守ってくれたから、ミノタウロス島で殺人者に追い廻されても無事に生還できたのかもしれない。口にはしないがそんなふうに思うこともある。

図像の下に「Méduse／無頭女」と記されていたなら、作者の署名ではなく作品名だろう。メドゥーサはペルセウスに首を切り落とされている。首はゼウスの盾に嵌めこまれ、あとには首なし女の屍体が残ったわけだ。首なし女のデッサンがメドゥーサの遺骸を描いたものとすれば、作品が「Méduse／無頭女」と題されていても不思議はない。

「犯人はメドゥーサを模して、被害者の首を切り落としたのかしら」

「メドゥーサを思わせる女の絵しか知られていないが、吉田にはステンノとエウリュアレの絵もあるのかもしれない。そんな噂も事情通のあいだで囁かれていたようだ」

ゴルゴン三姉妹をモチーフにした三副対。そのうち一点だけが、どんなわけか世に出たことになる。それにしても、どうしてカケルはリヴィエール教授と会わなければならないのか、その理由がまだわからない。

わたしの質問に応えて青年が語りはじめた。「……〈アンドロギュヌス〉事件のときだった、たまたま教授とジョルジュ・ルノワールの秘められた共同体をめぐる話をしたのは」

〈アンドロギュヌス〉事件の真相を突きとめるため、カケルと一緒にルノワールの自宅を訪問したことが思い出される。沈鬱な面持ちで異様なほどの気迫を漂わせた老人だった。この人物と吉田一太が最初に出遇ったのは、ファシズムと戦争の脅威がヨーロッパを覆いはじめた一九三六年の冬のことだった。

シュルレアリストの画家に誘われ、吉田はグルニエ・デ・ゾーギュスタンの大きな屋根裏部屋で開かれた〈反撃〉の公開集会に参加する。共産党より政治的には左で、スターリン独裁体制に批判的な芸術家や文学者が三、四十人ほど寒々しい屋根裏には集合していた。反ファシズムと反スターリニズムの立場から、聴衆に激越な言葉を叩きつける精悍な年長の男に、まだ二十代半ばの吉田は一瞬にして魅了された。鮫のように獰猛な糸切り歯が特徴的な男は、特異な思想家として知られるジョルジュ・ルノワール。この夜の出遇いをきっかけに吉田はルノワールの親しい友人となる。

カケルが続ける。「反ファシズムと反スターリニズムを唱える革命的な知識人や芸術家の集団として発足した〈反撃〉だったが、中心人物のアンドレ・ブルトンとルノワールの対立が深刻化して五月には空中分解してしまう。ルノワールは新たに宗教民族学の研究組織を結成し、それまでの極左的な政治運動とは異質な活動をはじめたんだが、その活動には吉田も参加したらしい。

　吉田のエッセイなどにはっきりしたことが書かれているわけではない。しかし民族学研究会の裏側でルノワールが、一九三七年に秘密結社〈無頭人（アセファル）〉を結成したらしいことは、関係者の曖昧な証言からも窺うことはできる。話題がルノワールの秘密結社に及んだとき、リヴィエール教授は口にしていた」

「なんていったの、教授は」

「そのころルノワールの〈無頭人（アセファル）〉の他にも、首のない女の図像をシンボルにした秘密結社〈無頭女（メドゥーサ）〉もあったようだと。詳しい説明を求めたんだが、教授は不自然に口を噤（つぐ）んでしまった。メドゥーサという言葉を洩らしたことさえ打ち消してしまいたい様子だった」

　一九三〇年代後半にルノワールが組織していたという秘密結社のことは、わたしも耳にした覚えがある。なにしろ部外者には秘密の共同体（コミュノテ）だし、ルノワールをはじめ関係者は厳重に口を閉ざしていて、いまでもはっきりしたことはわかっていないようだが。

　民族学研究会の活動に熱心だった時期、ルノワールは不定期刊の個人誌〈無頭人（アセファル）〉も刊行していた。雑誌の表紙は首のない男の裸像で飾られていたが、この挿絵はルノワールの友人だったシュルレアリストの画家による。吉田が描いた無頭女（メドゥーサ）は男と女の違いはあるにしても無頭人（アセファル）に酷似していて、そのパロディではないかとカケルは思ったようだ。

「結社〈無頭女（メドゥーサ）〉が川船の首なし屍体の事件に関係していると……」

「それが実在したとしても、もう四十年も昔のことになるね」

　たしかにそうだ、いまの時代に秘密結社なんて常軌を逸している。クレールの秘書ペレツたちが属していた〈プロレタリアの大義〉の軍事組織は、ブランキを首領とする武装蜂起の秘密結社を継承した面もある。西ドイツの赤軍やイタリアの赤い旅団など極左派（ゴーシスト）の地下組織を例外として、いまでも秘密結社が活動していることなど信じられない。いや、なにしろ秘密結社なのだから、仮に存在していても部外者に知られていないのは当然のことかもしれないが。

　とにかくリヴィエール教授に確認する必要がある。正体不明の結社〈無頭女（メドゥーサ）〉は首のない女の絵をシンボルにしていたのか。それは両腕を真横に伸ばし、乳房に星形、腹部に螺旋模様などが描かれた図像だったのか。

もしも細部まで一致するようなら、大戦間の時代に存在したという謎めいた結社と昨夜の事件のあいだに、なんらかの関係を想定せざるをえない。結社そのものは解散していても当時の参加者や関係者には生きている人もいるだろう、吉田だって存命なのだし。あるいは秘密結社の残党がクロエ・ブロックを殺害し、その首を切断したのかもしれない。

「いいわ。週末にも時間をとってもらえないか、教授に訊いてみる」

〈小鴉（コルネイユ）〉で発見された首なし屍体、吉田一太の著書に収録されていた「Méduse／無頭女」の図像、そして四十年も昔の秘密結社……。不可解な謎は増殖するばかりだ。カケルの質問に口を閉ざした理由はわからないが、なんとしても今回は教授から話を訊き出さなければ。

「〈小鴉（コルネイユ）〉事件の本質だけど、どう捉えるべきかしら」犯罪事件の支点にあたる現象を見出し、その本質を直観しさえすれば、あとは真相も犯人も論理必然的に導かれるというのがカケルの持説なのだ。「事件の支点に位置するのは、いうまでもなく〈首のない屍体〉ね」

窓辺の青年がこちらを見た。「確定的なことはいえないな、きみの話だけでは」

「詳しい事情がわかれば教えてくれるのかしら」

「いつものやり方は通用しないかもしれない、この事件に限っては」

「現象学的推理が不可能だっていうの」いつにない言葉に驚いて尋ねた。

小さな窓から真っ青な夏空を見あげているカケルは、わたしの問いかけを黙殺する。どうやら答える気はないようだ。現場で採取された指紋や血痕などの分析結果をジャン＝ポールから仕入れたあと、あらためて意見を訊いてみることにしよう。

第四章　教授の回想

1

今日は土曜日だけれど待ちあわせの約束がある。外出の支度を終えて警視庁に電話してみると、バルベス警部は殺人現場の平底船（ペニッシュ）まで出かけているという。パパは執務室で仕事中のようだからちょうどいい。

コンコルド駅で地下鉄（メトロ）を降りた。足先がまだ少し痛む、完治するには二、三日かかりそうだ。ロワイヤル橋の下でジャン＝ポールを捕まえなければならないし、珈琲店（カフェ）で昼食を摂るほどの時間はない。そのあとはセーヌ街にあるリヴィエール教授のアパルトマンを訪れる予定で、たぶん夕食も遅くなるだろう。お腹が空いていてはゆっくりものを考えることもできない。カロリー補給のため砂糖菓子と新聞を買った。

地上に出ると初夏の日差しにチュイルリ公園の緑が眩しい。公園のベンチで砂糖菓子を齧（かじ）りながら新聞を開いた。犯罪記事の興味で読ませるタブロイド紙だから、セーヌの川船で発見された首なし屍体の事件は昨日の続報で扇情的に取りあげている。通報者のことは「パリ大学の女子学生」としか書かれていない。〈小鴉（コルネイユ）〉で屍体を発見して警察に通報したのが、大量殺人が起きたミノタウロス島からの生還者だとわかれば大騒ぎになる。わたしの精神状態を心配しているバルベス警部が、また騒ぎに巻きこまれないように意図して伏せたのだろう。ジャン＝ポールの気遣いには感謝しなければ。

警察がエルミーヌ・シスモンディに事情聴取をしたのかどうか、記事からはわからない。シスモンディが事件に関与している事実さえ公表されていないのだから、それも当然だろうが。警察は〈小鴉（コルネイユ）〉付近の川底を浚ったはずだが、被害者の頭部が発見されたとの記事はないようだ。

もしも平底船（ペニッシュ）でジャン＝ポールを捕まえられなければ、リヴィエール宅を辞去してから警視庁に顔を出してみようか。同行しないかと誘っても、カケルは黙って首を横に振ることだろう。必要があろうとなかろうと、あの日本人は警視庁の建物に足を踏み入れる気などなさそうだ。ビザを更新しなければならないときはどうしているのか。マグレブの留学生からビザ延長の際の苦労話をよく聞かされる。窓口にいる女係官の乱暴で居丈高な態度は非常識きわまりないそうだ。

まあ、そうだろうとも思う。人権は国家に帰属する者の権利であって外国人にそんなものは認めないところが、フランス革命で確立された人権思想の原理的限界なのだから。居住地を選ぶ自由は結社や言論の自由と並ぶ基本権のはずだが、それがフランス国内で無条件に適用されるのはフランス国籍の所有者のみで、外国人に居住の自由など保障されてはいない。

国連で決議された世界人権宣言は実効性のない紙切れにすぎない。どんな人間にも人権があるとすれば外国人にも居住権が認められなければならない。わたしがフランス以外の国に居住したいと思えば誰も邪魔はできないはずなのだ。

しかし現実はまったく違う。大学を卒業したら一年か二年は日本で暮らしてみたいと思っているが、長期滞在のビザを取るのはフランスより難しそうだ。政府の給費留学生なら問題ないだろうが、わたしは試験向きの秀才ではない。日本語の実力は同じ程度でも留学生試験に受かるのはエマのようなタイプなのだ。

二十代のころクレールも日本に興味があったという。在日大使館の文化担当官として京都に派遣されることを希望していたが、採用されたのは別の青年だった。外務省は人選を誤ったといわざるをえない。もしもクレールが一九三〇年代の京都で日本の現象学派と交流していれば、興味深い結果が生じたに違いないのに。

ベンチから身を起こして道端のゴミ箱にタブロイド紙を投げ入れた。チュイルリ公園を横断して、エコール・デュ・ルーヴルの横からロワイヤル橋のたもとに出る。船名は〈小鴉(コルネイユ)〉なのに塗装は白い川船のところには、制服や私服の警官五、六人がたむろしていた。まだ船内では警察による捜索や鑑識の調査が続いているのだろうか。好奇心旺盛な記者やカメラマンが無断で川船に立ち入らないように、制服警官は船を監視しているのかもしれない。

河岸通りから石の階段で遊歩道に下りて、初夏の日差しを浴びながら船まで歩いた。なにを調べているのか船尾の甲板に屈みこんでいた巨漢が、こちらに気づいて太い腕を上げる。

「やあ、嬢ちゃんか。どうしたね」

「いま少し話せるかしら」岸壁から声を張りあげる。

「ちょっと待ってくれ」

平底船(ペニッシュ)の平たい船尾には白地に黒で〈CORNEILLE〉と船名が書かれている。船から下りてきたジャン＝ポールを、警官たちから少し離れた木陰に連れこんだ。

「これからカケルと会うんだけど、教えてほしいことがあるの」

自宅で捜査中の事件の話などしないモガール警視だが、「嬢ちゃん」に甘いジャン＝ポールなら情報を引き出せる。今回はわたし自身が通報者で、最初から事件に巻きこまれているのだし。

巨漢が掌で顎を撫でる。「なにを知りたいんだね」

「はじめに遺体解剖後の死亡推定時刻」

「デュランによれば、六月二十一日の午後十一時二十分から翌日の午前一時二十分まで」事件直後の推定では午後十一時から午前二時だったから、前後に一時間は短縮されたことになる。

「碇や天井や雑誌の血痕は」

「紐や小瓶に付着した血も含めて屍体と同じ血液型だった。被害者は青酸の小瓶を手にしていたが、解剖で毒死でないことは確認されている。血の飛び散り具合からして、死因は頸動脈の切断による出血多量ではない。被害者には幸いというべきか、生きたまま首を切られたのではなさそうだ。他に致命的な傷は発見されていないから、死因は頭部に加えられた損傷に違いない」

「碇の先端の血痕も」

巨漢が頷いた。「そう、被害者と同じだ。あの碇で頭を殴られて死亡した可能性は無視できんな」

しかし即死ではない。被害者は頭部の傷から出血しながらも動き廻って、雑誌と天井に血染めの手形を残している。そのあと力尽きて倒れたのか、あるいは致命的な第二撃が加えられて死亡したのか。

「頸部の切断についてデュランは」

「切断されたのは頸（くび）の真ん中じゃない。鎖骨のすぐ上、頸が肩に接するところだ。頸部を切断するなら顎の真下や肩のすぐ上でなく中央部、喉仏のあたりが適当だろうが、犯人には生首にできるだけ頸の部分を長く残したい理由でもあったようだな」あるいは屍体に頸部を残したくなかったのか。「椎骨と椎骨のあいだを狙って刃を入れ、軟骨を切断しているところからして、人体の解剖とか家畜の解体処理とかの経験者かもしれない。まったくの素人にしては手際がよすぎる」

わたしは話を進める。「船内に入るドアのノブから指紋は採取されたの」

「ドア内外のノブから採れた鮮明な指紋は一種類だけ。あんたの指紋ではないから、前後の状況から判断してシスモンディのものだろう」

殺人現場から脱出するとき犯人は、指紋を残さないようにドア内外のノブを拭ったようだ。わたしはハンカチを使って廻したから、検出された指紋はシスモンディのものに違いない。

「船尾側は」

「ドアは施錠されていたし、ノブからも被害者の少し古い指紋しか検出されていない」

左右とも舷側に通路はないから、船首側の甲板から船尾側の甲板に移動するには船室を通るしかない。船室の屋根に上がれば可能かもしれないが、甲板から屋根に上がる梯子は備えられていない。住人は船を出入りするのに前部甲板を使っていて、船尾側のドアが最後に使われたのは数日前のことなのだろう。

「ドアを開けるとき犯人は手袋をしていたのかしら」

バルベス警部が唇を曲げる。「入口ドアのノブだけじゃない、犯人のものらしい指紋は皆無なんだ。船室のいたるところに残されていた無数の指紋は基本的に二種類で、新しい指紋は例外なく被害者のもの。古い指紋は、長期旅行中だという船の所有者のものだろう。船内の指紋が示しているのは、首のない屍体がクロエ・ブロックと名乗る人物だということ」

殺害されたのは、遊歩道のベンチの住人ペイサックにクロエ・ブロックと自己紹介して先月から〈小鴉(コルネイユ)〉に滞在していた女に違いない。被害者を滞在者とは別人に見せかけようとして、犯人が屍体の首を持ち去った可能性は消えた。そのためには被害者の指紋をひとつ残らず拭き消してしまわなければならない。現場に被害者の指紋を残している以上、屍体がクロエである事実を犯人は隠す気がなかったことになる。被害者を別人に見せかける作為は、この事件には認められないようだ。

「現場から脱出するときまで犯人は手袋を着けていたわけね」

船に侵入し被害者を殺害するまではむろんのこと、そのあとも手袋をしたままで屍体をテーブルに運び、首を切断し、腕に紐を巻いて毒の小瓶を持たせた。これらは居間の戸棚に血染めの手袋の指跡が残っていた事実から推察できる。

とすると、どうして入口ドアのノブに血が付いていないのか。犯人は屍体の首を切るなどもろもろの作業を終えてから、現場を立ち去る前に手袋を外したことになる。素手でノブを廻したあと、服の袖口かハンカチなどの布切れで指紋を拭き消した。手袋を塡めたままノブを廻したほうが効率的で時間も節約できると思うが、犯行現場で犯人が合理的に行動するとは限らない、動転して理屈に合わない振るまいをすることも多い。

　ジャン＝ポールが続ける。「表紙に血染めの手形がある雑誌からは、被害者以外の指紋が検出された。塗工紙(とこうし)を使った写真頁だから鮮明だった」

　正体不明の指紋は犯人が拭きとり忘れたのかもしれない。ただし被害者が購入する前に書店員か、立ち読みでもした人が付けた可能性もあるし、容疑者が特定できなければ証拠としての意味は薄い。

「鑑識がキチネットのシンクから、血混じりの水滴のあとを見つけている。犯人が手袋と手を洗ったんだな。手袋の材質にもよるが、遮水性が完璧なゴム製でなければ、革製でも布製でも、程度の多寡(たか)はあれ血が染みこんで手を汚したろうから。そこで生首も洗ったようだ。毛髪の短い切れ端が排水口の網に引っかかっていた。鞄にでも入れて運ぶのに血まみれでは具合が悪いと思ったのか、別の理由でもあったのか」

　そのあと濡れた手袋をまた塡(は)めたのか、手袋なしでも指紋は残さないよう慎重に行動したのか、いずれにしても犯人は最後の作業に着手する。血で汚れた衣服は目立たないように水洗いした、あるいは新しいものに替えたのかもしれない。そのために着替えを持参していたのか、被害者のものを着込んだのか。

　当初から首の切断を計画していたなら、あらかじめ用意していたゴム製かビニール製の専用着を衣類の上に羽織った可能性もある。それなら血で濡れても裏返しにして丸めるだけで、洗って綺麗にした生首と一緒に鞄に詰めることができる。脱出する際にはパスポートなど被害者の身許を証明する品や、出身国を示しかねない衣類や旅行用の品、畳んだバックパックなども鞄に入れたろう。

　首なし屍体が〈小鴉(コルネイユ)〉の滞在者に間違いないとして、クロエ・ブロックという女性はいったい何者なのだろう。中東のどこかの国のミュージシャンかもしれない、ユダヤ系の姓とギリシア由来の名前をもつ女は、どんな理由からか国土監視局(DST)に監視されていた。滞在していたセーヌの川船で殺害され、発見されたときは首のない屍体だった。

　船内の指紋から屍体がクロエであると証明された以上、もう例の難問からは逃れられそうにない。午前〇時三十分に外出したクロエが〈小鴉(コルネイユ)〉で殺されるためには、その前に船に戻っていなければならない。しかし〇時三十分から屍体が発見された午前二時までの一時間半、船は国土監視局(DST)の女性捜査官ガレル、野宿者のペイサックとカシの三人のいずれかに見張られていた。

「どのようにしてクロエ・ブロックは船に戻れたのかしら。わざわざ殺されるために戻った理由もわからないけど、どんなふうに帰船したのか考えなければ」

ジャン＝ポールが余裕たっぷりの薄笑いを浮かべる。

「乗船する入口が一箇所しかないと、あんたは思いこんでる」

「違うっていうの」わたしは小さく叫んだ。

〈小鴉(コルネイユ)〉の舷側にある金属製の手摺に切れ目は一箇所だけだ。わたしは木立の下から白い平底船(ペニッシュ)に目を向けた。ここからは確認できないが、乗船口は右舷にもあるのだろうか。しかし、右舷は川側でそちらから船に乗ることはできない、人間は水の上を歩けないのだから。

いまセーヌの水面は河岸から一メートル半ほど下で、〈小鴉(コルネイユ)〉の甲板と河岸はほぼ同じ高さにある。甲板は喫水線から一メートル半ほど上に位置しているわけだ。川を泳いできた人物がいたとしても、一メートル半も上にある甲板に躰を引きあげるのは容易でない。水面から真上に腕を伸ばしても舷側まで届かないから。しかし……、想定外の可能性が不意に浮かんできた。

「もしかして右舷から川にロープでも下がっていたとか」

それなら川側から船に上がることも可能だ。

「いいや」ジャン＝ポールが首を横に振った。

「じゃ、どうやって」

「あの船は船尾に折り畳み式の金属梯子がある。畳まれて後部甲板に揚げられていたから、嬢ちゃんは気づかなかったんだろう。梯子が下ろしてあれば、川を泳いできた者が甲板に上がるのも簡単だ」

後部甲板の舷側にも手摺はある。しかしベンチのところからは見えない船尾には折り畳み梯子が設置されているようだ。

「船尾の梯子が使われた形跡はあったの、後部甲板に水で濡れた足跡でも残っていたとか」

ジャン＝ポールが応じる。「足跡のようなものは確認されていない。初夏のことだし、しばらくすれば湿り気は蒸発してしまうよ」

「クロエが泳いで船に戻ってきていた……」わたしは半信半疑で呟いた。

クロエ・ブロックは誰にも見られることなく、船尾の梯子という第二の入口から船に戻ったのだろうか。夏至の前夜でも午後十時には日が沈む。しばらくは残照があるとしても十一時になれば空は真っ暗だ。真夜中の〇時三十分以降にセーヌを泳いだとしても、河岸通りの通行人に気づかれる可能性は少ない。近くならどうかというと、ペイサックがねぐらにしている遊歩道のベンチからは、〈小鴉（コルネイユ）〉の平たい船首も梯子のある船尾も視界に入らない。

十一時三十三分にロワイヤル橋の監視地点に到着したガレル捜査官の場合はどうだろう。あの地点なら船の右舷と船首はよく見える。橋灯の光があるから日が暮れたあとでも。しかし、もしも川を泳いで〈小鴉（コルネイユ）〉に入った不審な人物を目撃していたら、その時刻を手帳にメモしていたのではないだろうか。

「国土監視局（DST）から詳しい情報は引き出せたの」わたしは質問した。

「クロエ・ブロックを捜し出したら連中にも尋問させるという交換条件で、ガレルの上司と話をつけた。人捜しではわれわれのほうが上だってことを、国土監視局（DST）も渋々ながら認めたわけだな」バルベス警部は満足そうだ。「職務上の秘密だとか抜かして監視の理由は喋ろうとしないが、必要なことは訊き出したよ」

ガレル捜査官が監視地点に着いたのは、午後九時半に〈小鴉（コルネイユ）〉を離れたクロエ・ブロックが船に戻ってくる午後十一時三十三分だという。早すぎも遅すぎもしないぴったりの時刻に、ガレルはロワイヤル橋の監視地点に到着している。クロエが帰船する時刻を正確に把握していたようだ。国土監視局（DST）がクロエ・ブロックを監視していた理由はわからない。公安関係の極秘事項であるとして、バルベス警部の質問にはまったく答えようとしなかったとか。

「〈小鴉（コルネイユ）〉の船首と右舷は橋灯の光でよく見える。ガレルによれば、〇時半以前も以降もセーヌ川から船に上がった人物などいなかった。ただし、橋の上から梯子のある船尾は目に入らない。クロエは下流方向から〈小鴉（コルネイユ）〉の船尾に泳ぎついたんだろうな」

「〈小鴉（コルネイユ）〉の下流側に係留されていた平底船（ペニッシュ）の住人は」シスモンディと一緒に河岸の遊歩道に下りたとき、その船は真っ暗だったが。

「〈どんぐり（グラン）〉だね」どんぐりとは可愛らしい船名だ。「屍体の発見直後にボーヌが訪ねてみたが、時刻が時刻だし住人は熟睡していたようだ。十一時にはベッドに入ったから、捜査の参考になりそうなことはなにも見ていないという。その男は、隣の船に五月末から滞在していた女のことをよく知らない。幾度か後ろ姿をみたくらいで、顔を合わせたことも挨拶をしたこともないとか」

クロエは〈小鴉(コルネイユ)〉の船尾に泳ぎ着いたようだ。事前に下ろしておいた梯子で後部甲板に上がり、梯子を引き揚げてから船尾側のドアで船内に入った。ノブに指紋が残らなかったのは手が濡れていたからだろうか。船内に入ってドアは施錠した。

その場合は濡れた衣服が船内に残っていなければならない。いや、なにしろセーヌで水泳をしようというのだ、躰にまつわりつくマキシドレスは脱いで下着姿になったろう。あるいはスーツケースのなかに入れていた水着に着替えたのか。

わたしが見た屍体は全裸だった。これまでは模様を描くために犯人が服を脱がせたのだろうと考えていたが、こうなると別の可能性も浮かんでくる。船内から被害者の衣類が発見されなかったのは、クロエが〈小鴉(コルネイユ)〉付近の人目に付かない場所で自分から脱いだからではないか。

「被害者が着ていた白のマキシドレスや合成樹脂製のスーツケースだけど、この辺の河岸には見あたらなかったの」

わたしの質問に巨漢が頷いた。「それらしい服も靴も、付近の河岸からは発見されていない。黒いスーツケースもね」

自分から望んで殺されるために、クロエは帰船したわけではないだろう。なんらかの必要があってそうしたに違いない。船内で用件をすませたあとは、川に入った地点に泳いで戻る計画だったのではないか。わたしなら鞄にバスタオルを入れておく。また服を着るときに濡れた躰を拭くタオルが必要だから。

しかし、付近の河岸では被害者の衣服も荷物も発見されていないという。現場を脱出した犯人が処分したのだろうか。その場合は、犯人が服や荷物の置かれた場所を知っていたことになる。被害者が服を脱いで川に入るところを密かに見ていたか、あるいは船内で殺害する前に訊き出したのか。

昔より綺麗になったといわれるが、それでもセーヌ川の水は灰色に濁っている。わたしは泳ぎたいと思わない。クロエ・ブロックと名乗った女は歩いて下りた船に泳いで戻った。今度は船から河岸まで泳いで、服を着てから歩いて船に帰ろうとしていた。としても、そんな面倒なことを計画した理由がわからない。

「午前〇時三十分に〈小鴉(コルネイユ)〉から出てきた女について、国土監視局(DST)の女性捜査官はなにかいってないの」ペイサックによればクロエ・ブロックに違いないが、顔はスカーフで隠していた。

「服装やスーツケースから監視対象の人物に違いないと、ガレルは判断したようだ。橋の上からは距離があるから、女の左手の指までは見えない。クロエらしい人物が歩きながらスカーフを外した絶好の機会にも、顔の確認はできていないんだな。

そのまま橋の上にいれば見えたに違いないんだが、マキシドレスの女は遊歩道から階段で河岸通りに上ろうとしていると思いこんで、階段を見張るため橋のたもとに移動したんだとさ」ジャン＝ポールは思いがけないことを口にする。「ダルテス以下のドジ女で、ようするに監視も尾行も刑事としての能力はゼロだな」

「じゃ、ガレル捜査官はクロエを尾行したのね」

「そう、そのときの事情がちょっと面白い」

新人捜査官の予想を裏切って、監視対象の女はチュイルリ河岸通りに上がる階段を通りすぎ、そのままロワイヤル橋の下に入っていく。階段の上からそれを目にしたガレルは、遊歩道で上流に向かう女を斜め下に見下ろしながら、河岸通りをカルーゼル橋方向に進んだ。河岸通りから人気のない遊歩道に下りると、尾行に気づかれるかもしれないと警戒して。

川辺に続く遊歩道から河岸通りに上がろうとしても、ひとつ上流のカルーゼル橋まで階段はない。上から監視していれば逃げられることはない。ロワイヤル橋から百メートルほどで、カルーゼル橋に近い遊歩道への下り口のうち下流側に位置する石段がある。空身で歳も若いガレルは、大きなスーツケースを提げたクロエよりも素早く移動できた。

一足先に着いて階段の上から遊歩道を見下ろしていたが、監視対象の女はその下を通りすぎてカルーゼル橋の下に入っていく。橋の上流側にある石畳の坂道から、河岸通りに上がろうとしているのか。あるいはその先の芸術橋（ポン・デ・ザール）まで遊歩道で行くつもりなのか。

ガレルはたもとで橋を横断して、上流側の斜面の斜め上から女を監視することにした。じきに橋の下から出てくるはずなのに、しかしクロエの姿はなかなか見えてこない。川沿いの遊歩道まで下りると、監視対象の女と鉢合わせしてしまう危険がある。捜査官は待機を続けたが三分しても女は歩いてこない。待ちきれなくなって斜面を駆け下り、遊歩道を小走りにカルーゼル橋の下まで進んだ。

薄闇に満たされた橋下の一隅には老人の野宿者が一人身を横たえているが、監視対象の姿はどこにもない。焦燥を感じながら野宿者を問い質してみる。ガレルが上流の斜面を下りはじめたちょうどそのころ、どうやら女は橋の下で方向転換したようだ。

　全力疾走でガレルはカルーゼル橋の下を出た。下流側の石段を駆け上がるとロワイヤル橋方向に走り去るタクシーが目に入る。どうやら獲物は巧妙に逃走したらしい。暗澹とした気分で新人捜査官は河岸通りをロワイヤル橋に戻った。監視の目を掠めて姿を消した女だが船に戻ってくるかもしれない、それを期待するしかなかった。

「カルーゼル橋下の野宿者が男だったのは間違いないのね」わたしは確認する。

「いくら阿呆でも男と女の区別はつくだろうさ。一言二言にしても言葉を交わしているし、その野宿者が〈小鴉〉の女と完全に別人だったのは間違いないと」

　捜査官がクロエを見失ったのは偶然の結果なのか、尾行に気づいたクロエが意図的に振り切ったのか。いや、偶然にしては話ができすぎている。いずれにしても、カルーゼル橋でタクシーに乗った女は下流のコンコルド橋付近で車を降りたに違いない。そこで川沿いの遊歩道に下り四、五百メートルほど歩いて適当な場所から川に入った。

　船内で屍体を確認したわたしが、午前二時十二分に船を出たことはガレル捜査官の手帳に記載されていない。「二時八分にベンチを離れたシスモンディのことも、ガレルは尾行したのね」

「深夜〈小鴉〉に立ち入った不審な『訪問者（女1）』だから、身許は確認しておきたい。しかし長い時間、橋の上の監視地点を離れるわけにもいかない。迷いながらもガレルは、尾行してみることに決めたようだ」

　遊歩道から階段でチュイルリ河岸通りに上がってきた女は、通行人の絶えた街路をコンコルド橋方向に歩いて行く。タクシーを拾えたのはコンコルド広場の少し手前だった。タクシーのナンバーは控えたから、不審な女の行き先はあとから確認できる。

　ロワイヤル橋に戻ると遊歩道のベンチにいるのは「野宿者（女）」一人で、「女1」と交代に船に入った「女2」、つまりわたしの姿は見えない。まだ船内にいるのか、監視地点を離れているうちに姿を消したのか。

　若い捜査官は〈小鴉〉の監視を再開した。じきに「野宿者（女）」が遊歩道をカルーゼル橋のほうに歩み去ったが追跡は断念する。本命の監視対象がいつ船に帰ってくるかわからないからだ。しかし二十分ほどして戻ってきたのは白のマキシドレスの女ではなく、ヘヴィ級のボクサーめいた巨漢と一緒の「訪問者（女2）」だった。

まもなく河岸通りには屋根に警告灯を点灯した警察車が列をなし、遊歩道は制服私服の警官たちで溢れはじめる。いったい何事なのかと不審に思いながら観察していると、不意に私服警官に腕を摑まれ強引に警視庁まで連行されてしまった。

ガレル捜査官の証言で午前〇時三十分に船を出てからの被害者の行動はおおよそのところ把握できた。問題は犯人の動きだが、〈小鴉（コルネイユ）〉に侵入した時間帯は特定できそうだ。

ペイサックは午後十時四十五分に「夕食」のためベンチを離れている。ガレル捜査官が橋から監視をはじめたのが十一時三十三分。この五十分ほどなら、犯人は誰にも見られることなく船に侵入することができた。その場合には、しばらくのあいだ船内で犯人と被害者は一緒だったことになる。この時点のクロエは、訪問者が自分に危害を加えようとしていることに無自覚だったようだ。

訪問者を残して午前〇時三十分に船を出たクロエは、上流のカルーゼル橋と下流のコンコルド橋を経由し、河岸の物陰に服や荷物を隠してから川に入った。泳いで船に戻れたのは午前一時ごろのことではないか。船尾のドアから船室に入ってきたクロエを、殺意を剝き出しにした犯人が襲った。頭部を碇で殴打された被害者は、雑誌の表紙と居間の天井に三本指の血染めの手形を残して絶命する。

犯人は屍体から濡れた下着を剝ぎとり、キチネットの包丁で頭部と胴体を切り離した。躰に被害者の血で奇妙な模様を描き左腕に紐を巻きつけ、右手に青酸の入った小瓶を握らせる。被害者の血で染まった手袋や手をキチネットのシンクで洗った。指紋を残さないように注意しながら、クロエの身許を窺わせる品などを生首と一緒に袋か鞄にでも押しこむ。しかし、そのあとが問題だ。

多少の時間幅はあるとしても、被害者が泳いで船に戻ってきたのが午前一時ごろとすると、犯人が血みどろの作業を終え脱出の準備を整えたのは一時半前後のことになる。しかしクロエが船を出た午前〇時三十分から屍体が発見される午前二時まで、〈小鴉（コルネイユ）〉から出てきた人物は一人も存在しないことをペイサック、カシ、ガレルと船の周辺にいた三人それぞれが証言しているのだ。

「人目がある遊歩道から犯人が逃走したとは思えないわね」

「そうとは限らん。午前一時五十二分にカシから百フラン札を渡されたペイサックは、酒を手に入れるため河岸を離れた。さらに現場から逃げ出したシスモンディを追って、午前二時八分からしばらくのあいだ、ガレルも監視地点を離れている。そのあいだ〈小鴉(コルネイユ)〉を眺めていたのは野宿者の女一人なんだ。ペイサックの見たところ六十はすぎた老女で、喋り方からしてフランス人に違いないだろうと」

言葉はぞんざいでも訛のないフランス語だった。暗いため顔はよく見えなかったが、わたしはもう少し若いように感じた。まだ明るいうちに顔を見ているヴァガボンがそういうなら、六十歳はすぎているのだろう。

「しかもペイサックは、どことなく不審な女だといってる。ちなみにマルセル・ペイサックは三十六歳、もとは広告代理店に勤めていた。会社がオイルショックで倒産、酒に溺れて女房に逃げられ、あとは転落の一途ってやつだ。

宿なし生活は三年前からで、昨日今日の野宿者ではない。その男が、カシはヴァガボンドとしては新人ではないかと感じたようだ。ハイヒールを履いていたというし偽者だった可能性もある。いったい誰が、どんな理由で野宿者の真似なんかをして、殺人事件が起きた船の横に一時間近くも坐りこんでいたのか」

カシに犯行は無理でも共犯者の可能性はある。犯人に頼まれて〈小鴉(コルネイユ)〉の付近からペイサックを追い払う役割を演じたのではないか。その場合は、わたしが船内にいたとき犯人は後部甲板に潜んでいたことになるが。

「カシを捕まえれば、真相はわかるさ。最後にクロエを目撃したというカルーゼル橋下の野宿者も、ねぐらから姿を消しているようでまだ見つからない。本物でも簡単には捜せないわけだから、俄なのか偽なのか正体不明の野宿者では捜し出すのにも時間が必要だな」

「わたしは違う可能性があると思う。クロエが川から船に戻ったのを犯人は見ていた。だったら自分も同じようにして船から脱出すればいい、そう考えても不思議じゃないわ」

「おじさんも同意見だよ」

クロエが荷物を隠した地点に泳ぎ着いた犯人は、被害者の服やスーツケースを横取りして夜の闇に姿を消した。このように想定したとき、しかし生じる疑問が二つある。

「警察が船内を検めたとき船尾の梯子は畳まれていたのね。水面から梯子を畳むことはできるかしら」

「無理だな、甲板からしか畳めない。犯人が泳いで船から脱出したとすれば、梯子は使わないで川に入ったことになる。梯子を下ろしておくと、被害者と犯人が川から船に出入りしたことがわかってしまう。それを避けようとして、犯人は梯子なしで川に身を沈めたんだな。頭から飛びこめば派手な音がするだろうが、後部甲板からぶら下がるようにして川に身を沈めれば、それほど大きな音はたてなくてもすむ」

それで第一の疑問は説明できるとして、第二のほうはどうだろう。「犯人は生首などの入った鞄か袋を現場から持ち出している、そんなものを運びながら泳いだのかしら」

「クロエ・ブロックがはじめて〈小鴉(コルネイユ)〉に着いたとき、荷物は黒のスーツケースとバックパックだった。スーツケースは〇時半にクロエが船外に持って出たとしても、まだバックパックがある。生首やその他の品を犯人はバックパックに詰めたんだろう。首の重さが五キロとして、背負って泳げないほどの距離ではないと判断したんだな。あるいは船の備品の救命浮輪でも使ったのかもしれん」浮輪に乗せた荷物を押して泳いだと考えれば、第二の疑問も氷解する。

犯人が川を泳いで殺人現場を脱出したのだとすると、そこからは興味深い推論が導かれる。船のドアノブに指紋は残っていないのだから、犯人は船内に入るときノブを拭いたことになる。ようするに犯行は偶発的でなく最初から計画されていた可能性が高い。

おおよその行動は見当がついても、それだけで犯人の特定に繋がらない。午後十時四十五分以降に〈小鴉(コルネイユ)〉を訪れ、午前一時半前後までに船から泳いで脱出できた人物なら、パリに何百万にもいるだろうし。

「それでも犯人の当てがないわけじゃない。嬢ちゃんも現場で見ている評論誌の血染めの手形が証拠だ。頭に傷を負って瀕死のクロエが、最後の力を振り絞って犯人を告発したとすれば」

「ジャン＝ポールったら、まだエルミーヌ・シスモンディを疑っているのね」わたしは少し呆れた。

評論誌に掲載されているのは、シスモンディが公表を拒否していたクレールとピエール・ペレツの対談だ。クレールの健康状態では殺人や首の切断はむろんのこと、一人でロワイヤル橋まで来ることさえ難しそうだし、ペレツのほうはエルサレムに滞在中だ。密かにフランスに帰国していないかどうか警察は確認したろう。ジャン＝ポールの口からピエール・ペレツの名前が出てこないところからして、隠れて帰国している可能性は低そうだ。

「事件当日の被害者の動き、犯人の動きはおおよそ見当がついた。あとは事件の背景や犯行の動機だな」

「事件の背景には盗まれた手紙がある、殺人の動機はそれを取り戻すためってわけかしら」ジャン＝ポールの考えそうなことくらいわかる。

「夜中の〇時五十分に電話で呼び出されたというのはシスモンディの嘘で、もっと早い時刻に電話はあったんだろうな」

　そして手紙を取り戻そうと、ベンチからペイサックが消えた午後十時四十五分以降に〈小鴉（コルネイユ）〉に到着した。〇時三十分まで交渉は続いたが話はまとまらない。どんな用事があったのか、クロエ・ブロックはシスモンディを船内に残しスーツケースを持って外出した。

「いったん出かけたのには、もちろん理由がある」

「シスモンディを殺すためね」

　クロエの本当の目的は手紙を売りつけることではなく、手紙を口実にシスモンディを船に呼び出して殺害することだった。目撃者の前で船から外出したのは、不在証明（アリビ）を偽造するためだ。密かに船に戻ってシスモンディを殺害し、また荷物を残した地点まで泳ぐ。服を身につけスーツケースを持って船に戻り、屍体を発見したと騒いでペイサックにも屍体を確認させる。死亡時刻が確定できるようにしておけば、そのとき船から出ていたクロエは犯人でないと警察も判断するだろう。

「でもね、ジャン＝ポール。泳いで船に戻ってきたクロエに襲われたとしても、細腕の老女が身を守ろうと十五キロもある碇を振り廻したとは考えられない」被害者をテーブルの上に運んで服を脱がせるのは一苦労だろうし、そのあと首も切らなければならないのだ。

「いざとなれば出ないはずの力が出る、窮鼠（きゅうそ）猫を嚙むっていうだろう」ジャン＝ポールは心得顔だが、それなら日本語で「火事場の馬鹿力」というほうが適切だ。

　ギリシアの海でクレールは釣りをし、自分は水泳をしたと話していたからシスモンディは泳げる。としても重たいバックパックを背負ってセーヌ川を泳ぐのは容易でない。生首は川に投棄して自分の服だけ持って泳いだのかもしれない。その場合、被害者の首は〈小鴉（コルネイユ）〉付近の川底に沈んでいることになる。

　午前二時にロワイヤル橋で待ちあわせたとき、シスモンディの服はもちろん髪も濡れていなかった。ドライヤーを用意していたとしても、セーヌ河岸のどこにコンセントがあったというのか。

　シスモンディ犯人説の困難性は他にもある。〈小鴉（コルネイユ）〉に電話は引かれていないから、シスモンディが犯人なら船を出て公衆電話があるところまで行ってわたしに電話していなければならない。絶対に不可能とはいえないにしてもシスモンディ犯人説には無理が多すぎる。

「あの老婦人は午前一時にわたしに電話している、一時半前後に船を泳いで脱出した人にどうして電話ができたの」

「そいつが問題なのさ。あんた、別人からの電話をシスモンディからと思い違えたんじゃないのか」

親しい女性というわけではないし、物真似の達人がシスモンディの声音を演じていたなら、別人だと見抜けなかった可能性もないとはいえないが。「その場合シスモンディは、他人に電話をさせてまでカケルをロワイヤル橋まで呼び出そうとしたことになる。どうしてそんなことを」

「いろいろと仮説なら浮かんでくるが、シスモンディの事情聴取が先だな」

「まだシスモンディの話は聴けていないのね」

バルベス警部は苦々しい顔でいう。「電話には出ないし、アパルトマンのドアを叩いても返事がない。居留守だろうしドアをぶち破ろうかとも思ったが、そうもいかないんだ。なにしろ有名人だし、事情聴取の進め方は慎重にというのが警視の意向なんだ」

世界的な知識人だからピガールのチンピラを相手にするのとは勝手が違う。警察権力を笠に着て脅しをかけたりすれば、左派系の新聞や雑誌から盛大に非難されかねない。もろもろの政治問題にかんしてクレールが面会を求めれば、場合によっては大統領でさえ応じざるをえないのだ。アルジェリア戦争時代ほどではないにしても、クレールの社会的な影響力は警視庁も無視できそうにない。

「二十一日の午後十時四十五分から翌日の午前二時までどこにいたか、それを裏づける第三者はいるか、この二点をシスモンディには確認する。不在証明（アリビ）がないというなら、さらに捜査を進めることになるだろうな」

シスモンディ犯人説の検証はジャン＝ポールに任せることにして、わたしは話を変えた。「セーヌの川底は調べたのね」

「もちろん」

「被害者の頭部は発見できたの」

「〈小鴉（コルネイユ）〉周辺の川底は浚ったんだが、めぼしいものはなにも。もう少し捜索範囲を広げようとは思うが」ジャン＝ポールは忌々しそうな口調だ。

「そういえば昨日の朝、大学前の広場で清掃人がデッキブラシで石畳を擦っていたわ。事情を知っていそうな人に訊いてみたら、黒ペンキで大きな鉤十字（クロワ・ギャメ）が描かれていたとか」

「これで四回目か、朝っぱらからネオナチもご苦労なことだ。ふん捕まえてぶち込んでやりたいが、連中が人殺しをはじめたのでなければ、おじさんの仕事にはならん。残念なことさ」ジャン＝ポールは鉤十字の落書きと、シスモンディをめぐる一連の事件との関係を疑ってはいないようだ。「ところでカケルさんは元気かね」

「これから会うところだけど」

「二、三日うちに飯でも一緒にどうかな」

「いいわよ、都合を聞いてみる」

「なんでも好きなものを奢るから。とはいっても、いつも小鳥の餌くらいしか口にしない人だが。……さて、そろそろ仕事に戻らなければ」

巨漢が木陰を出て白い川船の方に歩み去った。時刻は正午を過ぎたところで、初夏の太陽に川面は白く輝いている。

2

ジャン＝ポールと別れてセーヌ河岸の遊歩道を上流方向に歩きはじめた。事件の夜はクロエ・ブロックもカルーゼル橋まで同じ川沿いの石畳道を進んだことになる。わたしはひとつ先の芸術橋まで歩いて、橋の少し手前で石段を上がった。

歩行者専用の芸術橋は橋面が板張りで手摺は鉄製だ。真っ青な夏空の下、橋には人が行きかっている。土曜日だし、わたしと同じで待ちあわせをしている様子の人も少なくない。

演習のあとでカケルからの依頼を教授に伝え、今日の午後一時にリヴィエール宅を訪ねることにした。この橋の上で青年と待ちあわせたのだが、まだ約束の時刻まで二十分ほどある。早く着きすぎたのは、殺人現場で仕事中のジャン＝ポールに体よく追い払われたからだ。

それでも被害者や現場の血痕の血液型、それに指紋など必要な警察情報は入手できたし、これでカケルも首なし屍体事件についてもう少し積極的に話してくれるのではないか。わたしに質問されたときは事件の支点と本質についてきちんと説明するというのが、ラルース家事件のときからの約束だし。

気になるのは一昨日の朝のことだ。モンマルトル街の屋根裏部屋に立ちよって〈小鴉〉の首なし屍体について話したとき、この謎は現象学的な推論では解けないかもしれないという意味のことを呟いていた。どんな不可解な謎でも解いてしまう青年の能力を、わたしはよく知っている。あんなことを口にしたのは情報が足りないからだろう。

血液型や指紋の話はしても、首が切断され奇妙な模様が描かれた屍体についてジャン＝ポールは最後まで口を噤んでいた。そんなことで警察は悩む必要などない、地に足の着いた捜査で被害者の身許を洗い出し、犯人の目星を付けるのが捜査官としての仕事だと思いこんでいるからだ。ただし「カケルさん好みの事件」ではあるし、あの日本人がどんなふうに考えるのか興味がないわけではない。なにか参考になる話が聴けたら「めっけもの」だと思って、それとなく会えるようにしてほしいと頼みこんできた。

　青年はいつものように約束の時刻ぴったりに来る。芸術橋(ポン・デ・ザール)にカケルが到着するまで、事件の支点とその意味を自分で考えてみることにしよう。

　セーヌの平底船(ペニッシュ)の事件は、わたしとカケルにとっては第二の首なし屍体事件になる。二年半前にラルース家で発見された女の屍体もまた、首が切りとられ持ち去られていた。あのとき事件の支点的現象は〈首のない屍体〉、その本質は殺人という事実の隠匿だと青年は指摘したけれど、今回も同じなのだろうか。

　犯人が被害者の首を切断し持ち去る理由はいろいろとある。たとえば被害者への激しい憎悪のため。殺しても飽きたらないというほどの激情が、犯人を屍体の冒瀆(ぼうとく)に駆りたてる。探偵小説(ロマン・ポリシエ)の愛読者であれば、被害者と犯人を入れ替える目的で首は切断され持ち去られた可能性を検討しないわけにはいかない。

　犯人が被害者に入れ替わるのでなく、被害者を第三の人物に思わせるのが目的の場合もある。ラルース家事件のときカケルから皮肉をいわれたように、それ以外にないと思いこむのは探偵小説(ロマン・ポリシエ)愛好家の臆断(ドクサ)だとしても、この可能性をあらかじめ排除してしまうわけにはいかない。

　犯人が被害者の首を切断し隠してしまうのは、常識的には屍体を身許不明にするためだろう。生活圏以外の場所で発見された屍体のパスポートや運転免許証などが奪われ、顔が判別できなければ身許の特定は困難になる。顔が焼かれたり潰されたりしていても、歯科医に記録があれば歯形は照合できる。しかし首ごと持ち去られていては、歯形から被害者の身許に迫ることもできない。

　事件の真相や犯人を明示するなんらかの痕跡が、屍体の頭部に残されている場合にも犯人は首を切ることがある。頭部に加えられた攻撃が致命傷だったとして、凶器の種類から犯人が特定されてしまうような場合だ。たとえば複数の容疑者のうち銃を使える者が一人しかいなければ、頭部を銃で撃たれて絶命した屍体は犯人を指示してしまう。

　犯人が被害者の首を切断し持ち去る理由は他にも無数に想定しうる。ラルース家事件の犯人は被害者の身許を隠蔽するためでも別人と入れ替えるためでもなく、想像外の理由から被害者の首を切り落とした。

　ラルース家の場合とは大きく異なる特徴が今回の首なし屍体には認められる。クロエ・ブロックという正体不明の旅行者の首が切断されていたけれど、犯人の作為はそれに留まらないからだ。屍体の左腕に紐が巻かれ右掌には小瓶が握らされ、胸部から腹部にかけて奇妙な模様が描かれていた。発見されたのは、あたかも首のない女の図像を模して装飾されたような屍体だった。

　事件直後に訪ねたときカケルは言葉を濁していたけれど、〈小鴉〉事件の支点的現象は〈小鴉〉の船室で発見された屍体に間違いない。ただしラルース家事件のときと同様に支点は〈首のない屍体〉で、その現象学的な本質は殺人という事実の隠匿と考えていいのかどうか。あの屍体にも首が切りとられている以外にさまざまな特徴があるわけで、本人に確認してみないことにはなんともいえない。

　屍体装飾には首の切断など屍体にじかに手を加える場合も、屍体に意味不明の模様を描くといった文字通りの「装飾」の場合もある。特定の象徴的な意味連関の場に意図して屍体が置かれるなら、それも広義の屍体装飾といえる。なんらかの点で装飾された屍体が存在しても、屍体装飾それ自体が目的の場合と、他の目的のために装飾が施された場合とがあるだろう。

　たとえば犯人が、被害者の正体を知られないために頭部を切断し持ち去ったとしよう。その人物を特定するために最も簡単で、しかも確実なデータは人間の顔だ。運転免許証やパスポートをはじめ、ほとんどの身分証に顔写真が不可欠であるのも同じ理由による。とすれば〈小鴉〉の事件では、被害者の指紋はどうでもいい、顔だけは警察に摑まれてはならないという特殊な条件を犯人は課せられていたとも考えられる。その理由を明らかにできれば被害者と犯人の双方を突きとめる上で有益に違いない。

　犯人が首を切断して持ち去ったのに手首や指を残したのは、発見された屍体が先月末から〈小鴉〉に滞在していたクロエ・ブロックであることを警察に知られてもかまわないからだ。もしも船内に夥しく残された指紋と屍体のそれを照合できなければ、警察は首なし屍体が滞在者とは別人だと考えたろう。六月二十二日の午前〇時三十分にクロエ・ブロックは〈小鴉〉から外出し、屍体発見の午前二時まで帰船していないからだ。ここからは、どんな方法で被害者は船に戻れたのかという難問が生じてしまう。あるいは不可解な謎で警察を煙に巻こうとして、犯人は屍体の正体がクロエであることを明示したのか。

川船の滞在者が事件の被害者であることは隠す必要がないけれど、被害者の身許は警察に知られたくない。これが犯人の判断であればクロエ・ブロックという名前も偽名かもしれない。自己紹介するときペイサックに嘘をついたとすれば、クロエ・ブロックの名前で警察が手配しても被害者には行き着けない。

指紋を残したのは被害者に犯罪歴がないからだろう。とすれば警察が保管している多数の指紋と照合しても、被害者の正体は突きとめられそうにない。ただし、顔から身許が確定されることを警戒した様子からして被害者は著名人かもしれない。ペイサックの思いこみかもしれないが、外国のミュージシャンだという可能性も一概には否定できない。警察が顔写真を公開すれば誰か気づく者がいるかもしれないと、犯人は危惧したのではないか。同じ理由から屍体の首を切り、船室に貼られていたレコードジャケットを持ち去った可能性もある。

約束の時刻ぴったりに日本人青年が右岸から芸術橋（ポン・デ・ザール）を渡ってくる。モンマルトル街の安ホテルから歩いてきたのだろう。無言で小さく頷きかけ、カケルはわたしの隣に並んでセーヌの川面を眺めはじめる。日差しは明るく空は青く、両岸の並木は緑の葉を茂らせている。水の上だから六月の暑気も我慢できないほどではない。

手摺に凭れて下流を眺めると、カルーゼル橋の背後にロワイヤル橋が橋脚だけ見える。〈小鴉（コルネイユ）〉は橋脚の陰に隠れている。

「ここからは見えないけど、ロワイヤル橋のすぐ向こう側に係留されている白い船よ、問題の〈小鴉（コルネイユ）〉は」

「白い鴉（コルボー・ブラン）、ヘンペルの鴉を寓意しているんだろうか」

カケルが意味不明なことを呟いた。白い船なのに、黒い色をした〈小鴉（コルネイユ）〉という名前は変だということなのか。としても「ヘンペルの鴉」の意味はわからない。

「ジャン＝ポールから警察情報を仕入れてきたわ」

聞き出したばかりの話を青年に伝えはじめる。もう三年のつきあいだから、いつもの無表情でも注意して耳を傾けていることは察しがつく。

珍しくカケルが質問してきた。「尾行を撒かれたガレル捜査官が話を聞いたというカルーゼル橋下の野宿者から、警察は事情を聴いたんだろうか」

「捜してるんでしょうけど見つからないみたい。さっきカルーゼル橋の下を通ったとき見渡してみたけれど、それらしい人はいなかった。どうしてその人に興味があるの」野宿者はクロエ・ブロックの変装だったと、まさか疑っているわけではないだろう。

「うん、ちょっとね」

それ以上は喋る気がなさそうなので話を変える。

「〈小鴉（コルネイユ）〉の事件だけど、支点的現象は〈首のない屍体〉でいいの」青年の顔を横目で見て続ける。「でなければ〈装飾された屍体〉かしら」

昨年の〈ヴァンピール〉事件では連続通り魔殺人の被害者それぞれが、それぞれ種類の異なる動物のシンボルと一緒に発見された。ある屍体は竜、別の屍体は河馬、あるいは鷲、馬などなど。これについてカケルは当初「屍体と動物の徴（シーニュ）のうち、どちらがシニフィアンなのか判断できない。屍体が動物を指示しているのか、あるいは動物が屍体を指示しているのか」と洩らしていた。言い替えれば屍体が動物を装飾しているのか、動物が屍体を装飾しているのか。

装飾された屍体には屍体が装飾を指示する場合と、反対に装飾が屍体を指示する場合とがある。最終的にカケルは、竜が屍体を装飾しているのではなく屍体が竜を装飾しているという結論に達したのだが。

「今回は被害者の屍体が首のない女の図像をモデルとして装飾されている、あるいはその逆ということになるけれど、この点は〈ヴァンピール〉事件と共通するのでは。あなたが話していた吉田一太の画集の口絵写真だけど、その絵を再現する目的で屍体の首は切られたのか。ただし、これが偽装だという可能性も否定できないわね。首を切断した真の理由を隠蔽する目的で、犯人は屍体を装飾したのかもしれない」

その場合は、被害者の首を切る必要のある犯人が首なし屍体という不自然を目立たなくするため、胴体に図像と同じ模様を描いたことになる。反対に首切りが目的ではなく、屍体を無頭女（メドゥーサ）と同じような外見にする目的で首を切断したと考えるべきなのか。ようするに屍体が装飾を意味するのではなく、装飾が屍体を意味すると。

ようやくカケルが応じる。「前者なら屍体は図像に意味されている、後者なら屍体が図像を意味している。図像が意味するもの（シニフィアン）なのか屍体が意味するもの（シニフィアン）なのか。どちらなのか決定しがたい点は〈ヴァンピール〉事件のときと変わらないね。いずれにしても装飾された屍体には共通する特性がある」

「どんなふうに」

「唯物論者によれば屍体は物体にすぎない、とはいってもこの物体はきわめて特殊だ」

「特殊って」

「人間の死を宿している点で。正確には、ある人間の死が宿されていると他の人間たちが信じることで。でなければ屍体もたんなるモノにすぎない」

人体だって物質の構造だ。哲学者たちは霊魂の存在を根拠として、人間はたんなるモノではないと考えてきた。ただしラ・メトリーのように、心の領域まで含めて人間は機械にすぎないと主張する哲学者もいた。

私という主観にとって、身体を不可欠の有機的部分とするこの私は客体ではない。機械でも物質でもない、ようするに人間だ。しかし死者はすでに自己意識を失っている。少なくともそう見なされる。主観としての条件が欠けている以上、死者は客体であり、したがって物質にすぎない。

物質も機械も死ぬことはない、死ぬことができるのは人間だけだ。動物も死ぬがその死は人間の死とは異なる。人間の死は主観性の喪失を意味するからだ。動物にも主観性が、デカルトの時代でいえば霊魂があると仮定するなら話は違ってくるが。

人間だけが死にうる、死とは人間に固有の現象なのだ。近代科学が主張するように屍体は物体にすぎないとしても、屍体が死んだ人間であり、屍体という物体には人間の死が宿されているとすれば、それをたんなる物質の構造と見ることはできない。ようするに屍体とは石や水や、机や鉛筆とは異なる特殊なモノということになる。

青年は続ける。「殺人は人間を屍体に、ようするにモノに変えてしまう。しかし屍体に人間の死が宿されている限り、たんなる物体ではまだない。だから親しい者たちは死者の前で嘆き悲しむことができる。

屍体の恣意的な装飾とは繰り返し被害者を殺害することだ。一度目は事実として、二度目は意味的に殺害される。犯人は屍体に込められている人間の死という意味を暴力的に剝奪し、今度こそ本当に物体に還元してしまう。親しい者によって施される死化粧では、その人物の死を宿した屍体が装飾の意味だね。エンバーミングも同じ。しかし殺人者による屍体装飾ではそれが正反対になる」

死化粧では屍体あるいは死者が主で化粧は従だが、今度の場合のような屍体装飾は装飾が主で屍体は従、さらにいえば装飾のための物的な素材にすぎない。人間の死を宿した固有のモノとして屍体が、装飾の材料とされてしまうことで完全な物体に変わる。こうして殺人者は被害者を二度にわたって殺害する。

「殺人者が被害者の屍体を装飾するとは、被害者から死の意味を簒奪（さんだつ）することだ。屍体が装飾を意味する場合も、装飾が屍体を意味する場合も」

ある人物の死を宿した特殊なモノとしての屍体に、その人物の生を虚構的に重ね描きするため死化粧やエンバーミングは行われる。しかし、それとは反対方向の屍体装飾も存在する。屍体を図像に似せること自体が目的にしても、あるいは他の目的のために屍体を図像に似せたにしても、屍体から固有の意味を剝奪し別の意味を押しつける点は変わりがない。

年長の友人の有馬によれば、日本の探偵小説（ロマン・ポリシエ）では屍体装飾を「見立て」と称するようだ。あるものを意味的に別のものに重ねるのが見立て本来の意味らしい。象徴や寓意など、あらゆる文化圏に似たような発想はある。しかし日本ではアレゴリー的な思考が、他国には見られないほど美的に洗練された。薔薇を若い娘に寓意するような水準を超え、なにしろ菊人形のように花で娘を作ってしまうほどなのだ。菊人形では若い娘だけでなく男性の像も作られるらしいが。

日本の文化や文学を専攻しているわけではないから、見立ての文化史にかんして詳しいことは知らない。日本学の初級教科書にも写真が載っている龍安寺の石庭は見立ての文化の代表例だろう。大小の岩は島、線を描いた砂敷きは波を寓意しているのかと思ったのだが、それほど単純でないらしい。説明文によると石庭のアレゴリーについては五十以上の解釈がある。たとえば大小三つの石は仏教説話に由来し、親虎と二匹の仔虎が渡河しているところを寓意しているとか。

この文化を継承したのかどうか日本の探偵小説（ロマン・ポリシエ）には見立て殺人が少なくない。エジプト十字架の形に装飾された首なし屍体などイギリスやアメリカにも類例は見られるが、日本には比較にならないほど夥しい作例がある。代表例は横溝正史の『獄門島』だろう。

二年も前に、パンテオン広場横の小さな日本食品店を訪れたときのことだ。ときどき立ちよる店だが日本製の食品が目的というわけではない。店の奥には粗末な本棚があって、辞書やビジネス書から小説まで判型も内容もまちまちの古書が並んでいる。パリ在住や帰国を控えた日本人が読み捨てた本を引き取って、食品を求める店の客に提供しているようだ。トロカデロやサン・トノレには日本書籍の専門店もあるが、置かれているのは高価な新刊書だ。その点、ここの本はきわめて廉価といえる。

店の奥で小説の文庫本を棚から引っぱり出した。黒表紙の隅に擦れた跡がある。巻末の解説を斜め読みして少し気を惹かれたのだが、いったん棚に戻したのは買うかどうか決めかねたからだ。一ヵ月ほど前に手にした日本の探偵小説（ロマン・ポリシエ）は、話が地味すぎて途中で読むのをやめていた。

　横から腕が伸びて、わたしが戻したばかりの本を棚から取る。振り返って見ると、眼鏡を掛けた東洋人の青年が文庫本の頁をゆっくりと繰っていた。在パリの東洋人でいちばん多いのは中国人、次はヴェトナム人だが、ここは日本食品店だ。それに日本語が読めるようだし、たぶん日本人だろう。

　小柄な青年は黒表紙の文庫本を買うつもりだろうか。競争者が出現した瞬間、その本が急にほしくなった。ルネ・ジラールがいうように欲望とは他者の欲望の摸倣なのだ。日本人が棚に戻したら絶対に買おう。三分、そして五分、いくら待っていても青年は立ち読みをやめようとしない。他者の欲望に感染し、我慢できない気持ちが際限なく高まっていく。

「その本、あなた、買いたいのですか」

　待ちきれない思いで、いささか単刀直入にすぎる質問をした。まだ日本語の会話にあまり慣れていないころのことで、いまならもう少し自然な口調で話しかけたろう。青年が驚いたようにこちらを見る。

　日本の言葉を話せるフランス人は多くないが、それでも日本の古本が並んだ棚の前なのだ。たとえ日本語で話しかけられても、仰天するほどのことではないだろう。あるいは見知らぬ他人に切り口上で問いつめられ、それでびっくりしたのか。

「えっ、あなた、この本がほしいんですか」

　フランス語で聞き返されたのでフランス語で答える。

「あなたが買わないなら」

「かまいませんよ、同じ本を持ってるし」

　小太りで歳は二十代の後半だろうか。それにしても妙な青年だ、すでに所有している本を店で五分も立ち読みするなんて。わたしの疑問を察したのかもしれない、日本人が言葉を継いだ。

「たまたま開いたのは、闇の石段を提灯の火がゆらゆら揺れながら上がっていく場面でね。そうなると、どうしても『きちがいじゃが』まで読みたくなる。もっと説明したいんですが、未読の人にこれ以上のことは話せないから」

　探偵小説（ロマン・ポリシエ）の愛好家らしい青年の気が変わらないうちに、手渡された文庫本をカウンターの女性店員の前に置いた。鞄から財布を出していると、また青年が話しはじめる。

「それにしても横溝の本を読むフランス人なんてはじめてだな。お好きなんですか、横溝正史」

「わかりません、読んだことないから。少し前にはじめて日本の探偵小説（ロマン・ポリシエ）を読みはじめたんですが途中で放り出してある、ちょっと期待外れで」

「作者は誰ですか、その本の」わたしが答えると、日本人は納得したように頷いた。「同じ探偵小説（ロマン・ポリシエ）でも横溝とは傾向が違う作家ですね。その流派（エコール）は社会派といって、横溝はエラリイ・クイーンのような論理パズル性を重視する流派、本格派（オータンティック）の代表作家なんです」

　社会派のほうはともかく本格派の意味がわからない。

「どうして論理パズル派が本格派（オータンティック）なんですか」

「話が長くなりますが……」マニアの常で無知な一般人を啓蒙する気は満々といった顔つきだ。

　陳列台の味噌や醬油や豆腐や納豆に囲まれていては落ちついて話ができない。わたしたちは日本食品店を出てリュクサンブール公園の前まで歩き、珈琲店（カフェ）のテラス席で長いこと話しこんだ。

　そのときの本が、有馬によれば見立て探偵小説（ロマン・ポリシエ）の最高傑作の『獄門島』だった。元ネタの俳句を知らないわたしだから、充分には理解できなかったようにも思う。ただしロジカルな探偵小説（ロマン・ポリシエ）としては、エジプト十字架の見立て殺人を描いたアメリカ産の傑作に勝るとも劣らない。

　見立て殺人をめぐる思い出を頭の隅に押しこんで話を戻す。「でもね、カケル。首なし屍体が図像のシニフィアンだとすると、新しい疑問が生じてしまう。吉田の本の口絵写真を見たことのある人が、いったいパリに何人いるのかしら。首切りの真の意味を屍体装飾に紛らわせてしまおうという犯人の目的は、図像のことを知っている者がいなければ果たされようがないけど」

　警視庁は〈小鴉（コルネイユ）〉の屍体に首がないことは公表したが、胸や腹に描かれた奇妙な模様などについては沈黙している。事件の細部を公表しないで伏せておくのは警察の常道だ。

　発見者のシスモンディとわたし、そしてカケルの二人は例外として、捜査陣以外に吉田のデッサンのことを知っている者は一人もいない。屍体の模様などが公表されない以上、〈小鴉（コルネイユ）〉の屍体と図像の相似性に気づく一般市民が出てくる可能性もない。このような事態は予想できたはずで、とすれば犯人の意図はさらに理解しがたいものとなる。

「だから、リヴィエール教授から首のない女の図像について詳しいことを訊きたいのかしら」

「屍体と図像のどちらがシニフィアンかという問題は、別のかたちにも置き換えられるね」質問には応えないまま青年は話の方向を変える。

「どんなふうに」

「失われた首には対立的な二つの意味がある。第一は消えた首、第二は奪われた首。被害者の不在の首は消えたのか、あるいは奪われたのか」

〈小鴉（コルネイユ）〉の殺人事件に先行して、クレールの手紙をめぐる事件が起きている。いずれにもシスモンディが関与しているし、二つの事件が無関係とは考えられない。

「一方では手紙が消え、他方では被害者の首が消えた。しかも手紙が消えたことを認めようとしないシスモンディが、首にかんしても半ば無意識に『奪（と）られた』と口にしている。屍体に『首がない』というのがふつうだろう」たしかにわたしもクロエの屍体を目にしたとき、とっさに「首のない屍体」だと思った。「もちろん『首がない』こと、ようするに首が失われているのは何者かに切断されたからだ。その点で『奪られた』ことに間違いはないけれど、はじめは誰でも屍体の首が存在しない事実に驚くんじゃないか。

　消えるという言葉を忌避し奪われるに置き換えてしまうのは、シスモンディの死生観や実存了解に由来すると思っていたけれど、問題はそれほど単純ではないのかもしれない」

　奪われた首であればシニフィアンは屍体、消えた首の場合は吉田の本の口絵にあった図像。前者では屍体が殺人行為を指示し、後者では図像が屍体を指示する。どちらであるかによって事件の相貌は大きく変わってしまう。しかしいずれともいえないと、いまのところカケルは判断を保留しているようだ。

「どちらがシニフィアンなのか、どうすれば決められるの」

「事件の現場から持ち去られた首が発見されたら、あるいは」

　でも、それは難しそうだ。警察は〈小鴉（コルネイユ）〉付近の川底を浚っているけれど、被害者のスーツケースも切断された首もまだ見つかっていない。もしも路傍に放置されていたのであれば、事件の日の朝には警察が発見したことだろう。街路やセーヌ川に遺棄したのでないとすれば、発見されないように意図して隠したと想定せざるをえない。

　屍体ならともかく切断した首だけならどこにでも隠せるだろう。犯行現場から離れた地点で川に投げこむことも、どこかで地面に埋めることもできる。一人暮らしなら自宅の冷凍庫に入れておくことも。いずれの場合も発見されないまま終わる可能性は高い。

「被害者の頭部が発見されない限り、現象学的な推理は不可能なの」

「違う方向を考える必要があるね」

「違うって、どんな方向」

「〈小鴉（コルネイユ）〉の屍体の場合、極端化された死化粧という可能性もある。生前の被害者が問題の図像を崇拝し、死んでからそれに化身することを念願していたとしよう。その望みをかなえるため親しい者が屍体の首を切り、胸や腹に奇妙な模様を描いたのだとすれば一種の死化粧ということにもなる」

とすれば屍体装飾は屍体の意味の簒奪ではない。屍体を本来の姿に戻すため装飾はなされるからだ。しかしカケルの発想は意味をなさない。血の気なく青ざめて強張った死者の顔に白粉（おしろい）を塗って紅を差すのは、できるだけ生前の顔に近づけ、まだ生きているように装うためだから。首がない状態で生きていた人間など存在しえないとすれば、生前の姿に近づける目的で首を切るなどありえないことだ。

またカケルが意味不明なことを口にしている。いったいなにを考えているのか。それ以上は説明する気がなさそうな青年の端正な、しかし内心の読めない顔をわたしは黙って見つめた。

3

芸術橋（ポン・デ・ザール）を左岸まで渡ってコンティ河岸通りからセーヌ街に入る。以前はアントワーヌやジルベールやマチルドと一緒に、この道を歩いてリヴィエール教授の家に行くことがよくあった。大学入学の直後に、どんな内容かもよくわからないまま現象学概論という科目を選択したのは偶然だった。リセ時代に哲学は得意科目だったし、担当教授の顔が穏やかで優しそうに見えたからだ。

友人だった医学生フランソワに紹介された、皮肉っぽい態度が魅力的な年長の学生アントワーヌとわたしはじきに親しくなった。アントワーヌと同郷のマチルドは、父親がリヴィエール教授の親友だった縁で教授の家によく出入りしていた。マチルドやアントワーヌに誘われて、わたしも教授の家をしばしば訪れるようになる。

古いアパルトマンの玄関ドアをノックした。扉を開いた見知らぬ女性に書斎まで案内される。屋内ドアを開くと壁一面に隙間なく並べられた書棚と、窓際に置かれた大きなデスクが目に入った。

「まあ坐りなさい」デスクでペンを走らせていた初老の人

物から椅子を勧められた。

　この部屋に入ると、どうしても三年前の記憶が甦ってくる。十二月の寒い晩のことで、マチルドとジルベールとアントワーヌが一緒だった。あのときマチルドの話を耳にしなければオデットとジョゼットのラルース姉妹の存在を知ることも、ヴィクトル・ユゴー通りのアパルトマンで起きた殺人事件に巻きこまれることもなかったろう。

　わたしとカケルにとって、それが最初の事件になった。被害者が首を切られていた謎を青年が解明しなければ、あの事件は解決されなかったかもしれない。わたしが事件に引きこまなければカケルはニコライ・イリイチと出遇うこともなく、いまでもモンマルトル街の小さな屋根裏部屋で孤独と静寂の簡単な生活(ラ・ヴィ・サンプル)に沈潜し続けていたことだろう。

　アントワーヌの叔母姉妹が被害者だったラルース家の事件のあと、わたしたちの小さな集まりは自然解散になりリヴィエール教授の家からも足が遠のいた。それからは教授と学生として週に一度、大学の教室で顔を合わせてきたにすぎない。

　部屋の隅に置かれていた肘掛椅子を二つ、わたしたちはデスクの前まで運んで腰を下ろした。じきに薔薇色の夏物カーディガンを羽織った先ほどの女性が、盆で三人分の珈琲を運んでくる。カケルが珈琲に角砂糖を入れて受け皿からスプーンを取る。手を滑らせかけたのか急いでスプーンを持ち直した。珍しいことに今日は珈琲を口にするようだ。

　前の家政婦とは別人だが教授のことをアランと名前で呼んでいるし、いかにも親しそうな態度からしても新しい家政婦ではなさそうだ。まだ老婦人という歳ではない、優しそうで綺麗な女性は「ごゆっくり」とだけ口にして退出していく。デスクに置かれたカップを手に取って、わたしは熱い液体を啜った。

「どなたなんですか、いまの女の人。とても親しそうでしたけど」わたしは興味津々で問いかける、教授は独身だし新しい恋人が家にいても不思議ではない。

「従妹が来ているんだよ」わたしの好奇心に呆れたのか教授が苦笑した。「ところで、なにか急ぎの用件があるとか」

　日本人がデスクの上に紙片を拡げた。「この図像、ご存じありませんか」

　紙片には首のない女の図像が描かれている。吉田一太の著書に掲載されていた図版を、青年が記憶を掘り起こして再現したようだ。

「どうしてこれを」教授の表情が驚きで歪む。

　思わず横から口を挟んだ。「わたしが見たんです、絵でなく実物だったんですが」

「まさか」教授が苦笑した。「メドゥーサは神話の怪物で現実には存在しない」

初老の人物はたしかに「メドゥーサ」と口にした。黒い鉛筆で描かれた線画には、両腕を水平に伸ばした首のない女の乳房と腹部に、赤鉛筆で奇妙な模様が描かれている。教授が知っているメドゥーサの図像も、模様などは屍体と同じなのだろうか。

「ロワイヤル橋のところに係留された平底船(ペニッシュ)で女性の首なし屍体が発見されました」

教授が重々しく頷いた。「そのニュースは知っている、モガール警視が担当している事件なのかな」

「ええ、しかも屍体を発見したのはわたしなんです。正確にはエルミーヌ・シスモンディが第一発見者なんですが」

「本当かね」デスクに肘を突いた老人が驚いている。

「教授がシスモンディさんにわたしのことを話したんですよね。それで家に電話してきて、ムッシュ・ヤブキを紹介してほしいと」

〈小鴉(コルネイユ)〉で屍体を発見するまでの経過を簡単に説明する。盗まれた手紙のことは口止めされているが、リヴィエール教授には伝えてもかまわないだろう。わたしをシスモンディに紹介した教授も関係者の一人なのだし。

「被害者は両脚を少し開き、左右の腕を水平に伸ばしていました。左腕には紐が巻かれ、右手には硝子瓶が。紐はペン画の蛇を、硝子瓶は小さな壺を寓意しているに違いありません。股間に髑髏があるデッサンと違うのは、被害者自身の血で鍵穴のようなかたちが描かれていたこと。殺人現場で人間の頭蓋骨を見つけるのは無理だったんでしょう。乳房と腹部の図柄はデッサンと同じで、殺されたのはクロエ・ブロックという女性らしいんですが」

「……クロエ」教授が不審そうに呟き、わたしのほうを見た。「その人物の年恰好は」

「年齢は三十代の半ばくらい、外国人らしい話し方だったとか」

教授からはシスモンディと同じことを尋ねられた。二人共通の知人にクロエ・ブロックという人物でもいるのだろうか。

「で、エルミーヌはなんと」

「その夜から顔を合わせていないんです、わたしを置き去りにして一人で先に帰ってしまったから」

自分だけ深夜のセーヌ河岸から消えた理由を、わたしには知る権利がある。しかしバルベス警部が玄関ドアを叩いても居留守を決めこんでいるシスモンディだから、わたしが追及してみても本当のことを話すかどうかわからない。もう少し事件のことを調べてから面会を求めるほうがいい。

深刻な表情のリヴィエール教授に日本人が静かに問いかける。「首のない女の図像をシンボルにした秘密結社のことを、前に教授は話していましたね。その結社のシンボル的な図像と、川船で発見された首なし屍体の模様は同じなんでしょうか」

「ちょっと待ちなさい」

教授がデスクを離れて寝室のほうに向かい、じきに小さな額を手に戻ってくる。寝室に飾られていた絵のようだ。額に納められていたのは乱雑に切りとられたノートの一頁だった。左側がぎざぎざだし皺を伸ばしたような痕跡もある、頁はノートから破り取られ一度は丸められたようだ。

黄ばんだ頁にはカケルが描いたのと同一と思われる図像がある。カケルの絵は鉛筆描きだが額の絵のほうは青インクが使われている、おそらく万年筆で描いたのだろう。

吉田一太の著書にあった謎の図像を記憶で再現したカケルの絵、リヴィエール教授が保存していた古いノートの絵のいずれもが、まるで〈小鴉（コルネイユ）〉の首なし屍体を描いたように見える。時間的な前後関係からすれば絵が実物の屍体を模したのではなく、反対に絵を模して屍体が装飾されたにしても。吉田一太の著書に印刷されていたのとまったく同じ図像を、どうして教授は額装し寝室に飾っていたのか。

「このペン画を描いたのは誰なんですか」

「……イヴォン・デュ・ラブナン」教授が低い声で呟くようにいう。

「マチルドのお父さんですね」アンドレ・ブルトンが出していた雑誌の終刊号に三篇の詩が掲載され、最年少のシュルレアリスム詩人として注目された旧友イヴォン少年の思い出を、ラルース家の事件のとき教授はわたしたちに話してくれた。

リヴィエール教授によればイヴォンは「快活で美男子で遊び好きで、おまけに途方もなく才気に溢れた少年だった」、「古い芸術に対する攻撃的なシュルレアリスト、ファシストとの街頭衝突をスポーツのように楽しむ若い極左主義者（ゴーシスト）、この都会が提供する快楽の一切を貪欲に呑みほそうと決意した若いエピキュリアン、それがイヴォンだった。第二帝政に反逆した二つのBが、つまりブランキとボードレールが彼の英雄だった」。

「デュ・ラブナンは義勇兵としてスペインで戦ったんですね」わたしは問いかける。

「ランボーがパリ・コミューンを発見したように、イヴォンはスペインのアナキズム革命を発見し、直後に革命の坩堝に跳びこんでいった」

「内戦ではなくて革命なんですか」

「スペインの一九三六年革命は、パリ・コミューン以来の巨大な社会革命の実験だった。マルローからヘミングウェイまでフランコの反乱軍と戦った外国人文学者は少なくないが、スペイン革命に感応して義勇兵に志願した詩人や作家はジョージ・オーウェルの他はイヴォンくらいだろう」

　スペイン最大の工業都市バルセロナがアナキズム集産化革命の中心地だった。コミュニストとファシストに挟撃されて押し潰されるまでの一年ほど、カタルーニャ地方で国家と資本による支配は無効化されていた。工場も病院も学校も、あるいは交通も通信もあらゆる社会装置が労働組合や協同組合、評議会に自己組織化した民衆によって掌握された。バルセロナやカタルーニャに留まらず、社会革命はスペイン全土で推進されていく。

　コミュニストの共産化とは前衛党の権力奪取と産業の国有化を意味し、権力はブルジョワや国家官僚からボリシェヴィキ党に移るにすぎない。コミュニストの政治革命に対置されたアナキストの社会革命、集産化革命では、あらゆる社会装置を蜂起した民衆の自己組織体である評議会、すなわちフンタやソヴィエトや革命的コミューンが掌握し管理する。もちろん警察も裁判所も軍隊も例外ではない。

「アナキストだったんですか、イヴォンは」

「アナキストと一緒に戦ったが、アナキズムを信奉したことはないと語っていた。冗談めかして、あえていえばブランキストかもしれないとも」

　あらためて問いかける。「教えてください、このデッサンの意味を」

　眼を細めるようにして教授は低い声で応える。「……無頭女だ。メドゥーサとも称されていたらしい」

「〈無頭女〉って、第二次大戦前のパリで活動していた秘密結社なんですね。このペン画をマチルドの父親は、いつどこで描いたんでしょう」

「議論に夢中になってヤブキ君には口を滑らせてしまったが、それは唯一の例外で、大戦を挟んで四十年ものあいだ〈無頭女〉については沈黙を守ってきた。あれから長い時間が過ぎているし、きみたちになら話してもかまわないだろう」

「お願いします」わたしが教授の言葉に応じ、カケルも黙って頷いた。

一息ついてから教授は、イヴォン・デュ・ラブナンと無頭女（メドゥーサ）の思い出を語りはじめる。「第二次大戦がはじまる一九三九年のことだが一月にオステルリッツ駅、四月にモンパルナス駅、九月にサン・ラザール駅とトランク詰めの屍体が駅構内で続けざまに発見された。戦後生まれのきみは知らないだろうが、当時は猟奇事件として騒がれたからモガール警視なら憶えているかもしれない」

パリにある終着駅（ガール・テルミナル）の構内に放置された大型旅行鞄には、若い女の全裸屍体が押しこまれていた。しかもどの屍体にも首がないのだ。それは教授が高等師範学校（エコール・ノルマル・シュペリウール）の試験に合格した翌年のことで、事件の記憶はいまでも鮮明だという。しかし人々を恐怖に陥れたトランク詰め首なし屍体事件の捜査は、ドイツとの開戦という緊急事態のため中断されたようだ。まもなくフランスは降伏しパリもドイツ軍には占領されてしまう。一九四四年八月のパリ解放後も捜査は再開されることなく、いつしか事件は忘れ去られた。

リヴィエール青年がパンテオン広場の珈琲店（カフェ）でイヴォンと待ちあわせたのは、一九三九年九月、政府がドイツに宣戦布告した数日後のことだった。それまで熱中していた猟奇事件のことなど忘れて、人々は戦争の到来に慌てふためいている。そんな話をしているうちに、親友の青年はノートに万年筆で奇妙な図像を描きはじめた。

「イヴォンは先に席を立ち、店のテーブルには丸められた紙片が残された。どうして拾っておいたのか自分でもよくわからない。いってみれば、これが無頭女（メドゥーサ）との最初の出遇いということになる」

イヴォンにはスケッチの才能もあった。たとえ悪戯描きのような線描でも作品は作品だ、灰皿の吸殻と一緒に棄てられるわけにはいかないと思って、リヴィエール青年はデッサンを保存することにしたのだろう。

「無頭女（メドゥーサ）と出遇ってから八ヵ月後、ドイツ軍がパリ郊外まで進撃してきたころだった。市街戦とドイツ兵の蛮行を怖れる多数の避難民のため、パリから地方に向かう道路はどこも殺人的に混雑していた」

パリ脱出の悲惨な思い出は子供のころ、それを体験した年長者からよく聞かされたものだ。映画『禁じられた遊び』にも、避難民で混雑した道路にドイツ軍の戦闘機が機銃掃射を加える場面があった。

「両親と一緒に親類の家に避難する前日、パリに残るというイヴォンとリュクサンブール公園で待ちあわせた。戦争の行方はわからないし、この国がどうなるのかもわからない。生きて再会できる保障もないのに、がらんとした公園のベンチで親友はどこかしら満足そうな表情だった」

シュルレアリストとしてもスペイン帰還兵としても、醜悪に老いぼれたフランスに敵意を燃やしていたイヴォンだから、第三共和政が滅びようとしている眼前の光景に気分が高揚していたのかもしれない。あるいはドイツ占領軍と武器を取って戦うことを予想して。パリとフランス全土を戦場とする反ファシズム戦争は、スペインでの敗北への報復戦になるだろう。

「フランスの降伏から半年ほどして顔を合わせたときのことだ、はじめてイヴォンが無頭女（メドゥーサ）について語ったのは」

夕方には故郷に向かう列車に乗る。バス・ピレネーに戻れば二度と会えないかもしれない、だから伝えておきたいことがあると前置きして青年は語りはじめた。「親友のきみにも伏せていたんだが、去年から僕は例の首なし屍体の事件を個人的に捜査していた。事件は〈無頭女（メドゥーサ）〉という秘密結社と関係がある。いつかパンテオン広場の珈琲店（カフェ）で悪戯描きのような絵を描いたことがあったろう、あれが無頭女（メドゥーサ）で問題の秘密結社のシンボルなんだ」と。

教授が続ける。「絶対に口外しないことを私に約束させてから、イヴォンは事件について話しはじめた。警察は伏せていたが、パリの終着駅（ガール・テルミナル）に遺棄された三体の首なし屍体それぞれに、デッサンにも描いたような星形や螺旋の模様が見られたと。デュ・ラブナン家は古い家柄で親類には高級官僚や国会議員もいた。パリに出した息子の保護者兼監視役として、父親は従弟の内務省高官を選んだようだ。その線から警察の秘密情報を知ったのだという」

第二のトランク詰め屍体が発見された直後から、イヴォンは執拗に事件を追い続けていたようだ。たしかに扇情的な事件だったが、国が滅んだ状況で話題にするような重大事ではない。どうしてそんなことを親友が話しはじめたのか、リヴィエール青年は理解できないで困惑した。「そうだね、しかし僕には重要なことなんだ」とイヴォンは生真面目な表情で応じたという。

「親友の意図が私に理解できたのは、四年後にイヴォンが不意に訪ねてきたときのことだ。そのころ私は実家の近くに小さなアパルトマンを借りていたんだが」

ピレネー地方で対独抵抗運動に従事していたらしいイヴォンが、パリに潜入してきたのは一九四四年の二月、連合軍がノルマンディに上陸する四ヵ月前のことだった。翌日には故郷に戻るというイヴォンとリヴィエール青年は、貧しいアパルトマンの硬い椅子で朝まで話しこんだ。

「トランク詰め屍体事件と無関係ではなさそうな〈無頭女（メドゥーサ）〉結社や深夜の森の儀式をめぐる不可解な出来事のことまで打ち明けたのは、危険な作戦で命を落としかねないと覚悟していたからだろう。愛する女性がパリに戻ることはない以上、自分の上京もこれが最後になるだろうと言い残して友人は去った」

「でもイヴォンは無事だったんですよね」

微笑して教授は頷いた。「そう、幸運にも親友は生きてフランス解放の日を迎えることができた。しかし戦後に交わした手紙には、無頭女（メドゥーサ）をめぐるもろもろは過去に葬ることにした、話したことは忘れるようにと記されていた。謎めいた結社やそのシンボルらしい図像には興味を失ったんだろうね。親友の意向を尊重して長いこと沈黙を守ってきたのだが、どうやら事態は急変したようだ。図像の無頭女（メドゥーサ）が、またしても女の肉を纏（まと）って地上にあらわれたとすれば……」

三十九年もの時が流れたのちに、女の肉を纏った無頭女（メドゥーサ）はまたしてもパリに出現した。過去と現在の首なし屍体は、躰に描かれた奇妙な模様まで一致するようなのだ。一九三九年の事件と今回の事件が無関係であるとは考えられない。

わたしは畳みかけた。「どんな理由でイヴォンは、連続首なし屍体事件を追いはじめたんですか。それに〈無頭女（メドゥーサ）〉結社と森の儀式とは。イヴォンが愛したという女性と無頭女（メドゥーサ）の謎はどんなふうに関係していたのか、わたしたちに教えていただけませんか」

考えをまとめていたのか、短いとはいえない沈黙のあとリヴィエール教授は頷いた。「イヴォンがスペインの戦場から、まだ平和だったパリのモンパルナス駅に辿り着いたまさにそのとき、駅構内に放置された旅行鞄から第二の首なし屍体が発見された。これが発端ともいえるが、その二年前にイヴォンはアラゴンの田舎で首のない女性に出逢っていた。

憑（つ）かれたようにイヴォンが無頭女（メドゥーサ）の幻影を追いはじめた背景には、その忘れることのできない体験があった。とすればイヴォン・デュ・ラブナンが厳寒のピレネー山脈を越え、スペインの戦場をめざしたところから話をはじめたほうがいいだろう。長い話になるが、かまわないかね」

「もちろんです」

一言も聞き洩らすまいとわたしは椅子の上で姿勢を正した。隣のカケルは黙って長い前髪を引っぱっている。

教授は落ち着いた口調で語りはじめた。「私がアンリ四世校の進学級（カーニュ）に入ったとき、同級にいたのがイヴォン・デュ・ラブナンだった。はじめて言葉を交わした瞬間に、少し学校の成績がいいだけの凡庸な生徒だった私は、黒髪の少年の潑剌（はつらつ）とした言動と類い稀な才能に圧倒された。出遇ったその日に私は少年の魅力に心を奪われ、それからの三年ほど親友として同じ時間を共有することになる」

一九三六年二月にマドリッドで人民戦線内閣が成立した。蜂起した農民と労働者は政府に武器を要求し、下からの革命の機運が高まりはじめる。これに反撥した地主と資本家、軍部と教会などの保守勢力に支持されて、七月にはエミリオ・モラやフランシスコ・フランコに率いられた軍部隊が反乱を開始する。こうしてスペイン内戦が勃発した。

職業軍人を主力とする反乱軍は、ドイツとイタリアから潤沢な軍事援助を得て優勢だった。労働者や農民による民兵中心の弱体な政府軍を支援したのはソ連一国で、フランスとイギリスは隣国の内戦を傍観し続ける。共産党に主導されたスペイン人民戦線政府の勝利はソ連の影響力の増大に通じるし、英仏両国ともヒトラーのドイツとの対立激化は回避するのが国策だった。第二の世界戦争に引きこまれることをなにより怖れていたからだ。

その年の六月に成立したフランス人民戦線内閣のブルム首相も、閣外協力の共産党と閣内の急進社会党のあいだで動揺を重ねたあげく、八月にはスペイン内戦への不干渉宣言に追いこまれてしまう。九月から大学に通いはじめたイヴォンだったが、聖誕祭（ノエル）のあとに帰郷し年が明けてもパリに戻ろうとはしなかった。

「親友から手紙が届いたのは二月のことだった。一読し、私は驚きながらも納得していた。大学には休学届を郵送した、明日にはピレネーを越えてスペインに行くつもりだと手紙には記されていたんだ」

その年の春から夏にかけてイヴォンは、下からの人民戦線運動が人民の総蜂起に転化する可能性に本気で賭けていた。しかし期待は裏切られ、選挙で成立した社会党と急進社会党の連立政権は保守勢力に無原則的な妥協を重ねている。閣外協力の共産党にしても、英仏との対立を怖れるスターリンの意向から労働者闘争の爆発を抑えつけようとしている。パリ・コミューン以来の大衆蜂起と第三共和政の打倒という展望を失ったイヴォンが、隣国の革命情勢に反応したのは当然のことだった。

バスク人の居住地はフランス領の北バスクとスペイン領の南バスクに分断されている。カタルーニャと同じで独立派が優勢な南バスクも、共和国政府を支持して反乱軍と戦っている。フランス側の北バスクで生まれ育ったイヴォンは、とりあえず南バスクの中心都市ビルバオに行くことを計画した。バスクとカタルーニャは共和国側だが、その中間のアラゴンは反乱軍が優勢だ。ビルバオからカタルーニャの中心都市バルセロナに行く方法は、スペイン潜入に成功してから考えることにしよう……。

スペイン革命を歓迎したフランス人の誰もが、政府側の志願兵として戦えたわけではない。革命に献身する情熱は常軌を逸するほどだった哲学教師シモーヌ・リュミエールは、ポール・ブーでスペイン国境を越え高熱で沸騰する革命都市バルセロナに入った。

バルセロナで労働総連合（CNT）のアナキスト民兵隊に加わったリュミエールは、カタルーニャ地方の前線に向かう。反ファシズムと革命の情熱に燃えてはいるようだが、それまで銃を手にしたこともないという外国人の若い女性の存在に民兵隊の指揮官は困惑したろう。エブロ川の戦場では偵察隊に志願して敵の銃弾に身を晒そうと決意したフランス人を、指揮官は駐屯地の炊事係に任命した。厚いレンズの眼鏡をかけて運動神経も鈍そうな女は前線に出せない、その日のうちに無駄死にして終わりだと冷静な判断を下したようだ。

数日後、後方の駐屯地でリュミエールは重傷を負う。ファシストの銃弾を浴びたわけではない。野営地での作業中に大火傷を負ったのだ。ドイツとの戦争を恐怖して日和見を決めこんだ祖国フランスを弾劾（だんがい）し、自分一人でもスペイン共和国防衛の戦いに合流するというシモーヌの決意は空転してフランスへの帰国を余儀なくされた。

実際に不器用な人だったらしい。化粧もせず身なりにもかまわず、いつも同じ服を着ていた。ラルース家の事件から半年して、わたしはシモーヌ・リュミエールと同姓同名の女性に出遇った。半世紀前のシモーヌと同じで自転車にもうまく乗れない不器用な人だったけれど、なんというか本物だった。

本物というのも妙だが、たしかに本物だったのだ。矢吹駆を思想的に圧倒した人物は、わたしの知る限り第二のシモーヌ・リュミエール一人しかいない。このシモーヌは、第一のシモーヌの生まれ変わりだった、わたしにはそんな気がしている。

学生時代のエルミーヌ・シスモンディは、シモーヌ・リュミエールと面識があったようだ。シスモンディの自伝には、リュミエールのスペイン体験を揶揄（やゆ）するような箇所がある。銃の撃ち方も知らない生半可な知識人（アンテレクチュエル）が革命に参加しようと国境を越えても、スペイン共和国には迷惑だったろう、リュミエールの無自覚で滑稽な行動がそれを示している、といった具合だ。

権力を奪取したヒトラーが共産党や社会民主党などの左翼勢力を合法的なクーデタで暴力的に粉砕し、フランスでは右翼と左翼が街頭で激突し、そしてスペインでは共和国と反乱軍による市民戦争が勃発した一九三〇年代のことだ。反ブルジョワ的で自由な男女関係を生きようとしていたクレールとシスモンディは、政治的に急進化した第二次大戦後のことを考えると信じられないけれども、その時代には政治問題や社会問題に関心が薄かった。

激動する時代を自己保身的に傍観したシスモンディは、不器用であろうとも勇敢だったリュミエールに引け目を感じていた。そうした反撥が自伝の記述にはねじれたかたちで反映しているのではないか。この点ではクレールのほうが率直だと思う。クレールにも自伝的作品はあるが扱われているのは幼少期だけだし、常識的な意味での自伝とはいえない。この哲学者は自伝という形で、以前から提唱していた実存的精神分析を自身に適用したにすぎない。

シスモンディがリュミエールに抱いていた反感は、リュミエールから「ブルジョワのお嬢さん」と皮肉られた体験にも由来しているようだ。哲学や文学を階級闘争に還元し、階級闘争の観点から裁断する教条派の政治主義者はいまも珍しくない。この種の教条主義者に二十歳そこそこのシスモンディが反撥したのは当然のことで、わたしだって同じようにする。

シスモンディはシモーヌ・リュミエールを教条派の政治主義者であるかのように描いているが、それが事実に反することはリュミエールの評論や伝記を読めば一目瞭然だ。そもそもリュミエールは、ある時点までジョルジュ・ルノワールと同じ民主的共産主義サークルで活動していた。スターリンの独裁体制を徹底して批判する、共産党よりも左に位置した活動的知識人の集団だ。

シュルレアリスム運動の指導者アンドレ・ブルトンは、国外亡命を余儀なくされたトロツキーに接近していく。他方、スターリン独裁に抗議して除名された元フランス共産党幹部スヴァーリンを指導者とする独立左派は、トロツキストとも一線を画していた。

ソヴィエト民主主義の復権を求めて蜂起したクロンシュタットの水兵たちを、トロツキーは韃靼人さながらの苛酷さで徹底的に弾圧した。銃殺をまぬがれた投降者も強制収容所に送られて数年のうちに死に絶えた。クロンシュタットの叛乱民衆を虐殺した最高責任者にいまさらスターリンを非難する権利などないと、パリを訪れたトロツキーにリュミエールは語気鋭く詰めよったという。若い女性活動家の舌鋒（ぜっぽう）にトロツキーは辟易（へきえき）したようだ。

『収容所群島』の読者には疑問の余地などない。レーニンとトロツキーとスターリンは政治家として、また人間としても同じカテゴリーに属している。ある意味ではマルクスも。リュミエールによるボリシェヴィズム批判の先見性は、いまや誰もが認めるところだろう。

　次に会ったらシスモンディにリュミエールのことを尋ねてみよう。第二次大戦後にクレールと、その「生涯の恋人」シスモンディは、かつての文学主義や個人主義を放棄して政治参加（アンガジュマン）を唱える左派知識人に変貌する。政治に距離を置いてファシズムへの抵抗運動にも消極的だった青年期への反省、むしろ反動から第二次大戦後のクレールは、そしてシスモンディもまた政治的に発言し行動する役割を担おうとしたのではないか。

　自分でひっくり返した鍋の熱湯で大火傷してフランスに戻されたシモーヌ・リュミエールの不器用さを、いまでもシスモンディは冷笑的に語るのだろうか。文学と哲学にしか興味がない、政治音痴のお嬢さんだった半世紀前と同じように。

カケルが口を開いた。「どの時点でイヴォン・デュ・ラブナンは、スペインからフランスに帰国したんですか」

　スペイン共和国は一九三九年一月にバルセロナを、三月にはマドリードを奪われて三年半に及んだ熾烈な内戦は反乱軍の勝利に終わる。アンドレ・マルローや『カタロニア讃歌』のジョージ・オーウェルのように、戦況が悪化する前にスペインの戦場から早々に引き揚げた外国人義勇兵がほとんどだ。一九三八年九月には国際旅団も解散している。しかしリヴィエール教授の親友は違った。

「最後まで戦い続けたイヴォンがパリに帰還してきたのは、三九年の四月はじめのことだった。バルセロナが陥落したあと、人民戦線側の兵士や市民の多くがピレネーを越えフランスに逃れてきたが、疲労困憊したイヴォンも亡命者の群れに紛れこんでいた。親友の無事を知って私は喜んだが、敗兵の表情は陰鬱で三年前の快活な少年の面影は消えていた」

　カケルが質問する。「どこからイヴォンは〈無頭女（メドゥーサ）〉のことを知ったのか、それについてなにか話していませんでしたか」

「……ある人物の名前を」

「あるいは吉田一太では」

「そう、イヴォンの紹介で私も会ったことのある日本人美術家だが、どうしてわかったのかね」カケルの言葉に教授は驚いている。

「一九三〇年代にパリで暮らしていた吉田はジョルジュ・ルノワールの友人で、〈無頭人（アセファル）〉誌の刊行者と親しく交際していた唯一の日本人です。無頭女（メドゥーサ）の図像を最初に描いたのも、おそらく吉田でしょう」

ファシズムの勝利が不可避だと予感し、限界を露呈した無力きわまりない左翼運動にも絶望したルノワールは、民族学研究会というサークルを立ちあげ、一九三六年に雑誌〈無頭人（アセファル）〉を創刊する。この雑誌にも吉田は関係していたらしい。

「〈無頭人（アセファル）〉誌には首のない男の挿絵が使われていました。描いたのはルノワールと親しいシュルレアリストの画家です。吉田は無頭人（アセファル）のイメージに触発されて無頭女（メドゥーサ）を描いたのではないか」

吉田一太の著書の写真頁には無頭女（メドゥーサ）の図像が収録されていた。吉田は沈黙を守ったが常識的に考えれば自作だろう。またパリ滞在中の吉田が深く影響され、親しく交際していた思想家はジョルジュ・ルノワールだ。ルノワールが発行していた雑誌〈無頭人（アセファル）〉の挿絵と吉田のデッサンは、男と女の違いはあれ首のない人という点で共通する。無頭女（メドゥーサ）をシンボルとする秘密結社が第二次大戦前に存在した。その秘密結社と吉田は、そしてルノワールが無関係だったとは考えられない。

わたしたちがサン・シュルピスのアパルトマンを訪ねた翌年に、ジョルジュ・ルノワールは亡くなっている。もうルノワールに無頭人（アセファル）と無頭女（メドゥーサ）について尋ねることはできない。四十年前のパリで人知れず活動していたらしい秘密結社〈無頭女（メドゥーサ）〉と、わたしが発見した〈小鴉（コルネイユ）〉の首なし屍体にはどんな関係があるのだろう。

「話を中断して申し訳ありませんでした」カケルが謝罪する。「スペインの戦場からパリに舞い戻ってきた青年とは、その日のうちに再会できたんですか」

「いや。無一文でパリに辿り着いたイヴォンはまず、ムフタール街にある詩人の家に立ちよったらしい。私の家を訪ねてきたのは翌日のことだった……」

こうして語られはじめたイヴォン・デュ・ラブナンをめぐる長い物語に、わたしは夢中で聴き入った。飽きるほどに長い初夏の日が暮れ、窓から見えるセーヌ街の光景が夜の闇に沈んでもリヴィエール教授の話は続いた。

【過去】

第五章　兵士の帰還

1

　今日から四月だ。灰色の雲に覆われた空は腕を伸ばせば届きそうなほどに低い。無数の煙突が吐き出す煤煙が首都の大気には溶けこんでいる。海風が吹きよせる地中海の港町、バルセロナの爽やかな大気とは大違いだ。

　鮮魚店、青果店、肉屋、パン屋、総菜屋などが軒を連ねる狭い街路を、黒髪で細面の若者が雑踏に揉まれながら歩いていく。二十歳すぎだろうか。皺だらけのシャツに着古してボタンの取れたツイードの上着、まだ膚寒い日もあるのに春の外套は着ていない。

　ムフタール街を吹き抜ける春風が伸びた髪を乱した。表情は沈鬱で顔には鉛色の疲労が滲んでいる。ボルドーで乗った夜行列車に朝まで揺られ続けたからだろうか。色とりどりの果物が山をなした屋台の前で立ちどまり、青年はポケットから一枚の硬貨を摘み出した。

「林檎をひとつ」

「兄さん、お釣りよ」

　ソルボンヌ大学がある五区のためこの界隈には学生が多い。しかし油で整髪していない、無帽で粗末な服装の青年を、果物屋台の娘は学生でないと判定したようだ。苦学生も少なくないが、それでも青年の風体は埃にまみれすぎている。とはいえ建築現場に出入りする職人にも見えない。昼間だから労働者なら紺の作業衣を着ているだろう。

「いいよ」

　小銭を渡そうとした屋台の娘に青年が応じる。上着の裾で軽く拭いてから、その場で林檎を囓りはじめた。整った顔に好意を抱いたのか沈んだ気配に同情したのか、娘が二つめの林檎を差し出しながらいう。

「じゃ、おまけ。もうひとつ持ってって」

「ありがとう」二つめの林檎を無造作にポケットに押しこんだ。

　最後の硬貨で二つの林檎。これまで二年のあいだ続いた幸運は尽きていないようだ。アラゴンやカタルーニャで幾度も死線を越えてきた。数千という数のフランス人義勇兵がスペインで戦死している。国際旅団に志願したのは政治的に対立するコミュニストがほとんどだったが、スペイン共和国を守るためファシストと戦って斃れた人々には違いない。

政治的立場を超えて、フランコ軍との戦闘で死んだコミュニストも哀悼しよう。アナキストやトロツキストの屍体が埋められていると知れば、ファシストの銃弾に斃れた兵士の墓にも唾を吐きかねない卑劣な連中だが、われわれがスターリニストの真似をすることはない。

二年以上も雑嚢の底に仕舞いこまれていた数枚のフラン紙幣は、ボルドーで購入した古着とパリ行き切符の代金でほとんどが消えた。モンパルナス駅で長距離列車を降りたとき、ポケットの底に残っていたのは硬貨が一枚だけ。最後の硬貨もたったいま二つの林檎に変わった。これで完全に無一文だ。スペインから持ち帰った腕時計はコミュニストの銃弾に斃れた同志ジョアンの遺品だから、どんなに窮しても売り払うわけにはいかない。

セグレ戦線が崩壊したときと状況は同じだという思いが湧いてきて、大袈裟すぎる連想に自分ながら少し呆れた。友軍の塹壕まで五十メートルという地点で最後の銃弾を撃ちつくし、あとは敵軍の弾雨のなか疾走するしかない状況だった。熱い弾丸を無数に吐き出し続けるファシストの銃口の前を、最後まで走り抜けることができたのはイヴォン一人で、小隊の仲間四人は血飛沫を撒き散らしながら次々と倒れた。

アンリのアパルトマンはもう引きはらわれているかもしれない。跳びこんだ塹壕は無人で、すでに友軍は撤退していたというわけだ。ただし戦場ではないから、たとえ不運でも生命まで失うことはない。走りこんだ塹壕が無人だったら次の塹壕を探せばいい。平和な国に戻っても、もろもろの出来事を戦場の記憶に重ねてしまう自分に苦笑する。

もう一人の親友アラン・リヴィエールは十六区の実家住まいだから、風来坊のアンリ・ヴォージョワとは違って住所は変わっていないだろう。

アランとは三年前までアンリ四世校の進学級で一緒だった。スペイン行きのため大学を休学した青年とは違って、秀才のアランは希望するグラン・ゼコールに入学したろう。いまは実家を出て、高等師範学校の寮で暮らしているかもしれない。そのときは、この通りにも近いエコール・ノルマルを訪ねればいい。

日が暮れるまでに今夜の宿を見つけられないと野宿することになる。二年前、スペイン行きを決めたときに別れた愛人たち、ダニエラやソフィやブリジットの部屋に転がりこむわけにもいかない。女たちにはそれぞれ新しい男がいるだろうから。誰とも会えなければ野宿の運命を受け入れるしかない。もう春だし、この二年ほど戦場での野営は日常だった。

昼食どきのことで焼きたてのパンの匂いが鼻をくすぐる。林檎の芯を道端に投げ棄て、青年はパン屋の横にある古びた玄関扉を押し開けた。アンリの住居はパン屋の三階だ。年長の友人にはスペインから幾度か手紙を出した。几帳面なアンリのことだ、無事に届いていれば返事をよこしたに違いない。往復のどちらかでスペインとフランス間の国際郵便は消え失せたのだろう。スペインは内戦のさなかだったし、出した手紙が届かなくても驚くほどのことではない。

モンパルナス駅からムフタール街まで歩き続けて少し疲れたのか、あるいは戦場での二年の疲労が出てきたのかもしれない。若者にしては重たい足取りで一歩、また一歩と階段を上がった。ようやく辿り着いた三階奥のドアを軽くノックする。地上階（レドショッセ）の郵便箱で友人の名前は確認しておいた。このアパルトマンにアンリがいまも住んでいることはたしかだ。

昼食にでも出ているのかノックを続けても返事がない。部屋の前で帰宅するのを待つか、あるいは十六区のアランの実家を訪ねてみるべきか。その場合はまた一時間以上も歩くことになる。じっと待機することも大地や床の上で寝るのにも兵士は慣れている。アンリが戻るのを待つことにしよう。

廊下に坐りこんで壁に背をもたせ少し眠るのもいい。戦乱のスペインと違って平和な国フランスだから、建物の通路でも安心して仮眠できそうだ。思案しているうちに室内から解錠の音が聞こえてきた。見覚えのない女がドアの隙間から顔を見せる。化粧していない肉の薄い顔で驚いたように眼を大きく見開いている。

「誰だい、きみは」思わず問いかけていた、まさか塹壕に女が潜んでいたとは。

「あなたこそ」二十代の半ばに見える女が反問してくる。

「失礼。僕はイヴォン・デュ・ラブナン、アンリの友人だけど」

「……幽霊（ルヴナン）、地獄から戻ってきたのかしら」

奇妙な抑揚で歌うように呟きながら、女がドアの隙間から身を退ける。どうやら幽霊（ルヴナン）を部屋に招き入れる気のようだ。ドアを後ろ手に閉じて青年が肩を竦（すく）める。

「地獄から這い出してきたのは、八百年も昔の先祖だけどね」

バスク王サンチョ三世の家臣だったイヴォンの祖先は、

アラゴンとの負け戦で殿軍を指揮して奮戦し、戦死したと思われていた。数日後に血まみれの甲冑姿で帰陣し、その奇跡を国王から讃えられて新たな姓を授けられたという家系伝説がある。「死んで甦った者」を意味するビスカヤ地方のバスク語がオク語に、さらにフランス語に置き換わる過程で「ラブナン」に転訛し綴りも変えられた。姓の不吉な意味を嫌った祖先が意図的にそうしたのかもしれない。

　二十代の半ばに見える女が、布地の擦りきれたソファで膝を抱える。「昔の人じゃなく、あなたが」

「どうしてだい」

「地獄の臭い、血と硝煙の臭いがする」

　バルセロナが陥落しフランスに逃れるしかない立場に追いつめられたのは、この一月のことだ。それから一ヵ月ほど、イヴォンたちの部隊はル・ペルテュ付近の国境地帯で難民の警護にあたった。ファシストによる迫害や虐殺を怖れて、フランス亡命を希望する市民たちの行列がいったん引いた三月三日、フランコ軍の残兵狩りを逃れイヴォンたちも国境を越えた。

　敗兵としてピレネーを越えた直後は、たしかに硝煙の臭気を漂わせていたかもしれない。しかしあれから一ヵ月が過ぎている。難民収容所では躰を洗ったし服も着替えているから、戦場の臭いが残っているわけがない。女はアンリから年少の友人の噂を耳にしたのではないか。デュ・ラブナンという風変わりな姓の青年が、アナキストの友人と一緒に闘うためにスペインまで行ったと。

　十五歳から三年のあいだ暮らしたパリを出発したのは、一九三六年の十二月のことだ。いったんバスク地方の山奥にある実家に戻り、翌年の二月には雪のピレネーを越えてスペインに潜入した。

　スペインに潜入後、ビルバオの町中でフランス人の特派員セバスチアン・ドルミテから声をかけられた。スペインに来たのは集産化革命と反ファシズム闘争に参加するためだと語るイヴォンに、男は少し皮肉な表情で「アンドレ・マルローに煽られた、二十世紀のファブリスというところかな」と応じた。『パルムの僧院』の主人公ファブリス・デル・ドンゴはナポレオンに憧れて出奔しワーテルローの戦場をめざすが、世紀の大会戦はフランス軍の惨敗に終わる。

　春のピレネーを北に越境したあと、山中で待ち受けていたフランスの憲兵隊には、亡命を希望する共和国側のバスク兵だと身許を偽ることにした。イヴォンのスペイン語は生粋のスペイン人というには充分でないが、生得のバスク語なら問題ない。事情を察した民兵仲間がうまく口裏を合わせてくれたし、国境警備の隊員や係官に正体を疑われることなくフランスに入国できた。

二年前は旅券も取得しないまま出国手続なしに国境を越えた。そうした立場の青年がスペイン政府軍の兵士として戦闘に従事していた事実を官憲に知られると、いろいろ面倒なことにもなりかねない。首都での学業を放棄して出奔した一人息子のことを、家柄にこだわる頑固な父親が当局に通報したか確認するまで、しばらくは共和国側の難民の群れに紛れこんでいたほうがいい。

一九三八年四月にレオン・ブルムは首相を辞任し、スペインに先んじてフランスの人民戦線政府は崩壊した。それから一年ほどが経過している。急進社会党のダラディエ新首相は退陣した社会党のブルム以上に共和国側の難民に冷淡、むしろ冷酷に対するだろう。

昨年九月のミュンヘン会談直前にはドイツとの戦争に備えて総動員が発令された。学生は徴兵猶予も可能だが、必要な手続を怠ったイヴォンは徴兵忌避者と見なされるだろう。十八歳から二十歳までスペインに滞在し、結果としてフランスでの徴兵検査や兵役を逃れたことになる青年だから、運が悪ければ逮捕されるかもしれない。二年ものあいだファシストと戦場で戦ってきた事実を主張してみても、徴兵忌避者の裁判が有利に進むとも思えない。

血や泥で汚れた軍装の群れは国境で武装解除され、越境地点に近いリヴサルトに設置された難民収容所に送られた。フランコ軍から逃れてフランスに避難した者は四十万人を超え、その数は現在も増え続けている。満杯になったリヴサルト収容所から、イヴォンたち数百人はバス・ピレネー県に新設されたグール収容所に移送された。

グール収容所は何十棟もの粗末な簡易宿舎を鉄条網が囲んでいるだけの急造施設だった。収容所を出ても行き場のない難民の多くは、亡命が許可されるまで収容所に留まることが判断として現実的だ。脱走志願者が少ないから警備もさほど厳重とはいえない。しかしイヴォンの場合は条件が違った。

何千何万という膨大な数の難民を強制送還すればフランコ軍の迫害にさらされるのは確実だ、とはいえ永遠に収容所に閉じこめてもおけない。じきに鉄条網の檻(おり)から解放されることも期待はできたがイヴォンは脱走を決めた、まもなく戦争がはじまるからだ。

半年か一年の猶予期間中に、スペインで背負わされた難問に答えを見出さなければならない。でないと混迷のなかで、わけのわからないまま無意味に死ぬことになる。銃声と砲撃音に怯えて狂ったように逃げ廻る、不運にも戦場に迷いこんだ野良犬の死も同然の。檻のなかで無意味に時間を潰しているわけにはいかない、猶予の時間を有効に使わなければならない。

機会が到来するのを待って難民収容所を脱走し、町の古着屋で服を替えてから夜行列車の切符を買った。グールと同じバス・ピレネー県にあるデュ・ラブナン家は遠くない。しかし、故郷に立ちよることなくパリ行きの列車に乗ることにした。戦場をめざして出奔した一人息子が帰郷すれば、あの父親はイヴォンを、いまは物置になっている地下牢に幽閉しかねない。簡単にはパリに戻れなくなる可能性があった。

ようやく辿り着いた友人のアパルトマンに、イヴォンを招き入れたのは見知らぬ女だった。玄関ドアから室内に入った青年は室内の様子を懐かしそうに見渡す。テーブルも椅子も記憶通りだ。この椅子で幾度、深夜まで安酒のグラスを傾けたろう。あとは寝室しかない小さなアパルトマンだが、居間には詩人の住居にふさわしい雰囲気がある。

記憶にないのはドアの横に貼られた映画のポスターだ。女優のシモーヌ・マルイユが、上下に添えられた二本の指に引っぱられ、眼球の丸みがわかるほど目を見開いている。映画『アンダルシアの犬』では印象的なシーンだ。次の瞬間、若い女の眼球は剃刀で真横に切断され、ゼリー状の硝子体がどろりと溢れ出る。

このカットは観客に衝撃を与えた。それにしても十年前の古い映画ポスターがどうして壁に貼られているのか。しかも『アンダルシアの犬』の共同制作者サルヴァドール・ダリは、ヒトラーの肖像を描いてアンドレ・ブルトンからファシストとして非難された美術家だ。純粋な表現行為で政治的意図はないという弁明をブルトンは受け入れることなく、ダリをシュルレアリスム運動から追放してしまう。

ブルトンによれば二十世紀の芸術的前衛は政治的前衛と密接不可分なのだ。師のブルトンに忠実なアンリなのに、どんなわけでファシスト美術家の映画ポスターを麗々しく飾っているのか。作者の政治的立場と作品の評価は別だという、十九世紀のブルジョワ的価値中立主義に舞い戻ったとも思えないが。

反対側の壁には、アンリがマックス・エルンストから贈られたコラージュが掛けられている。コラージュの額の隣には、イヴォンがはじめて見る首のない女のペン画が飾られていた。水平に伸ばされた両腕、星のある乳首、とぐろを巻いた蛇を思わせる螺旋が描かれた腹部。股間には小さな髑髏が置かれている。左手は腕に巻きついた蛇の首を持ち、右の掌には蓋のある小さな壺。性器は髑髏の陰に隠れているが、躰の線と豊かな乳房から女であることは疑いない。

左下には「Méduse」と小さく記されているが、まさか作者の名前ではないだろう。デッサンの題名かもしれない。小品だが奇妙に印象的なデッサンで、青年はしばらくのあいだ見入っていた。

神話によればゴルゴン三姉妹の一人メドゥーサは、猪の歯と毒蛇の髪と、見るだけで相手を石に変えてしまう魔眼の持ち主だった。メドゥーサは英雄ペルセウスに首を斬られて退治されたが、首が胴から切り離されても魔眼の効果は残ったらしい。エチオピアの王女アンドロメダを生贄の運命から救うため、ペルセウスは海の魔物ケトスにメドゥーサの首をかざした。魔眼に睨みつけられた瞬間、巨大な海獣は瞬時にして石化したと伝えられている。

イヴォンは若い女に尋ねてみた。「ペルセウスに首を切り落とされたあとの、メドゥーサの死骸を描いているんだろうか」

「はじめからメドゥーサには首などない、無頭が本来の姿なの。毒蛇の髪も邪眼も、支配する男たちの自己投影の産物にすぎない」

あらかじめ覚えている台詞を詠唱するかのように、深みのある掠れ声で女は続けた。メドゥーサの力の源泉は頭にではなく腹にこそある。ゴルゴン三姉妹はアリアドネやヘレネと同じ太古の女神で、アーリア人がギリシアに侵入する前には先住民から偉大な地母神として信仰されていた。アンリの部屋にいる独特の雰囲気の女によれば、「メドゥーサの首は股間にある」。そういえば女神の性器を隠すように、小さな髑髏が描かれている。

「無頭女は左手に聖なる蛇を、右手に不死の血を注いだ壺を持っている。生と死をどろどろの溶岩のように溶けあわせた無頭女は神であり神でない。わたしであり、しかもわたし以上のなにか。大地そのものである豊かな乳房が星で飾られているように、天と地は合一するの。腹部に秘められた暗黒の迷路に迷うわたしは、死を通過し至高の女神として再生する……」陶酔のようなものを滲ませた魅力的な声で女は語り続けた。

ペン画の由来に詳しいが、この若い女が描いたのだろうか。アンリの新しい恋人が画家であっても不思議ではないが。

「このデッサン、きみが描いたんですか」

「違うわ。わたし、夏至が来たらその絵のようになるから」女は奇妙なことを口にして、もうペン画には関心を失ったように視線を彷徨（さまよ）わせる。

躰つきは華奢（きゃしゃ）で血の気のない膚は不健康なほどに蒼白い。なにか深刻な病気でも抱えているのではないか、結核かもしれない。見覚えのない風変わりなデザインの青い室内着をまとって、栗色の髪を中東ふうのスカーフでまとめている。この恰好で出歩くとも思えない。たまたま部屋に来ていたわけではなく、ここでアンリと同居している新しい愛人なのか。

緑の天鵞絨布（ビロード）が褪色している古い肘掛椅子に腰かけて、おもむろに青年が問いかける。「で、きみは」

「わたし……」女は口許に透明な微笑を湛えている。

「そう、きみの名前」

「ナジャっていうの」

アンリの恋人が冗談を口にしたと思って、青年は苦笑する。「……なぜって、ロシア語で希望という言葉のはじまりだから、はじまりだけだから」

本気で驚いたように、若い女が目を見開いた。「どうして、ご存じなの」

「スラヴでは珍しくない女性の名前が希望（ナジェージダ）、縮めてナディア。しかし、ナディアのiをjに変えて、ナジャと自分のことを呼んでいた女性は一人しか知らない。『シュルレアリスム宣言』の起草者が書いた小説のヒロインさ」

六年前にイヴォンは、田舎から〈革命のためのシュルレアリスム〉誌の編集部に自作を送ってみた。アンドレ・ブルトンの推薦で三篇の詩は雑誌に掲載された。その縁で、パリに上京してからはムフタール街のアパルトマンの主アンリとも知りあうことになる。

ブルトンと言葉を交わしたことはあるが、なにしろシュルレアリスムの帝王だ。リセの生徒には縁遠い存在で、話が合わない点では年長の詩人や美術家の場合もブルトンと変わらない。シュルレアリストの詩人や美術家のうち、親しい友人になった例外が六歳年長のアンリだった。

アンリ・ヴォージョワの問題は、詩人としてブルトンの影響が濃密にすぎる点にある。立場的に対等なアラゴンを例外として、アルトーもスーポーもプレヴェールも有力なシュルレアリスム詩人のほとんどが、遅かれ早かれ帝王ブルトンとは訣別した。ダリの場合も同じことだろう、ブルトン側からは追放したことになるとしても。

黴（かび）臭い旧家の名誉にこだわる尊大な父親から逃れようと、

イヴォンはバスクの故郷から首都に出た。そのパリで第二の父に屈従するなど反抗的な少年には我慢できないことで、デビューに尽力してくれたブルトンに距離を置くことにした。公開の場ですれ違うような場合を除いて、言葉を交わしたことは二度しかない。

スペインに行こうと思い立ったのには、詩人としての父を超えようとする無意識の動機があったかもしれない。事実としての父親の場合にも同じことはいえる。第一の父は肯定的に、第二の父は否定的に戦争体験を振りかざしていた。

衛生兵として塹壕戦を体験した詩人は、戦争で精神を破壊された若者世代の代表者として文学界に登場してきた。帝王ブルトンにとっても塹壕戦の体験は裏返された勲章としての意味がある。このような父たちと対峙するには自分もまた戦争という血と泥、火焔と爆音の極限状況に決死の覚悟で飛びこまなければならない。

ブルトンもアラゴンもスーポーも、シュルレアリストの多くはダダイストとして出発している。既成の権威への反抗や破壊の意志という点で、シュルレアリスムとダダイスムには前提に共通するところがある。ダダイスムの全盛期は第一次大戦から数年で終わった。野蛮なまでに徹底的な破壊をめざし自滅したダダにたいし、ブルトンが主導したシュルレアリスム運動にはよくいえば洗練されたところ、悪くいえば中途半端なところが否定できない。作品としての成果は稀少であるダダイスム運動と違って、シュルレアリスムは文学でも美術でも作品的に多産だ。この点はアラゴンが最右翼だがブルトンの場合も同じだろう。

誰も否定できない傑作『ナジャ』は、傑作であること自体が問題ではないか。そうした初読時の感想はいまも変わらない。シュルレアリスム運動の帝王とは精神分析的にいえば父だ。しかし『ナジャ』では、運動に父として君臨することを疑わないブルトンが、不気味なエスの噴出であるヒロインの狂気に脅かされ精神的に揺らいでいる。

動揺を隠そうとしないブルトンは、読者を納得させうる程度には文学者として誠実だ。同時に禍々(まがまが)しい混沌を、才能を駆使して美しい作品に仕立ててしまうところに、芸術家であるしかない限界がある。

見知らぬ女に青年は続けた。「虚構とドキュメントの境界作品だけど、『ナジャ』を小説として読むなら今世紀に書かれた二番目に美しい作品だと思う」

「それなら、いちばん美しいのは」女が軽く首をかしげる。

「『チャタレイ夫人の恋人』かな」

この二作はいずれも、第一次大戦が終結して十年という節目の年に刊行された。生命の混沌とした力に感応する点は共通しても、性格としてレディ・チャタレイはナジャとは対極的だ。暴力的な生の沸騰にD・H・ロレンスは正面から向き合おうとしている。しかしブルトンは、狂気と接する痙攣的な美に足を掬われて動揺に動揺を重ねた。技法的な点でいえばロレンスは十九世紀的なレアリスムを脱していない。ロレンスよりジョイスのほうが二十世紀的だろう、そしてブルトンも。

しかし、真の問題は技法が前衛的であるかどうかにはない。技法として確立された瞬間に重要なものが見失われアヴァンギャルドまがいが横行しはじめる。真の問題は学習可能な技法ではなく固有の精神性にある。無意識の暴力的な混沌、狂気、破壊的な生命力までを含めた精神的なるもの。

バルセロナのバルで隣りあわせたイギリス人ジャーナリストから、別れるときに英語版の『チャタレイ夫人の恋人』を贈られた。戦場を取材するのに、どうして官能描写が評判の恋愛小説を旅行鞄に入れてきたのか。作中で戦争と関係があるのは、ヒロインの夫が第一次大戦で負傷して半身不随になったという設定くらいだ。リセ時代に翻訳書で通読していたが、雑嚢に詰めた英語版を戦闘の合間によく拾い読んだものだ。強烈な日差しと荒地や岩山が目につくスペインの地で再読していると、小説に描かれた緑したたるイギリスの田園風景はどこかしら幻想的なものに感じられた。

取材のため翌日には前線に出ると洩らしていたが、あのジャーナリストは無事に帰国できたろうか。部隊に同行したなら生命の危険は兵士と変わらない。ファシストの爆弾や砲弾には兵士と民間人の区別などないのだから。

青年の前に佇んでいる若い女は、焦点の合わない目をしている。来客のことなど忘れて、どこか窺いしれない夢想の世界に沈みこんでしまったようだ。ブルトンが描いたヒロインと似たような印象もないでもない。とはいえブルトンに私淑しているアンリでも、それはやりすぎだろうと思いながら女に問いかけた。

「ナジャっていうのは、アンリがきみを呼ぶときの愛称なの」

「わたしがナジャ」どうして信じないのかと、不審そうに女がいう。

『ナジャ』のヒロインにはモデルがある。しかし、アンリのアパルトマンにいる女がナジャ本人のわけはない。この作品の出版はイヴォンが小学生だったころのことだ。作中のナジャは二十代前半だからモデル人物はもう三十代のはずだが、目の前にいる女は二十代半ばだろう。あるいは若く見えるだけで、ナジャのモデル人物と同じように三十歳を超えているのか。

事情通のアンリの話では、ナジャのモデルはレオーナというリール出身の女性のようだ。レオーナは十八歳で出産し、三年後には子供を実家に残して上京する。パリでは安定した仕事もなく、演劇関係の半端仕事が廻ってこないときは麻薬売買に手を出し、いよいよ生活に窮すると躰を売っていた。

『ナジャ』に書かれていることは大枠では事実らしい。ナジャと自称するエキセントリックな若い女にブルトンは心を奪われた。心を病みはじめていたレオーナはまもなく、精神的にも生活的にも詩人に依存するようになる。

「ナジャとのセックスはジャンヌ・ダルクとのセックスのようだ」とブルトンは友人に洩らしていた。しだいに愛人の存在を負担に感じはじめ、詩人はレオーナから遠ざかる。棄てられた女は狂気の発作に襲われて精神病院に送られた。アラゴンやエリュアールは見舞ったようだが、ブルトン自身は一度も病院を訪れていない。

アンリの恋人かもしれない女の表情は真剣そうで冗談を口にした様子はない。ドン・キホーテのように自分を物語の主人公に重ねあわせ、すでに幻想の世界を生きはじめているのだろうか。

イヴォンは壁の時計を見た。「ニュースを聴きたいんだけど、ラジオを点けてもいいかな」

女が頷くのを見て、戸棚の上に置かれたラジオの電源を入れる。アナウンサーが感情のこもらない平板な口調で、フランコによる内戦終結宣言のニュース原稿を早口に読みあげていた。

カタルーニャがファシスト軍に制圧されてからもマドリード、バレンシア、カルタヘナを結ぶスペイン南東部、面積としてスペイン全土の三分の一ほどは共和国側の支配地域として残されていた。しかし四日前にマドリードが陥落し共和国軍は総崩れになる。時間の問題だと覚悟はしていたが、それでもファシストの最終的な勝利宣言には平静でいられない。唇を嚙んでラジオの前に立っていると、青年の期待していたニュースが番組の終わりに流れはじめた。

今朝早く長距離列車を終着駅で下りると構内は騒然としていた。制服警官に囲まれた一角に野次馬が群れをなしている。難民収容所を脱走してきた身だから、不審者として呼びとめられるのは避けたい。警官で溢れる駅構内を目立たないように、足早に歩いていく青年にも通行人の言葉は耳に入った。「トランク詰めの首なし屍体が、また発見されたらしい」、「今度も女の屍体か」、「最初はオステルリッツ駅、今度はモンパルナス駅ってわけだ」……。

オステルリッツ駅の構内に放置された箱型の革製大型鞄から、首なし女の全裸屍体が発見されたのは一月二十四日のことだという。旅行鞄自体は一週間前に駅員が見つけて遺失物保管所に移していた。腐敗臭が気になって蓋を開いたところ、中身は首なし屍体であることが判明する。グール収容所で拘束されていたイヴォンは知る由もないことだったが、この猟奇事件はパリ市民の話題を集めたらしい。

犯人が検挙されないうちに、モンパルナス駅で第二の放置鞄が発見された。外見や大きさがオステルリッツ駅で発見された大型旅行鞄によく似ている。一月二十四日の出来事を忘れていない駅員たちは、その場で放置鞄を開いてみた。女の首なし屍体を確認して警察に通報し、まもなく私服の捜査員と制服警官の一団が現場に到着した。その光景をたまたまイヴォンは目にしたことになる。

ラジオからアナウンサーの声が流れる。……早朝からホームや駅構内では多数の荷運び人（ポルトゥール）が、旅行客の依頼で大型鞄や旅行用荷物をカートで運んでいた。カートから旅行鞄を下ろして人込みに放置した人物の目撃情報を警察は求めている。

血まみれの屍体なら見飽きている帰還兵は、グラン・ギニョール的な首なし屍体くらいでは驚かない。それでも発見現場に居合わせたトランク詰めの屍体には、どうしてか無関心でいられないものを感じた。

しかもモンパルナス駅での女の首なし屍体に続いて、ムフタール街の友人宅では首のない裸女のペン画に出くわしたのだ。無関係に違いないが少し気にはなる。敗残の兵士として国境を越えたときから精神が固着して、なにごとにも無感動だった。そんな青年の心に女の首なし屍体という小石が投げこまれ、波紋のようなものを生じさせたのかもしれない。

感情の薄い表情で佇んでいるナジャにイヴォンは問いかけてみる。「オステルリッツ駅の事件で、この二ヵ月ほどパリは大騒ぎだったとか」

「わたし、よく知らない」

見るからに浮世離れした印象の女はラジオのニュース番組や新聞記事にも無関心で、友人知人と事件について雑談することもないようだ。そのままイヴォンの存在が意識から消えていきそうな女に、あらためて声をかける。

「ところで、アンリはどこに出かけたんだろう」

「……〈シェ・カミーユ〉に」

このアパルトマンから歩いて五分ほどの、アンリが原稿を書くのによく使っていた小さな珈琲店（カフェ）だ。それなら店に顔を出すことにしよう。上着のポケットから出した林檎をテーブルに置いて青年はアパルトマンを出た。

2

ムフタール街を少し歩いたところにある珈琲店（カフェ）の扉を押し開け、喧噪に満ちた店内を見渡した。昼食時でカウンターにはソフトハットに背広姿の勤め人や、作業衣とベレ帽の労働者が群れをなしている。

内戦末期のスペインでは珈琲も酒類も容易には手に入らない貴重品だったが、平和な国では物資も豊富そうだ。片手で盆を支えながら店内を駆け廻っている給仕を呼びとめ、パスティスを注文する。赤髪のひょろりとした男が奥のテーブルでノートを開いていた。指のあいだに挟んでいる万年筆は、愛用のセルロイド製ヴィスコンティに違いない。イヴォンは旧友の席まで足を運んだ。

「坐ってもいいかい、ムッシュ・ヴォージョワ」

不審そうに顔を上げたアンリが、驚いて小さく叫ぶ。

「イヴォン、イヴォン。本当にきみなのか。まさか四月の魚（ポワソン・ダヴリル）じゃないよな」今日は四月一日だから、いたるところで面白い嘘や冗談が横行する。

「たしかに四月一日生まれの幽霊（ルヴナン）だけど、ここにいるのは本物さ」冗談を飛ばした青年の肩をアンリが抱きしめる。

「心配していたけど無事だったんだ」

「なんとかね」

「いつ、パリに戻ってきたんだ」

イヴォンは向かいの席に腰を下ろした。「今朝早くモンパルナス駅に着いた、二十一歳の誕生日は三等列車の硬い座席の上で迎えたってわけさ。財布が空っぽなので、きみのアパルトマンまで歩くことにした」

「じゃ、まだ誰も知らないのか。イヴォン・デュ・ラブナンの帰還を」

「きみと、きみの家にいるナジャの二人だけさ」青年はからかう口調でいう。

「最後に貰った手紙は、たしか一年前にバルセロナからだったね。故郷のバス・ピレネーから山を越えてビルバオをめざしたんじゃなかったのか。手紙には詳しい事情が書かれていなかったけど、どうしてバスクからカタルーニャに行ったんだい。ファシストの支配地域を横断してまで」どうやら手紙の一通は届いていたようだ。

「一九三五年にはじまるスペイン革命の中心地はバルセロナだったから」

「とにかく無事でよかった」アンリが青年の肩を抱いた。

汚れた前掛け姿の中年男がパスティスのグラスを運んでくる。透明な酒に少し水を加えると白濁した液体に変わる。赤ワインを飲んでいたアンリと軽くグラスを合わせた。スペインのバルでは本物のアプサントを注文できたが、ここは衛生と安全の国フランスだ。健康に害があるとしてアプサントが禁止されている以上、代用品（パスティス）で我慢するしかない。

グラスに残っていた酒を一気に飲みほして、洒落（しゃれ）た口髭の青年が口を開く。「なるほど、もうジュリエットとは会ったんだね」

「きみがこの店にいるって教えてくれた。そうか、ジュリエットっていう名前なんだ」

「ジュリエット・ドゥア、しかしナジャでもある」アンリは真面目な顔つきだ。

「冗談はよせよ、ナジャのモデルはもう三十代も半ばだろう」

「昨年の晩秋のことだ、レオーナが精神病院で死んだのは。同じ十一月の黄昏（たそがれ）時、教会の前にいた夢遊病者のような若い女に僕は思わず声をかけた」

「まさかユマニテ書店に近い教会じゃないだろうね」

「その通り、サン・ヴァンサン・ド・ポール教会の前だった。女は冷たい霧雨に濡れていた」

トロツキーの著作に感銘を受けたブルトンは一九二六年に共産党に入党する。しかしアラゴンやエリュアールとは違ってじきに党を離れた。芸術観の対立が表面化したことに加え、上部機関による党員作家への統制に嫌気が差したのだ。ソ連でトロツキーが政治の表舞台から排除されはじめたことも、ブルトンが共産党に幻滅した理由のひとつかもしれない。

「ユマニテ書店からトロツキーの本が一掃されたのは、もう十年以上も前のことだけど」

「僕が探していたのはブレヒトの新作さ」

大真面目に語る友人の顔をあらためてイヴォンは見つめた。『ナジャ』の作中で語り手とヒロインが出逢うのは、共産党直営のユマニテ書店でトロツキーの本を購入しオペラ座のほうに歩きはじめた直後、サン・ヴァンサン・ド・ポール教会の前でのことだ。

党内闘争に敗れたトロツキーは十年ほど前にソ連を追放

されている。しかしブルトンがナジャと出逢ったころには、まだ共産党直営の本屋にトロツキーの著書が並んでいた。もちろんいまでは禁書扱いで、イヴォンと同じ年頃の若い党員にはトロツキーを本気で帝国主義のスパイだと信じこんだ無知蒙昧(もうまい)な輩も少なくない。

トロツキーはクロンシュタット蜂起の圧殺者、虐殺者に違いないとしても、帝国主義のスパイというのは事実に反する。大戦中にドイツ領内の通過を許された封印列車で二月革命直後のペトログラードに到着したレーニンは、反対勢力から帝国主義のスパイだと非難された。それがデマだったことは明白だし、トロツキーの場合も同じことだ。としてもプロレタリアートの虐殺者と帝国主義のスパイではどちらの罪が重いのか、イヴォンとしても判断に迷うところではあるが。

「もしかして彼女、眼の下に濃いアイラインを入れていたとか」

冗談口調の親友にアンリが深々と頷いた。「そう、僕は思わず声をかけていた。……こんな話、きみは信じないだろうが」

女はナジャだと自己紹介したという。「なぜって、ロシア語で希望という言葉のはじまりだから、はじまりだけだから」と。帰る家がない様子の女を、アンリはアパルトマンに連れ帰ることにした。

「誤解するなよ、ベッドに連れこもうとしたわけじゃない。ホテル代が尽きてバスティーユの安宿を追い出された若い女性のことを、どうしても見過ごせなくて。それから四ヵ月ほどになるが、ジュリエットは僕の部屋でずっと暮らしている。出逢ってしまった以上、住処を提供するしかないからね」

出逢ったその夜でないとしても、じきにジュリエットはアンリに躰を許した。たとえ親友であろうと恋人たちが愛の暮らしを営んでいる狭いアパルトマンには転がりこめない、今夜の宿を頼める別の友人を探さなければ。

青年は話を戻した。「ジュリエットという本名は彼女が口にしたのかい」

「いいや、偶然に身分証を見て……」

アンリは少し居心地が悪そうだ。偶然というのは言い訳で、娘の正体を知ろうと密かに鞄の中身を調べたのだろう。

ジュリエット・ドゥアはナジャと自称している。冗談か意図的な嘘か、あるいは本気なのか。『ナジャ』のヒロインを思わせる化粧でサン・ヴァンサン・ド・ポール教会前にあらわれたのだから、たまたま希望(ナジェージダ)に由来する名前を口にしたのではない。意図して『ナジャ』のヒロインを演じていたに違いない。

　貧困のために宿を失った女が、適当な男を見つけるために仕組んだ芝居なのか。としてもサン・ヴァンサン・ド・ポール教会の前で、眼の下に濃いアイラインを引いて立っていた理由がわからない。男の気を惹く効果は期待できないからだ。『ナジャ』は大衆小説ではないし、評価が高いとはいえ何万、何十万という読者を得ているわけでもない。その日その場所で『ナジャ』のヒロインを思わせる雰囲気の女に目を留めた通行人が、アンリ一人でもいたのは稀有な偶然としかいえそうにない。

『アンダルシアの犬』の映画ポスターを部屋に貼ったのもジュリエットらしい。ナジャを演じるための小物としては妥当な選択といえる。公開当時、この映画をブルトンは絶讃していたからだ。

「ムッシュ」空のグラスに気づいて給仕が声をかけてきた。

「昼飯はどうだい、もちろん奢るから」

「じゃサンドイッチを二人分」

「食事はすませたんだけど」

「僕のさ、二つとも」イヴォンは苦笑して応じる。「昨日の夕方からなにも口に入れていないんだ、バゲットなら一本では足りないほど腹が減ってる」

「バス・ピレネーの実家から来たんじゃないのか」

「グールの難民収容所を出て、ボルドーからパリ行きの夜汽車に潜りこんだ」

「だったら、すぐ連絡が取れる連中を非常召集して晩飯は盛大にいこう。凱旋祝いといえないのは残念だがイヴォンの帰国祝いだ」

「いや、パリに戻ったことはあまり知られたくない」説明が面倒なので脱走したことは口にしないでおく。「しばらくは信頼できる友人にしか会わないつもりなんだ」

「人民戦線のブルム内閣は崩壊したが、急進社会党のダラディエもスペイン帰還兵を敵視して端から牢屋にぶちこんでるわけじゃない。イヴォンは警戒しすぎだと思うな。いずれにしても生活資金は必要だろうが当てはあるのかい」

「これから実家に手紙を書くよ。あの父親でも跡取り息子が餓えて死ぬのは見過ごさないだろう。金が届くまでホテル代と食費で三百フランもあれば足りると思うんだが」

「困ったな、たったいま融通できるのは百フランというところだ」

「いざとなればラトゥールに頼みこむよ」遠縁のラトゥール氏は高級官僚で、イヴォンの保護者と監視役を兼ねている人物だ。

「内務省の役人なんかに頭を下げることはない。大丈夫、懐の温かそうな日本人に借金を頼むことにしよう」

「誰だい、その日本人って」

「きみも噂くらいは耳にしたことがあるんじゃないか、パトリック・ワルドベルグと親しい日本人画家のことを。モンパルナスの街路で絡んできたごろつきをジュージュツで投げ飛ばした男だ。去年のシュルレアリスム国際展で友人から紹介され、それからヨシダとは親しくしている。アパルトマンで首のない女のデッサンを見なかったかな。ヨシダがジュリエットのために描いた小品だが、額装屋に出して壁に飾ることにした。なにしろエルンストの隣だ、ヨシダにも文句はないだろうさ」

パリのシュルレアリストに日本人の若い美術家がいることは、イヴォンも耳にしていた。その青年が吉田一太で、一九三八年の国際展に出した作品はシュルレアリスム絵画の大家たちにも注目されたという。無頭女（メドゥーサ）のデッサンの作者もヨシダのようだ。

「パリの国際展はどうだったんだい」

「新聞や雑誌で無茶苦茶に叩かれた点では、運動の挑発力は衰えていないことが証明されたともいえるね。そうなることをブルトンは期待していたとしても、あれは運動の墓碑だっていう友人もいる。自作を展示したヨシダの意見は微妙で、シュルレアリスム運動が終わったとは思わないがブルトンたちの時代は終わったと」

大戦（グランド・ゲール）の復員世代が前衛文化の最前線に立つ時代は去ろうとしている。哲学や思想から文学や美術にいたるまで戦争を知らない新世代が台頭してきても、まだシュルレアリスムに代わるような芸術運動が開始されたとはいえない。

「どんな連中かな、新世代の知識人や表現者って」長期のスペイン滞在でパリの文化情報に疎（うと）いイヴォンが尋ねた。

「アレクサンドル・コジェーヴというロシア人の亡命哲学者がソルボンヌでヘーゲル哲学を講義してるんだ。一時はブルトンも顔を出していたけれども、聴講生は二十代から三十歳前後までが多い。ヘーゲル講義に集まる若者たちから新世代の知識人や表現者も誕生するだろうというのが、暇をみては教室に顔を出しているヨシダの意見さ」

もうひとつ重要なのは民族学研究所で行われているマルセル・モースの講義だという。こちらにも出席しているヨシダによれば、まもなくモースはパリ大学からコレージュ・ド・フランスに移るとか。同じ日本人の画家でもレオナール・フジタとは違って、ヨシダは哲学や思想にも興味があるようだ。

「世に出た者はまだ少ないんだが、たとえば去年のゴンクール賞候補作『鬱（メランコリア）』の作者も、コジェーヴのヘーゲル講義に顔を出したことのある哲学教師だね」

「面白いのかい、その小説」

「一応は読んでみたけど、なんだかよくわからない小説だった。孤独で憂鬱そうな男が公園でマロニエの根を見て吐き気に襲われるんだ」

アンリの説明からは、どんな小説なのかよくわからない。受賞は逸したにしても著名な文学賞の候補作だから、まったくの凡作や駄作ではないだろうが。ヨシダが描いた無頭女（メドゥーサ）のデッサンからの連想でイヴォンは問いかけてみる。

「今朝早くに列車を降りるとモンパルナス駅の構内は警官で溢れていた。詰めかけた野次馬の噂話では、トランク詰めの首なし屍体が置かれていたとか。一月にオステルリッツ駅でも同じような屍体が発見されているようだね」

「その通りだけど」アンリが顔を顰（しか）める。「オステルリッツ駅とモンパルナス駅と二つの殺人事件は同一犯の仕業なんだろうか」

「どうだろう、一月の事件が派手に騒がれたとすれば模倣犯の可能性も無視できないし」

「旅行鞄には首のない女の全裸屍体が詰めこまれていたというだけで、屍体の詳しい状態は報道されていない。重要情報を警察は隠してるんじゃないかとも噂されている」犯人しか知りえない情報を伏せておくのは珍しいことではない。

「先月になって警察はようやく被害者の身許を公表した、警察に届けられた失踪者の一人と首なし屍体の身体的特徴が一致したというんだ」

被害者はジャニーヌ・コンティで二十二歳、ルノーのビヤンクール工場のプレス女工。「大衆紙には美人だったと書かれていたけど、掲載写真はピンボケで被害者の顔はよくわからなかった」

殺されたのがルノー工場の女工なら、あるいはシモーヌの同僚かもしれない。シモーヌ・リュミエールがビヤンクールの工場で働いていたのは四年も前のことだし、そのあとジャニーヌはルノーに就職したのかもしれないが。

サンドイッチを齧りはじめた友人の顔を改めてアンリが見つめる。「それにしても痩せたな、頬骨が尖ってるじゃないか。顔色はよくないし病みあがりみたいだし、スペインでは苦労したんだろう。僕は本当に嬉しいよ、生きているイヴォンとこうしてまた会えたんだから」

複雑な思いを噛み殺して青年は肩を竦めた。戦場から逃げ帰ってきた敗兵が、そうそう愉しそうな顔をしてもいられない。

イヴォンが生まれた頃大戦（グランド・ゲール）に敗北したロシアとドイツでは革命が起きた。正確にいえば革命が戦争を終わらせた。同盟国と協商国の両陣営で七百万の戦死者を出した二十世紀の総力戦によって、前世紀からの古いヨーロッパは瓦解した。しかし戦勝国フランスでは、とりわけ徴兵年齢を越えていた大人たちは、戦前の古き良き時代（ベル・エポック）が戻ることを蒙昧（もうまい）にも願望し続けた。塹壕戦を体験することなく終戦を迎えることができたからだ。

敗戦国ドイツでは、大戦（グランド・ゲール）以前に精神形成をとげた世代が哲学や思想の分野で、新時代の意味を問う新しい仕事をはじめたが、この国の事情は大きく異なっていた。大戦後もフランスでは前世紀の理性信仰や進歩信仰が自堕落に生き延びたのだ。文化面に加えて社会面でも同じことがいえる。コミュニズムのロシア、ファシズムのイタリア、ナチズムのドイツは十九世紀的な旧秩序の廃墟に新たに打ち立てられた二十世紀の革命国家だが、老大国フランスはいまなお老朽化した第三共和政にしがみついている。

大量死の戦場からかろうじて生還した復員世代の青年たちはフランスでも大人とは違って、安定と繁栄を謳歌した前世紀とは完全に異質な、世界戦争の廃墟としての新時代が到来することを予感していた。ブルトンやアラゴンやエリュアールなどシュルレアリスム運動の推進者は、そのような復員世代の青年たちだった。

しかし世界戦争後のアヴァンギャルド芸術運動も、ソ連のコミュニズムを超えるような社会構想は提起しえていない。結果としてシュルレアリストの多くは共産党と対立したかと思うと急接近し、ブルトンをはじめ入党したかと思うと離党するという動揺を繰り返してきた。

サンドイッチを呑みこんでイヴォンは応じる。「死ぬよりもっと悪いこともある」

「きみはパリに戻ってきた、それで充分だよ」

詳しいことを説明してもアンリには理解できないだろう、わずか二年ほどのことだが二人の経験の違いには想像を絶するものがある。ちぎれた四肢も散乱した肉片も、血の臭いも死臭もアンリは知らない。めまぐるしく交替する退屈と恐怖の狂おしい時間も、肉体から漂い出した魂が自分を無感動に眺めているような異常感覚も。

話を変えて青年は尋ねる。「フランスはどうなんだい。難民収容所には新聞もラジオもないし、このところの政治情勢には不案内なんだ」

「ダラディエ政権は国民に見放されている。フィガロの論説では右翼の社会党(PSF)が次の国会選挙で大躍進するとか」

「社会党(PSF)が」

退役軍人を中心とする極右結社、火の十字団(クロワ・ド・フー)は人民戦線政府から解散を命じられた。社会党(PSF)は火の十字団(クロワ・ド・フー)が看板を変えた大衆政党だ。土壇場で指導者ラロックが動揺し、黒シャツ隊のローマ進軍を思わせる一九三四年二月六日の右翼暴動は失敗した。これをミュンヘンのビヤホール蜂起に見立てたラロックが、今度は六年前のナチスに学んで合法的な権力獲得をめざしはじめたのか。火の十字団(クロワ・ド・フー)と並ぶ極右団体がシャルル・モーラスを指導者とするアクション・フランセーズで、その突撃隊〈王党員(カムロ・デュ・ロワ)〉はイヴォンたちには路上の主敵だった。

「ラロック大佐の社会党(PSF)は選挙で勢力を拡大しているけど、ファシスト組織ではジャック・ドリオのフランス人民党(PPF)が党員十三万人まで急伸長してきた」

「ドリオって、あのドリオかな」

サン・ドニ市長のジャック・ドリオは、五年前の二月危機に際してレオン・ブルムの社会党(PS)と共闘することを主張した共産党の指導者だ。コミンテルン路線に忠実な社会党敵視政策を主張していたトレーズよりも、この時点では人民戦線構想を先取りしていたともいえる。しかしトレーズとの主導権争いに敗れて一九三六年に離党し、新たにフランス人民党を創設した。イヴォンがフランスを離れていた二年ほどのあいだに、ドリオ新党は驚異的な伸張をとげたらしい。

大戦(グランド・ゲール)の退役軍人団体として発足し、反共と民族主義を掲げている火の十字団(クロワ・ド・フー)は当然のことながら反ドイツ的だ。ドレフュス事件の反ユダヤ主義が思想的な出発点で当初はオルレアン王政の復興を主張していたアクション・フランセーズは、ファシズムに同調する傾向は見られても伝統的な右翼団体だから、火の十字団(クロワ・ド・フー)と反ドイツの姿勢は共通している。

しかし転向コミュニストのドリオによるフランス人民党は、国家社会主義という点でフランスの伝統的右翼とは一線を画した真正ファシズム団体だ。人民戦線政府が樹立されるまでの数年、イヴォンたち急進左派学生が街頭で死闘を演じた火の十字団(クロワ・ド・フー)やアクション・フランセーズはすでに存在しない。そして人民戦線が自滅したいまナチス型の権力獲得を狙うラロックの社会党(PSF)や、真正ファシズム団体のフランス人民党が広範な大衆の支持を獲得しはじめている。

少しドイツ語のできるイヴォンは、事情があって三ヵ月ほど国際旅団のドイツ人部隊に紛れこんでいた。話の流れでスターリンを批判したイヴォンに、ドイツ共産党では傍流のルクセンブルク派だったというエーリヒが警告してくれた。ソ連から乗りこんできている秘密警察に疑われないうちに部隊を移ったほうがいい、それまでは背中を撃たれないように注意しろと。ほとんどが共産党員で占められたローザ・ルクセンブルク大隊から機会を見て離脱し、アナキスト民兵隊に志願して再入隊した。

社会民主党員だった母親に連れられて参加したベルリンの政治集会で、子供のときローザ・ルクセンブルクと握手したことがあると、誇らしそうに語っていたエーリヒ。国会議事堂放火事件を口実としたナチの共産党弾圧のためドイツからソ連に亡命し、死に場所を求めてソ連からスペインに流れてきたコミュニストは、共産党とは関係のないバスク人の少年に気を許したのだろう。エーリヒは率直に話していた。ドイツ人亡命者仲間はモスクワでスターリンの秘密政治警察、内務人民委員部（NKVD）に反革命活動の容疑をかけられてほとんどが逮捕された。身に覚えのない罪のため処刑されるのを待つよりも、スペインでファシストに一矢報いて死にたい、スペインの同志のため命を捨てるのなら本望だと。

国際旅団の解散後もスペインで戦い続けていたエーリヒとは、グール収容所で一度だけすれ違った。戦線が崩壊したのちかろうじてフランスに脱出できたようだ。しかしフランスでファシスト政権が誕生することになれば、もう逃亡先はどこにもない。ドイツでもソ連でも死の運命が待つ強制収容所の門前まで押しやられ、かろうじて辿りついたスペインの戦場では不運にも死に損ねたドイツ人コミュニストを、イギリスもアメリカも亡命者としては受け入れないだろう。

もしもフランスでファシストが勝利すれば、イヴォンにもエーリヒと同じ運命が待っている。その前にドイツとの戦争がはじまるだろうが、フランスが敗北すれば結果は同じことだ。

3

ソルボンヌ広場に面した書店は学生客で賑わっている。真新しい青の三つ揃いに濃灰色の洒落たソフトハットの青年が、書台に何冊か重ねられた『鬱（メランコリア）』に手を伸ばした。版元はガリマール社で発行は昨年、著者はジャン＝ポール・クレール。二年もスペインの土埃にまみれ弾雨の下を這い廻っていたイヴォンだから、パリの最新の文化状況には疎(うと)い。それでもアンリが話していた新作小説のことは記憶に残っていた。これがその本に違いない。

気鬱なら自分は専門家だと思って青年は苦笑する。ピレネーを北に越えた日から青年の心には、敗兵にふさわしい憂愁(メランコリア)の霧が沼地さながらに濃く渦巻いて容易には晴れそうにない。グール収容所でも眠りは浅く、胸苦しい夢で目覚める夜も稀(まれ)ではなかった。しかも戦場の悪夢ではない。戦場を離れ死の危険が遠のいたからだろうか、フランスに帰国してから襲われるようになったのは、二年前にアラゴンの田舎で遭遇した不幸な出来事の夢だった。

不意に甦(よみがえ)った無残な光景に圧倒され、メドゥーサの視線で射すくめられたように全身が強張って身動きできないこともある。イヴォンが生まれた年に終結した大戦(グランド・ゲール)では、復員兵のなかに膨大な数の戦争神経症者が含まれていた。かろうじて塹壕から生還した叔父と同じように、イヴォンも精神を病んで廃人になるのだろうか。

『鬱(メランコリア)』の表紙を開くと「エルミーヌへ」という献辞が目に入る。母親か妻か、あるいは恋人なのか。

肩越しに覚えのあるしゃがれ声が聞こえてきた。「エルミーヌ・シスモンディ、ちょっと成績がいいだけで頭は空っぽ。社会の矛盾も貧しい民衆のこともなにひとつ考えたことのない、この辺によくいる無定見なブルジョワ娘よ。三十を過ぎても頭の中身は小娘だった十年前と同じで、まったく進歩していないようだけど」

幾度も耳にしたことのある辛辣(しんらつ)な口調に思わず振り返ると、懐かしい顔が目に飛びこんできた。中央で分けた短髪はぼさぼさで、レンズの厚い丸眼鏡の下には優しい眼がある。しゃがれ声は煙草の吸いすぎのせいだ。昔と同じで、皺のよった薄い外套にぶかぶかの靴という妙な恰好をしている。

青年は開いた本ごと年上の女性教師に抱きしめられてしまう。「お帰りなさい、イヴォン。あなたが生きて戻れたことに心から感謝する」

シモーヌ・リュミエールと最後に会ったのは一九三六年の初冬だから、もう二年半も前のことだ。熱烈な抱擁(ほうよう)に辟易(へきえき)するが振りほどくわけにもいかない。シモーヌにとってイヴォンはいまもリセの可愛い後輩なのだ。抱きしめる力を少し緩めて女性教師が青年の顔をまじまじと見つめる。

「いろいろ大変だったんでしょう、痩せて顔色もよくないし。でも昔のような少年じゃない、もう立派な若者ね」

「エルミーヌ・シスモンディのこと、知ってるんですか」

開かれた本をイヴォンの肩越しに覗きこんだシモーヌが、献辞を見て「ブルジョワ娘」という評言を口にした理由を尋ねてみる。

「クレールを訪ねてユルム街によく来ていたし、ソルボンヌで話しかけられたこともあるわよ」ユルム街にはシモーヌが卒業した高等師範学校（エコール・ノルマル・シュペリウール）がある。

「クレール夫人なのかな、エルミーヌは」

「学生時代からの恋人だけど結婚はしていない」

「秀才だったんですか」二十二歳で教授資格を取得したノルマリエンヌのシモーヌは秀才中の秀才だろうが、そのシモーヌから「成績がいい」と評されるのだから。

シモーヌは軽蔑の表情で頷いた。「わたしより一歳下なのに一年早く教授資格試験（アグレガシオン）に通っている。でもね、イヴォン。成績なんか糞喰らえよ。社会問題にも政治運動にも無知で無関心な文学少女なんて紙屑も同然で、いてもいなくても同じこと。成績の点では問題があるイヴォンの方が人間としては比較できないほど優れている、もちろん文学的才能もね」

やっとのことで大学入学資格試験（バカロレア）に受かった劣等生はシモーヌに褒められて苦笑した。リセ時代からアクション・フランセーズの学生突撃隊〈王党員（カムロ・デュ・ロワ）〉や愛国者同盟（ジュネス・パトリオット）の若者など右翼やファシストとの路上の戦闘に明け暮れて、机に向かっている時間などなかったのだ。

「ただし成績が悪かった理由は政治運動だけじゃない。知ってるわよ、きみが娘たちとの恋愛遊戯で大忙しだったことも」

「大袈裟ですよ」青年は肩を竦めた。

ある程度まで長く続いたのはブリジットとダニエラ、デボラとソフィ。三年で四人なら多情というほどではないだろう。ブリジットはモデルの卵、ダニエラはジューヴェ劇団の新人女優、デボラは銀行家の若妻、ソフィはモンマルトルのキャバレの踊子で、いちばん親密だったダニエラともスペインに行く直前の聖誕祭（ノエル）の夜に別れた。

はじめてシモーヌ・リュミエールと出遇ったのは、右翼学生との街頭戦のときだ。パンテオン広場で集会を開いていた〈王党員（カムロ・デュ・ロワ）〉の数百名に、数十名の左翼学生が殴りこんだ。両派の若者たちがステッキや棍棒を振り廻し、広場には雄叫びと悲鳴が木霊（こだま）した。そこに警官隊が駆けつけてきて、多勢に無勢のイヴォンたちはやむをえず退却する。

逃げ遅れた左翼学生は右翼に袋だたきにされ、次々と警官に逮捕されていく。イヴォンたち数名はコリント式列柱建築を廻ってクロヴィス街に入った。アンリ四世校の構内に逃げこもうとしたのだが、どうしたわけか校門は厳重に鎖(とざ)されている。広場の騒ぎを警戒した守衛が自分の判断で門扉を閉じたのか、あるいは校長からの指示かもしれない。

街路の左右から警官隊と右翼学生の群れが接近してくる。逮捕か半殺し、あるいは両方かと唇を嚙んだ少年の前で赤い門扉がわずかに開かれた。イヴォンたちが飛びこんだ直後に扉は鎖され、獲物を攫(さら)われた右翼学生たちが門前で怒声をあげる。

扉の内側では、風変わりな外見の若い女に守衛が文句を並べている。ぼさぼさ髪で丸眼鏡の若い女が、とっさの判断で門扉を開いてくれたようだ。イヴォンが顔見知りの老守衛に笑いかけるとようやく説教の口を閉じる。

しつこく門扉を叩いていた右翼学生が諦めて立ち去ったあと、少年はマドモワゼル・リュミエールとリュクサンブール公園のベンチに腰かけた。シモーヌ・リュミエールはロアンヌ女子リセの哲学教師だが、いまは学位論文の準備という名目で長期休暇を申請しパリに戻っている。教師の身分を隠して工場に就職し、女工としての乏しい給料だけで暮らしているらしい。

「共産党の横車で教員組合は内紛が激しいのよ。工場労働をはじめたのは組合の活動に距離を置きたい気持ちになったのと、そもそも労働者の生活を知らないブルジョワ知識人が労働者階級を代弁することの欺瞞(ぎまん)性に気づいたから」と若い女は語った。

シモーヌもイヴォンと同じリセの進学級(カーニュ)の出身者で、その日はたまたま恩師のもとを訪れていたようだ。学校の建物から出ようとしたとき門外の騒ぎに気づいて、右翼と警官に追いつめられた左翼学生を助けることにしたのだという。年齢は十歳も上だし、ユダヤ系フランス人の医師の娘とバスクの旧家の息子では生まれも育ちも違っていたが、反ファシズムの戦闘的な無党派左翼という政治的立場は一致する。

その日からイヴォンは風変わりな女性教師としばしば会うようになった。シモーヌの家とイヴォンが通うリセは十分と離れていない。一人暮らしの少年を気にかけて食事に呼んでくれることもよくあり、イヴォンはリュミエール夫妻とも親しくなった。

共産党を離党したあともアンドレ・ブルトンは、パリに亡命してきたトロツキーの支持者として振る舞っている。そうしたブルトンの政治姿勢にイヴォンが批判的になったのは、シモーヌが書いたスターリン批判の論文に影響されたからだ。トロツキーもスターリンも民衆を抑圧するボリシェヴィキの本性は少しも変わらない。

シモーヌは友人に頼まれて、トロツキーにアパルトマンの部屋を提供したこともあるそうだ。秘密会議にあらわれた機会を捉えて、スターリンとの権力闘争に敗れたとはいえロシア革命の英雄には違いない人物を正面から見据え、クロンシュタットの叛乱水兵への弾圧と虐殺の責任を追及したという。ボリシェヴィキ党による民衆のソヴィエト権力の簒奪という事実を突きつけられても、労働者階級がソ連を支配しているとトロツキーは強弁し続けた。

本気になったときのシモーヌの舌鋒は、鋼鉄の鎧でも貫きかねないことをイヴォンはよく知っている。ただし感情的になって声を荒らげるようなことはない。冷静な態度と落ち着きはらった口調で論敵に容赦ない攻撃を加えていく。会議室の提供者だという若い女性から徹底的に批判されてトロツキーも辟易したことだろう。

書棚の前でシモーヌに尋ねられた。「わたしが実家に戻っていること、よくわかったわね」

「散歩がてらリュミエール家に立ちよったんです」

アンリからの借金で、当面はオデオン裏の小さなホテルで暮らすことにした。ドフィーヌ街にある地味な家具付きホテルだ。伸びた髪を理髪店で整え、最新流行の高級品とはいえないが新しい衣服も買い揃えた。

パリに戻ってから五日が過ぎている。アンリに続いてリセの同窓生アランとも無事に再会できたし、次はシモーヌに帰国の挨拶をしなければならない。とはいえ、いまはサン・カンタンのリセに勤務しているはずで、首都から百五十キロも離れた地方都市に列車で出かける精神的余裕はイヴォンにはない。

リュクサンブール公園を散歩しているときに思いついて、すぐ横のオーギュスト・コント街に立ちよることにした。この街路にはシモーヌの実家がある。母親ならシモーヌの消息を教えてくれるだろう。

公園裏の街路に面した建物のアパルトマンで呼び鈴を鳴らしてみても、玄関ドアの向こう側から応答はない。医師のリュミエール氏は仕事で外出中、夫人と家政婦は買い物にでも出かけているようだ。建物の玄関広間にあるリュミエール家の郵便箱に、イヴォンは簡単なメモを残すことにした。

翌日には思いがけずシモーヌから気送便が届いた。慢性的な頭痛など体調の悪化のため休職して両親の家に戻っているという。こんなことなら帰国の翌日にでもリュミエール家に顔を出してみればよかった。

「いい天気だし少し散歩しましょう」

「ええ、もちろん」

　翌日の待ちあわせ場所にソルボンヌ広場の書店を指定してきたのはシモーヌだった。歩いてもじきだから、イヴォンを自宅に呼んでもシモーヌがホテルに顔を出してもいいのに、わざわざ書店を指定したのはほしい本でもあったからだろうか。しかし店内で書籍を物色していた様子はない。

「きみ、クレールの小説に興味があるわけ」

　書店で購入したばかりの新刊書を青年は小脇に挟んでいる。「どうなんですか、あなたは」

「クレールの小説まで読んでる時間はないわね」

「この本を僕に薦めた友人の話では、主人公がマロニエの根を見て吐き気に襲われる哲学小説だとか」

「宿酔(ふつかよ)いには吐き気と頭痛が付きものだけど、吐き気はともかく頭痛には詳しいわよ」女性教師が冗談口調でいう。

　以前からシモーヌは慢性的な頭痛に悩まされていた。連日のように激しい発作に襲われる。そんなときは店内の椅子に坐っているより戸外にいるほうが耐えやすい、それで今日も珈琲店(カフェ)でなく書店を待ちあわせ場所に選んだのだという。そういえば記憶にあるより痩せているし顔もやつれている。

「大丈夫ですか、躰のほうは」

「スペインの戦場で死にかけた、頬骨が出るほど痩せて顔色もよくない若者から健康を心配されるなんてね。最悪だったのは去年のこと、潜伏性竇炎(とうえん)という病気の治療で症状は少し改善されてきた」

　潜伏性竇炎とは鼻粘膜や歯の炎症による顔面骨腔窩の病気らしい。多くの病院でさまざまな診断が下されたようだが病状は悪化するばかりだった。自身も医師である父親が優秀な専門医に当たるなど手を尽くした結果、ようやく病名が特定され効果的な治療をはじめることもできた。

「しかし、まだ全快したわけではない」青年は眉を顰(ひそ)める。

「頭痛の発作と縁が切れることは一生なさそう。大丈夫よ、今日のところは。わたしのことより自分の健康を心配したほうがいい」

「スペインの駐屯地でも難民収容所でも、ろくなものは食べてなかったから」

　ふつうなら隣人への共感や同情は称讃される。しかし、共感の力が当人の社会生活を困難にするほど豊かすぎると、ある場合には病とも見なされかねない。シモーヌが病人とは思わないが、自分の健全とはいい難い精神状態は話題にしないでおこう。もしも年少の友人から話を聴いたら、シモーヌは眠れないほど心配して自分のことのように苦しむだろうから。それはイヴォンの問題であって、他人が苦しんでも意味はないという理屈がシモーヌには通用しない。

「わたしよりも少し長くスペインにいて、すっかり痩せてしまった兵隊さんの帰国祝いに、なんでもご馳走するわよ」シモーヌが微笑する。

「わずか二年ほど長くスペインで戦った腹ぺこの敗兵だから、遠慮なくいただきますよ」

書店を出たところでリセの女性教師がイヴォンの腕を取る。いまでも歳の離れた弟を連れ歩く姉のような気持ちらしい。二人は連れだってサン・ミシェル通りの坂道を下りはじめた。

イヴォンが自分より「少し長くスペインにいて」というのは、二ヵ月しか滞在していないシモーヌの冗談だ。そんなふうにイヴォンの敢闘を称賛し労おうとするのが、いかにもシモーヌらしい。

スペインで内戦が勃発した直後にシモーヌは、地中海に面したペルピニャンから国境を越えてバルセロナに入った。暴力を憎む平和主義者が共和国側で戦うために、義勇兵に志願するのは矛盾しているだろうか。

イヴォンにはシモーヌの内心が想像できた。二つの悪のどちらかを選ばなければならない場合には、より小さい悪を選ぶしかない。ただし、たとえ小さなほうであろうと悪を容認した責任からは逃れられないし逃れるべきではない。ファシストの勝利という大きな悪ではなく、それへの抵抗の暴力という小さな悪を選ぶ以上、選択した責任を取るためには戦場に立ち危険に身を晒さなければならない。

バルセロナに到着した直後にシモーヌは、スペイン共産党の反スターリン派が結成したマルクス主義統一労働者党(ＰＯＵＭ)の事務所を訪れた。義勇兵として戦いたいと申し出たのだが、フランスに亡命していたこともある旧知のＰＯＵＭ活動家は首を横に振った。

その立場であればイヴォンも同じように対応したろう。優れた頭脳と非妥協的な倫理性は疑いないとしても、このノルマリエンヌは体力も反射神経も極限状況での精確な判断能力も充分ではない。というかまったく欠けている。眼鏡の分厚いレンズからもわかるように強度の近視で、銃の狙いも正確にはつけられそうにない。もしも戦場に出したら、その日のうちに無駄に死んでしまいそうな若い女性を義勇兵として受け入れるのは無責任にすぎる。志願兵を受け付けていたＰＯＵＭ活動家の判断は妥当といわざるをえない。

こうした対応に憤慨した女性教師は、エブロ川左岸に進駐する労働総連合（CNT）の民兵隊を訪ねることにした。スペイン最大の全国的な労働総合組織である労働総連合（CNT）はイベリアアナキスト連盟（FAI）と二人三脚の関係だ。カタルーニャのアナキスト指導者ドゥルティが率いる民兵隊にはフランス人、イタリア人、ベルギー人などからなる国際義勇兵も含まれていた。この外国人部隊に志願したシモーヌはエブロ川の前線に派遣されたが、しかし本格的な戦闘がはじまる前に本人の不器用からか極度の近視のためか、誤って大火傷を負ってしまう。野営地で炊事係を命じられ、その作業中に沸騰した鍋をひっくり返したのだ。

　脚に負った重傷のためシモーヌはシトヘスの病院に送られた。娘を心配してスペインまで訪ねてきた両親に説き伏せられて、心を残しながらもフランスに帰国する。それからも火傷の後遺症に悩まされ続けたが、この怪我で後方に移送されなければ戦場で命を落としたに違いない。シモーヌが離脱したあと、所属していた外国人部隊はペルディグエラの戦闘で壊滅している。

「あのときお見舞いに来てくれたのは、現地情報を仕入れるのが目的だったのね。子供の下心も見抜けないなんて教師失格だわ」シモーヌが苦笑する。

　一九三六年の十二月のことだった、スペイン現地の事情を訊き出そうとイヴォンが療養中のシモーヌを訪ねたのは。

「スペイン行きの結果を察したら、あなたは止めたでしょうから」

「もしも止めきれなければ、傷が癒え次第わたしも戦場に戻る、一緒に連れていくからそれまで待ちなさいと言い聞かせたでしょうね。絶対に一人で国境を越えてはならないと」

「一緒に行く気なんてないのに」三年前の気持ちに戻って不平そうにいう。

「もちろんよ、子供を戦場に行かせるわけにはいかない。どうしてスペインに行こうと思い立ったの」

「大学周辺で一緒にファシストと闘っていたスペイン人留学生のジョアンが、選挙での人民戦線の勝利を知って急遽帰国したんだ」

「名前がジョアンならカタルーニャ人かしら、カスティーリャ語ならホアンだから」

「そう、バルセロナ生まれのアナキスト学生。スペイン各地で一九三六年の総選挙前から開始されていた下からの集産化革命が、人民戦線の勝利やファシストの反乱という政治情勢の緊迫のなかで猛烈に勢いを増してきた、いたるところで民衆革命の巨大な焔(ほのお)が燃えはじめている、こんなことは一九一七年のロシア革命以来ではないかと、ジョアンは高揚した気分を手紙に書きつけていた」

「ジョアンがいるバルセロナでなく、反対側のビルバオに行くことにしたわけは」バルセロナはイベリア半島の東の付け根、ビルバオは西の付け根に位置している。

出発の前日のことだ、シモーヌ宛の短い手紙を生まれ育った館の自室で書いたのは。一足先に行く、戦場で待っているが、復帰するのは足の傷が完全に癒えてからにしたほうがいいという文面の。手紙を託した小作人ジョゼフの長女は約束通りポストに入れてくれたらしい。

「九月には出発しようと思っていた。しかし、あなたがスペインから帰国したあと政府のスペイン不干渉政策のために、ペルピニャンからフィゲレス方面への東ピレネーのルートは国境監視が強化されていて」

一九三六年八月八日にフランス人民戦線政府は、スペインへの武器輸出と義勇兵の越境を禁止した。国際旅団に志願した共産党員には抜け道があるにしても、未成年のイヴォンが個人的にスペインに行って義勇兵として戦うのは容易でない。秋のあいだ情勢が変化するのを待ったが事態は好転する兆しがない、それで少年は心を決めた。

「パリで最後の聖誕祭(ノエル)を過ごしてから帰郷し、西ピレネーの山道に詳しいという男を見つけた」

貧しいバスク人には密輸品の運び屋を副業とする者も珍しくない。デュ・ラブナン家の小作人ジョゼフもその一人で、案内人に雇えば雪山を越えることもできそうだ。西ピレネー国境の警備はさほどでなく、フランス領北バスクからスペイン領南バスクへの山越えは成功して無事にサン・セバスティアンまで辿り着くことができた。

サン・セバスティアンの手前で案内人のジョゼフはフランスに戻らせ、イヴォンは一人で海岸沿いに南バスクの中心都市ビルバオをめざした。南バスクとカタルーニャは共和国政府が支配しているが、そのあいだのアラゴン地方は反乱軍に制圧されている。スペインに入国はできたが、カタルーニャの中心都市バルセロナには行けそうにない。

それなら共和国側のバスク自治政府(ジャナラリタット)の軍に志願するのはどうか。ビルバオに着いたイヴォンはバスク民族党の本部を訪れてみた。バスク地方でもアラバ県とナバーラ県の民族党支部はフランコの反乱軍を支持したが、ビルバオのあるビスカヤ県は自治政府(ジャナラリタット)の側だった。

イヴォンが話を変える。「シモーヌ、あなたのことを知っているという男とビルバオで会ったけど」

「誰かしら」不審そうに女性教師が呟いた。

「三月初旬のある日のこと、ビルバオの町中でフランス人の中年男に声をかけられ、バルで呑みながら雑談した。本当はバルセロナに行きたいんだと口にしたところ、それなら一緒にどうかと誘われて」

バスクの共和国軍は劣勢でビルバオが反乱軍に制圧されるのは時間の問題のようだし、カタルーニャに行けるなら行きたいと思う。そのためには反乱軍の支配地域を通過しなければならない。イヴォン一人では躊躇してしまう危険な旅だが、セバスチアン・ドルミテと自己紹介した新聞記者は無事に戦場を通過できる自信があるようだ。

「あとからわかってきたのは、ドルミテの正体がフランス共産党員のベルコヴェールだということ」

「そうか、アンドレ・ルヴェールね」シモーヌが呟いた。「変わった兄弟で本人はコミュニストだけど兄は神父。しかも姉は、反対した父親から縁を切られてまでユダヤ系の恋人と結婚したとか。ルヴェールの党名がベルコヴェールよ。たしかにスペインに行ってたようだけど、どうしてビルバオなんかにいたのかしら。国際旅団に関係する任務でコミンテルンから派遣されていたなら任地はマドリードでしょうに。反乱軍の猛攻で首都陥落の危険が迫っていた時期だったらなおさらのこと」

バレンシアとマドリードの中程にある小都市アルバセテに国際旅団の訓練基地が設営されたのは、イヴォンが国境を越える四ヵ月前のことだ。それからわずか一ヵ月後には、マドリード近郊まで迫ったフランコ軍を阻止するため、コミンテルンとスペイン共産党に主導される国際旅団は前線に配置された。首都攻略をいったん断念したフランコ軍が撤退するまで、激戦は一九三六年十一月から数ヵ月のあいだ続いた。

「どうしてルヴェールを知ってるんですか」

戦場で足に火傷をして両親にフランスまで連れ戻された、不器用な女性サンディカリストのことをドルミテは雑談の際に言及していた。二人でアラゴンを旅する途上、焚き火の前で野宿するような夜に。しかしシモーヌ・リュミエールとの関係を問い質しても、薄笑いを浮かべるだけで詳しいことは語ろうとしない。

「共産党のベルコヴェールとはスヴァーリンの家で顔を合わせたことがある。スヴァーリンが本当にトロツキーと手を切ったのかどうか、あの男は確かめようとしていた」

パリ大学の学生だった十数年前に、ルヴェールはフランス共産党の創設者の一人ボリス・スヴァーリンの推薦でソ連に渡った。ロシア語が話せる数少ない青年党員だったからだ。モスクワのトロツキーは孤立を深めていた。コミンテルンの会議でトロツキー擁護の演説をしたスヴァーリンは、帰国後、スターリン支持派が主流のフランス共産党を除名されてしまう。

ソ連共産党の党内闘争でトロツキーが追い落とされるや、フランスを含めて各国の共産党では「ボリシェヴィキ化」が推進されはじめる。トロツキー支持者やスターリン体制に批判的な党員は組織的に排除され追放された。スヴァーリンに推されてモスクワに派遣されたルヴェールだが帰国後はスヴァーリンと袂を分かち、じきに幹部党員に抜擢されて活躍するようになる。

そのためトロツキストやスヴァーリン派からは、党内のモスクワ派に寝返った機会主義者、スターリニストとして非難された。スターリンによるトロツキー排除を批判してフランス共産党を除名されたスヴァーリンは、反スターリン的な急進左派の避難所として民主的共産主義サークルを立ち上げる。

革命的サンディカリストの機関誌に掲載されたソ連批判の現代革命論は、反スターリン左派のあいだで熱心に読まれ、シモーヌ・リュミエールはローザ・ルクセンブルク以来の女性理論家として一部では期待されはじめた。新世代の理論家としてスヴァーリンに評価されたシモーヌは、民主的共産主義サークルの関連雑誌にも寄稿するようになる。

青年は続けた。「あとから知ったんですが、ベルコヴェールはイタリア出身のコミンテルン執行委員エルコリの補佐役だった。バスクの自治政府がいつまで持ちそうなのかビルバオまで偵察に来ていたんですね。バスク民族党の本部に出入りしていた僕から、なにか面白い情報を引き出せないかと声をかけてきた」

ローザ・ルクセンブルク派のドイツ共産党員だったエーリヒによれば、エルコリの本名はパルミーロ・トリアッティで、ムソリーニに非合法化されたイタリア共産党の創立者の一人。ファシストの手を逃れてモスクワに亡命したのち、スターリンに抜擢されてスペインに派遣されたコミンテルン幹部らしい。スターリニストがスペインで重ねた反革命と裏切り行為の最高指揮官はこのイタリア人だったようだ。

スペインをめぐる息苦しい話題からイヴォンは離れることにした。「人民戦線が崩壊して以降、フランスの運動はどんな具合なんですか」

「いまでも共産党は反ファシズムに積極的だけど、わたしは加担する気がない。あの連中がファシズムに反対するのは、フランスをソ連の弾よけにするためだから。スターリンの命令でフランス人にドイツとの戦争をけしかけているのよ」

フランスは対独戦を回避するために過去三年、ヒトラーに外交的な妥協を重ねてきた。戦争が不可避であるならドイツとソ連、左右の全体主義国家の衝突が望ましい。そうなったとき民主主義国のフランスとイギリスは、安全な観客席から独ソ戦を見物していればいい。

他方、ソ連はソ連でドイツと仏英の戦争を期待している。だからスターリンはフランス政府との外交的対立を回避しながら、ドイツとの緊張を高めるためフランス国内の反ドイツ世論に火を点けようと共産党主導の反ファシズム運動を推進してきた。

ドイツとソ連の戦争かドイツと仏英の戦争か、どちらの可能性が高いのだろう。独裁体制を打ち立てたヒトラーの野望は一九一八年の敗戦で失った領土を回復し、ドイツ民族のための大ドイツを再建することだ。その第一歩として一九三六年三月には、ロカルノ条約を破棄してラインラントに進駐した。続いて三八年三月にはオーストリアを併合する。

一九一八年に終結した大戦（グランド・ゲール）でフランスは、民間の戦災死者を含めて二百万に迫る膨大な犠牲者を出した。統計上、すべてのフランス家族から死者が出た計算になる。戦争で父や兄弟や息子を失ったフランス人が、戦争の悲劇を二度と経験したくないと思うのも無理はない。

しかし敗戦の屈辱にまみれ、巨額の賠償金の重圧に苦しみ続けたドイツ国民の場合は事情がまったく違う。大ドイツ建設を呼号するヒトラーには、どんな妥協も融和策も通用しない。贅肉で身動きもままならない前世紀の遺物のような植民地大国には、復讐心に燃える新生ドイツと新しい世界戦争を戦う意志も気力もない。ヒトラーに屈し一歩また一歩と後退してきたフランスとイギリスにとって、最大の危機は昨年九月のミュンヘン会談だった。

会談が決裂すれば戦争は避けられない。ヒトラーはズデーテン帰属問題でイギリス首相チェンバレンとフランス首相ダラディエから、両国にとっては屈辱的ともいえる妥協を引き出すことに成功した。しかしズデーテン進駐は入口だったにすぎない。スペインでの勝利で自信を増したヒトラーは先月、軍をプラハに進駐させチェコ併合を宣言した。

新たな戦争も辞さないという脅しをちらつかせたヒトラーのドイツと、とにかく戦争は回避したい仏英とソ連の思惑が複雑に交錯してこの三年ほど国際情勢は混沌としていた。一九三六年三月のラインラント進駐、三八年三月のオーストリア併合、三八年九月のズデーテン進駐、三九年三月のチェコ併合でドイツの膨張主義が終わるわけはない。新たな獲物をヒトラーは陰険な目つきで品定めしている。次に狙われるのはポーランドに違いない。

イヴォンはよく晴れた空を見上げた、天空では傾きはじめた午後の太陽が輝いている。サン・ミシェル通りには学生らしい若者が目につくが、一時のように左右の学生たちが乱闘をはじめるような気配はない。人民戦線の空中分解で左翼の反ファシズム運動は停滞している。親ドイツ、親ファシズム勢力として国民から孤立することを警戒して、右翼も活発な動きは控えている。

革命の季節は過ぎ戦争の季節がはじまろうとしている。国際情勢の圧力に押されてフランス政府も消極的ながら戦争の準備に着手したようだが、人々は途方に暮れているようだ。話に聞く一九一四年夏のような愛国感情や戦意の高揚などどこにも見られない。隣を歩いているシモーヌに青年は尋ねてみた。

「ミュンヘン会談の際も、あなたはダラディエの屈服を支持したんですか」

「ダラディエはチェンバレンに判断を委ねたにすぎない。わたしはチェンバレンの外交的妥協を歓迎した、なにしろエッセイ『トロイ戦争をくりかえすまい』を書いたほどですからね」

ジャン・ジロドゥの『トロイ戦争は起こらない』を評価していたシモーヌだから、この戯曲を念頭に置いてドイツとの非戦を主張する文章を寄稿したのだろう。年上の恋人がジューヴェ劇団の駆け出し女優だったから、イヴォンも一九三五年の初演時にアテネ座で観劇した。もちろん作者は古代のギリシアとトロイアを現代のドイツとフランスに重ねている。ジロドゥが描いたところでは、戦争を回避しようとするエクトールの懸命な努力は裏切られて戦争は起こってしまう。

「ジロドゥの芝居は一九三七年にも再演された。わたしは初演と再演と二度とも観たけど、二回目のときのカサンドルが本当に素晴らしくて」

「女優はマリー＝エレーヌ・ダステでしたよね」シモーヌが絶賛するほどの名演とも思えないが。

主役のエクトールは演出もかねた座長のジューヴェが演じていた。イヴォンが観たときは、エクトールの妻アンドロマックがファルコネッティ、戦争の原因になる美女エレーヌがマドレーヌ・オズレイ、その恋人パリスはホセ・ノグロといった配役だった。

「ダステが熱でも出したんでしょう、数日のあいだ代役がカサンドルを演じたの。たまたま代役だった日に観たんだけど、予言の場面は凄い迫力でダステを超える名演技だった」

　戦争の予感に怯えるアンドロマック、戦争は起こらないと妻を慰めるエクトールの前で、その妹カサンドルが「トロイ戦争はかならず起こる」と不吉な予言を語る。

「誰が演じたんですか、ダステの代役としてカサンドルを」

「セリーヌという無名女優。そのうち高い評価を得て人気も出ることを予想したけれど、別の芝居に出演したような話も聞かないし、どうしたのかしらね。もしも近いうちにジューヴェ劇団の彼女と会うつもりなら、セリーヌの消息を訊いてみて」

　イヴォンは肩を竦めた。かつての恋人や女友達に連絡する気はない、ジューヴェ劇団の練習生だったダニエラとも。

　イヴォンがスペインに出発するころのシモーヌは、ヨーロッパ全域を戦場とする第二の大戦（グランド・ゲール）だけは絶対に避けなければならないと語っていた。そのために必要であれば中欧でのドイツの覇権さえも承認すること。ラインラントやズデーテンを含む大ドイツの建設を阻止するため、フランスがドイツと戦争することなど論外だ。

　中欧に勢力圏を拡大したドイツが目を西に転じ、次にベルギーやオランダを狙えばフランスも開戦せざるをえない。しかし、第一次大戦前のドイツ帝国領を回復したヒトラーが、膨張主義をいったん棚上げする可能性は期待できる。

　第二の大戦（グランド・ゲール）に帰結する前者と、戦争は可能性にすぎない後者。そのいずれかであればドイツの中欧覇権を容認し後者を選択しなければならない。求められているのは国家間の総力戦を回避しながら、ナチス権力への抵抗運動をドイツ内外で粘り強く展開することだ。

　そのためにもスペインでファシストに敗北するわけにはいかない。だからシモーヌはスペインの戦場に立つことを決意した。もしも自分だけ戦いを回避するなら、他人の犠牲で身の安全を図る卑劣漢になってしまう。

　歩きながらシモーヌが抑えた口調で応じる。「チェコの民衆には心から同情するわ。しかし、フランスとドイツが戦争をはじめれば何百万という若者が戦場で命を失う。ドイツに併合されても、それほど大勢のチェコ人が死ぬわけじゃない」

二つの悪のいずれかを選ぶしかないとしたら小さい悪を選ぶべきだろうが、しかし物事には限界があるとイヴォンは思う。「ナチス政権が樹立されて以降、ドイツの左翼活動家やユダヤ人は突撃隊(SA)の暴力で何千人も殺されてきた。犯罪者でもないのに拘束され、裁判なしで収容所に送られた人たちは数万、あるいは十数万にも達している。それでも、あなたは……」

「そう、それでも国と国との全面戦争は避けなければ。二十世紀の戦争は前世紀のそれとは違って、領土紛争の解決のような限定的な目的のために戦われるのではない。もしも新しい戦争がはじまれば、国家と国家の絶滅戦争になるでしょう。ローマがカルタゴを地上から抹殺したように、一方が他方を殲滅(せんめつ)しきるまで終わることのない絶対戦争。

そうした戦争には勝者など存在しません。二度と立ち直れないほど荒廃したヨーロッパは、東のロシアか西のアメリカに従属するしかない。もちろんナチは許しがたいしファシストの権力は倒さなければならない、ただし戦争以外の方法でね。資本家や戦争屋が勝手にはじめた戦争でも、前線に送られて死ぬ若者のほとんどは労働者なんですから」

青年は反論する。「ドイツは半年前のズデーテン獲得に満足することなく、つい先月にはプラハまで占領しましたよ。ミュンヘンで屈辱的な妥協案を丸呑みしたチェンバレンも、もう逃げられないと覚悟を決めたのか戦争準備のために徴兵に踏み切った。この土壇場まで来ても、まだあなたは戦争を回避できると」

「できるかどうかわからない。わかっているのは最後の最後まで戦争を回避する努力は続けなければならないってこと」

明晰なシモーヌ・リュミエールさえ正確には理解していないようだが、ドイツの膨張主義に終わりなどない。ラインラントの次はオーストリア、そしてズデーテンとチェコだった。チェコの次は、大戦(グランド・ゲール)のあとに悲願の独立を達成したポーランドが標的になる。同盟を結んでいる以上、ドイツがポーランドを攻撃すればフランスとイギリスも宣戦を布告するしかない。

ドイツが西方でなく東方のソ連に侵攻することを期待し、フランスはイギリスと結託してヒトラーの膨張政策を容認し続けた。スペイン共和国を見殺しにしたのも同じ立場からだ。もしも共和国政府の側に立つなら、親フランコのドイツと敵対せざるをえない。怯懦(きょうだ)と自己保身にまみれて外交的な後退を続けてきたフランスだが、それでも今年、遅くとも来年には対独開戦に追いこまれるだろう。戦争を予感させるチェコ併合の報道のためか、パリの街角にも重苦しい空気が流れはじめている。

ミュンヘン会談までは厭戦気分が支配的だったが、ドイツのチェコ併合以降は戦争やむなしの世論が徐々に勢いを増してきた。この流れには共産党も棹さしている。ドイツがソ連とでなくフランスと開戦することを、モスクワの傀儡であるフランス共産党は待望しているからだ。スターリンを喜ばせるために百万ものフランス青年の命を差し出そうというのが共産党の反ファシズム、反ドイツの立場だとシモーヌは批判する。

「昨日までの厭戦家が一転してドイツには強硬な姿勢であたれ、それで戦争になるなら望むところだと大声で叫びはじめたけれど、この人たちの愚かさには本当にうんざり。ずっと前からわたしは主張してきた、ドイツには寛容であれと。しかしフランスは戦勝国の立場を笠に着て、敗戦国ドイツに居丈高な懲罰的態度で臨み続けた。その必然的な結果よ、ヒトラー政権の誕生は。あの怪物を生み育てたのはわたしたちなんだわ」

再軍備に成功したドイツが報復戦争も辞さない姿勢を取るようになると、フランスは従来の傲慢な態度を一変させ弱腰で卑屈な態度に終始しはじめる。強いドイツが復活したときフランスは見苦しいほどに卑屈な妥協を重ね続けた。

熱した口調でシモーヌは語り続ける。「ミュンヘン協定のような外交的妥協を寛容とはいえない、寛容は強者の美徳なんだから。フランスが強者だったとき、わたしたちは寛容の美徳を発揮することがなかった。そして昨日まで厭戦気分に骨がらみだったフランス人の多くが、今日は無責任な好戦気分に流されようとしている。戦争になっても、こんなフランスがまともに戦えるとは思えないわ」

「では、どうすればいいと」

「戦争を決意し必要な準備を整えながらも、交渉は粘り強く進めること。物静かな口調で簡単には引き下がらないことを印象づける、交渉の結果としてヒトラーに中欧の覇権を認めることになろうとも。スターリンのソ連と同じことで、ドイツの全体主義国家も弱点を抱えています。全面戦争を回避しながら執拗に抵抗し続けて、ナチスドイツの内部崩壊を誘うこと。前の戦争でも数百万もの人が死んでいる。もしも第二の大戦になればそれを超えるでしょう。数千万人という犠牲者が出るような歴史的大惨事を、どんな犠牲を払うことになろうと人類は絶対に起こしてはならない」

スペインでドイツ派遣軍とも戦ったイヴォンには、大ドイツの建設と中欧の覇権でヒトラーが満足するとはとても思えない。東ではソ連、西ではフランスとイギリスを制圧してナポレオンを超える征服者になるまで、あの男の膨張しきった野心は決して満たされないだろう。

「どう思うの、イヴォンは」

「戦争は不可避ですよ」ぽつりと青年は口にする。「絶対に避けられないと……」

前方を歩いている紺の上着の洒落者をイヴォンは指さした。「物理法則ほどの絶対性はないとしても、あの男の尻を蹴飛ばせば驚いて振り返るだろう程度には確実ですね。いずれにしても鍵はスペインにあった」

資本主義国としてのフランスとイギリスは、社会主義ソ連と国家社会主義ドイツのどちらを主敵と判断するのか。スターリンもヒトラーも、フランスとイギリスの出方を慎重に窺っていた。そんなとき恰好のリトマス紙として使われたのがスペインの内戦だ。

「ドイツがフランコに軍事援助をしても人民戦線政府のフランスはスペイン共和国を見殺しにした。スペインというリトマス紙の変色具合から、フランスもイギリスも主敵はソ連なのだとドイツは読んだ。であれば英仏の妥協は引き出せると踏んでヒトラーはミュンヘンに乗りこんだ」

それ以降もドイツの矛先は東に向いている。ドイツ軍がソ連に銃口を突きつけている限り、フランスもイギリスも戦争には踏み切らないだろう。

「ではイヴォンは、ドイツがソ連と戦争をはじめると」

「その可能性が高い、いまのところはね」

「スペイン共和国をファシストの餌食にしたことも、フランス国家の外交的選択としては現実的で妥当だったということかしら」シモーヌが苦々しい口調でいう。

「わかりませんよ」青年は肩を竦めた。「ヒトラーのことだから逆を突いてくる可能性も否定はできないし」

西プロイセンとポメラニアのポーランド回廊、そして国際連盟の管理下にある自由都市ダンツィヒの旧領土回復がヒトラーによる最新の要求だ。ポーランドをめぐる対独交渉でチェンバレンとダラディエは、またしても無力にこの要求を呑むだろうか。フランスとイギリスはポーランドと相互援助条約を結んでいる。事前の承認を得られないままドイツ軍がポーランド回廊に進駐すれば戦争になる。ただし援助条約は軍事同盟ではないから、仏英がポーランドを見棄てる可能性もゼロでない。

イヴォンは続ける。「ドイツがポーランドに手を出せば独ソの緊張は一気に高まるでしょうね。独ソ戦を期待してチェンバレンとダラディエは、ドイツのポーランド侵攻を容認するかもしれない」

「それを期待してヒトラーは、ポーランドでも大博打を打つのかしら」

　坂道を下った交差点の脇から女性教師はクリュニー美術館の敷地に入っていく。木立のあいだに薄茶色の古い石造建築が見えた。ローマ時代の浴場跡に建てられた修道院の建物で、いまは美術館として使われている。

　国際情勢から話題を変えて青年は問いかける。「どんな具合ですか、サン・カンタンの組合運動は」

「体調が悪くてパリにいることが多いし、労働総同盟(CGT)の仲間やサンディカリストの友人たちとも意見が違ってきて。研究会に出たり雑誌に短い文章を書いたりする以外に、これから携わりたいのは植民地解放運動ね。アルジェリア人やヴェトナム人の友人をできる限り助けたい。

　十年前ならともかく、いまや弱者でしかないフランスだから強者のドイツには寛大になれない。寛大の美徳は強者のものだから。しかし、フランスはいまでも植民地になら寛大になれる。植民地の独立を進んで認めるなら、わたしたちの寛大さは植民地の人たちからはもちろん後世の人たちからも讃えられるでしょう。もしも不寛容な態度を続けるなら植民地も不寛容で応える。排他的なナショナリズムに目覚めた植民地の反乱で、フランスは深く傷つくに違いない。それはフランスにとっても悲劇よ」

「フランスやスペインと同じ民族的な主権国家の樹立をもくろむナショナリストが、バスク独立派でも主流なんだ。ボリシェヴィキは植民地民衆のナショナリズムを無責任に煽(あお)っているけど、古い抑圧を新しい抑圧に変えてみても意味はない。国家の支配そのものを廃絶しなければ」

「あら、イヴォンはスペインでアナキストになったのかしら」シモーヌが笑いながらいう。

「あなたは教員組合でソシアリストやサンディカリストと一緒に行動していましたね。僕も同じことです、アナキストは仲間や友人だけど自分からアナキストと称する気はない」

　そもそもマルキストやボリシェヴィキと同義のコミュニストのように、アナキストなるものが存在するわけではない。昔はプルードン主義者やバクーニン主義者、いまでもクロポトキン主義者ならいるにしても。

　集産化革命や評議会(フンタ)革命を支持するスペイン人がアナキストであれば、イヴォンもアナキストということになるかもしれない。しかし集産化革命に参加し革命を推進した民衆の大半はバクーニンの理論を信奉しているわけではないし、その著作も読んだことはないだろう。

　コミュニストとは一般に共産党員を意味するが、アナキストは独自の政党を持たない。イベリアアナキスト連盟(FAI)でさえ結成されたのは一九二七年、わずか十二年前のことにすぎない。しかも労働総連合(CNT)で活動するアナキストの戦闘組織という位置づけだから政党とはいえない。

　その理念を掲げる政治組織が存在しない以上、アナキストなのかどうかは自分で決めるしかない。アナキストと称するのに抵抗感があるのは、スペインでの経験がアナキズムの理念と行動に深刻な疑念を抱かせたからだ。暴力、強制、権力、そして国家をめぐる難問に逃れられない形で遭遇してアナキズムは思想的にも政治的にも難破したのではないか。この事実を事実として認めないわけにはいかない。その上でボリシェヴィズムとは異なる新たな道を見出さなければ。

　あらゆる政治党派と距離を置いているのはシモーヌも同じだった。学生時代は「赤い処女」と呼ばれていた急進左派のシモーヌだが、リセ教師として労働運動をはじめたころは共産党と共闘していたし、入党する友人を引き留めたこともない。しかし社会党系の労働総同盟(CGT)と共産党系の統一労働総同盟(CGTU)の統一行動に際し、共産党のセクト主義によって運動が阻害される場面を幾度となく経験して次第にこの党に批判的になった。

　またボリシェヴィキ革命をめぐる評価の問題もある。スターリンの独裁体制に帰結したロシア革命の運命を見つめながらマルクスとレーニンの革命理論を精力的に検討したシモーヌは、モスクワの出先機関に変質したフランス共産党との対立を深めていく。トロツキー派も例外ではないボリシェヴィズムの反革命性、反民衆性を徹底的に批判し、そしてシモーヌは工場に入った。過酷な工場労働のため健康を蝕(むしば)まれスペインでは重傷を負った。持病の耐えがたい頭痛も悪化して赴任先のリセは休職しているようだ。

「コミュニストが相手なら当然ですけど、サンディカリストとも距離を置いてるのかな」

「喧嘩別れしたわけじゃない、いまでも連絡はあるし。でもね……」

　シモーヌが教員組合活動家として、もっとも行動的だった時期をイヴォンは知らない。それは一九三〇年代初期のル・ピュイやオセールのリセに勤務していたころのことで、イヴォンと知りあった一九三四年の右翼暴動と政治危機の時期には、一女工として工場に入っていた。

人民戦線運動が高揚した一九三六年の春と夏も、工場労働者のストライキに駆けつけたり反ファシズムのデモに一参加者として加わる程度で運動に指導的に関わっていたとはいえない。シモーヌの関心はスペイン情勢に向けられていて、その年の八月には国境を越えて民兵隊に志願することになる。

サンディカリストの機関誌やスヴァーリンが主宰する理論誌に載った論文には目を通しているから、シモーヌとサンディカリストの同志たちのあいだで意見に喰い違いが生じた理由も想像はできる。所有関係の一挙的かつ暴力的な変革によって民衆が解放されることも、理想社会が実現されることもないとシモーヌは考えている。そこからは反資本主義の革命など不可能だという結論が導かれかねない。この点でシモーヌの革命思想は暴力的権力奪取派のコミュニストとはむろん、議会を通しての平和革命を主張するソシアリストとも違っている。議会の多数や政治権力の獲得に関心を持たないアナキストも主流はゼネスト革命派で、社会秩序の一挙的な転覆を目指してきたことは間違いない。

フランスのアナキズムにはプルードン以来の長い歴史がある。十九世紀末からのサンディカリズムと融合したアナキズムはマルクス派に急速に圧倒され、いまやソシアリストやコミュニストの大組織の前では少数派にすぎない。そうしたアナルコサンディカリストの少数派運動に共感を抱いて一緒に闘ってきたシモーヌだが、いつか仲間たちとは距離が生じてきたという。

ドイツでナチス政権が樹立されようとしているときのことだ、フランスのアナルコサンディカリストは、ワイマールのブルジョワ共和政でもファシズム独裁でもなく「全権力を組合へ」というスローガンを打ち出したが、シモーヌはこうした仲間たちの主張を空論的なものにすぎないと語気鋭く批判した。

ドイツの労働組合もフランスと同様に社共で分裂し、敵対的な勢力抗争に熱中するばかりで労働者大衆の運命には関心のないソシアリストやコミュニストの幹部連に支配されている。この連中が労働者大衆の敵であることは語るまでもない。無力で無能きわまりない社会民主党が権力を握れば国は破滅するだろう。ロシアの実例を見るまでもない、もしも共産党が勝利すればドイツは悪夢に突き落とされる。フランスのアナキストが内容空疎な「革命的」スローガンを唱えても、ドイツ民衆が直面している困難な問題はなにひとつも解決されえない。

イヴォンと出遇ったころシモーヌは学生や組合活動家や知識人としての左翼活動に限界を感じはじめていた。だから一女工として工場で働きはじめたのだろう。社会秩序の一挙的転覆としての革命を労働者大衆は真剣に求めているのか。それは人々を本当に幸福にできるのか。

国家を揺るがすような巨大な大衆蜂起は、たったひとつの例外もなくすべて敗北してきた。一八四八年のパリ六月蜂起も一八七一年のパリ・コミューンも政府軍の苛烈な攻撃で血の海に沈められた。では一七八九年に始まる大革命はどうか、ブルボン王政を打倒してフランス革命は勝利したのでは。

断頭台（ギヨチーヌ）に立つ運命だったジャコバン派の指導者サン＝ジュストは語った。おのれの血を流して闘った者たちの勝利から利益を得るのは、安全な場所で闘いを傍観していた富と権力の所有者だと。大革命はブルジョワたちに無制限の金儲けの自由を保障することで終わる。同じことが一九一七年のロシア革命でも繰り返された。旧体制を打破して革命が勝利した直後に、今度は民衆自身がみずからの勝利の餌食になる。

フランス大革命が周辺の君主政国家による剝き出しの敵意と反革命干渉戦争に遭遇したように、革命は不可避に革命戦争に転化せざるをえない、外戦であろうと内戦であろうと。結果として革命は必然的に敗北する、それも二重に。容赦ない反革命暴力によって外から圧し潰されるか、戦争の勝利を至上命令として内側から革命とは無縁のグロテスクな体制に変質するか。第一の典型がパリ・コミューンだとすれば、第二はボリシェヴィキの党派独裁に帰結したロシア革命だ。

戦争に巻きこまれた革命は民衆の自己権力を党派の独裁が駆逐していくことで変質する。外戦あるいは内戦で敵に勝とうとすれば敵と同じ集権的な組織が要求され、直接民主主義的な討議の場は非効率だとして否定される。しかし問題は意志決定の仕方や組織問題には留まらない。革命の戦争化は民衆的な解放性を暴力と報復の陰湿な論理で必然的に冒していく。戦争の論理に蝕まれた革命は精神的にも制度的にも、革命の反対物へと必然的に変質していく。

隣を歩く女性にイヴォンは問いかけてみた。「どう考えるんですか、あなたはスペインでのアナキズム革命の敗北を」

「革命戦争は革命の墓穴である、この歴史的真理がまたしても事実として確認された。イヴォンには残念なことだけど、そう答えるしかないわね」

「それでも、あなたはスペインで戦おうとした」

シモーヌは少し困ったように微笑する。「必死に立ちあがった人々を見棄てることはできないから」

「一九一九年一月のローザ・ルクセンブルクの心境ですか」

その話はスペインで同じ部隊にいたドイツ人コミュニストのエーリヒから、幾度となく聞かされている。レーテ革命の渦中でベルリンの労働者が自然発生的な武装蜂起をはじめようとしたとき、ルクセンブルクは正確な情勢判断から敗北必至の無謀な行動に反対した。しかし絶望的な蜂起を押し留めるのは不可能であると悟ってからは、貧弱な武器で立ちあがろうとする人々と運命をともにすることを選んだ。

「アナルコサンディカリストと袂を分かったとして、それではシモーヌの政治的な立場は」

「左翼としての党派的立場なんかないけど、それならイヴォンはどうなの、共産党に入れってルヴェールに誘われたとか」からかう口調で女性教師がいう。

「まさか」イヴォンは苦笑した。「ご存じのようにスペインでは前面の敵がファシストとすれば、背後の敵はコミュニストだった。バルセロナでは共産党に操られた政府軍と市街戦を戦ったし。そのあと三ヵ月半ほどは国際旅団のルクセンブルク大隊にいて、最後の一年半は労働総連合(CNT)の民兵隊で戦った。

僕が入隊したCNT民兵隊にはバルセロナで一緒に戦った〈ドゥルティの友〉の残党もいて、政府軍の指揮系統に強制的に組みこまれてからも面従腹背で勝手にやっていた。ボリシェヴィズムの正体はわかってるけど、よくわからないのはファシズムですね」

便宜的にファシストと呼んではいたが、ファランヘ党は別としてフランコ派の支持基盤は軍部をはじめ教会や地主や資本家や中産階級などスペインに伝統的な右派勢力で、塹壕戦の地獄から這い出してきたような新しいタイプの極右革命派、ファシズムやナチズムとは性格が根本的に違う。二十世紀的な反動のムソリーニやヒトラーは、反左翼革命の一点でスペインの半封建的な反動勢力を支援したにすぎない。

シモーヌが頷いた。「ヒトラー主義は新しいカエサル主義だと思うけど、ナチスの謎めいた力に反撥しながら引きよせられている連中もいる」

「ゲルマン的な神秘主義ですか」青年は眉を顰める。

「単純な反動ではなく、映画のような二十世紀的テクノロジーと融合した神秘主義かしら。それと闘わなければならないとユダヤ系ドイツ人の亡命知識人が話していた、その友人のジョルジュ・ルノワールも同じようなことを」

青年は三年前にグルニエ・デ・ゾーギュスタンで催された小集会のことを思い出した。〈革命のためのシュルレアリスム〉誌の終刊号でデビューしたイヴォンは最年少の参加者だった。鮫の獰猛（どうもう）さと高度な精神性が同居しているような人物の発言が、その集会では印象的だった。

「会ったとはいえないけど、ルノワールを見たことなら一度あるな」

シモーヌが顔を顰める。「あの男とわたしは、なにひとつとして共有するものがない。ルノワールにとって革命とは、ようするに反理性の勝利なのよ。悪と汚濁と混沌の勝利。まるで狂人のたわごとだわ。あの男は革命の名のもとに怖ろしい破局を求めている。革命とは理性の輝かしい勝利を、あらゆる努力を傾注して破局を喰いとめようとする集団行動を意味するのに。ルノワールは本能、それも病的でいまわしい種類の本能を解放することにしか興味がない。革命とは卓越した道徳性の発見だというのにね」

あの集会の前後までシモーヌとルノワールは、ボリス・スヴァーリンが主宰する急進左派の民主的共産主義サークルで一緒に活動していた。ジョルジュ・ルノワールをめぐるシモーヌの評言は正確なのだろう。シモーヌによれば民主的共産主義サークルが難破したのは、ルノワールという爆弾を抱えこんでいたからだ。そこには思想的な問題に加えて、コレットという女性をめぐる人間関係の混乱もあったらしい。

革命の名のもとに破局を求めているというなら、スペインに行く前の自分とルノワールには、どこかしら似たところがあるようにも思う。ルノワールを批判してシモーヌが語るように革命が高い道徳性の発露であるなら、反革命は不道徳の極致ということになる。

シモーヌが自明のものとして語る道徳性の意味が、イヴォンにはよくわからない。それは国家が国民に、教会が信者に、学校が生徒に教えこもうとする道徳と、貧しい者に同情し不当な暴力を排する点では共通するところもあるようだ。ただし、道徳的でなければならないことに一点の妥協さえ認めないため、シモーヌは常識的な社会規範からしばしば逸脱してしまう。逸脱を重ねた果てに、国家や教会や学校の唱える道徳は不道徳の隠れ蓑にすぎない、それは本質として不道徳であるという結論に達した。不道徳な社会は根本的に変革されなければならない、それがシモーヌ・リュミエールの革命なのだろう。

貧しい人々、不幸な人々の苦しみと痛みを実感するために床で寝る娘のことを、シモーヌの母親は半ば冗談で「聖女」と呼んでいた。半分は本気だったかもしれない。徳目そのものはキリスト教的とも市民的ともいえるが、それをいまここで激しく追い求めてしまう奇矯さに、シモーヌの二十世紀的な極端性、過激性があるのだとイヴォンは思っている。ダダイスムは芸術を破壊したが、シモーヌはなにを破壊しているのだろう。

シモーヌの革命は人と人の関係を変えることだが、しかしイヴォンの革命は違う。シモーヌは平等と社会正義を過激なまでに要求するが、イヴォンには自由であることが第一義だから。権力や支配からの自由を含むとしても、それ以上の自由。無機的で抽象的で空虚な生を圧倒的な意味の爆発で瞬間的にでも充塡しきること。

不平等な社会を変革し貧困を解消することに異論はない。しかし一八四八年の革命にボードレールが、一八七〇年の革命にランボーが共感したのは貧民たちの平等要求を支持したからではない、少なくともそれだけではない。平等の要求が王政権力や帝政権力への大衆蜂起として闘われたからだ。平等を求める蜂起のただなかで自由への渇望は友愛の現実と出遇う。イヴォンがスペインで体験したように。

平等が第一義であれば慈善事業や社会改良にも関心は向かうはずで、実際にシモーヌはいずれにも力を尽くしている。困窮した人々を支援すること、労働条件の改善のため経営者と折衝することに反対はしないが、それでも慈善家や改良主義者としての人生などイヴォンは想像できない。退屈すぎて死んでしまうだろう。

シモーヌが美術館の前で足を止める。「で、これからどうするつもり」

「わからないな、九月には大学に戻ることになるけど。……話は変わりますが、ジャニーヌ・コンティという女性を知りませんか」

「ジャニーヌ……」女性教師が不審そうに呟く。

「三ヵ月ほど前にオステルリッツ駅の構内で、トランク詰めの首なし屍体が発見されたとか。事件被害者の名前がジャニーヌ・コンティで、ルノーのビヤンクール工場のプレス女工だった。あなたも同じ工場で働いていたから、もしかして知っているのではないかと」

シモーヌが首を横に振る。「思いあたらないわね。ビヤンクール工場だけでプレス女工は何百人もいるし、お喋りするような仲間は同じ班で同じ作業台についている十人ほど。それに女工は入れ替わりが激しいのよ、厳しい肉体労働だから。わたしがルノーにいたのは四年も前だし思いあたらなくても不思議ではない」

青年は頷いた。「そうですよね」

「酷い殺され方をするのはいつも労働者階級の女たち。その可哀想な女性のことを、どうしてイヴォンは知りたいの」

青年は口籠もる。「なんだか気になって」

「もしかして古顔のポリーヌなら、被害女性のことを知っているかもしれない」

身許を隠して働いていたシモーヌは、同僚のポリーヌ・ペレーから労働組合の集会に誘われたことがある。教員組合とは違う工場労働者の組合にも興味はあったが、運動に参加するような精神的余裕も体力もなかった。それにポリーヌの恋人レイモンはルノー工場の労働者党員らしいから、その集会も共産党系だろう。

ポリーヌとは食事のときなどに世間話をしたし、工場では唯一の友人だった。去年の暮れに地下鉄（メトロ）の車内で声をかけられ、少しの時間だが立ち話をしたことがある。ポリーヌは四年前と同じ職場にいるらしい。

「その人に紹介を頼めますか、話を聞いてみたいので」

「かまわないけど。でもあなた、探偵（ムッシュ）ルコックみたいに、ジャニーヌ事件を調査しようというのではないでしょうね。そういえばエルミーヌ・シスモンディも、大学ではアガサ・クリスティの小説を持ち歩いていたけど」

探偵趣味で事件を嗅ぎ廻ろうというなら、成績がいいだけで社会的関心など皆無のお嬢さんと変わらない。そう皮肉られているようでイヴォンは苦笑した。ただしシスモンディが文学風味のチェスタトンやセイヤーズではなく、騙しの技巧に定向進化を遂げたクリスティが贔屓（ひいき）であるなら、思想的に空疎なブルジョワ娘でも探偵小説（ロマン・ポリシエ）の趣味は悪くなさそうだ。

「僕もリセ時代にはイギリスの探偵小説（ロマン・ポリシエ）を愛読していた、なにしろ生みの親はボードレールが畏敬していたアメリカ作家ですからね。とはいってもジャニーヌの事件で、勲爵士（シュヴァリエ）デュパンみたいな素人探偵（デテクティーヴ）を気どろうってわけじゃない」

しかし、それ以上のことは説明できそうにない。自分でもよくわからないのだ、首なし屍体の事件に、むしろその被害者にどうして興味が引きよせられてしまうのか。敗兵としてフランスに舞い戻ってから、淀んだ灰色に塗り潰され鈍く沈んでいた青年の心に、ジャニーヌの屍体の心象は針で突くような痛みを生じさせた。若い女の首のない全裸屍体という心象。それに刺激された、イヴォン自身にも正体がわからない生の実感のようなもの。

「被害者がどんな娘だったのか、知っている人から話を聞いてみたいと思って」

「いいわ、家でポリーヌの連絡先を探してみる」

頷いた女性教師の痩せた顔に木漏れ日が差している。通りを行きかう自動車の走行音が遠い潮騒のように聞こえてきた。

「まだ料理店が開くには早い時刻だから、白い一角獣と再会して時間を潰しましょう」

美術館に展示された有名なタペストリー『貴婦人と一角獣』にシモーヌほどの愛着はないが、夕食まで館内を歩きながら話をするのも悪くはない。年長の友人に先導され青年はクリュニー美術館の敷地に歩み入った。

第六章　悪夢の記憶

1

そろそろ日暮れどきだ。一日の仕事を終えた労働者の群れが、ルノー工場の門から溢れ出してくる。全身に疲労を滲ませた工員には化粧気のない女子も少なくない。かつてはシモーヌ・リュミエールの痩せた顔も、この群れに紛れこんでいたのだろう。

頼んでから二日のうちに、シモーヌはルノー工場の女工と会えるように手配してくれた。ホテルに気送便(プヌ)が届いたのは昨日の夕方で、ポリーヌ・ペレーと落ちあうための時刻と場所が記されていた。

貧弱な街路樹に凭(もた)れて、イヴォンは工場の正門を見渡していた。黙りこみがちに街路を流れていく粗末な服装の男女は、新たな戦争の危機を前にしていったいなにを思っているのか。ルノー工場の労働者たちに、反ファシズム運動が高揚した人民戦線初期のような熱気は見られない。

フランスが激動の季節に突入したのは五年前、一九三四年のことだった。発火点はイヴォンの故郷バス・ピレネーの中心都市バイヨンヌだった。ユダヤ系ウクライナ人の大物詐欺師スタヴィスキーが、政財界の名士の後援を得て設立した市立信用金庫は汚職と詐欺の温床で、その汚れた金には政権党の有力政治家が群がっていた。三三年の暮れにスタヴィスキーの犯罪が暴露され、バイヨンヌ市長で急進社会党の代議士ジョゼフ・ガラは逮捕される。

　スタヴィスキー事件は地方政財界から飛び火して、年明けには全国規模の大疑獄に拡大していく。真相解明に不熱心なショータン内閣に民衆の怒りは高まり、アクション・フランセーズや火の十字団（クロワ・ド・フー）などの極右団体が大規模な倒閣運動を開始する。

　逃亡していたシャモニの山荘でスタヴィスキーの屍体が発見され、警察は自殺と発表するが、山荘に出向いた警官の言動には疑わしいところがあった。汚職捜査による真相解明を怖れた政界の黒幕が、口封じのためスタヴィスキーを消したのではないか。こうした疑惑を右派ジャーナリズムが煽りたて、極右派は腐敗した第三共和政と政官財の癒着を激しく攻撃した。無能な議会制民主主義を攻撃する右翼勢力に民衆は引きよせられていく。前年のドイツに続いて共和国政府を暴力的に打倒し右翼革命に勝利すること、フランス極右派の野望は実現の一歩手前まで来ていた。

　老朽化し腐敗した第三共和政への大衆的不信と不満は絶頂に達し、「ショータン内閣打倒」を叫ぶ極右団体は連日のように激しい抗議デモを繰り返した。疑獄事件への関与が疑われる植民地相ダリミエを辞任に追いこんだ右翼勢力はさらに攻勢を強め、デモ隊と警官隊との衝突が相次いで、パリには右翼革命前夜という緊迫した雰囲気が流れはじめる。

　事態を収拾できないショータン内閣は一月末に総辞職し、新首相ダラディエはスタヴィスキーとの接触が疑われる警視総監キアップを更迭した。右翼に好意的だったキアップの解任が、第三共和政を揺るがした大暴動の引き金になる。

　二月六日、極右派に主導された数万の巨大デモ隊がコンコルド広場に集結した。広場は興奮した群衆に占拠され、ひっくり返されたバスが黒煙を上げる。突撃してくる騎馬警官にも怯（ひる）まず、デモ隊員は剃刀を付けた棒で馬や警官の脚を切りつけて抵抗した。追いつめられた警官が発砲しデモ隊に多数の死傷者が出た。デモ隊は警官隊の阻止線を突破してコンコルド橋を押し渡り、一部はセーヌ対岸の議会に侵入した。

　二月六日事件の主役は右翼勢力だが、その背景には一九二九年の世界恐慌がある。底の見えない大不況に苦しむ農民や中小の商工業者の不満に、スタヴィスキー事件が火を点けた。もしも占拠した議会で右派指導者が新政権樹立を宣言していたら、ムソリーニによるローマ進軍と類似した事態が生じ、フランスにもファシズム権力が誕生していたかもしれない。

　イヴォンがバス・ピレネー県の山奥からパリに出たのは、一九三三年の夏のことだ。バスクでの汚職事件にはじまる政局の激動には、シュルレアリスト少年も無関心ではいられなかった。到来した政治的激動は、上京から半年のうちに歴史的な二月六日事件に向けてうねり高まっていく。

　その日、シャンゼリゼ大通りでは共産党系の左翼集会も開かれていた。そちらに参加するというリセの親友アランとはサン・トノレの路地で別れ、イヴォンはコンコルド広場の右派集会に潜りこむことにした。腐敗した第三共和政の打倒をめざして右翼が議会の絨毯（じゅうたん）を踏みにじろうとするなら傍観はできない、その決定的瞬間を目撃しなければ。イヴォンは深夜までコンコルド広場の大群衆に紛れこんでいた。

　極右デモ隊による議事堂占拠が不発に終わったのは、最大の動員力を誇る火の十字団（クロワ・ド・フー）のデモ隊が秩序ある抗議行動に終始したからだ。パリを無政府状態に突き落とそうとしたアクション・フランセーズなど他の極右団体とは違って、その時点で火の十字団（クロワ・ド・フー）の指導者ラロックにクーデタ的権力奪取の意志はなかった。第三共和政を実力で打倒するには、まだ機が熟していないという判断だったのだろう。その翌日以降「失われた革命」の責任を追及する極右派のあいだでは、裏切り者ラロックへの非難の声が溢れた。

　デモ隊の死者十五名を数える大暴動の衝撃で、発足直後のダラディエ内閣は総辞職に追いこまれる。極右派による再度の暴動という脅しに加えて、警察の動揺、軍部の離反の動きも深刻だった。こうした事態を背景に成立したドゥメルグ内閣には、右派や保守派の閣僚が顔を揃えていた。

　急速に右傾化する政治情勢と親ファシズム的な新内閣に、今度は左派が強い危機感を抱いた。政府のデモ禁止令を無視し、二月九日にはレピュブリック広場で共産党が集会を開き、デモ隊が警官隊と激しく衝突する。二月十二日には社会党系の労働総同盟（CGT）と共産党系の統一労働総同盟（CGTU）が二十四時間ゼネストを敢行した。フランス全国で四百五十万の労働者が職場を放棄し街頭に出た。首都パリは左派の巨大デモで埋めつくされ、ヴァンセンヌの森からナシオン広場まで反ファシズムを叫ぶ十五万人が行進した。

ドイツでは前年にナチ党が選挙で勝利している。フランスでは二月六日事件で露呈された右翼革命の脅威に対抗するため、それまで激しく対立していた共産党と社会党が共闘の可能性を探りはじめた。

一九二〇年代の後半からコミンテルンは社会ファシズム論を唱えていた。社会民主主義は社会主義を偽装したファシズムに他ならないと規定し、ドイツでは共産党が社会民主党を激しく攻撃した。ファシズムの脅威を前にしても泥仕合を続ける左翼勢力は、次第に民衆の支持を失っていく。共産党の社会ファシズム論がナチスの躍進と政権獲得を利したことは疑いない。

政権を奪取したヒトラーはベルリンの国会議事堂放火事件を口実に緊急大統領令を発令し、続いて全権委任法を制定した。立法権を獲得した行政権力の永続化は議会制民主主義の死を意味する。こうしてヒトラーは選挙と議会を活用した暴力革命に成功した。

ナチス突撃隊（SA）が共産党、そして社会民主党の事務所を破壊し党員を容赦なく殺傷した。警察は反政府分子を大量検挙し新設の収容所に送りこんでいく。ナチスの合法的な暴力革命によって、ヨーロッパ最強を誇ったドイツの社会民主党と共産党はわずか数週間で跡形なく消滅してしまう。

ドイツ共産党の一挙的な壊滅によってスターリンは動揺し、社会ファシズム論を放棄するにいたる。コミンテルンは従来の立場を変更し、新戦術として各国の共産党支部に社会党や社会民主党との反ファシズム共闘を指令した。共産党にとってスペインやフランスの人民戦線は、一九三五年のコミンテルン第七回大会で決定された新戦術の実践だった。

一九三六年二月には、スペインで共和主義左派、社会労働党、共産党などによる人民戦線政府が樹立される。フランスでは同月、アルザス出身でユダヤ系フランス人の社会党指導者レオン・ブルムが極右活動家に襲われて重傷を負った。

ブルムを乗せた自動車が歴史家ジャック・バンヴィルの葬列に巻きこまれて立ち往生した。そのとき、サン・ジェルマン通りはアクション・フランセーズの名士バンヴィルを悼む群衆で溢れていた。極右派の若者がシトロエンの車内からブルムを引きずりだし、「ユダヤ人を殺せ」と叫びながら殴る蹴るの暴行を加えた。陸軍省で工事をしていた建設労働者に救出されなければ、ブルムは撲殺されていただろう。

事件を重視した政府によってアクション・フランセーズ

は解散を命じられる。パリの街路はブルムの暗殺未遂を非難するデモ隊の赤旗で埋まった。四月と五月の総選挙で人民戦線派は圧勝し、六月にはブルム首相の人民戦線内閣が成立する。こうしてフランスでもスペインに続いて、選挙による社会主義政権が誕生した。

国家転覆の間際まで迫った二月六日の右翼蜂起を体験し、もはや芸術的前衛の時代ではない、到来した激動の季節に頭から跳びこまなければならないと少年は厳粛に決意した。ブルジョワどもの腐敗した共和国を打倒すること。であれば右か左か、いずれかの革命陣営を選ばなければならないが、その決断は瞬時になされた。左派学生の隊列に身を投じたのは父親への反抗心からだったかもしれない。父親が時代遅れの貴族主義者で右翼だったから左翼を選んだ。もしも頑固な父親がコミュニストだったら、王党派のアクシォン・フランセーズに入った可能性もありえたろう。

一九三四年二月六日のコンコルド広場での右翼暴動にはじまる政治的激動の日々、右翼勢力の攻勢に右往左往する社会党や共産党の大人たちを尻目にコミュニスト、ソシアリスト、アナルコサンディカリストなど諸派にわたる急進左派学生は、ソルボンヌ界隈で極右派との衝突に明け暮れていた。棍棒代わりのステッキで武装した左右の学生は、ソルボンヌ傍のサン・ミシェル通りやオデオンの裏道やパンテオン広場で連日のように乱闘を続けた。

一九三四年からの三年間、フランスでは革命的な政治状況が続いていく。イヴォンも政治的激動のただなかを疾走した。急進左派学生の一員としてファシストの暴力部隊と闘ったイヴォンだが、芸術的前衛をめざしていたリセ生徒にさほどの政治的見識があったわけではない。ただし教師然として民衆を善導しようとするコミュニストには、はじめから膚の合わないものを感じた。共産党もトロツキー派の国際主義労働者党もボリシェヴィキとしての体質は変わらない。社会党の急進左派やアナキストのほうが親しみは持てたが、革命への展望という点では主張に説得力が欠けていた。どの組織にも所属することなく、少年は日々路上での戦闘を続けた。

総選挙で人民戦線が大勝した直後から、フランス全土が自然発生的なストライキの巨大な波に襲われる。労働者に占拠されたルノー工場を再訪し、赤旗が林立する光景にシモーヌ・リュミエールは「純粋な歓び」を感じたという。自然発生的なストライキには賃上げなど経済的な要求以上のものがある。もう職制のような小権力者に工場で小突きまわされることはない。労働者自身が自身を統治できる自由それ自体が歓び、純粋な歓びの体験だから。

　一九三六年の五月から六月にかけて、労働者に占拠され赤旗が翻る工場や街路を埋める数万、数十万のデモの大波はイヴォンの興奮を誘った。まるでロシア二月革命が再来したかのようだ。ボリシェヴィキの党派権力に横取りされたロシア革命とは違う真の革命を、フランスでは実現しなければならない。

　しかし手綱を離れはじめた労働者蜂起に社会党や共産党や労働組合指導部は動揺しはじめる。難産の末かろうじて誕生した人民戦線政府を維持し防衛するには、自然発生的に過激化する大衆運動を抑えこまなければならない。ストライキではなく経営者との和解と裁定による要求の実現が、いまや体制側に廻った労働組合の新路線となる。

　工場と街頭で闘われていた自然発生的な蜂起が沈静化していく光景を目にして、イヴォンは唇を噛んだ。しかも夏になると労働者の多くは、増額された賃金と獲得した長期の有給休暇を利用して田舎や海辺へ大移動しはじめた。スペインでは右派や軍部によるクーデタと反乱から共和国政府を守るため、多くの労働者と市民が民兵隊に志願して戦いはじめたというのに、この国のプロレタリアートは長期休暇（ヴァカンス）に浮かれるばかりなのだ。革命を押しとどめた組合指導者と、わずかな賃上げやかたちだけの労働条件の改善で満足したらしい労働者大衆。彼らはブルジョワを羨望し、ブルジョワのような豊かさを求めているにすぎない。

　ソルボンヌ界隈で極右の学生と衝突するとき、少年イヴォンは生の充実を実感できた。しかし人民戦線の勝利に酔いしれ、獲得できた経済的成果に満足できる大多数の労働者を肯定することなどできそうにない。これもまたニーチェが侮蔑した豚の群れ、羊の群れの同類ではないか。

「革命」や「社会主義」という言葉を同じように語りながらも、社会党系の労働総同盟（CGT）や共産党系の統一労働総同盟（CGTU）の労働者と自分とは、まるで違うものを求めているのではないか。死の淵まで自分を追いこまなければ感じることのできない、鮮やかな生への渇望。詩作と同じことでイヴォンの革命は鮮やかな生への特権的な通路だった。共産党員の学生からは小ブルジョア急進主義だと非難されたが、それでなにが悪いとイヴォンは思っていた。

　爽やかな小ブル急進主義者を自任していたイヴォンは、パリでの革命の日々は終わったことを苦々しい気分で確認した。そんなときだ、バルセロナからジョアンの手紙が届いたのは。フランスとは違ってスペインでは、たったいまも革命が進行しているという。それならジョアンの求めに応じて、革命と内戦のスペインに赴くべきではないか。

死の危険にさらされる極限状況にわが身を投入すること。革命と内戦の現場ではソルボンヌ広場やサン・ミシェル通りの街頭衝突とは次元の違う、死と隣りあわせた目眩くほどの生の燃焼が体験できるに違いない。高揚の春と失意の夏が過ぎ、イヴォンはピレネーを越えようと秋には心に決めていた。実際に越えられたのは真冬のことだったが。

ドルミテと称する新聞記者と二人でビルバオを出発し、アラゴン戦線を越えてカタルーニャに辿りついた三ヵ月後の一九三七年六月のことだ、フランス人民戦線政府が動揺と無定見な本性を自己暴露したのは。

ヒトラーのドイツとムソリーニのイタリアは反乱軍に多量の兵器類を供与し、さらに空陸の実戦部隊を派遣していた。しかしイギリスは、ドイツとの新しい戦争の可能性を危惧して内戦に局外中立を宣言し、実質的にスペイン共和国を見棄てる。その背景にはファシストの勝利のほうが、革命勢力に主導されたスペイン人民戦線の勝利よりましだという判断があった。

スペインでフランコ将軍がクーデタを宣言し内戦がはじまるのは、フランスで人民戦線政府が成立した翌月のことだ。隣国の人民戦線政府に共感していたフランスのブルム政権は当初、スペインの援助要請に応じようとした。しかしイギリスの外交的恫喝と閣内で中産階級の利害を体現する急進社会党の主張に屈して、不干渉の立場に追いこまれていく。

その後もスペイン共和国支持の共産党と不干渉派の急進社会党が激しく対立し、一年後に社会党のレオン・ブルム首相は辞任した。これを機に人民戦線政府は大きく変質し、空洞化と崩壊の道を歩みはじめる。人民戦線の実質は労働者階級の党である社会党と中産階級の党の急進社会党による階級連合だったが、急進社会党の離脱を警戒する社会党は無原則的な妥協を繰り返し閣外協力の共産党とも対立を深めていく。

ブルムを引き継いだ急進社会党のショータン首相、そしてダラディエ首相も不干渉の名目のもと瀕死のスペイン共和国を傍観し続ける。スターリンのソ連だけが共和国政府に実効性のある軍事援助を続けたが、目的はスペイン共産党の権力樹立にあった。そのためになされたスターリンの策略は、ある程度まで成功したといわなければならない。

資本に迎合するダラディエがブルム時代の労働者保護政策をなし崩しにしても、労働者大衆は反撃に立ちあがろうともしないで無力な沈黙を続けていたようだ。スペインで一兵士として戦っていたイヴォンに詳しいことはわからないが、労働条件のわずかな改善に満足してデモやストという武器を棄て、あとは議会政治家に委ねて闘争現場から撤収した労働者階級だから、それも当然の結果だろう。しかしスペインでは事情が違っていた。人民戦線政府の樹立とファシストのクーデタを下からの集産化革命、評議会革命の突破口となしえたのだから。

ダラディエは戦争回避の名目で反ファシズムの理念を裏切り、チェコの頭越しにズデーテン地方をドイツに売り渡した。すでに瀕死の状態だったフランスの反ファシズム人民戦線は、ミュンヘンでのヒトラーへの屈服によって惨憺たる結末を迎える。

「あんたがイヴォンかい」

黄昏時に工場の門から黙々と流れ出る灰色の群衆を眺めて漠とした思いに耽っていると、三十前後に見える女工から声をかけられた。女は栗色の髪を後ろで丸くまとめ、黒っぽいワンピースに着古したカーディガンを羽織っている。

「ペレーさんですか」

「そう」ポリーヌ・ペレーに迷った様子はない。

ポリーヌと会うためにイヴォンは新しい背広を着込んできた。青い三つ揃いに灰色のソフトハットという洒落た恰好は場違いで、仕事を終えた労働者が溢れるルノー工場の前では厭でも目につく。女工に先導されて青年は街路を進みはじめた。

「あんた、スペイン帰りなんだって」どうやらシモーヌがイヴォンを紹介する手紙に書いたようだ。「生きて戻れたのは幸運だよ。ジャニーヌの兄さんは、三年前にマドリード郊外で死んだんだ」

「ジャニーヌというのは……」

「そう、例のジャニーヌさ」

トランク詰め首なし屍体事件の最初の犠牲者はジャニーヌ・コンティだが、共産党の労働者党員だった兄リュックは国際旅団に志願してスペインで戦死したという。一九三六年十一月のマドリード攻防戦は国際旅団の事実上の初陣だったから、リュックはスペイン到着の直後に戦死したことになる。フランス共産党の書記長トレーズは糞でも、スペインで死んだ一党員のリュック・コンティに個人的な恨みはない。「妹さんのマドモワゼル・コンティは気の毒でしたね」青年は短い哀悼の言葉を呟いた。

反スターリン的な急進左派や革命的サンディカリストと共闘していたシモーヌは、どんな具合にポリーヌという女子労働者と友達づきあいをしていたのだろう。休職中のリセ教師という身許を隠して工場に入ったのは、組合運動や労働者工作のためでなく工場の労働現場を体験するのが目的だった。ポリーヌと政治的な話をすることは控えていたのかもしれない。

「ジャニーヌとは親しかったんですか」歩きながらイヴォンは質問する。

「まあね」

「どんな女性でした」

「どこにでもいる若い女だよ。ちょっと可愛い顔だったから、男に言いよられることも多かった。それでも身持ちは悪くなかったね」

ジャニーヌ・コンティは二十二歳、シャルトル郊外の農村の出身だった。先にパリに出た兄を頼って上京しルノー工場に就職して四年になる。

「恋人は」

「同じ職場の若者と別れたのが一年前のこと。去年の末に新しい男ができたようだけど、工場の人間じゃないね」

オステルリッツ駅でジャニーヌの屍体が発見されたのは一月二十四日だ。昨年の末からつきあいはじめたという男は事件と無関係でないかもしれない。

「どんな男なのか、もう少し詳しいことはわからないかな」

「仕事帰りにビヤンクールの酒場（ビストロ）で声をかけられたとか。男に口止めされていたのか、それ以上のことは誰にも話していないようね。でも一度だけ口を滑らせたことがある、どうやら男のことをルシアンと呼んでいるらしい」

「リュシアンでなくルシアンなんだね」犬（ル・シアン）というのは愛称にしてもいささか奇妙だが。

「ルシアンは貧乏人じゃないようだ。ジャニーヌが白いカブリオレに乗りこむところを、この界隈で目にしたことがある。あれはシトロエンが社運を賭けている新タイプの車だね。前輪駆動車（トラクシオン・アヴァン）なんて、誰が欲しがるのかよくわからないけど。運転席の男の顔までは見ていないが、たぶんルシアンの車だろう」ルノー工場で働いているポリーヌは、競合他社の新型車に多少の知識はあるようだ。

「そのことを警察には」

「班長は話を訊かれたようだけど、わたしのところまで警官は来ていない。工場の共産党員に紹介されたという男は訪ねてきたけどね」

ルノーのビヤンクール工場には強力な共産党組織がある。パリでは最大の工場細胞かもしれない。その情報網からジャニーヌの友人だったポリーヌの存在を洗い出し、わざわざ訪ねてきた男がいたようだ。

「どんな男でした」

「ベルコヴェールとか。ルシアンのことで思い出したことがあれば、連絡してほしいと住所を渡されたよ」

青年は眉間に縦皺をよせる。ベルコヴェール、共産党員なら同名異人ではないだろう。しかし、どうしてあの男が首なし屍体事件のことを調査しているのか。被害者の兄がスペインで戦死した同志だったからなのか。

歩きながら話しているうちに、いつかルノー工場から離れていた。街路には、帰宅を急ぐ工員たちの姿も疎(まば)らだ。セーヌの河岸から黄昏に沈むスガン島を眺めながらイヴォンはポリーヌを誘うことにした。落ち着ける場所でもう少し話を訊き出したい。

「適当な酒場(ビストロ)で食前酒(アペリチフ)でもどうかな」

「シモーヌの友達なら断るわけにはいかないね」女は笑顔で頷いた。「わたしやジャニーヌが行きつけの店でいいかい」

「もちろん」

五、六分ほど歩いて繁盛しているらしい店に入った。客は仕事帰りの労働者が多いが、なかにはネクタイなしでコーデュロイの三つ揃いを着込んでいるような、事務職とも思えない洒落た服装の男たちも紛れこんでいる。素人とも玄人とも印象が違う華やかな服装の若い女も。耳に入る言葉の断片から、付近にある映画撮影所の関係者らしいことがわかる。

入口のところで顔なじみらしい女に引き留められ、ポリーヌは立ち話をはじめた。青年はカウンターでマールを注文し、小さなグラスを立ったまま一息で空けた。熱するものが喉を灼(や)き空っぽの胃の底で熱く燃えはじめる。二杯目を啜(すす)りながら躰(からだ)に酒精が廻るのを待つ。

二年のスペイン生活で期待は達成されたろうかと自問し、肯定も否定もできないとイヴォンは思う。共産党に潰されるまでの最後の二ヵ月しかバルセロナのアナキズム革命には参加できなかったが、ファシストとの戦闘は二年近くも飽きるほどに体験した。死を賭して敵兵と対峙するとき血は沸騰し生は充溢する。とはいえ兵士の生活は十分の九までが瑣末な日常で占められている。一瞬の狙撃の機会を得るため、まる一日も泥のなかに身を伏せていなければならない。しかし、それも耐えられないことはない。待つ時間が長ければ長いほど頂点の一瞬は輝きわたるとすれば。

問題は死の危険も日常化してしまうことだ。期待していたような、死に直面しての戦慄と緊張と興奮はしだいに希薄化したように思う。戦場で殺し殺されかけることに神経が慣れてしまったのかもしれない。

スペインで青年を驚かせたのは、真に革命的であるとしかいえない平凡な民衆の存在だった。農家の主婦や娘たちまでがフランコ軍の襲来に備えて黙々とバリケードを築いていた。男たちの留守を襲われたときは、ありあわせの武器で決死の抵抗を続けた。

もちろん妻や娘だけではない、その夫や父たちも想像を超える勇敢さを発揮した。投げれば敵と味方の両方が死ぬという意味から、冗談まじりに「平等」と呼ばれる粗悪な手榴弾で優勢な敵軍に立ちむかい、しばしば全滅するまで徹底的に戦った。

前世紀のスペイン好きが憧れたように、ピレネーの南にはフランスとは違う文化が根づいている。シモーヌが語った「純粋な歓び」としての革命が、とりわけアナキズムが根を下ろした農民たちのあいだでは事実として生きられていた。この事実を疑う気などイヴォンには少しもない。

「待たせたわね」ポリーヌは顔見知りとの雑談を切りあげたようだ。「わたしも呑もうかしら」

「いいよ、なんでも好きなものを」

カウンターの隣に凭れた女にグラスをかざし、二杯目のマールも底まで呑みほした。この店でジャニーヌは新しい男と出逢ったらしい。犬（ル・シアン）と呼ばれる男の存在を警察はまだ知らない。ルシアンの話をポリーヌから聞き出したのは、ベルコヴェールと称したルヴェールとイヴォンの二人だけのようだ。事件直後に警察が酒場（ビストロ）の給仕や常連に組織的な聞きこみをしていれば、問題の男の正体を洗い出すこともできたかもしれない。人々の記憶が薄れたいまではそれも難しそうだが。

2

夜の闇に紛れる野良猫のような身ごなしで、イヴォンはクリシーの裏町を移動していく。平和な国に戻っても戦場の記憶は薄れない。人気のない路地に入ろうと様子を窺っている自分に気づいて顔を顰めることもある。パリの街路に敵の狙撃兵が潜んでいるわけはない。戦場の記憶は心の底の底まで幾重にも刷りこまれて二度と消えることはないのか。床に落ちた聖母像の悪夢にうなされ夜中に目覚めることもある。

心の仕組みは奇妙にできている。戦場では眠れるときに泥のように眠るしかない。死をめぐる恐怖に満ちた夢など見ている余裕はない。戦場を離れて安全な場所に身を置いたとたん悪夢に脅かされはじめた。しかも夢に見るのは、屍体の山が築かれたエブロ作戦やアラゴン戦線での激戦の記憶ではない。それ以前に体験した無残な出来事の記憶に憑(つ)かれているかのようだ。そうなることの理由には半ば以上も自覚的だが、それでも悪夢から逃れられるわけではない。

二十年前の大戦(グランド・ゲール)でフランドルの塹壕から生還した叔父は、重度の戦争神経症のため戦場の悪夢や白日夢に怯えて廃人さながらの状態になった。叔父とは違ってイヴォンの場合は日常生活に支障が出るほどではないが。

青年が戻ったパリの平穏な日々は、スペインでの戦争からドイツとの戦争までの短い息継ぎ期間にすぎない。ミュンヘン協定で戦争が回避されたと信じた民衆が、ダラディエ首相を空港で大歓迎してパリの街はお祭り騒ぎだったという。しかしドイツによる先月のプラハ占領で状況は一変した。

侘しい街灯の光で裏町の番地を確認し古びた建物の玄関広間に入る。軋(きし)む階段を三階まで登ってアパルトマンの扉を軽く叩いた。しばらくして「誰かな(キ・エス)」という低い声が扉の向こうから聞こえてくる。間違いない、あの男の声だ。

「僕だ、スペインで一緒だったイヴォン」

「こいつは驚いた」扉が開かれて笑いを含んだ灰色の眼が青年を見る。

「入っていいですか、ムッシュ・ルヴェール」

共産党の幹部らしいベルコヴェールという男が、トランク詰め首なし屍体の事件について調査している。ポリーヌ・ペレーに教えられた住所を訪ねたのは、そのことが気になったからだ。薄茶色の三つ揃いを着た、頑丈そうな四角い顎の男がイヴォンを見る。偽名のドルミテでも党名のベルコヴェールでもなく、本名で呼ばれても男には驚いた様子がない。

「今年はじめにカタルーニャ戦線が崩壊してから、きみがどうしたのか心配していた。帰国できたのは幸運だ、戻れなかった同志たちも多いからな」

コミンテルン主導で結成された国際旅団のフランス人部隊は、コミューン・ド・パリ大隊、ラ・マルセイエーズ大隊、アンリ・リュミエールマン大隊などで隊員総数は一万を超えたが、その三分の一は戦死したという。フランス人部隊のほとんどが共産党員だから、ルヴェールの親しい同志でも戦死した者は少なくないのだろう。

ルヴェールを快く思っていない様子のシモーヌに、詳しい事情は語らないことにした。この男と生命の危険をともにしたのは事実だが、むろん友人ではない。スターリニストに気を許すことなどありえない。とはいえルヴェールとは、単純に敵ともいえない複雑な関係だった。

ビルバオ名物のビスカヤ橋でゴンドラに乗ったときのことだ、セバスチアン・ドルミテと称する三十代半ばの男に話しかけられたのは。ベレを不器用に被った男はフランスの新聞記者で、内戦下のバスクを取材中だという。問われるままビルバオふうのベレの被り方を教えたイヴォンに、男はバスク独立派の動向を質問してくる。

幾度か顔を合わせるうちに、もしもバルセロナに行きたいなら一緒にどうかと誘われた。政府軍と反乱軍が激戦を繰り広げているアラゴン地方を、一人で何百キロも横断することに躊躇していた少年は男の誘いに応じることにした。

ビルバオを出発して三日後、鉄道もバスも動いていない戦火のアラゴン地方に足を踏み入れたときのことだ。住民が避難して無人になった村の教会前で待っていると、どこからともなくあらわれた農夫が、交渉するまでもなく二人を荷馬車に乗せてくれる。

同じようなことが二度、三度と続くうちにイヴォンにもわかってきた。ドルミテはたんなる新聞記者ではない、もしも本当に記者なら勤務先はフランス共産党機関紙〈ユマニテ〉だろう。アラゴン地方に点在するスペイン共産党の組織を利用しながら、ドルミテは危険な戦場を密かに移動している。砲撃の音が聞こえはじめた夜、焚き火の前でイヴォンは尋ねてみた。コミュニストであることを平然と認めた男は、明日から敵中を進むことになる、必要な場合は戦わなければならないと少年に告げた。

アラゴンの前線を通過してカタルーニャに入り、バルセロナに着いたところで記者を自称する男とは別れることにした。ベルコヴェールという党名を明かしたドルミテから国際旅団に入らないかと誘われていたが、そんな気などイヴォンにはもちろんない。スターリンもトレーズも嫌いだと答えると、それでもマルクス主義統一労働者党（POUM）の募兵事務所には絶対に、できれば労働総連合（CNT）の民兵隊にも足を向けないほうがいい、無意味に死ぬことを避けたいならと、そのときだけは真顔で口にしていた。ベルコヴェールの言葉が腑に落ちたのは二ヵ月後のことだ。

不意の客を警戒する様子もなく、ルヴェールは青年をアパルトマンに招き入れる。古めかしい家具が置かれた居間には先客がいた。アパルトマンの主人と同じ三十代半ばの男で、髪を綺麗に撫でつけ金属縁の眼鏡をかけている。ウールの背広は高級な仕立てのようだが、手入れがよくないのか毛羽立ちが目立つしネクタイには染みがある。身なりにかまわない様子の人物は労働者ではないが、常識で塗り固められたブルジョワ男でもなさそうだ。

「ジャン＝ポール・クレール、リセ時代の友人だ」

ルヴェールに紹介されて青年は小柄な男の掌を握った。

「もしかして『鬱（メランコリア）』の作者ですか」

「そう」少し甲高い声でクレールが応じる。「私も、きみの詩を読んだことがあるよ」

返事をする前にルヴェールが横から口を挟んだ。「もう少しクレールと話がある、終わるまで寝室で待っていてくれないか」

「ええ、もちろん」

奥のドアを開いてベッドが置かれた小さな部屋に入った。このアパルトマンには居住者がコミュニストであることを示す品は皆無だ。マルクスの本もレーニンの写真も共産党や労働総同盟（CGT）のポスターも。ルヴェールの自宅ではなく、共産党のパリ組織が会議や連絡場所などに利用しているアジトのひとつではないか。そこに男は管理役を兼ねて寝泊まりしている。

綺麗に整えられたベッドの端に腰かけていると、隣室の声がかすかに聞こえてくる。密談というほどではない、同席さえしていなければイヴォンに聞かれてもかまわない程度の内輪の話といったところか。

作家の声がする。「一年前にエルミーヌとモンパルナスの酒場で会って以来だな、若いころには毎週のように顔を合わせていたというのに」

「十代は毎日だった、ルイ・グラン校の教室で」

エルミーヌとは『鬱（メランコリア）』に献辞がある女性のことに違いない。話の様子では、ルヴェールは一年前にスペインの戦場を離れてパリに戻っていたようだ。あるいは党の任務でスペインとフランスを幾度も往復していたのか。

「きみが高等師範学校（エコール・ノルマル）に進まなかったのは残念だと、いまでも思うよ。成績の点では問題なかったのに」

「私の家庭のことは知ってるだろう、父親は事務職だ。この国で労働者や事務職の出身者は見えない形でブルジョワに差別されている」

「子供のころから自然に本を読む習慣が身についているブルジョワ出身者と、本を読むのは余計なことだと教えられてきた階級の出身者は学校という場で対等の競争ができない。たしかにきみのいう通りだろう。しかしアンドレ・ルヴェールは労働者階級の出身ではないし、階級の壁を越えられる高い知的能力の持ち主だった」

「自分一人だけ階級の壁を越えるというのが、なんだか不愉快だったんだろうな。……ボリスと出遇えたのは幸運だった」

ボリスというのはスヴァーリンのことではないか。リセ在籍中に共産党に入ったルヴェールは、スヴァーリンに推薦されてソ連に行ったという。

「きみはフランス共産党のコミンテルン代表団では最年少の一人で、前後三年もモスクワで暮らした。いまは共産党の中央委員で将来は国会議員にもなるだろう若手随一の幹部党員だ」作家は少し皮肉な口調でいう。

ルヴェールが無愛想に応じた。「今夜は話があって来てもらった」

「なんだね、あらたまって」

「単刀直入にいおう、入党しないか」

「共産党にかい」

「ラロックの社会党（PSF）に入れと、きみに勧めると思うか」

「はじめてだ、きみに入党を勧められたのは。どうして私をコミュニストにしたいんだ、私が入党すると誰かの利益になるのか」

「誤解しないでもらいたい。党がきみを求めているのではない、きみが党を必要としているんだ。党にとってジャン＝ポール・クレールは、いてもいなくても変わらないちっぽけな存在だ。きみなしでも党はやっていける。しかし、きみは……」

「党なしには生きられない、とでもいうのかね」小男の声には笑いが滲んでいる。

「そうだ、きみは入党しなければならない。真の自由を得るためには前衛党の鉄の規律に従うことを自分から選ぶべきだ」

息苦しい沈黙のあとクレールが低い声でいう。「……残念だが」

「きみの立場は党の政治主張と基本的に変わらない。きみはフランコ反乱軍と戦うスペイン共和国政府を支持し、無原則な妥協だとミュンヘン協定を否定した」

「そう、たいして変わらない。しかし問題は政治主張が同じかどうかではないんだ。一致しようとしまいと認識は問題ではない。行動するためには決断しなければならない、決断するにはなんらかの価値を信じなければ。しかし私はなにも信じていない、世界は偶然に満ちているからね」

「決めるべきことを決めさえすれば、信念はあとから付いてくるさ」ルヴェールは平然としていう。

「いや、それが必然的だという信念が先になければ決断などできない。決断できない以上は行動することも」

「どうしてそうなるんだね」男が冷静に畳みかける。「なにがきみをそんなふうに頑固にさせるのか。私はよくわかっている、きみはブルジョワの出身だが心底から出身階級を憎んでいる。腐ったブルジョワ社会の破壊を熱望しているのに、どうして行動に踏み出そうとしない」

「ブルジョワを憎むのと同じ理由で共産党に入ることを決断できない。……ファシストはゲルニカを爆撃した」

「そうだな」男が無表情に同意する。「ドイツ軍のコンドル部隊はゲルニカでもどこでも、無差別爆撃で民間人を大量に爆死させた」

「なんとかしたいとは思う」呻(うめ)くように作家がいう。「しかしできない。アンドレ、きみは幸運な男だ」

「コミュニストになれたからか」

「そう」クレールが応じる。

「きみだってなれる、必要なのは選ぶことだ」

「私は選べない。しかし、いつかは……」

「状況は切迫している、年内にも戦争がはじまるだろう」

「チェコという獲物でヒトラーは満足したかもしれないよ」

「いいや、やつは第二の大戦(グランド・ゲール)をはじめる気だ」


情勢判断はイヴォンと変わらないが、ルヴェールの発言は機関紙〈ユマニテ〉に書かれている共産党の公式見解とは違っている。どのような事態にも労働者階級は備えなければならない、しかし反ファシズム闘争の前進でドイツとの戦争は回避できるし回避しなければならないというのが、どう見ても大甘なフランス共産党の認識なのだ。

「きみの兵科は私と同じ歩兵だ、開戦の翌日にも召集され前線の塹壕に送られる。前の戦争のときと同じように、ブルジョワも労働者も区別なく機関銃と大砲と毒ガスを浴びせられて無意味な大量死をとげる。

湿っぽい穴のなかで名前もない屍体に変わる運命を、きみは納得して受け入れるのか。私はできる、革命という必然性に生き、そして死ぬことを十七歳で決意してコミュニストになったからだ。きみが決断を回避し続けるなら、あらゆる希望の絶えた不毛の荒野で暗澹(あんたん)とした死を迎えるしかない」

「なかなか説得的だな、アンドレ・ルヴェールの言葉は」

「だったら」男が畳みかける。

「必然的な選択は存在しない、選ぶ根拠などないという事実に誠実でありたい。きみには危険から逃げている臆病者に見えるだろう。としても納得できない決断をするよりも、決断できない自分に率直であることのほうが大切だと思う。結果として偶然の死、なにひとつ意味のない最悪の死を迎えることになろうとも」

息苦しい沈黙が続き、ようやくルヴェールの声がした。

「……残念だ」

「わかってもらえたかな」作家は安堵したようだ。

「なにも決断しないという決断を非難することは、誰にもできないからな」

「決断しないことも決断だと」

「そうさ、当然だろう」

足音がして、屋内ドアが軽く叩かれる。「話は終わった」イヴォンが居間に戻ると、作家が外套に袖を通しながら人なつこい笑顔で声をかけてくる。「待たせたね、アンドレと少し面倒な話をしていたんだ」

二人の会話が隣室まで聞こえていたことをクレールは想像もしていない様子だ。細かいことには無頓着な性格らしい。

「いいえ、とんでもない」

「できれば時間を作って会いたいな、近いうちに。どこに住んでいるのかね」

「いまはオデオンの裏、ドフィーヌ街の家具付きホテルですが」

「だったら明後日の午後六時、〈フロール〉でどうだろう。スペインの話も聞いてみたいし」

オデオンの安ホテルからサン・ジェルマン・デ・プレの〈フロール〉まで、歩いて五分ほどの距離だ。青年の掌をしっかりと握ってから新進作家は玄関に向かう。戸口から旧友を送り出したルヴェールが、テーブルにカルヴァドスの瓶とグラスを置いた。

「一杯やらないか、悪くない銘柄だ。……聞こえてたろう、クレールとの話は」

「わざと聞かせたんですか」芳醇な香りを楽しみながらグラスを傾けると、熱い液体が喉を滑り落ちていく。

「意図してというわけではない、たまたまきみが訪ねてきたからだ」

「話が終わるまで外にいたほうがよかったのでは」

「そこまで気を廻す必要はない、きみに聞かれて困るような話でもないし」

「僕のこと、そんなに信用していいんですか」

「ゴンクール賞候補の新進作家クレールが、入党を勧誘されて拒否したと無責任に触れ廻るほど軽率な若者ではないと思うが」

もちろん他言する気はない。「どうして今夜、リセ時代からの旧友に入党を勧めたんです」

「きみが盗み聴きした通りさ」

人聞きの悪いことを平然と口にするのはルヴェールの個性のようなものだ。「盗み聴きなんかしていない、この家の壁が薄いから聞こえてきたんですよ」

「どちらでも同じことだ。盗み聴きはよくないというのもブルジョワ道徳にすぎないからな。コミュニストはいつでもどこでも、あらゆる声に耳を傾けるべきだ」

親切で態度も紳士的なルヴェールだが、このような台詞を平然と口にするのがボリシェヴィキの悪党らしいところだ。この連中にとって真実と虚偽、誠実と欺瞞は弁証法的に循環している。そのようにして盗み聴きはもちろん嘘もデマも捏造も、弾圧も拷問も強制収容所も弁証法的に合理化され正当化されていく。ボリシェヴィズムが危険な秘密警察的支配に到達するのは必然的だ。

「党がクレールを求めているわけではない、クレールのほうが党を必要としている。それ、本気なんですか」この逆説も弁証法的思考の産物ではないのか。

男が無表情に頷いた。「機会があれば入党を勧めようと、以前から考えてはいたよ」

「勧誘すれば応じると」

男が唇を曲げる。「いいや、しかし数年後のクレールは今夜の選択を心から悔いるようになる。今夜の誘いは将来に向けての伏線というわけだ。次の機会に入党を勧めれば大喜びで応じるだろう。いずれにしても党に入る以外に、クレールはブルジョワを憎悪するブルジョワ息子であることから卒業できない」

ブルジョワとブルジョワに支配された社会を心底から嫌悪するクレールだが、その非妥協的な過激主義は政治とまったく無縁で、反抗は日常生活や文化の領域から外に出ることがない。あらゆる権威と権力を拒否してアナキストを気取っているが、クレールのアナキズムは無力な個人的趣味でしかない。

「家柄を憎悪する古い家柄の息子もクレールと立場は似ているが、入党の件は考えてくれたかい」男の表情から内心を読むことはできないが、まさか本気ではないだろう。

「一昨年の五月、バルセロナでコミュニストに背中を撃たれたことは忘れてませんよ。あのときは〈ドゥルティの友〉の若者たちと一緒に戦った。僕がスペインで最初に銃弾を放ったのは、皮肉にもファシストではなくスターリニストの軍隊にだった。あのバリケード戦で親友のジョアンはボリシェヴィキの銃弾に斃(たお)れた」

アラゴン戦線を通過してバルセロナに到着した直後のことだ、ルヴェールと別れたイヴォンが、手紙の住所を頼りに年長の友人ジョアン・マルティの家を訪ねたのは。パリに留学していたジョアンはイヴォンたちのグループの一員で、ファシストとの街頭衝突をともに闘った仲間だ。スペインの総選挙で人民戦線が勝利した直後に、アナキズム革命の到来を予感したジョアンは急遽帰国する。

前世紀からスペインの大地には、バクーニンに影響されたアナキスト民衆の運動が深く根を張っていた。マルクス主義者が主流のフランスやドイツやイタリアと違って、スペイン左翼は伝統的にアナキストが多数派を占めてきた。カタルーニャの貧しい農村では、日曜の夜になると村人が広場の樹の下に集まって、国家の廃止と民衆の理想社会についての議論を夜が白むまで続けたという。絶対自由を渇望するプロレタリア貧民の革命精神は第三共和政のフランスでは形骸化していったが、隣国スペインでは二十世紀まで根強く生き続けていた。

一九三六年二月の総選挙で人民戦線の諸政党が勝利すると、カタルーニャを中心にスペイン各地でアナキスト民衆の運動は活発化した。七月に軍、治安警備隊、警察などの右翼勢力が各地で共和国政府打倒の反乱を起こしたが、バルセロナではジョアンも参加した市街戦でクーデタは阻止される。マドリード、バレンシア、マラガ、ビルバオなどの主要都市でも軍部の反乱は失敗に終わった。

すでに開始されていた民衆の社会革命は、フランコ軍との内戦と同時進行していく。首都マドリードに次ぐスペイン第二の都市バルセロナと周辺のカタルーニャ農村地帯をはじめ、全国で労働者の工場占拠や小農や小作農による大地主からの土地接収が相次いだ。労働者と農民は集産体(コレクティヴィダッド)を組織し、工場と農場に評議会(フンタ)を樹立していく。フンタはフランスではコミューン、ロシアではソヴィエトと呼ばれた民衆の自治組織、自己権力体だ。

内戦開始から十ヵ月のあいだ、イベリア半島最大の工業都市バルセロナは蜂起した民衆とアナキスト主導の反ファシスト民兵中央委員会による自主的な管理下に置かれていた。無力化した左翼共和派主導のカタルーニャ自治政府(ジャナラリタット)に代わって、労働総連合(CNT)が工場や交通や通信を運営し、自主的に組織された民兵隊が都市全体の治安と防衛を担当した。ようするにバルセロナには、自治政府(ジャナラリタット)の首班コムパニスが非難がましく述べたように「アナルキスタおよびアナルコシンディカリスタの独裁」が樹立されていた。民衆による下からの集産化革命、評議会（フンタ）革命の敵対者として登場してきたのがコミンテルンに繰られるスペイン共産党だった。スペイン社会の革命的な改造は、国家権力を掌握した前衛党が上から計画的に推進するべきで、民衆の自然発生的な革命運動は社会的混乱を招きファシストを利するという党派的立場から、共産党は集産体（コレクティヴィダッド）やアナキスト民兵隊の解体を要求した。

同時期のフランスでトロツキー派や〈何をなすべきか〉誌に拠ったアンドレ・フェラなどの共産党反対派、あるいは民主的共産主義サークルのような反スターリンの急進左派は民衆的な基盤を欠いた小集団だったにすぎない。しかしスペインでは、それが強力な民衆的勢力として存在した。イベリアアナキスト連盟（FAI）の影響下にある労働総連合（CNT）と、カタルーニャの反スターリン派コミュニストが新たに結成したマルクス主義統一労働者党（POUM）が、人民戦線運動を社会革命に転化しようとする最左派を構成していた。

弱小だったスペイン共産党が内戦激化の過程で急伸長し、人民戦線政府の主導権を掌握していく。共和国へのソ連の軍事援助を独占的に管理したからだ。ただしソ連の援助は無償ではなく、強欲なスターリンはスペインが保有する金塊を代償として要求した。

内戦の初期、反乱軍に包囲されたマドリードを救ったのは外国人義勇兵による国際旅団だった。国際旅団へのコミンテルンの指導力は圧倒的で、これも政府内でのスペイン共産党による主導権確立に貢献した。総選挙で樹立された人民戦線政府は内戦の過程で、事実上の共産党政権に変質していく。

共産党の党勢拡大を下から支えたのは、民衆的な集産化革命に抵抗するブルジョワ共和派の分厚い層だった。一九三六年以降に急成長したスペイン共産党の新規党員は、貧農や下層労働者ではなく自営農や都市中産階級や知識人で占められていた。ようするにスペイン共産党の階級的性格は、進行中の集産化革命に反撥する小ブルジョワの政党だった。

労働総連合（CNT）やマルクス主義統一労働者党（POUM）をフランコと同列の敵と見なしたソ連は、本国では大粛清の実行部隊だった秘密警察をスペイン現地に送りこんだ。内務人民委員部（NKVD）の支配下に置かれたスペイン共産党は人民戦線の主導権を掌握するため、労働総連合（CNT）やマルクス主義統一労働者党（POUM）など共産党に敵対する左翼勢力を政治的軍事的に弾圧しはじめる。たとえばフランコ軍と内通しているという秘密文書を偽造して、ＰＯＵＭをファシストのスパイ、裏切り者と非難し弾圧して暴力的に壊滅させるなど。

カタルーニャでは共産党に主導された連合左派組織、カタルーニャ統一社会党（PSUC）が中央政府の支持のもと、反ファシスト民兵中央委員会の解体とカタルーニャ自治政府（ジャナラリタット）への権力集中を執拗に要求しはじめる。イヴォンがバルセロナに到着した一九三七年三月には、イベリアアナキスト連盟（FAI）／労働総連合（CNT）やマルクス主義統一労働者党（POUM）とスペイン共産党との対立が激化し、バルセロナは一触即発の事態にあった。

バルセロナの急進派は伝説のアナキスト革命家ブエナヴェントゥラ・ドゥルティの名を冠した新組織〈ドゥルティの友〉を結成する。人民戦線内閣に入閣したアナキストの有力政治家や、共産党による締めつけにも優柔不断な態度に終始し、バルセロナ民衆の権力機関である反ファシスト民兵中央委員会の解体要求までも呑んだCNT指導部に、急進的なアナキスト青年たちは不信感を募らせていたのだ。

CNT急進派だったジョアンに誘われ、イヴォンも〈ドゥルティの友〉の青年たちと行動をともにした。イヴォンがジョアンたちと街中に貼って廻った〈ドゥルティの友〉のポスターには「自治政府（ジャナラリタット）の反革命的策動を粉砕し、全権力を労働者と農民の手に集中せよ」と大文字で印刷されていた。

しかし平和的な宣伝活動の時期はじきに終わる。〈ドゥルティの友〉の戦闘団に志願したイヴォンは銃と爆弾を手に、圧倒的に優勢な敵勢力との市街戦に突入する。敵勢力は表向きはカタルーニャ統一社会党（PSUC）の警察と軍だが、実態は共産党の意向に忠実な武装集団だった。

〈ドゥルティの友〉がその名を冠したブエナヴェントゥラ・ドゥルティは幾度となく武装蜂起を企て、逮捕と亡命を重ねたアナキスト革命家だ。一九三六年七月にバルセロナでファシスト反乱軍をバリケード戦で打ち破ったのち、マドリード攻防戦に赴いた直後の十一月にドゥルティは謎の死をとげる。

暗殺とすれば犯人はファシストでなく、アナキストの勢力拡大を抑えたい共産党だった可能性も否定できない。アナキストとしての原則を放棄して人民戦線政府に閣僚を送ったCNT主流派の幹部が、事件に関わっていたという噂もある。急進派の指導者として民衆に人気のあるドゥルティは、社会党や共産党との協調路線を拒否したに違いないからだ。

ドゥルティの死と前後して、各地のアナキスト民兵隊の政府軍化が上から強引に進められていく。CNT民兵隊から独立性を剝奪し無力化して、共産党主導の政府軍に強制編入する政策を中央政府のアナキスト政治家は容認した。ファシストとの内戦に勝利するには、人民戦線の秩序を乱してはならないとして。それだけではない。ブルジョワ共和派や社会党、共産党などの顔色を窺って、爆発的に進行しはじめた集産化革命さえも上から制限しはじめる。ファシストとの内戦に勝利することが先決で、それまで革命は延期しなければならないと労働総連合（CNT）の幹部たちは判断していた。

もしもドゥルティが生きていれば、前線の部隊をスターリニストに売り渡すような裏切りなど許したわけがない。妥協路線を歩む労働総連合（CNT）の指導部に叛旗を翻した青年活動家たちは、アラゴン戦線からバルセロナに戻って〈ドゥルティの友〉を結成する。大人たちが唱える「戦争か革命か」という反動的な選択の強要に、青年たちは「戦争も革命も」と叫び返した。

一九三六年二月の総選挙で人民戦線が勝利し、工業地帯や農村で集産化と社会革命が爆発的に進行した翌年の春までに、労働総連合（CNT）は「全権力を評議会（フンタ）へ」のスローガンのもとカタルーニャ自治共和国の権力を実力で奪取すべきだった、と〈ドゥルティの友〉は主張した。しかしCNT指導部の無定見と動揺のため権力獲得の機会は失われ、共産党による三七年五月の軍事弾圧を許してしまう。

一九三七年五月三日、CNT労働者が占拠、自主管理していたバルセロナ中央電話局で戦闘の火蓋は切られた。でっち上げの盗聴疑惑を口実に共産党の鎮圧部隊が電話局を急襲したのだ。フランコ軍が門口まで迫っているというのに、スペイン共産党はバルセロナから「アナルキスタとアナルコシンディカリスタの独裁」を一掃するため、デマを口実に武力掃討を強行した。

バルセロナで市街戦が戦われているあいだ、マドリードからバレンシアに移転していた共和国政府内では政変が進行していた。アナキスト勢力にも中立的だった社会党左派出身の首相ラルゴ・カバイェロの意向を無視して、共産党は鎮圧軍をバルセロナに派遣する。事件の直後にカバイェロは失脚し、アナキストと社会党左派を排除した新内閣が成立した。こうして共産党による共和国政府の実質的な支配は完成していく。

ソ連製の最新兵器を装備した、優勢な敵部隊との激しい戦闘が六日間にわたって続いた。CNT指導部は労働者に武器を棄てることを訴え、指令を拒んで戦闘を継続する〈ドゥルティの友〉やマルクス主義統一労働者党（POUM）の前線部隊を声高に非難した。バレンシアからの援軍を得た共産党側の大軍に圧倒され、戦闘は五月八日の朝にはアナキスト側の敗北で終わる。

バルセロナでの市街戦に前後してカタルーニャでもアラゴンでもアンダルシアでも民衆の自己権力体である集産体や評議会、都市の工場委員会や農村の農民委員会は共産党の弾圧によって解体された。抵抗する者は逮捕され拷問され銃殺された。スペイン革命の集産体や評議会とロシア革命の労働者や農民や兵士の評議会は、民衆の自己権力体という点で同じ性格の集団だ。ボリシェヴィキ党によるソヴィエトへの弾圧と無力化が、ロシアに続いてスペインでも反復されたことになる。

五月八日の朝、バレンシアから送りこまれた大軍に追いつめられ、武装解除され捕縛されたイヴォンたちは港湾地区の倉庫に押しこめられた。そのときの重苦しい記憶が甦って、イヴォンは思わず詰問していた。

「兵士に護衛されて歩いているあなたを、臨時の捕虜収容所で遠くから見かけた。あのとき警備兵が監獄代わりの倉庫から僕一人だけ連れ出したのは、あなたの指示だったんでしょう」

男が無表情に頷いた。「処刑名簿からデュ・ラブナンの名前を削除するよう、私が担当官に指示した。あのとき見過ごしていればきみも銃殺されたろうな」

担当官とはスペイン共産党のバルセロナ地区委員会か、あるいはソ連から派遣された秘密警察NKVDのバルセロナ派遣隊の一員だったのか。後者のほうが可能性は高いとイヴォンは踏んでいる。

国際旅団の臨時混成部隊の駐屯地に連行された青年は、そのままローザ・ルクセンブルク大隊への入隊を強制された。拒否すれば収容所の倉庫に逆戻りか、その場で銃殺だろうから命令には従うしかない。アラゴン戦線から後退してきたルクセンブルク大隊は、亡命ドイツ人コミュニストの義勇兵が大半を占める、国際旅団でも勇猛で知られた精鋭部隊だった。

ナチスによって一夜のうちに粉砕されたドイツ共産党の党員たちの運命は三つ、ドイツに留まって突撃隊に惨殺されるか、強制収容所に送られて衰弱死を待つか、あるいはソ連に亡命してスターリンの大粛清の餌食となるか。軍の反乱によるスペイン内戦の開始は、いずれにしても死の運命から逃れられないドイツ人コミュニストに第四の、新たな希望に通じるかもしれない可能性をもたらした。同志や家族を皆殺しにしたファシストに報復するためなら、戦場に斃れてスペインの土になろうと悔いはない……。

同じ外国人義勇兵でもフランス人やイギリス人には帰ることのできる国がある。帰還できる祖国をファシストに奪われたドイツ人コミュニストは、戦場でも決死の覚悟で戦った。勇猛果敢だったのも当然だろう。ルクセンブルク大隊出身のドイツ人義勇兵にはエーリヒのように労働者出身の気のいい男もいたが、イヴォンは脱走の機会を窺い続けた。

ルヴェールが口を開いた。「配属された混成大隊を三ヵ月ほどで脱走したとか」

「いっておくけど戦闘を怖れて逃げたわけじゃない。共産党の政治委員が大きな顔をしている国際旅団は不愉快なので、隙を見てCNT部隊に鞍替えしたんですよ。アンダルシアから撤退してきた鋼鉄縦隊の残兵が多数を占める精鋭部隊に志願して、そのあとテルエルで戦った」

反乱軍にアラゴン地方を制圧された政府軍は、昨年の夏、分断されたバルセロナとバレンシアの連絡を回復しようとエブロ川流域で大攻勢に出る。しかし共和国政府軍が総力を挙げたエブロ作戦は失敗に終わった。装備も補給も劣勢な政府軍は戦闘で反乱軍の倍もの戦死者を出し、これを機に共和国は政治的にも軍事的にも崩壊しはじめる。敗北に終わったエブロ作戦で、わずかに残されていた力を消耗しつくしたのだ。

イヴォンが所属していたアナキスト民兵隊は、テルエルからエブロへの移動を命じられ、エブロ戦での敗退後はセグレに投入された。しかし優勢なファシスト軍の攻勢で防衛線は突破される。セグレ戦線が崩壊した今年一月、カタルーニャに侵攻したフランコ軍はバルセロナに迫ろうとしていた。セグレ守備隊の残兵は山を越えてフランスに脱出するしかない立場に追いこまれ、こうして二年間のイヴォンの戦争は終わった。

青年は語気鋭く続ける。「アラゴンでもカタルーニャでも戦線が崩壊し、ほとんど無抵抗状態でバルセロナが陥落した理由をあなたは知ってますよね」

「敵軍が迫ったバルセロナでは防衛隊に志願する市民や労働者が少なすぎた、すでに戦闘意欲が失われていたんだな」

「どうしてそうなったのか」

「バルセロナは労働総連合(CNT)の牙城で、残念ながら共産党の組織は弱体だった」

「とんでもない、僕はこの目で見ている。エブロでもセグレでも先に逃げ出したのは、共産党の政治委員がのさばる政府軍だった。カタルーニャの労働者も農民も進駐してきた共産党の武装部隊によって集産体を蹂躙され破壊され、抵抗する者は例外なく処刑されて希望を失っていた。いいですか、ルヴェール。バルセロナの共和派市民と労働者のほとんどがフランコの勝利は地獄だが、たとえ共和国政府が勝利しても訪れるのは同じような地獄だと思っていた」

　ファシスト独裁でもボリシェヴィキ独裁でも、待ちかまえているのは市民的権利の剝奪と秘密警察国家の陰惨な暴力的抑圧体制だ。共産党が支配する政府軍とフランコ軍との内戦に、カタルーニャ民衆が戦意を失っても当然だった。

　内戦時代のウクライナでは、アナキストのネストル・マフノに率いられたパルチザン部隊がボリシェヴィキに皆殺しにされた。共産党が支配する共和国政府が内戦に勝利しても、カタルーニャのアナキストはウクライナのアナキストと同じ運命を辿ることだろう。

「きみはカタルーニャのアナキズム革命に参加するためピレネーを越えた、そうだね。しかしバルセロナに到着した直後にアナキスト連中の革命騒ぎは立ち消えた。かろうじてワーテルローに辿り着いたファブリス・デル・ドンゴの不運を、きみも繰り返したといえるな。なぜ五月の戦闘のあとも、きみはスペインに留まることにしたのかね。アナルキスタとアナルコシンジカリスタの革命は潰えたというのに」

「いまや事態は絶望的かもしれないが、それでもファシストやコミュニストと最後まで戦い抜いて革命に勝利する可能性に賭けよう。五月の戦闘に斃れた友人による、これが最期の言葉だった。親友との約束を裏切るわけにはいかない。すでに一九三六年革命の退潮は喰いとめようのない趨勢だったけれど、僕はスペインの戦場に留まることにした」

　わざとらしく間を挟んでルヴェールが拍手する。「なるほどね。それにしても申し分ない戦歴だ。テルエル、エブロ、セグレ、どこも激戦の地だった。一昨年から二年ものあいだ、きみが十字砲火の下で泥のなかを這い廻る勇敢な兵士だったことは認めよう。しかし……」

「なんですか」青年はルヴェールを凝視した。

「きみの共産党批判は皮相にすぎるな。イヴォン、きみは現実を直視しなければならない。われわれはCNTを無力化しPOUMを粉砕した。どうしてアナキストとトロツキストまがいを始末したのか、その理由はきみにも理解できるだろう」

「もちろん知ってますよ、共産党の言い分はね。しかし僕は認めない。いったん握った権力は絶対に手放そうとしない、権力にしがみつくためならどんな汚いことも平気でやるボリシェヴィキは、民衆の革命と自己権力に必然的に敵対する。スターリンは独裁国家ソ連を守ることに汲々としてスペインの革命的民衆を地主とブルジョワに、ひいてはファシストに売り渡したんだ。違いますか」

スターリンとソ連の利害にコミンテルンと各国の共産党は従属していた、フランスでもスペインでも。ナチス政権が樹立されドイツの再軍備が進むにつれ、スターリンは窮地に追いこまれていく。東方にゲルマン民族の生存圏(レーベンスラウム)を確保すると以前からナチスは公言していた。ボリシェヴィキ独裁国家の壊滅をもくろむ資本主義国イギリスとフランスが、国家社会主義ドイツによる侵攻を支援すれば、どう見てもソ連に勝ち目はない。

ドイツの勢力伸長を阻止し、同時に仏英を敵に廻さないようにすること。ドイツと両国を分断し、できるならドイツと仏英が戦うように仕向けなければならない。イギリスやフランスが支持する人民戦線政府内のブルジョワ共和派は、カタルーニャをはじめスペイン全土で進行しはじめた社会革命を恐怖している。アナキストに主導されたスペインの民衆蜂起を弾圧しなければ、共産主義革命の波及を警戒する仏英がドイツと組んでソ連に敵対しかねない。

イヴォンは激した口調で続ける。「労働者の祖国に危険をもたらす勢力、スペインのアナキスト民衆は帝国主義のスパイでファシストの手先だ、という理屈ですよね。しかし独裁者スターリンのソ連は労働者の祖国なんかじゃない。クロンシュタットの水兵叛乱を弾圧したトロツキーもスターリンの卑劣な同類だし、レーニンこそ二月のソヴィエト革命を盗み取った張本人だ」

ルヴェールが苦笑する。「アナキストの泣き言は聞き飽きているよ」

「スペインでアナキストと一緒に戦ったとしても僕はアナキストではない。イギリスやフランスの老朽化した資本主義は終わっている。ソ連の一国社会主義とドイツの国家社会主義は、いずれも二十世紀的な政治経済秩序で新たな民衆抑圧体制にすぎない。ヘンリー・フォードに体現される新しいアメリカ資本主義も。われわれは二十世紀資本主義と闘うと同時に、ソ連とドイツの歪曲された二十世紀社会主義とも闘わなければならない。しかし、こうした世界認識が残念ながらアナキストには欠けている」

「なるほど、きみはスヴァーリン派なんだね。いや、影響されたのはシモーヌ・リュミエールのほうか。いずれにしても連中はお人好しの空想家で、客観的には反革命の役割を果たさざるをえない。

　スヴァーリンと似たような主張のPOUMも、POUMの何十倍も強力だったCNTも無定見な右往左往の果てに無力にも自滅した。アナキズムの教義を放棄して人民戦線政府に入ることを選び、きみが感動した集産化革命を放棄したのはCNT指導部なんだ。われわれは小指の先で軽く背中を押して、連中の自滅を手助けしたにすぎん」

　スペインのアナキスト指導部は選挙にも議会政治にも関与しないという信条を裏切り、政権への参加は労働者を裏切るものだという原則を放棄し、愚かにもスペイン共和国の閣僚という毒餌を口にした。多数派のブルジョワ共和派や社会党に利用され、共産党に操られるだけの無力な少数派になる結果をみずから選んだといわざるをえない。

　一八七三年にエンゲルスは書いている、「極端に革命的な言辞を弄したバクーニン主義者は、このように、行為の時点が来たとたんに、現実にはまあまあと宥(なだ)める側に廻ったり、最初から見込みのない蜂起をしてみたり、あるいは、労働者を恥知らずにも政治的に食いものにした上で足蹴にするブルジョワ政党の、シッポにくっついたりした」と。

　ルヴェールが続ける。「権力を前にして逡巡し、右往左往するだけのアナキスト連中に革命など不可能だ。この真実がスペインでまたしても証明されたとは思わないか」

　青年は皮肉な口調で応じる。「バクーニンを批判したエンゲルスの言葉には多少の修正が必要ですね。ブルジョワ政党を共産党に置き換えれば、まさにスペインでの事態を正確に予言していたとも読める」

　ソ連の軍事援助を背景にスペイン共産党は、あらゆる詐術、欺瞞、暗殺やテロを駆使して労働総連合(CNT)やマルクス主義統一労働者党(POUM)を弱体化あるいは解体し、共和国の政治権力を摑み取ろうと努めた。その結果がバルセロナの一九三七年五月だ。コミュニストは冷酷な計算で周到に行動し、追いつめられたアナキスト民衆は必死で応戦した。ウクライナをドイツ帝国主義に売り渡す講和条約に抵抗し、一九一八年のモスクワで敗北必至の反ボリシェヴィキ蜂起に追いこまれて壊滅した左翼社会革命党(エスエル)の運命を反復するように。

　CNT指導部の無定見な日和見主義者たちは、ボリシェヴィキの仕掛けた罠に嵌まった。革命か戦争か、どちらかを選ばなければならないという罠に。そして連中は選んだ、ファシストとの戦争を優先し社会革命は後廻しにする、さらに共産党による革命的民衆の弾圧を黙認することさえも。共産党の攻撃を前にして自主的に武装解除してしまう愚かしさはいうまでもない。もしも戦争に勝利しても残るのはボリシェヴィキ独裁国家で、アナキストの居場所は監獄か強制収容所にしかないのは確実だ。

しかしCNT指導部と同じことで、冷徹で非情な政治的リアリストを自任するスターリンの判断もまた空想的だった。ブルジョワ共和派の歓心を買うために民衆の集産化革命を押さえこんでみても、イギリスやフランスからの援助は得られない。しかもソ連の関与を拒否したまま仏英両国はミュンヘン会談でドイツに屈服し、ヒトラーの膨張主義政策を容認した。こうして西部国境の安全を確保したドイツに、ソ連との開戦を躊躇する理由はもはやない。

「当然のことながらスターリンは次の手を考えているよ、問題はいつ打つかだけだ」

「なんですか、次の手って」

ルヴェールは薄笑いを浮かべた。「じきにわかるさ。……いずれにしてもスペインのアナキスト集産体（コレクティヴィダッド）の運命は決まっていた、工場でも農村でも。われわれに潰されるか、でなければファシストに潰されるか。はじめからそれ以外の可能性は存在しなかった」

「CNT指導部は集産化革命とファシストとの内戦を、誤って二者択一的に捉えた。内戦に勝利するには人民戦線政府を防衛しなければならない、そのためには共産党の圧力に屈して革命を断念しなければならないと。もしもドゥルティが生きていれば、そのような敗北主義と日和見主義を弾劾し、フランコ軍との戦争と集産化革命を同時に推進する『戦争も革命も』の路線を提起したに違いない」

「そのように主張した〈ドゥルティの友〉がCNT指導部に警戒され、民衆の支持も得られないまま孤立し敗北した理由がわかるかね。革命には綱領が必要だ、カタルーニャ自治政府（ジャナラリタット）を打倒し革命評議会（フンタ）の権力を樹立しろという〈ドゥルティの友〉の主張は、ボリシェヴィキの口真似だとアナキスト仲間の顰蹙（ひんしゅく）を買ったからさ」

沈黙している青年に男が肩を竦める。「しかし〈ドゥルティの友〉をボリシェヴィキかぶれだと非難した主流派のアナキストたちも、度しがたい自己欺瞞に陥っていた。いいかね、イヴォン。あらゆる村々で集産化が農民たちの全員一致で実現されたわけがない。地主や教会は別として、ただの小農にも集産化に反対する者たちはいた。アナキストは反対意見に圧力を加え、それでも抵抗する者は実力で従わせた。無数の小さなプロレタリア独裁を、アナキストもまたいたるところで実行していたわけだ。

アナキズム革命であろうと不可避である小さなプロレタリア独裁を肯定した主流派アナキストが、大きなプロレタリア独裁を主張する〈ドゥルティの友〉をボリシェヴィキの真似だと非難する。CNT指導部の自己欺瞞を〈ドゥルティの友〉の若者たちは正そうとしたが残念ながら遅すぎた。

『革命とは権力の問題だ』とレーニンは語った。国家権力をめぐって右往左往したアナキスト幹部連は、革命が権力の問題に他ならないことを肝に銘じているわれわれの前では無力な子供も同然で、都合よく利用されるだけの藁(わら)人形だった。では、幹部の無原則を批判した〈ドゥルティの友〉が仮にCNTの主導権を握ったとしよう。その場合、事態はどのように推移したろうか」

一九一七年十月の権力奪取を控えた夏に亡命地フィンランドで『国家と革命』を書いたレーニンは、民衆の評議会(ソヴィエト)による自己権力としてプロレタリアートの独裁を構想した。しかしボリシェヴィキが武装蜂起して権力を掌握すれば、事態は否応なく反対方向に進行しはじめる。ボリシェヴィキが主導権を得たのはペトログラードのソヴィエトにすぎない。ソヴィエトの全国組織では反ボリシェヴィキの諸党派、メンシェヴィキや社会革命党(エスエル)などが多数を占めていた。

ボリシェヴィキの軍事クーデタに反対する他党派を非合法化し弾圧すればソヴィエトは形骸化し、残るのはボリシェヴィキ党の独裁権力になる。この結果をレーニンは予見していた。その上で政治局の反対を押し切って軍事クーデタの方針を決定したのだ。

ルヴェールが続ける。「レーニンは『全権力を評議会(ソヴィエト)へ』のスローガンを掲げて武装蜂起し、思惑通りにボリシェヴィキ独裁権力が樹立された。『全権力を評議会(フンタ)へ』の場合も同じことで、樹立されるのは〈ドゥルティの友〉の独裁権力にすぎない。そんなものができたらもちろんわれわれは黙っていない。CNT主流派だって同じだろう。アナキスト独裁派はもろもろの反対派を暴力的に弾圧し、根絶やしにしなければ権力を維持できない。もしも敗北すれば自分たちが皆殺しになるのだから、反対派の殲滅(せんめつ)に血眼(ちまなこ)になるだろうさ」

三月にピレネーを越え帰国して以来、ルヴェールの語る事実がイヴォンを悩ませていた。内戦の敗北ではない、決定的だったのは革命の敗北なのだ。二十数年前に起きたロシアのソヴィエト革命、ドイツのレーテ革命の継続としてスペインのフンタ革命があった。ソヴィエトもレーテもフンタも、武装した民衆の自治組織である点は変わらない。

しかし市民社会の隅々にまで自主管理と自己権力の組織網を縦横に張りめぐらせ、労働者と市民による社会革命を実質化しえたのは一九三六年のスペイン革命のみだ。人民戦線の勝利によって各地で進行しはじめた評議会（フンタ）革命、集産化革命はファシストとスペイン共和国政府に浸透したボリシェヴィキの反動勢力によって絞殺される。

革命に立ち上がったスペイン民衆の意志と情熱と献身性は疑いない。字も読めない、地図さえ判読できない無知で素朴な人々と、青年はスペインで生まれてはじめて寝食をともにした。男も女も子供も老人も、ひるむことなく優勢な敵と最後まで戦って死骸の山を築いた。このことは誰にも否定できない事実だ。

軍事クーデタで権力を奪ったレーニンは、その直後に「同志諸君、仕事だ、仕事をしたまえ」と語った。ソヴィエト大衆はむろんのこと、ボリシェヴィキの下部党員までもが革命の勝利に酔い痴れてお祭り騒ぎを演じていたのだろう。大衆蜂起や革命は集団的陶酔という点で祝祭に似ている。スペインでいえば闘牛場に渦巻く熱狂に。いや、制度化された祭を超えるような極限的な魅惑が大衆蜂起や革命にはある。体験してみなければわからない没我の陶酔が。

革命の勝利に陶然とした人々は、仕事を忘れ計算を忘れ明日を忘れる。敵を打ち破り追い払った歓びに夜通し歌い踊って疲れ果てた人々が、泥のような眠りについたそのとき、陣容を整え直した敵が反撃のため忍びよってくるだろう。先が見えすぎるレーニンは疲れて眠りこんだ民衆の耳元で、さっさと目を醒まして敵襲に備えろ、でなければ皆殺しになると警鐘を鳴らした。

あらゆる革命の歴史が示しているように、民衆の革命はいったん勝利する。しかし勝利した革命は、組織された残忍で強大な敵に囲まれてもいる。かろうじて檻から逃げ出した兎が、餓えた狼の群れに囲まれているようなものだ。

反撃してくる敵に備えるには、烏合の衆にすぎない革命的民衆に軍隊的規律を叩きこまなければならない。反抗する者には鉄拳を振るい、逃亡する者は銃殺刑に処しても。軍隊よりも軍隊的な規律を重んじるボリシェヴィキ党は、ソヴィエト大衆を全体主義的に調教し支配することで革命を防衛しようとした。

しかしそのとき、守られたはずの革命は革命が打ち倒そうとした専制権力と瓜二つのものに変貌している。反革命になることでしか革命が守られないとするなら、つまるところ敗北こそ革命の必然的な結末ということになる。

勇敢で献身的なアナキスト民兵は先を見越して機敏に行動すること、効率性と機能性を自身に課すことは苦手だった。厳格な上下の規律を嫌い、どうするべきかは集会で議論を尽くしてから決定することを重んじた。個々の兵士がいかに意志強固で勇敢であろうと、このような素人の軍隊がファシストやボリシェヴィキの職業的な軍隊と戦って勝利するのは難しい。

「いいかね、イヴォン。われわれの部隊がソ連製の武器を優先的に支給されていたから、アナキストの民兵隊に勝利できたのではない。たとえ装備が同等であろうと、権威主義や中央集権的な組織を拒否する軍隊は必然的に敗北する」

　そうかもしれない。理性的な判断や計算能力を麻痺させる集団的陶酔に加えて、欺瞞的な議会制とは異なる真の直接民主主義や参加者の大多数が納得できるまで続く討論もまた、剝き出しの力が過酷にせめぎあう戦争や政治の空間では不利に作用する。

　それでもイヴォンは反論した。「あなたはわかっていない、民衆の自己権力と党派の代行権力は正反対だということが」

「変わらないな、前者が後者に転化するのは必然だ。イヴォン、きみは歴史の真実を学ばねばならない」

「なんですか、真実とは」余裕のある口調の男をイヴォンは詰問する。

「全体主義でない革命は敗北するという厳正なる真実だよ。アナキストに許されている道は二つにひとつだ。ボリシェヴィキよりも陰険で狡猾(こうかつ)な狐になるか、純真だが無力な兎として喰われる運命を大人しく受け入れるか。一九一八年の左翼社会革命党(エスエル)も、三七年の労働総連合(CNT)も兎の運命を選んで自滅した。しかし前者を選んでも敗北することに変わりはない。われわれを打倒しえたとき、権力や陰謀や暴力を必然性として容認する点でアナキストはボリシェヴィキの凡庸な模倣者になっているからだ。

　そろそろわかったろう、イヴォン。ボリシェヴィキに蹂躙され続けるか、われわれ以上にボリシェヴィキ的になることでわれわれを打倒するか、この二つの道しかアナキストには許されていないことが。〈ドゥルティの友〉がCNTの主導権を握ったとしても、やはり敗北する。第二の道を選ぶしかないからだ」

「だから恩人のスヴァーリンを裏切って、トレーズ書記長のようなスターリニストを支持したんですか」

「ロシアと世界の民衆にとって、指導者としてはトロツキーのほうが望ましかったかもしれない。充分にボリシェヴィキ的でなかったから、きみの言葉でいえば狡猾な詐術の点で劣っていたから、トロツキーはスターリンとの党内闘争に敗れて追放された。

シモーヌ・リュミエールにクロンシュタットの弾圧者として非難されたとき、トロツキーは動揺したろう。その精神的なひ弱さが党内闘争の敗北をもたらした。スターリンなら眉も動かさないで、口うるさい小娘を部屋から蹴り出したろうな。革命は政治から逃れられないし、政治とは権力をめぐる問題なんだ。あらゆる弱さを排して躊躇なく絶対権力の獲得をめざすこと。革命の理想を現実のものとするには他の道などない」

「わからないな、どうして断言できるんです。陰険な詐術の限りを尽くして権力を握った独裁者から、すでに革命の理想は完全に失われている。ソ連が労働者の祖国だなんてグロテスクな冗談だ。追放されたトロツキーは幸運でしたね。ジノヴィエフ、カーメネフからブハーリンまで、レーニン時代のボリシェヴィキ党政治局の全員が帝国主義のスパイと断罪され、茶番じみた見世物裁判の末に銃殺されたわけだから」

労働総連合（CNT）の民兵隊にはロシア出身のアナキストも紛れこんでいた。スターリン体制が成立して以降のソ連は地獄だとロシア人アナキストは語っていた。農業の集団化という名目で、スターリンは何百万という農民を殺し、それ以上の数を強制収容所に送りこんでいるらしい。スターリンの独裁を容認する党員も安心はできない。些細な言動を問題にされ粛清の名目で大量に処刑されている。同じような噂をイヴォンはあちこちで耳にしてきた。モスクワ裁判やウクライナの大飢饉は新聞でも報道された事実だし、強制収容所をめぐる話も事実に違いない。

男に凝視されてイヴォンは少し息苦しさを覚えた。シモーヌが語る「純粋な歓び」を求めて死さえ怖れないアナキスト民衆が、コミュニストの冷徹な計算に敗北してしまう必然性も容易には否定できそうにない。

効率性の観点からすれば無益ともいえる農民の主婦や娘たちの絶望的な、しかし笑いや余裕を失うことのない闘いの側にイヴォンは立ち続けたいと願った。敗北しようと全滅しようと、そこにしか革命は存在しえないから。しかし最新装備を誇るファシストの軍隊や、薄汚い陰謀で権力を握ろうとするコミュニストの勝利を許してもいいのだろうか。いや、許すことなど絶対にできない。

時刻は十一時を廻ろうとしている。いくら会話を続けても、共産党幹部のルヴェールと政治的な意見が一致する可能性は絶無だ。青年は気持ちを切り替えることにした。

「ところで、あなたはルノーの女工ポリーヌ・ペレーに会いましたね」

パイプに火を入れながら男が頷く。「会ったとしたら」

「どんな理由で首なし屍体事件の被害者について調べているんですか」

「あの事件にきみも関心があるわけだ、どうしてかね」

「先に質問したのは僕だ、あなたから先に答えてください」

ルヴェールが苦笑する。「いいとも。事件の最初の被害者ジャニーヌ・コンティの兄はマドリード攻防戦でファシストの銃弾に斃れた同志だし、入党の際に推薦したのは私だ。一度は妹に会って悔やみをいわなければと思っていたんだが、スペインから帰国した直後は多忙でね、一日延ばしにしているうちにジャニーヌの死を知った。首を切断され旅行鞄に詰められた屍体がオステルリッツ駅に放置されていたらしい」

どうやら警察の捜査は難航しているようだ。ルノー工場の共産党組織に指示してジャニーヌの友人や知人を洗い出したルヴェールは、幾人かの関係者から事情を訊いてみることにした。

「それで、なにかわかったことは」

男が肩を竦める。「警察の捜査以上のことはなにも。党員が政治的理由で殺されたのならともかく、この場合に党としてできることはなにもない。捜査はパリ警視庁に委ねるしかない」

ルヴェールは内心を窺わせない平静な口調だ。政治経験を積んだ有能なコミュニストのことで、真実を語っているのかどうか若いイヴォンには正確なところが掴めそうにない。「で、きみがポリーヌと会った理由は」男が反問してくる。

「夜行列車でパリに着いたとき、たまたま第二の首なし屍体が発見された直後のことで、モンパルナス駅は警官で一杯だった。それで事件に興味が湧いたんですよ」

「違うな、それだけの理由でビヤンクール界隈まで出張るわけがない」

「あなたが真実を話したかどうかは知りません、でも僕は嘘なんかついてませんよ。真偽が弁証法的に相互転化し続けるマルクス主義者とは頭の出来が違うから」

男はイヴォンの皮肉を無視する。「きみは首なし屍体に操られている、否応なくね」

「どういうことですか、あなたは本人よりも僕の心理がわかるとでも」

「首なし屍体の謎に惹かれていく、きみの無意識的な欲望の秘密なら」

「マルクス主義者がフロイトの真似事とはね」

「いいや」ルヴェールが苦笑する。「精神分析とは関係ない、たまたま関係する事実を知っていたにすぎない」

「知っているって、なにを」イヴォンは眉根を寄せた。

「首なし女のイメージはきみに由来の知れない罪悪感を喚起した。ジャニーヌの首なし屍体事件の謎に執着しているのは、それがきみの罪の象徴だからだ」

息苦しいような気分で問いかける。「なんですか、罪の象徴とは」

「スペインで二年も激戦地を転戦したきみだから、少なくない数のファシストやフランコ軍の兵士を殺したことだろう、十人か二十人かそれ以上か。砲兵や爆撃機の搭乗員ではないから、数百人も殺したわけではないとしても。しかし私は知っている、きみが最初に殺した二人のことを」

男の言葉にイヴォンは思わず身を強張らせた。あのときの情景が脳裏に甦る。血にまみれて床に横たわる子供たちの姿が。

「激戦地を転戦したきみの戦歴は華々しすぎる、前線に出ることを志願し続けたからだろう。自罰意識に駆られ戦場での英雄的な死を望んでいたからではないか。あの不運な出来事の直後にもいったことだが、子供たちの死の責任はきみでなく私にある」

意図的でないとしても二人の子供を殺した以上、死ぬまで戦うことでしか自分を赦すことはできない。ルヴェールが察したように、そんな自責と自罰の意識に突き動かされていたのだろうか。

男が唇を曲げた。「いいか、イヴォン。きみの悩みは下らないブルジョワ道徳の産物にすぎん。きみはアナキストの言葉を真似て語るが、自任するようにアナキストではない。きみが尊敬しているドゥルティはアナキストの常で爆弾テロを繰り返した。計画の手違いで子供を巻きこみ死に追いやったとしても、くよくよ思い悩んだりはしなかったろう。犠牲になった子供に心から謝罪し安らかに眠れと祈ったにしても。たがいに敵対していてもアナキストとコミュニストはいずれも、ランボーの言葉でいえば『怖れを知らない労働者』だ。しかし、きみは違う」

「だったら何者なんですか、僕は」

「前にもいったろう、マルローに煽られた二十世紀のファブリスだって」ルヴェールが薄笑いを浮かべ、からかうようにいう。「フランス軍の敗残兵に紛れこんだにすぎないファブリスと比較すれば、きみのほうが兵士としては本物だったとしても」

かつてならともかく、いまはルヴェールの評言は正確でないと思う。しかしイヴォンは反論することなく黙って男の顔を見た。爽やかな小ブルジョワ急進主義者、陽気なニヒリストがスペインで死んだのは疑いないが、いったい何者に変身したのか自分でもよくわからないからだ。

「健康そうには見えないな、体調はどうなんだね」

スターリニストに躰のことを心配されるとは。「スペインでもグール収容所でもろくなものを食べていないから痩せてしまった。じきに体重は戻るでしょうよ」

「国際旅団の帰還兵には戦争神経症に悩んでいる連中もいる。精神状態がよくないなら早めに治療したほうがいい。サルペトリエール病院に知人の精神医がいる。ジャック・シャブロルという若い医者だが、きみが望むなら紹介しようじゃないか」

「大丈夫、あなたの配下の共産党員ほど精神的にやわじゃないから」

この古狐はイヴォンの精神的不調もその原因も的確に摑んでいるようだ。子供たちの死に多少の責任を感じているからだろう、精神医まで紹介しようというのは。しかし自分の鬱（メランコリア）を、もしも可能だとしても医学的に治すような気はない、自責がブルジョワ道徳の産物であろうとなかろうと。

「これからもジャニーヌの事件を調べるのかね」

イヴォンはかぶりを振った。「スガン島のルノー工場まで出向いて、ポリーヌ・ペレーから話は聴いた。それで興味は満たされましたよ」

ルヴェールが頰に薄笑いの皺を刻んだ。「じきに戦争がはじまるし、それまでのあいだ短い休暇を愉しむがいい。パルムに逃げ帰ったファブリスは幽閉されるが、監獄長の娘と出逢って恋に落ちる。どこかできみもクレリアのような少女と出逢うだろうし」

共産党のアジトらしいアパルトマンの建物を出て、青年は春の風を頰に感じながらクリシー広場まで足を急がせた。この時刻なら地下鉄（メトロ）の終電には間に合うだろう。

著者のクレールと面会の予定がある。ソルボンヌ広場の書店で手に入れた『鬱（メランコリア）』を最後まで読んでしまわなければ。作者と会うのだから斜め読みというわけにもいかない。ジッドやマルローのような小説としての面白さは希薄で、筋も物語もない曖昧模糊とした前衛小説だとしても二日あれば読了できる。

3

時刻を確認して裏町の小ホテルを出た。ドフィーヌ街を抜けてサン・ジェルマン通りの雑踏に身を浸していく。この国で群衆都市といえるのはパリと、せいぜいのところマルセイユの二市にすぎない。リヨンやニースでも街路に砂粒のような群衆が溢れている印象はないし、その他の地方都市であればなおさらのことだ。

読み終えた『鬱』でクレールが描いているように、休日に海岸の遊歩道を歩く地方都市の市民たちは、すれ違う知人にたえまなく会釈し続ける。群衆のなかの孤独など求めても得られはしない。規模の小さな地方都市では、たとえ遊歩者が溢れる海岸の目抜き通りであろうと、どこで誰に見られているか知れたものではない。

顔見知りしかいない山村で地元の名士の長男としてイヴォンは育った。親類の邸がある地方都市バイヨンヌでリセの初級を終えたが、群衆で湯浴みするというボードレール的な快楽を体感したのはパリで暮らしはじめてからだ。ピレネー地方では最大の都市トゥールーズにも群衆は存在しない。

ボードレールが偏愛した、肘を擦りあわせるほどの至近距離でひしめきあう膨大な人の群れ。すぐ隣にいる人間が何者なのか群衆には興味がないし、それを知ることもない。名前はもちろん出身も職業も。

群衆の海に身を沈めた青年はすでに名家の長子ではない、少年詩人でもスペイン帰りの兵士でも。何者でもない砂丘の砂の一粒に変身して、夜の街路をあてもなく漂い続ける淡い解放感に青年は陶然としていた。……田舎暮らしなど二度とごめんだ、パリから離れることはもうできそうにない。

サン・ジェルマン通りは一夜の歓楽を求めて街に繰り出した人々で溢れている。しかしこのところ、雑踏に身を浸すという解放感に酔いきれない自分を感じていた。以前とは違う底深い不安のようなものが、どこかしら街路には淀んでいるからだ。それは街角に失業者の姿が目立った、人民戦線政府の樹立にいたる社会不安や政治的騒乱の一時期とも違っている。黙々として街路を流れる人々は、抵抗できない破滅的な運命の到来を無力に待ち続けているかのようだ。

オデオンからサン・ジェルマン・デ・プレ方向に五分ほ

ど歩き、珈琲店（カフェ）〈フロール〉の硝子扉を押し開ける。この店にイヴォンは二回か三回しか入った覚えがない。アンリ四世校に在学中からサン・ジェルマン・デ・プレ界隈には親しんでいたが、リセの生徒には居心地がよくない大人向きの高級珈琲店（カフェ）だった。

凝った室内装飾の店内を見渡してみるが、まだジャン＝ポール・クレールは着いていないようだ。染みひとつない黒服と白い前掛けの給仕に壁際の席まで慇懃（いんぎん）に案内される。パスティスを注文してから本を開いた。

一週間前にソルボンヌ広場の書店で購入したゴンクール賞の候補作だ。もう読み終えているが、作者が来るまで気になる箇所を再読しておこう。この二年ほどイギリス人ジャーナリストから譲られた英語版の『チャタレイ夫人の恋人』以外、文学書を手にする機会などなかった。新進作家に会えるなら質問したい点、議論したい点がある。

比較のため亡命アルメニア人が作者の受賞作のほうも読んでみた。こちらは心理小説の部類だろうが、『鬱（メランコリア）』はイヴォンがはじめて読む種類の哲学小説だった。前衛小説だが『贋金つくり』とも『フィネガンズ・ウェイク』とも印象は違う。難解といえば難解な作品だが、青年は文学書の頁を熱心に捲（めく）り続けた。

『鬱（メランコリア）』は、アントワーヌという男の日記という体裁で書かれた小説だ。主人公は三十歳で、青春が終わったことを認めている男。長期にわたるアジア滞在を切りあげて、歴史上の人物だが著名とはいえない某侯爵の生涯について研究するため、三年前から英仏海峡（ラ・マンシュ）に面した港町に滞在している。町の図書館には侯爵にかんする資料が豊富に保存されているからだ。

この地方都市のモデルはル・アーヴルのような気がする。リセの生徒だったころ友人のアランと訪れた港町の、海辺の遊歩道を散歩したときの記憶が『鬱（メランコリア）』の描写に触発されて甦ってきた。英仏海峡（ラ・マンシュ）に面した港湾都市はル・アーヴル以外にもあるし、遊歩道の印象だけでモデルの場所は特定できないとしても。

小説の冒頭では二十代の六年間を費やしたアジア旅行を不意に中断し、フランスへの帰国を決意したときの心境が語られていく。インドシナに長期滞在していた主人公は、ある人物からベンガルの考古学的調査に同行するように誘われた。この誘いをきっかけとして、アジアでの冒険に飽きてしまった自分を発見する。

どうして自分は酷暑の地インドシナなどにいるのか、こんなふうに汗まみれでいったいなにをしているのか。六年ものあいだ主人公を冒険に駆りたてた情熱は拭ったように消失し、空虚で抜け殻のような男が残っていた。イヴォンが小説に引きこまれたのは、主人公が自分と少し似ているように思われたからだ。青年がスペインから帰国したように作中の男はインドシナからフランスに舞い戻ってくる。

どの程度まで作者クレールは主人公アントワーヌに自己投影しているのか。ブルジョワ家庭で育ったという以外、経歴に共通するところはなさそうだ。ルヴェールの旧友だという愛想のよい小男に、秘境を旅する冒険家の非日常的な雰囲気は感じとれなかった。

アントワーヌの経歴はアンドレ・マルローの主人公たちを下敷きにしているのではないか。コミンテルンと連携し中国革命に深く関与したという、マルローの自己宣伝は信じるに値しないとしても。中国革命を背景とした『人間の条件』では革命家のキヨやカトフでなく、虚言癖がある破産した美術商クラピックのほうが作者に似ていると、シモーヌ・リュミエールは辛辣な感想を口にしていた。少年がマルローに感化されることを警戒したのかもしれない。

ただし『王道』のクロードやペルカンには、作者自身の体験が反映されているようだ。マルローは二十代前半にカンボジアで遺跡を盗掘し起訴されたことがある。一審は有罪で懲役刑、二審は執行猶予、最高裁では無罪。かろうじて罪を免れえたのは、才気に溢れた青年作家のため年長の作家や知識人が減刑嘆願の運動を起こしたからだ。カンボジアでの遺跡盗掘の体験を背景として『王道』が書かれたのは事実だ。キヨやカトフと違って、クロードやペルカンのモデルが作者自身であることは疑いない。

マルロー作品の主人公たちと同様、『鬱（メランコリア）』のアントワーヌもまた大戦後（アプレ・ゲール）の二十世紀的な青年で、親世代の存在を根拠づけていた文明や進歩や人間性、あるいは民族や国家などの十九世紀的な価値を見失っている。アントワーヌは近代人の空虚な抜け殻で、なにも信じられないしなにも信じようとはしない。

アントワーヌはロマン主義的情熱の廃墟でもある。作者の人物設定によれば、冒険という可能性の喪失がこの人物を定義している。インドシナの密林で盗掘を実行し逮捕された冒険家マルローによる英雄的（エロ）ニヒリスト像に、平凡な人生を選んだ哲学教師は非行動的な現代的ニヒリストを対置することを望んだのではないか。

冒険の可能性が死滅して以降の人物を描こうとした点では、作者も作品も反時代的というしかない。それが冒険的かどうかはともかく、いまや時代は戦争への坂道を加速しながら転げ落ちつつある。コミュニストの友人ルヴェールに予告された通り、新進作家ジャン＝ポール・クレールも遠からず銃弾の飛びかう戦場に立たなければならない運命なのだ。そのように宣告したルヴェールや、二人の話を聴いていたイヴォンと同じように。

世代的な問題があるのだろうか。アンドレ・ブルトンは復員兵の世代だが、大戦後の混乱も終熄(しゅうそく)し社会が安定と繁栄を回復した一九二〇年代にクレールは精神形成をしている。大戦(グランド・ゲール)によるベル・エポックの終焉と、ウォール街の株価暴落を引き金にした大恐慌にはじまる三〇年代。二つの混乱期に挟まれたエアポケットのような平穏な時期に、クレールは青春を過ごしたことになる。

マルローは何歳か年長だとしても、クレールの同世代にはルヴェールやシモーヌのようにスペインで戦った、あるいは戦おうとした政治的行動派も少なくないことを思えば、これは世代ではなくクレール個人の問題かもしれない。

イヴォンのように大戦(グランド・ゲール)が終わる年に誕生した二十歳前後の青年であれば、『鬱(メランコリア)』のアントワーヌとは違う発想をするだろう。戦争になれば真っ先に動員され屍体の山を築く世代だから。マルローが描いたように革命も戦争も冒険であるなら、イヴォンと同世代の若者は否応なく冒険家になる運命なのだ。

ある日曜日、主人公アントワーヌは遊歩を楽しむ群衆で溢れた海岸を散歩する。休日を楽しむ人々の眼は受動的に海と空とを映しているにすぎないと、主人公は嫌悪をこめて思う。冒険は受動的に見られた光景の対極にある。日曜日に海辺の遊歩道を歩き廻る市民たちは、挨拶のため帽子をとっては被るという運動を無意味に反復し続ける。凡庸で退屈で形式化された市民たちの日常に、主人公はシニカルな視線を向ける。

日常的な形式を疑わないのは、帽子の儀礼的な着脱を無限反復し続ける遊歩者には留まらない。たとえば珈琲店(カフェ)の支配人は客席が空になる時刻に頭もからっぽになる。店から客の姿が消えると支配人は動力のスイッチが切られた機械人形さながら動作を止め、電灯が消えると意識の喪失状態に落ちこんでいく。珈琲店(カフェ)の支配人という役柄以上でも以下でもない男は、一人でいると眠ってしまうのだろうとアントワーヌは皮肉な観察をする。

不幸な結婚生活を送っているらしいホテルの掃除女にしても同じことだ。女は吝嗇(りんしょく)家のように苦しむ。なにかあるとすぐに疼(うず)きはじめる単調な苦悩ではなく、激しく苦悩し絶望することを求めないのかと主人公は思う。職業人として行動する支配人も些末で凡庸な感情に呑まれている掃除女も、与えられた役柄を演じている点では変わらない。しかも役柄という殻に中身は皆無なのだ。

市の美術館には政治家や法律家や医学者などの肖像画が並んでいる。結婚を拒み子供を持つことなく死亡した者は、これら市の偉人たちには一人もいない。遺言を遺すことや、最後の聖体拝領を受けることなく息絶えた者も。これら俗物（サロー）たちは寿命が尽きるその日も、以前の日々と同じように死の彼方に滑り落ちるにすぎない。神と世間が定めたところに最期まで忠実に。歴代の市長をはじめ市の偉人たちは、充実した人生や尊敬される仕事や豊かな暮らし、目下の者に命令し目下の者から尊敬されること、そして神の恩恵である死後の永生にいたるまで地上と天上のあらゆる権利を保障されていた。

偉人と讃えられる俗物たちへのアントワーヌのまなざしには、冷笑を超えて敵意に近いものがある。では珈琲店（カフェ）の支配人やホテルの掃除女と、医科大学教授や国民議会議員はどう違うのか。社会的な観点からすれば、前者は現代の大衆であり後者は前世紀の市民だ。しかし役柄にすぎない点で両者は共通している。市の偉人たちもまた、支配人や掃除女と同じように空虚な役柄を演じていたにすぎない。

支配人は慇懃で注意深い役柄を、掃除女は不幸な女を演じる限りでしか存在しない。町の偉人たちは神と世間が定めた通りに生き、そして死んだ。いずれも社会的な役柄としてのみ存在している。前世紀のブルジョワはおのれの存在に根拠があると信じて疑わない点でのみ、二十世紀の大衆とは異なる。大衆の存在感の希薄さがアントワーヌに冷笑的な態度をとらせ、ブルジョワの権威的な自己肯定と自己充足がアントワーヌを苛立たせる。

十九世紀人も二十世紀人もブルジョワも大衆も、本当のところ存在しているとはいえない。そこにあるのは役柄という殻のみであり、殻の内側はまったくの空虚だ。ブルジョワとしての社会的成功者にたいする主人公の敵意は、義父にたいするボードレールのそれを思わせるところがある。

アントワーヌの幼少期にかんして『鬱（メランコリア）』はなにも語ろうとしないが、読者には想像できる。美術館に並んだ肖像画の偉人たちのように、自分が存在しないことを欺瞞的に隠蔽しているブルジョワ。アントワーヌもまたその息子であったろうことを。ブルジョワへの主人公の敵意には反抗する息子というキャラクターの痕跡がある。反抗する息子は父親を、家族を、生活を足蹴にして意気揚々と冒険の旅に出発した。しかし遍歴の果てに冒険は断念され放棄される。

　海岸の遊歩道に薄闇が漂いはじめる。灯台に光が点った瞬間、隣の少年が「ああ、灯台だ」と驚きに満ちて呟く。少年の呟きがアントワーヌに、冒険がなんであったのかを唐突に思い出させる。このとき少年が目撃した黄昏の海と灯台の光は、群衆の目に受動的に映るにすぎない、三流芝居の下手な書割も同然の平板きわまりない光景とは決定的に違う。クロード・モネによるル・アーヴルの風景画「印象・日の出」で描かれたオレンジ色の太陽さながら、それは日常生活の惰性的な皮膜を切り裂いて一瞬だけ出現するだろう、他とは交換不能の特権的体験だ。

　冒険的なものが到来する。鮮烈に輪郭づけられた私が、いまここに存在していることがありありと実感される。ル・アーヴルの朝日のように、あるいは灯台の光のように闇をひき裂いていくのは、この私なのだ。私は物語の主人公のように幸福だと思う。

　アントワーヌの述懐は理解できるし共感もできる、この主人公が出身階級を憎悪していることも。納得できないのはアントワーヌが冒険、あるいは冒険的なものを時間性との関係で考察するところだ。ここで作者は、プルーストによる特権的体験の無意思的想起を念頭に置いている。主人公によれば、冒険や冒険的なものは現実の出来事から直接には生じない。それぞれの瞬間が不可分のものとして密接に繋がることから冒険は生じる。換言すれば冒険とは時間の非可逆性に他ならない。

　群衆のなかの一人ではなく、この私が固有の私それ自体であるという鮮やかな体験。それはこの瞬間、たったいまという鮮明さにおいて、量的な時間の堆積に抗う非可逆的な時に直面することでもある。こうした自己了解、時間了解の特権性を体験しようとアントワーヌは長い放浪の旅を続けた。しかし六年ものあいだ自分を欺いていたのではないかと、この人物は自省せざるをえない。インドシナの密林でも冒険は体験されえなかったと苦々しく自省する。

　冒険を求める行為は必然的に挫折する、冒険は物語のなかにしか存在しないからだ。物語においては、あらゆる些事が結末によって規定され不可欠の要素となる。それぞれの瞬間は、偶然のまま無意味に堆積することをやめ、それらを引きよせる物語の結末にむけて収斂していく。それぞれの瞬間がそれに先立つ瞬間を引きよせる。物語の世界には無駄なもの、無意味なものはなにひとつとして存在しない。

　冒険を求めて海外放浪を続けたアントワーヌは、それぞれの生の瞬間が不可分なものとして有機的に一体化することを切望したが、それは時間を尻尾からとらえようとする不可能な試みだった。行為するか物語るかを選択しなければならない。行為としての冒険の可能性を断念した主人公は、物語ることで冒険的なものに触れようとフランスに帰国した。物語ること、ようするに少年時代のアントワーヌにとって英雄だった某侯爵の伝記を執筆すること。

作者の発想は理解できないでもない。ただしクレールは、冒険や特権的体験なるものを根本のところで捉え損ねているのではないか。作中には、かつてアントワーヌの恋人だった若い女優が登場する。女優もまた冒険的なもの、あるいは完璧な瞬間を真剣に求めていた。

俳優は観客の前で完璧な瞬間を演じる。しかし観客は眼前で繰りひろげられる完璧な瞬間を見るにすぎない。決してそれを現実として生きることはない。では、舞台の上に完璧な瞬間は実在したろうか。俳優のほうはハリボテの大道具の前で強烈な照明に照らされ隙間風にさらされながら、完璧な瞬間のまがいものを演じていたにすぎない。完璧な瞬間は客席の側にも舞台の側にも存在しない。

女優が渇望した完璧な瞬間は、アントワーヌが語る冒険的なものに対応している。完璧な瞬間を演じる俳優は、たんに演じているにすぎない以上それを生きているとはいえない。

舞台の上に完璧な瞬間を目撃する観客は、見ているにすぎない以上やはり生きているとはいえない。この巧みな喩(たと)え話を思いついたとき、作家は自身の才気に興奮したろう。しかし違うのだ、俳優と違って行動家は他人に見せるために行動するわけではない。完璧な瞬間が真に生きられているとき完璧な瞬間への欲望はないし、そもそも完璧な瞬間という観念すら消えている。求めても得られない者だけがその観念に憑(つ)かれるのだ。アントワーヌのように、そしてイヴォン自身のように。

とはいえ『鬱(メランコリア)』の主人公と自分は反対方向に動いてきたようだ。あたかも鏡像であるかのように、イヴォンの右手がアントワーヌの場合は左側の手になる。完璧な瞬間は大衆蜂起の、革命の現場にあると信じたイヴォンは詩作を放棄してスペインに出発したが、作中のアントワーヌはインドシナでの冒険を断念して伝記作家になろうとする。書くことでなく行為することを選んだ者と、行為することでなく書くことを選んだ者……。

青年は読み返していた本を閉じる。上着のポケットから小銭を出して、店内の通路で呼び売りをはじめた売り子から夕刊紙を買った。売り子が掲げた紙面に『トランク詰め首なし屍体』の見出しが見えたからだ。

ざっと記事に目を通してみたが、十年前に起きた「デュッセルドルフの吸血鬼」事件との比較などが仰々しく書かれているだけで、第二の屍体の身許が判明したわけではなさそうだ。新情報といえるのは第一の屍体にも第二の屍体にも全身に奇妙な模様が描かれていたこと。ただし警察の公式発表ではない。記事には「本紙の取材によれば」とあるから、秘匿されていた捜査情報が部分的に外に洩れたようだ。問題の模様だが、描かれている身体の部位や形や大きさなど詳しいことはわからない。

新聞を本の上に置いてイヴォンは店内に視線を彷徨(さまよ)わせる。屍体に描かれていた模様についての情報を捜査当局が伏せていたのは、模倣犯の可能性を想定したからだろう。トランク詰めの首なし屍体という報道に触発され、同じように殺害した女を駅に放置する便乗犯が出てくるかもしれない。それでも第三、第四の屍体に模様が描かれていなければ、最初の事件の犯人とは別人であることが警察にはわかる。警視庁ではいまごろ、故意にか不注意からか捜査情報を記者に洩らした者の炙り出しが盛大になされているはずだ。

珈琲店(カフェ)の硝子扉が押し開けられ、淡い灰色の春外套に薄茶色のベレ帽を斜めに被った娘が店内に入ってきた。ここ数年、頭部の半分しか隠さないようにベレを斜めに被るのが女たちの流行らしい。映画の宣伝ポスターでマレーネ・ディートリッヒもそんなふうにベレを頭に載せていた。

イヴォンは煙草をくわえて自分よりも少し下、まだ二十歳前らしい少女を眺める。少し硬い表情で店内を見渡していた娘が、青年の顔に目を留めて通路を近づいてきた。

「デュ・ラブナンさんですか」人見知りなのか少し硬い声で問いかけてくる。

「きみは」

「クロエ・ブロックです、クレール先生(プロフェスール)に伝言を頼まれて」

ブロックはドイツ系の姓ブロッホのフランス読みだから故郷はアルザスかもしれない。しかし、言葉や身ごなしからは生まれながらのパリ娘でブルジョワ家庭の出身に見える。

「そうでしたか、僕がデュ・ラブナン」

帰国祝いの会を開こうとアンリ・ヴォージョワやアラン・リヴィエールから提案されているのだが、まだ早いからと断ってきた。パリに着いて二週間のうちに顔を合わせた旧知の人物は、アンリとアラン以外はシモーヌ・リュミエールとアンドレ・ルヴェールだけで、若い娘と言葉を交わすのは帰国してはじめてのことだ。自分のことをナジャだという奇妙(ビザール)な若い女とは話したが、あれは独り言につきあわされたようなものだし。

椅子を引いた給仕に脱いだ外套を渡して、クロエ・ブロックは椅子に浅く腰かける。用件を伝えたらじきに席を離れるつもりらしい。

給仕にコカを注文してから緊張した口調で娘がいう。

「クレールさん、少し遅れるとのことです」

「それで、きみが代わりに」

「頼まれたんです、クレールさんに。本当に申し訳ないが、できればお待ちいただきたいと。……時間は大丈夫でしょうか」

青年は頷いた。「かまわないけど」

「よかった、あなたに会えること本当に楽しみにしているようだから」

どこかで会った気もしたがそれは口にしない。錯覚に違いないし、初対面の娘の気を惹くには凡庸にすぎる台詞だ。

「その帽子、ちょっと見せてくれないかな」

「帽子ですか」

不審そうなクロエがベレを取ると、大きくカールさせた金髪が波うつ。わずかに赤みを帯びた、燃えるように華やかなマリーゴールドの花の色だ。

「こんなふうにバスクベレは被るんだ、バスク人がいうんだから間違いない」

冗談口調で語りかけながらベレを正面から頭に載せてみる。サイズが小さすぎてちゃんとは被れない。娘は席を立とうとしているが、うまく誘えばもう少し話ができそうだ。

モンマルトルの踊子ソフィに教えられた手管で、女を引き留めたければ帽子をとらせるのが一番だ。下着まで脱がせるのが終点としても、第一歩は帽子を脱がせること。ベレがこちらの頭に載っているうちは、娘も席を立つわけにはいかない。

かつて昼間は学生区(カルチエ・ラタン)で、アクション・フランセーズの青年組織〈王党員(カムロ・デュ・ロワ)〉と乱闘を繰り返した政治少年も、夜になると若いエピキュリアンに変身して女たちとの恋愛遊戯に耽っていた。ただし娼家に出入りしたことはない。女は買わないことを信条にしていたのは、子供のときから父親の女遊びに反撥していたからだ。

クロエを口説こうと思ったわけではない。大きな襟のブラウスに薄黄色のジャケット、イアリングもネックレスも着けていない娘はまだリセの生徒のように見える。リセ時代から同年代の子供は相手にしないと決めていたし、スペインから持ち越してきた難問を抱える身では恋物語（イストワール・ダムール）を求めるような心境になれない。たとえクロエのように綺麗な顔の少女が相手でも。しかし、パリに戻ってから最初のことだが、どんなわけか同年代の娘と会話を続けたいと思ったのだ。

　声をかけてきた少女にイヴォンは興味を惹かれた。自分が感じた興味の正体を知りたくて席に引きとめたのかもしれない。顔だちの整った娘だが、美貌という点では女優の卵のダニエラやフォッシュ大通りの高級アパルトマンに住む銀行家の若夫人デボラには及ばない。

　官能的な魅力に溢れたモデルの卵のブリジットや踊子のソフィとは違って、学生のクロエは服装も地味だし化粧も薄い。異性としての魅力をクロエに感じたわけではない。念入りに化粧し髪も高級美容室で整え、スキャパレリかシャネルのドレスでも着せたらどうなるだろう。男たちの視線を集める美女に変身するかもしれないが、いまは少し綺麗な顔をした平凡な少女にすぎない。

　ベレを頭に載せて滑稽な顰（しか）め面をして見せたのにクロエは笑おうともしない。どこかしら緊張した表情でイヴォンの顔を見つめている。初対面の男と言葉をかわさなければならないことが、我慢できないほどの精神的負担で硬い表情をしているのだろうか。田舎娘の妹アンヌならともかく都会育ちのクロエのことだ、まさかそんなこともあるまい。

　少女の眼には複雑そうな翳（かげ）がある。同じような年齢で他人を殺したことのあるイヴォンとは違って、人生の春を謳歌していてもいい少女にどんな深刻な悩みがあるというのか。帽子を脱がせてまでクロエを席に引きとめたのは、魂の深みから滲んでくるような翳に惹かれたせいかもしれない。

　クロエは賢くて利発そうに見える。きっぱりと結ばれた唇や頬の線は意志の力を窺わせるし、イヴォンとは性格が反対の頑張り屋で優等生なのだろう。だからこそ鬱屈とも憂愁ともつかない表情の翳が少し気になる。

「きみ、クレール氏の生徒なのかい」先生（プロフエスール）と呼ぶからにはリセで生徒だったのだろう。

「モリエール校でシスモンディ先生の授業を受けていました」

　モリエール校は十六区の高級住宅地にある名門女子校で、パストゥール校の哲学教師クレールはシスモンディから紹介されたらしい。

イヴォンは尋ねた。「きみ、リセの生徒なの」

「去年から学生です」子供に見られて不満なのかクロエは大学生であることを強調する。

「どんな勉強をしてるんだろう、大学では」

「古典文学、ギリシア悲劇に興味があるの」

「先生のシスモンディって、『鬱（メランコリア）』に献辞があるエルミーヌ・シスモンディだね」

クロエが頷いた。「ええ。哲学の教授資格試験（アグレガシオン）を最年少で通った秀才で、とっても綺麗な人よ」

少女が黒い発泡飲料のグラスにストローを立てる。大戦（グランド・ゲール）で大西洋を渡ってきたアメリカ兵が持ちこんできた清涼飲料だが、その辺の珈琲店（カフェ）には置かれていない。ジャズやハリウッド映画好きの若者ならともかく、ふつうのフランス人はリモナードやシトロネードを飲む。この店にコカがあるのはスノッブを主客とする高級店だからで、モンパルナスの〈ル・セレクト〉ほどではないが、この店や隣の〈ドゥ・マゴ〉にもヘミングウェイやフィッツジェラルドは出入りしていたという。

「そのシスモンディ先生がクレール氏の友人なんだね」リュミエールから二人の関係は聞いているが、クロエの反応を見ようと訊いてみる。

「友人以上です」

「恋人とか婚約しているとか」

「先生とクレールさん、結婚なんかしないわ、絶対に。完全に自由な女と男の関係をめざしているの」

なんだろう、完全に自由な男女関係とは。「性的な意味でも自由を束縛しあわないということかい」

「ええ」青年の露骨な質問にクロエは小さく頷いた。

「なるほど、たがいに情事や愛人の存在を認めあうわけだ」

「情事でなく偶然の愛。二人の愛は必然的だけど偶然の愛も知らなければならないって」躊躇（ためら）いがちにクロエは語り終える。

クレールは三十三歳、シスモンディは三十一歳になるが、この奇妙な契約は十年ほど以前に結ばれたようだ。哲学教師の資格を得たあと二人はそれぞれ異なる地方のリセに赴任したが、しばらくするとパリに戻ってきた。クレールのほうが一歩先んじて作家デビューを果たしたが、恋人のシスモンディも同じように小説家を志望している。二人について語る少女の口調に少し複雑なものをイヴォンは感じた。リセ時代の教師シスモンディとその恋人クレールに心酔しながら、そんな自分を疑っているようでもある。

「デュ・ラブナンさん……」

「イヴォンでいいよ」

　青年の努力が実ったようでクロエの口調がほぐれてきた。

「じゃ、イヴォン。あなた、スペインに行っていたんですって」

「命からがら帰ってきたところさ」血まみれの屍体など想像もできそうにない少女に、戦場の生々しい話は持ち出したくない青年が、冗談めかして応じる。

「最年少のシュルレアリスム詩人だったのに、ファシストから共和国を守るためにスペインで二年も戦ったんでしょう。わたしと歳はそれほど違わないのに」

　イヴォンの経歴はクレールから聞いたのだろう。〈革命のためのシュルレアリスム〉誌に青年の詩が掲載されたのは、もう六年も前のことだ。可能性がないわけではないが、リセの生徒が前衛的な現代詩を愛読していたとは考えにくい。戦争と同じことで詩や文学について喋るのにも抵抗があるイヴォンは、軽い方向に話題を変えた。

「僕のほうが年長で人生経験も豊富だよ」

「どうして、わたしの歳を」驚いたようにクロエが眼を見開いた。

「顔に書いてある、十八歳だってね」

「冗談いわないで」

「きみは真面目に勉強しそうな女の子だから、大学入学資格試験（バカロレア）に落ちたりしないだろう。ソルボンヌ入学が昨年なら十八歳か十九歳。確率は半々だけど誕生日を迎えていないほうに賭けた」

「六月十五日よ、わたしの誕生日は。だったらあなたは」

「一九一八年の四月」イヴォンが生まれたのは戦争が終わる年だ。

「だったら二歳しか違わないわ」

「二歳違えば大違いさ」青年は微笑する。「生まれはパリだね」

「トロカデロ」ただし宝石商の父親と兄一家はダイヤモンドの研磨工場があるアントワープ在住で、アパルトマンでは祖母と二人暮らし、母親は小学生のときに亡くしている。

　個人的な事情を尋ねても機嫌を損ねる様子はないので、さらに続けた。「お父さんはアルザスの出身かい」

「いいえ。祖父母の代にドイツからフランスに移住してきたの、ユダヤ人への迫害や差別から逃れて。フランスで生まれた父はフランス人の母と結婚して……」

「きみが生まれたわけだ」

　十六区の高級住宅地で生まれ育ったユダヤ系フランス人

のブルジョワ娘がいう。「わたしの前に兄が生まれてますけど」

「宗教のことを話してもかまわないかな。僕は無神論者」青年は軽く唇を曲げた。「十七世紀のリベルタンの直系というところ」

「わたしも両親も信じている宗教はない。若いころから父はシナゴーグやラビに不信感を抱いていたみたいね。母も名目的にはカトリックだけど、教会には行かなかったし信仰もない。わたしがシナゴーグに足を踏み入れたのは叔母が結婚したときの一度だけ。祖母はユダヤ教徒だけど、父もわたしも自分はフランス人だと思っている。……なんだか面接でも受けてるみたい、今度はあなたの番よ」

「いいとも、なにを知りたいんだい」

「ご家族は」

「僕が幼いときに母親は死んだ。父親のことは、さっさと死ねばいいと思ってる。スペインに行く前に別れたから恋人はいない。幾人かいる友人もじきにいなくなる、みんな死ぬだろうから」

「……戦争が起こるからね」

青年は深く頷いた。「前の戦争の何倍、何十倍もの人が死ぬ。僕はゲルニカを知ってる」

「ゲルニカを」少女の声が掠れていた。

「サン・セバスティアンからビルバオに行く途中に通った。ゲルニカというのはバスク語で聖なる柏という意味なんだけど、四方を緑の丘陵に囲まれたのどかな田舎町だった。翌月にはドイツ空軍の猛爆撃で跡形なく消えてしまう運命だったとはね」

「わたしも見たわ、万国博の展覧会でピカソの『ゲルニカ』を」

「ゲルニカの何百倍もの爆撃にさらされてパリは瓦礫の山になる」

表情を強張らせてクロエは黙りこみ、イヴォンは軽く唇を噛んだ。十八歳の少女を怖がらせても意味はない。あと半年か一年か貴重な猶予の時間を平穏に生きればいい。

「ルヴェールさんと親しいのかしら、イヴォンは」

あの男のアパルトマンで青年と出遇ったことをクレールから聞いたのだろう。「腐れ縁の類かな。きみもルヴェールを知ってるんだ」

「少しだけ。あの人、共産党の幹部なのね」

「中央委員らしいけど変わり種の部類。スターリンを支持しても崇拝している様子はなさそうだし」あの男が正真正銘のスターリニストなら、一昨日のように家を訪ねたりはしない。

「そうね、なにしろ文化的アナキストの親友なんだもの」

「それ、クレール氏のことかい」

「ええ、政治に無関心な個人主義的アナキストだって自分でいってる」

バクーニンを集産主義(コレクティヴィオンヘスネ)的アナキストとすれば、個人主義的アナキストの元祖はマックス・シュティルナーだろう。シュティルナーの本はイヴォンも読んだ。あらゆる価値を否認する点で個人主義的アナキストはニヒリストでもある。ドストエフスキイが描いたラスコーリニコフやスタヴローギンやイワン・カラマーゾフも、個人主義的アナキストの同類といえそうだ。イヴォンは集産主義者に紛れこんだ個人主義者として、スペインでは自分のことを場違いだと感じることもあった。

「『鬱(メランコリア)』を読んだけど、主人公も政治に無関心で孤独な人物だね。ブルジョワという出身階級を憎悪し、国家も社会秩序も侮蔑している点では文化的アナキストといえるかもしれない。ところで主人公のアントワーヌが滞在している港町だけど、もしかしてル・アーヴルがモデルじゃないかな」

「たぶんね、クレールさんの最初の赴任先がル・アーヴルのリセだし。でも、どうしてわかったの」

「海辺の遊歩道の描写で。三年前の夏に友達とノルマンディを旅行した、そのときル・アーヴルにも立ちよったから」

二日ほど滞在したのはル・アーヴルの市内ではなく二十キロほど東にある村エトルタだった。アランは印象派の画家が好んだアヴァルの崖、イヴォンのほうはアルセーヌ・リュパンの隠れ家として描かれた針岩が気に入った。エトルタの浜辺で海水浴を愉しんだあと、二人はノルマンディ半島の反対側に当たるモン・サン・ミシェルに向かった。ブランキが幽閉されていた城塞の地下牢に興味のあるイヴォンが、強引にアランを誘ったのだ。

一面に大きな見出しが印刷された夕刊紙にクロエが目を留める。「あなたは興味があるの、その猟奇事件に」

青年はルヴェールにしたのと同じ説明で応じる。「パリに着いた朝、たまたま第二の屍体がモンパルナス駅で発見されたんだ。少し興味を惹かれて第一の被害者の友人から話を聞いてみた」

この事件にはクロエも無関心でいられないようだ。トランク詰め首なし屍体の話をしているうちに珈琲店(カフェ)の扉が開いて、見覚えのある小男が姿を見せた。イヴォンたちを認めて、せかせかした足取りで近づいてくる。なにか話しはじめようとしたクロエの膝に、青年はさりげなくベレを戻した。

外套とソフトハットを脱いだクレールが鞄から『鬱（メランコリア）』を出す。「遅れて申し訳ない。勤務先で時間を取られてね。……私の本を進呈しよう」

親しそうに声をかけてから、作家はクロエと並んで壁際の席に着いた。給仕を呼んでスコッチを注文する。二杯目のパスティスを頼んで、イヴォンは新聞の下から本を引っぱり出した。

「読み終えたところですが、この本は記念にいただいておきます」

「きみ、もしも書きためた詩作品があるなら出版社を紹介しよう」いきなりクレールが切り出した。

「詩作はやめましたから」

「残念だな。アンリ・ヴォージョワはブルトンの追従者にすぎないが、きみには本物の才能がある」

イヴォンは苦笑しながら応じた。「アンリは親友です」

「なるほど」少し気まずそうな表情を見せたが、たちまち立ち直って話題を変える。「私の本を読んでくれたとか、感想を聴きたいものだね」

頭の回転が速くて、なかなかに親切な男のようだ。友人の友人というだけで初対面も同然の若者に、頼まれてもいないのに出版社を紹介しようというのだから。教師としてもリセの生徒には人気があったのかもしれない。顔には染みがあるし民話の小人（ドワーフ）を思わせる外見だが、人を圧倒する精気と新鮮な好奇心に溢れた人物のようだ。

「ご存じの事情で二年以上も小説の新作は読んでいません。他の作品と比較はできないんですが僕は興味深く読みましたよ、ゴンクール賞の受賞作よりも」

「ありがとう、それで」満面の笑みで作家は話の先を催促する。

「主題の第一は行動と物語の対立ですね」

「そう。だから感想を聴きたいと思ったんだ、きみは文学を放棄し行動を選んだわけだから。イヴォン・デュ・ラブナンをランボーになぞらえる匿名コラムを読んだ覚えがある。このことは知っていたかね」

イヴォンのスペイン行きは別れた女たち、親しい友人たちしか知らないはずだが、どこから話が洩れたのか一部に噂が広まったらしい。政府の越境禁止令を無視した密出国が公になると少し面倒だが、問題になった場合は居直るしかない。

青年はかぶりを振る。「締切に追われた三流の匿名筆者が思いつきで適当なことを書き散らしたんでしょう。ランボーは歩いてアルプスを、僕はピレネーを越えた。似ているのはそれくらいですよ」

「としても批評家や文芸記者が話題にしたのは当然だ。なにしろ天才少年と評された詩人が南の国に旅立ったんだからね。前世紀のフランス人はスペインをアフリカへの入口、むしろアフリカの一部だと思っていた」

「片脚を失ったランボーとは違って自分の脚で歩いて帰国できたのだし、無責任な噂は消えて当然です。子供の言葉遊びにすぎませんでした、僕の詩作は。それがわかったのでやめることにした。ブルトンは僕に才能があると見誤ったのか、でなければ話題作りに使えるとでも思ったんでしょうね。……話を戻しますけど」

作家が大きく頷いた。「そうだった、文学と冒険的な行動についてだね」

「あなたの小説で主人公は物語と呼んでいますが、つまるところ詩ですね」

小説の場合には何千何万という言葉が完璧に繋がりあい、補いあっているとはいえない。そのテクストに一語として無駄な言葉は含まれず、すべての言葉が唯一の美的必然性のもとに配列されるのは散文でなく詩だろう。小説では常套句や凡庸な比喩も、ある程度なら許される。しかし詩の場合には、たとえ一箇所であろうと致命的だ。

「きみが指摘したように言葉それ自体なら詩のほうが典型的だが、小説を含む物語は人物、その性格と行動、出来事、筋、背景となる時間と空間、その他もろもろの意味やディテールから構成されている。詩の言葉は自己完結したオブジェとして鑑賞されるが、小説の言葉は意味を伝達すべきものだ。意味の前で言葉は消えるともいえる。小説では言葉で伝達される意味とディテールとが無駄なく配列され、緊密に必然的に結合していなければならない。私の主人公が夢想するように物語の世界は完璧なんだ」

物語は特権的に完璧だし、生き生きとした意味で充実している。しかし現実は偶然的で瑣末で無意味だと『鬱(メランコリア)』の主人公アントワーヌは思う。物語は黄金だが現実は英仏海峡(ラ・マンシュ)の冬空のように灰色だと。

「小説で描かれている女優の挿話ですが、身につまされましたよ。あの女優と同じことで僕もまた詩に完璧な瞬間を封じようと努めた。もしかしたら、あんな習作にも感動した読者がいたかもしれない。その読者にとって完璧な世界は紙の上にある、しかし僕のほうは……」

「舞台の上で隙間風にさらされ、ハリボテの前で完璧な瞬間を演じていたにすぎない」クレールが面白がる口調で応じる。

「だから僕はスペインに行くことにした。革命に参加しファシストと戦う政治的な動機やそれ以外の理由もあったにしろ、革命の現場や戦場では現実と物語が一致するかもしれないと期待して」

腕組みしてクレールが尋ねる。「で、結果はどうだった」

「理解できたのは革命も戦争も日常だということかな。『鬱（メランコリア）』の主人公が嫌悪するブルジョワ的な日常とは違うにしても、兵士もまた食べて歩いて眠るという平凡な時間を生きる。もしも行動において物語と現実が一致するとしたら、それは死の瞬間でしょうね。戦場では死亡する確率が平和な日常と比較して圧倒的に高い。しかし幸か不幸か、まだ僕は生きています」

「きみの発想と通じるようなことをドイツのハルバッハという哲学者が書いている。読んだかね、『実存と時間』は」

「僕はルヴェールやあなたと同じリセの出身ですが、同級生には哲学好きもいましたよ。リヴィエールという早熟な哲学少年はドイツ語でハルバッハの本を読んで興奮していた。しかし僕は興味がない、少しドイツ語を勉強したのはカフカの小説を読みたいと思ったから。『実存と時間』が分厚くて重たい哲学書なら、ファシストの喉笛を叩き潰すのに役立つかもしれない。それなら棍棒代わりに持ち歩いてもいいかもしれないけど」

青年の冗談にクレールが含み笑いで応じる。「そいつは面白い、ナチ党員のハルバッハが自著で殴り倒されるとしたら。哲学教師としては残念なことだが、きみのような若者が興味を持てないのも当然だ。ヘーゲルも自嘲している、生き生きした緑溢れる樹木が現実とすれば、哲学は灰色に灰色を重ねる作為にすぎないと。それはそれとして冒険の可能性に限界を感じ物語を選んだ主人公を、きみはどんなふうに思うんだろう」

「不徹底、でしょうか。冒険で死んだわけではないのだから、アントワーヌは行動を断念する理由がない。危険な冒険的行為を妥協なく追求し続ければ人は死にます、いつかはね」

「……不徹底か」

若者から批判がましい言葉を投げられてもクレールは機嫌を損ねる様子はない。帰国して再会したアラン・リヴィエールによれば、文学界や思想界では攻撃的な論争家として知られている男だというが、年少者の批判にも耳を傾ける度量はあるようだ。

「バスクの山村で暮らしていた子供のころ、僕の愛読書はH・G・ウエルズの『失われた世界』でした」

「どこが好きだったんだね、ウエルズの」

「チャレンジャー教授の探検旅行に参加するロクストン卿が、千尋(せんじん)の谷に架けられた細い丸木橋を平然と渡るんです。『危険こそ人生の塩味だ』といって。教授が体現する十九世紀的な進歩と科学的真理への情熱を、大戦(グランド・ゲール)を体験した二十世紀の若者は共有できない」

「しかしジョン・ロクストンの行動哲学なら、われわれも共有できると」

「人を死の危険に直面させるから冒険は完璧な瞬間でありうる。死の危険にさらされるとき血液にはアドレナリンが放出され、淀んでいた生命力が賦活(ふかつ)されて人は世界の裂け目から異次元をかいま見る」

「危険な行為が問題であるなら決闘やロシアンルーレットでもかまわないわけだ」

　青年は頷いた。「原理的にはね。しかし、どのような快楽でも絶頂をきわめるには順序がある。性の快楽がさりげない目配せ、偶然を装った肉体の接触からはじまるように。死にいたる危険が人を生の絶頂に導くには、細心の配慮と慎重な手順が不可欠です」

「その手順とは」

「もっとも重要なのは動機の設定でしょうね。その危険が当事者にとって不可避であり、他に選択の余地はないと自己了解できる状況が用意されること。ロクストン卿が偏愛する種類の危険な行為は、酔った勢いで真冬のセーヌに飛びこんで、心臓発作で急死するようなたんなる愚行とは違います」

「きみはファシストからスペイン共和国を守るため、非合法でピレネーを越えたんだね」

「集産化革命を防衛し推進するために、結果として敵はファシストとコミュニストの両方になりましたが」

「なるほど、きみはアナキストなんだね。いずれにしてもスペイン行きは、納得できる形で死の危険と直面するための手順にすぎない……」

　明敏な作家に追及されてイヴォンは口を閉じた。一緒に戦っていたが自分はアナキストでないことを、いちいち説明するのは面倒だ。それにクレールの言葉は否定できないとしても、全肯定するのは正確でないような気もする。

　作家が続けた。「とすれば、きみはバリケードの反対側にいてもかまわないわけだ。問題は死の危険がもたらす生の実感の強度であって、その体験が必然だと信じるのに必要な手順としての政治的立場は、左でも右でもかまわないことになる。死を賭けて戦うコミュニストやアナキストとファシストの情熱や高揚感に、実際のところ質的な違いはなさそうだ。コミュニストやアナキストは純度が高く、ファシストの場合は不純だとはいえないだろう」

「とはいっても、アンドレ・マルローとドリュ・ラ・ロシェルは違いますよ」

ドリュもまた意味の喪失と死の観念に取り憑かれたニヒリストだが、右翼革命が現実性を帯びてきた一九三四年以降の政治選択はマルローと正反対だった。マルローがコミュニストとの共闘の道を選んだのにたいし、もともとはシュルレアリストでアンドレ・ブルトンの近傍にいたドリュは『ファシスト社会主義』を執筆し、ファシズム大衆政党のフランス人民党に入党する。ただし党首ジャック・ドリオとの対立が深刻化し、今年になって離党したようだが。

そもそもドリオ本人がファシストを標榜する前は共産党の指導者で、コミンテルンの社会ファシズム論に反対して排除されたという経歴の人物だ。政治的には極左から極右に転向したことになるが、ブルジョワどもの共和国に敵対する意志は一貫している。

青年の言葉にクレールが応じた。「作家的個性はもちろん違うさ。しかしニヒリズムの克服を求めて急進的な政治行動に走ったところは同じだ。反ファシズムのマルロー、ファシズムのドリュと、選んだ政治的立場は対極的としても」

「ドリュのように死が生の極限だと思うなら、さっさと自殺すればいい。自殺の代償行為として急進的政治の世界に迷いこんできた趣味人など、現場ではものの役に立ちませんよ」

「マルローは違うと」

「少なくともジョン・ロクストン的ではありますね。人生の塩味としての冒険は死に隣接する行為ですが、死ぬことが目的というわけではない。能力不足や不運のために死ぬことになったときはやむをえない、それも運命だろうと思って納得するだけです」

クレールが微笑する。「ようするにドリュは弱虫というわけだな。しかし肉体と行動の極限を暴力的に追い求める、ロクストン的な冒険家としてのファシストだっているに違いない。左翼と右翼とかコミュニズムとファシズムとか、政治的立場で人間を分類したくないというきみの発想は理解できる。

ドイツ留学時代に話したことのあるハルバッハの優秀な学生ハインリヒのことが思い出される、どことなくきみと似た印象があるから。ハインリヒはナチス学生同盟員だったが反ユダヤ主義やアーリア人種理論を侮蔑していた。ニヒリズムという時代の病を克服するため、あえて極端な政治行動に身を晒そうとする哲学青年だったが、いまはどうしているものか。その二年後にはレーム派が粛清されハルバッハはフライブルク大学の学長職を辞した。レーム派と目されていたナチス学生同盟員もナチ党には居場所を失ったに違いないんだが」

「語源からしても左翼と右翼は議会内の存在ですよね。しかし、そんな対立はまがいものにすぎない。真の政治的対立は路上と議会にあったんです。一七八九年も一八三〇年も一八四八年も」

　左翼や右翼という政治用語が普及したのは第三共和政になってからのことで、ブランキもマルクスも左翼と自称してはいない。パリ・コミューンまでの革命家は誰も同じことだ。

「路上派にも右翼と左翼がいるのでは。ナチ党の突撃隊(SA)もアクション・フランセーズの〈王党員(カムロ・デュ・ロワ)〉も路上で活動する民兵的集団だ」

「正確には主権権力派と自己権力派ですね。前者の目的は路上運動から出発して主権権力を奪うことです。この点ではファシズムとボリシェヴィズムは同類だから、路上の主権権力派に左翼と右翼がいるともいえますが、その対立は擬制にすぎない」

「路上の自己権力派とはアナキストのことだな」

「プルードン的なアナキストではなく、路上にアナーキーに溢れ出して権力と対峙する群衆です。一七八九年にヴェルサイユの三部会の膠着を、パリの路上から打開するために蜂起しバスティーユを襲撃したパリ民衆こそ路上の自己権力派ですよ。第三身分の国民議会で活動した政治家連中は、議長のバイイから新人議員のロベスピエールにいたるまで主権権力派にすぎません」

「お二人の話ですが、わたしは意見が違います」それまで黙って話を聴いていたクロエが不意に口を挟んだ。「ドイツでユダヤ人はひどい目に遭わされています。抑圧する者の暴力や死と、解放をめざす者のそれが同じだなんて」

　ドイツには左翼活動家やユダヤ人を司法手続なしに強制収容する施設がある。とはいえ強制収容所の設置はドイツよりソ連のほうが早いし、ドイツ人コミュニストから聞いた話では、ソ連では反革命罪で収容所に送られる囚人数も近年は激増しているようだ。レーニンとトロツキーが発明した人工の地獄をスターリンが磨きをかけて完成し、ヒトラーはそれを模倣したにすぎない。

ファシストとコミュニストが同類であることをイヴォンはスペインで身をもって体験している。この両者ほどにはアナキストは手を汚していない。ルヴェールに批判されたように、だから政治的に無力で必然的に敗北するのかもしれないが。たとえボリシェヴィキの真似をして政治的に勝利しても、腐った勝利それ自体が革命の最悪の敗北形態なのだ。この逆説を喰い破らなければならない。

掌を摺りあわせながら作家が微笑する。「迫害されるユダヤ人には同情する。しかしね、世界も人間も偶然で無意味だからファシストがコミュニストを殴るのも、その逆も等価だという結論は変わりようがない」

クロエが強い言葉で反論した。「完璧に殴れば価値がある、そうでなければ価値はない。殴られる側も同じだとすれば、どうか完璧に殴ってくださいとユダヤ人はナチのゴロツキに懇願するべきなんですか」

イヴォンの頬が思わず緩んだ。同胞の問題だからか、娘は優等生的とはいえない果敢さで老練な論争家を問いつめようとする。たんなる先生のお気に入りではないようだ。

教師の権威ある言葉に喰ってかかる少女の生真面目な表情を、イヴォンは美しいと思った。

クレールが反論する。「死を前にした生の燃焼という点で右翼と左翼に原理的な違いはない。しかし、それと倫理的な善悪は別次元の問題だね。そこのところを間違えないように。ユダヤ人を殴るナチは悪だし容認はできない。無力で抵抗できない者を一方的に殴っても死に直面する生の充溢は訪れそうにないしね。ただし弱者を執拗に痛めつけるサディストにも相応の必然性や内的根拠はある」

極限状況で死の危険に身を晒してこそ生は高揚しうる。シモーヌ・リュミエールに勧められて読んだT・E・ロレンスの著書『知恵の七柱』の影響かもしれないが、それがスペインに行った理由のひとつだった。痙攣的な美とエロスと暴力の渦中に身を投じたイヴォンを、リセ時代の親友は陽気なニヒリストと評した。しかし、しょせん安全地帯での子供の遊びにすぎない。ロレンスが駱駝で出撃した熱砂の海に匹敵する特権的な場所を求めて、ピレネーを越えることにした。しかし……。

イヴォンは話を戻す。「あなたの小説には第二の、核心的な主題がありますね」

「〈憂鬱〉かね」クレールが青年の顔を見た。

「主人公が襲われる正体不明の気分、なにもかも無意味だという気鬱と吐き気。世界も人生もおのれの存在もかけらほどさえ意味がないという索漠とした思い。僭越（せんえつ）かもしれませんが僕にはわかるような気がする」

「というと」

「大戦（グランド・ゲール）が終わる年に生まれた僕は純粋の戦後世代（アプレゲール）です。物心がついたとき世界はすでに底が抜けていた。あるいは大洪水ですべては押し流されていた」戦争神経症に苦しんでいた叔父の、あるいはボードレールの詩集を愛読していた叔母の影響からか、古い価値観を疑おうとしない父親には心底うんざりしていた。『鬱（メランコリア）』の主人公が憎んでいるのは、戦争で世界が崩れた事実を直視しない無自覚な連中ですね。たしかにブルジョワに多いタイプですが、わずかな賃上げや労働条件の改善で満足した労働者だって同じことだ」

アントワーヌが冒険を夢見て東洋に渡ったのは、自分も世界もガラクタにすぎないと感じたからだろう。私の存在から理由が失われるとき、世界は偶然で埋められた無意味な場所に変わる。

青年は語り続けた。「銃弾が三十センチほど右か左に偶然それた。隣にいた仲間が額を打ち抜かれて即死したけれど僕は生きている。これってなんでしょうね。戦友の死に必然性はないし意味もない。たんなる偶然、たんなる無意味な事実にすぎません。僕が死んでいても不思議じゃなかった」

世界には意味などない、ここでこうしている自分に必然性など存在しない。すべては無意味な偶然の集積にすぎない。算（かぞ）えきれないほどの回数、イヴォンは同じような自問を重ねてきた。

「で、きみはどうした」

「笑いたくなりました、理不尽なほどの馬鹿笑いを。銃弾が飛んでくる場所で大笑いするわけにもいきませんが、気分としては哄笑（こうしょう）です。無意味な偶然にさらされたとき人は笑うしかない。どうして主人公は公園でマロニエの根を見たとき、馬鹿笑いしなかったんでしょう。あの場面で描かれるマロニエの根って、いわば無意味性と偶然性の塊ですよね」

「……存在（エートル）だ、ヘーゲルの言葉でいえば即自存在（アン・ジッヒ）」

「では、対自存在（フュア・ジッヒ）もあるんですか」

「対自とは意識だよ。私の意識、きみの意識、それぞれが対自だ。きみが哲学に無関心でも『方法序説』はリセの授業で読んだろう。デカルトの意識（コギト）は実体的で、それ自体として充足的に存在するなにかにすぎない。しかし、そのような理解は見当違いだ」

クレールが研究している現象学では意識とは指向性だという。意識とはつねになにものかについての意識だ。意識は実体ではない、存在から逃れ出ていく不断の運動こそ意識の宿命に他ならない。だから意識とは無でもある。意識が無だとすれば人間もまた無ということにならないだろうか。

最初の二十世紀青年である戦後世代（アプレゲール）に固有の崩落感と空虚感、喪失感と不条理感を、どうやらクレールは形而上学的な次元で探究しているようだ。興味を惹かれてイヴォンは尋ねてみた。

「どこかに書いていますか、いまの話」

「準備はしているんだが何年か先になるね、『物と意識』を刊行できるのは」

早口で喋り続けながら、作家が腕を上げて合図する。長身でほっそりした女が店内を急ぎ足で、靴のヒールを鳴らしながら近づいてきた。三十歳すぎの女は髪を真ん中で左右に分け、細い三つ編みを耳の後ろで結んでいる。

「エルミーヌだ、エルミーヌ・シスモンディ」

席から立ってイヴォンは女性教師の手に軽く触れた。ブルジョワ家庭で育った女は初対面の男としっかり手を握りあうことはない。握手といっても軽く手を触れるのが礼儀だ。思想は反ブルジョワ的でも習慣や礼儀作法は躰に染みこんでいる。

ひんやりした感触を残して女の指先がイヴォンの掌から離れた。シスモンディとクロエが短い言葉を交わしているあいだにクレールが給仕を呼んで、当然のように三人分の勘定をすませる。鷹揚（おうよう）な男の前で自分の分は払うと財布を出すのも気が引けた。

「途中で残念だが、これからエルミーヌと観劇でね。話の続きはまたの機会に」

外套を脱ぐこともなくシスモンディは、恋人の小男と店の硝子扉から夜の街に姿を消していく。少女の苦悩の正体をイヴォンは察知しえたように思った。

「たしかに顔立ちは整ってる、エルミーヌ・シスモンディは」

「綺麗よ、先生は」平板な口調でクロエが応じた。

「しかし、お洒落のセンスはなさそうだ。ジャケットはそれなりの店の仕立てらしいけど、格子縞の窮屈そうなスカートを合わせるなんて」

「つい最近まで兵隊さんだったのに、あなた、モードのことまで詳しいのね」娘の表情は皮肉そうだ。

「詳しいともいえないけど。モデルの女友達がいてヴァンドーム広場のスキャパレリの店にはよく連れていかれた。スキャパレリはダリやコクトーとも親しいんだ。……僕たちも出ようか」

　上京した少年の最初の恋人がブリジットだった。イヴォンが最年少のシュルレアリスト詩人だと知って、モデルの娘は興味津々で自分から近づいてきた。スキャパレリに憧れて芸術家の愛人を持ちたいと思ったのだろう。年下の少年を連れ廻せばまわりの連中に自慢できる。ブリジットのキスが唇に甦る気がして、青年は首を軽く振った。

　店を出るとパリ最古のロマネスク様式の尖塔が、夜空を背景に重々しく聳えている。サン・ジェルマン・デ・プレ教会だ。イヴォンの生家の敷地にも、似たような塔がある。デュ・ラブナン侯爵家の祖先が築いたといわれる崩れかけた城塞の石塔。重苦しい雰囲気の陰気な建物で、強度を保つために石壁は分厚くどの窓も小さい。

　五歳か六歳のときイヴォンは城塞の地下室に閉じこめられたことがある。なにか父親を逆撫でするような悪戯でもしたのだろう。寒々しい暗闇で膝小僧を抱いて死んでも泣くまいと思っていた。もしも泣いたら、あの男に負けてしまうと。

　小さな広場を冷たい風が吹き抜けていく。バス停の横にある屋台でクロエが季節外れの焼き栗を買った。もう春で、この界隈では最後まで営業している焼き栗屋だろう。古新聞の小さな袋で両手を温めるようにしながら、娘が遠慮がちにいう。

「ホテルはオデオンにあるのね、わたしもオデオン駅から地下鉄に乗る。焼き栗、よろしければ」

　トロカデロの家に帰るのならサン・ジェルマン・デ・プレから地下鉄に乗っても、ひとつ先のオデオンからでも同じことだ。いずれにしてもモンパルナスで六番線に乗り換えなければならない。一駅分わざわざ一緒に歩こうというのは、もう少しイヴォンと話したいからなのか。

「ジャニーヌ・コンティの友達とは会えたのね」あらためてクロエが持ち出したのは、珈琲店にクレールが着いたため中断された話題だった。

「ルノー工場の同僚に話を訊いたよ、新しい情報は得られなかったけど」

「これからどうするの」

「パリでの監視役が内務省の役人なんだ。パリに舞い戻ったことがばれたようで、近いうちに会わなければ」

右翼学生との乱闘騒ぎで警察に逮捕されたときもじきに釈放された。高級官僚で警視庁にも顔が利くラトゥールが裏から手を廻したようだ。二度と警察の厄介にはなるなと、そのあと小うるさく説教されたが。

「その人に頼めば、首なし屍体事件の捜査員に紹介してもらえるかしら」

「可能だろうけど、どうして」

「まだ身許がわからない第二の被害者に心あたりがあるの」

行きつけの美容院の若い美容師クロディーヌ・アルノーが三月の末から姿を消している。店で親しくしていたクロエが確認してみても、店のほうから警察に捜索願を出した様子はない。見習美容師には無断で店をやめたり、他の店に移ったりする娘も少なくないのだという。仕事に不熱心な見習は好きにすればいいと、店主は突き離すような口振りだった。

「わたしみたいな学生が知人の失踪を届け出ても、ちゃんと警察は対応してくれるかしら。気になっていたんだけど、つてがあればクロディーヌのことを相談してみたい」

焼き栗を囓りながら青年は頷いた。「わかった、警官を紹介されたら連絡するよ」

「うちの番号を教えるから電話してね」

オデオン広場の少し手前でクロエが足をとめ、路上に駐輪されたオートバイのシートに鞄を置いた。万年筆とノートを出して電話番号を走り書きし、破った頁を青年に手渡す。紙片をポケットに押しこんだイヴォンは路上の大型バイクに目を止めた。

「ブラフ・シューペリアだ」

青年の呟きを聞きつけてクロエが応じる。「好きなの、オートバイが」

「子供のころは飛行機の操縦士になりたかった」

「サン＝テグジュペリと同じで、あなたが望むなら飛行機の操縦士にだってなれるでしょう」

「子供の夢はかなわないのさ、代わりにオートバイに乗ることにした。速度感は自動車より飛行機に近いだろうから。このバイク、ブラフ・シューペリアのＳＳ１００が本当は欲しかったんだけど、なにしろオートバイのロールスロイスといわれる名車だから子供の小遣いでは手が出ない。スペインに行くまではトライアンフ・タイガーに乗っていた。ＳＳ１００の最高時速百九十キロには及ばないけど、かなり速いバイクなんだ」

ブラフ・シューペリアのＳＳ１００に憧れたのはアラビ

アのロレンスの愛車だからだ。四年前の五月、このバイクに乗ったロレンスは自転車を避けようとして転倒し死亡した。ロレンスの死を惜しんだシモーヌ・リュミエールが、弟分のイヴォンに『知恵の七柱』を読むよう勧めたのだった。

地下鉄(メトロ)駅の階段を下りていくクロエの後ろ姿を見送ってから、青年は信号を渡った。たったいま別れた少女の名前を、声には出さず唇の形だけで呼んでみる。家族はユダヤ系なのに名前はギリシアふうのクロエ・ブロック、名と姓で二つに引き裂かれた少女、赤みを帯びた金髪と薄茶色のベレ。引き裂かれた黄金色と亜麻色、アポロンの焔(ほのお)と砂漠の嵐。不意に湧きはじめた詩想を青年は奥歯で噛み殺した。詩のごときものに浪費する時間はもう残されていない。

闇に点滅するネオンが鮮やかだ。まだホテルに戻るのは早い時刻だ、気分転換にムフタール街まで歩いてみようか。アンリはほとんど家にいる。自分のことをナジャだというジュリエット・ドゥアを部屋に残して、一人で外出するのが心配なのだ。

第七章　無頭の女神

1

今日も好天だ。トライアンフ・タイガーをモンテベロ河岸通りに駐め、防塵ゴーグルを外したイヴォンは階段で石畳の遊歩道に下りていく。人気(ひとけ)のない河岸のベンチで本を読んでいる、学生らしい地味な服装の娘が目に入った。腕時計を見ると約束の時刻ちょうどで、クロエ・ブロックは午後五時よりも前に待ちあわせ場所に着いていたらしい。

サン・ジェルマン・デ・プレの珈琲店(カフェ)でクロエやクレールと話をした二日後のことだ、イヴォンが遠縁のラトゥールを役所に訪ねたのは。監視役の男と顔を合わせるのが面倒で後廻しにしてきたのだが、そのまま放置しているともっと面倒なことになりかねない。

遠縁の若者が違法に出国していた事実を、どうやらラトゥールは把握していたようだ。なにしろ内務省の高級官僚だから、その気になれば調べあげるのは容易だったろう。二年前の密出国はともかく、身許を偽っての再入国やグール難民収容所からの脱走の件はどうか。そこまでは知られていないことを願いたい。

「家出したおまえのことを妹のアンヌが心配していたぞ」

父親の従弟に当たるラトゥールはおもむろに話を切り出した。「家出というのは外聞がよくないので、息子は結核で療養中ということにしてあると従兄が連絡をよこしてきた。二年以上もどこをうろついていたのかね」

「サイゴンと上海に」

でたらめを口にすると、高価そうだが平凡な三つ揃いを着込んだ役人が顔を顰（しか）める。「過ぎたことはもういい、これからどうするつもりなんだね」

「いまはオデオンでホテル暮らしだが、早めに適当なアパルトマンに落ちつこうと。九月から大学に戻る、戦争さえ起こらなければね。どうなんです、ドイツとの戦争の危機をめぐる政府の本音は」

「融和政策は限界だとダラディエ首相は気づいているが、戦争を決断したともいえない。必要な戦備を整えながらヒトラーの出方を見守る、といったところだろう。学生には徴兵猶予があるから、おまえは戦争の心配はいらない」役人が役人らしいことをいう。

「戦争が長引いて兵員不足になれば、前の戦争のときと同じで戦える若者は一人残らず召集される。そうなるまで、せいぜい気楽な学生生活を愉しむことにしますよ」

冗談めかして応じたが、召集されてもフランス軍の兵士としてブルジョワどもの共和国のために戦うかどうかは決めていない。イヴォンのような立場の青年に許された唯一の選択は徴兵拒否かもしれない。世界が新たな大戦（グランド・ゲール）に雪崩（なだれ）落ちようとしているいま、真の革命派はどうすべきなのか。必要な話を終えた青年は、内務省の陰気な建物からボーヴォ広場に出た。

数日してパリ警視庁のヴァラーヌ警部からホテルに連絡があった。国家警察は内務省に所属するからラトゥールは警視庁に顔が利く。被害者が知人の可能性もあるので、トランク詰め屍体事件に詳しそうな警官を紹介してもらえないかと、イヴォンは父親の従弟に頼んでおいたのだ。ヴァラーヌとは翌日の午後に待ちあわせることにした。

この件ではクロエ・ブロックと約束がある。ホテルからブロック家に電話して事情を簡単に説明すると、会見の場に自分も同席できないかという。失踪中の知人クロディーヌ・アルノーのことを訴えたいようだ。イヴォンは躊躇したが、短い沈黙のあと警部と待ちあわせている場所と時刻を告げた。

一瞬にしても判断に迷ったのは、クロエが同席していると警官が情報提供を渋るかもしれないからだ。ラトゥールが紹介してきた人物以外には、明かしたくない内密な話があるかもしれない。ヴァラーヌが警戒するようならクロエは先に帰らせよう。見習美容師の失踪について相談をできれば警官との用件は終わるのだし。

受話器を置いてから青年は自問した。ヴァラーヌ警部との会見に、どうしてクロエの同席を許したのか。ヴァラーヌに見習美容師の失踪をめぐる事実を伝え、必要ならクロエに連絡するようにいえばよかった。自分の心理を問い質してみるまでもない。クロエに電話したのは、あの娘の声をもう一度聴いてみたい、二言三言でも話したいと思ったからだ。

クロエをめぐる心の動きに青年はとまどった。いまはスペインでの戦争とドイツとの戦争に挟まれた短い猶予期間中で、少年めいた恋愛遊戯に耽っている暇などない。新しい戦争がはじまる前に、なんとしても結論を出さなければならない難問が山積している。

二人の様子を観察してイヴォンには見当がついた、あの少女は「クレール先生（プロフェスール）」に恋している、躰の関係まで進んでいるようだ。リセ時代の教師だったエルミーヌ・シスモンディの愛人との、不幸な恋のためクロエの表情は沈んでいるのだろう。あの二人は結婚しているわけではないから、クレールとクロエの関係も不倫ではない。しかしクロエとしては、敬愛する女性教師を裏切っているという罪の意識を感じないわけにはいかない。

奇妙な三角関係に興味を覚えて、三年前のイヴォンならクロエに誘惑の心理戦を仕掛けたかもしれない。中年男に向けられた娘の恋情を横から掠めとるのは心躍る愉しいゲームだから。しかし、いまは官能と誘惑の心理戦をはじめるときではない。歴史の激流に呑まれた若者は必死で泳ぎ続けなければ溺れてしまう、余計なことを考えている余裕などない。

クロエに会いたいから警官との待ちあわせ場所を教えたのだろうか。あの娘ともう一度会ってみたい気持ちはある。それでも新しい恋物語（イストワール・ダムール）の可能性に心が動いたのなら、その気持ちは抑えることができるし抑えなければならない。戦争と死の切迫した可能性を前にして、突きつけられた難問に解答を見出すこと。それに専念しなければならないと肝に銘じているのに、どうしてか初対面の若い娘に心が揺れるのを感じた。

異性としてクロエ・ブロックの魅力に心を奪われたので

はない。そもそもクロエは外見も性格も、これまでイヴォンの心を捉えた官能的な女たちとは違いすぎる。とはいえ珈琲店（カフェ）〈フロール〉で、はじめて目にしたときの新鮮な気持ちは忘れられない。あれはいったいなんだったのか。恋愛の対象でないとすれば、あの娘のなにがイヴォンを惹きつけたのだろう。

分裂した印象かもしれない。ユダヤの姓とギリシア由来の名前に引き裂かれた娘。教師に気に入られる優等生と、教師とも言い争う反抗的な生徒。まだ青年は見ていないのだが、活発で聡明な顔の裏側には別の顔があるに違いない。

簡単には割りきれない印象の娘だとしても、しょせんは通りすがりの他人事にすぎない。その謎にどうして引きよせられてしまうのか。クロエに会いたいからではなく、会いたいと思う気持ちの意味をたしかめるため、もう一度会ってみることを青年は自分に許した。

「待ったかい」

赤みを帯びた華やかな金髪の娘が本から顔を上げ、淡い微笑を浮かべながらイヴォンを見る。「ここで少し前から本を読んでいたの、大学の講義が早く終わったから。警察の人と会うには妙な場所だけど、オルフェーヴル河岸の警視庁まで出向かなくてもいいのかしら」

「先方の意向なんだ、ここで会うのが」

クロエがいうように面会希望者とは職場で会うのが常識的だろう。ヴァラーヌ警部が勤務先を避けたのにはおそらく理由がある。捜査中の事件について民間人と話しあうことを警視庁の上司や同僚に知られたくないのだ。外で会うなら見通しがきいて人気の少ないセーヌ河岸の遊歩道がいい、珈琲店（カフェ）や酒場（ビストロ）では誰に見られるかわからないから。

イヴォンは娘の横に腰を下ろした。ベンチに坐ると、春の陽光に輝く川面の先にノートルダム大聖堂の薔薇窓（ばらまど）が見える。聖堂建築の側面上方に小さい丸窓が、下のほうに巨大な丸窓が縦に並んでいる。いずれのステンドグラスも豪壮で華麗だ。

「あれから一週間ね。どうしていたの、イヴォンは」

「遠縁のラトゥールに会った、ルーレットで大勝ちした、オートバイを手に入れた。今日も乗ってきて河岸通りの階段横に駐めてあるよ」

ルヴェールに突きつけられた「全体主義でない革命は敗北する」という悪魔的な逆説。それをねじ伏せられない自分に苛立ちながら夜の繁華街をうろついていたイヴォンの目に、賭博場の華やかなネオンサインが飛びこんできた。決着のつかない思いを振り切るように、今夜は「黒」でいこうと決めた。コミュニストの「赤」でなくアナキストの「黒」だ。資金がなくなるまで倍賭けで黒に張り続けること。博打の勝敗で結果的にわかることがある。スペインの戦場を生き延びた幸運は続いているのか、春の雪さながらに解けて消えてしまったのか。いずれにしても、これからの人生を考える上で貴重な判断材料になる。

夜も更けたころのことだ、イヴォンの運は尽きていないことが証明されたのは。ラトゥールに渡された生活費はサン・ドニの賭博場で十倍もの額の札束に変わっていた。昔なじみのガレージに顔を出してみると、以前に乗っていたのと同じトライアンフ・タイガー90の中古品を勧められた。状態はよさそうだし、博打のあぶく銭で膨れていた財布をはたいてその場で購入を決めた。

「素敵ね、オートバイに乗れるなんて」

クロエの笑顔をはじめて見るような気がする。まだ十八歳なのだ、中年男との不幸な恋がなければ青春を謳歌していたろう。ほんの三年前のことなのに、青年は十八歳だったころの自分を正確に思い出すことができない。戦場では幾人もの敵兵を殺しイヴォン自身も幾度となくも殺されかけた、それ以前の自分が遠くに感じられても不思議ではない。

河岸通りから石段を下りてきた男が足早に近づいてきた。足を止め少し距離を置いてベンチの若い男女を眺めている。焦茶の背広もソフト帽も少しくたびれた印象で、どことなく風采の上がらない中年男だ。中背で小太り、会ってもすぐに忘れてしまいそうに平凡な顔をしている。

「ヴァラーヌ警部ですか」身を起こしてイヴォンのほうから声をかけた。

「あんたがラトゥール局長の親戚の……」

「イヴォン・デュ・ラブナンです」

「で、そちらは」イヴォンに続いて立ち上がった若い娘に私服警官が目を向ける。

「友人のクロエ・ブロック。……モンパルナス駅で発見された首なし屍体の身許、まだ判明していないんですよね」男が無言で頷いたのを見てイヴォンは続ける。「被害者に心あたりがあるというので、マドモワゼル・ブロックにも来てもらいました」

「本当かね」警官が疑わしそうにいう。

「トロカデロの美容院で働いていたクロディーヌ・アルノーが、三月末から行方不明なんです。これがクロディーヌの写真、父のローライフレックスで撮ったの」

ハンドバッグからクロエが写真を出した。日中に街路で撮影したものらしい。素人写真でも被写体の顔は判別できる。髪型を流行のボブにしたクロディーヌは少し蓮っ葉(はすっぱ)に見える若い女だ。

「警察に失踪人の届けは」

「家族は地方だし店からは出していません。経営者はクロディーヌと折りあいが悪くて、無断で店を辞めたのだろうと。面倒事に関わりたくないのかもしれません。屋根裏部屋でクロディーヌと同居していた女友達の話では、三月二十九日から一度も帰宅していないとか」

警官はジャニーヌの背丈や躰つきなどを確認して写真はクロエに返した。「写真では当人かどうかわからん、なにしろ屍体には首がないんだから。身長や体型などは一致しないでもないが、決め手にはならないね。目に付くような黒子(ほくろ)や痣(あざ)、傷の痕など個人の特定に通じるものは」

「顔や手足にはなにも。一緒に住んでいた娘なら、なにか参考になることを知っているかもしれませんが」同じ部屋で暮らしていれば、服の下の黒子や痣などに気づいた可能性は高い。

「この件は刑事に調べさせよう。美容院の経営者と同居人の女を屍体保管所に呼んで遺体を確認させることになる、それでいいかな」

「お願いします」

「用件は以上かね」

ラトゥールの紹介で面会を求めた理由がクロディーヌのことだと警官に思われて、ここで話を打ち切られては困る。クロエには先に帰ってもらおう。

「もう少し警部と話があるんだけど」

イヴォンの希望を察した様子で娘が頷いた。「階段の上で待ってます、話したいことがまだあるの」

石段のほうに立ち去るクロエを見送って青年は警官に向き直る。「さて、これからが本題です」

「ラトゥール局長の話では事件そのものに興味があるとか、どんな理由からだね」

イヴォンは質問を受け流した。「パリ市民なら誰でも、オステルリッツ駅とモンパルナス駅で発見された首なし屍体に関心があるのでは」

「それだけとも思えんが。で、なにを知りたいんだ」

「二つの屍体をめぐる事実と捜査状況を」イヴォンは単刀直入に問いかける。

「局長の個人的な指示だから知っていることは話そう。もちろん口外は厳禁だ、私からの情報は誰にも洩らさないと約束できるかね」

遠縁の男によれば、ヴァラーヌは首なし事件の捜査責任者と折りあいがよくない。もしも情報漏洩の件を上司に知られたら責任を問われるだろう。処分されるかもしれないから慎重なのだ。

「誰にもいいませんよ、もちろん」青年は生真面目に頷いた。

「とはいえ事件をめぐる情報のほとんどは公表されている。報道されたように第一の屍体は、一月二十四日の午前六時半にオステルリッツ駅の遺失物保管所で発見された。腐敗臭がするので、駅員がトランクの錠を壊して蓋を開いてみたんだな。大型で横長の直方体の革製トランクだ。被害者が死亡したのは、発見時の一週間から十日ほど前のことらしい。一月十七日にトランクを遺失物として回収した駅員から、ある程度の情報は得られた」

長距離列車が続いて到着した直後のことで、早朝にもかかわらず終着ホームや構内には乗降客が溢れていた。イヴォンは第二の屍体が発見されたあとの現場を目にしている。一月十七日早朝のオステルリッツ駅も、第二の首なし屍体が発見されたモンパルナス駅と同じような状況だったらしい。駅構内に大型旅行鞄が置き忘れられているとの通報で、駅員が様子を見に行くことにした。放置されていた旅行用の大型鞄はカートで遺失物保管所に移された。

被害者が死亡した時期と旅行鞄の発見日はほとんど変わらない。殺害されてじきに屍体は駅構内に放置されたようだ。トランクが遺棄されてから屍体が発見されるまで一週間もの時間が経過していたせいで、一月十七日早朝の有力な目撃情報は得られなかった。

警官が続ける。「四月一日にモンパルナス駅で発見された第二のトランク詰め屍体だが、最初に気づいたのは犬だった」

「犬ですか」

「客に連れられたビーグルが興奮して吠え狂っていた。その場でトランクの状態を確認すると、革蓋の閉じ目から赤黒い粘液が滲み出している。凝固しかけた血ではないか。トランクを駅員室まで運んで鉄梃（かなてこ）で錠を壊してみると、両腕で膝を抱えた恰好の屍体が押しこまれている。駅員が第一の事件のことを記憶していたから、屍体は早期に発見され警察にも届けられたんだな」

「血の臭いを犬が嗅ぎつけなければ、発見は遅れていたかもしれませんね」パリの終着駅（ガール・テルミナル）なら大型旅行鞄の遺失物は珍しくないだろうし、通常は発見直後に蓋を壊して開いてみることもない。「早期の発見は犯人にとって計算違いだったとしても、つまるところ結果は同じ。遺棄した直後にもかかわらず、問題の旅行鞄を運んできた人物は特定されていないわけだから」

「いいや、目撃者はいた」

「本当ですか」目撃者の存在は報道されていない。

「荷運び人(ポルトゥール)がカートで運んできて、発見地点に下ろしたところを目にした乗客が複数いる。ところがモンパルナス駅の荷運び人(ポルトゥール)に該当者はいないんだな。制服を着込んだ偽者がトランクを運んできたことになる、犯人の変装だった可能性が高い」

　制服姿の人物が制服から予想される業務を遂行しているとき、その光景が目に入っていても大多数の人は注意を払わない。終着駅(ガール・テルミナル)の荷運び人(ポルトゥール)に限らず街路の制服警官や郵便配達人、珈琲店(カフェ)や料理店の給仕にしても同じことだ。

　長距離列車が到着した直後のことで、構内では何十人もの荷運び人(ポルトゥール)が忙しげに荷物を運んでいた。タクシー乗り場がある駅舎前まで運ぶことなく構内で荷物を下ろした荷運び人(ポルトゥール)を記憶していた者はいても、個人の特定に繋がるような情報は得られていない。荷運び人(ポルトゥール)の制服を入手するのは容易で、その線からの捜査も袋小路に入っている。

　大型鞄から第二の屍体を発見したモンパルナス駅の駅員は、直後に電話で警察に通報している。通報の時刻は六時三十二分で、旅行鞄が置かれたのはその十分ほど前のことらしい。

「どちらの大型鞄も詰められていたのは若い女で、全裸の首なし屍体だったんですね」

　警官は頷いた。「二体とも頭部は頸(くび)の半ばで切断されていた。うつ伏せにした被害者の首をナイフや鋸(のこぎり)で切り取ったようだ。ぎざぎざになった切断面の状態が似ているし、二体とも同じような手口で切り取られたと思われる。いずれの屍体にもちぎれた毛髪などは付着していない。二人とも首筋が見えるほどの短髪だったのか、でなければ犯人が髪をまとめるなどして首筋を露出させたんだろう」

　写真のクロディーヌは髪が肩の上まであるから、そのまま切断すれば頭髪の一部も一緒に切れてしまう。血まみれの首や肩に切れた毛髪が付着すれば、屍体と一緒に発見されたに違いない。

「他に屍体から判明した事実は」

「二人とも中背で、年齢は二十代の前半か半ばすぎ。オステルリッツ駅の屍体はどちらかといえば痩せ型、モンパルナス駅のほうは肥っても痩せてもいない平均的な体型だな。第一の屍体は発見されて十日後に盲腸の手術痕から身許が特定された。確認したのはルノー工場の女工で、被害者の捜索願を出していた同居の友人。

ただし第二の屍体には目に付くような傷痕や痣がない。クロディーヌ・アルノーの家族や友人に遺体を見せても、本人かどうかの判断は難しいだろうな。クロディーヌの私物から指紋が採取できれば屍体の指紋と照合できるんだが」

被害者は二人とも手が荒れていた。ジャニーヌ・コンティは自動車工場の女工だったから当然のことだ。二人目がクロディーヌ・アルノーであれば、やはり荒れていても不思議ではない。金属部品などを扱う工場労働者と、洗髪などで湯水を使うことが多い美容師では手の荒れ方が異なるとしても。

「被害者の死因は」生きたまま首を切られたのだろうか。

「頸部が切断されているから確定的な結論ではないが、どうやら二件とも絞殺のようだ。どの時点で服を剝いだのかは不明だが、絞め殺してから屍体をうつ伏せにして首を叩き切ったと推定されている。死後硬直が始まる前に屍体をトランクに詰めた。二体目は発見時に死後硬直が続いている状態で、死亡後半日から一日程度が経過していた」

荷運び人（ポルトゥール）の制服と同様、屍体の遺棄に使われた革製の旅行用大型鞄の捜査も行きづまっている。箱型の旅行鞄は二つとも戦争前に製作販売されたとおぼしい古い品で、出所の確認は困難だ。どちらの鞄からも三点の遺留品が発見されたが、犯人に繋がるような有力な証拠ではない。

当初、ジャニーヌ・コンティ殺しは通常の殺人事件として捜査されていた。屍体の首が切られていたのは、よくあるように被害者の身許を隠そうとしたからだろう。警察は首切りの理由をこのように想定し、ジャニーヌの周辺を徹底的に捜査した。犯人は被害者の周辺に潜んでいるに違いない。

二ヵ月以上が経過し、同じように首を切られた第二のトランク詰め屍体が発見される。しかもジャニーヌの周辺から新たな失踪者は発見できない。二人の生活圏はまったく重ならないのだ。被害者の身許を隠蔽する目的で首が切られたわけではおそらくない、こうして捜査の方向は一変した。それぞれの被害者は偶然に選ばれた可能性が高い。

イヴォンは警官の顔を見た。「では、どうして首を切ったのか」

「異常者の仕業だと捜査陣は睨んでいる」

「若い女を裸にして首を切るのが好きな異常者ですか」

首切りが病的な嗜好によるのなら、バスティーユ監獄に幽閉されたサド侯爵の性的妄想をはるかに超えている。二つの事件が連続猟奇殺人だとすれば、遠からず第三の事件が起きる可能性は高い。

「それだけではない、ここだけの話にしてもらいたいんだが」

「ええ」青年は頷いた。「誰にもいいませんよ、絶対に」

「パリ中が大騒ぎになるような大事件では、犯人と称して警察に自首してくる輩が多いんだ。そんな場合に備えて、われわれは真犯人しか知りえない情報の一部を伏せることにしている。似たような事件が起きたときにもそれは役に立つ。以前と同じ人物が犯行を繰り返したのか、新しい事件は模倣犯の仕業なのか判別できるからな」

青年は新聞記事を思い出した。「屍体に描かれていた奇妙な模様ですね、警察が隠してた情報は」

「模様のことは外部に洩れても詳細は報道されていない」

しばらく口を閉じて、男は表情のない顔でイヴォンを見ていた。「第一の屍体には被害者の血で奇妙な模様が全身に描かれていた。第二の屍体にもまったく同じように。だから、われわれは二つの事件を同一犯によるものと断定した。女の首を切ってトランク詰めにするだけなら摸倣犯にもできるが、血の模様まで第一と同じように第二の屍体に描くことなど不可能だからな」

「それ、どんな模様なんですか」

絶対に他言無用だと念を押してからヴァラーヌが語りはじめる。警部の話に青年は軽い衝撃を覚え、思わず眼を細めた。

語り終えた警官にイヴォンは確認する。「両の乳首には五芒星、腹部には螺旋が描かれていたんですね」

「それと関係があるのかどうかトランクには屍体の他に三点の遺留品が入っていた、犯人が意図して残した品に違いない」

髑髏と蛇と壺ではないかと確認しかけて青年は口を噤んだ。もしも正解だったら、どうして知っているのか警官に問い質される。友人の家に同じような首なし女のデッサンが飾られていたと正直に話せば、アンリや作者のヨシダを面倒事に巻きこみかねない。かといって回答を拒むなら、今度はイヴォン自身が疑われそうだ。

「遺留品とは」

「縄の切れ端、小さなインク瓶、それに小さな硝子の置物だ」

「置物ですか」

「新生児の握り拳ほどの硝子細工で髑髏を模している。インク瓶は綺麗に洗われていて指紋は出なかった、髑髏や縄のほうも同じ。縄や大量生産品のインク瓶の出所を洗うのは難しい。髑髏の置物にかんしては捜査中だが、これまでのところめぼしい成果はない」

この警官は内務官僚のラトゥールがパリ警視庁に埋めこんだ情報源ではないか。ソーセー街の国家警察総局はオルフェーヴル河岸通りの警視庁と対抗関係にある。犬猿の仲ともいわれるから、ラトゥールは警視庁の捜査現場に手先を飼っておくことにした。しかもトランク詰め首なし屍体の事件を担当している司法警察の警視と、ヴァラーヌ警部は不仲のようだ。そのせいで極秘の捜査情報までイヴォンに明かしたのだろう。

一緒に歩いているところを見られたくないのか、しばらく河岸の遊歩道に残るというヴァラーヌと別れて青年は石段を登った。トライアンフ・タイガーの隣で女子学生が石の手摺に凭れている。警官から得た情報のことを考えるのはあとに廻して、イヴォンは若い娘に声をかけた。

「待たせたね」

並んで手摺に凭れる青年に、セーヌの川面を眺めたままクロエが自問するように語りかけてきた。「あなた、戦場で死にそうになったことがあるのね。死ぬって、どういうことなのかしら」

死という観念に半端な興味を抱いたりする年頃ではある。しかし少女の横顔は年齢不相応とも見える陰に沈んでいた。話したかったのはそんなことだったのか。興味本位の質問とは思わないが、イヴォンは素っ気ない口調で応じた。

「死も平凡な出来事にすぎない、戦場では毎日のように無数の人間が死んでいく」

「怖くなかったの」娘が真剣なまなざしでイヴォンを見つめる。

「もちろん怖いよ、誰だって。でもだんだんに慣れてくる、他人の死に無感覚になるんだ、そのうちに自分の死にも」

「でも、死ぬのよ。死んだら、なにもかも消えてしまう。……ハンガリー生まれの祖母はいまもシナゴーグに通ってるけど、父は世俗派だしわたしも信仰はない」

「僕も旧約の神はもちろん新約のキリストも信じない、再臨も審判も神の国もなにひとつ」

「自分が死んでも世界は残る。家族や愛する人は生き続けて、わたしのことを覚えていてくれる、そう思うから死ぬことにも耐えられるのでは」

「家族も恋人もそのうちに死ぬ。もしも世界が残るならきみも僕も歴史の塵でしかない、五十年もたたないうちにあらゆる者たちの記憶から消えてしまう」

「でも、ハンニバルのことをわたしたちは知っているわ」

イヴォンは苦笑する。「どうしてまたハンニバルなんだい」

「小学生のときに絵本で見たの。アレクサンドルやカエサルよりもハンニバルのほうが好き。とても勇敢そうに描かれていたから」

ローマに滅ぼされたカルタゴと、ローマへの反乱に二度も敗れたユダヤ人の運命には共通するところがある。だから幼いクロエは、イタリア半島に攻めこんだ英雄ハンニバルに憧れたのかもしれない。

「歴史に大文字で記される偉人なら、何百年も何千年も記憶されるだろうと」

「ええ」少女が頷いた。

「いつか文明は滅び書物も文字も失われる。きみだって人類が永遠に存続するとは思わないだろう。だったら問題は変わらない、われわれは依然として宇宙の塵にすぎない」

「そんなふうに考えていて怖くないの。わたしは怖い」

授業でパスカルを読んだあと、十六歳のクロエは哲学の女性教師に学校の廊下で話しかけた。死と虚無への絶望的な怖れを新任の哲学教師とは共有できるように感じたからだ。その日から二人は教師と生徒の役柄を超えて親しく交流するようになるが、シスモンディとクロエを結びつけたのは死の観念だった。

イヴォンが強い口調でいう。「死と隣接する恐怖のなかに生の高揚はあるんだ。だから能動的ニヒリストは行動的ニヒリストになる」

「信じてるの、それを本当に」

青年は微笑した。「僕と死の形而上学を語ろうとして、わざわざ待っていたのかい」

少女が生真面目な口調でいう。「セーヌを眺めながら、そんなことを漠然と考えていただけ。待っていたのは別の話があるから」

いやはや、不幸な恋の悩みから川に身投げでもしようと思ったのだろうか。それでは二世紀前のヴェルテル病に感染したリセの女子生徒ではないか。口にはしない冗談で青年は口元を緩めた。

「なんだい、違う話って」

クロエが歩道に乗りあげたオートバイに視線を向ける。

「わたしも乗りたいな」

「いいよ」本気で死を怖れているらしい少女にイヴォンは悪戯っぽくいう。「ただし事故を起こせば死ぬ可能性もあるけどね」

「アラビアのロレンスみたいに」

　真剣そうな顔のクロエに青年は頷いた。「それでもかまわなければ、いつでも」

「いいわ。でもたったいまは無理、スカートだから」

　たしかにそうだ、自転車ではないためバイクの後部席に横坐りするわけにはいかない。膝丈で幅が狭いデザインのスカートでは難しいが、修道女ならバイクに跨（また）がることができそうだ。着ているのはぶかぶかで踝（くるぶし）まであるローブだから。

「時間があるとき電話してね。オートバイに乗せてくれること、約束よ」

　青年は頷いた。一応の警告はした。それでも望むなら、哲学教師と一緒では味わえない特権的な体験を提供しよう。『鬱（メランコリア）』に登場する女優が渇望した「完璧な瞬間」に近いなにか。死そのものではないが、ぎりぎりまで死と隣接する戦慄的な加速感覚を。

　サン・ミシェル広場に消えていく娘の後ろ姿を見送って、イヴォンはオートバイのスタータを蹴った。トライアンフ・タイガーのエンジンが重低音で唸りはじめる。

2

　エドモン・ロスタン広場の隅にオートバイを停めた。リュクサンブール公園の門が見える珈琲店（カフェ）のテラス席で、赤髪の青年がぼんやりしている。ちょうど約束の時刻だがアンリ・ヴォージョワ一人で、まだ友人は来ていないようだ。

　天啓と霊感に導かれて美と破滅の淵を彷徨したロマン主義者の子孫であれば、前衛美術家が約束の時刻を守ることは期待できそうにない。この界隈で十代の青春を過ごしていたイヴォン自身も同じだった。しかし戦場では時間を含めて、なにごとにも正確でなければ生き残れない。兵士としての二年間で時間厳守の習慣はほとんど身体化された。

　戦意は旺盛だし個人としての勇敢さは疑いないが、時計の部品さながらの正確な反応に不慣れなアナキストは規律第一の軍隊に向いていない。アナキストの倫理では、意味のわからない、納得できない命令に従ってはならない。戦争の論理の客観性は主観的な自由の要求とは方向が反対なのだ。

　アナキストは本性的に戦争が不得意といわざるをえない。これにたいし中央集権的な組織化に執着するボリシェヴィキは戦争に向いている。集産化革命と絶対自由の思想は対ファシズム戦争の邪魔になるという口実で、コミュニストはバルセロナの民衆に襲いかかった。アナキストはコミュニストに敗北し、そしてファシストにも完敗した。

もしも内戦がなければスペインの集産化革命は勝利し、史上はじめて成功した社会革命を人類は目撃しえたかもしれない。しかし二十世紀が戦争の時代であることは誰にも否定できない現実だ。レーニンのスローガン『帝国主義戦争を内乱へ』は、戦争こそ革命の母だという冷徹な認識を示している。戦争の時代には戦争の論理が支配的になる。アナキズムの社会革命は敗北しコミュニズムの政治革命が勝利する時代的な必然性を、どうしたら覆しうるのか。

オートバイから離れて青年は珈琲店のテラス席に向かった。五月のパリは明るい光と色彩に溢れている。樹木や芝生は新緑に萌え花々は鮮やかに咲き乱れ、青く晴れた空には雲ひとつない。防塵ゴーグルをテーブルに置いて給仕にビールを注文し、イヴォンは詩人に声をかけた。

「顔色がよくないようだけど」

「ジュリエットが、ね……」アンリは悲痛な表情だ。

「どうかしたのかい」

少し間を置いて、イヴォンの問いに友人が低い声で答える。「厭がるのを無理に病院に連れていったんだ。結核が進行しているらしい。どんなに養生しても治る見込みはないと医者に宣告された」

はじめて会ったとき病気を抱えている女ではないかと思った、あるいは結核かもしれないと。イヴォンの不吉な予想は的中したことになる。

「二人で空気の澄んだ高原にでも移ればいい。ピレネーには結核療養所がある、親類の医者に頼めば治療の条件がよくて快適な施設を紹介してくれると思うけど」

「駄目だよ、ジュリエットはパリを離れる気なんかない。病気が悪化すれば死んでしまうだろう、それを思うと打ちのめされる気分になるんだ」

じきに戦争がはじまり死の運命は万人に到来する。召集されたアンリは戦場で、恋人のジュリエットもゲルニカのような無差別爆撃で死ぬ可能性は少なくない。あと半年か一年のことなのに、どうして人々は貴重な猶予のときを懸命に生きようとしないのか。いまやらなければ二度とできなくなることは数知れないのに。

アンリが無理に微笑むようにしていう。「どうなんだ、イヴォンは」

「どうって」

「ダニエラに帰国の挨拶は」

「別れた女に連絡する気はない、ダニエラだって新しい男とよろしくやってるさ」

「それなら新しい恋人は」

「少し気になる娘なら」

思わず口にしていた。そんなことをどうして洩らしたのか自分でもわからない。あの娘が恋しているのは哲学教師で新進作家のクレールだ。イヴォンにしても異性としての魅力をクロエに感じたわけではない。もしもベッドに誘うのなら、滞在中のホテルのカウンターで青年の気を惹こうとしている、緩い口元と官能的な肢体の若い女のほうがいい。

アンリが微笑する。「もちろんだよな、きみが女なしで暮らせるわけがない。今度はどんな娘なんだ、またフラッパーかい」

一九二九年の大恐慌を境にモードとしてのフラッパーは廃れたが、女を縛ってきた古い規範に挑戦する女たちが消えたわけではない。性的に奔放でジャズとスウィングダンスを愛し、カクテルとシガレットを愉しむブリジットとソフィは、その典型だった。

「いいや、古典悲劇が専攻の学生。優等生タイプの十八歳だから、ソフィみたいに大酒を呑んで朝まで踊るなんて想像できない」

「美人なんだろう」

「髪はストロベリーブロンドで顔も綺麗なほう。オートバイに興味があるようだから、そのうち乗せるって約束した」

本気で死ぬことを怖れている様子なのに、それでもスピードと危険に惹かれるのはどんな心理からなのか。蛾が蠟燭の焔に引きよせられるようなものかもしれない。きみが望むなら、トライアンフ・タイガーのエンジンから引き出せる最高の加速感を提供してもいい。バイクのスピードに不馴れな少女なら、弾丸が耳元を飛び去るのと変わらない危険の感覚を体験できるだろう。

「きみが年下の娘とつきあうのはこれがはじめてだね、うまくいくことを願ってるよ」

心得顔の友人にイヴォンは応えた。「ところがクロエには年上の愛人がいる」

「それで諦めるようなイヴォンじゃないだろう。気に入ったのなら奪えばいいさ、それとも二十歳をすぎて気弱になったのかい」

「つきあいたいとか、そういうことじゃないんだ」

「だったら、彼女になにを求めてるんだい。ソルボンヌの図書館で一緒に勉強でもしたいのか」

　それがよくわからないから問題なのだと思って、青年は肩を竦めた。運ばれてきたグラスを傾けるとビールの泡が舌の上で弾ける。まだパリでは珍しい黒い発泡飲料を飲んでいた少女の横顔が浮かんでくる。他はともかくストローでコカを飲むところだけは、アメリカかぶれのフラッパーを思わせる。

　もう五月でパリは春の盛りだ。遅くまで営業していたサン・ジェルマン・デ・プレ教会前の焼き栗屋台も、はるか以前に店を畳んでいる。セーヌ河岸でヴァラーヌ警部と一緒に会ってから二週間が過ぎているが、まだクロエには電話していない。ホテルの電話室で幾度か受話器を取ったのだが、交換手に番号を告げないままフックに戻した。

　もしも電話してオートバイに乗せることになれば、あの娘とはたまたますれ違った以上の関係になる。自分からそれを選んだことになる。クロエを中年の愛人から奪いとろうというのでなければ、いったいなにを望んでいるのか。

「待たせたかい」

　背後からの声に振り返ると小柄な東洋人の姿が目に入った。黒い髪をオールバックにして格子縞のジャケットを着込み派手なネクタイを結んでいる。

「イチタ・ヨシダだ。こちらがスペインからパリに戻ってきたイヴォン・デュ・ラブナン」アンリが二人を紹介する。

　席から立ってイヴォンは洒落た服装の日本人と握手した。一歳違いらしいがヨシダはアンリより何歳も若く見える。暴力的なまでに前衛的な新進美術家にしてはどことなく育ちのよさそうな印象の男だが、東洋人には珍しい大きな眼が強烈な光を湛えていた。

　この青年美術家からは、パリに戻った直後にアンリを通して当座の生活費を借りている。ルーレットで大勝した直後に借金は返したが、あらためてイヴォンは礼の言葉を口にした。

「無一文で困っているときのこと、感謝してます」

「いやいや」ヨシダは顔の前で掌をひらひらさせる。「アンリの親友なら僕にとっても友人だから。無理に早く返してくれなくてもよかったんだよ」

　横からアンリが口を挟む。「サン・ドニの賭博屋で大勝ちしたんだとさ。その金で僕には酒を奢ってくれた」

　テラス席の丸テーブルを挟んでヨシダが腰かけ、人なつこそうに笑いかけてくる。「前から知ってたよ、きみのことは」

「アンリから聞いたんですか」

日本人がイヴォンの顔を覗きこむ。「いいや。三年前の冬、グラン・ゾーギュスタン街の屋根裏（グルニエ）ですれ違っている」

　納得してイヴォンは頷いた。「あの夜、あなたもあそこに」

「マックス・エルンストに誘われて参加したんだ。後ろのほうで退屈そうにしている少年を指さして、エルンストが何者なのか教えてくれた。その才能にブルトンが惚れこんだ、最年少のシュルレアリスト詩人だってね」

〈革命のためのシュルレアリスム〉編集部から招待状が届いたのは集会が開かれる数日前のことだった。豚の首を皿に載せた挿絵に誘われて、イヴォンはグルニエ・デ・ゾーギュスタンの集会に顔を出してみることにした。詳しい経過は知らないが文学者や美術家の政治集団〈反撃（コントル・アタック）〉は、ブルトンとブルトンに対立してきた思想家ジョルジュ・ルノワールの連携で左派知識人の結集に成功したようだ。『第二シュルレアリスム宣言』でブルトンは「汚らしいものだけを偏愛する」とルノワールを痛罵（つうば）していたから、この二人が手を組んだことにイヴォンは驚いた。

　曖昧な記憶を掘り起こしてみると、三十人ほどの参加者のなかに東洋人が紛れこんでいたような気もする。あの人物がたったいま目の前にいるヨシダだったのか。

「きみは知ってたかい、あの集会に使われたグルニエ・デ・ゾーギュスタンの隣にはピカソのアトリエがあることを。そこで『ゲルニカ』も描かれた。コンドル軍団の爆撃で廃墟になったバスクの田舎町を訪ねたことがあるとか。ピカソの大作は見たかい」

「イヴォンは知らないよ」アンリが青年の顔を見て続ける。「『ゲルニカ』はピカソの大作でパリ万国博のスペイン館に出品されたんだ」

「ゲルニカ空爆を描いた作品だね」展覧会に行ったというクロエの話を青年は思い出した。

　ヨシダが大きく頷く。「引き裂かれ押し潰された人の群れを残忍な牡牛が冷ややかに見下ろしている構成で、ピカソの最高傑作だね」

　ドイツ空軍の新鋭機による無差別爆撃は、飛行船や小型複葉機による牧歌的な空爆とは比較にならない想像を絶する破壊をもたらした。町は瓦礫の山と化し千人もの市民が死亡したのだ。かつて人類が目撃したことのない、天空からの一方的な大量殺戮（さつりく）という未曽有（みぞう）の出来事。才能あるスペイン人画家は故国の惨状をどんなふうに描いたのだろう。

「できるなら、その絵を僕も観てみたいな」

「ピカソとは親しいから、機会を見てきみにも紹介しよう」

イヴォンは話を戻した。「〈反撃（コントル・アタック）〉は解散したんですね」

「結成されたのが三五年の十月で翌年の五月には解体した。予測できたことだけどブルトンとルノワールが決裂して」

グルニエ・デ・ゾーギュスタンでの集会のあとイヴォンは〈反撃（コントル・アタック）〉と接触していない。しばらくして解散したという噂を小耳に挟んだ。その当時、少年の日常は多忙をきわめていた。学生区（カルチエ・ラタン）でのファシストとの街頭衝突と、ジューヴェ劇団の新人女優やモデルの卵との恋愛遊戯で。

特異な文学者で思想家のジョルジュ・ルノワールのことは、スヴァーリン派の民主的共産主義サークルで一緒に活動したことのあるシモーヌ・リュミエールから耳にしていた。シモーヌによる人物評もブルトンのそれと似ていたが、立場は対立的でも無視できない思想家だと評価してもいた。

シュルレアリストが再発見したサドの小説など、およそ趣味ではないシモーヌのことだ、好んで汚物にまみれる変態男としてルノワールを毛嫌いしていたことは疑いない。しかし冷淡には突き放しきれないようなところもあった気がする。一時は毎週のように会って話していたようだし。

イヴォンは日本人に問いかけた。「〈反撃（コントル・アタック）〉の解体は、ルノワールが肯定的に使ったシュルファシスムという言葉のせいだったとか」

「もともとルノワールはイタリアのファシズム革命博覧会に刺激されて〈反撃（コントル・アタック）〉の結成を思いついたんだ。これまでのような左翼芸術ではファシズム美学に対抗できない、時代はファシズムを超えるファシズム、シュルファシスムを求めているという発想から。この言葉にブルトンを筆頭とするシュルレアリストたちは激怒した」

イヴォンにもブルトンの反撥は想像できる。反ファシズム闘争を闘っている真っ最中に、親ファシズム的とも見える言葉をルノワールが口にしたのだ。資質も性格も思想も異なる両者の政治的連合の試みは、こうして予想された通りに頓挫（とんざ）する。

青年は話題を変えることにした。「ところで、ヨシダさんの画風はキュビスムなんですか」

「はじめは抽象主義のサークルに属していたよ」

キュビスムなどの抽象派とシュルレアリスムは犬猿の仲だ。シュルレアリスム絵画には夢を題材とした作品が多い。夢は無意識の漏出であるという精神分析理論がその背景にはある。抽象絵画は無意識的な欲望や情念やイメージになど関心をもたない。

　ヨシダが続ける。「抽象主義に限界を感じてエルンストやアンリとつきあいはじめたんだ。抽象派でも天才ピカソは別格だけどね」

「では、いまもシュルレアリストたちと」

「シュルレアリスム国際展で僕の出品作を見たブルトンがなんていったと思う、『いい絵だ』とさ。もちろん褒めたんだろう。しかしブルトンが本気で評価したなら『これは奇怪だ、不思議な作品だ』といったに違いない。この話からもわかるはずさ、僕とあの連中の微妙な齟齬（そご）感が」

「ヨシダは誤解しているな、ブルトンは悪い意味でいったんじゃないよ」

　師匠（メートル）を擁護したアンリに日本人が応じる。「ブルトンと喧嘩したわけではないさ」

「しかし、ルノワールたちとつきあうことが多い……」

「そう、ボザール画廊の国際展前後から美術関係者とつきあうのにも飽きてね。『ゲルニカ』で力を使い果たしたのか、ピカソでさえ批評家や収集家がいかにもピカソらしいと喜びそうな絵しか描こうとしないし。新しいことを考えなければと思って、この二年ほどソルボンヌで社会学の講義に出ている。そこで友人になった若手の社会学者にはルノワールの友人が少なくないんだ。イヴォン、きみはルノワールとは」

　ヨシダに問われて青年はかぶりを振る。「面識はありませんね。二年もスペインにいたので情報不足なんですが、〈反撃（コントル・アタック）〉が解体したあとルノワールはどうしていたんだろう」

「反スターリン的な独立派左翼知識人や芸術家の集合離散には、もう可能性がないと見切ったようだね。あれ以来、政治的な動きはしていない」

　一九三七年に入るとスペイン内戦にたいする不干渉政策、極右派への態度などを争点として共産党と急進社会党の対立が激化し、翌年には人民戦線政府が崩壊する。下降局面に入っていたにしても、この三年のあいだフランスでは政治的激動が続いていたのだ。しかしルノワールは、〈反撃（コントル・アタック）〉の解体を機に政治的な活動からは撤退したという。どういうことなのか。

「わからないな。グルニエ・デ・ゾーギュスタンの集会でルノワールは、勝ち誇るファシズムの神話に新たな神話で対抗しなければならないと演説していた。革命の真の意味は権力の獲得や社会改造になどない。サド、フーリエ、ニーチェに学んで革命は精神的解放と性的解放を二つの中心にしなければならないと」

　こうした発想からシュルファシスムという言葉も出てきたのに違いない。なにをどんなふうに考えて、ファシズムの脅威がさらに切迫してきた時期に政治的行動を中断したのか。

「本人に訊いてみればいい、紹介するから」

　いまでもトロツキーと意気投合しているブルトンとは、たとえ会っても話は嚙みあいそうにない。しかしルノワールの意見なら聞いてみたいと青年は思った。シュルファシスムという発想は、イヴォンがスペインで抱えこんだ難問と無関係ではないような気もする。

　そろそろ本題に入らなければならない。アンリに頼んでヨシダと会うことにしたのは、ヴァラーヌ警部から得た未公開の捜査情報のためだ。オステルリッツ駅で一月に、モンパルナス駅で四月に発見された首なし屍体はいずれも、被害者の血で全身に奇妙な模様が描かれていた。警部の話を聞いてイヴォンが思い出したのは、アンリの部屋に飾られていたデッサンのことだった。屍体と同じ模様が描かれた〈無頭女（メドゥーサ）〉のデッサンは、ヨシダという日本人画家が描いたものだという。

　ヨシダがトランク詰め首なし屍体事件の犯人とは思わないが、まったくの無関係ともいえない気がする。日本人のペン画を見た者が猟奇事件を惹き起こした可能性はある。

「アンリの部屋にある首のない女のデッサンですが、ヨシダさんの作品だとか」

　アパルトマンの壁に飾られていたのは奇妙な図像だった。首のない裸女で両腕が水平に伸ばされている。乳房には星が、腹部にはとぐろを巻いた蛇を思わせる螺旋がある。稚拙なデッサンとも見えるがそうではない。見る者の魂を鷲づかみにするような力がシンプルな線描画には漲（みなぎ）っていた。

「なんだろう、あのデッサンは」

「無頭のままで完全体の女神かな」力感のある眼で日本人がイヴォンを見た。「首は切られたんじゃなく、はじめからないんだ」

「それ、ギリシアでなく日本の女神ですか」

「いいや」日本人が苦笑する。「ちょっとした冗談だよ、無頭女（メドゥーサ）のデッサンは。アンリの家で悪戯（いたずら）半分で描いた」

「いつのことですか」

「去年の秋、たしか十一月だったと思う」

　最初にトランク詰めの首なし屍体が発見されたのは今年の一月二十四日だ。被害者が死亡したのは、その一週間から十日ほど前のことらしい。いずれにしても無頭女（メドゥーサ）のデッサンが描かれてから二ヵ月後ということになる。

「無頭女（メドゥーサ）は無頭人（アセファル）のパロディなんだ」アンリが口を挟んだ。「無頭人（アセファル）のデッサンだって戯画といえば戯画なんだけど。イヴォンは〈無頭人（アセファル）〉誌のことを知らないんだね。無頭人（アセファル）の図像はもともと、この雑誌の挿絵や表紙に使われていた。うちに置いてある〈無頭人（アセファル）〉誌を目にして、ジュリエットはヨシダに無頭人（アセファル）の女性版を描いてくれと頼んだんだ」

ジョルジュ・ルノワールが主宰する〈無頭人（アセファル）〉誌は、三年前に創刊号として薄いパンフレットが出されているが、発行部数はわずかで文学界や思想界からの注目度も低かった。本格的な雑誌として第二号が刊行されたのは翌年の一月だが、このときイヴォンはバスクの実家にいた。翌月にはピレネーを越えたから〈無頭人（アセファル）〉誌のことは知らなくて当然だ。パリにいたとしても雑誌を手にしたかどうか。

ボリス・スヴァーリンが編集していた〈社会批評〉はシモーヌ・リュミエールが常連寄稿家だったし、既刊分も含めてイヴォンは熱心に読んだ。この雑誌にはルノワールの評論も掲載されていたし、ブルトンと対立していた人物として記憶にはある。しかし思想家ルノワールにさほど興味は感じなかったし、この人物が主宰する雑誌を購読したとも思われない。

第四号まで出ている雑誌の表紙として使われていたペン画であれば、どこかで無頭人（アセファル）を見たという者も少なくないだろう。しかしトランク詰め屍体事件の犯人は、ルノワールの無頭人（アセファル）ではなくヨシダの戯画の無頭女（メドゥーサ）に擬して女の屍体の首を切断したようだ。

「ヨシダさんの無頭女（メドゥーサ）のデッサンを見た人は多いんだろうか。展示したことがあるか、あるいは画集や刊行物に載せたとすればかなりの数ですね」

「戯画だから公式の場で展示したことはない。半年ほど前にアンリの家で描いた二点以外に無頭女（メドゥーサ）の図像はどこにもないよ」

一点はヴォージョワ家の居間に飾られ、もう一点はジュリエット・ドゥアが保管しているという。ペン画を見た人間の数は限定されるがアンリの家には来客が少なくない、十人か二十人かそれ以上か。

「きみのアパルトマンで問題のデッサンを見た友人知人は多いんだろうね」

「そうでもない、四人か五人じゃないか。長いことノートに挟んだまま忘れていたデッサンを見つけて、二点のうち一点を額装して飾ったのは先月のことなんだ」アンリが不審そうな顔でいう。「どうしてヨシダの戯画が気になるんだい」

「……印象的な作品だから」

イヴォンは言葉を濁した。厳重に口止めされているから、アンリやヨシダにトランク詰め首なし屍体の模様のことは打ち明けられない。無頭女（メドゥーサ）に興味を持った理由も。無頭女（メドゥーサ）のことをヴァラーヌに知らせれば、警察はヨシダやアンリを尋問してペン画を見たかもしれない者を洗い出し、事件の容疑者として追及するに違いない。

内務官僚の親類がいてもイヴォン自身の立場は反権力だし反警察だ。どんな事情があろうと、友人たちを警察から疑われ小突き廻されるような目に遭わせる気などない。この先は一人で調べることにしよう、ヴァラーヌに相談するかどうかはその上で決めればいい。

「そろそろ戻らなければ、ジュリエットを待たせてるから」

席を立とうとするアンリに日本人が問いかける。「元気かい、ムフタール街のナジャは」

「きみから贈られたキモノ、気に入ってるようだ」

「あれはユカタっていうんだ。ま、着物は着物だが」

ジュリエットが室内着にしていた木綿のローブは、日本人からの贈り物だったようだ。テラス席から街路に出ていくアンリを見送りながら、イヴォンはジュリエット・ドゥアのことを思い出していた。

「アンリと同居している彼女……」

「ナジャだろ」日本人が面白がるようにいう。

「どう思いますか、ヨシダさんはジュリエットのこと」

「美人とはいえないし肉感的なタイプでもないが、男の魂を吸いよせる不思議な魅力があるね。アンリのやつが惚れこんで面倒を見ているのもわからないではない」

「自分のことを本気でナジャだと思ってるのかな」イヴォンは眉を顰（ひそ）める。

「自分を別人と信じこんでしまうのかもしれないね。『ナジャ』を読んだジュリエットはヒロインに過剰なまでに自己同一化した……」

「精神的に健全とはいえないな」

「結核を患っているようだし心のバランスが狂いはじめているのかもしれない」

ブルトンがナジャのモデルにしたレオーナは精神病院で死んだという。自分のことをナジャだという、あの女性も精神を病んでいるのだろうか。

「何者なんだろう、ジュリエットって」

「生まれはオート・ピレネー、サン・ラリ・スランの山奥で魔女伝説が残されている小集落とか。本人の口振りから察するところ、先祖は魔女だったと本気で信じているようだ」

　女優をめざして二十歳前に上京し、しばらくは職場を転々としていた。精肉工場で働いていたこともあるようだ。しかし地道な生活に飽きて、ナジャのモデル人物を真似たような浮き草暮らしをはじめる。仕事があるときは芝居や映画の端役、喰えないときは躰を売ったことも。

「男にはもちろん女にも魅力的なようだね、われわれのナジャは」

「女にも……」

「女だけの演劇サークルにジュリエットは入っている。公演のあてなどない素人の集まりだけど、ジュリエットに心酔している若い女は一人や二人じゃないようだ」

　ヨシダの意見は納得できるにしても、それでは解けない謎が残る。どうしてジュリエット・ドゥアはナジャのように眼の下だけにアイラインを引いて、サン・ヴァンサン・ド・ポール教会の前でアンリを待ち受けていたのか。自分をナジャだと思いこんだ女が、虚構のヒロインを演じていた。そして、たまたまブルトンの崇拝者アンリと出逢った。二人の邂逅は偶然だったのか、それともジュリエットが仕組んでいたことなのか。

　そのとき青年の脳裏にクロエの横顔が過ぎって、不意に心が決まった。今日中にブロック家に電話する。明日は土曜、明後日は日曜だ。どちらかクロエの都合がいい日にオートバイで遠出する約束を果たすことにしよう。

3

　五月の空は青く澄んで太陽は輝いている。郊外の草地に寝ころんでイヴォンは考えていた。乾燥した茶褐色の大地を容赦なく灼き焦がす、狂暴なまでに白熱した南スペインの太陽とは大違いだと。

　ピレネーの向こう側はもうアフリカだともいう。ランボーのアフリカを青年もスペインで体験したのだろうか。前世紀の天才詩人を引きあいに出すのが大袈裟なら、ミシェル・レリスのアフリカやポール・ニザンのアラビアでもいい。

　そんな気もしないではない。あの国の労働者や農夫たちはアナキズムの理想を、いまここで実現できると確信していた。文字を読むことさえできない貧しい若者たちが、権力に支配されない民衆の自由社会の理想のために捨て石となることを望んで死地に赴いたのだ。あの寡黙で高貴な情熱を誰が嗤えるだろう。

イヴォン自身の体験に裏打ちされたものだというのに、ピレネーのこちら側でその言葉を信じようとする者は稀だ。ほとんどの場合には、スペインとスペイン人をロマン主義的に美化し憧憬していると小馬鹿にされる。太陽の違いなのかとも思う。パリの生ぬるい太陽しか知らない者には、灼熱の太陽に焦がされた人々の生と死を想像することができない。

草も木々の葉も旺盛に繁茂し耳元では虫の羽音が聞こえる。そう、ここはたしかにフランスだ。パリ郊外の田園地帯で柔らかな日差しはスペインとまるで違う。かすかな寝息が隣から聞こえてきた。五月の柔らかな陽光と頬に心地よい微風。草原に寝そべっているうちにクロエは睡魔に誘われたようだ。

一昨日の夜に電話すると、月曜に提出しなければならないレポートがあるが日曜は時間が取れそうだという。今朝早く約束の時刻にトロカデロの自宅まで迎えにいくと、少し眠たそうな顔をした少女がアパルトマンの玄関から出てきた。土曜一日では完成できなかったレポートを、最後まで書き終えるために徹夜したのだという。

小さなリュックを背にしたクロエは、キュロットに短いブーツという乗馬用の服装をしている。イヴォンが用意した革帽子と防塵ゴーグルを着けると男の子のように見える。

ヌイイ橋から市外に出た。ナンテールを通過してさらに西に向かう。一気に加速して街道をバイクで突進しはじめると、青年の上体に両腕を廻したクロエが夢中でしがみついてくる。服の上からでも女の躰に触れたのは大昔のことのようだ。戦場での荒れ狂う欲情とは種類の違う淡い欲望をイヴォンは娘の髪や背や乳房に覚えた。生死にかかわる難問を抱えていても半日の休暇くらいはかまわないだろう、スピードと官能的な肉の感触に陶然とすることを青年は自分に許した。

緊張が緩んだせいか草地で寝込んでしまったクロエの、マリーゴールドの花の色をした髪に青年が触れる。それを感じたのか少女が目を醒まして軽く伸びをした。焦点の定まらない視線であたりを見廻し、ぼんやりと青年の顔を見上げる。

「ごめん、起こしてしまったね。きみの髪が綺麗すぎて思わず」

クロエが小さく伸びをする。「母と同じ色の髪なの。わたし、どれくらい眠っていたかしら」

「たいした時間じゃない、せいぜい十分かな」

「子供のときは父が運転する自動車でよく居眠りしていた、でもオートバイでは無理」

「眠気覚ましに川で泳ごうか」もちろん本気ではない、まだ五月だし水は冷たそうだ。

「イヴォンは泳げるのね、わたしは駄目」子供のときから長期休暇（ヴァカンス）はスイスの山荘で、海辺には長く滞在したことがないのだという。「でもスキーなら得意よ。この冬にエルミーヌやクレールと一緒に滑ったけど、わたしのほうが上手だった。あなたは」

「生まれたのはバス・ピレネーの小さな村で、子供のときは雪が降ると裏山で滑ったよ。本格的に滑るときはピレネーのスキー場に行く、ガヴァルニとかラ・ピエール・サン・マルタンとか」

「泳ぎはどこで」

「川でも泳げるし、夏休みはバイヨンヌの叔母の家で過ごしていた」

「いいわね。地元で冬はスキー、夏は海水浴ができるなんて。ここで泳ぐのはともかく、冬が来たらイヴォンとスキーをしたい。どれくらいなのか滑りの腕前を見てあげる」クロエが悪戯っぽく微笑する。「ところで、こんな田舎まで来たのはどうしてなの」

「シモーヌ・リュミエールって知ってるかな」先週にもシモーヌとは会って話している。

「話は聞いているわ。エルミーヌは自分をフランスでいちばん優秀な女性だと思っている、思ってるだけじゃなくて実際にそうだとしても、その自信家を怯えさせた女の人が一人だけいるみたい。シモーヌ・リュミエールをモデルに小説を書こうとしたんだけど、怖すぎてやめたほど」クロエは面白がるような口調だ。「シスモンディ先生でも尻尾を巻いて逃げ出すなんて、どんな人なんでしょうね」

　イヴォンは苦笑する。「秀才が天才を怖れるのは当然さ。なにごとにも一直線で徹底的で、世間常識とは無縁なところで生きている女性。興味があるなら紹介するよ、今月中にもまた会うだろうから一緒に来るといい。シモーヌの話ではこの川辺で映画が撮影されたとか、雰囲気がよさそうなので来てみることにした」

「どんな映画なの」

「シモーヌはジョルジュ・ルノワールという人物と四、五年前まで、反スターリン派の左翼指導者スヴァーリンが主宰する政治サークルで一緒に活動していた。そのルノワールがワンカットだけ顔を出している映画だとか」女優の妻シルヴィアが主演した作品にルノワールは神父の扮装で出演したという。

「この村がロケ地なのね」

「映画の原作はモーパッサンの短篇。ただし撮影から三年もたつのに公開されていない、監督と主演女優の意見対立が原因とか」

　じきにヨシダの紹介でルノワールとも会うことになる。既刊の〈無頭人（アセファル）〉誌をアンリから借りたイヴォンは、数年前に〈社会批評〉に載った論文も何篇か読んでみた。シモーヌ・リュミエールが寄稿していた評論誌にルノワールも寄稿していたのだ。

　青年は続ける。「ただしルノワールとシルヴィアは何年も前から別居している。夫のほうはスヴァーリンが同棲していたコレットを新しい愛人にした。妻は若い精神医と深い関係になって昨年はその子供を生んだとか」

　二組のカップル、スヴァーリンとコレット、ルノワールとシルヴィアがサン・ジェルマン・デ・プレの料理店〈リップ〉で最初に顔を合わせたとき、ルノワールは友人が連れている女性の美貌に驚いたという。三年後にルノワールとコレットは駆け落ちする。この恋愛事件をきっかけに、スヴァーリンの民主的共産主義サークルは空中分解に追いこまれた。政治サークルの活動費はコレットの相続財産から出ていたからだ。

「ジョルジュ・ルノワールって国立公文書館の館員で私生活が乱脈だという噂の人ね」

　ブルトンの論敵としてシュルレアリストの界隈では知られているが、一般的には著名といえない人物だろう。「ルノワールのこと知ってるんだ」

「その人の名前をクレールが口にしていたから。でも書いたものは読んだことがない、面白いのかしら」クロエがジャン＝ポール・クレールを「先生（プロフェスール）」と呼んでいたのは最初だけで、いまは敬称なしの姓で普通に呼んでいる。

「どうかな」ルノワールの評論はソルボンヌで古典悲劇を学んでいる学生向きとは思えない。「ただし首なし屍体とルノワールは、どこかで繋がっているかもしれない。首を切り取られた被害者の躰には奇妙な模様が描かれていたという新聞記事、きみは読んだかな」

「ええ」少女が眉を顰める。

「警察に知られたくないので話が洩れないようにしてもらいたいんだけど、キュビスムの若い日本人画家が冗談半分で描いた無頭女（メドゥーサ）のデッサンに首なし屍体の外見はよく似ていて、とても無関係とは思えない。無頭女（メドゥーサ）は無頭人（アセファル）のパロディで、無頭人（アセファル）のデッサンはルノワールが主宰する雑誌の表紙に使われている」

羽虫を手で払いながらクロエが問いかけてきた。「二番目に首を切られた人の身許、わかったのかしら。美容院の女主人にそれとなく話を持ちかけてみたんだけど、どうやらクロディーヌではなかったみたい。喜んでいいものかどうか迷うけど、でもよかった」

青年は頷いた。身許確認をめぐる有力な情報が得られた、第二の屍体の正体はじきに判明するだろうと、昨日の電話でヴァラーヌ警部は口にしていた。捜査情報の口外は禁じられているから、ここでクロエに語ることはできない。ヴァラーヌの言葉が事実であれば被害者の身許はまもなく公表されるだろう。

「そのペン画を見た犯人が真似して、二つの屍体それぞれに模様を描いた……」

「デッサンのほうがジャニーヌの死より何ヵ月も早いから、画家が屍体の模様を真似して描いたとは考えられない。あるとすれば反対の可能性だね」

クロエが青年の顔を見る。「ステンノとエウリュアレは不死なのに、メドゥーサだけは英雄ペルセウスに首を切り飛ばされて死んだ。だから首のない女の絵は〈Méduse〉と題されたのね」

ヘシオドスの『神統記』によればゴルゴン三姉妹は海神ポルキュスの娘だ。神殿でポセイドンと交わってアテナを怒らせ、醜い怪物に変えられるまでは三人とも美しい少女だった。他にもガイアによって生み出されたとか異説はさまざまにあるとしても、そんな模様が躰にあるという神話や伝説は知らないとクロエはいう。古典悲劇を専攻している学生はメドゥーサをめぐる伝承にも詳しいようだ。

「イヴォンは『バッコスの信女』って読んだことあるかしら」

青年が応じる。「エウリピデスの遺作だね」

「この戯曲を主題にレポートを書いたときに気づいたんだけど、ディオニュソスに惑わされたテーバイ王家の三姉妹アガウエ、アウトノエ、イノとゴルゴン三姉妹には共通点がある」

アガウエ、アウトノエ、イノの三姉妹は、ディオニュソスを生んだ直後に命を落とした長姉セメレを中傷して子の怒りを買う。豊饒と酒の神ディオニュソスは、アガウエの子ペンテウスが王として君臨しているテーバイから、三姉妹を含む多数の女たちを狂わせて信徒に変えキタイロン山中に連れ出す。

ディオニュソスの祭儀を禁じたペンテウスだが、その化身に誘惑されて酩酊し狂乱し淫らな行為に耽る女性信徒たちを覗き見しているうちに発見されてしまう。捉えられたペンテウスは怒り狂った女たちに八つ裂きにされる。ディオニュソスの呪いから醒めた長女アガウエは、わが子ペンテウスをライオンと信じこんで殺害したことを知る。狂乱から醒めた三姉妹は罪を問われ、テーバイから追放されて物語は終わる。

「ゴルゴン三姉妹はアテナを、テーバイ王家の三姉妹はディオニュソスを怒らせて残酷な境遇に突き落とされる。メドゥーサたちはもともと、ギリシアの先住民族に信仰されていたデメテールやアリアドネと同じ大地と豊饒の女神でした。それが侵略者の神々によって魔物に変えられてしまう。わたしの名前から『ダフニスとクロエ』のヒロインを連想する人が多いけど、もともとクロエはデメテールの通称で、ギリシア語の普通名詞では緑の新芽や若枝を意味するの」

デメテールと娘のペルセポネ信仰から生じたエレウシス密儀も新石器時代の地母神信仰に由来し、発生から数千年もあとになって古典期のアテナイの祝祭として制度化された。ちなみにアテナイの三大祭は秋のエレウシス祭、春のディオニューシア祭、夏のパナテナイア祭だ。

イヴォンは確認する。「太古の地母神としてメドゥーサとも通じるデメテールの祭とディオニュソスの祭が、古代アテナイでは並立していたわけだね」

「ギリシアの神統譜によればゼウスがセメレに生ませたのがディオニュソス。しかしディオニュソスはオリエントで太古から信仰されていた、陶酔し狂乱した女性信徒による祭儀で有名だった農耕神なの。オリュンポスでも新参者だったディオニュソスは長いこと東方を放浪して信者を集め、ようやく神としての地位を認められたといわれる。この伝承は、もともとディオニュソスがオリエントの農耕神だった事実を反映しているんじゃないかしら」

「ギリシア神話に組みこまれても陶酔と狂乱、酒と乱交の神という属性は残された。まさに『バッコスの信女』で描かれたように」

「そうね。だから『バッコスの信女』のディオニュソスには対立的な二面性があるんだと思う。父がゼウスであることを疑った叔母たちを罰したディオニュソスは、もちろんゼウスの側にいる、メドゥーサたちを怪物に変えた知恵の神アテナと同じ側に。怪物は暴力と混沌を、知恵は理性と秩序を意味するわ」

他方、叔母たちを罰しようとして陶酔と狂乱に追いやったディオニュソスは、アテナとは正反対の混沌の神といわざるをえない。『バッコスの信女』の復讐者ディオニュソスは目的としてはゼウスやアテナの側に、手段としては太古からの混沌の側にいる。

「罰するディオニュソスと罰される三姉妹だけど、ある意味では同じ側にいるんだわ。ゴルゴン三姉妹の側に」

　ゴルゴン三姉妹やテーバイ王家の三姉妹が突き落とされる不幸は、地母神デメテールやその娘ペルセポネの受難を反映している。首を切り落とされた女神のイメージは父権に圧倒された母権、遊牧民に征服された農耕民をめぐる史実の神話化された記憶に由来するのではないか。

〈無頭人（アセファル）〉誌にはディオニュソスを論じた評論が掲載されていたが、無頭人（アセファル）の図像は首のないディオニュソスかもしれない。

「無頭人（アセファル）のデッサンが表紙や挿絵として使われているのは、ルノワールの〈無頭人（アセファル）〉誌なのね」

　少女の問いかけにイヴォンが頷く。「無頭人（アセファル）は逞しい男、無頭女（メドゥーサ）は豊満な女だけど首がないところは同じ。胸と腹に描かれた模様と性器の上の髑髏も。ただし左右の手や腕にあるものは違う。無頭人（アセファル）は短剣と心臓、無頭女（メドゥーサ）は……」

　クロエが青年の言葉を遮る。「旅行鞄から発見された二つの品、縄とインク瓶かしら」

「いいや、蛇と小さな壺だ」

「それなら縄は蛇を、インク瓶は壺を表しているんだわ」

　無頭人（アセファル）の女性版なら誰でも思いつく。しかし短剣と心臓を蛇と壺に代える発想は、いったいどこから来たのか。イヴォンがヨシダに確認したところ、ジュリエットの注文で描きこんだとか。そんな注文をした理由についてジュリエットに問い質す機会はまだない。

「無頭女（メドゥーサ）のデッサンを見たことがある何十人かのなかに、おそらく猟奇殺人者は潜んでいる。それで容疑者リストを作っているところ」

「リストが完成したらヴァラーヌ警部に渡すのね」

「いや、出所を穿鑿（せんさく）されたくないから。怪しそうなやつは自分で調べようと思ってる」

　ヨシダも、ヨシダに無頭女（メドゥーサ）の図像を描くように依頼したジュリエットも、デッサンを居間に飾っているアンリも、容疑者に含まれるとしても犯人の可能性は低い。もしも犯人なら、疑惑を招きかねないペン画の存在は他人には知られないようにするだろう。アンリとジュリエットは絵を人目につかないようにできるし、ヨシダも適当な口実で作品を引き揚げてしまえばいい。

「あなた一人で捜査するなんて危ない、犯人は二人も殺しているのよ」少女が怯えたようにいう。

田舎道をバイクで疾走したとき青年の背中で少女はスピードに耐えていた。イヴォンのように危険に直面してもたじろがない、むしろ恐怖を快楽に変えてしまう才能の持主というわけではなさそうだ。スピードが怖ければバイクになど乗らなければいいのに、どういうことなのか。あたかも苦行のように死の恐怖に身を晒そうとするところは、たんなる優等生タイプとは違う。少年のような外見をした少女の内心に、イヴォンはあらためて興味を覚えた。

「ところで、どうしてバイクに乗ろうと」

キュロットの膝を両腕で抱いているクロエが生真面目な表情で頷いた。「クレールと会ったあと、あなたは死に隣接する生の高揚について語っていた。サン＝テグジュペリみたいに飛行機を操縦したい、でも難しいから代わりにオートバイに乗るんだとも。わたしも興味があるの、イヴォンが情熱的に語るような死と隣接する体験に」

「でも、きみは死ぬのが怖いって」

「死ぬこと自体を怖れているのとは違う、本当に怖いのは自分が消えてしまうこと。どうしてみんな平気なのかしら、自分が消えれば世界も消えてしまうのに。たとえクロエ・ブロックが死んで消えてしまっても、この世界は残るなんて常識論はいわないでね。わたしたちはすぐ隣に坐っているけれど、二人が見ている世界は決して同じではない。世界は生きている人の数だけあるのよ。このわたしとこの世界は一対のもので、一方が消えれば他方も消えてしまう。わたしが消えれば世界も消える」

哲学的な主観に対応する私一般など存在しない。私にとって私とは、この私のことだ。この私の世界にあらわれる他の私を、この私と同列の存在と見るわけにはいかない。マックス・シュティルナーの著作を愛読したこともある青年は、クロエの語る固有の私、この私も一応のところ理解はできる気がした。

しかし少女が死の観念に執着してしまうのは、もっと具体的な、だからこそ逃れがたい切実な悩みを抱えているからだ。悩みの正体も推察できないではない。とすれば、この私の生を虚無の、死の上に据え直そうとした唯一者の哲学をここで語っても意味はない。

青空に白い雲が流れている。未舗装の田舎道に緑したたる並木。新鮮な川魚料理を供する店もある。早めの夕食を終えてからパリまで飛ばそうか。スロットル全開で今度こそクロエの悲鳴を耳元で聴いてやろう。で、その先はどうしよう。どうしたいのかと考えて、まだ迷っている自分にイヴォンは気づく。

クロエが草の上に坐っている。「もう詩は書かないの。あなたの詩、わたしは好きだった」

青年は肩を竦める。「田舎からパリに着いたときは、三つの可能性のどれを選ぶのか決めていなかった」

「三つの可能性って」

「詩とエロスと革命、若きボードレールの三位一体さ。しかし上京から半年で生活の中心に三番目の革命がせり上がってきたんだ。五年前の二月にコンコルド広場の右翼暴動を目撃して歴史が動きはじめたことを体感し、芸術の革命ではなく革命そのものをめざすことにした。革命の芸術なんて欺瞞的で不徹底だ、どんな詩だろうと書いてるような場合じゃないと思った」

「でも書いていたでしょ」

「まあ、ときどきはね」

「三つ目だけどボードレールは二月革命、ランボーはパリ・コミューン、あなたは人民戦線運動だったの」

「具体的には〈王党員(カムロ・デュ・ロワ)〉やファシスト学生をソルボンヌ界隈でぶちのめすこと、こっちがやられることも多かったけど」

少女が顔を顰める。「たまたま通りかかったとき、百人くらいの学生がソルボンヌ広場で乱闘していた。サン・ミシェル通りの反対側から見ていたんだけど、少し怖かった。まだリセ初級の生徒だったし」

首都での三年のうちに詩才などないことを自覚した。性の冒険を重ねても放蕩(ほうとう)と変わらないことに気づいた。最後に残された革命の道を果てまで進まなければならない。そのためにはパリで右翼やファシストと乱闘している程度では不充分だ。

「コミュニストのルヴェールにいわれたことがある。山を越えてスペインに来た僕は、さながらマルローに煽られた二十世紀のファブリスだって」

「『パルムの僧院』のファブリスね。野心家で性格に癖がある『赤と黒』のジュリアンには好き嫌いがあるとしても、まっすぐな気性のファブリスに女の子はみんな憧れるわ」

「よくいえばまっすぐな気性、悪くいえば……」

「思慮が浅くて猪突猛進かしら」クロエが微笑した。「それでいいのよ、まだ少年だから」

「僕もファブリスは嫌いじゃないが、でも違うな。二十世紀人は前世紀のファブリスのようには生きられない」

「どう違うの、十九世紀と二十世紀は」

「大戦(グランド・ゲール)が前世紀と今世紀のあいだに、真っ暗な深淵さながらに巨大な口を開いている。淵を渡った者たちはもう元の時代に戻ることなどできない。きみの家族にだって戦死者はいるんじゃないか」

「叔父が二人も亡くなってる。召集された三人兄弟で塹壕から生きて帰れたのは長男の父一人だけ」

ユダヤ系ドイツ人の一家だったブロック家の次男がクロエの祖父に当たる。祖父は妻とフランスに移住し三人の息子を育てた。フランス人女性と結婚した長男は宝石商として成功するが、妻は娘のクロエが幼いときに病死した。

「僕の叔父は復員できたけど、ひどい戦争神経症で廃人も同然だった」

十字砲火の下での突撃にこそ「生の躍動(エラン・ヴィタル)」があると確信し、アンリ・ベルクソンの著書を背嚢(はいのう)に入れてマキシム・デュ・ラブナンは出征した。しかし戦場で砲弾と銃弾の豪雨を浴び、毒ガスの濃霧に巻かれて精神を破壊されてしまう。

「ナポレオン時代の密集陣形は牧歌的だった」女子学生の興味を惹くとは思われない話題だがクロエなら聴いてくれそうだ。「砲弾は炸裂しない球形弾だし小銃は先込め式の単発式。火力が未発達だったから、太鼓の音に合わせて何列もの横隊で敵陣に接近する戦法も可能だった」

ただし犠牲が集中する前列には十代前半の少年兵が配置されたという。子供では大人と対等に白兵戦を戦えない。銃剣と銃剣の白兵戦になる前に敵弾に斃れることを計算して、前列に並べられたのだ。

「子供を弾よけにした十九世紀の戦争も残酷だったが、二十世紀の戦争とは比較にならない。兵士の死亡率も戦死者数も桁違いだから」

「スペインでも」クロエが青年の顔を見つめる。

「もっとひどい。敵軍が装備しているのは大戦(グランド・ゲール)の時期を超える最新兵器なのに、こちらはナポレオン時代の装備だから」青年は苦笑した。「ソ連に援助された兵器類は共産党系の政府軍に優先的に配備され、アナキスト民兵隊には廻ってこないのさ」

「二十世紀の戦争にワーテルローの密集陣形も、ナポレオンに憧れてワーテルローをめざした少年ファブリスもすでに存在しえない……」

二十世紀の破壊的な新型戦争のために、前世紀の文化や芸術や精神は土台から崩れ落ちた。形骸化した近代芸術を破壊するダダイスムやシュルレアリスムの運動もそこから必然的に生じた。

「アンドレ・ブルトンも復員兵だ、野戦病院配属で塹壕戦や銃剣突撃の体験はないようだけど」

「二十世紀の詩に対応する革命が、リセ時代のイヴォンにとっては右翼学生との乱闘だったわけね。それなら二十世紀のエロスは」

青年は反問する。「どうかな、きみの先生たちの男女関係は二十世紀的なんだろうか」

軽く眉を顰めてクロエは話を戻した。「シュルレアリスムは二十世紀精神なのね」

「しかし二十世紀精神を生と行動の様式として表現したのは、たとえばマルローの小説だと思う。僕はリセ初級の生徒だったころブルトンとマルローを同時に読んでいた。ブルトンに影響されて詩を書いてみることにしたのは、単純に小説より早く書けそうだから。スピードへの愛もまた二十世紀精神の核心だ」

「だから飛行機の操縦士に憧れて、いまのところはオートバイで速度への渇きを癒している。マルローもスペインでは義勇軍の飛行隊員として戦ったし」

「マルローの優れている点はいい加減なところだね」

「どういう意味かしら、いい加減って」

「たとえば飛行隊の指揮官だったとスペインでの軍歴を誇っている。飛行隊でも地上勤務なのに、操縦士としてコンドル部隊と空中戦を戦ったんだろうと事情を知らない連中は思う。そうした効果を計算しての言動なら経歴詐称でなくても、いい加減なやつだといわざるをえないな」『王道』も作者の体験が背景のようだし、インドシナで一旗揚げようと盗掘を企て窃盗犯として逮捕されたのは事実だ。

「あなたも同じなの」

青年は微笑した。「マルローのように厚かましくも堂々と、いい加減にやれないというのが僕の限界かもしれない。どうしても気後れしてしまう」

「あの作家と違ってイヴォンは育ちがいいからよ」クロエはからかう口調だ。

「それでもマルローと二十世紀人としての本質は共有している。大戦(グランド・ゲール)を通過して精神を破壊された二十世紀の新世代にとって超越的な価値は失われているのさ、理性も道徳も理想も」

「ニヒリストなのね、イヴォンは」

「秀才の親友によれば、陽気なニヒリストがピレネーの向こう側で沈鬱なニヒリストに変身したようだとか。なにしろスペインは憂い顔の騎士ドン・キホーテの本場だからね。でも、そんなに憂鬱そうな顔をしてるかな」

「そうね、ときどきは」冗談半分の問いに少女は真剣そうな顔で頷いた。

「来週にも詩人のアンリの家で友人たちが集まるんだけど、よかったらきみも来ないか。親友のアラン・リヴィエールに紹介したい」

「いいわ、わたしもアランからリセ時代のあなたの話を聞いてみたいから」

ニヒリズムは二十世紀の病だというアランと、ニーチェをめぐる議論をしたことがある。たとえ世界と私が無意味であろうと、なんらかの目標を決めて懸命に努力することはできるし、そうしなければならないとツァラトゥストラを引用してアランはいう。登山家がエヴェレストを征服すること、子供が『失われた時を求めて』を最後まで読むこと。目標はなんでもいい、そもそも正しい目標など存在しないのだし。

少女が真剣な表情で問いかける。「あなたは友達の正論に説得されたのかしら」

青年はかぶりを振った。「ニヒリストに正しさの基準は失われている、目標はいい加減に決めるしかない。二十世紀の新世代にとって革命とは十九世紀人のような理想ではもはやない。力を発揮し生の充実感を得るため恣意的に設定された目標にすぎないから。僕もそう思って〈王党員（カムロ・デュ・ロワ）〉のステッキ野郎と棍棒で乱闘していた。でも、そんな模擬戦に不全感を覚えはじめたんだ。こんなのは革命ごっこにすぎないと思えてきて」

「だからスペインに行くことにしたのね」

「能動的ニヒリストとして革命を徹底的に生きるには、銃弾が飛びかう本物の戦場に立たなければならないと。しかし能動的ニヒリズムも『力への意志』の意味するところも、いまの僕にはよくわからない」

ブルトンの自動筆記は、詩作を行動に還元したところに意義がある。行動を腕や指の痙攣（けいれん）に限る必要はない。この点で二十世紀精神を行動化したマルローのほうが十代のイヴォンには魅力的だった。詩が行動に還元されるのなら、詩より行動それ自体のほうがいい。しかしマルロー的にいい加減な行動的ラディカリズムもまたスペインの戦場で失効していく。

「もう能動的ニヒリストを気どってはいられない。でなければ最悪の受動的ニヒリスト、行動する受動的ニヒリストに頽落（たいらく）しかねないから」

「行動する受動的ニヒリストって」

「世界には意味がないから、その場しのぎの享楽に身を委ねているのが受動的ニヒリストだとしよう。そうした自堕落な日常にさえ耐える力がない者が、大文字の現実や大文字の行動に逃げこむんだ」

　前世紀のロシア人作家がすでに書いているように、質屋の老婆が受動的ニヒリストだとすれば、ラスコーリニコフは受動的ニヒリズムにも耐えられない弱者ということになる。受動的ニヒリストにさえなりきれない、さらに受動的で生命力の枯渇した者が現実や行動という観念を捏造しそこに逃げこもうとする。

　スペインで一緒に戦った兵士たちは、心底からアナキズムの理想を信じていた。十九世紀的な理想主義ではない、スペインの大地に深く根を下ろした太古からのユートピア的想像力の産物としての。民兵たちはアナキズムによる理想の世界が、いまここに実現できると確信していた。しかし二十世紀青年のイヴォンはスペイン民衆のように理想を信じることができない。ニーチェが語ったように「神は死んだ」、アナキズムやコミュニズムの「神」であろうと。

「だからイヴォンは、世界にも自分にも意味はないと思うのね」

　青年は頷いた。「もしも理想を信じることができれば、僕のように余計なことを考える必要はない。自分が死んでも世界は残る、よりよい世界のために自分は死ぬ、本気でそう思うことができれば」

「質問がある」少女は真剣な表情だ。

「いいよ」

「能動的ニヒリズムの立場からすれば、力を集中すべき対象や目標は恣意的に、いい加減に決めるしかない。とすれば選択する政治的立場は、アナキズムでもコミュニズムでもいいし、ファシズムでもかまわないということにならないかしら」サン・ジェルマン・デ・プレの珈琲店（カフェ）で最初に会ったときの議論を、クロエはまた持ち出した。

「〈王党員（カムロ・デュ・ロワ）〉のステッキ野郎と衝突するとき、不思議な気持ちになったことを覚えている。どうして自分はこちら側にいるんだろうと思って」

　フランコ軍の兵士を射殺したイヴォンだが、ファシストだというだけで生々しい憎悪を感じたことはない。共和国側の村娘をレイプし子供を虐殺するような輩は銃殺されて当然だ。しかし卑劣なファシストだから民間人の女や子供を殺したともいえない。そんなことをする連中は戦線のどちら側にいようと卑劣なのだ。

　フランコ軍にも高潔な軍人はいたろう。こちら側にいるのは倫理的な必然ではない、もしも条件が違えば戦線の向こう側にいたかもしれない。そうした思いはときとして青年の脳裏を過ぎった。

クロエは決然としている。「でも右翼やファシストは差別主義者だわ」

「ユダヤ人を差別するだけでなくドイツとの戦争を煽る排外主義者で、アルジェリア人やマルティニク人を侮蔑する植民地主義者でもある。人としての権利を尊重したいと思うから差別主義や排外主義や植民地主義に反対するし、それらと真剣に闘ってきた。しかし神は死に、神に代わって世界に君臨した権利主体としての人間という理念もすでに死んでいる。僕やきみが人権を守るとしても、そこに根拠や必然性はないのさ。普遍的な人権も人権差別主義も理念的に無意味という点で等価とすれば、その違いも趣味的なものにすぎない」

「わたしには納得できない、差別と反差別は理念として等価で趣味の違いにすぎないなんて」

同じ年頃の学生のなかでクロエは差別問題に敏感なほうだ。ドイツ系ユダヤ人の家族だから、ナチス政権下でのユダヤ人迫害が自分のことのように感じられるのだろう。いまもドイツやオーストリアのユダヤ人はダッハウの強制収容所に追いたてられている。

ドレフュス事件のことを持ち出すまでもない、フランスでも王党派からブルジョワ共和派までがユダヤ人差別を合理化し温存してきた。ロシアや東欧でのユダヤ人迫害(ポグロム)の歴史は長いし、スターリニストはトロツキーをユダヤ人だと誹謗(ひぼう)しているから、フランス共産党の本音も知れたものではない。

「ハンブルクの親類一家は何代も前からの資産を放棄して、無一物でアメリカに逃れたわ。そうするのが正しい決断だった。もしも財産に執着してドイツに留まっていたら、いまごろは家族全員が収容所に送られていたから」

「いまドイツで進行しているユダヤ人への攻撃には、中世以来の迫害(ポグロム)の延長としては理解できない残忍性と徹底性がたしかに感じられる」

「ヨーロッパのどこにもあった伝統的な反ユダヤ主義とナチのそれは、どんなふうに違うのかしら」少女は真剣に問いかけてくる。

「王党派右翼のアクション・フランセーズや火の十字団(クロワ・ド・フー)のことを、われわれは大雑把にファシストと呼んでいる。スペインの反共和国派や反乱軍のことも」

しかしアクション・フランセーズはイタリアのファシズムとは親和的でもドイツのナチズムは嫌っている。ドイツ兵と戦った退役軍人の団体として出発した火の十字団も同じことだ。ナチズムを肯定しファシストを自称するフランスの政治勢力は、ドリオの人民党くらいのものだ。

「ナチスにはフランスの極右派やスペインのフランコ派と、どこかしら異質な感触がある」

クロエが青年の顔を見つめる。「異質って、たとえば」

「ナチスは火の十字団よりボリシェヴィキ党に似ている。そう思うのはスペインで、ナチに支援されたフランコ軍と共産党の政府軍に挟み撃ちにされたせいかもしれないけど」

党内反対派の粛清から強制収容所の設置までスターリンの手口をヒトラーが真似たのは事実だとしても、それは結果にすぎない。大戦が生んだ膨大な屍体の山から芽生えた点で、ボリシェヴィズムとナチズムは同根だ。人権など歯牙にもかけない異様に残忍で徹底した政治的観念という点で、両者は二十世紀が生んだ血まみれの双子ともいえる。

ボリシェヴィズムとナチズムはいずれも政治化されたニヒリズムの産物にすぎない。しかも一見したところ方向は反対で、ボリシェヴィズムはユートピア的な未来への、ナチズムは神話的な過去への大衆的熱狂を煽りたて倒錯的に組織化しようとする。

「レニ・リーフェンシュタールのプロパガンダ映画を観たかい。プロパガンダという発想はヒトラーがボリシェヴィズムから学んだにしても、映画『民族の祭典』で描かれたナチ党大会の神話的な演出の魅力はソ連製のプロパガンダ映画を水準として圧倒していた」

二十年以上の観察期間が与えられたボリシェヴィズムにかんしては、シモーヌ・リュミエールのソ連論をはじめ、ある程度は理論的な批判も試みられてきた。しかし歴史の短いナチズムにかんしては、いまのところ思想的検討がほとんどなされていない。

「わたし、リーフェンシュタールのドキュメンタリー映画には反感と嫌悪しか感じない。ユダヤ人を迫害するナチの宣伝映画だから」クロエは苦々しい表情だ。

イヴォンは煙草の紫煙を胸一杯に吸いこんだ。「僕のことはもういいだろう、今度はきみのことを話そう」

クロエが口許に微笑を湛える。「あなたとは違って平凡な学生よ、話すことなんてなんにも」

「きみは悩み事を抱えているね」

「どうしてそう思うの」

「珈琲店〈フロール〉ではじめて会ったとき、きみの表情の翳が気になった、なにかに苦しんでいるようで。スペインでは誰もが苦悩を抱えていた。兵士はもちろん、その妻も子も戦争で傷つき餓えに苦しんでいた。誰もが自分と家族の死を恐怖していた。

しかしこの国では誰も、誰一人として真の苦悩など味わっていない。あるのは漠然とした不安にすぎない。ブルジョワも労働者も、本当に戦争は起こるのだろうかと自問している。しかし次の瞬間には根深い不安を打ち消して、戦争などはじまるわけがないと自分にいい聞かせる」クレールやシスモンディのように進行している事態の意味がよく見えて当然の知識人さえも。

「わたしが戦争を怖れ、悩んでいると」

「いいや、戦争にかんしては同じことだろう。きみが悩んでいるのは、もっと違うことだ」

「なんだっていうの」

躊躇する気持ちはあったがイヴォンは口を開いた。「きみの愛が偶然の愛でしかないことに」

「偶然の愛……」少女が呟いた。

「クレールとシスモンディは二人の愛を必然的な愛だと見なし、偶然的な愛を経験することも必要だと了解しあったという。それぞれが自分以外との恋愛を相手に認めあう関係。きみはクレールを愛している。しかしクロエ・ブロックはエルミーヌ・シスモンディには絶対に勝てない。クレールとシスモンディの愛は必然的で、きみとクレールとの愛は偶然的なものにすぎないから」

「誰から聞いたの、わたしたちのことを」感情を窺わせない声だった。

「男と女のことに少し経験があれば誰にでも見抜ける、きみたち二人の関係は。ただし……」

「なんなの」

「きみの悩みは本人には切実でも平凡なものだ」

クレールとシスモンディが哲学教師の小理屈で、自分たちの関係を妙な具合に粉飾しているから複雑に見えるにしても事実は単純だ。結婚している中年男に若い娘が恋をした。ほとんどの場合と同じように男が娘を誘惑したに違いない。誘惑された娘は本気になる。しかし男は離婚する気などない、クレールとシスモンディは未婚でも夫婦同然だから事情は変わらない。

ありふれた話で、同じ経験をした娘は無数にいたろう。しかしほとんどが立ち直る。男と別れ、あるいは男に棄てられたあと違う恋に巡りあい結婚して平凡な妻になる。

「きみは傷つくかもしれないけれど、よくある三角関係にすぎない」

「だから、わたしに親切にしてくれたのね。惨めな小娘に、たんなる三角関係になんか思い悩むなと教えようとして」

「教える気なんかないよ」

「あなたが想像しているようなことじゃないの。それにクレールとはもう別れている、ただの友人に戻ろうといわれて。政治的な話題を持ち出すわたしをうとましく感じはじめたんでしょう。いまは別の若い娘をベッドに引っぱりこんでるわ」

ブルジョワ的良識を憎みながら左翼の運動にも冷淡で、政治的なもの一切の拒絶を信条としてきた知識人クレールは、ユダヤ人としてファシズムや戦争の脅威を口にしないではいられない少女を遠ざけることにした。

クレールとクロエの関係のもつれなどイヴォンが気にするような問題ではない、言葉にしたかったのはもっと別のことだ。うまくいえそうにないから、別の話題を持ち出したようにも思う。

「ありふれた三角関係や失恋の悩みとは違う理由からなんだね、きみが死のことを考えてしまうのは」

死の観念に棲みつかれた人間の眼にはどこかしら独特のものがある。そんな眼をした男や女をイヴォンは幾人か知っていた。同じように暗くて粘っこい光がクロエの眼にもある。イヴォンを惹きつけたのは、クロエが漂わせている死の影だったのかもしれない。

「死のことを考えすぎるのはやめたほうがいい」

「あなたがそんなことをいうなんて。生きていることに意味がないなら死んでも同じでしょう。それに戦争が来る、些末な日常の生さえわたしたちには許されないんだわ」

イヴォンは絶句した。死の観念に捉えられているのは自分のほうではないのか。救おうとしたのは少女ではなく自分だった、年下の娘に自分を投影していたのだ。

「わたしも迷っているけれど、あなたのほうが心配よ。いつも辛そうな顔をして」

温かで柔らかいものが唇の上を一瞬だけ通りすぎていく。青年は全身を緊張させていた。隣の娘に腕を伸ばしたい、しかし誘惑に屈したら負けだ。なにが負けなのか、よくわからないままイヴォンは耐えた。

4

サン・ラザールが始発駅の郊外線はサン・ジェルマン・アン・レイで終点になる。その手前の小さな駅でヨシダはイヴォンを促して列車を降りた。サン・ノム・ラ・ブルテッシュの粗末な駅舎は深い森に囲まれている。辺りに人家は見えないし、こんな駅でいったい誰が乗降するのか。

「これがサン・ジェルマン・アン・レイの森か」

人気のない駅舎を出たところで、鬱蒼と繁る樹木の海を見渡しながら青年は呟いた。十代後半の三年をパリで暮らしたイヴォンだが、市街地の西側に出たのはこれが最初だった。

「いや、ここはマルリの森。この森を北に抜けると町がある。マルリより広いサン・ジェルマン・アン・レイの森は町の北に広がっている。ジェルマン・アン・レイも、東のマルメゾンも一繋がりの広大な森林だったんだろうけどね」

以前から紹介を頼んでいたジョルジュ・ルノワールの件で、ヨシダがホテルに電話してきたのは一昨日のことだ。しばらくバス・ピレネーに帰省する予定で、明朝には長距離列車に乗らなければならない。パリを出てしまう直前にルノワールと会見できるのは幸運だった。

イヴォンが自宅付近まで来ることを先方は会見の条件としていた。ルノワールはパリから見てセーヌの下流に位置する町サン・ジェルマン・アン・レイの、愛人コレットの家に住んでいる。他の女たちに繰り返し手を出していたルノワールだが、同棲していたコレットが半年前に病死して大きな精神的打撃を受けたらしい。

正午にサン・ラザール駅でヨシダと待ちあわせて郊外線に乗った。終点のひとつ手前の駅から歩くしかない森の奥で、ルノワールはイヴォンを待っているらしい。バイクで郊外まで遠出してからもう二週間がたつ。そのあいだクロエと四、五回は大学付近の珈琲店で待ちあわせた。しばらく会えなくなるし今夜は料理店で食事をしようと約束している。あの娘と待ちあわせた時刻までにはパリ市内に戻らなければならない。

あの少女をどうしたいのか、どんな関係を望んでいるのか、イヴォンには自分の気持ちがよく摑めない。唇を寄せてきたクロエをはぐらかし、それには応えようとしなかった。関心がないなら会うのはよせばいい。しかし、しばらく顔を見ていないと会いたくなる。少女が抱えこんでいる死の観念に否応なく引きよせられるのかもしれない。

深閑とした森の小道を歩きながら日本人が独語する。

「森の奥に入ってしまえばパリ郊外も東京郊外の武蔵野も変わらないな。うららかだけど、これがパリで迎える最後の春になりそうだ」

「帰国するのかい、ドイツとの戦争がはじまったら」すっかり親しくなったヨシダとは、もう君言葉（チュトワイエ）で話している。

「そうなるだろうね」ヨシダは憂鬱そうにいう。「日本は一昨年から中国と戦争をはじめている。戦争が世界中に広がるなら自分の国で戦争に向きあうべきだ。パリで他国の戦争に巻きこまれ逃げまどうより、そのほうが納得できる。

しかし、まさかこんなことになるとはね。僕は十年ほど前、十九歳のときにフランスに来た。この国に美術家として骨を埋めるつもりで。パリ暮らしをはじめたのは大恐慌の年だから一九二〇年代の繁栄は知らないんだが、それでも愉しくて充実した日々だったよ。しかしまたドイツと戦争になるとは。……きみはどうなんだ、軍隊に入るのかい」

「スペインにいたから十八歳の徴兵検査は受けていない」

靴底に踏みつけられて枯れ枝の折れる音がする。

「それ違法だろう、大丈夫なのか」

「父親が役所に病気療養中の届けを出したらしい、親類の医者に作らせた診断書を添えてね。デュ・ラブナン家はバス・ピレネー地方の有力者にも顔が利くし、それでなんとかなったようだ。しかし明日には帰省して、先延ばしにしてきた徴兵検査を受けなければ。一ヵ月ほどでパリに戻るけど」

父親の顔を見るのは不愉快だし気も進まないが、学生生活を再開するために生活資金を確保する必要がある。父親はともかく、もう二年以上も顔を合わせていない三歳下の妹アンヌとの再会は楽しみだ。バイヨンヌの学校に通うため叔母の屋敷に寄留していた妹だが、もう卒業して実家に戻っている。

小鳥の囀り（さえず）に耳を傾けている青年にヨシダが問いかける。

「徴兵猶予があるから学生は検査だけ受けておけばいいんだろう」

「復学の手続はしたからすぐに入隊する必要はない。ただし戦争になれば、大戦（グランド・ゲール）のときと同じで学生も召集される。戦争から逃げるつもりはないけど、フランス軍の一員として戦うべきなのかどうか」

老いたブルジョワどもの第三共和政を守るために死ぬ気はない。スペイン人民戦線の亡命政府が、もしもフランスやイギリスで義勇軍を募兵するなら応じてもいい。しかしそうした動きはいまのところ皆無だ。これまでの経緯からしてスペインの亡命政府を受け入れるのは、フランスやイギリスではなくソ連だろう。もちろんスターリンの傭兵になど志願する気はない。どうするべきか帰国した直後から考えてきたが、まだ結論は出ない。

二十数年前のロシアのソヴィエト革命やドイツのレーテ革命を継承する、ボリシェヴィズムでもファシズムでもない真の民衆革命の可能性がスペインにはあった。内戦にフランコが勝利したことより、スペイン民衆の集産化革命が敗北した事実のほうが重い。「全体主義でない革命は敗北する」というルヴェールの言葉が真実であるなら、革命など原理的に不可能だと結論しなければならない。全体主義化した革命など反革命にすぎないのだから。

二十数年前にロシアで、さらにドイツで闘われた評議会革命は敗北した。ロシアではボリシェヴィキが勝利し、ドイツではブルジョワ共和派と社会民主党によるワイマール連合が勝利する。ロシアでは一九二〇年代後半からボリシェヴィキ党の反民衆的独裁体制が完成し、ドイツのワイマール共和国は六年前にナチス独裁国家に変貌した。

第二インターナショナルに体現された第一次大戦までの社会主義は、正統派の社会民主主義と左右両極の鬼子であるボリシェヴィズム、ファシズムに三分裂したことになる。ドイツ社会民主党やフランス社会党やイギリス労働党は、ブルジョワ自由主義政党と協力して資本主義経済と議会制民主主義国家を防衛することしか考えていない。資本主義や民主主義の旧勢力と左右の新勢力が抗争する世界は、いまや第二の大戦（グランド・ゲール）に直面している。

国際政治の焦点はドイツがソ連と戦うのか英米と戦うのかに絞られてきた。ヒトラーの軍隊の銃口が東西いずれに向けられようと、世界が三つ巴の死闘に巻きこまれることは不可避だ。スペイン革命に敗れたアナキストのように、そしてイヴォンのように三者のいずれもが敵である者は逃れがたい第二の世界戦争に際して、どのような選択が可能なのか。

シモーヌ・リュミエールに期待していたのだが、納得できる助言は得られそうにない。ドイツにヨーロッパの覇権を譲り渡し、われわれ全員がナチの奴隷になる運命を耐え忍んでも戦争は絶対に回避しなければならない。極端化すればそれがシモーヌの立場なのだ。

女は自分が肯定できる戦争にだけ参加することが可能だ、シモーヌがスペインで反乱軍と戦おうとしたように。しかし男であるイヴォンに選択は許されていない。どのような戦争であろうと兵士として戦う国民的な義務があるから。とはいえ腐敗したブルジョワどもの共和国のために、イヴォンが死を賭けて戦わなければならないのは不条理ではないか。

現実的な選択肢が資本主義リベラリズム、ファシズム、ボリシェヴィズムの三つしか存在しないという閉塞状態は、スペインの集産化革命が敗北したことの必然的な帰結だ。真の革命派もまた、三つの悪のいずれかを選んで厭々（いやいや）ながらでも加担しなければならないのか。

イヴォンは話を変える。「アンリのところでジュリエットに頼まれて無頭人（アセファル）のパロディを描いたんですね」

「そう、演劇サークルのシンボルにしたいというんだ」

「小さな壺や蛇は無頭人（アセファル）と違いますが」無頭人（アセファル）の場合は短剣と燃える心臓だ。

「それもジュリエットの提案で、壺と蛇を持った無頭の女神の幻影（ヴィジオン）を視たことがあると」

しばらく無言で森の小道を進んでいた日本人がイヴォンに振り向いていう。「この道をまっすぐ行くと、じきに幹が裂けた樫の大木がある。落雷の樹の下でルノワールは待っているよ」

「一緒に来ないのかい」イヴォンは尋ねる。

「郊外線の駅まで引き返してパリに戻る、ルノワールはきみと二人で会いたいそうだ」

案内人として同行してきたヨシダは、イヴォンの背中を叩いてから森の小道を引き返していく。しばらく歩くと立ち枯れた巨木の残骸が見えてきた。大人が二人でようやく腕を廻せるかどうかという太い幹は途中まで無惨に引き裂かれている、雷が落ちたのだろうか。枯れた樹木に凭れた男が無言のままイヴォンを見ていた。

「ルノワールさんですか」

四角い顎をした男が低い声で応じる。「デュ・ラブナンだな、なにか私に話があるとか」

グルニエ・デ・ゾーギュスタンの小集会で三年前にすれ違った人物に違いない。あのときも感じたが、こうして二人きりで向きあっていると強烈な存在感に圧倒される。奇妙な抑揚を帯びたルノワールの声には魂を奪うような力がこもっているようだ。暗黒（ノワール）の淵から囁きかけてくる魔術師の声。

「僕のために時間を空けていただいたこと、感謝します」

「かまわんよ、きみとは以前から話したいと思っていた」

本当だろうか、ルノワールがイヴォンに注目していたというのは。社交辞令で適当なことを口にするような人物には見えない。知っていたとすればブルトンが主宰する〈革命のためのシュルレアリスム〉誌の寄稿者としてだろう。

「〈反撃（コントル・アタック）〉の集会に顔を見せていたが、どうして署名に参加しなかったのかね」

目立たないようにしていたのに、集会の中心人物は少年のことを覚えていたようだ。ルノワールが言及したのは「革命的知識人闘争同盟の宣言」への署名だろう。

「学生代表として名前を連ねたらどうかとブルトンにいわれたんですが、断りました。年齢や業績の問題ではありませんよ。僕は知識人じゃないし将来もそうなる気はない」

戦場は紙の上ではなく舗石の上にあるというのが少年イヴォンの信条だった。

「なるほど」男は薄く笑った。「で、私に話というのは」

「無頭人のデッサンのことです」

第二の首なし屍体の身許が判明したのは五月十日、今日から十日前のことだ。被害者はイレーヌ・フェラン、二十三歳、ブローニュの森の娼婦。街娼が姿を消しても気にする者などいないし、ヒモがいても警察に失踪届を出したりはしない。

事件発覚から一ヵ月が経過したが身許は判明しそうにない。それまで伏せていた被害者の身体的特徴を警視庁は公表することにした。ヴァラーヌ警部がイヴォンにも教えようとしなかった個人識別のための特徴は、右太腿の上部内側にある星形の痣。本人以外は家族か恋人しか知らないだろう身体的特徴が公表された翌日から、警視庁には情報が舞いこみはじめた。寝室で裸になるのが仕事だから、イレーヌの星形の痣は客たちに知られていたようだ。

ルノワールが応じる。「友人で〈無頭人〉誌にも協力している画家の作品だ、あの絵は」

「古代宗教の象徴なんですか、無頭人は」無頭女が地母神ならば無頭人も同類かもしれない。

「宗教的な象徴ではある、しかし失われた太古の宗教ではない」ルノワールは不意に熱を帯びた口調で語りはじめる。

「牝の手長猿がいる。大地には穴が掘られ底には杭が打ちこまれている。頭を下に牝猿は杭に縛りつけられている。剝き出しの肛門突起を天空に繊細な花のように開いて」

唖然としている青年を無視して男はなおも語り続けた。

「裸の人々は絶頂的な快楽に喘ぎながら半狂乱で踊り狂う。臭いたてる汗粒に全身を濡らしていまにも射精しそうだ。司祭が一声高く叫ぶ。人々は両手に土塊を摑んで穴の底に投げ入れる。腹の底に響くような太鼓の音は絶えることがない。

たちまち穴は埋められる。大地の上に見えるのは太陽さながらに醜怪な突起だ。窒息死の運命にある牝猿の肛門は断末魔の苦悶で踊るように痙攣する。美しい尻をした娘が大地に身を横たえ糞にまみれた肉の花を愛撫しはじめる。しなやかな指先で湿り気を帯びた突起に触り接吻する。狂熱に駆られた人々はグロテスクに目を剝き口からは熱い涎さえ垂らしている。死の瞬間、生贄の牝猿は鮮紅色をした肉筒から悪臭を放つ褐色の炎を噴きあげる。快楽と苦痛は溶けあい汚物と腐敗のなかに至高の美が顕現する……」

民族誌を典拠とした供犠の光景だろうか。ルノワールの悪夢あるいは妄想の産物かもしれない。鮫のような歯をした男が、表情のない顔でイヴォンに語りかける。

「わかるかね、われわれは狂暴なまでに宗教的であろうとしている。むろんキリスト教のような宗教とは違う、それとは正反対の宗教だ。キリスト教にとって人間の死は、神の国にいたる苦痛に満ちた関門にすぎん。そのように作為することでわれわれを根源的な生の充溢から無限に遠ざけようとしている。轟々と焔をあげる至高の暴力、聖なる破壊の坩堝から。

いかにキリスト教が抑圧しようとも万人が免れえない禍々しい死、暗黒の死は、封印された神聖な熱と力を一挙に解放する。おのれの根源に渦巻く偉大なエネルギーに触れようとして未開人は生贄を屠る。死に隣在する生々しい体験こそが巨大な熱と力を爆発的に解放し、われわれこそが神となる。

死とは、天空でなく大地に属している。あらゆる生命は暗黒の底で腐敗し最終的には無に還る。死の体験とはどろどろの汚物や悪臭にまみれることだ。はらわたのように蠢くもの。腐りかけたはらわたを身にまとうことでのみ、われわれは聖なる世界に触れうる」

この男をシモーヌ・リュミエールは嫌悪している。シモーヌによればルノワールは性と暴力の妄想に耽る病的な異常者、倒錯者にすぎない。ブルトンもシモーヌと同じような非難の言葉をルノワールに浴びせていた。牝猿の肛門と汚物と悪臭に至高の暴力と聖なる世界を幻視する男の、激情を底に秘めた沈鬱な言葉にイヴォンは魂を攫いとられそうな異様な魅力を感じた。

短い沈黙のあと男が続ける。「秩序としての世界が惑乱する深い森の中心に落雷で裂けた巨樹がある。この樹こそ無頭人だ。天空の生命の火と地底の暗黒の死が交差して無頭人は誕生する。

無頭人は左手に鉄の短剣を握り、右手には燃えあがる聖心臓がある。短剣は死を、炎の聖なる心臓は生を象徴する。スペインでファシストと戦ったきみならわかるはずだ。没落の恐怖に怯えて暴力化した中産階級の運動とか、資本家に雇われたゴロツキ集団といったファシズム理解が皮相だということは。

いいかね、やつらは本気だ。理性の力で窒息しかけた世界を土台から破壊しようと叫んだからこそ、卑俗で凡庸なブルジョワたちの社会に牙を剝く大衆の狂乱する力を結集しえた。だがナチス革命もまた勝利した瞬間に制度化されていく。ブルジョワによる社会の反動的固定化よりも、さらに著しく固定化され制度化された社会がドイツには到来した。われわれの道はナチズムとは違う」

この人物がブルトンと決裂したのも当然のことだ。ルノワールはファシズム革命を暗黒の太陽と見て、そこからプロメテウスさながらに火を盗もうとしている。ファシズムに啓蒙や理性を対置しても勝利しえない、その無量の力を奪いとらなければ。

「われわれの道とは」イヴォンの声は掠れていた。

「理性は頭部に宿る。理性に反逆すると称するファシズムは、しかし頭部を否定しない。総統（フューラー）ヒトラーや統帥（ドゥーチェ）ムソリーニという独裁者を原理的に否定することがない」

ボリシェヴィズムも同じことだ。国家なき社会をめざすといいながら、ソ連はブルジョワ国家を凌駕（りょうが）する暴力的独裁と秘密警察国家への変質を完了した。総統ヒトラーと書記長スターリンはたがいに憎みあう双生児にすぎない。

「総統（フューラー）や統帥（ドゥーチェ）なきファシズム、書記長（ゲニエラリコヌイ・セクレタリ）なきコミュニズムが必要だ。首のない男の図像は国家なき社会の象徴なんですね。あなたはアナキストなんですか」

「いいや」ルノワールは口許だけで笑った。

「どこが違うんですか」

「バクーニン主義者は肝心なところがわかっていない」

「肝心なところとは」

「社会革命は宗教運動の派生態にすぎない点だ。宗教といってもキリスト教ではない、それとは正反対の宗教だ。脱聖化されたキリスト教が近代という理性の時代の宗教だからな」

「ニーチェ的な宗教、古代ギリシアや古代ペルシアの宗教なんですか」そういえば〈無頭人（アセファル）〉誌に掲載された思想エッセイで、ルノワールはニーチェやディオニュソスについて論じていた。

「ギリシアやペルシアの神々よりさらに古い神。ディオニュソスのような太古の神、太古の宗教だ。アナキストの理想は太古の神々や太古の宗教の復活としてしか実現されえない。きわめて歪んだ形ではあれヒトラーはそれを擬似的になしとげた。この事実をドイツの若者たちの熱狂が物語っている。われわれに必要なのは首を切り落とすことだ。頭部を至高とする論理からファシズムの人種主義と排外主義、コミュニズムの前衛主義と統制主義が必然化される。

　生産と労働と蓄積を至上価値として崇拝する点でもファシズムとコミュニズムは双子の兄弟だ。陶酔と狂乱の神ディオニュソスを崇拝する古代宗教は、未開人の犠牲宗教と同様に消費と祝祭と消尽こそを信仰の中心としていた。この点でもファシズムの宗教性が紛いものにすぎないことは明白だろう」

　理性と進歩を奉じる脱聖化されたキリスト教に対抗すると同時に、頭部による支配を疑うことのないファシズムやコミュニズムの反近代にも対抗する、まったく新しい宗教の可能性が無頭人（アセファル）の図像には込められている。キリスト教を否定すると同時に聖なるものや新たな宗教の可能性をも葬ったアナキズムが、ゲルマンの古き神々を再興するファシズムに踏み潰されたのは当然のことだ。

　民主主義はむろんのことコミュニズムやアナキズムなど、どのような政治思想を対置してもファシズムには対抗できない。人民戦線のような現実の運動はどうか。フランスとスペインの人民戦線の惨憺たる末路を見るまでもない、反ファシズムの政治運動も無力だ。ファシズムは思想以上、運動以上のなにかだから。

「思想以上、運動以上とは宗教の領域ですか」

「そうだ」男は深々と頷いた。「宗教とは生の根源的な組織化の形態でもある。われわれは凶暴なまでに宗教的でなければならない」

　ルノワールの言葉には無視できない力がある。たしかにファシズムには思想以上、運動以上のなにかが含まれている。イタリアでもドイツでもスペインでも敗北し続けてきたのは、われわれがファシズムに思想や運動の次元でしか闘わなかった、闘えなかったからではないか。

「その宗教にも教会は、信徒の共同体（コミュノテ）は存在するのですか」

「あるとも。われわれは霊的な力を組織しなければならない。われわれの教会、われわれの共同体（コミュノテ）は戦争を予期し戦闘のなかでこそ確立されるだろう」

　ルノワールが暗示しているのは、宗教的な秘密結社だろうか。その結社はドイツとの戦争に際してブルジョワどもの共和国の正規軍とは別個に、たとえば一種のパルチザン部隊として戦うのだろうか。

「状況がそれを求めるならわれわれの共同体（コミュノテ）も戦争を開始する。ナチがはじめようとしている戦争に平和を対置するのでも、平和のための戦争を対置するのでもない。われわれは戦争に裸の戦争を、戦争にたいする戦争を対置する。

それが実在し、さらに実在し続けること自体が労働に隷属する社会への闘争であるようなものとして、無頭人（アセファル）の共同体（コミュノテ）は存在しなければならない、いやすでに存在している」

「すでにある……」

「興味があるなら招待しよう、われわれの会合に」

しばらく青年は沈黙していた。「参加すれば入会することになるんですね。今日の話だけでは決められませんよ。教養というか綱領というか団体の目的についてもっと知らないと」

「教養とはいえないが、〈無頭人（アセファル）〉誌を読めば共同体（コミュノテ）のめざすところは理解できる。いずれにしても宗教の本質は教義にはない、魂に触れる宗教的体験は参加してみなければ得られない」

「〈無頭人（アセファル）〉誌には目を通しました、スペインに行く前なら共感したかもしれない」

「いまは共感できないと」

「世界戦争による鉄と火の嵐から新たな世界、新たな世紀が誕生した。二十世紀はニヒリズムの時代です。ニヒリズムの政治としてファシズムは存在する。老朽化し腐敗したブルジョワ秩序はニヒリズム革命の敵ではない」

イタリアでドイツでスペインでファシズムが勝利したのは当然の結果だ。われわれはファシズムと同じ地盤まで降り立ち、ファシズムに対立する二十世紀革命のヴィジョンを獲得しなければならない。

「その通り」ルノワールが深々と頷いた。

「ニヒリズムの革命という点ではボリシェヴィズムもファシズムと同じですね。フランス共産党は軟弱だから、いまだに十九世紀的な啓蒙と理性の尻尾を引きずっている。それとは次元の違うボリシェヴィズムの悪魔的な本性を、僕はスペインで厭というほど見てきましたよ。

一九三四年二月の右翼暴動から一九三六年五月の人民戦線勝利まで二年半のあいだ、右翼学生と路上で闘いながら僕は確信していた。われわれはファシストよりも二十世紀的でなければならない、ファシストよりも深い地点で二十世紀の神話と暴力を血肉化しなければならない。でなければあの連中には勝利できないだろうと」

「スペインできみは認識を変えた、そういうことかな」

イヴォンは深々と頷いた。「選挙で人民戦線が勝利した直後から、パリの街路は数万、数十万のデモ隊に占拠され、労働者は大規模ストライキに突入した。しかし街路と工場を舞台とした大衆蜂起の大波は二ヵ月もしないうちに引いてしまう。史上最初の選挙による社会主義政権がなしえたのは、多少の賃上げや労働条件の改善にすぎない。しかしスペインでは事態がまったく違ったんです」

選挙で成立したスペイン人民戦線政府に軍がクーデタを起こした。しかし大半の地域や都市で、軍事クーデタは民衆のバリケード蜂起によって阻止される。クーデタを実力で粉砕した民衆は、そのまま集産化革命に雪崩れこんでいった。

「スペインのアナキストが実行した集産主義は、ボリシェヴィキの共産主義とは意味が違います。ボリシェヴィキは産業の国有化を共産化と称した。一口で言えば集産化とは産業を、あらゆる工場と職場、商店、鉄道や郵便や電信、そして農業までを労働者や農民、市民が自主管理することであって国家の出る幕などそこにはない」

スペインではアナキズムの相互扶助論に影響された協同組合運動が、前世紀から持続的に展開されていた。一九三五年にはスペイン全土で工場委員会や農民委員会など無数の評議会が自然発生的に形成され集産化革命が開始されたが、その背景には協同組合の分厚い運動的蓄積が存在していた。マドリードやバルセロナなどスペイン全土で軍のクーデタをしえたのは、革命の前進が民衆の政治的能動性を高めていたからだ。

一九三五年からのスペインで革命の意味は根本的に刷新されていく。革命とは一九一七年二月のロシア革命のような大衆蜂起による政権打倒には尽きないし、十月革命のような革命党派の軍事クーデタによる権力奪取でもむろんない。街路や広場に溢れた民衆が地域と職場で自己権力体を組織し、社会の主人になることこそが革命としての革命、真の革命なのだ。

「きみがスペインのアナキズム革命を発見し震撼されたのは事実としても、それはコミュニストに抑止されファシストに蹴散らされ歴史の波間に呑まれて消えた。集産化革命の実験もまた左右のニヒリズム革命に敗れ去ったのでは」

たしかにスペインの社会革命は敗北した。しかし抑圧を撥ねのけて自身の運命を摑みとろうとする人々の情熱は疑いえない。自己解放のため蕩尽される無償の情熱を前にして、イヴォンはニヒリズムを許していた自分を恥じた。

スペインの民衆がニヒリズムと無縁なのは、近代の域に達していないからなのか。あの国も近代化が進めば、いつかはピレネーのこちら側と同じようにニヒリズムの毒に染まってしまうのか。としてもジブラルタル海峡の南、ベルベル人やアラブ人の国々はどうなのか。ニヒリズムに汚染されたヨーロッパは、前近代あるいは反近代の大海に浮かんだ小さな島にすぎないのでは。

「民族学者のモースが研究したような未開社会は、ニヒリズムの毒とは無縁でしょう。スペインの彼方には前近代あるいは反近代の広大な世界があるし、ブルターニュやバスクはフランスに内部化された植民地ともいえる。ファシズムとニヒリズムの深度を競いあうことに意味はない、そう考えはじめたんです」

　としても深刻な問題が残されている。ファシズムとボリシェヴィズムの権力は民衆の自然発生的な社会革命を圧殺しうる。それが敗北したスペイン革命の教訓だ。人民戦線政府をめぐるアナキスト政治家の無定見な右往左往は、アナキズム運動の歴史的限界を示している。

「きみの発想は間違っていない、ソシアリストのモースも協同組合運動に熱心だしね。われわれはニヒリズム革命を模倣し、その後追いをしようというのではない。彼らの宗教はまがいものにすぎない。われわれの試みは未開人の消尽と自己破壊の宗教性を回復することだ」

「それはそれとして」そろそろ話を戻さなければならない、青年はポケットから出した紙片をルノワールの前に拡げた。

「ご存じありませんか、この図像を」

　ヨシダの作品を模して描いてみた無頭女（メドゥーサ）の図像だが、下手な絵でも特徴はわかる。

「無頭人（アセファル）を女にした稚拙な摸倣だな」

「見覚えはありませんか」

「ある」

「あるんですね」イヴォンは驚きの声をあげる。

「何ヵ月も前のことだ、職場に刑事が訪ねてきて同じペン画を見せられた。そのときは知らないと答えたが、今度は二度目だから知らないといえば嘘になる」

〈無頭人（アセファル）〉誌に使われている無頭人（アセファル）の挿絵と、首なし屍体に血で描かれた模様が似ていることに警察は気づいた。そこで発行者のルノワールのところに刑事が訪ねてきた。とても偶然の一致とは思えないから、警察の容疑者リストにはルノワールの名前も載っていることだろう。事件との関連を窺わせる事実はないし、いまのところそれ以上の追及はしようがないというところか。

〈無頭人（アセファル）〉誌の購読者名簿を見せろといわれたがルノワールは拒絶した。翌日には令状を振りかざした警官が押しかけてきて名簿を持ち去ったという。名簿に記載された人物は一人残らず捜査したろうが、書店で購入した者までは洗い出しようはない。いまのところ無頭人（アセファル）の絵に触発されて首なし屍体に模様を描いた人物は特定されていない。

「少し歩いてみないか」

男が先に立って森の小道を歩きはじめる。少し進むと右側に古めかしい石造建築の廃墟が見えてきた。密生した樹木に遮られて細かいところはよくわからないが、三階建てほどの高さで一部崩れかけた箇所もあるようだ。最近の建築物ではないし放棄されてから百年、二百年という歳月が経過しているに違いない。正体不明の建築物で、個人の住宅として使われていたとは思えないし教会などの公共建築でもないようだ。

横を歩く男にイヴォンは問いかけた。「なんですか、あの廃墟は」

「サン・ジェルマン伯の実験室だったともいわれる」

サン・ジェルマン伯爵は十八世紀の錬金術師で不老不死を達成し、当時の人々からは三千歳とも四千歳とも信じられていた。ルイ十五世の宮廷に入りこんでロワール渓谷のシャンボール城を錬金術の研究施設として使っていたが、ルノワールによればこの怪人はパリ近郊にも実験室を持っていたことになる。地名のサン・ジェルマン・アン・レイと人名のサン・ジェルマンが一致する事実から生じた荒唐無稽な伝承だろうが。

「たんなる言い伝えでしょうね、事実とは思えない」

「どうかな」鮫のような歯を剝き出し男が声をたてないで笑う。「サン・ジェルマンはルネッサンス期の新プラトン主義者たち、アグリッパやパラケルススの末裔で薔薇十字団に属していたことも確実だ。あの建物にある広間で異教的な祭儀を行っていたとしても不思議ではないと思うがね。……地元では鴉の城（シャトー・ド・コルネイユ）と呼ばれている」

「鴉の巣でもあるとか」

小さな鴉（コルネイユ）が無数に巣を作っていたからだろうが、異説もあるとルノワールは語る。「鴉の城（シャトー・ド・コルネイユ）は劇作家のコルネイユ、ピエール・コルネイユに由来するのかもしれない」

「劇作家のコルネイユですか、『ル・シッド』の」

「そう」冗談のつもりか男は薄笑いを浮かべる。「人気作家だったコルネイユはルイ十四世の宮廷とも縁が深い。サン・ジェルマン・アン・レイにはルイ六世の時代からの城（シャトー）があり、そこでは幼少期のルイ十四世も暮らしていた。コルネイユはルイ十四世から、宮殿に近い森のなかに劇場としても使える建物を与えられていたという」

この時代には王や貴族のあいだでも演劇熱が流行していて、ヴェルサイユ宮殿にはルイ十六世の妃マリー・アントワネットの専用劇場まであった。この豪華な劇場でアントワネット本人が、作者ボーマルシェの前で『セビリアの理髪師』のロジーナ役を演じたという。アントワネットだけではない、王侯貴族や大資産家の少なからぬ者が自前の劇場を所有していた。

「そんな時代だったとすれば、鴉の城（シャトー・ド・コルネイユ）がコルネイユ劇場の廃墟という可能性も絶無とはいえんな」

どこまで本気なのかわからないルノワールの説明を青年は聞き流すことにした。森の奥にある石の廃墟はサン・ジェルマン伯爵ともピエール・コルネイユとも無関係で、地元民は鴉が多いから鴉の城（シャトー・ド・コルネイユ）と呼び習わしてきた、これが正解ではないだろうか。

「ところでシモーヌ・リュミエールをご存じとか」

「もちろん。一時は毎週のように顔を合わせていた。未発表の小説に『他人の不幸の臭いを嗅ぎつけると舞い降りてくる黒い鴉』と読者に紹介される人物が登場するんだが、モデルはリュミエールだ」

シスモンディもシモーヌのことを小説に書こうとしていた。よほど作家の想像力を刺激する人物らしいと思って、イヴォンは笑いを嚙み殺した。皮肉混じりのルノワールの言葉はシモーヌ・リュミエールへの正確な評言かもしれない。ときとしてイヴォンさえ辟易しかねないほどにシモーヌの友愛の情は旺盛きわまりない。

いや、あれを友愛精神と見るのは間違いかもしれない。シモーヌが不幸な人を見すごせないのは神の教えとして隣人愛を実践する修道女とは違って、他人が痛いと自分も痛いからではないか。人並み外れた共感の能力に恵まれているから「不幸の臭い」に否応なく引きよせられ「舞い降りて」しまう。恵まれているというよりも、想像を絶するほど高度な共感能力に呪われているのでは。

第八章　廃墟の秘儀

1

長距離列車の到着ホームは大小の旅行荷物を抱えた降車客で混雑している。同じモンパルナス駅に降り立った四月一日のことが思い出された。あのときは早朝だったが、今回はそろそろ夕刻だ。六月も下旬だから日が暮れ終わるのは午後十一時ごろにしても。

イヴォンの荷物は小さな旅行鞄ひとつで荷運び人(ポルトゥール)を頼むまでもない。片手に鞄を提げてホームから天井の高い広大な空間に入った。構内は行きかう人々で混雑しているが、グールの難民収容所を脱走してパリに辿り着いたときとは違って警官の群れは見あたらない。パリを留守にしているあいだもニュースには注意していた。いまのところ第三の首なし屍体は発見されていないようだ。

五月二十一日にパリを出発し一ヵ月ほどバス・ピレネーの生家で過ごした。帰省を決めたのは、九月から学生生活を再開するため出身地で徴兵検査を受ける必要があったからだ。また帰省を願う妹の手紙が毎週のように届いていたこともある。父親はどうでもいいが、兄のことを心配しているアンヌには顔を見せてやりたい。

二年半ぶりの父親は老いこんで気弱になっていた。持病の悪化で寝たり起きたりの暮らしが続いている。パリでの学業を終えたら帰郷し父の跡を継いで旧家の主人になると適当なことを約束して、首都での暮らしに必要な資金はなんとか確保できた。

戦争になればフランスもイヴォン自身もどうなるのかわからない。父も子も戦争が終わるまで生きていられる保障などないし、家を継ぐという口約束にも意味はない。生活資金のめどが立った以上ピレネーの山奥に用はないし、できるだけ早くパリに戻るつもりだった。しかし予定していた以上に滞在は長引いた。

十八歳になる妹がイヴォンとの別れを悲しんだからだ。しばらくは兄と過ごしたいという、アンヌの切実な願いに応えないわけにはいかない。緑豊かな故郷の山河に、スペインの戦場で疲弊した心が慰められたこともある。血にまみれた子供たちの悪夢にも、少年時代からの寝室で眠るときには悩まされないですんだ。

初夏の日差しに身を晒して、裏山の草地に寝転がっていたときのことだ。眠りを誘うような羽虫の音が聞こえる。バスケットから出した昼食を敷布に広げる妹にイヴォンは語りかけた。

「パリで一緒に暮らさないか、親父には文句をいわせないから」

「どんなに素晴らしいでしょう、お兄さまとパリで暮らせたら。でも……」

「なんだい」

「パリには行けないわ、お父さまの介護を使用人任せにはできないし」

草を噛みながら青年は黙って頷いた。もしも戦争がはじまればフランスの北東部は戦場になるし、パリやリヨンはドイツ軍機の爆撃に晒される。イタリアの空軍基地を使えばニースやマルセイユも航空攻撃の範囲内だから、フランスの主要都市は爆撃で壊滅しかねない。ピレネーの山奥で暮らしていれば戦争の脅威に怯えないでもすむ。旧弊な父親のために、妹が将来を犠牲にすることなどあってはならないが、話の続きは次の帰省まで持ち越すことにしよう。

「パリに好きな人がいるなら、早めにはっきりさせたほうがいいと思う。お父さま、イヴォンの婚約の話を進めてしまいそうだから。お相手はドメー家のマリー＝ルイーズよ」

マリー＝ルイーズ・ドヌーはバイヨンヌの資産家の娘だ。没落はしても家名のあるデュ・ラブナン家と、資産を溜めこんだブルジョワの縁組みは双方の家長には有益としても、当人のイヴォンは愚劣な結婚話につきあう気などない。

「馬鹿馬鹿しい、マリー＝ルイーズと結婚する気なんかないよ」

「若いモデルとか舞台女優とか、パリに好きな人がいるからなのね」

「二人ともスペインに行く前に別れたし、パリに戻ってからも連絡はしていない。これからもする気はない」モンマルトルの踊子と銀行家の若い妻とのことは妹に話していていない。「どちらも新しい恋人がいるだろうし」

「帰国してからはどうなの」

「恋人はいないよ。たまたま紹介された女子学生と幾度か会ったけど」

「会っただけかしら」

「オートバイに乗せて郊外まで遠出した」

「好きなのね、その人のこと」

割りきれない思いを苦笑に紛らわせる。「どうかな、もう振られたようだし」

妹と過ごした穏やかな時間の記憶を頭の隅に押しこんで、イヴォンはモンパルナス駅の構内を出た。都会の埃っぽい大気に午後の熱気が淀んでいる。駅舎の前で客待ちのタクシーに乗りこんで行き先を告げた。

休暇は今日で終わり、イヴォンの戦争が明日から再開される。戦争に怯えて平和を願望するのではなく、敵が仕掛けてくる戦争に自身の戦争で立ち向かうこと。たんに敵と戦争をするのではない。ジョルジュ・ルノワールの言葉では戦争に対する戦争、戦争それ自体に戦争を仕掛けることだ。

タクシーを降りて馴染みのホテルに向かった。フロントの若い女がイヴォンの顔を見て、壁に掛けられている客室の鍵をひとつ外す。ホテル生活は今月で終わりにして、そろそろ適当なアパルトマンに移ることにしようか。

「用意したのは前と同じ部屋よ、それと……」

鍵を受け取りながら青年が尋ねる。「なんだい」

「四、五日前のことだけど、若い娘が訪ねてきた。ムッシュ・デュ・ラブナンがパリに戻るのは六月二十一日の予定だって伝えておいたけど」

フロントの女もシモーヌ・リュミエールのことを若い娘とはいわないだろう。他に思いあたる人物はいない、ホテルまで来たのはクロエに違いない。再予約の連絡を入れたのは一週間ほど前のことで、クロエが訪ねてきたのはそのあとのことらしい。

階段を上って客室に入った。窓際の机にソフトハットを投げ、旅行鞄は床に置いたままベッドに寝ころんだ。窓から見える空は、そろそろ午後八時だというのに真昼のように明るい。夜の〇時を廻って日が替われば夏至当日で、明後日からは日没も次第に早くなるだろうが。

帰郷のためパリを離れる前の晩に学生客が多いサン・ミシェル通りの珈琲店(カフェ)でクロエと待ちあわせていた。ルノワールとの話が長引いて、森に囲まれた小駅サン・ノム・ラ・ブルテッシュから郊外列車に飛び乗った。サン・ラザール駅から地下鉄(メトロ)に乗り換え、約束の珈琲店(カフェ)に辿り着いたのは約束の時刻のわずか数分前のこと。それから少しのあいだ、青年はテラス席でぼんやりしている女子学生を物陰から眺めていた。テーブルには本が何冊か置かれている。イヴォンに読んでほしいといっていたギリシア悲劇集かもしれない。

緩くカールさせた肩までの赤金色の髪が薄茶色のベレから覗いている。いつもは女子学生ふうの質素な外見だが、今日は濃いめの口紅を塗って華やかな薔薇色のワンピースを着ている。帰郷のためしばらく会えなくなるイヴォンと、一緒に食事をする約束があるからか。お洒落してきた様子のクロエを見て、これなら名前のある高級店を予約しておくべきだったかと思う。

マリーゴールドの花に魅せられた蜜蜂のように、通りすがりの男たちはテラス席の娘に目をやる。麻の三つ揃いを着た若い男に誘いをかけられても、クロエは無愛想にかぶりを振る。振られて立ち去る男の姿にイヴォンは苦笑した。

サン・ミシェル通りの珈琲店（カフェ）〈プティ・ビアール〉からサン・ジェルマン・デ・プレの料理店（ブラッスリー）〈リップ〉に席を移し、アルザスのビールとシュークルートを頼んだ。空が暗くなるころに店を出てモンパルナスまで歩き、スペインに行く前はよく通っていたダンスホールに入る。何時間もバーボンを飲みながらバンドの演奏でスウィングを踊ったあと、ジャズとアルコールに酔ったクロエをタクシーに押しこんだ。

遊び歩いたあとは食事になるが、この時刻でも開いている馴染みの店はエコール街の料理店〈ガンブリニュ〉かレ・アールの酒場（ビストロ）〈静かな神父〉。たくさんは食べられそうにないというクロエの意向で、タクシーは中央市場の横で乗り捨てた。

〈静かな神父〉の地上階（レドショッセ）では深夜に市場で働いている仕事着の運び屋や仲仕、それに街娼たちが葡萄酒（ヴァン）やマールをひっかけている。物珍しそうに客席を眺めているクロエの腕を取ってイヴォンは階段を上った。

上階の席ではオペラ座帰りらしい夜会服の男女が、名物料理のグラチネを口に運んでいる。新人女優のダニエラと遊び歩いたあと、真夜中に小腹が空いたようなときはこの店に寄ったものだ。午後六時に開店する店で、階上には劇場やナイトクラブがはねたあと帰宅する前のブルジョワ客が多い。

二人分のグラチネとリエットを注文してから、イヴォンが冗談めいた口調でいう。「階下はプロレタリア、階上はブルジョワ。フランス社会の縮図みたいな店だろう」

「そして、わたしたちは階上のブルジョワ席に案内された」クロエが笑いを抑えながら応じる。

「お嬢さんが一緒だからね。一人なら階下のカウンターで仲仕と娼婦の間に割りこみ、ソーセージを肴にマールでも呷（あお）ってるところさ。楽しんだかい、今夜は」

「真夜中まで踊ったのははじめてだし本当に楽しかった、また一緒に踊りたいわ」

「田舎からはじきに戻るよ。今度は〈ガンブリニュ〉でちゃんと食事して、そのあとシャンゼリゼのナイトクラブに連れて行く」

「でもね、イヴォンと今夜のように過ごせる時間はじきに終わる。腐った平和でも戦争よりはましというのがエルミーヌの口癖だけど、それでも戦争は起こるわ。あなたは出征して、もう一緒の時間を過ごすこともできなくなる」

腐った平和でも戦争よりはましだと、フランス人の大半は思いこんできた。ドイツがミュンヘン協定を平然と破ってから、戦争やむなしの側に世論は傾きはじめてはいる。とはいえ、できれば戦争は避けたいという消極的な雰囲気が消えたわけではない。

「この国ではシスモンディのような厭戦気分は一般的だ。たとえ腐った平和であろうと家族や恋人、たとえばクレールの生命が危険にさらされなければいいってわけさ」

しかしフランスの平和なるものは、スペイン民衆をファシストに売り渡し、ドイツのユダヤ人が迫害されるのを黙認してきた結果にすぎない。正義と名誉を踏みにじることで得られた平和は腐臭を放っている。自身の腐敗を認識しているシスモンディは、なにも考えないで平和にしがみついている庶民と比較して罪は軽いのか、それとも重いのか。いずれにしても遠からず戦禍に襲われる運命に変わりはない。

「腐った平和でも絶対に手放したくないのは、エルミーヌが死を怖れているからなの」

「誰でも同じことだよ」

「いいえ、エルミーヌの怖れには独特のものがある。自分が消えてしまうこと、跡形なく消滅してしまうことへの根深い、絶対に癒やされない怖れが」

少女の言葉からイヴォンは思った。クロエが抱いている死への恐怖は、教師のシスモンディに植えつけられたのではないだろうか。神を信じなければ来世も復活もない、死ねば消えるだけだ。この冷厳な事実を無神論者は覚悟し、たんなる不信心者は思慮することなく生きる、そのときが来るまでは。

クロエが続ける。「歴史に残る偉大な事業をやりとげなければならない、永遠に記憶される作品を創造しなければならない。あの人の人生は、そうした価値ある仕事に捧げられている。肉体が消滅してもエルミーヌ・シスモンディの名前を残すために。だからあらゆる暇潰し、無為な時間を憎んでいるの。あの人の人生には無駄が入りこむ隙間なんかない」

「なるほどね、だからいつもせかせかしてるんだ」

冗談めいているが案外あの女性教師の本質を突いているかもしれない。二十世紀とは神が死に、その空位を埋めた人間という理念も死んだ時代だ。二十世紀人は逃れることのできない宿命的な虚無と無意味を凝視するか、それを忘れるために酩酊し続けるか、偽の神を捏造して嘘でも信じこむかしかない。偽造された神まがいの典型が、血と大地の神話という泥絵具にまみれたファシズムやウルトラナショナリズムだ。バルザックのように生前の名声や栄誉のためではなく、死後も記憶され続けるために仕事をするというシスモンディの発想もまた、二十世紀的な倒錯の一変種ではないだろうか。

「きみも自分が死ぬこと、消えてしまうことを怖れているね」

「行動的ニヒリストのあなたは極限的な行為の果てに燃えつきてしまえばいい、それしかないと考えている。オートバイで遠出をしたあとも考えてきたけれど、やはりわたしは違うと思ったわ。イヴォンは瞬間を永遠に転化しようと決死の飛躍を企てる。でも、瞬間に微分化された永遠がわたしなのよ」

「それって信仰だね。言い方を変えれば神のもとでの不死、永生ということになるから」

「かもしれないけど旧約の神でも新約の神でもない、もちろんナチス流の二十世紀の神話でも。もしも信仰というなら、ニヒリズムの時代にも唯一可能であるような信仰かしら」

グラチネの軽食を終えて二人は少し散歩することにした。未明のポン・ヌフ街をセーヌ川の方向に歩いて行く。重さを預けてくる柔らかい肉の手応えを感じながら青年は自問していた。クロエの気持ちはわかっている、息をひそめて青年の誘いを待ちかまえている。問題は自分の側にある、イヴォン自身はこれからどうしたいと思っているか。

スペインから持ち越してきた難題が解決できるまで、恋愛も情事も遠ざけようと思っていた。かつての恋人や情人の誰にも帰国の挨拶はしていない。それでも出逢いは当人の意志とは無縁に訪れてくる。躰の底で疼きはじめた欲情はまだ抑えることができる。そうすべきなのか。

東の空が白んできた。ポン・ヌフを渡ればドフィーヌ街でイヴォンのホテルまでは五分とかからない。石畳にハイヒールの音が響く。少女が躰を寄せかけ息を潜めるようにして歩いている、なにかが起きることを待ち受けている。

陽気なニヒリストだった少年時代に戻って、若い娘と夜通し遊び歩いた。気分も三年前に引き戻されていたのかもしれない。こんなときに躊躇するのは自分らしくない、高まる欲情に身を委ねてしまえ、どうなろうと結果は引き受ければいい。そう囁くものがある。

ポン・ヌフの中央まで歩いたところで、青年は心を決めてクロエに向き直った。少し緊張した表情で少女は瞼（まぶた）を閉じる。人差し指で細い顎を軽く持ちあげそっと唇を合わせる。想像したより柔らかい唇で本当にマシュマロのようだ。詩人たろうとしたこともある青年は、浮かんできた比喩の凡庸さに思わず顔を顰めた。

「駄目よ、イヴォン」青年の腕から逃れて、クロエが通りかかったタクシーを止める。「ごめんなさい、もう帰るから」

振られたようだ、遠ざかる自動車の尾灯を眺めて青年は苦笑する。その気になっていたのは自分だけ。泥と火薬の臭いにまみれながら過ごした時間が長すぎて、女の内心を読みとる能力も衰えたらしい。浮ついた気分に冷水を浴びせられ、あらためて青年は思う、「戦争に対する戦争」の準備に専念しなければならない。

ホテルに戻って二時間ほど仮眠し、イヴォンはモンパルナス駅からバイヨンヌ行きの列車に乗った。それから一ヵ月がたつ。パリに戻ってホテルのベッドに寝転がっていると、クロエと過ごした一夜が思い出される。

あのときキスするのが五分か十分早ければ、クロエはホテルまで一緒に来て、このベッドに身を横たえたことだろう。白みはじめた空が目に入った瞬間に、もう夜が、官能と誘惑の時間が過ぎたことを少女は知った。

もうひとつ、悔いが残るのは唇を合わせたあとの出来事だ。思わず顔を顰めた青年を見て、クロエは自分が侮辱されたと思ったかもしれない。眉根を寄せたのは平凡な比喩しか思いつかないことを自嘲したからだが、そんなことまでクロエには想像のしようもない。いずれにしても終わったことだ、こちらからクロエに連絡することはもうない。

それにしても、どうしてあの娘と親しくなったのだろう。これまでつきあってきたのは、シガレットとウイスキーとジャズとスピードが好みで、派手な衣装と化粧のフラッパータイプだった。この二十年のうちに増えてきた自由な女たちとイヴォンは気が合った。

クロエは優等生タイプだ。ときとして翳のある表情を見せたり性格的に不安定なところを感じさせるにしても。珈琲店（カフェ）でアメリカの炭酸飲料を注文しバイクに同乗することをせがんだのも、二十歳前の娘によくある背伸びだろう。中年男の誘惑に応じたのも。エロスの冒険家を自任してきた、陽気なニヒリストを誘惑するような官能性に溢れているわけではない。

それなのに珈琲店〈フロール〉で最初に顔を合わせた瞬間から惹かれていた。異性としての魅力にではないが、それでも気になる。どうして惹かれるのか、その理由を知ろうと幾度か待ちあわせて言葉を交わしてきた。そのうちに心の距離を縮めてきたのはクロエのほうだ。好意を寄せられていると感じたことも、あるいはイヴォンの思いこみだったのかもしれない。

いずれにしても一ヵ月前の夜、もう朝になろうとしていたが、あのときのキスは気の迷いだったにすぎない。土壇場で逃げられたから忘れることもできる。否定しても否定しきれないクロエの魅力の正体は謎のままだが、謎として残しておこう。

ベッドに寝転がって物思いに耽っていると客室のドアがノックされる。躊躇いがちな音で、ホテルの使用人や掃除係のものとは思われない。

「どなた」

「わたしよ、クロエ」

「入っていいよ、鍵は掛けていない」

忘れることにした娘の小さな声に驚いて、イヴォンはベッドから身を起こした。ドアが遠慮がちに開かれ、戸口には夏の白い服を着た娘が見えた。フロントの女に客室番号を聞いたのだろう。

「どうしたんだい、急に」

「会いたくて、あなたに」

クロエを肘掛椅子に坐らせ、小卓にグラスを二つ置いてカルヴァドスを注いだ。一口で飲み乾すと熱いものが喉を滑り落ちていく。硬い表情で椅子に浅く腰かけている娘は、勧められてもグラスを手に取ろうとしない。イヴォンは自分のために二杯目の酒を注いだ。

「帰省は半月のつもりだったけど、妹が離れたがらなくて出発が延びてしまった」

娘が無言で椅子から立ち、その勢いで落ちた鞄が開いて床に小物が散らばる。「あなたを愛したい、あなたを愛している」

「落ちつけよ」少女に抱きしめられ、青年の芯に点った小さな火が炎となって燃えはじめた。

「あなたを愛してるの。お願い、わたしを救けて」譫言のようにクロエは繰り返した。

唇を嚙んで青年は娘の躰を遠ざける。「駄目だよ、クロエ」

「どうして、どうしてなの。あなたは素敵な人、どんな女でもあなたを愛するでしょう。なにも求めてないわ。今夜だけでもいい、恋人になってほしい」

気がついたときはクロエの若々しい躰をベッドに押し倒していた。薄い夏服を捲りあげると裸の太腿が、さらに白い乳房がこぼれる。下着に手をやると娘が腰を浮かせる。剝ぎ取った下着を投げ棄て、イヴォンは裸のクロエを全身の力で抱きしめた。

激しい行為のあと、青年はまどろんでいた。乾いて白茶けた大地と鄙びた村、白い壁の家、鼓膜が破れそうな爆発音。……またあの夢だ。

床に投げだされている血まみれの男児、そして女児。横倒しになった聖母像。床に落ちたとき胴体からもげた首が転がっている。聖母像の横顔を目にした衝撃で目覚め、隣で身を横たえている裸のクロエから身を引き剝がした。

「どうしたの」

「帰ってくれないか、一人になりたいから」

「どうしてそんなことをいうの」絞り出すような声で娘が問いかけてくる。

「あの男の身代わりはごめんだ」

「あなたが抱きとめてくれないなら、わたしは行く。そうするしかないから」

ベッドから身を起こしたクロエが素早く身づくろいして、ドアの前に立った。振り返ることなく悲痛な声で呟くようにいう。

「あなたがどれほど求めても、わたしには二度と会えない」

閉じられたドアを青年は茫然と眺めていた。ようやく得られたのかもしれない真に貴重なものが、たったいま掌から零れようとしている。全身から力が奪われてしまう痛切な喪失感。そうしているうちにも、忘れることのできない陰惨な記憶が甦ってくる。

忘れもしない、あれは二年前の三月十日のことだ。セバスチアン・ドルミテとアラゴンの農村地帯を旅して八日目だった。小さな村の少し手前で老朽化した小型トラックを停めた農夫が、新聞記者と称するフランス人に警告した。この村では二日前に戦闘が行われた、村人は安全そうな場所に逃げて共和国軍も反乱軍も村を去ったようだが、警戒はしたほうがいいと。

村は不気味に静まり返っていた。建物の壁には無数の弾痕が残され、焼け落ちた家も複数ある。銃撃戦に巻きこまれたのか、乾燥した大地には腐敗しはじめた牛の死骸が横たわっている。そのときのことだ、鈍い銃声がして弾丸がイヴォンの足下に打ちこまれたのは。

　その場でドルミテに押し倒され、車輪が外れて傾いた荷車の陰に引きずりこまれる。前方の民家の硝子が割れ落ちた窓に一瞬だけ人影が見えた気がした。白壁の大きな家で、この村では富裕な家のようだ。村長の家かもしれない。雑嚢から拳銃を出したドルミテが少年には手榴弾を手渡した。

「ファシストが一人二人、あの家に居残っているようだ。われわれの存在が反乱軍の部隊に知られると先に進めなくなる。私は入口から突入する、銃声が聞こえたら狙撃手が見えた窓にこいつを放りこむこと。きみにやれるかな」

　ファシストとの戦闘を熱望していた少年は、男の言葉に緊張して頷いた。新聞記者が拳銃や手榴弾まで用意していたことに疑問は持たない。なにしろ戦場を旅しているのだ、民間人が自衛のため武装していても不思議ではないだろう。

　窓からの死角を辿って這い進んだ。しゃがんで待機していると家屋の入口のほうで立て続けに銃声が響く。教えられたようにピンを抜き、三つ算えてから手榴弾を窓に投げこんだ。鼓膜が破れそうな爆発音がして焔と煙が窓から噴き出してくる。

　もう銃声は聞こえてこない。しばらくして窓から顔を出したドルミテがイヴォンに合図する。ファシストは全滅したようだ。物陰から這い出した少年は背伸びして、硝子の割れ落ちた窓から室内を覗きこんだ。

　荒廃した部屋には爆発で吹き飛ばされた石像が倒れている。壁に寄せられた台に置かれていたようだが、いまは色の褪せた敷物の上に落ちている。倒れたときの衝撃でもげたのか、大理石の聖母像の首は少し離れた場所に転がっている。石像の横には粗末な衣服の二人の子供が血まみれで息絶えていた。十歳くらいの男の子と、それより二つ三つ年下の女の子のようだ。農民の子の兄妹かもしれない。二人とも全身に手榴弾の破片を浴びて即死だったろう。

　爆発で破壊された室内と子供たちの屍体を目にして躰を硬直させているイヴォンに、男が無感動な口調でいう。

「われわれの姿を見て家の外に出てくるところだったファシストは、二人とも玄関で倒した。きみもよくやった、もう心配ない」

　イヴォンは茫然として窓越しに問いかける。「どうして子供が、この部屋にいたんだろう」

「家族とはぐれて逃げ遅れたのか、ファシストに人質に取られていたのか。いいか、イヴォン。気の毒だが子供たち二人の死は不可抗力できみに罪はない。この不幸な出来事の責任は、誤った判断で手榴弾を投げろと指示した私にある。たしかに悲劇だが戦場ではよくあることだ。これで精神的に動揺するようではファシストと戦うことなどできないぞ。……わかるな」

男の子はうつ伏せで、仰向けの女の子は顔を窓に向けて死んでいた。あのとき目にしたはずなのに女児の顔は思い出せない。不意に甦った記憶の洪水の波間に浮かんでいるのは、床に落ちた聖母像の顔だった。

二人の子供の屍体を前に動揺したイヴォンは、農家の床に落ちた聖母像の首には注意していない。茫然とした少年と違ってルヴェールは手榴弾の爆発現場を慎重に観察していた、絶命した子供たちから首のもげた彫像にいたるまで。だから、クレールが連れ歩いていたリセの女生徒から床に落ちた聖母像を連想したのだろう、どこかしら顔の印象が似ていたからだ。

ロシア皇帝の弟セルゲイ大公を暗殺しようとした社会革命党(エスエル)の青年テロリストは、馬車に子供が同乗しているのを知ってアジトに戻ってくる。仲間に非難されて搾り出すように応える、「どんなに無知な農夫(ムジーク)でも知っている、子供を殺してはいけないことなら」と。

首のない女のイメージは横倒しになって壊れた聖母像を連想させる。半世紀昔のロシアの貧しい農民にさえ自明だった最悪の罪、子供殺しという許されない罪を。だからイヴォンは首なし屍体をめぐる事件に、知らないうちに引きよせられてしまったのか。

最初に顔を合わせた瞬間、どうしてかクロエに惹きつけられた。砂漠の乾いた砂色のベレを被った少女の雰囲気が、あのときの聖母像にどこかしら似ていたからだ。この事実に気づいた瞬間、青年は発作的にクロエを拒んでいた。毀(こわ)れたマリア像の顔は血まみれの子供たちと切り離せない。あのマリア像と同じ顔をした娘と、どうして裸で愛しあうことができるだろう。

いや、こんなふうに別れてはならない、別れることなどできない。あの出来事とクロエはなんの関係もないのだ。追わなければ、謝罪しなければ。それでも躰が硬直したようで動こうとしない。二度と得られないかもしれない、貴重なものが失われていく切迫感と悲痛な思い。しかしもう、どうすることもできそうにない。

イヴォンが首なし屍体の事件に惹かれるのは、無意識に罪の記憶を刺激されるからだとルヴェールにいわれたことがある。首のちぎれたマリア像のことは記憶していても、どんな顔をしていたかまでは覚えていなかった。

たんに忘れていたのではない。マリア像の顔を想起するのに意識できない抵抗があった、自分の罪を見られたように感じて。床に落ちた聖母像の横顔を一瞬でも目にしたのでなければ、クロエとの交情（フエール・ラムール）のすぐあとで夢に見るわけがない。しかし、どうして心にもないことを口にしたのか。

イヴォンの罪を目撃した聖母マリアと同じ顔の娘と、身を寄せ膚（はだ）を合わせていることなど一瞬でも耐えられそうにない。少しでも早く、少しでも遠くに身を置きたいという衝動が心にもない言葉を語らせた。クロエが決定的に傷つきそうな言葉、口にした青年を絶対に許せなくなるだろう言葉を。

本当はイヴォンのほうがクロエを身代わりにしていた。子供殺しを目撃した聖母に赦（ゆる）されることを、心底では願っていた。首が落ちた石像のマリアに赦されるのが不可能であれば同じ顔をした娘から。クロエが身代わりであることに心のどこかでは気づいていた。自身の姑息な作為を少女の側に投影し、卑劣にも責めようとしたのではないか。

母を喪った幼児のときに神も失った。無神論者を自任してきたイヴォンなのに奇妙といわざるをえない。二人の子供と一緒に手榴弾で吹き飛ばした聖母像のことが、これほどまで心に掛かるとは。幼いころから精神の底深くに刷りこまれた神への畏（おそ）れは、意識の上で否定しても簡単には消えないようだ。

求められてクロエを抱いたのはどうしてだろう。これまでイヴォンは他人に愛を求めたことなど一度もない。求めるのも選ぶのも僕のほうだ、愛するのはこちらで、選ばれ求められ愛されることなどごめんだと。

素っ気なく振るまう女を口説き落とすまでが、青年にエロティックな高揚感をもたらした。女から求められた瞬間に欲望は萎えた。むしろ全身で示される愛情が厭（いと）わしく煩（わずら）わしいものに感じられた。愛するのは僕だ、きみじゃない……。

もともと愛される力を欠いている、では愛する力はあるのだろうか。たぶん愛することもできない。わがものにしたい、その証として裸の肉を蹂躙したいという欲望はあってもそれを愛とはいわない。得た瞬間に失われてしまうならそれは愛ではない。愛を求めてはいても愛する能力のない人間なのだろう。

なにも信じていない、なにも信じられない者が愛だけを信じることなどできるわけがない。幼いときに母を喪い父からは愛されたことがないからか。育った環境から自身の愛情不能が説明できたとしても問題は解決されない、優しい両親のいる場所で幼少期を生き直すことなど不可能だから。

ニヒリズムは時代の病だ。母親を早くに喪い、威圧的で傲慢な父親のもとで育った子供だけが染まる精神的な空虚ではない。リセ時代に右翼学生との街頭衝突に明け暮れたのは身体的な危険に快感を覚えたからだ。娘たちの肉体を求めたのは官能の絶頂が死に似ているからだ。詩を書いたのは言葉で世界の心臓を貫けると信じたからだ。

社会的な理想も至高の愛も美と芸術もなにひとつ信じたことはない。革命に惹かれたのは世界を破壊する理由を与えてくれたからにすぎない。いや、ものごころついたときに世界はもう壊れていた。イヴォンが憎んだのは、壊れた世界を壊れていないと思いこんだ大人たちの保身と欺瞞だった。

世界が壊れているとは、世界から大文字の現実が剝落していることでもある。世界をリアルに感じられないことに、子供のときからイヴォンは精神的に傷ついてきた。危険の感覚はリアルな世界とリアルな生の実感を回復させる、たった一瞬にしても。極限では死にいたる危険の感覚を求めてスペインに出発することにした。なにも信じない、信じられない人間であろうと、ぎりぎりの場面で生には執着するだろう。自身を死に向けて徹底的に追いつめることで、鮮烈な生の実感を味わいつくすこと。

ピレネーを越えた先には、思いがけない発見が待ちかまえていた。少年の陽気なニヒリズムは子供たちの屍体を目にして大きく屈折する。そして体験した集産化革命の熱気は、二十世紀のニヒリズムとは異なる新たな希望を青年に実感させた。しかしニヒリズムを超える革命の可能性は狡猾なコミュニストの棍棒で叩き潰され、ファシストとの内戦にも敗れる。そして帰国した失意の青年の前にあの少女があらわれた。

少女の表情に染みついた翳から、珈琲店〈フロール〉の席でイヴォンは察していた。クロエが死への深甚な恐怖に憑かれ、死の想念から逃れられないでいることを。しかし思い違いだったかもしれない。クロエが抱えこんでいるように見えた死の想念は、破壊された聖母像とよく似た少女に青年が投影したものではないか。子供たちの死、毀れた聖母像、大理石のマリアを思わせる少女……。

イヴォンはベッドから身を起こした、窓際の机の横に封筒が落ちているのに気づいて。他の小物と一緒に鞄から飛び出した封筒をクロエが拾い忘れたのか。宛先はクロエ・

ブロックだが差出人の名前はない。

封筒には厚紙の二つ折りのカードが入っている。カードの表にあるのは見覚えのある図像だ。首のない裸女で両腕は水平に伸ばされ乳房には星が、腹部にはとぐろを巻いた蛇を思わせる螺旋が描かれている。ヨシダのデッサンを印刷したものに違いない。

カードを開くと右面には手書きで短い文章が記されている。『太陽の生命力が最大化する聖なる日が今年も近づいてきた。その一日がはじまるとき無頭女（メドゥーサ）は誕生する。年に一度の夏至祭儀のため鴉の城（シャトー・ド・コルネイユ）まで来られたし。かならず沈黙を守ること。許された場合しか言葉を発してはならない。前夜から飲酒、食事、性交は禁止される。誓約に反した者、秘密を洩らした者には死の制裁が下される』。文章はブロック体で書かれ、左面にはマルリの森の略図がある。

表に無頭女（メドゥーサ）の絵、開いた左面には森の地図を印刷したカードがあらかじめ用意されているらしい。そのつど、送り手が白紙状態の右面に必要な文章を手書きして投函する。そんな具合にしてクロエの許まで送られてきたカードに違いない。

青年は眉を顰（ひそ）めた。どうしてクロエに無頭女（メドゥーサ）の絵のあるカードが郵送されてきたのか。鴉の城（シャトー・ド・コルネイユ）とはマルリの森で見た廃墟のことではないか。一時間後には深夜〇時を廻る。イヴォンがとめないなら行かなければならない、とクロエは口にしていた。行かなければならない場所とは、マルリの森にある鴉の城（シャトー・ド・コルネイユ）ではないか。

この部屋を出た娘が、直後にオデオン広場かグラン・ゾーギュスタン河岸通りでタクシーを拾ったなら、最終列車が出るよりも前にサン・ラザール駅に着けたろう。とすればクロエはいま郊外線の車内で、まもなく森に囲まれたサン・ノム・ラ・ブルテッシュ駅に到着する。

『誓約に反した者、秘密を洩らした者には死の制裁が下される』というカードの言葉に、正体のしれない不安が掻きたてられる。まさかとは思いながらも、トライアンフ・タイガーのキイを摑み、青年は追われるようにホテルの客室から飛び出した。

2

小道を塞いでいる倒木のため、その先には進めない森の奥でオートバイを駐めた。ポルト・ドートゥイユから市外に出て四十分ほどが経過している。夜道の走行だったことを思えば早く着いたほうだ。ヘッドライトの光で腕時計を確認する、あと二十分ほどで〇時だ。カードには『その一日がはじまるとき無頭女（メドゥーサ）は誕生する』と書かれていたが、じきに夏至の当日で、夜が明ければ一年で最も長い昼がはじまる。

この先は歩くしかない。頸から提げることも頭部に着けることもできる携行電灯で足下を照らしながら、漆黒の闇に満たされたマルリの森に分け入った。軍用品の携行電灯は必要なら鉄帽にも装着可能で、これをオートバイに積んでいなければ街灯などない深夜の森で進退に窮したことだろう。

枯れた小枝を踏みしだきながら進んでいく。人の気配を窺っても鬱蒼とした森林は暗黒と沈黙に満たされている。周囲に人影がないことを確認し、さらに小道を森の奥に向けて進んだ。鬱蒼とした樹木の枝葉に遮られ、月明かりも星明かりも大地までは届かない。巨木の根が這いまわっている森の小道だから足を取られて転倒しかねない。

十分は歩いたろうか。ほっほっと梟（ふくろう）の陰気な鳴き声がする。ガリアの暗い森を行く中世の旅人にでもなった気分だ。

幹が大きく裂けて立ち枯れた樹木がある。記憶にある落雷の樹は樫の巨木だ。古代人や中世人は樫を神聖な樹木として崇拝していた。天空からの雷撃が大地を象徴する樫の大木を聖なる火焔で引き裂いた。星で飾られた無頭人（アセファル）の胸部が別の形でここにもある。だからルノワールは落雷の樹に象徴的なものを見たのではないか。

裏山の森で小学校の友達と遊んだときのことが思い出される。宝探しや騎士ごっこ。なにしろ無頭女（メドゥーサ）に落雷の樹に鴉の城（シャトー・ド・コルネイユ）なのだ、子供らしい冒険の気分が甦ってきても当然だろう。子供の世界には身分も階級もない。小作人のジョゼフの長男とはしばしば殴りあいの喧嘩になった。大柄で意地の悪い少年だったが一度も負けたことはない。帰郷したとき妹のアンヌが嘆いていた、このところ館の修理や庭の手入れなどの人手が足りなくて困ると。下男を務めていたジョゼフの息子が兵役に行ったからだ。

サン・ジャン・ド・リュズからイルンを通ってサン・セバスティアンにいたる海沿いの道は、警戒が厳重そうでスペインに密入国するのは難しい。山を越えるしかないが真冬のピレネーにイヴォンが一人で入るのは無謀だ、ファシストの銃弾に斃れる前に山中で凍死しかねない。

密輸業者とも親しいジョゼフは山に詳しいという噂だった。スペイン行きを決意したイヴォンはジョゼフ・ラルースに案内役を頼むことにした。旦那に知られたら大変なことになると最初は拒んでいたが、褒美にデュ・ラブナン家の持ち山をひとつやるというと、欲深な男は渋々ながら頷いた。むろん遺産を相続したあとのことだが、小作人が相手の口約束でも約束は約束だから破る気はない。

ドイツとの戦争がはじまれば兵役中のジョゼフの息子は戦場に出る。息子が戦死すれば、イヴォンがジョゼフに約束したデュ・ラブナン家の資産の一部は三人の妹の手に渡るだろう。ラルース家の長女ジャネットは素直な性格だが、下の二人は子供のときから小狡そうで可愛げがない。

巨木の陰でかすかな物音がして、気づいた瞬間には電灯を消し素早く身を屈めていた。しかしパリ郊外の森に敵兵が潜んでいるわけがない。身体化された兵士の反応に苦笑する。音をたてたのは森の獣だろうか、あるいはクロエかもしれない。

「誰だ」返事がないので続ける。「クロエじゃないのか」

枯れ枝を踏む音がした。携行電灯を点灯して物音のほうに向けてみる。巨木の背後から出てきたのは見覚えのある女だ。

「エルミーヌ・シスモンディ……」青年は呟いた。

「デュ・ラブナンなのね」

リセ時代のクロエの教師に間違いない。しかし、どうして真夜中に郊外の森の奥を歩いているのか。

「電池が切れたのかもしれない、ここまで来たところで懐中電灯が消えてしまって」

深夜の森は灯火なしでは一歩も歩けない、夜が明けるのを待つしかなさそうだ。進退に窮しても六月のことで凍える心配はないし、夏至の朝はじきに明けるだろう。そう自分に言い聞かせながら、巨木の下に蹲って濃密な闇の重圧に必死で耐えているうちに、シスモンディはゆっくりと近づいてくる光点に気づいた。真夜中に森を散歩している者でもいるのだろうか。何者なのか正体が知れるまで、樹木の後ろに隠れていたほうがいい。

青年は問いつめる。「こんな夜更けに、どうして森の奥なんかに来たんですか」

「これが……」リセの女性教師がハンドバッグを探る。

手渡された矩形(くけい)の厚紙を携行電灯の光で照らしてみた。表に無頭女(メドゥーサ)の絵が描かれたカードで、イヴォンの客室に落ちていたものと同じ招待状だ。開いた右面の文章にはイヴォンのものと違って、『心せよ、二階席の者は絶対に存在を知られてはならない』という一行が加えられている。ブロック体のため筆記体ほど個性的ではないが、二通の筆跡はそれぞれ別人のものにも見える。

「これ、郵送されてきたんですか」

リセ教師が頷く。「郵便が届いているのに気づいたのは、夕食を終えて帰宅してから。差出人の名前はないけれど表書きはクロエの字だし、カードの文面も」

　クロエからの謎めいた招待には興味がある。一人では不安なのでクレールの部屋を訪ねたが留守だった。終電に乗ろうとすれば、サン・ジェルマン・デ・プレまで出て珈琲店（カフェ）〈フロール〉や〈ドゥ・マゴ〉を覗いてみる時間はない。覚悟を決めてシスモンディはサン・ラザール駅に急いだ。

　郊外線をサン・ノム・ラ・ブルテッシュ駅で下りたとき、もう日は暮れ終えていた。マルリの森は漆黒の闇に塗り潰されている。怯（ひる）む気持ちを励まし、懐中電灯とカードの地図を手に暗黒の森に足を踏み入れた。

「あなたにも招待状が来たの」

「ええ」リセ教師に細かいことを説明している暇はないし、する気もない。

　教え子だったクロエからの招待とはいえ、真夜中に女が一人で森の奥まで入りこむものだろうか。シスモンディの説明には不自然で気になるところも少なくないが、いまここで詳しい事情を問い質しているわけにはいかない。あと十分ほどで深夜〇時になるからだ。

「そう、ではこれで」

　立ち去ろうとする青年の背に声がかかる。「待って。鴉の城（シャトー・ド・コルネイユ）に行くのなら、わたしも」

「一緒に来たいならどうぞ」

　昼と夜では印象がまるで違う。半ば勘で方向を選びながら森の奥をめざした。足下を照らす灯火はひとつしかないが、勝手に付いてきたシスモンディの腕を取って付き添うつもりはない。自分の女子生徒を愛人のベッドに送りこんだ女性教師に、好意など持てるわけがない。光の環を追うように、すぐ後ろを付いてくる女と躰が密着しそうで歩きにくい。シスモンディが石か木の根につまずいて足首でも痛めると面倒だ、離れろといいたいところだが無視して進むしかない。

　大気には濃密な植物の匂いが淀んでいる。ピレネーの山（やま）襞（ひだ）に囲まれた館で生まれ育ったイヴォンには馴染みのある匂いだ。また梟の声がする。闇は深く沈黙も深い。この辺だろうと見当をつけて小道を右にそれ、森林に分け入る。じきに携行電灯の光に古めかしい石壁が浮かんだ。鴉の城（シャトー・ド・コルネイユ）に違いない。

「着きましたよ」

「ここなのね、鴉の城（シャトー・ド・コルネイユ）は」人気のない森の奥なのにシスモンディは声を潜めている。

苔むした石壁が左右に続いている。どうやらゆるやかな弧をなしているようだ。一周してみないと正確なことはいえないが、直径が二十メートルほどある円形の構造物らしい。壁には点々と縦長の隙間がある。窓というよりも狭間に見えるし、もともとは軍事的な目的で造られた施設ではないか。

高さが六メートルはありそうな石壁には小さな門のようなものがある。門とはいえ、かろうじて大人二人が並んで通れるほどの狭苦しい石壁の切れ目にすぎない。入口が狭いのも要塞建築の特徴だ。朽ちた木製の扉は上の蝶番が外れて大きく傾いている。

門から入ったところで足を止め、携行電灯の光であたりを照らしてみた。小広間の天井はかなり高く、正面には奥に向かう通路、通路の左右に階段がある。少し迷ったが漆黒の闇を湛えた階段を上りはじめると、シスモンディが息を潜めて付いてくる。

踊り場で左右の階段が合流し正面の広い階段に続いている。二階の高さまで上ると前方には通路。通路に足を踏み入れると、石屑を踏む自分の足音がかすかに聞こえた。瓦礫で埋まった通路は歩きづらい。足下を携行電灯で照らしながら、左右の空間に通じる石の切れ目が順に並んだ通路を前方に進んだ。

イヴォンが足を止める、前方に弱い光が差している。危険を察知した兵士の本能で、とっさに携行電灯は消した。深い森の奥で深夜、誰がなにをしているものか想像もつかない。安全の確認が先で、それまで無断侵入者の存在は先方に知られないほうがいい。

シスモンディが呟いた。「誰かいるみたい」

「しっ、静かに」背後の女に囁きかける。

足音を忍ばせ石壁に背をつけるようにして、薄暗い光が差してくるほうに進んだ。通路は石壁で囲まれた大広間に通じている。通路の出口は石の床と天井の中間に位置し、床に下りるための階段はない。もともとは木製の階段が設置されていたが、長い年月のうちに朽ちて崩れ落ちたのかもしれない。

石壁に開いた矩形の窓から、目だけを出して下を覗きこんだ。円形をした広間はいくつもの揺らめく焔で淡く照らされている。異様な服装の五人が燭台を手に距離を置いて佇立している。それぞれの燭台には太い蠟燭が何本も立てられているが、その光も広間の隅までは届かない。青年は窓の縁から眼下の光景に見入った。

五人とも三角頭巾のある黒の長衣で頭から足まで全身を隠しているが、背丈や体型からして女かもしれないとイヴォンは思った。この連中はいったいなにをしているのか、パリ近郊の森でクー・クラックス・クランの集会の真似事でもないだろう。

円蓋の天井は見上げるほどに高い、広間の天井がそのまま建物の円屋根なのだろう。通路の高さはその半分ほど。建物の前面は二階、後面は屋上まで吹き抜けという構造のようだ。半円形の底辺の中央に、イヴォンが潜んでいる通路の窓がある。石壁の二階の高さに、広間を見下ろせるような「席」は他に見あたらない。ここがシスモンディに届いた招待状にある「二階席」なのか。「絶対に存在を知られてはならない」という警告が甦った。

中世建築では壁は石造でも屋根は木造という構造が多く、天井が抜けて壁だけ残された遺跡はよくある。古代ローマの高度な建築技術が失われてからも、ロマネスク時代に建てられたサン・ジェルマン・デ・プレ教会のように、三角屋根の建造物を造ることはできた。教会建築を中心として円蓋が増えてくるのは十二世紀からで、十字軍遠征をきっかけにフランスの石工がビザンティン式の建築技術を習得したのだろう。

薄闇の彼方にぼんやりと見える丸天井を見あげながら、イヴォンは漠然と考えた。……この建物は軍事施設ではないかもしれない、ありふれた小砦に円蓋の石屋根を造る手間などふつうはかけないだろう。

イヴォンの耳元で抑えた息の音がする。肩越しにシスモンディが広間を見下ろしているようだ。

それぞれの燭台で燃える多数の蠟燭の炎で淡く照らされた広間は、奥の半分が床よりも高く造られている。正面には四段の幅広い階段。広間が平土間なら階段の上は舞台ともいえそうで、かつては劇場だったという伝承はこんなところに由来しているのかもしれない。舞台上には祭壇ともに見える矩形の石台がある。高さは一メートルほどで、台上には黒衣で全身を包んだ人間が身を横たえ、その顔も大きな頭巾によって覆われている。祭壇の向こう側にも黒衣の人物が二人いて、左側の一人が燭台の焔で祭壇を照らしている。

平土間の五人が立つ位置には規則性があるようだ。五人とも隣との距離は同じで、横に結ぶと正五角形ができる。五角形の底辺は通路側、頂点は壇上にいたる階段の真下を向いている。

五角形ではなく五芒星の形を模しているのかもしれない、

無頭女の胸部に描かれた星形を青年は思い出していた。五芒星の頂点を横に結んでいけば正五角形になる。しかし垂直方向に置き直せば五芒星の下に乳房がある。無頭女の図像では五芒星の下に乳房がある。上下を水平方向に置き直せば五芒星の「下」には、石の床しかない。上下を水平方向に置き直せば五芒星の「下」に舞台と石台が、そして石台に横たわる人物が位置することになる。未開人や古代人に特徴的な類比と象徴の思考からは五芒星が天を、横たわる人物が地を意味するのではないか。

広間にはうっすらと煙が漂っている。ちらちらする炎と蠟燭の匂いが、青年の意識を非在の彼方に誘おうとする。いや、蠟が燃える匂いだけではない、なんらかの麻薬成分が燃やされている。空間が広すぎて強烈な効果はないが、それでも陶然とした心地に誘われてしまいそうだ。

ジョアンの形見の腕時計は針が発光する。淡い緑色に光る大小の針が重なったとき、黒衣たちの抑えられた声が囁くように、静かな波紋のようにゆっくりと広間を満たしはじめた。「……夏至がはじまるいま蒼古の女神が復活する、われらは無頭女のもと聖なる五芒星となる。われらを最初の核として東方の魔と闘う偉大な力が誕生する……」

広間に広がる声は女たちのものだ。はじめのころの囁き声は次第に音量を増し朗々とした叫びに変じていく。全員が歓喜に満ちて叫んでいる。

朗唱がぴたりとやみ広間には静寂が落ちた。少しあと今度は若々しい女の声が聞こえはじめる。石台の女が唱えているようだ。

「……夏至の一日がはじまる、天空の焔が最大の力で燃え上がる日が。天空の力を得て、いまここに大地の女神は復活する……」

この声に応えるように、舞台に立つ右側の人物が祭壇のほうに一歩、二歩と前進しはじめる。黒衣の前を割って裸の左腕を突き出す、頭上まで振りあげた手には銀色に輝く刃がある。

まさか、とイヴォンは思った。生贄の心臓を抉り出して太陽神に捧げたという、アステカの供犠の真似でもはじめるつもりなのか。長く文明世界の首都と讃えられてきたパリの郊外にある森の奥で。眼下の光景を青年は茫然と眺めていた。なにが起ころうとしているのか、いったい。右手に燭台を持った介添役が、石台に横たわる人物の黒衣を左手で開きはじめる。

しなやかな脚が、白い腹部が、柔らかそうな乳房が露わになる。蠟燭の薄明かりでも石台に横たわるのが全裸の女であることはわかる。祭壇には腕を左右とも横に拡げられるほどの幅はない。介添役が祭壇の無頭女（メドゥーサ）の顔を覆っている頭巾を外しはじめる。背後でシスモンディが息を呑んだ。

頭巾が捲（めく）れて祭壇に横たわる女の頭部が目に入る。蠟燭のちらちらする光に、赤みがかった金髪が燃えあがる焔のように輝いている。しかし「二階席」の窓からは、角度の関係で顔まではよく見えない。

介添役が短剣をかざした人物の頭巾を跳ねあげる。次の瞬間、広間には闇が落ちた。床の五人が、それぞれ手にしていた燭台の蠟燭の火を同時に吹き消したのだ。いまや蠟燭の小さな炎は舞台上のひとつだけで、広大な空間のほとんどが闇に沈んでいる。そのとき一瞬のことだが、青年の視線は祭司役らしい短剣をかざした女の素顔を捉えた。見間違えかもしれない、しかしイヴォンは祭司役の顔が知っている人物とよく似ているように感じた。

演技なのか本気なのか、横たわる女の白い喉に短剣が擬されている。とにかく奇怪な儀式をやめさせなければならないが、大声で叫ぶのは躊躇（ためら）われた。制止する声に押されるようにして刃が振り下ろされてしまうかもしれない。現場に駆けつけて短剣を奪いとるしかない。

「二階席」から暗黒の淵に身を躍らせるのは危険すぎる、階段で下りる以外にない。もどかしい気分で手探りしてみるが床に置いた携行電灯が見つからない。青年は石壁に手を添えて前方を足で探りながら、じりじりと通路を引き返しはじめた。一刻も早く下の広間まで下りて祭壇の女の正体をたしかめなければ。階段下の通路を奥に進めば大広間に突きあたるに違いない。

気が急いて注意が疎（おろそ）かになっていた。手摺を頼りに階段を踊り場まで下りたところで靴先に衝撃を感じる。床の石（いし）塊（くれ）を蹴ったようだが、足指の痛みは気にしないで方向を変える。手先が石壁に触れた。暗闇に踏み出した足が宙を泳ぎ躰が不安定に傾いていく。踊り場から右に下りる階段まであと十歩はあると計算していたが、目を塞がれた状態で勘が狂ったようだ。手先が壁を離れ頭から階段を転げ落ちていく。全身に走った激しい衝撃と叩きつけられる激痛、次の瞬間に意識はとぎれた。

どれほどの時間が経過したものか、前方から薄ぼんやりした白い光が差している。ずきずきと痛むこめかみに手をやると指に粘つくものが付着した。指先を見ると赤黒い。なんとか身を起こして階段に坐りこむ。深呼吸を繰り返して躰の状態を内側から探ってみる。暗闇で足を踏み外し、階段を転げ落ちて頭を打ったに違いない。

夏至の当日だから夜が明けるのは早い。朽ちた扉が開け放しの戸口から入る薄明で、階段下の小広間でも事物の輪郭くらいは判別できる。右手首を耳に押しあてると秒を刻む音がした。無事に動いている腕時計を見ると針は四時三十分を廻っている。午後ではない、午前四時三十分として三時間半は気を失っていた計算だ。

こめかみの傷口をマフラーで拭って頭に巻きつけた。ウールでなく絹のマフラーだから包帯の代わりになる。バイク用の革帽子を脱いでいなければ皮膚は裂けないですんだかもしれない。

エブロ戦線では敵軍の砲弾の爆発で躰を吹き飛ばされた。あのときのことを思えば掠り傷で、気にするほどの怪我ではない。苦痛をこらえて立ちあがり、階段の奥に続く通路をのろのろと進みはじめる。前方も朝の光で淡く照らされている。じきに石壁で囲まれた円形の大広間に出た。

広間のこちら側半分には、円蓋の縁に接する高さに縦長の窓が並んでいる。早朝の光が差しこんでいるが、石壁に囲まれた広間には湿った冷気が淀んでいた。半円形に並んでいる窓は八つある。朽ちて崩落したらしい木の階段の残骸が床の隅に堆積していた。

無理にも躰を動かしているうちに、躰の具合はわずかながら回復してくる。それでも意識はまだ半ば朦朧(もうろう)として現実感が薄い。

がらんとした広間に人影はない。乏しい光のため四時間と少し前には見きわめられなかったが、石畳の床には巨大な星形が描かれている。擦ってみると指先に白い粉が付着した。

意識が戻った直後には夢でも見たのではないかと疑った。しかし広間の床に白墨で描かれた五芒星こそ、目撃した出来事が事実に違いないことの証しだ。頭巾で顔を隠した黒衣の五人は床の星形の五つの頂点に佇立して、無頭女(メドゥーサ)をめぐる呪文のような言葉を詠唱していたに違いない。

円形広間の奥半分は一段高く造られていて、演劇の舞台のように見えなくもない。舞台の中央には矩形の石台がある。充分には醒めきらない気分のまま石段を上った。祭壇の古びた石材の表面には変色しかけた血溜まりが残されている。四時間半も前のことだ、この祭壇に若い女が身を横たえていたのは。

不吉な思いが脳裏を過ぎる。クロエが残した招待状に導かれて青年はマルリの森まで来た。あの場にクロエが居合わせても不思議ではない。しかも祭壇の女の髪は特徴的なストロベリーブロンドのように見えた。そう思うと祭壇の女の声までがクロエのものだったように思えてくる。いや、あの娘のあとを夢中で追ってきたから、声音も髪の色もそのように思われたのか。祭壇に流れた血の血液型さえわかれば……。

祭壇を染めていた血が動物のものなら問題ないし、人血でもAB型以外なら不安は消える。自分の血液型など知らないフランス人は多い、とくに兵役義務のない女の場合には。兵士だったイヴォンは自分の血液型を知っている、O型で誰にでも輸血できる。幼児のとき盲腸を切除したクロエは、手術の前に血液型を調べられたようだ。もしも祭壇の血が人血で、しかもフランス人では百人に三人という稀少なAB型であれば、青年を悩ませている不吉な可能性は無視できなくなる。クロエはAB型だから。

血液をめぐる謎はまだある。蠟燭が消える直前には、祭司のような黒衣の女が白い腕を露わに短剣を振りあげていた。背丈や躰つき、腕の細さなどから判断して、平土間の五人と同じように祭司役も女の可能性が高い。しかも頭巾がはだけて一瞬だけ見えた女の顔は、アンリのアパルトマンで暮らしているジュリエット・ドゥアに似ていた。本人だと言いきれないのは、顔色や表情がジュリエットのものとは思えないほど異形だったからだ。舞台化粧のためなのか、死者のような蒼白の顔には怖ろしい苦悶の表情が認められた。

アステカの祭司のように、女は生贄の心臓を抉ろうとしていたのか。呪文のような言葉の通りに実物の無頭女(メドゥーサ)を作るため、黒衣の女の短剣は生贄の喉を割き頸骨を断ったのだろうか。祭壇を染めた血は短剣が実際に振るわれたことを示している。イヴォンが階段から転げ落ちて気を失った直後に、おそらく問題の行為はなされた。

暗闇で短剣を振るうことはできない。祭司役の隣には介添役のように、もう一人の黒衣が控えていた。広間の灯りが残らず消えたあとも、この人物が祭司役の手元を蠟燭のわずかな光で照らしていたのだろう。

石台の上で首が切断されたのなら、もっと大量の血が流れていなければならない。祭壇に毛布のような吸湿性の高い布があれば、流れ出た血液はある程度まで吸収されたろう。しかし厚みのある布が敷かれていた様子はない。

流血の量の他にも疑問はある。砲弾が爆発したときイヴォンは奇跡的に軽傷ですんだが、遠くない場所にいた兵士は砕け散った鉄片で頸動脈を切断され、首の傷口からは大量の血が噴出した。もしも祭壇で生きた人間の首を切断したなら、石台の周辺にはいたるところ血飛沫(ちしぶき)が飛び散ったに違いない。しかしそんな痕跡は見あたらない、血は噴出したのではなく流出したようだ。

丸めた毛布やクッションなどで切断箇所を押さえた可能性はある。しかし人身犠牲の祭儀を行うのに、血の飛沫が散ることを気にするものだろうか。人里離れた森の奥で仲間たちしかいない廃墟だから、血が飛ぼうと流れようとかまわないのでは。

生乾きの血をハンカチに付着させ、赤黒い染みの箇所を中心に巻きとるように畳んだ。ハンカチは上着のポケットに戻す。牛や豚など動物の血ではないことを確認し、人血であれば血液型も調べなければならない。

石台の血溜まりを観察してイヴォンは少し安心した。祭壇に身を横たえた女は、「大地の女神は復活する」と澄んだ声で叫んでいた。直前まで生きていたのだ。であれば頸動脈を切断しても心臓を切り裂いても大量の血が噴出する。そんな様子は認められないところからして、あのときに祭壇の女が短剣で殺されたとは思えない。思いこみかもしれないが、クロエだったとしてもこの場で刺し殺された可能性は低いのではないか。

舞台の上からは「二階席」が見える、しかしシスモンディの姿はない。一足先に鴉の城（シャトー・ド・コルネイユ）を立ち去ったようだ。階段の下で倒れている青年には気づかなかったのか、置き去りにして一人で逃げてしまったのか。階段から落ちたのは自分の不注意だし、放置されてもシスモンディに文句をいう気はない。ただしイヴォンが「二階席」を出たあと、なにが広間で起きたのかは正直に話してもらわなければ。

がらんとした石の廃墟を一廻りしてみたが人影は見あたらない、黒衣の八人の姿も。血なまぐさい祭儀を終えて撤収するとき、階段の下で昏睡している青年を目にしなかったのだろうか。倒れていたのは上から見て右側の階段の真下だった。円蓋の大広間から出てきた一行がそのまま出口をめざしたなら、イヴォンの姿は視界に入らない。まだ暗いうちであれば見つけられない可能性のほうが高そうだ。もしも二階から左側の階段を下りたとすればシスモンディの場合も同じことだろう。

青年は石の廃墟から戸外に出た。クロエがアパルトマンに戻っていることを一刻も早く確認したい。寝ているなら叩き起こしてもいい、この目で少女の眠たそうな顔を見なければ落ちつけそうにない。

もう太陽は昇っていて、森のなかにも初夏の光が差しこんでくる。青年は密生した樹木を縫って足早に歩きはじめた。透明な朝の光を浴びていると、深夜の出来事が遠く離れた異界で起きた出来事のようにも思われてくる。

落雷の樹の下には白シャツと短いベストの気楽な恰好をした男がいた。どうしてジョルジュ・ルノワールがこんなところで煙草を吸っているのか。歩いて行ける距離に自宅があるとしても、無頭女（メドゥーサ）の祭儀の翌朝に鴉の城（シャトー・ド・コルネイユ）の付近まで来ているとは。とても偶然とは思えない。

「ルノワールさん、朝の散歩ですか」

「おや、デュ・ラブナンじゃないか。どうしたのかね、その頭は」

男の表情を観察しながら説明する。「鴉の城（シャトー・ド・コルネイユ）で階段から落ちました、暗闇で足を滑らせて」

深夜の廃墟で行われていた奇妙な儀式、黒衣の五人と祭壇に身を横たえた女。招待状には無頭女（メドゥーサ）の図像が描かれていたし、黒衣の女たちは無頭女（メドゥーサ）という言葉が含まれた呪文を朗唱していた。

いまと同じ場所で一ヵ月ほど前に話したときのことだ、イヴォンに問われた〈無頭人（アセファル）〉誌の主宰者ルノワールが、刑事に知らされてはじめて無頭女（メドゥーサ）のことを知ったと応じたのは。無頭女（メドゥーサ）と無頭人（アセファル）はどんな関係にあるのか。男女の違いはあれ二つの図像は酷似している。ルノワールは語ろうとしないが、廃墟に集った女たちこそ秘密の共同体（コミュノテ）の会員ではないのか。

「今日の未明、あなたの結社の秘密集会が行われたんじゃないですか、森の廃墟で」

男がイヴォンに応じる。「われわれの共同体（コミュノテ）は神智学協会のような秘教結社ではない。死と生を溶けあわせる宗教とエロティスムと革命は、同一の根源的な力から生じるからだ。むろん戦争も。われわれは狂暴なまでに宗教的だが、同時にエロティスムと革命の根源的な探求者でもある」

無頭人（アセファル）をシンボルとする秘密結社が一九三九年のパリに実在する。狂気じみていると思いながらも、ルノワールの言葉を疑う気にはなれない。この男なら新しいディオニュソス教団を立ち上げかねない。

「いいかね、きみ。われわれは狂暴なまでに宗教的であろうと決意し、厳粛な盟約を結んだ。聖なる世界に突入し、われわれ自身を神とするために。ナチズムの魔的な力に対抗するには大地の力をわがものとしなければならない」ルノワールが青年の眼を真正面から凝視する。「至高の破壊、至高の暴力にわが身を委ね、暗黒の死の儀礼をめぐる共同体（コミュノテ）に加わらないか、きみも〈無頭人（アセファル）〉結社に」

「暗黒の死の儀礼とは供犠ですか、生きた人間を犠牲とする」

男は無表情のままだ。荒れはてたスペインの大地と陰鬱なゲルマンの森に挟まれて、この国は貧血症に陥っている。極左化したカトリックの狂信に、スペインのアナキズムの精神は根ざしていると語る者もいた。ナチズムは蒼古の神話的地層からファナティックな力を汲み出している。フランス人の合理精神は東西から挟撃され、その国は血まみれの死に熱狂するゲルマンの蛮族に蹂躙されようとしている。

この運命には抗しがたい。醜悪に老いぼれた近代人は生気に満ちた蛮人の力に抗しがたいとすれば。問題はどのような蛮族に屈するべきかだろう。ヨーロッパよりアフリカに近いと揶揄されてきたスペインの民衆とは違って、ドイツ人が口にする反近代には額面通りに受けとれない、どこかしらいかがわしいところがある。

ルノワールは本気で人身供犠の秘密祭儀を計画しているのだろうか。まさかそんなことはあるまい、企てられているのは象徴的な儀礼だろう。それともルノワールは太古の神秘的な呪力に依拠して、ナチズムの狂暴な破壊力を喰いとめようとしているのか。

「本気なんですか」

「われわれが真剣でないとでも」男が反問する。

「あなたが過激なまでに宗教的であろうとしている事実は少しも疑いませんよ。そうではなく僕が知りたいのは人身供犠のことです」

「秘儀にかんしては語れない」

これ以上のことは別の機会に問い質すしかなさそうだ。ルノワールに別れを告げて、青年はオートバイを駐めた地点まで森の小道を小走りに進んだ。一刻も早くパリ市内まで戻ってクロエの無事を確認しなければならない。小物入れから革帽子と防塵ゴーグルを取り出し「二階席」で見つけた携行電灯を収納してからバイクのエンジンを始動する。

3

対向車も稀な早朝の街道を疾走し、七時前にポルト・ドートゥイユからパリ市内に入った。ブロック家のアパルトマンまで方向は同じだし、トロカデロ経由でホテルに戻ることにする。

十六区の高級住宅街にトライアンフ・タイガーを乗り入れる。道の両側には古色を帯びた、格式を感じさせる建物が並んでいる。花や観葉植物の鉢で露台が埋められたアパルトマンもある。路肩にバイクを駐め、青年は斜め横に聳える薄茶色の石造建築を見上げた。

三階の角にあるブロック家の住居の窓はどれも白塗りの鎧戸で鎖されている。まだ六月のことで、直射日光を避けるため鎧戸を閉じるような気温ではない。たんに寝過ごしているのか、あるいは体調を崩して寝込んでいるのか。他家を訪問するには非常識な時刻だと門前払いを喰わされるかもしれない。正面玄関の横にあるボタンを押すとじきに大きな扉が開かれた。

「おや、あんたですかい」

管理人(コンシエルジュ)が愛想よく声をかけてくる。オートバイでクロエを自宅まで送った際に顔を合わせたが、そのときイヴォンの顔を見覚えたようだ。マフラーで代用した臨時の包帯をしげしげと眺めている。

「どうしたのかね、その頭は」

「たいした怪我じゃない、オートバイで倒れてね。ところでマドモワゼル・ブロックは在宅かい」

「いいや」男がかぶりを振る。

「まさか昨夜から帰宅していないのでは」

「お嬢さんとマダム・ブロックが車を呼んで出かけたのは昨日の朝、家政婦も一緒だった。親しい様子なのに聞いていないのかね、少し早めに避暑に出かけるってことを。アントワープのムッシュ・ブロックや、女の子が生まれた兄さん夫婦とは旅先で合流するようだ。なにしろ一夏ぶんだから駅まで運ぶ旅行荷物も多かった」

「……避暑に」青年は思わず呟いた。

管理人(コンシエルジュ)の言葉が事実なら安心できる、クロエが鴉の城(シャトー・ド・コルネイユ)にいた可能性は消えるのだから。しかしドフィーヌ街のホテルを訪ねてきたのは昨夜のことだ。昨日の午前中に祖母とパリを離れたとは考えられない。駅まで同行したクロエは、長距離列車に祖母と家政婦の二人を乗せて一人だけパリに残ったのではないか。

「どこに出かけたんだろう、ブロック家の人たちは」

「出発はリヨン駅からだそうだし、夏の終わりまでコート・ダジュールのようだな」

「滞在先はわかるかい、ホテルとか別荘とか」

「スイスのダボスにブロック家の別荘がある。去年まで避暑はアルプスの高原というのが通例だったが、どんなわけか今年は地中海の海岸だという。ニースのホテルに滞在しながら適当な貸別荘を探して移るつもりだとか。九月のはじめにパリに戻るまで郵便物はこちらで預かるが、緊急連絡の必要があるときに備えて、落ち着き先が決まったら連絡をくれるそうだ」

ダボスはドイツのバイエルンに近い。ドイツに住んでいた祖父母の時代からの別荘かもしれない。この夏、ブロック家がコート・ダジュールを滞在先として選んだのは、ダボスがドイツに近すぎるからではないか。独仏が開戦しても中立国スイスにドイツが侵攻するとは思えないが、しかし二十五年前にドイツ軍はベルキーの中立を侵してフランスに雪崩れこんできた。緊迫する国際情勢を考慮して、ブロック家がダボスでの避暑を避けたのには相応の理由がある。

「ニースのホテルとは」

「聞いてないね、どのみち短期の滞在のようだし。マドモワゼル・ラガーシュなら知ってるかもしれんが」

「誰だい、マドモワゼル・ラガーシュって」

「アリス・ラガーシュはリセの同級生で、大学の専攻もクロエお嬢さんと同じとか。子供のころから仲のよい友達でブロック家にはよく遊びにきている」

「ラガーシュさんの住所はわかるかい」

「エラン街だって話を聞いた覚えはあるが、正確な番地まではね」男が肩を竦める。

アリスという女子学生からニースの滞在先を訊き出さなければならない。同じ区内のエラン街でも、番地がわからないと家を探すのに手間取りそうだ。ホテルに電話してマダム・ブロックに尋ねれば、クロエがどうしているのかわかるだろう。次に青年が廻ったのはムフタール街にあるアンリのアパルトマンだった。用事があるのはアンリ本人ではなく同棲しているジュリエットのほうだが、二人とも留守だった。

イヴォンには廃墟の祭壇で短剣をかざしていた女、祭司役を演じていた女がジュリエット・ドゥアのように見えたのだ。蠟燭の灯りでほんの一瞬目にしたにすぎないから、見間違えの可能性はある。あの個性的にすぎる女が廃墟の闇で短剣を振りあげている光景も、朝の光の下では急速に現実感を失った。やはり錯覚だったのではないか。

ムフタール街からオデオンのホテルに戻ったイヴォンは、フロントの若い女に頼んでこめかみに包帯を巻いてもらい、そのあと客室で少し眠ることにした。枕にクロエの髪の匂いが残っている。

二時間ほどでベッドから起き出した。耐えられないほどではないがこめかみに疼痛がある。フロントの女には今日中にシテ島の病院に行けといわれたが、治療を受ける前にやらなければならないことがある。

頭部の打撲傷は外見より深刻な場合も多いが、戦場には脳外科の専門医などいない、精密検査のための医療設備もないし、身動きできる程度の負傷なら戦い続けるのが兵士だ。人が死んだかもしれない異常事に巻きこまれ、しかも警察任せにする気がないなら、たとえパリでも戦場に準じる行動をとらなければならない。ようするに病院に行っている時間などない。

ホテルから十分ほど歩いてソルボンヌまで行き、ボーマルシェ教授の講義の予定を調べた。今日は木曜だが、毎週木曜は正午までクロエも受講しているギリシア悲劇の講義がある。大学の事務員から聞き出したところでは、今日が夏休み前の最終講義らしい。クロエは昨日、祖母たちとニースに出発してはいない。ということはこの講義に出席している可能性もゼロではない。そうでなくとも別の可能性は期待できそうだ。

六月だというのに古びた石造建築は冷え冷えとしている。がらんとした大学の通路で石壁に背をもたせていると、教室からボーマルシェ教授らしい声がかすかに響いてくる。ようやく教室のドアが開いた。軽い解放感を漂わせ、教科書やノートを抱えた学生たちが出口から溢れ出してくる。ざわめきが通路を満たした。他の講義と同じことで目に付くのは男子学生ばかりだ。この講義に出席している女子は一人か二人ではないか。はじめて姿を見せた娘に声をかけてみる。

「失礼ですが、ラガーシュさんですか」リセ時代からの親友らしいアリス・ラガーシュとは、ソルボンヌでもボーマルシェ教授の講義を一緒に聴いている可能性もある。

「いいえ、アリスならじきに出てくるわ」

白いブラウスの上に薄いカーディガンを羽織った娘が、何者かと興味を持ったような顔で青年を見る。次に出てきた女子学生を最後に教室からの人の流れは絶えた。やはりクロエは講義に出ていないようだ。

「マドモワゼル・ラガーシュ」

「あなたは」小柄な娘は栗鼠(りす)のような顔をして円い鉄縁眼鏡をかけている。

「イヴォン・デュ・ラブナン、クロエの友人です」

「驚いたわ、あなたがイヴォンなのね」青年のことはクロエから聞いたことがあるようで、これなら自己紹介の必要はない。

「少し時間を頂けますか」

「じゃ、教室で」

生真面目な感じの娘に先導され、がらんとした教室に入った。残っている学生はもう一人もいない。窓から眺められる石畳の中庭や、中庭を出たところにあるソルボンヌ広場は右翼学生との乱闘の主戦場だった。広場を見下ろしているヴィクトル・ユゴー像は変わらないが、三色(トリコロール)のリボン付きステッキで武装していたアクション・フランセーズの学生の多くは、もう大学を卒業したろう。いまは社会人として右翼活動を続けているのだろうか。

九月から大学に復学する予定だが、スペインの戦場を体験したイヴォンはいまさら右翼学生と戦闘の真似事などする気はない。一人でも可能な戦闘は破壊活動か個人テロだろうが、〈人民の意志〉党が暗殺したアレクサンドル二世のような効果的な標的は見あたらない。

ダラディエ首相など問題外だし、大使館に乗りこんでドイツ大使を射殺することは可能としても、大使の暗殺はヒトラーに宣戦布告の口実を与えるにすぎない。ドイツとの開戦は不可避としても、開戦のきっかけがフランス側のテロならドイツ側の戦意は高揚する。敵の利益になるようなことはすべきでない。

無人の教室で青年はアリスに問いかけた。「クロエは旅行に出発したとか。ご存じでした、ラガーシュさんは」

「長期休暇でニースに行くとは聞いていました、でも出発は夏休みに入ってからの予定です。昨日も今日も大学に来ていないので、躰の具合でもよくないのかって心配してたの、夏風邪でも引いたのかと」

「管理人の話では昨日の朝、祖母や家政婦と一緒にトロカデロのアパルトマンを出発したとか」

「変だわ、それならわたしに黙っているわけはないのに」

娘は不審そうな表情だ。

「滞在先はわかるかな」

「ニースのオテル・ネグレスコを予約したって」

昨日の朝のうちに列車でパリを出たとすれば、もうクロエの祖母はニースに着いている。あとでホテルに電話して、孫娘がどうしているのか訊いてみよう。

「デュ・ラブナンさん、もしかしてクロエと喧嘩でもしたんですか」

「喧嘩って」昨日の夜、気まずい別れ方をしたのは事実だが、そんなことまで友人が知っているとも思えない。

「あの娘が惹かれた同じ年頃の人は、あなたがはじめてなの」

「そんなことを、クロエはきみに話していた……」

「ええ、さんざん聞かされたわ。あんなことがあってから沈みがちだったんですけど、小劇団に誘われはじめた春ごろから少し元気を取り戻し、あなたと知りあってから見違えるように明るくなった」

なんだろう、「あんなこと」とは。青年の問いかけに娘は固い表情で応じる。

「あなたにも黙っていたんですね。でしたら、わたしの口からはなにもいえないわ」

イヴォンは訳知り顔で頷いた。「そうか、リセ時代の恋人のことだね」

「そのこと、あなたに告白してたのね」アリスが驚いたように青年の顔を見る。

「そう、クロエは僕に話していたよ、彼（リュイ）を好きだったって。そんなに魅力的だったのかな」

イヴォンの自然な口調が娘の口を開かせた。「リセではみんな憧れてましたから」

どうやらアリスも彼（リュイ）に憧れていたようだ。リセ・モリエールは女子校だからクロエが憧れていたのは教師だろう、門番や事務員の可能性は少ない。森番に恋したレディ・チャタレイとは違って、クロエが学校で教員以外の男に惹かれたとは思えない。そのあとの愛人らしいクレールも本業はリセ教師だ。

「きみたちの教師だったんだ」

「はじめて教室で見たときは、それほど魅力的とは思いませんでした。なんだか妙な服装をしているし。動作もぎくしゃくして。彼女（エル）は歩くのがとても速くて、落ちつきがないようにも見えた。ときどき言動が乱暴になるんだけど、それも内面から迸る（ほとばし）精神力のせいだったのね」

アリスが口にした「彼女（エル）」という言葉に青年は衝撃を受けた。イヴォンが思いこんでいたのとは違って彼／彼女（リュイ）はイルではなくエル、男ではなく女だった。その年に赴任してきた哲学教師がモリエール校に幾人もいたわけがない、ほとんど確実にクロエの「恋人」はエルミーヌ・シスモンディだ。

内心の動揺を見せないようにイヴォンは話を続ける。

「素敵な先生だったんだ、彼女は」

「頬骨が出ていない、ほっそりした顔なの。誰でも端整だというでしょう。煙草の吸いすぎなのか魔法使いの老婆のように声はしゃがれていたけれど、それも魅力的だった」

新任の哲学教師は早口で、生徒たちはノートを取るのに苦労したという。あらゆる分野に通暁（つうぎょう）していて講義はメモも見ないで行われた。語るべきことはすべて頭に畳みこまれ完璧に整理されているようだ。

「でも、なんというか頑固でした。脳味噌が固まった大人とは違う意味で」

「というと」

「自分の判断に絶対の自信があるようなのね、それで驚いたことがあるわ」

「たとえば」青年は話を引き出していく。

「ベートーヴェンの弦楽四重奏曲を聴く機会があったんですけど、先生は行かないという の。前に聴いたことがあるからもう聴く必要はない、同じ曲を二度も聴いて時間を無駄にできるほど人生は長くないって」

なるほど、あの女性教師の性格が少し摑めてきた。ベートーヴェンの魅力がわからないとはいえないのだ。世界には自分に理解不能なものなどないと思いたいから。

もしも本気で同じ曲を二度聴く必要はないと確信しているなら、時間の無駄は許せないというブルジョワ的な吝嗇精神が骨の髄まで染みこんでいる。教授資格試験を二位の成績で通ったというのもブルジョワ的勤勉の偉大な成果に違いない。リセ時代は革命的エピキュリアンを自任していたイヴォンとは絶対に気が合いそうにない。

歩くのが速すぎるのを含めて、シスモンディは時間に追われて生きている。同じ曲は二度と聴かないというのが典型だが、人生から一切の無駄を省こうとする意志も持ち時間が少なすぎると思うからだろう。いつも気が急いているのは、時間をめぐるブルジョワ的吝嗇とは違う理由からかもしれない。生徒だったクロエによれば、シスモンディは異常なほど死を意識している。自分が消えてしまうという可能性を。

「わたし、そんな先生に少し抵抗を覚えていました。先生の話に疑問を感じても口にする気になれないの。議論になれば正しいのはかならず自分のほう、はじめから結論は決まっているのだから」

無警戒に語り続ける娘に核心的な質問を投げる。「しかし、クロエはシスモンディ先生を愛しはじめた」

アリスが大きく頷く。「シスモンディ先生もクロエを可愛がってました。きっかけはデカルトの授業のとき。あらゆる意識の対象は、本当に存在するかどうか疑うことができる。しかし、それでも最終的に残るもの、懐疑しえない対象とは、と先生はわたしたちに問いかけたんです。そのように疑っている私、懐疑している意識が残りますと答えたのは、手を挙げたクロエでした。先生がクロエに注目したのは、そのときからだったと思います」

「予習のために『方法序説』を読んだんじゃないかな」青年は口を挟んだ。

「違うわ、クロエは自分で考えたの。あの娘、とっても頭がいいから。クロエはシスモンディ先生に手紙を書いて、休日になると学校の外で会うようになりました」

デカルト的懐疑の結論を生徒が正答したのをきっかけと

して、才気煥発で自信家の女性教師はクロエに目をかけるようになった。できすぎた話ではないかとも思うが、ある意味ではクイズにすぎない。あらゆるものを疑っても、最後に残る疑いえないものがあるとすればなにかという設問は。

たとえ十六歳のリセ生徒でも、その場で正答が頭に浮かぶことはあるだろう。クロエに自分の頭で考える能力があることはたしかだ。凡庸な優等生ではないからシスモンディも教え子に興味を感じたのだろう。

「そして二人の関係は深まった」

「クロエを連れて旅行に出かけたことが学校で問題になったの。当局の調査が入ることは校長先生がなんとか止めたようだけど」

「……クロエと同じベッドで寝るために、シスモンディは旅行に連れ出したんだ」

イヴォンの露骨な質問に娘が顔を赤らめる。「わたし、詳しいことは聞いてません。でも、たぶん……」

「関係が露見してから先生はクロエを遠ざけはじめた、違うかな」

アリスが小さく頷いた。そのあとクロエはクレールに誘惑されて若すぎる愛人になる。そのクレールとも去年のうちに別れた。

男と女でも女と女でも、口説いている相手をベッドに誘いこむ常套手段は変わらないようだ。イヴォンはセックスに無知な少女を誘惑したことは一度もない。リセ時代も口説いたのは年長の女ばかりだ。男と女であろうと女と女、男と男であろうとエロスの戦場では対等でなければならない。男と女の絶対的平等主義こそ放蕩家（エピキュリアン）の譲れない格率ではないか。シスモンディの行為は少女をレイプしたのと変わらない、肉体的なそれでなく心理的な誘導や強制によるとしても。

シスモンディもクレールもエピキュリアンの資格を欠いている。そのことは手近なところで恋人や愛人を調達する安直さにも窺われる。幼馴染みや同級生であれば口説こうとする相手は同類にすぎない。自分を絶対的に拒絶する可能性のある絶対的な他者、怖るべき他者ではない。

教師と生徒なら同類以上だ。保護者や目上の者から誘惑されたとき、立場的に力の劣る側は抵抗できない場合が多い。この点は義父と義娘でも教師と生徒でも変わらない。ベッドという戦場でエピキュリアンは、絶頂的な恍惚を賭金として死闘を演じなければならない。二人は対等の力を承認しあう他者同士でなければ。おそらくシスモンディ自身が、官能と恍惚の意味が理解できない育ちすぎた小娘なのだろう。

こんな無自覚で安易な女に、男でも同じことだが、はじめて躰を開くはめになった少女の運命には同情せざるをえない。レイプされたのと変わらない精神的な傷を負わされていたのだ。事情を知ってはじめて、ときとしてクロエの表情を過ぎる翳の意味が理解できたように思う。

「どうしたんですか」

アリスにいわれて激しい感情に捉えられていたことに気づいた。たぶん表情は強張っていたろう。もの思いから醒めて青年は無理にも微笑した。

「ありがとう、いろいろわかったよ」

「でも、クロエの滞在先は」

「きみが想像したようにちょっと喧嘩したんだ、それで黙って旅に出たんだろう。これからホテルに電話してみる、必要ならニースまで行くことにするよ」

「それがいいと思う。あなたが本気かどうか試しているんだわ、クロエは。ニースまで追ってきたあなたを抱きしめるでしょう」

クロエの親友だという娘にイヴォンは静かに頷きかけた。そのようにアリスには信じさせておこう。アリスが予想するようなメロドラマにふさわしい結末が待っているとは思えないが、コート・ダジュールには行かなければ。一言でいいからクロエには謝罪したい。

別れる前に思い出して尋ねることにした。「クロエが誘われていた小劇団とは」

「詳しいことは話してくれなかったんですが、十人ほどの女たちによる〈無頭女（メドゥーサ）〉という小劇団だとか」

はじめて聞く話だった。ホテルの客室にクロエが落としていった招待状には、ヨシダによる無頭女（メドゥーサ）の絵が印刷されていた。しかも女たちの小劇団のシンボルにしたいとジュリエット・ドゥアに頼まれて、ヨシダはあのデッサンを描いたという。クロエが誘われたのはジュリエットの小劇団ではないだろうか。

「〈無頭女（メドゥーサ）〉の関係でジュリエット・ドゥアという名前を聞いてないかな」

「いいえ、でもカシなら」

「……カシ」

「クロエを小劇団に誘った女優らしいわ」

カシという女のことはジュリエットに訊いてみよう。ジュリエットとカシが繋がれば二通の招待状にまつわる謎も解ける。会の主宰者は印刷された招待状を保管していて、必要に応じ文面を書き入れては団員に送っていた。その一通がクロエの許に届き、結果としてイヴォンの手に渡ることになった。しかもクロエは白紙の招待状を事前に入手していたようだ。それに自分宛のカードと同じ文面を書きこんでシスモンディに郵送することにした。

無頭女（メドゥーサ）を崇拝する秘儀結社の夏至祭儀が、二十世紀のパリ郊外で実際に行われるわけがない。あれは前衛劇だったと考えれば納得できる。クロエが姿を消したのも芝居の続きだとすれば心配することはない。

虚実の交錯を狙った演出で、主演女優の旅行の予定と森で上演される芝居の筋書きを巧みに接合した。鴉の城（シャトー・ド・コルネイユ）での芝居が閉幕しても、観客が演劇空間から出ることを禁じるために。イヴォンは気づかなかったが、廃墟の劇場にはシスモンディ以外にも観客がいたのかもしれない。

イヴォンもまた観客として招待されたのか。一夜限りの仮設劇場に青年を招きよせるため、自分宛に偽装した招待状をクロエは客室に残した。マルリの森の廃墟では、イヴォンを含めた観客の前で不可思議な芝居が演じられた。これくらい奇抜な演出も前衛劇であれば珍しくはない。

アリスと別れ、いったんオデオン裏のホテルに戻ることにする。フロント横の電話室でニースのオテル・ネグレスコに長距離電話をかけてみる。マダム・ブロックは到着しているが、いまは不在とのことだった。また夜に電話しなければならない。

ホテルの客室でベッドに身を横たえて煤（すす）けた天井を見上げる。とにかくエルミーヌ・シスモンディを捕まえて問い質さなければならない。あのあと鴉の城（シャトー・ド・コルネイユ）で起きたことやクロエの行き先について。

シスモンディがモンパルナスの家具付きホテルに住んでいることはクロエから聞いている。クレールと同じホテルだが部屋は違うらしい。ホテル暮らしで食事は外食なら家事の手間はない。そうしているのは掃除も料理も時間の無駄だからだろう。大鎌を携えた死神がドアを叩きにくる前に、意義ある仕事をなしとげて自分の生を鮮明に輪郭づけておくこと。こんな強迫観念に摑まれているから、吝嗇なほどに時間の無駄を怖れるのではないか。

どうしたらシスモンディのホテルがわかるだろう。今日は木曜だから、何事もなくパリに戻れたなら学校に出ている可能性が高い。ホテルを突きとめるより職場に押しかけるほうが早道かもしれない、モリエール校ならオートバイで十五分ほどだ。

守衛に頼んで呼び出してもいいし、学校が引けるまで門前で待ち伏せしてもいい。高学年の生徒を摑まえて、適当な口実でシスモンディを呼び出してもらう手もある。もしも休みなら身分を偽って学校に入りこみ、適当な口実で事務員から女性教師の住所を訊き出すこと。

行動を始めようと身を起こしかけたときだった、客室のドアが叩かれたのは。このホテルまで訪ねてくるのは、親しい友人のアンリとアランくらいだ。この二人でなければクロエかもしれない。長期休暇でニースに向かう前に、芝居は閉幕したことを招待客に知らせにきたのではないか。そんな期待が胸の底で疼いた。

身を起こしながらドアに問いかける。「どなた」

「シスモンディです」ドア越しに聞こえてきたのは思わぬ人物の声だった。

表情を引き締め軽く唇を舐めてからドアを開く。問題の女が自分から訪ねてきた理由はわからないが、探し出す手間が省けたというものだ。

髪を中央で二つに分けた女が戸口に立っている。着ている服が昨夜とは違う、いったん自室に戻ったのだろう。いずれにしても外見は野暮ったい。もともと服飾のセンスがよくないのか、教師の給料は他に使ってしまって服飾にまで廻らないのか。

「どうしてまたマドモワゼル・シスモンディが、僕のホテルまで」

イヴォンが応じると女は戸口から客室を見渡していう。

「ここにはいないようね」

「あなたも知らないんですか、クロエの行方を」

「だから捜してるのよ」

「この客室には僕一人、他に誰もいないことは確認できたでしょう。話があるなら隣の珈琲店で」

女が無表情に応じる。「ここで結構よ、十歳も下のあなたに誘惑されるとも思わないから」

青年はシスモンディを招き入れた。場合によっては襟首を摑んでも真実を喋らせなければならないから、イヴォンとしても人前より客室内のほうが好都合だ。女に窓辺の安楽椅子を勧めてから問い質す。

「蠟燭が消えて僕は『二階席』を飛び出した。そのあとも同じ場所にいたあなたは、広間で起こる出来事を最後まで目撃したんですよね。なにがあったんですか、いったい」

「わかりません」

切り口上で答える女にイヴォンは言葉を叩きつけた。

「どういうことです、わからないとは」

「広間は闇のままでなにも見えなかったのよ。しばらくして石床を擦るような複数の足音が、かすかに聞こえたような気がしたけれど」青年の怒気を帯びた声にシスモンディは少し怯んだようだ。

暗闇で身動きがとれないまま、廃墟の「二階席」で膝を抱えて時間が過ぎるのに耐え続けた。しばらくすると空が白んできて、矩形の窓から入る早朝の光に円形広間の光景がぼんやりと浮かびはじめる。しかし手前の平土間にも奥の舞台上にも人影はない。

なにが起きたのか呑みこめないまま、「二階席」を出てから左側の階段を下りて鴉の城（シャトー・ド・コルネイユ）をあとにした。朝靄（あさもや）の漂うマルリの森を彷徨ってサン・ノム・ラ・ブルテッシュの駅に辿り着いたのは、そろそろ始発電車が着きそうな時刻だった。

「電車でパリに戻って出勤したわ。なんとか授業を終えてクロエを捜しはじめた。最初に来たのがここ、あなたの部屋ってわけ。どこに隠したの、あの娘を」どうやら女は本気でイヴォンを疑っているようだ。

「馬鹿馬鹿しい、それよりあなたに訊きたいことがある」

「なにかしら」

「蠟燭の火が消える直前まで祭壇の上にいたのは何者だったのか、あなたの観察は」クロエを十六歳から知っているシスモンディなら正確に判断できたかもしれない。

「……わからない」

「髪はクロエと同じマリーゴールドの花の色だった、違いますか」

「どうかしらね、見えたのは一瞬だし金髪だったことくらいしか」

シスモンディの言葉は疑わしい。祭壇の女がクロエだといいたくない、あるいはそう思いたくない理由があって曖昧に口を濁しているのではないか。そもそも蠟燭が消えたときから夜が明けるまで、なにも見ていないという話も事実なのかどうか。

「だったら、どうしてクロエが僕と一緒にいると」

「奇妙な小劇団に誘われていることは聞いてた。わたしを驚かせる、むしろ怖がらせるため劇団の発表会に呼んだのよ。あなたは案内役だったんでしょう、わたしが森のなかで道に迷っていたら鴉の城（シャトー・ド・コルネイユ）まで連れてくるための。だから広間が闇に満たされた瞬間に姿を消して、わたしを一人ぼっちにしたんだわ。夜が明けるまで身動きできない場所に置き去りにしてね」

シスモンディの思いこみは訂正しないことにする。「どうしてクロエは、親しくしているリセの元教師を脅したり怖がらせたりする必要があるんです」

「わかりませんよ、わたしには」女は動揺している。

「十歳下の僕に誘惑されるわけがないとしても、しかし十二歳下の少女を誘惑したことはある。違いますか」青年の言葉にシスモンディの顔がわずかに歪んだ。「あなたはリセの生徒を愛人にした、彼女が大学に入ってからも関係は続いていた」

女が愚弄する。「ムッシュ・デュ・ラブナン、あなたも性道徳は意外と古めかしいのね」

「エルミーヌ・シスモンディは男も女も愛せる両性愛者（ビセクシュエル）で、誘惑した女生徒に飽きると愛人のジャン＝ポール・クレールに押しつけた。この事実を認めるんですね」

青年は鎌をかけた。アリスの話から推測すれば当然そのようになる。自分が先に手を出した女生徒を、シスモンディは「必然的な」愛情関係にあるクレールのベッドに送りこんだ。

女がうそぶく。「教育関係の役人でもないのに、なにがいいたいのかしら」

「同性愛に偏見はない。有名な詩人に太腿を触られたことがあるけど、好きなようにやらせておいた」

「あなたも同性愛者なの」シスモンディが目を細める。「そんなわけはないわね、クロエを誘惑したんだから」

「エロティックな他者に触れたいという欲望の切実さは、相手が女でも男でも変わらないと思ったから。女の美しい膚や滑らかな曲線に魅せられて、思わず触れてしまうことは僕にもあるし、もしも侮蔑的に拒まれたら厭な気分になる。寝室までは行かないにしても服の上から触れられるくらいならかまわない」

「相手が男でなく女でも」

「相手が男だろうが女だろうが、詩人だろうが浮浪者だろうが」

「面白い坊やね」女が冷笑した。

「僕には同性愛者の友人がいる。女子校のような異性がいない環境に置かれたから、たまたま同性に惹かれたというようなタイプではない、本物の同性愛者の」

「それ、皮肉かしら」

「同性だろうと異性だろうと愛に変わりはない、性的な他者を絶対的に求めてしまう痛切さには。僕が気に喰わないのは、官能の絶頂に生命も人生も賭ける気のない中途半端な遊び人連中だ」

「いい加減にしてちょうだい、礼儀を知らない若者ね」シスモンディが顔を顰めめる。

「性的な絶頂体験は小さな死ともいわれる。僕が求めてきたのは、小さな死を大きな死と一致させてしまうことだ」

たとえばセックスのとき、女は男のこめかみに拳銃の銃口を押しあてている。射精した瞬間に女は引金を引くだろう。快楽はしだいに高まる、限界まで屹立した男根が次の瞬間には爆発してしまいそうだ。銃弾で頭蓋に穴を空けられないためには、もうペニスを引き抜かなければならない。精液が膣内でなく女の下腹に撒き散らされるなら、男は死の運命を免れうる。

男の場合、性の快楽は射精の瞬間に絶頂に達し一気に減衰する。もしも小さな死を大きな死と一致させうるなら、イヴォンは熱い肉襞の深部に精液を撒き散らすことも怖れないだろう。次の瞬間に脳髄が粉々になろうとも。

女同士の愛撫やセックスはどうなのか。快楽の頂点が射精の瞬間にある男とは違って前後に裾野が広いようだが、女の場合も性的恍惚が小さな死であれば問題は男と変わらないのか。

「エルミーヌ・シスモンディ、あなたには命を賭けた官能の絶対性が理解できない。聴くのは一度で充分の四重奏曲と同じことで、同じ相手との性行為も一度だけ経験しておけばいい、あなたにとって二度目は時間の無駄だから。哲学とか文学とか、人生には官能と恍惚の体験より重要で価値あるものが存在すると思いこんでいる、違いますか」

「愚かなことだわ、性愛が人生で最高の価値だなんていうのは」

「美的体験とエロス的体験は、あるいは革命の体験も究極では一致する。同じ超越体験の一次元と二次元と三次元だから。官能的な体験に命を賭けられないタイプは革命にも没入しえない、あなたが一生の仕事として選んだ哲学や文学だって同じことですよ」

「時代遅れのロマン主義ね。それにしても不思議なのは、エロスと革命に命を賭けてきたと自任するあなたがまだ死んではいないこと、どうして生き長らえることができたのかしら」

「運がなかったから」青年は無表情に応じる。

女が勝ち誇っていう。「不運ですって。いいえ、あなたは幸運だった。生きて戦場から帰還できた幸運を素直に喜べないまま、湿っぽい罪障感を反芻しているだけ」

教師だから口は達者だ。すかさず論敵の弱点を発見し的確に衝いてくる。イヴォンは反論するのをやめた。この女性教師に理解できるわけがない。二年前に国境を越えたとき、たしかにイヴォンは神も人間も死んだ時代のロマン主義者だった。アランによれば陽気なニヒリスト、ルヴェールにいわせればマルローに煽られた二十世紀のファブリス。しかしいまはもう違う。

生の絶頂としての死、それへの希求が誤りだとは思わない。スペインの戦場で銃弾に斃れるべきだったという思いは、いまも否定できないものとしてある。けれども生の絶頂で自己消尽するだけでは充分でない。破壊のない革命は存在しえないが革命は破壊に尽くされないからだ。このことをイヴォンはスペインで知ったように思う。

フランスで最高クラスの秀才にもわからないものはわからない。同じような秀才でリセの哲学教師だがシモーヌ・リュミエールは違う。不器用な変人であろうと、シモーヌは超越性の彼方で自己消尽する極点を渇望している。一致する点は皆無だと二人とも断言するだろうが、この点でリュミエールとルノワールには接点があるようだ。とはいえ革命と破局を同一視するルノワールをシモーヌは手厳しく批判していた、革命とは破局を回避するためにあるのだと。超越性を渇望する点では同じ二人だが、その方向は異なっていて絶対に交わりそうにない。

いずれにしても不運だったのはクロエだ。翳のある表情を見せていた理由が、いまならよくわかる。無自覚で無責任な大人によって罠に落とされた仔兎が、必死で脱出しようと藻掻(もが)いていた。それをイヴォンは考えもなしに突き放したのだ。横顔が壊れた聖母像に似ていたという、クロエ自身とは無関係な事実のため無我夢中で、まるで怯えた子供のように。

「教師がリセの生徒を誘惑した。結構です、それを責める気なんてない。許せないのはクロエを侮辱したことだ」

「侮辱ですって」女が眉を顰める。

「あなたは同性愛者として不純で、不徹底ですね。兵営や監獄という男しかいない場所で、男が男に惹かれ同性愛的な関係になることは珍しくない。しかしそうした同性愛は不純で不徹底だ、女がいる場所であれば男のことは忘れて女を愛するのだから。

あなたの同性愛もあの連中と少しも変わらない。女しかいない女子校という環境に置かれていたから、たまたま美しく賢い少女を誘惑することにした」

女の代用として男の尻の穴を必要とするような連中。女がいる場所であれば男には見向きもしない。兵隊ふうに露骨にいえば、この種の男は男根を突っこむ穴さえあればそれで満足なのだ。男が相手でも女が相手でも、この連中の性行為は自慰と変わらない。到達しえない他者への渇望としてのエロティスムとは無縁だから。男でなく女のエルミーヌ・シスモンディも、それと似たようなタイプにすぎないのではないか。

「あなたは知らない」女が切り口上で反論する。「クロエと出会ったとき、わたしはもうクレールと契約を結んでいた」

　シスモンディが口にしたのは内縁関係(マリアージュ・モルガナティック)の契約だろう。「僭越なようですが、あなたと同じことでクレール氏も本当の性愛を生きていない。セックスとエロスの体験に絶対的に直面する決意などないのだから。とすれば似合いの二人ですよね、あなたたちは」

　嘲弄されたシスモンディが声を荒らげる。「どうしてそんなことがいえるの、二十歳そこそこで薄っぺらな人生経験しかないあなたに。愛情生活に干渉する気はないし、あなたからつべこべいわれる筋合いもない。いいですか、クロエは自分で選択したのよ。

　いうまでもないけど、わたしもクレールもあの娘の意志を蹂躙したことなど一度もない。自由な選択と本人の意志を最大限に尊重することが前提ですから。十六歳の小娘には自由意志などないというのなら、反動派の父親に無意識の影響を蒙(こうむ)っているにすぎないわね」

　たしかにクロエは誘拐されレイプされたわけではないだろう。魅力的な女性教師に本気で憧れ、その延長で恋愛感情のようなものを抱いたのかもしれない。

「親父は女や子供に自由意志など認めない反動家だが、僕は違う。リセ生徒のクロエがあなたを、あるいはクレール氏を愛したとしても傍からあれこれいう気はない。それでも平凡な女子生徒を奇怪な関係に巻きこんで、精神的な傷を負わせた責任は消えませんよ」

「わたしたちが奇怪な関係ですって。トリオに下品な想像をするのはやめてもらいたいわ、わたしたちは愛しあっているのよ」

　トリオという言葉から青年は真相を察した。存在したのは一辺が閉じられていないV形の不完全な三角ではない。三点が三つの線分で結ばれたΔ(デルタ)形なのだ。シスモンディがクロエに飽きてクレールに譲ったのではない。ようするにシスモンディ、クロエ、クレールの三人は同時期に性的な関係にあった。

「どうしてクロエが傷ついていたと」不思議そうに女がいう。

「あの眼や表情を見ればわかる」

初対面のときイヴォンは気づいていた。珈琲店〈フロール〉にあらわれた少女が、年齢不相応ともいえる暗澹とした心を抱えこんでいる事実に。しかしシスモンディはいまもなにひとつ理解していないようだ。こんな教師に出遇ってしまったのがクロエの不運というしかない。

エルミーヌ・シスモンディは頭脳明晰だし、野心家で並外れた努力家でもある。しかし精神的な吝嗇と想像力の欠如という骨まで染みこんだブルジョワ性が、創作者として越えることのできない限界になるだろう。シスモンディもクレールも出身階級を忌み嫌い、ブルジョワ道徳に反逆する文化的アナキスト、リベルタンを気どっているようだが冗談ではない。真の不信仰者、放蕩家としてのリベルタンは、国立公文書館に勤務しながら売春窟に入り浸っているジョルジュ・ルノワールのほうだ。誘惑した生徒をリセ教師の愛人同士で共有してもサド侯爵の末裔とはいえない。

シスモンディも評論や小説なら書けるかもしれないが、どう見ても詩作とは無縁だ。ルノワールやリュミエールに呪いのように取り憑いている、絶対的なものへの渇望と極限まで行こうとする意志が希薄だから。

神的な輝きの小さなかけらを求めて身を切り裂き、破滅の縁を彷徨うところからしか詩は生まれないとロマン主義者はいうだろう。神が死んだ乏しい時代を生きる二十世紀人であろうと、神的な輝きを求めてしまう人間存在の宿命は失われていない。ルノワールのように血と汗と精液と糞便にまみれることでしか、聖なる世界に触れることができないと信じることにも理由はある。前世紀のロマン主義者のように上方にではなく、二十世紀人は下方に向けて超越しなければならないからだ。清澄な天上ではなく腐敗と汚濁が渦巻く地底へと。

悪魔と手を組むことでしか神性に達することができない。こうした二十世紀人の呪われた宿命を、シスモンディはどうしても理解できない。だからスペインの革命と戦争も関心を持つことなく見過ごした。安全地帯から上品な仕草で、優勢な反乱軍の攻撃にさらされた共和国政府に多少の同情をしてみせた程度で。

しかしシスモンディやクレールのような太平楽な知識人も、じきに破滅的な戦争に呑みこまれていく。クレールが戦場で片脚を吹き飛ばされ、シスモンディがドイツ兵にレイプされたあとなら少しは話が通じるようになるかもしれない。

「わかりましたよ、あなたがここに来た理由は」眉を上げた女に続ける。「クレール氏にとってクロエはちょっとした遊びの相手にすぎないが、クレール氏が飽きたあともあなたはクロエに執心だった。しかしクロエは先生たちの膝から下りることにしたんだ」

　同じ年頃の若者と出逢ったクロエが、シスモンディから離れることを決めて奇妙な招待状を送ってきた。招待に応じて森の奥の廃墟に出向くと、犠牲祭儀を演劇化したらしい芝居のあと暗闇の廃墟に残された。クロエとイヴォンが復讐めいた気持ちから、自分を怯えさせようとしたのではないか。こう疑ってシスモンディは、この部屋まで押しかけてきた。

「たぶんクロエは少し早めの長期休暇（ヴァカンス）で南仏に発った。これからニースのホテルに電話して、到着したことが確認できたら列車の席を取る。もしも本気でクロエを心配しているなら一緒に捜しに行きませんか」

「無理よ、学校があるし」女が顔を顰める。

「クロエの真意をたしかめる機会から逃げるんですか」

「そうではないけれど」

「それならクロエは僕のものだ、異存ないですね」

　二人の恋愛をシスモンディに許される必要などむろんない。あえて勝利の宣言をすることで、三年も少女を侮辱し続けてきた女が屈辱と喪失を感じるように挑発したのだ。

　クロエとコート・ダジュールで再会したら初夏の海岸を散歩しよう。透明な光の溢れる浜辺であの娘を抱きしめる。戦場から帰還した兵士には一夏の休暇が必要だし、しばらくは硝煙や血まみれの屍体を忘れて過ごしたい。しかしクロエと一緒に海岸を歩くことは決してないだろうという不吉な予感を、青年はどうしても打ち消すことができなかった。

第九章　戦争の序曲

1

そろそろ八月も終わろうとしていて、吹く風にはわずかに涼気が感じられる。簡単な夕食を終えてイヴォンはオデオン裏のアルザス料理店を出た。サン・ジェルマン通りには電飾文字が華やかに点滅しているが、街路を満たした喧噪の海は嵐の気配に波立ちはじめたようだ。行きかう人々のあいだには、どこかしら根深い不安が淀んでいる。

シスモンディがドフィーヌ街のホテルを訪ねてきた翌日のことだ、イヴォンがリヨン駅から夜行列車に乗りこんだのは。ニース到着の直後にオテル・ネグレスコを訪ねてみたが、前日にマダム・ブロックは出発したという。ホテルを替えることにしたのか、長期滞在できる適当な貸別荘を見つけたのか。

その日からイヴォンは市内のホテルを虱潰し（しらみ）に捜し歩いた。しかし、いくら捜してもニースでは見つけられない。近隣の海辺の町サン・ローラン・デュ・ヴァールやヴィルフランシュ・シュル・メールにも出向いた。さらにアンティーブやカンヌまで脚を延ばしたが、七月の末まで捜してもブロック一家の滞在先はわからない。

友人のアランには、週に一度はトロカデロのブロック家を訪ねるよう頼んである。滞在先の連絡が来ていないかどうか管理人（コンシェルジュ）に確認するために。しかし一ヵ月してもアランから電報は来ない。

九月まで待てない、いますぐクロエに会いたい。一刻も早く見つけ出して許しを求め、あらためて自分の思いを伝えなければならない。そんな胸苦しい思いに駆られていた。クロエに語るべき思いとはどんな思いなのか。難民収容所を脱走してパリに戻った直後にルヴェールは、イヴォンがクレリアのような少女と出逢うだろうと予言していた。幽閉されたファブリスが牢獄の窓から見て恋に落ちる監獄長の娘クレリア。

アラゴンの村で犯した罪の記憶から、青年は無意識のうちに首なし屍体の事件に刺激された。毀（こわ）れた聖母像と印象が似ている少女にイヴォンが気を惹かれても不思議はない。しかも青年はルヴェールの前で『鬱（メランコリア）』の作者と会うことを約束した。クレールが連れ歩いている少女と顔を合わせるのも時間の問題だろう。

運命を操るメフィストフェレスさながら、ルヴェールは青年をファブリスに比喩した。その上でクレリアのような少女と出逢い、恋に落ちるだろうと思わせぶりなことを口にしたに違いない。

エロティックな体験をともにする異性への親密さとは異なる、これまで味わったことのない感情に摑まれて青年はとまどった。恋情と嫉妬に胸を焦がしながら、必死でオデットを追い続けるスワンさながらではないか。

ニヒリストにふさわしいのは乾いた欲情で、湿った恋情とは無縁だと思いこんでいた。二十世紀青年はベル・エポックの人物スワンのような恋などしないと。この不意打ちにイヴォンは動揺した。しかも、どんな心の作用なのか激しい恋情に苛まれる一方、血まみれの子供たちの悪夢は拭ったように消えていた。

徒労に終わった一ヵ月の探索の末に、こんなことをしていてクロエと再会できるのか、なにをしているのかという自問に捉えられた。当てのない捜索を中断し、カンヌで手頃な長期滞在者用のホテルを見つけて、毎日のように海を眺めはじめた。

クロエに会えたら返そうと思って鞄に詰めてきたギリシア悲劇集を、隅から隅まで繰り返し読んで過ごし、三大悲劇作家について気の利いたエッセイでも書けそうになった。そして夏も終わろうとするころに、衝撃的なニュースが飛びこんでくる。

八月二十四日のことだ、朝食のためにホテルのロビーに下りたとき、テラスで雑談をしたことのある中年の女性客から声をかけられた。

「ご存じですか、ムッシュ・デュ・ラブナン。朝の七時にラジオでニュースを聴いたんです、ドイツとソ連が条約を結んだって。なんということでしょう。ソ連はフランスやイギリスと同盟するだろう、そうなればドイツも戦争をはじめるわけにはいかないって信じていたのに。どうなってしまうのかしら、これから」

ブルジョワ婦人の興奮した言葉に頭蓋を乱打され眠気は一瞬にして吹き飛んだ。臨時ニュースによれば独ソ不可侵条約が締結されたらしい。

ソ連外相モロトフとドイツ外相リッベントロップはすでに条約の調印を終えている。スターリンとヒトラーが、二つの全体主義国家が同盟したわけだ。人民戦線内閣の崩壊後に首相の座に戻ったダラディエは予想を超えた事態に動転し、フランス政府は大混乱に陥っている。

ヒトラーがスターリンと手を組んだのは、むろん東部国境の安全を確保するためだ。狙いは西部国境にある。独ソ不可侵条約の締結によってドイツはフランスを攻撃するための外交的準備を終えた。これでヒトラーはいつでも好きなときにフランスと戦争をはじめることができる。

ただしドイツ軍の主力は東部方面に展開中だ。オーストリアを併合しチェコを占領したドイツは、次の獲物としてダンツィヒを要求している。第一次大戦で奪われた東プロイセンの失地回復を果たしてから、ヒトラーは軍を西部国境に移動する気ではないか。

オーストリアやチェコの場合とは違って、英仏両国はポーランドと同盟関係にある。ミュンヘン会談でチェコを見棄てたようには、対独宥和(ゆうわ)のためポーランドを犠牲にすることは許されない。ドイツ軍がポーランドに侵攻すれば、条約上の義務として英仏は宣戦布告せざるをえないのだ。またイタリアはドイツと同盟している。両陣営が玉突き式に宣戦を布告しあえば第二の大戦(グランド・ゲール)が開幕するだろう。

とにかくパリに戻らなければ。全身が帯電しているような興奮状態でフロントに走った。電話で調べさせたが、その日のパリ行き夜行特急は満席だという。やむをえずもう一泊して翌朝にホテルを引き払うことにした。

特等車も一等車も満席で、青年は二等車の揺れる車内で十時間も立ち続けた。しかし席に坐れない程度のことで不満はない。雨に打たれ泥にまみれて眠ることも戦場では珍しくないからだ。カンヌ駅でイヴォンが乗った列車は、その日の夜遅くパリに到着した。

長距離列車が殺人的に混雑したのは、夏の終わりという時期のためだろうか。長期休暇(ヴァカンス)を終えたブルジョワや、経済的に余裕があるパリ市民の大群が一斉に帰京しようとしている。

しかし、それだけでもなさそうだ。独ソ不可侵条約の衝撃と先の読めない不安定な国際情勢が人々をパリに向かわせている。危機が深刻なほど金儲けの機会は飛躍的に増えるから、目はしのきく投資家や金融業者は大急ぎで帰京しようとする。あらゆる情報がパリに集中するし、非常事態に応じて重大な決定がなされるのもパリだ。

スペインの戦争が終結してから、わずか五ヵ月でイヴォンの休暇は終わろうとしている。これからどうすべきなのか。しかしイヴォンには、いまだに確たる方向が見えてこない。人民戦線政府が瓦解してからレオン・ブルムの社会党は急速に無力化した。ドイツの膨張主義を阻むためには戦争も辞さないという党首ブルムと、平和維持を第一として対独宥和を主張する書記長ポール・フォールが対立し、社会党は泥沼のような党内抗争に呑みこまれている。

　ブルムから政権を引き継いだ急進社会党のダラディエは、二度と戦争は厭だという国民的な気分に流されて、ミュンヘン協定に帰結する無原則的な妥協をドイツに重ね続けた。党名に反して、急進社会党は社会党よりも右側に位置する中道右派政党だ。フランスでは最大の政党で第三共和政の背骨を自任している。

　急進社会党より右の諸党派も少数の反独派と多数の反ソ派に分裂した。反ソ派すなわち対独宥和派だ。右翼から左翼までフランスの政治勢力のほとんどが、ドイツとの戦争回避を自己目的化してきた。

　例外は共産党で、人民戦線政府が崩壊して以降も反ファシズムの姿勢は変えることなく、ドイツによる周辺諸国への侵略を非難してきた。あらゆる政治党派のなかで唯一、戦争も辞さない反ドイツと反ファシズムの姿勢で一貫してきたフランス共産党だが、独ソ不可侵条約の締結が公表された直後から収拾のつかない大混乱に陥ったようだ。

　モスクワに忠誠を誓った共産党の指導部にもソ連とドイツの同盟は予想外だった。それも当然のことで、フランス共産党の国内的な立場などスターリンは平然と無視する。「労働者の祖国」を僭称するスターリン独裁体制の防衛こそ第一で、ソ連の出先機関である各国共産党はそのために使い捨てられる駒にすぎない。ソ連に引き廻された末に壊滅したドイツ共産党やスペイン共産党の運命が、このことを露骨に示している。

　ドイツでナチズムが勃興してからもコミンテルンは、社会民主主義勢力こそ最大の敵で主要な打撃はそこに向けるべきだという社会ファシズム論、主要打撃論を唱え続けた。また英仏を敵に廻さないというソ連の国家利害のために、スペインではアナキストや反スターリン派左翼の攻撃と破壊に狂奔した。スペイン共産党による暴力的なセクト主義が人民戦線を内側から弱体化させ、ファシストの勝利に貢献したことはいうまでもない。

　ドイツ共産党と社会民主党の対立抗争の隙を突いてヒトラーは政権奪取に成功する。ナチ党の勝利に動転したスターリンは、ようやく社会民主主義勢力との同盟と反ファシズム人民戦線の結成を認めた。社会党攻撃に力を傾注していたフランス共産党は、この方針転換に茫然としたことだろう。

　そして今度は独ソ不可侵条約という不意打ちだ。ソ連と同盟したナチスドイツにたいし、共産党はどのような態度を取りうるのか。独ソ協調を擁護しようとすれば、反ドイツ反ファシズムの姿勢は放棄せざるをえない。もしも対独宥和に転じれば、共産党は人民戦線時代に獲得した大衆的支持を一挙に失う。昨日までの敵と手を組んだスターリンの変節、裏切りは許せないという声が党内には溢れ、大衆の離反を無視できない現場党員はモスクワに追随する党中央を猛然と突きあげるだろう。

独ソ協調を支持するフランスの国内勢力は仮想敵国のスパイや第五列に等しい。そんな共産党弾圧の絶好の口実が、ダラディエを首班とするブルジョワ共和派の政府に与えられる。政府に発禁を命じられた共産党機関紙〈ユマニテ〉は今日から休刊になっているようだ。

カンヌを発ったイヴォンがパリに着いたのは昨日、八月二十五日の夜のことだ。ドフィーヌ街の定宿に棲み家を確保してから新しい情報を求め、ガレージに預けておいたオートバイでパリ中を走り廻った。友人や知人で政治情報にもっとも詳しそうなのは共産党幹部のルヴェールだが、クリシーのアパルトマンには一昨日から戻っていないようだ。徹夜の会議で帰宅する余裕がないのかもしれない。青年はアパルトマンの郵便箱にメモを残した。

パリに戻って二日目の今日はトロカデロまで行ってみた。街路から見上げてもブロック家の窓の鎧戸は固く鎖(とざ)されている。顔見知りの管理人(コンシエルジュ)によるとクロエも祖母も避暑に出たままで、まだ帰宅してはいない。イヴォンの依頼で週に一度、アランは管理人(コンシエルジュ)に話を訊きにきていたようだが。

アランの実家とクロエのアパルトマンは同じ十六区で、歩いて十分ほどの距離だ。二人を引きあわせたとき、生まれた家が近所だという話題が出ていた。それでニースに出発する直前に、ときどきブロック家の様子を見に行ってくれないかと頼むことにした。アランにも早く会わなければならない。

いったんホテルに戻ってから食事に出ることにした。この二ヵ月ほどプロヴァンス料理が続いたから夕食はソーセージとシュークルートにした。ドイツとの戦争という意識がアルザス料理店に足を向かわせたのか、あるいはクロエとの最後の食事が〈リップ〉のシュークルートだったからか。ヴェルサイユ条約でドイツから取り戻したアルザス地方も、戦争がはじまればどうなるかわからない。またドイツに奪われてしまう可能性もある。

雑踏から離れてサン・ジェルマン・デ・プレの珈琲店(カフェ)〈フロール〉の扉を開けた。クロエと出逢った思い出の珈琲店(カフェ)で、イヴォンは半ば無意識のうちに娘の横顔を捜していた。店内を見渡していると壁際の席からこちらを見ている女が目に入る。イヴォンに軽く手を上げているのはリセ・モリエールの女性教師だった。

「二ヶ月ぶりかしら。一人なの、それとも誰かと待ちあわせ」

「一人ですよ」青年は無愛想に肩を竦める。

「だったら少し話しましょう。クレールを待ってるんだけど遅くなりそう、親友のルヴェールと会うために共産党本部まで行ったの」

勧められて青年は女性教師の前に席を占める。「昨日の夜、僕もルヴェールが住んでいる部屋を訪ねてみたが留守だった。……クロエから連絡はありましたか」

「いいえ、なにも」女が眉を顰める。「あなたのほうはどうだったの、あの娘の滞在先を突きとめるためニースまで出かけたんでしょう」

「ニース市内はもちろん付近の町やカンヌにも。ブロック家が利用しそうなホテルを端から訪ね歩いたんだが」

「ダボスで父親や兄夫婦と一緒なのかもしれない。としたら大学がはじまる直前ではないかしら、クロエがパリに戻るのは」

その可能性はイヴォンも考えてはいた。しかしアパルトマンがある建物の管理人（コンシエルジュ）によれば、この夏にブロック家の人々が休暇を過ごしているのはスイスではなく南仏なのだ。そろそろブロック氏はベルギーに戻っているかもしれない。

「クロエの父親がアントワープのどこに住んでいるのか、ご存じですか」

シスモンディが首を横に振る。「わたしは知らない」

九月に入ってもクロエが帰宅しなければアントワープまで行ってみよう。とりあえずブロック氏の住所を調べること。トロカデロのアパルトマンの管理人（コンシエルジュ）に訊いてもわからなければ、宝石商の同業者や取引先に当たるという手もある。モデルの卵のブリジットに頼めば顔の広そうな宝飾業者を紹介してくれるだろう。

注文を取りにきた給仕に女性教師と同じ酒を頼んだ。それにしてもシスモンディは、どうしてバーボンを飲んでいるのか。

「三日前の夕方にアメリカの新作映画を観た。まだ劇場は夏休みだし、芝居が無理なら映画にしようというクレールの提案で。主人公は無頼漢のリンゴ・キッド、西部の荒野を行く駅馬車がインディアンに襲撃される話なんだけど、あれほどに迫真的な活劇映画は観たことがない。スタジオでなく野外で撮影したんでしょうね。クレールは監督の才能を絶賛していた。あなたにも勧めるわ、もしも映画館に行く時間があるなら」

なるほど、それで玉蜀黍のアメリカ製ウイスキーというわけか。サン・ジェルマン・デ・プレの珈琲店をアメリカ西部の荒くれ酒場に重ねて、女性教師は戯れにバーボンを注文したようだ。

「二人で映画館を出たときのことよ、シャンゼリゼの街路に新聞の号外が舞っていたのは。通行人に号外を配りながら売り子が大声で叫んでいるの、『独ソ不可侵条約が締結された』って。クレールを見ると号外を握りしめて表情を強張らせていた。……もう戦争は避けられないのかしら」

沈鬱な口調で呟いた女に無表情に応じる。「ドイツの東部国境では軍の動きが活発化しているという、開戦が明日でも驚くにはあたらない」

「わたしたちも受け容れなければならないのね、戦争という現実を。ドイツ国内では弾圧と迫害、周辺諸国には恫喝と侵略。ヒトラーのしたい放題をいつまでも許し続けるわけにはいかないから」

「腐った平和でも戦争よりましなのでは」シスモンディ自身の言葉を引いて青年は皮肉に問いかける。

「認めるわ、間違っていたことを。たしかにミュンヘン協定を否定はしませんでした。それで戦争が回避できるならと思って。大戦では総計で七百万という戦死者が出ている。そのような大殺戮が繰り返されるならナチに妥協するほうがまだまし。ドイツやオーストリアのユダヤ人は、たしかに悲惨な境遇を強いられているわ、ミュンヘンでナチに売り渡されたチェコの人々も。それでも七百万の戦死者と秤にかけるなら……」

「一年前のミュンヘン協定まで、あなたは平和が可能だと思っていた」

「ええ、ほとんどのフランス国民と同じようにね。前の戦争で戦死したフランス兵は百四十五万人。三百万の負傷者には失明したり手足を失った人も少なくない。あなたの歳では知らないでしょうが、わたしは戦争のことをよく覚えている。

野戦病院として使われた小学校の校舎や中庭の光景は忘れられない。負傷者の包帯は血と膿にまみれ、泣き声や呻き声が満ちていた。その光景に怯えて思わず母親の腕にしがみついたわ。そう、どんなに腐った平和でも戦争よりはましなのよ」

父や息子、兄や弟などほとんどのフランス女性が身内から戦死者を出した。そうでない幸運な家族は稀だった。あのような惨劇と不幸には二度と耐えられない、絶対に繰り返してはならないという民衆の声が戦後の二十年、この国を根深く浸してきた。この女教師にしても同じことだろう。

「スペイン共和国が滅びようとチェコが蹂躙されようと、ドイツと戦争になるよりはましだ。妥協ですむならどんな妥協でもしよう……」青年は唇を曲げた。

「わたしも政府のスペイン不介入政策には疑問があったし、ミュンヘン協定にだって諸手を挙げて賛成したわけじゃない。ドイツに売り渡されるズデーテン地方のチェコ人の運命には胸が痛んだ。でも、これで戦争にならないですむならと」

「あなたの不見識を責めようとは思いませんよ、ほとんどのフランス人も同じことだったから」

共産党以外の全政党が、ようするに国民の大多数が対独宥和を優先してスペイン共和国を見捨て、あるいはミュンヘン協定を支持した。協定に調印して帰国したダラディエ首相は、歓喜する大群衆に空港で出迎えられたのだ。

しかし、この一年のあいだにフランス世論の潮目は変わったようだ。ドイツがダンツィヒを奪おうとするなら、開戦もやむをえないという声が増してきている。大衆的気分は好戦的というより、こうなっては戦争に抗えそうにないという消極的なものだとしても。問題は反ファシズム、反ドイツの姿勢で一貫してきた共産党だ。モスクワの出先機関にすぎない共産党は独ソ不可侵条約の結果として、世論の流れに逆行して反独的な主張を撤回せざるをえないだろう。

西部劇のカウボーイやガンマンのように青年はショットグラスのバーボンを一息に飲みほし、給仕を呼んで二杯目を注文した。清涼飲料のコカと同じことで、この酒を持ちこんできたのも第一次大戦時のアメリカ兵だ。大戦後に増えたパリのアメリカ人のため高級珈琲店（カフェ）から先に店に置きはじめた。スコッチよりも薄味で、その気になれば水のように飲める。アルコール度数が低いわけではないから、短時間に飲みすぎて酔っぱらいかねない。

「戦争から逃げ廻っていたフランス政府も重い腰を上げはじめたわ。役所に申請すれば防毒マスクが支給されるとか」

イヴォンはリセ教師に頷いた。「その前にやることは山積しているが」

ダラディエ首相をはじめフランス政府は混迷の最中にある。戦争がはじまればドイツの爆撃機がパリに毒ガス弾を投下する可能性は否定できないが、それはまだ先のことだ。

防毒マスクを市民に配るよりも先に、政府や軍がやらなければならないことは無数にある。

そもそも宣戦を布告してから総動員を発令するのでは遅すぎる、前の戦争の場合とは違うのだ。この二十年で通信も輸送もめざましい発達をとげている。それぞれの家に郵便で召集令状が届くより前にドイツ軍の爆撃機はパリに襲来する。

政府が本気で戦争を覚悟したのなら、最優先でパリ周辺に多数の高射砲陣地を築かなければならない。メッサーシュミットに護衛されたハインケル爆撃機やユンカース急降下爆撃機（シュトゥーカ）の編隊を迎撃できる空軍力などフランスには存在しないのだから。二十年前の経験に呪縛されたフランスの老将軍たちは、航空機と機甲師団が主力となる現代戦など想像できないのだろう。イヴォンはスペインでコンドル航空軍団の威力を実感している。

「遅くなった。おや、デュ・ラブナン君じゃないか」

精力的な印象の小男が向かいの席に着いた。ジャン＝ポール・クレールの表情には焦燥めいたものが滲んでいる。

「ルヴェールとは会えたの」シスモンディが訊ねる。

「いいや。共産党本部には党員たちが慌ただしく出入りしていた、党内は大混乱のようだね。ルヴェールに面会を求めたんだが無愛想な受付に追いはらわれる始末さ。〈ユマニテ〉も〈ス・ソワール〉も発禁だし、本部の建物は私服警官に監視されている」共産党発行の夕刊紙が〈ス・ソワール〉だ。

「クレールさんも戦争がはじまると」

二杯目のバーボンを口にした青年を見て作家が大袈裟に両腕を広げる。「ドイツとの戦争は不可避だろうと去年から思っていた。腐った平和でも戦争よりはましだと言いはるエルミーヌとは意見が違って、私はミュンヘン協定に反対だった。他国のことだからズデーテンは売り渡せても、フランスがアルザスを渡すわけにはいかないだろう」

ドイツ人が住民の多数を占める地域はドイツ領に併合する。そうする権利がドイツにはあるというヒトラーの主張からすれば、ズデーテンや東プロイセンとアルザスに本質的な違いはない。

「ドイツがポーランドに侵攻すれば、アルザスを要求されるまでもなく腰抜けのダラディエだろうと開戦を決断することになる。ポーランドとの条約上の義務からしても。もはや第二のミュンヘン協定は不可能なんだからね」

シスモンディは政府のスペイン不干渉政策に、クレールはミュンヘン協定に反対だったという。恋人よりは現実的な判断能力があるらしいクレールも反対や抗議の意思を表明したことや、そのための政治行動に参加したことはない。ブルジョワ知識人にはよくいる非政治的なタイプなのか、大衆運動の有効性を信じていないのか。戦争の危機に直面して動揺している年長の男女を前にして意地は悪いが、それでも少し愉快な気分になる。

青年は『鬱（メランコリア）』の作者に問いかけた。「どう思いますか、独ソ不可侵条約については」

「衝撃的だった、まさかスターリンがヒトラーにフランスを攻撃させようとするとは。ソ連の国境を守るために必要なら、西欧全域をナチに売り渡してしまえというわけだ。それでソ連は安全になるとしてもフランスはどうなる。

ソ連はイギリスやフランスのような植民地侵略大国と少しも変わらない。自国の利益のためなら、全世界の民衆を地獄の底に蹴り落としてもかまわないってわけだからな。四半世紀前のレーニンは最後まで戦争に反対した。しかしレーニンの後継者スターリンは、世界を新しい大戦（グランド・ゲール）に叩きこもうとしている。まったく、なんということか」

拳を握りしめ憤懣（ふんまん）やるかたないというクレールに青年は応じた。「大戦（グランド・ゲール）の場合と同じように戦争はドイツとフランス、イギリスのあいだで戦われます。違うのはロシアが戦争に加わらないこと。世界が第二の大戦（グランド・ゲール）に突き落とされて粉々になろうとソ連だけは無傷でいること、それがスターリンの思惑だから」

隣の席では青い背広を着た初老の紳士が、深刻そうな顔で新聞を広げている。少し離れた席の青年三人は、独ソ不可侵条約と戦争の脅威を声高に論じていた。「条約締結はソ連の外交的勝利だ、これで侵略者ヒトラーに迎合したミュンヘン派の策謀は瓦解した」と語る共産党支持者らしい若者は、他の二人から手厳しい批判を浴びせられていた。

高級珈琲店（カフェ）の雰囲気も二ヵ月前とは違っている。とはいえ額をよせて親密そうに囁きあう恋人たちや、タルトを口に運びながら気楽な会話を愉しんでいる婦人客も目について、店の全体が戦争の話題で沸騰しているわけでもない。四半世紀の昔に、ボスニアの首都サラエヴォで、オーストリア皇太子夫妻暗殺の銃声が轟（とどろ）いた日もこんな雰囲気だったのだろうか。

クレールが沈鬱な口調でいう。「開戦は時間の問題だろうし、総動員が発令されたら即日入隊で逃げ道はどこにもない。出征は覚悟したよ」

反政治的な立場を貫いてきた知識人も、もはや戦争と無縁でいることは不可能だと悟ったようだ。戦場について具体的な想像はできないにしても、出征となれば戦死の可能性も少なくないことは予感しているだろう。

「あなたのことが心配、ポーランドがどうなろうとダラディエが戦争をはじめないように祈るわ」シスモンディが悲痛な声を洩らした。

テーブルの上で恋人の掌を握りしめクレールが励ますように笑う。「大丈夫だよ、エルミーヌ。ドイツには資源がない、鉄も石油も食糧も不足しているんだ。前の戦争のような長期戦にはならずに二ヵ月か三ヵ月で終わる、むろんフランスの勝利で。そもそも戦争になっても戦闘が起こるかどうか。二十世紀芸術に対応する現代戦は絵画に写生が、音楽にメロディがないように、殺戮行為のない抽象的な戦争になるんじゃないか。どう思う、きみは」

作家に問われイヴォンは黙って肩を竦めた。二十五年前にもクレールのような楽観論者が国民の多数を占めていた。フランスに攻めこんできたドイツ軍の側も楽観論は同じことで、フランスには短期戦で勝利する作戦だった。しかし独仏両軍が激突したマルヌ会戦でドイツ側の快進撃は終わる。短期戦で勝利するシュリーフェン・プランは挫折し、その後四年も続いた泥沼の戦争で敵味方の戦死者は七百万を超えた。

戦争の抽象性にかんしていえば、すでに前の戦争からそうだった。抽象化された人間とは名前のない屍体のことだから。高度に機械化された殺戮兵器は、現代的な工場さながらに匿名の屍体の山を大量生産する。しかし出征しなければならない男とその恋人に、わざわざ悲観的な見通しを語るまでもない。戦争がはじまれば誰でも否応なくわかってしまうことだ。

席を立ってクレールとシスモンディに別れを告げた。不安なざわめきが無音のまま満ちているサン・ジェルマン通りを引き返し、青年はオデオンからドフィーヌ街に入った。幅の狭い街路を足早に進んでいくと小さなホテルの灯りが見えてくる。

「……元気かな」

横合いから不意に声をかけられ、青年は足を止めた。

「ルヴェール、あなたでしたか」

「メモを見てホテルを覗いてみた。カウンターで訊いてみたら外出中だという。帰ろうとしたらきみの姿が目に入ったというわけさ。この夏、南仏（ミディ）を旅行していたことはクレールから聞いている。いつパリに戻ってきたんだね」

「リヨン駅に着いたのが昨日の夜。クリシーのアパルトマンに行ってみたけど、あなたは留守だったのでメモを残した」

「あの部屋には戻らない、警察に監視されているからな。きみも二度と顔を出さないように、目を付けられるかもしれない。……歩きながら話そうか」

この男とビルバオで出遇わなければ、イヴォンはバスク自治政府の義勇兵としてファシストと戦ったろう。幸運にも戦死していなければ、バスク政府の崩壊後は来た道を逆に辿ってフランスに帰国した可能性が高い。新聞記者と称するフランス人に誘われたからアラゴン戦線を超えてカタルーニャを、バルセロナをめざす旅に出た。

ルヴェールというメフィストフェレスの誘惑に応じることなく、もしもビルバオに留まっていれば子供は殺さなくてすんだ。しかし集産化革命が勝利し、大小無数の民衆による自己権力体に二十世紀の産業都市バルセロナが覆われつくしているユートピア的な光景を、イヴォンが目撃することもなかったろう。この究極的な民主主義、民衆による民衆の自己統治を恐怖した保守派は「アナルキスタとアナルコシンジカリスタの独裁」と非難した。アナキズムと独裁が水と油であることも知ることなく。

資本に雇われた管理者や前衛党の政治委員に監視されなくても、労働者自身が自発的に工場や職場を管理できる。軍隊も警察も同じことだ。もしも内戦に敗北しなければ、バルセロナの集産化社会は自律的に発展しえたろう。バルセロナで実現できたことがパリで不可能なわけがない。

しかしバルセロナ民衆の自己権力は、共産党の軍の攻撃によって粉砕される。海軍基地クロンシュタットの悲劇が、スペイン最大の産業都市で大規模に反復されたともいえる。ファシストとの内戦下で戦われたコミュニストとの内々戦に敗れ、銃殺される運命のイヴォンを処刑場から連れ出したのもルヴェールだった。不倶戴天のコミュニストではあるけれども単純には敵ともいえない男と連れだって、青年は暮れはじめた街路を歩きはじめる。

ドフィーヌ街からグラン・ゾーギュスタン河岸通りに出て二人はポン・ヌフを渡った。橋の中程には、夕空を背景にアンリ四世の騎馬像が聳えている。夫婦らしいアメリカ人の旅行者が銅像を見上げていた。赤ら顔で肥満体の中年女と鳥のような顔をした中年男のカップル。

十年前までパリはアメリカ人の観光客で溢れていた。外国人旅行者が激減したのはウォール街の株価大暴落にはじまる世界恐慌からだ。一九三〇年代前半のドイツに続いてフランスを襲った、五年前からの政治危機や政情不安も影響している。

フランスに長期滞在していたアメリカ人までが戦争の予感に怯えて次々と帰国していく。この分ではルーヴル美術館も閑散としていることだろう。皮肉なことにナチス政権が樹立されてから、ドイツのほうは経済的にも政治的にも安定してきた。繁栄と誇りをもたらした英雄としてドイツ国民のほとんどは独裁者を支持している。ある者は熱狂的に、ある者は消極的に。

ルヴェールはアパルトマンに戻らないという。前後の状況からして想定できる可能性はひとつしかない。

「非合法活動に入るとか」

薄く笑って男は人差し指を立てる。「きみにも詳しいことはいえない」

「少し気が早いと思うけど。共産党の刊行物は発禁で昨日から〈ユマニテ〉は出ていないようだ。しかし組織が非合法化されたわけではないし」

「現状では非合法化されたら終わりだな、わが党は。独ソ不可侵条約締結の交渉が進んでいることも知らないで、書記長トレーズをはじめ危機感が皆無の幹部たちは長期休暇(ヴァカンス)でパリを留守にしていた。本部にいたのは当直の政治局員で、なにかと噂のあるマルセル・ジットン一人」

「噂とは」

「警察のスパイ疑惑が取り沙汰されている。党の内部分裂を誘うため流されたデマだとトレーズは噂を打ち消しているが、疑惑の男を抱えこんでいては非合法活動に耐えられる党の再編など不可能だ。しかもダラディエは共産党の解散と幹部の逮捕を狙っている。警官隊が今夜にも党本部に踏みこんでくるかもしれない、ようやくパリに戻った幹部宅にも」

「なるほど」青年は頷いた。「フランス国内の利敵勢力は開戦前に一掃するわけだ」

ソ連とドイツが同盟した以上、モスクワの傀儡(かいらい)にすぎない共産党は親独勢力になる。ドイツとの戦争がはじまれば利敵行為に走るかもしれない。政府が共産党の弾圧を決定した理由はそれだけではない。ブルジョワ共和派のダラディエ政権は独ソ不可侵条約を口実として、この機会にフランス共産党を潰してしまう気だろう。

仏独委員会に代表される体制派の親ドイツ勢力は放置して共産党のみを弾圧するのは一面的だが、政府としては当然の判断といえる。双子のように酷似した全体主義国家でもソ連よりドイツ、コミュニズムよりファシズムのほうがまだましだというのが政財界を支配するブルジョワ共和派の立場なのだ。

ミュンヘンでの外交的敗北のあともフランスは、イギリスと組んでソ連を巻きこみ三方からドイツを包囲して戦争を回避しようとしてきた。どうしても戦争が不可避であるなら、フランスは独ソ両国の戦争を傍観していたい。いずれが勝利しても深手を負うことだろう、その機を捉えて開戦すればフランスの勝利は疑いない。

　サン・ジェルマン・ロクセロワ教会の前を通ってリヴォリ街に入る。青年を先導しながら、ルヴェールはパレ・ロワイヤルのほうに歩いて行く。

　イヴォンは続けた。「独ソ不可侵条約が締結された翌日にも、ドイツはポーランドに侵攻するんだろうと僕は思った。独仏開戦は不可避だろうから大急ぎでパリに戻ることにしたんだ」

「ドイツは宣戦布告と同時に、あるいは布告する前に不意打ちをかけるのが得意だが、今回は外務省と軍のあいだに齟齬(そご)があったようだ。ドイツ軍がポーランド国境を突破するのはたぶん来週になるだろうな」

「ソ連も」青年が共産党幹部の横顔を凝視する。

「少し遅れるが、もちろん。わが国の無能な外務官僚でも、独ソ不可侵条約にポーランド分割をめぐる秘密議定書があることくらいは想定している。東西の大国に挟撃されたポーランドは一ヵ月と持ちこたえられない。ワルシャワ陥落は時間の問題だ」男は平然として答えた。

　ドイツの要求は東プロイセンへの陸上路であるポーランド回廊の割譲や、東部領土の回復に留まらない。独ソ不可侵条約の帰結はドイツとソ連によるポーランド全土の分割なのだ。

「気の毒に。あの国はドイツとロシアに分け取りされて、またしても独立を失うわけだ」イヴォンは呟いた。

　かつては中欧の大国だったポーランドも、十八世紀には近隣諸国の侵略によって消滅する。ようやく独立を勝ちえたのは大戦(グランド・ゲール)のあとだが、わずか二十年で国家の独立を奪われることになりかねない。

「ドイツとスペインの共産党が壊滅して以降、西欧では最大の組織になったフランス共産党も、情けないことにスターリンの裏切りで大混乱だ」共産党の幹部に青年は皮肉な口調でいう。

　ふてぶてしい薄笑いが男の頬に浮かんだ。「滞在先から慌てふためいて戻ってきたトレーズに、本部の書記長室で教えてやったよ。独ソ不可侵条約はスターリンの天才が可能にした高度な外交戦術だ、これで帝国主義と社会主義の体制間矛盾は帝国主義間の矛盾に転化したと。

スターリンは最善の選択をしたと思うね。第三次五ヵ年計画は開始されたばかりだし、大粛清の爪痕でソ連の党も軍も傷だらけだ。ドイツとの戦争は不可避にしてもできる限り先に延ばしたい。ソ連と和解して東部国境の安全を確保したドイツは、むろん矛先を西に向ける。ポーランドの次に狙うのはオランダ、ベルギー、そしてフランスだ」

青年は頷いた。「同盟国のポーランドが侵略されたらフランスもドイツに宣戦布告せざるをえない」

「もちろんだ、フランスは五月にポーランドと議定書を交わしている」

もしもドイツ軍がポーランドに侵攻したら、半月以内にフランス軍がドイツに進撃することをフランスは議定書で確認している。ただし、航空機に支援された三千両の戦車を先頭に、四十箇師団のフランス軍が仏独国境を突破するというのはポーランド政府の願望にすぎない。いまのところフランスには、ドイツと全面戦争を戦う用意などないからだ。

ルヴェールが続ける。「にわか作りのジークフリート線でも正面から総攻撃をかければ被害は甚大だ。ペタンを先頭として軍を支配している老人たちは、出血を怖れてマジノ線に立て籠もろうとする。ポーランド侵攻で東部戦線に集中しているドイツ軍を、背後から攻撃できる絶好の機会は失われる」

前の大戦（グランド・ゲール）で中立国ベルギーを蹂躙したドイツ軍は、たちまちフランスの首都パリを窺う地点まで進撃してきた。独仏とも莫大な損害を出した第一次マルヌ会戦のあと、両軍はアルプスからカレー海峡にいたる長大な塹壕を掘り進め睨みあいの状態に入る。

前の戦争の教訓を金科玉条とする老人たちは、要塞戦や塹壕戦を主とする作戦しか認めないだろう。ヴェルダン要塞を死守してドイツ軍の進撃を喰いとめたペタン将軍は、救国の英雄として国民の信望を集めている。しかし八十三歳の老将軍に現代戦を指揮する能力はない。

「ポーランドを征服したらドイツ軍の主力は西部国境に移動する。早ければ三ヵ月後、遅くとも半年後にはフランスへの攻撃を開始するだろうな。ドイツ軍の参謀本部は馬鹿じゃない、歩兵部隊にマジノ線への突撃を命じるわけはない」

「第一次大戦のときと同様、ドイツ軍はベルギーの中立を侵して北東部から侵攻してくる」イヴォンは同意した。

しかもフランスが誇るマジノ線もカレー海峡まで達してはいない。世界恐慌による財政難で中止された延長工事は、今日にいたるまで再開されていないのだ。ベルギー国境は無防備でも、アルデンヌの森林地帯がドイツ機甲師団の進撃を妨げる自然の障壁になると、どうやら軍首脳は期待しているようだが。

「ディレンマというしかない。ベルギーの中立を尊重するフランスは、ジークフリート線を迂回してドイツに攻めこむわけにはいかない。しかしドイツは前の戦争の場合と同じように中立条約など平然と無視する。フランス軍の機甲師団をベルギー国境に配置してドイツ軍を迎え撃つしかない」

「それでドイツ軍の進撃を阻止できると」

「戦車の数は仏独とも三千両ほどで互角だから一方的に押しまくられるとは限らない。問題はフランス軍の作戦だろうな。きみはド・ゴール、シャルル・ド・ゴールという軍人を知っているか」

「いいえ、それにしても凄い名前だ」イヴォンは苦笑した。ゴールはフランス人の古称ゴロワ人を連想させるし、シャルルはシャルルマーニュ大帝に通じる。シャルル・ド・ゴール、すなわち〈フランスの大帝〉だ。

「まだ大佐だが陸軍では革新派として知られている。この男一人だろうな、ドイツの機甲師団がライン川、モーゼル川、アルデンヌの森林地帯を突破してフランスに侵入すると警告している軍人は」

有力政治家ではポール・レノーだけがド・ゴールを支持した。もしもダラディエが退陣し、レノー内閣が成立してド・ゴールに軍の指揮権が委ねられるなら、ドイツの侵攻を阻止できる可能性はあるという。

ルヴェールは二つの可能性を考慮しているようだ。フランス軍が年老いた無能な将軍たちに支配されたまま、ドイツ軍に撃破される可能性が第一。そして第二は戦車と航空機を効果的に運用しうる新世代が指揮官として抜擢され、ベルギー国境でドイツ軍の侵攻を阻止する可能性。

「ドイツ軍が攻めこんできた場合、短期間でフランスは敗北するのか。侵攻は阻止され前の戦争のような長期戦になるのか、どちらなんだろう」イヴォンは情報通の年長の友人に尋ねた。

「政変でレノー首相が誕生し、ド・ゴールが陸軍大臣や参謀総長に就任する可能性は少ない。フランス軍が作戦を誤れば一ヵ月以内にパリは陥落し、フランスはドイツに降伏するだろう」

モスクワの赤軍大学で学んだルヴェールの軍事的判断は的確で説得力もある。もしも総力戦が長期化すれば、レーニンが前の戦争に際して掲げたスローガン、「帝国主義戦争を内乱へ」が、またしても現実的となる。準備を整えたソ連がドイツに宣戦するなら、独仏両国で同時革命が勝利しうるだろう。

短期戦でフランスが敗北した場合は、占領軍にたいする抵抗闘争を組織しなければならない。共産党を中心とする抵抗勢力が、最後にはドイツを駆逐してプロレタリアートの独裁権力を樹立する。

すでに政府は共産党の非合法化を検討中だという。二つの可能性を同時に睨みながら、ルヴェールは地下潜行を決意したようだ。あるいはコミンテルンから直接の指示が出ているのかもしれない。

「来週にも総動員が発令されるだろうが入隊する気はない。ようやく到来した危機と革命を目前にして、ドイツ兵の鉄砲玉で死ぬわけにはいかないからな」

共産党幹部としてだけでなく、じきにルヴェールは徴兵忌避者としても追われることになる。いずれにしても潜伏しなければならない立場なのだ。

「地下潜行者を支える組織的基盤はあるんですか」フランス共産党は国会や地方議会に議員を擁する合法政党で、非合法活動の準備があるとは思えない。

「これから私が作るのさ、ボリシェヴィキ本来の姿である非合法の地下党を。独ソ不可侵条約の衝撃で党内は大混乱だ、おそらく党員の三分の一が党を離れるだろう。離党者は半数を超えるかもしれない。

弾圧を避けるためという名目でトレーズ書記長をモスクワに追い払ってしまえば、私のグループが党の実権を掌握できる。ソ連の安全が第一のスターリンは、フランスのコミュニズム革命などになんの関心もない。ソ連の国益のためにはフランスのプロレタリアートを帝国主義に平然と売り渡すような男で、その腰巾着がトレーズだ。

私が主導して非合法党を建設し、ドイツとフランスの戦争を独仏同時革命に転化する。面白くなってきたと思わないか、イヴォン。ところできみはどうするのかな。まさか老いぼれたブルジョワどもの第三共和政を守るため、動員に応じてフランス帝国主義軍隊の制服を着るつもりはないと思うが」

イヴォンにはスペインから持ち帰った難問が二つある。第一は集産化革命とアナキズムの敗北をめぐる問い、第二はドイツとソ連とフランスの三つ巴の新しい戦争にかんする問いだ。ポーランドに条約上の義務を負ったイギリスは新しい戦争と無縁でいられないが、アメリカが前の戦争のときと同様に参戦しフランスまで援軍を派遣するかどうかわからない。あの国の孤立主義と反戦世論には根深いものがある。

下からの集産化革命のために闘って斃れるなら本望だが、その可能性は当面のところ失われた。全体主義でない革命は必然的に敗北するという、二十世紀革命の現実性を背負ったルヴェールの断定をどのように覆すことができるのか。

闘うための旗を奪われた青年であろうと、切迫した戦争からは逃れられないし逃れるつもりもない。しかし革命の旗が存在しないとしたらどうすればいい。この戦争を前に取りうる立場は三つしかない。第三共和政のブルジョワ秩序を守るために戦うのか、ファシズムの側で戦うのか、ボリシェヴィズムの側で戦うのか。

フランス人の大半は第一を、親ドイツ派のフランス右翼の一部は第二を、コミュニストは第三を選ぶだろう。スペインの集産化革命を支持しアナキストの側で戦ったイヴォンには、ファシストやコミュニストと手を組むことなど考えられない。残るのは第一の選択だが、資本主義と植民地主義の血にまみれたフランス第三共和政が、ソ連やナチスドイツの抑圧体制と比較して悪の程度が少ないとはいえない。三者ともに打倒の対象であることに変わりはない。しかし、はじまろうとしている戦争の時代にフランス、ソ連、ドイツの体制を同時に敵とする立場とは具体的にはなにを意味するのか。どのように行動したらいいのか。

「この戦争に共産党員はどう対処するんですか」

「いまのところ党中央は動揺し分裂している。徴兵拒否を主張しているのは少数派だ。党員の多くは確固とした戦略意識を持ちえないまま召集に応じるだろう」

そろそろ話は終わりらしい。立ち去りそうなルヴェールに、青年は確認してみることにした。

「クリシーの家で会ったとき僕にいいましたね、どこかでクレリアのような娘と出逢うだろうと」ワーテルローの戦場からパルムに戻ったファブリスは、幽閉中に監獄長の娘と出逢って恋に落ちる。「あのあとクレールが僕にクロエ・ブロックを紹介するだろうことを、あなたは予見していたんですか」

「あの娘なら知っている、クレールが連れ歩いていたからな。で、クロエがきみのクレリアになったのかね、そういえばイタリアでクレリアの愛称はクロエだし。とにかく結構なことだ、若い男女が恋に落ちるのは」男の微笑は好意的なものに感じられた。「残念ながらそんな年齢は過ぎている私だから、この国に革命をもたらすための活動に専念するとしよう。しばらくはイヴォン、きみとも会えないだろうな」

……あるいは永遠に。パレ・ロワイヤルの柱廊でイヴォンの肩を軽く抱いて、アンドレ・ルヴェールは闇の奥に姿を消した。

2

イヴォンがパリに戻って一週間が経過し、九月一日にはドイツ軍がポーランドに侵攻した。続いてソ連軍も。来るべきものが来たというだけでさほどの驚きはない。なにしろヒトラーとスターリンのことだ、独ソ不可侵条約が締結されたその日にポーランド侵攻を開始していても不思議ではない。そして二日後の今日、英仏はポーランドとの条約上の義務を果たすためドイツに宣戦を布告した。

午後遅くにホテルから出てみることにした。騒然とした雰囲気の街路には通行人が足早に行きかい、夕刊紙を求めて売り子に群がっている。あちこちから「戦争だ、戦争がはじまるぞ」という叫び声が聞こえる。身の引き締まる思いでオデオン広場からムッシュ・ル・プランス街の坂道を足早に上った。

パンテオン広場には群衆が満ちて複数の人垣が渦を巻いている。三色旗を掲げた右翼活動家がビラや機関紙を配布し、興奮を抑えられない口調で演説している。赤旗を背にした共産党の演説者に右翼学生の群れが襲いかかる。人波が大きく揺れて広場には悲鳴と怒号が満ちた。

赤旗が踏みにじられ演説者が袋だたきにされても、止めに入ろうという市民は目につかない。共産党はドイツと手を組んだソ連の手先だから、宣戦を布告したフランスには敵国の第五列そのものだと国民の大半は見ている。

総動員が発令され四十歳までの男子は即日召集された。ルヴェールが予見した通り裏切り者として非難され弾圧されることを避けようと、共産党は召集に応じることを決めた。徴兵年齢の範囲内だから書記長トレーズもフランス軍の軍服を着ることになる。昨日は下院で戦争予算に賛成して懸命に尻尾を振ったのに、政府は共産党の活動を露骨に制限しはじめた。このまま事態が進めば党の解散さえ命じられかねない。

パリのいたるところで混乱が生じている。しかし反戦集会は開かれないし、戦争反対の声も聞こえてはこない。退屈な日常を中断する戦争は人々の気分を高揚させる。戦場の恐怖に竦んだ男たち、動員される夫や息子の運命を気に病む女たちも少なくないだろうが、いまのところ厭戦気分は国民的な興奮の大波に吞みこまれている。

パリ市民の高揚感には長いこと強いられてきた中途半端な緊張状態、不安定な宙吊り状態からの解放感も含まれている。ミュンヘン会談で戦争は避けられたと安堵した人々の多くが、この一年のうちに、もしかして戦争になるのかもしれないと思いはじめた。ドイツとの戦争はない、いや戦争がはじまる。逃れることのできない、しかも結論の出ない自問自答が市民たちに息苦しい気分をもたらしていた。この抑圧感から不意に解放されたのだ。戦争による実際の被害を体験するまで、心底に不安を淀ませた祝祭気分はしばらく続くだろう。この熱気が冷めるにはある程度の時間が必要だ。

じきに親類や友人の家に戦死の報が届きはじめる。家族からも戦死者が出る。ユンカースの急降下爆撃機（シュトゥーカ）が、あの不気味な風切り音を轟かせながら町々に襲いかかる。ドイツ空軍の爆撃がはじまれば、パリ市民は地下壕で息を潜めているしかない。

役場から防毒マスクが配られたというのに、それでも市民たちは四半世紀の昔と同じような戦争になると思いこんでいる。熾烈な戦闘は遠方の前線で行われるのだと。しかし、開始されようとしている新たな戦争に前線と後方の区別などない。

戦場になることが予想されるフランス北東部以外の町々もゲルニカのような廃墟に変わる。もちろん首都パリも例外ではない。いや、パリこそドイツ空軍による戦略爆撃の最大の標的になる。ノートルダム大聖堂の塔は倒壊しサクレ・クール寺院の円蓋は崩れ落ちるだろう。

夜が更けてもムフタール街は興奮した群衆で溢れている。人波を掻きわけるようにしてイヴォンは友人の家をめざした。戦争をめぐる情報収集に多忙で、パリに戻ってから旧友とまだ顔を合わせていない。とにかくアンリの家まで行くことにしよう。

もう閉店しているパン屋の横から建物に入り薄暗い階段を駆けあがった。アパルトマンの扉をノックしても室内から返答はない、アンリは外出中なのか。時間がすぎて階段の電灯が自動的に消える。真っ暗になるとドアの隙間から洩れている光の筋が目についた。もう一度ノックしようとしたとき、扉が細めに開かれる。

「ようやく帰ってきたんだね」囁くような声がしてドアがさらに開く。「きみと会えないまま入隊するのが心残りで、訪ねてくるのを昨日から待ちかねていたよ」

「出かけてるのかと思った」

不健康な蒼白い顔をした親友に声をかけ、イヴォンはハンカチで顔の汗を拭った。窓が閉めきられた室内には暑気が淀んでいる。九月に入ってまもないというのに、日中から鎧戸を閉じて薄闇に身を沈めていたらしい。掃除好きとはいえない友人だが、アパルトマンは綺麗に片付けられて床にも埃は落ちていない。まるで長い旅行にでも出かける前のようだ。壁際には埃まみれの軍靴と背嚢が置かれている、長いこと戸棚の奥に押しこまれていた軍装品に違いない。

友人が力なく微笑(ほほえ)んだ。「新学期もはじまることだし、いつまでもホテル住まいを続けるわけにはいかないだろう。しばらくこのアパルトマンを使ってくれないか、ジュリエットが帰ってくるまで」

「いいけど、彼女はどうしたんだい」

「置き手紙があった。ひさしぶりに母親の顔を見たくなったので、いったん帰郷するという」

エキセントリックな印象の若い女がムフタール街のアパルトマンを立ち去ってから、もう二ヵ月以上がたつようだ。一緒に消えていたのは本人の小さな旅行鞄と壁に掛けられていた無頭女(メドゥーサ)のデッサンだけ。故郷はピレネー地方のサン・ラリ・スランから山奥に入った寒村らしいが、実家の正確な住所を知らないアンリには捜しようがない。ムフタール街に戻ってくるのを待ち続けるしかなかった。

母親に会いたいと思いはじめたのは、自身の病気の悪化を自覚したからではないか。死ぬ前に一度でも親の顔を見ておきたいと。そんな事情であればジュリエットはパリに戻らない、戻れない可能性も高いと思ってアンリは憔悴している。

友人の話にイヴォンは眉を顰(ひそ)めた。見間違えではないかと一度は否定した可能性がまたしても脳裏を過ぎる。夏至の未明に廃墟の祭壇で短剣を振りあげていたのは、やはりジュリエット・ドゥアだったのではないか。

「ジュリエットが姿を消したのって、正確にはいつのことかな」

「これからニースに行くって、きみがメモを残した日の二日前」

コート・ダジュールに発つ直前、このアパルトマンにアンリを訪ねたけれども不在だった。いまから思えば姿を消したジュリエットを捜してあちこちパリ中を歩き廻っていたのだろう。避暑に出かけたクロエを追って長距離列車に乗るというメモを、イヴォンはアパルトマンの玄関ドアの下に差しこんでおいた。とするとアンリがジュリエットと最後に話したのは夏至の前日の朝ということになる。夜遅くアパルトマンに戻ると、書き置きを残して恋人は消えていた。

「ところでクロエとは会えたのかい」

「いいや、七月の一ヵ月はコート・ダジュールの避暑地をあちこち捜して廻ったんだけどね。八月はカンヌのホテルに滞在して海を眺めながらぼんやりして過ごした、いったいなにをやってるんだろうと思いながら」

「いいことじゃないか、好きな娘のあとを夢中で追いかけるのは」

　青年はかぶりを振る。いまだにクロエを見つけられない自分もアンリと似たような境遇だ。海辺を彷徨（さまよ）った七月の荒れ狂う恋情の大波は引いていた。しかしクロエへの思いが消えたわけではない。心の底が抜けたような喪失感と空虚感を抱えながら、いまも再会できる日を待ち望んでいる。

「アンリ、きみの兵科は」ソファに腰を下ろしてイヴォンは訊ねた。

「歩兵だよ」

「そうか」

　スペインのアナキスト民兵隊に兵科の区分などなかった。フランスの正規軍の場合、輜重（しちょう）科や技術科なら、あるいは砲兵科でも最前線で突撃を命じられることはないが歩兵の生存率は最低だ。

「悲観的な顔をするなよ。機関銃の十字砲火に突撃するのはドイツ兵だし、どれほど屍体の山を築いてもマジノ線は越えられない」

　イヴォンは慎重な口調でいう。「安心できないな、もしも背後から襲われたら」

「きみはマジノ線が突破されると」

　驚いたようにアンリが眉をあげた。詩人に軍事的な知識や判断力はない。友人もまた大多数のフランス人と同じように、鉄とコンクリートで固められた独仏国境の要塞線は難攻不落だと信じている。

「マジノ線を突破できる新兵器がドイツで開発されたとでも」

「戦車の十倍も威力がある秘密兵器があろうとなかろうと、ドイツ軍は要塞線の背後に廻りこめる。ベルギー国境までマジノ線は延びていないから、ドイツの機甲師団は三日のうちにフランス領に達するだろう」

「ベルギーの中立を侵す……」アンリが呟いた。

「前の戦争のときと同じように、ドイツ軍はアルデンヌの森からフランスに侵攻してくる」

「としても僕は生還するよ、ジュリエットと再会するためにも生きて帰らなければ」

「そうだね」暗澹とした気分が声に滲まないよう注意して、イヴォンは応じた。

　この友人が入隊すれば半分以上の確率で二度と会えない気がする。どう見てもアンリは兵隊向きの青年ではない。繊細で心優しいタイプが戦場では最初に死ぬ。最後まで生き残るのはなにも信じないニヒリストだ。土壇場でも他人事のように正確に、あるいは冷酷に判断できる者が生き延びる。しかしそれも相対的な問題にすぎない。各人の体力や気力、意志や性格とは無関係に戦争という歯車は無慈悲に、兇暴に回転し続けるからだ。最終的には無意味な偶然が生死を分けるとしかいえない。

「イヴォンはまだ兵役を終えていないんだね」

「六月に一時帰郷したとき遅れていた徴兵検査を受けた。長男に家出された父親が外聞を気にして、病気療養を口実に徴兵検査の延期願いを出していたんだ。いまのところは徴兵猶予中だけど」

　前の戦争では兵員の消耗が進むにつれ学生も召集されはじめた。学生の徴兵猶予さえいつまで続くかわからない。徴兵に応じるとしての話だが、アンリが戦争を生き延びて、あとから入隊したイヴォンが戦死する可能性もある。いずれにしても誰が死んで誰が生き残るか確実なことはなにもわからない。

　慌ただしいノックの音がした。イヴォンが立ってドアを開くと、小柄な東洋人が部屋に駆けこんでくる。

　青年美術家のヨシダがアンリの顔を見て叫んだ。「戦争がはじまる、きみも軍隊に入るのか」

「落ちつけよ、きみの国が戦争をはじめるわけじゃない」

　苦笑するアンリに日本人が真剣な顔で応じる。「一昨年から日本は中国と戦争状態だ。パリ不戦条約のため戦争とはいえないから事変（アンシダン）と称しているが、実際は戦争と変わらない。日本にいれば僕も徴兵されていた。フランスがドイツと戦争になった以上、日本人のほとんどは帰国することになる。日本に戻れば僕も兵士として中国戦線に送られるだろうな」

「フランスが宣戦布告しても中立国のスイスを経由すればドイツに入国できる。同盟国の日本国民ならベルリンで快適に暮らせるんじゃないか」

「まさか。この戦争には日本も無縁ではいられないだろう。僕は好戦的なナショナリズムは嫌いだし日本政府のやることに一から十まで賛成ではないけれども、国民の義務からは逃れられないよ」

ソ連を敵とした日独防共協定は独ソ不可侵条約で空文化したが、それでも日本はドイツの同盟国だ。フランスに留まればドイツの同盟国民として監視され強制送還される可能性もあるが、希望すればフランスに留まることは許されるかもしれない。なにかと不自由でも戦場に駆り出されて死ぬよりはましだ。

日本に帰国すれば、かならずしも支持できない日本政府の命令で中国戦線に出征することになる。戦死するかもしれない。フランスでファシストの同類と目されて自由を失うか日本に帰国して中国の戦場に送られるか、ヨシダも難しい判断を迫られているようだ。

日本人が無表情にいう。「国が進路を誤ったとき、国民の一員である者はどうすればいいのか。きみたちは幸福だよ、戦争が起きてもそんなことまで思い悩む必要はないんだから」

「たしかに」アンリが薄く微笑した。「戦争の目的にかんして僕は悩む必要がない。同じように徴兵されるとしても反ナチや非ナチのドイツ青年よりは幸運だと思うよ。右翼やナショナリストのためにではなく、許しがたい恐怖政治と専制主義から共和国を防衛するため戦うんだから」

日本の中国侵略に駆り出されるとしたらヨシダは気の毒だ。けれども腐敗し老朽化した第三共和政を守るために死ぬかもしれないアンリだって、この日本人と似たような境遇ではないか。学生の徴兵猶予が取り消されたらイヴォンも軍隊に入るべきなのか。共産党員のルヴェールと同じように地下潜行し、スターリニストとは違う立場から世界戦争を集産化革命に転化する活動をはじめるべきではないか。ファシストが仕掛けてきた内戦を好機としてスペイン民衆が集産化革命を開始したように。

アンリが呟いた。「そろそろ八時だ、召集兵の集合地に行かなければ」

「急ぐことはないと思う」イヴォンが応じた。「明日午後の特別列車に遅れるなと注意されるだけさ、きみの師団ならたぶん東駅からだ」

「軍規だから指示されているようにしないと」

馴れない仕草でアンリが軍用の背嚢を背負う。ヨシダに続いてイヴォンも親友を全身の力で抱きしめた。この三人が生きて再会することはおそらくもうない。

「大戦（グランド・ゲール）は一九一四年七月から四年後の十一月まで続いた。だったら一九四四年九月三日の夜八時、この部屋に三人でまた集まろうじゃないか。ヨシダだって五年後にはパリに舞い戻ってるだろう。三人では飲みきれないほどシャンパーニュを用意しておくよ。……ちょっと待ってくれ」

なにか思い出した様子でアンリは寝室に姿を消した。

額が外されて空虚になった壁を眺めてイヴォンがいう。

「きみのデッサン、ジュリエットが持っていったようだけど」

「かまわんよ、もともと頼まれて描いたものだし」

若い女の首なし屍体が一月にオステルリッツ駅で、四月にモンパルナス駅で発見された。その躰に、あたかも自作を模したような模様が描かれていたことをヨシダは知らない。この事実にかんして日本人画家の意見を訊いてみたいとも思ったが、警察情報は口外するなとヴァラーヌ警部に釘を刺されている。

かつて映画や演劇の端役を演じたこともあるらしいジュリエット・ドゥアは、小劇団〈無頭女（メドゥーサ）〉の一員だった。この春にクロエも同じサークルに誘われたらしい。ジュリエットは無頭女（メドゥーサ）のディテールをヨシダに言葉で説明し、その図像を描くように頼んだ。無頭女（メドゥーサ）のデッサンはサークルの招待状として使われるカードに印刷された。

時間的に早いヨシダの絵を、あるいはジュリエットが語った女神の外見を模して首なし屍体は装飾されたと考えられる。この事実を警察が摑めば、首なし屍体事件の犯人としてジュリエットは、さらに小劇団〈無頭女（メドゥーサ）〉の団員も疑われることだろう。

夏至の未明にはマルリの森にある廃墟で奇怪な出来事が起きている。イヴォンはクロエ宛の、シスモンディは本人宛の招待状で鴉の城（シャトー・ド・コルネイユ）に招きよせられた。その出来事が女たちの前衛劇だったとすれば、主役を務めたのはクロエだった可能性もある。以前から誘われていた小劇団にクロエはすでに入会していたのだろうか。

もうひとつの戦慄的な可能性も無視はできない。小劇団〈無頭女（メドゥーサ）〉の実質は首のない女神を崇拝する秘儀結社で、そのために生贄を捧げる夏至祭儀が廃墟で実際に行われたのではないか。もしも後者だったとすれば、クロエと同じ焔のような金髪の女は躰に無頭女（メドゥーサ）の模様を描かれ、石の祭壇で首を切り落とされたのかもしれない。

信じがたい話だが、このように考えるなら連続したトランク詰め首なし屍体事件の真相も想定可能となる。第一と第二の被害者も〈無頭女（メドゥーサ）〉結社の生贄として殺害されたのではないか。夏至の未明に首を切られた女の屍体は二ヵ月以上が経過しても、いまだに発見されていないようだが。

森の廃墟で秘儀結社の供犠が行われていたなど、とても信じられないことだとイヴォンは思う。しかし生贄と同じ髪をしたクロエが、あの夜から行方が知れないという事実はある。もちろん捜し続けるつもりだが、それにしてもクロエはどこに消えてしまったのか。

ホテルの客室の床に落ちていた招待状には、夏至祭儀の前夜から性交は禁止すると記されていた。違反する者には処罰が下されると。あるいはクロエは、この指示に背こうと青年の前に裸身を晒したのではないか。イヴォンと愛(フェール・ラムール)を交わしてしまえば、もう鴉の城(シャトー・ド・コルネイユ)の集まりに参加はできなくなるから。

クロエかもしれない祭壇の女に、短剣をかざしていたのはジュリエットだった可能性が増してきた。クロエとジュリエットは同じ小劇団〈無頭女(メドゥーサ)〉に属していたようだ。あれが芝居にしても本物の供犠だったにしても、二人が同じ舞台にいることに不思議はない。しかもジュリエットは夏至の前日に姿を消して、今日までアンリのアパルトマンに戻っていない。

居間に戻ってきたアンリは封筒を二つ手にしている。ひとつは郵便物で宛名はアンリ・ヴォージョワ、もうひとつにはなにも書かれていない。「来週、ジャン＝ルイ・バローが私的な映写会をやるそうだ。これが送られてきた招待状の封筒。もう僕は行けないから代わりに顔を出してくれないか。こちらの封筒は僕の手紙なんだ、ジュリエットが帰ってきたら渡してほしい」

三人はアパルトマンの玄関ドアを出た。ドアを施錠したアンリが鍵を手渡してくる。イヴォンは微笑して頷いた。どんぐり眼を剝いてヨシダも親友に笑いかけようとしている。スペインの戦場でも同じだった。微笑であれ哄笑であれ状況が絶望的であるほど笑うしかない動物なのだ、人間というやつは。

夜の街路に出ると調子の外れたラ・マルセイエーズが聞こえてくる。在郷軍人会の老人に率いられた群衆が興奮して街路を練り歩いている。日本人に別れを告げアンリの肩を軽く叩いて、イヴォンはムフタール街の雑踏に身を沈めた。

3

宣戦布告から一週間が過ぎて開戦直後の興奮と高揚感は醒め、パリには戦時下の重苦しい緊張が漂いはじめた。街には軍用ヘルメットを被り防毒マスクを携行した警官たちが目につく。

とはいえ、開戦と同時にドイツ軍がベルギーを蹂躙し北フランスに雪崩れこんできた前の戦争とは違って、いまだに独仏両軍は国境で睨みあいを続けている。戦闘がはじまらないのはドイツ軍がマジノ線の砲列と無数の機関銃座に怖れをなしているからだと、フランス国民の大多数は信じている。コンクリートで固めた要塞線の防御力は、細長く掘られた穴にすぎなかった二十年前の塹壕線とは比較にならない。マジノ線に歩兵が突撃すれば屍体の山を築くしかない。

ドイツ側が動こうとしないのは軍の大半がポーランドに侵攻中だからだ。西部戦線にはわずかな部隊が配置されているにすぎない。ドイツ軍主力が東部戦線に出撃した隙を突き、国境線を突破して敵の背後を襲う。この軍事的常識に反してフランス軍は攻撃を控えているようだ。本気でフランスと戦う気のないドイツは、じきに停戦交渉を申し入れてくるだろう。こんな希望的観測にフランス政府はすがろうとしている。

敵機の接近を監視するため、東の空に飛行船が空高く係留されている。もしも空襲があれば、砲弾型をした灰色の飛行船はまっ先に撃ち落とされて監視員は死ぬだろう。空襲警報が鳴って市民は防空壕に入るがじきに警報は解除される。そんなことが毎日のように繰り返されている。

警報に怯えるパリ市民の大半は、ほんの少し前まで戦争の可能性を憂慮する新聞の論説ではなく、連続猟奇事件の三面記事に熱中していた。戦争の脅威を忘れようと血まみれの猟奇事件に興奮していたともいえる。一月二十四日の早朝、オステルリッツ駅構内で若い女の首なし全裸屍体が発見され、四月一日にも同じような屍体がモンパルナス駅に放置されていた。いずれも切断された頭部の行方は知れない。

宣戦布告の翌日、九月四日には第三の屍体がサン・ラザール駅に遺棄されていた。新聞もラジオのニュースも対独開戦の興奮に紛れて、連続猟奇事件の新展開は無視した。発見から一週間もが経過した昨日の〈パリ・ミディ〉紙で、ようやく第三の首なし屍体が遺棄されていたことを知って、イヴォンは警視庁のヴァラーヌ警部に電話してみた。

まさかとは思う、まさか消息不明のクロエが屍体になって発見されたのではあるまい。とはいえサン・ラザール駅はサン・ジェルマン・アン・レイに向かう郊外線の始発駅だし、発見されたのは首なし屍体なのだ。鴉の城（シャトー・ド・コルネイユ）で目撃した出来事が青年の脳裏を過ぎったのは当然だった。

夏至の未明に廃墟で行われたのは小劇団〈無頭女（メドゥーサ）〉の前衛劇ではなく、石の祭壇に染みこんだ大量の血は生きた人間で無頭女（メドゥーサ）を作るために流されたのだとしよう。その首なし屍体が箱型の旅行鞄に詰められサン・ラザール駅に遺棄されたのなら、ひどく腐敗していなければならない。なにしろ真夏に死後二ヵ月以上が経過した屍体なのだ。

　女たちの小劇団〈無頭女（メドゥーサ）〉の背後には大地の女神を崇拝する秘儀結社が存在し、それが第三の首なし屍体事件を惹き起こしたと仮定してみよう。その場合には第一、第二の事件も〈無頭女（メドゥーサ）〉結社の犯行だった可能性がある。いや早まってはならない、第三の屍体にも無頭女（メドゥーサ）の模様が描かれていたのかどうか確認するのが先決だろう。サン・ラザール駅で屍体が発見されたのは偶然で、第三の事件は摸倣犯によるものかもしれない。

　信号が変わりイヴォンは横断歩道を渡った。モンテベロ河岸通りから階段で石畳の遊歩道に下りる。小太りの中年男が川岸にしゃがんでセーヌの水面を見下ろしていた。前回と同じで、ここを待ちあわせ場所に指定したヴァラーヌ警部だ。

「兵士さながらに時間には正確だな」私服警官が腕時計を見ていう。「いつからの習慣かね」

　イヴォンがスペインで戦っていた事実をヴァラーヌは摑んでいるようだ。青年のパリでの保護者兼監視役のラトゥールが打ち明けたとは思えない。ファシストと戦うため青年がスペインに行ったことを親しい友人たちは知っている。刑事が身辺調査をすれば、その程度のことは簡単に洗い出せたろう。

「まさか。前の戦争が終わってから生まれたんですよ、僕は」イヴォンは口を濁した。

「まあいい、出入国管理は司法警察の仕事じゃないからな。……今日もまた首なし屍体の件かね」

「一週間ほど前、また首なし屍体が発見されたとか。第三の被害者の躰に例の模様は」

　一呼吸置いて警官が答える。「オステルリッツ駅やモンパルナス駅の屍体とまったく同じだった」

「模倣犯の仕業ではない、三つの事件は連続している……」

「あんたの仕業でなければ」

　警官が薄笑いを浮かべる。屍体に描かれた奇妙な模様のことを知っているのは捜査関係者以外ではイヴォン一人らしいが、本気で疑っているわけではないだろう。

「僕じゃありませんよ」

　警部が顔を顰めて頷いた。「年代物の大型トランクが遺棄されたと推定される時刻に、あんたはドフィーヌ街のホテルの客室で寝ていた。戻ったのは前夜遅い時間、出かけたのは当日の午前十時すぎだからな」

「フロントで確認したんですか」警官が聞き込みにきたことなど青年は聞いていない。

「可能性は潰さねばならん」

「残念そうじゃありませんか」

青年の皮肉にヴァラーヌが肩を竦める。「犯人を挙げれば手柄になるし、上司の鼻も明かせる」

「屍体の様子で注意を惹かれた点は」イヴォンは話を進めた。

「屍体が全裸で首がない点、同じ模様が躰に描かれていた点、古いトランクに詰められていた点、鉄道の終着駅（ガール・テルミナル）に遺棄されていた点などは前の二件と同じ」

間違いない、三件は同一犯によるもので首なし屍体の事件は連続している。青年は思わず呟いていた。

「オステルリッツ駅、モンパルナス駅、サン・ラザール駅。もしも第四のトランク詰め屍体が遺棄されるなら北駅だろうか」

パリに六箇所ある終着駅（ガール・テルミナル）は、市庁舎あたりを中心とした半径二、三キロほどの少し歪んだ円の上に並んでいる。第一の屍体が棄てられていたオステルリッツ駅から時計廻りにモンパルナス駅、サン・ラザール駅、北駅、東駅、リヨン駅という順になる。

「たしかに遺棄地点には法則性があるようだ。どんな理由で犯人は屍体をオステルリッツ駅から順番に遺棄しているのか」

言葉をとぎらせた警部にイヴォンは質問を続ける。「これまでとの相違点は」

「遺留品だな」

「というと」

「前の二件では縄の切れ端、インク瓶、髑髏の置物がトランクに残されていた。しかし今回は……」

「旅行鞄から奇妙な小物は発見できなかった」

「その通り、トランク自体も前の二つとは少し違っていた」

オステルリッツ駅とモンパルナス駅で発見された旅行用の大型鞄は、戦前のものらしい古びた品だった。今回は違っていたのだろうか。

「新品だったとか」

「いいや、前の二つと同じように革の表面が擦り傷だらけの古いトランクだ。違うのは蓋が開いてしまわないように、頑丈なベルトで幾重にも巻かれていたこと」

「屍体については」

イヴォンの質問に警官が大きく頷いた。「問題は頸部の切断面だな」

一月と四月の屍体の場合、頸部は鋸（のこぎり）状の道具で切られたようで切断面は凹凸やギザギザで乱れていた。しかし第三の屍体の切断面は平坦で綺麗だったという。

「まるで断頭台（ギヨチーヌ）で切り落としたようだ。大斧や長剣、でなければ刃渡りが三十センチもある重たい肉切り包丁でも使ったんだろうが、とにかく手慣れた人間の仕業に違いない。一撃で首を切り落としているんだからな」

大斧で死刑を執行していた昔の斬首人ならともかく、首切りに習熟した人間など二十世紀のパリに存在するだろうか。鴉の城（シャトー・ド・コルネイユ）で黒衣の女が手にしていた短剣では、大人の首を一撃で切断するのは難しそうだ。指の二、三本なら切り落とせるとしても。

ヴァラーヌが続ける。「まだあるな、前の二体と今回の屍体の相違点は」

「というと」

「死後経過時間だ」

「前の二体と違って屍体は腐敗していた……」

「いいや」警官が否定する。「では、どうして」

「早朝にサン・ラザール駅で発見されたとき、まだ屍体は凍っていた。皮膚や脂肪層はともかく内臓はかちかちに」

第三の屍体は冷凍保存されていた、しかも冷凍庫から運び出されてまもない時点で発見された。保存場所と発見場所はそれほど離れていないようだ。

「冷凍庫から運び出されて、どれくらいの時間が過ぎていたんだろう」

「早朝だから気温はそれほど高くない、としても一時間か長くても一時間半だろうと屍体を検分した警察医は判定した」

凍りついた屍体の四肢を折り畳んで箱型の旅行鞄に詰めることは難しい。鞄に押しこんだ屍体を冷凍保存していたに違いない。人間が入るほどの大型鞄を収容できる冷凍庫など一般家庭にはないから、大邸宅の食糧庫でなければ業務用だろう。サン・ラザール駅から最大で一時間半の範囲内に位置する倉庫や工場の大型冷凍庫を端から当たれば、屍体を保存していた場所は発見できるのではないか。

「これまではオステルリッツ駅でもモンパルナス駅でも、屍体を詰めた旅行鞄は構内の目立たない場所に置かれていた。しかし今回は駅舎の入口に近い場所でトランクが発見されている。しかもモンパルナス駅のときとは違って、そこまでカートで荷物を運んできた荷運び人（ポルトゥール）の目撃情報はない。死体遺棄犯は荷運び人（ポルトゥール）の制服でなく、旅客のような恰好で旅行鞄を運んだのかもしれんな」

駅舎の入口付近ということは、長距離列車の発着ホームから離れた地点を意味する。どうして犯人は手間をかけて長い距離を運んだのか。

「そうか」青年は自分に頷きかけた。「列車に載せられていた旅行鞄が駅の構内に捨てられていたのではなく、駅外から運ばれてきて構内に置かれたのかもしれない。とすれば運搬手段は自動車だ」

犯行地点がそれぞれ異なるならともかく、犯人が三人を同じ場所で殺害し首を切断した場合には、三つの終着駅（ガール・テルミナル）に到着するそれぞれの列車にそれぞれの大型鞄を積むのに、かなりの時間と手間が必要になる。それより自動車に積んだ鞄を、それぞれの駅に運んだと考えるほうが合理的だ。

「どうですか、第三の屍体を保存した大型冷凍庫の捜査は」

「捜査が開始されないまま被害者の屍体は無縁墓地に埋葬された。上司の目を盗んで事件資料は押さえたが、どういうわけか死体解剖の検案書が含まれていない。前の二体と同じで屍体に外傷も中毒死の痕跡もないことくらいだな、解剖した医師から訊き出せたのは」

「秘密に事件資料を入手した……」

「戦争がはじまったんだ。警官や消防士には徴兵猶予があるとしても、それがいつまで続くかはわからん。警視庁は非常体制に移行し、戦争遂行に必要な警察活動に人員も予算も優先的に配分される。一般の刑事犯罪捜査は優先順位が低い。首なし屍体事件も棚上げされ捜査が再開される時期も未定だ」

警察の捜査が手薄になることを予見して、犯人は対独開戦の翌朝に第三の屍体を遺棄したのではないか。犯人の目論見は当たったといえる、一月からの首なし屍体事件の捜査は中断されたのだから。としても犯人は、どうして九月四日にトランク詰め屍体をサン・ラザール駅の構内に残したのか。なんらかの理由が生じて、冷凍庫で保管しておくことが難しい状態になってきた。近いうちに処分しなければならない立場だった犯人は、開戦の混乱を好機として屍体を遺棄することにしたのだろうか。

最大の疑問点は、犯人が第三の屍体に限って冷凍庫で保存した理由だ。他の二体は殺害後、ほとんど時間を置くことなく遺棄されている。頸部の切断面の相違と合わせて、この点からは模倣犯の可能性も浮かんでくるが、屍体に描かれた無頭女（メドゥーサ）の模様がそれを否定する。しかし同一犯とすれば、今回はインク瓶など遺留品が残されていない点は不可解といわざるをえない。

　警官に無頭女（メドゥーサ）のことを告げるべきだろうか。しかしイヴォン自身にもわからないことが多すぎる。最大の謎はヨシダが描いた無頭女（メドゥーサ）の絵と、無頭女（メドゥーサ）を模したようにも見える三体の首なし屍体の関係だ。

　雑誌に掲載されている無頭人（アセファル）の図像と違って、無頭女（メドゥーサ）は世に知られていない。たまたま無頭人（アセファル）の絵を見たことのある者がその女性版を描いたのだとしても、蛇と壺のことまでは想像のしようもない。犯人は無頭女（メドゥーサ）の絵を見たことがある人物に違いない。

　ではヨシダや、ヨシダに無頭人（アセファル）の女性版を描くように頼んだジュリエットが、トランク詰め首なし屍体事件の犯人なのか。もしも二人が事件に関係しているなら、アンリのアパルトマンに無頭女（メドゥーサ）の絵を麗々しく飾っていたわけがない。

　以前にも疑ったことがあるように、あの絵を見たアンリの家の訪問客にも犯人の資格はある。イヴォンが自分で調べようと思っていたが、多忙に紛れて調査は進んでいない。いまから警察に告げたところで真剣に捜査するとは思えないし、アンリの友人たちを事件に巻きこむ結果にしかならないだろう。

　アンリの家に飾られていたデッサンの他にも、無頭女（メドゥーサ）のシンボルはイヴォンの前に登場している。クロエ・ブロックがホテルの客室に落としていった招待状の挿絵だ。クロエが今年の春に入会したという小劇団は、ジュリエットのいる〈無頭女（メドゥーサ）〉だったのではないか。招待状の文面からして小劇団は、夏至の未明にマルリの森でなにかを行おうとしていた。イヴォンとシスモンディを観客として異様な前衛劇が演じられた可能性もある。配役は女祭司がジュリエット、祭壇の生贄がクロエだったかもしれないが確信はない。そのあと主役の二人はパリから姿を消している。

「旅行に出かける直前に頼んだ件、結果はどうでした」

「あんたが持ちこんできたハンカチは、別件の捜査資料という名目で鑑識に廻した。付着していたのは牛や豚などではない人間の血だった」

「血液型は」イヴォンの声は掠れていた。

「AB型とか」

　青年は唇を噛んだ。廃墟の祭壇を濡らしていた血はクロエと同じ血液型だった。しかもAB型のフランス人はきわめて少ない。信じられないことだが、あの場で行われていたのは人身犠牲の祭儀だった可能性が増してきた。それでも信じられない、あのときの牛贄がクロエで、二ヵ月以上も冷凍保存された屍体が九月四日にサン・ラザール駅の構内に遺棄されたことなど。

これまで真剣には考えないようにしてきた不吉な可能性が、不意に現実味を帯びてくる。しかしまだ九月初旬のことで、ブロック一家は避暑から戻っていないだけかもしれない。いや、すでに戦争がはじまっている。一夏を過ごしたのがアルプスでもコート・ダジュールでも、大急ぎでトロカデロの自宅に帰ってくるのが当然ではないか。パリに戻っていないのはクロエ一人ではない、祖母や家政婦も同じだ。

考えこんでいる青年に警官が告げる。「警視庁が中止しても私は個人的に捜査を続けようと思う。刑事としての好奇心かな、なにしろ三人の女が首を斬られトランクに詰められて遺棄されたんだ」

「なにかわかったら教えてもらえますか」

「暇を見て一人で続ける捜査だから先の話になるだろうが、めぼしい情報があればラトゥール氏に伝えておこう」

ヴァラーヌ警部と別れたあとサン・ジェルマン通りの料理店で夕食を終えると、街路にはもう薄闇が降りていた。先週まで滞在していたホテルに近いグラン・ゾーギュスタン街の古い建物に入る。屋根裏まで階段を登りきるとグルニエ・デ・ゾーギュスタンがある。俳優で演出家のジャン＝ルイ・バローが練習場にしている広間で、招待状によれば上映会は九時からだ。

百人の集会でも開ける広大な屋根裏だが、ここをイヴォンが訪れるのは二度目のことだ。まだリセ時代のことだが、グルニエ・デ・ゾーギュスタンでブルトン派とルノワール派の連合による反ファシズム芸術団体〈反撃（コントル・アタック）〉の公開集会が催され、まだ少年だったイヴォンもアンリと一緒に顔を出したのだ。ブルトンとは面識があったが、ルノワールの顔を見たのはそのときが最初だった。ジャック・プレヴェールやポール・グリモーとアジ・プロ劇団〈十月グループ〉で運動していたバローだから、ブルトンに頼まれて集会場を提供したのだろう。あるいは女優の妻シルヴィアを通じてルノワールがバローに頼んだのかもしれない。

屋根裏の広間では三十人ほどの男女が立ったまま談笑している、ただし若者は少ない。総動員が発令されて学生以外は軍に召集されたからだ。広間には映写機が置かれ壁には白い幕が下げられている。年長の知人と顔を合わせるとスペインの話を持ち出されそうだ。それが面倒でイヴォンは壁際に立って目立たないようにしていた。

映写幕の前で六十歳ほどの人物が話しはじめる。老人は著名な演出家ジャック・コポー。年少のバローの才能を高く評価し、個人的にも仕事の上でも親しい関係だという。入隊直前の友人に頼まれたので、バローに代わって上映会の趣旨を簡単に説明したいと、穏やかな口調で老人は切り出した。

「半月ほど前のことですが、われわれの友人ジャン＝ルイ・バロー宛に映画フィルムが送られてきました。フィルムが入った金属容器の小包には宛先だけで送り主の名前は記されていません。その映画を自宅の映写機で観たバローは驚嘆し、興味を持ちそうな友人たちを集めて映写会を開こうと考えた。皆さんに招待状が送られたのはこんな事情からです。

もっと話したいことがバロー本人にはあったに違いないのですが、ここまでにしましょう。なにしろ皆さんと同じことで、この私も映画はまだ観ていないので」

窓のカーテンが引かれ電灯が消されて広間は闇に包まれた。じきに映写がはじまる。タイトルが映ると「なんだ、『アンダルシアの犬』じゃないか」という呟き声が聞こえた。剃刀を研いでいる男、夜のベランダにいる男、女の顔の前に剃刀、クローズアップされた片眼、かすかに痙攣する瞼、剃刀で切られた眼球から硝子体が溢れ出る。その瞬間のことだ、幾人かの観客がどよめいたのは。

女の片眼が切られたように見えるのはモンタージュ効果にすぎない。女のバストショットに続くクローズアップされた片眼の周囲には、よく見ると粗い毛が生えている。切られたのは人ではなく牛か馬の眼球だが、観客には前のカットで映されていた女の眼からゼリー状の物質が溢れたように見える。このショッキングな映像に観客は衝撃を受ける。

ジャン＝ルイ・バローに招かれた人々だから、『アンダルシアの犬』は観ているに違いない。それでも眼球が切断される場面に驚いた観客が幾人もいたらしいのは、問題のカットがすり替えられていたからだ。剃刀で切断される眼球の周囲に、オリジナル作品では認められた獣の毛が存在しない。どのような特殊効果の産物なのか、観客には人間の女の眼が切られて硝子体が流れ出したようにしか見えない。

上映が終了して電灯が点されたとき、屋根裏に残っていた観客は六、七人だった。二十人以上は、すでに観た『アンダルシアの犬』が上映されていると思って中途で退席したようだ。残った観客の一人が映写幕の横に立つ老人に問いかける。

「最初の数分だけでいいから、もう一度映写してもらえませんか」

「残念ですが映写は一度きりとバローにいわれているので」

「私の見間違えでなければ、いま上映された『アンダルシアの犬』は、重要なところが一カット差し替えられていた。これはバローの制作になる贋作(パスティーシュ)なんだろうか」

「いいや、正体不明の人物から郵送されてきたのは紛れもない事実ですよ」

映写幕が外され映写機も片付けられていく。広間を出て階段を降りはじめた人々は「あれ、人間の片眼のように見えたが」、「まさかね」というような言葉を交わしている。行列の最後を歩きながら、この奇妙な贋作映画のことをイヴォンは考えていた。一カットだけの差し替えという奇妙な贋作の制作者はいったい何者なのか、どんな目的でこんなフィルムを作ったのだろう。

第十章　灰色の首都

1

礼拝広間の正面に安置された白銀のマリア像を、見るともなく眺めていた。ノートルダム・ド・ラ・ギャルド寺院の聖堂で板の長椅子に坐っていると、どうしても幼子を抱いた聖母像が目に入ってくる。このマリアはクロエに少しも似ていないと、どことなく残念に思っている自分に気づいてイヴォンは顔を顰(しか)めた。

白と臙脂(えんじ)の巨大な石柱で囲まれた広間は冷えた空気で満たされ、深海のように薄闇に沈んでいる。時刻のせいか人影も少ないし、宗教的な空間にふさわしく静謐(せいひつ)で小さな物音でも大きく響きそうだ。大きく脚を組んで木製の長椅子に深々と背をもたせた。空が黄昏(たそが)れるまで、あと一時間はこうしていよう。それまでにシモーヌ・リュミエールが来ればいいのだが。

ドイツとの開戦は三年前の一九三九年九月のことで、ドイツ軍がフランスに侵攻した翌年五月からも丸二年が経過しようとしている。宣戦布告と同時に総動員が発令され、親友のアンリ・ヴォージョワをはじめイヴォンの友人たちの多くも召集された。

前の大戦（グランド・ゲール）で世界の下半身は大量死の泥沼に沈んだ。開始されようとしている新たな大戦（グランド・ゲール）で残された上半身もまた、頭のてっぺんまで血と膿と肉片の泥濘（でいねい）に沈みこむ。この戦慄的な予見が青年に奇妙な解放感をもたらした。いずれにしても微温的で中途半端で、自己保身しか念頭にないブルジョワたちの姑息な楽園、第三共和政のフランスは粉々に砕け散る運命だから。

どんな状況でも冷静な判断力を失わないアンドレ・ルヴェールは、破局的な戦争を生き延びる可能性がある。ジャン＝ポール・クレールはどうだろう。ルヴェールとリセ時代から親友のクレールは歩兵部隊に配属されたようだ。世間知らずの哲学教師で小説家の小男が、戦争の修羅場を生き延びる可能性はそれほど多いといえない。

開戦直後のパリには緊張した空気が流れていた。いたるところで防空壕の工事がはじまり、外出に際して多くの市民は役場で配給された防毒マスクを携行した。リュクサンブール宮の前には砂嚢が積まれ夜間は灯火管制が敷かれた。しかし張りつめた雰囲気もしだいに薄れていく。閉じていた商店や劇場が開きはじめ、郊外や地方に避難していた市民もパリに戻ってきた。映画館やバーやダンスホールでは夜更けまでの営業が再開された。

宣戦が布告されてからも、ドイツ軍とフランス軍は国境の要塞線に閉じこもり続けた。まるで甲羅に頭と四肢を引っこめた亀さながらに。こうしてフランスでは奇妙な戦争（ドロール・ド・ゲール）という言葉が語られはじめる。イギリス人はまやかし戦争（フォニー・ウォー）、ドイツ人は座り込み戦争（ジッツクリーク）と呼んでいた。

前の戦争当時とは比較にならないほど高度に機械化され、鉄骨コンクリートで堅固に構築された要塞線に歩兵部隊が突撃するのは、いうまでもなく自殺行為だ。屍体の山を築く結果にしかならない。ドイツ軍の戦車部隊であろうと、何階分もの高さがある長大な構造物の防衛線を突破することはできない。スイス国境からベルギー国境の手前まで蜿々（えんえん）と延びるマジノ線は、万里の長城に匹敵する巨大構造物なのだ。

ドイツ軍は難攻不落のマジノ線に怖れをなしているのだろう。前線では戦闘らしい戦闘が行われないまま講和交渉がはじまるのではないか。そんな期待まじりの憶測も市民のあいだでは流れはじめた。

そんな希望的観測に耽るフランス人をイヴォンは冷めた

目で眺めていた。ゲルマン人が崇拝する戦争の女神（ワルキューレ）は、戦争だけは厭だと逃げ廻る惰弱なフランス人の襟首を背後から摑んで地獄の戦場に引っぱりこむに相違ない。

宣戦が布告されても戦闘は行われない奇妙な戦争（ドロール・ド・ゲール）は一九四〇年に入っても続いた。ワルシャワを陥落させたドイツ軍はさらにデンマークとノルウェーを占領し、ソ連はフィンランドに進駐した。

東欧と北欧のほとんどがドイツとソ連に分割され終えた一九四〇年三月、ダラディエ首相が戦争指導の無能性を非難されて辞職に追いこまれ、レノー内閣が誕生する。レノー首相は急進社会党の内部事情から、戦争消極派のダラディエに陸相のポストを渡した。均衡人事で戦争積極派のド・ゴールを陸軍次官に抜擢したが、開戦から半年も続いた無為無策は致命的な結果を招くことになる。

イヴォンが予見していた通り、フランスと戦う気はないというドイツの有和的言辞は時間稼ぎだった。ポーランドや北欧をスターリンと山分けしたヒトラーは、ドイツ軍の主力を東部戦線から西部戦線に移動した。五月十日にはオランダ、ベルギー、ルクセンブルクに侵攻する。

航空機に支援されたドイツ機甲師団はマジノ線を回避して北東部フランスに侵攻し、国境に布陣していた英仏連合軍の背後に廻りこんだ。包囲され追いつめられた英仏軍三十五万人はダンケルクからイギリスにかろうじて撤退する。北東部を席捲したドイツ軍は首都パリに向けて破竹の進撃を開始した。

六月初旬のパリはベルギーやフランス北東部からの避難民で溢れていた。六月半ばになると今度は何十万ものパリ市民が、ドイツ軍の急進撃のため恐慌状態に陥って郊外や地方に避難しはじめる。南に向かう幹線道路は家財道具を満載した自動車や荷車で身動きできないほど混雑し、車両を放棄して歩きはじめる避難民も目についた。道路を逃げまどう群衆にドイツ軍機は容赦ない機銃掃射を加えた。

姿を消したジュリエットに心を残しながら入隊したアンリの行方はわからない。捕虜であれば家族に連絡があるだろう。なんの通知もないところからしてフランス北東部での戦闘で死亡したか、あるいは海峡を渡って撤退した英仏軍の一員としてイギリスで待機中なのか。

アンリの消息が途絶えた直後のことだ、日本への最後の引き揚げ船に乗るためマルセイユに向かうヨシダを、イヴォンはオステルリッツ駅で見送った。

二十代の十年をパリで過ごした日本人が、海を越えて極東の祖国に帰ろうとしているのに駅での見送りは寂しいものだった。アンリをはじめ友人の多くが召集されていたからだ。帰国が迫ってから、親しくしていたジョルジュ・ルノワールには別れの挨拶をしたらしい。「日本政府を全面支持するのではないが、この戦争を日本人として戦い日本人として死ぬしかないと思う」とホームで友人たちに語ってから、ヨシダは長距離列車の車中に消えた。

　帰国するヨシダを引きとめる気はなかった。パリでの暮らしを続けたところで身の安全は保障されえない。ドイツ空軍の大編隊が集中豪雨さながらに無数の爆弾を投下すれば、パリもゲルニカと同じような、しかもゲルニカの何百倍という規模の瓦礫の山と化す。機甲師団が突入してくればパリでも市街戦がはじまるだろう。いずれにしても戦争で死ぬ運命なら日本人は日本で死んだほうがいい。

　イヴォンはスペインでの経験を生かし、学生を中心に民兵隊を組織して市街戦を戦う決意だった。しかしフランス政府はパリを無防備都市と宣言し、ドイツ軍は六月十四日に無血入城する。市街戦を期待していたイヴォンの判断はみごとに外れた。想像した以上にブルジョワ共和政のフランスは惰弱だった。ドイツの占領に抗議するストライキさえ打てない労働者階級も、腰抜けのブルジョワ連中と変わらない。

閣内では休戦派が多数を占め、北アフリカに政府を移しての徹底抗戦を主張していたレノー首相は辞任、六月十六日に成立したペタン休戦内閣がドイツに降伏する。第一次大戦の英雄として呼び出された老元帥に国民は救国の希望を託したわけだが、ペタンが受け入れた休戦協定はフランスにとって過酷だった。かろうじて主権国家としての体裁は保ったが、その代償として国土の三分の二にあたる、英仏海峡（ラ・マンシュ）と大西洋に面したフランス北部および西部はドイツの占領下に置かれた。

　七月十日にはフランス中部の小都市ヴィシーで開催された国民議会でペタンを元首とする新国家が誕生する。一八七〇年から七十年続いた第三共和政は消滅し、新国家はフランス共和国からフランス国に国名を変えた。ペタンは最後の国民議会から全権を委譲されフランス国の元首に就任したが、ヴィシーを首都とする政権は地中海に沿った南部地方の統治を許されたにすぎない。

　イギリス攻略をめざし、ドイツ空軍はロンドンをはじめイギリスの主要都市に猛爆撃を加えはじめた。戦線は北アフリカにも拡大し、ドイツ軍とイギリス軍は砂漠での戦車戦に突入する。状況が急変したのは一九四一年六月のことだ。イギリス航空戦（バトル・オブ・ブリテン）に敗退しイギリス攻略を断念したドイツは、攻撃の矛先を一転してソ連に向ける。

　不意を衝かれたソ連軍の前線はたちまち崩壊し、退却に退却を重ねていく。雪が降りはじめるころにドイツ軍はレニングラードを包囲し、モスクワ市街を遠望できる地点にまで達していた。モスクワ郊外の雪原で独ソ両軍の激戦が繰りひろげられているころ、日本海軍は真珠湾を奇襲攻撃する。これを機にドイツもアメリカに宣戦布告した。第二の大戦（グランド・ゲール）はヨーロッパ、アフリカ、アジア、太平洋を戦場にアメリカも主要交戦国に加わった第二の世界戦争となる。

　一九四二年四月、いまだに枢軸側の攻勢は続いている。その占領地はイギリス以外のヨーロッパ全域、北アフリカ、バルカン半島、中国の東半分、東南アジア、太平洋の西半分にまで及んで戦争の帰趨（きすう）はいまだ定かではない。

　もの思いに沈んでいるとしゃがれた囁き声が耳元で聞こえた。「ひさしぶりね、イヴォン。マルセイユであなたに会えるなんて思ってもいなかった」

　見覚えのある女性が長椅子の背後に立っている。髪の毛はぼさぼさだし着ている服も粗末なものだ。青年は立ちあがって握手のため手を差し出した。女の右手にはインクが染みつき爪は乾燥して割れている。円眼鏡の分厚いレンズを通して青年の顔を凝視するまなざしには比類ない力がある。あらゆるものを喰らいつくしそうな貪婪（どんらん）きわまりない視線。

「あなたこそ元気なんですか」

　イヴォンが言葉をかけると、シモーヌ・リュミエールは長椅子の隣に腰を下ろして応じた。「なにが起きても即座に対応できるように、夜は床で寝ることにしている。だからかしら、体調は悪くないし頭痛もそれほどはひどくない。それはそれとしてどうしてイヴォンが教会なんかにいるの、わたしがカタラン街の家にいるとわかったの」

　続けざまの質問に青年は答えた。「あなたの評論も載ってる〈南仏通信（デペッシュ・デュ・シュッド）〉のオク文明特集号、読みましたよ。カタラン街の住所は雑誌の編集部で聞いた」

　浜辺のアパルトマンまで行ってみたが、リュミエール家の人々は両親もシモーヌも留守だった。占領地区からの越境者で人目につきたくない青年は近所で待つのをやめにして、夕方まで丘の上の大聖堂にいるというメモを戸口に残した。人々が帰宅しはじめる時刻までは、どのみち暇だった。それまでにメモを見たシモーヌが大聖堂まで来ればいいし、来られなければそれまでだ。二時間以上も黙って硬い椅子に坐っていたから、ときどき通路を巡回している神父は、イヴォンのことを信仰の篤い青年だと思ったかもしれない。

「違法越境者だから街で時間を潰していて警官に目をつけられたりしたくない、そんなとき教会は好都合なんです、どんなに長いこと坐っていても不自然じゃないから。シモーヌこそどうしていたんです。ドイツ軍がパリに進駐してきた翌日、オーギュスト・コント街の家まで様子を見にいったんですよ。けれどもアパルトマンは無人で、管理人（コンシエルジュ）の話ではリュミエール一家は避難したようだが行き先はわからないと」

　ドイツ軍が猛進撃で首都に迫ろうとしてもシモーヌは退去を拒んでいた。かつてプロイセン軍がパリの門口に達したとき、首都防衛に決起した市民によってパリ・コミューンが宣言された。しかし、七十年前の記憶を甦らせたパリ市民が徹底抗戦に決起するという期待は裏切られ、ドイツ軍の進駐にもパリ市民は信じられないほど無気力で無抵抗だった。

「両親と買い物に出かけたら、街のいたるところに無防備都市宣言のビラが貼られていた。人々は茫然自失で抵抗の意志を示す個人も組織も見当たらない。パリ・コミューンの再来を期待したわたしが愚かだったわ。

ドイツ軍が来る前にパリを脱出すると、その場で決めた両親に半ば引きずられてリヨン駅に急いだ、荷物を取りに家に戻ることもなく。駅は避難民で猛烈に混雑していたけれど、なんとか列車に乗ることはできた。ドイツ軍がパリに入ってきたのはその翌日のこと。しばらくヴィシーに滞在し、その年の九月にはマルセイユに落ち着いたわけ」

　外出先から駅に直行し、着の身着のままで列車に乗るという機敏な判断は父親のリュミエール医師が下したようだ。いったんパリから避難した市民の大多数は、戦闘や略奪や暴行などの被害が出ていないことを確認してじきに帰宅しはじめる。シモーヌたちがパリの自宅に戻ることなく、自由地区で新しい生活をはじめたのも占領軍への警戒心からだ。

　パリを含めた占領地区ではユダヤ人への組織的迫害が深刻さを増している。とはいえ対独協力政権の支配地域も安全とはいえない。いまのところユダヤ人は、ヴィシー政権よりもイタリアのファシズム政権下のほうが平和に暮らせている。

　マルセイユに避難してきた人々にはアメリカへの亡命希望者が少なくない。そのつもりでシモーヌの両親も避難先として港町マルセイユを選んだのだろう。ただし大西洋を渡る船の席が確保できても、シモーヌが大人しく乗船するものかどうか。特権的な立場に安住すること、困難な境遇の人々を見棄てることなどできないと思うのではないか。敗戦と占領に苦しむ同胞をフランスに残して自分だけ安住の地に逃げることは、倫理的に正当化できない卑劣な選択だと。

「軍が戦争に負けたことよりも国が突然に崩壊した事実のほうが衝撃的だった。敗戦を突きつけられてさえ惰眠を貪り続けようとした国民、降伏と占領さえも無抵抗に受け入れた人々の存在が。高等師範学校(エコール・ノルマル・シュペリウール)時代の友人たちが幾人もヴィシー政府の役人になっていて、早期の降伏とドイツ占領体制への協力は賢い選択だと本気で口にする。この国の根っこは見えないところで廃っていたから、ドイツ人にはフランスを大地から引き抜くのに大きな力は不要だった」顔を顰めていたシモーヌが表情を変える。「ところで、どうしてイヴォンがマルセイユに。わたしと会うためにわざわざ来てくれたなら嬉しいけど、まさかね」

「ちょっと人に会う必要があって」

パリ在住の遠縁の男ラトゥールから分厚い封筒が届いたのは先月のことだ。通信の自由は占領地区と自由地区のあいだでは認められていない。例外的に許されているのは、書式が印刷された指定の葉書に二行か三行か書き加えて送ること。しかしパリとバスク地方のサン・ジャン・ピエ・ド・ポールは、どちらも占領地区だから郵便はふつうに届く。検閲のため途中で開封される可能性はあるが。

封筒にはヴァラーヌ警部によるイヴォン宛の手紙が同封されていた。捜査に進展があれば伝えるという三年前の約束を、あの警官は忘れないでいたようだ。

開戦のため棚上げされたトランク詰め首なし屍体事件の捜査だが、ドイツ占領軍の手先と化したパリ警視庁が捜査を再開することは望めない。セーヌ河岸で最後に会ったとき口にしていたように、ヴァラーヌは暇を見ては個人的な捜査を続けてきたようだ。かすかな興奮を覚えながら、イヴォンはラトゥール経由で届いた手紙を読み続けた。

サン・ラザール駅での屍体発見から一年後、警部は決定的な目撃情報を得た。当日の早朝、サン・ラザール街で貨物自動車から革製大型トランクを下ろし、カートで駅舎に運んでいく人物を目撃したとの情報だ。シトロエンの貨物自動車のナンバーは不明だが、車種と色はわかる。問題の人物は中肉中背、紺の作業服姿で作業帽を目深に被っていた。

ヴァラーヌは五ヵ月を費やし、サン・ラザール駅から車で十五分以内にある事業用大型冷凍庫を調べあげたが成果はなし。三十分圏内まで捜査範囲を拡げ、ようやく手応えのある場所に行き着いたのは先月、第三の屍体発見から二年半後のことだった。それはナンテールの町外れに位置する精肉工場で、冷凍倉庫が併設されている。

工場にはサン・ラザール駅付近で目撃されたのと同型、同色の箱形貨物自動車が置かれていた。しかも、その貨物車を勤務時間外に使える立場だった女性従業員ルシー・ゴセックが一九三九年九月九日に退職している。屍体が発見された四日は月曜、九日は土曜だ。兄が召集されたので実家に帰らなければならないというのが、急な退職の理由だった。

ルシーは当時二十六歳、女としては大柄で作業服に作業帽なら男と見間違えられても不思議ではない。力も強くて工場や倉庫では男と同じ仕事をこなしていた。故郷はオート・ピレネー地方の山間の町サン・ラリ・スランから、さらに山奥に入ったところにある寒村ソルシエール。ヴィシー政権下の自由地区のため、占領地区パリの警察官が現地まで行ってルシーを尋問するのは難しい。もしも興味があるなら、その先の捜査はイヴォンに委ねたいと記してヴァラーヌは手紙を終えていた。

もしも公式の捜査が続いていれば、屍体発見から一週間で警察はルシー・ゴセックに辿りついていたろう。ヴァラーヌの個人的捜査のために二年半もの時間が必要とされた。小太りで風采の上がらない中年警官の根気には感心する。

イヴォンの保護者で監視役だったラトゥールも、勤務先だった第三共和政のフランス国家を失った。ヴィシーの政府機関に移るのは潔しとしなかったのか、いまはたんなる私人にすぎない。内務省局長の密命という意味も、それに伴う職業上の利益も失われている。それでも捜査結果をイヴォンまで知らせてきたのは、ヴァラーヌが警官としてトランク詰め首なし屍体事件の真相究明を放棄していないからだ。この情熱には応えないわけにいかない。

ドイツとの戦争が開始されて三ヵ月後に、イヴォンはベルギーまで出かけることにした。ようやくブロック氏のアントワープの住所を知ることができたのだ。しかしダイヤモンドの研磨工場と事務所は閉鎖され、息子夫婦と一緒に住んでいた邸も無人だった。フランスがドイツに宣戦布告した直後にブロック家の人々は英国に渡り、さらに親類を頼ってアメリカに移住するつもりらしい。それ以上の情報は摑めないままイヴォンはパリに戻るしかなかった。

クロエもブロック家の人々と一緒に大西洋を渡ったのだ

ろう、もしも無事であれば。イヴォンが根深い不安から逃れられないのは、祭壇に身を横たえていた犠牲役がクロエかもしれないからだ。しかも祭司役はアンリの恋人ジュリエットのようにも見えた。祭壇を染めていたのは誰の血なのか、真相はジュリエット・ドゥアが知っているのかもしれない。

奇妙な戦争（ドロール・ド・ゲール）が続いているあいだ、青年は軍隊にいるアンリのためにもジュリエットを捜し続けた。しかしどうしても見つけることができない。そしてドイツ軍の電撃戦が開始され、わずか一ヵ月でフランスは降伏に追いこまれた。パリが占領されてはクロエやジュリエットの行方を追ってばかりもいられない。占領軍に抵抗する学生運動の組織化にイヴォンは着手した。

ヴァラーヌの手紙を読んだ翌週にイヴォンは、偽造身分証を懐中に境界線を越えて自由地区に潜入した。ピレネー山中なら境界線にも監視の目などない。徒歩と鉄道で移動して三日後には問題の村に辿り着いた。

あばら屋が道ぞいに二十軒ほど並んでいるだけのちっぽけな村で、どの家も生業は林業と牧畜らしい。なんの特徴もない山奥の小集落だが、イヴォンがサン・ラリ・スランから便乗してきた荷馬車の御者によると、何百年も前からの魔女伝説が残る村だという。村外れの森には魔女が住んでいて村人が頼むと薬草を調合してくれた。疫病と飢饉の年に災厄は魔女のせいだという噂が流れ、村人は総出で魔女を追いつめ惨殺したという。当時は大きな村だったが魔女に呪われて零落したと伝えられている。

ルシー・ゴセックの生家には老いた農婦が一人で暮らしていた。ラングドック訛（なまり）の強い言葉を聞き分けると、ルシーの母親ということが判明した。八年前に同い年の村娘に誘われて家を出たルシーだが、その友達がジュリエット・ドゥアだとか。ルシー・ゴセックは三年前の九月にいったん帰郷した。村にはろくな仕事がないので、半年後に今度はマルセイユに稼ぎに出たという。

続いてドゥア家も訪ねてみた。夫を亡くして実家に戻ったという姉の話では、女優になると夢のようなことを口走って出奔したジュリエットは、一度も帰郷することなく消息不明になっているようだ。間違いない、これで小劇団〈無頭女（メドゥーサ）〉とルシーは繫がる。

しかもルシー・ゴセックは、第三の首なし屍体をサン・ラザール駅に遺棄した犯人の疑いが濃い。これらの事実はトランク詰め首なし屍体事件と〈無頭女（メドゥーサ）〉の秘められた関係を窺わせる。ルシーの母から住所を訊き出したイヴォンは、そのままマルセイユまで足を伸ばした。

朝早くマルセイユのサン・シャルル駅に着いたイヴォンは、その足でルシーの住居を訪ねたが下町の屋根裏部屋の住人は留守だった。母親の話では、ルシーは造船工場で雑役の仕事を見つけたらしい。仕事で外出中とすれば帰宅しそうな時刻までこれから半日もある。シモーヌ・リュミエールがマルセイユに避難したらしいことは噂で耳にしていた、与えられた時間を使ってシモーヌと会うことにしたらどうか。

射貫くような目でイヴォンの顔を見つめたあとシモーヌは話の方向を変える。「二年前のパリで休戦記念日に自然発生的なデモがあったそうだけど」

「僕も参加しましたよ」参加者というより組織者の側だったが。

休戦記念日とは第一次大戦の休戦記念日だ。日米戦争が開始され戦争が全世界に拡大した昨年以降、前の大戦（グランド・ゲール）を第一次大戦と呼ぶ例が増えている。進行中の世界戦争は第二次大戦ということになる。

反ファシズム知識人として知られる教授の逮捕に抗議し、降伏から五ヵ月後の十一月十一日には数千の学生がシャンゼリゼ大通りをデモ行進した。デモ参加者は手作りの三色記章（トリコロール）を身に帯び、労働歌ではなくラ・マルセイエーズを合唱していた。

百人以上の逮捕者を出した十一月十一日のデモが、これまでのところ占領下で行われた唯一の大衆的な示威行動だ。親切で礼儀正しいドイツ兵も占領に抗議する者には容赦ない弾圧を加えることが、これで事実として証明された。

「ドイツ兵に蹴散らされたあと、しばらくはパリで潜伏していた。スペイン時代の仲間がピレネー地方で活動しはじめたので、いったん故郷に戻ることにしたんだ」

パリを離れる前にブロック家を訪ねると思わぬ情報が得られた。半年ほど前、ニューヨークに滞在中のブロック氏から管理人（コンシエルジュ）に国際郵便が届いたという。留守中の管理を頼む、いまはホテル暮らしだが住む家が決まったら通知するという文面だった。じきにフランスはドイツに降伏し、その後は音沙汰がない。

地中海の海岸で休暇を過ごしているうちに戦争がはじまり、パリに戻ることなくブロック家の人々はフランスを出国したようだ。クロエの父親は慎重な性格のようだし、ユダヤ系ドイツ人の多くのようにナチスの脅威を過小評価して、逃亡の機会を逸する愚は避けたことになる。独仏開戦に備えて一家で亡命する準備は終えていて、避暑地からマルセイユに直行し、アメリカに渡航したのではないか。

クロエも父親や祖母、兄一家とニューヨークで暮らしていると信じたい。しかし、そうでない不吉な可能性も消えたわけではない。サン・ラザール駅で発見された首なし屍体が、クロエ・ブロックとは別人だという確証は得られていないからだ。割り切れない気分を残しながらも、イヴォンは親友のアランに別れを告げてバイヨンヌに向かう長距離列車に乗った。

バイヨンヌをはじめフランス領バスク地方の町や村には、共和派のバスク人やスペイン人が何千人も逃れてきていた。住居も仕事もなく困窮した亡命者の救援活動に合流するためイヴォンは帰郷することにした。

バイヨンヌでは親同士が親しい資産家の邸に泊まった。イヴォンの承諾もないまま父親の一存で婚約の話を進めている娘の家だ。十七歳のマリー＝ルイーズは可愛らしい顔をしているが、少女と遊んでいる暇はない。二日後にイヴォンは実家に戻った。

フランス北部の占領地区と南部の自由地区では対独抵抗運動の条件が大きく異なる。自然発生的な小グループが連絡を取りあいながら、抵抗組織は二つの地域でそれぞれ別個に組織されはじめた。自由地区の代表的な組織はキリスト教民主主義系の〈戦闘(コンバ)〉と、左派系の〈南部解放〉。占領地区では社会党系の〈北部解放〉と、独ソ開戦以降に共産党が組織した〈国民戦線〉が有力だ。他にも無数の中小組織がある。

〈北部解放〉はどちらかといえば宣伝活動や政治闘争を重視している。軍事部門が弱体な大西洋岸の組織では、内戦を戦った亡命バスク人を中心とするイヴォンたちのグループは有力な破壊工作(サボタージュ)部隊だ。

イヴォンは軍事闘争でヴィシー政権を打倒し、ドイツ占領軍に勝利することなど夢想にすぎないと判断している。スペインの場合、反ファシズム勢力には選挙で合法性を保証された正統政府と、内戦当初は国土の三分の二以上を占めた支配地域と、大規模な民兵隊や正規軍があった。

しかし、それらのすべてを対独抵抗運動は欠いている。ド・ゴールが亡命地ロンドンで樹立した〈自由フランス〉に、かつてのスペイン共和国政府ほどの政治的正統性はない。しかもドイツ占領軍はフランコ軍の百倍も強力なのだ。一九三〇年代後半のスペインと違って四〇年代前半のフランスでは、軍事作戦は政治闘争を有効に進めるための一要素にすぎない。

イヴォンは亡命者救援運動を土台として、バス・ピレネー地方で抵抗運動を組織しようと努めてきた。イヴォンたちの当面の目標は、ピレネー山中に山岳レジスタンスの拠点を築くことだ。そこから隊員が平地での破壊活動に出撃できるように。

「そういえばね、来月には両親と三人でアメリカ行きの船に乗れそう。乗るべきかどうか迷っているんだけど」

「……シモーヌ」青年は年長の友人にあらためて声をかけた。

「なに」

「出国できることが決まって本当によかった、ナチもアメリカ本土までは手を出せないから。迷う必要なんかない、かならず乗るんだ。いいね」

「人種差別を正当化したニュルンベルク法のでたらめな定義では、ヘブライ人の神を認めないわたしもユダヤ人になる。だから心配してるのね、ナチに捕まるんじゃないかって」

イヴォンは眉根を寄せた。「ヴィシー政府のユダヤ人抑圧政策は強化されているし、占領軍が自由地区まで手を伸ばしてくるのも時間の問題だろう。逮捕されドイツに送られたユダヤ人は、政治犯も同じだけど、たった一人も解放されていないし帰国してもいない。生きているのかどうかもわからない」

「わたしは大丈夫、心配なのはあなたのほう。危険だから抵抗運動をやめろとはいえないし、とにかく捕まらないように注意して。わたしもアメリカに着いたら早めにイギリスまで戻るつもり。ロンドンで〈自由フランス〉に協力し、レジスタンス隊員としてフランスに潜入したいと思っている」

やめたほうがいい、戦場で役に立たないことはスペインで学んだろうといいかけて、イヴォンは口を噤んだ。姉のような女性の決意や情熱に水をかけたくはないし、たとえロンドンでド・ゴール派の本部を訪れても体よく追い払われることだろう。

「協力するって、どんな」

「わたしにもまだわからない、はっきりしているのは自分にできる戦いをするしかないってこと。できれば使命を帯びてフランスに戻ってきたい」

「やめたほうがいい、あなたには向いていない」

女は苦笑する。「わたしに兵士は向いていない、そうかもしれないわね。しかし非合法のレジスタンス隊員でなくても戦うことはできる、たとえば前線看護婦とか」

「従軍看護婦になるんですか」

「戦線後方に設営される野戦病院で働くのが従軍看護婦だけど、わたしが構想しているのは兵士とともに前線に立つ看護婦の部隊」

「銃弾が飛びかう戦場で負傷者の救護に当たるのは衛生兵で、医師や看護婦のような民間人ではありませんよ。それとも平和主義者のあなたが軍人に志願するとでも」

シモーヌが生真面目な表情でいう。「死を怖れないドイツ兵の精鋭を前に第三共和政の軍隊はあっけなく敗走した。親衛隊（SS）を典型として、ヒトラーに導かれヴォータン信仰に目覚めたドイツ兵は宗教的情念に燃えている。死を怖れない精神性を獲得するのでなければ、わたしたちはヒトラーの軍隊に勝利できないでしょう。

ヒトラーが破壊と暴力の狂信的な勇気を動員するなら、わたしたちは人々の苦しみ、痛みをみずからのものとする勇気で対抗する。兵士と同じ過酷な条件に身を置いて負傷者の救護に当たる女性たちこそ、ナチの邪悪な霊性に打ち勝つ真の霊性の体現者だわ」

黒服の若い神父が唇に立てた指をあてながら通りすぎる。それとなく聖堂でのお喋りをたしなめたようだ。

「最近、彼のことをよく考えるの」女が低い声で続ける。「想像を絶する苦難を通してしか、わたしたちは神に達することができない。あなた、これを凡庸な神義論だと思うかしら」

祭壇の聖母像に抱かれた赤子を眺めて青年は思った。彼もまたルノワールが語った牝猿と同じ生贄ではないのか。総督ピラトの側からすれば、たんなる犯罪者だったとしても。苦悶の果てに息絶えた男の犠牲としての神秘的な威力が、キリスト教二千年の歴史を支えてきたのかもしれない。

ユダヤ人のシモーヌがカトリックの信仰に目覚めたのだろうか。「あなたは認めそうもないけど、なんだか似てますよ、ルノワールと」

「どこが似てるって」女が顔を顰める。

「ルノワールを罵るのも、どこかしら近しいものを感じるからじゃないかな」

「馬鹿馬鹿しいことね」

シモーヌの呟きは、かならずしも青年の言葉を否定するものではないように感じられる。女を促してイヴォンは席を立った。聖堂を出て眺望テラスに廻ると、青い海が眼前に果てしなく広がる。巨大な岩礁にも見える小島をシモーヌが指さした。

「シャトー・ディフよ、エドモン・ダンテスが十四年も閉じこめられていた地下牢の島」

「アパルトマンの住所、カタラン街でしたね」

「ええ」

「ダンテスの恋人だったメルセデスはカタルーニャ人という設定だけど、あの辺にカタルーニャ移民の集落でもあったのかな」

「そうね、わたしもメルセデスが生まれ育った場所で二年ほど暮らしたことになる」

不意にスペイン時代の記憶が鮮明すぎるほど鮮明に甦る。まさか『モンテクリスト伯』の話題が『失われた時を求めて』冒頭のマドレーヌ菓子と同じ役割を果たすとは。床に落ちて頭部の取れたマリア像、少し離れたところで横倒しになっていた顔が脳裏を過ぎる。マリアの顔がクロエの顔と重なりあいもう区別がつきそうにない。胸苦しい思いで青年は唇を噛んだ。

「頼みたいことがあるんだ」

「いいわよ、どんなことでも」

「もしもニューヨークでユダヤ人の亡命者コミュニティと接触する機会があれば、クロエ・ブロックという娘を捜してもらえないか。うまく捜しあてることができたら、イヴォンは元気にやってると伝えてほしい」

できれば引きあわせたいと思っていたが、クロエをシモーヌに紹介する機会はなかった。年齢やパリの住所、家族構成、父親の事業をはじめ人捜しに必要なもろもろをイヴォンは語った。いまでは半ば以上も、クロエはアメリカで無事に暮らしていると思っている。パリでもユダヤ人社会とは無縁だったシモーヌだから、依頼しても捜しあてられる可能性は低い。それでも頼むだけ頼んでおきたかった。

青年は微笑する。「その代わりにってわけじゃないけど、前にシモーヌが口にしていたジューヴェ劇団の女優のこと、パリに行く機会があれば調べておくよ」

「そうね。もしも会えたら、カサンドルの演技を絶賛していた観客がいたと伝えておいて。戦争が終わって、わたしの『エレクトル』が上演できるときが来たら主演をお願いしたいものだって。その前に戯曲を完成するのが先決だけどね」シモーヌが痩せた顔で微笑する。

ジャン・ジロドゥの『トロイ戦争は起こらない』を高く評価したシモーヌだが『エレクトル』には不満らしく、同じ主人公の戯曲を自分でも書きたいと洩らしていた。それについて詳しいことを神話は語っていないが、トロイの王女カサンドルとミケーネの王女エレクトルは、短いあいだにしてもアガメムノンの王宮で一緒に過していたと考えられる。

トロイ戦争に勝利したギリシア軍の総帥アガメムノンは戦利品としてカサンドルをミケーネに連れ帰る。しかし凱旋したミケーネ王は、その直後に王妃クリテムネストルと愛人エジストによって謀殺されてしまう。二人はアガメムノンの女奴隷カサンドルも邪魔者として抹殺した。父を殺害された幼い王女エレクトルとその弟オレストはミケーネから逃亡する。

こうした事情からして、殺される直前のカサンドルと逃亡直前のエレクトルはミケーネの王宮の一隅ですれ違っていたに違いない。二人の王女はクリテムネストルとエジストという共通の迫害者に、一人は追われ一人は殺される。カサンドルを熱演した女優ならエレクトルにも適役かもしれない。

ちなみにギリシア神話の系譜図によれば、トロイを滅ぼしたミケーネ王アガメムノンの妻クリテムネストルの妹がトロイ戦争の原因になるエレーヌで、妻エレーヌをトロイの王子パリスに奪われたスパルタ王メネラオスはアガメムノンの弟という込み入った関係になる。

テラスの手摺から身を起こしてシモーヌがいう。「戦争が終わったら、また会いましょう」

「死んでも、また来世で会えるよ」教会を拒みながらもキリストを信仰しはじめたらしいシモーヌのために、青年は信じてもいないことを口にした。

「あの世なんてないんだから、この世でかならずね」年長の友人はイヴォンの手を強く握り締めた。

そろそろ労働者も家路につく時刻だが、もう少し丘の上から海を眺めたいとシモーヌはいう。年長の友人を眺望テラスに残してイヴォンは長い階段を足早に下った。

坂道を下りきると旧港に突きあたる。水面は列をなして停泊した小舟やボート、ヨットで埋められていた。戦前は観光客で賑わっていたこの界隈もいまは閑散としている。海岸沿いに軒を連ねていた料理店もほとんどが閉鎖中だ。

巡回中の警官やドイツ兵を警戒しながら旧港の縁を廻りこみ、北側のパニエ地区に足を踏み入れる。敷石が摩滅した狭い街路の左右には塗装も剝げ落ちた古めかしい建物が密集していた。路地から見上げると、窓から窓に張り渡された紐には着古した衣類が干されている。その下を貧しい恰好の女たちが買物籠を手に立ち話をしている。籠には夕餉の材料が入っているのだろう。仕事帰りらしい作業着姿の男たちも目についた。

午前中にも来てみた建物の前で屋根裏部屋の窓を見上げる。壊れかけた鎧戸が半ば開かれていて汚れた硝子窓が見える。ソルシエール出身の女は工場から帰宅したようだ。青い玄関扉を押し開け、隅に廃品や枯れた鉢植えが重ねてある入口広間からぎしぎしと軋(きし)む急な階段を上りはじめる。

階段を屋根裏まで上りつめて古ぼけたドアをノックした。細めに開いたドアの隙間から大柄な女が顔を見せる。

「ゴセックさんですね」

継ぎの当たった古着姿の女が不機嫌そうに応じた。「誰だい、あんた」

イヴォンはソフトハットに明るい色の背広で、戦前のような洒落た恰好ではないが庶民的な街区では人目につく。

「ジャン・マルタン」青年は偽名を名乗ることにした。

「少し訊きたいことがあるんだが」

「なんだい」不意に押しかけてきた見知らぬ人物を女は警戒している。

「ジュリエット・ドゥアを捜している、渡さなければならない遺品があってね」

「遺品って誰の」

「ジュリエットと一緒に暮らしていた男、アンリ・ヴォージョワが遺した手紙だよ」

「その男、もしかして死んだのかい」

「一昨年の五月にダンケルクで戦死した。僕はアンリと親友だったしジュリエットとも幾度か話したことがある。姿を消したジュリエットのことをアンリは、召集され入隊するその日まで懸命に捜していた」

「どうしてあたしがここにいると」

「ソルシエール村を訪ねた、そのときさみの母親から聞いたんだ」

イヴォンの目的が自分だと知ればルシーは警戒するに違いない。だから戸口の女には、ジュリエットを捜すためソルシエールに行ったと説明することにした。戦死したアンリの手紙を恋人に渡したい、ジュリエットの行く先を知りたくてマルセイユまで来た。これなら話を引き出しやすいのではないか。

「わかったよ、入りな」ドアが大きく開かれた。

戸棚さながらに狭苦しい一間部屋(ステュディオ)で、家具といえば傾いた小さな寝台しかない。坐る椅子もないので、青年は立ったままルシー・コゼックと向かいあう。ジュリエットと歳は同じだというが十歳は年長に見える。ぼさぼさの短髪に日に灼けた浅黒い顔、躰つきは頑丈そうで半袖のワンピースから見える腕は太い。

女が無愛想にいう。「ジュリエットがどこにいるのか、あたしにもわからないよ」

「三年前の六月二十一日にアンリの恋人は姿を消した、その前後にジュリエットと会っていないかな」

「いいや」

「三年前の六月二十二日の未明、きみはパリ郊外のマルリの森にいたね」

「知らないよ、そんな森のことなんて」ルシーが感情のこもらない声で否定する。

「嘘は通用しない。ドイツと戦争になるまで、きみはナンテールの精肉工場で働いていた。ナンテールの住人が同じ沿線のサン・ノム・ラ・ブルテッシュ駅やマルリの森のことを知らないわけがない」青年は語気を強める。「急に工場を辞めて実家に戻ったのは警察の捜査が及ぶのを警戒したからだろう」

「なにいってるんだ、どうして警察を怖がらなきゃならない」

「三年前の九月四日早朝のことだ、きみは勤務先の貨物自動車で運んだ革製の旅行鞄をサン・ラザール駅に放置した。大型鞄には冷凍保存されていた女の屍体が詰められていた、首のない若い女の屍体だ」罅割れた唇を頑固そうに結んでいる女に、イヴォンは畳みかける。「トランク詰めの首なし屍体はそれで三体目だった。第三の屍体を運んだ犯人が第一、第二の屍体も遺棄したに違いない。いや、屍体を棄てる前にやったことがある、きみが女たちを殺して首を切断したんだ」

「嘘だ。あたしは知らないよ、なんにも」

追いつめられて動揺する女をさらに追及する。「首なし屍体事件の犯人はルシー・ゴセックだとパリ警視庁は断定している。きみがまだ逮捕されていないのは、占領地区と自由地区で警察組織の連絡がよくないからにすぎない。しかしマルセイユ警察にきみの犯罪を通報する人間がいればどうなるか、じきにこの部屋まで警察が来るだろう」

「あんた、警官なのかい」女は動揺している。

「ソルボンヌの学生だけど、アンリの友達でジュリエットを捜しているのは事実だ。ジュリエットの行方を調べているうちに、同郷の女友達がナンテールの精肉工場に勤めていたことを知った。工場にはルシー・ゴセックを疑う刑事が来たらしい。そこで、その刑事に接触してみたんだ」

「本気じゃないだろ、密告するなんて。いちばんの友達なんだよ、あたしはジュリエットの。殺して首を切ったなんて、そんなことあるわけがない」

「質問に答えるなら話を警察に持ちこんだりしない、僕も警察は好きじゃないからね」

「わかったよ、なにを話せばいいんだ」女が肩を落とした。

「工場の冷凍倉庫に首なし屍体を隠していたことはわかってる。その屍体はいったい何者なのか。きみが犯人でないというなら殺したのはいったい誰なのか」

短い沈黙のあと女が呻くようにいう。「頼まれたんだ、ジュリエットに」

「なにを」

「荷物を運んで冷凍倉庫で保管してほしいと」

「それ、いつのことなんだ」青年は問いつめる。

「三年前の六月だったかね」

「はじめから話してもらおう、できるだけ詳しく」

家出も同然に上京した二人だが、パリでの暮らしはそれぞれ大きく異なっていた。力自慢のルシーは雑用係として精肉工場に就職し、まもなく工場長の信頼を得て貨物自動車での配達の仕事も任されるようになる。

女優志願のジュリエットは映画関係者が集まるビヤンクールの酒場（ビストロ）で女給勤めをはじめた。客のつてを頼って撮影所に入りこむのには成功したが、躰を代償にしても貰えるのは端役の仕事ばかり。ときどき廻ってくる舞台の仕事にしても似たようなものだった。躰の弱い幼馴染みを心配したルシーは、ときどきジュリエットを呼び出しては食事を奢って暮らしぶりを訊ねるようにしていた。

ようやく安心できたのは、ジュリエットと同じで一向に芽が出ない映画の助監督と別れ、少し歳上の詩人と暮らしはじめてからだ。親の遺産を喰い潰しながら映画人を気取っているような男のときとは違って、アンリ・ヴォージョワには本当に愛されている様子だったから。

「ジュリエットは女だけの小劇団に入っていたとか」

「そういえば戦争のはじまる前の年だったか、女の演劇仲間で新しい会を作るとか作ったとか」

何ヵ月か連絡の途絶えていたジュリエットが不意に訪ねてきたのは、一九三九年六月二十日のことだったという。幼馴染みは奇妙なことをルシーに頼みこんできた。

「二日後の午前二時に自動車でマルリの森に行って、カシという女から渡される荷物を冷凍倉庫で保管してくれというんだ、じきに引き取りに行くからと」

詳しい事情は話せないが友達に迷惑はかけないと必死で懇願するジュリエットに負けて、やむなくルシーは奇妙な依頼を引き受けることにした。

深夜に上役の許可なく持ち出した貨物自動車を運転して、旧友に渡された略図を見ながら約束の時刻には指定された地点に着いた。そこから先は車では入れないという深い森の奥だった。

樹木に囲まれた道路を終点まで行くとヘッドライトの光に二つの人影が浮かんだ。二人とも黒衣で全身をすっぽりと包み頭巾で顔を隠している。直方形をした大型の革鞄を足下に置いた一人に「あんたがカシかい」とルシーが確認する。後ろにいる第二の黒衣が代わりに答えた。「ええ、そちらの方がカシです」と。そのあと三人で重たい大型鞄を荷台に押しあげた。

その場に二人を残して無人の工場に戻り、台車に旅行鞄を移して体育館ほども床面積がある冷凍倉庫の奥に隠した。冷凍の枝肉が密集して吊り下げられている倉庫の隅には、ガラクタが詰めこまれた棚が何段もある。そこに押しこんで古毛布を掛けておけば誰にも見つからないだろう。大役を無事に果たした気分で冷凍倉庫を出ると、もう夏至の空は白んでいた。

カシという名前はクロエのリセ時代からの友人アリスから聞いた覚えがある。小劇団〈無頭女(メドゥーサ)〉にクロエを誘っていた女に違いない。一緒に大型鞄を運んできた二人目の黒衣も廃墟の儀式に参加していたのだろう。もしも鞄の中身が屍体であれば二人掛かりでも移動するのは容易でない。路面に凹凸や木の根のような障害物の多い森の小道だから台車も使いにくそうだ。祭壇の女の他に七人が広間にはいたし、それだけの人手があれば重たいトランクでも運ぶことはできる。他の運び手は闇に身を隠していたのか、あるいは先に現場を離れたのか。

「どんな人物だった、森の奥で待っていたのは」

「なにしろ暗闇だし頭巾を被ってたし顔はわからない、カシじゃないほうは声が女だった」

「ジュリエット本人という可能性は」その可能性は否定できない、祭壇に横たわる焰のような金髪の女に短剣を振りあげたのはジュリエットのようにも見えたからだ。

「いいや、ジュリエットとは違う澄んだ声だったし背丈も高かった」沈黙を続けたカシのほうはジュリエットの可能性もあるということだ。

「他にはなにか」

「ジュリエットの知りあいらしい連中を、真っ暗な森の奥に置き去りにするのも気が引けてね、ナンテールまでならトラックに乗せていくと申し出たんだ。そしたらなんだか妙なことを口にしていた」

「妙なこと……」

「カシじゃないほうの女が、夜が明けるまでに落雷の樹の下でやることがあるとか」

青年は質問の方向を変えた。「旅行鞄の中身は確かめなかったのかい」

「どんなことがあろうと鞄は絶対に開けてはならない、そうジュリエットに念を押されていたから。鞄を開いてみたのは、政府がドイツに宣戦布告した日のことさ」

もともとルシーの会社は軍を重要な取引先としていた。総動員が発令されると兵員数は一挙に何十倍にも膨れあがる。兵士の給食のため必要な食品や食材の量も。総動員の直後から冷凍倉庫の棚卸しをはじめ、食肉の生産と貯蔵も戦時体制に切り替えなければならない。

宣戦布告のニュースをラジオで聞いてルシーは追いつめられた。じきに引き取りに来るはずなのに、夏至の日から二ヵ月以上もジュリエットからは連絡がない。旅行鞄は冷凍倉庫の隅で凍っている。これまでは隠し通してきたが、冷凍保存されている枝肉の棚卸しがはじまれば旅行鞄は見つかってしまうかもしれない。

一日の作業が終わった無人の倉庫に忍びこんで、問題の鞄を開いたルシーは動転した。鞄に押しこめられていたのは首のない女の全裸屍体だったからだ。そんなものが同僚に見つけられたら大変なことになる、棚卸しがはじまる翌日までは待てない。その夜のうちに鞄を貨物自動車に積みこんで早朝のサン・ラザール駅に遺棄することにした。

「どうしてサン・ラザール駅に」

「一月はオステルリッツ駅に、四月はモンパルナス駅にトランク詰めの屍体が棄てられていた。三体目が見つかるとしたらサン・ラザール駅じゃないかと噂されていたからね。工場からいちばん近い終着駅（ガール・テルミナル）はサン・ラザールだし、そこに棄てれば連続しているトランク詰め屍体事件の犯人がやったことだと警察も思うだろうさ」

「屍体の印象はどうだった、なにか身体的な特徴は。年齢はどれくらいだった」

「仰天して直後に蓋を閉めてしまったんだ。ベルトで締めて鞄が開かないようにしたし、首のない屍体ということしかね」

「ジュリエットだった可能性は」

「あの娘は不健康に痩せて胸も貧弱だった。一瞬しか見ていないけど屍体の乳房は豊かで張りもあったよ」

ルシーが安心するように警察には沈黙を守ると約束して、青年は貧しい屋根裏部屋を離れた。サン・ラザール駅に第三の首なし屍体が出現した前後の事情は突きとめることができたが、夏至の未明に鴉の城（シャトー・ド・コルネイユ）で起きた出来事の真相はまだわからない。クロエやジュリエットがどこに消えたのかも。

真相を語ることのできそうなカシの正体は黒衣の頭巾に隠されていて、見つけるための手掛かりは皆無なのだ。パリで正体不明の女を捜すための時間などしばらくは作れそうにない。スペイン人の亡命活動家たちと組織しはじめた抵抗運動はようやく形をなしてきたところだし、これから一年は北バスクを離れられないだろう。

夕食時は過ぎたが空はまだ明るい。同志の形見の腕時計で時刻を確認して、青年は狭い石畳道を足早に歩きはじめた。シャルル・ネドレック通りのゆるい坂道をサン・シャルル駅まで急げば、西に向かう最終の長距離列車に乗れるだろう。

2

二月の日暮れは早い。指定された午後六時ちょうどにモンパルナスの人気のない街路に立つと、十代の半ばらしい少年がイヴォンに声をかけてきた。迷路のような裏道を辿って荒れはてた廃屋の裏口まで案内して、少年は夜の闇に消えた。

裏口のドアが開かれ若い女が青年を屋内に導く。灯油ランプを手にした女はイヴォンに懐中電灯を手渡し、自分のあとを付いてくるように告げた。建物の隅にある上げ蓋を開くと長い梯子が地下に延びている。地下室の壁に寄せられた埃まみれの古家具を横に移動する。隠されていた石壁にはかろうじて大人が這いこめる程度の小さな穴があり、穴を抜けたところが急階段の起点だった。

地下深くに通じる狭苦しい階段は底知れない暗黒で満たされている。天井は頭がつっかえそうだし幅も大人が二人並んで歩けないほどに狭い。入口で渡された懐中電灯の光を頼りにイヴォンは急な石段を下り続けた。六階建ての建物を屋根裏から地上階まで下るより、はるかに階段数は多かった気がする。

「足下に注意して、じきに階段は終わります」先導する女が青年に語りかける。

ようやく階段を下り終え、幅一メートルほどの地下通路に出た。狭苦しい通路は右に左に分岐し、青年はじきに方向を失った。真上はダンフェール・ロシュロー界隈に当たるのではないかとも思うが、案内人がいなければ地下迷路からは出られそうにない。

通路のあちこちに転がる大小の石塊に躓（つまず）きそうになる。天井が低い箇所もあるから、足下と頭上に同時に注意しながら足を運んでいく。凍える真冬の外気と比較して地下（スー・テラン）

の空気は暖かい。女の話では、地下の気温は夏も冬も摂氏十三度ほどで安定しているようだ。

地下通路は闇と静寂に満たされている。話し声は反響することなく闇に呑まれ、水滴の落ちる音さえ驚くほど大きく聞こえる。かすかな響きを感じることがあるが、地下鉄の振動音らしい。下水道より深いところにある通路はほとんど無臭だ。

通路が広がり細長い広間のような空間に入る。左右を照らしてイヴォンは軽く息を呑んだ。石の床から天井まで無数の白骨が山をなしている。地下墓地(カタコンブ)に違いない。パリの地底に墓地があることは知っていたが、まさか自分が足を踏み入れることになるとは。

どの都市にも土管や下水道や地下鉄は存在する。しかしパリにはそれら以外にも広大で複雑なトンネル網がある。地上から三十メートル以上の深さに、迷路のように無数に枝分かれした採石場跡が残されている。パリの南側の地下からは主として石灰岩、北側では石膏が採掘された。パリがルテティアと呼ばれていたローマ時代から石材は採掘されてきた。それから二千年の長きにわたりパリの地底はたえまなく掘削され、都市の地下空間は増殖し続けた。

パリの人口が急増し埋葬地が不足して、石切場の跡地が墓地として使われはじめたのは十八世紀のことだ。サン・カリスト、サン・セバスティアーノ、サン・ドミティッラなど初期キリスト教徒によるローマのそれと比較すればパリの地下墓地(カタコンブ)の歴史は浅い。十九世紀の末にはパリ市民三十世代、六百万人から七百万人といわれる人々の遺骨が十四区の地下に移された。それでも墓地として使われているのは、膨大な地下空間の小さな一部にすぎない。

整然と積みあげられている何千体ともしれない膨大な人骨の山を通過して、またしばらく進んだ。女が足を止めて囁くように告げる。

「着きました、わたしはここで待ちますから」

女を通路に残して粗末な木製のドアを開く。テーブルが置かれた小さな部屋で、外套を羽織った男が椅子に凭れている。蠟燭の炎に浮かぶ男の横顔を見ながら青年は後ろ手にドアを閉じた。

「……しばらくだな」

椅子を引きながら青年が応じる。「アンドレ・ルヴェール。まさか、あなたとはね」

「驚いたかね」旧知の男が薄く笑う。

「いいや、どこかで生き延びていると思ってたよ」簡単に殺されるような男ではない。

「早いものだな、最後に顔を合わせたのが一九三九年の八月末だったか。あのころはまだ少年の面影を残していたが、もう立派な大人だな」

独ソ不可侵条約が締結された三日後、ルヴェールとパリの裏町を歩きまわりながら、緊迫する国際情勢を論じた夜のことが思い出される。あれから五年が経過し、いまは一九四四年の二月も半ばすぎだ。スペインで過ごした二年にも増して人生を圧縮したように密度の濃い五年だった、ルヴェールにしても同じことだろう。

「フランスが降伏したときはどこにいたんだね、もう北バスクの故郷に戻っていたのか」

「いいや。ナポレオンが敗北した一八一四年以来のパリ陥落だ、その歴史的瞬間を見逃すわけにはいかない。六月十四日は進駐してきたドイツ兵の隊列を物陰から眺めていたよ」

避難を拒んでパリに居残った市民は当初、ほとんどが警戒して家に閉じ籠もっていた。しかし一週間もしないうちに、街で見かけるドイツ兵の姿に馴れはじめる。占領軍の兵士が予想したよりも礼儀正しかったからだ。

共和国側の村を焼き払い、虐殺と強奪と強姦の限りを尽くしたフランコ軍の兵士とは大違いだとイヴォンも思った。ドイツ兵はパリ市民に丁寧な態度で接し商店ではかならず支払いをした。ドイツ軍が横暴に振るまって住民の反感をかえば、占領体制の構築が妨げられるという上層部の判断からだろうが、とりあえず軍規は保たれていた。また捕虜も一応のところ戦時国際法の規定に従って処遇されているようだ。

しかしソ連が非難するところでは、東部戦線のドイツ軍は戦時国際法違反の残虐行為を繰り返しているらしい。ベルギーやフランスとは違ってウクライナやロシアの占領地では、住民も捕虜も日常的に苛烈な暴力にさらされ、大量虐殺も組織的に行われているというソ連情報は、戦意高揚のための過剰宣伝とはいいきれないとイヴォンは判断していた。ドイツは西部戦線と東部戦線とで国際法への対応を使い分けているに違いない。

しかしフランスでもドイツ軍は、占領体制にわずかでも反抗的な住民には容赦ない弾圧を、レジスタンスには拷問と虐殺など容赦ない報復を加えた。また戦争継続のために経済的収奪は加重化されフランス市民は貧困と飢餓に喘（あえ）いでもいた。

ルヴェールがおもむろに口を開く。「あの年の六月中旬、私はブールジュにいた」

奇妙な戦争（ドロール・ド・ゲール）の八ヵ月間も、親ドイツ勢力として解散を命じられた共産党への弾圧は続いた。刊行物は非合法化され数百人の幹部が拘束された。権力による外圧だけではない。独ソ不可侵条約の衝撃は共産党の内部にも重大な亀裂を生じさせる。国会議員の三分の一が党中央から離反し大量の離党者も出た。ポール・ニザンなど著名知識人の離党は党内外に衝撃をもたらした。党員の地区集会では、独ソ協調に抗議して党員証を破り捨てる脱党者が続出し、共産党は短期間のうちに党員の三分の一を失った。最大の労働組合である労働総同盟（CGT）も共産党員の排除を決定する。

一九三九年八月二十三日の独ソ不可侵条約から九月三日の対ドイツ宣戦布告までの十日ほどで、党の路線を新たに確立することなど不可能だったろう。全党的な混乱は政治路線の根幹にかかわっていたからだ。

いかなる状況であろうと「労働者の祖国」ソ連の防衛を最優先するというのが、スターリンに犬のように忠実なフランス共産党の揺らぐことのない大前提だった。がドイツと手を組んだ以上、これまでのように反ファシズムの旗を掲げ続けるわけにはいかない。ドイツの侵略性を非難しようとしても、ドイツと謀（はか）ってポーランドと北欧を分け取りしたソ連を支持する共産党の主張に説得力はない。

ソ連を全面支持するなら、ソ連の新たな友好国ドイツにも露骨には敵対できない。そのドイツがフランスと戦争状態に入ったとき共産党は完全な股裂き状態に陥った。フランス政府は親ドイツ勢力として共産党を非難し弾圧しはじめている。非難を免れるには国家への忠誠を誓うしかない。とはいえ帝国主義戦争に反対するプロレタリア国際主義の立場からも、右翼ナショナリストや愛国主義者のように戦争を全面支持するわけにはいかない。消極的ながら共産党は戦争を容認し、書記長トレーズを先頭に九月二日の総動員には多数の党員たちが応じた。

敗戦や国土の南北分断という混乱のなかで、非合法化された共産党組織は戦争前の一割ほどまでに縮小していた。ドイツ軍の捕虜になったトレーズは釈放されたのちモスクワに亡命する。忠実な配下の身柄をスターリンがドイツに要求したのだ。フランス側の要請で少数の芸術家や知識人などは優先的に解放されたが、大多数の捕虜はドイツに移送され強制労働に服することになる。

モスクワに逃亡したトレーズはフランス帝国主義敗北の意義を称揚し、ソ連の同盟国であるドイツには宥和的な主張を続けていた。対独抵抗運動など問題外でフランス労働者階級が闘争しなければならない真の敵は、独占ブルジョワジーと、極右派や反動派の吹き溜まりであるヴィシー政府だと。

一九四一年六月に開始された独ソ戦はフランス共産党にも決定的な転機をなした。不可侵条約に違反してソ連に侵攻したドイツはソ連への侵略国に一変する。フランス労働者階級はドイツとフランスの帝国主義戦争に関わらない、いずれにも加担しないという立場だった共産党も占領体制に無抵抗な対独宥和姿勢を転換する。

ドイツの後方攪乱（かくらん）を狙うスターリンの指示で、全党をあげて抵抗運動に突入するという新路線が決定され、八月には最初の対独テロが敢行された。十月にはレジスタンス隊員がドイツ軍士官を射殺する。この事件にたいするドイツ軍の報復はすさまじく、シャトーブリアンでは大半が共産党員の逮捕者が大量処刑される。

国際旅団での戦闘経験がある党員を中心として共産党は〈義勇遊撃隊（FTP）〉を組織し、破壊活動や暗殺などの軍事闘争を全面化していく。しかし一九四二年には相次ぐ大量検挙のため、現場活動家も幹部も根こそぎ失って〈義勇遊撃隊（FTP）〉は壊滅状態になる。やむなく党は合法組織の〈国民戦線〉を新たに組織し大衆的基盤の再確立をめざした。弱体化していた共産党は急速に復活し、〈国民戦線〉はまもなく国内最大の抵抗組織にまで成長していく。

戦前は合法的な議会政党として活動していたフランス共産党だが、モデルは非合法党だったロシアのボリシェヴィキ党だ。もともと細胞組織を基礎としていた共産党は、自然発生的に形成された抵抗組織よりも地下活動に適合的だった。

「無事だとは思っていたよ。ゲシュタポが共産党の抵抗運動指導者ベルコヴェールを逮捕したら、噂は僕の耳にも入るだろうから」

イヴォンの言葉に男が微笑する。「最後に会ったとき話したと思うが、一九三九年九月に総動員令を無視して地下に潜った。党内はてんやわんやの大混乱だったが、ただちに開始するべきは地下組織の建設と党の武装化だ。戦争が長引こうと短期のうちに終わろうと、党の非合法状態は変わらない。われわれは地下で生き延びるしかない。

八月末にトレーズ書記長から地下党建設の指示を取りつけた。独ソ不可侵条約の衝撃で頭が空白状態だったトレーズは私が用意した指令書に大人しくサインしたよ。奇妙な戦争（ドロール・ド・ゲール）のあいだもフランス全土を歩いて地方組織の非合法化を進めた。努力が報われたのはドイツ軍によるソ連侵攻からだ、全党が対独抵抗運動のため一丸となれたからな」

「ここで待ち受けていたということは、僕が来ることを知っていたわけだ」

　男が頷いた。「バス・ピレネー地方のスペイン亡命者が多く参加しているレジスタンス集団が、〈北部解放〉と連携しながら破壊工作（サボタージュ）を進めている。ジョアン・マルティと称する指導者は名前からして亡命カタルーニャ人だろうという噂だが、私はすぐに察した、ジョアン・マルティの正体はイヴォン・デュ・ラブナンに違いないと。バルセロナの市街戦で死んだマルティの腕時計を同志の遺品として、たったいまもきみは手首に巻いている」

〈北部解放〉は社会党系のレジスタンス組織で、他に占領地区には保守系の〈軍民統一戦線〉、党派色の薄い〈抵抗者〉や〈解放者〉などが地下活動を持続している。一九四三年五月には、ド・ゴールに全権を委任されロンドンから派遣されてきたジャン・ムーランを議長にレジスタンス各派の連合体として全国抵抗評議会（CNR）が結成された。

　ルヴェールが続ける。「問題のマルティがバスク地方の組織から全国抵抗評議会（CNR）のパリ秘密本部に派遣されてくるという。この地下室は看板だけの全国抵抗評議会（CNR）に〈国民戦線〉が提供しているアジトだ。きみが来ることを予期して待ち構えていたわけさ」

　パリの地下迷宮を利用しているのは幾世代にもわたる死者たちには留まらない、密輸業者の倉庫として犯罪者の隠れ家としても使われてきた。大革命時代には革命家マラーが潜伏していたし、そのあとは革命派のテロルを警戒する貴族たちの避難先となった。一八四八年六月の労働者蜂起でも一八七一年のパリ・コミューンでも敗れた蜂起者は地下道に逃げこんで最後の抵抗を試みた。このような歴史からすればパリのレジスタンスが地下を拠点にしていても不思議ではない。

「ゲシュタポは気づかないのかな、敵が地下（スー・テラン）に潜伏していることに」

「これまでのところ大規模な手入れは一度もない、連中はパリの歴史に無知だからな。ゲシュタポや民兵団（ミリス）も、地下（スー・テラン）のすべての出入口を押さえることなどできない。どこから踏みこんできても余裕をもって避難できる。ところでイヴォン、きみが危険を承知で上京してきた理由は」

〈国民戦線〉の実質的な最高指導者が単刀直入に問いかけてくる。

　短い沈黙のあとイヴォンは答えた。「連合軍がカレー海峡を渡ってフランスに上陸してからならともかく、いまマキが大規模な軍事作戦を開始するのは無謀だ。絶対にやめさせなければ」

アルプス地方などの山岳や森林に潜んでパルチザン活動を展開するレジスタンス組織はマキ、その隊員はマキザールと呼ばれる。もともと森林（マキ）に潜伏する逃亡者をコルシカではマキザールといった。それが転じて山岳パルチザンを意味するようになる。

北アフリカ戦線で枢軸軍が致命的な敗北を喫したのは昨年、一九四三年の五月のことだ。チュニジアのボン岬で優勢な米英軍に包囲され二十五万の独伊軍は降伏に追いこまれた。この勝利の勢いのまま連合軍は七月にシチリアに上陸、九月にはイタリア本土にも上陸して新たにイタリア戦線が開かれる。

本土が戦場になるという衝撃からファシスト党にも亀裂が生じた。国王派のクーデタによってムソリーニは失脚し、バドリオ元帥を首班とする新政権が連合国に降伏する。これに対抗してドイツ軍はローマを占領し、幽閉状態のムソリーニを救出して北部イタリアにドイツの傀儡（かいらい）政権を樹立した。いまやイタリア半島ではドイツと連合国が戦うと同時に、ドイツに宣戦布告したバドリオ政権とドイツの傀儡政権が戦うという二重の戦争状態が生じている。

これに先行し、一九四二年十一月の連合軍によるモロッコやアルジェリアへの上陸と北アフリカのヴィシー政府軍の投降を口実に、ドイツ軍はフランス全土を占領した。名目的な主権と独立さえ完全に奪われた全土占領に続き、四三年二月には強制労働徴用がはじまる。

一九四一年六月以降、東部戦線で快進撃を続けたドイツ軍だが雪が降りはじめるころにソ連軍の反撃が開始され、翌年になると主戦場はモスクワから南方に移った。しかし四三年一月にドイツ軍はスターリングラードで致命的な敗北を喫し、独ソ戦の攻守は逆転する。

数百万人を軍に動員して労働力不足に陥ったドイツは、フランスから労働者を強制的に徴用しはじめた。最初の三ヵ月で十六万人の専門労働者と九万人の一般労働者がドイツに移送され、さらに徴用は拡大していく。強制徴用はフランスの青年たちに新たな動きをもたらした。ドイツに送られることを拒否して逃亡する者が相次ぎ、武装して山岳地帯や森林地帯に潜伏した青年たちは抵抗運動の新戦力となっていく。いまや南部地域で三万、北部地域で一万人のマキが活動し、なかには本格的なゲリラ戦を開始した部隊もある。

有力なマキの拠点はアン県、グリエール高原、ヴェルコール山地、リムーザン地方、コレーズ県のモン・ムーシェなど。アルプスの高原や山岳地帯に位置するグリエールやヴェルコールには、深夜に飛来する連合軍機がパラシュートで補給物資を投下している。それでも武器弾薬、とりわけ敵戦車を撃破できる大型火器は致命的に不足していた。

共産党系のマキ〈義勇遊撃隊(FTP)〉に、ド・ゴール派のロンドン亡命政府や連合国との関係が密接な〈秘密部隊〉と〈軍抵抗組織〉が対抗している。効果を第一として小規模な部隊編制のゲリラ作戦を主とする〈義勇遊撃隊(FTP)〉にたいし、旧フランス軍の職業軍人が指揮する〈秘密部隊〉などは山岳根拠地に準正規軍ともいえる大部隊を擁していた。

「グリエールだな、当面の焦点は」男の言葉にイヴォンは黙って頷いた。

本格的なゲリラ戦を展開したマキは多大な被害を蒙(こうむ)っている。コレーズ県の部隊はドイツ軍の攻撃で粉砕された。イタリア軍による一九四三年七月の掃討作戦には耐えぬいたグリエールのマキであろうと、ドイツ軍が正面から攻撃をしかけてくれば壊滅は必至だろう。

「〈北部解放〉の本部に意見を上げてみたが効果がない。グリエール山中に集結したマキ部隊はただちに解散し、民衆の海に溶けこむようにしなければ。このまま事態が進行すれば、じきにドイツ軍とヴィシー政府の民兵団(ミリス)による総攻撃がはじまるだろう。軍用機と戦車と重火器による攻撃に五百や千のマキが耐えられるわけがない、一週間で皆殺しになる」

「グリエールのマキを指揮しているのはヴィシー政権に反旗を翻した職業軍人だ。ド・ゴールになら従うかもしれないが、われわれが主導権を確立した全国抵抗評議会(CNR)が命じてもあの連中は無謀な作戦を続ける。

イタリア戦線ではモンテ・カッシーノの戦闘が激化している。要塞化されたカッシーノ山上の修道院が連合軍の猛爆撃で完全破壊されたのは昨日のことだ。この戦闘に勝利すればドイツ軍のグスタフ防衛線は崩壊し、ローマの陥落も時間の問題になる。夏までには連合軍がカレー海峡を渡ってフランスに上陸するだろう。ドイツ軍は押しまくられ年内にはパリが解放される、問題はそのあとだ」

ペタン内閣がドイツに降伏したとき、ド・ゴールは陸軍次官としてイギリスに派遣されていた。祖国の降伏を知ったド・ゴールは帰国を拒否し、ロンドンで〈自由フランス〉を創設する。〈自由フランス〉は一九四二年七月に〈戦うフランス〉と改称した。

一九四二年十一月以降、フランスの北アフリカ植民地は連合軍に支持されたジロー大将の統治下に置かれていた。紆余曲折の果てに四三年六月、ド・ゴール派とジロー派の合作で国民解放委員会（CFLN）が成立する。国内の全国抵抗評議会（CNR）から支持されてジローを追い落とし国民解放委員会（CFLN）の主導権を握ったド・ゴール派は、連合国から事実上のフランス代表として認められはじめた。

問題はドイツ軍が駆逐されたあとのフランスの統治形態だ。英米側ではイタリア方式、ようするにフランス全土を連合軍の占領統治下に置くという構想も有力らしい。第三共和政はすでに滅んだ。後継のヴィシー政府はドイツの戦争に協力してきたのだから、フランスがイタリアと同じように処遇される可能性は少なくない。

連合軍のフランス統治を阻止したいという点は抵抗運動の三潮流に共通する。第一に国内外のド・ゴール派、第二に国内抵抗運動では最も組織化された共産党勢力、両者いずれにも距離を置いた第三勢力。イヴォンたちの抵抗組織は第三勢力に含まれる。この勢力は現場の活動家数ではド・ゴール派にも共産党にも劣らないが、組織化が不充分で全国抵抗評議会（CNR）での発言権や決定に際しての影響力は乏しい。

ルヴェールが冷静に続ける。「ド・ゴールは国民解放委員会（CFLN）を共和国臨時政府に格上げしようと企んでいる。フランスに侵攻した連合軍の尻馬に乗って、臨時政府代表としてパリに凱旋するつもりだ。既成事実を作ってしまえば連合軍の直接統治は回避できる。あの男に乗せられてチャーチルやルーズヴェルトが臨時政府の承認に動くなら、戦後のフランスはド・ゴール派に支配されかねない」

「共産党はド・ゴール派の勝利を阻止すると」イヴォンが男を見る。

「スターリンの助力で命拾いしたトレーズに、戦後のフランスでド・ゴール派と内戦をはじめる決意はない。スターリンの傀儡で自分ではなにひとつ考えることのない男だからな。モスクワに逃亡したトレーズなど問題じゃない。全国を廻って組織の非合法化を推進し、対独パルチザン闘争を指揮してきた私が党の実権は掌握している。この国でドイツと戦い続けてきたコミュニストのほとんどが私の方針に従うだろう」

イヴォンは問いかける。「あなたの決定とは」

「連合軍がパリに接近した時点でフランス全土に総蜂起を指令する。連合軍の戦車が到達する直前にパリを解放し、フランス国内軍を率いる全国抵抗評議会（CNR）が臨時革命政府の樹立を宣言する。連合軍の戦車でド・ゴールが戻ってきたとき、もうパリには新政府が存在しているわけさ」

　全国抵抗評議会の軍事組織がフランス国内軍だ。全国抵抗評議会そのものが諸派、諸グループの連合体だから、地下軍としての国内軍も指揮系統が整備された単一の軍隊組織ではない。ヴィシー政府に従うことを拒否した国外のフランス軍には、ダンケルクからイギリスに撤退した師団や北アフリカなどに駐留していた植民地軍がある。国外フランス軍は連合軍の一員としてイタリア戦線で戦っている。

　ドイツの敗北をきっかけとして、フランスでコミュニズム革命が起こることをアメリカが容認するわけはない。対独戦で国力を消耗しつくしたソ連は、しばらくのあいだ英米に妥協的な姿勢をとるだろう。アメリカとの協調を重視するから、フランス共産党による革命権力の樹立など許すわけはない。

　モスクワの意向に忠実なフランス共産党は、ドイツの敗北を機に武装蜂起し権力を奪取する気などかけらもない。戦後政治の主導権を得るため姑息な策動を企てるのが関の山だ。しかしルヴェールは、モスクワに亡命した書記長トレーズを無視して共産党による、あるいは〈国民戦線〉と全国抵抗評議会による反ドイツの総蜂起を計画しているようだ。

　ルヴェールの計画が実行されるなら、ドイツの占領が終わった瞬間にフランスでは共産党とド・ゴール派の内戦がはじまる。その場合、フランスに駐留中の英米軍はド・ゴール派を支援するか、でなければフランスを占領統治下に置くだろう。

「パリで樹立された臨時革命政府を認めないようなら、英米軍もドイツ占領軍と同じ侵略勢力にすぎない。対独抵抗運動はフランスの独立と自由を掲げた対英米抵抗運動に転化する。フランスのコミュニズム革命の勝利は、ドイツとイタリアの敗戦革命に連続転化していく。第一次大戦後に果たされることなく潰えた世界革命が今度こそ勝利する。第二次大戦後の世界は、資本主義アメリカとスターリニズムのソ連、この両勢力に対抗する西欧コミュニズムに三分される。いや、絶対にそうなるようにしなければ。……私は可能だと考えている」

　反スターリニストの同志を裏切って共産党に留まり、抜群の組織力と指導力で地位を築いてきたルヴェールがついに本音を明かした。壮大な構想だと思う。資本主義でもソ連社会主義でもない真に解放的なコミュニズム社会を、この戦争を好機として西欧世界に実現しようというのだから。

ド・ゴール派にも共産党にも属さない抵抗運動の第三勢力には保守派、自由主義者、元軍人、愛国者、カトリックやプロテスタントの宗教家や信者、社会主義者、労働運動家、その他もろもろの組織や個人が含まれる。

ドイツ軍によるフランス全土占領は、それまでヴィシー政権に協力的だった右翼勢力の一部を離反させた。アクシォン・フランセーズ系や、ドイツとの協力強化を要求するドリオのフランス人民党（PPF）などは政権に残ったが、火の十字団（クロワ・ド・フー）系の極右ナショナリストには対独抵抗運動に参加する者も少なくない。指導者のラロックは連合国のスパイとしてゲシュタポに逮捕された。

政治的立場はさまざまでも、運動の過程で共有されてきた理念のようなものはある。レジスタンス活動家の多くは敗戦と占領を招いた第三共和政を見限っている。第三共和政期の政党と政党政治の復活さえ望まない者も多い。

ソシアリズムやコミュニズムの理念を支持しない者でさえ、少なくともフランス大革命の理想に立ち戻って新しい社会を築かなければならないと漠然とながら考えはじめている。これは貴重な出発点だ。ド・ゴール派の共和国でも共産党の独裁国家でもない第三の可能性を追求すること。

少しの沈黙のあとイヴォンは口を開いた。「二年前の五月、シモーヌ・リュミエールはアメリカに発った」

「知っている。リュミエール一家が亡命できたのは幸運だった、でなければユダヤ人として逮捕されていたに違いないからな」

「フランスを離れる少し前にシモーヌと話ができた。〈自由フランス〉に接触してレジスタンスに参加するため、できるだけ早く大西洋を引き返すつもりだと口にしていたけどね」

「リュミエールとド・ゴール派では立場が違うと思うが、〈自由フランス〉で女秘書の口でも探そうというなら反対する気はないよ」

のちに〈戦うフランス〉に改称された〈自由フランス〉はド・ゴールを指導者としているが、その下で戦っているのはド・ゴールの政治主張や政治的立場を支持する者たちだけではない。ド・ゴールに全権を委任されてフランスに潜入し、レジスタンス各派の連合に尽力し、全国抵抗評議会（CNR）の結成直後に逮捕虐殺されたジャン・ムーランも、もともとは急進左派の活動家でド・ゴール派とはいえない。

「マルセイユでもシモーヌはインドシナ難民の支援活動に熱心だった。フランスが一方でナチの占領支配からの解放を求めながら、他方で植民地を維持しようというのは不条理だと。人民戦線綱領では植民地の独立問題は無視されていたし、人民戦線が崩壊して他党に妥協する必要が消えても共産党の態度は微温的だ。植民地解放に熱意があるのは社会党左派のダニエル・ゲランなど左翼でも少数派にすぎない」

「いいや。同じコミンテルン支部としてフランス共産党は、民族独立を求めるインドシナ共産党と同志関係にある。極左のゲランはともかく、リュミエールとさほど見解は違わない」

「ところが違うんだな」

「どう違う」男が眼を細めた。

「植民地の解放を求めるシモーヌだが、コミンテルンとは違ってナショナリズムには批判的だ。インドシナ民衆がナショナリズムに染まる可能性を憂慮している。それでは植民地解放運動が、宗主国と対等の主権国家を作ることで終わりかねないから。

きみたちがナショナリズムを左から煽るのは、主権国家を不可疑のものとして祭りあげるからだ。フランス国家の中央権力を奪取し、プロレタリア独裁を僭称するボリシェヴィキの党派独裁権力に置き換えようとする。スペインでの経験から僕もシモーヌの発想には賛同している」

スペインのアナキストは革命と内戦に際し、政治と国家の問題をめぐって政治的そして思想的な混乱に見舞われた。政治を拒否すべきところで政治的に振るまおうとし、政治を引き受けるべきところで政治から逃亡した。前者の例は共和国政府の閣僚の席を得たことだ。そんな誘いは拒否して中央政府に外からの、そして下からの圧力を加え続けるべきだった。

どのみち有名無実で害はないと判断し、カタルーニャ自治政府を容認したのが後者の実例だ。カタルーニャをはじめそれが可能な地域では、共産党に主導された人民戦線派の自治政府を解体し、民衆による評議会の連合に置き変えることが求められていた。もしもドゥルティが存命であればそのように決断したろう。

「きみの主張は破綻が実証された〈ドゥルティの友〉と変わらんな」

「〈ドゥルティの友〉は不徹底だった、僕はバスク人だからよくわかる。バスク独立派の主流はスペイン領とフランス領に分断された南北バスクを、フランスやスペインと対等の独立国家にしようと夢想する。コミュニストはバスクをプロレタリア独裁国家スペイン、あるいはフランスの一部に統合しようとする。どちらも間違っている」

スペイン国家やフランス国家の全体を、バスクやカタルーニャで先行的に実現されるだろう評議会（フンタ）の下からの連合と同じような地域権力に分散化し解体していくこと。ルヴェールが反論する。「それはアナキズムの発想で最初から破産は運命づけられている。誰一人として国家という怪物の支配を免れえない、たとえ国家からの解放を求める者でさえ」

「一九一七年二月革命のあとロシアには二つの権力が存在し拮抗していた。帝政から主権権力を引き継いだ臨時政府と、民衆の自己権力体である評議会（ソヴィエト）の」

この二重権力状態を前にしてレーニンは、ひとつの国家に二つの権力は存在しえないと断定し「全権力をソヴィエトへ」のスローガンを掲げる。しかしこのスローガンは根本的にまやかしだ。民衆の自己権力と国家の主権権力は、融合も統合も一体化も原理的に不可能だから。このスローガンを掲げて一七年十一月に強行されたのはボリシェヴィキ党の私兵による軍事クーデタで、樹立されたのは評議会（ソヴィエト）権力ともプロレタリア権力とも無縁の党派権力だった。憲法制定議会でも少数派だったボリシェヴィキは、他の社会主義党派を暴力的に排除して血みどろの内戦を招いた。

「きみはボリシェヴィキと連立を組んだ左翼社会革命党（エスエル）の存在を忘れているな」

「いいや、忘れてはいない」

他党派としては唯一ボリシェヴィキの側に廻った左翼社会革命党（エスエル）も、ドイツとの講和問題で対立を深めていく。一九一八年三月に締結されたブレスト・リトフスク条約では、ポーランド、バルト三国、フィンランド、ウクライナなど広大な地域をドイツに委ねることが定められた。事実上の割譲だ。

農民を支持基盤としていた左翼社会革命党（エスエル）は、ウクライナ民衆をドイツ帝国主義に売り渡すものとして屈辱的な講和条約に反対し、抗議して連立政権を離脱する。七月には左翼社会革命党（エスエル）議長のマリア・スピリドーノワが全国ソヴィエト大会でボリシェヴィキを弾劾し、それを機に蜂起を企てるが鎮圧された。

「いずれにしてもドイツとの戦争という圧力が、ロシアの二重権力状態を押し潰したろう。次には内戦と帝国主義の干渉戦争が到来した。強力な中央権力なしに革命ロシアが生き延びられたと思うかね」

イヴォンは答える。「一九一八年十一月にはドイツで革命が勃発して第一次大戦は終結する。あと八ヵ月ほど交渉を引き延ばしていれば、屈辱的な条件で講和する必要などなかった」

「それは後知恵にすぎない」

「政治家レーニンの致命的な判断の誤りだ」

「講和交渉が進まないことに業を煮やしてドイツが戦闘を再開したらどうなる。すでにロシア軍には継戦能力が失われていた、ペトログラードは陥落していたろう」

「ナポレオン戦争のときと同じように戦術的に後退し敵軍を泥沼に引きこめばいい。たったいま独ソ戦でスターリンが否応なくそうしているように。それより考えるべきなのは、ドイツ敗戦後のウクライナで白軍を撃退したのがアナキストのマフノ軍だった事実だ」

ウクライナに侵攻したドイツ軍や、ドイツと組んだ中央ラーダのウクライナ軍と戦うことはマフノ軍のような土着のパルチザン勢力に委ね、ロシアは武器援助などに徹すればいい。時間はパルチザンの味方だ、そうしているうちにドイツ帝国は内部崩壊するだろうから。

「レーニンもトロツキーも中央集権国家による大規模な正規軍による戦争しか念頭にないから、パルチザン戦争で侵略軍に対抗するという発想を持ちえなかった。中国のパルチザン戦争をめぐるエドガー・スノーのルポルタージュは、あなたも読んだろう」

フランスのレジスタンス勢力がパルチザン戦争でドイツ軍を撃退するのは至難だ。しかし中国ではどうか。たったいまも中国の農民パルチザンは、日本の侵略軍を懐深く引きこんで戦闘を続けている。簡単に勝てると思いこんだ日本がどうしても中国で勝てない結果として、中国の背後にいるアメリカに戦争を仕掛けざるをえないところまで追いつめられた。日米開戦の結果としてアメリカはドイツにも宣戦を布告する。

「アメリカの軍事力なしにドイツを屈服させるのは不可能だとしたら、われわれに巨大な力を与えてくれたのは中国の農民軍ということになる」

「きみが期待する中国の農民パルチザンを組織したのは、他ならぬ中国共産党だという事実は指摘しておきたいな。ではイヴォン、きみは十月革命を完全に否定するんだな」

「もちろん否定する。あれは革命なんかではない、たんなる党派的クーデタだ。評議会(ソヴィエト)権力は下から外から臨時政府に要求を突きつけ続けていればいい。スペインでも民衆の自己権力は共和国政府にそうすべきだった」

「ボリシェヴィキが蜂起しなければ、二重権力は軍部の反革命クーデタによって反対側から解消され、二月革命の成果だった土地と自由さえ民衆から奪われたろう」

「そこをなんとかするのが、ボリシェヴィキの大好きな政治的意識性ってやつだろう。あれほどまで渇望していた権力が道端に落ちていた、いまなら拾える。そう思って手を出したのがレーニンという男だ。道に落ちていたらなんでも拾ってしまうのは性根が卑しいからさ。

ドイツの敗戦を革命に転化しようとするあなたは、その革命の当事者に本音を語ろうとしない。アメリカともソ連とも違う解放された社会を築こうというのなら、そのことを率直に語って党員や活動家の、さらにはフランス民衆の支持を求めるべきでは」

男は皮肉な顔で肩を竦める。この時点では明らかにするわけにいかない、そんなことをすれば混乱が生じて計画の実現は不可能になるだろうから。

いかにスターリンやトレーズを批判しようとも、民衆を善導しようとする点ではルヴェールもボリシェヴィキだ。考えるのは党の役目でおまえたちは考える必要などない、なにがおまえたちの幸福でありどうすれば実現できるかは、おまえたちではなく党のほうがよく知っている。わけがわからなくても命じられた通りにしていればかならず勝利できる、そうしない不届き者は棍棒で殴っても勝利への道を歩ませる。それが歴史の必然性を体現する党の崇高な任務なのだ……。

しばらく沈黙していた男が口を開く。「きみたちのグループは全国抵抗評議会（CNR）のバス・ピレネー地方委員会では有力勢力だ。スペインで実戦経験を積んだ活動家が軍事部門を組織した実績があるからな。どうだ、われわれに協力しないか」

「同志の多くは亡命スペイン人のアナキストだ。彼らがフランス共産党に従うわけはない、多数の仲間をスターリニストに殺されているからな」

「総蜂起まで時間はある、きみからの説得を期待したいね」

イヴォンは無表情に肩を竦めた。「無駄かもしれないが全国抵抗評議会（CNR）の中央にわれわれの意見を伝え、用件がすんだらバスクに帰る。同志が待っているから」

連合軍のフランス上陸か、あるいはパリ解放か、機会が到来した時点でバイヨンヌの市庁舎を占拠する。フランス領バスクの自治政府樹立を宣言し集産化革命を呼びかけるのだ。連合軍とド・ゴール派と共産党の三つ巴の内戦に巻きこまれる気などない。

「……話は違うんだが」

「なんだね」

「作家のジャン＝ポール・クレールがどうしているか、わかるかな」

「降伏の翌年には捕虜収容所から解放されパリに舞い戻ってきた。長大な哲学書を刊行し、自作の戯曲が上演され文壇や論壇での知名度も増して、いまやパリでは有力な少壮知識人だ」

　フランスが降伏して軍の将兵の全員がドイツ軍の捕虜になった。しかしクレールは九ヵ月後には釈放される。誤って捕虜収容所に紛れこんだ民間人だ、斜視による平衡障害のため徴兵不適格者だったという主張が運よく通ったらしい。大多数のフランス兵は捕虜として強制連行されたドイツで、いまだに無償労働力として酷使され続けている。

「聖誕祭に捕虜たちが役者として、また観客として愉しめるようにクレールは収容所で戯曲を書き下ろしたんだな。収容生活のあいだに非政治的だった過去を反省したのか、戯曲には抵抗の主題が窺われる。救世主となるだろう厩の赤ん坊をローマ人による虐殺から守るため、ユダヤ人の男が死を覚悟して帝国の権力に立ち向かうという筋書きだから。

　しかも魔術師の予言を聞いた主人公は、この救世主がユダヤ国家を再興する新しい王でないことも知っている。男が赤ん坊を救おうと決意するのはユダヤ人の世俗的解放のためではなく、人類の魂の救済のためだ」

　イヴォンは頷いた。「ローマ支配下のユダヤ人はドイツ占領下のフランス人を寓意している、主人公の決死の闘いは対独抵抗運動を」

「しかも厩の嬰児を救って磔になるのは平凡なユダヤ人なんだ。この物語は救世主を磔にした民としてユダヤ人を憎んできたキリスト教徒に、ひいてはナチズムの反ユダヤ主義に異を唱えてもいる」

　捕虜収容所を釈放されたクレールは、知識人を中心としたレジスタンスの小グループに入った。しかし地下活動の経験など皆無の連中だから非合法にビラを印刷することもできない。実効的な活動にはいたらないままグループは解散した。

「地下出版物に偽名でヴィシー政権批判を書いたりする程度の抵抗が、およそ実務的な才能が皆無のクレールにはふさわしい。ところでどうしてやつに会いたいのかね、温めたいほどの旧交はなかったはずだが」

「リセでシスモンディの生徒だったクロエ・ブロックのこと、覚えてますか」

男は軽く頷いた。「あの二人があちこち連れ廻していたから。マドモワゼル・ブロックがどうかしたのかね」

「僕が会いたいのはクロエなんだ、クレールやシスモンディなら居所を知っているかもしれない」

「戦争前の三ヵ月ほどクロエときみが親密だったことはシスモンディから聞いている。その夏には消息を断った娘を捜し廻っていたことも。まだ忘れていないのかね、あの娘のことを」

イヴォンは無愛想に肩を竦めた。「マドモワゼル・ブロックの無事が確認できれば、それでいい」

「イヴォン、きみはマリアの顔をした少女に心を奪われたんだな」

あのとき爆発で毀れたマリア像とクロエの顔がどこかしら似ていることに、ルヴェールは気づいていた。戦場から帰還したイヴォンの前にファブリスが惹かれたクレリアのような少女があらわれるだろうと、だから予言めいた言葉も口にできた。クロエを愛したのは、ルヴェールの予言に無意識のうちに影響されたからかもしれない。

二年前にマルセイユでアメリカに出発する直前のシモーヌ・リュミエールに頼んでみたが、シモーヌはニューヨークでクロエを見つけることができたろうか。あのときも「再会できる日を待っている」とは伝言していない。もしも生きているとして、クロエのほうがイヴォンとの再会を望んでいるとは限らないからだ。夏至の前夜、ホテルを訪ねてきた少女を酷い言葉で傷つけた、だからクロエは青年の前から姿を消した。

宣戦布告から八ヵ月ものあいだ奇妙な戦争(ドロール・ド・ゲール)は続いた。たとえ家族と一緒にアメリカに渡ったとしても手紙を書くことはできたろう。なんの頼りもないのはイヴォンを拒絶しているからだ。

この戦争が終わり、どこかでクロエと再会できたとしよう。あの夜の残酷だった態度と卑劣な言葉を心から詫び、そして赦されることを期待しないではない。そこから二人が出逢い直せるなら。そんな可能性を思うと、いまでも心の芯が熱く疼かないではない。地下活動のためにも地元の名士を装うほうが有利なのに、マリー＝ルイーズとの婚礼を先延ばしにしているのは、まだクロエの残像が記憶に灼きついているからだ。

「パリでは潜行中の身だから、人を捜して街をうろついたりしないほうがいい。クレールには私から連絡しよう。接触できる日時と場所が決まったら通知する。バスクに戻る前に、もう一度きみとは会いたいと思うが」

「あの問題で説得される気はない、それでよければ」

「別件だよ、きみに会わせたい人間がいる」

粗末なドアが開かれて案内役の女が顔を見せる。ルヴェールを地底（スー・テラン）の小部屋に残し、青年はまた地下迷路に足を踏み入れた。

3

リュクサンブール宮には赤と黒のドイツ国旗が掲げられている。土埃に薄汚れて寒々しく見える薄茶色の建物を、鉄兜（てつかぶと）と突撃銃で武装したドイツ兵が警備している。二十歳前の若々しい兵士が澄んだ青い眼で、通りすぎていくイヴォンを無表情に見送った。

公園はいたるところ掘り返され乾燥した土が露出している。近所の餓えた住民が芝生や花壇を畑に変えてしまったのだ。昨日、リヴォリ街から見たチュイルリ公園も同じことで、あちこちに野菜やジャガイモが植えられていた。ドイツ軍に接収されたリヴォリ街の高級ホテル・ムーリスでも、冷たい風に鉤十字（クロワ・ギャメ）の旗が翻っていたことを思い出す。

パリの街は寒さに震え飢餓に苦しみ、無力に青ざめて見える。電力不足で閉鎖された地下鉄駅（メトロ）も少なくない。かつて街路を埋めていた自動車はガソリンが入手困難のため、箒（ほうき）で掃かれたように路上から消えていた。バスも運行休止で、見かけるのは占領軍の軍用車両ばかりだ。市民は二本の脚で歩くか自転車を利用するしかない。

リュクサンブール公園を出た青年は、ムッシュ・ル・プランス街の坂道を下りはじめた。占領軍専用とされた劇場もあるし、オペラ座やコメディ・フランセーズの上席はドイツ将校に占められている。それでもオデオン座は接収を免れたようだ。

サン・ジェルマン通りに面した映画館では、新人監督モーリス・オーシュの第一作が上映中だった。どの映画館も似たようなもので、ドイツの国策映画か毒にも薬にもならない三流のフランス映画しか観ることができない。ニースのヴィクトリーヌ撮影所ではマルセル・カルネ監督がジャック・プレヴェール脚本の大作『天井桟敷の人々（レ・ザンファン・デュ・パラディ）』を製作中らしいが、完成しても占領地区だったパリでは公開されそうにない。自由地区のニースやマルセイユでも難しいのではないか。

黄昏の街路を力なく行きかう人々の服装はどことなく薄汚れて見える。いまでは新しい衣類も靴も貴重品なのだ。男たちは着古して型の崩れたジャケットや外套、つぎだらけのシャツを着るしかない。寒さをしのぐため女たちはパンタロン姿で出歩いている。電力不足で休業中の美容院が多いからだろう、セットされていない髪をターバンで隠している女も目につく。

イヴォンは型崩れした外套に三つ揃い、古ぼけたソフトに傷だらけの革靴という恰好だ。田舎の館のクローゼットは一度か二度しか着ていない背広や外套で一杯だが、洒落た服装をして目立つわけにはいかない。なにしろ密かにパリに潜入した身なのだ。検問や路上の不審尋問で偽造身分証が疑われると厄介なことになる。

パリの食糧難は予想した以上だった。バスクの田舎でも煙草や珈琲や砂糖は入手困難で、誰もが薬草煙草やどんぐりを碾(ひ)いた代用珈琲やサッカリンで我慢している。とはいえ食事にも事欠くというほどではない。デュ・ラブナン家の食卓はパンはもちろん野菜や肉類も豊富で昼も夜も葡萄酒(ヴァン)の栓が抜かれる。軍隊から戻ってきたジョゼフの息子が、懇意にしている葡萄酒(ヴァン)農家から調達してくるのだ。

パリを含む都市部では地方の農村地帯と事情が異なっている。食糧の配給量は減り続け、青黒い栄養失調の顔でうろついている市民が目立った。パリに潜入してからイヴォンもろくなものを食べていない。ここ数日、組織が用意したモンマルトルのアパルトマンで寝起きしているのだが、抵抗運動の支持者らしい主婦が出してくれるのは黴(かび)が生えかけた固いパンと肉なしの薄いスープなど貧しい食事ばかりだった。

むろん贅沢をいうつもりはない。夫が工場勤めだという中年の夫婦はレジスタンスの関係者らしい謎の男に自宅のベッドを、さらに貴重な配給品の一部を割いて食事まで提供している。その分、家族の胃に収まる量は少なくなるはずなのに。もしも摘発されたら銃殺か、運がよくてもドイツの強制収容所に送られる危険は承知の上なのだろう。

ゲシュタポに逮捕されるくらいなら自分から死を選ぼうと青年は決めている。銃撃戦で射殺されるなら本望だ。それでも生きたまま身柄を拘束される可能性はゼロではない。たとえゲシュタポの拷問で耳や鼻を削がれスプーンで眼球を抉り出されようとも、最後まで沈黙していられるだろうか。

スペインの戦場では兵士として死を覚悟していれば充分だった。しかしフランスの地下深くに開かれた新しい戦場は、はるかに陰惨で苛酷といわざるをえない。レジスタンスの戦闘員には国際法が保障する捕虜としての権利などないのだ。

パリで全国抵抗評議会(CNR)の幹部と接触するのはもちろん危

険だ、どこかで情報が洩れる危険は常にあるから。ゲシュタポに逮捕され拷問室に連れこまれることも覚悟していなければならない。パリに出発する前に青年はシャツの袖に青酸化合物を縫いこんだ。職業的な秘密工作員は義歯に毒薬を仕込んでいるというが、そこまでやる必要はない。たとえ警官に押し倒されても右袖を嚙むくらいの余裕はあるだろう。

拷問をめぐる根深い不安もシャツの右袖を撫でることで幾分かは解消されるが、得られた安心感がまた別の自問をもたらしもする。身柄を拘束される寸前に自殺してしまえばたしかに拷問は回避できる。しかしそれは安易な道ではないか、拷問から逃げることで保たれるような誇りが誇りの名に値するといえるのだろうか……。

心底から死を怖れ、死をめぐる観念に取り憑かれていたような少女の記憶が甦る。とはいえクロエを脅かしていたのは自我の消滅という事態であって、イヴォンが直面しているような即物的な苦痛と処刑の可能性ではない。クロエとは違って、私が消えてしまうことに不安を感じたことは一度もないと思う。

ドイツ語の交通標識を確認してサン・ジェルマン通りを横断し、青年はドフィーヌ街に入った。五年前に何ヵ月か住んでいた小ホテルは閉鎖されている。ドイツ軍に接収された高級ホテルとは違って、零細ホテルは旅行客の激減のため営業が難しくなったのだろう。玄関扉が閉じられたホテルの前を通りすぎセーヌの河岸通りに出る。冬空は陰惨な翳りを増してきた。じきに凍てついた夜の闇が占領下のパリをすっぽりと覆うだろう。

対岸のシテ島に裁判所や警視庁があるため、グラン・ゾーギュスタン河岸通りも監視や警備の重点地域だ。パリ警視庁はドイツ軍の支配下にある。ようするにパリの警官は制服も私服もゲシュタポの手先だ。巡回警官の注意を引かないように、イヴォンは緊張を窺わせない足取りでのんびりと歩いた。

河岸通りに面した建物が今夜の目的地だった。番地を確認して建物の正面扉を押し開ける。玄関広間に管理人（コンシエルジュ）の姿はない。電灯のボタンを押して幅広の階段を足早に上りはじめるが、二階に達する前に光が消えてしまう。節電のため点灯時間が短くなっているようで、やむなく足探りで真っ暗な階段を上り続ける。

二階の階段室を出てすぐの玄関ドアが、訪問先のアパルトマンのようだ。ドアの隙間から線状にわずかな光が洩れている。ノックするとじきに扉が開かれた。扉から顔を見せた中年婦人に低い声で告げる。

「クレール氏の紹介で伺ったんですが」

女は裏のない笑顔で青年を迎えた。「ムッシュ・デュ・ラブナンね、あなたの到着を夫のミシェルが待ちかねてたわ。わたしのことはゼットと呼んでちょうだい」

地底（スー・テラン）の抵抗運動アジトを訪れてから四日がたち、モンマルトルの潜伏先にルヴェールの簡単なメモと冊子が届いた。ジャン＝ポール・クレールと会いたければ、翌日の指定時刻にグラン・ゾーギュスタン河岸通りのアパルトマンを訪問しろとメモにはある。面識はないがミシェル・ユロというアパルトマンの主のことはイヴォンも知っていた。

冊子のほうはジャン＝ポール・クレールの戯曲『悔恨の女神（エリニュエス）』で、役者や舞台関係者に配られる台本の一冊だった。半年ほど前にルヴェールは旧友の家具付きホテルを不意に訪れてみたが、そのときクレールから渡された小冊子らしい。地下潜行中の共産党幹部には観劇の機会がない、せめて台本でも読んで感想を聞かせてほしいということだろう。

アフリカ調査団に参加し〈革命のためのシュルレアリスム〉誌に特異なエッセイを書いていたユロだが、いまはトロカデロの人類博物館に勤めているようだ。ルノワールとはシュルレアリスト時代からの親友で民族学研究会の活動にも協力していた。

またメモには『わが友にちょっとした贈り物がある。二月二十五日の午後三時ちょうどに以下の住所まで来られたし』とも記されていた。贈り物とやらを餌にイヴォンを呼び出して、また一斉蜂起計画に合流しろとしつこく説得する気だろう。二十五日というと今日から五日後で、そろそろパリを離れるころだ。

二人ともいつまでの命か知れない身だ。その日がルヴェールと顔を合わせる最後の機会になる可能性もある。コミュニストによるフランス全土の一斉蜂起計画になど乗る気はないが、指定されたアレージアのアパルトマンには顔を出そう。メフィストフェレスさながらイヴォンの人生に決定的な役割を演じた男だ、別れの挨拶はしておきたい。

ゼットという愛称の婦人は三十代の後半で、綺麗な青い眼は若い娘のように生き生きと輝いている。青年は土産の酒瓶を手渡した。邸にある葡萄酒（ヴァン）の地下倉（カーヴ）に数本だけ残っていた、貴重なシャンパーニュの一本を鞄に詰めてきたのだ。

親しい友人を呼んでの会食らしいから手ぶらというわけにもいかない。嗜好品に餓えているパリの親友のために田舎から運んできた高級酒だが、アランの口には入らないことになった。

「シャンパーニュなんて何年も口にしていないから、どんな味だったか忘れてしまったわ。これで食事のときに乾杯しましょう」

通された書斎にはピカソやミロの絵が飾られ、暖炉では火が盛大に燃えている。高価な美術品や贅沢な家具を見るまでもなくアパルトマンの主がブルジョワであることは疑いないが、どこで石炭を手に入れたのか。占領下のパリでは燃料も配給制で、金があれば買えるというものではない。

点灯されているのはスタンドがひとつきりで室内は薄暗い。豪華なタペストリーを背にした安楽椅子から、アフリカの民族誌で著名なシュルレアリストが立ちあがる。「ようこそ、イヴォン君。天才と謳われた少年詩人をわが家に迎えることができて嬉しいよ」

「お客ですよ」ゼットの声がする。「クレールさん、それにエルミーヌも」

戸口からイヴォンも旧知である男女が部屋に入ってきた。二人とも占領下のパリ市民にふさわしい、どことなく垢じみた服装だ。石鹸も不足していて洗濯したてのシャツやブラウスを着ることもできないのだろう。以前よりも痩せたように見えるジャン＝ポール・クレールが、暖炉の前の青年に気づいて満面の笑みを浮かべた。

「よく来てくれた。パリが占領された直後に帰郷したと聞いたが、まさかここで再会できるとはね」

「捕虜収容所で上演したという戯曲は本にならないんですか」

「捕虜たちの娯楽のために書いた習作だから出版する気はない。とにかくきみと再会できて嬉しいよ」

哲学の大著『物と意識』を刊行し戯曲家としても成功したらしい男は、イヴォンの掌を摑んで派手に振り廻した。歓びの表情は本物で裏のようなものがあるとは思われない。小説でも哲学書でも著作を読む限り、この人物が常識以上に複雑な性格であることは疑いない。

容赦なく論敵を叩きのめす戦闘的な論争家でもあるが、直接に顔を合わせるようなときには愛想のよい好人物そのものに見える。意図して役柄を演じているような胡散臭さなど少しも感じさせない。どちらかが仮面というわけではなく、いずれもがクレール本人なのだろう。

「われわれの共通の友人が『悔恨の女神』の台本を届けてくれましたよ。シテ劇場で上演されたとか、パリにいれば僕も劇場に足を運んだはずです」

小柄な男が陽気に応じる。「第二作も上演の予定が決まっている、『他者は地獄だ』という戯曲なんだが、それまでパリにいるなら初日の席を手配しよう」

「来週にはバスクに帰らなければ」イヴォンは本気で残念に思った。

「戯曲が出版されたら進呈するよ。手紙は難しくても小包なら送れるから。うまいこと検閲を誤魔化して、エルミーヌは知人に頼んで肉を送らせている」

「ジャン・ジロドゥの『エレクトル』に不満だったシモーヌ・リュミエールは、自分でエレクトルとオレストを主人公とする戯曲を書こうとしていましたが」

「そいつは面白い、エルミーヌの天敵が戯曲に手を染めるとはね」

電圧が下がったのかデスクの横に置かれたスタンドの光が頼りなく弱まる。しばらくして元の状態に戻った。ドアが開いてゼットが大きな盆をテーブルまで運んでくる、人数分のグラスと素焼きのデカンタに入った葡萄酒（ヴァン）だ。

「シェリーやポルトってわけにはいかないけど安物の葡萄酒（ヴァン）なら。イヴォンのシャンパーニュは食事のときに栓を抜きましょう」

五つのグラスに赤葡萄酒（ヴァン・ルージュ）が注がれユロの音頭で全員が乾杯した。上等とはいえない酒だが、これでもパリで入手するのは難しいのだろう。画廊経営者で絵の目利きとして知られているらしいゼットだが、サロンの主宰者としても才能があるようだ。占領下のパリでそれは主婦としての有能さを意味する。客を迎えるための石炭も酒も、たぶん食材も自身の才覚で調達したに違いない。

「赤々と燃える石炭に葡萄酒（ヴァン）。どこから手に入れるのか、まるで魔法使いみたいね、ゼットは」エルミーヌ・シスモンディが女主人を賞讃する。「わたしが住んでいるのは戸棚みたいに小さな部屋。それでも寒くて寒くて。石炭も薪も手に入らないし、仕方ないから珈琲店（カフェ）〈フロール〉のストーブの前で朝から晩まで本を読んだり原稿を書いたりしているわ。もちろん珈琲は代用品。注文すれば本物の珈琲でも卵料理でも出てきた昔がまるで夢のよう。クレールは配給された食品類を端から黒煙草と交換してしまうの、栄養不足で青黒い顔をしているのはそのためよ」

「わが家も似たようなものさ、手が凍えてペンも持てない」

アパルトマンの主が苦笑する。今夜は客を迎えるため貴重な石炭を盛大に燃やしているようだ、酒にしても同じことだろう。

「元気にしてたかしら、イヴォンは」

　青年は差し出されたシスモンディの手を軽く握った。

「クロエから連絡はありませんか」

「あれから一度も」女はかぶりを振った。「たぶん家族と一緒にアメリカに渡ったんでしょう。ドイツに宣戦布告した直後にフランスを出国するなんて警戒のしすぎ、あのときはユダヤ系にしても慎重すぎると思った。でも、いまから思えば正確な判断だったわ。簡単には換金できない不動産を惜しんで様子を見ていたユダヤ系の市民は、フランスの敗戦で逃げ場を失ったのだから」

　エルミーヌ・シスモンディは頭に色物のターバンを巻いている。もともと服より本や旅行に金を遣いたいタイプで、リセの女性教師にふさわしい野暮ったい外見だった。あえてボロを着込んでいる様子のシモーヌ・リュミエールよりは常識的な恰好だが、シモーヌほど徹底していると野暮ったさにも風格めいたものが出てくる。

　シスモンディの場合はセンスがないというよりファッションに無関心なのだろう。髪の手入れという時間の無駄を省くのに有益だから、ターバンで隠してしまうことにしたのか。髪が少ないことを気にしているとクロエが話していたが、あるいはそちらのほうが理由かもしれない。余儀なくターバンを巻いている女は占領下のパリで珍しくないから、シスモンディのターバン姿も目立たなくてすむ。

　夕食を用意するためにゼットは、闇で調達した肉を持参したエルミーヌと二人で居間から姿を消した。クレールとアパルトマンの主はテーブルの上に開かれた大きな画集を前に議論に熱中している。話が一段落したのかユロは空になった酒瓶を手にキッチンに向かう。粗悪でも貴重品の黒煙草に火を点けてから、クレールがイヴォンを見た。

「そうそう、もうじきルノワールが来る」

「ジョルジュ・ルノワールですか」

　クレールが頷いた。「愛人と別れてリル街のアパルトマンを出たルノワールは、このところクール・ド・ロワンの屋根裏部屋に住んでいるんだ。友人から借りた、埃まみれの天蓋付きベッドなど古道具の類で足の踏み場もないアトリエだが。昨日そこでイヴォン・デュ・ラブナンがパリに来ていることを伝えたら、やつもきみに会いたいとさ。ここに呼んでおいたが、かまわないだろうね」

「ええ、もちろん」あの男とも話したいと思っていたところだ。

「〈南仏通信（デペッシュ・デュ・シュッド）〉にルノワールの本の書評を寄せたんだが、読んでもらえたかな」

クレールが口にしたのは、『神秘体験』のことだろう。〈南仏通信（デペッシュ・デュ・シュッド）〉はマルセイユで刊行されている文学誌でシモーヌ・リュミエールも常連寄稿家の一人だった。

両親とアメリカに亡命したシモーヌだが、いまはどうしているのか。ヴィシー政府のユダヤ人狩りから逃げることができたと、わが身の幸運を祝福しているとはとても思えない。安全であることを前提として、同胞を見棄てたという自責に甘んじているわけでもないだろう。アメリカにいてはナチスと戦えないから今度は大西洋を東に渡って、イヴォンに洩らしていた通り〈戦うフランス〉の一員としてロンドンで活動しているのだろうか。

そういえばシモーヌが〈南仏通信（デペッシュ・デュ・シュッド）〉に寄稿したカタリ派をめぐる評論には、立場は一見して対極的ながら『神秘体験』のルノワールと通じるようなところが感じられた。イヴォンが知っているシモーヌ・リュミエールは一時代前ならアナルコサンディカリストに志願したような、スターリン独裁とソ連の人民抑圧体制を徹底批判するラディカルな労働運動家だった。しかしパリを脱出してマルセイユで暮らしはじめてから、〈南仏通信（デペッシュ・デュ・シュッド）〉に掲載された文章を読む限り新プラトン主義的な異端キリスト教に帰依したように見える。旅客船に乗る少し前にノートルダム・ド・ラ・ギャルド大聖堂で話したときも、神秘的な宗教体験のことを暗示的に語っていた。

人民戦線運動が活発化していたころまで、シモーヌとルノワールはそれぞれの仕方で反ファシズム闘争の前線に身を置いていた。一時期は同じ民主的共産主義サークルで活動していたが、ルノワールが左派知識人の結集をめざした〈反撃（コントル・アタック）〉にシモーヌは冷淡だった。二人のあいだではどんな議論があったのか。

人民戦線運動が形骸化し大衆的な熱気が失われていくにつれ、二人は具体的な政治活動に距離を置きはじめる。精神的な次元でナチズムに対抗しなければならないと確信し、ルノワールは民族学研究会を、さらに秘密結社〈無頭人（アセファル）〉を結成する。戦争がはじまってからのシモーヌは、常識的には奇矯といわざるをえない特異な神秘思想にのめりこんでいく。それはブディスムなどの東洋思想とプラトンと新約聖書のキリストをごたまぜにしたような独特の宗教観念で、正統的なカトリック教会からは異端として断罪されかねないものだ。キリストは信じても教会に属する気はない、洗礼を受ける気もないとシモーヌは洩らしていた。

イヴォンの少年時代のことだが、大きな口髭を生やしたアルメニア人がバスクの邸に一週間ほど滞在したことがある。ゲオルギイという名前の髭の老人は、どうやらパリに住んでいるらしい。王党派でオカルト趣味の父親が知人に頼まれて、ピレネー旅行中の人物のため宿を提供することにしたようだ。

少年は幾度か滞在中の老人と話をしたことがある。マルセイユ時代のシモーヌとの会話で思い出したのは、この不思議な印象の老人のことだった。

「〈南仏通信（デペッシュ・デュ・シュッド）〉掲載の『神秘体験』の書評も第一回しか読めていないんですが、最初のところでルノワールの文体をパスカルと比較していましたね」

青年の言葉にクレールは満足そうに頷いた。「主義に殉じた悲劇的なエッセイだからね。常識への熱狂的な軽蔑、急きたてられているような断言調、不吉な情熱と冷たい理智の衝突という点でもルノワールの文体はパスカルを思わせる。本人はニーチェだというかもしれないが。

ただし、あの本の先行者はパスカルだけではない。『神秘体験』には、スタヴローギンやイワン・カラマーゾフを思わせる発想や言葉が溢れている。いわばシュルレアリスムを通過したイワンだ。この点でルノワールの思想も第一次大戦の体験に根ざしていることは疑いえない。ヤスパースの裂け目、マルローの死、ハルバッハの被投性、犬のように撲殺されるカフカの主人公、それにカミュのシーシュポスやブランショのアミダナブを加えてもいい」

語り終えた男には兄の世代にあたる一九二〇年代の青年たちは、麻薬とエロティスムに耽溺し無意味な死の危険と戯れた。たとえばロシアンルーレットの真似事。常識的な判断や行為を憎み、決定的な選択を意味のない偶然に委ねようと望んで。青年たちの昏（くら）い精神にはニーチェ的な陶酔が影を落としてもいた。ルノワールによれば無益で苦痛に満ちた寛大さであり、あるいは無償の贈与、あらゆる意味を無に帰する絶対的な消尽ということになる。

『物と意識』の著者によるルノワール思想の要約は一応のところ正確だろう。問題はそれをどのように評価するかだ。暖炉の前で肘掛椅子に凭れ、からかうように微笑している小柄な哲学者に青年は問いかけた。

「あなたはどう考えるんですか、ルノワールの主張を」

「動機には共感できる、しかしあの思索は袋小路に入りこまざるをえない。坐っている椅子の脚を摑んで、自分を中空に持ちあげようとしているようなものだからな」

たとえ激しい歓喜や恍惚や陶酔のうちにあろうと、人間は自己を失うことなど許されていない。ルノワールが語るような意味では深淵も夜も非知も存在しない。人間は人間から逃れることも、その外部に出ることもできない。人間は人間に内在する、人間の世界は有限でありながら限界を持ちえないのだとクレールは語った。

『悔恨の女神（エリニュエス）』、読みましたよ」

「感想を聞いてもかまわないかね」

「下敷きにしたのはアイスキュロスの『供養する女たち』ですね。エレクトルとオレストの復讐譚を題材にしたギリシア悲劇でも、ソポクレスの『エレクトル』やエウリピデスの『エレクトル』には復讐の女神エリニュエスは登場しませんから」ギリシア悲劇を話題にすると、クロエを追って南仏の海岸をうろついた一夏のことが胸を過ぎる。「エウリピデス作品で姉弟の母殺しを責めるのはクリテムネストルの兄弟神だし、ソポクレス作品では復讐を果たした姉弟はコロスの賞讃を浴びて劇は終わる」

「エリニュエスの寓意として蠅を登場させたのは、われながら悪くない思いつきだったな」

「あなたの戯曲では復讐の女神エリニュエスは、人に犯した罪を悔いろと命じるジュピテルの手先で、いわば悔恨の女神ですね。人に悔いることを求めるジュピテルは、オリュンポスの主神よりキリスト教の神に似ている」

「そうだな。人に粘着して精神を窒息させる糞まじりの泥、あるいは腐った屍肉にたかる真っ黒な蠅の大群さ、悔恨というやつは」

「悔恨の女神エリニュエスが徘徊するアルゴスの市は、もちろんペタンの王国を寓意している」ペタンの王国とは元首ペタンに独裁権を付与したフランス国のことだ。

ドイツ軍がフランスに侵攻して、わずか一ヵ月でパリは占領されフランスは降伏に追いこまれた。戦闘が続行され全フランスが戦場となるなら、国土はドイツ軍に蹂躙され完全に破壊されるだろう。国民の生命財産を守るために不可避の選択だったとして、ペタンによるドイツへの降伏と休戦協定の締結を国民の大多数は支持した。

とはいえ国土の三分の二を占領され、形式的な主権は残したものの実態はドイツの従属国、傀儡国家にすぎない祖国の惨状は否定しえない。国民感情は悔恨の色に染めあげられた。敗北と瓦解を招いたのは政争のため不安定化し混乱をきわめた第三共和政の制度的欠陥によるのではないか。いや、フランスの国民的な過誤はフランス革命にまで遡るのでは。こうして悔恨の国民感情は元首ペタンの保守的発想に引きよせられていった。

ペタンは敗戦の原因をフランス人の腐朽化した精神に求めた。道徳を忘れ勤勉と努力を忌避しエゴイズムと享楽に溺れたフランス人の精神的空洞化こそ、亡国の悲運を招いたのだと。選挙による無能で無責任な数の支配に統治の正統性は認められないとして、ヴィシー政府は議会や共和政を否定し中世的な階層社会を理想とする国民革命を推進した。いまはなきフランス共和国の「自由・平等・友愛」の理念に代わって、新たに掲げられた標語は「労働・家族・祖国」だった。クレールの戯曲で描かれる悔恨共同体アルゴスが、ヴィシーを首都とするペタンの王国を寓意していることは疑いない。

「アルゴス市民を悔恨の海に突き落とした元凶は、アガメムノンを謀殺した妃クリテムネストルと妃の愛人エジストの二人ですね。王殺しという犯罪を見過ごした市民たちもまた、共犯者として罪の意識に苛まれ悔恨の情にまみれている。王殺しから十五年、こうしてアルゴスは不潔な蠅が群れをなして飛び廻っている。僕は少し考えてみましたよ」

「どんなことだね」

「悔恨は負い目の意識、疚しさの感情と切り離せない」

「なるほど、ニーチェか」小男が嬉しそうに揉み手をする。「で、どうなるのかな」

「ニーチェによれば負い目の起源には負債、ようするに借金がある。負債の前提は記憶ですね。双方に金の貸し借りをめぐる記憶がなければ、負債は存在しえない。未来の記憶とは丸い三角と同じように無意味で、記憶とはようするに過去の記憶です。現在に棘のように深々と喰いこんで抜けない過去、それが記憶でしょう。

道を歩いているアルゴスの老女は、おまえが着ている黒い服はなにかと問われ、喪服だと答える。王殺しに加担した民衆は十五年のあいだ、悔恨に苛まれ喪に服してきた。しかし主人公のオレストは違う」

密かにアルゴスに帰還したオレストは自分にはなにもない、なにひとつ持っていないと嘆く。そもそも生まれ故郷の記憶がない。財産もなければ負債もない、悔恨はないが歓ばしい思い出もない。なにも持たない者は軽すぎて、風に吹きちぎられた蜘蛛の糸ほどの重さもないと。

クレールが頷く。「そう、オレストは蜘蛛の糸のように軽く、そして自由なんだ」

「負債とは記憶の産物で記憶は過去の記憶です。財産を持つこと、所有することもまた過去に由来する。プルードンにいわせれば教会や貴族やブルジョワが所有する財産とは、過去に他人から盗んだものだ。王殺しの実行者も加担者も、ある意味では悔恨の記憶という財産の所有者ともいえる。

アガメムノンの命を奪った、いや、命を盗んだことで悔恨という共有財産を手に入れたアルゴスの住人たちに自由はない、彼らは囚われている」

この点でヴィシー国家を模した悔恨共同体アルゴスは、皮肉にも国民革命派が否認したブルジョワどもの共和国のほうに似てくる。歓びの思い出ならともかく悔恨が財産というのは奇妙だろうか。ブルジョワが熟知しているように借金もまた資産だ。人は悔恨というマイナスの資産を溜めこみ否定的な記憶を山ほど背負いこむことで、少しの風どころか大嵐でも吹き飛ばされえない確固たる存在となる。悔恨に深く囚われた者ほど重くなれる。

「ようするにアルゴスの市民とは持てる者、ブルジョワなんですね。しかし記憶も故郷も家族も財産もなにひとつ持たないオレストは違う。まったき無所有者オレストとは孤独なプロレタリアートともいえる」

「オレストはおのれが自由であることに目覚めるわけだね。持てる者は所有する観念によって大地に繋がれ自由を奪われている。あてどなく宙に漂い出すことが自由なら、そんな自由はいらないと持てる者はいうだろうが。

おのれを規定する観念、従わなければならない規則、規範、倫理など皆無の持たざる者は空虚であるが故に完全に自由だ。意志や行動を妨げる制約はなにひとつとして存在しない、オレストにはすべてが可能ですべてが許されている、たとえ母殺しでさえも。では姉のエレクトルはどうだろう」

「父の復讐という観念に憑かれたエレクトルは、アルゴスの住人でたった一人だけ悔恨の共同体に帰属していないように見えますね」

姉から父の復讐を求められたオレストは、父を殺したエジストを倒し、命乞いをする実母クリテムネストルも手にかける。復讐を遂げたオレストは王座に就く権利を放棄し、二人でアルゴスを去ろうと姉に訴える。

ジュピテルの言葉に屈して母殺しの罪を認め、おのれの行為を悔いはじめたエレクトルはオレストの誘いを拒み、贖罪のために身を捧げると宣言して殺人者の弟を見棄てる。昂然（こうぜん）としてオレストは一人、蠅の群れとエリニュエスを引き連れてアルゴスの市を去って行く。

「姉と弟が決別する幕切れの場面で明らかになるのは、エレクトルもまた持てる者、義務感や必然性の意識から逃れられない点で重たい人物だったという事実ですね。エレクトルは王殺しの下手人や共犯者たちのように悔恨の獄に囚われてはいない。牢獄というよりも、悔恨という宝物に囲まれて安息できる湿っぽい楽園というべきかもしれませんが。しかし父親を奪われた恨み、殺人者への憎しみ、報復しなければならないという義務感に囚われたエレクトルは、アルゴスの人々とは違う意味で重たい人物だった。少しの風にも吹き飛ばされてしまう弟と違って」

「エレクトルは復讐を果たして得られた自由を前にして、その怖るべき空虚、無意味、無根拠に怯えて足を竦ませるわけだ」

「オレストは自由を求めて行動するのではない。すでに自由だから行動する、行動できる。僕は好きですよ、オレストの台詞『もっとも卑劣な暗殺者は後悔する暗殺者だ』は」

この息子は母殺しの罪を否定する気はない。神ジュピテルによる改悛の要求や悔恨の女神エリニュエスの怖ろしい脅迫にも屈することなく、この罪こそが新たな存在理由だと宣言する。この罪こそが自分の誇りだと。

「とするとオレストは記憶を、おのれの罪という記憶を新たに得たことになりますね。しかし改悛も悔悟もしないと宣言する。これって負債は記憶から生じるというニーチェの議論に反していませんか。返済する必要があるからこそ、その金は借金になる。返す必要がない金なら借金とはいわない。人生を重くする過去も記憶も皆無の空虚な人物だからオレストは自由だった。その自由を行使して殺人を犯し罪の記憶を持つようになっても、なお空虚で自由なままなんだろうか。そこのところが僕にはよくわからない」

「それほど理解困難かね、罪は認めるが改悛はしないことが」

「母親を殺した事実を事実として確認するのと、それが罪であることを承認するのでは意味が違いますよね。自分の行為を罪として認めてなお、悔悟や謝罪を拒否するのは矛盾なのでは」

「罪を認めながら改悛は拒否すること、この矛盾を引き受けて生きる新しいタイプの人間が誕生した。そう考えてはいけないかな」

人間は社会のなかに生まれ社会のなかで育つ。この点で人間は本質的に社会的な存在だが、そのようにして形作られた人間の自我はしばしば反社会的でもある。反社会的な行為を犯しうるばかりか、それを犯罪であると規定する社会規範を意識して否定することさえできる。

罪を認めるとは、社会がその行為を罪であると規定している事実を対象的に認識すること以上でも以下でもない。社会がそのように取り決めていても、私がそれに内面的かつ自発的に従わなければならない理由はない。

　母殺しの罪で社会はオレストを処刑し、法と秩序の世界から厄介払いすることはできる。その事実をオレストは承知している。私に罪があるというなら私を殺せばいい、社会は私の命を奪うことはできるだろうが、しかし私の良心を意のままにはできない。なにが悪であるのかを決めるのは、この私だ……。

「空虚な自由が前提でも結果でもある決定的な行動。あなたがオレストに託した論理は理解できる。しかしね、クレール。オレストの論理でレジスタンスは闘えないと思いますよ。意識は中空に浮かんでいるわけではない、われわれは肉の牢獄に閉じこめられている限り自由ではないから」

「それは『悔恨の女神（エリニュエス）』への本質的な批判だな、むろん理由を説明してもらえるね」

「僕自身まだ解答はないんですが、たとえば拷問という経験です。たったいまこの瞬間にもフォッシュ街のゲシュタポ本部では、逮捕された抵抗運動家たちが肉体を引き裂かれて激痛に呻いている」

　ゲシュタポの拷問を想像するとイヴォンも息苦しい気分になる。死という安息に到達できるまで延々と続くだろう苦痛の数々。肉体の痛みにのたうちまわる時間より、苦痛と苦痛に挟まれた空白の時間のほうが「痛い」のではないか。どのみち最後には殺されるとしても、目の前に餌としてぶら下げられた一時的な苦痛からの解放は、耐えられないほどに誘惑的だろう。繰り返し訪れる空白の時間には、その誘惑と闘わなければならない。

　ゲシュタポが悪魔的な想像力で精緻化した拷問の技術は、マルキ・ド・サドも感嘆しそうな域にまで達している。拷問される者は苦痛からの一時的な解放と、自分が自分であり続けるための誇りを秤（はかり）にかけ続けるよう強制されるのだ。絶命の瞬間まで誘惑を拒絶する意志を保ちうるだろうか。

「わかるよ、きみのいいたいことは。拷問を想像するときの恐怖は、来たるべき苦痛それ自体に由来するのではない。私は私であるという自己同一化の意識を究極の賭金として、苦痛と苦痛からの解放が二者択一的に問われ続ける。人間の意識と物質としての肉体が死活の闘争を演じる。裏切りを禁じる当為と苦吟する肉体の存在、あるいは対自と即自がぎりぎりの綱引きをはじめるわけだ」

　観念を裏切る肉体が勝利するとき、意識は物に、対自存在は即自存在に転落してしまう。この試練に耐えられないで拷問者に屈服してしまうのではないか、そうした自己不信が拷問されることを想像する者に深甚な恐怖をもたらす。

自由意志を足蹴にすることになると知りながら、それでも肉体の苦痛に負けてしまうのではないか。

「理由も根拠もない偶然的な存在でしかないことに、僕も子供のときから傷ついていた、だからオレストの空虚感はよくわかる。その空虚を埋めるのに必要なのは決定的な行動、死に隣接するような危険な行為だった。たとえば革命、そして戦争。ある意味でオレストは革命家ですね。しかも殺人を厭わない暴力革命家だ、湿っぽい悔恨の共同体を叩き壊してアルゴスの人々を自由にするのだから」

「そんな怖ろしい自由などいらない、生暖かい毛布のなかで自分の罪を嘆いているほうが安楽だと、市民たちは不平を並べるにしても」

「ちぎれた蜘蛛の糸さながらに空虚な自由に呪われた者は、軽々と決定的行動に踏み出しうる。安全な場所に引き戻そうとする重荷も枷もないから当然のことです。オレストは死を賭けた行動に突き進むことはできる。ロシアンルーレットでも自殺的なスピード競争でも、あるいは皇帝暗殺のような革命的行動でも。

しかし自殺的な行動ができるのと拷問に耐えられるのは違う、瞬間的な死を怖れない者でも拷問の可能性はできれば考えたくない。オレストの論理ではゲシュタポの拷問への解答にならないんですね」

「しかし、きみはやっている」男は顔の前で掌をひらひらさせる。「いやいや、なにをしているのか知らないし話を聞きたいとも思わない。それでもなにかしていることはわかる。オレストのように空虚な自由でないとしたら、なにがきみを動かしているんだろう」

イヴォンは肩を竦めた。はじめてクレールと会ったときにも同じような議論をした覚えがある。二十世紀人の政治行動もまた、宿痾としてのニヒリズムを灼きつくすために必要な高熱の焔ではないか。とすれば問題はその強度であって内容ではない。深淵を前にして足を竦ませる惰弱なコミュニストよりも、命がけの跳躍を決断するファシストのほうがニヒリズムの克服という点では積極的なのではないのか。

この難問に答えるため、クレールは倫理学の書を準備しているとか。その本はまだ書かれていないようだが、同じ問題を抱えこんでいるのはイヴォンにしても同じだと思う。

「いまでもクロエのことを忘れていないのかい」口を噤んだままの青年にクレールは言葉を継いだ。「空虚な自由に悩んでいたのは彼女も同じだ。クロエはエレクトルではない、もう一人のオレストだったのさ。だからきみたち二人はたがいに惹かれたんだろう」

「どういうことですか、クロエの空虚さとは」

「カフカの『城』は読んだかね」イヴォンは頷いた。「私が見るところ、どうしても城に行き着けない主人公Kの当惑と無力と混迷をクロエも共有していた。Kが到達しなければならないのに到達できないヴェストヴェスト伯爵の城は、平凡な解釈だろうがユダヤ教の神を寓意している」

契約を忘却し神を見失ったユダヤ人、カフカの母親やカフカ自身もそうだったような同化ユダヤ人の心象風景が『城』からは窺える。フランス人の母と同化ユダヤ人の父のあいだに生まれたクロエは、母の死後はユダヤ教徒の祖母に育てられた。意識の面では無宗教のフランス人でも、神を喪失したという無意識的な衝迫を抱えこんでいたのではないか。

「男子と違って制約が多い女子だから、きみのように突進はできない。とはいえ同じように空虚な自由に呪われて、クロエもまた後戻り不能の決断を求めていた。オレストの誘いを拒んだエレクトルとは違ってきみに誘われたらなんでもする、どこにでも一緒に行こうと決めていたのではないか。姿を消す前のクロエが私にはそんなふうに見えたが」

どうだろう、クロエは死の恐怖に、自分の存在が消えてしまう必然性への恐怖に捕らわれていた。人々が審判や復活を信じなければならないのも同じ理由からだろう。しかし日常人はそんなことで真剣に思い悩んだりしない、日曜に教会に出かけるのは習慣にすぎない。

クレールが語るように神の喪失がクロエに深甚な死への恐怖をもたらし、その恐怖を滅却するための決定的な選択を探し求めていたとしよう。それと人々の前から姿を消したことには関係があるのだろうか。青年はかぶりを振る、いくら考えても納得できる解答は得られそうにない。

扉の開閉音のあと玄関のほうから女主人の声がした。じきに見覚えのある男が居間に顔を出す。引きずるほど長い黒の外套を脱いで女主人に渡したジョルジュ・ルノワールは、五年前より痩せて顔色もよくない。あるいは結核でも患っているのではないか。

「元気かな」

ルノワールが鮫のような歯を見せて薄く笑いかけてくる。農夫のようにがっしりした掌が青年の手を摑んだ。顔の肉が落ちて頬骨が尖ってはいるが、爛々とした眼も強烈な意志を窺わせる四角い顎も以前と変わらない。

この男と最後に顔を合わせたのはドイツとの開戦直後の

ことだ。カンヌからパリに戻った数日後にサン・ジェルマン・アン・レイの家を訪れ、〈無頭女（メドゥーサ）〉結社について問い質してみた。イヴォンは語気鋭く追及したが、ルノワールは最後まで無頭女（メドゥーサ）と無頭人（アセファル）の関連を否認し続けた。ヨシダが描いた〈無頭人（アセファル）〉誌の挿絵のパロディを図像的なシンボルとする女性集団が存在するとしても〈無頭人（アセファル）〉結社はなんの関係もないと。

第三の首なし屍体が出現した日から、どうやら〈無頭人（アセファル）〉結社の秘密集会は開かれていないらしい。戦争が終わるまで再開するのは難しいとルノワールは洩らしていた。詳しいことは語ろうとしないが、結社員は成人男性が中心のようだ。その多くが総動員のため入隊してパリを離れたとすれば、〈無頭人（アセファル）〉結社の活動を続けることは困難になる。

「フランス全土が占領され警察が親衛隊（SS）の指揮下に編入されてから、国内旅行者の監視も強化されているが……」

男は口を濁したが、なにをいいたいのかはわかる。もしも抵抗運動に参加しているなら、パリに来るのは危険ではないかと言外に問いかけている。

「父はペタンの支持者だからヴィシー政界にも顔が利く、滞在許可が取れたのはデュ・ラブナンの名前のおかげでしょう」

偽の身分証明書を使ってパリに潜入したとは口にできない。たとえルノワールであろうと地下活動家の正体を明かすのは危険すぎる。悪意なく洩らした言葉が致命的な結果をもたらす可能性もあるから。それにイヴォンが父親の右翼人脈を利用して、ヴィシー政府やドイツ占領軍にかんする秘密情報を得ているのは事実だった。

「父親との仲は悪くないのかい」クレールが口を挟んだ。

「まさか」青年は肩を竦める。「邸の銃を持ち出してスペインに出奔して以来、義絶も同然だったんですが。とはいえ親父は寝たり起きたりの健康状態で、地元のブルジョワや地主や名士たちとのつきあいは不良息子に任せるしかない。息子のほうはどうしても必要な最小限のことしかやる気はないんですが」改悛した放蕩息子の役柄は地下活動家の隠れ蓑として役に立つ。

ルノワールが苦笑した。「まあそういうことにしておこうか、不必要なことまでわれわれに喋ることはない」

田舎の旧家の跡継ぎに満足しているという言葉を、この男が素直に受けとろうとしないのは当然だ。ルノワールが主宰する秘密結社に興味を持ち、思想の根底にわたる真剣な議論を交わしたことのある相手なのだから。

クレールが安煙草に火を点ける。「イヴォンといま、きみの本のことを話していたところさ」

「あの無内容な書評のことか」ルノワールが冷笑を浮かべる。「人間は人間の外に出ることができない……。なんとも大袈裟な物言いじゃないか。外に出られないというより外を怖れて足を竦ませる臆病者がいるにすぎん。たとえばジャン＝ポール・クレール、きみのように」

小柄な男が鷹揚に応じる。「私がいいたいのは、人間は完全に外に出たような状態など体験しえないということだ。もしもあるとすれば屍体に変わったときだろうが、屍体は人間ではなく事物にすぎん。

人間は人間から逃れようとする、それは事実だ。というよりも逃れようとする一瞬一瞬の企てこそが人間なんだ。逃れえたと信じた瞬間に人間は人間である権利を失ってしまう。事物と同じように自己充足してしまうわけだから」

人間とはたえまなく繰り返される自己超出の企てにすぎないが、その企てが成就することはない。外に出たと思った瞬間またしても内部に引き戻されてしまう。だから、またしても脱出しようと企てる。こうした無限に続く脱出、むしろ自分が自分である以外ない事態からの不可能で絶望的な逃走の企てこそ人間を定義するとクレールは語った。

熱中して自説を語り続ける哲学者に、『神秘体験』の著者は奇妙な薄笑いを向けている。クレールの『悔恨の女神（エリニュエス）』を読んだ青年には、二人がまったくの対立関係にあるような気はしない。年齢は十歳ほど違っても第一次大戦を通過した世代だし、大戦後に訪れた精神的狂乱の一時代を体験した点も変わらない。シュルレアリスムの意義を評価しながら、帝王ブルトンと一線を画したところも。ではどこがどう違うのか。

安楽椅子の男を見下ろしてルノワールが鮫のように獰猛（どうもう）な歯を剝き出しにする。「事物からの、あるいは事物と化した自身からの逃走、あるいは未来への企てこそが人間だとジャン＝ポール・クレールはいう、『物と意識』の言葉でいえば対自存在だと。

とすれば、きみが企てた思考の成果である一冊の著作も、すでに過去として凝固した事物にすぎないわけだな。きみには過去などないし、ブルジョワが姑息に計算するような確たる未来もない。過去から逃れ、しかも未来には達しえない現在だけが人間の本質だとすれば。

そうした過渡的瞬間をぎりぎりで生きているにしては、きみの顔はいかにも楽しげじゃないか。ノルマリアンの秀才で作家としても哲学者としても、最近では戯曲家としても成功し、才色兼備の女を愛人にしている自分に満足していないとはいわせないぞ。

ゲスなブルジョワ根性を嫌悪するブルジョワの息子、しかも自分がブルジョワであり続けること自体は選択の余地もない必然だと思いこんで疑おうとしない。すでに事物も同然の過去である文学者や哲学者としての自分を否定し、真の意味で前方に身を投げ出してみるなら私も『物と意識』の著者を評価しようじゃないか」

クレールが椅子から飛びあがる。「私が地下活動に参加していないことをあてこすっているのかね。……きみは知らないだけだ」

「知ってるよ、私だけでなく占領軍当局も。毒にも薬にもならない遊びだから、きみたちのグループは放置されていたにすぎん。『悔恨の女神(エリニュエス)』が抵抗だなんてことを私は認めない」

「よくいうものだ、次から次に新しい女の尻を追いかけているだけのジョルジュ・ルノワールが」

クレールが青年のほうを見て軽く肩を竦め、ちょうど居間に戻ってきたミシェル・ユロを誘って書斎に消えていく。なにか話でもあるのか、無遠慮で攻撃的なルノワールの態度に辟易し退散することにしたのか。

「どうかな、占領下のパリの印象は」二人になったところでルノワールが話題を変える。

「平穏ですね、想像していたよりもはるかに」

「誰もが空腹を抱えて寒さに震えているし、あらゆる面で生活は不自由だ。娯楽は少なく戦前のような贅沢など問題にもならん。しかしどんな状態にも人は慣れてしまう。ユダヤ人でも共産党員でもない者には、占領軍の意向に反しない限り檻のなかの奴隷の平和と安息が与えられている。たとえば出版関係の検閲も、占領地区より自由地区のほうが厳しい。ドイツの目的は占領体制を効率的に維持することで、国民革命とやらのため市民の思想信条にまで介入しようとするヴィシー政府とは違うからな」ルノワールが皮肉そうに唇を曲げる。

抵抗運動の参加者や支持者が十人に一人、思想や実利から占領軍に協力する者も十人に一人としよう。八割のフランス人は死んだような平穏のうちにまどろんでいる。ドイツ兵に愛想笑いをして、抵抗の意志などない無害な人間であることを示しておけばいい。そうしてさえいれば、ユダヤ人のように身柄を拘束されドランシー収容所に送られることもないのだから。

年長のパリ市民にとって灯火管制の不自由や生活物資の

欠乏は前の戦争のときと似たようなもので、違うのは自尊心をめぐる問題だ。情報収集の一環としてイヴォンは、ドイツを訪問したヴィシー政府の高官に接触したことがある。その男が語ったところでは、一般市民の生活水準はベルリンもパリも似たようなもので、たとえばベルリン市民も砂糖不足のためサッカリンを常用している。しかし誇りという点では大違いだろう、勝利のために耐えている苦難と、惨めな敗北の結果としてのそれが同じわけはない。

とはいえ、勝利のためには際限のない死という代償を支払わなければならない。いまも膨大な数のドイツ兵がイタリア戦線やロシア戦線で屍体の山を築いている。いち早く敗戦という屈辱を受け容れたフランスは、降伏から四年ものあいだ一人の戦死者も出すことなく占領下の「平和」を享受してきた。

屈辱的な平和に耐えられない少数の者が苛酷な抵抗運動を続けている。占領体制に挑んでゲシュタポに逮捕された者の運命は陰惨をきわめる。想像を絶する拷問と苦痛に満ちた死が逃れようもなく待ちかまえている。それは明日のイヴォン自身の運命でもあるだろう。

アンダルシアの風景に印象派の絵画は似合わない。大地を焦がす灼熱の太陽、鮮やかすぎる光と影のコントラスト。こんな風土のたまものなのか、内戦時代のスペインでは共和国側とファシスト側に国民は二分された。政治になど興味がない平凡な農夫や工場労働者でさえ、いずれかの陣営を選ぶことが要求された。しかしフランス人のほとんどが、抵抗派でも協力派でもない微温的な中間地帯を日向水の原生動物さながら無力に漂い続けている。

曖昧な中間地帯に身を置いている大多数の国民も、完全に一色というわけではない。身の安全にしか興味がない者もいれば、なにもできない、なにもしていないけれども心は抵抗派という者もいる。

選択が迫られた瞬間に、それぞれの真実は残酷きわまりない形で露呈される。どんな気持ちからだったのか、ドイツ将校の情婦がレジスタンス員を一晩だけ匿ったことがある。その娘は身を危険にさらしたわけではない。まったく安全に小指一本で隊員の命を救うことができた。少しでも身の危険を感じていたら冷酷に見殺しにしたかもしれない。としても、救われたのは抵抗者の貴重な命だ。

それとは反対の事例もしばしば目にしてきた。仲間内の酒席では抵抗運動への共感を口にしていたのに、土壇場でレジスタンス員を見殺しにしたような例だ。常識的に判断すれば、この男も身を危険にさらすことなくゲシュタポに追われた隊員を助けることはできた。しかし決断が問われた瞬間、男は安全地帯めがけて一目散に逃げこんだ。主義や格率を守るためにさえ、わずかの危険にも耐えられないという自身の姿を、それ以降の人生で男はどのように抱えて生きていくのか。

極限的な状況は人間の真実を残酷なまでに露呈させる。イヴォン自身は臆病な人間を倫理的な観点から断罪しようとは思わない。臆病であることを知らず、おのれの真実に無自覚であることが倫理的には問題なのだ。

自身を安全地帯に置いた上で他人の過ちを非難し攻撃する腐った快楽に、しばしば人は流されてしまう。反対に理想的な自分を陶然として夢想することも。こうした凡庸で卑小な悪徳からイヴォンもまた無縁ではないだろう。違うとすれば、だからこそ自分に鑢（やすり）をかけようと努めてきたことだ。

性格的に臆病でも本人にはどうしようもないことだ。しかし臆病な人間が勇敢だと思いこむのは滑稽な錯覚にすぎない。としても快適に錯覚し続けたり、そのような自分に甘え続けてはならない。善悪というよりも、それは人としての品性にかかわることだ。ドストエフスキイの小説を読む限り、ロシア人は悪を非難されるより品性下劣や卑劣漢と見下されるほうが耐えがたいようだ。啓蒙の光も充分には及ばない辺境の地バスクの民衆も、その点ではロシア人と似たところがある。

煙草の代用品に火を点けて、まずい煙に顔を顰めながらルノワールが問いかけてくる。「アルプス地方のマキは本格的なパルチザン戦を準備しているとか」

「やめたほうがいい、犠牲ばかり多くて効果が期待できないことは部外者にも明白だから。正規軍には無敵だったナポレオン軍も、スペインやロシアのパルチザンには散々に苦しめられた。ヨーロッパでスペインは西の果て、ロシアは東の果てだから地理的に対極だが、国民性に似ているところがあるのかもしれない」

「ヨーロッパ最強の軍隊にパルチザン戦で対抗したという点かね」

「正規軍と正規軍による戦争と比較してパルチザン戦は何十倍も苛酷ですね。軍服を着ていないパルチザンは戦時国際法で保護されないし、捕虜としての処遇も期待できない」

投降したパルチザンには虐殺の運命が待ちかまえている。民衆に紛れこんだパルチザンを討伐するため侵略軍は、民間人の大量殺傷など正規戦では想像できない残虐行為を重ねることになる。味方にとっても敵にとってもパルチザン戦は残酷な戦争だ。

青年は続けた。「問題は自己保身的な微温性を拒否し、なによりも徹底的であろうとする狂気じみた決意ですかね。曖昧な善よりも徹底した悪のほうが好ましいと典型的なスペイン人は考える。ロシア人のことはよく知りませんが、スペイン人と似ているような気もします」そしてバスク人も。

「いったん神を棄てた以上は、ブルジョワ的に生ぬるい無神論で市民生活を安泰に送るわけにはいかない、キリスト教からすれば最悪の無神論であるアナキズムに殉じるしかない。たしかにアナキズムはロシアとスペインで最大の影響力を獲得したな」

書斎から出てきたアパルトマンの主が二人の議論に口を挟む。「そういえば場末の酒場の酔っぱらいでも、フランスの小説に描かれる場合とロシアとでは対照的だね。娼婦にしても同じことだ。物質的な貧困それ自体よりもロシア人には貧しさがもたらす屈辱のほうが重大問題のようだし。自尊心や誇りが傷つけられた状態が屈辱とすれば、真の問題はパンよりも人間の品性だと確信しているんだろうな。この点ではスペイン人にもロシア人と似たような印象がある」

ルノワールが応じた。「それは未開人にもいえそうだ。北米のインディアン戦争も南アフリカのズル戦争も、北米の先住部族や南アフリカのズル族からすればパルチザン戦だった。スペイン人やロシア人は充分に文明化されていない、だからパルチザン戦ができるのだと凡庸なことをいうつもりはないが」

イヴォンは頷いた。「現代戦は残酷です、ピカソが『ゲルニカ』で描いたように。しかし、爆弾や毒ガスによるメカニカルな大量殺戮と次元の違う残酷さがパルチザン戦にはある。爆弾であとかたなく吹き飛ばされてしまえば、なんというか清潔なものだ。しかしパルチザン戦では、さっきまで野菜を刻んでいた包丁で敵兵の首をちょん切ったりする。いわば残酷さが日常的な生そのものに根ざしているんですね」

これに耐えられるのは善悪という抽象的な価値観に囚われた者ではなく、アシルのように野蛮で勇猛な男や、アシルと戦ったアマゾーヌの女王イッポリトのような女だ。アシルには戦士としての誇りがすべてだから、どのような残虐行為も辞さない、エクトルの屍体を戦車で引き廻したように。

「ピサロやコルテスの時代から帝国主義の二十世紀まで、われわれがヨーロッパ域外で戦うときはいつだって無制限の暴力を行使してきた。ヨーロッパ域内での戦争が国際法に規制される前もそれ以降も。ヨーロッパの侵略に抵抗する植民地住民の戦争は、アパッチ族やズル族から中国紅軍にいたるまでパルチザン戦争を戦ってきたともいえますね」

「なるほど、なかなか興味ぶかい意見だ。以前から思っているんだが……」

ルノワールの言葉に青年は応えた。「なんですか」

「ヨーロッパに侵攻してきたアッチラやモンゴルの騎馬軍団による大虐殺は、今日までヨーロッパ人の記憶に禍々しい傷を残している。モンゴル人による白人の殺戮と、スペイン人によるカリブ諸島や南米での虐殺には本質的な相違があるのかね。累計数でいえば、ヨーロッパ人に殺戮されたアフリカやアメリカの先住民のほうが圧倒的に多いとしても。

もう一点、ナポレオン軍を苦しめたスペインやロシアのパルチザンと、数百年ものあいだヨーロッパ人の侵略と戦ってきた植民地住民のパルチザンとは存在性格に本質的な相違があるのか」

アッチラやジンギスカンによる暴力には生々しい血の臭いがする。しかし奴隷船内で死亡した膨大な数の黒人や、居留区という不毛の地に追放されて餓死した北米先住民の死者にはどうしてか血の臭いが希薄だ。もちろん現場には死臭が充満していたろうが、それを紙の上で読む後世の者にとっては。その延長線上に砲弾や毒ガスで大量死をとげた第一次大戦の、あるいは現在進行中である第二次大戦の戦死者もあるのではないか。戦争が終わればわれわれ文明人は血の臭いなど忘れてしまう。いや、記憶し続けようと必死で努力しても否応なく忘却してしまう。

ルノワールが続けた。「メカニカルで清潔な死者の大群という点では、資本主義成立期の土地囲い込み(エンクロージャー)や、アイルランドの植民地化によるジャガイモ飢饉の餓死者百万人にしても同じことだ。もちろん大量の死そのものがはじめから抽象的だったのではない。人権やヒューマニズムで骨抜きにされた文明人、ようするにわれわれは死の生々しい具体性に直面できないが故にそれを抽象化してしまう。そんなフランス人からはパルチザン戦を戦う無量の力が失われているのではないか」

資本主義の機械の歯車で何万何十万という労働者が轢(ひ)き潰される光景を目にしながら、レストランで食後の珈琲を愉しむことのできるフランスのブルジョワは、もはや露骨な死それ自体を直視できない。この国では農民も労働者もブルジョワ化しているから、パルチザン戦には耐えられないのでは。

フランス人やイギリス人と比較すれば、ゲルマンの蛮族の血を称揚するドイツ人のほうが苛酷なパルチザン戦に向いているかもしれない。しかし実際はどうなのか。東部戦線と北アフリカからイタリア半島に戦場を移した南部戦線に加え、カレー海峡に連合軍が上陸して西部戦線が開かれるのも時間の問題だ。そうなればドイツの敗北も見えてくる。ドイツ全土が連合軍に占領されるとき、ドイツ人はパルチザン戦で持久的に抵抗し続けることができるのか。

「そのときドイツ人がどうするのかはドイツ人が決めればいい、問題はわれわれのパルチザン戦です。今日も戦われている対独軍事闘争も規模や水準の相違はあれパルチザン戦に変わりはない。パルチザン戦は二つの意味で残酷です。使える武器はどんなものでも使わなければならないという、パルチザン側の残酷さがある。日常がそのまま戦争になるんですね、そうしなければパルチザンは戦えない」

パルチザン戦をしかけられる正規軍にとって敵は軍服を着た兵士ではない。街路や農道を歩いている男や女や子供が、ようするに目に見える民衆の全員が潜在的な敵になる。一人のパルチザンを殺害するためには百人の民衆を虐殺しなければならない。このようにパルチザン戦では当事者の双方が戦時法の外部に押し出されるが、その関係は対称的ではない。最初に侵略者の無制約的な暴力が、第二に侵略側の正規軍に軍事力で劣るパルチザンの暴力が、第三にパルチザンの暴力にさらされた侵略軍の法外的暴力の増殖が生じる。

ルノワールが頷いた。「最初にドイツによるフランスの軍事支配という巨大な暴力がある。占領支配に抵抗してレジスタンスが一人のドイツ兵を殺害すると、報復として占領軍は無差別に選んだフランス市民百人を銃殺する。まさに同じ論理というわけか」

「問題はパルチザン戦の規模と深度です。われわれの軍事闘争は中国紅軍の抗日パルチザン戦争に匹敵しうるだろうか。われわれは連合軍の、つまるところアメリカの経済力と軍事力に依存することなくドイツに勝利できるだろうか」

ルノワールが薄笑いを浮かべる。「もちろん無理だ」

「アメリカの力でわれわれが占領体制から解放されても、次の戦争が待ちかまえている。中国人が日本軍にしかけているような徹底したパルチザン戦が、今度はインドシナやアルジェリアではじまる。われわれの側から植民地支配を終わらせなければならないと、シモーヌ・リュミエールは語っていましたが」

ジャン・ジロドゥはラジオ講演で植民地民衆もフランス共和国の同胞だ、ともにこの苦難を乗り越えなければならないと呼びかけた。無自覚のうちに植民地主義に加担しているジロドゥ発言に心底から憤って、シモーヌは抗議の手紙を書いたという。

第三共和政の右翼は、植民地支配を文明の名において露骨に正当化する。急進社会党や社会党などの左翼も植民地の独立を進んで承認する気などない。共産党は植民地の解放を一応のところ語りはするが、ジロドゥが疑わないフランス市民をフランス労働者階級に置き換えるにすぎない。本音は無自覚な植民地主義者ジロドゥと少しも変わらない。インドシナ人はフランス本国のプロレタリア革命なしには解放されえない、したがってインドシナの革命的人民の第一義的な任務はフランスのプロレタリア革命勝利に貢献することだ……。

ようするにフランス共産党の本国での闘争や党勢拡大に動員し利用できる資源としてしか、植民地民衆の解放闘争を捉えようとしない。植民地民衆に無条件に連帯しようとするシモーヌの姿勢は孤立している。この点でイヴォンがシモーヌに共感するのはバスク人だからだ。

ジャガイモ飢饉で百万の餓死者を出したアイルランドがイングランドの属領であるように、ポーランドがロシアの属領だったように、フランス領バスクもまたコルシカやブルターニュと同様にフランス語を国語として押しつける異民族支配のもとにある。

フランシスコ・ザビエルをはじめバスク出身のカトリック宣教師が植民地主義の手先だったように、北米に移民したアイルランド農民も土地を奪われた先住民にとっては侵略者だろう。このように問題は加害者と被害者、敵と味方として単純には割り切れないとしても、バスクの解放がアイルランドやポーランドの、さらにアルジェリアやインドシナの解放と不可分であることは疑えない。

「きみの意見を私の言葉に置き換えるなら、パルチザン戦の暴力は供犠の暴力の延長線上にある。供犠の暴力に宿された光と闇を見失ってしまった貧血状態のわれわれに、血みどろのパルチザン戦を最後まで戦い抜く気概などない。アルプス地方のマキも自力解放に通じる本格的な軍事作戦など諦めて、連合軍がこの国をナチから解放してくれるまで待っているほうがいい……」

ルノワールの自嘲的な言葉から思い出したことがある。スペインに出発する前に会ったとき、シモーヌ・リュミエールは内戦初期のアラゴン戦線での体験を少年に語った。

誠実で勇敢な民兵たちが焚火を囲んで、貧しい食事の最中に手柄話に興じていた。同志的雰囲気のなかで口々に語られていたのは、どれほど多くの司祭やファシストを殺したかという自慢話だった。「ファシスト」には地主や中農でさえない、集産化に抵抗したにすぎない小農も含まれているようだ。同志でもある民兵たちの野蛮で残忍な言動にシモーヌは深く傷ついた。

イヴォンはシモーヌの絶望には共感できない。古代や中世の心性を残した素朴な戦士たちが、いまもスペインでは教育や知識とは無縁の世界で生きている。友のためには平然と命を捨てる男たちの高潔な精神性は、敵を平然と殺害する残忍性と表裏なのだ。愉しんで地主や神父やファシストを拷問し殺害する兵士も紛れこんでいたろうが、そのタイプが民兵の多数を占めていたわけではない。

平然と虚偽を並べて人を欺し破廉恥（はれんち）なやり方で陥れ、卑劣な裏切りや不意打ちであろうとも勝てばいいというボリシェヴィキの党派的暴力と、アナキスト民兵にも見られる残忍性を混同することは許されない。アナキスト民衆が暴力と無縁とはいえないが、ボリシェヴィキのように強制収容所を作ったり、昨日までの同志にスパイの汚名を着せて葬ったりはしない。ナポレオンの侵略軍にパルチザン戦を挑んだ人々の子孫であることを、アナキスト民兵たちは身をもって証明した。

このところイヴォンは、かつてのシモーヌとの議論を反芻しながら暴力について考えてきた。シモーヌは新約聖書のイエスの愛と平和の教えを純粋に実践しようとしているようだ。ただし残忍で暴力的な旧約の神は認めようとしない。三年前にはカタリ派について論じたエッセイを書いていたが、この異端派もまた旧約の神を拒否していたという。

暴力を認めないシモーヌだから、アナキスト民兵による司祭や地主への報復にも否定的だった。しかし、いかに拒否しようとも暴力は消えることがない。平等であるべき人と人のあいだに持ちこまれた暴力は、加害者と被害者という不平等、不均衡を生じさせる。正義とは均衡だから、不均衡は再均衡化されなければならない。

報復とは暴力がもたらした不均衡を再均衡化するために要請される暴力、いわば正義を回復するための暴力だ。殺人という暴力から生じた不均衡は、被害者側の報復という暴力によって再均衡化され平等は回復される。この場合に重要なのは「目には目を」の法で、被害者に許されるのは加えられた暴力と等しい報復の暴力にすぎない。それ以上の暴力は復讐の連鎖をもたらし、報復合戦の拡大による相互絶滅の危機を招来しかねない。

どのような理由があろうと、怒りに駆られた被害者が適正である以上の暴力を奮うことは許されない。放置すれば過剰な報復にいたるだろう否定的感情、敵意や憎悪や憤怒などを抑制する倫理が要請される。抑制の美徳を説いたストア派が、愛の宗教と称するキリスト教から弾圧され、古代世界から追放された事実は示唆的だ。

世界とは多様な力が無数に交錯し作用しあう場で、そうした力に人間的意味などない。環境に貫入してくる実在的な力を、ある場合には無償の贈与として、ある場合には巨大な暴力として人は捉える。しかしそれは人間側の都合による恣意的分類にすぎない。力は人間のために存在するわけではないからだ。適度であれば豊かな実りを与える太陽エネルギーも、過少であれば冷害を、過大であれば旱魃を招く。いずれも農民には暴力的な自然現象だ。

地震、噴火、津波、嵐などの災害が無数の犠牲者を生むとしても、この「殺人」には意図も意味もない。それを暴力とするなら偶然性の暴力、目的のない暴力、暴力のための暴力といわざるをえない。このように自然的な力は、人間にとって暴力としてあらわれることがある。

世界が力の場である以上、世界から暴力を消し去ることも人間が暴力から完全に解放されることも不可能だろう。大雨による水量の急増が不可避であるなら、人間にできることは川の氾濫が人里を呑みこむことがないように堤を築くことしかない。ようするに力が暴力として発現しにくい環境をできる範囲で整えること。

人が人に行使する力にも同じことがいえる。力が暴力化しないための自他にわたる抑制が必要だし、暴力が行使された場合には不均衡の再均衡化が、すなわち適切な報復がなされなければならない。しかも報復は被害者の権利であると同時に義務でもある。報復は自身で行う義務が課せられていて、他者に代行させてはならない。

報復を代行する他者が、社会に生じた不均衡を均衡化するための特殊な社会装置として制度化されるとき国家が誕生する。アナキストのように国家なしで生きることを望むなら、自由な個人の連合である自己権力体による力の均衡化への努力が不可欠だろう。正義の実現を国家に丸投げすることはできない。

ただし、暴力に暴力で応えてはならないというシモーヌの信条をイヴォンは否定しない。世界には正義とは異なる価値として善の領域がある。殺した者は殺される。被害者側からの報復で殺される事実を容認し肯定することが加害者に求められる正義だとすれば、ここには謝罪や赦しが生じる余地はない。被害者への謝罪、加害者への赦しは正義とは異なる善の領域の出来事なのだ。

均衡化という全宇宙を貫く物理的な原理の人間社会への反映として正義が存在する。とすれば善は物質的な宇宙とは完全に異なる世界に由来すると考えるしかない。それをシモーヌはカタリ派とともに「神」と呼ぶのだろう。

「ところで、あの会はどうなってるんですか」ミシェル・ユロが同席していることを意識して、青年は無難な言葉を選んで問いかける。

「あの会とは〈無頭人（アセファル）〉のことかね」

人類博物館に勤務するアパルトマンの主が心得た口調でいう。ルノワールが主宰する秘密結社のことは知っているようだ。

「ミシェルのことは気にしなくていい、〈無頭人（アセファル）〉の結成の際に私が声をかけた男だ」

「預言者や祭司長に絶対服従を誓う気などないから、入会の誘いは断った」ユロが苦笑する。「社会学や民族学の知見を、この男は一知半解にねじ曲げて援用するきらいがある。まだクレールと話があるから私は席を外すよ」

〈無頭人（アセファル）〉をめぐる二人の話を邪魔しないという配慮なのか、アパルトマンの主はクレールがいる書斎に戻った。これで〈無頭人（アセファル）〉のことも遠慮なく話題にできる。以前からの疑問を問い質すことにした。

「ヨシダは入会していたんですか。僕が訊ねても、あの日本人美術家は言を左右にして本当のところを語ろうとしなかった」

男が無表情に応じる。「盟約を重んじて口を閉じていたのなら称讃するべきだろうな。ヨシダは結成時からの会員だった。日本のピカソをめざしていた青年とはマルセイユに発つ数日前に会ったが、いまはどうしているんだろうな。徴兵され戦場に送られたとすれば生きて再会はできないかもしれん、太平洋で日本軍は劣勢のようだし」

「僕は見送りましたよ、オステルリッツ駅のホームで」

フランスがドイツに宣戦布告した瞬間から、在仏日本人の立場は敵性国民に変わった。帰国船に乗らなかったとしても、フランスが降伏するまでパリに居座っていれば、今度はドイツの同盟国民として滞在を許可されたろう。敗戦国民であるフランス人よりも厚遇されたかもしれない。

それでもヨシダは自分の意志で帰国した。祖国が戦争の道を選んだ以上、自分一人が安全地帯に身を置き続けることなどできないといって。世界戦争では敵味方に分かれることになるが、ヨシダの日本人としての決断は尊重しなければならない。イヴォンは帰国する友人を黙って見送った。

スペインから戻って半年ほどのことだったが、ヨシダやアンリと一緒に過ごした日々は忘れられない。三人でパリの街路をうろつき酒場で飲み明かしたこともある、あれがイヴォンには最後の青春の日々だった。

帰国したヨシダは生死が知れない。撤退を急ぐイギリス軍に見棄てられ、ダンケルクの戦場でアンリは息絶えた。残されたイヴォンにしても、生きて解放の日を迎えられる保証はない。明日にもゲシュタポに逮捕されるかもしれないのだ。そうなれば拷問の果ての死、あるいは銃殺の運命が待ちかまえている。今年の九月三日には再会することを三人で約束したのだが果たしようがない。

青年は話を戻した。「どうして〈無頭人（アセファル）〉結社の活動は休止したままなんですか。わずかな数のドイツ兵を暗殺したり軍用列車を脱線させたりするような物理的抵抗とは違う次元に、固有の精神的闘争の領域があるとあなたは語っていた。われわれは狂暴なまでに宗教的でなければならない、〈無頭人（アセファル）〉だけがナチと精神的に対抗しうるだろうとも」

室内には、粘着するほどに密度の濃い沈黙が満ちている。ようやくルノワールが顔を上げ、爛々とした男の眼がイヴォンを捉えた。

「ナチズムとしてドイツ国民を摑んだ力の本質は精神的、さらにいえば宗教的なものだ。没落に直面した帝国主義ブルジョワジーの、もっとも反動的で、もっとも暴力的な最後の権力形態だと、マルクス主義者は得々として語る。スターリンの口真似しかできない輩には、ヒトラーの呪われた力の源泉を絶対に理解しえない。トロツキストにしても同じことだ。あと十年の時間が与えられていたら、われわれの試みは成功したろう。わずか十年ほどでナチスも、泡沫のような小結社からドイツを支配する勢力にまで急成長したのだから」

「時間さえあれば、ヒトラーの黒魔術に対抗しうる白魔術の組織と運動も形成しえた……」

「そのために必要な唯一無二の種子が〈無頭人（アセファル）〉結社だ。しかし芽吹き成長するための時間がなかった。精神的あるいは宗教的な力が国家権力を掌握してしまえば、問題は異質な水準に転位する。われわれの宗教を超えた宗教であろうと、ドイツの爆撃編隊や機甲師団には対抗しようもない。あと十年の時間さえあれば、〈無頭人（アセファル）〉に啓発された〈無頭人（アセファル）〉の精神に目覚めた者たちがヒトラーに内的領域で対抗しえたろう。黒魔術と白魔術、黒と白の対立概念は不正確だと。黒と白、闇と光が溶解し高温で沸騰する状態、底知れぬ暗黒と化した太陽と金環食の火焔が一体化した状態こそわれわれの力の源泉なのだ」

新たな神を樹立する神秘主義がナチズムだとすれば、ルノワールの秘められた思考は神を消滅に導くのだという。イヴォンは重ねて問い質した。

「それは黒と白、闇と光を止揚した力ではないのですね」

「ヘーゲルのような止揚（アウフヘーベン）ではない、反止揚としてのグルントゲーエンだ。われわれは上にでなく下に、闇の底で輝きわたる漆黒に向けて超越しなければならぬ。もしも弁証法というなら精神の頂点に向かうそれではなく、精神を廃滅する弁証法こそ唯一の方法だ」確信を込め、しかし幾分か苦しげな口調でルノワールは語った。

「もう一点、訊いておきたいことがあるんですが」

「なにかね」ルノワールは暖炉の火を見ていた。

「宗教を超えた宗教には生贄が必要なんですね」青年はルノワールの顔を凝視する。「人身供犠は秘密結社の凝集力を高めるためですか。とすると、ドストエフスキイが描いた前世紀ロシアの革命家の発想とも共通するところがある」

「『悪霊』に登場する特異な人物ピョートル・ヴェルホーヴェンスキイのことかな、きみが引きあいに出したのは」

イヴォンは頷いた「モデルはセルゲイ・ネチャーエフですね」

社会主義者ならぬ無頼漢だと自称した特異な人物ピョートルは、警察のスパイとして秘密結社の仲間にシャートフを殺害させる。こうした『悪霊』の筋立ては実際のネチャーエフ事件をなぞったものだ。

政治的詐欺師であるネチャーエフが秘密結社〈斧の会〉を組織する際に口にした虚偽と欺瞞の数々は、会員の一人イワン・イワノフに疑われはじめる。追いつめられたネチャーエフはイワノフを裏切り者として非難し、他の会員を煽ってペトロフスキイ農業大学の庭で射殺し屍体は池に沈めた。イワノフ殺しが露見し逮捕されたネチャーエフは、革命家の墓場と怖れられたペトロパヴロフスク要塞に囚われ九年後に病死する。

一人を多数に殺害させるのは、ゆるんだ組織を引き締める絶妙の方策ではないかという陰険な発想から、ドストエフスキイの小説『悪霊』のピョートルは配下にシャートフ殺害を命じる。この設定はもちろん、実際のネチャーエフ事件から発想されたものだ。動揺分子を始末することで、殺人に加担した他の会員は組織から脱けられなくなる。どれほどに危険な、あるいは不道徳で不名誉な行為を命じられても、指導者に秘密を握られたメンバーは拒否できない。

「まったくの誤解だな。シモーヌ・リュミエールは私のことを不道徳だと罵倒したが、その非難に一分の理もないとはいわない。ただし私の不道徳性とネチャーエフのそれとに共通するところは皆無だ、まったくの別物だといいたいね。

　ネチャーエフは露悪的に自身の不道徳性を誇るが、しかし革命という最高の道徳的価値を少しも疑うことなく、ほとんど幼児のごとき純真さで信じこんでいた。この男がいいたいのは、道徳的価値を実現するためには不道徳な行為も避けられないという程度のことにすぎん。ようするに目的は手段を正当化するという類の凡庸なリアリストの台詞だな。しかし革命に道徳的価値など存在しない。

　ネチャーエフの主張は半世紀後、レーニンとスターリンによって過不足ないものとして実現された。ようするにネチャーエフの不道徳性とは、ボリシェヴィキ国家の不道徳性と同じ水準にすぎない。私にいわせれば、そんなものは不道徳ではない、頽落(たいらく)し腐敗した道徳性にすぎない」

　イヴォンも革命の道徳的価値なるものを本気で信じているのかどうか。あらゆる道徳的価値が崩壊したニヒリズムの世紀に、革命や社会主義の理念だけが例外といえるものだろうか。

「では、道徳とはなんですか」

「生産と秩序を正当化する観念だ、その反対物が不道徳として非難され否定され追放される。キリスト教社会では、そして近代社会ではさらに徹底して。しかし不道徳性こそ人間存在の意味であることを未開人は知っていた。破壊と消尽に崩れ落ちることで生産と秩序への、道徳への宿命的な従属を切断し破砕すること。これが供犠、犠牲祭儀の意味するところだ。

　いいかね。供犠において共同体(コミュノテ)が一体化するのは、全員が犠牲殺害の共犯者になるからではない。それならネチャーエフの企みと少しも変わらない。犠牲として身を捧げる者、犠牲に死を与える者、祭儀に立ち会う者たちの全員が魂の深みで一体化しうるのは、死を共有する体験においてのみだ。犠牲の頭上に加えられる致命的な一撃を、犠牲との交感と同一化によって自身への一撃であると魂の深みで感じとること。犠牲の死を共有し自身の死を先取り的に体験すること」

　犠牲は生産と秩序の保全のために使い棄てられる道具、人工的な装置ではない。犠牲とは遍在し臨在する偶然性としての死、共同体(コミュノテ)の外部に向けて口を開いた禍々しい裂孔なのだ。犠牲とは死に臨む私を映し出す鏡であり、祭儀に参加する全員にとって自分自身でもある。

　イヴォンは畳みかけた。「今度の本でもあなたは無償の消尽を称揚している。この戦争こそ人類が体験した消尽の極致でしょう。戦火はロシアを含むヨーロッパ、アフリカ、アジア、太平洋と広大な世界を隙間なく覆いつくした。戦場となることは回避しえた北アメリカも世界戦争の主要な当事国だし、南アメリカでも連合国は増えてきた」

　しかも大量殺戮兵器による絶滅戦争という点で、この戦争は前の大戦(グランド・ゲール)を量的にも質的にもはるかに凌駕(りょうが)している。第一次大戦で数百万を算(かぞ)えた戦死者は今回、数千万という想像を超える規模にまで達するだろう。

　乾いた声で青年が続ける。「すでに戦争は、領土や権益をめぐる相対的な利害抗争の域を超えている。破壊は自己目的化され戦争は絶対化された。これこそあなたが夢想した絶対的な消尽ではないのか。世界が焦土と化し人類が死滅するまで戦争が永続化することを、あなたは望んでいるのでは」

「それはそれで面白そうだな。とはいえ世界が破滅する光景を愉しんで眺めているわけにもいかない。その愉楽は、いってみれば邪悪なヘーゲル的倒錯の産物だから」歴史が終焉した地点から時間と空間を一望の下に見渡したいというのは、哲学者の倒錯した世界支配の欲望にすぎないとルノワールはいう。

「はじめに〈無頭人(アセファル)〉を構想したのは私とコレットだ。きみも立ちよったことがあるサン・ジェルマン・アン・レイの家でわれわれは暮らしていた。病身のコレットは犠牲の祭壇に横たわることを望んでいた。しかし平凡な病死は拒否したい、価値ある死を迎えたいという切迫感からの意志表示には応じられない。私が決断を引き延ばしているうちに病状は悪化し、あの家の寝室でコレットは息絶えた。私ときみが会う半年ほど前のことだ」

「他にも女性会員がいたのでは」ジュリエット・ドゥアも会員だったのではないか。

「〈無頭人(アセファル)〉に属したことのある女は二人。一人は結成の半年後に会を離れ、もう一人はすでに逝った」

すでに死亡しているのがコレットなら、ルノワールは否定したが二人目はジュリエットではないのか。あのエキセントリックな若い女が〈無頭人（アセファル）〉と関係していたなら、その女性版を新たに立ちあげてヨシダにシンボル的な図像を描かせても不思議ではない。

「どんな女ですか、結社から離脱したというのは」

「ゾエ・ガルニエ。音楽演劇学校（コンセルヴァトワール）の学生だが民族学にも興味がある様子で、モースの関係から民族学研究会に接触してきた。友人になったコレットが入会を勧めたんだ」

「ゾエが〈無頭人（アセファル）〉を離れた理由は」

「〈無頭人（アセファル）〉は本質的に女を嫌悪する男たちの排他的共同体にすぎないとわれわれを罵って、ゾエは不意に姿を消した。この点はボリシェヴィキ党やナチ党と変わらないそうだが、ようするにモースの口真似だ」

　ルノワールも影響を受けている民族学者モースによれば、世界戦争の塹壕から生まれ落ちた二つの全体主義は、行動的少数派の理論という点で双子のように似ている。ボリシェヴィキ党もナチ党も秘密と陰謀による排他的組織で、その起源はアリストテレスが語った古代ギリシアの男性結社にまで遡る。行動的少数派の組織は女性蔑視、女性嫌悪を本質とする同質的共同体だ。

「ブルトン派のシュルレアリスム運動と同じく〈無頭人（アセファル）〉も女を排除する男の共同体でしかない以上、似たもの同士のナチズムを本質的に批判することはできないとか。未開社会には男たちの秘密結社と並行して女たちのそれも存在する。古代ギリシアでも同じで、たとえばエウリピデスが描いた〈バッコスの信女〉も女性結社の事例だ。きみはバッコスの信女たちの真似事でもしようというのかと、私は応じたがね。

　もう一点、死の恐怖と眩暈（めまい）が共鳴する不可能な共同体（コミュノテ）の実験に踏みきろうとしない口舌の徒だとも、ゾエは私を非難していた。狂乱したバッコスの信女がペンテウスを引き裂いて首を落としたように、われわれも躊躇なく落雷の樹の下で犠牲の首を切らなければならない、その決定的な飛躍なくしてはナチズムに対抗する精神的砦を築くことはできないとか」

　青年は大きく頷いた。〈無頭人（アセファル）〉の女性嫌悪的な同質性を批判してルノワールと決別したゾエは、いわば新たな〈バッコスの信女〉として〈無頭女（メドゥーサ）〉を立ちあげたのではないか。それにジュリエット・ドゥアやカシと呼ばれる女が合流し、女だけの小劇団を擬態して活動をはじめた。さらにカシからクロエにも声が掛けられた。

「どこにいるのかわかりませんか、ゾエ・ガルニエは」

「何年も前に音楽演劇学校（コンセルヴァトワール）は卒業したはずだし、モースの周辺からも姿を消したようだ。最後に顔を合わせたのは五年前の夏至の早朝だった。森の散歩で落雷の樹の前を通りかかると、樹に向けて左右の掌を打ちあわせている女が目に入った。枯れ枝を踏む足音を耳にしたのか、こちらに振り返った顔を見るとゾエだ。続いて幹の後ろから出てきた若い女と二人で立ち去っていったが、その直後にあらわれたのがきみだ」

　あのとき落雷で幹が裂けた巨木の下には、少し前までゾエという女もいたらしい。ルノワールとすれ違った女たちは、ルシー・ゴセックに旅行鞄を渡した二人に違いない。カシでない女は、これから落雷の樹の下でやることがあると口にしていたようだし。

「そのときゾエとなにか話しましたか」

「他人行儀な挨拶の言葉だけで、もう一人を紹介することもなく立ち去ったな」

　ルシーにもカシは最後まで口を閉じていて、喋ったのはもう一人の女だけ。どうしてカシは沈黙していたのだろう。声からジュリエットだと悟られないように黙っていたのか、あるいは話ができない別の理由があったのか。いずれにしてもカシでないほうの女がゾエだったようだ。

「どんな恰好でしたか、ゾエは」

「夏なのに黒のワンピースを着て手提げ袋を持っていたな。もう一人も」

　着ていたのは裾が長い頭巾付きの衣ではなく、色は同じ黒でもふつうのワンピースだった。二人とも儀式の際に身に着けていた黒衣は脱いで袋に入れたのだろう。ゾエならクロエ失踪の真相を知っているに違いない。

「モースの講義に出ていたヨシダによると、日本人の固有信仰はアニミズムに接ぎ木された多神教で、神前では手を叩いて礼拝するという。この話はゾエも聞いていたから、〈無頭人（アセファル）〉を脱会したあと日本教を信仰しはじめたかもしれん。礼拝の拍手はカシワデ、カシは樫（シエーヌ）、テは手（マン）の意味だという。落雷で裂けた樫の巨木に日本教の信者が拍手をしていたわけだな」男は皮肉そうに語り終えた、もちろん冗談だろうが。

　音楽演劇学校（コンセルヴァトワール）の学生ゾエ・ガルニエは〈無頭人（アセファル）〉結社を離脱した。〈無頭女（メドゥーサ）〉にはカシと呼ばれる女がいた。カサンドルの愛称がカシだが、ルノワールによれば日本語で樫（シエーヌ）はカシだという。樫（シエーヌ）の巨木に手を打っていたゾエと、日本語の樫（シエーヌ）の名前で呼ばれる女。この符合には意味があるのだろうか。なにか脳の襞（ひだ）をかすかに引っ掻くものがある。落ち着かない気分でイヴォンは軽く唇を噛んだ。

4

モンパルナス駅から五分ほど離れた珈琲店（カフェ）の扉を、青年は無造作に押し開けた。目立たない小さな店で内装は貧弱だ。店内は戸外と同じように冷え冷えとしている。

地元客相手の地味な店だからドイツ兵が立ちよる可能性は低い。カウンターの前は常連客らしい男女で一杯だ。地味な外套を着込んだまま、客の群れから離れた隅の椅子に腰を下ろす。古い椅子は布地が擦り切れて詰め綿がはみ出していた。

痩せて貧相な店主に、黒っぽい色しか本物と似ていない代用珈琲を注文する。外套のポケットに押しこんでいたタブロイド紙を開き、占領軍の翼賛記事で埋められた新聞を読んでいるように見せかけながら店内の様子に注意を払う。

「お客さん、列車待ちかね」代用珈琲を運んできた店主が青年の旅行鞄を見ていう。

イヴォンは粗悪な紙の新聞から顔を上げた。「そう、ル・マンに」

「ヴェルサイユの先で線路が爆撃されて長距離列車は止まってるようだね。復旧するのは午後遅くか、被害が深刻なら夜になるかもしれない」

うんざりした口調を装ってイヴォンは応えた。「しばらく列車が動きそうにないことは僕も駅員から聞いた。列車が出る時刻まで待つしかないね、そのうち連れも来るだろう」

店主はどことなく複雑な表情だ。連合軍がカレー海峡から上陸しフランスが解放される日を夢見て、フランス人は占領下の屈辱や飢餓と貧困にも耐えてきた。しかし連合軍の爆撃で破壊されるのはフランスの鉄道や港湾施設や工場だし、爆弾で殺されるのもフランス人なのだ。ドイツ軍が制空権を失った事実は歓迎したいが、爆弾で吹き飛ばされる同国人のことを思うと喜んでばかりもいられない。爆撃について語る店主の複雑な表情に、フランス人の引き裂かれた心情を窺うことができる。

人間の運命は不条理だと、あらためて青年は思う。ドイツ軍との戦闘で死亡した兵士は一応のところ、自身の運命を肯定し納得して受け容れることができる。レジスタンス隊員にしても事情は変わらない、解放と勝利を望んでいる以上、この死には意味があると信じられるからだ。だが味方である連合軍の爆撃にさらされたフランス人は、おのれの死に意味を見出すことができない。

　災害や事故で死ぬのはたんなる無意味な死だ。連合軍に解放されることを夢見ながら連合軍の爆弾で吹き飛ばされるフランス人の死は、たんなる無意味ではない。意味のない無意味、人の尊厳を徹底的に愚弄する二乗化された無意味だ。

　人間にとって不条理は運命だとクレールならいうだろう。この戦争がはじまるまでの平和だった時代、自身が根本的に無駄で無意味で不条理な存在である事実から目を塞いで人々は暮らしていた。しかし戦争の暴力が人間存在の偶然性、無意味性を免れようもなく突きつけた。その気になれば誰もがオレストになれる。空虚で自由な殺人者、いや悔悟し忍従する民衆の解放者に。

　潜伏していた協力者の家にはもう戻らないことを伝え、イヴォンは旅行鞄を持って出た。モンパルナス駅発の長距離列車は、夜間爆撃の被害で始発から運休していることを知った青年は、駅の窓口でボルドーまでの切符を二枚購入した。一枚は今日の、もう一枚は明日、二月二十七日発の列車の乗車券だ。列車が動くのを待つ乗客を装えば、メーヌ大通りの珈琲店で時間を潰していても不自然ではない。イヴォンのような立場の人間が、特定の場所に何時間も長居するのは危険だし非合法活動の常識に反する。

　巡回中の警官に呼びとめられても、身分証の偽造が見抜かれることはないだろう。ただし怪しまれて警察署に連行されたら逃げようがない。専門家が見れば身分証の偽造は一目瞭然だろうから。路上での身体検査を警戒して武器も携行していない。

　珈琲店での長居を疑われ警官に不審尋問された場合に備えて、この時期にパリ市民がル・マン方面に旅行しなければならない理由も考えてある。不測の事態が生じても旅行鞄と用意した乗車券で乗りきるしかない。緊急事態の場合は一枚目の乗車券で今日中にパリを脱出し、ボルドーで列車を換えればバイヨンヌまで行ける。何事もなければ第二の潜伏先で一泊し二枚目の乗車券を使うことにしよう。ボルドーで泊まっても明後日には帰郷できる、これ以上パリ滞在を引き延ばす理由はない。

　イヴォンが警戒心を募らせているのは昨日の出来事のためだ。メモで指定されていたアレージアの空き屋で待っていると、ルヴェールの代わりに見知らぬ少年があらわれて伝言があるという。「ベルコヴェールは不本意ながらマルタンとの約束を果たせない。安全を期して大至急、パリから離れるように」少年に確認してみるとルヴェール本人から託された伝言ではないようだ。

どうして来られなくなったのか、少年に問い質してみても要領を得ない。なにか用件があるらしいのに次の連絡まで待機しろではなく、急いでパリを離れろという指示なのだ。非合法活動に非常事態はつきものだから、あの男が姿を見せないことに深い意味はないだろう。なにか手違いが生じた、あるいは急ぎの用事でもできたに違いない。そう思いながらも不吉な可能性が脳裏を過ぎる。

地下深く潜行した共産党のパリ組織と、直接に連絡をとる手段はない。全国抵抗評議会（CNR）を通して接触することは可能にしても、今日明日のうちにルヴェールの安否を確認するのは難しそうだ。あの男以外の共産党員の言葉なら無視したろう。あの男が根拠もなくパリを離れろと指示するわけがない。バルセロナでは敵側だったコミュニストとはいえ、こうした点での判断は信用できる。

ルヴェールの忠告には反するが、それでもパリを離れる前に会っておきたい人物がいた。クレールやルノワールと話した翌日に、ガイテ街のアパルトマンを訪ねてみたが留守だった。今日のうちに摑まえられないと再会できないまま帰郷しなければならない。十八区の潜伏先を出たあとガイテ街を再訪して、玄関ドアを叩いてみたがアパルトマンは無人のようだ。簡単なメモを残して、青年は近所の珈琲店（カフェ）で待つことにした。

新聞に熱中しているように装いながらも、視線は店の入口に向けている。一時間ほどが過ぎたときのことだ、毛糸の帽子と深緑の外套を着けた女があらわれたのは。いまどきのパリ女たちと同じような粗末な服装だが、人に見られるのが仕事の女らしく着こなしは洒落ている。店内を見渡しているダニエラに青年は軽く手を上げて合図した。

「驚いたわ。配給の行列に並んで家に帰ったら、七年以上も会ってなかった人のメモが残されていたから。イヴォン・デュ・ラブナンがまさか生きてたなんてね」席に着いた女の表情にはどこかしら憂いの色があるようだ。

出逢ったのはイヴォンが十六歳、ダニエラが二十歳の秋だ。シャンゼリゼ大通りの向こうにグラン・パレの硝子屋根が見える公園で本を読んでいると、年長の華やかな印象の娘がベンチの隣に坐った。暇なのか別の理由があるのか、「こんなところで読んでる本ならプルーストね」と話しかけてくる。「じゃ、あなたの名前はジルベルトですか」と返したのが最初のきっかけで、そのあと二人で入ったシャンゼリゼの珈琲店（カフェ）でも会話は弾んだ。金髪の娘は父親がルーマニアからの移民だという。

ダニエラの当て推量は外れで、イヴォンが読んでいたのはルイ＝フェルディナン・セリーヌの『夜の果てへの旅』、プルーストなら品よく眉を顰めそうな小説だった。あとから訊いてみたら、なんだか独特な雰囲気の少年がいたので話しかけるきっかけにプルーストを引っぱりだしたのだとか。「女と男が出逢う役に立ったんだから、喘息持ちの小説家も本望でしょ」と笑っていた。

みすぼらしい珈琲店のテーブルで、イヴォンは昔の恋人に語りかける。

「きみが出た映画を観たよ、脇役だけど主演女優より目立ってた」

ラ・ロシェルのUボート基地を標的とする破壊活動が可能かどうか、ブルターニュの抵抗組織と検討するため中間地点のボルドーを訪れたときのことだ。小都市のバイヨンヌにはない大きな映画館の宣伝ポスターに、よく知っている女の顔を見つけた。任務の合間に時間を作って、イヴォンはダニエラが出演している映画を観ることにした。

「イヴォンはどうしてたの。死んだと思ってたというのは冗談で、五年前にパリに戻ったらしいことは噂で聴いていた、そのあと田舎に帰ったこともね。どうして無事に戻れたって、帰国の挨拶にも来なかったのよ」

「ちょっと気になる娘がいたんだ」青年は事実を口にした。

「それなら仕方ないか、わたしにも新しい恋人がいたし。でもイヴォンのこと忘れたわけじゃなかったのよ、こうして再会できて本当に嬉しい。ところで今日はどうしたの、別れて七年もたってからご機嫌伺いってわけでもないでしょうに」

そう、たしかにあれから七年以上が経過し、そろそろ三十歳になるダニエラには大人の女の魅力がある。しかし、つんと尖った綺麗な形の鼻は若いころと変わらない。鼻梁の繊細な曲線をたしかめるように、指でそっと撫でるのが好きだった。

近況報告はこれくらいで充分だろうと判断し、イヴォンは口調をあらためる。「『トロイ戦争は起こらない』の再演のときカサンドル役のマリー＝エレーヌ・ダステが急病で、数日だけ別の女優が代役を務めたとか。セリーヌという新人らしいんだけど、そのときのことは覚えてないかな」

「そうね、そんなこともあったような」記憶を探るように女優が視線を彷徨わせる。

「もちろんセリーヌはジューヴェ劇団所属だったんだね」

なにか思い出した様子のダニエラが答える。「違うわ、そのときまで顔も名前も知らなかった娘で、わたしと同じような年頃だったと思う」

「どういうことだろう」

「主役級には代役がいたけど、あの芝居でカサンドルは脇役でしょう。出番も台詞も多くないし代役は決められていなかった。ずっと稽古には立ち会ってたから、わたしが代役に指名されないかって期待してたのだけれど、ジューヴェはどこからか若い無名女優を連れてきたのね。

　誰も知らない新人で舞台に立った経験は乏しいはずなのに、セリーヌの演技は完璧だった。ジューヴェの演技指導はたった一晩だけだったけど、とてもそうとは思えないほどに」

「そのあとどうしたんだろう、セリーヌは女優として成功したのかな」

　ダニエラが静かに首を振る。「他の舞台には出ていないと思う。あとからセリーヌのことを思い出して訊いてみたんだけど、ジューヴェは笑うばかりでなにも説明しない。でも……」

「なんだい」

　からかうように女優が唇をすぼめる。「話してあげたら、なにかいいことあるかしら」

「もったいぶらないで教えろよ」

「セリーヌが落とした手紙を楽屋で拾ったことがある。その場で本人に手渡したけど宛名だけは読めた、マドモワゼル・ゾエ……」

　イヴォンは小さく叫ぶ。「ゾエ・ガルニエだ、違うかい」

〈無頭女(メドゥーサ)〉のカシはカサンドルの愛称だった、樫(シェーヌ)の日本語カシに由来した渾名ではない。これで謎のひとつは解けたが、今度はゾエが落雷の樹の前で手を叩いていた理由がわからなくなる。カシワデを打っていたのでないとすると、どうしてそんなことをしていたのか。

　ダニエラが応じる。「なんだ、知ってたの。でも自分宛の手紙を楽屋で落としたとは限らないわよ、他人に来た手紙を持ってたのかもしれない」

　青年は頷いた。「いいや、たしかだと思う。音楽演劇学校(コンセルヴァトワール)の学生だったゾエは、どこかでジューヴェの目に止まったんだ」

「あの娘、まだ学生だったの。でも堂々としてたわよ、ジャック・コポーの長女で実力派のマリー＝エレーヌも負けそうだって、楽屋ではみんな噂していたほど」

　繋がりが見えはじめたように思う。代役としてカサンドルを演じた無名女優セリーヌの正体はゾエ・ガルニエに違いない。ルノワールによる女性排除の傾向に異を唱えて

〈無頭人〉を脱会したゾエが、女性会員のための〈無頭女〉を新たに結成した。カサンドルの愛称はカシ。ジューヴェ劇団の舞台で代役とはいえカサンドルを演じたことのあるゾエは、仲間から役名でカシと呼ばれていたのではないか。

この推定には、もうひとつ別の根拠もある。一九三九年の夏至の午前二時、マルリの森でルシー・ゴセックに箱型の旅行鞄を渡したのはカシと名乗る女だ。カシと一緒にいた女は、これから落雷の樹の下でやらなければならないことがあると口にしていた。そして午前五時前には、ルノワールが落雷の樹のところでゾエ・ガルニエとすれ違っている。この点からもカシはゾエであると考えられる。

「セリーヌはいまどうしているんだろう」

「心あたりはないでもないわね」

「心あたりって、どんな」イヴォンは畳みかけた。

一呼吸置いてダニエラが答える。「コンティナンタル社から監督デビューしたモーリス・オーシュのこと、知っているかしら」

「いいや」訊いたことのない名前だ。

ナチス宣伝相ゲッベルスの意向で、占領後にドイツ側が設立したフランス映画の製作会社がコンティナンタル社だ。ジャン・ドラノワの恋愛映画『悲恋』やクロード・オータン゠ララの社会派作品『ドゥース』など、これまでに三十作ほどを製作している。観るに値する優れた作品も皆無ではないが、ほとんどは占領体制に迎合した宣伝映画で評価は低いし人気もない。

「ビヤンクール撮影所で長いこと燻ってたオーシュは、戦争がはじまって召集されドイツ軍の捕虜になった。うまいこと捕虜収容所を出てからコンティナンタル社のドイツ人に取り入ったのね。戦争の前は雑役も同然の次席助監督だったから監督デビューはなかなかの出世よ。いま公開されている第一作は愚にも付かないコメディだけど、本人にいわせると尊大なドイツ人プロデューサーに第二作の企画を呑ませるため最速で撮ったんだとか」

そうか、映画館の宣伝看板で見た新人監督の名前がモーリス・オーシュだった。「きみはオーシュと親しいんだね」

「親しくないわよ」女優が顔を顰める。「気色の悪い男だし」

ルイス・ブニュエルの崇拝者らしいのに、コンティナンタル社のナチにへつらって仕事を得ている協力派の映画人に、どうやらダニエラは好意的でないようだ。反フランコ、反ファシズムのブニュエルはアメリカに亡命し、いまはハリウッドで仕事をしている。

「オーシュのコメディ映画に主演した女優が昔からの友達なのよ。彼女に誘われてオーシュの家に顔を出したのは、つい先週のこと。コメディ映画の関係者十人ほどの食事会に招かれてね。そのとき酔ったオーシュが口走ったのを覚えている」

第二作の主演女優には新人を抜擢したいとプロデューサーに話を持ちこんでいる。これまで映画の出演経験はない舞台女優だが、演技は本物なので問題ない。ようやく連絡が取れてじきに話ができそうだ。こんな調子で誰も聴いていない第二作の腹案を一方的に捲し立てたときのことだという、オーシュの口からゾエ・ガルニエの名前が出たのは。

「その名前に思いあたったのは会のあとのこと。『トロイ戦争は起こらない』の再演のとき、ジューヴェがマリー＝エレーヌの代役に連れてきた謎の新人女優のことじゃないかってね」

問題の映画監督に訊けばゾエ・ガルニエの住所か連絡先はわかる。「オーシュの家は覚えてるね」

「シャヴィルよ」それならパリ郊外でモンパルナス駅からじきだ。「駅から歩いて十五分ほど。フォッス・ルポーズの森に面した寂しい街区の一軒家で、屋根が赤褐色、壁は灰色の大きな平屋。道から庭の樫の大木が見えるから、それを目印にすれば迷わないと思う」

「シャヴィルまでなら列車も動いているし、これからオーシュの家に行ってみるよ」

「せわしない人ね。食材不足でろくな料理はできないけど、これから家で食事でもどうかしら。いまは一人暮らしだから遠慮しないでね」

「招待には感謝するけど残念ながら時間がないんだ。田舎に帰る前にゾエ・ガルニエの消息をどうしても調べておきたい、今度はゆっくり会おう」

今回は無理でも、次に上京する機会があればゾエ・ガルニエを摑まえて、五年前の夏至の未明にマルリの森で起きた異様な出来事の真相を訊き出せるだろう。少なくとも祭壇に身を横たえていた女がクロエ本人だったのかどうかは。

「スペインに行く前は、二度と会えないから覚悟しろってわたしを泣かせたくせに。イヴォンも大人になって、その場しのぎの挨拶ができるようになったのね」女優が意地悪そうに唇を曲げる。

「最後に会ったとき、きみに泣かれた記憶はないが」

「言葉の綾よ、相変わらず冗談のわからない坊や」ダニエラが人差し指で青年の額を軽く突いた。「スペイン帰りの男が故郷のバス・ピレネーでなにしてるのか、想像できないと思うの。じきにフランスは戦場になるし、二人とも戦争が終わるまで無事でいられる保障なんてない。いざというときのことは覚悟していたほうがいいから、今度はわたしからいっておくわ、アデューと」

もともと勘のいい女性で、昔の恋人が危険な活動をしていると察したようだ。苦笑しながら席を立ってダニエラを軽く抱擁し、昔と変わらない髪の匂いを大きく吸ってみた。「妊娠してるんじゃないか、一人で大丈夫なのかい」男とは別れたような口振りだったが。

「まだお腹はそれほど膨らんでいないのに、どうしてわかるの」腕のなかで女が青年を見上げる。

そんな気がしたにすぎないのだが青年は微笑して応じた。「きみから匂いがしたからさ、躰のなかで育っている旺盛な生命力の。……子供の父親はどうしてるんだ」

「二ヵ月前に不意に姿を消し、しばらくして知らない人が彼の形見の品を届けてきた。その人も詳しいことは知らない様子だし、どこでどんなふうに死んだのかもわからないまま。だから、あなたのことも心配なの」

その言葉でイヴォンも察した、ダニエラの子供の父親も抵抗運動家だったことを。極秘の任務で活動中に生命を失っても、家族は詳しい事情を知ることができない。レジスタンス隊員にはよくあることだ。気丈な性格だから面には出さないが、ダニエラは喪失感と悲嘆の情に耐えているに違いない。

かつての恋人の身を案じながら青年は耳元に囁いた。「その気があるなら、まだ長距離列車に乗れるうちにバスクに来ないか。都会と違って食糧事情はそれほど悪くないし、村にも産婦人科の医者はいるから心配ない。連合軍が侵攻してきてもパリとは違って安全だから、好きなだけ滞在すればいい」

「ありがとう。でも連合軍の戦車でドイツ兵が蹴散らされる光景を見るまではパリから離れない、それが復讐だと思っているから」青年の肩をダニエラはあらためて、今度は少し力を込めて抱いた。「戦争が終わっても二人が生きていたら、そのときは喜んで招待に応じる。あなたが育った古い領主館を一度は訪れてみたいと昔から思っていた」

「だったら、再会できるまで元気で」

「イヴォンもね、本当よ」

珈琲店（カフェ）の前でダニエラと別れモンパルナス駅に急いだ。連合軍の爆撃でダイヤが乱れているためか、大型トランクや一抱えもある布袋や大きなボール箱など、さまざまな大荷物を抱えた人々で駅構内はごった返している。

移動手段が限られているから、戦争前なら自動車で運んだような品々まで人々は列車に持ちこもうとする。上り列車を降りてきたところなのか、生きた鶏を何羽も袋に詰めた農夫もいる。豚や牛は無理でも鶏の持ちこみくらいは駅員も黙認するのだろう。

待合室にはドイツ軍将校専用という表示がある。駅構内のあちこちにドイツ兵が立って監視の目を光らせている。古びた外套を着た青年は、入線している列車に乗ってコンパートメントに席を占めた。線路の復旧工事中でヴェルサイユまでしか行かないようだが、目的地はその手前だから問題ない。

突然の思いつきを口にしてダニエラを当惑させたろうか。しかし出産はパリが戦場になる頃かもしれないのだ。両親との連絡は途絶えて久しいと聞いているし、たった一人でどうするつもりなのか。そう思って見過ごせない気持ちになった。ダニエラなら妹ともすぐに打ち解けるだろうし。

かつての恋人が進退に窮しているなら、できることをして助けたいと思うのは当然のことだ。ダニエラが故郷の館に来れば村人や親類はイヴォンとの仲を疑うだろうが、気にすることはない。パリから女を連れ戻ったという不埒な噂を耳にして、ドヌー家がマリー＝ルイーズとの婚約解消を申し出てくるならそれに越したことはない。

そろそろ二十歳になるマドモワゼル・ドヌーは、戦争が終われば挙式するという青年の約束を信じて待ち続けている。もしも生きて解放の日を迎えることができれば、こちらからドヌー家に婚約の破棄を申し出なければならない。世間のことをよく知らないマリー＝ルイーズは精神的に傷つくだろうし、それを思うと憂鬱な気分になる。

じきに列車は市街地を出た。車窓から見える真冬の空は暗灰色の分厚い雲で隙間なく覆われている。地平線まで単調に続く牧草地や畑がいかにも寒々しい。そういえばヨシダから、日本では冬になると草がみな枯れてしまうと聞いたことがある。真冬でも青々としたフランスの芝生や牧草がフランスに着いたころは奇妙に見えたとか。

シャヴィルで下車し小さな駅舎を出る。駅を中心とした家並みはじきに尽き、青年は寒々しい野原を前方の森に向けて歩きはじめた。

これからオーシュの家を訪れ、そのあと市内に戻ってアラン・リヴィエールのアパルトマンを訪ねることにしよう。もしも不在だったら夜間外出禁止（クーヴル・フー）の時刻までに第二の潜伏先に到着すること。

今年の九月三日にはムフタール街のヴォージョワ宅で、

アンリやヨシダと三人で再会することを約束していた。しかしアンリは戦死し、日本に帰国した前衛美術家がフランスを再訪できる可能性もいまのところ皆無だ。そもそもヨシダだって無事なのかどうかわからないから、あの約束は立ち消えたと考えるしかない。

これが最後のパリ訪問になるかもしれない。アンリやヨシダとは無理でも、帰郷する前に少年時代からの親友アランとは会っておきたい。一九二九年からの二人それぞれの体験を、時間は気にしないで話しこむことにしよう。モンマルトル駅発の長距離列車に乗るのは明日の午後でいい。

来年か再来年かパリが解放されたあとには、アメリカに渡ったらしいクロエの家族もパリに戻るのではないか。アランにはクロエの消息を確認するため、ときどきブロック家のアパルトマンを訪ねることも頼んでおかなければ。

自動車のエンジン音が急接近してくる。砂利道を飛ばしてくる車は、シトロエン・トラクシオン・アヴァンの白いカブリオレ、たぶん11Bだろう。とっさに型式まで判別できたのは、同じ車を持っている従兄がいるからだ。

盛大な警笛を浴びせられてイヴォンは路肩に寄った。砂利を撥ね飛ばしながら、前方の道を左に曲がって白いカブリオレは視界から消えていく。追い越された瞬間、運転席の中年男の横顔が目に入った。助手席の女の顔は毛糸の帽子と襟巻きに覆われてよくわからない。幌を開いての走行で、二月の寒風に吹きつけられるためだろう。

砂利道は鬱蒼と繁る森に行く手を遮られて左右に分かれる。ダニエラに教えられた通りT字路を左に折れた。道の片側はフォッス・ルポーズの森で、密生した樹木のために視界が遮られている。反対側は疎らな木立のある野原だが、道ぞいには点々と家屋が見える。

どれも広い庭がある大きな家で、それぞれかなり離れている。パリのアパルトマンに住むブルジョワが週末を郊外で過ごすための別邸だろう。ただし建てられたのは第一次大戦以前のことらしく、家々はどれも古びている。塗装が剝げ落ち庭が荒れ果てた家も目に着く。古き良き時代（ベル・エポック）にはパリ郊外に別邸を所有することが流行ったのかもしれない。

右手に森を見ながら人気のない道を進んでいくと、庭に樫の大木がある家が見えてきた。屋根瓦は赤褐色だしオーシュの家に間違いなさそうだ。朽ちかけた木製の大きな門扉は、左右に大きく開かれている。枯れた雑草と落葉に覆われた前庭の奥に二階建の大きな家が見える。ほとんどの窓が鎧戸で鎖（とざ）されて空き屋のような印象だが、門から前庭左側の小屋まで地面には真新しい二筋の溝がある。小屋は車庫で溝はタイヤ跡に違いない。

石の門柱には呼び鈴のボタンなどない。時間も限られていることだしイヴォンは躊躇なく家の敷地に踏みこんだ。前庭の右側には緑色の水が淀んだ池があり、石畳の小道が玄関前まで続いている。玄関扉を叩いてみても屋内から反応はない、住人は不在なのか。

玄関前を離れて、大扉が開け放たれた車庫らしい小屋を覗いてみた。ボンネットを前にして白いカブリオレが停められている。砂利道で青年を追い越していった車に違いない。運転席の男はステアリングに凭れて顔を俯けているが、助手席に女の姿は見えない。

カブリオレの隣には深緑のバンが駐められている。車庫の奥には屋根裏に上るための梯子がある。左右に注意しながらカブリオレに近づいた。上体を前屈みにした運転席の男は、躰を休めているようにも寝込んでいるようにも見えない。

閉じられたドア越しに覗きこむ。男は死んでいた。うなじの上、焦げた髪の生え際の小さな穴から血が流れている。小口径拳銃で延髄を撃ち抜かれたようだが、弾丸は貫通していない。射殺したのは助手席に乗っていた女だろう。

男は車庫前でカブリオレをいったん停め、車を降りて大扉を開いた。その隙に女はハンドバッグから小型拳銃を出しておく。車に戻ってきた男は、バックで車を車庫入れするために背後を確認しなければならない。大きく上体を捻ると男の首筋が女の正面にくる。その瞬間、銃口をうなじに押しあてるようにして引金を引けば、二二口径のポケット拳銃でも確実に標的は仕留められる。

前後の状況から判断してカブリオレの運転者が目的の人物、モーリス・オーシュの可能性は高い。屍体のオーシュから話は聞けないし、警察に殺人事件の発生を通報する立場でもない。隣家とは距離があるから住人は銃声を聞いていないのかもしれない。とはいえ長居は無用だと、シトロエンのバンTUCの貨物室ドアを眺めながらイヴォンは考えていた。

それにしても首都潜入中の青年が殺人事件に巻きこまれるとは。これは偶然だろうか。想像通り運転席の屍体がオーシュだとすれば、ようやく見出したゾエ・ガルニエにいたる手掛かりはまたしても失われる。とはいえイヴォンがオーシュ宅を訪れることはダニエラ一人しか知らない。

考えるまでもない、ゾエの秘密を守ろうとダニエラがオーシュ邸に先廻りし、口止めのため男を射殺した可能性はゼロだ。オーシュのことをイヴォンに教えたのはダニエラ本人なのだから。ゾエのことを知られたくなければ口を閉じていればいい。

青年が到着する直前に射殺事件が起きたのは偶然だろう。銃声らしい物音を耳にして、隣家の住人が警察に通報した可能性も警戒はしたほうがいいし、この場は退散するべきだ。厄介事に巻きこまれてはならないと考えながらも、イヴォンの視線はＴＵＣの後部ドアから離れようとしない。しかし、そろそろアランの家に向かわなければ……。

［現在Ⅱ］

第十一章　狂気の論理

1

モンパルナス通りから横の路地に入って、地下鉄ラスパイユ駅の方向に抜けることにした。なにもない地味な街路で両側に車が隙間なく駐められている。今日から六月も最後の週だし、日曜の午後の裏街はがらんとして人気がない。アスファルトは夏の太陽に炙られて熱を帯びている。

昨日は夜遅くまでリヴィエール教授の回想に耳を傾けていた。地下鉄の終電時刻が迫るころだった、教授宅を辞したのは。歩いて帰宅するというカケルと別れて、わたしは小走りで最寄り駅に急いだ。

教授の話で衝撃的だったのは、川船〈小鴉〉の殺人を思わせる連続猟奇事件が三十九年前のパリで起きていたという事実だ。しかも、現在にいたるまで被害女性の躰に奇妙な模様が描かれていたことは公表されていない。過去と現在の首なし屍体事件だが、被害者の頭部が切断されている点に加えて、胸部や腹部に血で描かれた模様までが一致している以上、二つが密接に関係していることは疑いない。常識的には同じ犯人による犯行という可能性が高い。

もうひとつ過去と現在の事件には見過ごせない一致点がある。一九三九年にトランク詰めでパリの終着駅に遺棄された三体のうち、第三の屍体はマルリの森にある石の廃墟で首を切断された可能性がある。イヴォン・デュ・ラブナンがリヴィエール教授に語ったところでは、人身犠牲の祭儀とも見えた秘密集会は夏至の未明に開かれている。セーヌ川に浮かぶ平底船の事件もまた三十九年前と同じ夏至の未明に起きているのだ。

対独開戦の混乱に巻きこまれトランク詰め屍体の事件は未解決のまま忘れられたようだが、かつての犯人が猟奇殺人を再開したということなのか。一九三九年に二十歳だった人物は来年には六十歳、二十五歳なら六十五歳。年齢の点からは同一人物による犯行の可能性も否定できない。

イヴォンのシュルレアリスト仲間で年長の友人アンリ・ヴォージョワは吉田一太の友人だし、ヴォージョワを介してイヴォンと吉田も交友があった。吉田の著書の口絵には無頭女の絵が使われていたが、もともとはヴォージョワの恋人ジュリエット・ドゥアのために吉田が描いたものらしい。〈小鴉（コルネイユ）〉の屍体と、一九三九年にパリの終着駅（ガール・テルミナル）に遺棄されていた三人の若い女の屍体は、いずれも首を切断され躰に血で模様が描かれていた。しかし時間的に先行しているのは、吉田が描いた無頭女（メドゥーサ）の図像のほうだ。この図像は女だけの小劇団〈無頭女（メドゥーサ）〉のシンボルとしても使われていた。

過去と現在の首なし屍体が、いずれも吉田の図像を模していることは疑いない。現実の女性の躰で神話的な無頭女（メドゥーサ）の像を作ろうとしたのか、そう見せかけて本当は別の理由があったのか、どちらが犯人の真意だったのかはともかく。

ここまでは事実と考えてかまわないと思う。ただし小劇団〈無頭女（メドゥーサ）〉が同時に人身犠牲の秘儀結社だったのかどうか、この点はイヴォン・デュ・ラブナンも最後まで明確な解答を得られなかったようだ。リヴィエール教授によれば、第二次大戦が終わる前年の二月二十六日の夜、バスクにいると思っていた親友のイヴォンが不意に訪ねてきた。教授と徹夜で語り明かしたイヴォンは、これから帰郷すると口にして立ち去ったという。

教授のアパルトマンに来る前に、青年はパリ郊外のシャヴィルに協力派（コラボ）の映画人モーリス・オーシュを訪ねたが、車庫で発見したのは射殺屍体だったという。オーシュ本人の可能性は高いとしても、拳銃でうなじを撃たれ殺されていた男の正体はわからないままだ。抵抗運動家としてパリに潜入中のイヴォンは、事件に巻きこまれることを警戒して発見直後に現場を立ち去った。この話を聞いた教授は親友の帰郷後も新聞の社会面に注意していたが、シャヴィルのオーシュ家で屍体が発見されたとの報道はなかったという。

こうして事件の鍵を握っている無名女優ゾエ・ガルニエの正体を突きとめられないまま、地下活動の合間に試みられた個人的な捜査は中断される。その後イヴォンは一度も上京していないというから、戦前の首なし屍体事件の謎は謎のまま放置されてきたわけだ。

イヴォンが聞いた、柏手をめぐるルノワールの説明には間違いがある。カシワデと関係のある植物は柏（シエーヌ・ド・ダイミオ）で樫（シエーヌ）ではない。日本語がわからないので吉田一太の話を誤って理解したのだろう。フランスには分布していない植物が「大名の樫」と翻訳された由来も興味深いが、さらに面白い話もある。カケルによれば柏手は拍手の誤記が一般化したもので、そもそも柏とも樫とも無関係なのだ。この点は吉田本人が間違えていた可能性もあるが、いずれにしてもルノワール説は二重の意味で誤解の産物といわざるをえない。

もう一点、驚かされたのはクロエ・ブロックをめぐる教授の話だった。一九三九年の春にスペインの戦場からパリに帰還したイヴォン・デュ・ラブナンは、クレールの伝言を携えて珈琲店（カフェ）〈フロール〉にあらわれた女子学生クロエに心を惹かれる。しかし、はじまったばかりの二人の関係は不意に絶たれた。夏至の未明にマルリの森で起きた謎めいた出来事と、それに続くクロエの失踪のために。

リヴィエール教授の話を聴いて、イヴォン・デュ・ラブナンという人物への印象は少し変わった。戦争に引き裂かれたともいえるクロエ・ブロックとの悲恋を知ったからだろうか。これまで聞いていたのとは違う点もあった。デュ・ラブナン家の関係者が事実を少し変えてわたしに伝えた理由は推測できないでもない。ラルース家の事件当時はリヴィエール教授までが、イヴォンについて多少とも事実と異なる説明をしていた気がする。パパよりも年長だし、そろそろ教授も記憶違いが増える齢なのだろうか。

十九歳で姿を消したクロエは生きていれば五十八歳で、五月末から〈小鴉（コルネイユ）〉に滞在していたクロエとは年齢からして別人といえる。ペイサックも五十代の女を二十歳以上も若いとは思わないだろう。事件の夜、シスモンディが〈小鴉（コルネイユ）〉のクロエの年頃を確認していた。どうして老婦人が平底船（ペニッシュ）の滞在者を六十年配だと考えたのか、いまならその理由もわかる。リセの生徒で年少の恋人だったクロエ・ブロック本人が帰ってきたのではないか。そんな思いが一瞬にしても、シスモンディの脳裏を過（よ）ぎったからに違いない。

いまでも教師と生徒の恋愛に社会はさほど寛容ではない、成人女性と少年の組みあわせでも。性的規範が厳しかった戦前のことだから、女子生徒をベッドに連れこんだ女性教師の行動は非難された。娘を監禁したと親に訴えられ教育当局から職務停止の処分を受けたシスモンディは、それを機に教師をやめ文筆家として立つことになる。わたしは同性愛も両性愛（ビセクシュエル）も本人の自由だし、教師と生徒の恋愛も常識的なことだと思う。シスモンディが最初に性関係を持ったときクロエは十六歳だったようだが、性的同意年齢の下限は十五歳だから法的な問題はない。

性的同意年齢の廃止と、成人と未成年者の合意による性関係の合法化を求める請願書が議会に提出されたのは昨年のことだ。これにはクレールやシスモンディやミシェル・ダジールをはじめ著名な知識人や作家の多くが署名している。

再上映の際に観た『シベールの日曜日』という昔の映画では、戦争で記憶を失った青年ピエールと父親に棄てられた少女シベールとの愛情関係が、社会の偏見のため悲惨な結末を迎えるまでが描かれていた。このような悲劇を避けようとする限りで、シスモンディやクレールたちの主張には共感できる。ピエールとシベールの愛情関係が性関係に深まるような場合でも。

シスモンディとクレールとクロエによるトリオの存在を知ったイヴォンは、激しい調子でシスモンディを非難したようだ。クロエを愛しはじめていたイヴォンからすれば当然の反応だろうが、十六歳の女子生徒を倒錯的な三角関係に引きずりこんだという非難にはかならずしも賛同できない。リヴィエール教授の回想に登場するクロエは、性的なことがらにかんして知識も判断力もあった少女のようだから。

しかしクロエが初潮前の、あるいは小学生の年齢だったらどうだろう。クロエがシスモンディとの、そしてクレールも含めた複雑な愛情関係に鬱屈を抱えこんでいたとしたら。さらに何年か、あるいは十何年かあとのクロエが大人たちからの性的被害を蒙(こうむ)ったと告発するような場合は。

個人間の愛情関係に法が介入することには反対だが、すべてを当事者に委ねるというのにも無理がある。個人差はあるだろうが、それでも性的な当事者性を認めようのない年齢は明らかに存在する。大人が性的な興奮を得るために三歳児の性器を弄(もてあそ)ぶとすれば明らかに性犯罪だ。

ただし小学生の女の子でも好きな男子がいれば、腕を組んだり手を握ったり頬にキスしたいと思う。リセに入るような年になれば、舌と舌を絡ませる濃密なキスからセックスまで、肉体的な接触への欲望はさらに深くなる。

十六歳のときのことだ、わたしが夜遅く帰宅したのは。パパは見抜いていたのではないだろうか、わたしが隠そうとしていた事実を。パパが寝てから血の滲んだショーツを洗うことにした。また使う気にはなれないまま、けっきょく棄てることにしたのだが。

わたしはふつうのパリジェンヌだ。初体験は早くも遅くもない十六歳のときで、それから体験した男性の数も同世代の娘と変わらない。

リベラルな親なら、リセの生徒同士のセックスも禁止する必要はないというだろう。十三歳では早いと思う保守的な親でも、二十歳をすぎているのに性経験のない娘や息子が家にいれば今度は逆に心配しはじめる。うちの子供には性的な魅力がないのか、そもそもセックスへの関心が希薄なのか。なんらかの性器的な障害があるのかもしれない、あるいは同性愛者なのかと。

平凡な女の子だったころ幾度か軽い恋愛遊戯は経験した。イタリア人によればアモーレだ。高揚する心、快楽的な膚と膚の触れあい。ときにはもう少し深い、魂の領域での接触もあったと思う。たとえばアントワーヌの場合のように。

しかしアントワーヌが姿を消してから、ディスコテクでの馬鹿騒ぎと同じようにアモーレにも飽きた。カケルを愛しはじめたからだろう。そして、いくつもの事件に遭遇した。もう二年半も前になるラルース家事件から昨年の〈ヴァンピール〉事件まで、わたしたちは六件もの殺人事件を体験した。

山ほどの屍体を目にしたミノタウロス島ではわたしも殺されかけて、長いこと外傷神経症に悩まされた。最もひどいときは鏡で自分の顔を見ることさえできない日々が続いた。このところ心身の具合は悪くない、このまま元気になれるならと心から思う。

事件に巻きこまれたときはいつもカケルが隣にいて、見当違いな推理を繰り返すわたしを真相に導いてくれた。犯罪事件が、露骨にいえば被害者の屍体がわたしとカケルを深く結びつけている。それにしても二年半に六つの殺人事件なのだ。〈小鴉〉の首なし屍体で七件目ということになる。警察官ならともかく一般人にはありえないことだし、これでは自分を平凡な女の子とはもう思えそうにない。

気が進まない様子のカケルを好奇心旺盛なわたしが事件に引きこんだと、はじめのころは思っていたけれど事実は反対だった。あの日本人のほうが不吉な事件を、血まみれの屍体を繰り返し呼びこんでくる。

世界には目的などない、はじめも終わりもないし善も悪もないという真理を教えたヒマラヤの導師から、カケルは「悪」と闘うため地上に還ることを命じられた。仏教の教義のことはよく知らないが、キリスト教文化圏で生まれ育った者には、神の敵を打ち倒そうと地上に舞い降りてきた、剣で武装した天使といったほうが理解しやすい。そんな青年のそばにいるから、次々と殺人事件に巻きこまれてしまうのではないか。

「悪霊」や「死神」と呼ばれているらしい謎めいた男が直接に、あるいは間接的に六つの事件には関与していた。国際テロリストの大物ニコライ・イリイチ・モルチャノフ、この不気味な人物をカケルは想像を絶する執念で追い続けている。青年の間近にいることを望むなら、わたしは今後も事件に巻きこまれ続けるだろう。

この冬の〈ヴァンピール〉事件まで、あの青年をイリイチから遠ざけようと必死に努めてきた。カケルがイリイチに危害を加えること以上に、傷つけられることを怖れていた。なにしろイリイチは暗殺のプロフェッショナルなのだ。このまま事態が進んでいけば本当に殺されてしまうかもしれない。すでに三度、あの男にカケルは狙撃されている。けれども、もうとめようとは思わない。カケルのそばにいればミノタウロス島のときよりもっと残酷な体験を強いられるかもしれない。一緒に殺されてしまうとしても、あの青年から離れようとは思わない。

あの日本人がいない人生など想像もできないわたしは、今後も事件から逃げられないし逃げるつもりもない。かつてのような子供じみた探偵趣味からではなく、事件に巻きこまれることが避けられない運命だと自覚したから。惨殺された屍体や異常で謎めいた事件によって、わたしの人生はカケルの存在と深く結びつけられている。しかし第三者に、こんな事情を納得させるのは難しい。パパやジャン＝ポールには、片想いに悩む愚かな娘だと思わせておくしかない。

わたしもカケルの腕をさりげなく取ったりするが、あの青年に拒まれたことは一度もない。もしもそれ以上の触れあいを求めるなら、恋情に耐えられないまま他者を求めてしまう弱さを哀れんで青年は静かに身を引くだろう。

誰もが人間は一人では生きられないという。多かれ少なかれ他人に頼ること、他人に依存することは不可避なのだと。正論には違いないが、たった一人の他人も必要としない人間も存在する。嘘ではない、その実例を三年ものあいだ観察してきた。むろんカケルもペットボトルの鉱泉水を飲み、カリフォルニア米やスペインのオレンジを食べて生きている。それらを入手するために店で多少のフランを支払って。という点ではたった一人で生きているわけではない。

複雑な分業関係に誰もが否応なく巻きこまれているのは事実だ。けれどもあの日本人は分業に依存していない。たとえ社会が崩壊しても一人で生きていくだろう。木の実を拾い食べられる草を摘み、ときには野生動物を狩ることで。この日本人であれば、生きる必要があると判断すればアフリカやアマゾンの奥地でも、たとえ南極大陸でも平然と生き抜いていくに違いない。

カケルの愛撫を求めないのは、軽蔑されそうだと心配するからではない。天使は無性で男でも女でもない。イリイチを打ち倒すため地上に降りてきた青年は天使のように性を欠いているようだ。そんな青年を愛しはじめて、わたしも少し修道女めいてきたような気もする。

　はじめて出逢ったころ、カケルとのセックスなんて魚とのセックスのように抽象的で、想像することもできないと感じていた。その印象は変わらないし、これからも変わらないと思う。恋に似た心の動きはあっても恋愛感情ではない。女には魚や天使を恋することなど不可能なのだから。しかし二人はどんな恋人同士よりも深く結ばれている、禍々（まがまが）しい大量の血といくつもの屍体によって。わたしが望んでいるのは最後までカケルの隣にいること、カケルと同じ運命を生きることだ。たとえ無事にはすまないとしても。

　勇気を奮い起こして屍体のある〈小鴉（コルネイユ）〉の船内に入ったのは、長く苦しんできた精神的な不調から回復したかどうか、本当のところを知りたいと願ったからだ。しかしカケルとの距離をできる限り縮め、あの青年と運命を共有したいと望んだからでもある。そのためにはどんな勇気でも奮い起こせる。屍体など怖くないし事件に巻きこまれるのを拒もうとも思わない。

　イヴォンとクロエの場合はどうだったのか。砂塵を巻きあげる凶暴な大嵐のように、第二の大戦（グランド・ゲール）は世界に襲いかかろうとしていた。暴力が荒れ狂う時代の恋が、幸福な結末を迎えられたはずもない。戦争のために無数の恋人たちが無残に引き裂かれたのだ。

　それはそうなのだとしても、しかしイヴォンとクロエの別離には違う理由もあったのではないか。この二人はそれぞれになにかしら凶暴なものを裡（うち）に秘めていた。平穏な人生を内側から喰い破ってしまう危険な獣を心の底で飼っていた。

　十代のころから右翼やファシストと暴力的な闘争を続け、バスク解放のパルチザン闘争に斃れたイヴォン・デュ・ラブナンの生涯が、わたしには想像もつかない内的力に衝き動かされていたことは疑いない。他方、イヴォンと違ってクロエはどこにでもいる平凡な大学生だったように見える。いまと違ってソルボンヌに女子は少なかったから、その点では特異だったとしても。

　しかし平凡とはいえない事実もある。十歳以上も年長のシスモンディやクレールと同時に性関係を持ったこと、たんなる小劇団なのか宗教的な秘密結社なのか正体が不明の〈無頭女（メドゥーサ）〉に参加していたこと、なによりもイヴォンという強烈な個性の青年に自分から接近していったこと。そこから浮かんでくるのは、激しい渇望のようなものに駆られて突き進んでいく若い女のイメージだ。

二人が惹かれあったのは、それぞれの獣と獣がたがいを呼んだからではないか。平和で豊かな時代の子であるわたしには、危機と戦争の時代を生きた二人の凶暴ともいえる衝迫の正体を捉えるのは難しい気がする。

リヴィエール教授の家を出たとき、今日にもシスモンディに会うと口にしたカケルに、もしも面会の約束がとれたら電話してくれるように頼んでおいた。朝寝坊していたら電話のベルで起こされ、一週間ほど前にも待ちあわせたラスパイユ界隈の喫茶店(カフェ)で午後三時に合流することにした。

青い布庇(ひさし)が歩道まで張り出している喫茶店(カフェ)のテラス席には、シャツとジーンズ姿のほっそりした青年が見える。約束の時刻より三十分も早く着いているので、わたしは少し驚いた。あれほど時間には正確で、かならず約束の時刻ぴったりに到着する青年なのにいったいどうしたことだろう。

「早いのね」わたしは隣の席に着いた。「なにを読んでるの」

青年が読んでいた本をテーブルに伏せる。表紙が黄ばんだ古い本で、表紙には『隻眼のミューズ　アンリ・ヴォージョワ詩集』とある。

夭逝(ようせい)したシュルレアリスム詩人ヴォージョワの作品なら、わたしも読んだ覚えがある。アンドレ・ブルトンの模倣者の一人で文学的な評価は高いといえないのだが、わたしは好きだった。カケルが戦前に出版されたらしい古書を手に入れたのは、リヴィエール教授の回想にその人物も登場していたからに違いない。

「感想はどうなの、ヴォージョワの詩の」

「参考になるかもしれないと昨日から探していて、ようやくモンパルナスの古書店で見つけたんだ」この喫茶店(カフェ)に三十分以上も早く来ていた理由がわかった。

「イヴォンの親友だったから興味があるのね」

「いや、関心があるのは恋人のジュリエット・ドゥアのほう。ジュリエットへの想いを綴った作品があるというんだけど、この詩集には入っていない」

「それ、『青と赤』だと思う、遺稿だから生前の詩集には収録されていないんだわ」

『シュルレアリスム詩集』というアンソロジーに、ヴォージョワの詩が三篇ほど収録されている。リセ時代に読んだ遺稿の『青と赤』は痛切な印象のある作品だった。「青」は病身の恋人の蒼ざめた膚、「赤」は喀血(かっけつ)で汚れた唇を寓意する。また痩せこけた裸の女は、白いシーツで下半身だけを覆っている。ここには青と赤に加えて白までがある。

ヴォージョワが出征直前に残した遺作は回復の望みのない結核の恋人と、いまや蹂躙（じゅうりん）されようとしている三色旗（トリコロール）を重ねた悲痛な印象の詩だった。絶望的な戦場で息絶える予感が詩人にはあったのだろうか。対独戦に動員されたヴォージョワは一九四〇年五月にダンケルクで戦死している。

わたしが『青と赤』を読んでみたのは、この詩の副題「私のナジャに」が目についたからかもしれない。ナジャとナディアは同じ希望（ナジェージダ）というロシア語から派生した名前だ。

印象的な詩でわたしは気に入ったけれど、こんな副題をつけるようではブルトンの亜流だと軽く見られても仕方ないとも思った。しかしナジャと自称する女、ジュリエット・ドゥアは実在した。イヴォンの目撃談によれば三十九年前の夏至の未明、マルリの森でクロエと同じ焔（ほのお）のような金髪の女に短剣を擬していた女。あの副題はヴォージョワのブルトン崇拝の産物ではない、ジュリエット・ドゥアがブルトン作品の女主人公の名前を称していた理由は不明としても。

「『青と赤』に関心があるなら貸してあげる。あなた、イヴォンの詩は読んだことがあるの」わたしの本棚にある『シュルレアリスム詩集』にはイヴォン・デュ・ラブナンの作品は収録されていない。

「ラルース家の事件のとき図書館で古い雑誌を閲覧してみた。若書きだけど年長の友人だったヴォージョワより才能はあったと思う。文学の方向に進んでいれば大成したかもしれない」

しかしイヴォンは詩作を放棄した。スペイン戦争をアナキスト民兵隊の兵士として戦い、第二次大戦中はバス・ピレネーの対独抵抗運動を指導し、戦後は反フランコのバスク解放運動にフランス側から携わったという。

リヴィエール教授による回想の中心は、イヴォン・デュ・ラブナンという独特で魅力的な青年の行動と思考の軌跡に置かれていた。わたしは〈小鴉（コルネイユ）〉の首なし屍体と無頭女（メドゥーサ）をめぐる謎に惹かれて、教授の話を聞きたいと思ったにすぎない。しかし話が進むうちに、教授が語るイヴォンという人物への興味に圧倒されていくのを感じた。

シュルレアリストで少年詩人だった十代後半（アドレソン・テルヴェ）のイヴォンには、どんな女の子も夢中になったろう。しかし同世代の女子には目もくれないで、少年はモデルや踊子や女優など都会的な魅力を振り撒いている年長の女たちと交際していたようだ。しかも同時に急進的な政治少年として、パリの路上で連日のように右翼学生やファシストたちと乱闘を繰り広げてもいた。

カタルーニャのアナキスト革命に合流するためスペインに潜入し、共和国側の兵士として戦って帰国したときには、かつての陽気なニヒリスト少年が憂い顔の沈鬱なニヒリスト青年に変貌していた。憂い顔のイヴォンは少しカケルに似た印象もあるが、徹底して人でなしの日本人と比較すれば、まだ柔らかで優しいところを心に残していたようだ。父親にたいしては反抗的で拒絶的だが妹は愛していたようだし、次第に変わっていくクロエへの気持ちが共感を誘った。

ニヒリストとしては同類でも、カケルとイヴォンには性格的な違いがある。それは二十世紀の前半と後半という生まれ育った時代の相違に由来するのかもしれない。あるいは西欧とアジアそして日本の文化的差異が問題なのか。どちらでもなく、たんに個性の違いのような気もするが。

「教授の話には驚かされたわ、戦前の首なし屍体事件をマチルドのお父さんが個人的に捜査していたなんて」声をかけても青年は反応しない。

短いあいだにしてもマチルドとカケルは、ほとんど恋人同士のように親密に見えた。ラルース家の事件から二年半が経過してようやく、あの美しい娘のことをカケルと話しても心が乱れないようになってきた。

イヴォンの娘マチルドが生まれ育ったのはバス・ピレネーで、大学は父親と同じパリ大学だった。デュ・ラブナン家は古い家柄で、いまでもピレネーの山中には祖先が築いた古い館があるらしい。バスク人の祖先はローマ時代からヒスパニア北部に住んでいたウァスコネース族といわれるが、デュ・ラブナン家の祖先には南下してきた西ゴート族の血も入っているのかもしれない。白い光沢があるマチルドの金髪はそんなことを想像させた。

「シュルレアリストから才能を高く評価されていた少年が、どうして革命家の道を歩んだのかしらね」イヴォンはソ連型のコミュニズムを徹底批判しながら、アナキストとも距離を置いた独立左派の革命家だったようだ。

「イヴォン・デュ・ラブナンは世界戦争の時代を全速力で駆け抜けた人物らしい。森屋敷の事件で僕たちの前にあらわれた男、ハインリヒ・ヴェルナーにも劣らない生の強度で。それぞれの場所で二十世紀人としての運命を徹底的に、息絶えるまで生き抜こうと決断した二人には、哲学徒や詩人としての人生は生温いものに感じられたんじゃないかな」

死の哲学に導かれ実存の本来性に覚醒し、大量死の戦場を疾走した武装親衛隊（バッフェンSS）将校のヴェルナー。スペインでコミュニストやファシストと戦い、帰国後は対独レジスタンスを戦い、そして戦後はバスク解放闘争を闘って斃れたイヴォン。戦闘者として生きようとした点は変わらない二人でも政治的立場は対極的だった。一九三〇年代のドイツ留学時代にクレールが話したことのあるナチス学生同盟員のハインリヒとは、ハインリヒ・ヴェルナーではないだろうか。ハルバッハに学んだハインリヒという名前のナチス学生同盟の指導者が、他にもいた可能性は否定できないが。

「イヴォンはヴェルナーと敵対する陣営に身を置いていたし、戦場で出遇えば容赦なく撃ち殺したでしょうね」

わたしの感想にカケルが応じる。「二十世紀青年としての自覚が先で、左右の政治的立場は事後的に選択されたにすぎない」

イヴォンも同じように考えていたようだが、わたしにはよく理解できない。一九六八年「五月」の際は叛乱する学生の側に立ったモーリス・ブランショも三〇年代の一時期には極右青年で、ファシスト作家ドリュ・ラ・ロシェルの秘書をしていたことがある。前年のナチス政権獲得に続いて、フランスでも右翼革命が成功する寸前だった一九三四年二月六日の極右蜂起の際には、イヴォン少年と同じようにブランショ青年もコンコルド広場にいたのだろう。偵察に出かけたイヴォンとは違って、ブランショのほうは警官隊と実際に衝突していた可能性もある。

「二十世紀青年って」二十世紀に生まれたという点ではわたしも同じだが。

「イヴォンによれば、鮮やかなものへの渇望と果てまで行こうとする意志かな」

芸術でなく政治、シュルレアリスト詩人でなくアナキスト的な革命家というのは、鮮烈性と極限性に憑（つ）かれた青年がどちらかといえば偶然的に選択したにすぎないだろうとカケルはいう。

「でも、それってロマン主義の精神じゃないかしら」

「二十世紀はニヒリズムの時代だ。内心に否応なく抱えこんでいる虚無が、たとえ破滅が待ちかまえていようと二十世紀青年を鮮烈で極限的なものに駆りたてる。外見的に少し似ているところはあっても、十九世紀のロマン主義者はもっと牧歌的だった」

どのような決定的な体験が価値の崩落と虚無の露呈をもたらし、イヴォンをニヒリストに変えたのか。パリでリセの生徒として過ごした十代後半の時期とスペインから帰国してからでは、生き方だけでなく性格までもが大きく変化していたと、少年時代の親友を評してリヴィエール教授は語っていた。いわば陽気なニヒリスト少年から憂い顔のニヒリスト青年に。

イヴォンはスペインで二人の子供を死なせている。不運な事故といえないことはないし、少年に手榴弾を渡して投げるよう命じたアンドレ・ルヴェールのほうに主な責任はある。としても幼い子供たちを死に追いやったという事実は忘れることができない。その出来事は悪夢としてイヴォンに再来し続けた。しかも子供殺しをめぐる記憶には首のない聖母像の心象が二重化されていた、それが赦されえない罪であることを示すかのように。

難民収容所を脱走しパリのモンパルナス駅に降り立った青年の前に、またしても首のない女が登場する。偶然にすぎないと思いながらも、あらためて自身の犯罪を突きつけられたようで青年の心底には穏やかならざるものが波立ちはじめた。一九三九年の四月から九月まで、首のない女をめぐる強迫観念に青年は憑かれていたようだ。

二十世紀のファブリス・デル・ドンゴはスペインの戦場で現代のイワン・カラマーゾフに変貌した。無辜の子供たちを苛む耐えがたい苦痛と無残きわまりない無数の死に取り憑かれ、世界に溢れかえる悪と罪の重圧に精神の背骨を折られてしまうイワン。そして深夜の森ではカラマーゾフのイワンならぬデュ・ラブナンのイヴォンの視界を一瞬、愛しはじめた少女の首なし屍体の幻影が過ぎった……。

一九三九年の夏至未明にマルリの森で人身犠牲の祭儀が行われ、クロエ・ブロックが祭壇で首を切られたというのは現実なのか、あるいはイヴォン自身も疑ったように前衛的な演劇だったのか。青年が抵抗運動の任務でパリを訪れた一九四四年二月まで、五年前に姿を消したクロエの消息は不明だった。ブロック家の家族と一緒にアメリカに逃れたのだろうと、イヴォンも信じはじめていたようだ。

抵抗運動の任務で極秘の裡に上京していた青年は、ルヴェールとの二度目の接触に失敗したままパリを離れている。長距離列車に乗る前夜に旧友の家を訪ねてきたというが、以後は二度と上京することもなく、第二次大戦後はバスク解放運動に専念していたようだ。意識的に首都の政治とは距離を置き続けたのかもしれない。首都パリを中心とする中央政治やその変革ではなく、フランスを無数の民衆的な自己権力体、革命的コミューンに分散化する真の革命を追求した以上は、それも当然のことだ。

フランスが解放されたあと、イヴォンはバイヨンヌの資産家の娘マリー＝ルイーズと結婚した。生まれた長女がまだ幼いころに反フランコ派のパルチザンとしてスペインに潜入し、そして消息を絶つ。公式の裁判記録はないようだから、どこかで治安部隊に遭遇し殺害されたのだろう。

　ピレネー山中で失踪したときには、デュ・ラブナン家の資産は亡命スペイン人の救援事業やバスク解放運動のため遣い果たされていた。その一部は一九三七年にイヴォン少年をスペインまで案内した謝礼として、小作人ジョゼフの手に渡ったようだ。長男は死亡、長女は相続を放棄し、ジョゼフの遺産は次女のオデットと三女ジョゼットが相続することになる。

　マチルドを生んだマリー＝ルイーズの死後、デュ・ラブナン家の館に子連れの女がやってきたという。イヴォンが再婚したのは、かつて恋人だった女優ダニエラではないだろうか。義母の影響でマチルドが女優を志したとすれば納得がいく。とすると、その子は館の当主がパリで生ませたのだという地元の噂は事実と違っていたことになる。連れ子のアンドレのために、実子だという噂をイヴォンは否定しなかったのかもしれない。

　日本人に問いかけてみる。「一九三九年と今回の首なし屍体事件は無関係じゃないわ。一九三九年の夏にパリから姿を消したクロエ・ブロックと同じ名前を、〈小鴉（コルネイユ）〉の滞在者は名乗っていた。まさか偶然ではないでしょう。どう考えるの、二人のクロエのことをあなたは」

「もちろん二人は別人さ」

　いわれるまでもない。「三十九年前に十九歳だった第一のクロエはそろそろ六十歳、〈小鴉（コルネイユ）〉に滞在していた第二のクロエは三十代だというから二人が同じ人物とは考えられない」

　ただし事件の夜にシスモンディを電話で〈小鴉（コルネイユ）〉に呼び出した女がいる。この女が第一のクロエだった可能性は絶無ではない。四十数年前にシスモンディに誘惑された女子生徒は一九三九年の夏至の日に失踪した。しかし死亡したのではなく、ユダヤ人迫害の危険から逃れるためアメリカに渡って生きていた可能性はある。

「二人の共通点は名前だけじゃない。過去のクロエも現在のクロエと同じように、無頭女（メドゥーサ）を模して首を切られたのかもしれない」もちろん芝居だった可能性も否定はできないが。

〈小鴉（コルネイユ）〉の船室で発見された第二のクロエは首を切断され、胸や腹には被害者の血で異様な模様が描かれていた。無頭女（メドゥーサ）の図像を見たことのある人物の仕業に違いない。他方、第一のクロエはマルリの森で行われた無頭女（メドゥーサ）の夏至祭儀に参加していたようだ。廃墟の祭壇で首を切断され、九月四日にサン・ラザール駅で発見されたのはクロエ・ブロックではないか。

一月二十四日にオステルリッツ駅で、四月一日にモンパルナス駅で発見された装飾屍体も、同じように〈無頭女(メドゥーサ)〉結社の人身犠牲だった可能性は否定できない。このように疑って謎の女ゾエ・ガルニエの存在を洗い出すことには成功したが、イヴォンの捜査はそこまでだった。

「ゾエは生きていたんだわ。わたし、事件の夜に〈小鴉(コルネイユ)〉の横で話したもの」

野宿者らしい老女はカシと称していた。カシすなわちカサンドルで、本名はゾエ・ガルニエではないかとイヴォンは推測した。ゾエはセリーヌの芸名で数日だけ『トロイ戦争は起こらない』のカサンドル役を演じたことがあるからだ。またカシは深夜の森で、首なし屍体が詰められたトランクを精肉工場に勤務する女ルシー・ゴセックに引き渡した人物でもある。

カシ＝ゾエの存在もまた過去と現在、二つの首なし屍体事件の無視できない共通項だ。抵抗運動の任務のため個人的な捜査を中断して帰郷したイヴォンと違って、今日のパリ警視庁なら六十代になるゾエ・ガルニエを見つけることができる。あの老女は〈小鴉(コルネイユ)〉事件の犯人ではないとしても過去と現在、二つの首なし屍体事件について重要なことを知っているのは確実だ。野宿者カシの発見が事件解決の最短距離であることをジャン＝ポールには念を押しておかなければ。

ルノワールが主宰する秘密結社をゾエ・ガルニエが離脱したのは〈無頭人(アセファル)〉に男権主義的な傾向を感じたからだという。ゾエは女性だけの小劇団を結成し、その裏側に〈無頭女(メドゥーサ)〉結社を組織した。夏至の儀式を目撃したイヴォンの話では鴉の城(シャトー・ド・コルネイユ)の広間に五人、舞台上に三人と、少なくとも八人の会員はいたようだ。

〈無頭女(メドゥーサ)〉は蒼古の女神を崇拝する小規模な宗教結社だった。たとえばシュメールの女神イナンナを起源とするアスタルテなどのオリエントの女神は、エジプトのアセト、クレタのアリアドネとも類縁関係がある。

天上の神々を信仰する男権主義的な古代ギリシア社会は、大地の女神を崇拝していた先住民を征服して築かれた。ギリシアのアフロディテやヘレネも先住民の女神たちで、それが征服者の神統譜に組みこまれたと考えられている。先住民の神々が征服者によって悪魔や怪物に変えられてしまう例は珍しくない、その代表例がメドゥーサだ。

吉田一太に無頭女（メドゥーサ）の図像を描かせたジュリエット・ドゥアは神話的思考の持ち主で、大地の女神を本気で崇拝していたらしい。ただし女性結社〈無頭女（メドゥーサ）〉の首領ゾエ・ガルニエは一九六八年「五月」以降の女性解放運動（MLF）の理論家たち、エレーヌ・シクスーやリュス・イリガライの先行者だったようにも見える。

　シスモンディ女性学の男権主義批判がMLFの理論的原点だが、ここ数年はクリスティーヌ・デルフィなどシスモンディ直系の平等派にたいして、それに批判的な差異派フェミニストの運動が活発化している。いわばクロエを争奪する関係だったシスモンディとゾエ・ガルニエの関係は、今日の平等派と差異派の対立を先取りしていたともいえそうだ。

　わたしは話題を変える。「ジャン＝ポールの警察情報で、ある程度まで川船事件の輪郭は浮かんできたと思う。事件の支点的現象とその意味について、そろそろ説明してほしいんだけど」

　青年が無表情にこちらを見る。「ラルース家事件のときからの約束だし、できるなら〈小鴉（コルネイユ）〉事件の支点的現象を説明したいと思う。しかし問題が複雑すぎて一言ではいえそうにないんだ」

またはぐらかそうとしているけれど、今日は引き下がる気はない。わたしは青年を問いつめた。

「〈小鴉（コルネイユ）〉の装飾された屍体は装飾が屍体を指示しているのか、反対に屍体が装飾を指示しているのか、いったいどちらなの」この二つでは首を切断した意味が対立的になる。

　犯人が被害者の首を切断し持ち去ったのは事実だ。そこからは二つの解釈が生じうる。たとえば被害者の身許を警察に知られないためなど、犯人には首を切る理由があるけれども、殺人現場から首を持ち去るだけでは本来の意図を疑われかねない。そのため屍体に模様を描くなどの作為を凝らした、女の躯で無頭女（メドゥーサ）を作ろうとして首を切断したのだと思わせるために。

　この場合は首を切るために屍体を装飾したことになる。反対に屍体を無頭女（メドゥーサ）に似せて装飾するのが首を切る真の目的だった場合も想定できる。首のない屍体は無頭女（メドゥーサ）を指示しているのか、無頭女（メドゥーサ）が屍体を指示しているのか。ようするに屍体はシニフィアンなのか装飾がシニフィアンなのか。

　昨日の午後早くに芸術橋（ポン・デ・ザール）で話したときカケルは、この二つの解釈は「奪われた首」と「消えた首」の対立にも置き換えられると語っていた。しかも〈小鴉（コルネイユ）〉の首なし屍体は首を奪われたのか首が消えているのか、いまのところ決定しがたいとも。

「ナディアの設問は適切とはいえないね」青年が低い声でいう。

「どういうこと」

「この事件で屍体装飾は中心的な謎ではないし、装飾と屍体のどちらがシニフィアンなのかも結果的に判明する程度の些事にすぎない」

「今回と同じでラルース家事件でも〈首のない屍体〉が支点的現象だった。首の切断も屍体装飾に含まれるわね」

無頭女(メドゥーサ)がシニフィアンであれば。

「オデット・ラルースの場合は正確には首を奪われた、あるいは盗まれた屍体だ。今回は首が消えている屍体、首が非在である屍体かもしれない」

「それって違うの」

「どう考える、きみは」カケルが反問してくる。

無頭であること、首がないことは結果ともいえる。これにたいし首が奪われているというのはその結果をもたらした原因だし、さらにいえば作為的な原因だろう。人間が意志しなくても首のない屍体ができることはある、たとえば人の上に重たい岩や大木が落ちてきて衝撃で首がちぎれてしまう場合など。自動車が衝突しても同じような結果は生じうるが、交通事故では運転者が介在していても作為的とはいえない。たまたまそうなることはあるとしても、被害者の首をちぎり飛ばす目的で轢(ひ)き殺すのは迂遠で不確実すぎる。

「そうだね、ナディアの着想は悪くない。しかし結果と原因という構図で捉えるのは論理として正確とはいえない。ラルース家事件のように人為的かつ意図的に被害者の首が奪われたのと、事故で犠牲者の首がちぎれたのは事例として異なるにしても、首が失われている点は変わらない。

あるものが失われたという場合には、かならず失われていない元の状態が想定されている。前提として失われていないから、それは失われることが可能となる。たとえば火星と違って地球に第二の月はない。第二の月は失われたのではなくはじめからない。地球は第二の月を喪失したのではなく、それはたんに存在しない、あるいは非在というにすぎない」

「ない」は「もともとない」と「失われた結果ない」に分かれ、さらに「失われる」は人が意図的に「奪う」と事故などの結果として「消える」に分かれるということらしい。

「そんなことといっても、もともと〈小鴉(コルネイユ)〉の屍体に首があったのは事実よ」

「そう、クロエ・ブロックと称した女の屍体には。しかし無頭女（メドゥーサ）の場合はどうなのか」

　ゴルゴン三姉妹の三女メドゥーサは英雄ペルセウスに首を切り落とされたと伝えられている。この神話は男性による女性支配を歴史的背景とした悪意ある虚構にすぎないと、ジュリエット・ドゥアをはじめ〈無頭女（メドゥーサ）〉結社に集う女たちは信じていたようだ。首のない姿こそが不死不滅の大地の精霊、メドゥーサ本来の姿なのだと。

　わたしは確認してみる。「無頭女（メドゥーサ）の首はもともとないのだとジュリエットは語っていたらしい。でも無頭女（メドゥーサ）に似せた屍体の首は人為的に奪われたことになる、違うかしら」

「本来的に非在である対象を抹消する場合、奪ったという言葉は適当ではない。それを打ち消した者は、偽りの存在が消えて対象は元の状態に戻ったと了解するのでは。たしかに〈小鴉（コルネイユ）〉の屍体からは首が失われている、事実関係としては犯人に奪われたに違いない。しかし図像の無頭女（メドゥーサ）の首は失われたのではない、はじめから非在なんだ。無頭女（メドゥーサ）を模したとおぼしい屍体はどうなのか。その首は失われたのか、あるいは消えているのか」

　もしも宗教儀礼として犠牲の首を切断し無頭女（メドゥーサ）の復活を願ったようなとき、その首は消えたと了解されることになる。犯罪の痕跡を隠滅するために宗教儀礼を装ったときは奪っただろう。

「屍体の首を喪失ではなく非在として了解するなら、〈小鴉（コルネイユ）〉の首のない屍体の場合は無頭女（メドゥーサ）の図像やイメージがシニフィアンということになるわね」

　明確には答えようとしないカケルだが、どうやら支点的現象は首の非在、本来的には存在しない首を抹消したこと、ようするに〈首が消えた屍体〉だと考えているようだ。

「だったら〈首が消えた屍体〉の本質は」

「消失の本質は、対象に転移した自己消失の可能性だ」

「人間の首の場合も同じなら、〈首が消えた屍体〉の本質は非在の首に転移した自己消失の可能性になるわね」わたしの言葉にカケルが頷いた。

　首なし屍体を前にして首が消えていると了解するとき、人は自己消失の可能性を対象に転移している。首のない屍体は自己消失の可能性を突きつける。消失することを認めたくなければ、あるいはそれを回避するには、首の消失を否認して首は奪われた、どこかにあると信じなければならない。このことは「手紙の消失」を「手紙の盗難」と言い替えることに固執するエルミーヌ・シスモンディの言動にも示されている。

六月四日には手紙が消え、二十二日には首の消えた屍体が発見された。屍体の左手からは小指と薬指も消えていた。二つの出来事はひとつの事件の別の側面にすぎない。

「この点にかんしてシスモンディだけでなくクレールの話も聴いてみなければ。クロエの友人だったアリス・ラガーシュや、もしも生存しているならヴァラーヌ警部からもね」驚いたことにカケルは、自分から関係者の証言を集めて廻る気らしい。

クロエ・ブロックの失踪や第三のトランク詰め屍体事件について話してくれそうなのは、リヴィエール教授とシスモンディ、クレール以外にはアリス・ラガーシュとヴァラーヌくらいだ。クロエと同年齢のアリスはともかく、一九三九年に警視庁の警部だったヴァラーヌはいまや平均寿命を超えた高齢者だろうから、調べてみないと生きているかどうかわからない。存命らしい吉田一太だが、国際電話で必要な情報を引き出せない場合は、じかに話を訊くため日本に行かなければならない可能性もある。

「イヴォンやシスモンディの前から消えたとしても、クロエが死んだとは限らない。パリから消えたあとのことはジャン＝ポールに調べてもらいましょう。アメリカに亡命していても捜し出せる可能性はあると思う。夕食を一緒にする約束をしているから、あなたも来て人捜しを頼んでみれば」

「いいよ」

食事に誘っても首を横に振るだろうと思っていたら、青年はあっさり頷いた。待ちあわせに予定の時刻より早く来ていたのも珍しいし、どうやらカケルは〈小鴉(コルネイユ)〉事件の捜査に積極的にかかわろうとしているようだ。いったいどうしたというのだろう。

「この事件、あなたの犯罪現象の研究に役立ちそうなの」

「僕は狂気の論理に興味がある、錯乱の論理といってもいい」

狂人の論理性についてはイギリス人のカトリック作家が書いていた。狂人は正気の人のような感情をもたないから徹底して論理的だとか、理性を失ったのではなく理性以外のすべてを失った者が狂人なのだとか。新型の奇人探偵として神父を登場させた作家の語る正気の人とは、無条件にキリストの奇跡を信じるカトリック信者のことだ。わたしのように受洗もしていない不信心者は、自動的に狂気の側に分類されてしまう。

カケルが無関心ではいられない狂気の論理、錯乱の論理とはカトリック作家が逆説を弄したそれとは意味が違う。

利害の殺人と観念の殺人を対立させ、興味があるのは後者のみだと語る青年のことだから、狂気の論理とは観念的殺人者の論理のことに違いない。ラルース家の事件以来、わたしたちが巻きこまれてきた殺人事件の犯人は例外なく倒錯的な観念家だった。〈小鴉(コルネイユ)〉事件の犯人も同じタイプの人間だと、どうやらカケルは疑っているようだ。

2

六月の空では傾きはじめた午後の太陽が白く燃えている。エルミーヌ・シスモンディのアパルトマンがある建物から少し離れたところに、目立たない小型プジョーが駐車している。車内にいるのは刑事だ。警察に知られたくない秘密を抱えていてもシスモンディが逃亡する可能性は低いが、ジャン＝ポールが念のために監視させているらしい。

車内を覗きこむと顔見知りの若い男が困惑した表情でこちらを見る。一日に三度はジャン＝ポールに怒鳴られているダルテス刑事だから、秘密の監視がばれたと思って動揺したのだろう。指でフロントガラスを叩くと渋々ながら運転席の窓を開いた。

「偶然ね、ダルテス」

ちょっとからかってみると若い刑事が神妙な顔で応じた。

「お嬢さん、これからシスモンディのアパルトマンに行くんですね。張り込んでることはいわないでくださいよ」

午前中にジャン＝ポールはシスモンディの事情聴取に成功したようだ。連日のように押しかけてきて、ドアを乱暴に叩き続ける警官に老婦人も屈したのだろう。

「いいわよ、でも秘密の監視なら場所を考えたほうがいいと思うけど。こんなところに車を駐めていたら素人にだって気づかれる」

ダルテスは顔を背けて日本人のほうを見ないようにしている。早まって容疑者を射殺した出来事が外傷性の記憶として甦るのか、そのためにカケルの拳で顔面を直撃されたときの痛みが思い出されるのか。いつもは感情を面に出さない日本人なのに、あのときは本気で怒っていた。容疑者を死にいたらしめた警官の過剰暴力が、ふだんは冷静な青年を感情的にしたのかもしれない。容疑者を誤って射殺した刑事が、それを目撃した青年に顎の骨を叩き折られた。それで入院したダルテスだが、わたしは同情する気などない。もしも警官でなければ、殺人容疑で逮捕されたに違いないことをしたのだから。

監視役の刑事をプジョーの車内に残して建物に入る。玄関ドアの横にあるボタンを押すと、じきにアパルトマンの扉が静かに開かれた。エルミーヌ・シスモンディは薄く化粧し髪も整えているが、憔悴した印象は否めない。目は窪んでいるし頬の肉も落ちている。

　来客を室内に入れて老婦人は力ない口調でいう。「ごめんなさいね、あの夜一人で先に帰ってしまって」

「どうしてなんですか」自分でも少し声が尖っていると思う。「警察に通報して捜査に協力したり、いろいろと大変でした。黙っているわけにいきませんから、わたしが〈小鴉（コルネイユ）〉で屍体を発見するまでの事情は刑事に話しましたよ。シスモンディさんに電話で呼びだされたことも」

　老婦人が弱々しい表情でいう。「立っていられないほど気分が悪くなったの、眩暈（めまい）がしていまにも倒れそうだった。自分でも情けないと思うけど、これも歳のせいなんでしょうね。よろよろしながらチェイルリ河岸通りまでなんとか這いあがって、タクシーを拾った。家まで辿りついてからも、しばらくはベッドから起きることもできないまま……」

「電話にも出なかったんですか」

　老婦人が深々と頷いた。「幾度か玄関の呼び鈴も鳴らされたんですが、人に会うような元気がなくて」アパルトマンのドアを叩いた一人はバルベス警部だ。

　シスモンディの弁解を聞いて、それ以上の抗議は渋々ながら諦めた。真夜中に呼び出されて殺人現場に置き去りにされたのだが、弁明の余地がないこの仕打ちも高齢や体調を理由にされては責めようがない。もちろんシスモンディの言葉を信じたわけではない、眩暈がしたからなんて言い訳に決まってる。

　老婦人がカケルの顔を見た。「ところで、わたしに確認したいことって」

「事件当夜のことですが、〈小鴉（コルネイユ）〉の滞在者の名前がクロエだと聞いた瞬間に、あなたはブロックという姓を口にしたとか。どうしてクロエの姓がブロックだとわかったのでしょう」

　もちろん、かつてクロエ・ブロックという少女と親しくしていたからだ。カケルが情報の出所を明らかにしないのは、告げ口したという非難がリヴィエール教授に向けられないよう配慮したからだろう。

「……それは」

「滞在者の姓名が描かれた品を、シスモンディさんが船内で目にしたわけはありませんね。パスポートなど被害者の身許を特定できる品は、どれも犯人の手で持ち去られていた。あなたを〈小鴉（コルネイユ）〉に呼び出した電話の主がクロエ・

ブロックと自称したのですか」

「……いいえ」老婦人が躊躇(ためら)いがちに否定する。

電話の主がクロエ・ブロックだったとしよう。船の滞在者もクロエ・ブロックだから同一人物に違いないのに、テーブルに横たえられていた全裸屍体は電話の声より若々しく見えた。不審に思ったシスモンディは、滞在者の年齢を知ろうとしたのかもしれない。船に滞在していたクロエ・ブロックが六十年配なら電話の主と同一人物とも考えられる。

電話の主はシスモンディがリセ教師だったころの女子生徒だったのかどうか。教授の名前を持ち出さないためにカケルは、すでに把握した事実に触れないようにして遠廻しに尋ねるしかない。

沈黙している老婦人にカケルが質問を続ける。「〈小鴉(コルネイユ)〉には僕と二人で来るようにと、正体不明の女から電話で指示されたのですか」

「いいえ、『素人探偵(デテクティーヴ)の青年と二人で』と指示されました」

正体不明の女がカケルの存在を知っていたとは思えない。

警官以外で犯罪捜査に携わる者と一緒に来るようにというのは、ずいぶんと奇妙な注文ではないか。世界最初の私立探偵フランソワ・ヴィドックのような人物に心当たりがないシスモンディは困惑し、手紙捜しを依頼した日本人青年のことを思い出したという。

「イヴォン・デュ・ラブナンという人物、ご存じですね」

老婦人はしばらく無言だった。「……誰かしら」

「デュ・ラブナンは、リセ時代からリヴィエール教授の親友でした」

「ああ、そうだったわね。とっさには思い出せなかった、なにしろ四十年も昔のことなので。しかし、どうしてイヴォンのことを。あの人が盗まれた手紙の事件と関係があるとでも」

青年の口からイヴォンの名前が出たとき、シスモンディの表情には緊張が走った。忘れていたなんて嘘で、その人物を知っていた事実は隠しきれないと悟ったのだろう。

「消えた手紙を捜すのに必要な質問です」老婦人のこだわりを無視し、あえてカケルは消えた手紙と口にする。「どんな人物でしたか、イヴォン・デュ・ラブナンは」

シスモンディが乾いた唇を舌先で湿すようにした。「一九三〇年代の中ごろのことだった、その少年の詩がシュルレアリスム界で注目されたのは。しかしイヴォンは、大学に入学した直後に学業も文学も放擲(ほうてき)してパリから姿を消した、スペインでフランコ軍と戦うために。わたしがイヴォンとはじめて会ったのは、一九三九年にフランスに帰国してからのこと」

横から口を出す。「わたし、イヴォンの娘と大学で一緒でした」

「あなたと同じ年ごろなら遅く生まれた子供だったのね。いまも元気なんですか、デュ・ラブナンは」

シスモンディはマチルドの父親の失踪を知らないようだ。

「第二次大戦後も亡命バスク人と一緒に反フランコ運動を続けていたようですが、任務でスペインに潜入して消息を絶ったとか」

「……そうだったの、北バスク出身ということは聞いていたけど」

「デュ・ラブナンとは誰の紹介で」その話はリヴィエール教授から聞いているのに、知らない振りでカケルは尋ねる。

「クレールから。クレールにイヴォンを紹介したのは、最年少の共産党中央委員だったアンドレ・ルヴェール。クレールがリセ時代からの友人に呼ばれてアパルトマンを訪れたとき、たまたまデュ・ラブナンも顔を出していたとか。特異な経歴の青年に興味をもったクレールが日をあらためて会う約束をした。二人の待ちあわせの場にたまたま顔を出して、わたしもイヴォンのことを知った」

リヴィエール教授の話によれば、それは一九三九年四月半ばのことで場所はサン・ジェルマン・デ・プレの珈琲店(カフェ)〈フロール〉。イヴォンがクロエと最初に出逢った〈フロール〉や、二人が最後に食事をしたアルザス料理店(ブラッスリー)の〈リップ〉は、まだサン・ジェルマン・デ・プレで営業を続けている。

観光客で一杯だから、いまの学生は〈フロール〉や隣の珈琲店(カフェ)〈ドゥ・マゴ〉で待ちあわせたりしない。いつも店先に長い行列がある〈リップ〉だが、ジャン゠ポールにシュークルートを奢らせたことがある。キャベツもソーセージも量が多すぎたけれど、ねだった意地で残さずに全部食べ切った。

中央市場(レ・アール)の〈静かな神父〉は知らないが、グラチネが名物だったなら〈豚足亭(ピエ・ド・コション)〉と関係のある酒場(ビストロ)かもしれない。同業の競合店、あるいは後継店とか。三年前にカケルとパパやジャン゠ポールを引き合わせたのが〈豚足亭(ピエ・ド・コション)〉だった。こんなふうに連想していくと、三十九年前にわたしと同じような年頃だったイヴォンやクロエの存在も、どこかしら親しいものに感じられてくる。

カケルが質問を再開した。「デュ・ラブナンとは親しかったんですか」

「いいえ」シスモンディが首を横に振る。「戦争がはじまる年の春から夏にかけて、幾度か顔を合わせたにすぎない。ドイツ占領下の時代に友人の家ですれ違ったのが、イヴォンの顔を見た最後だったわ」

「〈フロール〉で待ちあわせたとき、クレール氏は青年に著書を贈ったんですね」

「ええ、でもどうしてそれを」老婦人は不審そうだ。

「イヴォンの娘マチルドとは僕も親しくしていました」

青年の言葉に嘘はない。あの娘がカケルに惹かれていたのは事実だし、ある時期の二人はとても親密そうで恋人同士のようにさえ見えた。嘘つきの日本人が愚かな娘をたぶらかしていたともいえるし、狡猾(こうかつ)な女が利用できそうな男を誘惑していたともいえる。どちらも真実といえないことはないが。

「もうパリにはいないの、イヴォンの娘さんは」

「ええ、大学はやめてバスクに戻りました」事情を知らないシスモンディに青年は答える。

あの娘が大学をやめて故郷に帰ったのも嘘ではないが、半面の事実でしかない。学籍を失ったのは死んだからだし、帰郷したのはマチルドの遺体だから。

「マチルドは『鬱(メランコリア)』の初版本を持っていました、表紙の裏に著者の献辞が書きこまれた。イヴォンが初対面のクレール氏から贈られた品だとか。初対面というのは間違いで、たぶん二度目に珈琲店(カフェ)で会ったときではないかと」カケルは平然とでたらめを口にする。

「そうね、たしかそうだったような」

「そのときイヴォンはクレール氏から二十歳前の女子学生を紹介された、クロエ・ブロックですね」

表情を強張らせた老婦人が呟いた。「そんなことまで娘に話していたの、イヴォンは」

「マチルドは叔母から聞いたようです。仲のよい妹アンヌにイヴォンは、なんでも打ち明けていたとか」

いつものことだが、カケルの訊問能力には感心してしまう。事情を知っているわたしには一目瞭然だが、この青年は巧妙な罠をしかけたのだ。リヴィエール教授を引きあいに出すことなく、こうしてクロエ・ブロックの存在を浮かび上がらせることに成功した。カケルがどこまで知っているのか判断できないシスモンディは、居心地のよくない様子でこちらを見ている。

「そのとき十八歳だったクロエは、どうしてクレール氏とイヴォンの会見に同席することになったのでしょうか」日本人は無表情に続ける。

「イヴォン宛の伝言をクレールが彼女に届けさせたんだわ、約束の時刻には少し遅れると」

「女子学生はシスモンディさんと同じくらいクレール氏とも親しかった」

「わたしの生徒でしたから」

「クロエ・ブロックはモリエール校の卒業生だった。あなたは自伝で彼女のことを書きましたか」エルミーヌ・シスモンディの自伝には、幾人かの生徒との交遊も記されている。

「いいえ」

「どうしてです、卒業後も親しくしていたのに」感情を窺(うかが)わせない口調で、カケルは躊躇(ちゅうちょ)なく切りこんだ。

「事情があったから」

「事情とは」

老婦人は顔を顰(しか)める。「話したくないわ」

「屍体を発見した直後に動揺した様子のあなたは、〈小鴉(コルネイユ)〉に滞在していた女の年齢を確認しましたね。四十年以上も前にリセで教えていたクロエ・ブロックではないかと疑ったからです」

「なにしろ名前が同じだから。一瞬のことだけれど、あのクロエじゃないかと思ったわ」

「あなたは同性のクロエを愛していたことがある」青年はシスモンディの私秘的な事情にまで遠慮なく踏みこんでいく。

「そんなことまでイヴォンの娘から聞いたの」

シスモンディが疑惑を抱いたのも無理はない。かつて兄が愛した娘のあれこれを、そこまで妹が姪に話したりするものだろうか。失踪した恋人を何年も捜し求めたイヴォンが、親の決めた婚約者と意に染まない結婚をして生まれた娘がマチルドなのに。

青年は軽く頷いた。「一九三九年当時に記されたイヴォンの手記が、実家の書斎の戸棚に押しこまれていたとか。ピレネー山中で消息を絶って何年もしてから、娘は父親の古いノートを見つけたんですね。そこにはクロエ・ブロックとの出逢い、失踪、その後の探索の経過が書き記されていた」

「……そうだったの」老婦人が呟いた。

「年少の同性として愛していたクロエを、あなたはクレール氏に紹介した。そして三人はそれぞれ性的に親密なトリオを結成した。性愛に未経験な少女を異常な三角関係の沼地に引きこんだとして、あなたはイヴォンから非難されたようですが」

どこかで噂として囁かれているのと、目の前の人物から露骨に指摘されるのとでは意味が違う。青年の思いがけない言葉にシスモンディは不快そうに表情を歪めた。それを無視してカケルは平然と続ける。

「スペイン帰りの青年デュ・ラブナンにクロエは惹かれはじめます。少女時代には珍しいといえない美しい同性への憧れだったんでしょう、リセの哲学教師にたいするクロエの感情は」

目を細め老婦人が低い声で問いかける。「もしかして、あなたは同性愛者なのかしら」

「恋愛や性愛に関心はありません、対象が異性でも同性でも」

「人を愛することに関心がない……」カケルの顔を覗きこむようにして、シスモンディが呟いた。

わたしは知っている。愛することだけでなく、この青年は愛されることにも興味がないことを。わかっていることなのに、それでも胸がかすかに疼いた。

「愛したり愛されたりする資格がない人間なんて、この世界には一人もいませんよ。あなたより何十年も長く生きてきた人間がいうんです、そんなふうに思いこむのはやめなさい。どんなことがあったのか知りませんが、過剰にすぎる自罰意識は変形されたナルシシズムにすぎません。じきに死ぬような歳だからかもしれないけれど、傷つくことを怖れて愛を拒んでしまう自己保身こそ人間にとって最悪の罪だと思うわ。それくらいのことはわかっているというでしょうけど」

「この世には許されない罪もあるのでは」低い声で青年が呟くようにいう。

「そんな罪人などいません」シスモンディが硬い口調で応じた。

昔のカトリック信者であれば、許されない罪を犯しているとシスモンディたちを非難したろう。しかし男女の同性愛はむろんのこと恋人同士である両性愛の女二人が同時に一人の男を愛するという奇妙な三角関係も、今日では社会的生命を失うほどの悪徳とは見なされない。とはいえ作家としても思想家としても高名なシスモンディは、常識的といえない過去の愛情生活が興味本位で暴露されることは避けたいのだろう。

「あなたにとってクロエは何百人もいた生徒の一人ではなく、かつて愛したことのある年少の同性だった。とはいえクロエという名前は珍しくない。交際していたのは四十年以上も昔のことだし、名前を耳にした瞬間に旧知の女性のことが浮かんできたとも思えませんが」

わたしも問いかけてみた。「手紙を盗んだのはクロエ・ブロックではないかと、とっさに閃(ひらめ)いたんですね。でも、どうしてクロエがクレール氏からの手紙を盗んだりするんですか」

盗まれた手紙を口実にシスモンディを〈小鴉(コルネイユ)〉まで呼び出した女がいる。しかも、川船に滞在しているのはクロエ・ブロックという女らしい。旧知のクロエが手紙を盗んだ犯人ではないかと老婦人は疑ったのではないか、じきに年齢の相違から自分の誤解に気づいたにしても。

沈黙しているシスモンディに畳みかける。「カケルもわたしも同性愛や両性愛(ビセクシュエル)に偏見はありません。しかしそれを性的逸脱として非難する人は、いまも少ないとはいえない。クレール氏の手紙にはクロエを含めたトリオのことが書かれていたんですね。それが暴露されるのを嫌って手紙を取り戻そうとした、違いますか」

しばらくしてシスモンディが口を開いた。「いえないわ、わたしの口からは」

困惑の表情が言葉を裏切っている、指摘された事実を認めたに等しい。これまでは両性愛者(ビセクシュエル)だという噂も黙殺してきた。しかし証拠の手紙が公表されたら、それではすまなくなる。静かな余生を過ごしている二人にとって、若い時代の奔放な愛情生活を興味本位で暴かれ、タブロイド紙などに書きたてられるのは好ましくない。

カケルが質問を再開する。「船から下りてきた直後にあなたは呟いた、『奪(と)られているの、また』と。奪われたのは屍体の頭部だとして、『また』という言葉の意味は」

「よく覚えていないわ、あのときは動揺していたし」

「女の首が『奪られている』のを以前にも目撃していたから、『また』と思わず口にしたのでは。しかも一度目はクロエ・ブロックだったから、とっさに今回もクロエ・ブロックではないかと思った。二度も首を切られて殺されるなど、人間には不可能であることに思いあたって直後に打ち消したとしても」

一九三九年の夏至にマルリの森で起きた奇怪な出来事を、どうやらカケルは話題にしようとしている。これもイヴォンのノートに書かれていたことだと言い抜ける気だろうか。

「ドイツとの戦争がはじまる年の六月二十二日未明、あなたはイヴォン・デュ・ラブナンと二人でマルリの森の廃墟に行きましたね。その夜のことではありませんか、女の首が『奪られ』たのは」

「どうして、それを」老婦人の顔が驚きに歪んだ。「イヴォンは見ていないのに」

そう、イヴォンは祭壇の上で横たわる若い女の喉に短剣が擬せられたところまでしか目にしていない。人身犠牲の儀式をやめさせようと隠れていた「二階席」を飛び出し、直後に階段から転落して意識を失ったからだ。

カケルは続ける。「階段から転落して気を失ったイヴォンは見ていないとしても、あなたは無頭女(メドゥーサ)の完成体を目にしていますね。躰に奇怪な模様の描かれた首のない女が祭壇に横たわっているところを」

「見ていません、首のない女なんて」老婦人が追いつめられた表情で否定する。

「僕に嘘は通用しませんよ」シスモンディの言葉を疑いながらも、それ以上の追及がイヴォンには不可能だった。

〈小鴉(コルネイユ)〉から跳び出してきたとき、シスモンディさんは『壺を持った屍体』と口にしていた。かつて目にした廃墟の首なし屍体は、右手に小さな薬壺を持っていたからです。平底船(ペニッシュ)の屍体が手にしていたのは硝子瓶でしたが、あなたはそれを『壺』だと思いこんだ。第一の屍体と同じものを第二の屍体も手にしているに違いないから。

そろそろ話してもらえませんか、三十九年前の夏至の夜のことを。〈小鴉(コルネイユ)〉の首なし屍体が何者なのか、あなたは知りたくないんですか」

老婦人が顔を上げる。「ヤブキさんはご存じなの、クロエと称して平底船(ペニッシュ)に滞在していた女の正体を」

「ええ」日本人は無表情に頷いた。「しかし、まだ確証はありません。たしかな結論を得るには幾人かの証言が必要です、あなたを含めて」

「〈小鴉(コルネイユ)〉の事件の真相を突きとめたら、わたしにも教えてくれるのね」

「約束した通り七月一日には。運がよければ、その日には手紙も渡せるでしょう」シスモンディは半信半疑という表情だが、こんなふうにカケルが語るときは嘘でも虚勢でもない。

「祭壇でクロエが殺害されるところを見たんですか」

わたしが問いかけると、少しの沈黙のあと老婦人は口を開いた。「いいえ、わたしは見ていないの。イヴォンが隠れ場所から飛び出していった直後にそれぞれが手にしていた灯火を女たちは消した、そして暗黒に閉ざされた空間に怖ろしい叫び声が轟(とどろ)きわたったの。わたしは長いこと暗闇で身を強張らせ堅く眼を閉じ、込みあげてきそうな悲鳴を必死に噛み殺していた。もしも盗み見ていることを知られたら、短剣を持った女たちに襲われるに違いないと思って」

　長い時間が経過したように感じたが、ほんの数分だったかもしれない。ぽつりと闇の底に光が点（とも）った。順に灯火の数が増していき舞台の上が照らし出されたとき、祭壇には無頭女（メドゥーサ）が身を横たえていた。

「首のない女が裸で身を横たえていた、しかも全身に奇妙な模様が赤い塗料で描かれて。下腹に渦巻き模様、乳房には星形。そう、カードに印刷されていた無頭女（メドゥーサ）の模様に違いない……」

　露出した左腕には緑の紐のようなものが巻かれ、右の掌には蓋のある小さな壺が載せられている。性器の上には本物か模型なのか人間の頭蓋骨が置かれていた。図像では左右の腕が水平に突き出されているが、台上の女の腕は左右とも上体に沿うように置かれているのが違いといえば違いだ。

「わたしは震えを抑えられなかった。きつく目を閉じ、両腕で躰を抱くようにして呟いていたわ。クロエの首が消えた、消えた、消えた……。ようやく目を開いたとき、また広間には漆黒の深い闇が落ちていたの」

　永遠とも思われる長い長い時間その場にシスモンディは蹲（うずくま）っていた。石壁の窓に早朝の弱々しい光が差しはじめたのを見て、ようやく躰を起こし立ちあがることにした。道に迷いながらもなんとか森を抜けて、誰もいない小さな駅で郊外線の始発を待ったという。

「イヴォンに問いつめられても最後まで口を噤（つぐ）んでいたんですね、祭壇に横たえられたクロエ・ブロックの首が切られ無頭女（メドゥーサ）の姿になったことを。どうしてなんですか」

　しばらく沈黙していた老婦人が疲れたように口を開く。

「あの娘はエキセントリックで、なにか突拍子もないことをしでかしそうな危ういところがあった。興奮したクロエのことが心配で、届いた招待状の地図を頼りにマルリの森の廃墟まで行くことにしたんです。

　しかし奇怪な出来事を体験したあと、サン・ラザール行きの始発列車に揺られているうちに、自分は芝居を見せられたんだってことに気づいた。クロエが女だけの小劇団〈無頭女（メドゥーサ）〉に入ったことは知っていたし、じきに最初の公演が予定されていることも。少数の選びぬかれた観客しか招待されないと、あの娘は思わせぶりなことを口にしていた」

　それまで愛していたシスモンディと新たに愛しはじめたイヴォンの二人を、クロエは自身が主役を演じる前衛劇に手の込んだやり方で招待した。クロエに呼ばれた二人だけが当夜の観客だった……。

シスモンディは遠くを見るように眼を細める。「芝居の結末をイヴォンに秘密にしたのはクロエたちの作品を独占したいと思ったから。あの娘が選んだ新しい恋人に嫉妬していたのかもしれないわね」

そしてクロエはパリから姿を消した。たぶん夏のあいだ地中海の海辺に長期滞在するのだろう、新学期がはじまればなに喰わぬ顔で帰ってくる。そう考えたシスモンディは、イヴォンのように捜し廻ることもなくクロエの帰京を待つことにした。

「でもクロエは、九月になってもパリに戻らなかったんですね」

老婦人がわたしを見る。「ドイツとの戦争がはじまったからだろうと思ったわ。第一次大戦でドイツ軍は、わずか一ヵ月のうちにパリ近郊のマルヌ川まで達し、慌てた政府はボルドーに疎開した。マルヌ会戦でドイツ軍を喰いとめることができなければ、パリは陥落していたでしょう。

二十五年前の出来事を教訓化していたブロック一家は、危険なパリに戻ることなく滞在先から安全なところに避難したのだろうと。まもなくクレールが召集され、クロエのことを心配し続ける精神的余裕も失われてしまったの」

悔いの残る記憶なのか語り終えた老婦人の表情には苦渋が滲んでいた。口にした個々の点は事実でも、まだ本当のことを語り落としているようにも感じられる。半ば以上も無意識的にシスモンディは真実を隠そうとしたのではないか。

クロエの首が「奪られ」たと思った理由は推測できないでもない。短剣をかざした女の手元を照らすために灯はひとつだけ残されていたが、恐怖で目を瞑っていたシスモンディは小さな蠟燭の火に気づかなかった。その灯で犠牲の殺害と頭部の切断が行われ、たしかに存在していた首が何分かあとには失われていた。黒衣の女たちが首を運び出したに違いない。

しかも三十九年後の夏至の夜、かつての異常事を再現するかのように、またしてもシスモンディの前に首を奪われた女が出現する。しかも女はクロエ・ブロックと名乗っていた。

過去と現在と無頭女（メドゥーサ）をめぐる二つの出来事には無視できない類似点がある。首が切断され躰に模様が描かれた女の屍体、クロエ・ブロックという名前、そして誘い出され事件を目撃した二人。一人は同じシスモンディだが、三十九年前のイヴォン・デュ・ラブナンの役は今回、結果的にわたしが演じることになった。

謎の人物は電話で「素人探偵（デテクティーヴ）の青年と二人で」来るようにと老婦人に命じたという。イヴォンはトランク詰め屍体事件を個人的に捜査していた。電話の主はシスモンディが、三十九年前の素人探偵（デテクティーヴ）イヴォンの代役と一緒に来ることを望んだのではないか。

事件の解決や犯人の処罰を目的にしているのではないけれど、結果として六つの難事件の真相を解明してきた矢吹駆なら素人探偵（デテクティーヴ）といえないこともない。そもそも老婦人に同行を求められたのはカケルだった。ホテルの部屋に不在で連絡が取れないため、やむなくわたしが深夜のロワイヤル橋まで行くことになる。

躰に描かれた血の模様や、両手の小物などで装飾された首なし屍体を中心として、謎の人物は〈小鴉（コルネイユ）〉を舞台に三十九年前の夏至の出来事を克明に反復している。同行者を放置して自分だけ先に殺人現場から逃れたシスモンディは、操られて過去の行動を反復したともいえる。

そろそろカケルの質問も終わりそうなので、わたしは事件と直接には関係しないことを最後に尋ねてみた。「イヴォンが親しかったシモーヌ・リュミエールのこと、シスモンディさんもご存じなんですよね。どんな女性だったんですか」

「あなたと同じような歳のとき大学構内で話して、教条的な政治派か頭の固い正義派だと思ったわ。わたしの誤解だったけれど、そう誤解されても仕方ないような態度で頭ごなしに決めつけるの、ブルジョワの小娘には貧しい人たちのことなどわからないと。常識外れの変人だけれど若いころから天才肌で、あんな死に方をしなければ大きな仕事ができたはずなのに残念だわ」なんだか表向きの発言のようだ、わたしはシスモンディによるリュミエール評価の本音を聞きたかったのだが。

席を立とうとするカケルにシスモンディが言葉を継いだ。「忘れるところでした、クレールからの伝言を。代理秘書のドゥブレに会いたければ明日の午後四時にアパルトマンまで来てくれと」

老婦人に六日後の再会を約束してアパルトマンを辞去した。建物の正面玄関を出ると駐車していた小型プジョーから若い男が飛び出してくる、ダルテスだ。

「お嬢さん、お嬢さん」

「なんなの」

若い刑事は日本人の顔を見ないようにしながら、わたしに話しかけてくる。「お嬢さん、シスモンディに会えたんですね」

「会ったわよ」

「で、どうでした」若い刑事は興味津々という顔つきだ。

「たいした話は訊き出せなかったと、バルベス警部は忌々しそうに洩らしてましたが」

「これからジャン＝ポールと待ちあわせている、必要があることはバルベス警部に伝えるから」

カケルの腕を取ってモンパルナス墓地の石塀ぞいに歩きはじめる。午後の日差しが眩しい。溢れる陽光で道の石畳が白く光っている。モンセギュールで過ごした黙示録の夏のように、また一緒に長期休暇（ヴァカンス）に出かけたいものだが、この青年にそんな気はなさそうだ。大学の友人からイングランド旅行に誘われている。有馬が廻してくれる割のいい通訳の仕事で資金に不足はないけれど、それまでに事件が解決しないとパリを離れるわけにはいかない。

3

そろそろ夕食時だというのに日が暮れる気配はない。対岸にノートルダム寺院が見えるモンテベロ河岸通りの階段横で、わたしたちは足を止めた。この石の手摺に凭（もた）れてイヴォンとクロエはかつて立ち話をしたのだ。二人の隣には青年の愛車トライアンフ・タイガーが駐められていた。ここから眺める光景は三十九年前と変わらないはずだ、マルロー文化相がパリの大掃除を命じる前のことでノートルダムはいまより煤（すす）けていたにしても。

河岸通りからサン・ジャック街に入った先の路地を左に折れる。路地の奥にある小さなヴェトナム料理店の硝子扉を押し開けて、油やニュクマムの臭いが染みこんだ店内にカケルと二人で足を踏み入れた。

浅黒い小さな顔をした女性店員に声をかけられる。「お二人ですか」

「待ちあわせしてるんです」

ヴェトナム人の中年女は納得した表情で頷き、客席のあいだを先に立って歩きはじめた。わたしたちを見つけたのだろう、奥まった席から格子縞の派手なジャケットを着込んだ巨漢が腕を上げる。約束より早くジャン＝ポールは着いていたようだ。

「パパは来ないの」わたしは尋ねる。

「報告書を作ってるところだ、仕事が終わらないと晩飯も喰えないとか」

「わたしが早く寝てしまって昨夜は顔を合わせていないの、今晩も遅くなるのかしら」

「たぶんね」山ほどの注文を終えると、ジャン＝ポールは満足そうグラスに縁まで注いだ葡萄酒を一気に飲みほし、満足そうに掌で口許を拭う。

「行儀がよくないわよ」

「客の行儀を気にするような店じゃない、でも安くて旨いんだ。カケルさんが来てくれるとは思っていなかった、〈ヴァンピール〉事件以来で顔を見るのは半年ぶりかな」

「ええ」外食は好まない青年だが、今日は黙って鉱泉水を啜っている。

「わたし一人じゃ不満なの」冗談でちょっとすねて見せる。

「いいや、そんなことはない。嬢ちゃんと二人っきりの晩飯でも、おじさんはいつでも大歓迎さ」

生春巻や魚スープ、肉料理や米料理の大皿が続々と運ばれてきた。その大部分が巨漢の胃袋に消えていく。客が立って隣席が空いたのを見定め、リ・カントネに似た米料理を口に押しこんでいる警官に慎重な口調で切り出した。

「話が聴こえそうな席にもう人はいないし、そろそろ〈小鴉〉事件の情報交換をはじめましょう」

「交換ね」ジャン＝ポールがわざとらしく顔を顰める。

「いつも喋るのはおじさんのほうで、あんたはあれこれ訊き出すだけ。これって平等な交換じゃなく一方的な強奪だ、欺して訊き出そうとすれば詐取だな」

にやついている巨漢に背筋を伸ばして応じる。「そんなことないわ、これから素敵な新情報を提供するつもりだし。被害者の身許はまだわからないの」

「あんたも知っての通り、船内からはパスポートも身分証明書も運転免許証もなにも発見されていない。ロワシー空港とオルリー空港の入管事務所に照会したんだが、五月に入ってからクロエ・ブロックという女が航空便で入国した記録は三件。ただし入国カードの記載からして、いずれも同名異人なのははっきりしてる。リヨンやニースやマルセイユなど地方の国際空港にも照会中だが、捜査の参考になりそうな情報はいまのところ届いていない」

被害者の身許が入国管理の線から判明する可能性は低いとバルベス警部は踏んでいるようだ。そもそもクロエ・ブロックという名前が本名なのかさえわからない、警戒して初対面のペイサックに偽名を告げた可能性もあるし。仮に本名だったとしても航空便でフランスに入国したとは限らない。鉄道で国境を通過する際は空港と比較して入国管理が不徹底だから、そもそも記録が存在しない場合も多い。

「警視の許可を得て情報を流したよ、今夜にもテレヴィのニュースで、〈小鴉〉の首なし屍体はクロエ・ブロックと名乗っていたことが報道されるはず。被害者がフランス人なら、数日のうちに身許は割れるだろう」

　顔写真を利用できないことが被害者の身許捜査を困難にしている。ペイサックの協力が不充分なのか、まだ被害者の似顔絵は完成していないようだ。推定された身長と体型、推定年齢では該当する人物の幅が広すぎてほとんど役に立ちそうにない。

　期待できる唯一の特徴は、被害者の左手の小指と薬指が根元から欠けている点だろう。被害者がフランス人であれば、この特徴から家族や友人が気づく可能性は高い。としてもイスラエル人など外国人の場合は難しそうだ、パリでは評判の猟奇事件でも外国で大きく報道されているとは限らないし。

「切断された首の捜索は」犯人がセーヌを泳いで〈小鴉（コルネイユ）〉を脱出したとすれば、荷物になる生首は川に遺棄した可能性がある。

「やってるところだが、まだ見つからんよ」巨漢は渋い顔だ。

「どの辺まで調べたの」

「〈小鴉（コルネイユ）〉付近は浚（さら）ったんだが、上流はカルーゼル橋、下流はソルフェリーノ橋まで捜索範囲を広げようと思ってるところさ」

　首のない屍体は無頭女（メドゥーサ）を指示しているのか無頭女（メドゥーサ）が屍体を指示しているのか。あるいは屍体はシニフィアンなのか図像がシニフィアンなのか、そろそろ事件の支点的現象を確定したいと思う。支点を見出さなければその本質を直観することも、事件の真相を現象学的に了解することもできない。切断された首の発見は事件の支点の確定に繋がると、どうやらカケルは考えている。

「屍体に奇妙な模様が描かれていたことも、報道陣には発表したの」

「いいや」大男が唇を舐めた。「頭部が切断され持ち去られていた事実だけだ。……どんなわけで犯人は、屍体に星だの螺旋（らせん）だのを悪戯（いたずら）描きしたのか。常軌を逸した人殺しは少なくないが、あんな屍体を見たのははじめてだな」

「なにか他には」

「〈小鴉（コルネイユ）〉の所有者のことがわかってきた。ルイ・マラベール、四十二歳。ドイツの大学で教えていた学者だが、少し前に帰国してからはロワイヤル橋横の平底船（ペニッシュ）に住んでいる。旅行で四月二十日に出国、渡航先はエジプトだ」

「学者って、まさか論理学者じゃないわよね」わたしは確認してみた。

「たしかに一部では名の知れた論理学者らしいが、どうしてわかったんだね」

「白い船に〈小鴉（コルネイユ）〉って名前をつけてるから」

「それで、どうして論理学者ってことになるんだ」

「ヘンペルの鴉（からす）ともいわれる、白い鳥を例にした論理学上の問題があるのよ」わたしも知らなかったのだが、日本人の言葉が気になって調べてみた。「思いついたのはカケルだけど」

「いつものことで正解ですよ」巨漢が日本人に頷きかける。「平底船（ペニッシュ）の首なし屍体についても、なにか面白いことを考えてるんでしょうな」

　カケルは応えそうにないので、わたしが質問を続ける。

「被害者の身許は」

「ホテル代わりに〈小鴉（コルネイユ）〉を貸した男なら、クロエ・ブロックの正体を知っている。マラベールが入国したかどうか、入国した場合の滞在先などを、イスラエルをはじめ中近東諸国の当局や各国のフランス大使館に問いあわせたところだ。数日で居所がわかることを期待したいね」

　第二次大戦前のパリでクロエ・ブロックという〈小鴉（コルネイユ）〉事件の被害者と同姓同名の娘が、二ヵ月ほどではあるけれどイヴォン・デュ・ラブナンと親密に交際していた。愛しはじめていたのかもしれない。ブロック家はドイツからフランスに移住したユダヤ人一家だから、ドイツではブロッホと発音していたのだろう。

　過去と現在の二人のクロエはいずれもエルミーヌ・シスモンディと接点がある。理由はともかくとして、川船の滞在者が一九三九年に失踪した娘の名前を偽名として使っていた可能性も否定できない。

　とはいえ名前の一致はまったくの偶然で、被害者の本名がクロエ・ブロックという可能性も絶無ではない。事件の日には女性イスラム教徒（ムスリマ）のような恰好で出かけたというが、クロエもブロックもアラビア語の氏名ではないし、顔立ちや膚の色からもヨーロッパ人には違いないようだ。マラベールは旅先で出遇ったヨーロッパからの旅行者クロエ・ブロックに、もしもパリに滞在する予定なら〈小鴉（コルネイユ）〉を使ってもいいといって、入口の鍵を渡したのかもしれない。

「あとはペンキの缶かな」〈小鴉（コルネイユ）〉の船内から黒、白、茶、黄色など船の塗装に使われている複数の色のスプレーペンキが発見されたという。

「スプレーペンキの缶なんて、どの家にも転がっているわ」

ジャン＝ポールが人差し指でこめかみを突いた。「あんたにいわれて確認してみたんだが、このところ路上に鉤十字（クロワ・ギャメ）を落書きする事件が目立つ。五月三十一日にサン・ジェルマン・デ・プレ広場、六月六日にエドガール・キネ通り、十二日にオデオン広場、一昨日の二十三日にソルボンヌ広場という具合だ。

六月八日にはマルク・ドゥブレが二日前の出来事を届け出て捜査を求めてきた。六月六日の落書きはクレールのアパルトマンがある建物の前で、嬢ちゃんは知ってるだろうがドゥブレはクレールの秘書だ」

正確には代理秘書だが細かいことだから訂正はしない。サン・ジェルマン・デ・プレ広場の事件は報道されていたし、六月六日のクレールへの脅迫行為はシスモンディが話していた。警察は把握していないようだが、十日にシスモンディの家の前には黄色いシオンの星が描かれていたという。シオンの星の落書きは、おまえもユダヤ人と同じだというネオナチによる嫌がらせだろう。

「エドガール・キネ通りはクレールがたったいま住んでいるし、サン・ジェルマン・デ・プレはかつて住んでいたところね。そこでは同じ建物の違う階にシスモンディもアパルトマンを借りていたらしいわ」

「サン・ジェルマン・デ・プレ広場に面した建物には、アルジェリア戦争時代に秘密軍事組織（OAS）がプラスティック爆弾を仕掛けたことがある。極右が暗殺をもくろんでクレールの住居を狙ったんだ、クレールはアルジェリア反戦派の代表的な知識人だったからね」

極右やネオナチがジャン＝ポール・クレールを、またしても狙いはじめたのではないか。だからドゥブレは一連の落書き事件への対処を警察に要求した。ジャン＝ポールの考えていることは単純だ。鉤十字（クロワ・ギャメ）の落書きは黒、〈小鴉（コルネイユ）〉で発見されたスプレーペンキにも黒がある。シスモンディを川船に呼び出した女がクレールやシスモンディと縁のある地点に鉤十字（クロワ・ギャメ）を落書きしたのではないか……。

「あなたは〈小鴉（コルネイユ）〉事件の被害者が落書き事件の犯人だったと思うの」

「可能性は少なくないと思うね。ペイサックによれば、クロエ・ブロックと称する女が〈小鴉（コルネイユ）〉に最初に姿を見せたのは五月二十八日。最初の落書き事件は、クロエがパリに到着したと想定される日の三日後に起きている」

時間的に矛盾がないとしても、だからといってクロエが落書き犯だとは決めつけられない。「証拠があるんでしょ、もっと確実な」

「サン・ジェルマン・デ・プレ広場の落書きは綺麗に洗い落とされていたが、エドガール・キネ通りの場合は、石畳の隙間から微量の塗料成分が検出された。〈小鴉〉のスプレーペンキの成分と同じかどうか、分析中で結果はじきにわかる」

　同じ会社の同じ種類の製品であることが証明されたとしよう。しかし誰にでも容易に入手できる大量生産品であれば、落書き事件の犯人が〈小鴉〉の滞在者だという確実な証拠にはならない。可能性が少し増したという程度のことだ。

「エドガール・キネ通りでは、落書きしたらしい人物が目撃されている。真夜中でも通行人がいたんだな」

「それ、クロエだったの」

「そこまでは確認できていないが」

　ペイサックにクロエ・ブロックと自己紹介した女は〈小鴉〉所有者マラベールとイスラエルで面識を得た可能性がある。とはいえマラベールは中近東諸国を旅行中らしいから二人がイスラエルで出遇ったとは限らない。

　ペイサックの証言では、クロエ・ブロックと名乗る女の外見はヨーロッパ系だった。民族移動の十字路に位置してきたから、ヨーロッパ系と見違えかねない白い肌、青い眼のトルコ人もいる。とはいえ、中近東でヨーロッパ系の顔立ちをした男女が目立つのはイスラエルだろう。ユダヤ人を含む土着のイスラエル人はアラブ人と似た外見だとしても、第二次大戦後に西欧や東欧やソ連から移住した新住民も多いからだ。〈小鴉〉の船主が最初に渡航したエジプトの隣国だから、次の滞在先がイスラエルだった可能性は高い。

　とすると今度は、クロエが鉤十字の落書きをしてクレールを脅迫する理由がわからなくなる。イスラエル在住のユダヤ人が反ユダヤ主義者だという不自然が生じるからだ。この矛盾を回避するには最初の仮説に戻らざるをえない。フランス人のクロエ・ブロックが旅行先で、〈小鴉〉の船主からホテル代わりに使うため平底船を借りたという仮説だ。地方在住のフランス人ならパリでの宿泊費を節約するため、セーヌの川船に滞在しても不思議ではない。

「他にはなにかないの」

「ないわけじゃないけどね」巨漢は渋い顔で油じみた紙ナプキンを丸めている。

「もったいぶらないで教えてよ」わたしは唇を尖らせた。

「昨日のことだが、とんでもない新情報が舞いこんできたんだ。〈小鴉〉のすぐ後ろに係留された平底船の住人の証言なんだが……」

「〈どんぐり（グラン）〉の住人ね」その船はどんぐりの実に似せて船体の上下が濃茶と薄茶に塗り分けられている。

「問題の時間帯にはベッドに入っていたから、とくに気づいたことはないという事件直後の証言に間違いないかどうか。この点をボーヌが再確認してみたところ、ちょっとばかし面白い話を聞くことができた」

事件の夜の午後十一時十分ごろに就眠前の一服を愉しもうと甲板に出てみると、遊歩道から隣の船を眺めている女の後ろ姿が目に入った。黒い服に黒い帽子の女は〈小鴉（コルネイユ）〉の船尾のあたりを凝視しているようだ。金属梯子は畳まれているし他に注意を惹くようなものなどないのに、いったいなにを見ているのだろう。背後からの視線を感じたのか女は振り返ることなくロワイヤル橋のほうに去った。

わたしは確認してみる。「年恰好は」

「なにしろ薄暗いし、後ろ姿しか見ていないからよくわからない。ただし高級そうな黒のミディドレス姿で、男は『ティファニーで朝食を』の主演女優を連想したという」

オードリー・ヘプバーンが黒い鍔（つば）広の帽子と黒いシックなドレスで着飾っている、その映画の宣伝写真はわたしにも記憶がある。なにしろ黒のミディドレスと白のマキシドレスだから、船に滞在していた気楽な服装の女とは別人だろう。クロエが変装していた可能性もゼロではないが、たんなる通行人だった可能性のほうが高い。

バルベス警部が続ける。「問題はその先なんだ。老練なボーヌだから気づいたんだろうが、不審人物の目撃談を口にした男には、話の先を喋っていない印象があった。ボーヌが水を向けてみると、覚悟を決めた様子で喋りはじめたんだな」

不審な女を見てから三十分ほどあとのことだという、中年男が人目を忍ぶようにして〈どんぐり（グラン）〉を訪ねてきたのは。男は国土監視局（DST）の身分証を提示し、任務で〈小鴉（コルネイユ）〉を監視しなければならない、〈どんぐり（グラン）〉の船室で上流が眺められる窓を使わせろと要求する。午前三時近い時刻に警官隊が急行してきて河岸が騒がしくなると、たとえ刑事に訊かれても自分のことは他言するなと威圧的な態度で命じて船外の闇に姿を消した。

「やむなく書類仕事を中断して警視がボーヴォ館に乗りこんだ。国土監視局（DST）による捜査妨害を問題にすると脅しつけたら、ようやく国土監視局（DST）の担当者が本当のことを喋った。クロエを尾行していた捜査官は二人で、若い女は橋の上から、中年の男は下流の船から〈小鴉（コルネイユ）〉を監視していたってわけさ。われわれに隠す必要なんかこれっぽっちもないのに、陰険な秘密主義が骨の髄まで染みこんだ公安の連中には、いつものことながら腹が立つ」巨漢は悔しそうに厚い唇を曲げた。

「〈どんぐり〉で監視していた捜査官はどういってるの」

それが問題だ。

「そいつが監視していた窓から〈小鴉〉の船尾は丸見えだ。配置に着いた午後十一時三十五分から監視場所を離れた午前三時近くまで、船尾の金属梯子が下ろされたことはないし、川から船に入った者は一人もいなかったと」

この新情報にジャン＝ポールが蒙った衝撃は想像できる。ほぼ交代でペイサックとカシは、国土監視局のシルヴィー・ガレルも橋上の監視地点から〈小鴉〉を見張っていた。三人それぞれの証言を重ねると船を出たクロエは戻ってきていないし、クロエ以外の人物が船に入った事実もないことがわかる。

○時三十分に外出したクロエが船内で殺害されるには、ペイサックたち三人に見られることなく船に戻っていなければならない。セーヌ川を泳いで帰船したと想定するしかないが、〈小鴉〉の船首と右舷は橋の上から丸見えなのだ。遊歩道側の左舷にはペイサックとカシの目があった。唯一の出入口は船尾だが、ここを監視していたDST捜査官は誰一人として出入りした者はいないという。としたら、どうやってクロエは船に戻れたのか。

「ガレルともう一人のDST捜査官は、クロエを尾行して〈小鴉〉に辿り着いたのね」前後の事情からそうとしか考えられない。「どこから尾行しはじめたのかしら」

「バルベス・ロシュシュアール裏の小汚い珈琲店からだという。国家の安全にかかわる秘密情報だとか、大袈裟なことを抜かして詳しいことを喋ろうとしなかったが、警視に揺さぶられて渋々ながら口を開いた」

捜査官二人がアラブ人の男を尾行していたら、九時五十五分に十区の珈琲店に入った。アラブ系移民の溜まり場だから捜査官が店内に立ち入れば不審に思われる、やむなく窓の外から店内を監視することにした。

合成樹脂製の黒いスーツケースを右手に提げた女が珈琲店に着いたのは、午後十時ちょうどのことだった。白のマキシドレスを着た女は髪と顔をヒジャブと呼ばれるスカーフで覆っていた。ムスリマが着けるスカーフ類でもニカーブとは違ってヒジャブの場合、顔まで覆うことは多くないが珍しいというほどでもない。男たちがたむろする店だから顔を隠したのではないか。

硝子窓越しに注視していると、女がカウンターに寄ってから階段のほうに向かうのが確認できた。席に着く前に地下の化粧室にでも寄ろうとしているのだろうか。五分ほどしてスーツケースを手に狭そうな階段を上ってきた女は、窓際の席にいる若いアラブ人と一言か二言、言葉を交わしてから店を出てくる。スーツケースを手にしたスカーフの女を捜査官は尾行しはじめた。

「二人とも尾行の対象を女に変えたわけね」

巨漢が頷いた。「男の正体を国土監視局（DST）は把握していて、住居も確認ずみだってことだな。背景の事情は喋ろうとしないから推測する以外ないんだが、協力者がパリ潜伏中のパレスチナ過激派の工作員と接触する、そんな情報を掴んだ国土監視局（DST）が、接触する相手の正体を突きとめるために男を尾行していた……」

一九七〇年に起きた同時ハイジャック事件のことは、いまでもよく覚えている。ハイジャックされた三機の旅客機が、ヨルダンの砂漠で爆破される光景はテレヴィニュースで繰り返し流された。この事件はパレスチナ解放人民戦線（PFLP）のゲリラ作戦だが、七二年のミュンヘン・オリンピックでイスラエル選手やコーチを殺害したのは〈黒い九月〉だ。昨年十月にもPFLPは、西ドイツ赤軍との共同作戦でルフトハンザ機をハイジャックしている。ソマリアに着陸した旅客機を西ドイツの対テロ特殊部隊が急襲し、機内の銃撃戦でハイジャック犯三人は射殺され一人は逮捕された。ヨーロッパ各地でゲリラ闘争を展開しているパレスチナ過激派だから、パリにも工作員や戦闘員はもちろん潜伏している。

PFLPにしても〈黒い九月〉にしてもゲリラ闘争を執拗に続ける戦闘員の多くは、イスラエルに故郷を奪われたパレスチナ難民キャンプの出身者だ。そのことを考えるとロシュフォール家事件の際に知ったセットの女性教師の言葉が否応なく甦ってくる。イヴォンも親しかった戦前の女性思想家シモーヌ・リュミエールと同じ名前の女性教師が、難民キャンプの仮設病院で奉仕活動をしていたときのことだという。視線で人を刺すような、なにかを思いつめた印象の女子学生と出遇ったのは。

フランス人の女子学生が「あの怖ろしい思想を抱くようになったのは難民たちの悲惨な生活をその眼で目撃してしまったからなのです。〈赤い死（ラ・モール・ルージュ）〉と呼ばれている陰惨な秘密結社に加入したのも、そこでのことだったはずです」とセットの女性教師は述懐していた。その女子学生と同じように、砂漠のキャンプに追放された難民たちの悲惨に正義感を刺激され、クロエもパレスチナ過激派の工作員や協力者に志願したのだろうか。

　珈琲店で窓際の席に坐った男と、テーブルの横に立った女は短い言葉を交わしたにすぎないのに、その女が目的の接触者に違いないと捜査官は瞬時に確信した。だから二人とも今度は女のほうを追跡しはじめた。その店で午後十時に接触するというところまで、国土監視局には正確な情報が入っていたのだろう。でなければ見込み違いの可能性を考慮して捜査官の一人は女を追跡し、もう一人は男の監視を続けることにしたはずだ。

「そしてDST捜査官たちは〈小鴉〉に辿り着き、スカーフの女が到着した平底船を一人は橋の上から、もう一人は隣の川船から監視することにしたわけね」

「ということだな」

「十区のバルベス・ロシュシュアールからロワイヤル橋の〈小鴉〉までクロエは一時間半もかかっているけど、まさか歩いたんじゃないでしょうね」地下鉄を使えば十五分か二十分で帰り着けたろう。

「地下鉄の二番線でエトワール広場に出て、シャンゼリゼをぶらつきながらロワイヤル橋まで来たとか」

「カケルはどう思うの」

　いつものことだが関心があるのかないのかわからない無表情で、黙って話に耳を傾けている日本人に声をかけてみる。鉱泉水のグラスを静かにテーブルに戻してからカケルがおもむろに口を開いた。

「クロエの動きをめぐる新情報を得てから、バルベス警部は十区の珈琲店まで聞き込みに行きましたね」

「抜かりはありませんや」巨漢は嬉しそうな顔をしている。「ちょっと気になることがあってね」

　クロエらしい女に応対したという給仕から電話で話を訊いてみたが、納得できない点があるためバルベス警部は自分で十区まで足を運ぶことにした。DST捜査官によればクロエの到着は十時だが、カウンターにいた店員によれば九時五十分なのだ。しかもカウンターで二枚の代用硬貨を入手している。捜査対象者を尾行中の捜査官が時刻を間違えるわけはない、給仕の証言のほうに混乱があるのではないか。

　カケルが巨漢を見る。「代用硬貨をクロエに手渡したという給仕から有益な話は聞けましたか」

「九時五十分に来店した問題の女だが、顔はスカーフで隠されていた。若くはないが老いてもいない声で、言葉には外国人らしい訛があったとか。服や鞄も同じだし、

〈小鴉〉を九時半に出発したクロエ・ブロック本人と考えていいと思うね」

「代用硬貨はどちらの手で受けとったんでしょうか」

「指の二本欠けた左手を見ていないか給仕に確認したんだが、残念ながら左手は目にしていない。右手で持っていたスーツケースを床に置いて服のポケットから小銭を出し、代用硬貨も右手で受けとったとか」

「電話室のある地下から階段を上ってきたときはどうでしたか」

「ちょうど新しい客のために生ビールを用意している最中で、窓際の席のアラブ人に声をかけてから店外に出ていく女の後ろ姿しか見ていないとか。ただしガレル捜査官によれば、シャンゼリゼを散歩しているあいだ女はスーツケースを右手から左手に、左手から右手に幾度か持ち替えていた。尾行のために距離をとっていたので、左手の指の状態までは確認できていないそうだが」

「給仕からは他にも興味深い証言が得られたのでは」

「まあね」ジャン＝ポールは満足そうな顔で頷いた。「どんな話だと思いますかね、カケルさんは」

「代用硬貨を買った女とシャンゼリゼを廻って〈小鴉〉に着いた女は別人で、スカーフの女は二人いた……」とんでもないことを青年は口にする。

「またしても正解だ」警部がゆっくりと掌を打ちあわせた。

「どうしてわかるんですかね」

「わからない、わたしには」クロエが二人いたなんて。

「どういうことなの」

ジャン＝ポールが生ハムの塊みたいな顎を撫でる。「スカーフとマキシドレスで黒のスーツケースを手にした女が九時五十分に来店し、カウンターで代用硬貨を入手して階段を下りていった。この事実に間違いないが、十分ほどして同じ女が硝子扉から店内に入ってきたというんだね」

自分が見ていないうちに階段を上って店を出た女がまた来店したようだ。話し忘れたことを思い出して二回目の電話をするのだろう、代用硬貨は二枚購入しているし。こんなふうに店員は思った。

しばらくして階段を上ってきたスカーフの女は、席のアラブ人と言葉を交わしてから店を出た。その五分ほどあと、同じ恰好の女が階段を上ってきたのを見て給仕は驚いた、今度は自分の見間違いではないことに気づいて。スカーフの女は二人いたのだ、九時五十分に来店した女と十時ぴったりに到着した女と。窓際の若い男は二人目の女が店を出た直後に席を立った。

わたしは愕然とした。一人の女が電話を二回かけに来たのではなく同じ恰好をした女が二人いたことになる。そんな偶然があるわけはない。

「スカーフの女は二回とも店から出るところを給仕に見られているわけね、その時刻は何時と何時だったの」わたしは質問を畳みかけた。

「一度目は十時五分、二度目は十時十分ごろだという」

整理してみよう。その夜、問題の珈琲店（カフェ）には同じ外見のため見分けのつかない女が二人あらわれた。スカーフで顔は隠していても躰つきや動作、態度などから二人とも三十代くらいではないかと給仕は思った。

二人の来店は九時五十分と十時ごろ、出たのは十時五分と十時十分ごろ。最初に来店したのを女A、次に来たのを女Bとしよう。ここから二つの可能性が生じる。十時五分に店を出たのは女Aかあるいは、女Bなのか。前者なら女Bは十時十分に店を出たことになる。

そうだ、わたしは大きく頷いた。十区のアラブ人街にある場末の珈琲店（カフェ）の地下では、二つのスーツケースが交換されたに違いない。手品の観客として招待されたのは、二人のDST捜査官だ。パレスチナ過激派の工作員は協力者の男と接触しなければならない。そのための場所も時刻もあらかじめ決められていたが、その情報は国土監視局（DST）に洩れたかもしれないという疑惑が生じてきた。しかし、前後の事情で接触を中止することも時間や場所を変更することもできない。

そこで工作員の女Aは公安を出し抜く計画を立案した。替え玉の女Bに自分と同じ恰好で同じ黒いスーツケースを用意し、十時ぴったりに店に着いて電話室と洗面所のある地下に来るように指示する。

九時五十分に店に入った工作員の女Aはカウンターで店員から代用硬貨（ジュトン）を入手し、地下に下りて替え玉の女Bが到着するのを待った。十分ほどして階段を下りてきた女Bとスーツケースを交換して階段を上る。女Bを地下に残して階段を上った女Aは、窓際の席にいた協力者の男に命じた。じきに自分と同じ外見をした替え玉が地下から上がってくる、女が店から出たらあとを追って合流しろと。

スーツケースが交換されているとも知らないで、工作員の女Aの尾行をDST捜査官は開始する。店の外で監視していた捜査官二人が消えた直後に替え玉の女Bは、続いて協力者の男も店を出る。二人は人気ない場所で合流し、スカーフの女はアラブ人の男にスーツケースを渡したことだろう。

この夜の任務は工作員の女Aがフランスに持ちこんで必要になるまで保管していた黒いスーツケースを協力者の男に渡すことだったのではないか。直前の情報洩れのせいで任務遂行は困難になる。しかし女Aと女Bがアラブ人街の珈琲店（カフェ）で入れ替わりを演じ、かろうじてDST捜査官を遠ざけることに成功した。

　料理の皿と皿を横に押して、油染みができた紙製テーブルクロスの上に鞄から出したノートを広げる。ノートには〈小鴉（コルネイユ）〉の首なし屍体事件をめぐる、六月二十一日から二十二日にかけての時刻表が鉛筆で記してある。ジャン＝ポールの話で判明した新しい事実を新たに万年筆で書き加えた。括弧内はその事実の証言者だ。

午後九時三〇分　スカーフとマキシドレスのクロエ、スーツケースを持って〈小鴉（コルネイユ）〉を出発（ペイサック）

午後九時五〇分　スカーフの女A、アラブ人街の珈琲店（カフェ）に到着（給仕）

午後九時五五分　尾行中のアラブ人が珈琲店に到着（DST捜査官）

午後一〇時〇〇分　スカーフの女B、珈琲店（カフェ）に到着（給仕）

午後一〇時五分　スカーフの女AあるいはB、客と接触し珈琲店（カフェ）を出る（DST捜査官、給仕）

午後一〇時一〇分　スカーフの女AあるいはB、珈琲店（カフェ）を出る（給仕）

問題はクロエが女Aか女Bなのかわからないことだ。九時三十分に船を出発したクロエだから、ぎりぎりで九時五十分には目的地の珈琲店に到着できたろう。十時ならもちろん可能だ。クロエは九時五十分の女か十時ちょうどに店にあらわれた女なのか、それを決定しうる判断材料は与えられていない。

　先に着いた女Aのほうが替え玉で、十分後に店に来た女Bのほうがクロエだった可能性もある。ただし代用硬貨（ジュトン）を購入する際、女Aは意識して左手を店員に見られないようにしていたようだ。この点からは女Aが三本指の女クロエだと考えられないことはない。あとから詳しいことをジャン＝ポールから訊き出さなければ。

午後一〇時四五分　ペイサック、「夕食」のため河岸

遊歩道のベンチを離れる（ペイサック）

午後一一時三三分　クロエ、〈小鴉（コルネイユ）〉に戻る、DST捜査官二人が橋上と隣船から監視を開始（DST捜査官）

午前〇時〇三分　ペイサック、ベンチに戻る（ペイサック、DST捜査官）

午前〇時三〇分　クロエ、〈小鴉（コルネイユ）〉を離れる、DST捜査官ガレルの尾行は失敗、捜査官は橋に戻る（ペイサック、DST捜査官）

午前〇時五〇分　謎の女からシスモンディに電話（シスモンディ）

午前一時〇〇分　シスモンディ、ナディアに電話（わたし）

午前一時二七分　野宿者の女カシ、河岸遊歩道のベンチに来る（ペイサック、カシ、DST捜査官）

午前一時五二分　ペイサック、酒の入手のためベンチを離れる（ペイサック、カシ、DST捜査官）

午前二時〇〇分　シスモンディが〈小鴉（コルネイユ）〉の船室で屍体を発見する（わたし）

午前二時〇八分　シスモンディがベンチから去る（カシ、DST捜査官）

午前二時一五分　ナディア、警察に通報のためベンチを離れる（わたし）

午前二時二〇分　カシがベンチを離れる（DST捜査官）

午前二時三二分　ペイサック、ベンチに戻る（ペイサック、DST捜査官）

午前二時四〇分　バルベス警部、〈小鴉（コルネイユ）〉に到着（わたし）

＊クロエの死亡推定時刻は午後一一時二〇分から午前一時二〇分まで

ジャン＝ポールが胴間声を上げる。「あんたの思いつきでは、クロエ・ブロックと称して〈小鴉（コルネイユ）〉に滞在していた女が、パレスチナ過激派の工作員ってことになるが」

「そうね。たぶん女Aがクロエで工作員、女Bが替え玉だと思う」工作員のクロエが女Bという可能性もないとはいえないが。「二人の女は十時から十時五分まで、珈琲店（カフェ）の地下にいた。女Aが持ちこんだスーツケースをA、女Bのそれを Bとするわね。監視の目をそらすことに成功した二人は情報の交換、あるいは品物の受け渡しを無事に終えたわけ」

問題の品は女Aが運んできたスーツケースの中身に違いない。珈琲店の地下でスーツケースの中身は女Aから替え玉の女Bに手渡された。いや、それでは女Bが女Aと同じ黒いスーツケースを用意した理由がわからなくなる。鞄Aから鞄Bに中身が移されたのではなく、スーツケースごと交換されて女Aが鞄Bを、女Bが鞄Aを持って店から出たのではないか。

「どうして中身だけ、別の鞄に移さなかったんだね。そもそも、替え玉がクロエと同じスーツケースを持ってきた理由がわからん。外見の違う鞄に移してもかまわないと思うが」バルベス警部が疑問を口にした。

「簡単には鞄から取り出せない品だったかもしれない。素人が触るのは危険だとか、あるいは五分ほどでは取り外せないほど厳重に鞄に固定されていたとか」

「たとえば小型爆弾だな」ジャン＝ポールは納得している。なにしろ違法逮捕や暴力的な取り調べ、証拠の捏造やでっち上げで悪名高い公安警察のいうことだ。「クロエがパリに潜伏中の工作員かどうかわからないけど、監視下の男とバルベス・ロシュシュアールの珈琲店ですれ違ったのは事実のようね。でも、どうして女Bに自分と同じ恰好をするよう指示したのかしら」

鞄二つを入れ替えるなら同じスーツケースを用意すれば充分だ。中身を取り替えるだけなら同じ鞄である必要さえない。いかにも不自然だが、そこからは思いもよらない新たな可能性が浮かんでくる。

わたしは独語するように呟いた。「二人が同じ外見であらわれたのは、スーツケースの交換ではなく鞄ごと女Aと女Bが入れ替わるためだったのかもしれない……」

「まさか、入れ替わりとは」巨漢は納得できないという顔つきだ。「二人の女が入れ替わったというからには相応の根拠でもあるんだろうね」

わたしは舌先で唇を湿した。「先に入店した女Aはスーツケースを右手で持っていたのね」

「それは珈琲店の給仕が確認してる。利き腕で重たい荷物を持つのは当然だし、大多数の人間は右利きだよ」

「でも女Aは小銭と代用硬貨の交換にも右手だけを使っていた、まるで小指と薬指がない左手を隠そうとしているかのように。……どんな印象の女だったのかしら」

「給仕がいうところでは、アラブ系移民の常連客が多い場末の店には少し場違いな感じの富裕そうな女性客で、スカーフから覗いた目元が印象的だった。白っぽい膚で瞳は緑色。アラブ人に見えないことはないがフランス人がムスリマの恰好をしているようでもある、そんなこともあって言動が記憶に残っていたようだ」

「瞳が緑というのは女Ａなのね」

　ジャン＝ポールの情報提供で女Ａがクロエである可能性は増してきた。ペイサックの証言ではクロエの瞳は緑色でフランス語は外国訛だった。外国訛は演じることが可能でも、瞳の色まで同じ女を探して替え玉にするのは手間がかかる。カラーコンタクトを使えば緑の瞳を偽装できそうだが、そこまでやるものだろうか。それを覆す新事実が出てくるまでは、カウンターで代用硬貨（ジュトン）を購入した女Ａはクロエだったとして推論を進めることにしよう。

「十時ちょうどに入店してきた女は」

　巨漢が唇を曲げる。「カウンターの前は素通りだったから店員は顔を見ていない、眼の色もわからない」

　女Ａはクロエだったとしよう。ではクロエが店を出たのは十時五分か十時十分なのか。「女Ａと女Ｂのどちらが先に店を出たのかしら」

「先に出た女がクロエだろう、なにしろ〈小鴉（コルネイユ）〉に戻ったんだから」巨漢は一人で納得している。

「そうとは限らないわ。先に店を出た女はスーツケースを右から左へと幾度も持ち替えていた。左手も右手と同じように使えたということね。店に入ってきたとき女Ａが鞄を右手で提げていたのは、指が三本しかない左手では持てないからでしょう。左手で鞄を持つことができたらしい事実からして、十時五分に店から出てきて〈小鴉（コルネイユ）〉までＤＳＴ捜査官を案内したというのは、クロエでなく替え玉だった可能性も無視できなくなる」

　先に店に着いた女Ａは、あとから到着した替え玉の女Ｂと地下で入れ替わった。先に珈琲店（カフェ）から出てＤＳＴ捜査官の注意を惹いたのは女Ｂ、あとから店を出てアラブ人の男にどこかでスーツケースを渡したのが女Ａ。これならスーツケースを男に届けるという本来の任務を、工作員の女Ａは最後まで自身で遂行できる。重要な鞄を一時でも替え玉の女Ｂに委ねることから生じうる危険も回避できる。

　それだけではない。二人の女の入れ替わりという仮説からは〈小鴉（コルネイユ）〉の首なし屍体事件の犯人にかんしても新たな推論が導かれる。

「あんたの推測では、午後十一時三十三分に〈小鴉（コルネイユ）〉に到着したのはクロエじゃない、左手に異状のない別人という結論になる。捜査官が尾行してきた替え玉の女Bのはずだからな。しかし午前二時に船内で発見された屍体の左手には指が三本しかない。ようするにクロエ・ブロック本人に間違いないんだが、この点はどうなんだね」

「替え玉とは別に、そのあとクロエも船に戻ってきたのよ」

「とすると事件の夜〈小鴉（コルネイユ）〉には女が二人いたことになるが」

わたしは大きく頷いた。「その通りよ」

昨日のことだがリヴィエール宅を訪れる前に、〈小鴉（コルネイユ）〉横の遊歩道でジャン＝ポールと首なし屍体の事件について意見交換をした。午後十時四十五分から十一時三十三分のあいだに犯人は、河岸の遊歩道から誰にも見られることなく船に侵入している。午前〇時三十分に船から外出したクロエは午前一時ごろに、闇に沈んだセーヌ川を泳いで船尾の梯子から船室に戻ったのではないか。

犯人はその夜シスモンディと取引する場所として、滞在者のクロエ・ブロックから〈小鴉（コルネイユ）〉を借りることにしていた。依頼に応じたと見せかけながら〇時三十分に出発したクロエは泳いで船に戻ってくる、取引の様子を盗み見ようとしたのかもしれない。船内に隠れているところを発見されて犯人と争いになり、そして殺害された……。

DST捜査官による新情報を前提として仮説を組み直してみよう。捜査官に尾行されながら午後十一時三十三分に〈小鴉（コルネイユ）〉に着いた女Bとは別に、船に入ってクロエを殺した人物が存在した可能性もゼロではない。しかし十区の珈琲店（カフェ）からシャンゼリゼを廻ってロワイヤル橋まで来た女Bを、首なし屍体事件の犯人と想定してみよう。それを否定する証言や証拠が出てきたら撤回することにして。

替え玉の女Bに五分遅れて珈琲店（カフェ）を十時十分に出たクロエは、地下鉄あるいはタクシーを使って女Bよりも早く船に戻った。寄り道しなければバルベス・ロシュシュアールからロワイヤル橋まで三十分で移動できる。十時四十五分ごろにペイサックは、「夕食」のため遊歩道のベンチを離れるのが日課だった。それを待って〈小鴉（コルネイユ）〉に戻れば見られないですむ。その場合には二つの黒いスーツケースが船内に持ちこまれたことになる。ひとつは〇時三十分に船を出た女が持ち去ったとしても、もうひとつは船内に残っていなければならない。実際にはひとつも発見されていないのだから、クロエは協力者の男にスーツケースAを渡して、空身で船に戻ったことになる。

「ペイサックが『夕食』に出かける十時四十五分より前に戻ったとしたら、ロワイヤル橋に近い河岸から川に入って〈小鴉（コルネイユ）〉の船尾まで泳いだかもしれんな。十一時三十三分までならDST捜査官の監視もない」

衣類などは河岸の茂みかどこか適当なところに隠した。居住用に係留されている他の平底船（ペニッシュ）だったかもしれない、居住者が外出中であれば甲板の物陰に隠すことも容易だろう。

「いいえ、それはないと思う」どうしてもクロエを泳がせたいらしいジャン＝ポールに反論する。「夏至の前日のことだから真っ暗になるのは午後十一時すぎよ。日没後でも十時台では残照があるからセーヌを泳いでいる人がいたら通行人の目についたはず」

「まあそうだろうな。クロエが船に帰ってきたのは十一時ごろと、別の証言からも推定できる」

「別の証言って」そんな話は聞いていない。

「犯人の足取りを洗い出す第一歩として、犯行現場から徒歩で十分圏内の宿泊施設を総当たりさせたんだが、刑事の一人が面白い話を拾ってきた」

「どんな話なの」興味津々で話の先を催促する。

「六月二十一日の夜のことだが、〈ル・ムーリス〉にクロエ・ブロックが到着しているんだ、黒いスーツケースを持って」リヴォリ街の〈ル・ムーリス〉はパリでも最高級のホテルで、第二次大戦中はドイツ占領軍の司令部が置かれていた。

「それ、何時のことなの」

「チェックインは十時三十分。部屋に荷物を置いて〈小鴉（コルネイユ）〉に直行すれば十一時までに辿りつけるし、誰にも見られないで船に入ることも可能だ」

電話で予約していた宿泊客は黒いミディドレスに黒い長手袋、黒い帽子という恰好で、フロント係の観察では「葬儀に参列されたあとなのでは」とのこと。ホテルの業務に年季を積んだ老人は、「お召し物はジヴァンシィとお見受けしました」とも語っていた。

「背丈や体型は〈小鴉（コルネイユ）〉の滞在者と同じなんだが、正体を隠そうとしていたふしがある」

顎まである帽子のヴェールのため顔はよくわからない。宿泊カードの筆跡は鑑定中だが、サインは文字というより書き殴った記号のごときもので筆跡鑑定は難しい。身分証明を求められるとフランスのパスポートを見せた。たしかにクロエ・ブロックの名義でサインも一致する。生年は一九二〇年、住所は十六区のトロカデロ。パリ市民がホテルを利用する例は珍しくないからフロント係も不審には思わなかった。女は翌朝にスーツケースを持ってチェックアウトしたという。

　間違いない、〈どんぐり〉（グラン）の住人が十一時十分に目撃したという女だ。アラブ人街の珈琲店（カフェ）を十時十分に出発した女は、どこかで白い服を黒い服に着替えた。二十分後にリヴォリ街の高級ホテルにチェックインし、十一時十分には〈小鴉〉（コルネイユ）に到着したことになる。わからないのは身許を隠そうとしていた様子なのに、どうしてか本名を名乗っていることだ。まさか川船の滞在者と同姓同名の別人ではないだろう。

　ジャン＝ポールにトロカデロのアパルトマンがある通りを確認してみると、戦前に実在したクロエ・ブロックの住居そのものだった。ホテルにあらわれた女は一九三九年六月二十二日にマルリの森で失踪した女なのか。年齢は一致するようだ。もしも〈小鴉〉（コルネイユ）の滞在者が年齢を偽って〈ル・ムーリス〉に投宿したのなら、あらかじめクロエ・ブロックの偽造パスポートを用意していたことになる。その場合、川船の滞在者は三十九年前に失踪したクロエのことを念頭に置きながら偽名を名乗ったのだろう。

　いずれにしても女Aのクロエは十一時十分に〈小鴉〉（コルネイユ）に戻っていた。十一時三十三分に替え玉の女Bが船に到着する。船室で鉢合わせした二人のあいだで争いがはじまり、女Bはクロエ・ブロックを殺害してしまう。首なし屍体の事件の犯人は、バルベス・ロシュシュアールの珈琲店（カフェ）の地下でクロエと入れ替わった女Bではないのか。

「けれども、この想定には問題があるわね。バルベス・ロシュシュアールの珈琲店（カフェ）の地下でクロエと入れ替わった女Bがパレスチナ過激派の協力者だったとすると、工作員かもしれないクロエとは仲間同士だから殺した理由がわからなくなる」

「そこは深刻に考えなくてもいいんじゃないか。たとえ同じ組織に属する者同士でも、なんらかの軋轢（あつれき）から殺意が生まれることは珍しくない。あるいはクロエはスパイや裏切り者として処刑されたのかもしれん。

　新情報で見当がついてきたこともある。鉤十字（クロワ・ギヤメ）やシオンの星の落書き事件だ。反イスラエルのパレスチナ人過激派なら、敵対者を鉤十字（クロワ・ギヤメ）で脅迫したり、シオンの星で告発しても不思議じゃないからね」

　四次にわたる中東戦争に敗れたアラブ人ムスリムの反イスラエル、反ユダヤ感情には根深いものがある。敵の敵は味方という論理なのか、なかにはユダヤ人を迫害し殺戮（さつりく）したナチスに共感する者もいるようだ。パレスチナの地をアラブ人から奪う口実としてホロコーストは捏造されたと信じこんだ者も。

「もちろんクレールもシスモンディもユダヤ系ではないしパレスチナ難民の救援運動にも積極的なのよ。パレスチナゲリラに狙われる理由はないと思う」秘書のピエール・ペレツや〈アンガジュマン〉誌の編集長クロード・ブレイマンをはじめ、クレールの〈家族（ファミーユ）〉にユダヤ系の男女が多いのは事実としても。

午前〇時五十分にシスモンディに電話して〈小鴉（コルネイユ）〉に呼び出したのは、これまでクロエ・ブロックだったろうと考えてきた。しかし捜査の進展によって、バルベス・ロシュシュアールの珈琲店（カフェ）でクロエと入れ替わった女Bが電話してきた可能性も出てきた。

〈小鴉（コルネイユ）〉に電話は引かれていない。シスモンディに電話するために女Bは、それ以前に犯行現場の船を脱出していなければならない。いちばん近い公衆電話でも走って数分はかかるだろう。最大で十分として、犯人は〇時四十分には船を出ていた計算になる。女Bは午後十一時三十三分に〈小鴉（コルネイユ）〉に到着しているから、被害者の殺害と首の切断、屍体装飾のためには五十分以上が与えられていたわけで、これだけの時間があれば血なまぐさい作業にも充分だろう。

問題があるとすればシスモンディに電話した時刻が遅すぎる点だ。取引場所の〈小鴉（コルネイユ）〉に着く前に、取引相手を指定の場所に呼び出しておくべきではないか。シャンゼリゼ大通りを歩いてきたというのだから、途中のどこからでも電話はできた。早く連絡しすぎるとシスモンディに反撃の計画を練る時間を与えることになる。だから深夜〇時五十分まで電話するのを遅らせたのかもしれない。

しかしシスモンディに電話をかける前に、密かに戻っていたクロエと船内で遭遇し殺害してしまう。なんらかの方法で船から脱出した犯人は、予定通り手紙を餌にしてシスモンディを〈小鴉（コルネイユ）〉に呼び出した。そうしたからには、犯人はまた取引場所に戻るつもりだったのだろう。しかし実際には姿を見せていない。そのまま逃走しようと決めたなら、わざわざシスモンディに電話した理由がわからなくなる。

ジャン＝ポールが棍棒のような腕を胸の前で組んだ。

「いずれにしても協力者の女Bは船から出なければならん。しかし脱出したはずの時間帯には、それらしい女は船を出ちゃいないんだ」

ジャン＝ポールがいう通り女Bが船に到着した午後十一

時三十三分から屍体が発見される午前二時までのあいだ、〈小鴉（コルネイユ）〉は一瞬の空白もなく監視されていた。DST捜査官の二人やペイサックとカシ、シスモンディによって。警視庁に駆けつけるため、わたしが河岸の遊歩道を離れたあともDST捜査官は監視を続けていたが、船に入った者は一人もいないと証言している。

「可能な結論はひとつしかないわね」

午後十一時三十三分から屍体発見の午前二時まで、あるいは現場にバルベス警部が到着した二時四十分まで〈小鴉（コルネイユ）〉から出た人物は一人しか存在しない。午後九時半に船から外出したときのクロエ・ブロックと同じ外見の女だ。このとき犯人はクロエに扮して殺人現場を脱出したと想定するしかない。

「あんたは忘れてるんじゃないか、ペイサック証言のことを」巨漢が鼻腔を膨らませた。

午前〇時三十分に船から出てきた女はスカーフを着けていても、目許や鼻の形がクロエに似ていたし髪型もドレッドロックスだった。これらは意図的な変装や見間違いや偶然の一致といえなくもないが、どうしても否定のできない決定的な事実がひとつある。

「そうね、問題の女は三本指だったとペイサックは断言していた。左手の小指と薬指が根元から欠けている女はパリにいったい何人いるのかしら。もし二人以上いたとしても同じ夜、同じ場所に居合わせるなんて可能性は無限小、現実的には無視してもかまわないと思う。クロエを殺した犯人の女Bが殺人現場を脱出できた方法は、まだわたしにもわからない」

「いい知恵はないですかね、カケルさんに」

バルベス警部に話を振られた日本人がこちらを見る。

「左手の指に異状のある女が、同じ場所で同じ時間に二人もいたのは不自然だとナディアはいうけれど、僕には四人いたように思える」

「どういうことなの」四人なんてわけがわからない。

「カシと名乗った女は左側に坐ったきみから煙草の紙箱を受けとるとき、わざわざ躰を捻るようにした。左側の人物が右手で煙草のような軽い品を差し出したとき、ふつうは左手で受けとるものだろう。わざわざ右手を使ったのは」

「左手を見せたくなかったから……」わたしは呟いた。

カシは右手で受けとったロスマンズの紙蓋を親指で器用に開き、振り出した一本を口にくわえた。煙草の箱を右ポケットに押しこみ、代わりにライターを出して火を点けた。男物で袖が長すぎる外套に隠されたカシの左手をわたしは一度も目にしていない。三本指どころか手首から先が失われていてもわからなかったろう。

被害者のクロエも、クロエと入れ替わった犯人の女も年齢は三十代らしい。もう若いとはいえないにしても、六十代や七十代の老女に見間違えられることはない年齢だ。他方でわたしが言葉を交わしたカシが年老いていた事実は疑いない。被害者も犯人もカシを演じるのが不可能であるとすれば、左手が三本指の女は事件の夜に平底船(ペニッシュ)の船内や横の遊歩道に三人いたことにならないか。

わたしは反論する。「カシが左手を見せないようにしていたとしても、小指と薬指がないからとは限らない、なんの気なしにたまたま右手を使ったのかもしれないし。……それはそれとして四人目というのは」

「〈ル・ムーリス〉にあらわれた女も、夏だというのに手袋を着けて手を見せないようにしていた」

日本人の指摘は見当外れではないか、礼装なら夏でも長手袋を着けるものだから。女が葬儀の帰りであれば、あるいはそう装っていたなら黒い手袋や黒いヴェールも不自然ではない。ホテルの女が川船の滞在者だとすれば、独立した一人として計算するのは理屈に合わないし、いずれにしても三本指の女が四人もいた可能性など考慮に値しない。三本指の左手をペイサックに見せている二人の場合も同じことで、〇時三十分に船から出てきた女はクロエ・ブロックだろう。この事件に三本指の女は一人しか存在しない。

ジャン＝ポールが口を挟む。「身分証明になる品は犯人が残らず持ち去っているが、被害者には際だった身体的特徴がある。クロエ・ブロックの身許を確認するため三本指の女の捜索はもうはじめたよ。公的な支援や保護を得るため身体障害者として登録されていれば、被害者の身許はじき判明する。ただし外国人でなければ」

被害者がパリ市民なら一日二日でわかるのだろう。もう少し時間が必要かもしれないが、フランス国民の場合も。しかしクロエ・ブロックが外国人旅行者だったら簡単には突きとめられない可能性が高い。犯人がパスポートなどを処分したのは被害者の身許を警察に知られないためだ。首と同じように手首も切断できるのに犯人はそうしていない、特徴的な三本指の屍体が警察に渡っても被害者の身許確認は難しいからではないか。

午後九時三十分にムスリマの扮装で船を出たクロエ・ブロックは、アラブ人街の珈琲店(カフェ)で替え玉の女Bと入れ替わった。服を替えて〈ル・ムーリス〉にチェックインし、黒いスーツケースを客室に置いてから〈小鴉(コルネイユ)〉まで歩いた。

ホテルに持ちこんでいる点からして、協力者のアラブ人にスーツケースを渡したという当初の仮説は否定される。人気のない路地かどこかで鞄を開いて中身だけ渡したのだろう。

「現場付近から黒のスーツケースは発見されていないのね」

「殺人現場を離れるとき、犯人が持ち出したんだな」

クロエが喫茶店（カフェ）の地下から運び出した鞄Aはホテルの客室にいったん置かれたのち、翌日のチェックアウトの際にまた運び出された。替え玉の女Bが〈小鴉（コルネイユ）〉に運んできた鞄Bの行方もはっきりしている。ペイサックの目撃証言によれば午前〇時三十分にスカーフの女が船を下りてきた。この女は黒のスーツケースを持ったまま姿を消している。

前後の状況は、午前〇時三十分に船から出てきた女がクロエの殺害犯であるらしいことを暗示している。この推論はしかし、船から出てきた女が三本指だったというペイサック証言によって覆されてしまう。それでは犯人の女は、三方から厳重に監視されていた船をどんなふうにして脱出しえたのか。川を泳いだという可能性もすでに否定されている。船の右舷側はロワイヤル橋の上の捜査官が、船尾側は〈どんぐり（グラン）〉の窓に張りついていた捜査官が見張っていたからだ。それに船尾の梯子は畳まれて後部甲板に引き揚げられていた。

この謎は別の謎を生じさせる。すでに三本指の女は殺害されているのだから、犯人がスカーフを着けて船から下りてきたとは考えられない。とすると、午前〇時三十分にペイサックが目撃した女はいったい何者なのか。その女がクロエだったとすれば、〇時三十分の時点で殺人事件はまだ起きていないという以前の想定に戻るしかない。女Bを船内に残してクロエは船を出たことになる。

死亡推定時刻の下限は午前一時二十分だから、残り五十分のあいだにクロエはシスモンディに電話し、船に戻って殺害されたことになる。首の切断や屍体装飾は殺害後にやればいいし、時間的には充分に可能だ。

午前〇時三十分以降〈小鴉（コルネイユ）〉は遊歩道のベンチからペイサックが、〈どんぐり（グラン）〉からDST捜査官の男が見張っていた。ロワイヤル橋の上から監視していたガレル捜査官はクロエを上流のカルーゼル橋まで追跡している。見失ったあとは大急ぎで元の監視地点に戻った。

〇時三十分に〈小鴉（コルネイユ）〉を出たクロエは、カルーゼル橋を経由し川を泳いで船に帰ってきたと考えるしかない。船尾はもう一人の捜査官が監視していたから、舷側から船に上がったことになる。ガレル捜査官がロワイヤル橋の監視地点に戻るまでに、それは時間的に可能だろうか。カルーゼル橋からロワイヤル橋まで徒歩で移動したガレル捜査官にたいし、タクシーを使えたらしいクロエは数分早く目的地に着けたろう。その数分で川から船に戻れたろうか。スーツケースは川縁に放置し服は着たまま泳ぎ出したなら絶対に不可能と断言はできないので、とりあえず戻れたと仮定してみよう。

舷側から船に這い上がり船室に入ってきたクロエに、殺意を剝き出しにした女Bが襲いかかる。頭部を碇（いかり）で殴打された被害者は、雑誌と天井に三本指の血染めの手形を残して絶命した。しかし、クロエが船を出た午前〇時三十分から屍体が発見される午前二時まで、〈小鴉（コルネイユ）〉から出てきた人物は一人も存在しないことが、ペイサック、ガレル、カシと船の付近にいた三人からそれぞれに証言されているのだ。犯人の女Bが船から脱出できたとは考えられない。

殺人や首の切断が行われたのは何時ごろか、被害者はどのようにして船に戻ってきたのか。こうした問題は度外視して、午前〇時三十分以降も犯人は船内に潜んでいた可能性を検討しておこう。

殺人現場の船はロワイヤル橋の上、河岸遊歩道のベンチ、〈どんぐり（グラン）〉と三方から監視されていた。午前〇時三十分以降、監視に隙ができたのはシスモンディを追ってガレル捜査官が橋を離れた八分ほど、そしてカシがベンチを離れペイサックが戻ってくるまでの十二分のことにすぎない。ただし後者の十二分間はガレル捜査官がすでに橋の監視地点に戻っていたから、犯人が船から遊歩道に出られた可能性はない。では前者の一、二分の隙を突いて、犯人が右舷から川に入ることはできたろうか。

しかし、そのとき前部甲板と船室が無人だった点はわたしが確認している。また河岸のカシの視界に入っているから、前部甲板から犯人が川に入ることは難しい。船室から後部甲板に出るドアは施錠されていたし、なにより〈どんぐり（グラン）〉からの監視の目がある。このように犯人には後部甲板から川に脱出する道も閉ざされていた。

船の屋根を立って歩けば気づかれてしまうが、這って移動すればカシの視界に入ることなく川から脱出できたかもしれない。ただし屋根から人が飛びこめば大きな音がしてカシや、船内のわたしも異変に気づいたろう。この問題を度外視しても屋根からの脱出は不可能といわざるをえない。カシの目があるため前部甲板から屋根に上がることはできないし、〈どんぐり（グラン）〉の監視者のため後部甲板からも無理だから。

この八分を逃してしまえば、わたしの通報で警官隊が駆けつけるまで〈小鴉（コルネイユ）〉はまたしても三方からの監視下に置かれていたから犯人の逃走は不可能だ。犯行後も船内に隠れていた犯人が、多少の時間が経過したのち船を脱出したという想定には根本的な無理がある。

午前〇時三十分にペイサックが見たのが犯人の女Bだったなら辻褄は合う。しかし、この想定は女の左手が三本指だったという証言によって否定される。いったん〈小鴉（コルネイユ）〉を出たクロエが、早業で船に戻ってきたとするしかない。とすると今度は犯行を終えた女Bが船から脱出できなくなる。この矛盾と撞着（どうちゃく）は解消できるのだろうか。根拠の薄弱な仮定に仮定を重ねてみても迷路の奥に迷いこんでしまうばかりで、わたしは髪の毛を掻きむしりたい気分だった。

そのとき閃いたことがある。ペイサックを事情聴取したジャン＝ポールは「肝心なところ」をまだ聴き出せていないと洩らしていた、その証言には疑わしい印象があるとも。

「ジャン＝ポール、あなた、ペイサックを再聴取したの」

巨漢が顔を顰める。「そのつもりだったが、目を離している隙にロワイヤル橋下のねぐらから姿を消してね。なにか後ろ暗いところがあるんだろう、事情聴取の際に適当な嘘を並べたとか」

〇時三十分の女が三本指だったという証言が事実でなければ、犯人と被害者の動きにかんする限り事件の謎は解ける。しかしペイサックは、三本しか指がない左手やドレッドに編んだ髪も見たと確言していた。スカーフでは隠しきれない目元や鼻の形からも、船に滞在していたクロエに違いないとも。あのときの言葉が残らず嘘だったとも思えないのだが。

「見間違いなのか、でなければ嘘の証言をしたんだ。どこに隠れようと二、三日で捕まえてやる。ちょっと揺さぶれば本当のことを喋るだろうさ」

パパが国土監視局（DST）から入手した新情報で、まだ輪郭は曖昧ながら〈小鴉（コルネイユ）〉事件の犯人像も浮かんできた。女Bの背丈や躰つきはクロエ・ブロックと似ている、おそらく年齢も。国土監視局（DST）が詳しい情報を出そうとしないため明確ではないが、パレスチナ過激派の協力者かもしれない。

一方では消えた手紙を餌にシスモンディを〈小鴉（コルネイユ）〉に招きよせた可能性があるし、他方では被害者の首を切断し無頭女（メドゥーサ）を模して屍体装飾をしてもいる。クロエと称していた被害者と同様、犯人のほうも無頭女（メドゥーサ）や戦前のトランク詰め屍体の事件となんらかの関わりがあるようだ。二人のあいだにはパレスチナ過激派の工作員と協力者という以上の関係が隠されている。エルミーヌ・シスモンディの存在は、この二人にどんなふうに絡んでいるのだろう。

「あなた、事件直後はシスモンディを疑っていたけど」ちょっとジャン＝ポールをからかってみる。

「評論誌に残った血染めの手形が犯人を指していると、嬢ちゃんも考えたんじゃないか。あれはシスモンディを犯人として告発する、ダイイング・メッセージではないかってね。わからんのは天井の血染めの手形よりも、あの忌々しい首なし屍体のほうだ。カケルさん、なんか面白いこと思いつきませんかね」

イヴォン・デュ・ラブナンと無頭女（メドゥーサ）をめぐるもろもろは、〈小鴉（コルネイユ）〉事件の捜査に必要な限りで警察に知らせる許可をリヴィエール教授から得ている。その場合でも教授からの新情報は、パパとジャン＝ポール以外には伝わらないようにするつもりだ。捜査情報として共有されると、どこから外に洩れるかわからないから。

イヴォンとクロエはもちろんクレールやシスモンディにかんしても、〈小鴉（コルネイユ）〉事件との関係で興味本位に報道されて無責任な噂の種になることがないように配慮すること。それがリヴィエール教授の意向だし、わたしの希望でもある。

困惑しているジャン＝ポールに、カケルが無頭女（メドゥーサ）のことを語りはじめた。「一九三〇年代にパリで暮らしていた日本人画家の吉田は、首のない女の絵を描いています。右手に小さな壺、左腕に蛇を巻きつけた裸女のデッサンで、乳房には星形、腹部には螺旋（らせん）の模様が描かれている。吉田によれば無頭女（メドゥーサ）の図像だとか」

「女の怪物メドゥーサは首を切られて退治されたという。そのデッサンを見たことのあるやつが、絵を真似てクロエの屍体を細工したのかもしれん。ヨシダとかいう日本人画家が、まさか〈小鴉（コルネイユ）〉事件の犯人ってわけじゃないですよね」

「吉田は一九四〇年に帰国しています。存命の吉田がパリを再訪し、あの事件を惹き起こしたとも思えません。小劇団〈無頭女（メドゥーサ）〉のロゴとして、吉田は問題の図像を描いたらしいんですね。クロエ・ブロックは〈無頭女（メドゥーサ）〉に参加していた。さらに一九三九年には、〈小鴉（コルネイユ）〉の事件に酷似した首なし屍体事件が三件も連続して起きたようです。トランク詰めで遺棄されていた女の屍体は三体とも首が切断され、躰には奇妙な模様が血で描かれていた」

バルベス警部が鼻を擦（こす）る。「私はまだ子供だったが、その事件のことは耳にした覚えがあるな。首なし屍体詰めのトランクは、たしかパリの終着駅（ガール・テルミナル）で順番に発見されたんだ」

「ええ、一月にオステルリッツ駅、四月にモンパルナス駅、九月にサン・ラザール駅で」

「首なし屍体だったという朧（おぼろ）な記憶はあるが、躰に模様が描かれていたとはね」

「警視庁が情報を伏せていたので、無頭女（メドゥーサ）を手本にした模様のことは捜査関係者しか知らなかったとか」

「しかし、どうしてカケルさんは知ってるんですか」

日本人がわたしの顔を見る、リヴィエール教授の回想についてジャン＝ポールに伝えろというのだ。「わたしの先生が結社〈無頭女（メドゥーサ）〉のことを口にしていたとカケルが思い出し、話を聞いてみることにしたの。教授が寝室に飾っていた無頭女（メドゥーサ）のデッサンを描いたのは親友のイヴォン・デュ・ラブナンで、ドイツとの戦争がはじまる直前のことだった」

「なんと、イヴォン・デュ・ラブナンかね」巨漢が眼を見開いた。「嬢ちゃんの先生が、クロエ・ブロックのことも知ってたんだね」

わたしは頷いた。「その年の春から夏にかけて短いあいだのことだけど、二人はとても親しくしていた、ほとんど恋人同士のように。でも、その時点で十九歳だから〈小鴉（コルネイユ）〉の滞在者ではないわね。とはいっても名前が偶然の一致とも思えない。なにしろイヴォンが個人的に捜査していた首なし屍体と、川船の滞在者のほうもまったく同じような状態で発見されているんだから。昔のクロエは一九三九年の六月に失踪したままのようだけど」

リヴィエール教授の話から捜査に関係のありそうな箇所を要約して、わたしはジャン＝ポールに伝えた。昔のクロエがシスモンディの生徒だったことには触れないようにして。

どこかで生きているかもしれない本物のクロエ・ブロックを警察に捜索させるためには、クロエに関係する情報をジャン＝ポールに提供する必要がある。卒業したリセのことも含めて。クロエを捜す過程で警察は、女性教師と女生徒の四十年以上も昔の恋愛関係まで洗い出してしまうかもしれない。その場合はジャン＝ポールに口止めしなければ。事件の真相を究明するためとはいえ、無責任な噂が広がるのは本意ではないから。

「三年前のラルース家事件のときも名前が出たデュ・ラブナンというのは、ピレネー地方の対独抵抗運動では伝説的な指導者だね。私は面識がないんだが、あんたのパパは占領中に接触したことがあるようだ。しかし〈小鴉（コルネイユ）〉事件の被害者の他に、まだ生きていれば六十歳近いクロエ・ブロックが一九三九年に姿を消していたとはね」

　わたしは切り出した。「イヴォンの前から消えたクロエのその後を、もちろん警察は捜査するわよね」

「そう簡単じゃないだろうな。三十九年も昔のことで、失踪した直後から戦争と占領の時代になるわけだから。まずは警視庁の資料保管庫に刑事を潜りこませ、戦前のトランク詰め首なし屍体の事件のことを調べることにしよう。戦前にブロック家の住居だったという、トロカデロのアパルトマンについても。所有者が替わっていても、売買契約を遡（さかのぼ）っていけば、ブロック家に行きあたるはずだ」

「もうひとつあるんだけど」

「なんだね」ジャン＝ポールが太い眉を上げる。

「カシの正体がわかるかもしれないの。たぶん本名はゾエ・ガルニエ、一九三七年に音楽演劇学校（コンセルヴァトワール）の学生だったというから、歳は六十前後かしら」音楽演劇学校（コンセルヴァトワール）の演劇部門は第二次大戦後に高等演劇学校として独立しているが、ゾエ・ガルニエの記録は残っているだろう。「モーリス・オーシュという協力派（コラボ）映画人の線からも捜せそう、まだ生きていればね」イヴォンに目撃された屍体がオーシュ本人だったら、警視庁でも発見するのは不可能だけれど。

　戦前から現在にいたるゾエの人生を追跡してみても、得られる結論が住所不定の野宿者ということなら、警察がカシを発見する役には立ちそうにない。それでもカシの正体がゾエだと確認できれば〈小鴉（コルネイユ）〉事件の捜査には有益だろう。クロエ・ブロックとシスモンディに加えゾエ・ガルニエという三人目の登場人物によっても、今回の事件と三十九年前の事件は繋がっていると確認できるからだ。

　現在の事件が過去のそれの反復として意図的に演じられたことは疑いない。おそらく偽名でクロエ・ブロックと名乗っていた被害者と、無頭女（メドゥーサ）を手本にして屍体を装飾した犯人と、この二人に共通する謎めいた意志によって。

第十二章　双子の運命

1

ソルボンヌの中庭や大学周辺の珈琲店（カフェ）は夏の長期休暇（ヴァカンス）の話題に熱中する学生たちで溢れている。わたしは大学からモンパルナス墓地まで歩くことにした。急がなくても約束の時刻には充分まにあいそうだし、初夏の陽光を浴びて軽く汗をかくのも悪くない。

大学からサン・ミシェル通りをまっすぐ進んで、ダンフェール・ロシュロー広場まで歩いた。地下墓地（カタコンブ）の入口がある広場のところを右折すると、古びた石塀が見えてくる。蔦（つた）に覆われた塀の向こうはモンパルナス墓地だ。しばらく進んで右に折れると、石柱の門で緑色に塗られた鉄扉は左右とも大きく開かれている。墓地の敷地に入ると石畳の小道の左右には大小の墓が列をなしていた。樹木で囲まれているせいか、墓地内は表の埃っぽい街路より少しは涼しく感じられる。

じきに目的の墓に着く。地味な墓石は広大な墓地の隅のほうにある。約束の時刻の五分前で誰もいないけれど、じきにカケルも姿を見せるだろう。思いついて少し離れた墓石の陰に身を隠した。

珈琲店（カフェ）でなくモンパルナス墓地で待ちあわせようと提案したのはわたしだ。墓地の中央広場がわかりやすいかとも思ったけれど、エドガール・キネ通りに面した門に近いボードレールの墓に決めた。そこならクレールのアパルトマンまでほんの数分だし。

待ちあわせ地点としてボードレールの墓を選んだのは、ちょっとした悪戯（いたずら）でもある。縦長の台形をした石柱はもともと詩人の義父ジャック・オーピックの墓だったから、ボードレールという詩人の実父の姓は目立たない感じで下のほうに刻まれている。七歳の子供から最愛の母を奪った野卑な軍人はシャルルの生涯の敵だったから、義父の墓に入れられた詩人は心外だったのではないか。はじめて来たときはボードレールの文字が目立たない墓の前を通り過ぎてしまったが、カケルは迷わないで辿り着けるだろうか。

父親と不仲だった詩人という点から、イヴォン・デュ・ラブナンを連想したこともある。第二帝政に反逆した二つのB、ブランキとボードレールが少年イヴォンの英雄だったようだし、首なし屍体事件を追っているわたしたちには恰好の待ちあわせ場所だろう。

迷う様子もなく早足で小道を歩いてきた日本人が、ボードレールの墓の前で足を止めて無表情にこちらを見る。どうやら悪戯は空振りに終わったようだ。素知らぬ顔で隠れ場所から出たわたしは、カケルの腕を取って歩きはじめる。

「子供のころからイヴォンはボードレール詩集を愛読していたとか。でも性格は似ていないというかむしろ正反対ね、なにしろ陽気な行動的ニヒリストと憂愁の詩人だから。ボードレールも二月革命のときは熱に浮かされたように興奮して、パンテオン広場で義父の拳銃を振り廻していたともいうけど」

「二人は似ていると思うよ、享楽に憑かれていた点で」

カケルのいう「享楽」はジャック・シャブロルの概念で、死と隣接する恐怖と表裏の極限的な快楽を意味している。ジョルジュ・ルノワールによればエロティスムは「死にまでいたる生の高揚」だ。発想に似たところが窺えるのは、シャブロルとルノワールが友人だったからだろうか。

話題を変えて昨日からの疑問を問い質してみる。「イヴォンのノートを読んだのなら、無頭女のいわれは教授の話を聞くまでもなかったんじゃないの」

もちろんノートなど存在するわけはない。リヴィエール教授から聞いた話だということをシスモンディに伏せておくために、カケルが適当なでたらめを並べたにすぎない。

「一九三九年四月から九月までは連日のように、あとは間を置いて一九四四年二月まで書き継がれたノートで日記や忘備録ではないからね。心象風景や思想的な考察が思いつくままに綴られていて、無頭人や無頭女という言葉は頻出しても具体的なことはほとんどわからない」驚いた、イヴォンのノートは本当にあるらしいのだ。

「とするとイヴォン・デュ・ラブナンの話を聴くためにリヴィエール教授に会ったわけね」わたしに問いつめられても、日本人はいつもの無愛想な顔つきで返事もしない。

「そのノート、わたしも読みたい」

カケルは頷いた。「感想を聞きたいからと手渡された古いノートだけど、早くからマチルドと友達だったきみの手元にあるほうが適切かもしれない。スペイン時代に撮られたらしい少年兵イヴォンの貴重な写真も挟まれているし」

その写真は見たいものだ。「今回の事件と関係ありそうでリヴィエール教授の話からは洩れていたようなこと、イヴォンのノートには書かれていないの」

「ないとはいえない、ただし教授の語り落としを埋めるような記述は見当たらないね」

あのとき黙説法（レティサンス）が使われていたろうか、わたしには思いあたらない。それよりもイヴォンのノートに書かれていたことを訊き出さなければ。

わたしたちは墓地からエドガール・キネ通りに出た。ジャン＝ポール・クレールのアパルトマンがある建物は古めかしい石造建築ではない。各階のテラスを装飾している青いプラスティック板が現代的な印象の、真新しいコンクリート建築だ。腕時計を見ると約束の午後四時まであと五分で、これなら約束の時間ちょうどにドアを叩けそうだ。

玄関ドアを開いたのは三十歳ほどの神経質な感じのする女性、タイピストのアナベラ・モランジュだった。アナベラの背後から代理秘書のマルク・ドゥブレが顔を見せる。アナベラより十歳ほど年長に見えるドゥブレは似たような経歴の哲学者アンドレ・グリュックスマンと同世代のようだ。

しかし長身のグリュックスマンと違ってドゥブレは小柄だし躰つきも華奢で、かつてマオ派の革命組織を率いていたとは思えない。これでは巨漢揃いの「機動隊の人殺し（CRS・アササン）」たちを相手に街頭で互角に闘うのは難しかったろう。ちなみに「機動隊の人殺し（CRS・アササン）」というのはデモ学生が警備の暴力警官に投げつける罵倒用語だ。

「クレールは昼寝中なので少し待ってもらえますか」

ドゥブレを疑っているシスモンディの差し金で、わたしたちが手紙の消失事件を調べていると思っているからか、男は不機嫌そうに眉根を寄せている。どう見ても来客を歓迎する態度ではない。

「かまいませんよ」友好的な雰囲気ではないのに、どうしたわけかカケルとしては円満で常識的な態度だ。

わたしはドゥブレの左手に注目していた。小指の第一関節、薬指と中指と人差し指の第二関節を結んだ線から手の甲の上半分までが包帯で幾重にも巻かれていて、これでは親指以外の指は曲げられそうにない。〈小鴉（コルネイユ）〉の屍体とは違って、小指と薬指が根元から欠けているわけではないけれど少し気になる。

「怪我でもしたんですか、その左手」

「ドアに挟んで傷めたんだけど」だからどうしたと無遠慮な質問を咎（とが）めるような表情だ。

わたしは弁解じみた言葉を口にする。「なんだか痛そうなので」

わたしたちは居間の三人掛けソファに腰を下ろし、ドゥブレは硝子テーブルを挟んで向かい側に席を占める。わたしが雑談の話題を考えていると、先にカケルがポケットから写真を出した。

手札サイズの写真には、岩だらけの磯を背景に若い男女が写っている。ミノタウロス島の海岸でコンスタン・ジェールとわたしが親しそうに話している写真だ。しかしこんな写真を撮影された覚えはない。知らないうちに盗み撮りされたに違いない。この点でも常識的な日本人像を裏切って、カケルはトランジスタラジオと同様にカメラも所持していない。とすると隠し撮りしたのは何者で、カケルはどうやって写真を手に入れたのか。

「ご存じですよね、この青年」

写真のコンスタンは海風に髪を乱している。写真を手渡されたドゥブレは興味深そうに眺めはじめ、さらに写真とわたしの顔を見較べて呟くようにいう。

「怖ろしい体験をしてクレタの小島から生還したというのはきみだったのか。去年の事件の前からコンスタンのことは知っていたのかい」

「医学生だったフランソワ・デュヴァルに紹介されたんです。マオイストとは別のグループですが、バスク解放運動の活動家だったアントワーヌ・レタールにも。あなたの話はフランソワから聞いていました、医学部の先輩に優秀な外科医がいるって」

警戒を解いた様子でドゥブレが笑いかける。「そうだったのか、シスモンディの手先だろうと疑っていたけど」

「こちらのムッシュ・ヤブキ、たしかに頼まれて消えた手紙を捜していますがシスモンディとは立場が違います、あなたを疑っているわけではないし。……事件の話を聞かせていただけませんか」

「なんの証拠もないのに思いこみで疑いをかけられて、僕もアナベラも困惑してるんだ。ペレッツや僕に最愛のクレールを奪(と)られるんじゃないかと怯え、シスモンディは正常な判断力を失っている。嫉妬心から手紙事件を口実にしてわれわれをクレールの周囲から排除しようと企んでもいる。日本人の探偵が真に有能で僕の無実を晴らしてくれることを期待するよ、なんでも訊いてくれてかまわない」

断りもなくドゥブレに写真を見せたカケルの無神経さに、わたしは腹立たしい思いを抑えられない。おぞましい記憶を刺激するようなことは遠慮してほしい。あの事件による精神的外傷が癒えたのかどうか自分でもよくわからないのだし。精神的に強靭すぎる青年にはなんでもないことでも、わたしの脆弱(ぜいじゃく)な心はミノタウロス島で体験した恐怖の重圧で卵の殻さながらに押し潰された。いまは小康状態でも、ちょっとしたことで外傷神経症が悪化するかもしれない。

本当は繊細な青年なのにときとして傍若無人で無神経とも感じられる態度を見せる、わたしにも第三者にも。そんなことがあるとカケルと一緒にいられるのかどうか不安になる。写真の件はドゥブレの警戒心を解く点では有効だった、それは認めるがしかし……。

　書斎に戻ったアナベラが作業をはじめたのか、タイプライターの打鍵音が居間まで聞こえてくる。クレールが吹きこんだテープをタイプ原稿に起こすのが仕事だという。さりげなくドゥブレから生地や生年を訊き出したカケルは、手紙が消えた日の出来事に話題を移した。わたしも隣で耳を傾けていたが、シスモンディやクレールの話と大きく喰い違う点はなさそうだ。

「三時十五分にクレール氏がクリスタルの水差しを床に落としたとか、物音は書斎まで聞こえましたか」

「アナベラと仕事の話をしていたし、ドアはしっかりしている。ふつうの話し声は届かないが、ものが床に落ちるときの軽い響きとシスモンディの叫び声は、ドア越しでも聴きとれた。『大丈夫なの、わたしが拭きますから』という声だった。五分ほどしてからドアを細めに開いて居間を覗きこんでみると、安楽椅子のクレール一人でシスモンディの姿はなかった。人払いをしての会話は終わったようなので、そろそろ玄関室（アントレ）の荷物を片付けることにしようと」

　わたしが確認する。「書斎から居間を横切って廊下に出るとき、冷蔵庫の辺りで足を止めたとか。どうしてなんですか」

　廊下からドアを開いて居間に入るとすぐ右手に大型の冷蔵庫がある。目の不自由なクレールが調理室まで行かなくても、飲み物などを出せるように設置されているのだ。

「書斎のドアから顔を出したアナベラに訊かれたのさ、冷蔵庫にリモナードが冷えているかどうか。足を止めて冷蔵庫を開き、棚を掻き回してから『見あたらないな』と返答してそのまま廊下に出たよ」足を止めていたのは十秒か二十秒ほどらしい。

　細かく問い質してみたが確認ずみの事実しか浮かんでこない。冷蔵庫の前で足を止めたとき腕が急に五メートルの長さに伸びたのでもない限り、ドゥブレに手紙は盗めそうにない。

　カケルが質問の方向を変える。「ところで手紙が消えた日の前後、指にでも怪我をして絆創膏を使いませんでしたか、その小卓の抽斗に入っている絆創膏ですが」

「いいや」ドゥブレはかぶりを振る。「それに怪我したとき、僕やアナベラは書斎の救急箱にある薬品や絆創膏を使う」

すでに確認された事実なのに、ことあらためてカケルが質問する意味がわからない。それに指の怪我の時期が問題なら手紙事件の六月四日ではなく、〈小鴉(コルネイユ)〉で首なし屍体が発見された六月二十二日前後のことではないかと尋ねるべきだ。

手紙が消えた謎をめぐる質問も尽きたころ、書斎のドアが軋(きし)みながら開いた。ニットのカーディガンを着たクレールがタイピストに付き添われて居間に入ってくる。老人が昼寝をしていた主寝室は化粧室に、化粧室は書斎に通じている。目を覚ましてベッドを出た老人はこの順路で居間まで来たようだ。

タイピストのアナベラ・モランジュは、一緒に仕事をしているドゥブレよりも背丈がある。髪は栗色のボブで、くっきりした意志的な顔立ちの女性だ。細身のジーンズに白いブラウスという質素な服装で化粧は薄い。ドゥブレと同じ政治組織で活動していた「五月」世代だというが、それから十年たったいまも学生のような外見をしている。目が不自由で足許のおぼつかない老人を安楽椅子に坐らせて、三十すぎに見える女が「疲れないように」と耳元でいう。

わたしたちに挨拶してアナベラは書斎に去り、クレールが口を開いた。「アナベラも〈プロレタリアの大義〉で活動していた時期がある。日本ではマオイスト学生のグループが山奥の隠れ家で仲間の十数人を粛清し、直後に警察との銃撃戦で壊滅したとか」

「連合赤軍の事件ですね、一九七二年二月のことです」平静にカケルは応じる。「マオイストは半分で、もう半分は革命戦争を主張した日本独自の極左派(ゴーシスト)の残党ですが」

「赤軍(アルメ・ルージュ)というと、同じ年の五月にテルアビブ空港で無差別銃撃事件を起こしたグループと同じなのかね」

「それはパレスチナ解放人民戦線(PFLP)と共闘している日本赤軍で、連合赤軍とは同じ幹から生えた別の枝というところかな」

同じ組織が共通の指導部の下、日本国内では連合赤軍、国外では日本赤軍として活動していたわけではないらしい。連合赤軍は壊滅しても日本赤軍は健在のようで、昨年はハイジャックした航空機の乗客の身柄と引き換えに、獄中の仲間六人を日本政府に解放させている。

坐り心地がよくないのか老人が椅子の上で身動きした。

「イスラエルでの空港銃撃事件なら私にも理解はできる。ミュンヘン・オリンピックの選手村襲撃と同種の事件だろうから」

まだリセの生徒だったけれど、わたしも六年前のこの事件のことはよく憶えている。一九七二年九月五日のことだ、パレスチナ解放機構（PLO）主流派ファタハの軍事組織〈黒い九月〉の戦闘員が、オリンピック選手村に侵入してイスラエル選手を人質に取ったのは。この事件は〈黒い九月〉側に五人、選手側に十一人の死者を出して終わった。

「興味をそそられたのは連行赤軍の粛清事件のほうだ。この事件について話してくれた日本人の友人は文学派でね、マオイストや極左派（ゴーシスト）の事情には詳しくない、どうしてそんなことが起きたのかまったく理解できないと口にしていた。

フランス大革命の恐怖政治（テルール）をはじめ革命派による粛清劇は珍しくないし、誓約集団では逃亡者や裏切り者は処刑されるのがふつうだ。それでも一ヵ月かそこいらで仲間の半分を殺してしまうというのは、ほとんどファンタスティックな出来事じゃないか。友人は『国民の半分が収容所に入っている国を社会主義とはいわない』とソ連を批判したが、構成員の半分がスパイや逃亡者だった革命組織とはいったいなんだろう。半分が半分を殺す以前に、組織を解散して最初からやり直すべきではなかったろうか」

連合赤軍事件については、わたしも友人の有馬から話を聞いたことがある。この事件をきっかけとして、一九六八年に高揚した日本の急進的学生運動は急速に退潮しはじめたのだという。銃火器による武装闘争を主張する連合赤軍は運動の最左派だったが、人数的には極小のグループにすぎない。

「クレールさんには誤解があるようですね。逃亡を企んだり指導部に異を唱えて粛清された例は少数で、大多数は『総括』の途中で自己批判に耐えられず死亡したと見なされたようです。そのため左翼や急進派のほとんどが、この異様な出来事を自分たちとは無関係なものと全面否定しました。

しかし連合赤軍の空想的な理論を批判し、指導者の人格を非難しても意味はない。厳寒の山中を舞台とした残酷で不可解な出来事には、クレールさんが語るところの友愛とテロルの交錯と相互転化の論理が、戦後の日本社会に固有のものとして宿されていたからです」

指導者が誰かを指名し、人里離れた山奥の小屋で「総括」がはじまる。中国の文化大革命では、紅衛兵が走資派や実権派とされた者を多人数でとり囲んで糾弾し、自己批判を要求する光景がいたるところで見られた。袋だたきにされ唾を吐きかけられ、町中を引き廻されて晒しものにされた政治家や知識人も多い。なかには自殺に追いこまれた者もいる。

司法制度とは無関係になされた暴行、拷問、処刑は数えきれない。紅衛兵同士の武装衝突によるものを含め、文化大革命十年の犠牲者数は数百万とも一千万を超えるともいわれる。紅衛兵の自己批判要求と同じようなことを、連合赤軍は山奥で小規模ながら繰り返したのだろうか。

たまたま選ばれた一人を全員で取り囲んで、革命兵士に自己改造するための「総括」を要求し、ブルジョワ的意識からの脱却が不充分だからと残忍な暴行を加えて死にいたらしめた事件は、同世代の左翼活動家たちに他人事とは思えない衝撃をもたらした。革命的ラディカリズムが自己徹底化の果てに連合赤軍事件に行き着いたのだとしたら、これまでのように革命を肯定する気にはなれない。というわけで、この事件をきっかけに左翼運動から離れた若者も少なくないという。

老人が顔を顰（しか）める。「兵士としての規律訓練が暴力的にすぎたということなら、わからないでもない。どんな軍隊でも鬼軍曹の暴力的な新兵訓練はあるし、それに耐えられないで自殺する者も珍しくない。しかし拷問も同然の仕方で追いつめて、仲間の半分を死なせたというのは理解に苦しむ出来事だな。どうしてそんなことになったんだろう」

「戦争から疎外された青年たちが、戦争に疎外されたんです」無表情にカケルは応じた。

「どういうことかな」

「先月、ローマで元首相アルド・モロの屍体が発見されましたね。赤い旅団による処刑です。昨年十月にはドイツ赤軍が経営者連盟会長を誘拐、殺害している。どうしてフランスの極左派（ゴーシスト）は自己判断で暴力を放棄した、放棄することができたんでしょうね」

日本の連合赤軍事件と同じ一九七二年には、フランスでも左翼急進派の運動が決定的な転機を迎えている。公営自動車企業のビヤンクール工場では、不当解雇撤回を求める移民労働者のハンガーストライキが行われていた。ハンストに連帯し、失業と人種差別に抗議するビラを工場前で配っていた青年活動家が、武装警備員に射殺されたのは二月のことだ。

国家と資本家の手先に虐殺された青年を悼んで、パリでは二十万人が行進した。友達と誘いあわせて、わたしもペール・ラシェーズ墓地までの虐殺抗議と追悼のデモには参加した。そこにはクレールなどフランスを代表する左派知識人や社会党の政治家をはじめ、人気歌手や映画女優までが顔を揃えていた。

虐殺の報復としてマオイスト急進派は労働者解雇の社内責任者を誘拐した。しかし、企業あるいは政府に要求を突きつけることなく二日後には解放してしまう。追悼デモ参加者たちの多くはマオイスト過激派によるテロリズムに批判的だったし、他の左翼主義（ゴーシズム）の諸派も誘拐作戦に否定的だった。得るところなく捕虜を釈放したのは、革命的暴力の行使について当事者の意志が不鮮明だったからだろう。

「きみの質問には僕が答えよう、当事者だったからね。六年前のことだが、ビヤンクールの工場前で武装警備員に仲間が射殺された事件のことは知ってるかい」日本人が頷いたのを見てドゥブレが続ける。「われわれはフランス共産党の議会主義的な穏健路線に、民衆の能動性に依拠した直接行動と直接民主主義を対置して闘っていた。しかし激動の『五月』から四年が経過して、革命の熱気が冷めかけていたことは否定できない。フランス社会はブルジョワ的な安定を取り戻そうとしていた。

そんなときに起きたんだ、ビヤンクールでの虐殺事件は。これまでとは異質な、敵味方を問わず人の生死が賭金となる領域に運動は突入しようとしている。殺人を含む革命的暴力の問題が、もはや理論的可能性ではない露骨な現実問題として提起された。僕は言葉を思い出していた、『闘いか死か、血みどろの闘争か無か。問題は厳としてこのように提起されている』という」

「革命青年を鼓舞するジョルジュ・サンドの言葉ですね、プルードンを非難したマルクスの本に引用されて、世に知られるようになったのには引っかかりますが」

ドゥブレが苦笑する。「いまでは昔の仲間の半分は反マルクスで人権派だが、きみも同じなのかい」

「日本人にとって人権は輸入品の空疎な言葉にすぎません。それで、もう半分は」質問にはじかに答えないでカケルは反問した。

「神秘派かな、天使だのカバラだのに熱中しているから」

マオイズムを放棄したあとユダヤ思想に目覚め、カバラの研究をはじめたというのはクレールの秘書でドゥブレの元同志ピエール・ペレツのことではないか。いまでも二人は親しいようだが、ユダヤ思想への傾倒まで共同歩調をとっているわけではないらしい。ユダヤ教やキリスト教と仏教の違いはあっても、神秘派に回心した極左派（ゴーシスト）という点ではペレツやクリスチャン・ジャンベとカケルには共通するところがあるようだ。ペレツとカケルでは人柄も性格も大違いだとしても。

「ビヤンクールの事件が二月、四月にはノルマンディの鉱山町で労働者家庭の若い娘ブリジットの切断された裸の屍体が発見されたんですね」

この地域では若い女性のバラバラ屍体の発見が相次いで、まるで一九三九年のトランク詰め首なし屍体の事件が再来したかのようだった。警察はブリジット事件の犯人として、地元の名士でブルジョワ男のルロワを逮捕する。状況証拠は揃っていたが判事は物証が不十分だとしてルロワの釈放を決定した。

この事件はマオイスト活動家たちの義憤を煽った。ブルジョワ男が労働者階級の女性をレイプして殺害し、もっとも無残な手口で屍体を冒瀆しても、ブルジョワ国家の司法は犯人を罰することがない。さらにブリジットは「尻軽女」だったという噂が広められ、被害者は死後も辱められた。

この事件こそ階級支配の不当と不正義を露骨に示すものだとして、マオイストたちはブリジットの名誉回復とルロワの処罰を要求した。〈プロレタリアの大義〉は現地闘争のため、問題の田舎町に多数の活動家を動員した。ブリジットの事件は鉱山労働者たちの怒りに火を点け、小さな田舎町は抗議運動の高まりのなかで騒乱状態に陥っていく。

「われわれにとってブリュエ・アン・ナルトワは、退くに退けない決戦の地だった。ビヤンクールでは不発に終わった血の階級的報復を、今度こそ最後までやり遂げなければならない。〈プロレタリアの大義〉は人民裁判を提起し、ブルジョワ司法が野放しにした犯罪者に人民の鉄槌を下す寸前まで事態は進んだんだが……」

しかし容疑者は拉致されることなく、人民裁判の計画は中途で放棄される。実行役に指名された活動家が、誘拐の指示を拒んで姿を消したからかもしれない。

わたしは尋ねた。「コンスタンが命令を拒否して逃亡したからですか」

「コンスタンの件は最終局面でのことだ。抗議の集会やデモが繰り返され、町の人々の怒りは高まり続けた。群衆がルロワを捕らえて縛り首にでもしかねない勢いだった。騒乱状態を前に、ピエールはサン＝ジュストを引用し民衆の革命的暴力を擁護した。しかし、われわれの行動を擁護してきたクレールが立場を変え、活動家のあいだに動揺が生じはじめる」

老人が口を開いた。「ルロワの有罪を証明する確定的な証拠は発見されていないのに、階級的憎悪の沸騰は推定無罪の原則を覆そうとしている。しかしリンチはブルジョワ裁判の反動的形態にすぎないんだ。そのままでは町の労働者たちが、リンチで黒人を殺害するアメリカ南部の白人と同じになりかねない。個人の運命は所属する階級によって決定される、ルロワはブルジョワであるが故に有罪だというピエールの極左的な主張に、私は異を唱えなければならないと思った」

監獄解放運動でマオイストと連携していたミシェル・ダジールも、暴徒化した民衆によるリンチや、それを革命的暴力として推賞する極左テロリズムを容認しない点でクレールに歩調を揃えた。人民裁判も裁判である限り制度的で権力的だ、求められているのは人民裁判ではなく自然発生的な人民の正義行為だと主張し、大革命の過程で起きたサンキュロット大衆による一七九二年九月の大虐殺を擁護していたダジールだが、リンチが実行されかねない鉱山町の光景を前にして立場を変えたらしい。

戦前と戦後と二つの世代をそれぞれに代表する二人の知識人による批判は、運動に潜在していた矛盾を表面化させる。それまでは二人ともマオイストの運動を支持していたからだ。クレールやダジールの制止を無視するなら、フランスの過激派（ゴーシスト）もイタリアの赤い旅団や西ドイツの赤軍と同じテロリズムの道を突き進むことになる。そうするべきか、それでいいのか。組織の内外で深刻な議論が繰り返され、意見対立は指導部にまで及びはじめた。

「グリュックスマンやジャンベが離脱してもピエールは人民裁判を強行しようとした。ルロワの誘拐を指示された活動家は、しかし命令に従うことを拒否して姿を消してしまう。その後も活動家の離反が相次いで、われわれは現地闘争の終結とノルマンディからの撤収に追いつめられた」

ビヤンクールとブリュエ・アン・ナルトワでの二つの事件を境にして、いたるところで試みられてきたマオイストの直接行動や実力闘争は下火になっていく。一九六八年「五月」から四年ものあいだ、工場や地域で革命的騒乱を惹き起こそうと精力的に活動してきたマオイスト組織も自主的に解散された。

クレールやダジールによる批判はきっかけだったのだろう。その一年後には、死にいたる致命傷を、ド・ゴールの権力にもたらした「五月」の熱気はすでに冷めていた。ラディカルな運動を続けようとするならイタリアやドイツの政治青年たちのように、フランス人も都市ゲリラと極左テロリズムの道を歩むしかないところに追いつめられていた。ビヤンクールでは殺されても闘う決意を、ブリュエ・アン・ナルトワでは闘うために殺す決意を問われたフランスの政治青年たちは、最終的にはテロリズムの道を拒否したことになる。

　カケルが質問する。「イタリアやドイツの都市ゲリラ派とは交流があったんですね」

「もちろん」ドゥブレが頷いた。「われわれもレバノンの荒地にあるパレスチナゲリラの基地で軍事訓練を受けていたし、日本赤軍と同じような共闘作戦を持ちかけられたこともある。ゲリラ基地では赤い旅団や西ドイツ赤軍とも一緒だった。

　組織の解散を決めたあと、イタリアやドイツの仲間からは激しく非難された。権力の弾圧に怖れをなしたのか、武装を解除して戦線逃亡するのかと。この非難に反論する者もいたよ」

　漠然とした話は耳にしていたけれど、ドゥブレたちのマオイスト組織が消滅するまでの経緯を詳しく聞いたのは初めてだった。殺し殺される決意を引き受けようとして連合赤軍は「総括」のため自滅し、フランスのマオイストは引き返すことに決めた。そしてイタリアやドイツの極左派は、たったいまも暗殺やハイジャックや破壊活動（サボタージュ）を継続している。

「戦線逃亡だという非難に、どんなふうに反論したんですか」わたしは尋ねた。

「旧ファシズム国だったイタリアやドイツとフランスでは、政治的暴力への感受性が違うんだと」

　イタリアやドイツの親世代はファシズムに熱狂した過去がある。だから子の世代は、赤い旅団や西ドイツ赤軍のようにテロリズムを正当化してしまう。親たちの右の暴力も子たちの左の暴力も、人権と民主主義が定着していない精神的土壌に由来しているのではないか。

「日本赤軍や連合赤軍にも、イタリアやドイツの場合と共通する背景が指摘できると」

　カケルの問いにクレールが応じる。「日本は枢軸国でドイツやイタリアと手を組んでいたし国内体制もファシズム的だったようだから、ある程度まで同じ指摘が可能かもしれないな」

「枢軸三国であるけれど、日本とイタリア、ドイツには無視できない相違がありますね」

「相違は少なくないだろうが、たとえばどんな」

「この文脈で問題にしたいのは戦争の終わり方、終わらせ方です。イタリアでは支配層が分裂し、国王派のクーデタでムソリーニ政権は倒されました」

　連合軍のイタリア半島北上に呼応しながらドイツ軍とドイツの傀儡政権への抵抗闘争が闘われ、捕らえられたムソリーニはレジスタンスによって街頭で吊される。連合軍の軍事力という要素があるため簡単には同一視できないにしても、イタリアの戦争終結には第一次大戦の際のロシアやドイツと部分的には共通する点が見られるのではないか。

「敗戦革命とまではいえないにしても、民衆の抵抗による戦争終結という点で。他方でドイツは首都ベルリンが陥落し、総統ヒトラーが自殺するまで戦争は続きました。連合軍に国土の過半と首都が奪われるまで徹底抗戦したドイツ型と、民衆のパルチザン闘争で半ば敗戦革命的な状況が現出したイタリア型。いずれも侵略戦争をはじめた旧体制は一掃されました」

「敗戦に日本型があるというのかね」老人が首をかしげる。

「日本列島に敵軍が侵攻しても最後まで徹底抗戦する、『本土決戦、一億玉砕』を呼号していたにもかかわらず、天皇と戦争指導部は原爆投下やソ連参戦の直後にポツダム宣言を受諾して連合軍に全面屈服しました」

最高会議での天皇の意向が、この決定には反映されていた。「敗戦」ならぬ「終戦」を迎えた日本では主権者だった天皇の責任も問われることなく、天皇制は護持されたまま大戦後の世界に滑りこむことに成功した。

カケルが続ける。「イタリアでもドイツでもファシズム体制の協力者が、戦後も社会的に延命し地位を保った例は少なくありません。それでも日本のように侵略戦争内閣の閣僚が戦後に首相になるようなことはなかった。その程度には戦中と戦後は切断されています」

「途中で戦争をやめた日本ではファシズム的体制が温存され、戦中と戦後には連続性があると」

「ええ」日本人がクレールに無表情に頷きかける。「ただし、戦後日本社会の病理はもう少し複雑です。他の敗戦国と違って戦中と戦後の切断が不充分で曖昧だとしても、フランコの独裁体制が大戦後も続いたスペインとは違うんですね」

日本を占領した連合軍は極東軍事法廷で「平和に対する罪」を裁き、戦争指導層や協力者を追放した。また農地解放や財閥解体など上からの民主化を進めて、軍国主義日本の社会的基盤を解体しようと努めた。日本がアジア太平洋地域で二度とアメリカに軍事的に敵対できないようにする目的で、天皇を主権者とする帝国憲法を破棄し新たな憲法の制定をもくろんだ。占領軍の圧力に屈した日本政府は、アメリカが作成した憲法案を議会に提出し新憲法が成立する。

「新憲法で注目すべき点は戦争放棄条項です。交戦権の放棄はパリ不戦条約の理念でしたが、それでも第二次大戦は起きた。侵略戦争への自衛戦争を認めていたからです。ドイツも日本も戦争は自衛のためだと主張しました。日本の新憲法の画期性は、交戦権を行使するための軍備の放棄を明記した点にある。これなら自衛戦争と称して侵略戦争をはじめることはできません」

「しかし、戦後の日本にも軍隊はあるのでは」ドゥブレは不審そうだ。

「最新式の戦車と戦闘機と駆逐艦を所有し、世界でも有数の予算規模を持つ軍事組織ですが、これを日本政府は軍隊ではないと定義しています。いまのところ軍事行動が国内に限られる点で、自衛隊は活動を制限された半人前の軍隊とはいえるにしても」

憲法案に戦争放棄条項が書きこまれたのは、大戦後の世界に戦争は存在しえないというアメリカ国家の判断からだ。連合国の発展形である国際連合のもと国際紛争は平和的に解決する、もしも国連の決定に違反して軍事行動を起こす国があれば国連軍が鎮圧する。こうした第二次大戦直後のアメリカの見通しは中国革命、東欧の共産化、朝鮮戦争で次々に裏切られていく。米ソ対立が深刻化し、新たな形態での世界戦争ともいえる冷戦が開始された。

一九五一年のサンフランシスコ平和条約で連合国による占領は終結し、日本は主権国家の地位を回復する。しかし独立は形式的で、同時に締結された日米安保条約によって占領体制は実質的に継続され、戦後日本はアメリカの従属国として今日まで存在してきた。

「戦後一貫して政権を掌握し続けてきた日本の議会内保守勢力は、戦勝国イギリスの保守党、敗戦国ドイツのキリスト教民主同盟に対応します。経済的には資本主義を肯定し、外交的には反共親米、理念的には自由民主主義を掲げる点で。しかし相違も無視できません。日本の保守勢力は戦前の日本帝国を理念的に肯定しながら、アメリカの属国である現実に疑問を持たないという欺瞞的な二重性があるから」

ソ連との冷戦に突入したアメリカは、それまで推進していた上からの民主化を中止して共産党など左派勢力の弾圧に向かう。日本を反共国家として育成するため戦争協力者の追放を解除して復権を容認した。また日本に再軍備を要求し、この求めに応じて自衛隊が発足する。

建前的には軍隊でない奇妙な軍隊は肥大化し続けてきたが、とはいえ戦争放棄条項を削除する改憲は今日にいたるまでなされていない。社会党や共産党などの野党勢力が、改憲阻止に必要な三分の一の議席を確保してきたからだ。

「政治的には保守派に圧倒されてきた日本の左翼勢力ですが、一九六〇年代まで労働運動や学生運動、平和運動などの市民運動は強力だったし、メディアや教育の領域では主導性を確保していました。政治的には劣勢な左翼も文化的な領域では優勢だったんですね」

「知っているよ、そのことは。私の本が世界でもっとも売れている国のひとつなんだ、日本は。どこまで実際に読まれているものか、私にはなんともいえんが」老人が悪戯っぽい笑いを浮かべる。

日本人が応じる。「西側諸国でマルクス＝エンゲルス全集がいちばん売れた国で、マルクス主義者の大学教員数も最大かもしれませんね。そうした背景には戦後日本の特殊な社会意識があった」

十九世紀の半ばから産業化と近代化の道を歩みはじめた日本は、二十世紀に入るころには東アジアに小型の植民地帝国を築くにいたる。世界史上最後に登場した帝国主義日本は、非ヨーロッパ国による最初の帝国主義国家でもあった。帝国の版図拡大をめざして第一次大戦中から中国侵略を重ねた日本は、アメリカとの利害対立を非和解的なものとしていく。

「近代的な主権国家の体裁を整えて以降、日清戦争、日露戦争、第一次大戦と日本は対外戦争に勝利し続けます。国民は日本軍の不敗神話を信じこみ、戦争による賠償金や新領土の獲得を期待するようになる。アメリカとの開戦に際しても、そのニュースを国民の大多数は歓呼の声で迎えました。反戦を唱える左翼や自由主義者が弾圧のため一掃されていたからだとしても、この点は厭戦気分が瀰漫していた大戦直前のフランスと大違いですね」

老人が応じる。「われわれと違って、日本は第一次大戦の塹壕戦を体験していないからじゃないかね。あの戦争でフランスは百四十万人という犠牲者を出している」

「その通りです。第一次大戦に参戦したといっても中国のドイツ植民市を攻略した程度のことで、戦死者も四百人ほどにすぎない。しかもヴェルサイユ条約で中国山東省のドイツ利権やマーシャル諸島などの統治権という戦利品は確保できた。

日本の戦争はつねに海外で戦われて、民衆が居住地で戦禍に見舞われたことは一度もなかったんですね。そんな日本が戦略爆撃で焼け野原になり、最後には原爆を投下された。戦死者と戦災死者を合わせて三百万人以上という犠牲を出した末の無条件降伏です。惨めな敗戦を体験した結果、民衆レヴェルまで浸透していた好戦気分は一掃されて、二度と戦争はしたくないという厭戦気分が日本の戦後社会に は瀰漫しました」

民衆的な厭戦感情を理念化したのが大学やメディアを支配した左派知識人たちで、論壇は絶対平和主義に塗り潰された。教員組合の教師たちは平和の尊さを生徒に教えこみ、教育の場から戦争にまつわる一切は排除された。名目的には軍隊が存在しない日本には徴兵制もなく、戦後生まれの日本人は戦争の現実から遠ざけられたまま、いわば暴力と軍事の無菌状態で成長した。

「戦後日本の絶対平和主義とは」

ドゥブレの質問にカケルが答える。「憲法の戦争放棄条項を文字通りのものとして実効化すること。日米軍事同盟の破棄と米軍基地の撤去、自衛隊の解体。そして日本は中立国であると宣言する、非武装中立ですね」

クレールが口を開いた。「帝国主義国としてアメリカに敗れた日本は、歴史的経緯からしてネルーのインド、ナセルのエジプト、スカルノのインドネシアと同じような非同盟路線を選択しうる前提がない。西のドイツと東の日本は地政学的な条件からしても冷戦の最前線で、この点からも中立の条件はなかったのでは。しかも非武装中立とはね。非同盟路線の旧植民地諸国はむろんのこと、永世中立国のスイスにさえ軍隊は存在するというのに」

ドゥブレが口を出した。「コミュニストの戦略だったのでは。民衆的な厭戦感情に棹さし、非武装中立という美しい理念を掲げることで日本を武装解除して、あとはソ連軍の無血進駐を待っていればいい。じきに日本にも共産党政権が樹立され、東側の最前線国家になる」

「いや、非武装中立を唱えていたのはコミュニストではなくソシアリストなんです。日本の社会党はドイツ社会民主党がマルクス主義を放棄したあとも階級政党として自己規定していたし、ソ連との関係も親密でした。とはいえ社会主義革命のために非武装中立を唱えていたわけではない」

国際的な政治力学の具体的な分析や展望などはないまま、社会党や労働組合や左派知識人は非戦と平和の理想を語っていた。また選挙で表明され続けた国民の意志は、戦争放棄条項削除の改憲を否定し、他方で日米安保体制は維持するというものだった。

「一方で戦争放棄を掲げながら、他方で多数の米軍基地を置いている。自衛隊という軍隊ではない軍隊まである。こうした戦後日本の国民的な自己欺瞞は無意識化されていました。しかもそれが日本の経済的繁栄の条件だったのです。

憲法の制約を口実としてアメリカの再軍備要求にも最低限しか応じないことで軍事費を節減し、戦後の経済復興と高度成長に邁進できたわけですから」

ヴェトナム戦争を焦点として世界が激動に見舞われ、パリ市街にもバリケードが築かれた一九六八年、日本の国民総生産(GNP)は西ドイツを追い越して世界第二位となる。しかし国民的自己欺瞞の上に築かれた戦後日本の平和と繁栄は、その裡で生まれ育った新世代には空虚で息苦しいものに感じられた。この平和と繁栄は倫理的根底を欠いている。若者たちの鬱屈はついに爆発し、一九六〇年代の後半には学生叛乱が日本全国を覆った。

「なるほど」ドゥブレがカケルに応じる。「時期的には共通する運動でも、フランスと日本では背景に違うところもあるようだ。われわれも社会的な欺瞞を告発したが、その意味はきみたちと同じではない。第五共和政には戦争放棄の憲法などないし、フランス国内にアメリカの軍事基地も存在しないから」

わたしは話を戻した。「徴兵制がないことを含めて、日本の若者は軍事的な無菌状態に置かれていた。戦争から疎外されていたというのは、そういうことなのね」

「戦争から疎外され続けた結果、その反動で若者たちの叛乱は戦争に疎外されていく。その典型例が革命戦争のイリュージョンに憑かれた連合赤軍だった」戦争であれば敵を殺さなければならない、しかしイタリアやドイツの同世代が平然と踏み越えた線を前にして、軍事や暴力の無菌状態で育った日本の若者は足を竦ませてしまう。「だからなんだ、革命兵士として敵を殺し、自分も死ねる覚悟を固めようとして、連合赤軍が死にいたる『総括』を続けたのは」

「わからないな、僕には。自他の死という暗黒を湛えた深淵を前にして連合赤軍は自滅した。しかし同じ戦後日本の青年たちでも日本赤軍のほうは、一般人を巻き添えにする銃撃戦も躊躇しない。両者の違いはどこから生じているのか」

「絶対平和主義の戦後日本で戦争から疎外されて育った青年でも、パレスチナゲリラのような支援者から適切な訓練と武器と戦場が提供されたなら、同世代のイタリア人やドイツ人と変わらない戦闘力を身体と精神の両面で獲得できるということですね。それだけではない気もしますが」

テルアビブ空港での乱射事件では、三人の日本人青年は死を決意していたに違いない。イタリアやドイツの過激派青年が同じような自殺攻撃を試みた例はない。たとえ生還の可能性がきわめて低い危険な作戦であろうと、生還率ゼロのカミカゼのような自殺攻撃とは一緒にできない。

通俗的な東洋趣味の産物にすぎない日本文化論を、わたしはそれほど信用していない。それでもテルアビブ空港の無差別銃撃事件からは自殺哲学に裏打ちされた勇猛性、その裏返しとしての残忍性など、アンドレ・マルローが感嘆したところの日本人の死の美学を連想してしまう。しかしそれでは、連合赤軍が自他にわたる死の深淵を飛び越えるため「総括」という残虐な儀式を繰り返して自滅した理由が理解できなくなる。一部のジャポニストが称揚するような武士道の自殺哲学が真実であるとすれば、日本人は「総括」などしなくても死を覚悟できるはずだ。あるいは戦後日本という暴力の無菌状態で生まれ育った青年たちは、三島由紀夫が好んだような武士道的な精神を失ってしまったのか。

老人が感想を口にする。「われわれは奇妙な戦争（ドロール・ド・ゲール）を体験したことがあるが、同じ枢軸側でも日本はイタリアやドイツとは違う奇妙な敗戦国だというわけだ」

「イタリアやドイツが通常の敗戦国とすれば、たしかに日本は奇妙な敗戦国です。そこで僕は考えるんですが」日本人はいったん口を噤み、それからゆっくりと言葉を続ける。「奇妙な敗戦国の裏側には奇妙な戦勝国があるのでは」

「……奇妙な戦勝国」クレールが呟いた。

「アメリカやイギリスは通常の戦勝国ですが、フランスも同じでしょうか」

フランスは連合国だから第二次大戦の戦勝国に違いない。連合国の一員として敗戦国ドイツの占領作戦に参加したし、戦争直後のベルリンにはアメリカ、イギリス、ソ連と並んでフランス占領地区も存在した。戦勝国でなければ国連安全保障理事会の常任理事国に選ばれたわけがない。

「きみはヴィシー政権のことをいっているんだね」

「ええ」カケルが応じる。

「ヴィシー政権を敗戦国とはいえんな、ドイツの傀儡政権だとしても連合国に宣戦布告はしていない。参戦していない国は敗戦もできない」

「参戦していないとしても、ヴィシーを首都としたフランス国は枢軸側でした。枢軸国から国家として正式に承認され、ドイツの戦争に全面的に加担していたし。ヴィシー政権に権力を委譲したのはフランス第三共和政の議会です。ヴィシーのフランス国は第三共和政の合法的な継承者だった。とすれば亡命者ド・ゴールによるロンドンの〈自由フランス〉や臨時政府には法的な正統性は認められません。このように正統政権のヴィシーが枢軸側だとすると、フランスが連合国で戦勝国だというフランス人の理解には飛躍がある。フランスの外から事態を観察するなら、こうした飛躍と断絶の不自然には疑問の余地がないんですが」

「手続上はともかく、第三共和政の理念を一方的に破棄したヴィシー政権に実質的な合法性があったとはいえん。とはいえロンドンで樹立された〈自由フランス〉も、その発展形だったフランス共和国臨時政府も、国民の審判なしで成立した事実は否定できん。ド・ゴールはレノー内閣の国防次官だったが、この内閣は総辞職している。イギリスに亡命したド・ゴールは公的な資格のないたんなる私人だった」

　手続き的には第三共和政の合法的な継承者であるヴィシー政権と、大戦後に成立した第四共和政のあいだには、第二帝政と第三共和政と同じような革命的断絶がある。ロンドンからパリに戻った臨時政府の新憲法草案が、一九四六年十月の国民投票で可決されて第四共和政が発足する。そこから遡って、ロンドン臨時政府も合法化されたのだと憲法学者は解釈するだろう。第三共和政とヴィシー政権に連続性が認められる以上、第四共和政は第三共和政とも政体として断絶している。

　カケルが続ける。「実際のところヴィシー政権下のフランスを、イタリアと同じように連合軍の直接統治下に置くという案もルーズヴェルトとチャーチルは検討していた」

　その場合はフランス人もイタリア人やドイツ人と同じ敗戦国民として、第二次大戦後の世界を生きることになったろう。

「対独抵抗運動の成果だと思う」わたしはイヴォンのことを思い出していた。

「イタリアのレジスタンスはフランスよりも強力で、共産党を含む国民解放委員会はドイツの傀儡に転落したムソリーニの政府と、国王派のバドリオ政府の双方を敵として解放戦争を戦った。しかし連合国は国民解放委員会を政権として承認することなく、軍事占領と直接統治を選んだ」

　ドゥブレが口を開く。「イタリアとフランスの違いは、ドイツに降伏するまではイギリスと同じ陣営に位置していたこと。さらに北フランスの植民地部隊など〈自由フランス〉軍が対独戦の戦力として評価されたこともあるんじゃないか」

「それもあるが」クレールが話を引きとる。「政治家ド・ゴールの存在が決定的だった、この事実は反ド・ゴール派も認めざるをえない。どれほど鬱陶しがられてもチャーチルとルーズヴェルトに喰らいついて、臨時政府の正統性を英米に認めさせたド・ゴールの功績だろう、大戦後の世界にフランスが戦勝国として君臨しえたのは」

ムソリーニを追放したイタリア王国は枢軸側から離脱し日本に宣戦布告さえして、連合国の仲間に入れてもらおうと姑息な策まで弄したが無駄だった。無条件降伏を強制されたイタリアは敗戦国に転落しフランスは戦勝国の地位を得た。それは複数の好条件が複合した偶然の結果だったのかもしれない。

ド・ゴールが国内のレジスタンス諸派や北アフリカの駐留軍をまとめあげ、イギリスやアメリカとの交渉に成功したのでなければ、ヴィシーのフランス国もイタリアと同じ運命を辿っていた可能性はある。日本が奇妙な敗戦国だとしたら、ある意味で偶然の連合国だったフランスは奇妙な戦勝国なのかもしれない。

「しかしね、ヤブキ君。われわれはヴィシー政府はもちろん、ド・ゴールの臨時政府でさえ無条件に認めていたわけではない。正統な国家が失われても国民は存在し、国民の意志も存在する。国家の合法性の源泉である国民の意志は、対独抵抗運動にこそ宿されていると私たちは考えていた」

「一九四六年の国民投票で示された国民の意志と、抵抗運動に宿されていたそれ。二つの国民の意志は、どんな関係にあったんでしょう」

大戦後の選挙では第三共和政の屋台骨を自任していた急進社会党が大きく後退し、レジスタンスの実績を訴えて国民的な支持を得たド・ゴール派と共産党が躍進した。戦争直後の議会はド・ゴール派の国民連合、共産党、社会党が三大政党となる。

「第三共和政はパリ・コミューンを血の海に沈めることで成立した。その政体が惨めな破算を遂げた以上、われわれはパリ・コミューンの理想に立ち戻らなければならない。現場のレジスタンス活動家のあいだには、そうした意見も多かった。そこまで行かないとしても、戦前の議会政治の復活は許さないという雰囲気は濃密だったんだ。しかし、結果的には第四共和政という掘っ立て小屋が建てられたにすぎん。ド・ゴール派でも共産党でもない抵抗者たちの共和国が建設されるべきだった、そうした動きは見られたが成功しなかった」

大戦後のクレールは、共産党にも社会党にも不満な独立左派の結集をもくろんだが失敗し、冷戦が本格化するとフランス共産党を、国際的にはソ連を擁護するようになる。しかし一九五六年のソ連共産党二十回大会で行われたスターリン批判、その直後に起きたハンガリーの民主化運動とソ連軍による血の弾圧を目にして、クレールはソ連に距離を置きはじめる。

激化するアルジェリア独立運動にたいしてフランス共産党の態度は不明確だった。独立は認めながらも、激化する民族解放戦線（FLN）の武装闘争は容認することなく「紛争の平和的解決」を求めた。FLNの解放闘争によるアルジェリア独立を支持する知識人、学生、労働者の急進左派は、曖昧な言葉を並べるだけの共産党に「口先だけの反帝国主義」という侮蔑の言葉を投げつけた。知識人として運動を先導したクレールはしだいに共産党から離れはじめる。一九六八年にソ連軍の戦車が「プラハの春」を圧殺したことで、ソ連に追随する共産党とクレールの対立は非和解的となった。

一九六〇年代のクレールはアルジェリア革命とキューバ革命、激化するヴェトナム革命戦争を目にして第三世界革命の可能性に覚醒していく。六八年「五月」を通過したのち、第三世界革命の現実をフランスに持ちこもうとするマオイストの戦闘的運動を支援しはじめた。クレールは左翼（ゴーシュ）から極左（ゴーシスト）の知識人への立場の変更を宣言した。

民主的な独立左派、モスクワ詣でを繰り返した共産党の同伴者、第三世界革命の支持者、マオイストの熱烈ともいえる支援者と、クレールの政治参加（アンガジュマン）は紆余曲折を辿ってきた。その出発点には、一九四四年の八月のパリ解放から数年のあいだに体験した失意と不全感があったようだ。

リヴィエール教授の話に出てきたアンドレ・ルヴェールやイヴォン・デュ・ラブナンのようなレジスタンス活動家は、たしかに第四共和政に帰結しない解放後のフランスを求めて闘った。戦後のクレールの歩みには、親友だったルヴェールからの影響もあったのではないか。

カケルが問う。「国家なき国民の意志を体現した対独抵抗派の運動は、ド・ゴール派や共産党を含む制度的な政治勢力に成果を奪われ可能性を潰された。ボリシェヴィキ革命後のロシアや集産化革命のカタルーニャと同じような裏切られた革命が、一九四四年の解放直後のフランスでも体験されたことになる。とすると、戦勝国としての第四共和国とはいったいなんだったんでしょうか」

「裏切られた革命ならぬ裏切られた抵抗の結果としての奇妙な戦勝国、欺瞞的な戦勝国だというわけか」

「本当の問題はその先にあるんですね」

「どういうことかな」

「奇妙な敗戦国には通常の敗戦国にはない独特の歪みが生じました。連合赤軍事件は戦後日本社会の病理を照らしている。左翼と右翼の違いはあっても、この点は三島由紀夫の空想的なクーデタ計画と自衛隊員を前にしての自決にも同じように指摘できます。いずれも、戦中と戦後を切断することなく曖昧に延命し、欺瞞的な平和と繁栄に耽っている日本社会の退廃に抗議したものとすれば。

日本という奇妙な敗戦国の戦後が精神的に歪んでいるとすれば、奇妙な戦勝国のほうはどうなんでしょうか。出発点で二重の敗戦を隠蔽したフランスの戦後には、通常の戦勝国アメリカやイギリスには見られない特殊性があるのでは」

「二重の敗戦とは」クレールが確認する。「一九四〇年の第三共和国の敗戦、そして一九四四年のヴィシー国家の敗戦ということかな」

「そう、第一はドイツへの敗戦、第二は連合国への敗戦ですね」

ドイツに降伏した第三共和国は、ヴィシーのフランス国に引き継がれたのち命脈が尽きた。大戦後の第四共和国はヴィシーのフランス国と断絶している。第四共和国としてのフランスはドイツへの敗戦に責任がない。極論すれば戦争に負けたのは別の国ということにもなる。しかも解放後に第四共和国に引き継がれるロンドンの臨時政府は連合国の一員なのだから、連合軍に敗北したのは枢軸側のフランス国にすぎない。ロンドンの臨時政府も第四共和国も戦争に負けたことなどない、なにしろ戦勝国なのだから。

「敗戦国には敗戦という精神的な傷が残ります。敗戦を終戦と言い換えることで歴史の切断を回避した日本人は、その自己欺瞞に呪われ続けています。たまたま戦勝国となったフランスの場合はどうでしょう。二つの敗戦をめぐる国民的な傷は綺麗に消去され、新たに誕生した第四共和国は新生児さながらの汚れない純白を誇ることができたのか。

であれば、おのれの幸運を喜んでいればいい。しかし、そういうわけにはいかないようです。二重の敗戦から生じた精神的外傷は国民的無意識に抑圧され、不可視化されたにすぎないから。しかし抑圧されたものは回帰する、精神分析的な比喩を好まないなら第四共和政の断末魔を思い出してください」

独立運動が激しさを増したアルジェリアでは一九五八年五月、フランス人植民者（コロン）と結んだ現地フランス軍が「ド・ゴール万歳」を唱えて本国政府に叛乱を開始する。フランコが君臨するマドリッドで密かに結成された秘密軍事組織（OAS）が、アルジェリアの叛乱軍を統率していた。叛乱軍による本国進攻の脅威を前にフリムラン首相は、三年前に政界を引退していたド・ゴールに再出馬を要請する。議会から全権を委任されたド・ゴールは新憲法案を提示し、それは九月に実施された国民投票で承認された。アメリカ合衆国に倣って大統領権限を強大化した第五共和政が発足し、ド・ゴール自身が大統領の地位に就いた。

アルジェリア叛乱軍のマシュ将軍はド・ゴールの権力掌握を歓迎したが、期待はじきに裏切られる。植民地主義の時代は過ぎたことを知った新大統領が、一九六〇年十一月にアルジェリアの独立を承認したからだ。政治危機と全面的な内戦は一応のところ回避されたが、激動は六二年まで続いた。アルジェリアの支配権を掌握した民族解放戦線（FLN）による迫害を怖れて、植民者（コロン）の大量脱出がはじまる。故郷を奪われた植民者（コロン）の過激派や本国の極右派を糾合した秘密軍事組織（OAS）は、深まる社会不安を背景に爆破や暗殺などのテロ攻勢をしかけた。OASのテロは六二年のド・ゴール暗殺作戦で頂点に達する。

子供のとき、わたしはジャン＝ポールと一緒にオデオンの映画館で『ジャッカルの日』を観た。あの映画で暗殺者ジャッカルは、パリ解放記念の日にモンパルナス駅前でド・ゴールを標的に精密射撃を試みて失敗する。これは原作者の脚色で、実際はOASのテロリスト二人がパリ郊外のプチ・クラマールで暗殺を企んだようだ。大統領暗殺に失敗して以降、幹部たちは国外に逃亡しOASは弱体化していく。

カケルが続けた。「大戦後の時代に大英帝国を維持し続けることなど不可能であることを悟ったイギリスは、インドをはじめ植民地の独立を容認しました。イギリスと並ぶ植民地大国だったフランスは、しかしインドシナとアルジェリアの独立運動の武力鎮圧をもくろんで敗退し、それが第四共和政の命取りになる」

アメリカによるヴェトナムでの暴力は第二次大戦後の冷戦の論理によるとしても、フランスがヴェトナムで、さらにアルジェリアで行使した暴力は十九世紀の植民地主義によるものだ。通常の戦勝国イギリスは時代の変化を読むことができた。それにフランスが無自覚で、最終的には惨めな失敗に終わる暴力沙汰を執拗に反復し続けたのはなぜか。保守的といわれるイギリス人でさえ容認した歴史の必然を、啓蒙と進歩の国フランスの人々が理解することを拒み、自他にわたる破壊と暴力の放埒沙汰に耽ったのはどうしてなのか。

他国の暴力に屈した体験を抑圧した結果、それが植民地への暴力として回帰したのではないかとカケルはいう。フランス現代史にかんしての、これまで想像したこともない批判的な新解釈だった。

　戦後のフランス人には自己欺瞞がある。確信犯的な協力派（コラボ）と、行動的な抵抗派（レジスタンス）を対極的な例外として、大多数の国民は望まないながらもドイツの占領体制を容認していた。それなのに戦後フランスでは、あたかも全員がレジスタンスの戦士だったかのように語られてきた。

『悲しみと哀れみ』は「五月」の翌年に製作された長大な記録映画だが、それを観たときの衝撃は忘れられない。占領を抵抗しがたい現実として受け入れるふつうの人々の生活が淡々と、ときには諧謔的に描かれていたからだ。

　フランス人の大多数はロンドンの〈自由フランス〉を熱烈に支持し、ラジオから流れるド・ゴールの演説に感動し、一丸となって祖国の回復のため奮闘したという物語に、わたしは子供のころから胡散臭いものを感じていた。実際はド・ゴールの放送を聴いていた人はわずかだったし、抵抗運動の参加者は千人に一人にすぎない。

　戦後フランス国家の公認史観を逆撫でする『悲しみと哀れみ』のテレヴィ放映はフランスでは禁止され、製作から二年後になってようやくパリの小劇場で上映されることになった。事情通の友達から話を聴いて興味を持ち、わたしは学校を休んで観にいくことにした。

　ナチに加担した親世代への子たちの世代の告発と、親たちが築いた戦後社会への叛逆という面がドイツの急進的学生運動にはある。「克服されざる過去」をめぐる問題だ。この点は日本も同じかもしれない。しかしフランスの運動にそうした要素は希薄だった。ただし若い世代には、共産党とド・ゴール派が広めたレジスタンス神話を疑いはじめた者たちも出てきてはいる。

　数年前の映画『リュシアンの青春』の主人公は、子供っぽい好奇心と反抗心からレジスタンスに志願するが拒まれ、偶然のことからドイツ軍将校の手先になってしまう少年の愚かしい、そして悲しい運命が描かれていた。リュシアンにとってレジスタンスでなく協力派（コラボ）になる選択は、熟慮されたものではなく偶然の結果だった。社会問題に無知で無関心な、生まれ育った田舎町から一歩も出たことのない十七歳の少年の運命を、自分とは無関係だと切り捨てることはできそうにない。

　この監督の初期傑作と違って世評は高いといえない娯楽映画でも、家業がアナキストの爆弾娘をブリジット・バルドーが演じる『ビバ！　マリア』が、わたしは好きだった。しかし『リュシアンの青春』のほうが印象は鮮烈だ。

「アルジェリア戦争のときにクレールさんは、民族解放戦線（FLN）のテロを容認したんですね」

カケルの問いかけに老人が頷いた。「共産党のように戦争に反対するだけでは不充分だ、解放を要求して闘う植民地の民衆に連帯するというなら、植民者（コロン）やフランス軍の圧政と暴力を下から打ち破る対抗暴力を肯定しなければならない」

「あなたは書いていましたね、抑圧された者の友愛は抑圧する者への憎悪と表裏だと。抑圧者を殺害することによって、闘うアルジェリア人は兄弟になるのだとも。この文章を公表してから二十年近くが過ぎましたが、あなたの意見は変わりませんか」

しばらくしてクレールは低い声で答えた。「正直にいおう、あのころと同じとはいえない。アルジェリア人を支持してフランスと闘っているとき、暴力と友愛の一体性は明らかだと思っていた。しかし、いまではよくわからなくなってきた」

クレールがアルジェリア解放に続いて支持したヴェトナム革命は、勝利した直後からコミュニストによる強権的支配が無視できないものとなる。抑圧から逃れようと国外に逃れて難民化する人々が急増し、救助を求め命がけで南シナ海を漂流するボートピープルの映像は世界に衝撃を与えた。

カンボジアのクメール・ルージュは、プノンペンを攻略した直後から何十万とも、それ以上ともいわれる膨大な数の人々を死に追いやったらしい。ほんの昨日までともにアメリカの侵略と闘ってきたヴェトナムとカンボジアは、いまや国境で武力衝突を繰り返している。独立国家を樹立して十五年以上を経過したアルジェリアでも、民族解放戦線（FLN）の一党独裁への不満は高まっているようだ。スターリニズムの腐敗とは別のものと思われていた第三世界の革命もまた、勝利した直後から新たな抑圧体制を築きはじめた。この否定できない現実を前にして、第三世界革命に触発されたクレールの暴力論は難破したのだろうか。

カケルが続ける。「たとえば植民者（コロン）が談笑する珈琲店（カフェ）に爆弾をしかけ、権利として対抗暴力を行使するアルジェリア人ゲリラが一方にはいる。また他方には、それを言葉で支持することしかできないフランスの知識人が。両者の立場は違う。マルティニク出身の黒人医師が語った暴力論と、それに同意するフランス知識人の暴力論の違いともいえますが。同じことをファノンが語るのは自然だが、あなたがそれを敷衍すると」

「不自然だと」

「そうですね、なんというか手足が強張って爪先だっている印象が。作者の不自然な緊張は読者に感染し、あなたの文章に影響された頭の弱い学生たちは、やたらと荒っぽい言葉を振り廻しはじめた」

「それはきみのことかな」

笑いを含んだ老人の問いにカケルは無愛想に応じた。

「ええ、幾分かは」

「なるほど。たとえ言葉として同じであろうと、語る者の立場が違えば意味するところも違ってくる。しかしだな、そうした種類の問題であれば私は長いこと考えてきた。ある時期まで共産党の近傍にいたのは、ブルジョワ出身の知識人が労働者階級と運命を共有するには党が必要だと判断したからだ」

「僕が指摘したのは、知識人と労働者階級にまつわる昔ながらの問題ではありませんよ。植民地本国の高名な知識人としては異例の、いまとなっては奇矯とも思われる暴力肯定論の根拠です。不思議なことにレジスタンスをめぐる文章で、あなたは抵抗の暴力を賛美してはいませんね」

「植民地の革命的暴力を無我夢中で肯定しようとした私を、ロマンティックだといいたいのかね」

「われわれにしても同じですよ。連合赤軍の若者たちは『十五少年漂流記』に憧れて、山奥で自分たちの小屋を建てはじめたのかもしれない。あるいは『宝島』のジム少年のように海賊と闘おうとしたのか。あなたの場合はミシェル・ゼヴァコのパルダイヤンだったかもしれませんが」

「ふむ」老人は唇を曲げた。「占領下ではいたるところに暴力が溢れていた。ドイツ軍とその手先による暴力の圧倒的な量の前で、抵抗の暴力を擁護する必要は感じなかったんだろうな。暴力は致命的だが平凡なものでもある」

「日本の若い急進派が暴力に惹かれていったのは、奇妙な敗戦の無意識化された自己欺瞞による精神的な鬱屈のためでした。日本が奇妙な敗戦国だとしたら、フランスは奇妙な戦勝国です。方向こそ違え日本人と同じような鬱屈を、戦後フランス人が抱えこんでいても不思議ではないですね。

電気拷問で有名なフランス空挺部隊の残虐行為の数々は、二重の敗戦による国民的な精神的外傷を隠蔽し抑圧した結果です。植民者（コロン）であれば一般人にも容赦のない民族解放戦線（FLN）のテロ作戦までを全面的に肯定するクレールさんの主張は、空挺部隊の暴力と立場としては正反対でも、奇妙な戦勝国の精神的歪みと無関係といえないのでは。ミュンヘン・オリンピックの事件直後に、クレールさんは〈黒い九月〉の行動を擁護しましたね。イスラエルとパレスチナが戦争状態にある以上、軍事的に劣勢なパレスチナ側に可能な戦術はテロしかないと」

「アルジェリア人のテロを擁護した以上、パレスチナ人の場合にも肯定しないわけにもいかんだろう」その時点ではまだ、アルジェリア戦争のころの暴力擁護が維持されていたことになる。

「殺すか殺されるか、まさに戦争状態に入ろうとしている事態を前にして足踏みし、混乱のなかでブリュエ・アン・ナルトワから撤退した直後のことですね、ミュンヘンの事件は。イスラエル選手の十一人の死に責任がある〈黒い九月〉の行動に、マオイストはどう反応したんですか」日本人がドゥブレを見た。

「あのときはクレールよりわれわれのほうが穏健派だった。武装闘争の標的は一般人ではない、イスラエルの軍隊や警察とイスラエル市民を同列のものとして攻撃してはならないという声明を出したよ」

「一般人を標的とするテロ作戦はアルジェリアでも繰り返されたし、その場合と同じ論理で〈黒い九月〉のテロを正当化したのがクレールさんですね。マオイスト活動家の大多数はアルジェリア戦争のときは子供だったとしても、ヴェトナム戦争は同時代の出来事です。南ヴェトナムの民族解放戦線やカンボジアのクメール・ルージュも〈黒い九月〉と同じように、敵側の一般人を標的とする作戦を繰り返していましたが、このことをどう位置づけていたんでしょうか」

「解放後のヴェトナムやカンボジアを見ていると、ミュンヘンどころではないテロ作戦が実行されていたことは想像できる。しかし数年前まで、そんなことは考えようともしなかった」

「それは日本でも同じでした。いまでも第三世界革命の挫折を認めようとしない、なにも考えていない連中も少なくないようですが。ところでミュンヘンの事件からテロの否定に立場を変えたのは、被害者がイスラエル人だった事実と関係ないのでしょうか」

「そうだね」ドゥブレは目を細めた。「ピエール・ペレッツも僕もユダヤ人だ。アラン・ジェスマール、アンドレ・グリュックスマン、ティエノ・グロンバック、トニー・レヴィ、ロベール・リナール……。われわれの指導部の圧倒的多数はユダヤ人だった」

ピエール・ペレッツを筆頭として大半が高等師範学校（エコール・ノルマル）の学生か卒業生だったマオ派指導部が、その例外だったのではない。「五月」叛乱の代表的な指導者はダニエル・コーン＝バンディ、アラン・ジェスマール、アラン・クリヴィンヌ、ジャック・ソヴァジョの四人だが、マオ派のジェスマールだけでなくソヴァジョ以外の二人もユダヤ人系だ。

「ブリュエ・アン・ナルトワからパリに引き揚げてきた活動家の多くが、なし崩しに指導部から離れはじめ、組織を離脱する者も増えていった。それでも革命的レーニン主義の原則を譲ることなく、懸命に組織を引き締めようとしていたピエールの心境に変化が生じたのは、じつはミュンヘンの事件からなんだ。あのときピエールのなかで壊れたものがある、そして新たに生まれたものも。組織の解散に応じたピエールは読書の傾向も変わりはじめた」

「マルクスからユダヤ思想の方向にですか」カケルの問いにドゥブレが無言で頷く。「詳しい事情はわからないんですが、フランスの『五月』やそれ以降の急進的運動にユダヤ系の青年たちが決定的な役割を果たしたのは、偶然でない気がしますね」

「そうだね。日本の急進左派の運動が奇妙な敗戦国の産物だったとすれば、われわれの場合はナチに加担した事実を忘れている、あるいは忘れたふりをしているフランス社会を敵としたともいえる。きみの言葉でいえば、奇妙な戦勝国としての戦後フランスに闘いを挑んだ。第二次大戦中にドイツに占領された国は多いけれど、国家政策としてナチに加担し協力したのはフランス一国なんだ」

ドイツの戦争経済に協力して国民を飢えに追いやったのも、傀儡国家の宿命だったという責任逃れの弁護論がある。ドイツに連行され労働を強制されているフランス兵捕虜の帰国を、ペタンも一応は求めた。しかし反対に、フランスの労働者を強制徴用してドイツに送れという要求まで吞まされてしまうのだが。

「しかし、どのような弁明も通用しない犯罪的な事実がある。ユダヤ人の迫害とホロコーストへの加担だ。ヴィシー政権はユダヤ人狩りに狂奔したが、これはドイツの高圧的な要求にやむなく応じた結果ではない。第三共和政下では反教権を標榜する社会主義者とカトリック教会の左右の両陣営が、ともに反ユダヤ主義の宣伝に夢中だった。ドレフュス事件は一例にすぎない。遅れた国ロシアやドイツだけではない、文明の地フランスもまた陰湿で暴力的な反ユダヤ主義に染まっていた」

ヴィシー政権の警察や民兵団（ミリス）は積極的に、国民の大半は黙認というかたちで消極的にユダヤ人の迫害と逮捕や強制収容に、つまるところ大量虐殺に加担していた。ユダヤ人を逃がしたり匿ったりしたのは例外的な少数にすぎない。しかし戦後フランスはホロコーストへの加担という「人道に対する罪」を、ヴィシー政権の政治家や役人と一部の協力派(コラボ)に押しつけることにした。何万人ものユダヤ人を絶滅収容所行きの家畜列車に押しこんだのは、ヴィシー国家の警察や民兵団(ミリス)で一般市民に責任はない、フランス国民の手はユダヤ人の血で汚れていないと姑息な弁明に終始してきた。

「一九四二年七月のユダヤ人大量検挙のあと、エルミーヌは友人の身を案じて一時収容施設まで面会に行ったものさ。しかし、われわれにはなにもできなかった。……たしかに、われわれは有罪だ」

ふと思いついて、わたしは尋ねてみた。「もしかしてシスモンディさんが面会に行ったというのは、リセの生徒だったクロエ・ブロックでは」

「いいや、クロエではないよ」老人の表情に動揺が走ったようだ。

そうだった、一九三九年の夏至の前夜に姿を消したクロエが、三年後にもパリにいたとは考えられない。トリオの一人が戻ってきていたらシスモンディやクレールが知らないわけはないし、イヴォンが願っていたようにクロエは家族と一緒にアメリカに渡ったのだろう。

カケルが応じる。「戦中と戦後が曖昧に連続している奇妙な敗戦国では、通常の敗戦国のようには自国の戦争犯罪を意識化できません。戦後日本では第二次大戦中のアジア侵略を、ヨーロッパ植民地主義への抵抗だったと欺瞞的に正当化する保守党勢力が一貫して権力の座を占めてきました。同じようなことが奇妙な戦勝国フランスにもいえそうです」

戦中のユダヤ人迫害とホロコーストに加担した事実、その呪われた過去をフランス人が都合よく忘れてしまっても、被害者のユダヤ人は忘れることができない。戦後フランスでもユダヤ系の若者は、この国の自己欺瞞に耐え難いものを感じていた。だからラディカルな社会変革運動に身を投じる者が多かったし、そこから指導的な活動家も輩出された。

「しかし、そのことがまた、通常の敗戦国の都市ゲリラ派とは違う選択に繋がった」

「われわれがイタリアやドイツの同世代と違って武装闘争から撤退したのも、フランスが奇妙な戦勝国だった結果だといいたいのかい。敗戦国の同世代のように軍事闘争に突入するべきだったと」ドゥブレが眉を寄せる。

「赤い旅団や西ドイツ赤軍の軍事闘争が有効かどうかは歴史が判断するでしょう。都市ゲリラ戦から撤退するという〈プロレタリアの大義〉の政治判断が妥当だったかどうかも。問題にしたいのは革命戦術の是非ではありません。第二次大戦の通過の仕方でフランスと日本には、奇妙な相似点があるということ。通常の戦勝国だったアメリカやイギリスでは極左派による都市ゲリラ闘争は起きていない、また通常の敗戦国のドイツやイタリアでは今日にいたるまで若者たちの軍事闘争が続いている」

しかし奇妙な敗戦国日本の連合赤軍は革命戦争を開始しようとして、その重さに耐えきれず自壊した。他方、奇妙な戦勝国フランスのマオイストたちも都市ゲリラ闘争に踏みきろうとしたが、一線を越えてしまう前に自発的に撤退した。

「しかしフランスと日本では左翼主義派（ゴーシスト）の選択は正反対だった。われわれは少なくとも仲間を殺したりはしていないからね」

日本人がドゥブレに応じる。「第二次大戦を戦った兵士の子の世代であるわれわれは、それぞれの仕方で生まれる前の戦争に規定されているんですね。正確にいえば戦争の欺瞞的な通過の仕方に。革命戦争のために山岳アジトで仲間の半分を殺した日本の若者と、都市ゲリラの戦場から啓蒙や人権という十九世紀的理念に逃げ戻ったフランスの若者は、対極的なように見えながら共通するところがある。日本のマオイストの観念的倒錯と自滅に対応するのはフランスのマオイストの転向でしょう、コミュニズムからヒューマニズムへの。

『収容所群島』の衝撃からマルクスばかりか革命まで投げ棄てて、啓蒙や人権という精神的故郷めがけ一目散に逃げ戻るというのもまた、微温化された観念的倒錯ではないだろうか。啓蒙も人権も身の丈に合わない外国製の衣装だった、長いことキモノに馴染んできた東洋の小島の住人による感想にすぎませんが」

ドゥブレが反論する。「いまでも友人ではあるけれども、僕は新哲学者（ヌーヴォー・フィロゾーフ）たちとは立場が違う。人権はもちろん不可欠だとしても、社会変革の緊急性と必要性は少しも変わらないから。かつての仲間たちはそれぞれの場所で、反核と反原発やエコロジーやフェミニズムの運動を続けている。われわれの全員が人権派に先祖返りしたというのはきみの誤解だよ」

「『五月』世代には社会運動を持続している活動家も多いのでしょう。しかし人権派とは違う方向に進んだ人も目につきますね。ドゥブレさんの言葉でいえば神秘派です。評論誌に掲載された対談では、ユダヤ人とユダヤ精神をめぐるピエール・ペレツのいささか高圧的な詰問に、クレールさんは押しまくられていたようですが」

「ピエールに悪気はないんだ、あんなふうに喋るやつなんだよ」老人は苦笑している。

大戦後にクレールはユダヤ人論の本を出している。絶滅収容所やガス室の存在を突きつけられ、あらためて反ユダヤ主義を批判しなければならないと思ったのだろう。クレールによれば、恐怖に囚われた卑劣漢である反ユダヤ主義者がユダヤ人を作った。しかし、この主張をペレツは強い調子で批判する。反ユダヤ主義者の関与があろうとあるまいと、われわれは存在してきたし存在しているのだと。

たしかにクレールは、ユダヤ人を被害者の面からだけ捉えている。この論理では、もしも反ユダヤ主義が消えればユダヤ人も消滅することになる。ペレツのユダヤ人としての反論には理由がある。しかし、この本を書いたときのクレールには、極限的な反ユダヤ主義によって絶滅の運命に追いやられた人々の存在こそが問題だった。執筆の動機を考えれば、ユダヤ人論としての一面性も理解できないことはない。

ペレツに批判されたクレールは、差別主義者の客体ではない主体としてのユダヤ人について、神と無媒介的に関係する人々の形而上学的性格について肯定的に語ろうとする。しかしペレツは、そんなことがユダヤ人でないクレールになんの関係があるのかと意地悪く問う。歴史に倫理をもたらすだろうユダヤ人の普遍的使命を口にすると、われわれはそんなことのために終末を待ち続けてきたのではない、偽のメシア思想には飽き飽きしていると冷たく突き放す。しどろもどろになった老人は、これでもう時間だからと宣告され、議論は一方的に打ち切られる。

左翼知識人としてクレールは、ユダヤ思想と人間解放の理想を必死で結びつけようとする。そこにしかユダヤ思想を肯定的に評価する切り口はないからだ。これにペレツは、破産した左翼思想の賦活剤としてユダヤ人を利用するのはやめろといいたいようだ。神との契約も終末と救済も、あなたにはなんの関係もないことだと。

反ユダヤ主義はわれわれの問題だし、われわれがなんとか始末をつける。しかし、その先にあるユダヤ人自身の運命には関わることができないし、関わる気もない。そう答えるしかないのに、どうしてもクレールは躊躇してしまう。神に選ばれたことのないわれわれは、選ばれた民とは立場が違うという当然のことを口にできないのは、かつてユダヤ人を見殺しにした負い目のせいではないか。わたしにはそう思えた。

カケルが無感動な口調でいう。「ペレツが苛立ちクレールさんがたじたじとなるのは、いずれも奇妙な戦勝の後遺症のように思えました。通常の戦勝国であるアメリカや、反対に通常の敗戦国であるドイツの知識人を相手にしたとき、同じような論法で問いつめることがペレツに可能とは思えませんから」

「極東の小島の住人ならどう対応するのかね」

老人に問われて日本人が答える。「そもそもピエール・ペレツはわれわれを相手にはしないでしょう、もともと話が通じるとは思っていないから」

「ユダヤ精神の普遍性を確信していれば、きみに同意を求めるかもしれない」

「無条件に普遍的な精神も理念も存在しませんよ。人権や啓蒙でも、ユダヤ人の形而上学的性格や歴史的使命でも。その類のことがアマゾンの先住民やインドシナの山岳民や極東の小島の住人や、その他もろもろの辺境の民にまで無条件に通用すると思いこんでいるなら、たんなる傲慢です」

「では、ユダヤ人にもユダヤ精神にも興味はないと」

「興味はありますよ、われわれには謎めいて見えるユダヤ精神だから」

「謎めいているとは、どんなふうに」

「日本列島の文化とは正反対ですから」

「というと」

「国土という自然的な基礎を奪われて四散しても存続してきた、岩石ほどにも強固なユダヤ人の観念性は驚嘆に値します。日本人にはとても真似できないことだから。日本精神の基層はアニミズムで、ユダヤ精神が石だとすれば泥、かたちをもたない軟泥です。仏教、儒教、キリスト教、さらに人権や社会契約からマルクス主義にいたるまで、千五百年にわたって輸入され続けてきたもろもろの観念は、アニミズムの軟泥の海に無力に浮かんできたにすぎません。日本では森羅万象、山や湖のような自然物だけでなく、竈や針などの人工物にまで精霊（アニマ）が宿っています」

日本のカミは万物に宿る精霊（アニマ）から多神教的な人格神まで八百万もいるようだ。八百万というのは、数え切れないほど多数という意味の比喩にしても。日本語の勉強の教材として、芥川龍之介の『神神の微笑』を読んだことがあるから、カケルのいいたいことが少しはわかる。軟泥さながらの日本の精神風土を心底から嫌っている青年は、ユダヤ人よりも硬質な精神性を求めているようだ。

　カケルが続ける。「民具の竈や針と同じように刀のような武器にも、もちろん銃にも精霊(アニマ)は宿ります。戦争状態に耐えられる主体というとき、なぜか連合赤軍は銃のメタファーに執着していました。銃さえ手にすれば銃の精霊(アニマ)がとり憑いて、戦争から疎外されてきた自分たちも死を怖れない勇敢な戦士に変身できる。無意識のうちに、そんな呪術的思考に動かされていたのかもしれません。連合赤軍の自壊は奇妙な敗戦国日本の歪んだ戦後社会の帰結ですが、銃への固執も『総括』も、あの国の精神風土の産物だったのかもしれない」

　日本の芸術映画は名画座や小劇場でよく上映されるが、娯楽映画がパリの劇場に掛かるのは稀だ。この何年かで日本趣味でも映画通でもない人たちにも注目された日本の娯楽大作は、『日本沈没』や『新幹線大爆破』など算(かぞ)えるほどしかない。日本語の勉強をはじめる前のことだが、わたしは『日本沈没』をシャンゼリゼの劇場の大スクリーンで観た。

　あの映画のように日本列島が太平洋に沈み、溺れないで生き延びた日本人の全員が難民として世界各地に散らばったらどうなるか。あるときカケルとそんな話をしたことがある。三世代のうちに日本語も日本文化も伝承は途絶え、日本人は民族として消滅するというのが、この偏屈な日本人が確信するところのようだ。

　外国に移住した中国人やインド人は、数世代のちも中国人やインド人としての自覚を保っている。容易には摩滅しない強度が宗教や文化にあるからだ。しかし中国移民もインド移民も祖国を失ったわけではない、その気になれば帰ることのできる国がある。この点で他に類を見ないのがユダヤ人だとカケルは強調していた。

　かつて地中海東部地方で繁栄し、いまでは名前しか知ることのできない古代民族は数多い。国土さえ持ちえないまま、二十世紀の今日まで存続しているのはユダヤ人のみだ。観念性の強度が無限小の日本人と無限大のユダヤ人は、あらゆる意味で対極的ではないか。

「なるほど」老人は少し疲れたようだ。「話が一巡したようだ。きみとの議論は興味が尽きないが、週末にもまた会えるし、今日のところはこれくらいにしておこうか」

「事件の関係で、家政婦に確認したいことがあるんですが」

「もちろんかまわんよ、調理室にいる」

席を立ったカケルが数分で戻ってくる。わたしも立ち上がって安楽椅子に凭れたままの老人に挨拶し、ドゥブレに先導されて玄関室（アントレ）に向かった。

　クレールの家を訪ねたあとモンパルナス塔（トゥール）の向かいにある珈琲店（カフェ）に入って警視庁のバルベス警部に電話してみた。

「夜の九時ごろ嬢ちゃんの家に行くので、カケルさんにも声をかけといてもらえませんかね。この件は警視も承知してるから」とのことで、どうやら矢吹駆を招いて非公式の捜査会議を開きたいらしい。テラスの席でバルベス警部の伝言を伝えると鉱泉水を飲んでいる青年が無言で頷いた。

「ドゥブレの出身地や生まれた年を訊き出してたけど、どんな思惑からなの」生年は一九四〇年、生地はブルターニュのナントだという。

「調理室に行ったのは」

　青年が無造作に答える。「通いの家政婦に確認したいことがあった」

「なにか収穫はあったかしら」

「質問の第一は、六月二日の午前中にクレールの来客らしい女を見ていないか」家政婦はクレールに用事を頼まれて一時間ほど外出しているが、アパルトマンを出るときか戻るときに訪問者らしい人物を目撃していないか尋ねたらしい。「しかし思いあたるふしはないと」

「第二の質問は」

「六月五日の午前中に居間の掃除をしたかどうか。土曜日曜は家政婦も休みで、月曜の朝に掃除機をかけた可能性は高いから」六月五日というのは手紙が消えた翌日だ。

「それで」掃除のとき家政婦が消えた手紙を見つけたと、まさか思ったわけでもないだろう。

「居間に落ちていたものがないか確認してみた、とくに安楽椅子の辺りに」

　重たい安楽椅子まで動かして掃除機をかけるのは週に二度、月曜と木曜だという。その日は月曜だったので絨毯（じゅうたん）の掃除のため安楽椅子を動かすと、指先ほどの矩形（くけい）の紙片が落ちていたという。そんなところまで紙屑が舞いこむことは少ないから不審に思ったが、そのまま掃除機に吸いこませた。フィルターに溜まった埃は処分したようだから、小さな紙片の正体は確認のしようがない。

　手紙を捜そうとしてシスモンディは安楽椅子の下まで覗きこんだというが、封筒ならともかく指先ほどの紙片には気づかなかったのだろう。あるいは目にしていても無視したのか、いずれにしても消失事件と関係があるとは思えない。

わたしは話題を変えることにした。「どこから手に入れたの、あのミノタウロス島の写真」

「ハワード・ポッツが殺されたあと、念のためカメラからフィルムを抜いておいたんだ」

保険会社の調査員と称していた男は、島に集められた人々の写真を山ほど隠し撮りしていた。海岸で盗撮されたコンスタン・ジェールとわたしの写真もその一枚だったようだ。

「寛解するか悪化するか、まだどちらともつかないわたしの精神状態を知ってるでしょう。あんなふうに不意打ちで事件のことを思い出させるのはやめてほしい」

「きみは不安そうだけど大丈夫、心配することはないよ」

いつにない励ましの言葉に胸が熱くなりそうだが、本気で信じていいのだろうか。カケルのことだ、外傷神経症はアスタルテの化身に触れて治ったに違いないとか真面目な顔でいい出しかねない。ポケットから封筒を取り出して青年が手渡してくる。

「必要になるまで写真はきみが持っているといい、ただし封筒からは出さないこと」

わたしはショルダーバッグに写真入りの封筒を放りこんだ、もちろん自分から見たりする気はない。

2

クレールのアパルトマンからわが家まで一緒に来た日本人の青年は、居間のソファに凭(もた)れて長い前髪を引っぱっている。クレールと交わした議論のことをあらためて考えこんでいるのかもしれない。わたしはカケルから訊き出した新情報を頭のなかで検討していた。新情報とはイヴォンのノートに記されていたという、今回の事件とも間接的に関係のありそうなもろもろだ。次に会うときに持ってきてもらって、わたしも問題の古いノートを熟読しなければ。

時計の針が八時をすぎたので棚の戸を開いてテレヴィの電源を入れた。テレヴィ画面では細長い顔をしたアナウンサーが、ちょうど〈小鴉(コルネイユ)〉事件関連のニュース原稿を読んでいるところだ。まだ警察は被害者の身許を確定できていない。クロエ・ブロックと称していた被害者は三十代の女性で左手の小指と薬指が根元から欠けている……。同じような内容のニュースは昨日から流されていた。被害者の名前に触発されて役に立ちそうな情報が警視庁に寄せられたろうか。

ノックに応えてアパルトマンの玄関ドアを開いた。派手なジャケットを着た巨漢を戸口から室内に招きいれる。

「一緒じゃなかったの、パパとは」

「どうも、カケルさん」日本人に挨拶してジャン＝ポールは肘掛椅子に腰を下ろした。「私は出先から直行したんだが、そろそろ警視も帰宅するんじゃないか」

嬉しそうな顔で大きな掌を揉みあわせている巨漢に尋ねる。「なにか、いいことがあったみたいね」

「山ほどの書類仕事をなんとか片付けて警視がようやく現場復帰したんだ。それに有力情報が舞いこんできたしね」

「どんな情報かしら」わたしは話の先を催促する。

「いくら捜索範囲を広げても被害者の首は発見できないし、どこに消えたのかペイサックもカシも、おまけにカルーゼル橋下をねぐらにしていた野宿者まで見つからない。苛々してるところに素敵な話が舞いこんできたんだ、被害者の身許確定に繋がりそうな」

「被害者ってクロエ・ブロックのことね」

「もちろん」巨漢がにんまりする。

〈小鴉（コルネイユ）〉の事件をテレヴィニュースで知った男が、情報提供のため捜査当局に連絡してきた。男はロワシー空港に複数あるレンタカー会社の社員で、左手の小指と薬指が欠けた女性客のことを覚えているという。車の貸し出し業務を担当した社員から詳しい事情を訊き出そうと、バルベス警部は空港に急行した。

「本人が記入したレンタカーの貸し出し書類によると問題の客はアリザ・シャロン、イスラエル国籍、三十八歳。ヒッピーめいた服装からか実年齢より若く見えたようだ」

アリザ・シャロンの年恰好は事件の被害者と一致するし、バックパックと黒のスーツケースやレゲエミュージシャンのような髪型も同じ。書類の筆跡と川船で発見された被害者のものらしい筆跡を照合しているところだが〈小鴉（コルネイユ）〉に滞在していた女に違いない。

「そのあと空港の入管事務所に廻って入国カードを確認した。アリザ・シャロンはイスラエルのベン・グリオン空港発パリ直行便で、車を借りたのと同じ五月二十六日に入国していた」

レンタカー会社の社員は客のパスポートや国際免許証を確認するから書類に嘘は書けない。クロエ・ブロックは偽名で、川船に滞在していた女の本名はアリザ・シャロンのようだ。ただしパレスチナ過激派の工作員が偽造パスポートでフランスに入国したという可能性もゼロではないが。

ペイサックの証言によればアリザは五月二十八日に〈小鴉（コルネイユ）〉に到着している。とすれば五月二十六日と二十七日の夜、問題の旅行者はどこに宿泊したのか。

この疑問にジャン＝ポールが応じた。「レンタカー事務所ではA11号線でどこまで行けるのかを確認したようだから、旅行先はル・マンやナント方面かもしれん。車は二十八日午後にパリ市内で返却されてる」

「どんな人物かしら、アリザ・シャロンって」

「イスラエルの当局に問いあわせたから二、三日うちに一応のことはわかるし、顔写真も入手できるだろう。そういえば〈小鴉（コルネイユ）〉で発見されたスプレーペンキと、鉤十字（クロワ・ギャメ）の落書きに使われたペンキは成分が一致した。どこにでもあるような大量生産品だから結論はできんが、落書きがアリザ・シャロンの仕業という可能性は増してきた」

玄関の呼び鈴が鳴った、鳴らし方でパパだとわかる。わたしは席を立って玄関ドアを開いた。いったん寝室に入って上着を脱いでからパパが居間に顔を見せる。ジャン＝ポールに軽く腕を上げて日本人に語りかけた。

「ヤブキ君、しばらくだね。元気そうじゃないか」

「ええ、警視も」

四人とも食事は終えている。パパがコニャックの瓶と客用のクリスタルグラスをテーブルに並べた。わたしはキッチンの冷蔵庫から鉱泉水を出して日本人の前に置き、四人で軽くグラスを合わせる。

「片付けなければならない雑用が山ほど溜まっていて、ここ数日〈小鴉（コルネイユ）〉の事件はバルベスに任せるしかない状態だった。しかし、ようやく書類仕事を離れて捜査に集中できる。捜査の進行状況はそのつど聞いてきたが、話が断片的で全体像が整理できていない。これまでに判明した事実を、今夜のうちに頭に入れてしまいたい。

そこでヤブキ君の意見も聴いてみたいと思ってね。なにしろラルース家事件以来の首なし屍体の事件だし、屍体発見者のエルミーヌ・シスモンディが殺人現場に誘い出された事情にも詳しいようだ。また〈豚足亭（ピエ・ド・コション）〉にでも誘いたいと思ったが、きみはほとんど食べないからな」

パパの言葉であの寒かった夜のことが思い出される。二年前の一月のことだ、レ・アールの中央市場跡にあるグラチネが名物料理の店で、綺麗な顔だけではない不思議な魅力のある日本人をパパとジャン＝ポールに紹介したのは。

食事のあとに寄ることにした石の棺（ひつぎ）めいた屋根裏部屋で、カケルとは厳粛な契約を交わした。わたしが不可解な事件についての情報を提供し、犯罪現象が生成し終えた時点でカケルが現象学的に推理された真相を語るという約束。ただし事件の支点的現象とその本質にかんしては、わたしの質問にいつでも答えなければならない。

あの夜は、発見された直後のオデット・ラルースの首なし屍体事件が問題だった。それ以降もカケルはわたしが持ちこんだり巻きこまれたりした五つの事件を現象学的研究の素材として取りあげ、そのつど真相を解明してきた。しかし今回、日本人は事件の支点的現象である首なし屍体、正確には〈屍体の首の消失〉の本質、その意味するところを決めかねているようなのだ。

パパの言葉にジャン＝ポールが応じる。「カケルさんだけじゃなく、屍体の発見者も同席してますしね。で、どこからはじめましょう、〈小鴉（コルネイユ）〉の事件現場からにしますか」

「いや、事件の起点はクレールの手紙が盗まれたときだろう。シスモンディがヤブキ君に手紙をめぐる調査を依頼し、数日後の深夜に謎の女が依頼人の家に電話してきた。手紙を取り戻したければ、指定された時刻に川船〈小鴉（コルネイユ）〉まで来いと」

手帳を開いたジャン＝ポールが細かい時刻を付け加える。「手紙が盗まれたのは六月四日、謎の女からシスモンディに電話があったのは六月二十二日の午前〇時五十分。電話で指定された午前二時ちょうどに〈小鴉（コルネイユ）〉に入ったシスモンディが、船室で首なし屍体を発見。同行していたナディア・モガールも直後に屍体を確認している。警視庁に駆けつけた嬢ちゃんの案内で、私が事件現場に到着したとき、船の横のベンチからシスモンディと女の野宿者カシの姿は消えていた。カシに頼まれて酒を手に入れてきたペイサックは、もうねぐらに戻ってましたけどね」

「〈小鴉（コルネイユ）〉に滞在していたイスラエル人のアリザ・シャロンらしい女は、ペイサックにクロエ・ブロックと名乗ったんだな」

巨漢が手帳を閉じる。「リセ・モリエールでマラストが確認してきたんですが、戦前のパリに実在したクロエ・ブロックとシスモンディは同じ時期に同校に在籍していた。一方は生徒、他方は教師として。昔のことでよくわからないんだが、シスモンディがクロエを教えていた可能性は高い」

二人が同じ時期、同じリセにいたことはマラスト刑事が洗い出した事実で、わたしが教えたわけではない。シスモンディとクレールとクロエが奇妙なトリオの関係だった事実も、わたしから警察関係者に伝える気はない。

「そもそものはじめから話したほうが、パパも呑みこみやすいと思う」

口を挟むとジャン＝ポールがこちらを見る。「手紙が盗まれたときかね」

　手紙を盗めた人物はドゥブレしか存在しないし、この人物には盗む動機もある。冷蔵庫の前から安楽椅子横の小卓まで五メートルも腕を伸ばしたとしか考えられないのだが、この謎をカケルはもう解いたのだろうか。わたしにもアイディアはあるけれど実験してみるまでは確信が持てない。

「むしろ手紙の内容ね」

「どんな手紙なのか、シスモンディは教えようとしないんだろう」

「盗まれた手紙の存在それ自体を秘密にしようとしていた。もしも事件が起こらなければ、わたしもシスモンディとの約束があるから沈黙を守ったはずよ。でも、どんな手紙なのか推測はできる」

「どう考えるんだね、ナディアは」パパに話を促される。

「三十五年も前の手紙だって、シスモンディもクレールも何気なく口にしていた」

「一九四三年ということかな」

「四三年ぴったりでないとしても、その前後数年のうちに書かれた手紙だと思う」

　切りのいいところで三十五年といった可能性があるし三十三年前から三十七年前まで幅を見ておくべきだろう。大雑把でいいなら三十二年前は三十年前、三十八年前なら四十年前と口にするのではないか。いずれにしても第二次大戦中でパリがドイツの占領下にあった時代のことだ。

「たんに思い出のある手紙ではない、それなら問題の手紙を捜していることまで秘密にする必要はないから。他人には知られたくない手紙、悪意のある他人に内容を知られたら脅迫の材料として使われてしまいそうな手紙。だからこそ盗まれたのかもしれない。もう一点、おそらく手紙はクロエ・ブロックとなんらかの関係がある」

〈小鴉(コルネイユ)〉の滞在者がイスラエル人のアリザ・シャロンだとして、アリザはクロエ・ブロックと名乗っていても年齢からして本人ではない。どうして別人が三十九年前に失踪した女の名前を使っていたのか。アリザというイスラエル人の女はクロエと称して滞在していた川船に、問題の手紙を餌にしてシスモンディを誘い出したようだ。深夜の電話の主はアリザ・シャロンではなく、アリザを殺害した人物だった可能性も否定はできないが。

　いずれにしても消えた手紙は長い時間を挟んで、ドイツとの戦争がはじまる年に消息を絶った実在のクロエ・ブロックと繋がっている。

　パパが疑問点を口にした。「クロエの失踪は一九三九年、手紙が書かれたのが四三年前後とすると時間に開きがあるが」

「失踪したクロエから連絡があったのかもしれない。そのことを知らせる手紙をクレールがシスモンディに出したとか」

ジャン＝ポールが口を出した。「そのころは二人ともパリにいたんじゃないのか」

「捕虜収容所から解放されてクレールはパリに戻っていた。でも二人は毎日のように手紙を送りあっていたようね、同じ建物に住んでいるのに」

「会って話せばすむだろうに、なんとも面倒なことを」

会話と文章で意思疎通の質は異なるというのが、文筆家同士の共通了解なのだろう。学校で毎日顔を合わせる友達によく手紙を書いていた時期がわたしにもあった、親しい友人だからこそ口ではうまくいえないこともあるから。

カケルが口を開いた。「この事件は四十年も前の奇妙な三角関係を起点としているんです」

「なんだね、奇妙な三角関係とは」パイプをくわえたパパが落ちついた声で問いかける。「男一人に女二人で、三人が三人とも頂点であるような三角関係。よく知られているようにジャン＝ポール・クレールとエルミーヌ・シスモンディは、その十年も前から恋人同士でした」

わたしが警察には伏せておこうと決めたことを、カケルは平然として喋りはじめる。これではリヴィエール教授の意向に反してしまうのではないか。どういうつもりなのだろう、この日本人は。

シスモンディがリセ・モリエールに赴任したのは一九三六年のことで、複数の女子生徒や卒業生と性的に親密な関係になる。誘惑された生徒の一人がクロエ・ブロックだった。シスモンディを通してクロエを知ったクレールも少女に手を出して、奇妙な三角関係が生じたのは一九三七年のことらしい。シスモンディの自伝によるとクレールが地方のリセに赴任していた時期にも別のトリオが存在したようだが、これを作者は純然たる友情関係として描いている。

カケルが続けた。「一九四三年には職務停止処分を受けていますが、理由は女子生徒の誘惑です。シスモンディに旅行に連れ出された生徒の親が未成年者監禁罪で学校に訴えたんですね」

シスモンディの自伝にもそのことは書かれている。しかし職務停止処分の理由は生徒の両親や学校当局の誤解によるもので、戦争の前なら問題にもならない程度のことだ、自由が制限された占領下のため大袈裟に騒がれたにすぎないと軽く書き流されていた。

　カケルがシスモンディの私秘的な事情を口にしたわけも理解できた。ジャン＝ポールが解雇事件を突きとめるのは確実だし、そこからシスモンディの性的指好やクロエとの秘密の関係を洗い出してしまうのも時間の問題だろうから。

　そういえばシスモンディには、もう一組のトリオをモデルにした小説がある。そこでは奇妙な三角関係が性描写も含めて露骨に描かれていた。三人でのセックスの場面はフィクションだと思った読者も多いだろうが、おそらくは作者の実体験を下敷きにしている。

「一九三九年の春、スペインから帰国したイヴォン・デュ・ラブナンが、アンドレ・ルヴェールからクレールを紹介されたんだね」パパが確認する。

　クレールを介して知りあったクロエとイヴォンは、じきに親密な仲になる。イヴォンが親友のアラン・リヴィエールに洩らしたところでは、二人の恋愛には時間的な捩れが生じていたようだ。クロエのほうが先に青年を求め、娘が失踪したのちにイヴォンは恋愛感情の嵐に見舞われた。

「心理的なすれ違いが原因の悲劇なんて、なんだか十九世紀の古めかしい恋愛小説みたいだ。たとえデュ・ラブナンが当時二十歳そこそこだったとしても、もう少しなんとかなったんじゃないのか」

　巨体と筋肉と運動神経で卓越した元ヘヴィ級ボクサーの周囲には、純真そうな下町娘から妖艶な中年女性まで愛人に立候補したい女たちが群れをなしている。恋愛経験が豊富なジャン＝ポールは自分の気持ちに無自覚なまま娘につれなくして、あとから後悔した若者が歯がゆくてならないようだ。

　わたしが説明する。「イヴォンもリセの生徒時代には年長の女たちと恋愛遊戯を愉しんでいたようだし、戦場の体験が性格を変えたんでしょうね」

　アラゴンの村で幼い兄妹を死に追いやった出来事が、若者の精神に深い傷を残したようだ。クロエの顔は爆発で吹き飛ばされ頭部がちぎれた聖母像をどこかしら思わせた。不作為とはいえ子供を殺した罪は消えない。おのれの罪を想起させる顔だちの娘との新しい恋に、無意識のうちに躊躇していた青年のことも理解できないではない。

　陽気なニヒリストとしてエロスと暴力の世界を駆けぬけた少年詩人は、コミュニストとファシストとの二重の闘争に敗れた憂い顔のニヒリスト青年としてスペインの戦場から帰還してきた。ドイツ占領期の抵抗運動、そして戦後も続いた反フランコとバスク解放のパルチザン闘争。スペインで爆弾闘争を続けてきた〈バスク祖国と自由（ETA）〉とイヴォンのグループとの関係はよくわからないが、マチルドの父親もゲリラ活動のため定期的にピレネーを越えてスペインに潜入していたようだ。フランコ体制への破壊活動が目的だったのかもしれない。

ピレネー山中で消息を絶つまで暴力的な環境に身を置き続けたイヴォンの人生に、詩やエロスの輝きが回復された様子はない。想像の裡（うち）に浮かぶのは、躰の底に沈殿した疲労と増えはじめた白髪と風雪に荒れた膚の中年男の面影だ。

他方のクロエ・ブロックだが、シスモンディやクレールとの逸脱的な三角関係の重圧は少女の精神を耐えられないほどに軋（きし）ませていた。ようやく見つけ出すことのできた新しい恋の可能性なのにイヴォンは積極的に応えてくれない、そしてクロエは失踪してしまう。自分にも責任がある教え子の失踪事件にシスモンディが触れたがらないのも当然のことだ。

「クレールのアパルトマンで盗まれたのは、奇妙な三角関係の証拠になる手紙かもしれない」たとえ若いころのことであろうとリセの女生徒を誘惑しクレールを含めて奇妙な三角関係を結んでいた事実はスキャンダルだし、クロエを失踪に追いこんだ責任もある。

「まだ結論を出すのは早そうだ、ヤブキ君の意見を聞きたいな」

パパに水を向けられた日本人が短い沈黙のあと口を開く。

「……クロエとの秘密の関係についてシスモンディが触れた手紙ではないかとも思いましたが、時期が違うんですね。ドイツとの戦争がはじまる前にクロエはクレールともシスモンディとも別れたようだし。それにシスモンディが両性愛者（ビセクシュエル）であることも性関係のあるトリオのことも、クレールの周辺では当時から公然の秘密だったようです。昔のスキャンダルをタブロイド紙に書きたてられるのは好ましくないとしても、正体不明の人物に呼び出され真夜中にセーヌの川船まで出向くほどの秘密ではないでしょう。とはいえ、手紙がクロエ・ブロックと無関係でないことは確実ですね」

「それはそうだ」巨漢が熊のような声で唸る。「なにしろアリザ・シャロンは、クロエ・ブロックと称して〈小鴉（コルネイユ）〉に泊まってたんだから。盗まれた手紙を餌に川船に誘い出されたことは事情聴取で認めたシスモンディだが、殺人事件とは無関係だし、中身を説明する気はないと居直っていた。電話をかけてきたのは知らない女だというが、昔の生徒だと思って真夜中にロワイヤル橋の川船まで出かけたんじゃないか」

パパがパイプに葉を詰めながらいう。「四十年近くが経過しても癒えないほどの精神的な傷を、仮にクロエ・ブロックが負っていたとしよう。どのようにしてかシスモンディ宛のクレールの手紙を盗み出し、それを返却するとの口実で川船に招きよせて復讐を企んだが、逆襲され殺された。……というのが事件直後のバルベスの読みだったな」

「七十歳の老女に川は泳げないとか重たい碇は振り廻せないとか、嬢ちゃんにはさんざん揚げ足を取られたが、出発点としては順当な仮説だったと思いますよ。〈小鴉（コルネイユ）〉で寝泊まりしていたクロエ・ブロックの年齢だってペイサックがでたらめを喋っていたかもしれないんだし」

わたしは呆れた。「あなた、いまでもシスモンディを疑ってるの」

「その線も完全に捨てたわけじゃない、国土監視局（DST）がなにからなにまで適当な嘘を喋った可能性もあるんだからね。なんらかの思惑があって珈琲店（カフェ）の給仕に事実と違う証言をさせた、スカーフの女が二人いたとわれわれに思いこませるために。パレスチナ過激派の協力者の女Bが架空の存在だとすれば、シスモンディ犯人説が再浮上する。それなら事件の構図は単純明快だ」

二人の関係はよくわからないが、アリザはクロエ・ブロックの復讐を目的としてパリに来たとしよう。なんらかの方法で問題の手紙を入手し、それを餌にシスモンディを呼び出した。脅迫者を抹殺して禍根を断とうとシスモンディは、指定された時刻より早く船に到着する。外出から戻ったアリザを殺害し、船を脱出してからナディア・モガールに電話した。

「どうして殺人現場に戻ろうとしたの」しかも、カケルを呼び出してまで。

「身許の露見に通じかねないなにかを、落としたか忘れたかしたんだろうな。取りに戻らないと、犯人であることが警察にばれてしまう。指紋という可能性もあるな。船内では注意していたが、入るときドアのノブに自分の指紋を付けていたことに、あとになって気づいたとか」

その場合は殺人現場の指紋を消すのではなく、殺人など不可能な状況で自分の指紋を重ねて付けてしまえばいい。しかし、現場に戻ろうにも遊歩道のベンチには野宿者が頑張っている。

「そのとき閃いたんだな。カケルさんを引っぱりこんで、一緒に船まで行けばいいと。謎の女から電話で〈小鴉（コルネイユ）〉に呼び出されたという口実でね」

「午前〇時三十分に船から出てきた女がシスモンディで、外見などについてはペイサックが嘘をついているっていうの」

「その通り」巨漢が生ハムの塊みたいな顎を嬉しそうに撫でる。「今日の夕方にやっと捕まえたが、事件のあと姿を消していたのは疚（やま）しいことがあるからだ」

「あなたが脅しすぎたからでしょ、ロワイヤル橋下のねぐらから気の弱い野宿者が逃げ出したのは。それで再尋問の結果はどうだったの」ペイサックが証言を変えたなら〈小鴉（コルネイユ）〉の密室状態は解消されるのだが。

「警視が事情聴取したんだが、証言は変わらないそうだ」

〇時三十分に外出したクロエとは違って、犯人は誰にも見られることなく船に潜入することができた。国土監視局（DST）の捜査官が船を監視しはじめる時刻よりも早く〈小鴉（コルネイユ）〉に着いて、被害者が来るのを待てばいいのだから。としても犯行後に殺人現場からは脱出できない。午後十一時三十三分から、わたしの通報で警官隊が現場に到着するまでのあいだ船は二人の捜査官や野宿者たちに監視されていたからだ。

「ペイサックの喋ったことが、なにからなにまで嘘だとはいわんよ。としても、午前〇時半の目撃証言には疑わしいところがある」

〇時三十分に船から出てきた女は左手が三本指だった。このペイサック証言が疑惑の焦点なら、問題は昨日も議論になった難題に戻ってしまう。国土監視局（DST）の捜査官の証言によって川側からの脱出が否定された以上、犯人はクロエ・ブロックに変装して〇時三十分に船を出たと考える以外にない。しかしペイサックの証言は、最後に残された合理的な解釈の可能性を土台から覆してしまう。

パパがパイプの煙を吐き出した。「バルベスは疑わしいというが、〇時三十分の女が三本指だったというペイサック証言は信用してもいいと思う。尋問の際に、あの野宿者は他にも興味深い話をしてくれた」

警察に付きまとわれるのが厭で、しばらくロワイヤル橋には戻らないことにしたペイサックだが、マドレーヌ界隈をうろついているとき同業者と偶然に顔を合わせた。ロワイヤル橋の隣のカルーゼル橋に棲みついている老人だが、いまは元のねぐらを離れて暮らしているという。どうして自分と同じような境遇になったのか、ペイサックは事情を訊いてみた。

時刻は深夜〇時を過ぎて、すでに夏至当日になっていた。カルーゼル橋の下で老人が古毛布を被って寝ていると、顔をスカーフで覆って黒いスーツケースを持った女が目の前で足を止め、手帳になにか走り書きして老人に見せようとする。川船や街灯の光が充分には届かない橋の下は暗い。読めないという身振りで首を横に振ると、女がライターを手渡してくる。ポケットから老眼鏡を出した老人は、ライターの焔(ほのお)で照らしながら手帳の文字を読んだ。

　夜が白むまでには取りに戻るので、それまでスーツケースを預かってくれという文面だった。謝礼は前金で二百フラン、返却時に五百フラン。もちろんスーツケースを開けること、他言することは禁止、鞄を預けているあいだ老人の古外套を借りたい……。

　野宿者の老人にとって七百フランは目も眩むほどの大金だから、もちろんスーツケースは預かることにして二枚の百フラン札を受けとった。鞄は古毛布を掛けて背中の後ろに押しこむ。直後にあらわれた若い女に黒いスーツケースを持った女のことを訊かれたが、なにも知らないと答えた。

　もちろんスーツケースの中身には興味がある、あるいは値打ちのある品物が入っているのではないか。しかし四桁の暗号数字を合わせなければ合成樹脂製の大型スーツケースは開かない。数字合わせ錠を壊せば無理に開いたことが女にばれてしまう。五百フランを失う危険を冒して鞄を開いてみても、横取りするほど価値ある品が入っているとは限らない。それに泥棒で一儲けするのは気が咎めるし、約束を守って礼金をもらうほうがいい。

　パパが続ける。「二時間ほどで戻ってきた女は古外套と黒いスーツケースを交換し、約束の五百フラン札を老人に渡して姿を消したそうだ」

「野宿者の爺さん、女の左手を見たんでしょうかね」

　ジャン＝ポールの質問にパパが答える。「その点はペイサックも確認したらしい。字を書いたとき左手で手帳を支えていたとすれば、なにか見えたかもしれん。しかし暗かったせいか老人に格別の記憶はないようで、左手の指のことはよくわからない」

　カルーゼル橋の下にいても、ロワイヤル橋の先の河岸に警官隊が急行してきたことはわかる。なにか事件が起きたに違いない。たいした仕事でもないのに七百フランも儲けて大満足だった老人は急に怖くなった。頼まれて二時間ほど預かった黒いスーツケースは、犯罪とでも関係があるのではないか。警戒を怠れば事件に巻きこまれかねないと思った老人は、ねぐらのカルーゼル橋下にしばらくは戻らないことにした。

　午前〇時三十分に〈小鴉(コルネイユ)〉を出たスカーフの女が、カルーゼル橋下の野宿者にスーツケースを預けたことになる。問題はそのようにして手に入れた野宿者の古外套だ。それを着込んで女野宿者に変装し、一時三十分ごろに〈小鴉（コルネイユ）〉横にあらわれた可能性はないだろうか。ようするに〇時三十分の女がカシと称した老女の正体だったのでは。

三十代のアリザ・シャロンがいくら変装し演技しても、あの老女に変身するのは難しい。それともアリザは二十歳や三十歳の年齢差など簡単に超えられる名女優なのか。〈無頭女（メドゥーサ）〉結社でカシと呼ばれていたらしいゾエ・ガルニエならそれも可能だったかもしれない、かつてシモーヌ・リュミエールを驚嘆させた演技力の持ち主だから。しかしゾエが生きていれば六十歳前後だから演技する必要はない、地のままで〈小鴉（コルネイユ）〉のところに来ればいいわけだ。

ムスリマの外見の女がわざわざ筆談で意思を伝えた事実も謎めいている。クロエと名乗っていたアリザが、急に喉を傷めて声が出なくなったとも思えない。やはり〇時三十分に〈小鴉（コルネイユ）〉を出たのは女Aのアリザとは別人の女Bで、その女はゾエに扮しても不自然ではない年齢だったのではないか。

わたしやシスモンディの前にあらわれた女野宿者のカシが、アリザと入れ替わって〈小鴉（コルネイユ）〉に到着した女Bだとすれば辻褄は合う。珈琲店（カフェ）の店員も女Bの眼の色や声は確認していないから、なんらかの理由で野宿者とは話ができない六十歳前後の女だった可能性はある。ただし生理的に発声できないわけではない、わたしはカシと話をしている。あるいは野宿者に自分の声を聞かれたくない理由でもあったのだろうか。

パパが話を変える。「まだバルベスは聞いていないようだが帰宅する直前に筆跡鑑定の結果が出た。〈小鴉（コルネイユ）〉の滞在者はアリザ・シャロンというイスラエル人と一応は考えていい、評論誌の走り書きまで偽造と仮定すれば話は別だがね」

それを前提に今夜は推論を重ねてきたが、自称クロエの正体はアリザである証拠がまたひとつ増えたようだ。イスラエルでは女性にも兵役義務がある。対象はユダヤ教徒とドゥルーズ派の信者で、キリスト教徒とドゥルーズ派以外のイスラム教徒は対象外だが。準戦時下のイスラエルでは良心的徴兵忌避も認められることが稀（まれ）だという、きわめて強制力の高い徴兵制だ。

アリザがユダヤ教徒であれば十八歳で入隊した可能性は高い。その場合、イスラエルの警察当局が軍に問いあわせれば、アリザの血液型、指紋、顔写真などは確実に入手できる。指紋や血液型がわかれば被害者がアリザ本人かどうかも最終的に確定できそうだ。

「評論誌の走り書きが被害者のものでなければ、犯人が残した偽の証拠ということになるわ」

わたしの言葉にパパが応じる。「それも完全には否定できない可能性だが、とするとアリザ・シャロンのほうが犯人ということにもなりかねない。その場合、どうしてアリザは身許が露見する危険を冒してまで被害者に入れ替わろうとしたのか。いずれにしてもイスラエル当局から指紋などが届けば決着がつく問題だし、いまのところ捜査はアリザが被害者という前提で進めるべきだろう。……国土監視局（DST）の情報も考慮した上でバルベスは、どんな具合に〈小鴉（コルネイユ）〉の事件について考えているんだね」

巨漢が乾いた唇を舌先で舐める。「川船で寝泊まりしていた女、アリザ・シャロンが事件の被害者だというのはほとんど確実でしょう。クロエ・ブロックと偽名を名乗った理由やシスモンディとの因縁、パレスチナ過激派との関係などは後廻しにして、とりあえず六月二十一日から二十二日にかけてのアリザの動きを整理すると……」

六月二十一日午後九時三十分にムスリマの服装で船を出たアリザは、二十分後には十区のアラブ人街にある珈琲店（カフェ）に到着した。その地下で同じ扮装をした替え玉の女Bと入れ替わり、ペイサックが河岸のベンチを離れる午後十時四十五分以降に船まで戻る。替え玉の女Bは国土監視局（DST）の捜査員二人に尾行されながら十一時三十三分に〈小鴉（コルネイユ）〉に到着した。

バルベス警部が続ける。「どうして二人は入れ替わり、異なる時刻に前後して〈小鴉（コルネイユ）〉に着いたのか。その理由は問わないことにして二人の動きだけを追えば、おおよそこんな具合です。船に到着した替え玉の女Bは、間を置かないで先に戻っていたアリザを殺害した。首を切断し屍体に奇妙な模様を血で描いてから、午前〇時半に黒のスーツケースを持って現場を出た」

「動機の点を問わなければ、バルベスの仮説で辻褄は合っている。スカーフから覗いた目元や鼻の形がアリザ・シャロンと似ていたというのは、ペイサックの思いこみかもしれない。手が込んでいるアリザの髪型も、協力者の女が入れ替わるつもりなら事前に真似できたろう。問題は……」

「わかってますよ、問題は女が三本指だったというペイサック証言だ。明日にも本当のことを喋らせます、任せといてください。もしもペイサックの野郎がでたらめを並べていたなら、シスモンディ犯人説が再浮上してきますね」

「シスモンディ説では時間的にどうなる」

「〈どんぐり（グラン）〉の住人が午後十一時十分ごろに目撃している、遊歩道から〈小鴉（コルネイユ）〉の船尾の辺りを眺めていた、上品そうな雰囲気の女がシスモンディってことになる。直後に誰にも見られることなく〈小鴉（コルネイユ）〉の船内に入ったんですな」

十区の珈琲店（カフェ）で入れ替わりは行われず、午後十一時三十三分に船に戻ってきたのはアリザ・シャロン本人だった。船室に潜んでいたシスモンディに襲われたアリザは、絶命する前に犯人を告発するため評論誌の表紙に血染めの手形を残した。

「ペイサックが証言を翻したら、そのときあらためてバルベスの仮説は再検討しようじゃないか」当然のことだがパパもシスモンディ犯人説には懐疑的らしい。「それはそれとしてアリザ・シャロンは、どんなわけで三十九年も昔に失踪したクロエ・ブロックの名前を使ったのか。アリザとクロエはどんな関係なのか」

「クロエの遺恨を晴らすために手紙を盗んだり、シスモンディを脅迫したのだとすると血縁者かもしれませんな。クロエの家族はナチの脅威から逃れてアメリカに亡命し、戦後はイスラエルに渡ったのかもしれん。クロエの兄の娘であればアリザとも歳は近いだろうし。ただしアリザ・シャロンという女、名前はユダヤ人らしいのにパレスチナ過激派の工作員の疑いがあるという。クレールやシスモンディへの厭がらせなのか、鉤十字（クロワ・ギャメ）の落書きをした形跡も。正体がどうもよくわからん」

失踪する時点のクロエには生まれたばかりの姪がいた。不幸な人生を辿ったクロエの復讐のために叔母の名前でシスモンディを脅迫した姪だが、逆襲されて殺されてしまう。というのは警官好みの常識的な筋書きで、アリザの正体をクロエの親族に限定する必要はない。〈小鴉（コルネイユ）〉の事件には無頭女（メドゥーサ）の影が差している。ナチズムとの秘教的闘争を決意していた〈無頭女（メドゥーサ）〉結社の精神を継承した者がいるなら、三十九年前に失踪したクロエ・ブロックのために制裁を加えようとしたかもしれない。

とはいえ、シスモンディはクロエの失踪に責任があるとしても殺したわけではないし、身体的な危害さえ加えてはいない。本人以外の者が三十九年もしてから、クロエに代わって復讐を企んだりするだろうか。盗んだ手紙を使ってシスモンディを脅迫した動機が、これでは弱すぎる気がする。

パパがコニャックのグラスを置いた。「一応のところ

〈小鴉〉事件の輪郭は摑めたと思う。まだ残っているのは、首を切られ胴体に奇妙な模様が描かれた屍体にまつわる謎だ。バルベスの話では戦前の素人劇団と関係があるとか」他の団員はアマチュアでも、カシと呼ばれていた女は代役とはいえジューヴェ劇団の舞台に立った女優の可能性が高い。

「ゾエ・ガルニエのこと、なにかわかったかしら」

ジャン＝ポールが広くて厚い肩を竦める。「なにしろ昨日の今日で、高等演劇学校に行かせたボーヌからの報告がまだないんだ。明日になれば面白い話が聞けるかもしれんが。どうしてゾエを捜す必要があるのか、今夜は話してくれるんだろうね」

黙りこんでいる日本人を見ると、こちらに小さく頷きかける。〈無頭女〉結社や夏至の未明に起きたらしい奇怪な出来事の説明役は譲るということらしい。いつものことだが面倒ごとを押しつけられたわたしは、カケルを軽く睨んでから語りはじめた。

「無頭女の誕生は一九三七年か三八年のことらしい。その図像も、〈無頭女〉と称した小劇団あるいは秘密結社も。ただし人体で作られた無頭女がはじめて登場するのは一九三九年の一月のこと。事件を個人的に調査していたイヴォン・デュ・ラブナンは、三人目の被害者が殺害され首を切られる現場を目撃した可能性がある」

「本当かね」イヴォンがマルリの森で目撃した出来事をはじめて耳にして、バルベス警部が驚きの声をあげる。

わたしは話を整理しながら順に説明しはじめた。ジョルジュ・ルノワールの〈無頭人〉結社を脱会した女ゾエが新たに〈無頭女〉を組織する。ナチスの邪悪な神秘主義に対抗し蒼古の女神を崇拝する秘密結社は、女だけの小劇団として表向きは活動していた。無頭女のシンボルは両腕を広げた首のない女の図像だが、その絵と同じ模様を躰に描かれた若い女の屍体が三度、一九三九年の一月、四月、九月とトランク詰めの状態で発見されている。

「三十九年前にマルリの森で行われた首切りの儀式を〈小鴉〉の事件は反復している。一九三九年と一九七八年の夏至未明にクロエ・ブロックが殺害された。一人は本名で、もう一人は偽名だとしても。無頭女の図像を模して首を切られ、裸の躰に奇妙な模様を描かれたところも同じ。絶対に偶然の一致じゃないわ」

パパがパイプの煙を吐き出す。「〈小鴉〉の事件の犯人は、どんな理由で三十九年前の出来事を克明に再現したんだろう。われわれが二つの出来事の類似性に気づいたことは偶然の結果にすぎない。リヴィエール教授の話がなければ、われわれは気づかないままだった可能性が高い。誰かに見せつけるために被害者を無頭女（メドゥーサ）に似せたとすれば、それは誰だろう」

　わたしは大きく頷いた。「もちろんエルミーヌ・シスモンディね。ロワイヤル橋下の川船まで素人探偵（デテクティーヴ）と一緒に来るように謎の女は電話で指示している。三十九年前にシスモンディとイヴォンが、儀式の目撃者として招待されたことを念頭に置いていたに違いないわ。他の誰一人として気づかないような場合でもエルミーヌ・シスモンディ一人は例外。犯人はシスモンディに見せるために三十九年前の出来事を反復し、人体で無頭女（メドゥーサ）を作ったんじゃないかしら」

「その件も含めてシスモンディに再聴取しなければ」ジャン＝ポールが唇を曲げる。「資料庫で昔の捜査資料を捜してみました。問題の事件関係の書類は破棄されないで保存されていた。屍体が詰められていたのは三つとも年代物の革製旅行鞄で形状は横長の直方体、人間の屍体でも充分に詰めこめるサイズです。遺棄地点は一月がオステルリッツ駅、四月がモンパルナス駅、九月がサン・ラザール駅。どんな思惑からか犯人は、パリの終着駅（ガール・テルミナル）を時計廻りに遺棄地点として選んだようだ。もしも第四の事件が発生していれば新たな首なし屍体は北駅構内で発見されたろう」

「デュ・ラブナンが情報を得ていたという警官は」

　バルベス警部が手帳を開いた。「シャルル・ヴァラーヌですが一九四八年に退職、六年後に死亡、警視庁の警官でもわれわれとは入れ違いってわけです」

「夏至の夜に、マルリの森の廃墟で、奇妙な儀式が行われた。その生贄（いけにえ）が第三の屍体ではないかと、デュ・ラブナンは疑っていたわけだな」

「変人の素人一座が、風変わりな芝居を演じたってことでしょう。一九三九年といえば、私が小学校でガキ大将をやっていたころですよ、警視はリセの初級ですか。サン・ジェルマン伯だのモンテスパン夫人だのがのさばってた十八世紀ならともかく、二十世紀にパリ郊外の森で生贄の儀式なんて、まさかね」

　想像力の乏しい警官に指摘する。「でも躰に模様を描かれた首なし屍体が、一九三九年の一月から九月にかけて三体も発見されたのは事実よ」

「切り裂きジャックの同類による連続猟奇殺人と、アステカ人がやっていた生贄の儀式は別だよ」アステカの祭司は犠牲の心臓を黒曜石のナイフで抉（えぐ）り出し太陽神が永遠であることを祈ったという。

「拷問と変わらない悪魔祓いの儀式を繰り返して、転換性のヒステリー患者を殺してしまった例は少なくないけど」

パパが口を挟む。「ヤブキ君は無頭女（メドゥーサ）の絵の作者で、女たちの小劇団の参加者とも親しかった人物に心あたりがあるとか」

青年が静かに頷く。「吉田一太という日本人の前衛美術家です。夏至の夜の出来事について吉田からも話を聴いてみたほうがいい」

「いまは日本にいるんだね」

「国際電話で事情を訊くことはできるでしょう。吉田は一九三〇年代の十年をパリで暮らしていてフランス語が堪能ですから、モガール警視やバルベス警部でも言葉の問題はないと思います」

わたしは横から口を出した。「日本の警察に依頼すれば電話番号はすぐわかるはず、有名な美術家のようだから。本人が電話口に出れば問題ないけど、家族だったらフランス語が通じないかもしれない。まずわたしが電話するわ。吉田を呼び出して、それからパパかジャン＝ポールに話を繋ぐことにしましょう」

「嬢ちゃんの日本語で大丈夫かね」

なんだか心配そうな巨漢に、わたしは胸を張った。「まかしといて」

ドイツとの開戦後も女たちの秘密結社〈無頭女（メドゥーサ）〉は存続したのか、あるいは解散したのか。詳しいことはわからないが、会員だった者の一人が〈小鴉（コルネイユ）〉の事件を起こした可能性もある。一九三九年に二十代だったとすればまだ六十代だし、女を殺害して首を切断することも可能だろう。

結社の狂信的な残党の仕業だとすれば、屍体を無頭女（メドゥーサ）の図像に似せた理由も推測できる。宗教的妄想に憑かれた犯人は、〈小鴉（コルネイユ）〉の船内で一種の人身供犠を実行したのではないか。無頭女（メドゥーサ）を崇拝する狂信者ならありえないことではない。事件の夜〈小鴉（コルネイユ）〉の横のベンチにはカシと名乗る老女がいた。あのカシがゾエ・ガルニエであれば、この仮説も現実味を帯びてくる。どうして〈無頭女（メドゥーサ）〉の残党がパレスチナ過激派の工作員らしい女を殺害したのか、その理由はいまのところ不明だとしても。

かつて〈無頭女（メドゥーサ）〉結社で活動していた女たちの名前を吉田一太から聞き出せるなら、捜査に有益であることはいうまでもない。問題は吉田が捜査に協力してくれるかどうか。天才肌の美術家のようだから、フランス人の警官が無神経な質問をすれば臍（へそ）を曲げて口を閉じてしまう心配がある。吉田本人ともわたしが話したほうがいいかもしれない。

「シスモンディが犯人だとして、屍体の首を切ったり躰に奇妙な模様を描いたりした理由は」

パパにジャン＝ポールが答える。「〈無頭女(メドゥーサ)〉結社に関係する人間が犯人だと、私らに思わせようとしたんですな」

「それでは強引にすぎる」

巨漢は困惑の表情だ。「そうですかね。パレスチナ過激派の協力者らしい女Bが〈無頭女(メドゥーサ)〉に罪を着せようとしたというより、こっちのほうがありそうな話だと思うんですが」

「まだ結論を出すのは早い、ヤブキ君はどう考えるんだろう」

パパに水を向けられて日本人が口を開いた。「〈無頭女(メドゥーサ)〉という秘密結社や結社のシンボルだった図像のことを知っている人間はきわめて少数で、僕が吉田一太の著書のことを記憶していたのも偶然にすぎません。モガール警視がいうように、そうでなければ警察が〈小鴉(コルネイユ)〉の首なし屍体と無頭女(メドゥーサ)を重ねて考えることなどなかったでしょう。〈無頭女(メドゥーサ)〉結社に関係していたらしい者に罪を着せようとしても、かろうじて浮かんできたのはゾエ・ガルニエかもしれないカシ一人。別人を犯人に見せかけようとするなら、他にいくらでもやりようはあると思いますが」生存しているならルシー・ゴセックも犯人候補者ではあるが。

「その点は同意見だな。常識外れの細工を屍体に施しても、さしたる効果は期待できない。そんなことに手間暇をかけるくらいなら、ふつうに殺してさっさと姿を消したほうがいい。ナディアに電話しなければ、シスモンディと〈小鴉(コルネイユ)〉は結びつきようがないのだし。

船を出入りした女の顔が、写真で見たことのある有名人に似ていたという、野宿者の証言だけでは不充分だ。問題の時刻には外出していない、他人の空似だろうといわれたらそれ以上は追及しようもない」

シスモンディが犯人でないとすれば、老婦人を深夜のロワイヤル橋まで呼び出した人物が存在しなければならない。電話の主はアリザなのか、あるいはアリザを殺害した犯人なのか。それはまた午前〇時三十分に船を出たスカーフの女の正体とも関係する。〇時五十分という時刻からして、その女がシスモンディに電話した可能性が高いからだ。

ジャン＝ポールが不満そうにいう。「だったら、犯人はどうして被害者の屍体を無頭女(メドゥーサ)に仕立てたんだろう。〈無頭女(メドゥーサ)〉関係者に罪を着せる理由や、それに必要な知識のある人物でなければ、容疑者の範囲は無限に拡大してしまう」

「いいえ、警部。無限ということはありませんよ」青年は冷静な口調だ。

「無限というのは言葉の綾ですがね、〈小鴉〉事件の犯人候補はいくらでもいる。アリザ・シャロンを殺害する動機がありそうな連中を一から洗わなければならないとすれば、捜査は途方もなく困難になる。アリザが工作員だったとすれば、動機はイスラエルで生じ、犯人はアリザをパリまで追いかけてきた可能性もあるしね」

「たしかに。しかし、その可能性はさほど高くないのでは」

「どうしてかね」パパが口を挟んだ。

「アリザがクロエと名乗ったこと、屍体が無頭女を模して装飾されていたこと。この二点で〈小鴉〉の事件は、ほとんど必然的に一九三九年のパリに結びつきます。さらにシスモンディとクレールにも。女Bが政治的な動機でアリザを殺害したというのは、たんなる見せかけにすぎないのでは」

「なるほど」パパが頷いた。「その場合、突破口はどこにあるんだろう。ラルース家事件の中心的な現象は首のない屍体、その本質は殺人という事実の隠匿、あるいは隠滅だときみは語っていた。それを導きの糸として、犯行をめぐる多数の事実を論理的に配列すれば、おのずと真相は明らかになると。その言葉通りにきみは現象学的推理で事件の真実を明るみに出した。

では今回の事件の場合はどうなるんだろう。同じような首なし屍体だから、真相解明の導きの糸になる本質も同じだと考えていいのかな」

「いいえ、〈小鴉〉の事件にかんして注目すべき現象は『三本指の血染めの手形』です」日本人がパパの質問に答える。

わたしは茫然とした。カケルは支点的現象を〈首の消失した屍体〉と特定したのだと思っていたからだ。いや「三本指の血染めの手形」を事件の支点だとはいっていない、たんに注目すべき現象だと語ったにすぎない。

「しかしカケルさん、犯人が切りとったのは被害者の首だよ。左手の指二本はずいぶん昔に失ったものだというから、事件と直接の関係はないと思うんだが」

バルベス警部に日本人が答える。「としても現場のいたるところに残された三本指の血の手形は過去のものではない、事件当夜のものですよね。『三本指の血染めの手形』のうち『血染めの手形』の部分は代替可能であって重要とはいえません。『三本指の手の写真』や『三本指の手の絵』

や、ようするに『三本指の視覚像』であればなんでもいい。問題は『三本指』で、それは『小指と薬指の消失』とも言い替えられる。〈小鴉(コルネイユ)〉事件の支点的現象は『三本指の血染めの手形』として与えられた〈小指と薬指の消失〉、ようするに〈指の消失〉です。〈首の消失〉も無視はできませんが、それは〈指の消失〉の前提と結果にすぎません」

「では〈指の消失〉という現象の本質は」パパが話を進める。

「現象としての消失の本質は対象に転移した自己消失の可能性です。対象が指、首、手紙のいずれでも消失現象の本質は同じと考えてかまいません」

「消失という現象を導きの糸として、犯行現場から得られた証拠など事件をめぐるもろもろの事実を配列すれば、それぞれの真相はおのずと明らかになると」

「わかってるなら教えてくださいよ、もったいぶらないで」ジャン゠ポールが催促する。

「まだ僕にも、はっきりしたことはよくわからないんです。支点的現象に則って論理的に配列しなければならない項が完全には揃っていないから」

「どうしても必要な証拠があるっていうんなら、私らが捜してきますよ。なんですか、足らないっていうのは」

「ひとつはカシの行方ですね」

「事件のとき、〈小鴉(コルネイユ)〉横のベンチにいた女の野宿者なら捜索中です。カシかもしれないというゾエ・ガルニエも、なんとか見つけ出しますよ」

わたしは尋ねてみる。「オーシュの線はどうなの」

「モーリス・オーシュは戦中に失踪しているな」バルベス警部が肩を竦める。

やはり、とわたしは思った。「いつのこと、失踪って」

「記録によれば一九四四年の三月。レジスタンスによる暗殺を警戒して身を隠したんだろうと、ビヤンクールの撮影所界隈では噂されたとか」

「本当に狙っていたのかしら、レジスタンスはオーシュのことを」

「どうだろうな」ジャン゠ポールが顎を撫でる。「協力派(コラボ)の映画人といっても処刑の標的になるほどの大物じゃない。占領体制に加担する親独文化人を見せしめに処刑しようと本気で考えたなら、適当な標的は他にもいた。たとえばココ・シャネルとかね。オーシュが臆病すぎて、過剰に警戒したんじゃないか、あるいはレジスタンスに狙われるほどの大物だと、自分のことを過大評価していたとか」

処刑を警戒して身を隠し、占領体制の崩壊後は報復を怖れて潜伏し続けた。名前を変えて、どこか社会の片隅で第二の人生をはじめた可能性もあるとジャン＝ポールはいうけれども、しかし違う。一九四四年の三月はじめにオーシュが姿を消しているなら、イヴォンのオーシュ宅訪問と時間的に接している。二月末にフォッス・ルポーズの森に面した家の車庫で射殺された男こそ、モーリス・オーシュ本人だったのではないか。

　たとえ占領中のことでも、他殺死体が発見されたら殺人事件として捜査されたろう。被害者が協力派（コラボ）文化人であればなおさら。行方不明者として処理されたのは、イヴォンが現場から立ち去ったあと屍体を処分した者がいたからだ。森に埋められてしまえば発見は難しいし、オーシュを殺害し屍体を隠匿した人物を突きとめるのも三十四年後の今日では不可能といわざるをえない。

「カシを捕まえて、いったいなにを喋らせようというんですかい。その女がもしかして犯人だとか」

「可能性は……」カケルは明言を避ける。

「まだ、はっきりしちゃいないと」

「確認する必要があるのはカシの左手です。カシはナディアに左手を見せないようにしていたふしがある」

「そうなのかい、嬢ちゃん」

「もう話したわよ、あなたが忘れてるだけ。カシの左手は外套の長い袖に隠れていて、わたしから煙草を受けとるときもライターで火を点けるときも、意図してなのかどうか右手しか使おうとしなかった。なんらかの異状が左手にあるからだろうとカケルは疑ってるんだけど、まさかね」同じとき同じところに、たまたま左手の指が欠けた女が何人も居合わせる可能性なんて、絶対ないとはいえないにしても無限小だ。

「カケルさんは、アリザとカシが同一人物だと思うのかね」ジャン＝ポールが見当違いな反応をして自分にかぶりを振る。「いやいや、二人は別人だよ。ペイサックは〇時半の女について適当なことを喋ったかもしれん。だが、カシの年恰好にかんしちゃ嬢ちゃんも同じような観察をしてる。目の前にいる女の齢を二人の証人が揃いも揃って、二十歳も三十歳も間違えるなんてことはないよ」

　さらに決定的な事実がある。アリザの屍体を発見したのは、わたしとカシをベンチに残して〈小鴉（コルネイユ）〉に入ったシスモンディなのだ。遊歩道にいたカシと船室で屍体になっていたアリザが別人であることは疑いがない。もっと別のことをカケルは考えているに違いないが、それがなになのかわたしには摑めない。

「もしかしてカシも左手が三本指だとか」それにジャン＝ポールも気づいたようだが、当惑の表情で自分の言葉を否定する。「いやいや、それはないな。同じ時間、同じ場所に三本指の女が居合わせるなんてことは」

「〈ル・ムーリス〉に投宿した黒衣の女まで含めれば、全部で四人よ」わたしは注意を促した。

「僕も警部と同意見です。まったくの偶然で被害者と犯人のいずれもが三本指だったという可能性はきわめて低い。三人あるいは四人ともなると、そんなことが起こる確率はゼロに近いと考えざるをえない。しかしそれでも気になるんです。カシの左手の状態を確認しない限り、事件の真相に到達するための証拠は揃わないから」

またパイプに葉を詰めながらパパが問いかける。「その事実さえ明らかになれば、事件の真相は導きうると」

「ええ」カケルは軽く頷いた。「ところで警視、イヴォン・デュ・ラブナンをご存じだとか」

「面識があるというほどではない、ドイツ占領下の時代に一度だけ接触した程度のことだが」火皿に点火して煙を吐き出しながら、パパは目を細めるようにして語りはじめる。「一九四四年六月に連合軍がノルマンディに上陸し、八月二十五日にはパリが解放される。解放の予感が漂いはじめたその年二月のことだった、秘密の指令でジャン・マルタンと密かに接触したのは。ピレネー地方で抵抗運動を指導していたデュ・ラブナンの地下活動家としての変名がマルタンだと知ったのは、戦争が終わってからのことだ」

アナキストの親友ジョアン・マルティは、バルセロナの一九三七年五月事件で共産党の私兵と化した政府軍に攻撃され殺害された。そのカタルーニャ人の名前を、イヴォンは非合法活動の際には用いていたようだ。フランスに帰国してからも、形見になったジョアンの腕時計をいつも身に着けていたという。

カタルーニャ語のジョアン・マルティをフランス風に読み替えるとジャン・マルタンになる。フランスでは平凡きわまりない姓名で目立たないし、人の記憶にも残らないから地下活動のための偽名にはふさわしい。しかし凡庸な名前の裏側には、ボリシェヴィキの秘密警察(NKVD)に虐殺された同志の記憶が深々と刻まれてもいる。

十代半ばだったパパは対独抵抗運動の活動家に憧れていた。少年らしいヒロイズムで、占領軍の圧政に立ち向かうことを望んでいたのだろう。公然組織〈国民戦線〉を窓口に共産党の地下組織と密かに接触して活動への参加を申し出た。待ちに待った最初の指令が届いたのは二ヵ月後のことで、小さな荷物を人知れず運ぶという任務は無事に果たした。子供は疑われる可能性が低いからだろう、同じような指令がときどき届くようになる。

ジャン＝ポールが口を挟んだ。「よく覚えてますよ、あの時期のことは。リセの上級生だった警視に頼みこんで私も任務を手伝ったものだ。はじめは子供の使い走りだったが、そのうちパリでも組織されはじめた軍事組織に接触したんですよね。先方の記憶には残らなかったにしても、任務の都合でルヴェール少佐とすれ違ったこともある」

連合軍がパリ付近まで進撃してきたら地下に組織されたレジスタンスの軍隊が蜂起し、首都をフランス人の手で奪回する計画だった。ロンドンで亡命政府を樹立したド・ゴール派の正規軍ルクレール師団は英米軍の一部に組みこまれ、ノルマンディ作戦ではパットン軍団とともにユタ・ビーチに上陸した。

共産党系の軍事組織を指導していたルヴェールは、パリの自力解放を共産党の権力奪取とコミュニズム革命に転化しようと構想していた。しかしフランスをナチから解放した英米軍も西側との協調を優先するスターリンも、そんなことを許したとは思えない。

ソ連軍が到達する直前、ロンドン亡命政府の指令で決行されたワルシャワ蜂起は敗北し蜂起軍は全滅している。アンジェイ・ワイダの傑作で描かれているように、反ソ的なロンドン亡命政府の指令による蜂起は、戦後の権力闘争を見越したスターリンによって見殺しにされた。わたしはアントワーヌに誘われて『地下水道』を一緒に観た。フランス人なら誰でも、悪臭で窒息しそうな下水道の闇を彷徨う（さまよう）ザドラ中尉のことを、瀕死のマリユスを背負って苦闘するジャン・バルジャンの姿に重ねたことだろう。

パパが話を続ける。「暖房用の石炭にも事欠く寒い冬だった。組織からの指令でアレージアにある古びた、ふだんは誰も住んでいないアパルトマンを訪ねることになった。玄関ドアを開くと、見るからに精悍な印象の黒髪の男が待ちかまえている。次の瞬間、合い言葉を口にする余裕もなく突き倒されて口を塞がれ、床に組み伏せられていた。予想していたのと違う人物があらわれたので、とっさに反応したんだろうな」

イヴォンは囁き（ささやき）声で少年に「何者だ」と問いかけ、口元を覆う掌の力を少し緩める。ようやく少年は合い言葉を口にできた。埃が積もった床から身を起こして男に向き直る。年齢の離れた大人に見えたが実際は二十代半ばの青年だった。スペインでの戦争とフランス敗北後の対独抵抗運動と、七年にもわたる戦いの日々によって鍛えぬかれた青年は実年齢より老成して見えたようだ。

　警戒を解いた様子のジャン・マルタンに、モガール少年は指示された伝言を正確に伝えた。『ベルコヴェールは不本意ながらマルタンとの約束を果たせない。安全を期して大至急パリから離れるように』

「あとになって知ったことだがベルコヴェールは共産党の中央軍事委員で、パリの共産党系レジスタンス組織の最高指導者アンドレ・ルヴェールの党名だ。届けた伝言の意味は理解不能だったが、解放後にロジェ・ジュノーという元レジスタンス隊員から、当時の事情を訊く機会があった」

　秘密の連絡地点として使われていたアレージアの空き部屋でルヴェールはデュ・ラブリンと接触する予定だった。しかしその前夜、急襲されたアジトから同志を救出する緊急作戦の陣頭指揮で負傷しゲシュタポの手に落ちてしまう。もしも自分の身になにかあったときは、無人のアパルトマンで会う予定のジャン・マルタンに伝言を届けるよう、事前に部下に命じていたようだ。

「それからデュ・ラブナンはどうしたのかしら」

「この伝言で帰郷したようだ。ヴェルコール山地の解放区に呼応して、スペイン亡命者を中心にバスクでも勝算のない蜂起が計画されていたんだな」無展望な蜂起を止められる者は、その地方の抵抗運動を指導してきたデュ・ラブナンしかいない。

　リヴィエール教授のアパルトマンを密かに訪れたのは、列車に乗る前夜のことだという。翌朝、心を残しながらもイヴォンは長距離列車でバスクをめざした。戦後のイヴォンはパリを再訪することもなく、クロエとの再会も果たせないままバスク解放闘争に専念し、まだ幼い娘を残して消息を絶った。逮捕や裁判の記録はないから、ピレネー山中でスペインの治安部隊に殺害されたと考えるしかない。

　リヴィエール教授の回想によれば、ルヴェールはイヴォンに「きみに会わせたい人間がいる」と告げていた。「マルタンとの約束」とはそれを意味していたのかもしれない。「占拠されたアジトで身柄を拘禁されていたジュノーたちは、ルヴェールに救出されて生き長らえた。しかし逮捕された共産党中央軍事委員は、フォッシュ街のゲシュタポ本部で惨殺された。それが心苦しいのか、尋ねても詳しいことは話してくれなかったが、私が命じられた任務の意味するところは漠然とながら呑みこめた」

　拷問に屈してアレージアの秘密アジトのことを喋ってしまう危険性を考慮し、ルヴェールはイヴォンへの伝言を残したのかもしれない。絶命するまで凄惨な拷問を加えられたが最後まで口を割らなかったという。結果的には不必要な警戒だったわけだが、自分の意志や忍耐力を過大評価することなく、最悪の可能性に備えるのがボリシェヴィキ革命家の計画性と意識性なのだろう。

もしもルヴェールが捕まらなければ、スターリンやモスクワ亡命中のフランス共産党トレーズ書記長の意向を無視してレジスタンス地下軍は半年後に総蜂起し、パリまで進撃してきた連合軍はエリゼ宮の臨時革命政府と林立する赤旗に迎えられたろうか。パリの自力解放という夢は魅惑的にしても、ソルジェニーツィンの読者としてはルヴェール構想の挫折を歓迎しなければなるまい。生まれたのが収容所国家と化したフランスでなくて幸いだった。

「元レジスタンス隊員のジュノー氏と連絡は取れますか」

カケルが問いかける。

「二、三年前に街で偶然に行き会って立ち話をしたことがある。家はクリニャンクールのようだが、そのときメモした電話番号なら探せるだろう」

パパが聴いた以上の話を引き出せるとも思えないが、それでもカケルはロジェ・ジュノーに会ってみる気らしい。ジュノーが話す気になっても新たに判明するのはルヴェールの逮捕前後の事情くらいのもので、過去と現在の首なし屍体事件の解明に通じるとは思えないのだが。

3

乗客を掻き分けながら揺れる車内を移動して、地下鉄駅(メトロ)の出口の階段に近いドアから下車した。小走りに階段を駆けあがる。ジュール・ジョフラン駅の地上出口には、もう日本人の青年が佇んでいた。十二番線の最寄り駅ラマルク・コランクールの次がジュール・ジョフランだから、わが家から歩いてもたいした距離ではない。

近い場所での待ちあわせに限って約束の時間に遅れることが多いような気もするけれど、わたしの場合だけだろうか。事件の支点をめぐるカケルの言葉が気になってよく眠れず、目が覚めたらもう家を出る予定の時刻だった。大急ぎで顔を洗って家を飛び出したが、それでも十五分の遅刻だ。

「お待たせ」

わたしの言葉にカケルは無言で肩を竦める。これがいつもの反応だし、待たされて不機嫌になっているわけではない。少しの遅刻くらいで人を責めるような狭量な人ではないけれど、一度だけ本気で怒ったことがある。そのとき以外には、三年で感情を露わにするカケルを見たことはない。腹が立つほどではないが、昨夜のことで少し割り切れない気分なのはわたしのほうだ。

「事件の支点的現象のことなんだけど」隣の青年に歩きながら問いかける。「それが〈指の消失〉で、本質は指という対象に転移した自己消失の可能性だっていうのは本当なの。一昨日には〈首の消失〉だと考えていたんじゃないの」

切り口上で詰めよられて青年は無表情に応じる。「川船の屍体は首を奪われたのではなく、首が消えた屍体として捉えなければならない。しかし、それが支点的現象だといったことはない。きみに約束したのは質問に答えることで、誤解の訂正は含まれていない」

わたしは唇を嚙んだ。たしかに一昨日は事件の支点的現象を直截（ちょくせつ）に問い質してはいない、どのみち言を左右にして教えてくれそうにないから。この青年に悪意がないことはわかっている。見当違いの議論に夢中になっているわたしを、陰で小馬鹿にしていたとも思わないが、それでも納得できない気持ちは残る。

頼まれたことしかしない、訊かれたことにしか答えないロボットも同然の変人であることは最初からわかっているのに。この割り切れない気分は、変人への対応を誤った自分自身に向けられたものかもしれない。

それにしても、どうして〈首の消失〉ではなく〈指の消失〉なのか。犯人がアリザ・シャロンの躰から切りとったのは指ではない、あくまでも首なのに。左手の小指と薬指は何十年も前に切断されたらしい。事件に関係しているのは〈消えた指〉ではなく〈消えた首〉あるいは〈奪われた首〉としか思えない。

「三本指の血染めの手形」と、その核心としての〈指の消失〉が事件の支点だ、昨夜のカケルはそう明言していた。しかしわたしには被害者の左手に三本の指しかないこと、小指と薬指が欠けている事実の重要性がよく理解できない。

これ以上の話をカケルから引き出すのは難しそうだし、無理に訊き出そうという気もない。支点的現象とその本質について以外は事件が終わるまで訊かない、知ろうとしないことがカケルとの約束だし。

「モガール警視に訊かれてアリザ・シャロン事件の支点的現象について説明したけど、あれにさほどの意味はないよ」青年が思いがけないことを口にする。

「どういうことなの、支点的現象に意味がないって」

「これまで観察したことがないほど今回の事件は錯綜（さくそう）をき

わめている、まるで混沌の塊だ。手紙事件と川船事件が不可分であることは疑いがたいとしても、二つの事件の背後には三十九年前のトランク詰め首なし屍体の事件やクロエ・ブロックの失踪事件までが潜んでいる。すべてが複雑に絡みあって分割できない有機的な全体をなしているんだ。それぞれの事件を切り離して独立に扱うことは許されないし、単体の事件ごとに支点的現象を指摘してもたいした意味はないんだ」

　川船事件の支点が〈指の消失〉だというのは嘘ではないが、真実に到達するための道標としては役に立たない。むしろ支点が不可視であることこそ、手紙の事件や川船事件の新たな支点とさえいえる。ラルース家の事件をはじめ、これまで観察してきた犯罪現象はいずれも三次元的だった。川船のテーブルに横たえられた首なし屍体が三次元的であるように。

「いま僕たちが観ているのは四次元的な現象だから、ラルース家事件以来の手馴れたやり方では対処不能といわざるをえない。支点的現象の本質を指という対象に転移した自己消失の可能性として抽出できても、それがなにを意味しているのか了解できない。すべては第四次元の濃霧の底に沈んでいる。三次元的な首なし屍体には時間性という第四の次元がある。現在ではない時間の彼方に入りこんで、事件の第四次元を旅してみなければ真相には到達しえないだろう」

　カケルのいいたいことはわかるようでよくわからない。事件の第四次元を旅するとは具体的になにを意味するのか。もやもやした気分を思い切りよく心から掃き出して、わたしは青年に頷きかけた。

「いいわ、わたしも考えてみるから」

　表通りから裏道に入ると、じきに夏の緑に溢れた美しい庭園が見えてくる。クリニャンクール広場（スクワール）は無名の小庭園だが、わたしは地元だから小学生のころには友達とよく遊びにきていた。リセ初級の生徒になったころから足が遠のいて、この小さな公園を訪れるのは十年ぶりかもしれない。花壇には夏の草花が咲き乱れているし、堂々と聳（そび）え立つ中国杉の巨樹も健在のようだ。

「あの人じゃないかしら」

　公園の隅に建てられた六角屋根の野外ステージの横にある、涼しそうな木陰のベンチで初老の男が新聞を読んでいる。パパの言葉通り臙脂（えんじ）のベレを被っているから間違いないだろう。

　昨日の夜、パパは元レジスタンス隊員のロジェ・ジュノーに電話して、わたしたちが話を聞けるように手配してくれた。翌日の正午にクリニャンクール広場の野外ステージ横のベンチで、というのがジュノーの返答だった。カケルとはジュール・ジョフラン駅を出たところで、午前十一時半に待ちあわせることにした。

　わたしは男に近づいた。「失礼ですが、ジュノーさんですか」

「そうだよ、あんたがルネ・モガールの娘さんか」

「ナディア・モガールです、こちらは友人のヤブキさん。近所なんですか、お宅は」

「まあね。しかし、ここで会うことにしたのには理由がある。あそこに」男は庭園を見下ろす建物を指さした。「モーリス・クリーゲルが住んでるんだ。何者かわかるかね、クリーゲルという人物が」

「モーリス・クリーゲルはレジスタンスの指導者ですね、地下活動のためにヴァリモンという偽名を使っていた」初老の人物を挟むようにして、わたしとカケルもベンチに腰を下ろす。

　ジュノーが満足そうに頷いた。「最近の若者にはクリーゲルの名前も知らないような連中もよくいるが、親父さんの影響かね」

　占領時代の苦労話やレジスタンス時代の武勇伝を得々と語る大人は少なくない。同じような話を幾度も聴かされて退屈した子供たちに鬱陶しがられていることも知らないで。しかしパパは苦労話も武勇伝も好きではないようで、自分から昔のことを語ることはない。わたしがクリーゲルを知っていたのは、ドイツ占領期やヴィシー政権時代のことに興味があったからだ。

「父は昔のことは話しません。わたしが尋ねたから、昨日はジュノーさんの話題も出ましたけど」

　モーリス・クリーゲルはストラスブールのユダヤ系家庭の出身で、人民戦線時代は共産党の労働組合活動家だった。第二次大戦中はレジスタンス諸派の調整組織である軍事行動委員会の幹部として活動し、一九四四年八月十九日に開始されるパリ解放の民衆蜂起を指導した。

　数日後、ドイツ軍のパリ総督コルティッツは軍事行動委員会のクリーゲル、タンギー、そしてパリまで進軍してきた連合軍のルクレール将軍に降伏する。撤退前にフランスの首都を全面破壊しろというヒトラーの命令を無視して、パリ市街や歴史的建造物を爆破の運命から救ったのがコルティッツ将軍だといわれる。

　ジュノーがゴロワーズの青い袋から一本抜いた。「クリーゲルを抵抗運動に引きこんだのがモスクワの赤軍大学で学んだ軍事専門家のベルコヴェール、ようするにルヴェール少佐だ。パリの共産主義青年団でクリーゲルが活動していた時期から、少佐は指揮官としての能力を見抜いていたんだろう。ベルコヴェールがゲシュタポに殺されなければフランスの戦後はまったく違っていた。第二次大戦後には弱体きわまりない第四共和政でなく、フランス社会主義共和国が樹立されていたはずだ」

一九四三年の末にはレジスタンス諸派の軍事組織が統合してフランス国内軍（FFI）が誕生する。しかし国内軍（FFI）の指揮系列はド・ゴール派のロンドン亡命政府と、国内抵抗組織の連合体で共産党に主導された全国抵抗評議会（CNR）に二分されていた。

ルヴェールの路線を引き継いだクリーゲルとタンギーは国内軍（FFI）による総蜂起を主張したが、この主張は元職業軍人による軍抵抗組織やド・ゴール派のフランス国民解放委員会の反対によって阻止される。国内軍（FFI）の蜂起や破壊活動、軍事行動が活発化するのは連合軍のノルマンディ上陸以降のことだ。

ジュノーが続ける。「戦後は共産党から出馬して国会議員の席を得たクリーゲルだが、ルヴェールの思想的影響からかトレーズ書記長とは折りあいが悪かった。エメ・セゼールに続いてクリーゲルも、党のモスクワ追従や教条的体質を批判して除名されてしまう。私も含めてだが、このとき一緒に離党した義勇遊撃隊（FTP）以来の仲間も多かった」

義勇遊撃隊（FTP）は共産党が組織した地下軍事組織だ。「党がいちばん大変な時期にモスクワに逃げていたスターリンの子分のトレーズには、銃殺された屍体が山をなした抵抗運動の現場のことなど想像もつかないのさ」

独ソ不可侵条約のため国内敵対勢力として共産党が弾圧されはじめると、トレーズ書記長は兵役中にソ連に逃亡し、被告不在の裁判で敵前逃亡罪禁固六年の判決が下された。一九四四年には恩赦で帰国するが、第二次大戦後初の大統領選への立候補は断念する。敵前逃亡罪の前歴で不人気なトレーズに代わる共産党候補はジャック・デュクロだった。「銃殺された者たちの党」としてレジスタンスの実績を強張した共産党は、戦前とは比較にならない影響力を獲得していた。それでもデュクロは落選し、第四共和政で最初の大統領に選ばれたのは社会党のヴァンサン・オリオールだった。

しかしド・ゴールもロンドンに亡命していたわけだし、占領下のフランスでパルチザン戦争の前線に立っていたわけではない。司令官が最前線でなく戦線後方にいるのは常識だから、トレーズのモスクワ亡命にも共産党員の多くは納得していたろう。国民の反感は国外亡命よりも兵役中の敵前逃亡に向けられていたようだ。

ド・ゴールは逃亡先イギリスの首相チャーチルやアメリカのルーズヴェルト大統領に煙たがられながらも執拗に交渉を続けて、最終的にはロンドン亡命政府をフランスの正統政府として、さらにフランス国家を戦勝国として認めさせた。

第二次大戦後のフランスが国連安全保障理事会常任理事国の席を得られたのも、ド・ゴールの政治的天才と抜群の交渉力の成果に違いない。英米の連合国から祖国の独立を守ったド・ゴールとは違って、トレーズがスターリンの操り人形にすぎないことは大多数の国民から見抜かれていた。

ジュノーが洩らした。「どんなに説得されても、あんたの父親は入党申請書に署名しなかった。党を支持しても党員にはならないというモガールの選択は、結果として正しかったのかもしれんな」

一九五六年にハンガリーで起きた民衆蜂起を、ソ連の鎮圧軍は二千台の戦車で轢き潰した。複数政党制やワルシャワ条約機構からの離脱を表明していた、改革派の指導者のイムレ・ナジはソ連に連行され処刑される。

ソ連の反民衆的な権力主義の実態は世界中のコミュニストに衝撃をもたらし、フランス共産党の指導部にもエメ・セゼールのようなソ連批判派が生じた。上部からの圧力のためセゼールの除名処分に合意したクリーゲルは後年、その誤った判断を生涯の政治的汚点として厳しく自己批判した。クリーゲル自身も一九六〇年には党を追放される。

「あんたがルヴェール少佐に関心があるなら、直属の部下だったクリーゲルに会うのがいい。ここに来てもらったのはクリーゲルを紹介しようと思ったからだ。いまでは引退も同然の身だから、若い者が聴きたいといえば喜んで昔のことを話してくれるだろう」

ジュノーの申し出には感謝するべきだろうが、こちらの興味は違うところにある。「わたしたちが知りたいのはアンドレ・ルヴェールの人柄や業績というよりも、ゲシュタポに捕らえられた夜のことなんです。どんな事情だったのか、ご存じのことを話していただけませんか」

しばらくは追想の表情で黙りこんでいたジュノーだが、ようやくわたしの顔を見た。「ルヴェール少佐から口外しないことを厳命されていたから、戦後になって行われた党機関による事情聴取の際も口を噤(つぐ)んでいた。とはいえ、墓場まで持って行かなければならない秘密というわけでもない。これからの話はモガールにも伝えてもらいたい、間接的とはいえ関係者の一人で真相を知る権利はあるだろうからな」

「わかりました、父には伝えます」

　軽く唇を湿してから老人は語りはじめた。「少佐は二十代前半の若い女と、その当時三歳だった双子を密かに匿(かくま)っていた。この秘密を知っていたのは学生のリリアン・ゴーティエと、二十三歳の印刷工だった私の二人に限られる。女の名前はノアで双子の娘はカミーユとドミニク、しかしノアは偽名だったようだ。戦争とドイツ軍の占領を大洪水に喩(たと)え、なんとしても生き残ろうという気持ちをこの名前に託したんだろう」

　双子だから娘二人の顔はよく似ていた。ただしカミーユは右の肩甲骨の内側にひどい火傷痕があって、上半身裸で遊んでいるときは簡単に見分けられた。前年の冬、灼熱した鉄のストーブに背中を押しつけて命にかかわるほどの大火傷をしたらしい。ルヴェールが連れてきた党員医師の治療で回復できたが、大人になっても消えそうにない大きな傷痕は残った。

「どんな関係だったんでしょう、ルヴェールさんとノアや子供たちは」興味をそそられて尋ねた。

「少佐は説明などしないしノアも自分の身の上には口を噤んでいた。しかし見ていればわかる、ノアは少佐の愛人、いや子供まで生んでいるところからして内妻(コンキュビーヌ)だったに違いない。少佐がノアと子供たちを連れてきたのは一九四二年の七月、われわれがドイツ占領軍とヴィシー政府の官憲に追いつめられていた時期だ。隊長のドバルジュが殺されて義勇遊撃隊(FTP)は壊滅状態だった。ドバルジュを仕留めた占領軍の次の標的は、党の中央軍事委員として義勇遊撃隊(FTP)を指導していたベルコヴェール、ルヴェール少佐だった」

　もしも妻子がゲシュタポに捕らえられたら、待ちかまえているのは死の運命だ。危険を感じたルヴェールは三人を安全な隠れ家に匿うことにして、部下からゴーティエとジュノーを選びノア母子の面倒を見るように指示した。逮捕されたレジスタンス隊員が拷問で口を割る危険を考慮し、ノアの存在は仲間にも秘匿することをジュノーたちに命じて。

　世話役といっても定期的に隠れ家を移動するときの案内や護衛が主な任務で、食糧などはルヴェール自身が妻子に届けていたらしい。あるいは、そうした任務はジュノーたちと別系列の部下に分担させていたのかもしれない。

初老の男が続ける。「一九四四年二月の暗くて寒い晩のことだ、リリアンと私は恋人同士を装ってガンベッタの古びた建物に出向いた。二十区の場末までは占領軍の監視の目も届きにくい。夜間外出制限(クーヴル・フー)がはじまる時刻よりも前に、粗末な狭い部屋に潜伏しているノアたち三人を新しい隠れ家まで無事に送り届けなければならない」

人目につくから五人一緒に行動はできない。先にリリアンがカミーユを連れてメニルモンタンの新しい隠れ家に行き、一時間したら残りの三人も移動を開始する。カミーユと離れることをノアは厭がったが、安全のために必要な措置だとジュノーに説得されて渋々ながら頷いた。子供一人なら抱いて走ることもできるが二人を連れていては行動が制約される、双子を先行組と後行組に分けて移動するのは合理的な発想だった。

「そろそろ出ようかと腰を上げたときだった、親衛隊(SS)の制服を着た四人の男が部屋に踏みこんできたのは。全身の血が引いていくように感じたよ。ベルコヴェールの妻子が潜伏中の部屋を突きとめたゲシュタポに違いない、この二年間なんとか生き延びてきたがついに運が尽きたかと思った」

逮捕されるより抵抗して射殺されたほうがいい、その隙にノアたちが逃げられたら幸運というものだ。ジュノーは将校らしい黒革の外套の男に飛びかかろうとしたが、兵士に突撃銃で殴り倒され床に叩きつけられた衝撃で意識が遠のいた。

「気がついたとき目に飛びこんできたのは不可思議な光景だった。テーブルに浅く腰掛けた親衛隊(SS)将校が、異状を察して泣き叫ぶ三歳の子供を膝の上であやしているんだ。その右手を見てぞっとしたよ、キッチンから見つけたらしい料理鋏を持っているんだ」

倒れたジュノーはこめかみを軍靴で踏みつけられ、胸に銃口を押しつけられていて身動きもできない。子供の名を呼びながら必死でもがく若い母親を、兵士二人が椅子に押さえつけている。親衛隊(SS)将校が静かな口調でノアに語りかけた、ドイツ訛はあるが流暢なフランス語だった。

「ご婦人(マダム)、あなたがベルコヴェールの妻だということはわかっている。この幼児が二人のあいだに生まれた子供だということも。子供はもう一人いると聞いているが、どうしたのかね。まあ気にすることもない、一人いれば充分だし。ここで話がすむならそれに越したことはない、でないとフォッシュ街の本部に招待することになる。

さて、私の質問はじつに簡単だ、どこにベルコヴェールは隠れているのか。それさえ教えてもらえるなら、きみたち母子は無事に解放すると約束しよう」

もちろん嘘だ、情報を吐かせたあとは処刑するのがゲシュタポの手口だから。「なにもいうな」と叫んだジュノーは銃床で顔を殴られ額の傷から血が流れるのを感じた。

「早く話したほうが犠牲は少なくてすむ、最後には話すことになるのだから早いほうがいい。左手の小指からはじめよう、一本に一分として十分後には両手の指がひとつもなくなってしまう」

幼児の柔らかな指は料理鋏で容易に切断できる。若い女の悲痛な声がとぎれとぎれに響いた。「知らないの、本当に知らないんです、信じてください、どうか信じて」。母親の悲鳴に子供の絶叫が重なる。ジュノーの鼻先に血まみれの小さな指が転がってきた、ドミニクの小指に違いない。続いて薬指も。ジュノーは絶叫した、「やめろ、やめろ、やめろ」。

部屋の外で一発の銃声、続いて狭い室内に突撃銃の連続発射音が轟いた。戸口を見ると古びたツイード外套の男が銃を構えて佇立している。思わず安堵の息が洩れた。一瞬のうちに三人の兵士を射殺し、この瞬間も銃口を将校の額に向けているのはアンドレ・ルヴェールだった。灰色の外套は血で汚れているが敵兵の返り血だろうか。

覆い被さっているドイツ兵の死骸を、ジュノーはのろのろと押しのけた。椅子から飛び出した若い女が、将校の膝からぐったりして血の気のない顔の子供を抱きあげる。

ジュノーのポケットに紙片を押しこみながらルヴェールが命じる。「ノアとドミニクを連れて窓から逃げろ、いますぐだ」

「どうするんですか、少佐は」

「じきに後続部隊が押し寄せてくる、私が喰いとめているうちに脱出するんだ」

「ベルコヴェール、おまえは逃げられないぞ」

突撃銃で額を狙われ身動きできない将校が呻く。床に落ちている料理鋏を手早く拾い上げ、「逃げられないのはおまえのほうだ」と宣告したルヴェールが、血に濡れた鋏を将校の左眼に叩きこんだ。通路から乱雑な足音が響いてくる。

「命令だ、いますぐ行け。きみたちが逃げたら私もあとを追う」

ルヴェールの切迫した声に押され、ジュノーは子供を抱いて窓に向かった。振り返るとノアが夫の頬にキスしている。中庭までは二メートル半ほどだ。ジュノーに続いてノアも飛び降りてきた。背後からの激しい銃撃音に追われながら、中庭を駆け抜けて戸口から建物に入る。怯えた住人たちは部屋に潜んで息を殺している。人気のない通路を小走りに進んで、裏口の扉の隙間から街路を見渡した。薄暗い灯火でぼんやりと照らされた裏道に人影はないようだ。

　隠れ家やアジトには、いざというときのために複数の逃走路があらかじめ決められている。ノア母子の隠れ家の場合、階段を駆けあがって屋根伝いに逃げることもできたが、怪我をした子供を抱えていては行動が制約される、屋根から屋根に飛び移るのは危険性が高い。中庭、裏口、裏道という逃走に容易な道が使えたのは幸運だった。

　避難できそうな隠れ場所を探しながら暗い街路を必死で走る。ノアが遅れがちになるのは、窓から飛び降りたときに足首でも捻ったからだろう。銃撃音が遠ざかり、そして途絶えた。ルヴェールの無事を祈るいとまもなく、闇の彼方から石畳を蹴る複数の軍靴の音が近づきはじめる。分かれ道のところでノアが足を止める。

「ここで二手に分かれましょう、速く走れないわたしと一緒では三人とも捕まってしまう。リリアンとカミーユが待つ新しい隠れ家で合流すればいいから」

　苦痛と精神的衝撃のため子供は気を失っている、それが逃走には幸いした。もしも意識があれば激しく泣き叫び、腕のなかで必死に暴れていたかもしれない。二十区で生まれ育ったジュノーはガンベッタやペール・ラシェーズ界隈に詳しい。人気のない裏道を辿って三十分後には新しい隠れ家に到着できた。

　リリアンに子供を手渡して傷の手当を頼み、ジュノーは夜の街に引き返した。自分一人だけ、安全な場所で待っている気になれなかったのだ。夜間外出禁止の時刻（クーヴル・フー）が迫るまでメニルモンタンからレ・ザマンディエ界隈を捜し歩いたが、ノアもルヴェールも見つけることができない。

　初老の男が苦渋を滲ませた声で続ける。「朝になっても二人は新しい隠れ家に姿を見せようとしない。胸騒ぎを抑えながら通勤時刻になるまで待ち、リリアンと私は子連れの若夫婦を装って街路の人込みに紛れこむことにした。双子を連れ出したのは情報が洩れているようだからだ。古い隠れ家に踏みこまれたことを思えば、新しい隠れ家も安全とは限らない」

　その場で逮捕され十六区のゲシュタポ本部に連行されたアンドレ・ルヴェールには、絶命するまで残虐な拷問が加えられた。義勇遊撃隊（FTP）ではルヴェール奪還の作戦も検討されたが、実行する以前に拷問死の情報が洩れ伝わってきたという。

「あのとき、どうして私は助けられたのか。あとから推測したことだが、ベルコヴェールはノアたち三人の隠れ家を覗いてみることにしたんだろう。悪い予感がしたのかもしれんな」

建物の正面玄関には軍用車と警戒に当たるドイツ兵の姿が見えた。事情を察したルヴェールは通路の窓から建物に侵入し、ノアたちの部屋の前に配置されていた兵士を刺殺、奪った銃で室内の三人を射殺した。

「しかし少佐も無傷ではなく、監視役のドイツ兵を倒すとき腹に被弾し負傷していた。傷を負った身で脱出は難しいと悟って、妻子の防壁として犠牲になることを瞬時に決断したに違いない。

ノアとドミニクを託された私なのに、少佐の期待を裏切ってしまった。調査は行われたが、どこから隠れ家の情報が洩れたのかは突きとめきれなかった。あの夜の出来事について好奇心から質問してくる連中には口を鎖(とざ)してきた。よくわからない理由から少佐は、妻子の存在を組織にも知られないようにしていたようだし」

銃弾が飛びかう状況では、自分の身を犠牲にするというルヴェールやノアの判断は不可避だったろう。ルヴェールが敵兵を引きつけたから三人は隠れ家から脱出できた。捻挫して足の遅い母親が子供は巻き添えにしないことを決断したから、ドミニクは幼い命を長らえることができた。

自分たちが死んでも子供は救いたい、それが両親の望みだったとすればジュノーが自分を責める必要はない。こんなふうに思うのは、戦争のあとに生まれた世代の気楽な発想かもしれないけれど。

初老の男の話には期待した以上の新情報が含まれていた。事件は二月のことだから、双子はまだ誕生日前だった可能性が高い。一九四四年二月に三歳であれば、一九四〇年生まれだったのではないか。いまは三十七歳か三十八歳という計算になる。レンタカー事務所の書類では〈小鴉(コルネイユ)〉事件の被害者アリザ・シャロンも三十八歳、年齢が同じ二人には他にも無視できない共通点がある、左手の小指と薬指が失われている事実だ。

クロエ・ブロックを愛していたイヴォン・デュ・ラブナンの、年長の友人がアンドレ・ルヴェールだ。とはいえ二人を友人という平凡な言葉で呼んでいいものか、判断に迷うところもある。アナキストと行動をともにしていたイヴォンにとって冷徹なコミュニストのルヴェールは政治的な敵で、その後の人生に不吉な影を落とした子供殺しの教唆(きょうさ)

者でもある。

しかしまた、バルセロナでファシストの手先という汚名を着せられ、処刑される運命から救い出してくれた恩人でもあったらしい。どこかしら底知れないところのある男ルヴェールを、イヴォン青年はファウストの誘惑者メフィストフェレスのようにも感じていた。悪を望んで善を為すメフィストとは反対に、二十世紀のコミュニストは善を望んで巨悪を重ねてきたようにしか見えないが。

たまたまビルバオで出遇った少年を、当時からフランス共産党の若手幹部だったルヴェールはバルセロナまで連れて行くことにした。たんなる親切心とも思えないのだが、どんな思惑からだったのだろう。将来は共産党の指導的な活動家になることを期待していたのか。同志で親友だったアナキストを共産党に殺されたイヴォンが、スターリニストの党に入るわけはないのに。

クロエはリセ教師エルミーヌ・シスモンディの同性の恋人で、ジャン＝ポール・クレールとも性関係があった。四十年以上も前にイヴォン、シスモンディ、クレールと親密なトリオだったクロエ・ブロックの名前で、アリザ・シャロンはセーヌの川船〈小鴉(コルネイユ)〉に滞在していた。

そのアリザは年齢的にも三本指という身体的特徴の点でも、ルヴェールの子供ドミニクと共通点がある。しかもクレールとルヴェールはリセ時代からの親しい友人なのだ。速断する気はないけれど、アリザがドミニクである可能性は無視はできない。

「ノアはどうなったんでしょう」わたしは尋ねた。

「ドイツ野郎はベルコヴェールの逮捕を大々的に宣伝した。やつらにとっては勲章ものの戦果だし、われわれの闘争心を削ぐ効果も期待できるからな。しかし一般人のノアのことは公表されていない。捕らえられたか路上で射殺されたか。生きたまま身柄を拘束されたとしても、反独分子として強制収容所に送られて死亡したに違いない。神を信じていたのか、たとえ捕まっても殺されることは絶対にないと真面目な顔で口にしていたこともあったが」それは死にたくない、死んではならないという祈念から生じた言葉だったのだろうか。

「翌日、アレージアの秘密アジトに父を行かせたのは」

「少佐に渡された紙片には、『明日の午後三時、M３c地点で待つ男に、〈ベルコヴェールは不本意ながらマルタンとの約束を果たせない。安全を期して大至急パリから離れるように〉と伝えるように、合い言葉ZⅡ』と走り書きされていた。ドイツ兵を襲う直前に記したものに違いない。

M3cとZⅡはわれわれの暗号で、仮に奪われてもドイツ兵には意味がわからない。その日のうちに二人の子供の隠れ家を探さなければならない私は、前年から伝言や秘密メモの配達任務に就いていた少年をアレージアのアジトに送ることにした」

「そのあと双子は」それが問題だ。

「数日あとにリリアンは双子を連れて遠出をしたようだ。双子がリリアンの子供だという身分証の偽造を頼まれたから、長距離列車で地方に行くんだろうと思った。それまではパリ市内を移動するだけだったし、子供用の身分証は作っていなかったんだ」

「無事に新しい避難先に行けたんですか、リリアンたちは」

「そのようだ」男は頷いた。

リリアンが双子を隠した場所は聞いていないという。知らなくてもいいことは知ろうとしない、訊きもしないのが地下活動の鉄則だから。

「でも、避難先のヒントくらいは」

「次に接触したときのことだ、リリアンが唐突にカルナック遺跡のことを話題にした。大学では数学の哲学とかわけのわからん学問を勉強しているとかで、それまで古代遺跡に興味がある様子はなかったから、奇異に感じたことを覚えている。しかも実際に訪れたような口調だった」

石柱の偉容について熱心に語る女子学生を見た若い印刷工は、避難先がブルターニュ半島の南西部だったのではないかと思った。避難先に双子を送り届けたあと、カルナックの列柱遺跡を訪れたのではないか。

ソルボンヌで数理哲学を学んでいたとすれば、リリアンの先生はジャン・カヴァイエスだったかもしれない。パリ大学教授のカヴァイエスはレジスタンスに参加した学者としては有名な人物で、地下活動でも指導的な役割を果たした。ルヴェールの半年ほど前にゲシュタポに逮捕されているが、学生のリリアンは教授の影響で抵抗運動に参加したのかもしれない。

当時のカヴァイエスはブルターニュ海岸に造られたUボート基地を標的に破壊活動(サボタージュ)を仕掛けていたという。Uボート基地があったのは北からブレスト、ロリアン、サン・ナゼール、ラ・ロシェル、ボルドーの五市で、カルナックに近いのはロリアンだ。教授を頼ったとすれば避難先はロリアンかもしれない。

もちろんカヴァイエスとは無関係にブルターニュに行って、その機会にカルナック遺跡に立ちよった可能性もある。

子供たちの新しい避難先がロリアンだというのは根拠の薄弱な当て推量にすぎない。とはいえブルターニュ南西岸のどこかでは漠然としすぎている。これではジャン＝ポールに頼んでみても、ノアとルヴェールの子供たちの行方を追うのは難しそうだ。どうにかして三本指の子供ドミニクのその後の人生を知ることはできないだろうか。

「こんなところかな、私が話せるのは」そろそろ回想の種も尽きたようで、初老の男がベンチから立ちあがろうとする。

「双子の顔はどうでした、ルヴェール氏に似ていましたか」

不意に口を出した日本人にジュノーが応じる。「似ていたさ、親子なら当然だろう」

「リリアンとも会いたいんですが」

わたしの言葉に男が硬い表情で応じる。「会えないな、その年の四月に逮捕され銃殺されたから。優しいが賢くて勇敢な娘だった。代われるなら私が代わってやりたかった」

無骨な印刷工の青年は女子学生のことを密かに愛していたのだろう、立ち去る男の後ろ姿を見ながらわたしは思った。

〈小鴉(コルネイユ)〉で殺されたアリザ・シャロンの正体が、ルヴェールの子供ドミニクだったとしよう。ロワシー空港に到着したアリザは幼いときに匿われていた家や、その家があるブルターニュの町を再訪したいと望んだのではないか。アリザは空港のレンタカー事務所で、まだ部分開通の高速道A11号について質問している。

どうやら旅行先はル・マン、アンジェ、ナント方面らしい。終点のナントからはブルターニュ半島南岸ぞいに、半島突端のブレストまで国道N165号が延びている。道路ぞいにはサン・ナゼール、ヴァンヌ、ロリアン、コンカルノー、カンペールなどの地方都市が点在する。カルナックはヴァンヌとロリアンの中間地点だ。しかし、これ以上アリザの目的地は限定のしようがないし、三十四年前の双子の避難先を突きとめるのも難しい。

「明日、きみの車を借りられるかな」

予期しない言葉で、わたしはカケルの顔を見つめた。

「かまわないけど、どこに行くの」

「オーレ」

「オーレって、ブルターニュの」

ヴァンヌと同じモルビアン県の小さな町オーレにはサン・グスタン港がある。古い町並みが残っているらしいが、わたしは観光したことはない。カケルが行くというのはこの町がアリザの旅行先、あるいはドミニクの避難先だと推定したからだろう。しかし、どうしてそうなるのか。

「アリザの自動車旅行の目的地がオーレだと思うのは、まさかカルナックの隣町だからじゃないわよね」ヴァンヌとロリアンの中間地点に位置するオーレは、カルナックまで歩いても行けそうに近い。

「たしかにオーレとカルナックは十キロ程度しか離れていないが、それが決め手じゃない」

「だったらどうしてなの」わたしは追及する。

「ラルース家の事件のとき、興味が湧いたのでアンドレ・ルヴェールのことを少し調べることにした。アンドレには神父の兄セバスチァンがいた」

セバスチァン・ルヴェールのことは、リヴィエール教授の回想にもちらっと出てきた。ルヴェール兄弟は聖職者と共産党員と、両極端の道に進んだとか。

「ルヴェール神父が属していたのはロリアン教区で、第二次大戦中から戦後にかけてはオーレ教会の主任司祭を務めていたようだ」

だからアリザはオーレに行ったのかもしれない。いざというときは兄セバスチァンのところにノアや子供たちを避難させるように、ルヴェールはあらかじめリリアンに指示していたのではないか。

わたしは大きく頷いた、もちろん一緒に行かないわけにはいかない。「わたしが運転する、もちろんオーレまで」

カケルは運転が上手だけれど国際免許を取得していないから、高速自動車道で長時間、長距離の運転をするのには問題がある。モンセギュールの山奥なら心配ないが、A11号で交通警官に車を止められたら面倒だから。速度違反になるほどのスピードは出ない車でも、途中で事件や事故に巻きこまれるかもしれない。

こんなわけで、わたしが運転するといえばカケルは拒めないだろう。一昨年の夏の長期休暇(ヴァカンス)でピレネー地方まで行った際はジャン＝ポールと三人だった。カケルと二人で自動車旅行ができる機会を逃す気はない、ブルターニュの港町での調査にも同行できるし。

第十三章　獄舎の証人

1

ヴァンヌの町を過ぎると十五分ほどでオーレの標識が目に入る。地図で見ると町の中心部はロック川の西岸らしいが、わたしたちの目的地は川の東岸のサン・グスタン地区にある。幹線道路を離れて古めかしい石造りの町に車を乗り入れると、対向車とすれ違えないほど道が狭い箇所がある。家々の屋根の彼方に建つ鐘楼を目印に、注意しながら車を走らせた。

カケルの希望で朝早いうちに出発したのだが、目的の教会前に着いたのは午後二時になろうという時刻だった。六時間もぶっ通しで運転してきたことになる。幌を外したシトロエン・メアリを教会前に駐め、車を下りて大きく伸びをする。背を反らせて見上げると、少し白っぽいブルターニュの青空が広がっていた。

教会堂は二つある。ひとつは小さく、もうひとつは大きい。目印にしてきた鐘楼は小さいほうの建物の屋根の上に聳えている。昔から祈りの時を知らせるために鳴らされた鐘楼だが、いまでは鐘楼の石壁に円い大時計が嵌めこまれて時を刻んでいる。大きな建物の前面にもさほど高くない塔がある。いずれも素朴な印象の古びた建物で、田舎町ではよく見かける教会建築だ。

二つの建物の正面入口に面した道で、中年の神父が訪問者らしい女二人と話しこんでいる。これなら建物に入って話の通じそうな関係者を探すまでもなさそうだ。二人連れが立ち去るのを見計らって、わたしは人柄のよさそうな聖職者に声をかけた。

「少し伺いたいんですが、かまいませんか」

「もちろんです、なんでしょう」神父がこちらを見る。

「一ヵ月ほど前のことですが、風変わりな髪型の女性が訪ねてきませんでしたか。名前はアリザ・シャロン、あるいはドミニク・ブロックです」

「この辺では見かけない髪型の女性なら来ましたよ、ドミニク・ルヴェールと自己紹介していましたが」

「ルヴェールは祖母の旧姓なんです」イスラエルに移住した機会に改名し、アリザ・シャロンと名乗るようになったのではないか。

「そうでしたか。あなた、ルヴェールさんのご友人ですか」

わたしは曖昧に頷いた。「ええ」

「あれは五月二十七日の土曜日のことでしたね。翌日のミサに備えているときのことで、よく覚えています」説教の準備でもしているところに来客があったようだ。

「どんな用件でしたか」

「サヴィニー夫人に会いたいのだが、家の場所がわからないので教えてもらえないかと。サヴィニー家は教会の活動にも熱心な代々の信者ですから、私も存じています。簡単な地図を描いて渡しましたが」

「子供のころ夫人に世話になったと話していませんでしたか」わたしは話を進める。

「いいえ、ルヴェール神父のことは尋ねていましたが」

「この教会で以前、主任司祭を務めていたルヴェール神父ですね」

「四代前の主任司祭です。私は面識がないのですが、信者たちに慕われる立派な方だったとか。もう亡くなられたことを伝えるとルヴェールさんは残念そうでした。それにしても妙ですね、サヴィニー夫人のことを教えたのはあなたで三人目ですよ」

「ドミニク以外にも来訪した人がいたんですね」いったい何者だろう。

「二年前のことですが」

モルチャノフと名乗った来訪者は年齢が三十代前半、白い光沢のある金髪の美男子で、姓や容貌からスラヴ系だろうと神父は思った。大戦末期に教会が保護した双子のことを、神父はモルチャノフから尋ねられたという。

わたしは不吉な胸騒ぎを覚えた。訪問者の一人目はニコライ・イリイチに違いないからだ。モルチャノフという姓に加えて、みごとなプラチナブロンドでスラヴ系らしい容貌の大柄な美男子という外見も符合する。なにかに興味を覚えたときの癖でカケルは長い前髪を幾筋か摘んで引っぱりはじめた。イリイチがオーレの教会にあらわれた事実を青年は予想していたのだろうか。

カケルが平静な口調で尋ねる。「どんな用件で訪ねてきたんですか、モルチャノフ氏は」

「この教会でドミニクという子供を預かっていたことはないかと。私はサヴィニー家で話を訊いてみたらいいと答えましたよ。第二次大戦中のことですが、二人の幼児が教会の前で迷子になっていたとか。子供には手紙が添えられていて、暮らしが立つようになるまで双子を預かってもらいたいと。困窮して進退きわまった母親が、教会の前に子供を残して立ち去ったんですね」

とはいえ棄て子を教会で育てるわけにもいかない。当時の主任司祭は実の親が名乗り出るまで、そうでなければ正式の引取先が決まるまで、信頼できるサヴィニー夫人に子供たちを預けることにした。そんな昔の出来事を耳にした覚えのある神父は、モルチャノフにサヴィニー夫人の家を教えた。

間違いない、レジスタンスの女子隊員リリアンの目的地はカヴァイエスの組織があるロリアンではなく、ルヴェール神父が主任司祭を務めていたオーレの教会だった。弟アンドレから託された双子を、神父は信頼できるサヴィニー家に預けることにした。教会前に棄てられていたと偽ったのは、共産党幹部の子供であることをゲシュタポや警察に嗅ぎつけられないためだろう。

これでアリザ・シャロンとイリイチの線は重なった。二人ともルヴェールの子供たちを探してオーレの教会を訪れている。また二人はパレスチナゲリラを介しても繋がっている。イリイチの根城のひとつはヨルダンのパレスチナ難民キャンプだという。クロエと名乗っていたアリザはバルベス・ロシュシュアールの珈琲店（カフェ）で、国土監視局（DST）の捜査官が尾行中のアラブ人と接触したらしい。〈小鴉（コルネイユ）〉の事件でも二人には関係があるのかどうか、まだ明確なことはいえないけれど無関係でないことはたしかだ。

サヴィニー家までの道を神父に訊いてから、わたしたちは連れだって歩きはじめた。途中には車で入れない狭い道もあるというので、シトロエン・メアリは教会の駐車場に残しておく。

古い家並みのあいだを進んでいくと、じきにサン・グスタンの船着き場が見えてきた。石積みの岸壁には小さな帆船が何隻も停泊している。船着き場を囲む広場には珈琲店（カフェ）や料理店が並んでいて、それぞれの店のテラス席は観光客らしい気楽な服装の男女で溢れていた。

長時間の運転で疲れているし喉も渇いている。珈琲店（カフェ）のテラス席で冷たいものでも飲みながら一休みしたいところだが、カケルは坐る気などなさそうだ。少し休もうと提案しても一人で休憩していろと応じるに違いない、それではサヴィニー夫人の事情聴取に同席できなくなる。置いていかれては困るので、疲れた足を引きずりながら青年のあとを追いかけた。わたしだってドミニクとカミーユの運命は一刻も早く知りたいと思う。

古びた石橋の敷石は角が摩滅して丸みを帯びている。さほど広くもないロック川を対岸に渡って、狭くて車は通れないゆるい坂道を上りはじめた。中世からの古い町並みを進むと鉄道の駅や役場などがある町の中心部に出るようだ。しかしそこまで行く必要はない。土産物屋が軒を連ねる一角を通りすぎ神父に教えられた目印のところを右に折れた。狭い横道を少し入ったところにある民家が、目的のサヴィニー家のようだ。

黒い瓦屋根に立派な煙突がある家の玄関扉を叩くと、質素だが清潔な服装の女性が顔を見せた。年齢は四十歳ほど、どうやらこの家の主婦のようだ。神父に紹介されてきたと告げると、田舎町だからか警戒する様子もなく居間に通してくれる。綺麗に片づいた部屋の長椅子にカケルと並んで腰を下ろした。

挨拶も早々に話を切り出す。「五月末のことですが、ドミニク・ルヴェールという女性が訪ねてきませんでしたか」

「モガールさんはドミニクのことをご存じなんですね」

カリーヌ・サヴィニーと自己紹介した主婦らしい女性に反問されたが、捜査情報は口にできない。ドミニクと名乗った女性はセーヌの川船で起きた殺人事件の被害者で、その事件を調査している者だと、本当のことを説明するわけにはいかないのだ。

「わたしの父が、ドミニクのお父さんを知ってるんです」一度しか会っていないとしても、これなら嘘にならない。「ドミニクだってすぐわかりましたか」

訪ねてきた女は三本指の左手を示して「この家に引きとられていたドミニクです」と語ったという。

「左手を見せられるまでもなくドミニクではないかと、小さいころの面影がありましたから。……ドミニクのお父さん、いまもお元気なんですか」

「いいえ、一九四四年に亡くなりました。父親が死んだので伯父さんのルヴェール神父を頼ることにしたんですね」

「本当なんですか、ドミニクがルヴェール神父の姪だったなんて」カリーヌ・サヴィニーが驚いたようにいう。

神父は姪たちを他人の子としてサヴィニー家に預けたようだ。「どんなふうに説明されたんですか、預かるときに神父から子供たちのことを」

「よその子が家でしばらく暮らすことになったとだけ。神父さまに頼まれたのは死んだ母で、子供だったわたしに詳しい事情までは。三つ年下だったドミニクのことはよく覚えています。家に来てから二年も姉妹のように育てられましたから」

「どんな女の子でした、ドミニクは」

「かわいそうに左手の小指と薬指が根元から欠けた子でしたが、とても可愛らしかった」

横からカケルが口を挟む。「双子のカミーユはどんな子でしたか」

「わたしは顔を見ていないの」

「どういうことでしょうか」わたしは驚いて問い質した。

「神父さまに呼ばれて教会に行った母は、しばらくのあいだ二人の子供を預かることになりました。しかし二人を連れて家に戻る途中、不意に警報のサイレンが鳴りはじめたとか。もう夕食時でしたが、二月のことで日は暮れていました」

オーレの町のいたるところで不吉なサイレンの音が響きはじめた、もちろん空襲の警報だ。英仏海峡（ラ・マンシュ）を南下する爆撃機の編隊が発見されたらしい。同じブルターニュ半島南岸の港町でオーレ東方のサン・ナゼールと西方のロリアンは、連合軍の空爆のためすでに廃墟と化していた。中心的な標的は海岸に建設されたUボートの防空基地（ブンカー）や軍事施設だったが、市街地にも爆撃の被害はおよんだ。

オーレに建設されたのはドイツ軍のトーチカ群でUボート基地は存在しないが、としても安心はできない。近隣のサン・ナゼールやロリアンの惨状を見聞きしている住民たちは、今夜はオーレが標的ではないかという不安に脅かされ、安全な場所を求めて戸外に溢れ出した。もともと狭苦しい旧市街の街路は町外れをめざして押しあう避難民で溢れ、子供を連れた婦人は群衆の大波に呑みこまれた。

婦人は子供の一人を右腕で抱き、もう一人は手を引いていた。殺気だった人波に流されているうちに子供と繋いでいた手が離れてしまう。婦人はカミーユの名前を叫びながら群衆を掻き分けて必死で捜し回ったが、いったん手から離れ雑踏に紛れた子供はどうしても見つけることができない。

「その夜に爆撃されたのはラ・ロシェルでした。けっきょくオーレの町は無事でしたが、空襲警報による混乱のなかでカミーユはそのまま行方知れずに。両親は夜を徹して迷子を捜し続けたのですが、どうしても見つけることはできません。神父さまに預けられた大切な子供を見失った母が、申し訳ないといって泣き崩れていたことをいまでも覚えています」

ゲシュタポに狙われているルヴェールの妻子だから、パリでは隠れ家に閉じこもって暮らしていたことだろう。三歳の子供のことだし、どこに連れてこられたのか理解していなかったのではないか。自分が何者なのか初対面の大人に説明することも難しかったろう。としても大都市のパリやリヨンやマルセイユとは違って、人口が一万に満たない小さな港町のことだ。爆撃の恐怖に動転した避難民の渦にいったんは呑まれても、安全だとわかって人々が落ち着けば子供は見つけられたのではないか。

「迷子として警察に保護されたのでは」わたしは確認してみる。

「神父さまの意向で警察には届けなかったとか。もしかしてドミニクたちはユダヤ系の子ではないだろうか、そんなふうに両親は囁き交わしていました。もちろん神父さまに問い質したりはしませんでしたが」

　当時の教皇ピウス十二世の意向なのかどうか、危険を承知でドイツ占領軍やヴィシー政府の民兵団（ミリス）からユダヤ人を保護した教会や修道院は少なくない。反対にドイツの敗戦後、ナチ高官の南米逃亡を援助した教会組織もあった。南米に逃れたナチのなかには、ダッソー家事件の元親衛隊（SS）将校も含まれていた。

　行方不明になった子供の捜査をルヴェール神父は警察に頼むことなく、事件としても届け出ないことにしたようだ。ドイツ占領軍の支配下に置かれた警察組織は、ゲシュタポの手先として対独抵抗運動を取り締まっていたからだろう。取り逃がしたルヴェールの子供たちをゲシュタポは捜索している。失踪児の件から警察は、そしてゲシュタポはカミーユの身許を割り出すかもしれない。残されたドミニクの身を危険にさらしてまで警察に捜索を頼むわけにはいかない。そう考えて伯父の神父は苦渋の決断を下したに違いない。

「もしもオーレ市民に保護されていたのなら、カミーユはきっと捜し出せたことでしょう。迷子を連れていったのは市外からの訪問者だった、そう考えるしかありません」

　わが子を空襲で奪われたロリアンやサン・ナゼールの住人が、たまたま訪れていたオーレで小さな子供を保護した。まだ自宅の住所さえいえない、どうやら両親がオーレに住んでいるのでもなさそうな幼児を保護者は自分の家に連れ帰ることにする。死んでしまった子供の代わりとして育てるために。

　こんなふうにサヴィニー夫婦は想像し、きっと親切な人に拾われたのだろうと慰めあっていた。カミーユのぶんまでドミニクには愛情を注ぎ、まもなく子供も新しい家族に慣れていった。

「一人っ子だったわたしは、三歳下の妹ができたように思っていました。けれども戦争が終わった翌年の三月、ドミニクは知らない人に連れて行かれたの。二年も一緒に暮らした妹も同然の子を失って、わたしは幾日も泣き続けたわ」

父親はゲシュタポに殺害されている。おそらく母親は逮捕され、銃殺の運命を免れたとしても強制収容所に送られた可能性が高い。占領中は血縁者のルヴェール神父の目の届く場所にいるのが、子供にとっていちばん安全だったろう。では、戦後になってドミニクを引きとりに来たのは何者だったのか、伯父より近い血縁者がいたとは思えないが。

「ドミニクを、いったい誰が」それが問題だ。

「パリから来たという、見上げるほど大柄で筋骨逞しい若い男でした。顎の右側に醜い大きな傷痕があって、小学生のわたしには少し怖かったような記憶が」

「名前は覚えていませんか」

「妹のような子を引き離していった男の名前です、忘れるわけがありません。たしかカッサン、エドガール・カッサンと」

思わず隣のカケルの顔を見たが、いつもの無表情で驚いた様子はない。右顎に傷がある巨漢で名前がエドガール・カッサンなら、ダッソー家の事件に関連して逮捕された男に違いない。

わたしに代わって日本人が質問する。「その場にルヴェール神父も同席していたんですか」

「いいえ。あらかじめ両親は神父さまから、カッサンという人が来たらドミニクを預けるようにいわれていたとか」

「どちらかわかりますか。カッサン自身がドミニクの新しい保護者なのか、親代わりになる人物に頼まれて連れに来たにすぎないのか」

「両親は神父さまから話を聞いていたかもしれませんが、わたしは詳しいことまでは」

もしもノアがポーランドのコフカ収容所に送られていたなら、そこでカッサンと出遇った可能性がある。生きて絶滅収容所を出ることができなかったノアから、カッサンは子供のことを頼まれていたのかもしれない。脱走して森に逃れた男は、フランスに帰国してノアとの約束を果たすことにした。

オーレのサヴィニー家から連れ出されたドミニクの運命を知るには、カッサンから事情を訊かなければならない。しかしエドガール・カッサンは傷害致死罪で起訴され、サンテ刑務所に拘置されている。面会するには予審判事の許可が必要だから早くても数日後になるだろう。事件解決のためにはそんなに待てない。一日も早くカッサンとの面会を実現するには、事情を話してジャン＝ポールとパパに頼みこむしかなさそうだ。

「どうしてドミニクは訪ねてきたんですか、三十数年もしてから」カケルが尋ねる。

「もちろんカミーユのことを調べにきたんです。不意の再会に驚いたわたしはドミニクから尋ねられました、カミーユの捜索はどうなったのか、いまでも消息は知れないのかと」

小さく頷いて青年が話を進める。「話は変わりますが二年前にドミニクのことで男が訪ねてきましたね」

「ええ、モルチャノフ氏は」

「どんな印象でした、モルチャノフさん」

「はっとするほどの美男子でした、まるでミルトンが描いたルシフェルのように美しい男性。言葉遣いや物腰も洗練されていて、手土産のパリのお菓子も高価な品でしたわ」

カケルに問われて女主人は『失楽園』のルシフェルを引きあいに出した。わたしが半年前に見たニコライ・イリイチ・モルチャノフの容貌は怖ろしい感染症のために病み崩れていたが。〈アンドロギュヌス〉事件のときアグネシカ・ベランジュも同じようなことを口にしていたけれど、二年前はまだ健康で、女たちが振り返るほど魅力的な容姿の男だったようだ。

「どんなことを訊かれました、その人からは」

「いまと同じようなことでした」

「他になにか記憶に残ったことは」

「ドミニクの弟に頼まれて本人を捜しているようなことを」

「弟ですか」思わずわたしは確認した。

「ええ」

弟であればカミーユではない。双子の女児ドミニクとカミーユには弟がいて、姉たちとは違う隠れ家に匿われていたのだろうか。弟は両親の死後も無事で、平和な時代を迎えることができた。

ドミニクが戦中戦後の二年を暮らしたサヴィニー家を見つけるよりも前から、イリイチは双子の弟のことを知っていたようだ。オーレを訪れてから二年のうちに、イスラエルでアリザ・シャロンとして暮らしていたドミニクを発見したことになる。

アリザとイリイチはパレスチナ過激派を通じて繋がるけれど、それ以前から双子の弟を中間項として関係していたらしい。イリイチはドミニクに接触し国際テロリストのネットワークに引きこんだ可能性もある。アリザの首なし屍体はセーヌの川船で発見されたが、〈小鴉（コルネイユ）〉の事件にもイリイチは関係しているのだろうか。

2

窓のない狭苦しい面会室には粗末なテーブルと椅子しかない。部屋でなく分厚いコンクリートで造られた箱といったほうが正確だろう。天井の照明が強すぎて、がらんとした小空間には人工の光が溢れている。囚人との面会に刑務官は立ちあわないが、なにかあれば一瞬で飛んできそうだ。箱に面した通路は制服の看守たちが油断なく見張っている。

　ここに入る前に、わたしは女性刑務官から身体検査を受けた。入るときは服の上からだが出るときは服を脱いでの検査になるという。拒否すれば面会は許されない、屈辱的でも承認しないわけにはいかなかった。

　身体検査室の横には差し入れ品の金属探知機が置かれていた。差し入れる服の裏地に禁制品が縫いこまれていないか、事前に検査するためだ。禁制の品とは現金や麻薬、あるいは剃刀の刃や糸鑢（やすり）などもろもろ。刑務所でも現金は囚人と囚人、囚人と看守のあいだで流通している。規則に違反して看守が持ちこんだ酒や麻薬も密かに取引されるらしい。

　パリにある唯一の刑務所が健康（サンテ）と称されているのは悪意ある皮肉としか思えない。あるいは百数十年前に建設された時点では、囚人の健康にも配慮した模範的施設として賞讃されていたのだろうか。今日では老朽化して不潔をきわめ、囚人たちは鼠やゴキブリや蚤（のみ）の大群と一緒に暮らさなければならない、もろもろの病原体とも。

　高い石壁に囲まれた敷地にある放射状の囚人棟には、二千人もの未決囚と比較的刑期の短い既決囚が拘禁されている。サンテ刑務所に投獄された者には各界の著名人も多い。芸術家としてはポール・ヴェルレーヌ、アンリ・ルソー、ギョーム・アポリネール、ジャン・ジュネなど、左右の政治家や活動家としてはモーリス・トレーズやシャルル・モーラスから、アルジェリア民族解放戦線（FLN）の創設者アメッド・ベン・ベラや国際テロリストのカルロスまで。虚構の人物ではアルセーヌ・リュパンも。

　今日でも収監者にはリュパンのような脱走の常習者、あるいは〈バスク祖国と自由（ETA）〉やコルシカ民族解放戦線（FLNC）や諸派にわたるパレスチナゲリラ関係者など、テロ行為で逮捕起訴された政治犯が多いという。

　ロマン・ノワールの代表作家で映画監督のジョゼ・ジョヴァンニもサンテ刑務所で服役していたし、その経験を生かして一九四七年の脱獄事件をモデルにした小説を書いている。特別監視囚として拘禁されていた「社会の敵」ジャック・メスリーヌが、サンテ刑務所から脱走したのは先月のことで、このニュースにはわたしも驚いた。大戦後の混乱期に続く二度目の脱獄事件に刑務所当局も司法省も面目が丸潰れだし、警察は威信をかけて脱獄犯の行方を必死で追っている。

　昨日はオーレには泊まらないでパリに直帰した。往復で十時間以上もの運転を終えて、カケルと一緒にわが家に辿り着いたのは午後十時すぎ。帰宅していたパパに元レジスタンス隊員ロジェ・ジュノーと、オーレの主婦カリーヌ・サヴィニーから聴き出した話を詳しく話した。

　ドミニクの行方を突きとめるために、できるだけ早くエドガール・カッサンから情報を得なければならない。懸命に説得し、この件はバルベス警部に任せるという言質（げんち）をパパから取ることに成功した。直後にジャン＝ポールの家に電話して予審判事への手配を頼みこむ。

　パパが民間人による捜査介入を黙認するなど異例のことで、カケルの口添えが功を奏したとしかいえない。この日本人には理路整然と人を説得する抜群の能力がある。きわめて稀にしか弁舌の才能を発揮する必要は感じないようだが。

　殺人罪で起訴され裁判中のカッサンが警察に好意的とは思えないし、刑事の事情聴取に素直に応じる可能性は低そうだ。てっとり早く情報を得るには、警官よりわたしのほうが有利だという判断もパパにはあったろう。〈小鴉（コルネイユ）〉事件の捜査に必要だということで、ジャン＝ポールが警視庁の隣にあるパリ司法宮まで出向いて担当の予審判事を拝み倒したようだ。午前中の電話で、カッサンと面会する許可が取れたからダルテス刑事とサンテ刑務所に行くように指示された。ダルテスが車で迎えにきたのは正午のことだ。

　緊急面会の許可は得られたが、民間人のわたしが一人でカッサンに会うわけにはいかない。そこでダルテス刑事の出番になった。しかし刑事によるカッサンの事情聴取というのは表向きにすぎない。参考人という名目で同行するわたしが実際の聴取をすることは、ジャン＝ポールも了承している。

　警察には未知だったドミニク・ルヴェールの存在を突きとめたのはカケルなので、その功績は警察としても認めざるをえない。ただし異例のことをパパが認めたのには、もうひとつ別の理由もありそうだ。

ドミニクの人生を洗い出すことが最優先だと、警察はかならずしも判断していない。アリザ・シャロンの正体がドミニク・ルヴェールだったとしても、それで〈小鴉（コルネイユ）〉事件の犯人が判明するとはいえないからだ。

被害者の人物像や犯人の動機や事件の背景を知ることは捜査にとって有益だとしても、〈小鴉（コルネイユ）〉事件をめぐる不可解な謎の解明には直結しない。被害者が二本の手指を失った事情を知ることができても、事件当夜の被害者と犯人の動きや正確な犯行時刻は特定できない。すでに殺害され首を切られていたと考えられる被害者が、ドレッドロックスの髪や三本指をペイサックに見せて当人であることを示しながら船を出たという謎は解けそうにない。

午前中の電話でジャン＝ポールから聞いたところでは、六月二十一日の夜にミカエラ・シャロンなるイスラエル人女性がロワシー空港に到着し二十五日に出国したとの情報を、昨日のうちに警察は摑んでいる。事件当夜にフランスに入国したシャロン姓の人物は他にいるかもしれないが、いまのところパリに到着した成人女性は他に確認されていない。また、実在のクロエ・ブロックとリセで同窓だったアリス・ラガーシュの行方も突きとめたらしい。

ミカエラ・シャロンは同姓だし、事件と同じ日に入国している点からしてアリザの縁者かもしれない。入国カードには一九二〇年生とあるようだからアリザの母親とも考えられる。というわけで刑事たちは、ミカエラ・シャロンの滞在先を洗い出そうとパリ中を駆け廻りはじめた。

しかしイスラエルでシャロン姓はさして珍しくないから、ミカエラとアリザは赤の他人という可能性も高い。加えてペイサックとカシ、さらにカルーゼル橋下をねぐらにしていた野宿者の捜索もあるし、被害者の頭部を捜してセーヌの川底を浚（さら）う作業も続いている。

警察としては、こうした種類の手堅い捜査を優先せざるをえない。「猫の手も借りたい」ほど忙しい警察だから、順位の低い些末な調査に民間人を活用するのもやむをえないことだと判断したのだろう。ようするにわたしは、日本語の慣用句でいう「猫」として捜査に「手を貸す」ことになったわけだ。

特例の緊急面会に外国人は同席できないから、カケルは来ていない。ダルテスの車でサンテ刑務所に向かう途中レ・アールの安ホテルに寄って事情を伝えると、カッサンの聴取はわたしに任せるという。面会が終わるだろう午後三時にブシコー広場で合流することにした。

サンテ刑務所まで警察の車でわたしを連れてきたダルテ

ス刑事に小声で確認する。「いいわね、警察の人間だと疑われないように。わたしの話が終わるまで口を出さないこと」

若い警官が硬い表情で小さく頷く。「お嬢さんの意向を優先するようにと、バルベス警部に厳命されてますから」「警戒されるといけないから、緊張しすぎないように」わたしは注意する。

刑事臭のない恰好で来るように、あらかじめジャン＝ポールを通して申し伝えておいた。そのためか今日のダルテスは、学生区(カルチエ・ラタン)の界隈をうろつく貧乏学生にしか見えない。梳(と)かしていない長めの髪、無精髭、着古したシャツとジーンズに汚れたスニーカー、メタルフレームの眼鏡という具合だ。必要に応じて目立たない扮装ができるのも刑事の能力なら、ダルテスも一応のところ及第点といえる。

刑務官に連れられて、じきに髭面(ひげづら)の巨漢が面会室に入ってきた。筋骨逞しい躰つきは似ているがジャン＝ポールより何歳か年長の男だ。昔と違って囚人服は強制されないようで自分の服を着ている。「面会時間は最大で四十分」と言い残して刑務官は室外に消えたが、もちろんドアの外で見張っているに違いない。

エドガール・カッサンが粗末な椅子を軋ませながら坐って、不審そうに問いかけてくる。「誰だい、あんたらは」

「わたしはナディア・モガール、こちらは大学の友人でダルテス。あなたに訊きたいことがあるんです」

「そうか、あんたのことならダッソーの息子から話を聞いてる。事業家として忙しいフランソワなのに、律儀な男でときどき顔を見せにくるんだ。カネは高いが有能で評判の弁護士を付けたり、他にもいろいろと気を廻してくれる」

カッサンもダッソーも、ダッソー邸の密室殺人に関連して警察に事情聴取された。結果は自動車修理工カッサンが獄中で大企業経営者ダッソーは自由の身。そうなったのは二人の違法行為が質的に違うからで、社会的地位の上下とは直接には関係ない。それでも起訴猶予になったフランソワ・ダッソーは、重罪で起訴されて裁判中のカッサンに引け目があるようだ。父親がはじめた復讐計画のため罪に問われたカッサンを、無関係な他人としては突き放せないのかもしれない。

テーブルに肘を突いて男が身を乗り出した。「奇妙な日本人と二人で、フーデンベルグが死んだ原因を突きとめたとか。フランソワたちの容疑を晴らしてくれたことには感謝してる、ナチの糞野郎を裁いて処刑した結果ならともかく、事故死を殺人に間違えられてはたまらんからな」

　すでに一年もカッサンは拘置されているが、傷害致死と誘拐監禁の罪による起訴だから簡単には保釈されそうにない。裁判が終わるまで拘置が続く可能性もあるし、有罪が確定すれば獄中生活はそのまま続く。不潔で不健康で世界最悪といわれる老朽刑務所から、もう少し環境のましな新設の施設で服役できる幸運を期待するしかなさそうだ。

「教えてほしいのはコフカ収容所のことなんです。ドイツとの戦争が終わった直後に、あなたはブルターニュのオーレを訪ねましたね、サヴィニー家で養育されていた女の子をパリに連れ戻すために。どうしてドミニクを引きとったんですか」

「あんたがドミニクに興味を持った理由は」男が目を細める。

「ドミニクには双子の妹カミーユがいます、事情があって自分では動けないカミーユに代わってドミニクを捜しているんです」

「カミーユは無事だったのか」男が驚いている。「空襲の混乱で迷子になったというのがサヴィニー夫人の話だったが」

「何年か前に姉のことを知って捜しはじめました」嘘をつくのは気が咎めるが、短い時間のうちにカッサンから話を引き出さなければならない。

「なるほど」男は頷いた。「母親からの頼み事でオーレに行ったんだが、ドミニクがいまどこにいるのかまではわからん。あれから三十年以上もたつし、五歳だった女児はもう四十歳に近い」

「母親って、もしかしてノアですか」質問を核心に移した。

「そう、おれたちと同じ収容所にいた若い女だ。他の囚人と同じぺらぺらの縦縞服に坊主頭、慢性的な栄養失調で痩せこけていたが、それでも綺麗な女だったな」

　ゲシュタポに隠れ家を急襲された夜にノアは逮捕された。占領下のパリでも外出禁止令に違反したくらいでドランシー収容所に拘禁され、さらにポーランドの絶滅収容所に送致されたという事例は多くないだろう。死刑宣告に等しい処分が下されたのは共産党幹部の家族であることを知られたからか。あるいはルヴェールの妻ノアはユダヤ系だった可能性もある。

　わたしは話を進める。「ノアとはコフカで一緒だったんですね」

「親がユダヤ人のための精肉業者だったから、おれも牛や羊の解体処理には慣れていた。もちろん豚を処理した経験はなかったが、作業としては似たようなものでやればできる」ユダヤ教の清浄規定に反しない食肉は一定の仕方で処理されていなければならない。「半死半生で貨車から引き出され、どんな仕事ができるのか看守に訊かれたとき、車の修理と家畜の処理だと答えた。貨車からガス室に直行しないですんだのは、畜肉処理班に欠員があったからだ」

　コフカ収容所長のフーデンベルグもカッサンたちが処理した肉を口にしていたわけだ。半年のうちにカッサンは家畜解体場や精肉室では欠かせない職人の地位を得た。ただし精肉や加工肉が囚人の口に入ることはない、骨さえも看守用の調理場に運ばれてスープの材料になる。

　ある日のこと、卓越した実務能力を評価され囚人長に任命されていたエミール・ダッソーから、新入りの若い女囚に畜肉処理の仕事を叩きこんでくれとカッサンは頼まれた。

　コフカ収容所の所長は能吏タイプのフーデンベルグだが、現場で囚人を実質的に支配しているのは親衛隊髑髏団の中尉ハスラーだった。たまたま目についた囚人をとめどない暴行で半殺しにする、あるいは懲罰房に連れこんでは嗜虐的に拷問するハスラーを、囚人たちは心の底から恐怖していた。

　強制収容所の看守には、加害や暴力や犯罪行為に抵抗感がない精神病質者がしばしば紛れこんでいた。その典型がハスラーで、囚人の生殺与奪の権を与えられたデュッセルドルフの怪物ペーター・キュルテン、あるいは性的サイコパスのフリッツ・ハールマンともいえる男だった。

　ハスラーが若く美しい女囚に目をつけては、拷問室として使われている懲罰房に連れこんでいることに、囚人長のダッソーは以前から気づいていた。不運にも狙いをつけられた女囚は絶命するまで、おぞましい恐怖と苦痛に苛まれ続ける。いたるところを切り裂かれ全身の血液を失った屍体は、どうやら焼却炉で処分されているらしい。

　コフカの吸血鬼ハスラーに獲物として嗅ぎつけられないように、ダッソーは新入りの若い女ノアを家畜の解体場に廻すように手配したようだ。髑髏団の将校は通常、敷地の隅にある畜肉処理班の作業場に立ち入ることはない。

　ダッソー家の事件を捜査していたとき、わたしはハスラー中尉の残忍きわまりない行状について知る機会があった。ハスラーはコフカ暴動の夜に手首を切り落とされ喉笛を抉られて絶命したのだが、本来なら軍事法廷が有罪を宣告し処刑しなければならない極悪人だろう。

　ハスラーが絞首刑に処せられても無残な犠牲者たちは納得しそうにない。その写真を見たジョルジュ・ルノワールが思想的衝撃を受けたという、清朝の百刻みの刑がハスラーのような男にはふさわしい。近代社会では残虐きわまりない殺人鬼にも人権が認められるから、八つ裂きや鋸引きのような身体刑を科せられることはない。ハスラーやその同類には幸運なことだ。

「どうしてダッソー氏はノアを守ろうとしたのかしら」自分が生き延びるため多数の囚人たちを見殺しにしてきたというのに。

「収容所を生き延びた者はみんな罪人だよ。エミールおやじは他の囚人長連中のように囚人を痛めつけることはなかったが、それは収容所側から期待された役割が違っていたからで何百何千の同胞の死を見過ごしてきた事実は変わりようがない。一人や二人の命を助けたところで自分の罪が消えるとは思わなかったろう。ノアを助けたのは美人で魅力的だったからでもない、女の躰に手を触れることはなかったしな」

年があらたまって、コフカ収容所にも遠い砲声が届きはじめた。ソ連軍が接近してきたのではないか、この地獄を生きて出られる可能性があるのでは。そんなカッサンの期待に水を掛けたのはエミール・ダッソーだった。

連合国に絶滅収容所の秘密が洩れることをヒトラーは怖れている。ソ連軍が到着する前に囚人全員がガス室に追い立てられ抵抗する者は射殺され、あらゆる施設は爆破されてコフカ収容所は完全に消滅するだろうと囚人長はいう。

「エミールおやじが耳元に囁きかけてきたんだ。もしも生き延びたいなら今夜にも脱走するしかない、どのみち野犬のように殺される運命ならわずかな可能性に賭けるべきだ、仲間が看守宿舎や管理棟に放火する手筈になっている、同じ囚人棟の連中と一緒に混乱に紛れて鉄条網を破るがいいと」

カッサンにはコフカ暴動の夜のことを訊くようにと、カケルから念を押されている。ダッソー家事件の背景にあった出来事だから興味があるのか、あるいは別の理由からなのか。

ダッソーに心服していたカッサンは脱走計画に同意し、気心の知れた囚人仲間にも密かに声をかけはじめた。その夕刻、囚人棟に戻ろうとしたときのことだ、激しい疲労と空腹で足元もおぼつかない囚人の行列が、肩章で中尉とわかる男に止められたのは。もちろんハスラーだった。

敵軍の接近という非常事態のため、いつもは関心など持たない畜肉処理班の人員確認でもしようというのか。もしも身体検査をされたら終わりだ。カッサンから脱走計画を持ちかけられた幾人かは、粗末な囚人服の下に作業用の包丁やナイフを隠し持っている。

　若い囚人ドニが凍った大地の凹凸に躓いて運悪くハスラーの前に飛び出した。耐えがたい恐怖と緊張に足がもつれたのだろう。カッサンは息を呑んだ。若者はカッサンが声をかけた一人で、精肉用の小型ナイフを隠し持っている。身体検査されたら脱走計画が露見するのは必至だ。絶命するまで残忍な拷問にかけられるくらいなら、ここで抵抗し射殺されるほうがましではないか。できることなら殺される前にハスラーの喉笛を掻き切ってやりたい。

　大地に倒れ伏し必死の口調で慈悲を求めるドニの顔面を、ハスラーの軍靴が容赦なく蹴りあげる。鼻骨を砕かれた囚人が血まみれの顔で苦痛の呻き声を洩らした。カッサンが肉切り包丁の柄を握りしめ囚人の列を掻き分けようとしたときだった、女囚の一人が行列の後尾から離れてふらふらと歩き出したのは。緊張と恐怖でわれを失ったのか、それとも他に理由でもあるのか。

　統制を乱した女囚を目にしてハスラーが怒りに顔を引きつらせる。ユダヤ女ごときが親衛隊将校を侮辱しているのだ、この場で殴り殺してやろうか。

　ハスラー中尉が女囚の痩せこけた肩を乱暴に掴む。仲間たちの肩越しにカッサンが見ると、こちらを振り向かされた女はノアだった。しばらくノアの顔を凝視していたハスラーが、その腕を掴み半ば引きずるように歩かせていく。絶好の獲物を見出したコフカの吸血鬼は、転んで自分の前に飛び出してきた囚人の存在など忘れたようだ。

「どうしてノアは行列を離れたりしたんでしょう」ハスラーの注意を惹くためにそうしたとも考えられるが。

「作業中にノアにも囁いておいた、火の手が上がれば脱走のチャンスだと。ノアが女囚棟を飛び出せば、わずかな可能性にも賭ける気がある女たちは続くだろう。あのときノアは、脱走計画を守るための犠牲になろうとしたのかもしれんな」

「献身的で勇敢な女性だったんですね」とても同じような行動はとれそうにない。

「たしかに献身的な行動だったが、勇敢というのは少し違う」

　思いがけない言葉に思わず真意を尋ねた。「どう違うんですか」

「収容所の過酷な生活にも厳しい強制労働にも我慢強く耐え、黙々と作業をこなしていく女だった。綺麗な顔だけでなく、地獄のような環境にも適応できる精神力にも恵まれた女なのに、ときどき夢でも見ているような奇妙なことを口走る」

「奇妙なことって」

「どんな目に遭おうとも自分は死なない……」

「でも、幸運を信じたいという気持ちなら」誰にもあるのではないか。

「いや、その理由が妙なんだ。もう死んでいるから大丈夫とか、誰も自分を殺すことはできないとか。気丈なように見えたが、生き地獄に耐えられず心が壊れかけていたんだろうな」

一度死んだから二度は死なないということなのか。その限りでは筋が通っているけれど、とするとノアはすでに死んでいることになる。絶滅収容所の囚人は生きながら死んでいるようなものだとしても、まさか事実として死んでいるわけはない。いまのわたしと同じような年頃で柔らかい心を持った女性は、カッサンが語ったように残酷な日々に圧し潰され精神に変調を来していたのだろうか。

「その夜なんですね、コフカ収容所で暴動が起きたのは」

男はゆっくりと頷いた。「就寝時刻が過ぎて、おれは冷たい板寝床で寒さに身を竦めていた。真っ暗闇のなかで耳を澄ませ、異変が起こるのをひたすら待ち続ける。火の手が上がって混乱が生じたら、その直後に懲罰房に乗りこまなければならない。おれたちを救ったノアを見捨てるのは寝覚めがよくないからな」

収容所の所長や同僚に知られることなく屍体を処分できる真夜中まで、ハスラーも生きた女を切り刻むことはないだろう。宵の口から生贄の血を啜ることはないとカッサンは信じようとした。そして起きたのはたんなる放火ではない、大地が揺れるほどの大爆発だった。身を起こして囚人棟を飛び出すと、看守の宿舎や収容所本部のある一角が赤々と燃えている。

粗末なバラックからは次々に囚人たちが走り出てくる。「いまだ、逃げるぞ」口々に叫び交わしている囚人の流れに逆らい、カッサンは燃えさかる火災の現場めがけて走りはじめた。背後の足音を耳にして振り返ると、血で汚れた布を顔に巻いた男が追ってくる。「ノアを助けるなら一緒に行く」と叫んだのはドニだ。命の恩人の女を見捨てることはできないとこの若者も思っているらしい。

懲罰房がある建物にも火は廻りはじめ、あたりには薄い煙が漂っている。それほど時間の余裕はない。横から忍びよったカッサンが建物入口の警備兵を羽交い締めにすると、ドニが兵士の心臓にナイフを突き通した。家畜の解体経験を積んでいる若者だから、ドイツ兵が相手でも手元はたしかだ。

入口の奥は警備兵の控え室らしいが無人だった。室内は暖房されている、爆発音がするまで兵士たちが部屋に詰めていたからだろう。門番として一人だけ残し、あとの全員が爆発現場に急行したのではないか。

警戒しながらも足早に通路を進んでいく。建物の横から火が廻りはじめた様子で、突きあたりの部屋には煙が充満していた。室内には鉄の椅子や手術台のような細長いベッドがある。椅子や台には手足を固定する革ベルトがあって、周囲のコンクリート床にはいたるところ赤黒い血が染みついている。ここが噂の拷問室に違いない。

部屋の奥には鉄扉、その先の通路には赤錆が浮いたドアが左右に並んでいる。小さなドアには外から開けられる細い小窓がある。手前のドアの小窓を開いてみると戸棚のような狭い空間が見えた、懲罰で囚人を拘禁するための独房だろう。向かい側のドアを開いてドニが叫んだ、「大丈夫か、ノア」。

ドニと代わって拘禁房を覗きこんでみる、たしかにノアがいる。しかしドアが開錠されていても囚人は逃げられそうにない。手枷を塡められているからだ。一方の鉄の輪はノアの左手首に、他方は壁に打ちこまれた鉄環に繫がれている。ドアから流れこんだ煙に咳きこむノアに励ましの言葉をかけ、カッサンは壁の鉄環を全力で引いてみるが微動もしない。

そのとき銃声が轟いた。外で待機していたドニが悲鳴を上げて倒れこんでくる。その手からナイフが飛んで女囚の足許に落ちた。カッサンの存在を知らないドイツ兵が拘禁房を覗きこむ。囚人服の巨漢を見た兵士が慌てて銃を構え直そうとした。

振り返りざまカッサンが肉切り包丁を横に薙ぐ。喉笛を切り裂かれ傷口から盛大に血を噴き出している兵士を房外に押し出し、床に倒れているドニを抱き起こす。背中に三発の銃弾を喰って若者は絶命していた。

茫然としているノアに囁きかける、「手枷を外せそうな道具を探してくる、ちょっと待ってくれ」と。若い女が細い声で歌うように応じた。「もう火が廻ってきた。あなたは逃げて、わたしのことを子供たちに伝えてちょうだい。オーレのルヴェール神父が子供たちの居場所はご存じだから」

「オーレってブルターニュの港町か」

ノアが頷いたのを見て拘禁房から飛び出した。通路には煙が濛々としている。拷問室は火の海で警備兵の控え室のほうには戻れそうにない。カッサンは通路を反対方向に走り抜けた。

わたしの顔を見て巨漢が呻くようにいう。「ノアを見捨てるつもりはなかった、しかし重たい金槌を見つけたときにはもう建物全体が火に包まれていたんだ。金槌で窓硝子を叩き割って、雪の大地に転げ出すしかなかった」

収容所のいたるところが轟々と音をたてながら激しく炎上している。しかも正門横の監視塔に置かれた機関銃は逃亡する囚人たちでなく、それを追う看守や監視兵に向けて銃弾をばら撒いているようだ。軍隊経験のある囚人が機銃座を奪ったらしい。すでに破壊されている塀の隙間からカッサンは収容所を抜け出し、野外の闇の底深く身を沈めた。

「脱走に成功したあとも、ドイツ兵に発見されることを怖れて森を彷徨い続けた。飢えと寒さで死にそうなところを、運よくポーランド人の農民に助けられたんだ」

戦争が終結してからウクライナを横断し、オデッサの港でニュージーランド軍の引揚船に乗ることができた。マルセイユに辿り着いたのは一九四五年五月のことだった。

「エミールおやじに再会できたのはパリに舞い戻ってからだ。幸運に恵まれて収容所から生還できた者も、ほとんどが身も心もボロボロだった。帰国の直後から事業の再建に邁進しはじめたエミール・ダッソーという男は、いってみれば一種の怪物だな」

ノアの最期の様子を知ったダッソーは、しばらくしてノアの子供たちを迎えに行けとカッサンに命じた。オーレ教会の神父とは話がついているから交渉の必要はない、養家を訪れて子供を連れてくるだけでいいと。

「そろそろ小学校に入る年頃のドミニクは、母親似の綺麗な顔をした女児だったが、どんな事故に遭ったものか左手の指が二本なくてね。養家の母親や娘と離れたがらないドミニクをなんとか宥めながらパリまで連れてきて、エミールおやじに渡したよ。母親のノアも子供の引きとり先としては、風来坊のおれより金持ちのダッソーを選ぶだろうし」

「ダッソーさんは自宅でドミニクを育てたんですか」

「妻も娘もナチに殺されたし、荒廃した邸の修理には何年もかかる。女手も住む家もないから、ノアの娘は信用できるユダヤ人家族に預けることにしたとか」

「新しい養家のこと、なにかご存知ですか」

男はかぶりを振る。「いや、そこまでは聞いていない」

それにしても、どうしてルヴェール神父は姪のドミニクをダッソーに委ねたのか。わたしは納得できない。コフカ収容所でノアの身を気遣っていたとはいえ、エミール・ダッソーは赤の他人だ。ドミニクの保護者にふさわしいのは伯父のセバスチァン・ルヴェールではないだろうか。

ただし、子供の養育は続けられないというのがサヴィニー家の意向だったとすれば。わたしが話を聞いたカリーヌはドミニクを妹のように愛していたというが、養父母には経済的な問題など大人の事情があったかもしれない。神父の伯父自身の手で姪を育てることはできないし、戦前から著名な事業家だったエミール・ダッソーに預けるのが最善だと考えたのか。

エドガール・カッサンがオーレのサヴィニー家にあらわれて、ノアの娘をパリに連れ帰った事情は判明した。しかしその後のドミニクのことはわからない。これではアリザ・シャロンがドミニク・ルヴェールかどうか、依然として不明といわざるをえない。

故人のエミール・ダッソーに問い質すのは不可能だが、息子のフランソワがドミニクのことを知っている可能性はある。少なくともパリでの預け先くらいは。高名な事業家で多忙だとしても、ダッソー邸の密室事件を解決したわたしたちが面会を求めれば、フランソワも断らないだろう。いや、ジャン＝ポールに電話させたほうが手っとり早いか。それなら今日中にも結果がわかりそうだ。

たちまち四十分の面会時間は過ぎた。ドアを開いた刑務官に催促され、カッサンに別れの言葉を告げてから面会室を出る。訪問者が通るような一角だから、四人の居住区画と比較すれば清潔が保たれているようだ。通路に汚物が散乱しているとか鼠が走り廻っているようなことはないが、染みついた異臭は消毒薬でも消えていない。身体検査のあと厳重な鉄扉や格子扉で鎖（とざ）された通路を辿（たど）って、ようやく高い石壁の外に出られた。

「これからどうします」

「ブシコー広場に行くつもり」

「送りますから、ここで少し待っていてください」

わたしを刑務所の門前に残してダルテスは走り去り、じきに地味なルノー車で戻ってくる。刑務所には面会者用の駐車場などないから、その辺の通りに駐めておいたのだ。屋根に警告灯がある巡回車（ヴォワチュール・ピエジェ）ではないから、駐車違反を取り締まる茄（オーベルジーヌ）に罰金票を貼られるかもしれないが、問題はない。なにしろ警視庁の公用車だから。

ボン・マルシェ百貨店の隣にあるブシコー広場は、ボン・マルシェの創業者が造った庭園だという。今朝の電話のときアリス・ラガーシュの住所をジャン＝ポールから訊き出しておいた。地下鉄だと最寄り駅がセーヴル・バビロンで百貨店の近くだ。未婚で通したのか離婚したのか、あるいは夫を亡くして旧姓に戻ったのか、アリスの名字は昔と変わっていない。それなら警察も現住所を突きとめるのは容易だったろう。

サンテ刑務所からセーヴル・バビロンまではラスパイユ通りをまっすぐ進めばいい。ブシコー広場のところで左折し、バック街の手前で車を駐める。「明日の午前中に警視庁に行くからって、ジャン＝ポールに伝えておいてね」運転席の青年に伝言を頼んでからルノーのドアを開けた。

地下鉄駅の階段横から緑の多い公園に入る。草木に囲まれた小道を歩きながら、ノアという女性の短い人生のことを考えていた。イヴォンはもちろん親友のクレールでさえ、ルヴェールに内妻がいたことは知らなかったようだ。

一九四四年の二月に三歳なら双子は四〇年に生まれた可能性が高い。戦争がはじまる三九年にはルヴェールとノアはすでに深い関係だったことになる。フランスが平和だった時期から恋人あるいは内妻の存在を親友にも洩らさなかったのは、秘密主義が骨まで染みついたボリシェヴィキでも奇妙なことではないか。

ボリシェヴィキ党とイエズス会のような修道会は組織として同型的といわれる。トーマス・マンが『魔の山』で、ハンガリー人のコミュニスト哲学者がモデルの人物をジェズイットとして設定しているように。しかし修道士と違って共産党員は妻帯を禁じられてはいない。ルヴェールがノアのことを秘密にしていたのは、いったいどんな理由からだろう。

四年も占領軍や警察の目を怖れ息を潜めて暮らし、夫を失い子供たちとは生き別れ、ナチの絶滅収容所で焼死したノアという女性の運命を思うと、たとえわたしが生まれる前の出来事でも暗澹とした気分になる。しかもノアのような、薄幸や不幸という言葉では足りない惨憺たる生と絶望的な死を強制された人々は無数に存在した。最近では流行らないけれども、第二次大戦後に不条理の文学や哲学が受け入れられたのには理由がある。

公園の奥にある小さな回転木馬のところでカケルと合流し、バビロン街に出た。カッサンとの面会のことを日本人に説明しながらバック街に入る。両側に隙間なく車が駐められていて狭く感じる街路を進むと、じきに目的の建物が見えてきた。

番地を確認し、赤く塗られた大扉から玄関広間に入る。古めかしい階段を上って二階の通路で目当てのドアを探した。ドア横のボタンでベルを鳴らすと、じきにドアの向こうから女の声が聞こえてくる。

「どなたかしら」

「ナディア・モガールといいます、少しお話を伺いたくて」

「マドモワゼル・モガールですね」ドアが開かれた。「あなた方がみえることはバルベス警部から聞いていますよ」

眼鏡を掛けた銀髪の老婦人が来客のためにドアを大きく開いた。ル・アーヴルの伯母と同じような歳だろうか。ママンには妹もいる。叔母の末娘のヴェロニクはパリに憧れる地方都市の少女だから、学校が休みになると泊まりがけでわが家に遊びにくる。少し生意気だけれど驚くほど頭のいい女の子で、どこでも希望する高等専門学校(グラン・ゼコール)に入れそうだ。

ママンのお姉さんは五十七歳、アリス・ラガーシュも第二次大戦中に二十歳を迎えた戦中世代に違いない。伯母さんと同じで戦争中の苦労話を話しはじめると止まらなくなりそうだ。

「いつ来たんですか、バルベス警部は」もうジャン＝ポールはこの老婦人から事情を聴いたらしい。

「今日の午前中ですよ。クロエのことでしたら警部さんに話した以上のことは」

警察の捜査情報だから、クロエ・ブロックと名乗った女がセーヌの川船で殺されたとはいえない。どうしようかと思って日本人の顔を見ると、簡単な自己紹介のあと自分から話を切り出した。

「エルミーヌ・シスモンディに頼まれてクロエ・ブロックを捜してるんです。たぶん警察とは違う種類のことを伺うことになるかと」

カケルは口から出まかせを平然と並べる。シスモンディから捜すことを頼まれたのは消えた手紙であって、三十九年前に失踪したクロエ・ブロックではない。しかし手紙を捜しているうちにクロエの存在が浮かんできたといえなくもない。完全に無根拠なでたらめでないところが嘘としては巧妙で、この青年には詐欺師の才能があるとあらためて思った。

落ち着いた雰囲気の客間に通されて椅子を勧められた。窓からはレースのカーテン越しにバック街を見下ろせる。見るほどのものはない街路の平凡な光景だが。いったん部屋を出た老婦人が淹れたての珈琲を供してくれた。

「日本人がパリで調査員の仕事をしているんですか」

「仕事というわけではありません、アラン・リヴィエール氏を通じて頼まれたんです」

「リヴィエール教授に師事している留学生なんですね」

わたしは口を挟んだ。「教授のこと、ご存じなんですか」

「わたしも大学で現象学の勉強をしました。そんな縁で何十年も前のことですが、お話しする機会が。同学年の生徒のなかでシスモンディ先生といちばん親密だったクロエですが、哲学には興味が薄くて、先生の影響で哲学の方面に進んだのはわたしのほうでした」第二次大戦後に哲学の教授資格を取得し定年になるまでリセで教えてきたという。

「どうしてシスモンディ先生はいまになって四十年も昔のことを」

「古い書類を整理していたら、そのころにもらった生徒からの手紙が出てきたとか。それがきっかけで一九三九年の夏に姿を消したクロエさんのことを思い出したんですね。できるなら会ってみたいと」

アリスは微笑した。「そうだったんですか、シスモンディ先生が」

「ドイツとの戦争がはじまる前に、クロエさんが交際していた青年のことをご存じですね」

「イヴォン・デュ・ラブナンのことかしら。もちろん覚えているわ、お会いしたのは一、二回でしたが」

三十九年前の夏至当日にイヴォンは大学でアリスと話している。その後もクロエの消息を求めて一、二度は十六区にあったラガーシュ家を訪ねてきたようだ。

カケルから質問役を交代する。「わたし、デュ・ラブナン氏の娘マチルドと大学で一緒でした。ヤブキさんもマチルドとは親しかったし、それでシスモンディさんもクロエを捜すように頼んできたのかと」

「そうなんですか、イヴォンのお嬢さんの」老婦人は驚きの表情だ。

「ラガーシュさんはリセ時代からクロエ・ブロックと親友だったんですね」

「ええ、リセ・モリエールでは同級でしたから。ソルボンヌでも毎日のように顔を合わせていたし。まだ女子学生は少ない時代でしたからいつも一緒でした」

「友人知人たちのあいだに流れた噂では、クロエさんはドイツとの開戦直後に家族とアメリカに渡ったとか。その真偽を確かめたいというのがシスモンディさんの意向なんです」

宝石商の父親は研磨工場のあるアントワープで長男家族と、クロエはトロカデロのアパルトマンで祖母と暮らしていた。夏は家族全員がスイスの山荘で一緒に過ごしていたが、その年は滞在先をコート・ダジュールに変えたらしい。戦争になったときダボスはドイツに近すぎるからだ。

わたしは話を進める。「クロエがパリから姿を消したのは、宣戦布告の二ヵ月も前だったとか」リヴィエール教授によれば一九三九年の夏至前日、六月二十一日のことだった。

「大学が夏期休暇に入る直前でした。ニースに長期滞在の予定だと管理人(コンシエルジュ)に言い残して、旅行支度の祖母と一緒にアパルトマンを出たようです。その二日前に大学近くの珈琲店(カフェ)でクロエとお喋りしましたが、翌々日に南仏(ミディ)に出発するなんて予定は聞いていませんよ。もう長期休暇(ヴァカンス)に出発したらしいと、デュ・ラブナンさんからいわれてびっくりしたわ」

リヴィエール教授がイヴォンから聞いた話と同じだ。タクシーでアパルトマンを出たのは事実としても、祖母を駅まで送ったクロエは同じ列車に乗らなかったと考えられる。夜にはオデオン裏のホテルの客室にイヴォンを訪れているのだから。

「その年の九月にドイツ軍がポーランドに侵攻したとき、六月生まれのクロエとは違って、まだ誕生日前のわたしは十八歳でした。ドイツに宣戦布告した九月三日のことは忘れられません。ドイツとの前の戦争のことを知っている大人たちは、物置から防毒マスクを引っぱり出したり、食糧品や日用品の買い溜めに走ったりと大変な騒ぎでした。でも開戦からしばらくは大きな戦闘もなく、長いこと両軍は国境を挟んで睨みあっていた」

「奇妙な戦争(ドロール・ド・ゲール)ですね」ドイツ人は坐り込み戦争(ジッツクリーク)と呼んだらしい。

フランス軍は堅固なマジノ線、ドイツ軍は俄(にわか)造りのジークフリート線に立て籠もって、戦闘はほとんどなされないまま時間だけが過ぎた。戦況が一変したのは翌年五月のことだ。五月十日にドイツの機甲師団が要塞線を回避し、ベルギー国境を突破して北フランスに雪崩(なだ)れこむ。作戦を誤ったフランス軍はドイツ軍の電撃戦に完敗した。六月十四日に無防備都市パリがドイツ軍に占領され、二十二日にフランスは降伏文書に調印する。

「もしもドイツと戦争になればブロック家はイギリスに、戦況を見た上で最終的にはアメリカに渡る計画だと以前からクロエは話していました。もともと慎重で先見の明があるブロック氏は、ドイツの親類が陥ったような悲惨な境遇を避けようと以前から周到に準備していたのね。前年から資産の半分はアメリカに移しニューヨークに住居も確保したとか」

　第一次大戦の際、ドイツ軍はベルギーの中立を侵犯して北フランスに侵攻した。その戦争にフランス兵として従軍したクロエの父親は、今回も同じことになるだろうと予測していた。ブロック家の人々がコート・ダジュールで無駄に時間を潰していたわけがない、ただちに避難のために行動したろう。

　ロンドンでしばらく様子を見たのち、ブロック一家はアメリカ行きの時期を決める予定だった。とすれば遅くとも英国空中戦（バトル・オブ・ブリテン）が熾烈化する前に、一家は大西洋航路の旅客船に乗ったのではないか。フランスで築いた生活を放棄する気になれないまま、逃げようにも逃げられない状況に陥ったユダヤ系の市民は少なくない。クロエが父親や兄の家族と一緒だったなら無事に戦争を生き延びられたろう。

　アリスが話を続ける。「奇妙な戦争（ドロール・ド・ゲール）が続いているあいだブロック家のアパルトマンは無人でした。友人たちは皆、クロエもアメリカで暮らしているんだろうと思っていたわ。でも……」

「なんでしょうか」わたしは先を促した。

「クロエにいわれて長いこと口を閉ざしてきましたが、あれから三十五年も過ぎました。シスモンディ先生が心配しているのなら、この機会にお伝えすべきかもしれません。……一九四三年の夏に、わたしはクロエと街角で出遇っているんです」

「パリの街角ですか」驚いた、占領下のパリにクロエがいたというのは本当なのか。

「ポルト・ドフィーヌの裏道でした。前屈みで足早に歩いてくる地味な服装の女が、すれ違うときなにかを感じたかのように、ふと顔を上げたんです。アメリカに逃れたはずのクロエでした、痩せてやつれていても親友の顔を見違えるわけがありません」

　無言で立ち去ろうとする女友達の腕をアリスは思わず掴んだ。諦めた様子で足を止め、クロエが耳元に囁きかけてくる。

「わかったわ、三十分後にセドル島（イル）で。逃げないから、安心してね」

「島（イル）」というのは森に囲まれた草地のことだ。リセの生徒だったころ二人は幾度か、ブローニュの森の北側にあるセドル島（イル）の草地でピクニックをしたことがある。待ちきれない気持ちに押されて約束の時刻より少し早めに、ロンシャン道を通って森の奥に入った。もうクロエは着いていて、草の上に一人で腰を下ろしている。

「あなた、これまで、どこでどうしていたの」
親友に問いつめられて、少し困ったようにクロエは答えた。「……三年前の四月からトロカデロの自宅、去年からはモンマルトルのほうに。トロカデロのアパルトマンにアリスが訪ねてきたことは管理人（コンシエルジュ）に聞いていたけれど、自宅に隠れていることは誰にも知られるわけにいかないし。できるだけ外出しないで暮らしているわ、外の空気を吸えたのは半年ぶりかしら」

一九三九年の夏至当日にパリを出発し、一足先にニースに到着していた祖母と一緒になった。一夏のあいだ海辺の貸し別荘に滞在して、帰京の予定日が近づいてきたときのことだ、ドイツ軍がポーランドに侵攻したのは。翌日には父親から祖母と二人でカレーに急行するようにとの指示が届いた。

「カレーのホテルで父や兄たちと合流し、翌日には海峡を渡った」

そこまでは想像していた通りだ。「でも、パリに戻ってきたのね」

「事情があって」

「どんな事情なの」

クロエが微笑する。「お腹に赤ちゃんがいたのよ。パリで出産したいと思ってドーヴァーの港から連絡船に乗ったの、祖母にも父や兄にも黙って。フランスに戻りたいなんていえば部屋に閉じこめられてしまうから」

身重のクロエだから一人でパリに戻るのは冒険だった、奇妙な戦争（ドロール・ド・ゲール）とはいえフランスは戦時中なのだ。イギリス人の産科医に診られるのが不安で、出産のためフランスに戻ってきたのだとクロエはいう。ドイツ軍と実際の戦闘は起こらないまま休戦交渉がはじまるだろうという楽観論が支配的なところで、娘には父親の慎重すぎる姿勢が大袈裟なものに感じられた。カレー海峡は二時間ほどで渡れるし、カレーからパリまで特急の青列車なら三時間ほどだ。翌月には子供を産んで家族のいるイギリスに戻れるだろう。しかし十九歳のクロエの判断は甘すぎた。

アリスは尋ねた。「父親はクレール氏なの」

「違うわ、クレールと躰の関係は切れていたし」

「だったらイヴォンね」親友の問いかけにクロエは小さく頷いた。

妊娠したのは夏至の前夜だった、そのとき一度しかイヴォンとは愛を交わして（フェール・ラムール）いないから。そんな話を聞いてアリスは思った。フランスで出産したいというのは言い訳で、産んだ子供の顔をイヴォンに見せたいと思ったのが、家族に無断で帰国してきた本当の理由ではないのか。

トロカデロのアパルトマンに着いた直後にオデオンの定宿に電話してみたが、すでにイヴォンは長期滞在を終えていた。学生のため兵役は延期されているが本人の意志で志願入隊したのではないかと、クロエも顔見知りだったフロント係はいう。真偽をたしかめるためアラン・リヴィエールかアンリ・ヴォージョワを訪ねたいと思ったが、臨月の躰で出歩くのは自制しなければならない。

そしてクロエは急な陣痛に襲われる。深夜だったが管理人が地元の開業医を連れてきてくれた。難産の末に生まれたのは双子だった。まもなく戦闘機や爆撃機に支援されたドイツ機甲師団がフランスに雪崩れこんできた。北東部フランスの鉄道路線は麻痺し、幹線道路はベルギー人やフランス人の避難民で溢れた。

アリスの話をカケルが遮る。「クロエさんの双子は二卵性ですね」

「そういえばクロエは口にしていましたね、一卵性ではないのに顔はよく似ているって」

アパルトマンに閉じこもって二人の赤子の世話に追われているうちに、英仏連合軍はダンケルクで大敗しパリはドイツ軍に占領された。もうイヴォンを捜すどころではない、細めに開けた鎧戸の陰から街路を闊歩するドイツ兵を盗み見て、若すぎる母親は心を決めた。ブロック家の父親が予測していたように、ドイツと変わらない猛烈なユダヤ人迫害がフランスでもはじまるに違いない、子供を守るためにはアパルトマンに隠れて暮らすしかないと。

パリに戻ったことは管理人と産科医しか知らない。管理人には自分が帰宅していることを他の住人には黙っているように頼みこんだ。地元の医師にブロック家の娘はどうしているかと訊かれたときは、双子を連れて親類の家に身を寄せたと答えるようにも。

アパルトマンの金庫には祖母、母、クロエとブロック家三代の女たちの身を飾ってきた宝飾品が入っていた。敗戦と占領のためフランの価値は低下し貴金属と宝石が珍重されている。金庫の宝石類と引き換えに必要な食糧や最低限の日用品は、部屋まで管理人に届けてもらうことにした。高級アパルトマンの厚い石壁に遮られ、赤子の泣き声が外に洩れる心配はない。窓の鎧戸を閉ざし夜は電灯を点けないで暮らした。

クロエの判断は間違っていなかった、ユダヤ人への迫害はドイツ軍のパリ占領直後から開始されたからだ。七月に入ると商店には『ユダヤ人立ち入り禁止』の表示が掲げられた。警察への登録がユダヤ系市民には義務づけられ、地区の警察署には長蛇の列ができた。ひしめきあう人々のなかには、ノーベル賞を受賞した高齢の哲学者アンリ・ベルクソンの姿もあった。

指定された形の黄色い星を着衣に縫いつけること、経営する商店にも黄色の標識を出すことが強制された。ユダヤ人富豪の資産は差し押さえられ企業経営も禁じられるようになる。しかし、もちろんクロエはユダヤ人登録などすることなく、子供たちとアパルトマンに潜伏し続けた。外出しないから黄色の星を縫いつけた衣類も用意していない。

占領の初期に逮捕されパリ北東に設置された収容所に送られたのは、主として外国籍のユダヤ人だった。東欧のユダヤ系移民やナチの迫害を逃れてきたユダヤ系ドイツ人亡命者がフランスには溢れていた。フランス国籍者は銀行の預金凍結などの経済的圧迫や、図書館や映画館からの締め出しなど露骨な差別にさらされはしても、身柄を拘束される事例はまだ少なかった。それでもクロエはアパルトマンに隠れ住む生活を変えようとはしなかった。ドイツと同じようにフランスでも、ユダヤ人というだけで自由を剝奪され強制収容所に送られてしまう不吉な将来を予見していたからだ。

ユダヤ法ハラーハーではユダヤ人の母から生まれた子供がユダヤ人とされる。クロエの母親は非ユダヤ人だから、この定義によればクロエもユダヤ人ではない。しかしナチのニュルンベルク法では両親の一方がユダヤ人なら子供はユダヤ人とされる。クロエもクロエの子供たちも非道な迫害から逃れられない立場なのだ。ゲシュタポの手先の警察や民兵(ミリス)団に発見されたらどんな酷い目に遭わされるかしれない。

アリスが続ける。「クロエが怖れていたように、まもなくナチはフランス国籍のユダヤ人も区別なく捕らえはじめたわ。元首相レオン・ブルムの弟ルネや歌手のリッチュのような著名人もドランシーの収容施設に送られた。そのころは秘密にされていましたが、ドランシーから粗末な家畜車輛に詰めこまれた囚人たちは、移送途中で飢えや渇きのため死亡することをかろうじて免れても、その多くは到着した直後に絶滅収容所のガス室で虐殺される運命でした」

慎重に身を隠していたクロエだが、子供が二歳になった一九四二年七月を境に生活は激変する。ドイツ占領軍とヴィシー政府はユダヤ人の大量逮捕を決定し、七月十六日と十七日の両日に「春の風」作戦が実行された。パリでは一万二千八百八十四人が逮捕され、子供のいない六千人はパリ近郊のドランシー収容所に、子供のいる家族七千人は十五区の冬季自転車競技場（ヴェロドローム・ディヴェール）、通称ヴェル・ディヴに詰めこまれた。囚人たちはヴェル・ディヴで五日ものあいだ殺人的な混雑と、暑さと飢えと渇きで耐えられないほど劣悪な環境に放置される。急病人や精神に変調を来した者も相次いだ。

　このユダヤ人大量逮捕はヴェル・ディヴ事件と呼ばれるようになる。この事件でパリ在住のユダヤ人の約半数が捕らえられ、逮捕連行はその後も続いた。

　一九四〇年の時点でフランスに居住するユダヤ人は約三十三万人だったが、そのうちアウシュヴィッツなどの収容所に送られたユダヤ人は十二歳以下の子供六千人を含む七万六千人、生還できたのはわずか三パーセントの二千五百人に満たない。当初は外国籍ユダヤ人が標的とされたが、じきに外国籍もフランス国籍も区別なく逮捕されドランシーなどの収容所に送られるようになる。

「七月十六日、十七日の大量逮捕からクロエたちが洩れたのは、ユダヤ人登録をしていなかったから。けれどもヴェル・ディヴ事件で母子三人の運命は大きく変わった。容赦のないユダヤ人狩りに管理人（コンシェルジュ）が臆病風を吹かせて、これまでのように匿い続けるわけにはいかない、その日のうちにもアパルトマンを出てもらいたいといい出したのね」

　動揺した管理人（コンシェルジュ）は自己保身からクロエ母子を警察に密告しかねない。ユダヤ人が隠れていると当局に通報されたら、逮捕と収容所送りの運命は避けられないだろう。なんとか一日の猶予を頼んで管理人（コンシェルジュ）の妻に子供たちを預けたクロエは、新しい隠れ家を求めパリの街路を当てもなく彷徨いはじめた。しかし母方の親類とは連絡が取れないし、運命を委ねることのできそうな友人知人の顔も浮かんでこない。

「わたしの家に来ればよかったのに、そう親友にいえない自分を恥じたわ。もしも頼まれても、自宅に匿う許しを両親から得るのは無理だったし」

　ユダヤ人の逃亡を援助し隠れ家を提供した者も逮捕される占領下のことだ。運が悪ければ拷問され、占領体制への叛逆者として処刑されるかもしれない。もしも一人暮らしのアリスにクロエが助けを求めてきたらどうしたろうか。両親の存在によってアリスは過酷な選択を免れえたともいえる。危険を冒して親友を匿うか、身の安全を選んで見捨てるのか。一人暮らしであればいずれかを選ばなければならない。

ジャン＝ポール・クレールは逆説的に語っている、われわれは占領下でこそ自由だったと。日常の些事に埋もれた者は真の意味で選択する自由を持ちえない。珈琲店（カフェ）でコカかオランジーナかを選ぶ程度では、意味のある自由な選択とはいえないからだ。人はあえて選ぶことで荒々しい自由のただなかに自身を投入する。おのれが何者なのかを自分自身で決定する、勇気ある抵抗者か卑怯者なのかを。

平和な時代に生まれたわたしたちは、クロエが迫られたかもしれない過酷な選択に直面することはない。平和で豊かな時代とは、誰もが選ぶことで自由になりえた戦争の時代とは根本的に違う。わたしたちの時代はすべてが曖昧で凡庸で、過酷な選択は突きつけられないが真の自由を実感することもない。

ユダヤ人取締法を無視し登録を拒んできたクロエは、巡回中の警官に身分証の提示を求められてもユダヤ系フランス人の登録証を提示することはできない。その場で不審者として逮捕されるだろう。しかも午後十時からは夜間外出禁止令（クーヴル・フー）が発動される。珈琲店（カフェ）も料理店も店を閉じ出歩いている市民など一人もいない時刻になるまでに、なんとか逃げこめる場所を探せなければ身の破滅だ。

こんなふうに追いつめられる前にイヴォンに救いを求めるべきだった。ときどきアパルトマンまで様子を見にきていたアラン・リヴィエールなら、親友がどうしているのか知っているはずだ。イヴォンが故郷に戻ったとしても、バス・ピレネーの山間にある実家の住所を教えてもらえたろう。同じ占領地区だから住所さえわかれば手紙を出せる。

「どうしてクロエは子供たちの父親に手紙を出さなかったんでしょう」

わたしの質問にアリスは困惑している。「わたしも尋ねたんですが、クロエから納得できる答えは聞けませんでした。子供たちに父親はいないから三人とも生き延びることができたとか、意味のよくわからないことを口にするだけで」

勇気も知恵も行動力もあるイヴォンのことだ、事情を知ればあらゆる困難を乗り越えてクロエたち三人を安全な場所に移したろう。子供たちに父親はいないという言葉は、誰にも頼らないで双子は自分が守るというクロエの決意を語ったものなのか。

「日暮れには、シスモンディ先生やクレールさんが住んでいるホテルを探し当てられたけれど、二人とも不在だったとか」

クロエとしては、二人に子供連れの女を匿うことまでは望んでいなかった。それでも親密なトリオだったこともあるシステンディとクレールに励まされるなら、行き場のない孤独と不安も少しは癒やされるだろう……。

外出禁止の刻限が迫ってきた。どこにも行くあてのないままトロカデロの自宅近くまで戻ってきたときだった、クロエが不意に後ろから肩を叩かれたのは。心臓が止まりそうなほど驚いた女に囁きかけてきたのは、記憶にある声だった。

「クロエを待っていたのは、どうしても連絡の取れなかった叔父さんでした。クロエのお母さんには弟が二人いて」

カケルが確認する。「上がカトリックの神父、下が共産党の幹部だった」

「長女は両親と縁を切ってユダヤ人の恋人と結婚、長男は神父、次男がコミュニスト。それぞれに個性的な三人姉弟だわ」

「クロエの母親の旧姓はルヴェールですね」

「どうしてご存じなの、シスモンディ先生も知らないことなのに」

ノアはクロエだった、この事実を知ってわたしは愕然とした。隠れ家で暮らしていた若い母親はルヴェールの内妻ではなく姪だった。

ルヴェールとの血縁関係を、クロエはシスモンディたちに語らなかったようだ。リセに入学したときは叔父とクレールが友人とは知らなかった。それを察したときにはもうルヴェールとの関係を気易くは口に出せない立場だった、トリオの関係に入っていたからだ。

もしも旧友の血縁者とわかっていたら、クレールも十六歳の少女に手を出すことは自制したろうか。そうとも限らない気がする。イヴォンに語ったところでは、ルヴェールのほうはトリオの存在を知っていたがそれを問題にした様子はない。ブルジョワ的な性道徳を拒否する点で、自称アナキストのクレールとコミュニストのルヴェールは立場が一致していたのかもしれない。

姪が実家のアパルトマンで子供と暮らしている事実を、アンドレ・ルヴェールは以前から摑んでいた。たまたまクロエの子供を取りあげた医師が共産党員だったからだ。この事実は組織の秘密情報網を通じてルヴェールの許まで届いていたが、潜行中の革命家は姪と接触することを躊躇した。自分との関係を警察やゲシュタポに知られたらクロエの身に危険が及びかねない。

七月十六日、十七日のヴェル・ディヴ事件によって事態は急変した。昔は姉夫婦の家だったトロカデロのアパルトマンを訪れてクロエの不在を知ったルヴェールは、付近に身を隠し姪の帰宅を待ちかまえていた。その日からクロエと双子は叔父が用意した隠れ家で暮らすことになる。

ルヴェールが隠れ家で保護していた、ノアという女性の正体はクロエ・ブロックだった。世話係のジュノーやリリアンは二人を内縁の夫婦だと思いこんでいたが。双子の顔が似ていたのはアンドレ・ルヴェールの子供だからではない。生んだのが姉の娘で、双子もまたルヴェール家の血を引いていたからだ。

今日まで三日間の調査で、一九三九年六月から一九四五年一月までのクロエ・ブロックの歩んだ道筋が徐々に洗い出されてきた。三九年六月にパリを離れたクロエは、ニース近傍の貸し別荘で祖母と休暇を過ごしていた。九月に入ると戦争がはじまる。戦火を避けてブロック家の人々はイギリスに避難するが、一九四〇年四月に身重のクロエは一人でパリに戻った。どうしてもイヴォンに会いたいという思いから。

パリの自宅で双子を出産した直後にドイツ軍がパリに進駐してくる。ユダヤ人への迫害から自身と子供たちを守るため、クロエは自宅に潜伏することを選んだ。しかし二年後の七月にはアパルトマンの退去を求められ、幼い双子を抱えたクロエは進退に窮してしまう。

そのとき母子を救ったのが叔父のアンドレ・ルヴェールだった。ノアと名乗ったクロエは子供たちと一緒に、ルヴェールが用意した家に隠れ潜むようになる。安全のため隠れ家は定期的に変更された。四三年の夏はモンマルトルにいたようだが、翌年二月にはガンベッタに移動している。叔父が用意した偽造身分証を所持すれば外出もできるが、よほどの事情がない限り出歩かないようにしていた。アリスがクロエと街で出遇えたのは、稀有な偶然の産物だったといわなければならない。

そして一九四四年の二月、ガンベッタの潜伏先がゲシュタポに襲われる。拷問で双子の一人ドミニクは左手の指二本を切断され、ルヴェールとクロエは逮捕された。かろうじて救出された双子は、レジスタンスの女子隊員によって、もう一人の叔父のルヴェール神父の許に送り届けられた。しかし、空襲警報が鳴り響く闇のなかでカミーユは行方不明になってしまう。

叔父はゲシュタポ本部で殺害されたが、同じ夜に逮捕された姪はポーランドのコフカ収容所に移送される。十ヵ月ほど過酷な強制労働に耐えているうちに、独ソ両軍の砲声が聞こえはじめた収容所で大規模な囚人暴動が勃発した。

一九四五年一月に起きたコフカ収容所暴動と囚人大量脱走事件の真相は、ダッソー家の事件で明らかになった通りだ。

鉄条網の柵を破った脱走者の群れにクロエは含まれていない。コフカの吸血鬼ハスラーに目を付けられて、不運にも懲罰房に拘禁されていたからだ。壁に鎖で繋がれたクロエは収容所を覆う火焔に呑まれて焼死した。ドイツ軍のパリ占領から五年ものあいだ子供たちを守って逆境に耐え続けたクロエ・ブロックは、親衛隊（SS）の制服を着た殺人鬼のため無残な最期を迎えたのだ。そのことを思うと心が痛む。

囚人仲間だったカッサンはノアとの約束からオーレを訪れ、ドミニクを引きとってエミール・ダッソーに渡した。一族は離散し荒れ果てた邸も修復中だったダッソーは、信頼できる一家にドミニクを託したようだが、それ以降の足取りは摑めていない。シャロンという人物がドミニクを養女にして、建国して間もないイスラエルに移住した可能性がある。イスラエルで国籍を取得する際、養父母の意向か本人の希望だったのかドミニクはアリザと改名したのではないか。

改名前のアリザはドミニクで実母はクロエ・ブロックだった。わからないのはアリザ・シャロンがクロエの名前で〈小鴉（コルネイユ）〉に滞在していた理由だ。母が生まれ育った街を母に代わって歩いてみようとしたのだろうか。しかし、それ以上に深い理由がある気もしないではない。セーヌの川船に泊まっていたアリザ・シャロンは無頭女（メドゥーサ）に擬され、首を切断された屍体として発見されたからだ。

わたしが目にした屍体はイヴォン・デュ・ラブナンの娘で、かつて友人だったこともあるマチルドの腹違いの姉だった。これがたまたまのことなら稀有な偶然に驚かざるをえないが、マチルドとドミニクはニコライ・イリイチを介して繋がっている。〈小鴉（コルネイユ）〉事件にイリイチがどのように関与しているのか、まだ詳細はわからない。しかし、わたしの前にマチルドとドミニクという生母の違う姉妹が相次いであらわれたのは、決して偶然のことではない。事件に差しているイリイチの影が無視できないほど濃密だと知れるにつれて胸苦しい思いが増してくる。

これまでは警察情報をはじめ事件にまつわる証拠や証言集めはわたしの仕事、それらを材料にカケルは推理するだけだったけれど、どうしてか今回は違っていた。捜査のため自分から進んでブルターニュまで足を伸ばしたほどなのだ。

エドガール・カッサンやアリス・ラガーシュから事情を聴くまでもなく、カケルはノアの正体がクロエでルヴェールの姪だったことや、コフカ収容所の囚人暴動の夜に死亡したことまで推測していたようだ。イリイチと〈小鴉（コルネイユ）〉事件の被害者アリザの関係についても想定していることがあるに違いない。

「親友だったラガーシュさんからはどんなふうに見えていたんでしょう、クロエさんは」

「優等生でしたが、発想に飛躍があって極端な行動に走ることも。かと思うと抽象的な問題を深刻に考えこんでしまうこともあったわ」

　幼いときに母親を失ったクロエは父方の祖母に育てられた。ユダヤ教徒の祖母と無宗教の父親のあいだで、クロエは子供のときから精神的に引き裂かれていたのではないか。翳りのあるエキセントリックな性格も、それが背景にあったのかもしれない。

　わたしは質問を続ける。「十六歳で男女二人の大人と性関係を持つ女子生徒は、いまでもそれほど多いとは思えませんが」

「その当時から教室には親や教師に隠れて遊んでいる女子もいましたが、クロエは違っていた。遊び好きでもないしセックスに興味があるタイプでもないし。深い関係になったのはシスモンディ先生だったから。他の大人に誘われても拒んだことでしょう。母親似の美しい娘だから男たちに声をかけられることも多かったけれど、いつも冷淡な態度で無視していた」

「シスモンディ先生を愛していたんでしょうか」

「恋愛感情とは少し違うようにわたしは感じていた。夏休みにシスモンディ先生から旅行に誘われてたのね。わたしが話しかけてもうわの空だったり、態度が妙なので追及したら最後には白状したわ、旅行中は先生と同じベッドで寝ていたことを。先生の恋人になったことを本当は打ち明けたかったのね」

「それでも恋愛感情とは違うようだと」

「クロエは両性愛者（ビセクシュエル）ではなかったと思います、愛した同性はシスモンディ先生一人だし。愛したというのも一時の錯覚で、先生に惹かれたのは自分と似ていたからだと思う。恋愛感情というよりも同じ怖れを共有する仲間意識かしら」

「同じ怖れですか」

「あの二人は死ぬことを本気で怖れていたの。不思議なことね、死をめぐるエピクロスの有名な言葉を教えてくれたのは先生なのに、その本人が死を怖れていたなんて」

　エピクロスによれば死はなにものでもない、われわれが存在しているあいだ死は存在しないし、死が存在すればわれわれは存在しないからだ。こうした不可能な可能性としての死から、ハルバッハは死への不安という人間の根本的な情態性を導いている。生者にとっては存在しえない死を人は恐怖しえない。恐怖とはなんらかの対象に喚起され、それに向かう感情だからだ。

「死への不安でなく恐怖なんですね」

哲学教師だった老婦人が応える。「ハルバッハによれば落命は恐怖しえても、追い越しえない可能性としての死を人は恐怖しえません」

「それについてシスモンディさんは」

「まだ子供だったわたしには、先生とちゃんとした議論などできませんでした。それでもクロエのことならわかる。あの娘は自分が消えてしまうことを怖れていた、たぶん先生も」

「人は死ねば消えてしまうのでは」この点でわたしは唯物論者だ。

「あなたはペリクレスのことを知っているわね」アテネ全盛期の政治家で雄弁家だ。「だとしたらペリクレスは消えていない、ペリクレスのことを『歴史』に書いたトゥキュディデスも」

「歴史上の偉人であれば死後も名前や業績は残るということですか。その人物を記憶している人が存在する限り生命が失われても存在は消えないと。だからシスモンディさんは、不滅の存在として歴史に名を刻むため著作家になることを決意した」

アリスが微笑する。「戦争の時代を生きて先生も変わったのでは。死を怖れて永生に執着するのと、いまここでの生存に徹する実存主義とでは発想が反対ですから」

カケルが口を開いた。「インダス文明にもペリクレスのような偉人は存在したことでしょう、しかしいまでは誰ひとりもその人物を知りません。古代ギリシアを含んだ人類の文明そのものが宇宙史からすれば一瞬のものにすぎない。一万年後に人類が存在していないことは確実です、核戦争が起こらなくても、いまのまま自然破壊が進行すれば人類の死滅は百年後のことかもしれませんね」

「エピクロスによれば生と死は無関係です。同じようにヤブキさんやわたしの生と遠い未来の人類の死とは無関係なのでは。たとえアンドロメダ星雲で恒星がひとつ爆発しても、観測不能であれば人類とは関係ないことだとハルバッハは語ることでしょう。恒星もその爆発も人類にとっては存在しない、ようするに無であると」

「しかし、それはハルバッハ哲学の限界でもありますね。ハルバッハの存在観は永遠で不動の大地という確固としたイメージに支えられていた。暗黒の宇宙を背景とした、ピンポン玉ほどに小さな球体にすぎない地球の写真を見て動転したのは、永遠で不動の大地というイメージの不可疑性が足許から崩れはじめたからです」

二人の哲学談議を遮ってわたしは話を戻した。「一九三九年の春から夏にかけての時期、クロエはシスモンディさんと別れないままイヴォンとつきあいはじめたんですか」

「イヴォンと出逢う何ヵ月も前のこと、クロエが先生と距離を置きはじめたのは。カシという女優と出遇ったのがきっかけでした」

もちろんゾエ・ガルニエのことだ。「女だけの小劇団〈無頭女(メドゥーサ)〉を主宰していた若い女優ですね」

「ええ、ご存じでしたか」

「リヴィエール教授からイヴォンのことを聞いたとき、その話も出ましたから」

シスモンディ先生は偉大な著作家になることで自己消滅の怖れから逃れられるかもしれない、でも自分はどうなのか。悩んでいたクロエには街で声をかけてきた若い女優の存在は魅力的だった。著述家になれなくても女優にはなれるかもしれない……。

クロエは女優として成功して歴史に名を刻もう、自身を永遠化しようと思ったのだろうか。そうではなく、ゾエ・ガルニエが約束したのは無頭女(メドゥーサ)としての不死だったのではないか。

「でもイヴォンと出逢ってクロエは変わったのよ。シスモンディ先生やクレールさんとの関係は屈折をはらんでいて、ふつうの意味での恋愛とは違っていました。生まれてはじめて同世代の青年を愛しはじめて、あの娘は幸福そうに見えたわ。どうしてイヴォンに別れの言葉もなく身を隠してしまったのか、いまでもわからないの」

カケルが話題を変えて尋ねた。「ところでクロエは水泳ができましたか」

どうしてそんなことが問題なのだろう。〈小鴉(コルネイユ)〉事件の犯人はクロエで、殺人現場から川を泳いで脱出した可能性があるとでも考えているのか。まさか、とわたしは思った。クロエはコフカ収容所で死亡したのだから。

「わたしもクロエも泳げませんでした。夏は海辺でなくダボスの山荘で過ごすのがブロック家の習慣で、子供のときから海水浴をする機会は少なかったそう。でもスキーは上手でしたよ。わたしの場合は人前で水着姿になるのに抵抗があって」

一九三〇年代の少女としても恥ずかしがり屋の度がすぎて、ヴィクトリア時代のイギリス女性のようではないか、いまの水着と違って肌の露出は控え目だったのに。あるいは他人の視線に晒したくない大きな傷痕などがあるのかもしれない。そう思った瞬間だった、医学生のフランソワから聞いた話が一瞬にして甦ってきたのは。ギリシアの海岸ではドゥブレ一人が泳ごうとしなかった、女子医学生もインターンの恋人を誘う気はなく、フランソワはアデルと二人で海に入ったという。

ラガーシュ家を辞去してバック街に出た。足早に歩いていくカケルを追いながら時間を計算してみる。これから向かえばオイディプス症候群のためフランソワが入院していた病院に五時までには行き着ける、ドゥブレの恋人だった女医アデルを摑まえられるかもしれない。

ようやく青年に追いついた。「これからどうするの」

「エトワール駅に」

「誰かと待ちあわせているの」

「マルリの森に行くんだ」

「でも、鴉の城(シャトー・ド・コルネイユ)はもうないわよ」リヴィエール教授の家を訪れたあと、謎めいた廃墟に興味を持って少し調べてみた。「第二次大戦中にレジスタンスのアジトとして使われていて、ドイツ軍に爆破されたとか」

教えてあげたのにカケルは足を緩めようとしない。日の長い時期とはいえ、明るいうちに戻るには急がなければならないからか。森の奥に瓦礫(がれき)の山が残っているだけにしても、時間さえあればわたしも同行したい。しかしポルト・ド・ラ・シャペルのクロード・ベルナール病院で、アデルの話を聴くほうが優先順位は高い。

アデルから必要な証言が得られるなら想像外の事実が浮かんでくるだろう。クロエはルヴェールの姪でドミニクとカミーユは二卵性双生児なのだ。他方オーレにあらわれたイリイチは、ドミニクには弟がいるとサヴィニー夫人に語っていた。

手紙をめぐる事件と川船の首なし屍体の事件は切り離せないし、船室からは正体不明の指紋が付いた評論誌も発見されている。手紙を盗めたのは代理秘書とタイピストの二人だし、またカケルはドゥブレの指紋が付着した写真をわたしに預けている。これらの事実が一瞬のうちに交錯してまったく新たな図柄が浮かびはじめる。閃いた発想に意識を集中しようと、わたしは軽く頭を振った。

セーヴル・バビロンで地下鉄(メトロ)に乗れば、十二号線の終点がポルト・ド・ラ・シャペルだ。コンコルド駅で一号線に乗り換える前に、わたしは青年を問いつめてみた。「あなた、クロエがセーヌ川から船を脱出したと疑ってるんじゃないの。そうではなくて犯人はドゥブレだと思ってるの」

曖昧にかぶりを振った青年は、ちょうど開いた地下鉄（メトロ）の車輛ドアから下車していく。ホームの群衆に紛れるカケルの後ろ姿を見送っているうちに車輛は動きはじめた。カケルは新たに開通した首都圏高速鉄道（RER）のA1号線にエトワール駅で乗り換え、終点のサン・ジェルマン・アン・レイまで行くつもりだろう。

リヴィエール教授の話に出てきた昔の郊外線のサン・ノム・ラ・ブルテッシュは、いまではゴルフ場で有名だがA1号線の駅はない。マルリの森に行くにはサン・ジェルマン・アン・レイからタクシーを使うか歩くしかなさそうだ。

3

警視庁の受付でバルベス警部の呼び出しを頼むと、内線電話をかけた若い警官が「すぐに下りてきます」と応じる。五分ほどでジャン＝ポールが顔を見せて「これから出かけるところなんだ」という。

「どこに行くの」正門から河岸通りに出たところで尋ねた。

「ロワイヤル橋だよ。〈小鴉（コルネイユ）〉で張り番中の警官が連絡してきた、マラベールが舞い戻ってきたと」

「帰ってきたのね、マラベールが」〈小鴉（コルネイユ）〉の住人が海外旅行を終えて帰宅したからには、船での滞在をアリザ・シャロンに許した経緯なども判明する。

「今日はおじさんに、どんな用件だね」

ショルダーバッグから封筒を取り出してジャン＝ポールに手渡した。「封筒の中身はギリシア旅行の記念写真だけど、付いている指紋を調べてほしいの」

昨日の夕方、勤務先のクロード・ベルナール病院で捉（つか）まえたアデル医師の証言で、写真の指紋の重要性は了解できた。カケルが暗示的に口にしていた「必要になる」ときが来たのだ。

「どうして、また」

「〈小鴉（コルネイユ）〉の船室で発見された評論誌からは、被害者のものではない正体不明の指紋が検出されたわね。それと一致する指紋が写真には付いているに違いないの。指紋はクレールの家を訪問したときに入手したもの」

「誰の指紋なんだね」

「マルク・ドゥブレ」わたしは短く答えた。

「ドゥブレってクレールの代理秘書の」

一九六八年「五月」以降のフランス左翼主義（ゴーシズム）を話題にするのにコンスタン・ジェールを引きあいに出す必要はない。コンスタンを知っているかどうか確認するのに、わたしと写っている写真を見せる必要もない。

どうにも不自然に見えたカケルの行動だが、本人に気づかれないようにドゥブレの指紋を採るのが本当の目的だった。手札サイズの写真を渡されたら右手の親指と人差し指で挟むように受けとるのがふつうだ。写真の表には親指の、裏には人差し指の指紋が残ることになる。

クレールのアパルトマンを出たあと珈琲店（カフェ）で青年に手渡されてから、写真が入ったあの封筒は一度も開いていない。ミノタウロス島のことを思い出すのが怖かったのだ。ポケットから出すときも受けとるときもカケルは写真の隅を指で挟むようにしていた、指紋があるとすればドゥブレのものだ。

「例の評論誌から検出されたのが、どうしてドゥブレの指紋だと思うんだね」

元レジスタンス隊員ジュノーの証言やオーレ訪問の結果はパパから、エドガール・カッサンの証言はダルテス刑事から聞いたろう。アリス・ラガーシュには昨日、わたしより一足早く事情を訊いている。細かい説明は必要なさそうだからジャン＝ポールが仰天するに違いない結論を先に口にする。

「ドゥブレがカミーユだから」

巨漢が驚いたように足を止め、わたしの顔を覗きこむ。

「ちょっと待ってくれ、マルク・ドゥブレは男だよ。カミーユはドミニクの双子の妹なのに、どうして同じ人物なんていえるんだ」

「アリスから聞いたでしょう、クロエが産んだ双子は二卵性だったと」

「いいや」バルベス警部の事情聴取は詰めが甘い。

「ドミニクとカミーユは双子でも二卵性双生児なの、ということは」

ジャン＝ポールが考えこむ様子で頷いた。「カミーユが男児だった可能性はある、しかし母親や双子の世話役をしていたジュノーが、カミーユは女児だったと」

ジュノーだけではない、ドミニクをパリに連れてきたカッサンも、ドミニクを預かっていたサヴィニー家の娘カリーヌも、そしてクロエから子供のことを聞いたアリスもカミーユを女の子だと思いこんでいた。母親がカミーユに女児服を着せ、ドミニクの妹として育てていたからだ。

「ドミニクには弟がいるという証言もあるわ」

二年前にオーレの教会を訪れた男は、弟の依頼でドミニクを捜していると語った。しかしジャン＝ポールに男の正体は伏せておく、イリイチ絡みのことは警察にいわないことをカケルと約束しているから。

わたしは続ける。「でも、双子に弟がいたとは思えないわ」

イリイチは双子でなくドミニク一人の消息を求めて教会を、そしてサヴィニー家を訪れている。あらかじめカミーユが消息不明だという事実を摑んでいたからだ。空襲警報の夜にカミーユが迷子になった事実は、サヴィニー家に行かない限りイリイチも知ることができない。では、いったい誰から聞いたのか。カミーユ本人からだろう。イリイチが口にしたドミニクの弟とは、この点からもカミーユだと考えるしかない。

カミーユがマルク・ドゥブレであればイリイチとの接点も想定はできそうだ。自発的に解散していなければ、〈プロレタリアの大義〉もイタリアの赤い旅団や西ドイツ赤軍のような都市ゲリラ組織に変貌したろう。〈プロレタリアの大義〉の指導的な活動家だったドゥブレなら、国際テロリストのイリイチとどこかで接触した可能性はある。

一九四〇年の四月に双子を産んだクロエは、四二年七月に叔父のルヴェールに保護されている。それ以降に妊娠出産したとすれば世話役のジュノーが知らないわけはない。四〇年四月から四二年七月までなら時間的に可能だとしても、その場合は父親が誰かという問題がある。またクロエは双子に弟がいることをジュノーには一言も話していないし匂わせてもいない。

トロカデロの自宅に隠れていたクロエが新しい恋人と出逢えたとは思えない。たとえ可能だったとしても、管理人(コンシエルジュ)にアパルトマンを追い出されてから生まれた男児をどうしたのかという疑問が残る。母親や双子から引き離して三人目の子供を別の場所に匿ったとしか考えられないが、そんな不自然なことをルヴェールはしたろうか。さらにコフカ収容所で起きた囚人暴動の際、ノアがカッサンに三人目の子供のことを頼んでいない事実もある。

「クロエに三人目の子供がいたのではなくて、二卵性双生児の一人は男児だったと考えたほうが理屈に合うわね」

「まあ、その可能性もないとはいえない」ジャン＝ポールは渋々ながらも同意する。「双子の一人カミーユは男だとしても、そいつがクレールの代理秘書ドゥブレだというのは飛躍がすぎる。どんな理由からそういえるんだね」

バルベス警部の疑問に答える。「ドゥブレの生年はドミニクと同じで生地はナントよ」

「ナントもブルターニュだがカミーユが迷子になったオーレとは百キロも離れてる、三歳の子供が歩いて行ける距離じゃない」

「空襲警報が鳴り響いた夜、もしもナント市民のドゥブレ氏がオーレを訪れていたら」

たまたま保護した迷子を自宅まで連れ帰って、自分の子として育てることにしたかもしれない。四ヵ月後にはノルマンディに連合軍が上陸しブルターニュ一帯も戦場になる。戦争による社会的混乱のなかでなら、迷子の子供を実子とする書類上の問題はどうにでもなったろう。

「当て推量の二乗みたいな話だが証拠でもあるのかね、マルク・ドゥブレがクロエの息子カミーユだという」

「あるわよ、証拠はドゥブレの背中に」

昨日、アリス・ラガーシュからクロエの話を聞いているとき不意に思い出したのは、マルティニク人の医学生から聞いたギリシア旅行の思い出だった。フランソワとドゥブレとドゥブレの恋人アデルの三人がエーゲ海の海辺で過ごしたとき、ドゥブレ一人だけは海に入ろうとしなかった。恋人が「あの人は泳げないから」と呟いたのをフランソワは耳にしたという。

「ドゥブレは泳げないの」

「それがどうした。フランス人の七人に一人は泳げないし、プールが少なかった昔ならなおさらだよ」

「ナントは海が近いから子供が水泳を覚える機会はパリより多いし、ドゥブレが泳げないことには理由があると思う」

「たとえば」ルーヴル河岸通りを歩きながら、ジャン＝ポールがこちらを見る。

「人前で上半身裸になるのが厭だったとか」

「そんな男子がいるのかね」

「背中に大きな火傷の痕があって、それを友達に見られたくなければ」

「なるほど、あんたのいいたいことがわかってきたよ。ジュノーの話では二歳のときカミーユは背中に大火傷をしたとか。それなら傷痕が残っているかもしれない。しかしドゥブレが泳げないというだけで、他人には見られたくないと思うほどの醜い傷痕が背中にあるとまではいえん」

わたしは言葉を押し出した。「あるのよ、大きな引きつれが」

「本当かい」

クロード・ベルナール病院に立ちよるのは、入院中だったマルティニク出身の青年医を見舞ったとき以来になる。自宅から近くて便利な大病院なのに足を向ける気になれないのは、ここでママンが死んだからだ。受付でアデル医師を呼び出したが、勤務時間が終わるまでは話せないという。待合室で二時間ほど坐って待っていると、ようやくフランソワに紹介されたことのある女性が出てきた。もう帰宅するところのようで白衣でなく私服を着ている。

二人で病院に近い珈琲店に入ることにした。去年の秋、わたしがクレタに出かけた理由を女医は知っていた。病床のフランソワから話を聞いたのか、ミノタウロス島の惨劇に巻きこまれたことまで。マルティニク人の死はカリニ肺炎が直接の病因だったが、以前から進行していた免疫力の致命的な低下が真の原因だろうと女医は語った。わたしは知っている、それがオイディプス症候群の怖ろしいところなのだ。

フランソワの思い出からアデルの別れた恋人のほうに話題を移していく。自然な感じで探りを入れて、ドゥブレには右の肩甲骨の内側に酷い火傷の痕があることを訊き出した。大きな引きつれを気にして人前では服を脱がない子供だったらしい、泳げないのはそのためだという。

まだ納得できないような顔でジャン＝ポールが応じる。「背中の火傷痕の件はまあいいとしよう、必要なら服をひん剝いてみればわかることだ。で、ドゥブレの指紋が例の雑誌に付いているというのは」

「オーレからレンタカーでパリに戻ってきたアリザは、〈小鴉〉のところで出遇ったペイサックに妙なことを質問しているの」エドガール・キネのことを尋ねたのは、これから行こうとしているエドガール・キネ通りの名称の由来に興味を持ったからではないか。「エドガール・キネ通りには……」

巨漢がわたしの言葉を遮る。「そうか、クレールのアパルトマンがある」

「としても、アリザがクレールに会おうとしていたとは限らない」

「クレールの家には代理秘書のドゥブレもいるってわけだな」

「アリザはクロエの娘ドミニクだから、三歳の時に生き別れた双子の弟カミーユと再会する目的でパリに来たとしても不思議じゃない」

アリザは自己紹介のときペイサックに母親の名前を口にした。なんらかの事情でパリに来られないクロエに代わって、カミーユに会いにきたという思いからではないか。冗談半分に口にしたのだろうアリザの偽名が〈小鴉(コルネイユ)〉事件の捜査に大きな混乱をもたらした。

「双子の弟との感動の再会を求めて、アリザはパリに来たんだとしよう。それならクレールの家で盗まれた手紙とは関係なさそうだ。しかしシスモンディは手紙を餌に川船に誘い出されている、電話した女はアリザじゃないってことかね」

「まだわからない」ただし手紙が消えた現場にはドゥブレ本人が居合わせている。「マラベールから〈小鴉(コルネイユ)〉の滞在許可を得たとき、アリザはパリ行きの目的を話したかもしれない。これから川船の所有者に事情を訊いてみましょう」

マラベールに質問したいことは他にもある、たとえばアリザが運んできた黒いスーツケースについて。ドミニクはイスラエルに移住したことを知ったイリイチが、弟のカミーユはパリにいる、エドガール・キネ通りのクレールのアパルトマンに行けば会えるとアリザに囁いたのではないか。そして、どんな口実を用いたのか黒いスーツケースをパリまで運ぶよう仕向けた。

アリザ自身がパレスチナゲリラの活動家なのかもしれない。とはいえイリイチに騙されて運び屋として利用された可能性も否定はできない。無警戒な人たちを騙して利用し、破滅に追いやるのがイリイチのいつもの手口なのだ。

ルーヴル美術館の手前で河岸通りから川沿いの遊歩道に下りる。芸術橋(ポン・デ・ザール)の下を通りすぎると、弧を描いたカルーゼル橋の橋脚のあいだにロワイヤル橋が見えてきた。川面を見渡してみるが警察の水上艇が作業している様子はない。

ジャン＝ポールに訊いてみた。「被害者の首は見つけられたの」

「いいや、警視と相談して川底を浚うのは昨日で終わりにした。どうやらロワイヤル橋の付近には沈んでいないようだ。ペイサックは捕まえたが、カルーゼル橋下がねぐらの野宿者もカシという婆さんも見つからない。いったいどこに隠れているんだか」

「ゾエ・ガルニエの行方はどう」

「カケルさんが犯人だと目星をつけてる様子の、カシの正体かもしれんという女だね。戦前の音楽演劇学校(コンセルヴァトワール)に在籍していたことは確認できたが、その後どうしたのか、いまどこにいるのか皆目わからない。三十年も前に死んでるルイ・ジューヴェに、ゾエのことを訊くわけにもいかないし」映画俳優としても活躍したジューヴェ劇団の主宰者は第二次大戦後に世を去っている。

その発見が事件の解決に通じると示唆したカケルも、カシが犯人だと断定したわけではない。ジャン＝ポールの言葉は手軽な結論に飛びつきたい警官の思いこみだ。カシというのは、たまたま殺人現場付近に居合わせた野宿者にすぎないとわたしは考えている。

　いまのところ絶対確実といえる直接的な証拠は得られていないが、ドゥブレとカミーユは同一人物と考えてもかまわないと思う。背中の火傷痕を含めて傍証は複数あるのだし。ミノタウロス島で隠し撮りされた写真の指紋が評論誌から検出された指紋と一致すれば、それも証拠になる。

　問題の雑誌はアリザの首なし屍体が発見された現場に落ちていた。アリザは評論誌をドゥブレから手渡されたのか、あるいは〈小鴉（コルネイユ）〉の船室にあった雑誌をドゥブレが開いてみたのか。いずれにしても二つの指紋の一致は、アリザとドゥブレに接点があった事実を証明する。二人が生き別れた双子の姉弟であれば、パリを訪れたドミニクがカミーユに接触しても不思議ではない。ようするにドゥブレがカミーユであることの傍証になる。

　アリザはドミニクでドゥブレはカミーユ、しかも二人は〈小鴉（コルネイユ）〉を舞台として接触していた。ここからは想像外の結論が導かれそうだが、指紋の鑑定結果を確認してからでないと人前では話せない、たとえ気心の知れたジャン＝ポールであろうと。二人の接触が実証されなければわたしの推論も砂上の楼閣にすぎない。もしも実証されたなら、手紙の消失事件と〈小鴉（コルネイユ）〉の首なし屍体事件の真相を突きとめることもできそうだ。

　川沿いの遊歩道を歩いてロワイヤル橋の下まで来ると、アーチ状に積まれた石の橋脚の向こうに白い平底船（ペニッシュ）が見えはじめる。舷側の細い金属パイプ製の手摺には甲板に入るための切れ目が船首側にあるが、いまはロープが張られて立入禁止の表示が下げられている。

　事件の夜にカシが坐っていたベンチには、よれよれの麻ジャケットを着た中年男が所在なげに凭（もた）れこんでいた。足下には使い古した旅行鞄が置かれている。

　見張りの警官に軽く片腕を上げ、ジャン＝ポールはベンチの前で男を見下ろした。「ルイ・マラベールかね、〈小鴉（コルネイユ）〉の所有者の」

　頭頂が円く禿げている中年男が立ちあがる。「あなたが責任者ですか」

「そう、バルベス警部だ」

「わが家に戻ってくると警官が入口で頑張っていて通してくれない。事件が起きたから立入禁止だというんだが、どういうことなのか説明してもらえませんか」

バルベス警部が素っ気なく答える。「この船でアリザ・シャロンという女性が殺害されたんだ」

「アリザが殺された」マラベールは茫然としている。「まさか、そんなことが」

「屍体が発見されたのは一週間ほど前、六月二十二日の未明だが、そのころあんたはどこにいたんだね」

「……一週間前ならイスタンブールかな」

ルイ・マラベールは四月二十日にパリを出発し、エジプト、イスラエル、シリア、トルコと中近東諸国を歴訪して三時間ほど前にロワシー空港に辿り着いたようだ。

「この船にアリザ・シャロンは滞在していたが、あんたが貸したのかね」

途方に暮れた様子でベンチに坐りこんだ男が力なく頷く。

「エルサレムで会ったんだ、紹介してくれる人がいて」

マラベールがパレスチナ人の友人に勧められてインディ歌手のレコードを聴いたのは、二年前のイスラエル旅行の際だったという。アリザ・シャロンはユダヤ人のシンガーソングライターだが、イスラエルのアラブ系青少年にもファンがいるようだ。アラブ音楽シャアビーの影響がある独特の曲調とイスラエル社会の歪みを訴える歌詞のためだろう。事故のためか左手の小指と薬指が欠けているのだが、アラブの弦楽器カーヌーンの演奏にも人気があるという。

ジャン＝ポールに叱られそうだと思いながらも、我慢できないで横から口を出してしまう。「アリザ・シャロンのレコードジャケット、もしかして船室の天井に貼りつけていませんでしたか」

「貼っていたよ」質問の意図が理解できない様子ながらも男は応じた。

ジャケットはアリザ本人が貼ったのではない。被害者の写真がデザインされたジャケットを放置できない立場の犯人は、被害者の身許が判明するのを阻止しようと天井から剝がして持ち去ることにした。

こちらを軽く睨んでからバルベス警部は質問を続ける。

「アリザ・シャロンに引きあわせてくれた人物とは」

「ブラジル人のニコライ神父、ブラジル人といっても風貌はスラヴ系なんだが。父親がウクライナ出身だという神父とは、エルサレムのホテルで朝食の際にたまたま同席してね。親切だし話題が豊富で魅力的な人物だから、すぐ友達になりましたよ。たまたまアリザ・シャロンの話が出たとき、アリザとは友人だから紹介しよう、三人で昼食でもどうだろうと勧められて」

さほど著名といえないミュージシャンでも、こんな機会がなければ会って話すことはできない。アリザのファンだったマラベールは大喜びでニコライ神父の誘いに応じた。

ニコライ神父とはニコライ・イリイチその人ではないか。この二人は名前や出身国に加えてスラヴ系らしい風貌という点でも共通する。イリイチはヨルダンやレバノンのパレスチナ難民キャンプに出没していようだから、カトリックの神父に偽装してイスラエルに潜入していても不思議ではない。

昨秋にパストゥール研究所で放火事件が起きた。ぼや騒ぎですんだとしても、この事件にニコライ・イリイチという男が関係していた事実をジャン＝ポールが忘れたわけはない。担当した犯罪捜査にかかわることなら細かいことまで克明に記憶しているのだから。国際テロリストとして国土監視局(DST)に追及されている人物が昨年の秋にパリ、今年の春にはエルサレムに姿をあらわしたのではないかと、たったいまバルベス警部も疑っているに違いない。

ジャン＝ポールが質問を続ける。「どんな事情で、アリザ・シャロンに船を貸したんだね」

「一ヵ月ほどのパリ滞在を望んでいるアリザだが、病みあがりでホテル暮らしには自信がない、どうしたものか迷っていると。それなら〈小鴉(コルネイユ)〉に泊まればいい、六月末までなら空いているからと勧めることにした」

「病気というのは」

「喉頭癌で化学療法を受けていたらしい」外国旅行に出たところからして、寛解はしたのだろう。

「パリ旅行の目的は聞いていないか」

「小さいときに別れた弟と再会したい、母親の願いを叶えたいとも」

「母親の願いとは」巨漢が不審そうだ。

「個人的な事情には立ち入れないから詳しいことは聞いていませんよ、なにか昔の手紙と関係があるらしいが」

アリザと母親の関係はいささか複雑らしい。事業家だった夫シャロンの遺産でシャロン夫人は富裕だが、娘は母親と距離を置いている。旅費の節約のため川船に滞在することにしたのも実家を出て質素に暮らしているからだ。不仲というのではないが、どうしても理解しあえないところが二人にはあるという。娘が無名歌手としての人生を選んだことも母親には納得できないことのようだ。とはいえアリザが母を愛しているのも事実で、でなければその願いを叶えようとなどしないだろう。

「なにか不都合があったら連絡してくれと、六月初旬に宿泊する予定のダマスカスのホテルを教えておいたら、パリのアリザから国際電話があった。ニコライ神父に頼まれたスーツケースを運んでパリに着いた、〈小鴉（コルネイユ）〉の滞在は快適で感謝する、じきに弟とは会えそうだとか電話で口にしていたが」

巨漢の顔に緊張が走る、想像していたように黒いスーツケースはイリイチがアリザに運ばせたのだ。いつからイリイチはアリザに接近していたのだろう、二年前にオーレを訪れて以降のことには違いないが。イリイチを通してアリザもパレスチナ過激派の支援者、同調者になったのかもしれない、しかしスーツケースの運び屋として利用されたにすぎない気もする。

「船内に毒薬の小瓶を置いていたことは」

アリザの首なし屍体の右手に置かれていた青酸の小瓶が、バルベス警部は気になるようだ。犯人がアリザを毒殺しようとして青酸を持ちこんだなら、どうして計画を変更し重たい碇（いかり）で頭部を攻撃することにしたのか。もともと毒の小瓶が船内に置かれていたなら辻褄は合わないでもないが。

警官の質問に川船の居住者は不審そうな表情でかぶりを振った。

ジャン＝ポールが手帳を閉じた隙にマラベールに声をかけてみる。「ちょっと伺いたいんですが」

「なんでしょう」男がこちらを見る。

「白い船に鴉という船名ですけどヘンペルの鴉と関係があるんですか」

「その通り」男が嬉しそうに頷いた。「いまは休職中だけど去年までドイツの大学で論理学を教えていた。きみは論理学に興味があるの」

「現象学者の著作『論理学研究』は読みましたが論理学そのものには……」ヘンペルにもカルナップにもウィーン学団にも知識の薄いわたしは口を濁した。

現象学の出発点は『算術の哲学』で数理哲学と無関係ではない。しかしわたしの関心は、現象学が一九三〇年代の危機の哲学として、実存の思想と交差し散らした鮮烈な火花のほうにある。この発想が一面的だとしても、どのように生きたらいいのかという問いに結びつかない哲学的思索には興味が湧かない、それなら倫理学に関心があるかというとそうでもない。リヴィエール教授も困った学生だと思っているだろう。

現場保存のことでマラベールと話を続ける様子のジャン＝ポールをベンチに残し、遊歩道から石段を上った。禁足が解除されるまで〈小鴉（コルネイユ）〉の住人はホテル暮らしを強いられるのだろう。わたしなら首なし屍体が横たえられていたテーブルで食事する気にはなれないし、しばらくホテルに住んで外食していたほうがいいと思う。こんな場合、論理学者がどう判断するものかよくわからないが。

シスモンディとの約束は明日に迫っているが、カケルは消えた手紙を見つけられたのだろうか。二つの事件の真相と犯人はわたしの頭にも薄ぼんやりとながら浮かんできた。手紙を隠し持っているに違いない人物の名前さえ明らかにできれば、約束は果たしたことになる。それで充分だと青年は考えているのかもしれない。

大学に向かうためロワイヤル橋を渡った。夏季休暇前の講義は今日で最後だから、九月まで会えなくなる友人から食事にでも誘われるかもしれない。誘いは断って早めに帰宅し、明日に備えて複数の思いつきを厳密な推論として完成しなければ。首尾一貫した論理が構築できるまでベッドに入る気はない。

第十四章　手紙の発見

1

モンパルナス墓地にほど近い建築の玄関広間に入る。壁には部屋別に郵便箱とインタフォンのボタンが並んでいる。クレールの部屋のボタンを押して来訪を告げると、じきにブザー音とともに奥の硝子扉が開いた。

エレベータを下りて通路を進み、クレールのアパルトマンの呼び鈴を鳴らす。玄関ドアを開いた家政婦に居間まで案内された。今日は土曜で家政婦は休みのはずだが、来客の予定があるため臨時に頼んだのだろうか。居間に入ると左手奥の安楽椅子に老知識人が凭れていた。

二人掛けのソファにはシスモンディがいる。「ヤブキさんはまだですけど、あなたは時間通りね」

「例の手紙を捜しているので、カケルは少し遅れるかもしれません」

「なんでしょうね、もう約束の時刻だというのに」

シスモンディは不機嫌そうに顔を顰めたがクレールは上

機嫌だ。「ナディアだね、よく来てくれた。若い娘さんの訪問ならいつでも大歓迎さ、刺激になるからね」

満面に笑みを湛えた老人と握手していると家政婦が珈琲を運んでくる。老婦人の渋面を見なくてもすむように、椅子に浅く腰かけて珈琲を口に運んだ。カケルの遅刻のために、どうしてわたしが冷たい目で見られなければならないのか。理不尽に思いながら茶碗を受け皿に戻すと、動作が強めだったのか陶器と陶器の触れる澄んだ音がする。

「盗まれた手紙がどこにあるのか、ヤブキさんは見当がついたんでしょうね」

「詳しいことはわかりませんが、手紙を盗んだ人物は突きとめたとか」

「手紙が消えた謎も解明できたのかな」

わたしはクレールの質問に頷いた。「ええ、たぶん」

「何者なの、あれを盗んだのは」

シスモンディに問いつめられ「マルク・ドゥブレだ」と思わず口にしたくなったが、唇を引き締めて我慢する。手紙捜しを頼まれたのはカケルだし、わたしの口から真相を語るのは僭越だろう。

「まあ少し待とうじゃないか」切り口上の老婦人とは違ってクレールは鷹揚だ。

昨夕は大学から帰宅する途中、カケルの星なしホテルに立ちよるためレ・アールで地下鉄を下りた。長い階段を屋根裏まで上ってみたが青年は外出中だった。ホテルを管理している老婆に訊いてみると、朝からスコップを持って出かけたらしい。あの小部屋でスコップを見たことなど一度もない。ここ数日のうちに入手したのだろうが、いったいどこを掘り返しているのか。

いや、スコップには別の使い道もある。レマルクの『西部戦線異状なし』には、スコップを武器として愛用する兵士が登場する。塹壕の白兵戦では銃剣で敵兵を刺すよりもスコップを振り廻すほうが効果的らしい。イリイチの居所を突きとめたカケルがスコップで襲撃するつもりではないか、一瞬そんな非現実的な発想が脳裏を過ぎって苦笑した。

翌日の午後には、消えた手紙の件でクレール宅を訪問しなければならない。手紙は取り戻せたのかどうか知りたいし、待ちあわせの時間と場所を決める必要もある。近くの喫茶店で待ってもいいけれど、何時まで待てばいいのか判断がつかない。かならず電話すること、そう記した紙片をドアの隙間に差しこんで安ホテルをあとにした。

夜遅くになって帰宅したパパに訊いてみると、二つの指紋は一致したという。ドゥブレには正式の指紋提供を求め、警視庁で事情を聴くことになるだろう。わたしは自室でノートを広げて、ドゥブレ＝カミーユという確認された新情報を前提に、手紙の消失と川船の殺人という二つの事件について最初から詳細に検討してみた。

これまでにも疑惑の焦点的な人物は存在したけれど、犯人として名指すことはできなかった。複数の謎で身を守っている犯人を告発するには、当て推量ではない明確な論理が求められていたから。しかし新たに得た証拠や証言を論理的に総合していくことで、不可解な謎もたちまち氷解していく。事件の全体像が明確になってきて、手紙を盗んだ犯人が川船の滞在者を殺害した理由も、そのための方法も見抜くことができた。これで、たぶん間違いないだろう……。

決定的な証拠になるドゥブレの指紋を手に入れたのはカケルでも、そこから結論を引き出したのはわたしのほうが先だ。あの日本人も同じように推論し同じ結論に達するにしても、今回はわたしのほうが何時間か早かった。ノートを閉じ、満足してベッドに潜りこんだとき空はもう白んでいた。

目が覚めて朝食を口に押しこんでいると、ようやく電話のベルが鳴りはじめた。わたしから指紋の照合結果やルイ・マラベールの証言を聞き出したあと、カケルは「午後二時の約束に少し遅れる可能性がある」と予想外のことを口にする。時間には正確すぎるほど正確な青年なのに珍しいことだ。

どうして遅刻しそうなのか尋ねても答えようとしない。そればかりか「もしもシスモンディが待ちきれないようなら、きみが事件について考えていること、あるいはクロエや双子のことを話して間をもたせてもらいたい」と面倒なことまで頼んでくる。

ここ数日のうちに洗い出したクロエたちのあれこれはともかく、わたしの口からシスモンディやクレールに事件の真相を語ることはできれば避けたい。二人の〈家族〉(ファミーユ)に走った修復不能に違いない、深刻すぎる亀裂を露骨に指摘しなければならないから。

わたしが「指紋は一致したから謎は大筋で解けた」というと、手紙の消失事件や〈小鴉〉(コルネイユ)の殺人事件の真相は最初からわかっていたとカケルは思わせぶりに応じる。「それなら、どうしてシスモンディへの報告を引き延ばしたのか」と問い質したら「手紙を取り戻すのに必要な情報が欠けていた」とも。あるいは手紙を手に入れるため約束の時刻に遅れるということだろうか。

　日本人の到着を待つあいだ老婦人は雑誌を開いて、禅寺訪問をめぐるミシェル・ダジールのエッセイをクレールに読み聞かせていた。ダジールの健康は日本旅行ができるほど回復したようで喜ばしい。朗読を終えて雑誌を閉じたシスモンディがこちらを向いたが、とても機嫌のよい顔には見えない。

「遅すぎるわね、一時間も待たせるなんて」

「時間には正確な人なんですけど」わたしは説得力に乏しい弁解しかできない。

「いつまで待たなければならないの」

「もう少しだと思いますが」

「大口を叩いたけれど手紙は見つからない、犯人もわからない。わたしたちに合わせる顔がなくて、ヤブキさんは来られないんじゃないかしら」

　あの青年は守れない約束など絶対にしない。はじめから事件の謎は解けているという言葉が嘘でも虚勢でもないことは明白なのだが、カケルのことを知らない人にそれを説明するのは難しい。

　責められているわたしを見かねたのか老知識人が口を挟む。「消えた手紙や川船の殺人事件について、ナディアにも思うところはあるのじゃないかね」

「まあ、まったくないとは……」わたしは口を濁した。

「ヤブキが来るまで、きみの推理を聞こうじゃないか」

　老婦人が疑わしそうに眉を顰める。「問題は手紙を見つけること、どこにあるかナディアにはわかるの」

「推測はできます」癪にさわる質問の主をまっすぐに見て応じる。

「ヤブキは遅れているし、先にナディアの意見を聞かせてもらおう」

　シスモンディが渋々ながら頷く。「そうね、退屈しのぎにはなるし」

　もともとカケルの遅刻から生じた問題ではあるけれど、シスモンディの小馬鹿にしたような物言いには納得できない。そうまでいわれながら尻尾を巻いて逃げるのは信条に反する、だったら鼻先に真相を突きつけてやろうではないか。

「わかりました、主役のカケルが来るまでわたしの考えを話すことにしましょう。事件の謎をめぐる脇役の素人考えにすぎませんが、待たされているシスモンディさんの退屈しのぎにはなるかもしれません」

　わたしの皮肉に老婦人は唇を曲げる。「いいわ、あなたの推理を聞かせてもらいます」

話の内容や順番を頭のなかで整理するため、少し間を置いてから口を開いた。「六月四日の手紙をめぐる事件、六月二十二日にセーヌの川船〈小鴉(コルネイユ)〉の船室で発見された首なし屍体の事件。二つの事件の双方に関係しているのはあなた、シスモンディさんですね。あなた自身を蝶番(ちょうつがい)にして二つの事件は繋がっている。不可解な状況で消えた手紙を返却するとの口実で、シスモンディさんはロワイヤル橋下に係留された平底船(ペニッシュ)に呼び出されました」

しかも船には五月二十八日からクロエ・ブロックと称する女性が滞在していた。年齢の点から本人とは思えないが、クロエ・ブロックはかつてシスモンディの生徒だった少女の名前だった。

「あなたを〈小鴉(コルネイユ)〉に誘い出した深夜の電話の主は、クロエと自称した女性かもしれません」

「川船の滞在者はイスラエル人の旅行者だったと判明したんじゃないのかね」

その事実は警察がすでに公表している。「アリザ・シャロンですね。アリザは三本指のインディ歌手で、それほど有名ではないけれど少数の熱意あるファンに支えられて、これまで音楽活動を続けてきたとか。首なし屍体もアリザと同様に左手の小指と薬指を欠いています。二、三日うちには顔写真などと一緒に、公式に登録されているアリザ・シャロンの指紋もイスラエル当局から送られてくるでしょう。それを首なし屍体の指紋と照合すれば、〈小鴉(コルネイユ)〉の滞在者はアリザだったことが最終的に確認されます」

「イスラエルのミュージシャンが、どうしてクロエの名前を騙ったんだろう」老人は当惑した様子だ。

「〈小鴉(コルネイユ)〉事件の謎が解ければ、その理由も明らかになると思います」

「あなた、あの首のない屍体の謎を解いたというの」殺人現場の記憶が甦ったのか、シスモンディの表情に怯えのようなものが走る。

「消えた手紙と首なし屍体をめぐる二つの謎は、複雑に絡みあって切り離せません。手紙の謎が解けたのは〈小鴉(コルネイユ)〉事件の謎が解明できた結果ですから、わたしが考えた順番に話を進めたいと思いますが」

「もちろんかまわんよ、あの事件をめぐるナディアの推理を聞いてみたいものだ。手紙の件は〈小鴉(コルネイユ)〉事件の話のあとで結構。若いころはエルミーヌも私も探偵小説(ロマン・ポリシエ)をよく読んだものさ。贔屓は文学趣味のセイヤーズより、パズルに徹したクリスティだったが」

シスモンディの証言、〈小鴉(コルネイユ)〉横のベンチやロワイヤル橋の下で寝起きしているマルセル・ペイサックの証言、わたし自身の体験など当夜の出来事を整理してみる。〈小鴉〉は国土監視局の捜査官二人が見張っていたこと、スカーフの女が二人いたことなどクレールたちには明らかにできない事実もある。そうした点を除外して、わたしは当夜の出来事を時間順に語りはじめた。

「シスモンディさんの家に不審な電話があったのは、六月二十二日の深夜〇時五十分のことでした。手紙を取り戻したければ〈小鴉〉まで来いと正体不明の女にいわれたんですね」わたしは老婦人の顔を見る。

「あのとき、ロワイヤル橋のたもとで説明した通りよ。わたしに電話してきたのはアリザ・シャロンでしょう。あなたはアリザが手紙を盗んだというわけね、でもどうやって。そんな女性は、このアパルトマンに足を踏み入れたことさえないんだし」

手紙の事件に話を引き戻しそうなシスモンディの発言は無視する。「川船に呼び出されたあなたは、ヤブキさんに至急連絡したいとわたしに電話してきました」

安ホテルの部屋にカケルは不在だった。やむなくロワイヤル橋まで一人で急行し、シスモンディと〈小鴉〉が係留された河岸に向かった。

「その日の午後九時三十分のことですが、黒いスーツケースを持ったアリザが〈小鴉〉から外出するところを野宿者のペイサックに目撃されています。しかもアリザはいつもの女ヒッピーめいた恰好ではなく白のマキシドレスを着て、青いスカーフで髪と顔の下半分を覆ったムスリマふうの外見だったとか」

「スカーフで顔を隠していたのに、アリザ本人だとわかった理由は」

クレールの疑問に答える。「顔なじみの野宿者が声をかけると、三本指の左手でスカーフを捲るようにしながら答えたとか。顔も声もペイサックが確認しているので、九時三十分の女がアリザ・シャロンだったことは疑いありません」

スカーフの女が船に戻ってきたのは午後十一時三十三分。ただし、このとき女の顔や声、特徴的な髪型や左手の身体的特徴を目撃者は確認していない。ムスリマらしい服装と黒いスーツケースからアリザだったろうと推定されるにすぎない。

女が船に入るところを目撃したのはペイサックではなく国土監視局の捜査官二人だが、それには触れないで話を続ける。「このときから〈小鴉〉を見ていた人がいて、黒いスーツケースを持ったムスリマふうの女が船を離れるまで人の出入りはなかったと証言しています」

「その時刻は」

「日が変わって六月二十二日、夏至の日の午前〇時三十分でした」

「その女はアリザ本人に間違いないんだね」クレールが確認する。

「それが少し微妙なんです」

「微妙とは」

「ペイサックはアリザ本人だと。しかしドレッドロックスの髪と三本指の左手は目にしていても、顔は見ていないし声も聴いていないんですね。あと、スカーフの下の鼻梁（びりょう）の輪郭もアリザのような印象だったとか」

しかも女はペイサックのいるベンチの前を通りすぎたあと、左手でスカーフを外し挨拶でもするようにひらひらさせたという。そのとき見えた左掌は小指と薬指が欠けていた、また髪も特徴的なドレッドだったという。

「たしかに妙だな、顔と声は隠しながらドレッドと三本指の左手だけは意図して目撃者に見せたようでもある。それでも〇時半に目撃された女が別人とまではいえんだろう。背丈や体型が一致して、特徴的な髪型と三本指の特徴まで共有する別人がいたという想定には無理がある」たしかにクレールのいう通りだ。

「〇時三十分に船を出た女は、ロワイヤル橋から隣のカルーゼル橋まで河岸の遊歩道を歩いて移動します。カルーゼル橋の下をねぐらにしている別の野宿者にスーツケースを預け、古外套を借りてからタクシーで姿を消したようです。その野宿者がカルーゼル橋に戻っていないため詳しい事情はわからないんですが、二時間ほどして女はスーツケースを受けとりにきたとか」

「その女がアリザで、わたしに電話してきたわけね」

アリザ本人だったと断定はできないが、とりあえず頷いて続ける。「〈小鴉（コルネイユ）〉に電話は引かれていません。もしも電話の主が問題の女だったとすれば、船を離れた二十分後にシスモンディさんに電話したことになります」

「それで計算は合うわね。〈小鴉（コルネイユ）〉から地下鉄（メトロ）のパレ・ロワイヤル駅まで歩いても五分ほど。駅には公衆電話があるし、それが壊れていても付近の深夜営業店の電話が使える」

「ええ、二十分あればパレ・ロワイヤル駅よりも遠い公衆電話までも行けるし」

カシに酒の入手を頼まれたペイサックは、午前一時五十二分に遊歩道のベンチを離れるが、それまで船に立ち入った者は一人もいないと証言している。一時二十七分にあらわれてペイサックと世間話をしていた女野宿者カシは、一人になってからも同じ場所に坐っていた。カシの証言はわたし自身が聴いている、ペイサックが姿を消してから船に出入りした者は一人もいなかったようだ。

午前二時少し前にシスモンディとわたしは、〈小鴉(コルネイユ)〉が係留されている河岸に着いた。電話で指定された時刻の午前二時ちょうどに船内に入った老婦人は、テーブルに横たえられた首のない屍体を発見し動転して船から遊歩道に飛び出してくる。その話を確認しようと船室に入ったわたしが、首なし屍体を確認したのは午前二時五分のことだった。

「ほう」クレールが嬉しそうに揉み手した。「屍体の発見者を疑えというが、なんともはや犯人はエルミーヌ、きみだったのかね」

「趣味の悪い冗談はやめてちょうだい」老婦人が顔を顰める。「船内にいたのは一分か二分のことで、この事実はナディアが証人。そんな短時間のうちに被害者を殺して首を切ったりできるかしら。不可能ですよ、絶対に」

わたしは応じる。「おっしゃる通りです。シスモンディさんが屍体や殺人現場の状態に興味をもって、あるいは手紙を捜すために比較的長い時間、もしも船内に留まっていたのなら疑惑の余地もあるでしょうが」

「一人で殺人現場や屍体を調べるなんてとんでもないこと、思わず逃げ出した自分に感謝しなければね」

驚愕と恐怖に竦んだ老婦人とは違って、わたしは短時間ながら船室を調べている。「手紙の事件と〈小鴉(コルネイユ)〉の事件を結びつけているのはシスモンディさんの存在で、そうなるように仕向けたのは午前〇時五十分の電話の主です。この電話をシスモンディさんが無視していれば二つの事件が繫がることはなく、両者は無関係と見なされたでしょう。〇時三十分に船から出てきた人物と思われる電話の主は、どうしてシスモンディさんをセーヌの川船なんかに誘い出したのか」

「エルミーヌを犯人に仕立てる計画だったのでは」老人は面白がっている。

「そうですね。午前二時に船に入ったシスモンディさんには、アリザ殺害のための時間がない、しかし〈小鴉(コルネイユ)〉が無監視状態だった時間帯であれば」

「無監視状態というのは」

「ペイサックは午後十時四十五分にベンチを離れ、戻ってきたのは午前〇時三分でした。ただしアリザらしい女が帰船したころから、先ほども触れましたが〈小鴉（コルネイユ）〉を見ていた人がいるんです。つまり十時四十五分から十一時三十三分までの四十八分間なら、犯人は誰にも見られることなく堂々と船に入ることができました」

「なるほど、夏至の前夜にエルミーヌは二度も〈小鴉（コルネイユ）〉に行ったわけだ。ナディアと二人で船に入ったのは二回目のことで、最初は無監視状態の時間帯だったことになる。十時四十五分以降ならエルミーヌは一人で家にいるころだから、ロワイヤル橋なんかに出かけていないと証明するのは難しそうだな」

「自宅にいましたよ、アリザらしい女から電話があるまではね」老婦人はうんざりした口調だ。

　わたしはシスモンディの顔を見る。「犯人はあなたに罪を着せようと真夜中の電話で殺人現場に呼び出した、そう仮定して犯人の思惑を検討してみましょう。〈小鴉（コルネイユ）〉が無監視状態だった時間帯にシスモンディさんが船に着いたと、なぜ犯人は警察に思わせようとしたのか」

「どうして十時四十五分からの四十八分間に、わたしは〈小鴉（コルネイユ）〉に行ったのか」老婦人が自問する。

「〈小鴉（コルネイユ）〉に滞在していた人物アリザ・シャロンに呼び出されたからだ、ふつうはそう考えるでしょう」

「犯人はそう思いこませようとした」

「正確にいえばアリザがシスモンディさんを船に呼び出したとの想定に、わたしたちを誘導するのが謎の人物の狙いだった」これは第一の仮説にすぎないのだが。

「アリザがエルミーヌを船まで誘い出したとして、その目的は」

「動機はともかく、結論としてはシスモンディさんの殺害でしょうね」

　老婦人が顔を顰める。「そのように思わせようとした犯人の作為にすぎないとしても、殺されるのは嬉しくないわね」

　クレールが口を挟んだ。「アリザは午後九時半に船を出て、戻ってきたのは十一時三十三分なんだね。十時四十五分から十一時三十三分までに船に到着したシスモンディを殺す計画だったら、アリザも同じ時間帯に船に戻っていなければならん。その四十八分間に船内でエルミーヌを殺そうとしていたわけだ。しかし真夜中の二時ごろに発見された屍体は犯行を計画していたアリザで、しかも発見者は殺されるはずのエルミーヌだった。奇妙じゃないか」

　クレールに頷きかける。「アリザの殺人計画は途中でねじ曲げられてしまったんですね」

「そうか、わかるぞ」老人が大きく頷いた。「監視されていない時間帯にエルミーヌは船に入った。その前かあとにか誰にも目撃されることなく船に戻ってきたアリザはエルミーヌを襲う、しかし予想外の反撃を喰って自分のほうが殺されてしまった」

「その通りです、犯人と被害者の入れ替わりが行われたと、謎の人物はわたしたちに思わせようとした」

「そこまではいいとしてだ、正当防衛でアリザの息の根を止めたエルミーヌはそれからどうしたんだろう。十一時三十三分以前に無監視状態の現場を脱出したことになるのか。そのあと〈小鴉（コルネイユ）〉に出入りした者は一人しかいないんだね」

「ええ、午前〇時三十分に外出したアリザ、あるいは目撃者のペイサックにはアリザ本人に見えた女一人きりです」

老人が滑稽な顰め面をする。「しかし、すでにアリザは屍体に変わっている、屍体が起き上がって船を出ていったとでも」

「十一時三十三分にムスリマの扮装で、黒いスーツケースを手にして船に入った女がいました。この女が〇時三十分に船から外出した、そう考えれば辻褄は合いますね」

「その女はアリザと同じ外見でも別人だったとしよう。しかし船室でアリザの屍体を発見した正体不明の女は、一時間近くも〈小鴉（コルネイユ）〉で時間を潰してから、なに喰わぬ顔でまた船を出たことになる。しかも〇時半の女は衣類やスーツケースだけでなく、船室で死んでいるアリザと髪型や三本指など身体的特徴が同じだった。……話が混乱しすぎていないか」

「そうですね。この仮説、シスモンディさんがアリザに呼ばれて〈小鴉（コルネイユ）〉を訪れ、身を守るためにアリザを殺したという仮説には無理が多すぎる。そこで生じるのが第二の仮説です」

「第二の仮説とは」クレールが問い質してくる。

「無監視状態の時間帯にシスモンディさんが船に着いた点は、第二の仮説も第一と同じ。違うのは十一時三十三分に船に着いた女がアリザ本人だったことです。第二の仮説では惨劇は十一時三十三分以前でなく以降に起きたことになる、時間が後ろにずれるんですね」

船室にはアリザの屍体がある、船内にはアリザを殺してしまったシスモンディがいる。しかも午前二時にシスモンディは、外から船に入って屍体を発見しなければならない。いったん船から脱出し、わたしに電話してからロワイヤル橋に戻ってこなければならないのだが、十一時三十三分以降の〈小鴉（コルネイユ）〉は複数の目で厳重に監視されていた。

「第二の仮説にも無理があるぞ。どうやってエルミーヌは、出入りを監視されていた殺人現場から出ることができたんだ。いったん船から出なければ、午前二時に戻ってきて屍体を発見することはできない」

「そうですね、シスモンディさんは河岸からではなくセーヌ川から船を脱出できたかもしれません」

「なんと、泳いでかね」

「〈小鴉（コルネイユ）〉の船尾には金属製の梯子が取りつけられていて、これを使えば甲板から川に入るのも容易です」

　DST捜査官の監視があるから、アリザであろうと他の誰かであろうと泳いで船を出入りできた可能性は存在しえない。しかし、わたしたちを誤導しようとした犯人にとって、ロワイヤル橋の上と川船〈どんぐり（グラン）〉の窓に監視者が配置されることは想定外だった。

　横からシスモンディが納得できない口調でいう。「第二の仮説にも重大な難点があるわね。セーヌを泳いで〈小鴉（コルネイユ）〉から脱出できたわたしが、どうして屍体のある船内にまた戻ろうとするの、ナディアに電話までして。そのまま家に帰りますよ、ふつうなら」屍体のある場所から遠く離れたいというのが、たしかに殺人者の心理だろう。

「アリザを殺害して船を脱出した直後、シスモンディさんは重大な過失に気づくんですね」

「なんだね、過失とは」クレールに問い質される。

「放置すれば身が危うくなりかねない品を、船内に置き忘れてきたとか」

「なるほど。岸に上がったエルミーヌが、船に忘れ物をしたと気づくとしよう。それならナディアに電話などしないで、また川を泳いで忘れ物を取りに戻ればすむ話じゃないか」

「泳いで引き返す気力や体力が尽きていたから、遊歩道から船に入るしかなかった……」

「それでもエルミーヌがいうように、きみに電話してヤブキを呼び出そうとしたのは不自然だな」

「いつもベンチにいる野宿者がどこかに出かけてしまっていたら。そんな場合に備えて、自分一人が河岸から船に入って、数分で出てきたと証言してくれる第三者が必要だったんです」ようするに目撃証言を事前に用意する必要があった。

「第二の仮説はわたしの体力を過大評価していますが、それでもいいとしましょう」シスモンディが苦笑して続ける。

「とはいえこの仮説も成立しませんね。死亡したアリザを残してわたしが泳いで現場を脱出したとします、それなら○時半に船から出てくるところをペイサックに目撃された女は何者かしら。すでに死んでいるアリザが、息を吹き返して外出したとしか考えられない。

　川から逃げたとするより、アリザに変装したわたしが野宿者の前を通って船を出たと仮定するほうがまだ現実的だけど、その場合は○時半の女がドレッドヘアや三本指だった事実が説明できなくなる。あなたも、まさかわたしがアリザに変装したとはいわないでしょう」

　それは不可能だろう、体型が違うからアリザの服は着られそうにない。若いころはほっそりしていたシスモンディだが、いまでは年相応の贅肉がある。身長も、アリザより五センチ以上は高そうだ。

　わたしは話を再開する。「シスモンディさんの指摘通り、第二の仮説も難破してしまいました。しかし犯人が誤導しようとしている筋立てには、まだ先があるんですね」

「第三の仮説があると……」老婦人が呟いた。

「○時三十分の女はアリザ本人だった、これが第三の仮説の前提です」

　午後九時半にムスリマふうの外見でスーツケースを持って〈小鴉（コルネイユ）〉を出発したアリザは、十一時三十三分に戻ってきた。そして午前○時三十分に同じ恰好で外出する。この三人が同一人物だったなら不自然なところはどこにもない。

　クレールが顔を顰める。「しかしムスリマらしい外見の女は○時半に船を出たきり、われらが自由人（ヴァガボン）の語るところでは屍体が発見される夜中の二時まで戻っていない。船にいなかった女を殺すわけにはいかないな、エルミーヌであろうと他の誰であろうと。アリザ・シャロンが○時半に外出したあと〈小鴉（コルネイユ）〉に戻っていないとすれば、船内で殺されたのは別人ということになるが」

「船室の首なし屍体は〈小鴉（コルネイユ）〉の滞在者に間違いありません、船内に多数残されていた指紋と屍体の指紋が一致していますから。とすると船から出たはずの女性はどうして船室で死んでいたのか」

「やはり泳いで戻ってきたのかしら」シスモンディが呟いた。

「わたしたちがそう信じるように犯人は演出したんですね。だからシスモンディさんを川船に呼び出して事件と関連づけようとした。無監視状態の時間帯に船に着いたシスモンディさんは、○時三十分に船を出たあと泳いで戻ってきたアリザを殺してしまう。その後アリザとは反対に泳いで船から脱出した」

警察の手には渡せない忘れ物に気づいて川船に戻ったシスモンディは、証拠品を回収した直後に船室から飛び出して屍体を発見したと叫ぶ。アリザの死亡推定時刻の下限は午前一時二十分だから、事件の解釈として第三の仮説にも現実性は担保されている。

しかし、第二の仮説と同じことで第三の仮説も成立しがたい。午後十一時三十三分以降、船は二人のＤＳＴ捜査官によって監視されていたからだ。シスモンディもアリザも泳いで船に出入りしたりしていない。謎の人物は監視が存在することを知らないまま、シスモンディ犯人説の筋書きを構想したことになる。

わたしは捜査情報を一部だけ二人に伝えることにした。

「これまで検討してきた仮説は、第一はもちろん第二も第三も実行不可能なんです」

「どういうことなの」シスモンディに問いつめられてしまう。

「午後十一時半ごろから〈小鴉（コルネイユ）〉が見張られていたことはいいましたよね。その人がいたのは〈小鴉（コルネイユ）〉の船尾も見える位置でした。証言によれば十一時半以降に、泳いで〈小鴉（コルネイユ）〉を出入りした者は一人も存在しないんです。いずれにしてもシスモンディさんを犯人に仕立てあげる計画は、それほど以前から構想されていたとは思えません。ある事情から事件の夜、急に思いついたのではないかと思います」

「なんだね、その事情とは」

「犯人は事前に逃走路を確認する余裕もなく、無我夢中で殺人行為に及んだのではないでしょうか」

犯行を終えた犯人が左舷の丸窓に目をやると、船に到着したときには無人だったベンチに野宿者らしい男が腰を据えている。これでは目撃者の目を逃れて逃走するのは不可能だ。ペイサックの姿を目にした犯人は茫然としたことだろう。

「もしも犯行前に窓から遊歩道を見ていれば、殺人を計画通り実行するのは躊躇したでしょう。しかし逃走路である遊歩道の状態を確認したのは、犯人が碇の上に突き倒してアリザを殺したあとのことだったんですね。犯行は計画的ではなく偶発的だったようです」

これではベンチの野宿者に目撃されることなく、殺人現場の川船から逃走することはできそうにない。とっさに浮かんだのは被害者に見せかけて船を出ることだった。アリザの服を着て黒いスーツケースを携えていれば野宿者の目を誤魔化せるのではないか。警察にシスモンディを疑わせる計画が閃いたのもこのときのことだろう。

アリザはシスモンディ殺害の計画を練っていた。そのため船まで呼んで襲ったが逆に殺されてしまう。犯人が想定した事件発生の時刻は〇時三十分以降だ。シスモンディは野宿者の目を避けて川から船を脱出したのち、なんらかの理由で午前二時に現場に戻ってきた。あとはシスモンディが犯人であることを示唆するダイイング・メッセージを偽造し、自宅に電話して船まで来させるだけだ。

クレールが当然の疑問を口にする。「身長や体型の似た女が被害者の服を着込んでヴェールで顔を隠していれば、アリザ本人に見せかけることはできたかもしれん。しかし三本指の左手と特徴的な髪型はどうしたんだ」

メドゥーサの頭には髪の代わりに何十匹もの蛇が蠢いていたという。それにも似てアリザ・シャロンの髪は何十本も房状に絡んで垂れていた。街頭の薄明かりでもドレッドロックスの髪を見違えることはない。ドレッドでなければ野宿者にアリザ・シャロンではない別人と見抜かれてしまう。船内に適当な帽子でもあれば、それを被ることにしたかもしれない、しかし帽子の類を見つけることはできなかった。

クレールの質問に答えようとしたときのことだ、インタフォンのブザーが響いたのは。しばらくして家政婦が居間まで日本人を案内してくる。土でも掘り返してきたのかカケルは髪も服も少し埃っぽい。

「遅れて申し訳ありません」感情の籠もらない声で青年は呟いた。

「二時間もですよ」

老人がシスモンディを制して青年にいう。「ナディアが〈小鴉(コルネイユ)〉事件の謎解きをしているところなんだ。興味深い推論だから、一緒にマドモワゼルの話を聴こうじゃないか」

カケルがソファの隣に腰を下ろした。「ええ、喜んで。ナディアの推理には僕も興味がありますから」

わたしは隣の青年の顔を見る。まだ未整理なところのある推理を語らざるをえない立場に追いこんだというのに、少しも反省している様子がない。いつものことで怒る気にもならないけれど。

それより事件の真相をわたしが語ることに異論がないという、カケルの言葉のほうが気になる。青年の示唆がなければ真相に達することは不可能だった。ドゥブレがカミーユで、パリ滞在中のドミニクと接触していた証拠を手に入れたのはカケルだし、わたしの推論はそれを前提としたものにすぎない。自分で喋るのは面倒なので、シスモンディへの説明は任せるということなのか。

代理で話すのはかまわないが躊躇するところもある。事件の支点的現象と本質をめぐるカケルの指摘から、わたしの推論は大きく逸脱しているからだ。しかしかまわないだろう、構築した論理は異なっても結論が同じであれば。

「さて、話の先を聞こうじゃないか」クレールに催促される。

わたしは冷めた珈琲で唇を湿した。「わかりました、続けます。犯人が船から脱出した方法を明らかにするためにも、そろそろ事件の最大の謎、アリザの屍体をめぐる謎の検討をしなければ」

「クロエたちの小劇団が招待状に刷っていた図像、無頭女(メドゥーサ)に似せて妙な模様を躰に描かれた首のない屍体のことね」

昔のことを思い出したのかシスモンディは眉を顰めている。

「ルノワールの雑誌〈無頭人(アセファル)〉で使われていた挿絵の女性版らしいという図像だね」第二次大戦中はルノワールと親しかったというクレールだから、当然のことながら〈無頭人(アセファル)〉誌を手にしたことがある。

カケルによれば〈小鴉(コルネイユ)〉の事件で注目すべきは「三本指の血染めの手形」で、その核心としての〈指の消失〉が支点的現象らしい。本質は指という対象に転移した自己消失の可能性だ。

その方向で考えようと努力してみたけれど、事件の謎は少しも明らかにならない。そもそもカケル自身が、支点的現象とその本質を知っても〈小鴉(コルネイユ)〉事件の解明には役立たないと、自信のなさそうなことを口にしていた。だったら今回の事件もラルース家事件と同じで支点的現象は〈首のない屍体〉、その現象学的な本質は殺人という事実の隠匿あるいは隠滅としてみよう。青年の言葉に惑わされることなく、この方向でわたしは事件の謎を検討してみることにした。

「どうして犯人は屍体の首を切断したのか、それには二つの対極的な解釈が可能です。被害者の屍体を無頭女(メドゥーサ)に似せて装飾することは創造的な表現行為だったのか、あるいは姑息な隠蔽工作だったのか。

三十九年前にシスモンディさんが森の廃墟で目撃したのは、事実として供犠だったとしましょう。その場合には犠牲の首を切ることは積極的な表現行為ですね。黒衣の女たちが信仰する蒼古の女神の降臨のため、犠牲の女を無頭女(メドゥーサ)に変身させるために首は切られるのですから」

「あのときたしかに、宗教儀式とも前衛演劇ともつかない異様な光景を目にしました。でもまさか、あれが三十九年後に本当に繰り返されたなんて」老婦人は困惑している。

「でなければなにかを表現するためにでなく、なにかを隠蔽する目的で首は切断されたことになります。身分証の顔写真が示すように、顔は個人を特定するための最も一般的な情報源ですね。とはいえ、被害者の身許を隠蔽する目的で首が切られたと速断はできません。顔を中心として人間の頭部に含まれる情報は無限に多様ですから。現象学的には事物の内部地平は無限だともいえます」

　たしかにラルース家事件の犯人は、被害者の身許を隠そうとして首を切ったわけではない。首を切ることで隠蔽しようとした情報、それが知られたら事件の真相も犯人の正体も暴露されてしまうだろう核心的な情報は、被害者の身許とは違うところにあった。

　わたしは続ける。「〈小鴉〉事件の犯人が被害者の身許を隠すため、あるいは被害者を別人だと思わせるために首を切ったとは考えられません。川船の屍体には顔に劣らない、個人特定のための身体的特徴がありましたから」

「三本指の左手だね」

　クレールの言葉に応じる。「その通りです。もしも被害者の身許を秘匿したいなら、首だけでなく左手首も切断したことでしょう。したがって首を切った目的は身許の隠蔽ではありません。にもかかわらず犯人は被害者の首を現場に残すことも、船から川に投げこむこともしませんでした」

　切断された首の捜索範囲はロワイヤル橋付近から上流はカルーゼル橋、下流はソルフェリーノ橋まで拡大されたにもかかわらず成果のないまま中断された。被害者の頭部は発見されないまま、この事件の捜査は終わるのではないか。

「復讐心など激しい感情に突き動かされて屍体を毀損することも、積極的な表現行為の一種ですね。その場合も問題は首を切り落とすこと自体であって、わざわざ発見されないようにする必要はありません。断頭台で切り落とした首を処刑人が高々と掲げるように、むしろ公然と展示するほうが表現行為としての首切りにはふさわしい」

　しかし切断した被害者の頭部を、犯人は警察の捜索が及ばないところまで運んで、容易には発見されないように作為している。焼いたり叩き潰したりして存在そのものを消してしまった可能性さえある。そこまでして、犯人はいったいなにを隠そうとしたのか。被害者の頭部に刻まれた、どのような意味を隠蔽しなければならなかったのか。

「この疑問は残したまま、少し観点を変えて考えてみたいと思います。午前〇時三十分の女は何者だったのか。初対面のときクロエ・ブロックと自己紹介したアリザ・シャロンのようにペイサックには見えたとしても、前後の事情からアリザ本人だったとは考えられません。〈小鴉（コルネイユ）〉を出てきたのはアリザに変装した犯人だったのではないか。

発見された被害者の屍体は全裸でしたが、白のマキシドレスや青いスカーフ、脱いだ下着類や靴は船内に見あたりませんでした。切断された頭部やパスポート類と同じように、被害者の着衣も犯人が持ち去ったのでしょうか。いいえ、アリザから脱がせた服は犯人が自分で着込んだに違いありません、本人が着ていた服は被害者の血で汚れてしまったから」同じ恰好をした女が二人いたという、国土監視局（DST）の情報から浮かんできた事実には触れないようにする。

ようするに犯人は、被害者の服を着用しても不自然には見えない身長や体型だった。この点からすると重たい碇を凶器として振り廻したと考えるのには無理がある。スポーツでもしていたのかアリザは均斉のとれた筋肉質の躰つきだったというが、ジャン＝ポールやカッサンの女性版のような大女ではない。身長は百六十センチ台の半ば、体型も中肉だったという。

一息ついて続ける。「アリザの服はスーツケースに詰めて持ち出されたのではなく、犯人自身が着込んだとしても下着まで持ち去る必要はありません。ですが、それだけ残しておくと犯人が屍体から剝ぎとった服を着て、被害者に扮して現場から逃走したと疑われかねないため持ち去ることにしたのでしょう。ただしサイズが合わなければ、被害者の靴は犯人自身が着ていた服と一緒にスーツケースに入れたかもしれません。目撃者は靴の違いまで注意しないでしょうから。

話を戻します、どうして犯人は被害者の首を切断し、持ち去ったのか。わたしは子供のころ愛読していた小説のことを思い出しました。絶滅したというのは小説家の虚構でモヒカン族は今日もハドソン川の流域地方で暮らしているし、正確にはモヒカン族でなくマヒカン族らしいのですが。マヒカンは部族の言葉で狼を意味するとか。狼がトーテム動物の部族なんでしょうね」

小説家の空想は他にもある。頭の左右を剃りあげて真ん中だけ帯状に残した髪型は一般的ではない。闘争心を高めるため、あるいは呪術的な効果を期待して戦闘前にモヒカン刈りにした戦士はいたとしても。マヒカンが敵の頭皮を剝いだというのも事実ではないようだ。

アメリカのモヒカン小説に刺激されて、アレクサンドル・デュマは『パリのモヒカン族』を書いた。モヒカン族を犯罪者に、北アメリカの大森林をパリの貧民街に置き換えるという画期的なアイディアで。十九世紀フランスでは同種の小説が山のように出版された。遊戯論で有名な社会学者によれば、その影響でアメリカ人の幻想小説家がパリを舞台に世界最初の探偵小説（ロマン・ポリシエ）を執筆したのだという。この社会学者もジョルジュ・ルノワールの親友で〈無頭人（アセファル）〉誌の同人だった。

わたしは唇を舌先で湿した。「逃げ場を失った犯人に思いがけない着想が閃（ひらめ）いたんですね。即製の鬘（かつら）さえ調達できれば難問は即座に解消される。毛髪ごと剝ぎとったアリザの頭皮を鬘代わりに使えないだろうか……」

「まさか」シスモンディが驚きの声をあげた。

「犯人は被害者の額からうなじまで髪の生え際に鋭い刃物で切りこみを入れ、楕円形に頭皮を引き剝がしたのでしょう。船から持ち出した生首を持っていれば重たいし、もしも警官に呼びとめられて荷物の中身をあらためられたりしたら身の破滅です。切断した生首をスーツケースに入れて運ぶのには心理的な抵抗があったかもしれません。それでも現場付近に遺棄することなく、警察が発見できそうにない場所まで運んで処分した。そうしないわけにはいかなかったんですね」

老人が深々と頷いた。「なるほど。頭皮が剝がされた女の生首が見つかれば、犯人の目論見は露見してしまうからだな」

「頭皮を剝がした首は船内に残しておけません。しかし頭部を切断された屍体もまた、犯人にとっては危険な証拠になりかねない。どんな理由で首は切られたのか、この点を警察は疑うだろうからです。

情報源はともかくとして犯人は無頭女（メドゥーサ）について知識がありました。頭髪の代わりに無数の蛇をくねらせたメドゥーサを思わせる屍体の髪型から、その着想を犯人は得たのかもしれません。裸にした被害者の首を切断して無頭女（メドゥーサ）の図像と同じ模様を腹や胸に描き、蛇の代わりの紐や壺を模した硝子瓶で屍体を飾ること。こうして首なし屍体は無頭女（メドゥーサ）を意味する記号になる。人々が首なし屍体の向こうに無頭女（メドゥーサ）の鮮烈なイメージを見てしまうとき、アリザ・シャロンの屍体それ自体も犯人が首を切った理由も透明化され不可視化されます」

頭皮を剝いで首を切断し胸や腹に血で模様を描き、小瓶や紐を小道具に屍体を飾り終えた犯人は、手袋を外しシンクで手を洗った。鬘代わりにする頭皮も。それからアリザの服を着込み、切断した首や自分の服やその他もろもろの品をスーツケースに押しこむ。即製の鬘を被った犯人は○時三十分にアリザ・シャロンを装って〈小鴉〉を出た。そのとき素手で触ったドアノブの指紋は拭き消した。

「ちょっと待って。犯人は特殊な髪型だけでなく、手の指も三本に見せかけたというのかしら」

シスモンディの質問に答える。「小指と薬指に手を加えて犯人は左手を三本指に変えたんですね」

「自分で切り落としたの」老婦人は信じられないという表情だ。「たとえ罪を免れるためでも、そこまで犯人がするとは思えない」

「二本とも根元から折りこんで甲にガムテープで止めたんです。戸棚には紐の束に加えてガムテープやカッターも入っていました」

青いスカーフの女の左手を、ペイサックが甲の側から見たのであれば証拠にはならない。関節は掌の側に曲がるからだ。小指と薬指の第三関節を掌側にきつく折りこんでいれば甲の側からは三本指に見える。ある程度以上の距離があれば、目撃者を誤認させることも可能だろう。しかし女はペイサックに左手の掌を見せている。関節を意図して脱臼させ、甲の側に指を折りこんだのでなければそうは見えない。

首切りや三本指をめぐる推理を話して聞かせても、カケルは面白くもなさそうな顔で前髪を引っぱっている。わたしの話が的を射ているからだろうか。

シスモンディは納得できない様子だ。「切り落とすのに較べれば犠牲は少ないとしても、指の第三関節を折ったりすれば激痛に襲われる。野宿者の証言を怖れたからとしても、そんな自傷行為までするものかしら。屍体の首を切ることで、髪型をめぐる偽の証拠はすでに入手しているのだし」

クレールも反論してくる。「鬘の代用として使うために被害者の頭皮を剝いだというナディア説は刺激的で面白いが、しかし重大な欠陥があるぞ」

わたしは先廻りして応じた。「スカーフで髪を隠せるのに、どうして鬘の代用品など手間をかけて用意したのか……」

「しかも苦痛に耐えて人工的に脱臼させ、わざわざ五本指を三本指にしたというのに。アリザを演じなければならないとしても、偽の証拠は髪か指のどちらかでいいのでは。

まだあるな。アリザを殺害した犯人が殺人現場から逃走しようとしたとき、河岸のベンチに野宿者がいることに気づいた。目撃者に見られないように現場を脱出するのが最優先なら、きわめて単純で確実な解決法があるのでは。これまでも仮説として検討してきたように泳いで〈小鴉(コルネイユ)〉から出ることだ。船に入るときは誰にも見られていないのだから、出るところさえ目撃されなければ万全だ。われらが自由人(ヴァガボン)にも犯人の特定に通じる目撃証言は不可能になってしまう。……違うかな」

「先ほども触れましたが、問題の時間帯には〈小鴉(コルネイユ)〉を眺めていた人がいたんです。その証人が泳いで船に出入りした者は一人もいないと」

「とはいえ監視者の存在を犯人は知らなかった、そうだね。だとしたら川から脱出しようと考えても不思議ではない。そうしなかった理由は依然として謎だ」

クレールに答える間もなく、今度はシスモンディが疑問を畳みかけてくる。「そもそも正体を知られたくないなら、スカーフで髪と顔を隠して野宿者の前を通るだけで充分なはずね。それだけでも目撃者は、アリザが船から出てきたと思うかもしれない。多少の疑惑を向けられても顔さえ見られなければいい。自分の指を折ったり、屍体の頭皮を髪ごと剝いだり首まで切ったり、そんな大騒ぎは必要ありませんよ」

「クレールさん、シスモンディさんの疑問はもっともです。ただし川から脱出しなかったのは犯人が泳げなかったからかもしれません。顔を知られたくなければスカーフを着けていればいい、この点はどうでしょう。〇時三十分に船を出たのはアリザ・シャロンだと目撃者に信じさせる必要が犯人にあったとすれば、髪や顔を隠すだけでは不充分です。

三本指の血染めの手形のひとつは雑誌の表紙に残っていました。なにしろクレールさんの対談が載っている評論誌ですから、手形が被害者のダイイング・メッセージではないかと捜査側が疑うのは当然です。とはいえクレールさん本人を告発したとは思えません」

「たしかに。視力を失った老人がロワイヤル橋下の川船まで出かけて、人を殺すのは難しい」老人は苦笑している。

「とすればダイイング・メッセージは、クレールさんの〈家族(ファミーユ)〉の一人を指示していると考えるのが常識的です。〈家族(ファミーユ)〉の代表的な一人がシスモンディさんで、犯人は船を出たあと電話して〈小鴉(コルネイユ)〉に呼び出している。この電話と重ねて考えれば雑誌の手形の意味は明らかです。犯人はシスモンディさんに罪を着せるため一方では偽のダイイング・メッセージを残し、他方では深夜の電話で殺人現場に誘い出したのでしょう」

被害者のダイイング・メッセージとして信憑性を持たせるには、手形は三本指でなければならない。手袋をして屍体装飾を終えたあと、指を折って左手を三本指にしてから血染めの手形を雑誌の表紙に残した。

現場を立ち去る直前に天井のレコードジャケットに気づいて、やむをえず犯人は外すことにした。三本指の血染めの手形を残す気はなかったが、躰の平衡を保とうとして思わず左掌を天井に突いてしまう。それが証拠として不自然になると承知していても、拭いたりして血痕が残らないようにしている時間の余裕はない。第二の三本指の手形は放置したまま現場を出ることにした。

もしも問題の時間帯にシスモンディが外出中で友人と食事でもしていたら、犯人に仕立てあげることはできなくなる。〇時三十分の時点までアリザは生きていたように偽装し、それからシスモンディに電話する。その時刻は家にいるわけだから、電話した〇時五十分から〈小鴉(コルネイユ)〉に到着する二時までの一時間十分は不在証明(アリビ)のない空白の時間になる。タクシーを利用すれば自宅から十五分か二十分でロワイヤル橋に到着できる。残りの五十分ほどで殺人と屍体装飾は時間的に可能だろう。こうして疑惑はシスモンディに向けられることになる。

「成功するかどうか不確定なのに、それでも犯人はアリザの首を切ったり自分の指を折ったりしたわけね。〇時半までアリザが生きていたように見せかけても、わたしが外出中だったら苦労は無駄になってしまう」

「犯人はシスモンディさんが電話に出る可能性が高そうだと判断したのでしょう。深夜に出歩くことは多いんですか」

「若いときのように飲み歩いたりはしませんよ。他に用件のない日は、外で夕食を終えたら寄り道しないで家に帰る。いつもは午後九時か、遅くても十時までに帰宅しているわね。それはそれとして犯人は、どうして素人探偵(デテクティーヴ)と一緒に来いなんて電話で指示したのかしら」

「罪を着せるには、シスモンディさんが〈小鴉(コルネイユ)〉に来たことを証言する者が必要です。しかしペイサックはベンチを離れてしまうかもしれない」

謎の人物の呼び出しに一人で応じるのが怖かったシスモンディはカケルを、でなければわたしを巻きこむことにした可能性もある。しかし面と向かって、あなたは嘘をついているとは少しいいにくい。

「十一時半ごろから〈小鴉〉に泳いで出入りした者が一人もいないといえるのは、〈どんぐり〉の住人が隣の船を見ていたからね」シスモンディがそう考えてくれるなら好都合だ。「その人の証言がなかったとしたら、夜中の〇時半に〈小鴉〉を出たアリザが川を泳いで戻ってきて、午前二時に到着するはずのわたしを待ちかまえていたと警察は疑ったかもしれない。襲われたわたしがアリザを返り討ちにして、現場から泳いで逃げたとまで信じたかどうかはともかく」

　そう信じかけた警官は残念ながら存在する。もしもDST捜査官の証言がなければ、バルベス警部はシスモンディを容疑者に仕立てあげたかもしれない。

「午後九時三十分に〈小鴉〉から出たアリザは、どこかの時点で船に帰らなければ午前二時に屍体で発見されるわけにいきません。しかし新たな目撃証言のため、泳いで戻ってきた可能性は否定されました。問題になる時間帯で船に入ったのは午後十一時三十二分の女一人ですから、この人物がアリザだったと考えるしかない。しかしその場合には午前〇時三十分の女の存在が問題になってきます」

〈小鴉〉の事件をめぐる謎の核心は、〇時三十分に外出した女の存在に絞られる。正体を隠蔽しようとした犯人は、アリザであるかのように装って船を出ることにした。アリザの服を着るだけでは変装として不充分だ、ドレッドロックスや三本指の左手まで偽装しなければならない。

「屍体を発見するようにシスモンディさんが仕向けられたのには、もうひとつ別の理由も考えられます。犯人は殺害から間を置かないで事件が発覚することを望んだのではないか。なにも手を打たなければ屍体は長いこと船内に放置され、死亡推定時刻の幅が広くなりすぎてしまいます。第三の仮説を思いついた犯人は、午前〇時三十分以前の不在証明を確保している人物かもしれません」

　シスモンディが自問する。「〇時半に船を出た女が、カルーゼル橋の下で手に入れた古外套を着込んで〈小鴉〉横のベンチに戻ってきた。そしてわたしたちにカシと名乗ったのでは」

「カシがベンチにあらわれたのは、ペイサックによれば午前一時半のことです。一時間かけてもドレッドの髪をほどいて伸ばすのは難しそうだし、それにカシは三十八歳に見えませんでしたよ。それより二十歳も三十歳も上の老女だったと思いませんか」

「たしかにそうね。カシがベンチに来てから三十分ほどして、わたしたちは〈小鴉〉に着いたことになる」

クレールが話を切り替えた。「ところでどんな様子だったんだね、屍体が発見された〈小鴉（コルネイユ）〉の船室は」

わたしは〈小鴉（コルネイユ）〉内の間取りを簡単に説明した。「前部甲板から入口ドアを入って左手、船首方向に操舵室。右手の階段を下りると食堂兼用の居間で、中央の大テーブルに全裸の首なし屍体が横たえられていました」

入口ドアのノブからはシスモンディの指紋しか検出されていない。最後に外出した女の指紋も残っていない点からして、午前〇時三十分から午前二時までのあいだに何者か、おそらくは犯人が拭き消したと考えられる。

「船内からは被害者と同じ新しい指紋が数多く検出されました。家具や壁や小物に残っていた古い指紋は〈小鴉（コルネイユ）〉所有者のマラベール氏のものでしょう。それ以外にめぼしい指紋は発見されていません」

クレールが確認する。「犯人は手袋をしていたということかな」

「そのようですね。血まみれの手袋で触ったような痕跡が、船室のあちこちに見られましたから。なかでも問題なのは道具入れとして使われていた戸棚です。屍体の左腕には紐が巻きつけられていたのですが、それも戸棚に仕舞われていた一束から必要分だけ切りとられたものでした。紐を出すときに犯人は戸棚の開き戸や棚に血染めの手袋の手形を残していて、左手の手形からは五本の指が確認されています。しかも三本指の血染めの手形も見つかりました。クレールさんとピエール・ペレツの対談が掲載された評論誌の表紙と、そしてリヴィングの天井から」カケルの曖昧な言葉では、この「三本指の血染めの手形」こそ事件の中心点らしいのだが。

「天井に血染めの手形とは」老人が不審そうに尋ねる。

「もともと天井には、アリザ・シャロンのアルバムのジャケットが貼られていました。アリザの写真を使ったジャケットなので、被害者の顔を警察に知られたくない犯人が外して持ち去ったように見えます」

「それは妙だな、三本指なのは被害者のほうで犯人ではない。被害者は自分の血に染まった左掌を天井に突いて右手でジャケットを剝がしたことになる。ふつうはそんな体勢をとらないし不自然きわまりない」

「指の太さなどから素手の手形であることはたしかなんですが、二箇所とも擦れていて指紋は採れません。もう一点、キチネットのシンクには水で薄められた血の滴が残っていました。犯人は血が染みこんだ手袋を外し、シンクで手を洗ったに違いありません。ドアノブが拭われている事実が示すように、立ち去るときに手袋は外しています。

　おそらく手袋を塡(は)めて船室に侵入した犯人は、居間の隅に置かれていた特殊な形状の砥でアリザを殺害したあと、裸にした屍体をテーブルに横たえて頭部を切断した。被害者の躰に血で無頭女(メドゥーサ)の模様を描いてから右掌に硝子の小瓶を置き、左腕には戸棚から出した紐を巻きつけた。不気味な屍体装飾を終えてから犯人は手袋を外します。

　そのあと雑誌と天井に素手で、しかも指紋は採れないように擦らした血染めの手形を残し、それからシンクで手を洗ったようです。手袋が布製なら血は染みこんで手を濡らしたはずだから、素手の血の手形が二箇所に残っても不思議はないとしても、雑誌や天井に擦りつけられた血の量は多すぎる気もします。手袋を外してから、あらためて素手に血を付着させたのではないか。こんな疑念さえ湧いてきます」

「犯人の動きをめぐる推論に重大な齟齬(そご)があることを、ナディアは自覚しているんだろうね」微笑を含んだ口調で老人がいう。

「もちろんです。手袋を着けているときは五本指なのに、外したら三本指に変わっているわけだから」

「左の手袋の小指と薬指には詰め物でもされていたとか」

シスモンディの解釈は常識的だ。

「その場合は齟齬がさらに増して、事態は非現実的なまでに紛糾してしまうんですね」

「事件の被害者も犯人も左手の小指と薬指が失われていた。たまたま同じ時間、同じ場所に三本指の女が二人いたことになるわね」

「しかし、そんなことがありうるでしょうか。三本指の女が二人、夏至の夜に〈小鴉(コルネイユ)〉の船室で殺人者と犠牲者として顔を合わせたというような偶然など、とても信じられません。それとは別に、事態を合理的に解釈できる方向性を見出さなければ……」

「不自然な点も散見されないではないが、それでもナディアの推論は首尾一貫しているし相応の説得力もある」クレールからは一応のところ及第点をもらえたようだ。「残る問題は犯人の正体だな。〈小鴉(コルネイユ)〉の事件をめぐる推論からも、ある程度まで犯人像は導けるんじゃないかね」

　たとえば犯人は被害者と身長や体型が類似している。電話番号を把握していた点からして交際圏のどこかに位置する人物で、しかもシスモンディを陥れる動機がある。シスモンディ犯人説に捜査を誤導するような筋書きを考案し、その背後に身を隠してしまう巧妙きわまりない計画の立案者だ。しかも屍体の頭皮を剥いだり首を切断したり、必要なら自身の手指を二本も折ることのできる強靭な意志と行動力の持ち主でもある。

「しかしこれらの条件は一般的にすぎて、ただちに具体的な人名には結びつきません。じつは〈小鴉（コルネイユ）〉の所有者で論理学者のマラベール氏が、中近東旅行を終えて帰国しています。アリザに船を貸したいきさつなど、興味深い情報が得られました」

「どんな理由でアリザはパリに来たんだろうか、たんなる観光とも思えんが」

クレールに答える。「旅先でアリザに〈小鴉（コルネイユ）〉のドアの鍵を渡したマラベール氏によると、パリ旅行には二つ目的があったようです。第一は弟と再会すること、第二は……」わたしはシスモンディの顔を見る。「手紙をめぐる母親の望みを果たすこと」

「手紙ですって」老婦人が眉根を寄せた。

「どんな手紙なのか、マラベール氏の話からはよくわかりません。それでもシスモンディさんが捜している手紙との関連は窺えますね。なにしろアリザが宿泊していた船に、手紙の件でシスモンディさんは誘い出されたのだから」

「アリザの生き別れた弟がパリに住んでいるとして、二人は会えたんだろうか」

少し微妙な警察情報なので二人には曖昧に伝える。「じつは〈小鴉（コルネイユ）〉の船室でひとつだけ、被害者のものではない新しい指紋が発見されています。アリザが船内に招き入れた客こそ捜していた弟かもしれません。ところでアリザはクロエ・ブロックと名乗って川船に滞在していましたが、これは四十数年前にリセの哲学教師としてシスモンディさんが教えていた女子生徒の名前ですね。イスラエル人のアリザ・シャロンは一九三九年に消息を絶ったフランス人の名前を、どんな理由から偽名として使うことにしたのか。わたしたちはフランスに入国してからのアリザの足取りを知るためにブルターニュのオーレまで行き、サンテ刑務所に収監中の被告からも話を聴きました。そして判明してきたのは、三十九年前に失踪したクロエ・ブロックのその後の消息でした」

シスモンディが真剣な面持ちでいう。「クロエがどこでどうしていたのか、あなたは知っているの」

わたしは頷いた。「この二、三日で判明したことですが、一九三九年六月に失踪したクロエは翌年四月に子供を生んでいます」

「なんですって」シスモンディは意表を突かれたようだ。

レジスタンス隊員だったロジェ・ジュノー、オーレ在住の主婦カリーヌ・サヴィニー、コフカ収容所の生還者エドガール・カッサン、リセ時代からクロエと親友だったアリス・ラガーシュから集めた情報を頭のなかで整理して、わたしは二人に語りはじめた。

「一九三九年の六月末からニース郊外に長期滞在していたブロック一家は、第二次大戦の勃発直後に滞在先からイギリスに渡ったのです。そんなときに備えていたのでしょう、パリやアントワープの住居に戻ることもなく。ブロック氏はロンドンで大陸の戦況を観察し、最終的には親類のいるニューヨークに移住するつもりでした」

「ドイツとの戦争が本格化するまでに開戦から八ヵ月もあったのよ。どうしてクロエは連絡してこなかったのかしら、無事にイギリスにいると」

シスモンディの前から永久に消えてしまうことを望んだからだろう。セックスの関係を含むトリオに言葉巧みに誘いこんだ年長者への、反抗心や拒否感が芽生えていたのかもしれない。廃墟で演じられる前衛劇に招待し、そのまま姿を消してしまえば女性教師は動揺し不安になる。それはイヴォンを愛しはじめた少女による、トリオへの決別の儀式だったかもしれない。

ドイツ軍政下でユダヤ人迫害が熾烈化してからは、シスモンディとクレールをはじめ友人知人を危険に晒すことのないように意図して距離を置いていた。そして一九四二年七月にヴェル・ディヴ事件が起こる。クロエが進退に窮し友人を頼らざるをえない立場に追いつめられたとき、不運にも旧トリオの二人は外出中だった。

「パリを離れたとき、すでにクロエは妊娠していました」

「父親はイヴォン・デュ・ラブナンかしら」老婦人が眼を細めるようにして確認する。

「その通りです。いったんは家族とイギリスに渡ったクロエですが、一九四〇年四月に一人でパリに戻ってきたんですね。しかし転居したイヴォンとは再会できないまま、翌月にトロカデロのアパルトマンで出産します。生まれた双子に若い母親が付けた名前はドミニクとカミーユ。双子ですがドミニクを上の子、カミーユを下の子として育てはじめたようです」

前後してドイツ軍がフランスに侵攻し、双子の父親を捜すこともロンドンの家族に合流することも不可能になる。パリにドイツ軍が進駐した日から、クロエは子供たちを守るため自宅に引きこもった。アパルトマンに保管されていた宝飾品と引き換えに、食糧など最低限の生活必需品は管理人（コンシェルジュ）から入手することにして。

　二年ほど続いた占領下の潜伏生活は一九四二年七月に終わる。ヴェル・ディヴ事件に怖れをなした管理人（コンシェルジュ）に、もうユダヤ人を匿うことはできない、出て行かないなら通報すると言い渡されたのだ。警察に通報され逮捕されたら、ユダヤ人の一時収容施設として使われていた冬季自転車競技場（ヴェロドローム・ディヴェール）に送られてしまう。

「二人の幼児を連れて途方に暮れていたクロエでしたが、クレールさんもご存じのアンドレ・ルヴェールに救われたんですね。アンドレの姉の子がクロエだったこと、ご存じでしたか」

「われわれには血縁関係を伏せていたよ、アンドレもクロエも。戦後しばらくして、ルヴェールと親しかった共産党員からその事実を聞かされて驚いたものだ。それでアンドレは姪と子供たちをどうしたのかな」クレールの声が心なしか震えている。

「抵抗運動の地下組織を使って匿っていたようです。しかし二年後の二月、ルヴェールがゲシュタポに逮捕されたのと同じ夜にクロエも捕らえられ、ポーランドの強制収容所に送られてしまいます」

「子供たちはどうなったの」シスモンディの口調は真剣だ。

「まさか母親と一緒に捕まったのでは」

「以前からルヴェールはレジスタンス隊員の女子学生リリアン・ゴーティエに指示していました、非常の際はクロエ母子をオーレのカトリック教会に預けるようにと」

「そうか、ルヴェールには司祭の兄がいた。ブルターニュのロリアン教区にいると聞いたことがある」老人が思い出深そうに呟いた。

「ルヴェール神父が保護できたのは、けれども双子のうちドミニク一人でした」

「どうなったの、妹のほうは」

　そのように語った覚えはないが、シスモンディも双子は二人とも女児だと思いこんでいる。誤解は訂正しないまま、空襲警報の混乱の渦に巻きこまれてカミーユが迷子になった事情を話すことにした。

「カミーユは行方不明でも、ドミニクはルヴェール神父が信頼する信者の家で保護されていたのね。で、そのあとは」

「一九四六年にオーレを訪れた若者エドガール・カッサンが、子供をパリに連れてきました。コフカ収容所で亡くなる直前に、クロエからルヴェール神父に伝言を頼まれたとか。カッサンはドミニクを収容所の囚人仲間エミール・ダッソーに、そしてダッソーは信頼できるユダヤ人家庭に預けました。エミール・ダッソーは故人なので、その後のドミニクのことはよくわからないんです。養父母に連れられて建国直後のイスラエルに移住したのかもしれません」

「強制収容所でクロエは殺されたのね、ナチに」よほどの衝撃なのだろう、老婦人が悲痛な声で呻くようにいう。

戦争末期にコフカ収容所で起きた囚人暴動の夜のことを、カッサンから聞いた通りに詳しく話した。わたしの話を聴いて二人は茫然とした様子だ。安楽椅子のクレールは絶句し、隣に坐ったシスモンディの表情も凍りついている。

老知識人が悲痛な表情で呟いた。「なんということだ、クロエが暗澹とした絶望と孤独のうちに息絶えたとは」

わたしは続ける。「この事件にはクロエの双子が影を落としています。母親が逮捕された夜、三歳のドミニクは残忍なゲシュタポに左手の小指と薬指を切り落とされました。他方〈小鴉（コルネイユ）〉事件の首なし屍体も同じ二本の指が欠けていましたが、これは偶然でしょうか。パリを訪れたイスラエル国籍のアリザこそクロエの娘ドミニクの後身ではないのか。二人が同一人物であることを示す事例は、三本指という身体的特徴だけではありません」

アリザはパリ到着の直後にレンタカーでオーレに赴いて、教会とサヴィニー家を訪れている。しかもカリーヌ・サヴィニーにはドミニク・ルヴェールと名乗った。パリに戻って〈小鴉（コルネイユ）〉に滞在しはじめるとき、野宿者のペイサックにはクロエ・ブロックと自己紹介している。ルヴェールはクロエの母の旧姓、ブロックは父方の姓だ。この人物がアリザであることは、二つの筆跡が一致した事実からも確認されている。レンタカー事務所に保管されていた貸し出し書類の筆跡と、〈小鴉（コルネイユ）〉で発見された雑誌の余白に残されたメモの筆跡と。

「五月二十八日に〈小鴉（コルネイユ）〉に到着したアリザ・シャロンが、その界隈をねぐらにしている野宿者に問われてクロエ・ブロックと名乗ったのは、それが母親の姓名だからに違いありません。シャロン姓の養父母はイスラエル国籍を取得する際、ドミニクの名前をユダヤ人ふうにあらためて届け出たのでしょう」

最初に挨拶を交わしたとき、ペイサックは指が三本しかない滞在者の左手を見ている。最後に〈小鴉（コルネイユ）〉を出たときにも。アリザと推定できる首なし屍体も同じだが、左手の二本の指は今年の夏至の夜、首と同時に切断されたわけではない。警察医によれば傷痕は幼少期のものだ。

ドミニクが三本指であることはレジスタンス隊員のジュ

ノー、オーレのサヴィニー夫人、オーレから女児をパリに連れ戻したエドガール・カッサンなどが証言している。アリザに同じ身体的特徴があることは空港職員やレンタカー事務員が。同じような年齢や体型で左手の薬指と小指を欠いた女性が、この事件に二人も関係している可能性はきわめて低い。川船で発見された屍体はドミニクと考えられる。

左手の薬指と小指がない女性はドミニク以外にも存在するだろう。アリザ・シャロンという別人が三本指という身体的特徴の共通性を利用して、ドミニクを演じていた可能性もゼロではない。それでも別人だという証拠が出てくるまでは、二人を同一人物と仮定して推論を進めても問題ない。

シスモンディが疑問を口にする。「イヴォン・デュ・ラブナンは一九四四年の二月、バス・ピレネーからパリに潜入してきた。ミシェル・ユロの家で顔を合わせたから間違いないわ。イヴォンはパリでルヴェールと接触しなかったのかしら。もしも会っていれば、一夏のあいだ夢中で捜していたクロエの消息も知ることができたのに」

「どうだろう」老婦人の疑問にクレールが答える。「レジスタンスでも共産党系とそれ以外では組織の系列が違っていたし、組織の頂点はともかく現場では横の連絡はない。あの青年がルヴェールとの接触を積極的に求めたならともかく、二人が偶然に顔を合わせたとは考えられんな。それにイヴォンが上京中のことだった、ルヴェールがゲシュタポに逮捕され拷問で殺されたのは」

わたしはかぶりを振る。「いいえ、二人はパリの地下（スー・テラン）に設置されていたレジスタンスの秘密アジトで会見しています。予定された二回目の接触のときにルヴェールは、ある人物をイヴォンに引きあわせようとしていました。その人物はクロエ・ブロックだった可能性が高い。しかし約束の日の前夜、双子を守るため身を犠牲にしたクロエは逮捕され、イヴォンとは二度と会えないままコフカ収容所で囚人暴動の夜に亡くなりました」戦争のために引き裂かれた恋人たちは無数にいた、この二人も同じ運命だった。

「そうだったの、一度でも子供たちの父親と再会したかったでしょうに」クロエの不運に老婦人が肩を落とした。

クレールが自分に頷きかけながらいう。「弟と再会するためアリザはパリまで来たんだね、その弟とは……」

「カミーユでしょうね、クロエが双子の弟にあたる男児を妊娠出産したとは考えられませんから」

「それでは辻褄が合わんよ、カミーユは男児だったことになってしまう」

「わたしもカミーユは女児だと思いこんでいました。オーレの現地調査で浮かんできたのはカミーユが男児かもしれないこと」弟に頼まれてドミニクを捜しにきたと、イリイチは口にしていた。「シスモンディさんもご存じのアリス・ラガーシュは一九四三年にパリの街角でクロエと偶然に再会しています。そのときクロエ自身が双子は二卵性双生児だと語っていたとか。二卵性なら双子でも性別が異なるかもしれません」

「アリスは知っていたのね、ヴェル・ディヴ事件のあとでもクロエは無事だったことを」老婦人が嘆息する。「どうして教えてくれなかったのかしら」

「クロエに口止めされていたとか、シスモンディさん一人でなく誰にも話していないと」

「カミーユは男だとしよう、そこから導かれるのは」老知識人が話を戻した。

わたしは抑えた口調で告げる。「手紙の事件が起きたとき、この部屋にカミーユがいたかもしれない可能性です」

飛躍に聞こえたとしても、この飛躍は正当化できる、説明が終われば二人とも納得するだろう。不可解な仕方で手紙が消えたとき、アパルトマンにいたのはクレール、シスモンディ、アナベラ・モランジュ、マルク・ドゥブレの四人だ。年齢の点からしてカミーユと同一人物かもしれないのはドゥブレ一人。

「まさか」シスモンディが唇を曲げる。「信じられないわ、ドゥブレがクロエの息子だなんて。それほどまで非現実的なことをいうからには、なにか証拠でもあるんでしょうね」

老婦人に問いつめられても、わたしは動じない。「マルク・ドゥブレはオーレと同じブルターニュのナントの出身です。たまたま空襲の夜にオーレを訪れていたナント市民に保護され、カミーユは実子として育てられたのかもしれません」

隠れ家でクロエたちの世話をしていたルヴェールの部下によれば、カミーユには右肩甲骨の内側にひどい火傷痕があった。ドゥブレにも同じところに大きな引きつれがある。クロード・ベルナール病院の女医アデルの話によると、ドゥブレが泳ごうとしないのは背中の傷痕を他人の目に晒したくないからだ。

「もちろん、これらの事実が示しているのは、ドゥブレがカミーユかもしれないという可能性にすぎません。二人が同一人物であるという最大の根拠は、〈小鴉（コルネイユ）〉の船内からひとつだけ検出された謎の指紋がドゥブレ本人の指紋と一致した点です」

「ドゥブレの指紋が」この新事実に老婦人は驚いている。「アリザと会うために、ドゥブレは〈小鴉（コルネイユ）〉を訪れたのではないでしょうか」指紋が検出されたのは例の評論誌だから、外で会った際にドゥブレがアリザに手渡した可能性も完全には否定できないが。「アリザとドゥブレのあいだに、なんらかの接点が存在したのは確実です。アリザがパリを訪れたのは手紙をめぐる用件や生き別れた弟との再会のためでした。しかも双子の弟カミーユと生年や生地や背中の傷などが一致する人物と、パリ滞在中のアリザは接触している。


しかも、その人物は手紙消失事件の現場に居合わせていました。どんな具合に奪ったのかはともかく、これらの点から手紙盗難事件最大の容疑者としてマルク・ドゥブレが浮かんできます。ピエール・ペレッツの紹介で雇われたアナベラ・モランジュも共犯者でしょう」

黒いスーツケースをめぐるアリザの不自然な行動は公安情報で、わたしの口から語るわけにはいかない。イリイチの存在からもアリザとドゥブレの繋がりは窺えるのだが、カケルと約束しているので口を閉じていなければならない。そのためクレールとシスモンディに語る推論には空隙（くうげき）が生じてしまうのだが、やむをえない。


シスモンディは半信半疑という表情でいう。「クロエの双子は二卵性で、ドミニクは女の子でもカミーユは男の子だった。そしてカミーユはマルク・ドゥブレだった……」

「われわれには容易に信じられないことだが、話を進めるためにカミーユ＝ドゥブレ説を前提としよう。それで」

「〈小鴉（コルネイユ）〉事件の犯人はアリザに変装するため二本の手指を折りました。医学生だったドゥブレはアルジェリア反戦デモで機動隊（CRS）に暴行され、左手の小指と薬指を根元から折られたとか。回復はしたそうですが、脱臼したことのある関節は外れやすい。それなら二本の指を甲の側に折り曲げるのにも抵抗感は少ないのでは。しかも、わたしが五日前に会ったときドゥブレは左手に包帯をしていました、脱臼したところを固定していたのだと思います」

「まあ、ドゥブレが手に包帯を」


この事実をはじめてシスモンディは知ったようだ。ドゥブレとはクレールのアパルトマンにいる時間を分けているから、しばらく顔を合わせていないのだろう。

「このところクレールさんの〈家族（ファミーユ）〉には深刻な内部対立が生じているようですね。シスモンディさんや〈アンガジュマン〉誌の編集長など古くからの友人のグループと、秘書のピエール・ペレツなど極左主義者（ゴーシスト）の経歴がある新しい友人たちのグループの対立は深まり、世代や思想的立場の相違を越えた嫌悪感や敵愾心（てきがい）さえたがいに抱きはじめている」

対立が非和解的なところまで深刻化したのは、ピエール・ペレツがクレールとの対談を雑誌編集部に持ちこみ、内容に不満なシスモンディが掲載中止の圧力をかけたときからだという。

「しばらくして対談原稿は別の評論誌に掲載されました。ペレツやドゥブレが巧妙に立ち廻って、シスモンディさんたちの邪魔が入らないようにしたのでしょう。手紙の消失事件と〈小鴉〉（コルネイユ）の殺人事件の背景にはクレールさんの〈家族〉（ファミーユ）の分裂、不和、内紛が影を落としています」

「生き別れた双子の弟がパリにいるとドミニクに教えたのは、もしかしてペレツかもしれないわね」マオイズムを放棄しユダヤ思想に目覚めたペレツが、半年以上もイスラエルに滞在していることをシスモンディは思い出したようだ。

「その場合にはドゥブレ＝カミーユ、アリザ＝ドミニクであることをペレツはどのようにして知りえたのか、という疑問が新たに生じてきます」わたしはペレツではなくイリイチの介在を疑っているが。「ともあれ弟の生存を知ったアリザはフランスを訪れました。オーレまで行ったのは、弟が消息不明になった経緯を確認するためでしょう。ブルターニュ旅行から戻ると、母親の名前でロワイヤル橋下の川船に滞在しはじめます。

〈小鴉〉（コルネイユ）に到着した直後にアリザは、エドガール・キネとは何者かと野宿者のペイサックに質問しています。エドガール・キネ通りの住人を訪ねようと決めていたからでしょう」

ここから先は推測、あるいはわたしの想像になるが、とにかくアリザは弟との再会を果たした。しかもマルク・ドゥブレと名前を変えたカミーユは、問題の手紙を所持しているとおぼしいクレールのアパルトマンに出入りしている。アリザとドゥブレは手紙を入手するための計画を練りはじめた。

「シスモンディさんが内容について口を噤んでいるので、どうしてクロエの子供たちが問題の手紙を奪おうとしたのか、わたしにはなんともいえません。お二人には思いあたることがあるのでは」

しかし推測はできる。トリオの時代にクレールが「偶然的な恋人」クロエのことを、「必然的な恋人」シスモンディに向けて書いた手紙ではないか。侮辱的に感じられる内容をたまたま知ったクロエは、その手紙を奪って破棄したいと念願していた。それを知った娘が母親の遺志を果たそうとした可能性もある。

若い時期にクレールとシスモンディが性的自由を謳歌していたことは、よく知られた事実だ。シスモンディが両性愛者（ビセクシュエル）であることも、本人は認めていないが公然の秘密といえる。二人が十六歳の少女を誘惑しても違法ではないし、トリオにしても同じことだ。これらの事実が記された手紙だとしても、そこから殺人事件が生じるほどに危険な秘密とは思えない。

ここで思い出されるのがサン・ジェルマン・デ・プレ広場に五月三十一日に、クレールの家の前の舗道に六月六日に描かれた鉤十字（クロワ・ギャメ）の落書きのことだ。六月十日にはシスモンディの家の前にシオンの星も描かれている。黒の鉤十字（クロワ・ギャメ）と黄色い星の組みあわせから連想されるのは、ドイツ占領下のパリでも熾烈だったユダヤ人への差別と迫害、それを象徴する惨事としてのヴェル・ディヴ事件だ。

しかも事件の直後に、アパルトマンから追い出されそうなクロエはシスモンディとクレールの住居を訪れている。本人は二人とも不在だったと親友に語っていたようだが、もしもそれが嘘だったとしたら。そのときクレールは部屋にいたのだが、占領軍によるユダヤ人の迫害に巻きこまれることを怖れて匿うことを拒んだ。そのことをシスモンディに手紙で書いた。

この仮定には納得できないところがある。クレールがユダヤ人迫害に消極的に加担した事実があったとして、それを暴露することはドゥブレたちに有益だろうか。〈家族（ファミーユ）〉の新世代にとって邪魔者は旧世代、とりわけエルミーヌ・シスモンディなのだ。自分たちに言論弾圧を加えたシスモンディを葬るためなら、ドゥブレたちはなんでもやるだろう。しかもドゥブレとアナベラ、この二人をクレールのアパルトマンに送りこんだペレッツの三人は〈プロレタリアの大義〉の元活動家で、しかも全員がユダヤ系だ。ナチによるユダヤ人迫害と大量虐殺は、絶対に許されない歴史的犯罪だと考えていて当然だ。

問題の日に外出していたのはクレールで、クロエに対応したのはシスモンディだったらどうか。あとからクロエを門前払いしたと知ったクレールが、その件について問い質す手紙をシスモンディ宛に書いたなら。そんな手紙が暴露されたらシスモンディの名声は地に落ちるだろう。手紙を公表すると脅迫するだけで、シスモンディも対談原稿の雑誌掲載を邪魔する類のことは不可能になる。このように手紙を奪いとる動機がドゥブレたちにはある。

　とはいえ手紙はシスモンディの手元にある。そのアパルトマンに忍びこんで盗み出すのは非現実的だ。それよりも適切な方法がある。昔の手紙のことを想起し読み返したいと思うようにクレールを巧みに誘導し、シスモンディが手紙を持ってきた機会に奪いとること。

　どのようにしてクロエが、そうした内容の手紙があることを知ったのかは謎だ。なんでも手紙に書いてしまう二人の習慣から、存在するに違いないと察しをつけたのかもしれない。子供たちに委ねられた母親の遺志とは、クロエを裏切ったシスモンディへの復讐だった可能性もある。

　狙っていた手紙を六月四日に手に入れた双子の姉弟は、勝利の宣言あるいは脅迫の手始めとして黒の鉤十字（クロワ・ギャメ）と黄色のシオンの星を、それぞれクレールとシスモンディの住居の前に落書きした。この行動は五月三十一日の出来事に触発されたものだろう。サン・ジェルマン・デ・プレ広場の鉤十字（クロワ・ギャメ）は、極右かネオナチが描いたに違いない。

　しかし証拠の手紙もないのに、こんな憶測を当事者二人の前で得々と語るわけにもいかない。この点には触れないようにして話を続ける。

「ドミニクとカミーユの姉弟は問題の手紙を奪いとることに成功しました。しかし、時間がたつうちに戦利品をめぐる争いが生じたようです。所有権をめぐる対立か、あるいは利用法をめぐる対立だったのか。そして六月二十一日の深夜、最後の話しあいが〈小鴉（コルネイユ）〉で持たれます。午後十時四十五分からの監視の空白時間帯に、誰にも見られることなくロワイヤル橋下の遊歩道に着いたドゥブレは、あらかじめ渡されていた合鍵で船に入ります。しかしアリザは外出中で船内は無人でした」

　アリザは九時三十分にムスリマの扮装で外出し、十一時三十三分にDST捜査官二人を引き連れて船に戻ってくる。

「手紙の処理をめぐって帰船したアリザと交渉しはじめたドゥブレですが、二人の話しあいは縺（もつ）れ縺れて最後には揉みあいになってしまう。ドゥブレに突き倒されたアリザは碇の爪で頭部に致命傷を負いました。あるいは交渉の途中で合意は不可能だと判断した弟が、殺害の意図を持って姉を突き倒したのかもしれません。アリザの屍体がある船を脱出しようとして、船窓から遊歩道を覗いたドゥブレは愕然とします」

「なるほど、そこで先ほどの話に繋がるわけだな。遊歩道のベンチには野宿者が腰を据えていて動きそうにない。川から逃げようにもドゥブレは泳げない。偶然に生じた状況を利用して、仇敵のエルミーヌに致命的な打撃を与える絶妙の指し手はないものか。ドゥブレが知恵を絞った結果、船室には無頭女（メドゥーサ）を擬した首なし屍体が残され、ベンチの自由人（ヴァガボン）はアリザらしい女が〇時半に船を出て行くのを目撃した。ドゥブレも身長は百六十センチ台だし躰つきも華奢（きゃしゃ）だから、アリザの服を着ることもできたんだろう」

「船から出たドゥブレはベンチの前を通りすぎたところでアリザの頭から剝いで鬘代わりにしたドレッドヘアと三本指の左手をペイサックに見せつけました。スカーフを着けていても窺える目許や鼻筋がアリザと似ていたという証言も、二人が双子の姉弟であれば納得できることです。

　またペイサックによれば、船を降りてきた女の左手にはいつもの黒い革布が見えなかったとか。小指と薬指は甲の側に折りこんでいたわけで、その上から薄い革布は装着できないからです。あるいは覆いなどないほうが、証人に三本指を強く印象づけられるという判断もあったかもしれません。

　こうして殺人現場から脱出したドゥブレは、信用できる友人の女性に喋るべき内容を指示した上で、シスモンディさんに電話させました。声を知られているためドゥブレ本人が電話するわけにはいきませんから」

被害者の首をはじめ現場に残しておけない品々は、船内にあったアリザの黒いスーツケースに詰めて持ち出すことにした。その鞄はカルーゼル橋下の野宿者に預け、代わりに汚れた古外套を借り受ける。筆談で野宿者と交渉したのは、声から男だと知られることを避けるためだ。

　午前二時前まで時間を潰して、〈小鴉（コルネイユ）〉横の遊歩道が眺められる地点を通過した。ロワイヤル橋には国土監視局（DST）の女性捜査官ガレルがいる。ドゥブレは遊歩道を見下ろしながら、チュイルリ河岸通りを歩いたのではないか。計画した通りにシスモンディが誘（おび）き出されたかどうか、自分の目で確認するために。警察が到着する前に〈小鴉（コルネイユ）〉の近辺を離れ、カルーゼル橋下でスーツケースと古外套を交換して姿を消した。

　老婦人が口を開く。「ドゥブレがクロエの息子だったなんてまだ信じられないけれど、わたしを陥れようと陰謀を企んだ可能性ならあるわね。スターリニストの卑しい手口だけは手放さない極左主義者（ゴーシスト）崩れの醜い本性が、これでクレールにもわかったことでしょう。でもナディア、まだ最大の謎が残っていますよ。どうやってドゥブレは手紙を盗み出せたのか、この謎を解明しなければ推理は完成しませんね」

ここまで話が進んでもカケルは沈黙を続けている。この青年のことだから手紙が消えた謎も解いているに違いない。わたしにも仮説はあるが、実験してみないとなんともいえない。

「方法はいくらでもあると思います。ドゥブレが盗んだから手紙は消えた、いまも手紙はドゥブレの手にある。この結論で充分だと思いますが」すでに事件の謎は解明され真犯人も指摘されている。

「わたしにはさっぱりわかりませんよ、どんなふうにして手紙は盗まれたのか。いくらでも思いつけるというのなら、そのうちひとつでも教えてもらえないかしら」

「そうだな、私も聞いてみたいものだ」

催促するのをやめそうにない二人に渋々ながら応じる。

「いまのところ仮説にすぎません。それが実際に可能かどうか、実験してみないとなんともいえない思いつきの類ですが」

「それで結構」

「わかりました、想定できる可能性のひとつとして聞いてください」

カケルは助け船を出してくれそうにないし、わたしが説明しないわけにはいかないようだ。ショルダーバッグからノートを出して、手紙が消えた前後の状況を箇条書きにした頁を開いた。

- 介護のため、アナベラは前夜から泊まりこんでいた。
- 午前中に届いた荷物をアナベラが受けとる。
- ドゥブレは午後二時にクレール宅に到着した。
- その少しあとにクレールは起床、寝室から居間に移動する。
- 三時すぎにシスモンディがクレール宅に到着、ドゥブレが玄関ドアを開く。
- シスモンディに命じられて、ドゥブレはアナベラがいる書斎に移動。シスモンディは居間のクレールに手紙を渡し、クレールはそれを上着のポケットに入れる。
- 三時十五分ごろにクレールが水差しを床に落とし、シスモンディは調理室に移動。
- 五分ほどあとにドゥブレが書斎から居間を通って玄関室（アントレ）に移動、玄関室（アントレ）で荷物の中身を調べはじめる。
- 三時二十五分ごろに珈琲を淹れたシスモンディが調理室から居間に戻り、手紙が紛失しているのに気づく。安楽椅子付近を捜し、さらにクレールの衣服を検（あらた）める。
- 五分後にアナベラが書斎から居間に、続いてドゥブレが廊下から居間に入ってくる。

・三時四十分にブレイマンが到着、アナベラとドゥブレの衣服を検める。

・午後四時すぎにアナベラとドゥブレがクレール宅を出ていく。シスモンディとブレイマンはアパルトマンを徹底的に探索するが手紙は見つからない。

「手紙が消失したときの状況を、あらためて整理しておきましょう。六月四日の午後二時にドゥブレはアパルトマンに着いたんですね。いつもより早く来たのは、配達される荷物を受けとるためとか」

問題の荷物は予定より早く届いていた。体調を崩していたクレールの介護で泊まりこんでいたアナベラ・モランジュが、午前中に届いた荷物を受けとって玄関室に置いた。午後二時に鍵で玄関扉を解錠しアパルトマンに入ったドゥブレは書斎に行って、荷物の件でアナベラに説明を求める。主寝室で昼寝していたクレールは書斎から聞こえる話し声で目を覚ました。

午後三時すぎにシスモンディがアパルトマンに到着する。アナベラがタイプで作業中の書斎にドゥブレを行かせてから、老婦人は頼まれていた手紙をクレールに手渡した。十五分ほどしてシスモンディは調理室に向かう。水差しを床に落としたクレールに新しい水を頼まれたからだ。上着が濡れていることに気づいた老人は、それまでポケットに入れていた手紙を安楽椅子の脇の小卓に移した。

シスモンディが調理室に立って五分ほどあと、居間から書斎に通じるドアが開いてドゥブレが居間に入ってくる。代理秘書はクレールと言葉を交わしながら、最短距離で居間を横切って廊下に出た。廊下に姿をあらわしたドゥブレを、調理室で珈琲を淹れていたシスモンディが目にしている。青年は玄関室で荷物を解きはじめた。さらに五分ほどして珈琲と水差しを盆に載せた老婦人が居間に戻ったとき、手紙は小卓の上から消えていた。

「三時十五分にシスモンディさんが調理室に行き、二十五分に居間に戻るまでの十分間に手紙は消えたことになります。そのあいだ居間に入って出た人物は一人だけ。なんらかの方法で、この人物が手紙を消したに違いありません」

手紙を盗んだのはドゥブレだと告発してもクレールには動じる気配がない。想定の範囲内ということなのか。そうだとすると、信用できない男を代理秘書として身近に置いている理由がわからなくなる。

「しかし五メートルも離れた小卓の手紙を、いったいどうやってドゥブレは奪えたの」

居間のドアは書斎に通じる西側と廊下に出るための東側と、いずれも広い部屋の北側にある。二つのドアを結ぶ線はクレールの安楽椅子や小卓と最短でも五メートルは離れている。しかも足音と話し声から、ドゥブレはドアからドアにまっすぐ歩いたに違いないとクレールは証言した。

「ドゥブレは廊下のドアの少し手前で足を止めたんですね、冷蔵庫でリモナードが冷えているかどうかアナベラに訊かれて」そのあと冷蔵庫のドアを開く音、棚を掻き廻す音が聞こえた。

アナベラは居間に入ることなく、半開きのドア越しに書斎から言葉を発したようだ。それ以上ドアが開閉されたら蝶番の軋む音でクレールにもわかる。十秒か二十秒ほどして「見あたらないな」という呟き声と冷蔵庫のドアが閉じられる音。続いて廊下に通じるドアの開閉音が響いた。居間から出てきたドゥブレが玄関室（アントレ）で荷物を解きはじめたところを、調理室のシスモンディが目にしている。アナベラが書斎のドアを閉じたのは冷蔵庫が閉じられた直後だから、十秒か二十秒ほどは戸口から居間を覗きこんでいたことになる。

「事実関係に間違いはありませんけど、ドゥブレの腕が五メートルも伸びるのでない限り手紙は盗めないわね」

わたしは頷いた。「その通りです。冷蔵庫のところで足を止めたとき、ドゥブレは長い腕を小卓まで伸ばしました」

「喩え話はいいから、わかるように説明して」老婦人の口調には苛立ちがにじんでいる。

「高い枝の果物をチンパンジーは棒で叩き落とすとか。棒は腕の延長で、ようするに長い腕ですね」

「居間から廊下に出てきたドゥブレは、五メートルもある長い棒など持っていませんでしたよ。居間に残してあれば戻ったときに気づいたはず」

「実際に使われたのは繋いで使える棒でしょう。適当な長さの棒を四本も繋げば冷蔵庫から小卓まで届きます、たとえば釣竿とか」

「釣竿……」シスモンディが茫然として呟いた。「この家にはたしかに釣竿があるわ。アパルトマン中をくまなく調べたときも、釣竿が収納庫の隅に立てかけられていた。でも釣竿が置かれていた収納庫は、アナベラが泊まる際に使う副寝室にあるのよ。手紙を盗んだあと、どうやって釣竿を居間から副寝室に戻せたのかしら」

老人がシスモンディの話を引きとる。「繋いだ竿を使っても手紙は盗めないな。足音は途絶えていたしドゥブレが冷蔵庫の前にいた事実は疑えない。足を止めてアナベラと言葉を交わしながら、冷蔵庫のドアを開いて棚を掻き回していたんだから。冷蔵庫を開閉したり棚の収蔵品を動かしたりしながら長い腕で手紙を盗んだというのなら、腕が長いだけではすまない、腕それ自体が三本も四本も必要になる」

「腕も四本あったんです」

クレールが嬉しそうに掌を揉みあわせる。「脚も四本なら、まるで『饗宴』の原人だが」

プラトンがアリストファネスの説として紹介しているのだが、かつて人間は男、女、両性具有（アンドロギュヌス）の三種族に分かれていた。三種族はいずれも二つの顔と四本の腕と脚を持ち、神々に逆らうほどの力を備えていたという。しかし反逆に激怒したゼウスによって、原人たちは躰を二つに切り分けられてしまう。こうして原人の男と女は一人が二人の男や女に分かれ、男根と女陰を備えたアンドロギュヌスの場合は一人から男と女が生まれた。

失われた半身を求めてアンドロギュヌスだった者は男女で求めあい、男の種族だった者は男を、女の場合は女を求めるようになる。これが求愛やエロスの起源だというのだが、この説明には子供のころから疑問があった。アリストファネスの説では、二組の同性愛者にたいし異性愛者は一組しか存在しない計算になる。人口の三分の二が同性愛者だというのは事実に反する。

男と男、女と女では子供ができないから男の種族と女の種族の子孫は減少し、アンドロギュヌスの子孫だけが生き延びたと考えることはできる。しかし子孫を残せない男と女の種族の子孫は死に絶えたはずで、今度はゲイやレズビアンが存在する事実が説明できなくなる。それほど厳密に考える必要のない昔話かもしれないが。

「手紙が消えたとき、この部屋には顔が二つで腕と脚は四本の原人がいたんです」

シスモンディが無愛想に応える。「わかりませんよ、なにをいいたいの」

「ドゥブレはアンドロギュヌスの片割れでした。そしてその日、引き裂かれた半身と一緒にアパルトマンを訪れたんです。ドゥブレは副寝室で釣竿を収納庫から出し、それを受けとった半身は居間の冷蔵庫の後ろ側に隠れる。書斎に入ったドゥブレはアナベラと言葉を交わし、二人の話し声で寝室のクレールさんは目を覚ました」

視覚が失われた代わりに聴覚が鋭敏になったクレールで

も、アンドロギュヌスの半身が室内で息を潜めていることまでは感知しようがない。冷蔵庫の機械音が人の気配を消してしまうからだ。

到着したシスモンディも冷蔵庫の後ろに隠れている人物には気づかない。位置関係からして、意図的に覗きこまなければ発見できない隠れ場所なのだ。老婦人が居間から調理室に行きドゥブレが書斎から居間に出てくる。歩きながらクレールと言葉を交わし、冷蔵庫の前で足を止めて書斎の戸口にいるアナベラと話しはじめる。

短い間を置いてから一気に結論を語った。「ドゥブレが冷蔵庫を開け、リモナードを探す振りで棚の収蔵品を掻き回し、そしてドアを閉じるまでの十秒か二十秒のうちに、半身は竿を繋いで手紙を盗んだんです」

竿の尖端には接着剤かなにか、粘着力のある物質が塗りつけられていた。丸めたガムテープでもいい。小卓まで伸ばされた竿の尖端に手紙が貼りついたら、今度は竿の尖端を書斎のドアに向ける。

「半開きのドアから竿の尖端をアナベラが握る。書斎に竿を引きこんでドアを閉じたら竿を分解し、シスモンディさんが居間に戻った隙に副寝室の収納庫に放りこんだ。半身が回収して持ち出せるように、奪った手紙は廊下の隅か玄関室の荷物の陰にでも隠したんですね」

化粧室と主寝室を通ればシスモンディに気づかれることなく、アナベラは書斎と副寝室や玄関室を往復できた。釣竿を収納庫に、手紙を玄関室に置いてからアナベラは主寝室と化粧室を通って書斎に戻り、それから居間に顔を出した。半身のほうは居間から廊下に出て玄関室に向かう。

「でも調理室から見たのよ、居間から出てきて玄関室に向かうドゥブレを」

納得できないという表情の老婦人に確認する。「そのとき、なにか話しましたか」

「いいえ」

「正面から顔をよく見ましたか」

「ちらりと横顔を」

「背恰好や髪型や服装が同じであれば、別人をドゥブレと思い違えた可能性は否定できませんね。ドゥブレ以外に居間から出てくる人物など存在しないと思いこんでいれば、なおさら」

クレールに問いかけられる。「居間から廊下に出たのがきみのいう半身のほうだとして、そのときドゥブレはどうしていたのかね」

「半身と入れ替わって冷蔵庫の後ろ側に隠れたんです」

「でも、ドゥブレは廊下から居間に戻ってきたのよ」シスモンディが強調した。

「ドアを開いて居間に入ってくるドゥブレを、じかに目撃していますか」

「いいえ」

「足音が聞こえるように玄関室（アントレ）から居間のドアのところまで歩いてきた半身が、戸口でドアを開いて閉じたんです」

それと同時にドゥブレが冷蔵庫の陰から姿をあらわした。ドアの開閉音を耳にして振り返ったシスモンディは、ドアのほうから歩いてくるドゥブレを見て、たったいま廊下から居間に入ってきたところだと思いこむ。半身のほうは居間のドアを廊下側から開閉しただけで、また足音を忍ばせて玄関室（アントレ）に戻った。

「……そうだったの」老婦人が茫然と呟いた。

「この作為に聴覚の鋭いクレールさんも騙されました。クレールさんに気づかれる可能性があるのは、第一に冷蔵庫の横で二人が入れ替わるとき。第二に廊下側のドアが開閉されると同時に、ドゥブレが冷蔵庫の陰から姿をあらわす瞬間でしょう。いずれも乱暴にドアを閉じて素早く行動すれば、反響音に気配や足音は紛れてしまいます」

「なるほど、ずいぶんと凝った悪戯だ」クレールは面白がっている。

「廊下側からドアを閉じた半身は、アナベラが玄関室（アントレ）に隠した手紙をポケットに入れてアパルトマンを出たんです」

ブレイマンが到着したときアパルトマンの玄関ドアが解錠状態だったら、シスモンディは気づいたことだろう。ドアは施錠されていた。鍵をドゥブレから渡されていた半身は、外から玄関ドアを施錠して立ち去ったに違いない。こうして手紙はアパルトマンの外に運び出された。どんなに調べてもアパルトマン内で見つけられるわけがない。手紙はアパルトマンの外に移動し、あたかも消失したように見えた。

ソファに深々と凭れて老人が拍手している。「なるほど、よくできた推論だ。アナベラを引きこんでドゥブレとアリザ、ようするにクロエの双子の姉弟が共謀して手紙を盗んだ。そのあと仲間割れでドゥブレが姉を殺害したというわけだな」

偉大な老知識人からの称讃の言葉に少し照れてしまう。わたし一人の功績ではないから当然のことだ。ドゥブレとアリザの接点を発見したのはカケルだし、結果として二人が双子の姉弟だった事実も突き止めることができた。結論は同じだと思うけれど、わたしの推論にカケルは及第点を出してくれるだろうか。

無言のままの日本人にシスモンディが問う。「このアパルトマンを最初に訪れたとき、居間の複数地点の距離を歩幅で測っていたわね。どんなふうに手紙が消えたのか、あのときにはもう見当がついたの」カケルが測ったのは冷蔵庫から小卓まで、冷蔵庫から書斎のドアまで、書斎のドアから小卓までの距離だった。

わたしが代わって答える。「カケルは見抜いていたんでしょうね」

「それなら話してくれたらよかったのに、手紙泥棒の正体はドゥブレだって」シスモンディが青年を問いつめる。

「アンドロギュヌスというのは二卵性双生児のドミニクとカミーユで、手紙を持ち出した半身というのはドミニク＝アリザね。半身の正体を突きとめなければ手紙は取り戻せない、そのためには時間が必要だったということかしら」

日本人が無愛想に肩を竦める。「手紙を消した人物の正体は最初から明白でしたよ。どうしてそんなことをしたのか、動機を知るために多少の時間を要しましたが」

どういうことなのか理解できないのは、わたしもシスモンディの場合と少しも変わらない。カケルは一昨日、地下鉄(メトロ)で別れる前にマルリの森に行くと口にしていた。昨日も今日の午前中も同じ場所に出かけていたのだろうか。

消えた手紙とマルリの森にどんな関係があるのか。ドゥブレが隠した手紙を見つけるため、青年はスコップで森の大地を掘り返していたのだろうか。わたしは困惑していた。

2

手紙の盗難事件と川船の首なし屍体事件。二つの事件をめぐる推理を語り終えて、家政婦が運んでくれた熱い珈琲を口に含む。話し疲れた躰が刺激を求めているようだ。好みを訊かれたときリキュールにしようかと思ったが、また珈琲にした。医者から飲酒を禁じられている老人の前だから、たとえシャルトルーズやコアントローでも遠慮したほうがいい。

「それで手紙は」家政婦の姿が居間から消えるのを待ちかねた様子で、老婦人が口を開いた。

「アリザを殺したドゥブレが持っている、そう考えていいと思います」

「それなら手紙はドゥブレから返してもらいましょう、ナディアの推理で盗んだ手口もわかったし」

「それは難しいでしょうね」カケルが口を挟んだ。

「どういうことかしら」

「いまドゥブレは警察で事情聴取されています、このままなら他の証拠品と一緒に手紙も警察に押収されてしまうでしょう」

「……そんな」老婦人が悲痛な声を洩らした。「どうしてわかるの、ドゥブレが事情聴取されているって」

「さっきまで僕はバルベス警部と一緒でした。警部によればモガール警視がドゥブレから話を訊いているところだとか」約束の時間に遅れてまで、カケルはジャン＝ポールとなにをしていたのか。

クレールが青年のほうに顔を向ける。「ところでヤブキ君の推理もナディアと同じなのかね」

「同じとはいえません」少し間を置いて日本人が口を開いた。「手紙は盗まれたとの前提からナディアは推理を組み立てましたが、これまでも指摘してきたように手紙は消えたのです。手紙の消失という現象の本質は、手紙という対象に転移した自己消失の可能性ですね。真相を解明しなければならない犯罪事件の正体は、この本質から導くことは可能です」

「犯罪事件の正体とは」

「犯罪など存在しないこと」青年が無表情に断定する。

シスモンディが問い質した。「どういうことかしら。事実として手紙は小卓の上から消えたのよ、ドゥブレが盗んだから消えたとしか考えられない」

「檻から消える虎がサーカスの見世物として人気があるように、消失は娯楽として演じられ観客を愉しませる。このような見せ物としての消失、娯楽としての消失は現存在の日常的頽落である好奇心のいわば変奏ですね。好奇心の対象である消失現象は死への不安とも関係します」

基礎的存在論では現存在の日常的頽落の諸相として空談、好奇心、曖昧性が分析されている。消失を娯楽として愉しむことは好奇心のヴァリエーションだとカケルはいう。

老婦人が顔の前で掌をひらひらさせる。「馬鹿馬鹿しいわ。手紙が消えたから自分は消えなくてすんだと、わたしが思ったとでも」

「事物の消失によって人は死という不可能な可能性を隠蔽できる。ここに消失が娯楽として愉しまれる理由も見出されます。しかし消失からは、それと異なる態度もまた生じうるようですね」

「どんな態度だろう」クレールが話を誘う。

「不可能な可能性としての死は不安の源泉です。人は身体が損傷し生命が失われることは恐怖しえても、私の消滅としての死は恐怖できない。前者には極限的な苦痛、身体の毀損、そして心臓の停止というように具体的な対象があるけれども、私の消失という不可能な可能性としての死には恐怖するべき対象が存在しないから」

この問題はアリス・ラガーシュとも議論したばかりだ。死の可能性が不可能であるのは、人が死について考えるとき死は存在しないし、人が死んでしまえば死について考えることなど不可能だからだ。ようするに私が生きていれば死はそこにないし、死が存在するとき私はもうそこにいない。とすれば私にとって死はどこにも存在しないことになる。

カケルが続けた。「われわれが知らないうちに核戦争がはじまっていて、いままさにソ連の核ミサイルがパリ上空に達したところかもしれない。われわれは核爆発によって、数秒後には百万度の高温のために蒸発し跡形なく消滅してしまう。身体的な苦痛も心理的な恐怖もなく、前触れなしに意識は消える。このような予期されない死、死ぬという自覚のない瞬間的な死、掻き消されるような死こそ本来の死、純粋な死です」

痛かったり怖かったりする死は恐怖をもたらすとしても、たんに生がとぎれるだけの死を人は恐怖しえない。恐怖には対象が必要だから。このような死が恐怖とは区別される情態性としての不安を生じさせる。

「それでも原理的に恐怖しえない死そのもの、夾雑物のない純粋な死を怖れることは可能です」

「なるほど。では、どんな場合に人は死としての死を恐怖できるのか」カケルが事件の話題から離れてもクレールは議論を愉しんでいるようだ。

「ピラミッドがファラオの墓だとして、生前から巨大な墓を造った理由はなんでしょう。毀れた身体が腐敗し乾燥し、最後には塵になる必然性に必死で抗おうと古代エジプト人はミイラを作った。さらにミイラを安置するための巨大な墓所を。ミイラは私を私の身体と同一視する、墓としてピラミッドは私を巨大な石の建造物と同一視する想像力の産物ですね。ミイラとしての私、ピラミッドとしての私が存続する限り私は消えないのであれば、それで自己消失をめぐる根源的な不安に悩まされることもなくなる……」

古代エジプトのファラオはミイラに、そしてピラミッドになることで死の不安を免れようと努めた。それを近代人が嗤うことはできない。征服と大帝国の建設という歴史的偉業も、それを記念するエトワール広場の凱旋門のような建造物も、ナポレオンにはファラオのピラミッドと同じ意味を持ったのではないか。あるいは文芸界のナポレオンをめざしたバルザックの『人間喜劇』にしても。五千年後の今日もクフ王の存在は記憶されているし、千年単位で残るかどうかはともかく、いまのところナポレオンやバルザックのことは誰でも知っている。

数百年、数千年という時間的射程で個人名が記憶されるのは、ファラオなど選ばれた者に限られる。しかしフランクリンやガルバーニやボルタの名前が忘れられても、人類が電気を使い続ける限りその業績は記憶され続ける。ピラミッドは無数の職人や労働者による実践の産物だが、無数の石材を削った無数の鑿の微細な痕跡として、無名の人々の存在もまた今日まで残されているのではないか。

「まさに実践的惰性態だな」

クレールの言葉に青年が頷いた。「不可能な可能性である死への不安、自己消失の不安を回避するためになされる試み、ミイラ化や巨大記念物の建設から政治的偉業や発明発見、芸術作品の創造にいたる多種多様な自己拡張の試みを私の世界化としましょう。世界化された私は不滅だから、私は最終的に死への不安を解消できる。しかし、こうした企ては必然的に反転してしまうんですね」

「反転とは」老人が問う。

「五十年や百年という人間の寿命を超えてミイラやピラミッド、ナポレオンの歴史的偉業や『人間喜劇』は長く残る。しかし、それらの対象に拡張され世界化した私は死への不安から逃れた代償として、それまで回避しえた死への恐怖という罠に新たに捉えられてしまう。何万年か何十万年か経過すればピラミッドも崩壊し、個々の石材も風化して砂粒に変わってしまう。そのときクフ王もまた最終的に消滅します」

ピラミッドが消えてしまう可能性は、私が消える可能性と違って不可能ではない。死の不安を逃れるために世界化した私は、ピラミッドのような拡張された自己という対象を所有した結果として死を恐怖しはじめる。この死は苦痛の極限としての死のような夾雑物のある不純な死ではなく、純粋な死、たんなる消失としての死だ。

カケルが老婦人の顔を見る。「恐怖しえないはずの純粋な死は自己拡張の結果、私の世界化の結果として恐怖されるようになる。この恐怖は深甚です」

「だからどうなの」老婦人は不愉快そうだ。

「四十年以上も前に死の恐怖に憑かれていた少女が、リセの女性教師に同じ怖れを感じとった。少女とはクロエ・ブロック、女性教師とはもちろんあなたです、エルミーヌ・シスモンディ。十六歳のクロエの直感は当たっていた。それから長い時が経過しても、シスモンディさんの死への恐怖は解消されていないように見えますね」

シスモンディは癌で老母を喪っている。その体験を綴った著作の結末には、自然な死など存在しない、たとえ当人が受け入れていようと死は最悪の事故(アクシダン)、不当な暴力だと記されていた。青年は礼を失するほどの露骨さで、シスモンディの創作意欲は消失としての死への怖れに由来すると指摘した。その怖れは少女時代のクロエ・ブロックにも共有されていた、二人の愛情関係は死の怖れという不吉な根に支えられていたのだと。

「このようにして死を恐怖しはじめると人は消失現象にたいして独特の構えをとるようになる。対象に転移した自己消失の可能性は、私が消える代わりに対象が消えた、対象が消えたから私は消えないという頽落した常識的態度ではなく、消失それ自体の否認、絶対的な否認を必然化します。夾雑物のない純粋な死としての自己消失は、私を世界化した者にとって不安でなく恐怖の源泉だから」

〈小鴉(コルネイユ)〉の船室でアリザ・シャロンの屍体を発見したとき、シスモンディは半ば無意識のうちに「奪(と)られているの、また首が」と口にした。そうした場合には「首がない」あるいは「首が消えている」というのがふつうだろう。どんな状況でも絶対に「消える」、「消失する」という言葉を使わないわけではないが、それが重要な出来事だと無意識的に判断しているときは、ほとんど自動的に「簒奪(さんだつ)」や「盗難」として語ってしまう。

「手紙の消失の際も、そして〈小鴉(コルネイユ)〉での首なし屍体の際にも」

「まさか……」

動揺した表情のシスモンディに青年が告げる。「繰り返しますが手紙をめぐる犯罪、手紙の盗難事件など存在しません、それは消失の否認が生じさせた幻影にすぎない」

老婦人が切り口上で応じる。「盗難などなかったとヤブキさんはいうけれど、それでも手紙は消えている。どのようにして消えたのか、消えることができたのか、あなたは説明できるの」

「ええ、もちろん」詰問されてもカケルに動じる気配はない。

「それなら説明してちょうだい、いまここで」

ドゥブレが盗んだのでないとしたら、どうして手紙は消えたのか。わたしも老婦人と同じで、この日本人がなにを考えているのか見当がつかない。

「簡単なことです。……手紙が消えたときの状況を思い出してみましょう。調理室から戻ってきたシスモンディさんは、クレールさんの上着に水が掛かっていることに気づいて、手紙はどうしたのか尋ねたんですね」

老婦人がはっきりと頷く。「手紙を入れたポケットの辺が濡れていたから。湿ったポケットから出して、手紙は椅子の横の小卓に移したとクレールはいうけれど、そこには水のグラスと灰皿しかなかった」

手紙が見えないとシスモンディに告げられた老人は、小卓の上を手探りでたしかめたあと不意に茫然とした表情になった。動転した様子で立ちあがって、両掌で服を叩きはじめる。「どこに仕舞ったんだろう」と繰り返しながら。

興奮して躰をふらつかせたクレールを抱きとめて、シスモンディは老人の衣服を検め、さらに床の上や小卓と安楽椅子の下も覗きこんで見た。しかし手紙はどこにも見あたらない。立ちあがったシスモンディを老人が抱きしめ、老婦人はクレールを安心させようと背中を軽く叩いた。

「小卓の抽斗(ひきだし)にはガーゼ付き絆創膏の紙箱が入っていて、安楽椅子の下には小さな紙片が落ちていました。捜していたのは手紙なのでシスモンディさんは見落としたのでしょう。しかも家政婦が前週の木曜に居間を掃除したときから、その日までクレール氏は怪我をしたことも絆創膏を使ったこともなかった。クレール氏とシスモンディさんの二度にわたる抱擁に絆創膏をめぐる事実を重ねてみれば、そのとき起きたことは容易に推察できます」

「なにが起きたというんですか」

淡々とした口調でカケルは語る。「シスモンディさんが調理室に行ったあと、クレールさんは手紙を封筒ごと縦に二つ折りにして、上着の左袖口に押しこんだのです。抽斗の紙箱からガーゼ付き絆創膏を手探りで一枚出し、両端ともシールを剝がして一端を封筒に貼りつけてから。絆創膏から剝がしたシールの一枚は、小さく丸めてポケットに入れたか小卓の抽斗にでも投げこんだのでしょう。しかしもう一枚を落としてしまい、指先ほどの紙片は安楽椅子の下に舞いこんでしまいました。

一度目の抱擁のときにシスモンディさんの背中に廻した右手で左袖から封筒を抜き出し、絆創膏で服に貼りつけたんですね。あなたがクレール氏の衣服を検めているあいだ、手紙はシスモンディさんの背中にあった。服の検査を終えて二度目に抱擁した際、貼りつけたときとは反対の手順で封筒を左袖に戻したのです」

カケルの指摘にわたしも驚いたが、シスモンディは愕然として身を強ばらせている。それにしても、どうして思い浮かばなかったのだろうか。子供でも思いつきそうな初歩的な手品なのに。

シスモンディとブレイマンがドゥブレやアナベラの身体検査をしているときも、アパルトマン中を必死に捜し廻っているあいだも、手紙はクレールの上着の袖のなかにあった。一度捜したところは二度も捜さないから、袖に隠した手紙が発見されることはまずない。とはいえクレールが実際に手品を演じたのかどうか、まだ結論は出ていないのだが。

「まさか、そんなことが」老婦人が呻いた。

口許を綻ばせて老人がこちらに顔を向ける。「ナディアが推理を披露しているのに、揚げ足を取るのも気が引けて口を閉じていたんだが」

「なんでしょう」わたしは問いかける。

「きみは釣竿の仕組みをよく知らないようだ。手紙の消失をめぐる推理の難点は、釣竿の先がしなって曲がることを考慮していない点にあるな。冷蔵庫の陰からアリザが書斎の戸口で待ちかまえているアナベラに、釣竿の先を向けて先端の手紙を回収させたと仮定するのはよしとしよう。しかしアナベラが先端を持って、釣竿全体を書斎に引きこんだという想定には無理がある。人が先端を持った竿はしなるから、それでは手元の握りのところが床に付いてしまう。その状態で竿を書斎に引きこもうとすれば、握りが床に擦れて音がする。その音に私が気づかないわけがない」

クレールの指摘にわたしは軽く唇を噛んだ。いわれてみればそんな気もする。実験する前に仮説を口にするのは厭だといったのに、この老人から喋るように言葉巧みに仕向けられたのだ。自信を持てないことは、どんなに勧められてもやらないほうがいい。これを今後の教訓としよう。

「それはそれとして、犯人の動機にまできみの推論は及ぶのかね」クレールがカケルに問いかける。

犯人とはどうやらクレール自身のことらしい。事実上の自白を聞かされて、わたしは当然のことながら気落ちした。釣竿を使った手品という真相に自信があったわけではない。実験に成功したなら話は別だが、それまでは関係者の前で口にする気などない思いつきだった。そんな当て推量を仰々しく語るはめになったのは、元はといえば遅刻したカケルのせいなのだ。悔しいというほどではないけれど、なんだか割り切れない気分が残る。

とはいえアリザとドゥブレが問題の手紙を手に入れたことは疑いない。手紙の扱いをめぐって二人が対立し、弟が姉を殺してしまったという仮説はまだ否定されていない。双子の姉を殺害したドゥブレが、アリザに変装して〈小鴉（コルネイユ）〉から脱出したという推理も。

青年が口を開いた。「盗難だというシスモンディさんの固定観念に同調して、手紙をめぐる出来事ではドゥブレに濡れ衣を着せてしまったナディアですが、ドゥブレとアリザの姉弟関係をめぐる発言に誤りはありません。アリザ・シャロンはドミニク、マルク・ドゥブレはカミーユでクロエ・ブロックが十九歳のときに生んだ双子の姉弟です。

ところでクレールさんは女性客を迎えるため、用事を頼んで家政婦を家から出したそうですね。珈琲茶碗の縁に付いた口紅に家政婦が気づいたのは六月二日のことですが、同じようなことは四、五日あとにも繰り返されたとか。その中間の六月四日に手紙は消失しています。

他方、アリザ＝ドミニクは五月二十八日から〈小鴉（コルネイユ）〉に滞在しはじめる。その日から六月二日までの五日間のうちに、再会を果たした弟ドゥブレ＝カミーユの仲介でクレール氏と面会の約束を取りつけたとしても意外ではありません」

人払いをしてアリザと会ったクレールが、シスモンディに古い手紙を返却するよう頼んだのは翌日のことだ。次の日にシスモンディが持参した手紙は、安楽椅子の横の小卓から消えた。

手紙は三日後に再訪してきたアリザ＝ドミニクに手渡された。しかしアリザの殺害現場だった〈小鴉（コルネイユ）〉から問題の手紙は発見されていない、殺人者が持ち去ったと考えるしかない。川船の事件をめぐるわたしの推理が正しければ、手紙はアリザを殺害したドゥブレに奪われたことになる。

「本当なの、ヤブキさんが推測したことは」険悪な表情でシスモンディが老人を問いつめる。

「エルミーヌ、お願いだから責めないでほしい。ちょっとした悪戯のつもりがマルクやブレイマンまで巻きこんだ騒ぎになってしまい、本当のことを言い出せなくてね」

「だとして、いま手紙はどこにあるの」

「ヤブキ君の察した通り、マルクの姉でクロエの娘だという訪問客に渡した。例の置き手紙のことをクロエは心底から後悔し気に病んでいたという、どうしても拭い去りたい人生最大の過ちだと。走り書きのある紙片を同封して、きみに渡した手紙ごとクロエの娘に返却することにした。あの出来事を私がどんなふうに受けとめたのか、ドミニクにも知ってもらいたいと思ったんだ」

「どうして、わたしに秘密にしていたの」老婦人の声は悲しげだった。

「クロエの置き手紙も私が書いた手紙も、きみはアリザに渡すことには反対するだろう。友好的とはいえない関係のマルクが絡んでいる以上は」

「ひどいわ。あの置き手紙をクロエが取り戻したいというなら、わたしに反対する理由はないのに」

クレールが言及した走り書きのある紙片、クロエの置き手紙とはなんだろう。アリザはパリ旅行の目的に生き別れた弟との再会、手紙をめぐる母親の願いを叶えることの二つを挙げていた。問題の手紙とは走り書きのある紙片のことで、どうやらクロエがクレールの家に置き手紙として残したものらしい。

シスモンディが捜しているクレールの手紙と、アリザが取り戻そうとした手紙は同じものだとわたしたちは考えたが、それは事実と相違していたようだ。もともと二つの手紙は別物で、クレールが前者の封筒に後者も入れてシスモンディに渡したのが真相らしい。

「第三者が関与する問題ではないようだし、あとはお二人で」

二人の口論には興味がない様子で席を立ちかけた日本人に、老婦人が早口で語りかける。「ちょっと待って。手紙をめぐる謎は解けました。あなたの手腕を疑ったこともあったけれど、わたしが間違っていたわ。期待したのとは違う結果でしたが、ヤブキさんの尽力には心から感謝します。でも、まだ〈小鴉(コルネイユ)〉の事件をめぐる謎は解かれていない。あなたなら真相を見抜いていることでしょう。

手紙をめぐる推理は残念だったけど、川船事件のほうはナディアの推理でいいのかしら。なにしろアリザ・シャロンの屍体を発見したのはこのわたしだから、あの事件には無関心でいられないの。いったい誰がアリザの命を奪ったりしたのでしょう」

「そうだ、私もきみの話を最後まで聴いてみたい。謎解きの途中で探偵役が退場するなどあってはならんことだ、そうは思わないかね」

カケルの推理を聞きたいのはわたしも同じだ。「そうよ、ドゥブレがアリザを殺したんじゃないの」

青年がシスモンディに応じる。「事件について考えたことを話すのはかまいませんが、二つ問題がありますね」

「なんですか、問題とは」

「現象学的推理についてなど、シスモンディさんには関心のなさそうな話を聞いてもらわなければならないこと。これを第一とすれば、第二は手紙の内容にわたることまで話題にせざるをえないこと。

クロエの希望を叶えるため、アリザは手紙を取り戻そうとしてパリに来たとのことです。その手紙とはシスモンディさん宛にクレールさんが書いた手紙ではなく、先ほど話に出た走り書きのあるクロエの紙片のことでしょう。その紙片を同封したシスモンディさん宛の手紙を、クレールさんはアリザに手渡した。一連の事件の出発点には問題の紙片と、それに言及したクレールさんの手紙がある。紙片の文章や手紙の内容に触れることなく事件の真相を解明することは不可能ですから」

「あなた、二つの手紙の内容を知っているの。まさかドゥブレから取り戻したのでは」

老婦人に問いつめられても平然としている青年にクレールがいう。「かまわんよ、私は。アリザ殺しの犯人や犯行方法がわかるだけでは面白くない。ヤブキ君の現象学的推理を最初から語ってもらおうじゃないか。それでいいだろう、きみも」

老人に同意を求められてシスモンディも渋々ながら頷く。

「わかりました、手紙の内容について秘密を守っていただけるなら」

しばらく沈黙していた日本人が語りはじめる。「利害ではなく観念が惹き起こすタイプの犯罪に僕は興味があります。それが現象として生成する過程に立ち会い、その意味するところを全体として了解すること。これまでも何件かの観念的犯罪を現象学的研究の対象としてきたのですが、正直にいって今回は勝手が違いました。そもそも最初に持ちこまれた手紙捜しの件は、現象学的に真相を推理することが困難でしたから」

手紙の消失事件の支点的現象は〈手紙の消失〉で、こうした同義反復的な事態には現象学的な推理は不適当だと、たしかカケルは語っていた。

「支点的現象である〈手紙の消失〉の本質は、手紙という対象に転移した自己消失の可能性です。しかし、これを導きの糸に事件をめぐる証拠や証言を論理的に構成し、真相に到達したとはいえません。

先ほども話したように、小卓の抽斗のガーゼ付き絆創膏や安楽椅子の下の小さな紙片、事件の際のクレール氏によるシスモンディさんへの二度の抱擁などなど、これらの事項を論理的に配列してはみたのですが、それは支点的現象の本質に導かれていない当て推量にすぎません。この点ではナディアの推論と権利的に同等です。

しかし、支点的現象の本質がなんの役にも立たないとまではいえないため、問題はかえって複雑になる。手紙という対象に転移した自己消失の可能性は、手紙の消失を盗難だと主張したシスモンディさんの信憑（しんぴょう）の根拠、むしろその無根拠性を明らかにすることで、消失を消失として正確に把握するための条件をもたらしました。手紙の盗難という信憑の無根拠性を明らかにした点では一歩前進としても、手紙の消失の支点的現象は〈手紙の消失〉であることが再確認できたにすぎません。この点では足踏み状態が続いていたのです。

　調査を依頼されてシスモンディさん、クレールさんから事情を聴いた時点で、疑似盗難事件の疑似犯人がクレールさんに違いないことは明瞭でした。同時に、この自明性が常識論による臆断（おくだん）、もっともらしい当て推量にすぎないこともまた。支点的現象の本質が事件解決の導きの糸にはならず、それとは別の真実を開示してしまうという奇妙なズレに当惑していたときでした、〈小鴉（コルネイユ）〉の事件が発生したのは。

　失われた手紙という口実でシスモンディさんが〈小鴉（コルネイユ）〉に誘い出された点からしても、二つの事件が無関係でないことは明白です。しかも第二の事件の被害者からは二本の指と頭部が消失していた。しかし僕が興味を惹かれたのは無頭女（メドゥーサ）を模したらしい屍体ではなく、船室の天井や評論誌の表紙に残された『三本指の血染めの手形』だったのです。

　三本指の血染めの手形は三本指の手の写真や三本指の手の絵など他の三本指の視覚像で代替できるので、血染めの手形の箇所は本質的ではありません。問題は三本指、正確にいえば左手の小指と薬指の喪失です。ここから〈小鴉（コルネイユ）〉事件の支点的現象を『三本指の血染めの手形』として与えられた〈小指と薬指の消失〉、ようするに〈指の消失〉と捉えることができます。

　指という対象に転移した自己消失の可能性が〈指の消失〉の本質です。しかし手紙の事件と同じことで、この場合も支点的現象とその本質が事件解明の導きの糸としては役に立ちそうにない。もちろん手紙のときと同様に恣意的な推論は可能だし、常識的にはそれが真相だろうと判断できます。しかし現象学的な思考から導かれたのではない推論は、真であることの根拠を欠いた当て推量にすぎない。というわけで僕の困惑は深まるばかりでした」

　わたしが事件の支点的現象をいくら問い質しても、カケルは曖昧なことしか語ろうとしなかった。ラルース家事件のときの約束と違うので納得できなかったけれど、どうやらカケル自身が本当に迷っていたらしい。現象学的推理が通用しない事件に出くわしたのは最初のことだから、いつも自信たっぷりの青年は当惑したようだ。

「もちろんきみは、直面しえた困難を解決しえたのだろう。その話に進む前に、恣意的な常識論にすぎない推論についても聴いておきたいな」

クレールの言葉に青年が応じる。「でしたら、ナディアの推理の難点を検証するところからはじめましょうか。それは手紙をめぐる推理と同様に、与えられた証拠や証言を一応のところ首尾一貫した論理で配列することに成功しています。ただし構成された論理には、無理や難点も散見されるのですが」

釣竿でドゥブレが手紙を盗んだというわたしの推理も、クレールがシスモンディの背中に手紙を貼りつけたというカケルの推理も辻褄が合っているだけで、それ自体としては真理性を主張できない、権利的に同等の当て推量にすぎないと青年はいう。釣竿の推理は実験すれば間違いが判明したにしても。

正直なのは結構なことだ。犯人のクレールが自白したとはいえ、それも嘘かもしれないと疑いうる以上、二つの推理の真理性をめぐる争いに決着がついたとはいえない。なにを語ろうとしているのか、カケルの言葉にわたしは注意して耳を傾けた。

「ナディアの推論に散在する難点をいくつか挙げてみましょう、クレールさんとシスモンディさんが指摘ずみの点とも重なりますが。午前〇時三十分に〈小鴉（コルネイユ）〉から外出したムスリマふうの外見の人物が犯人だったとして、ようやく殺人現場を脱出しえたというのに、今度は女野宿者のカシとして〈小鴉（コルネイユ）〉の停泊地点に舞い戻ってきたのはなぜか。どうしてそのまま姿を消さなかったのか。〇時三十分の女の正体がドゥブレでカシとは別人だったとしても、女野宿者をめぐる謎は残されてしまう。

犯人がアリザを装ったとして、どんな理由でドレッドの髪に加え三本指の左手まで偽装したのか。

そもそも被害者の衣類を身に着けるだけで、変装には充分ではないだろうか。

犯人はシスモンディさんに容疑を向ける目的で川船まで呼び出したとナディアは説明しました。しかし船を出て電話してみないことには、その計画が可能かどうかの見通しさえつかないのです。もしもシスモンディさんが外出中で〈小鴉（コルネイユ）〉に呼び出せなければ、犯人に仕立て上げることなどできません。本当に実行できるかどうかわからない計画のために屍体の頭皮を剝がし、自分の指二本を根元から折ったりするものでしょうか。

ナディアが見落としている点で無視できないのは、無頭女（メドゥーサ）に擬せられた屍体が右手に持たされていた青酸化合物の小瓶です。左腕に巻かれた縄は船室の戸棚から調達された品でしたが、毒薬の小瓶は船外から持ちこまれたものに相違ありません。犯人は被害者を毒殺する計画だったのか。そうだとしたら、毒殺をやめたのはなぜか。どうして頭部に致命傷を与えて殺害したのか」

さらに決定的な難点があるとカケルはいう。アリザの頭皮を剝いで鬘代わりに被り、左手の指二本を甲の側に折りこんだ犯人が船を出たとしよう。それだけの準備をした以上、証言者として予定しているペイサックにはどんなことがあろうと、絶対にドレッドの髪と三本指の左手を見てもらわなければならない。しかし犯人はベンチで寝ている野宿者の前を無言で通りすぎ、後ろ姿しか見えないところでスカーフを外している。

〈小鴉（コルネイユ）〉の船体に平行して置かれたベンチで、ペイサックはロワイヤル橋の方向に頭を向けて横になっていた。橋のほうに歩き去る人物の後ろ姿を見るためには、位置関係からして顔を上げるだけでは足りない。完全に身を起こして上体を捻るか、ペイサックがそうしたように寝返りを打って頭を上げるかしないと、去っていく人物の後ろ姿は見送れないのだ。

「これでは苦心の変装の成果を、証言者に見てもらえる可能性はきわめて少ない。犯人が顔を隠したまま言葉を発することなく、それでも野宿者に個性的な髪型と三本指の左手を印象づけるための演出法はいくらでもあります。ベンチの前を通るとき左掌を野宿者の顔の前に突き出すとか、ベンチを通りすぎたところで大きな咳払いをして注意を惹くとか。しかしそうした作為を犯人が凝らした形跡は皆無です。ベンチに躰を横たえ、もしかしたら眠っているかもしれない野宿者の前を黙って通過したにすぎません」

指摘されるまで思いもしなかったことだが、いわれてみればたしかにそうだ。他の難点はどうにでも言いぬけられそうだけれど、これは難問といわざるをえない。目撃者として予定している人物が肝心の変装を見てくれないかもしれないのに、なんの手も打つことなく立ち去った犯人の行動はどう見ても不自然だ。

「なにより謎めいていたのは現場に残った三本指の血染めの手形でした。この奇妙な痕跡によって捜査陣は混乱に見舞われてしまいます。なにしろ殺人現場にいた三本指の人物は無頭女（メドゥーサ）に擬せられた被害者本人なのだから。手形の血は被害者のものなのに切断された頸部以外に外傷は認められない。
碇の尖った先端で頭部に致命的な傷を負ったらしいアリザが、血を流しながらテーブルに這いあがり、四隅を止めている鋲を抜いてレコードジャケットを天井から剝がしたと考えざるをえない。しかしジャケットを必要としていたのは犯人であって、瀕死のアリザに天井のジャケットを外さなければならない緊急の事情など想定しがたいのです。犯人に攻撃された直後の被害者は、いったいどんなわけでジャケットを外そうとしたのか。

この不自然を合理的に解釈するにはレコードジャケットを外したのは犯人で、天井の血染めの手形も犯人が残したと考えるしかない。しかし、ナディアが組み立てた推論の小さな無理がこの場合にも気になります」

被害者の屍体を無頭女（メドゥーサ）に似せて装飾してから、犯人は血を吸った手袋を外し、小指と薬指を甲の側に折りこんでガムテープで固定した。そこまで作業を終えたところで、天上に貼られているLPレコードのジャケットに気づく。被害者の正体を隠したい犯人はジャケットを剝がそうとするが、両手とも手袋を通して染みこんだ血で汚れている。三本指に偽装した左手を雑誌の表紙に、さらに天井にも突いて血染めの手形を残しながらジャケットを外し、そのあと手を洗って現場から逃走した……。

「このようにナディアが推定した犯人の行動ですが、無理があることは否めません。そもそも三本指を偽装するために、血まみれのまま手の指を折るものでしょうか。折った指をガムテープで固定するにしても、先に手を洗うのが常識的な振る舞いでしょう。シンクのあるキチネットは居間の横で、手を洗うのに時間も手間もかかりません。どのみち手は洗わなければならないわけで、脱出を急ぐため時間を惜しんだという解釈にも説得力はありません」

さらに無視できない問題があるとカケルはいう、ジャケットを剝がすため雑誌や天井に付けた三本指の血染めの手形をそのまま放置したことだ。血を綺麗に拭いとるのは面倒でも、指が何本なのか判別できないように血の跡を擦（こす）ってごまかすのは簡単だ。犯人は指紋が残らない程度に擦れているが、三本指であることはわかる血染めの手形を残している。犯人と被害者の不可解な行動を合理的に解釈できない当て推量は、最終的には犯人が三本指を偽装したという仮説に引きよせられてしまう。

犯人は自分の指を折ってまで、クロエが○時三十分に船を出たかのように見せかけた。しかし雑誌の表紙と天井に残った血染めの手形は、三本指が犯人の偽装であることを暴露する決定的な証拠となる。一方では三本指を偽装し、他方では偽装を自己暴露しかねない自家撞着（どうちゃく）的な行動を、どうして犯人はとってしまったのか。

「僕の常識論的な当て推量は、ナディアのそれと比較して簡単です。夏至の午前〇時三十分に船を出た人物の正体こそ〈小鴉（コルネイユ）〉事件の中心的な謎だというナディアの指摘は妥当なので、この謎から検討してみましょう。問題の人物が本当にアリザ・シャロンであれば、殺されるために船に戻らなければならない。しかし〇時三十分から屍体発見の午前二時まで、船は岸側も川側も複数の目で監視されていて、出入りした人物は一人もいなかったことが確認されています」

そのときすでに犯行がなされていたなら、〇時三十分の女はアリザではない、別人がアリザに扮して船を出たと考えざるをえない。しかし野宿者のペイサックが、問題の人物をアリザと思いこんだのもまた事実だ。黒いスーツケースは誰でも船内から持って出られるし、同じような体型であればアリザの服を着ることもできる。としても、レゲエミュージシャンふうの髪型と三本指の偽装は容易でない。

犯人の可能性が高い謎の人物は、アリザ本人だと目撃者が思いこむほど完璧に、髪型と三本指の左手をどのように偽装しえたのか。ドレッドヘアのほうは鬘を使ったのかもしれない。とするならアリザ殺しは計画的な犯行ということになり、偶発的な出来事を思わせる現場の状況とは矛盾するのだが。髪型はともかく三本指の左手にかんしていえば、鬘のような常識的な方法は思いあたらない。

「それでも謎の人物が、自分の小指と薬指を根元からへし折ったというような無理な仮説を持ち出す必要はない。もっとも単純で、だからこそ現実的な仮説があるから。その人物は三本指を偽装したのではない、もともと事実として三本指だったのではないか」

わたしは思わず口を挟んだ。「被害者と犯人が二人とも左手の小指と薬指を失っていたなんて、そんな偶然はとても信じられない」

確率として無限小の可能性を持ち出すことなく事件を説明するため、わたしは必死で頭を絞った。もしも犯人が被害者のアリザと同じように三本指であれば、不可解な謎など最初から存在しなかったことになる。

手袋で三本指を隠した人物は船が監視されていない時間帯、午後十時四十五分から十一時三十三分のあいだに〈小鴉（コルネイユ）〉に入った。ムスリマの扮装で九時半に外出していたアリザが十一時三十三分に戻ってくる。二人は話しあいをはじめるが、言い争いが掴みあいになってアリザは床に突き倒されてしまう。

　碇の鋭い尖端で頭部に致命傷を負って、アリザは絶命する。被害者の首を切断した犯人は屍体を無頭女（メドゥーサ）に似せて装飾し、作業を終え血まみれの手袋を外したところで天井のレコードジャケットに気づく。現場には残しておけない事情があったのだろう。手袋の布を通して血が染みついた手のままテーブルに上がろうとして、左手を雑誌に触れてしまう。その勢いで表紙に血染めの手形の付いた雑誌が床に落ちた。テーブルの上で左手を天井に突いて躰を安定させながら、レコードジャケットを止めていた四つの鋲を右手で外し、それからシンクで手を洗った。

「このように想定すれば戸棚などの五本指の手袋跡と、雑誌や天井に残った三本指の素手の跡が現場で混在していた事実も無理なく説明できます。でないとシンクで洗った左手をまた血で汚してから、雑誌や天井に三本指の手形を残したことになってしまう。

　あらためて問いますが、どんなわけで犯人は三本指の血の跡を残したのか。被害者を装うため三本指の左手を目撃者に見せつけて殺人現場を離れようとしている人物が、アリザ殺しの犯人も三本指であることを示すような証拠を残す理由はない。あるいは犯人自身の手形ではないのか。その場合は頭部に致命傷を負った瀕死の被害者が、傷口から流れる血で汚れた左手を雑誌や天井に突いたことになり、これこそ不自然のきわみといわざるをえません。

　犯人は自分が三本指であることを隠す気はなかった。だから血が染みた手袋を外したばかりの手で、天井のレコードジャケットを外そうとしたのです。すべての作業を終えてから血で汚れた自分の服をアリザのムスリマふうの服に着替え、スカーフを着け、黒いスーツケースを持って船を出た。このように想定すれば犯人の行動も三本指の血染めの手形も、無理なく自然に解釈できます」

　クレールが顔を顰める。「きみの推定には説得力がない。同じ時間、同じ場所に三本指の女が二人もいたと想定することに現実性は皆無だろう。しかも二人は被害者と犯人で、さらに身長や体型まで似ていたとなると」

「三本指の女は二人でなく三人いたようです」カシが左手を見られないようにしていたことをカケルは説明した。

「とはいえ三人のうち被害者以外の二人は同じ人物でしょうね。〇時三十分に船を出た女がカルーゼル橋の下で調達した古外套を着込み、顔や髪に泥を擦りつけて野宿者に変装してから〈小鴉（コルネイユ）〉のところまで戻ってきた。これ以降はアリザを碇の上に突き倒した犯人、謎の三本指の女をカシという自称で呼ぶことにしましょう。

三本指の女が二人いたという仮定は、たしかに不自然かもしれません。しかし不自然きわまりない現場の状況は、このように仮定することで自然なものとして説明できるのです。たとえばマドモワゼル・モガールも力説していたように、現場の状況は事件が偶発的に生じたらしいことを示している。計画的な犯行ではないのに、どうして問題の人物は指紋を残さないための手袋を用意してきたのか」

犯人が夏なのに手袋を着けていた事実も、手指が欠けているとすれば理解できるとカケルはいう。左手の小指と薬指に詰め物をした特製の手袋を、ふだんから用いていたのではないか。

「もう一点、夏なのに手袋を着けた女の存在を警察は洗い出しています。事件の夜、午後十時四十分に裕福そうな印象の女性がリヴォリ街の〈ル・ムーリス〉にチェックインしました」

葬儀にでも参列したのか、高級ブランドの黒いミディドレスに肘まである黒の長手袋、帽子とヴェールも黒だった。しかもパスポートはクロエ・ブロック名義で年齢は五十八歳、トロカデロの住所は戦前にブロック家のアパルトマンがあったところだ。

「夏なのに手袋を着けていた点に着目すれば、この人物も三本指の女の候補といえます。事件の周辺に三本指の女が四人もいたとは考えられません、おそらく同一人物が複数の役柄を演じ分けていたのでしょう」

この人物がチェックインする一時間半前、午後九時にはミカエラ・シャロンというイスラエル人女性がロワシー空港で入国手続きをしている。出発地はテルアビブ空港。一時間半というのは、ロワシー空港で入国審査を終えてからタクシーでリヴォリ街の高級ホテルに到着するまでの時間として過不足ない。

「イスラエルでシャロン姓は珍しくないのですが、事件の被害者アリザと同姓という事実は注目に値します。入国カードによればミカエラ・シャロンは一九二〇年にフランスで出生、国籍はイスラエル。生年と出生地がホテルの宿泊カードや提示されたパスポートから得られたクロエ・ブロックのそれと一致します。しかも同姓であるアリザ・シャロンの母親がクロエ・ブロックですから、これを偶然の一致として片付けるのには無理がある」

老人が考え深そうな顔で頷いた。「そうか、イスラエルに移住したユダヤ人には出身国との二重国籍者が多い。国籍取得の際に元の姓名を改めたとすると」

「クロエは生きていた……」茫然としてシスモンディが呟いた。

カケルが続ける。「同日の午後十一時十分、川船〈どんぐり(グラン)〉の住人が黒のミディドレスに黒い帽子の女性を目撃しています。後ろ姿しか目にしていないためヴェールや手袋までは確認していませんが、〈ル・ムーリス〉のフロントで宿泊手続きをした女性と同じ服装だし同一人物の可能性は高い。この女性は川辺の遊歩道から〈小鴉(コルネイユ)〉の船尾をじっと眺めていたとか」

「〈ル・ムーリス〉からロワイヤル橋まで歩いて十分ほどだろう。十時四十分に宿泊手続きをした五十八歳のクロエが客室で一休みしても、三十分後に〈小鴉(コルネイユ)〉に来るのはもちろん可能だ」ミカエラ・シャロンのパスポートで入国したクロエ・ブロックは、〈ル・ムーリス〉にチェックインしてから、十一時十分には〈小鴉(コルネイユ)〉に到着していた。

クレールの話を老婦人が引きとる。「もしかしてヤブキさんは、クロエが娘のドミニクを突き倒して殺してしまったとでもいいたいのかしら」

「支点的現象の直観された本質に導かれていない推論は、そのようにも考えられるという程度の当て推量にすぎません。事件をめぐる証拠や証言の組みあわせは、荒唐無稽な例から説得的な例まで無限に多様です。クロエ・ブロックが〈小鴉(コルネイユ)〉に滞在していた娘のドミニクを意図してかどうか突き倒して絶命させ、〇時三十分に船を出たあとカシとして戻ってきたというのもその一例ですね。これが真相ではないかという誘惑に常識的判断は流されかねませんが、臆断は臆断でしかない」

クレールが確認する。「しかし支点的現象としての〈指の消失〉や、その本質である指という対象に転移した自己消失の可能性が、証言や証拠という多数の項を論理的に配列するための導きの糸にならないとすれば、きみの推論は最終的に当て推量の域を出られないわけだが、そうなのかね」

「クレールさんの指摘通りです。得られたのは一応のところ説得的な当て推量、常識論の域を出ない仮説にすぎません。しかもこの常識的なだけ現実的とも思われる推論は、圧倒的に非常識で非現実的な仮定に吊り支えられている。母親のクロエもまた娘のドミニク＝アリザと同じように左手の小指と薬指を失っているという仮定です。

ナディアの推論には論理的な無理や困難があちこちに散在していますが、僕の当て推量はもろもろの無理や困難を、犯人のクロエもまた三本指だったという一点に凝縮して封じこめたにすぎません。だからこそ〈指の消失〉が支点的現象なのだとしても、その本質、指という対象に転移した自己消失の可能性は事件の謎を解明する役に立ちそうにない。アリザもクロエも指を失ったのは事件の夜ではなく、はるか以前のことらしいのです。〈指の消失〉は〈小鴉（コルネイユ）〉の事件と、じかに関係しているとは考えられません。僕の困惑は深まるばかりでした。

さらに〈小鴉（コルネイユ）〉の船室からは、無頭女（メドゥーサ）に擬せられた首なし屍体が発見されている。ナディアは事件の中心点が首のない屍体、〈首の消失〉と想定したのですが、〈首の消失〉と〈指の消失〉は身体の一部の喪失という点で共通します。この二つを無関係と考えていいものかどうか。さらに川船で起きた事件と手紙をめぐる事件もまた、指の消失と手紙の消失という具合に消失という一点で共通します。

もっともらしい当て推量は、支点的現象の本質に裏づけられてはじめて真実性を主張しうる。その出発点は無頭女（メドゥーサ）の正体を知ることではないか。そしてイヴォン・デュ・ラブナンのノートやシスモンディさんやクレールさんを含む関係者の話から浮かんできたのは、無頭女（メドゥーサ）をシンボルとした女性結社の存在と、それを背景とした三十九年前の失踪事件でした」

リセ・モリエールでシスモンディの生徒だったクロエ・ブロックは、一九三九年の夏至前夜に失踪している。三十九年後の二つの事件、消失した手紙と消失した指をめぐる事件はクロエの失踪、クロエ本人の消失とおそらく無関係ではない。三つの消失事件は時空を超えて円環をなしているのではないか。そこでカケルは、イヴォンによるクロエ捜索のあとを辿ってみることにしたのだという。

調査から判明してきたのは失踪後のクロエの足取りだった。その年の夏を祖母とニース近郊で過ごしたクロエは、開戦の直後にブロック家の人々とイギリスに渡った。翌年四月に一人でパリに戻って双子を出産し、ヴェル・ディヴ事件が起こる一九四二年七月までトロカデロの自宅に潜伏していた。ユダヤ人の大量逮捕に怯え自己保身に駆られた管理人（コンシェルジュ）から退去を求められて、進退に窮したところを叔父のルヴェールに救われる。

一年半のあいだルヴェールが用意した避難所を転々とする生活が続いた。しかし一九四四年の二月にゲシュタポが隠れ家に踏みこんできて、双子の姉ドミニクは左手の小指と薬指を拷問で切り落とされた。救出に駆けつけたルヴェールは負傷して捕らえられ、双子を救うため母親は自分が犠牲になることを選ぶ。逮捕されポーランドのコフカ収容所に送られたクロエは、一九四五年一月の四人暴動の際に焼死した。

「〈小鴉〉事件の被害者アリザ＝ドミニクが左手の指二本を失ったのは、ゲシュタポ将校に拷問され料理鋏で切断されたからです。とはいえドミニクの〈指の消失〉が、対象に転移した自己消失の可能性であるというのは、依然として意味不明で支離滅裂としかいえません。疑問が氷解しはじめたのは、コフカ収容所の囚人だったエドガール・カッサンの話から暴動の夜の出来事を知ったときでした」

懲罰房の壁に左手首を手枷で繋がれていたクロエだが、その救出に囚人仲間のカッサンとドニが向かった。ドニは髑髏団のドイツ兵に射殺され、逆襲したカッサンが兵士の喉笛を切り裂いた。壁に打ち込まれた鉄環を懸命に引っぱってみるが、どうしても引き抜けない。手枷から手首を抜くことも。懲罰房のある建物にも火が廻ってきた。自分はここに残る、カッサンは脱出し生き延びてほしいとクロエに懇請された男は、やむなく救出を断念し燃えさかる建物から雪の大地に転げ出した。

〈ル・ムーリス〉にチェックインしたのち〈小鴉〉にあらわれたとすれば、カッサンの証言に反してクロエは生きていたと想定しなければならない。壁に繋がれたクロエは、どうして焼死を免れえたのか。なんらかの仕方で、手枷から手首を引き抜くことができたのだろうか。

「コフカ収容所の囚人暴動と大量脱走にかんしては、たまたま多少の裏事情を知る機会がありました」カケルが語ろうとしているのは、ダッソー家事件のときに知ったコフカの囚人暴動をめぐる事情だろう。「クロエを壁に繋いだ髑髏団の将校は、暴動がはじまる前に敷地の隅の小高い丘にある小屋の付近で死亡しています。絶命した将校のポケットにあった鍵で、懲罰房のクロエが手枷を外すことは不可能だから、それ以外の方法で手枷から逃れたと考えざるをえない。

想定できる可能性はひとつです。ドニがドイツ兵によって射殺されたとき、手にしていたナイフが飛んでクロエの足許に落ちたとか。そのナイフで左手の小指と薬指を根元から切り落とし、手首を手枷から抜いたのではないか。指ですむのに手首ごと切り落としたとは考えられないし、小型ナイフでは手首を一撃で切断するのは難しい」

シスモンディが異議を唱える。「わたしはクロエの性格をよく知っています。失血は死に通じますね。本気で死を怖れていた娘が自分の指を二本も切り落とすなんて、わたしには想像もできないわ」

「それが可能だったのは、娘のドミニクが指を切り落とされた光景を目撃したからかもしれませんね。三歳のドミニクが耐えた苦痛に母親の自分が耐えられないわけはない、娘と同じように三本指になろう。自分の指を切断するという並外れた意志は、脳裏を過ぎるそうした思念から生じたのではないでしょうか。

手枷から手首を抜くためなら親指を犠牲にすればいい。親指一本ではなく小指と薬指の二本を犠牲にしたのは、摑んだり握ったりする手の機能をできる限り残そうという合理的な判断からではなく、自分の左手を小指と薬指のないドミニクと同じにしよう、そうしなければならないという思念に憑かれていたからではないか」

それなら理解できそうな気もする。幼いドミニクが苦痛に満ちた陰惨な体験を強いられているとき、それを見ているしかなかった母親。残忍な拷問からわが子を救えなかった自分が許せないという悲痛な思いに、一年のあいだクロエは身を引き裂かれていたのかもしれない。ドミニクの苦しみをわがものとするためなら、自分の指を切り落としてもかまわないという思いが、自然に湧いてきたのではないだろうか。

収容所を脱走したクロエはソ連軍に保護されたか、カッサンのように自力でオデッサ港の帰還船まで辿り着いたのか、とにかく生きてフランスに帰国することができた。戦争直後の混乱のなかでカッサンを捜すのは無理だったが、著名事業家のエミール・ダッソーとはじきに連絡が取れた。ダッソーからドミニクの養育先を訊いて娘を引きとり、新しく生き直そうと建国後まもないイスラエルに移住することにした。

「なるほど、だから〈小鴉（コルネイユ）〉には三本指の女が二人いたことになるのか」老人が呟いた。

事件の夜、〈小鴉（コルネイユ）〉の船内には左手の小指と薬指を失った女が二人いて、一人は犯人、もう一人は被害者だった。常識では信じられない非現実的な想定だと思っていたけれど、カケルの説明で腑に落ちた。娘の指はゲシュタポに切り落とされ、収容所から逃れるため母親は娘と同じ指を自分で切断した。この母と娘が夏至の前夜、セーヌの川船の客室で顔を合わせ、そして惨劇が起きる。まだ動機はわからないが、家族内での殺人は稀少な出来事とはいえない。殺人ではなく不慮の事故だったとしても同じことだ。

「一九四五年まで時間を遡ることで、ようやく支点的現象としての〈指の消失〉とその本質が意味を持ちはじめました。一九四五年一月にコフカ収容所で起きたクロエの脱出事件で見逃せないのは、手枷に繋がれた左手、手枷から抜けない手首、抜くために切り落とされる指といった一連の事項で、それをクロエ自身は解放のための指の切断、ようするに〈指の消失〉として意味づけたのでした。しかもクロエ脱出事件における〈指の消失〉の意味は二重です。一年前のドミニクの〈指の消失〉を、自身で反復するものとしての〈指の消失〉。

繰り返しますが、〈指の消失〉の本質は指という対象に転移した自己消失の可能性です。この本質に導かれて壁に手枷で固定された左手首、離れた場所で死亡していた手枷の鍵の所有者、足許に落ちたナイフ、火の手が廻った建物などなど、懲罰房の出来事をめぐる複数の事項を論理的に配列するなら、クロエ脱出の真相は常識論的な臆断でも当て推量でもない、不可疑的な明証において与えられるのです」

クレールが口を開いた。「檻のなかで虎が消えたから私は消えない、消えなくてもすむ。これと同じようにクロエは考えた、指が消えたから私は消えない、消えなくてもすむと。〈指の消失〉の本質に導かれるなら、手枷から逃れるためにクロエが二本の指を切り落としたという結論は唯一で必然的だ。きみがいいたいのはそういうことかね」

「消失の対象として虎と指では意味が違いますね。モノは空間的に移動し時間的に変容しながらも不滅で、事物は本性的に消滅しえない。消滅し消失し完全に無に帰してしまえるのは人間だけです。より厳密に人間を現存在、あるいは対自存在、あるいは実存と呼んでもかまいません。言い替えれば人間のみが人間的な意味で死にうる、消失しうる。消えることのできない事物が消えたように見えるのは、人間にだけ許された自己消失の可能性がそこに投影されるからです。事物の消失とは、事物に託された自己存在の消失可能性に他なりません。

死という不可能な可能性の自己隠蔽という点で、虎や象や列車の消失をマジックとして愉しむ者たちは、好奇心とお喋りに没頭する日常人（ダス・マン）と少しも変わりません。そこには現存在の日常的頽落がある。しかしクロエの選択は、それと似ているようで大きく異なっていました」

私の身体は物質的構造として半ばモノにすぎないが、しかし私という生きられる主観は私の身体なしに存在することができない。自己存在を可能ならしめる特権性を帯びた場という点で、身体はモノ一般には還元されえない。たとえ一部であろうと自己身体の消失とは、先取りされた自己存在の消失、人間的可能性としての消失の体験に他ならない。自身の指の消失体験において、クロエは先取りされた死の可能性を生きたともいえる。

「さらにクロエは自身が選んだ〈指の消失〉によって、ゲシュタポの拷問で切り落とされたドミニクの指をも〈消失〉として、対象に転移した自己消失の可能性として新たに意味づけたのです。こうした了解は無から生じたわけではありません。ドミニクの指の切断をめぐる記憶や、自分の指を切らなければ焼死するという条件に促されて、すでに播かれていた種子が一瞬にして芽吹いたとも考えられるのですが、この点についてはあらためて触れることにします」

死亡したに違いないクロエが生存していたという謎は、囚人暴動の夜に懲罰房で起きた事件の支点的現象を〈指の消失〉とすることで解明された。しかし収容所で最後にカッサンが見たとき、クロエの左手には五本の指が揃っていた。〈指の消失〉は一年前にパリで起きた出来事であって、当事者はクロエの娘ドミニクだった。しかもそのとき、ドミニク自身はもちろん母親のクロエにも指は「消えた」のではなく、残忍なゲシュタポ将校に「奪われた」と了解されていたろう。ドミニクの〈指の消失〉は、一年後のクロエが了解を変更することではじめて生じたのだ。

一九四四年二月の出来事と一年後の出来事を切り離されたものとして別々に扱うなら、〈指の消失〉はどこにも存在しないことになる。したがって支点的現象とすることも不可能だろう。一九四五年一月の出来事から一年前に折り返し、そこから一年後に立ち戻るといった操作を経ることで、ようやく〈指の消失〉が支点的現象として浮かんでくる。こうした操作の結果として得られた〈指の消失〉現象にかんする認識を〈小鴉（コルネイユ）〉の事件に重ねてみるときにはじめて、この出来事の支点的現象が〈指の消失〉で、その本質が指という対象に転移した自己消失の可能性であることの意味も判然としてくる。このように一九四四年二月、一九四五年一月、そして今年の六月と継起した出来事を一体のものとして捉えない限り、現象学的な推理は意味をなさない。

カケルが無感動に続ける。「〈小鴉（コルネイユ）〉の事件を自己完結的で孤立したものと見るなら、支点的現象としての〈指の消失〉は推論を適切に導くことができない。しかも事件の支点的現象だったドミニクの、そしてクロエの〈指の消失〉の背後から浮かんできたのは、二十世紀の暗澹たる巨大消失事件、六百万人を虚無の淵に呑みこんだといわれる消失事件でした」

「ようするにホロコースト、ナチによるユダヤ人の絶滅計画とその実行のことだな」

老人の言葉に青年が頷いた。「三十九年前の消失事件と今回の消失事件の背後にはホロコーストが潜んでいたのです。ゲシュタポによるドミニクの指の切断も、コフカ収容所から逃れるためになされたクロエによる指の切断も、無数の人々を粉砕し膨大な血と肉片に変えたホロコーストの渦中の出来事でした。

〈指の消失〉だけではありません。川船事件の支点ではないとしても、川船の事件では〈首の消失〉現象もまた見逃せない特異な現象として存在しています。今回と三十九年前の〈首の消失〉現象とは、ホロコーストという六百万ユダヤ人の歴史的な巨大消失事件が、時間的な前後に跳ね飛ばした二粒の飛沫として捉えるべきではないか。

こうして得られた時間的パースペクティヴにおいてのみ、現象学的な推理は可能ならしめられる。今回の事件によって、消失という出来事の現象学的了解にも新たな発見がもたらされました。消えることが奪うこと、奪われることに根底から対立する消失現象の二十世紀的な特異性です。はじめてクレールさんに消失現象の本質について話したとき僕は、この点を正確には捉えていませんでした」

〈小鴉(コルネイユ)〉の船室に残された三本指の血染めの手形、犯人と思われる人物の〈指の消失〉の意味は、三十三年前のコフカ収容所の囚人暴動まで遡(さかのぼ)ることでようやく了解可能なものとなった。焔のなかで体験されたクロエの〈指の消失〉こそ、指という対象に転移した自己消失の可能性を本質としていたからだ。

〈小鴉(コルネイユ)〉のテーブルに横たえられた被害者の左手は小指と薬指を欠いていた。これを〈指の消失〉として正確に捉えるには、クロエのそれを経由することなしには不可能だった。ゲシュタポに切断されたドミニクの指を、それまでのクロエは〈奪われた指〉として了解していた。これが〈消えた指〉として捉え直されるには、クロエ自身の意志で指を切断するという劇的な体験が不可欠だった。この決断によって〈奪われた指〉は〈消えた指〉に変貌する。

クロエが新たに了解したところの〈指の消失〉の本質は、対象に転移した自己消失の可能性そのものだった。しかもカケルは、ドミニクとクロエが体験した自己身体の部分的消失の背後にはホロコーストが、六百万人ともいわれるユダヤ人消失事件が潜んでいるというのだ。

一息ついてから日本人が問いかける。「強制収容所にガス室のような大量殺人装置が造られ効率的に稼働していた事実はその当時、一般には知られていませんでした。クレールさんがガス室の存在を知ったのはいつでしたか」

「第二次大戦の終結後しばらくしてからだった。ナチスドイツの崩壊直後から新聞などの報道に加えて、アメリカ軍が撮影した収容所の写真や映像が流れはじめたんだ」

「衝撃的だったでしょうね」

「もちろんだよ」老人が顔を顰める。「『ユダヤ人は存在しない』を書いたのはそのためだから」

「戦後に生まれた者として思うんですが、アウシュヴィッツの悲劇といわれてきた出来事には、『悲劇』と名指すにはふさわしくない、なにか異様なものがあるように感じます」

「異様とは」

「古代ギリシアの時代から、悲劇は人間の死を特権的な主題としてきました。シェイクスピアやラシーヌも、同時代の日本で演じられた浄瑠璃や歌舞伎の場合も。隠蔽された死の可能性を赤裸々に露呈する形式が悲劇です。自己欺瞞的に隠蔽され累積され続けてきた非本来性の皮膜を一瞬のうちに切り裂いて、観客を日常的意識の惰性的抑圧から解放するものとしての悲劇。


しかし六百万ともいわれるホロコーストの犠牲者が、悲劇にふさわしいカタルシスを自他にもたらしたといえるでしょうか。同時代を生き延びた者や後世の者には、悲劇でなく悲劇以外の異様な出来事としかいえません」

「死の虚構的な現前とは正反対のなにか。そう、その通りだ」クレールが頷いた。

「犠牲者の膨大さ、ガス室に代表される機能的で冷徹なメカニズム。ホロコーストという想像を絶した野蛮が、まさに文明の極点で現出した事実はたしかに衝撃的だったでしょう。しかし衝撃の核心は、もう少し違うところにあるような気がします」

「なんだね、きみが考える核心とは」

「第二次大戦の初期まで第三帝国の首脳は、ユダヤ人問題を消滅でなく移動によって解決しようと構想していたようです」

ユダヤ人をマダガスカル島に、あるいは対ソ戦に勝利してウラル山脈の彼方に追放する案も検討されたという。ユダヤ人を組織的に大量虐殺し物理的に抹殺する「ユダヤ問題の最終的解決」は、一九四二年一月二十日にベルリンのヴァンゼー会議で決定された。それ以前からナチは強制収容所で多数のユダヤ人を殺害していたが、大量殺人を目的に絶滅収容所が建設されるのはヴァンゼー会議以降のことだ。

「しかもユダヤ人の絶滅を達成したあとは、その痕跡さえ完全に抹消してしまう計画でした。健康志向でエコロジストだった親衛隊（SS）長官のヒムラーやアウシュヴィッツ収容所長ヘスは、絶滅収容所の跡地を無農薬野菜の農園か緑豊かな庭園にでも変えたことでしょう」

膨大な屍体は焼却され、その灰は大地に撒き散らされる。収容所の施設は解体され、「最終的解決」をめぐる記録なども残らず破棄される。数十年して収容所の看守など加害者側の関係者が死に絶えてしまえば、ユダヤ人たちは虚空に消え失せたことになるだろう。まるでハーメルンの笛吹き男に連れ去られた子供たちのように。

「ある時点でユダヤ人が消えたのではなく、はじめからユダヤ人は存在しなかったという偽の歴史をナチは創造しようと企んでいた。人間だけが消失しうるという原理を逆用したグロテスクきわまりない企み。しかし、ここには根本的な自己欺瞞がはらまれていました」

ナチズムの倒錯は、消失を作為的な剝奪と欺瞞的に信憑したところにある。生命を強奪し剝奪し数百万という死者の存在を隠蔽するため、二つの消失でそれを挟みこもうとした。捕らえられたユダヤ人はどこへともなく消え去る。絶滅の痕跡は完全に消失する。このようにもグロテスクな作為の根拠には、ナチズムの精神が抱えこんでいた観念的倒錯があるとカケルはいう。それは自身が消えてしまうことへの禍々しい恐怖の産物に他ならない。

奪われてしまう存在としての人間は強固な不滅性を獲得し、人間以上の存在に進化しなければならない。一方の極に超人が析出されるためには、生命を剝奪され抹殺された事実さえもが消えてしまう、人間以下の存在が他方の極に生じなければならない。

「自己存在の消失可能性から目を背けようと、事物を消失させる手品で気散じするのは頽落です。しかし頽落には別の形態もある。自己存在の消失可能性を剝奪可能性に置き換えること。私は消えうるのでなく、奪われうるものと捉えること。

欺瞞的な作為によって消失可能性を隠蔽することはできても、今度は身体を奪われて奴隷化されること、さらには生命さえ奪われてしまうことへの生々しい恐怖が裏側に生じてしまう。この恐怖から逃れようとして他者の奴隷化と抹殺に、生命の剝奪に不可避に押しやられていく。これがナチズムによるホロコースト、絶滅政策の本質です。

消失を剝奪に置き換え、剝奪を二つの消失で覆い隠してしまおうとする倒錯的な企みにナチは失敗しました。だかられわれはホロコーストというグロテスクな事実を知ることができた。しかし本当にグロテスクなのは消失としての死を怖れ、死を否定し、死を拒絶しようとする倒錯的欲望なのです」

名指しこそしていないが、カケルの批判はおそらくシスモンディにまで届いているようだ。老婦人は盗まれた手紙という了解に固執し続けた。盗まれた、すなわち奪われた手紙だ。〈消える〉と〈奪われる〉はどう違うのか。奪うとは売買や贈与など正当な手続なしに、所有者の意志に反してその所有物を他者の所有物に変えられてしまうことだろう。そうした意味で手紙はドゥブレに盗まれた、奪われたとシスモンディは信憑した。

常識的には、殺人は他人の生命を奪う行為として理解される。しかし、生命をその人物の所有物といえるだろうか。ジョン・ロックによれば私の身体は私の所有物だ。心臓を失えば、あるいは心臓の機能を失えば人間の生命活動は停止する、ようするに死亡する。身体の一部である心臓もまた私の所有物であるなら、生命も同じだといえるだろうか。

人間の自己身体は事物の性格を持つとしても、たんなる事物とはいえない。それは生きられる主観の不可欠の一部であり土台であり、私が生きて存在することの必然的な条件だから。

モノとしての身体は奪うことができても生きられる主観は奪うことなどできない。コフカのような絶滅収容所で奪われたのは囚人の私それ自体ではないし、私の命でさえない。囚人の身体機能は奪われたとしても、その私は人間的可能性を成就して消滅し消失したのではないか。

日本人が続ける。「消失に怯え、消失を恐れ、消失から逃れようとしてそれを剝奪、強奪、簒奪に置き換えるナチズムと、それに連なる巨大暴力。自己存在の消失可能性を先取り的に生きるとは、こうした暴力への根源的な抵抗に他なりません。対象に転移した自己消失の可能性は、虎が消えたから私は消えないという頽落をもたらす。ユダヤ人が消えたから私は消えない、消えなくてすむという態度は、そうした頽落の延長線上に生じる。

ナチでもユダヤ人でもないドイツ人は、そして占領地のポーランドやフランスの市民もまた、大多数はユダヤ人の消失に頽落した自己欺瞞的な態度で対したといえます。しかしながら消失には別の態度をとることができる。

自己身体は主観でも事物でもない特殊な対象性ですが、

自己身体の一部の消失を進んで受けいれる私は、そこにおいて消えうる、死にうるという人間的可能性を生きる。自己存在の消失可能性に耐えられない脆弱な精神は、反対に人間存在を奪い奪われうるものとして捉えてしまう。その極限がホロコーストです。自己身体の消失を受容し消失可能性を生きることは、奪う原理に支配された暴力的な世界への渾身の抵抗です。

　指を切り落とすというクロエの決意は囚人暴動の夜、生死の土壇場に追いつめられて突然に生じたわけではありません。それ以前から囚人仲間に『もう死んでいるから大丈夫』あるいは『誰も自分を殺すことはできない』と口にしていたようですが、こうした言葉からもそれは窺えます」

　逮捕される前に隠れ家では、レジスタンス隊員のジュノーに「たとえ捕まっても殺されることは絶対にない」と口にしていたようだ。こうした言葉の意味をわたしは誤解していた。自分は殺されない、誰にも殺せないとクロエが語るとき、それは人間だけが消えうる、消失しうるということを意味していた。不可能な可能性である死でさえも、人間にのみ可能である自己消失として肯定する精神。すでにクロエは、こうした精神性を潜在的には獲得していたのではないか。

「クロエは〈指の消失〉を先取りするものとして、すでに〈首の消失〉を体験していました。娘の指が喪われた際の記憶や焼死の運命から逃れるためという極限的な条件に促されて、この体験が一挙に意識化されたのだろうと思います。三十九年前にマルリの森で行われた首の切断にはじまり〈小鴉（コルネイユ）〉の首なし屍体にいたる一連の事件では、〈指の消失〉に〈首の消失〉が先行していました」

　老人が不審そうに問いかける。「どういうことかね、クロエの首が消失したとは」

「一九三九年の夏至の未明、供犠とも前衛劇ともつかない奇妙な出来事がマルリの森の廃墟で行われました。それを物陰から盗み見たイヴォン・デュ・ラブナンによれば、祭壇の上に横たえられた女の首は切断されたのかもしれない。早朝の光で見ると祭壇は人血で染められていたとか」

「その話ならエルミーヌから聞いたことがある」

「芸術家や知識人による反ファシズム統一戦線〈反撃（コントル・アタック）〉の試みが失敗して以降、ジョルジュ・ルノワールは不可視の共同体（コミュノテ）〈無頭人（アセファル）〉の活動に専念しはじめます。〈無頭人（アセファル）〉結社のことは関係者から断片的には語られてきましたが、そこから派生した女性結社〈無頭女（メドゥーサ）〉のことはなにひとつとして知られていません」

クレールが深々と頷いた。「そうだな。ルノワールは〈無頭人〉について、大戦中は親しくしていた私にも語ろうとしなかった」

「〈無頭女〉の創設者はゾエ・ガルニエという若い無名女優で、仲間内ではカシと呼ばれていました。同一人物なのかどうか、夏至の未明に〈小鴉〉横のベンチに坐っていた老女もカシと称したことに注意しておきましょう。ゾエの愛称はジューヴェ劇団の『トロイ戦争は起こらない』で、代役としてカサンドルを演じたことに由来します。たまたま観劇したシモーヌ・リュミエールは、ゾエの演技を絶賛していたとか」

クレールが回想する。「詳しい内情には口を鎖していたが、ルノワールも〈無頭人〉結社の存在を匂わせてはいた。体験を共有しない者には理解不能の、語りえないものとして〈無頭人〉を神秘化するためだろう。それはそれとして〈無頭女〉のほうだが、エルミーヌに届いた無頭女の招待状は見たことがある。女だけの演劇グループについてクロエから話を聞いた覚えはあるが、結社〈無頭女〉のことはなにも知らない」

「クロエはゾエ・ガルニエという若い舞台女優が主宰する小劇団〈無頭女〉に誘われ、その一員としての活動をはじめたところでした。その辺の事情はシスモンディさんがご存じでしょう」

「当時もいまもわからないのは〈無頭女〉の正体ね、たんなる女たちの小劇団だったのかどうか」老婦人が応じた。

「ゾエはルノワールが〈無頭人〉結社を立ちあげたときの会員でしたが、男権主義的な〈無頭人〉を離脱し、女性のみによる結社〈無頭女〉を新たに結成したようです。その中心はゾエと、無名の映画女優ジュリエット・ドゥア。著名でないとしても二人は女優だし、女による小劇団というのは嘘ではないでしょう。しかし、それは表向きのことで、本当は蒼古の女神として無頭女を崇拝する秘教結社でした。アニー・ベサントに率いられた神智学協会がインド独立運動に積極的に関与したように、〈無頭女〉も政治的な色彩を帯びた秘教結社だったのかもしれません。しかしゾエには著作などないし、〈無頭女〉の教義書や聖典も残されてはいない。詳しいことはわからないのですが、それでもある程度のことは想像できます」

ルノワールと同じようにゾエたちもナチズムの宗教的威力に対抗することをめざしていた。〈無頭人〉と同じ目的で、あるいは〈無頭人〉の限界を超えるものとして〈無頭女〉は結成されたようだ。近代の合理化された政治とは異質であるナチズムの呪われた霊性に対抗し、それを真に超克すること。

一九三九年の初夏、ゾエたちの危機感は高まっていた。第二の世界戦争が勃発しようとしていたからだ。戦争がはじまる前に、なんとしてもナチズムを圧倒する霊性の高みに達しなければならない……。

結社のシンボルとしての無頭女(メドゥーサ)は消失の理念をあらわしている。ギリシア神話のメドゥーサは首を刎(は)ねられて退治されたが、これは男権主義的な古代ギリシア人による作為の産物にすぎない。ゾエがルノワールとの訣別を決意したのは、〈無頭人(アセファル)〉にも無自覚に温存されていた男権主義への批判からで、地母神としての無頭女(メドゥーサ)はもともと無頭の女神だというのが、ゾエたちに創造された新しい神話だった。首は奪われたのでも盗まれたのでもない、はじめから存在しないのだと無頭女(メドゥーサ)の信女たちは信じていた。

「事物と違って消えることのできる人間存在を事物化し、奪われうる人間に置き換えてしまうナチズムにたいして、消失可能性を人間存在の本来性として擁護し、肯定し、受容する理念が無頭女(メドゥーサ)のシンボルには込められていました。剝奪を原理とするナチズムと、それに消失の原理で対抗することを決意した無頭女(メドゥーサ)の信女たち。三十九年の時を超えて連鎖した一連の事件の核心には、このように剝奪と消失の相克という二十世紀的な事態が潜んでいた。こうした背景を正確に捉えておくことが、川船の船室で発見された首なし屍体の意味を理解するためには不可欠です。

ルノワールの〈無頭人(アセファル)〉では、共同体(コミュノテ)の参加者が仲間一人の死を深く共有するような儀礼的な共同行為についても話しあわれていたようです。しかしそれが実行されることなく、曖昧に先送りされ続ける事態にゾエたちは批判的でした。新たに〈無頭女(メドゥーサ)〉が結成された理由のひとつには、供犠の二十世紀的な復活にルノワールたちが消極的だったこともあったようです。ゾエたちにはルノワールが口先だけの知識人男性に見えたのでしょう」

ゾエと二人で〈無頭女(メドゥーサ)〉を創設したのは、アンドレ・ブルトンの『ナジャ』のヒロインを思わせる独特の個性のジュリエット・ドゥアだった。境遇やエキセントリックな性格はナジャを思わせたが、加えて魔女伝説の残るピレネーの寒村の出身で、ジュリエット本人が自分は魔女の子孫だと信じていたふしもある。〈無頭女(メドゥーサ)〉が信仰の対象としたのは、旧約聖書の預言者たちから呪術師や魔法使いの呪われた主人として非難された古代の女神たちで、同じように中世末期の魔女も教会から迫害されていた。魔女の子孫だと信じる女が〈無頭女〉の創設に参加したのは、ある意味で必然的だったかもしれない。

十名に満たない〈無頭女〉の会員として判明しているのが、ゾエとジュリエット、そしてクロエ・ブロックだ。クロエもまた自己消失の可能性を怖れる少女だった。シスモンディに惹きつけられたのも、同じ怖れを共有していると感じたからだ。しかし十六歳から十八歳までの三年をともに過ごしたのち、クロエは愛する女性教師と訣別することを心に決めた。シスモンディが死への怖れを克服するために選んだ道、作品の創造によって世界に私の痕跡を刻みこむこと、ようするに私を世界化する道が自分には許されていないと悟ったからだ。

「一九三九年の春から夏にかけて、十八歳のクロエの前には二つの道が開けていました。ひとつは、たまたま出逢ったスペイン帰りの青年を愛し、青年に導かれて死の恐怖を超える道。もうひとつは、ゾエに誘われた女性結社で夏至祭儀の主役を務め、死を肯定的に受容できるようになる道。クロエは最後まで決めかねていたようですが、不幸な偶然からイヴォンに拒まれたと思いこんで傷つき、マルリの森に行くという選択に追いつめられてしまいます」

ゾエはゾエで、クロエという少女に結社の未来を託するに足る稀有な力と才能を見出していた。世界戦争という大洪水を目前にした運命の年の夏至にこそ、無頭女は誕生しなければならない。無頭女の降臨劇の主役としてゾエに抜擢されたのがクロエだった。太陽の力が絶頂に達する夏至の日の未明、日が昇る前に無頭女の復活儀礼は予定されている。もっとも若く美しい会員のクロエが儀式の主役に選ばれ、事前の練習も重ねられた。

シスモンディが年来の疑問を口にする。「準備されていたのは演劇だったのかしら、あるいは本気で供犠を行おうとしていたのか」

「クロエは神秘劇だと思って練習に参加していたのでしょう。だからイヴォンのホテルを訪ねる前に、シスモンディさんに招待状を届けたのです。訣別の意志表示として初舞台を見せたいと思ったのですね。しかし夏至の前夜、神秘劇が開始される数時間前に予想外の異変が起きたらしい。その夜、マルリの森の廃墟でなにが起きたのか。なにしろ昔のことで、僕たちには充分な情報が与えられていません」

「それでも〈首の消失〉を支点的現象として、与えられた事項を論理的に繋ぎあわせることは可能なのでは」

カケルがクレールに応じる。「シスモンディさんと二人で廃墟の『二階席』に潜入したイヴォンによれば、広間の奥の舞台には石の祭壇が置かれ、黒衣の女が身を横たえていました」

　頭巾が外れるとクロエと同じ華やかな色の金髪が覗いた。祭壇の横には黒衣の人物が二人いて、祭司役は壇上の女に短剣をかざし、介添役は燭台を手にしている。イヴォンは祭司役の顔を一瞬だけ目にして、ジュリエット・ドゥアではないかと疑った。

「詩人のアンリ・ヴォージョワと八ヵ月ほど同居してたジュリエットですが、夏至の前日の朝、ピレネーに帰郷するという書き置きを残して姿を消したようです。大切にしていた無頭女（メドゥーサ）のデッサンと一緒に。一夏のあいだヴォージョワは恋人の帰りを待ち続けましたが、再会できないまま出征し戦死しています」

　三年後にイヴォンが現地まで出向いてみたが、置き手紙の文面に反して故郷の家には戻っていない。クロエと同じようにジュリエットも一九三九年の夏至を境に消息を絶っている。しかもレジスタンス隊員やコフカ収容所の囚人仲間から以後の消息を知ることができたクロエと違って、そのあとジュリエットは一度も人前に姿をあらわしていない。

　祭壇を染めていた人血を確認したあとも、そこで犠牲祭儀が行われたかどうかイヴォンは半信半疑だった。しかしサン・ラザール駅で発見された首なし屍体によって、夏至の未明に女の首は事実として切断されたという事実が突きつけられる。

　マルセイユまで出向いたイヴォンは、ジュリエットの同郷の友人ルシー・ゴセックから首なし屍体をめぐる告白を引き出すことになる。ジュリエットから事前に頼まれていたルシーは、マルリの森で黒衣の女たちから渡された箱型の大型鞄を勤務先の冷凍倉庫で保管し、開戦の混乱に紛れてサン・ラザール駅に放置した。

　青年が続ける。「廃墟の広間にいた五人はギリシア悲劇になぞらえるなら合唱隊（コロス）で、主な登場人物は犠牲役、祭司役、介添役の三人です。イヴォンが疑ったように犠牲役がクロエ、祭司役がジュリエットなら、介添役を演じたのは〈無頭女（メドゥーサ）〉の創設者の一人ゾエだったと考えるのが妥当でしょう。クロエとゾエの二人はその後の生存が確認されています。であるなら、夏至の未明に首を切られたのはジュリエットではないか」

「でも犠牲役はクロエ、祭司役がジュリエットだって」わたしは思わず口を挟んだ。カケルの言葉は矛盾している。

「祭司役が短剣を振りあげた直後に照明が消え、広間は闇に落ちた。シスモンディさんが眼を開いたとき合唱隊（コロス）の五人の燭台に火が点されていき、祭壇には無頭女の模様を腹や胸に描かれた女の首なし屍体が横たえられていた。そうですね」

　老婦人が頷いた。「ええ、前に話した通りよ」

「とすれば、暗闇になった直後にクロエとジュリエットは入れ替わったんでしょう。ゾエと思われる介添役の灯りを頼りに、祭壇でジュリエットの首は切断されたんですね」

「ゾエが燭台を手にしていたなら、クロエがジュリエットを殺して首を切断したことになるわ。焼死を免れるため自分の指を切り落としたというのならまだしも、他の女性の首を切断したなんて、まさか」シスモンディは肩を竦める。

「一九三九年の九月にサン・ラザール駅に放置されていたトランク詰め首なし屍体には、一月にオステルリッツ駅で、四月にモンパルナス駅で発見された屍体とは異なる特徴が見られました。第一、第二と違って、第三の屍体の頭部は一撃で切り落とされたようだ、切断面は平らで素人の手際とは思えないと担当の警官は洩らしていたようです。人間の首を切断するのに手慣れた人物とはいったい何者なのか。このように問うとき、すでに言及された〈無頭女（メドゥーサ）〉の関係者の存在が否応なく浮かんできます。冷凍倉庫が併設された精肉工場の従業員ルシー・ゴセックですね」

　ルシーは女性としては大柄で力も強く、貨物自動車での配達業務に就く前は工場と倉庫で男性従業員と同じ仕事に従事していたという。その仕事には当然のこと、家畜の解体処理も含まれていたろう。〈無頭女（メドゥーサ）〉の関係者ではルシーこそ、ジュリエットの首を一撃で切り離す技術を持った人物ではないか。

　自室まで踏みこんできたイヴォンに告白を強いられたルシーは、核心部分を隠しながらも、屍体の運搬や冷凍保存や遺棄にかんしてのみ自分の仕業であると認めた。死体遺棄の件で脅され、なにも知らないとはいえない立場に追いつめられて、周辺的な事実に限って本当のことを話すことにしたようだ。一から十まで作り話だと辻褄が合わなくなるかもしれないから。

「ジュリエットの友人という域を超えて、ルシーは〈無頭女（メドゥーサ）〉に深く関与していた。あるいはルシー本人も〈無頭女（メドゥーサ）〉の正会員だったのかもしれません。人間存在の消失可能性を肯定する無頭女（メドゥーサ）の理念を共有していたのでなければ、首の切断は遺体の毀損にすぎない。親友の遺体を傷つけ冒瀆するに等しい行為だから、それを実行するには相応の確信が必要でしょう。

僕たちが知りえたジュリエット・ドゥアをめぐる事実はわずかですが、無視できないのは結核を病んでいたことです。戦雲が漂いはじめたその年の夏至祭儀は、蒼古の女神の復活によって、ナチスの呪われた霊力を祓うための最後の機会でした。翌年の夏至祭儀を生きて迎えられるかどうかわからない病身のジュリエットにとっては、自身が無頭女（メドゥーサ）になるための最後の機会だったのです」

ジュリエットは犠牲の役割を生身で演じること、祭壇上で無頭女（メドゥーサ）に変身することを真剣に望んでいたのではないか。初対面のイヴォンが無頭女（メドゥーサ）の絵に関心を示したとき、自分は夏至がきたらその絵のような姿になるという意味のことを語っていたようだ。自身を首のない女神に変えたいという希求は、死への怖れに由来した不死や永生への欲望とはまったく異なる。人間存在にのみ可能であるところの、消えうる、消失しうるという特権的な可能性を体現し、自身を消失の可能性そのものに純粋化すること。それが無頭女（メドゥーサ）への変身の象徴的な意味だったのだろう。

しかし指導者のゾエは、ルノワールと同じように供犠の実行に踏みきろうとしない。そうした微温性や不徹底性を批判して〈無頭人（アセファル）〉と訣別し、新たに〈無頭女（メドゥーサ）〉を立ちあげたというのに。一九三九年の夏至儀礼も供犠を象徴化した神秘劇の上演で終わらせようとしているゾエに、ジュリエットは逃れようのないかたちで決断を求めることにした。

「どうやって」

カケルがわたしを見て素っ気なくいう。「命を絶つことで」

「自殺したというの、ジュリエットは」自分の声が掠れて聞こえた。

「サン・ラザール駅に放置されたトランク詰め屍体には、外傷も毒物の痕跡も認められなかった。死亡にいたる攻撃の痕跡は頭部あるいは頸部にあったのだろう。拳銃でこめかみを撃った可能性はあるにしても、可能性が高いのは縊（い）死（し）だね。胴に近いところで頸を切断すれば縊死の痕跡は残らない」わたしに説明していた青年がクレールのほうに向き直る。「想像するところ、ジュリエットは夏至の前夜にマルリの森で縊死したのです。〈無頭人（アセファル）〉に倣（なら）って〈無頭女（メドゥーサ）〉の会員たちも象徴的な意義を認めていた聖なる樹木、落雷の樹の枝に縄を掛けて」

遺書が届いてマルリの森に駆けつけたゾエは、落雷の樹から吊り下がった屍体を前に心を決めた。無頭女（メドゥーサ）としての消失可能性を、その身に体現したいというジュリエットの遺志は裏切れない。ルシーにも遺書が届くよう手配されていたのだろう。黄昏れていく森の、落雷の樹の下で二人は意見を述べあって合意にいたる。いったん解散し新たに必要となった品々を揃えてから、日が変わる前に森の廃墟で合流することにした。

無頭女が誕生する神秘劇の作者で演出家のゾエは、劇的な効果のため即興で工夫を凝らした。ルシー以外には新演出を知らせることなく神秘劇を進行させること。もちろんクロエにも新しい台本の新しい役柄は教えない。

「全裸に黒い衣をまとって祭壇に横たわるクロエを、首のない等身大の人形に置き換えるのが当初の演出でした。入れ替えの瞬間は蠟燭を吹き消して真っ暗にする。しかし新たな演出では、人形ではなく同じ恰好をしたジュリエットの屍体とクロエがすり替わり、壇上で屍体の首は切断される」

「それでは辻褄が合わないわ、祭司役はジュリエットだったようだし」

カケルが答える。「ジュリエット本人だとイヴォンが確信できなかったのは、相貌が信じられないほど変わっていたからだ。死者さながらに青ざめて怖ろしい苦悶の表情を浮かべていたが、それは舞台化粧でも演技でもなく、ジュリエットが本当に絶命していたからではないか」

「死んだ人が自分の足で立って、犠牲役のクロエに短剣をかざしたというの」

「簡単な手品だよ。力自慢の大女ルシーがジュリエットの黒衣の背中側に入って、左腕で屍体を支えながら自由な右手で短剣を振り上げたんだ。だから、そのとき舞台上には三人ではなく四人の女がいたことになる。正確には三人と一体の屍体だけど」

祭壇に横たわったクロエは、ジュリエットの異様な顔を見て不審に思ったかもしれない。しかし劇は進行している。闇が落ちた瞬間、練習した通り広間側からは見えない祭壇の裏に滑り下りた。直後にルシーはそれまで抱きかかえていた屍体を祭壇に横たえる。

イヴォンも気づいていたように、祭壇の横では麻薬効果のある植物が燃やされていた。さらにクロエには事前にハシシ入りの飲み物などが与えられていた可能性もある。祭壇の裏側の闇溜まりに立ったクロエは、半ば麻痺した意識で眼前の光景に見入っていた。介添役のゾエが手にした燭台の光を頼りに、ルシーは用意してきた重く鋭利な刃物でジュリエットの首を一撃で切断する。流れ出る血で屍体の胸や腹に模様を描く。人形のために用意されていた、蛇らしく見える縄や小さな壺を屍体に飾りつけて無頭女は完成した。

「臨死体験では、横たわる自分を斜め上から見ていたという報告が少なくない。麻薬の効果で意識が朦朧としたクロエは、あたかも自分の首が壇上で切断されたように感じていたのかもしれません。

目覚めたあとそれが幻覚だったことは理解できたにしても、無頭女に変身した記憶は意識の底に沈殿して残ったのでしょう。もう死んでいる、だから死ぬことはない。周囲の者に洩らしたという不可解な言葉も、このように考えれば納得できます。

コフカ収容所で火焔に包まれたとき〈指の消失〉という着想が閃いたのは、すでに〈首の消失〉を体験していたからではないか。だからクロエは自分の指の消失を通して、ドミニクの指もまた消失したのだと捉え直すことができた。ドミニクの失われた指はナチに奪われたのではない、ナチによる暴力への渾身の抵抗として消失したのだと」

大型鞄に収められた屍体はルシーが貨物自動車でナンテールの精肉工場に運びこんだとして、それでは切り離された頭部はどうなったのか。躰が神話的な女神と化したとすれば、ジュリエットの遺体としてゾエの許に残されたのは頭部、切断された首のみだ。遺体としての首を埋葬するのにもっとも適切なのはどこだろう。遠方まで運ぶ必要はない、ジュリエット本人が最期の場所として選んだ、聖なる樹木の下こそ墓所にはふさわしい。

ルシーが一足先にマルリの森を去ったあと、貨物自動車まで屍体を運んだ合唱隊の五人は解散した。残ったゾエは、もう一人と儀式用の黒衣を黒いワンピースに着替え、落雷の樹の根元にジュリエットの首を埋葬する。夏なのに黒服を着ていたのは、埋葬に備えて喪服を用意していたからだ。

埋葬を終えたところで、ゾエたちはルノワールと出会してしまう。以前からゾエは夏至の日の出に神秘的な意味付けをしていた。そのことを思い出したルノワールは、ゾエたちがなにか企てるなら落雷の樹のところかもしれないと思って、早朝から様子を見にきたのではないか。

「巨木の後ろ側にジュリエットの首を埋葬したゾエは、土を払うために両手を叩きあわせていたんですね。それをルノワールは拍手と思い違えた、日本のカシワデに引っかけてイヴォンに語ったのは半ば冗談だとしても。ルノワールが目にしたもう一人の若い女はクロエで、その日のうちにニースに旅立ったようです。

どこまでが現実で、どこからが幻想なのかも判別できないまま、それだからこそ無頭女が誕生した事実は心の深いところに刻まれて残ったのでしょう。ジュリエットの犠牲によって無頭女（メドゥーサ）は地上に降臨したけれども、ゾエたちの期待を裏切ってナチズムは勝利し、ドイツ軍によるフランスの占領は現実のものとなってしまう。〈無頭女（メドゥーサ）〉はナチズムとの精神的闘争に敗れたといわざるをえません。

　しかし一九三九年夏にマルリの森で体験された〈首の消失〉は、一九四五年一月にコフカ収容所で〈指の消失〉として反復され、ナチズムの奪う原理に消える原理で抵抗しえたのです。軍事力でナチズムを打倒したアメリカとソ連もまた、立脚していたのは奪う原理でした。アメリカやソ連の反ファシズムとはまったく異なる、まったく新たな抵抗の原理がクロエの行動を支えました。ゾエやジュリエットや〈無頭女（メドゥーサ）〉の信女たちの秘教的な企ては、クロエによる絶滅収容所への抵抗として実を結んだといえます、たとえ小さな一粒にすぎなかったとしても」

　語り終えたカケルにシスモンディが問う。「興味深い話でしたが、すべてはヤブキさんの想像にすぎないのでは」

「三十九年前に起きたマルリの森の事件にかんして、その支点的現象である〈首の消失〉に導かれながら与えられた材料を整合的に配列してみた結果です。たしかに情報が少なすぎるため想像で補ったところが多々あることは否定できません。この推論の真理性を主張する気はありませんが、すべてが虚構の産物ともいえません」

「というと」

「一昨日からマルリの森で探していたのは落雷の樹でした。第二次大戦中にドイツ軍に爆破された鴉の城（シャトー・ド・コルネイユ）の付近を探して歩いたのですが、なかなか見つけられません。落雷で幹が裂けていた大木は数十年のうちに枯れて倒れたようです。森の小道を散歩していた地元の老人の昔話を手掛かりに、ようやく落雷の樹があったらしい地点にまで辿り着いたのが昨日の黄昏時のこと。

　今朝早くに警視庁のバルベス警部に連絡し現地で集合して、新しく掘り返されたらしい跡を調べてみました。土が柔らかそうな箇所は二つあったのですが、そのひとつから綺麗に洗われて布に包まれた頭部が発見されました。布というのは、アリザ・シャロンがムスリマの扮装をする際に使ったとおぼしい青のヴェールです。掘り出されたのはアリザの首に間違いないし、この点は今日のうちにも法医学的に確証されるでしょう。

　その近辺を熱心に掘り返した刑事たちは、ジュリエット・ドゥアのものらしい古い頭蓋骨も発見しています。僕の推論がまったくのでたらめではないことの、これが一応の根拠です。朝からマルリの森に出かけていたせいで、約束の時刻に二時間も遅れてしまって申し訳ありませんでした」

「それで」わたしの声は掠れている。「アリザの頭部に髪は……」

「夏のことで腐敗が進行していたけれど、頭皮ごと剝がされていたなんてことはない。ただし髪は生えかけたところで、ドレッドに結えるほど長くは伸びていなかった」

カケルが嘘をいっているとは思えない。とすればアリザのドレッドヘアは鬘だったことになる。脱出に際して犯人は、被害者が愛用していた鬘を変装のために利用したのだろう。

「娘の屍体から首を切り離したクロエは三十九年前のことを思い出した。ジュリエットのときと同じように、ドミニクの首も落雷の樹があった場所に埋葬したということかね」

クレールの言葉にカケルは軽く頷く。「第二の掘り返し跡からはブリキの箱が出てきました。テープで密閉された箱にはアリザ・シャロンのパスポートや運転免許証やクレジットカードの他に、ミカエラ・シャロン宛の手紙も。手紙の差出人はアリザ・シャロン。ヘブライ語で書かれた手紙からアリザがパリに来た理由もわかりました」

これではっきりした。カケルもヘブライ語までは読めないから、その言語に堪能な知人に頼んで読んでもらったことになる。本当にマルリの森からここまで直行してきたとすれば、そんなことをしている時間などあったわけがない。昨日のうちにカケルは、〈小鴉〉事件の被害者の首はともかくブリキ箱のほうは勝手に掘り出して中身を確認し、アリザの手紙を持ち去ったに違いない。そして昨夜のうちにヘブライ語を読める人間を捜したのだ。そうする必要があると判断したときは捜査妨害になることも躊躇しない青年のことだ、おそらくブリキ箱から持ち出したのはアリザの手紙だけではない。

シスモンディが不審そうにいう。「アリザがパリに来たのは、生き別れた弟と再会するためではないの」

「それは付け足しです。母親に宛てられた手紙によれば、本当の目的は人生を終えることでした、それも夏至の前夜に」

アリザは喉頭癌を患っていた。医師からは患部の切除手術を勧められたが、放射線と抗癌剤による治療しか受け入れようとしなかった。手術を選択すれば声帯を切除することになるからだ。回復が望めないことを知って化学療法を中断したアリザは、フランスに旅行することを決める。自分が生まれた街で最期を迎えるために。フランス滞在を勧めたニコライ神父の紹介で、マラベールというフランス人旅行者からセーヌの川船を借りることができた。

「フランスに到着したアリザは、ドイツ占領中に匿われていたオーレのサヴィニー家を訪れたあと〈小鴉（コルネイユ）〉に滞在しはじめます。双子の弟カミーユがマルク・ドゥブレとしてパリで暮らしていることを、アリザはニコライ神父に教えられていた。ニコライ神父は敬愛していたルヴェール神父から生前に頼まれて、行方不明のカミーユを捜し続けていたとか。カミーユがマルク・ドゥブレとして生存していることを知ったニコライ神父がエルサレムを訪れ、そのことをアリザに伝えたようです」

もちろん、それはアリザにイリイチがついた嘘だ。そもそもカトリックの神父というのが国際テロリストの偽装だし、ルヴェール神父と懇意にしていたわけがない。黒いスーツケースの運び役を調達する目的で、たまたま知ることになったドゥブレの正体をアリザに囁いたのではないか。しかしカケルは、この場でイリイチのことを話題にする気はないようだ。

「アリザはパリで再会した弟に、自分のことをクレールさんに伝えるよう頼みました。こうして六月二日、シスモンディさんにとっては正体不明の女性が、このアパルトマンを訪れることになります。その際にクレールさんはクロエの走り書きがある紙片、三十六年前の置き手紙の返却をアリザに約束したのでは」

一九四二年七月十六日、十七日にドイツ占領軍の指示のもと、フランス警察はユダヤ人の大量検挙を開始する。アパルトマンからの退去を管理人（コンシエルジュ）に求められたクロエ・ブロックは、当てもなくパリの街路を彷徨（さまよ）い続けてシスモンディの、さらにクレールの部屋を訪ねてみたが二人とも不在だった。夜間外出禁止（クーヴル・フー）の時刻が迫ってくる。絶望的な心境でクロエは、引きちぎった手帳の一頁にクレールとシスモンディへの弾劾（だんがい）と呪詛（じゅそ）の言葉を走り書きし、ドアの下に残したのではないか。

カケルに促されて老人が語りはじめた。「夜遅くに帰宅してクロエの走り書きを一読し、もっと早く戻らなかったことを悔やんだよ。助けを求めてきたクロエを追い立てたりするわけがない。新しい隠れ家を用意するのは無理でも、次の行き先が決まるまで幾日か匿うことくらいはできる。追いつめられて正常な判断力を失っていたらしいクロエは、私たちが不在を装っているのだと思いこんだ。

前後の事情を記した手紙にクロエの走り書きを同封し、翌日にはエルミーヌに手渡したものさ。娘のアリザによれば、そのとき激しい怒りに呑まれて呪詛の言葉を書き連ねたクロエは、その行為を人生の汚点とまで恥じていたとか。本人の手で処分できるように、アリザは問題の置き手紙を母親の許に戻したいという。私はクロエの置き手紙だけでなく、直後に書いたエルミーヌ宛の手紙も一緒に渡すことにした。書き置きを読んだ私の心境をクロエにも知ってもらいたいと思ってね」

日本人が尋ねる。「クレールさんが手紙を消した理由は」

「きみが推測した通りだ。もしもエルミーヌに事情を話せば、クロエの走り書きを双子の手に委ねることには難色を示すだろう。言い争いは避けて手紙はちょっとした手品で消してしまおう、そう決めたのさ。一人では部屋から出られない老人の退屈しのぎの悪戯と思ってくれてもいい」

「シスモンディさんが手紙を取り戻そうとしたのは」訊かなくてもわかることだが、カケルは追及をやめない。

老婦人が顔を顰めて応じる。「クロエの走り書きが悪意のある連中の手に渡れば、わたしたちを貶(おとし)める材料として悪用するでしょう。あの走り書きだけを読めば、まるでわたしたちがクロエを見棄てたよう。ヴェル・ディヴ事件の夜、警察に追われる若い母親が助けを求めてきたのに、ドアを閉じて拒絶したと」

「その心配は必要ありませんでしたね。あなたの行動を卑劣な言論妨害と見なしたドゥブレであろうと、クロエの置き手紙を材料にシスモンディさんを攻撃しようとは思いませんでした。ただし別種の小さな陰謀は企んだようですが」

「なんですか、小さな陰謀とは」老婦人は警戒する口調だ。

「このところ鉤十字(クロワ・ギャメ)の落書き事件が相次いでいます。五月三十一日にサン・ジェルマン・デ・プレ広場、六月六日にエドガール・キネ通り、六月十二日にオデオン広場、六月二十三日にソルボンヌ広場と。三地点はソルボンヌから十分圏内で、犯人はパリ大学の極右学生だと警察は睨んだようですが、二番目のエドガール・キネ通り、ようするにこのアパルトマンの建物前だけが他の地点から離れている」

第二次大戦後の一時期、クレールたちはサン・ジェルマン・デ・プレに住んでいた。最初の落書きのあと、このことを思い出した人物がエドガール・キネ通りにも鉤十字(クロワ・ギャメ)を描くことにした。老知識人がネオナチに狙われているという名目で、ドゥブレたち新世代の取り巻きがアパルトマンに泊まりこみクレールの身辺を固めてしまうこと。結果としてシスモンディたち旧世代の〈家族（ファミーユ）〉による、クレールへの影響力は低下し、対談の雑誌掲載をめぐる事件の際になされたような介入や妨害も不可能になるだろう。

「ようするにドゥブレの仕業ということね、わたしの家の前の黄色い星も同じかしら」

　青年がかぶりを振る。「ユダヤ人でないシスモンディさんの家の前に、厭がらせでシオンの星を描くというのは理屈に合いません。黄色のスプレーペンキは〈小鴉（コルネイユ）〉の船内からも発見されているし、シオンの星はおそらくアリザが描いたものです」

　母親の置き手紙を取り戻すために、娘がパリに来たことをシスモンディは知らないし、これからも知ることはない。クレールとの約束で老婦人の前に姿をあらわすことも、走り書きの紙片を取り戻したことも告げられない立場のアリザが、挨拶のつもりで描いたに違いない。

　二人の幼児を抱えてどこにも行き場のない、追いつめられた若い母親の絶望をあらためて思い返してほしい。シスモンディが自宅前の歩道に描かれた黄色い星を目にすれば、ユダヤ人として追われていたクロエが必死の思いでドアを叩いた、三十六年前の出来事を想起してくれるのではないか。

「そうだったのね」老婦人が思いを込めて呟いた。「それで、アリザが死ぬためにパリに来たというのは」

「アリザにとって歌うことは天職でした。声を失えば死ぬのと同じだし、手術を拒否すれば全身に転移した癌のため苦しみながら死ぬことになる。母親と再会することを弟に勧め、置き手紙を取り戻すことができたら、思い残すことはない。そうした決意で、毒薬の小瓶をバックパックの底に忍ばせてパリまで来たようです」

　神父を装ったニコライ・イリイチから、アリザは荷物をパリまで運んで保管するように頼まれていた。その際も、預かることができるのは夏至の前日までだと、わざわざ念を押したようだ。

　夏至前日の午後九時五十分には、神父に指定された通りバルベス・ロシュシュアールの珈琲店（カフェ）の地下まで黒のスーツケースを運んで、同じ服装をした女のスーツケースと交換した。ムスリマらしい扮装をしたのも神父の指示で、衣装一式は預けられた旅行鞄に用意されていた。治安のよくないアラブ人街の珈琲店（カフェ）だから目立たない恰好をしたほうがいいとでも、イリイチからは説明されていたのではないか。

黄昏時のシャンゼリゼを散策しながらロワイヤル橋まで時間をかけて戻ることにしたのは、この日でパリ滞在は終わるという思いからだった。十一時三十三分に船に戻ったとき、アリザは船室に予想外の人物を発見する。

「母親のクロエが来ていたんだ」クレールが呟いた。

「アリザは人生を円環させようと計画していました。夏至になろうとする時刻に服毒すれば完璧だ、三十九年前のそのころに両親が愛を交わした（フェール・ラムール）のだから」

二人の性行為は一度きりだから、ドミニクとして出産されるだろう受精卵の誕生もその夜のことになる。あらかじめクロエに郵送した遺書には自殺する理由や心境の他に、弟のカミーユと再会できたこと、母親がクレール宅に残した走り書きのことも記されていた。

カケルは続ける。「神父の紹介でマラベールの川船に滞在しているが、夏至の翌日にはパリに来て自分の遺体を引き取ってほしいという内容の手紙に〈小鴉（コルネイユ）〉の鍵の複製を同封して、アリザは投函しました。しかし、どうしたわけか予定したよりも半日ほど早く、手紙はクロエの許に届いたようです。それを一読した直後に、クロエは喪服を身に着けて空港に急ぎました。黒い帽子にヴェール、左手の小指と薬指に詰め物をした長手袋も」

すぐのパリ便に乗ることのできたクロエは、空港で予約した〈ル・ムーリス〉に荷物を置いてロワイヤル橋下の川船に急いだ。遺書に記されていた服毒の予定時刻より一時間近くも早いから自殺しようとしているアリザを止められるのではないか。〈どんぐり（グラン）〉の住人によれば十一時十分に、黒い服に黒い帽子の女が河岸の遊歩道で〈小鴉（コルネイユ）〉船尾をじっと眺めていた。

ここまではアリザの手紙を前提にしての推理だが、この先のクロエの内心については、そのように考えれば辻褄が合うという程度の想像にすぎないと前置きして、カケルは話を続ける。

「クロエが凝視していたのは船体ではなく、船尾に書かれた船名〈CORNEILLE〉でした。時はまもなく夏至当日になろうとしている深夜、そして場所は〈小鴉（コルネイユ）〉。クロエの脳裏に三十九年前の記憶が渦巻きはじめます」

手紙に同封されていた鍵で船室に入って娘の帰りを待った。国土監視局（DST）の尾行者を引きつれてアリザが帰船し、自殺を止めようとする母親とのあいだで激しい口論がはじまる。クロエは毒薬の小瓶を娘から奪おうとした。母親に抵抗して小瓶を手放そうとしないアリザが足を滑らせ、碇の尖った先端に頭蓋骨を貫かれてしまう。

「娘の遺体を茫然として見下ろしていたクロエに狂気じみて異様な、しかし見方を変えれば厳粛で真剣ともいえる思念が浮かんできました。なにしろ時は夏至の未明、場所は〈小鴉〉なのです。三十九年前の同じ日、同じ時刻に鴉の城と呼ばれる廃墟で行われた供犠の記憶が奔流のように甦って、クロエは心を鷲摑みにされてしまう」

コフカ収容所で畜肉処理班に配属されたクロエは、カッサンの下で強制労働に服していたことがある。かつてのルシー・ゴセックと同じことで、肉切り包丁の使い方は躰が覚えていた。テーブルに横たえた全裸のアリザから頭部を切り離し、流れた血で無頭女の模様を描く。右手には毒薬の小瓶を握らせ、船内で見つけた紐を左腕に巻きつけた。

血まみれの長手袋を外したところで天井のレコードジャケットに気づく。娘がパリで購入したような日用品は別として、もともとの所持品は残らず持ち帰るつもりだからジャケットも外さなければならない。レコードジャケットを天井に貼りつけたのは船の所有者マラベールだったが、事情を知らないクロエは娘が持ちこんだものと思ったのだ。

「ジャケットを外そうとしてテーブルに上がるとき、血の付いた左掌を雑誌に突いたのですが、気にしませんでした」

ドゥブレが姉に手渡した雑誌で、そのとき自分も刊行に尽力した『造反有理』のタイトルも伝えたのだろう。忘れないようにアリザは頁の余白に本のタイトルを書きこんでいた。

「シンクで手を洗ってから、血のついた喪服をアリザのムスリマふうの服に着替え、洗った手袋をまた塡めたようです。娘が船に持ちこんできた黒のスーツケースの蓋を開き、戸棚から出したアリザの所持品や自分の服、天井から外したレコードジャケットやパスポート類、そして綺麗に洗った首などを詰め終えてから〈小鴉〉を離れたのです。自殺を止めようとする母親に、アリザはクレールさんから受け取った封筒を見せたのでしょう。もちろん、その手紙も忘れることなくスーツケースに入れました」

どんな精神状態でクロエが娘を無頭女に変えようとしたのか、正確なところはわからないとカケルはいう。狂気じみた錯乱のなかで首を切断したのか、本人は冷静なつもりで無頭女の誕生を願ったのか。いずれにしても三十九年前の廃墟の出来事を、細部まで克明に再現しようと努めたのは事実だ。夏至の未明という時、小鴉にちなんだ名称で呼ばれる場所。

カケルが「狂人の論理」に言及したのは、娘の首を切断したクロエの心理や行動に錯乱と理性の交錯を見たからだろうか。しかし、その「狂人の論理」はカトリック作家が論じたものとは異なっていた。旧約聖書に登場する預言者たちは、アスタルテに代表される大地と豊穣の女神を淫乱な売女とか娼婦とか口をきわめて罵っている。カトリック作家も預言者たちと同じように、クロエたちの信仰を認めることは絶対にないだろう。

「自分の行動を犯罪とは思わないクロエが、犯行を隠蔽しようと作為を凝らしたとは思えんな。〇時半に〈小鴉(コルネイユ)〉から出るときも、正体を隠そうとしてアリザに見せかけたのではないはずだ」

　自問するような老人の言葉にカケルが応える。

「たしかに。とはいっても判断に迷う点が三つあるんです」

「なんだね」

「現場から犯人らしい人物の指紋が採取できなかったのは、クロエが喪服の長手袋を塡めていたからにすぎません。三本指の血染めの手形が二つとも擦れていたのはたまたまのことでしょう。濡れた手袋で拭われて、船に出入りするドアノブの指紋も消えてしまいました。ここまではいいとしても、ドアから出てペイサックが寝ていたベンチの前を通るまでに、どういうわけかクロエは手袋を外している、これが第一の疑問です」

　自分が着ていた喪服は血で汚れたから、脱がせておいた娘の服を着て靴も履くことにする。そこまでは合理的な判断としても、顔を隠す気がないのにスカーフを着けた理由がわからない。まるでアリザに変装する意図があったかのようだ。これが第二の疑問点だとカケルはいう。

「第三は鬘の問題ですね。化学療法を受けていたアリザは頭髪を失っていた、治療以前の髪型と同じ鬘を使っていた、いずれも納得できることです」

　そうだ、マラベールからアリザの癌と化学療法について聞いたとき、どうして鬘を使っていた可能性に思いあたらなかったのか。〈小鴉(コルネイユ)〉のシンクから採取された毛髪が短かったのも、アリザの頭髪が化学療法でいったん抜けて、まだ伸びはじめたばかりだったからだ。あのとき気づいていれば、犯人が被害者の頭皮を剝がしたといった見当違いな推理を得々と語ることなどなかったのに。血の巡りが悪すぎる自分の頭を呪いたい気分になる。

「第一にドアを閉じてから手袋を外し、第二にスカーフで顔を隠し、第三に娘の鬘を着けた。クロエには娘に変装する意図があったことを、この三つの事実は示唆します。自分の行為を犯罪とは思いもしないはずのクロエが、どうして正体を隠し罪を免れようとしたのか。三点にわたる謎を合理的に解釈できる仮説は、はたして可能なのか」

「もしもアリザに変装するつもりだったら、ヤブキ君の指摘した疑問点があらためて問題になるな」クレールは推理談義を愉しんでいるようだ。「位置関係からして見逃すのが当然の野宿者に、わざわざドレッドの髪型と三本指の左手を見せようとしたのは不自然ではないかという点だ」

「その通りです。もしも宗教的行為として首を切断したのなら、被害者を装って正体を隠そうとするわけがない。他方、もしもアリザになりすますために鬘を着けたなら、ペイサックの目に留まるようにしなければなりませんが、そんな努力はしていない。この矛盾した事態を、どうすれば整合的に解釈できるのか。

クロエはたんにアリザの躰で無頭女(メドゥーサ)を作ろうとしたのではありません、あくまでも三十九年前の出来事を反復するために娘の首を切断したのです。類似と照応の原理によるクロエの魔術的思考では、時間と場所は完全に二重化していました。残るのは人の要素、ようするに登場人物です」

合唱隊(コロス)の五人を除外すれば、かつてマルリの森で演じられた神秘劇の主な人物は犠牲役のクロエ自身と祭司役のジュリエット、そして介添役のゾエの三人だ。実際には、すでに死亡していたジュリエットの代役をルシー・ゴセックが演じたわけだが。

「今回、クロエは三人の役を一人で演じなければならない立場に置かれていました。クロエはジュリエットとしてアリザの首を切ったのです。こうして無頭女(メドゥーサ)に変身したアリザは、いまやクロエ自身です。であるなら今度はアリザがゾエを演じなければならない。こうしてクロエが演じるアリザがゾエを演じるといった、どうにも複雑きわまりない事態が生じました。前後の状況を整合的に解釈するには、このように想定する以外ありません」

〇時三十分に船を出たとき、クロエはアリザの靴を履き服と鬘を着けてスーツケースを持っていたが、正体を隠したい犯罪者のように他人に変装していたのではない。クロエの象徴世界ではアリザ本人が〈小鴉(コルネイユ)〉を出発するのだ。だから、ドアを閉じた直後にクロエの手袋は外された。ここまではアリザを演じていた、本人の了解としてはアリザそのものに変身したクロエだった。

「ペイサックが寝ているベンチの前を通りすぎたところで、役柄が切り替わりました。アリザに変身していたクロエが、さらにゾエに変身したのです。クロエがアリザになるとき手袋が外されたように、今度はアリザの衣装だったスカーフが外されます。その瞬間を目撃してペイサックは、〇時三十分の女は川船の滞在者に違いないと思いこみました。それ以降、クロエはゾエの役を演じるようになります」

ロワイヤル橋の下に入ったところでスカーフに続いてドレッドの鬘も外し、靴も自分のものに履き替えてスーツケースに仕舞ったに違いない。橋梁の陰だからペイサックには見えなかったのだ。もしもカルーゼル橋下の老人を警察が捜し出して詳しい事情を訊いていたら、黒いスーツケースを持っていた女がドレッドヘアでなかったことも確認できたろう。

年季の入った捜査官が河岸通りから遊歩道のクロエを追跡していたなら、髪型が違っていることに気づいて不審に思ったかもしれない。しかし尾行していたのは未熟な新人のシルヴィー・ガレルだった。白いマキシドレスと黒いスーツケースから同一人物だと信じこんで、監視対象者が別人に入れ替わっているとは思いもしなかったようだ。

観察力という点では、ヴァガボンのペイサックのほうがガレル捜査官よりも正確だった。カシが履いていたのは野宿者に不似合いなハイヒールだったが、その事実を見逃さなかったのだから。

わたしは尋ねた。「男の声だと知られないためでないとすれば、筆談で野宿者の老人と交渉したのはどうしてなの」

「消失の儀式の主宰者は、一定の時間が過ぎるまで沈黙すること。そういう規則が〈無頭女（メドゥーサ）〉にはあったからだと思う。イヴォンに追及されたルシーは、マルリの森で首なし屍体の鞄を貨物自動車に積むとき、無言のゾエに代わってもう一人の黒衣の女が受け答えしていたと語った。自分が果たした役割を知られないようにルシーは嘘をついていたけれど、ゾエの沈黙をめぐる話は事実に裏づけられていたんだね」

それから少しあと落雷の樹のところでルノワールと顔を合わせたゾエは、他人行儀でも挨拶の言葉を口にしている。このときはもう他人と話をしてもかまわない時刻になっていたのだろう。

アリザがパリで投函した手紙には、ドゥブレから聞いたシスモンディ宅の電話番号も記されていた。遺体を引き取るためにパリを訪れた際、もしも会いたければ会えるようにと。ゾエに変身したクロエは付近の公衆電話でシスモンディ宅に電話し、〈小鴉（コルネイユ）〉まで来るように命じる。

「どことなく古風な言葉遣いだとシスモンディさんが感じ

たのも当然のことで、クロエは三十年もフランスを離れていたからです」

「どうして素人探偵（デテクティーヴ）の青年と二人で来いなんて」老婦人は不審そうだ。

「神秘劇の主要人物はクロエが一人で演じ分けるにしても、演劇には観客がいなければなりません。三十九年前にクロエはシスモンディさんに招待状を送った。イヴォンの部屋にカードを落としたのは、無頭女（メドゥーサ）になることを止めてもらいたいという思いからだったのか、たんなる偶然だったのか。後者だったとすれば、廃墟の階段の下で気を喪っているイヴォンを見たんでしょうね。

いずれにしてもクロエは、三十九年前には観客が二人いたことを知っていて、そこまで克明に再現しなければならないと思いこんだようです。イヴォンがトランク詰め首なし屍体の事件を個人的に捜査していたことから、探偵役の青年と一緒に来ることを指示したのですね」

あの夜、シスモンディに電話で頼みこまれてレ・アールの安ホテルまで出向いたが、カケルは留守だった。やむをえず一人でロワイヤル橋まで行ったのだけれど、結果としてわたしは三十九年前のイヴォンの代役を演じさせられたことになる。演出家のクロエに階段から突き落とされなくて幸運だった。

こうして午前一時二十七分にカシと称する女野宿者が、〈小鴉（コルネイユ）〉の横のベンチにあらわれる。カシと名乗ることでクロエは、自分がゾエを演じていること、むしろゾエそのものに変身していることを言外に示そうとしていた。

まもなくシスモンディが〈小鴉（コルネイユ）〉に到着するだろう一時五十二分に、三十九年前の再現劇には不要なペイサックに金を渡して追い払った。首なし屍体を発見したシスモンディが船から飛び出してきて、「奪（と）られているの、また首が」と口にしたとき、カシは「首は奪られた、人は死んだ、首は消えた、人は生きる」と呪文のように口にしていたことが思い出される。この言葉こそ〈首の消失〉と〈指の消失〉を体験したクロエの、魂の呟きだったことがいまなら理解できる。

カケルがポケットから古びた封筒を出した。「どうぞ、約束の品です」

奪いとるようにした封筒から黄ばんだ便箋を出して中身を確認したシスモンディが、納得できないという口調で言う。「これだけなの、便箋の他にクロエの走り書きも入っていたはずですけど」

「どこで見つけたんだね、エルミーヌに書いた昔の手紙を」

　クレールに問われて青年が答える。「落雷の樹のところでブリキの箱を掘り出したことは話しましたよね。その箱にアリザの手紙と一緒に入っていました」

「証拠品を横取りしたわけね」わたしが確認したかったのは事実で、青年を非難する気はない。

「捜査にどうしても必要な品とは思えないし、僕としては本来の所有者の意向を尊重したいと思った」青年がシスモンディを見る。「クロエの走り書きはアリザの手紙と一緒に埋め戻しておきます、それでかまいませんよね。では、これであなたとの約束は果たしましたから」

　席を立とうとするカケルに老婦人が声をかける。「本当にありがとう。ヤブキさんには心から感謝します、ナディアにもね」

　警察にはアリザ・シャロンのパスポートや運転免許証などを残し、手紙類は黙って持ち去ることにした。クレールの手紙はシスモンディに返却し、クロエの走り書きとアリザの手紙は落雷の樹のところに埋め戻すために。

　証拠品を横取りされたとも知らないで、バルベス警部によるカケルの探偵能力への信頼はさらに増すことだろう。警視庁が全力で捜索したのに発見できなかった被害者の首を、この日本人は一人で見つけ出したのだから。

3

　クレールのアパルトマンで事件の謎解きが行われてから一週間ほどが過ぎ、七月のパリは観光客の大群で溢れはじめた。日曜の午後だからか、ルーヴル美術館の横にある歩行橋にも人が群れている。

　水色のリボンが付いたカンカン帽（カノティエ）を被ることにしたのは正解だった。もう午後も遅い時刻だというのに、橋の金属製の手摺は天空で燃える真夏の太陽に照りつけられて熱を帯び、裸の腕では触れることもできない。リヴィエール宅の近所では適当な珈琲店（カフェ）が思いあたらないので、半月前と同じ芸術橋（ポン・デ・ザール）でカケルと会うことにしたのだが、とにかく暑すぎる。こんなことなら直射日光に炙られることのない橋の下か、川ぞいの木陰で待ちあわせればよかった。

　イヴォンをめぐる話を聴くときカケルは、〈小鴉（コルネイユ）〉の事件にかんして判明したことは知らせるとリヴィエール教授に約束していた。一昨日の日本語授業のときだった、その約束を果たすため日曜日には教授宅を訪問するつもりだと青年が口にしたのは。もちろん同行することにして、以前と同じ芸術橋（ポン・デ・ザール）を待ちあわせ場所に決めた。その日が、この夏の最高気温を記録しそうな猛暑になるとは思わないで。緯度が高くても東アジアモンスーン地帯の圏内にある巨大都市が東京で、真夏の高温高湿の不快さは香港やサイゴンにも劣らないそうだ。来年の夏には日本を旅行したいと思っているから、今日の暑さくらいで弱音は吐けない。わたしはハンカチで汗ばんだ喉と額を拭った。

　マルリの森でアリザ・シャロンの首が発見されたあと、警察の捜査に目立った進展はない。六月二十一日にフランスに入国したミカエラ・シャロンが、殺人か事故かは別として娘のアリザを死にいたらしめたのだろうと、パパもジャン＝ポールも判断しているようだ。クロエ・ブロックの名前で二十一日に〈ル・ムーリス〉に投宿し、事件の夜に野宿者カシと称して〈小鴉（コルネイユ）〉横の遊歩道にあらわれた女がミカエラだろうとも。

　仲間の女たちからカシの愛称で呼ばれていたゾエ・ガルニエは、すでに死亡していた。ようやくジャン＝ポールが突きとめたところでは、対独抵抗運動に参加していたゾエは一九四四年八月に逮捕され処刑されている。ナチズムとの霊的闘争を中断し、占領軍への即物的な抵抗の道を選んだということなのか。もしも生き延びていたら戦後は女優として大成していたろうに。

　クロエ＝ミカエラは事件の翌日に〈ル・ムーリス〉を出発し、二十五日にフランスを出国している。また二十一日も宿泊の手続をした直後に外出して、戻ってきたのは翌朝のことらしい。客室には荷物を置いただけで本人は宿泊していないことになる。二十一日の夜から二十四日まで寝泊まりしていた場所は捜査中のようだ。ミカエラがフランスにいれば警察は死体損壊の容疑で身柄を押さえたかもしれないが、〈小鴉（コルネイユ）〉事件の真実を知る人物は国外に去っている。

　母親が娘の屍体を損壊したという明白な物証はない。アリザが母宛に出した手紙は、事件当夜にミカエラが〈小鴉（コルネイユ）〉に来た可能性を示す間接的な証拠だが、その存在さえ警察は把握していない。カケルが横取りしてマルリの森に埋め戻してしまったからだ。

　イスラエルはヨーロッパ犯罪人引渡条約に加盟しているが、証拠が揃わないため警視庁がミカエラの逮捕状を取ることも、イスラエル当局に身柄の引き渡しを求めることも難しそうだ。エルサレムの自宅には戻ることなく、どこかでミカエラは事態を見守っているのかもしれない。

　切断された被害者の頭部やパスポート類が発見され、犯人の見当もついたところで捜査は終わるだろう。ジャン＝

ポールは悔しそうだが、この結果を受け入れるしかない。事件は未解決でも全容の解明には一応のところ成功したのだから、捜査担当者の面目も一応は保たれたともいえるし。

カケルがアリザの手紙を埋め戻したのは、〈無頭女〉の精神を擁護するためではないだろうか。フランス国家にクロエの宗教的信念を裁く資格はない、剥奪する原理の蹂躙から消失する原理を守らなければならないという判断から。証拠の隠滅に当たるのかもしれないが、これまでと同じことでカケルの違法行為を警察に教えるつもりはない。

人間の遺体の首を切って無頭女に変えるのは狂人の論理だとしても、それは六百万人を虐殺したホロコーストの狂気に渾身の力で対抗している。ドイツでは、そしてフランスでもナチズムの膨大な狂気の重圧にさらされて啓蒙的理性は圧し潰された。剥奪の狂気には消失の狂気で立ち向かうしかないと決意した女たちに、安全地帯から正気や理性を説いても無力だろう。

第二次大戦中とは時代が違うという反論も皮相だ。アメリカとソ連の軍事力がドイツを倒したにすぎないとしたら、ヨーロッパがナチズムを精神的に克服したとはいえない。一九三〇年代の難問はいまだに解かれていないのだ。収容所国家という点でソ連はナチスドイツの同類だし、かつてアメリカは小国ヴェトナムを五十万の大軍で蹂躙し、チリではCIAが仕組んだクーデタでアジェンデ政権を崩壊させ、その後も同じような無法行為を平然と続けている。奇妙な戦勝国フランスにしても同罪で、ヴィシー国家の負の遺産からアルジェリア戦争は生じたし、ファシズムに加担した過去は第五共和政になっても克服されていない。世界は強奪、掠奪、剥奪の原理から今日も解放されてはいないのだ。

日光を反射して白く光るセーヌの下流にはカルーゼル橋が見える、その向こうにロワイヤル橋の石の橋脚も。ロワイヤル橋の斜め下に係留された川船〈小鴉〉に、本来の居住者ルイ・マラベールは戻ることが許されたようだ。

無頭女の祭壇として用いられた船室のテーブルを、平底船の住人はどうするつもりだろう。これからも食卓として使い続けるのか、首なし屍体が置かれたテーブルで食事はできないと思って処分するのか。血で汚れたテーブルだから廃棄するというのは、やめてほしい気がする。特異な宗教的信念によるものであろうと、そこにはホロコーストへの抵抗の痕跡が宿されているのだから。

船室のテーブルに横たわる無頭女そっくりの首なし屍体を前にして、わたしは外傷神経症の症状が悪化するかもしれないと不安だった。しかし〈小鴉（コルネイユ）〉の事件を体験することで、すでに心の病は癒えていると確認できたように思う。事件の真相や推理の是非をめぐるもろもろよりも、神経症が再発する不安から解放されたことのほうがわたしには大きい。

それと比較すれば、クレールの家で見当違いな推理を披露したくらいは気に病むほどのことではない。カケルの到着まで間をもたせるための余興としては、少しは役に立ったようだし。ドゥブレ犯人説をクレールやシスモンディは相応に愉しんだと思う。

とはいえ、わたしの推論がどこで間違ったのかは検証しなければ。〈小鴉（コルネイユ）〉の首なし屍体は無頭女（メドゥーサ）の図像やイメージを意味する（シニフィアン）ものなのか、あるいはそれに意味される（シニフィエ）ものなのか。事件の真相を探るためにわたしは幾度も自問したけれど、その解答は一応のところ得られた。

頭皮を剝がされた首は残しておけないから、犯人は被害者の頭部を切断し持ち去った。首を切った理由を悟られまいとして屍体を無頭女（メドゥーサ）に仕立てることにした。この場合は図像が屍体を意味している。反対に、屍体を無頭女（メドゥーサ）と同じ外見にすること自体が目的で首を切断したなら、屍体が図像を意味している。クロエは無頭女（メドゥーサ）の誕生のためアリザの首を胴体から切り離したのだから、正解は後者だったことになる。

〈小鴉（コルネイユ）〉の事件の支点的現象は、ラルース家の殺人事件と同様に〈首のない屍体〉だろうとわたしは考えた。ラルース家事件の犯人とは違う理由で、アリザ殺害の犯人は被害者の首を切ったのだと。しかしカケルによれば、この推論は出発点からして的外れで、支点的現象は〈首のない屍体〉ではなく〈指のない屍体〉だった。

どうしてもわからないのは、あの日本人が〈小鴉（コルネイユ）〉事件の支点的現象を〈指のない屍体〉と確定しえた理由だ。ラルース家事件の謎めいた中心に〈首のない屍体〉が位置していることは明白で、わたしもカケルの指摘には文句なく賛同した。モンセギュールのエスクラルモンド荘で起きた殺人事件では、矢で心臓を貫かれ鈍器で頭部を殴られて〈二回にわたって殺されている屍体〉が支点的現象だった。このときも、わたしには少しの異論もなかった。

その後の事件でも同じことだったが、しかし今回は違っていた。〈小鴉（コルネイユ）〉の事件をめぐる謎の核心は無頭女（メドゥーサ）に見立てられた屍体、〈首のない屍体〉だと考えたのはわたし一人ではない。あの現場を見た者なら誰でも同じように思っただろう。しかしカケルは、それと比較すれば些末としかいえない被害者の身体的特徴に着目して、事件の支点的現象は〈指のない屍体〉、ようするに〈指の消失〉だと指摘した。しかも支点的現象とその本質を知ることは〈小鴉(コルネイユ)〉の事件をめぐる謎の解明には役立たないとも。

今回の事件で、カケルの現象学的推理は深刻な試練に晒されたようだ。クレールの手紙の消失事件と川船の首なし屍体の事件に加えて、三十九年前にマルリの森で演じられた犠牲の首の切断とクロエの失踪、その五年後のゲシュタポ将校による女児の指の切断、さらに一年後のクロエ自身による指の切断など、これら一連の出来事は絡んだ糸玉のように複雑に繋がっていて〈小鴉(コルネイユ)〉事件のみを独立して扱うのは不可能だったから。第二次大戦を挟んだ六年間にクロエ・ブロックが辿った軌跡を知ることでようやく、手紙の事件や川船の事件を他の出来事と関連づけて把握する条件も与えられた。

一連の出来事を全体として捉えるなら支点的現象は〈消失〉、しかも二十世紀的に条件づけられたそれだと、事件の真相が解明されたあとでカケルは語った。二十世紀的な消失の原理は、世界を覆う剝奪の原理に対峙することを宿命づけられている。

事物は移動したり形態を変えることはできても消滅しない、消滅できない。人間という特異な存在者のみが消えうる。消失可能性こそが人間存在を定義する。意識は指向性だとか、現存在は存在を開示するとか、対自存在とは脱自で無で自由だとか、現象学者たちはそれぞれの仕方で人間を捉えようとしてきた。主観、意識、自我、あるいは現存在、実存などさまざまに概念化されてきた人間存在だが、それを消えうること、消失可能性から定義する視点は独特だ。

カケルは日本を出たあとインドを放浪し、ヒマラヤで仏教の修行をしていた時期もあるようだ。消失をめぐる青年の思考には、永遠の輪廻転生という残酷な宿命に救済としての無を対置するブディズムの影響があるのかもしれない。ただし古代ギリシアでは「一番いいのは生まれないこと、次にいいのは早く死ぬこと」という民間の哲理が語り伝えられていた。死と消滅を肯定する点ではカタリ派の信仰にも、それと通じるところがある。

転生、来世、復活、審判、天国など死後の世界や死後の自己意識の存在を認める思考は、人間にのみ固有である消失可能性を欺瞞的に隠蔽する。こうした頽落は消失の経験にも浸透してくる。移動した、あるいは形態を変えたにすぎない事物を「消えた」と思うとき、人は自己消失の可能性を対象に投影している。こうした投影には動機がある。それが消えたから私は消えない、消えなくてもすむと信じたいから、人は事物の移動を消失として了解しようとする。さらに消失は頽落し娯楽にさえなる、檻のなかで虎が消失するマジックのように。

ネアンデルタール人も死者を埋葬したとすれば、消失する存在としての人間の歴史はホモ・サピエンスのそれに等しい。消えることに比較して奪い奪われる経験の時間的射程は短い。死を意識した瞬間に消失可能性としての人間存在は誕生したが、奪い奪われる経験が生じるのは所有が発生して以降にすぎないからだ。

事物を所有しはじめた人間は他者を所有し、あるいは他者に所有されるようになる。こうして主人と奴隷が対極的に生じた。所有する／される存在としての人間は消失を拒否しなければならない。所有対象の消失とは所有する存在としての人間の否定に通じるから。

たとえ主人に所有された奴隷であろうと、自己存在の消失は容認できない。すべてを剝奪されているからこそ、最後に残された唯一の所有対象である生命は守らなければならないから。こうして所有する／される存在としての人間は宗教を発明し、主人は主人の立場から奴隷は奴隷の立場から、それぞれに転生や来世や天国と地獄を信じるようになる。

所有と剝奪の論理が極限に達した時代が近代だ。そして二十世紀、消失を否定する剝奪の原理が全面化し世界を支配しはじめてホロコーストが現実化する。

わたしがたまたま遭遇した手紙の消失と〈小鴉(コルネイユ)〉の首なし屍体をめぐる事件は、ホロコーストの時代を背景とした剝奪と消失の原理的死闘の産物だった。クレールに問われて消失の現象学的考察を語ったカケルは、その時点では二十世紀の消失現象に生じている固有の偏差について無自覚だったと語っていた。所有と剝奪が極限化する時代に消えること、消えうることは徹底した抵抗の原理となる。事件の謎を思考する過程で青年は、ようやく二十世紀的な消失現象の意味に気づいたという。

不可能な可能性としての死に先駆して実存の本来性に覚醒するハルバッハ哲学は、剝奪の原理的徹底化としてのホロコーストと絶滅収容所の現実の前には無力で、ナチズムの帰結としてのグロテスクな大量死に呑みこまれ溺死した。今回の事件で消失をめぐる思考を深めたカケルは、ハルバッハ哲学を超える手掛かりを摑めたのだろうか。『存在と消滅』とでも題された現象学的存在論の大著を期待したいところだが、カケルは哲学書を書く気などなさそうだ。

わたしにもできそうなのは体験の小説化だから、ダッソー家の事件や今回のブロック家の事件をまとめる機会があれば、書かれざる『存在と消滅』の発想が読者にも伝わるようにしたいと思う。入手可能な資料に当たることを前提として、必要な想像で細部を補った過去篇も書いてみたい。犯罪事件を捜査する現在篇に、事件の背景を描いた過去篇を挟みこむ構成は『探偵ルコック』以来の探偵小説の基本だし。

通行人のあいだに歩行橋を右岸から渡ってくる長髪の青年が見えてきた。黒のTシャツとジーンズの青年に手を振って合図する。長期滞在している安ホテルから歩いてきたのだろう。カケルが待ちあわせに遅れたのは先週の土曜日がはじめてのことで、今日はいつもの通り約束の時刻ぴったりだ。板が張られた橋の真ん中あたりで青年と合流し、肩を並べて左岸に渡りはじめる。

「昨日になってようやく、アリザ・シャロンの関係資料がパリ警視庁に届いたみたい」

送られてきたアリザの血液型も指紋も〈小鴉〉の屍体のそれと一致し、これで被害者の身許は最終的に特定されたことになる。

左手の指二本を失ったのは十八歳以前のことで兵役は免除されていたが、当局はアリザの指紋や血液型を把握していたわけだ。徴兵検査の際の記録なのか別の機会に採取されたものなのか、送付資料からはよくわからない。イスラエルの公安警察から危険人物として監視されていたわけではないようだが。

企業幹部を誘拐し処刑しようとした非合法組織〈プロレタリアの大義〉の幹部だったドゥブレが、テロリスト・インターナショナルの要に位置するニコライ・イリイチと接触していても不思議ではない。神父を偽装してイスラエルに潜入したイリイチが、なにかに利用できるかもしれないと思ってインディ歌手に接近したことも。それぞれの話を重ねあわせるうちに、二人が双子の姉弟であることにイリイチは気づいた。

手元にはパリに移送しなければならない品がある。双子の弟との再会という餌をちらつかせれば、パリ行きを決めるだろう姉がいる。だからアリザ＝ドミニクにドゥブレ＝カミーユの所在を囁くことにした、荷物の運搬役にぴったりだから。

イスラエルとパレスチナの平和的共存を希望し、政治的には非シオニズム左派を支持していたらしいアリザ・シャロンだが、暴力の応酬は事態を悪化させる結果にしかならないとして、パレスチナ側のテロ活動には批判的だったという。国際テロリストに協力してアリザがパリまでスーツケースを運んだとは考えにくい。イリイチのことは最後までカトリックの神父だと思いこんでいたのではないか。

「アリザがパリに運んできたスーツケースだけど、中身はなんだったのかしら」横を歩く青年に問いかけてみる。

通関の際には荷物検査があるから旅行者は武器や麻薬などの禁制品を持ちこめない。その類の品物がスーツケースに入っていれば出国前にアリザが発見し、荷物運びを頼んできた神父の正体を疑ったろう。とはいえ練り歯磨きのチューブに大麻樹脂を仕込むとか、密輸業者は税関の荷物検査を突破するために頭を絞る。呑みこんだコカインの袋が体内で破れて、密輸犯が機内で中毒死したという例もある。

コンティ河岸通りの信号のところで青年が口を開いた。

「細工のある鞄なら、ある程度の重量と容積の品は持ちこめる。ただし分解した拳銃、可塑性爆薬弾、あるいは偽札、麻薬などをフランスに持ちこむため、イリイチがアリザを利用した可能性は低いと思う。ひとつ考えられるのは……」

「なにかしら」

「たとえばプルトニウム」

ロシュフォール社の使用済核燃料から分離されたプルトニウムに、イリイチなら極秘のうちに近づけそうだ。しかしテロ目的でフランスからイスラエルにプルトニウムを密輸したのなら筋は通るけれど、今回は方向が逆になる。鉛の容器に入れる必要もあるし、スーツケースを細工して運べる程度の量で効果的なテロは可能なのだろうか。

「イリイチは死の商人も兼業しているようだ。イスラエルに持ちこんだ商品見本をフランスに送り返す必要が生じたとか」

エルサレムは敵国の支配下にあるとしても国際都市だから、反イスラエル諸国の工作員がイリイチと武器売買の秘密交渉をするには都合がいいのだろうか。しかしカケルはイスラエルが交渉相手かもしれないという。この国が南アフリカと共同で核開発を進めていることは公然の秘密だから、プルトニウムを必要としていることは間違いない。

「フランスで再処理されたプルトニウムを、イスラエルに売りこもうとしたのかしら」とはいえテロリスト・インターナショナルにはパレスチナ過激派も加わっている。

「イリイチが求めているのは革命でも解放でもない、世界の黙示録的な破滅だ。そのために有効であれば敵にだって武器を売る」

　もちろんプルトニウムというのは可能性があるという程度の話で、イリイチがアリザに運ばせたスーツケースの正体はカケルにもよくわからないようだ。国土監視局（DST）は捜査を続けたに違いないが、問題の旅行鞄を確保できたのかどうか。いずれにしても、これで事件の謎の残されたひとつは解けたようだ。

　夏至前夜の九時五十分と十時に、それぞれ同じような外見の女Aと女Bがバルベス・ロシュシュアールの珈琲店（カフェ）にあらわれた。地下で行われたことには三つの可能性がある。第一に女Aと女Bの入れ替わり、第二にスーツケースの交換、第三に鞄の中身の交換で、第一の可能性はすでに否定されている。

　秘密の品物を運ぶために細工されたスーツケースが使われたとすれば、第三の可能性も否定される。行われたのは二人のスカーフの女によるスーツケースの交換だった。女Bが運んできた空のスーツケースを持ってアリザはシャンゼリゼを散歩したのだろう。空のスーツケースだから三本指の手でも持つことはできた、右手が疲れたとき少しのあいだ左手に持ち替えたりしていたのだろう。

　支点的現象にかんしての疑問を尋ねなければならない。セーヌ街の狭い歩道を歩きながら質問の切り出し方を考えているうちに、食料品店の斜向かいにある白い建物の前に着いてしまう。真っ青な夏空を見上げてから、海老茶色に塗られた大扉を開いた。玄関広間から階段を上る。

　アパルトマンの玄関ドア横のボタンを押すと、じきにリヴィエール教授が出てきて書斎に通してくれる。前回と同じ席にカケルと並んで坐ると、デスクの向こう側に教授の穏やかな顔が見える。窓は開け放されていても生温い空気が入ってくるだけで、とても涼しいとはいえない。

「クレールの古い手紙はヤブキが見つけたそうだね。きみたちを紹介した私にまでエルミーヌは感謝の電話をかけてきた。今日は事件の真相を話してもらえるそうだが」

　カケルがわたしを見て軽く頷く、またしても説明役を押しつける気らしい。現象学的考察が完了した事件について、第三者にいちいち説明するのは面倒なのだ。話の内容を頭のなかで簡単にまとめてから、わたしはおもむろに切り出した。

　一九三九年の夏至の未明、マルリの森で起きた出来事が一連の事件の出発点になる。イヴォンからの話で、すでにリヴィエール教授が知っている事実については繰り返すまでもない。わたしたちが入手した新証言の数々を要約しながら、事件の背景を順に説明していく。一九四〇年にイギリスからパリに戻ったクロエ・ブロックが、コフカ収容所を脱出してイスラエルに移住するまでの物語にも教授は、それほど驚いた様子を見せることなく静かに耳を傾けていた。

〈指の消失〉の了解をめぐるシャロン母子の確執、アリザの発病、死を決意してのパリ訪問、そして〈小鴉（コルネイユ）〉の事件の真相。マルリの森に娘の首を埋葬したミカエラ・シャロンはフランスを出国していて、それ以上の捜査を警察は断念するようだ。小一時間をかけて語り終えてから、わたしは尋ねてみることにした。

「教授は三十九年前に、クロエ・ブロックと会って話してるんですよね」

書斎の主が懐かしそうな表情で答える。「イヴォンに引きあわされたからね。あの年の五月初旬だった、アンリ・ヴォージョワのアパルトマンで小さな会（フェット）が開かれたのは。アンリとジュリエット、ヨシダ、私、その他にも幾人か。親しい友人に紹介するため、その席にイヴォンがクロエを連れてきたんだね。そのあと二人でブロック家に食事に招かれたこともある」

「クロエ・ブロックにかんしての質問ですが、かまいませんか」不意にカケルが問いかけた。

教授が頷いた。「もちろんだよ」

「クロエの精神状態を教授はどう判断しましたか、僕は安定しているように思いましたが」どういうことだろう、青年はクロエを見たことがあるような口振りだ。

「三十九年前のクロエの精神状態かね」教授が不審そうだ。

「いいえ、〈小鴉（コルネイユ）〉の事件以降のことです」

「その質問にどうして私が答えられると」

反問された青年が少しの沈黙のあと口を開く。「二週間ほど前に伺ったときのことです。薔薇色のカーディガンを羽織った女性が書斎の僕たちに珈琲を運んでくれました。教授は従妹だといっていましたが、彼女がクロエ・ブロックですね」

中年と初老の境目くらいの年齢の綺麗な女性だった。しかしボブにした髪は、マリーゴールドの花のような赤みのある金髪ではない。燃えあがる焰のように鮮やかな色も年齢のため褪せたのだろうか。

教授が破顔する。「驚いたな、きみには隠し事など不可能というわけか。どうしてわかったのかね」

「珈琲を運ぶとき、盆を支える左手に手袋を塡めていましたから。夏の室内で片手だけ手袋をしているのは不自然です」

　そういえば女性は両手で運んできた盆を、デスクまで来たところで左手で支えるようにしながら、右手で珈琲茶碗を配っていた。こうした場合、盆の下に隠れた左手になど来客は関心を持たない。しかしカケルは違っていた。盆をデスクの隅にいったん置けばいいのに、左手で支え続けるのは不安定だ。そうするからには理由がある、たしかめてみよう。

　しかし首や上体を大きく傾けて、女性が支えている盆の裏を覗きこんだりはしていない。この青年はテーブルマジックさながらの巧妙さで手や指を使う。受け皿からスプーンを取ったとき、少し大袈裟に中空で弧を描くようにしたことを覚えている。いまから思えば、あれがマジックの瞬間だった。ほんの一瞬、綺麗に磨かれたスプーンの表面に女性の左手が映った。夏の屋内なのに片方だけ手袋を塡めている……。

　カケルは珈琲も紅茶も好まない。たまに口にするときも砂糖を入れることはない。あのときは受け皿に添えられた角砂糖を使ったけれど、目的はスプーンを手にすることだった。本当に油断も隙もない。

　青年が続ける。「ミカエラ・シャロンがフランスを出国したのは、僕たちが教授を訪ねた翌日のこと。無頭女（メドゥーサ）のことに興味を持つ者がいると知ってパリ滞在を切りあげることにしたのでしょう。夏至の当日にクロエが訪ねてきたのは未明でしたか、それとも正午前のことですか」

「寝ているところを電話で起こされた。驚いたことに電話の主はクロエ・ブロックで、これからわが家に立ち寄りたいが迷惑ではないかという。最後に言葉を交わしてから四十年に近い時が流れたというのに、そんなことなど感じさせない淡々とした口調でね」

「電話の声でクロエ本人だとわかったんですか」わたしは確認した、なにしろ三十九年ぶりのことなのだ。

「クロエに違いないと思った。声音や口調もあるが、最初の挨拶がアーモンドタルトの礼だったからね」

　最後にクロエと会ったのは、イヴォンと一緒にブロック家に招かれたときだという。リヴィエール青年はクロエが話題にしていた菓子店のタルトを手土産にした。このことは客の二人とクロエ自身しか知らないことだ。

　リヴィエール宅への電話は六月二十二日の午前二時半ごろだった。〈小鴉（コルネイユ）〉横のベンチを離れた野宿者カシはカルーゼル橋の下で古外套とスーツケースを交換し、付近の公衆電話から電話をかけたようだ。そこからセーヌ街のアパルトマンまで歩いて五分とかからない。わたしとシスモンディにカシと称したクロエ・ブロックは、じきにリヴィエール教授の家に到着した。

「クロエのことはイヴォンから頼まれている、たとえ昔の約束でも守らないわけにはいかない。どんな事情があるのか想像もつかないが、私は電話口で来訪を歓迎すると答えた。

　白い服に黒のスーツケースを持ったクロエは、到着するなりシャワーを浴びたいという。どんな事情なのか、たしかに髪は汚れているし服も少し臭うようだ。疲労困憊していた様子で、シャワーのあとは眠りこんでしまった。

　朝は遅くまで寝ていたが、起きた直後に荷物を取ってくるために外出するという。新しい服に着替えて出発し、三十分ほどで昨夜とは別のブランド品のスーツケースを持って戻ってきた。落ち着いて話ができたのは遅い昼食のあとのことだ」

「はじめに運びこんだスーツケースを持って、どこかに出かけませんでしたか」

　教授がわたしに答える。「その翌日にね。スーツケースは誰かに渡したのか棄てたのか、帰ってきたときは空身だった」

　もちろんマルリの森に行ったのだ。落雷の樹があった場所にアリザの首を葬り、パスポートやクレールの手紙を入れたブリキ箱を埋めるために。空になったスーツケースはどこかで処分したのだろう。

　カケルが質問する。「三十九年前の夏至前夜から未明にかけて、どんなことがあったのかクロエから話を聞きましたか」

「消息を絶った理由やそれからのことも、とくに隠す様子はなく問われるままに答えていた。一九三九年の夏至の出来事から今回の〈小鴉（コルネイユ）〉事件まで、きみたちの調査結果やそれを前提にしての推理に補足する点はさして多くない」

「想像で補うしかなかった点をお尋ねします。たとえばジュリエットがナジャだと称して、アンリ・ヴォージョワの前にあらわれた理由は」

「その話は聞いている。ルノワールと違ってヨシダは〈無頭人（アセファル）〉を離脱したゾエ・ガルニエと連絡を絶つこともなく、〈無頭女（メドゥーサ）〉の設立にも間接的に協力したらしい。暴力を振るう愛人と別れて行き場のないジュリエットにヨシダが提案したようだ、アンリがユマニテ書店に行く予定を教えるから、それを待ち受けてアパルトマンに転がりこめばいいと。ナジャを演じればアンリは気を惹かれるに違いないとも助言したとか」

　ムフタール街のアパルトマンで小さな会（フェット）が開かれる以前から、クロエは吉田やジュリエットと面識があった。〈無頭女（メドゥーサ）〉は秘密結社だから、その関係のことは第三者に口外できない、たとえ愛しはじめた青年であろうと。

「首のないジュリエットの遺体をわざわざ冷凍保存したのは」

「ゾエたちは無頭女（メドゥーサ）を安置する神殿の建設を予定していた。無頭女（メドゥーサ）に変身したジュリエットの躰を、それまでは保存しなければならないと考えたらしい。戦争と占領のために神殿建設の計画も吹き飛んでしまったわけだが」

「イヴォンの客室にクロエはわざと招待状を落としたんでしょうか」恋人の気持ちを試そうとして。

「ベッドを離れたとき、もう無頭女（メドゥーサ）に変身する意志は決めていたそうだ。招待状を拾い忘れたのは気が急いていたからで、鴉の城（シャトー・ド・コルネイユ）の玄関広間にイヴォンが倒れているのを見たときは驚いたとか。こめかみが血で濡れていて心配だったが、たんなる脳震盪だ、じきに目が覚めるというゾエの言葉に引きずられて廃墟をあとにしたとか」

　ルシー・ゴセックは〈無頭女（メドゥーサ）〉結社の会員だった。大型の鞄に収めたジュリエットの遺体を全員でルシーの貨物自動車まで運び、合唱隊（コロス）の五人は貨物自動車に同乗してナンテールに向かった。クロエとゾエは首の埋葬のため森に残ることになる。

　青年が質問を続ける。「首を切られたのは人形でなくジュリエットの遺体だったとクロエが気づいたのは、どの時点でしたか」

　その点は教授も問い質してみたが、明快な回答は得られなかったという。本人にも記憶は曖昧なのだろう。未明に行われたのは夏至の祭儀としての神秘劇ではない、ジュリエットは本当に無頭女（メドゥーサ）に変身したのだとゾエに告げられたのは、サン・ジェルマン・アン・レイの町外れで別れる直前のことだった。

　祭壇の上で首を切られる自分を、もう一人の自分が見ていたというのは幻覚に違いない。そう思いながらも、その夜に無頭女（メドゥーサ）に変身したという実感は消えることなく残った。ヴェル・ディヴ事件のときに、絶望的な状況に追いつめられた瞬間に救われたことも、それと無関係ではないように思われた。男児のカミーユをドミニクと同じように女の子として育てはじめたのは、それからのことだという。無頭女（メドゥーサ）の神秘的な力も男児には及ばないだろうから。

「今回、〈ル・ムーリス〉の部屋を予約したのは」

「ロワイヤル橋に近いホテルで思い当たるのは〈ル・ムーリス〉だった。宿泊手続を終えて客室に案内されたところで、このホテルには泊まれないと感じたらしい。占領時代のことを思い出したんだろう」〈ル・ムーリス〉にはドイツ占領軍の本部が置かれていた。「私の家に三泊してクロエは帰国したよ。パリでなすべきことはすべてなし終えた、二度と訪れることはないだろうと言い残して」

カケルが話を変えた。「クロエがイスラエルに移住したのは、いつのことでしたか」

「一九四八年の第一次中東戦争の直後のことだという。それまで二年半ほどは、戦前にエミール・ダッソーの共同事業者だったシャロンの家で暮らしていたらしい。シャロンと妻はアウシュヴィッツで殺されたが、息子と娘はイギリスに避難していて無事だった」

イギリスからパリ郊外の邸に戻ってきたシャロン兄妹に、ダッソーはドミニクを預けることにしたようだ。ドミニクを引き取りに訪れたクロエだが、兄妹に引き留められてシャロン家で暮らすことができた。

新たに建国されたイスラエルに移住することを決めたシャロン兄妹は、ブロック母娘にも同行を勧めた。兄の求婚に応じたのはイスラエルに渡って二年後のことだった。戦前からの資産は保全されていたから、シャロン一家はエルサレムで豊かな生活を送ることができた。

「どう思いましたか、教授はクロエの精神状態を」

「最初に電話してきたときは少し混乱していたようだ、三十九年前の私といまの私の区別がついていない印象があったしね。しかし翌朝にはもう精神的に落ち着いていた」

「〈小鴉(コルネイユ)〉の事件については」

「問われるままに淡々と語った、もちろん川船での出来事もね」

クロエとドミニクは深い愛情で結ばれていたが、指の喪失をめぐる了解の根本的な相違から二人の関係には緊張が潜在してもいた。母親にとって〈指の消失〉は肯定すべきことだったが、娘の捉え方は違っていたからだ。左手の二本の指は「消えた」のだ、それは感謝して受容すべきことなのだとクロエは幼い娘に教えようとした。しかし成長するにつれてアリザは、左手の二本の指は「消えた」のではない、暴力によって不当に「奪われた」と考えはじめた。

消失と剝奪をめぐる二人の精神的な齟齬は、アリザが大学生になるころには政治的意見の対立にまで拡大していく。消失の理念に忠実であろうとするクロエには、国を失ったパレスチナ人の抵抗運動は肯定できない。自分の指は奪われたと確信しているアリザは、土地を奪われた人々の運動に共感した。豊かな暮らしを拒否してアリザが家を出たことも、地味な音楽活動の道を選んだことも、クロエには理解することも認めることもできなかった。

しばらく実家に立ち寄ることもなかったアリザから、クロエの許にパリから航空郵便が届いた。一読してクロエは愕然とする。娘の手紙には信じがたいことが記されていたからだ。喉頭癌で回復は望めない、夏至になる直前に服毒自殺する決意だ、遺体の引き取りを頼みたい……。

娘の自殺は絶対に止めなければならない。自殺とは自分で自分の生命を奪おうとする行為だからだ。命は消えるに任せなければならない。

〈小鴉（コルネイユ）〉の船室で母は娘を必死に説得した。しかし娘は応じようとしない。毒薬の小瓶を握りしめた娘、それを取りあげようとする母。足を滑らせたアリザが碇の尖った先端に後頭部を刺し貫かれて絶命する。身動きしない娘を茫然として見下ろしながら、クロエは心を決めた。

「いや、決めたといえるだけの自己統覚が十全に存在したのかどうか。アリザをテーブルに横たえ無頭女（メドゥーサ）に変えていく自分を、外から眺めているように感じたとも語っていた。そのように仕向けたのは、おそらくクロエを呑みこもうとする自責の念だったろう。自身の命を奪おうとする娘を止めるつもりで結果的に娘の命を奪ってしまった。三十九年のあいだクロエを支えてきた無頭女（メドゥーサ）の教えを裏切ってしまった。いかなることがあろうと、この過誤は正されなければならない」

不当に奪われた生命を消失の側に取り返すには、アリザを無頭女（メドゥーサ）に変えるしかない。三十九年前にクロエ自身が幻覚のなかで体験したように。

「いうところの狂人の論理ですね。事故死した娘の遺体から首を切り離す行為は、常識人からすれば狂気の沙汰でしょう。しかし当人からすれば論理的に正確な、他に選びようのない行為だから」

狂人の論理について口にしたときから、カケルは〈小鴉（コルネイユ）〉事件の真相を半ば以上も見抜いていたようだ。問題はそれが、現象学的推理の条件から外れた臆断、当て推量にすぎないことだった。

「きみが想像したようにクロエはアリザを、さらにはゾエを演じたのかもしれない。最後には三十九年前の自分に戻って私に電話してきたとしても」

「距離を置いて演じたのか役柄に没入していたのか、ある

「コフカ収容所を脱走してパリに戻れてからも、イヴォンのことは捜さなかったんですね」

「そうだね」リヴィエール教授が感慨深げに頷いた。「求められて結婚した夫に好意はあったが熱愛したわけではない、本気で愛したのはイヴォン・デュ・ラブナン一人きりで、いまでも大切な人だが、捜し出してまで会うつもりはないと。イヴォンはスペインに潜入して消息を絶った、殺されたと考えるしかないことを伝えると、青ざめたクロエはしばらく一人でいたいと断って寝室に引きこもった」

娘を事故で失った直後に、その父親の死を知らされたクロエはどんな気持ちだったろう。それでも、もう一人の子供カミーユがまだいる。

「フランスを離れる前に息子とは会えたんでしょうか」

「わからない、この家を出たあとフランスを出国する前に、二人が顔を合わせた可能性はある。しかし死んだドミニクへの愛着と比べると、カミーユへの感情は薄いようにも感じられた。長いこと死んだと思いこんでいたから、不意に生きているといわれても現実感が湧かなかったのかもしれない」

そうではないような気がする。女児として育てていたカミーユと、ドゥブレとして大人の男性に成長したカミーユ

いは他人格に憑依されてしまったのか。実際のところは本人にもよくわからないのでしょう。わが娘を剥奪から消失の側に取り返すことが深い動機だったとしても。類似と照応の魔術的思考に導かれたクロエは、三十九年前の夏至未明の出来事を克明に再現しようとした。夏至という時と小鴉（コルネイユ）という同じ言葉で呼ばれる場所の一致が、クロエを魔術的思考の迷路に誘いこんだのかもしれませんね」

「再会したくてロンドンからパリに戻ってきたのなら、どうしてクロエはイヴォンに連絡を取らなかったんでしょう。アパルトマンに潜伏していても教授に電話すれば、イヴォンの連絡先くらいわかったはずなのに」ドイツ軍の占領から半年ほどは、イヴォンもパリに居残っていたという。

私の質問に教授が答えた。「双子の出産が心境を変えたのだとか。二人の乳児を抱えて身動きが取れなかったことはある。子供たちを抱いているうちに、イヴォンの存在感が心のなかで希薄化していったというんだね」

臨月を控えた身で両親にも秘密のまま、カレー海峡を一人で渡るほど激しかった青年への恋愛感情が薄れ、どこかに消えていく。子供の父親への愛が子供への愛に置き換わっていく。父と母と子の三角形を不可疑の前提としなければ、そんなこともあるのだろうと思える。

のイメージがどうしても一致しなかったのではないか。女たちの秘教結社〈無頭女（メドゥーサ）〉出身の母クロエと娘ドミニクの共同体（コミュノテ）は、たとえドミニクが死んでもクロエのなかでは生き続けていた。そうするためにドミニクを無頭女（メドゥーサ）に変えたのだから。〈無頭女（メドゥーサ）〉に由来する二人の共同体（コミュノテ）に、たとえ血の繋がりがあろうと大人の男が占めるような席はない。

　リヴィエール教授がカケルの顔を見る。「今度は私からの質問だが、いいかな」

「ええ、もちろん」青年は無表情に頷いた。

「クレールの手紙の消失や〈小鴉（コルネイユ）〉の事件、三十九年前に遡ってマルリの森の供犠やクロエ失踪の真相は解明されたとしても、まだ謎は残っている」

　わたしが応じる。「トランク詰め首なし屍体の事件ですね」

「そうだ」

　一九三九年の一月二十九日にオステルリッツ駅で、旅行用の箱型大型鞄に詰められた若い女の首なし屍体が発見された。四月一日にはモンパルナス駅、九月四日にはサン・ラザール駅で。警察の捜査によると、最初の被害者はルノーのビヤンクール工場の女工ジャニーヌ・コンティ、第二はブローニュの娼婦イレーヌ・フェラン。第三の事件は被害者の特定にいたらないまま、ドイツとの戦争のために警察の捜査は打ち切られた。ただしヴァラーヌ警部とイヴォン・デュ・ラブナンが個人的に続けた調査によって、第三の首なし屍体は詩人ヴォージョワの恋人ジュリエット・ドゥアだったことが判明している。

　この事件の謎にイヴォンが惹きつけられた原因は、不作為とはいえ二人の子供の命を奪ってしまった陰惨な記憶にある。深刻な加害体験は少年の精神に、容易には癒えることのない重度の精神的外傷をもたらしたに違いない。この出来事を象徴するものとして、首のないマリア像のイメージは青年の無意識に深く刻まれた。

　それだけではない。第三の屍体として発見された若い女とは、パリに帰還したその日に親友のアパルトマンで顔を合わせていた。しかもジュリエットがゾエ・ガルニエと創設した女性による秘教結社〈無頭女（メドゥーサ）〉には、愛しはじめた少女クロエ・ブロックも参加していた。

　イヴォンが引き出したルシー・ゴセックの証言から、ジュリエットの首なし屍体が箱型の大型旅行鞄に詰められてサン・ラザール駅に遺棄された経緯は明らかになる。第三の事件は第一、第二のような猟奇殺人ではない。ジュリエットは特異な宗教的信念から無頭女（メドゥーサ）に変身することを望んで縊死した。儀式で首を切られた遺体はルシーが勤務先の冷凍倉庫で保存していたが、ドイツとの開戦のため隠し続けることのできない立場に追いつめられてしまう。ただしルシーは、トランクの屍体がジュリエットだった事実だけはイヴォンに隠し通した。ジュリエットと首なし屍体は躰つきが違っていたと嘘をついてまで。

ルシーは第一、第二のトランク詰め首なし屍体の遺棄事件に便乗することにした。それまで首なし屍体はパリ東南方向のオステルリッツ駅、南方向のモンパルナス駅で発見されている。ジュリエットの遺体を北西方向のサン・ラザール駅に遺棄すれば、屍体は六つある終着駅（ガール・テルミナル）に時計廻りで置き棄てられることになる。屍体の遺棄地点に犯人の一貫した意図を見た警察は、三件の首なし屍体事件の犯人は同一だと推定するに違いない。

しかし、そこには奇妙な事態が生じてもいた。三つの事件に共通するのは、若い女のトランク詰め首なし屍体がパリの終着駅（ガール・テルミナル）に順に遺棄されていた点に留まらない。警察が伏せていた事実だが、第一のジャニーヌにも第二のイレーヌにも第三のジュリエットの屍体と同じ奇妙な模様が当人の血で描かれていたのだ。三体とも無頭女（メドゥーサ）の図像を模して細工され装飾されていたことになる。

「第一と第二の首なし屍体に〈無頭女（メドゥーサ）〉は関与していないんですよね」

教授がわたしに答える。「その点もクロエに確認したよ。マルリの森で無頭女（メドゥーサ）を誕生させたのは一九三九年の夏至が最初だった。どんなわけでジャニーヌとイレーヌの殺害犯は、二人の屍体を無頭女（メドゥーサ）に似せようと思いついたのか」

しかも第一、第二の遺棄屍体と第三のそれには細かい相違も見られた。前者では縄の切れ端、インク瓶、髑髏の置物がトランクに入れられていた。しかし第三のトランクから小物の類は発見されていない。祭壇上でジュリエットの首なし屍体は縄や壺や髑髏で飾られていた。クロエの話によれば、小物類は冷凍保存のため屍体をトランクに入れる際に片付けられたようだ。

先に発見された二体は頸部の切断面に凹凸が見られ、後者は断頭台（ギヨティーヌ）で切り落とされたように平坦だった。精肉工場で家畜の解体業務を担当していたルシーだから、屍体の頸部を綺麗に切り落とすこともできた。用いたのは儀式用の短剣ではなく、そのために工場から持ち出してきた専用の大包丁だった。

「第三の屍体はルシー・ゴセックが処分に困って遺棄したのだとしても、第一と第二は違います。ジュリエットの首が切られ躰に無頭女の模様が描かれていたのは、儀式の結果にすぎませんから。とはいえ連続猟奇殺人の犯人がジャニーヌとイレーヌの首を切り、血で胸や腹に模様を描いた理由がわかりません。そもそも犯人は、どこからどうして無頭女のことを知りえたのでしょうか」

教授が同意する。「そうだね。供犠に踏み切れない〈無頭人〉からゾエが離脱したように〈無頭女〉を脱退した元会員がいたとすれば、その女が犯人かもしれない。しかし、クロエによれば辞めた会員は一人もいないとか。脱会者でないとしても一月と四月のトランク詰め屍体事件の犯人は少なくとも、ジュリエットの依頼でヨシダが描いた図像は見たことがあるのだろう。アンリのアパルトマンでデッサンを目にした友人知人たちのなかに犯人がいるのではないか、スペイン帰りの親友はそう疑っていたが」

イヴォンは吉田のデッサンのことをヴァラーヌ警部には伏せていたから、この線での捜査を警察はしていない。イヴォン自身の調査も中途で放棄されたようだ。

わたしはカケルに問いかけた。「ジャニーヌとイレーヌの事件も〈首の消失〉が支点的現象なの」

「違う、この場合は消失ではなく剝奪が問題だ。ラルース家の事件の際と同じように〈首のない屍体〉、正確には〈首を奪われた屍体〉が支点的現象になる」青年があっさり答える。

「人間の頭部に含まれるなんらかの情報を隠そうとして、犯人は被害者の首を切断し持ち去ったわけね」

首のない屍体の意味を誤認させようと、犯人は被害者の屍体に無頭女の装飾を施したことになる。ルノワールの雑誌で無頭人の図像は不特定多数に知られていたにしても、無頭女の場合は違う。それでも犯人はゾエたちに罪を着せることはできた。警察に〈無頭女〉結社の存在を密告すればいいのだから。

近い将来、ゾエたちは供犠を執り行って無頭女を誕生させるだろう。そのあとに〈無頭女〉結社の存在を暴露すれば、第一と第二の犯行もゾエたちの仕業にできる。そう企んで犯人は密告を先延ばしにしていたのだろうか。トランク詰め屍体事件の捜査を警察が中断したからか、ジュリエットの屍体がサン・ラザール駅で発見されても犯人は〈無頭女〉の存在を警察に伝えてはいない。もしも犯人が徴兵年齢の男性だったなら、宣戦布告にともなう総動員で入隊し密告の機会を奪われた可能性もあるが。

わたしはかぶりを振った。「事件の支点的現象が確定できても、なにしろ三十九年前の出来事。真相を突きとめるのは無理でしょうね、推論のための材料が少なすぎて」

「限られた情報からマルリの森の供犠やクロエがコフカ収容所から脱出したことを突きとめたヤブキなら、三十九年前の一月と四月のトランク詰め首なし屍体事件の謎も解けるのでは」

試すような教授の言葉に、日本人が躊躇なく即座に応じる。「ええ、もちろん」

「本当なの」教授の挑戦に応じても大丈夫なのだろうか、少し心配でカケルの顔を見つめてしまう。

「イヴォンをめぐる教授の物語に必要な情報は含まれていたから」

「というと」リヴィエール教授は興味津々という表情だ。

「パリに戻ってきたイヴォンは、アンリのアパルトマンでジュリエットの所持品らしいものを二つ目にしました」

「そう」教授は頷いた。「一点は額装された無頭女（メドゥーサ）のデッサンで、もう一点は」

「映画『アンダルシアの犬』のポスターでしたね。ちなみに女優志願のジュリエットは、家出も同然に上京してビヤンクールの酒場（ビストロ）で働きはじめ、じきに撮影所に出入りするようになったとか」

端役しかもらえないジュリエットは芽が出ない助監督とつきあいはじめる。アンリのアパルトマンに転がりこんだのは助監督と別れてからだ。映画界の片隅で暮らしていたジュリエットだから、映画ポスターをアンリの部屋に持ちこんできても不思議ではない。

「ところで第一の被害者ジャニーヌは、ビヤンクール撮影所の関係者が集まる酒場（ビストロ）で、新しい恋人ルシアンと出逢っている。犬（ル・シアン）とは奇妙な愛称ですが、この人物はジャニーヌが失踪しても、工場の同僚に事情を尋ねるとか恋人を捜すために努力した様子がありません。たんに薄情なのか別の理由があったのか」

カケルは対独協力（コラボ）派の映画人モーリス・オーシュに話題を移した。政治的には反ファシズムの立場を取るルイス・ブニュエルの崇拝者オーシュが、ゲッベルスの手下にへつらっているのは理解しがたいと女優のダニエラは語っていた。『アンダルシアの犬』の脚本はブニュエルとダリの共作、製作と監督はブニュエルが担当している。ブルトンからファシストとして非難されシュルレアリスム界を追放されたダリのほうに、オーシュは政治的には同調していたのかもしれない。

「対独開戦から一週間して、グルニエ・デ・ゾーギュスタンで『アンダルシアの犬』の上映会が開かれたそうですね。

イヴォンはそのとき、冒頭の一カットが差し替えられた贋作（パスティーシュ）であることに気づいた」

　クローズアップされた女の眼が剃刀で横に切断されるカットの撮影には、牛か馬のような動物が使われている。人間の眼球が切られて硝子体が溢れ出したように見えるのは、モンタージュの効果にすぎない。しかし贋作（パスティーシュ）では実際に女の目を剃刀で切ったのではないか、少なくともイヴォンはそう思った。

　カケルが続ける。「『アンダルシアの犬』には欠陥あるいは空隙がある。公開を前提とした映画作品では眼球を切断するカットに女優を使うわけにはいかない、だからブニュエルは牛か馬で間に合わせることにしたのだ。芸術的な観点からは許されない妥協ではないか。このカットを撮り直して『アンダルシアの犬』を真に完成させなければならない、といった妄執に憑かれたブニュエル崇拝者がいたとしたら」

　そうか、そうだったのか。問題のカットを撮り直して『アンダルシアの犬』を完璧な作品として仕上げるため、贋作（パスティーシュ）の「監督」は出演する「女優」をどこかから見つけてこなければならない。そして選ばれたのがルノー工場で働くジャニーヌ・コンティだった。

男がジャニーヌを見つけたのはビヤンクールの酒場（ビストロ）だろう。声をかけて警戒心を解き、撮影の準備を整えてから拷問室も同様のスタジオに誘いこむ。ジャニーヌを椅子に拘束してカメラを廻しながら、男は剃刀で犠牲者の眼球を切り裂いた。

「どんな不手際からか、贋作（パスティーシュ）の『監督』が求める完璧な映像の撮影には失敗したのね。眼鏡にかなう二人目の『女優』を、男は必死で捜しはじめた」

　客に映画人が多い酒場で狙いをつけた女に声をかけるのは危険すぎる。一度目の場合には気を惹かれた若い女とつきあいはじめ、しばらく男女関係を続けたあとに贋作（パスティーシュ）の構想が浮かんできたようだ。男との関係を口止めされても女は口を滑らせるかもしれない。贋作（パスティーシュ）の「監督」が警察の捜査線上に浮かばなかったのは、たんに幸運だったからだ。もしもルノー工場の同僚がルシアンの存在を刑事に洩らしていたら、警察は犯人の正体に迫っていたろう。

　こうした危険を自覚したのか、男は二人目の女優をブローニュの娼婦から選ぶことにした。暗闇で声をかけた直後に車でスタジオまで連れこんでしまえば、警察の捜査が男まで及ぶ危険は少ない。トランク詰め屍体を駅に遺棄しているところからして、犯人が自動車を利用できた可能性は高い。

一九三九年三月末に二度目の撮影に成功した男は、完成した贋作（パスティーシュ）の公開を考えはじめる。『アンダルシアの犬』の監督には観てもらわなければならないが、たったいまブニュエルはアメリカに滞在中だ。遠からずパリに戻るだろうから、そのとき完全版『アンダルシアの犬』の試写会を企画することにしよう。

「どうして男はブニュエルなしの上映会に踏みきったのか」わたしは自問し自答する。

「戦争がはじまれば総動員が発令され、『監督』自身も観客予定者の多くも入隊してしまうからね」

ジャン＝ルイ・バローに贋作（パスティーシュ）のフィルムが届いたのは九月十日の半月ほど前だから、計算では八月二十五日前後になる。独ソ不可侵条約の締結は八月二十三日だ。ドイツとソ連が手を組んだことから近い将来の仏独開戦を予想した男が、それ以上は待ちきれずフィルムをバロー宛に送ったと考えれば計算は合う。

崇拝する映画監督に観てもらおうと製作したフィルムだから、もちろんアメリカのブニュエルにも郵送したに違いない。大西洋を渡る途中で紛失したのか、届いたけれどもブニュエルが闇に葬ったのか、いずれにしても第二のフィルムの存在はいまにいたるまで知られていない。

贋作（パスティーシュ）をブニュエルに送るだけでなく上映会も開かなければならない。バローなら興味を持ちそうな映画人やシュルレアリスム関係者を集め、贋作（パスティーシュ）の上映会を開くのではないか。その期待は裏切られなかったが、けっきょく上映会は宣戦布告後に開かれたわけで、バローの招待客には入隊してパリを離れた者も多かった。バロー自身もそうだし、アンリ・ヴォージョワに届いた招待状はイヴォンの手に渡ることになった。

開戦はもうひとつ新たな事態を生じさせた。冷凍倉庫の棚卸しが行われることを予想し、そのため追いつめられたルシーがジュリエットの首なし屍体をサン・ラザール駅に遺棄したのだ。男は焦ったことだろう。〈無頭女（メドゥーサ）〉の会員たちに罪を着せようともくろんでいたのに、これでは話が逆になりかねない。

「贋作（パスティーシュ）を撮影しフィルムをバローに送りつけた男は、第三の首なし屍体をめぐる報道で焦ったでしょうね。そのままでは自分が、ジュリエットの事件を含む連続殺人犯として疑われてしまいそうだから。ドイツとの開戦で警視庁がトランク詰め屍体をめぐる捜査の中断に追いこまれた結果、贋作（パスティーシュ）と首なし屍体の関連は疑われることなく終わったとしても」

かすかな微笑が青年の口許に湛えられている。「わかったようだね、犯人が首を切った理由が」

「事件の支点的現象が〈首のない屍体〉であれば、なにかを隠蔽するため犯人は被害者の首を切ったことになる。隠そうとしたのは……」

「隠そうとしたのは」

青年の顔を見つめて言葉を押し出した。「……屍体の眼球が剃刀で切断されている事実ね」

接写された瞼はかすかに痙攣していたという。問題のカットを撮影するため、犯人は生きているジャニーヌとイレーヌの眼球を鋭い剃刀で横に切った。頭部に致命傷を加えて殺害したのは撮影後のことだろう。

わたしは教授に語りかける。「一方で眼球が切断された屍体が発見され、他方に『アンダルシアの犬』の贋作(パスティーシュ)が存在すれば犯人の正体は明白です。警察が作成するだろう映画関係者のリストには男の名前も含まれる可能性は高い。被害者との関連、スタジオや撮影機材やフィルムの現像などの線、そして不在証明(アリビ)の有無などなど。そこまで捜査が進めば逮捕は時間の問題だったでしょう。贋作(パスティーシュ)の公開を断念するのでなければ、犯人は眼球が切断された屍体を遺棄することができない、だから被害者の首を切り落とすことにしたんです」

こうなると犯人の正体まであと数歩だ。ジュリエットはビヤンクール撮影所の助監督の愛人だったことがある。ジャニーヌが秘密の恋人に声をかけられた酒場(ビストロ)は、かつてジュリエットが働いていた店かもしれない。ジュリエットとジャニーヌ、二人がつきあっていたのは時期こそ違っても同じ男なのではないか。ジャニーヌは新しい恋人のことを犬(ル・シアン)と呼んでいた。度を超して『アンダルシアの犬』を称讃する男のことを、冗談でそう呼んだのではないか。

ジュリエットの愛人だった助監督なら、ジュリエットが沈黙していても〈無頭女(メドゥーサ)〉結社の存在を嗅ぎつけたかもしれない。ゾエのことや無頭女(メドゥーサ)の図像を知っていても不思議ではない。首のないジャニーヌとイレーヌの屍体を無頭女(メドゥーサ)に見せかけておけば、あとからゾエやジュリエットに罪を着せることもできそうだ。

「ユマニテ書店の横でアンリに声をかける前から、ジュリエットは吉田のことを知っていたようですね。助監督と別れる前から吉田には無頭女(メドゥーサ)の絵を描かせていたのかもしれません。あるいは吉田に参考として提供するため、ジュリエットが素人の下絵を試みに描いていたのか。その絵を盗み見てた男は、被害者二人の躰に首のない女神の模様を描くこともできた」

リヴィエール教授が灰色の眼でこちらを見る。「とすると、ジュリエットの愛人だった助監督の正体は」

「モーリス・オーシュだと思います。オーシュはブニュエルの崇拝者で、ジュリエットはアンリの家に『アンダルシアの犬』のポスターを貼っていた。ナジャを演じる小道具に使えるとしても、十年も前の映画ポスターだから簡単には入手できません。別れるときオーシュの蒐集品を持ち出したのでしょう」

カケルが口を挟んだ。「ジャニーヌの秘密の恋人がオーシュであることには、もうひとつ証拠がある。オーシュの家を訪れる途中、フォッス・ルポーズの森の横でイヴォンは乱暴な運転の車に追い越された。車はシトロエン・トラクシオン・アヴァンのカブリオレで色は白。車好きのイヴォンだから観察は正確だろう。

ところで工場の同僚のポリーヌは、シトロエンの白いトラクシオン・アヴァンにジャニーヌが乗りこむところを見ている。自動車工場で働いているから、競合企業の製品に関心があったのかもしれない。このシトロエンは車名が示す通り最初期の前輪駆動車（トラクシオン・アヴァン）で発売当時は評判だった。イヴォンが見たカブリオレとポリーヌが乗りこんだカブリオレは色も車種も共通しているし、同じ車だった可能性は高い」

「では、イヴォンが目撃したオーシュ家の屍体とは」

リヴィエール教授に問いつめられて仕方なく答える。

「はっきりしたことはわかりません、オーシュ本人の可能性は高いとしても」

イヴォンがオーシュ家の車庫で屍体を発見したころ、オーシュは失踪している。屍体が処分されたから失踪人として扱われたとも考えられる、何者が屍体を隠したのかはともかく。

「ヤブキはどうだろう」

「教授の話には意図的な語り落とし（レティサンス）がありますね。その空白を推論で埋めてみれば、オーシュを殺害したのはゾエという結論が導かれる」

「どうしてわかるの」語り落とし（レティサンス）とはなんだろう、思わず問いかけていた。

「ゾエがオーシュを殺したというのは」教授が話の先を促す。

「ようやくゾエと連絡が取れて、じきに会えそうだとオーシュは口にしていました。イヴォンが見たとき車には運転者の男の他に若い女が乗っていた。少しあとにイヴォンがオーシュ家の車庫に入ってみると、運転席の男はうなじを銃で撃たれて絶命していた。いうまでもありません、最大の容疑者は同乗していた女です」

「その女がゾエだったと」

「意図的に語り落とされたのは、屍体を発見したイヴォンが犯人の女と言葉を交わした事実です。車庫の外に人の気配がしたので、とっさに犯人はバンの貨物室に身を隠したんですね」

いまから思うと教授の説明はどこかしら不自然だった。バンの貨物室ドアに目を向けたところでイヴォンのオーシュ宅訪問をめぐる話は打ち切られ、その夜リヴィエール宅を訪ねてきた旧友との交歓に話題は移った。

「どうしてオーシュを射殺したあとゾエは車庫に居残っていたのか、殺人者は一刻も早く現場を離れようとするものなのに」

リヴィエール教授が苦笑する。「私の語り落とし（レティサンス）は見抜かれていたわけだ。贋作（パスティーシュ）『アンダルシアの犬』の冒頭カットは車庫の二階で撮影された。オーシュはゾエに疑われていることも知らないで、車庫の二階はスタジオにも使えると口を滑らせたんだな」

二人の被害者が首を切断されたのも同じ場所ではないか。そう考えたゾエが二階で事実を確認しているとき、外から砂利を踏む音が聞こえてきた。階段を駆け下りてみたが、目撃されることなく車庫から脱出する余裕はない。ゾエはとっさに身を隠すことにした、車庫に収納されていたバンの貨物室に。

教授の目が笑っている。「どうしてわかったのかね」

「日が暮れてから旧友の家を訪れてきたイヴォンは、もうクロエ捜索の意志をなくしていたんですよね。その十日前にルヴェールと会ったときにはまだ、一九三九年の夏至未明にマルリの森で起きた出来事や、クロエ失踪の真相を究明することに執心していたのに。十日のあいだに新たな情報を得た様子はない、なにかを知ったとすればオーシュ家の車庫で男の屍体を発見してからのことです」

とはいえオーシュらしい男は死んでいるのだから、新たな事実を語ることはできない。オーシュ邸を出てから旧友のアパルトマンに到着するまでに、イヴォンは別の人物と会ってクロエの消息を知ったのだろうか。しかし教授の回想でそうした事実は語られていない。

イヴォンが旧友の部屋に直行したとすれば、クロエについて教えることができたのはカブリオレの助手席の女、男を殺害したと考えられる女しかいない。しかもイヴォンが知りえたのは、夏至の儀式でクロエは首を切られたわけではない、そのあと無事にニースに発ったこと、あるいは対独開戦の直後に家族と一緒にイギリスに渡ったことまでだ。

　そのあと身重のクロエが一人でカレー海峡を渡って、パリに舞い戻ってきた事実は摑んでいない。パリに潜伏していることをイヴォンが知ったなら、帰郷の予定を先に延ばしても必死で捜したろう。しかし教授と朝まで語り明かしたあと、そのまま長距離列車でバスクをめざしている。

　カケルが素っ気なく続ける。「その女は一九三九年の六月か、せいぜいのところ九月までしかクロエの消息を知らなかった。ところで、その年の夏至当日にクロエがニースに発つ直前まで一緒にいた人物を僕たちは知っています」

　考えるまでもないことだ。「ジュリエットの首をクロエと二人で落雷の樹の根元に埋葬した女、ゾエ・ガルニエね」

「そうだ。一九三九年の夏至当日にクロエがニースに発ったこと、対独開戦後はイギリスに行くだろうことを知っていた女、さらに一九四四年二月のオーシュが近日中に会う予定だった女、そんな人物は〈無頭女（メドゥーサ）〉結社の首領ゾエ・ガルニエしか存在しない」

　イヴォンが近づいてきたとき、まだ女は車庫にいたのだろう。気配を察して身を隠した女をイヴォンは見つけ出した。どのように自己紹介がなされたものか、何者であるかをたがいに知った二人に対話は可能だった。問われるままにゾエは夏至祭儀のあともクロエは生きていること、イギリスに渡ったのだろうことを青年に語った。

　カケルが言葉を継ぐ。「イヴォンは旧友にゾエのことも語ったに違いありません。車庫での屍体の発見で教授が話を打ち切ったのは、ちょっとしたクイズのつもりだったんでしょう。イヴォンが緑のバンの貨物室ドアを見るところで話を終わりにしたのがヒントだとしたら、ゾエはシトロエンＴＵＣに隠れていたことになる。

　ＴＵＣはタイプＨの前身ですから、二座席のカブリオレと違って屍体を詰めた大型トランクでも運ぶのに問題はありません。贋作（パスティーシュ）を撮影するスタジオとして車庫の二階を利用したように、二体の首なし屍体を遺棄する際はシトロエンのバンＴＵＣを使ったようですね」

「ゾエがオーシュを射殺した動機は」

　教授の問いに一呼吸おいて青年が答える。「オーシュはジュリエットの恋人だった男だし、イヴォンは警察情報をクロエに伝えています、トランク詰めの首なし屍体には奇妙な模様が描かれていたと。ジュリエットとクロエからそれぞれ話を聞くことのできたゾエは、第二の犯行直後から連続猟奇事件の犯人はオーシュではないかと疑っていた。無辜の女たちを拷問し殺害したことに加えて、警察の追及を免れる道具として無頭女(メドゥーサ)を利用した男は許しがたい」

　五年後のオーシュはさらに罪を重ねていた、ゲッベルスの配下にへつらい〈無頭女(メドゥーサ)〉が霊的闘争を挑んだナチスに意図して協力(コラボ)することで。与えられた機会を見逃すことなく、ゾエはオーシュの処刑の決断を下した……。

　事件の真相を教えるという訪問の目的を果たして、わたしたちはリヴィエール教授に別れを告げた。前回ほどではないが今日もアパルトマンを辞去した時刻は遅く、そろそろ街路には夕闇が漂いはじめている。

　カケルの腕を取ってセーヌ通りを川のほうに歩きはじめた。二人並んで歩くのがやっとの狭い歩道なのに、カンカン帽(カノティエ)が邪魔で青年の肩に凭れかかれない。河岸通りに出たところで信号を渡り、川沿いの歩道を上流方向に歩いていく。

「これで終わったのね、三十九年前と今年の首なし屍体の事件は」

「第二次大戦直前にパリから消えたクロエが、またパリに再びあらわれるまでの三十九年間でもあるね」

　かつてトリオの関係だったシスモンディとクレール、あるいはアリス・ラガーシュやアラン・リヴィエールなどの友人たちは、クロエが一九四〇年から四年ほどパリに潜伏していたとは思いもしなかったろう。

「ミノタウロス島の写真なんか見せないでほしい、また神経症の症状に悩まされかねないから。そう抗議したけれど、あなたの言葉通り心の傷は癒えたのかもしれない」

　ゾエやジュリエット、そしてクロエたちの異端的な信仰を馬鹿にする気になれないのは、わたしもまた女神アスタルテの姿を幻視したことがあるからだ。クロエたちが信仰していた無頭女(メドゥーサ)はオリエント世界の大母神アスタルテの末裔とも分身ともいえる。

「きみは回復しているよ」

「わたしの煉獄の時は終わったのね」

　頷いた青年がわたしの顔を覗きこむ。「そう、社会復帰したきみを歓迎の言葉で迎えよう」

「なんなの、歓迎の言葉って」

「ようこそ、唯一の現実というこの地獄に」カケルが珍しく冗談を口にした、本気かもしれないが。

　煉獄の出口は天国と地獄に通じている。外傷神経症を煉獄に喩えるなら、悪化して病院で薬漬けになるのが天国、社会生活に復帰できるのが地獄ということのようだ。この青年らしい偏屈な発想だが、たしかに現実世界は天国よりも地獄に似ている。わたしが直面した〈小鴉（コルネイユ）〉の首なし屍体事件は、現実という地獄に舞い戻る第一歩だった。アリザの屍体を冷静に観察できたのだから、これからもこの現実に耐えて生きていけそうだ。

〈無頭女（メドゥーサ）〉には不明な点が多いのだけれど、わたしはゾエやジュリエットなど信女たちの思想に興味がある。結社の創設に協力したという吉田一太なら〈無頭女（メドゥーサ）〉の内情にも詳しいに違いない。警視庁から国際電話をかけて話を聴きたかったのだが、その前に事件は終わってしまった。ジャン＝ポールに住所を訊き出して手紙を書いてみたけれど、まだ吉田から返事はない。著名な美術家で忙しいのだろうし、ファンレターの類と思われ無視される可能性も高そうだ。

ところで、ルヴェールの呪いの言葉からイヴォンは解放されたのだろうか。「全体主義でない革命は敗北する」、この言葉に呪われたイヴォンは、ボリシェヴィズムを拒否しながらアナキズムの道も選ぶことなく孤独な闘いを続けた。

二十世紀前半の評議会革命は、イヴォンも参加したスペインのフンタ革命を含めて例外なく敗北し、二つの世界戦争の大波に呑みこまれて消え失せてしまう。洪水のあとに残ったのは東側の収容所国家と西側の福祉国家で、いわば陰惨な暗黒の地獄と凡庸で明るい地獄が無限抱擁する息苦しい世界だった。西と東の明暗二つの地獄から同時に解放されることを求めた一九六八年の学生コミューンは、二十世紀後半に再生した評議会革命だったともいえる。しかしカケルによれば、その帰結は極左テロリズムか十九世紀的な人権思想への退行でしかない。

ナショナリズムと主権権力を拒否し、バスクの郷土と民衆のコミューン的解放を求めたイヴォンの遺志が、「五月」を体験した新世代に引き継がれたともいえない。イヴォンの子供たちは、ボリシェヴィズムを倒錯的に先鋭化したような異形の革命観念に行き着いて自己崩壊したのだから。このように「五月」のコミューン的叛乱も敗北したといわざるをえない。しかしカケルは語っていた、「叛乱は敗北する。秩序は回復される。しかし、叛乱は常にある。秩序は叛乱によっていつかふたたび瓦解するのだ。永続する敗北それ自体が勝利だ」と。この言葉にイヴォンは同意するだろうか。次の機会にリヴィエール教授の意見を訊いてみることにしよう。

　ポン・ヌフのたもとで信号を渡ると、対岸に警視庁の建物が見えてくる。今夜はジャン＝ポールに遅めの夕食を奢らせる予定はない。青年の裸の腕を膚に感じながらセーヌの横の歩道を無言で歩き続けた。川向こうのノートルダム寺院が近づいてくる。

　鋳鉄製のドゥブル橋のたもとを通り越した先に、河岸の遊歩道に下りる石段がある。青年の腕を取ったまま階段を下りはじめた。どこに行こうとしているのかカケルも察している。

　昼間なら観光客が少なくない場所だが、そろそろ午後十時になろうという時刻だから閑散としている。下りた階段の先で足を止めた。薄闇に沈んだ川面を見下ろしているカケルは無言だ。

「ひとつ、お願いがあるんだけど」青年がわたしの顔を見る。「あの口笛を聴かせてほしいの。いま、ここで」

　この青年に頼みごとをして断られたことは一度もない。首を横に振られるのが怖くて、断られそうなことは頼まないようにしているからかもしれない。リヴィエール教授に別れを告げたとき、ふとカケルの口笛を聴いてみたいと思った。二度目に会ったイヴォンとクロエがノートルダム寺院の薔薇窓を眺めていた遊歩道で。


ユダヤ人としてナチスに抹殺されかけた作曲家の傑作で、人として死の淵に呑みこまれる運命を嘆きながらも大地の永遠と永生を讃える「大地の歌」は、無頭女（メドゥーサ）の信女を追想するのにふさわしい曲ではないか。

　黄昏れていく空にノートルダム寺院の尖塔が聳えている。巨大なステンドグラスの丸窓も翳りを宿している。日中の微熱をかすかに残した石畳道にカケルは佇立していた。しばらくして憂いと激情を秘めた口笛の音が流れはじめる。

終章　夏の越境

亡命バスク人パルチザンが主人公の映画を観た翌朝のことだ、旧市街のホテルを出てパルマ駅まで歩いたのは。駅にはバスターミナルも付属している。郊外に向かうバスに乗りこむとじきに、ほどほどに席の埋まった車輛は市街地を離れ、じきに低山のあいだを縫うような道に入る。乾燥して白茶けた大地と銀色の葉をつけたオリーブの樹が車窓を通りすぎていく。実をつけたオレンジの樹も見える。低木の木々に覆われた山の上に広がるのは地中海の真っ青な空だ。

三十分ほどで灌木に囲まれた山間の村、ヴァルデモサが目に入ってくる。なだらかな斜面は色の褪せた瓦屋根で埋められ、村の中央で小高くなっているところに薄茶色の尖塔が天を指している。カルトジオ会の建築物だが、修道院として使われていたのは前世紀までのことだ。

バスが村の広場で停車する。観光客らしい六、七人に続いてわたしもバスを下りた。停留所のある広場で村人らしい中年婦人に、目的地までの道筋を訊いてみた。マヨルカ語はまったくわからないから片言の標準スペイン語（カステイリャーノ）で。なんとか話が通じて、指定されたホテルの見当はついた。

わが家に吉田一太から電話があったのは、夏も終わろうとするころだった。わたしの手紙を読んで〈小鴉（コルネイユ）〉の事件に興味を持ち、詳しい事情を知るため電話してきたのだという。先方からの国際電話だし、こちらは料金のことを気にする必要はない。電話口で長いこと話しこんで、おたがいの興味は一応のところ満たされた。

大戦のあと吉田一太とイヴォン・デュ・ラブナンは、ときどき手紙を交換していたという。ダンケルクで戦死した共通の友人アンリの記憶が、その後も二人を結びつけていたのだ。

年に一度は届いていたイヴォンからの便りが、ある時期からぷっつりと途絶えた。その後も吉田は、時間をおいて二、三通の手紙を送ってみたが返事はない。一九三九年の春から夏にかけての短いつきあいだったし、文通を続ける興味を失ったのかもしれない。イヴォンのことは、そのうちに記憶の堆積の底に埋もれていった。そして二十年以上が経過し、わたしからの手紙が舞いこんできた。

吉田一太に届いた最後の一通はイヴォンが失踪する直前に投函されている。もしかしたら人生の最後の手紙かもしれない。その手紙を読んでみたいものだが、どうしたらいいだろう。大切にしているらしい旧友からの手紙を、封筒に入れて郵送してくれとは頼みにくいし、わたしが日本に行くのは早くても来年の夏のことだ。

近いうちにフランスを訪れる予定はないだろうかと、それとなく訊いてみた。数日の短い滞在だが、来月にはスペインのマヨルカまで来るという。できればじかに面談したい、そのための時間がもらえるなら現地で会うことにしたいと提案した。できればそのときに、イヴォンの最後の手紙を見せていただけないかとも。

九月に入って東京から吉田の手紙が届いた。指定された日の前日にパリからの直行便でマヨルカまで飛んで、旧市街の地味なホテルに一泊した。そしていま、吉田の宿泊先に向かっている。

どうして日本人の老美術家が、マヨルカ島の山間の村に数泊もするのか。音楽家ならわからないでもない、ヴァルデモサはショパンが「雨だれ」を作曲したので有名な村だから。ショパンは愛人のジョルジュ・サンドと人目を忍んで、パリからこの島にやってきた。醜聞から逃れるため、病弱なショパンの健康のために。

マリー・ダグーとリストの関係も世に知られているし、この時代にフランスの女性作家は、年下の外国人音楽家を愛人にするのが流行の先端だったようだ。リスト、ダグー、サンドの三人は一緒に旅行しているし、マリー・ダグーは両性愛者(ビセクシュエル)だったともいわれる。とするとこの三人は、百年後のクレール、シスモンディ、クロエと同じような三角関係だったのかもしれない。

まだ十代のころ、この島をわたしは訪れたことがある。南仏(ミディ)での長期休暇(ヴァカンス)が終わる直前に、セットの港からマヨルカ行きのフェリーに乗って。そのときヴァルデモサの修道院も見学している。十九世紀になると、かつて修道院だった建物は部屋ごとに一般の滞在客に貸し出されていて、ショパンとサンドもそこに一冬のあいだ住んでいた。二人の居室はいまは博物館になっている。

わざわざヴァルデモサまで行く気になったのは、ショパンとジョルジュ・サンドの愛の逃避行にリセ生徒らしい興味があったからだ。ただしショパン博物館の展示には落胆した。二人の等身大の人形が置かれているのだが、出来が悪いし色が剝げているし、ショパンもサンドもつぎはぎだらけの亡霊のようなのだ。

黒猫が寝そべっている石畳の小道を抜けると、小綺麗な石壁のホテル前に出た。フロントで宿泊客を呼んでもらうと、奥のテラスで待つようにいわれる。大きなタイル敷きのテラスで丸テーブルの席に着いた。鋳鉄製の椅子に座ると裏庭の芝生や小さなプールが見える。

　ホテルの建物から小柄な東洋人がテラスに出てくる。

「吉田さんでしょうか」

　日本語で声をかけると小柄な老人がフランス語で応じる。

「ああ、マドモワゼル・モガール。すまなかったね、僕の都合に合わせてもらって」

　言い廻しに古いところもあるが流暢なフランス語だった。二十代の十年をパリで過ごしたというから上手なことに不思議はない。とはいえ日本に帰国して四十年もたつのに、言葉を忘れていないことには驚いた。スペインの島に二日か三日いても、忘れかけていたフランス語の錆は落ちないだろう。日本でも話す機会があるのかもしれない。

　席を立って握手した。「この夏はパリから出ませんでしたし、明日からイビサで二、三泊しようかと。マヨルカからフェリーでじきですから」

「イビサ島で息抜きとは素敵だね。僕も海岸でのんびりしたいんだが、外せない用事が控えている。残念だが撮影が終わりしだい帰国しなければ」

「なんの撮影なんですか」撮影という言葉を耳にして尋ねてみる。

「日本のテレヴィ局の企画でね、私にショパンのピアノを弾かせようというんだ」老人が苦笑する。

「それで、この村に滞在してるんですね」

　この村の博物館を訪れたとき、ショパンが愛用していたピアノは見た覚えがある。茶色のアップライトで、赤い毛氈の上に麗々しく飾られていた。わざわざフランスから送らせたのだが、サンドと二人でマヨルカを離れるときに手放したらしい。古めかしいピアノだったが、まだ音色は落ちていないのだろうか。

　日本の前衛美術家が、テレヴィ番組のためショパンのピアノを弾きにきたという。演奏の腕前はわからないが、その姿は日本全国に流されるのだろう。フランス滞在時代はピカソの崇拝者だったというけれども、スキャンダラスな奇行で有名なダリのほうにどちらかといえば似ている。あるいは、ダリに私淑していた作詞作曲家セルジュ・ゲンスブールのようでもある。

　もう朝食の時間は過ぎているが、従業員にいえば飲み物くらいは出してくれるようだ。吉田がココアと菓子パンを注文したので、わたしも同じものを頼む。運ばれてきたのは生地にジャガイモを練りこんで焼いた丸パンで、ヴァルデモサ村の名物だという。

　丸パンをちぎってココアに浸しながら、問われるままにクロエ・ブロックの辿った人生を語っていく。一九三九年に姿を消したのちパリに潜伏、ゲシュタポに捕らえられたがコフカ収容所からかろうじて逃れ、戦後はイスラエルに渡った女性。ときどき短い質問を挟むだけで、長いこと話に耳を傾けていた老人が嘆息した。

「誤って娘を死なせたクロエが、再生を願って亡骸を等身大の無頭女（メドゥーサ）にしたとはね。あの女子学生はゾエの託宣を本気で信じこんでいたのか。……そうだった、あなたの目的はこれだね」上着の内ポケットから航空便の封筒を出してテーブルに置く。

「よろしいですか」

　老人が頷いたのを見て封筒から中身を出した。モノクロの手札写真が一枚と畳まれた便箋。写真に映っているのがイヴォンだろう。バスクベレにベスト、ニッカを着けて登山か狩猟にでも出るときの恰好に見える。肩には猟銃、右手にはステッキ。三十代半ばらしい黒髪の男は少し憂鬱そうに微笑している。マチルドの整った目鼻立ちは父親に似たようだ。イヴォンの唇と顎には意志的な印象がある。

　こんな服装でピレネー山脈を越え、男は同志との連絡や破壊活動（サボタージュ）のため繰り返しスペインに潜入していたのだろうか。写真を封筒に戻して便箋を開いた。


　いつも返事が遅れてすまない。田舎暮らしでもなにかと多忙でね、落ち着いて手紙を書けるような余裕がなかなかないんだ、時間的にも精神的にも。

　今日も南バスクに出かけるんだが、夜明け前の山道を歩きはじめるまでに少し間がある。いつもより早く目が覚めたから。顔を洗って身支度を整えたが、それでも手持ち無沙汰な一時間ほどが残ってしまう。そこできみに、一年ぶりの手紙を書くことにした。

　アンリとヨシダと僕で、最後に顔を合わせた記念の日がまた近づいてくる。来月の三日には、三人が再会を誓った夜から十五年が過ぎてしまうわけだ。平凡な感想だと自分でも思うが、としても時の流れるのは速い、あまりに速すぎる。ほとんど仕事が進まないうちに三十代も半ばが過ぎた。僕とは違って、きみは美術家としての実績を重ねているようで友人としては喜ばしいことだ。ピカソを超えるという夢も、きみならきっと実現できるよ。

　あの年の夏、僕が夢中で捜し廻っていた娘、失踪したクロエ・ブロックのことを覚えているだろうか。最近、彼女から手紙が来たんだ。山奥にある先祖代々の古ぼけた館に引っこむことにしたのは悪くない選択だったと思う。きみと同じようにクロエも、それで僕と連絡が取れたわけだから。戦後もパリにいてアパルトマンを転々としていたら、簡単には僕の住所はわからなかっただろう。

　届くかどうか心許ないが実家の住所宛てに手紙を出してみると、クロエは書き出していた。僕はアメリカに渡ったと思っていたんだが、どうやらクロエはイスラエルに住みついたらしい。戦争中どんな暮らしをしていたのか、いつ、どんなわけでユダヤ人の新国家に移住したのか、手紙では詳しいことがわからない。結婚して恵まれた生活を送っているとか、機会があれば一人娘を紹介したいものだとか、そんなことしか記されていないから。

　アンリやシモーヌやルヴュールや、少年時代から親しくしていた友人のほとんどは戦争中に死んでしまった。消息不明だったクロエが、とりわけユダヤ系には厳しかったはずの時代を生き延びたと知って安堵した。

　けれども、まだ返事は書いていない。クロエが結婚したことを知ったからではないよ。前に書いたように僕は二度結婚しているし、最初の妻マリー＝ルイーズとのあいだには娘がいる。第二の妻ダニエラの連れ子も。

　ほとんどの人にとって戦争は十年前に終わっているとしても、僕の戦争は続いている。しかも終わりそうな気配はない。どんなふうに僕が生きてきたものか、どうすればそれを伝えられるのか、よくわからなくてね。今回の仕事を終えて帰宅したら、返信の文面を考えてみなければと思っている。

　そろそろ朝の四時だ、五歳になる娘の寝顔を見たら出発しよう。冬とは違って夏の山越えは楽だが、そのぶん警戒しなければならない。山に雪のない季節には、スペイン側の国境警備兵の監視も厳重になる。

　二十年も正確に時を刻んでいた腕時計も寿命がきたのか、昨日から針が動いてくれない。カタルーニャ人の親友の形見で、僕が着けているところをきみも見ている品だ。今回の越境では別の腕時計を使うことにするしかないが、なんだか落ちつかない。山歩きをしているうちに馴れるだろうが。

　前の山越えのときに撮った写真を同封するよ。われわれの兵装というわけだ。いまも同じような恰好だが、こんな山支度でいつも国境を越える。もちろんフランコの国家が関知しないところで。

　フランスに来る機会があったら、ぜひともバス・ピレネーを訪ねてほしい。そのときはチャコリで乾杯しようじゃないか。


　どんな心境の変化なのかクロエは十五年が経過したのち、できればドミニクとイヴォンを引きあわせたいと思いはじめたらしい。文面から察するところ、イヴォンの生死も確認できないまま手紙は書かれている。どれほど待っても返信がないため、先方には届いていないと考えたかもしれない。あるいはすでに死んでしまったか、クロエのことなど忘れてしまったのか。

　吉田宛の手紙を書き終えてから出発したイヴォンは二度と帰郷することなく、その夏の越境が最後のスペイン潜入となった。もしも無事に戻って意を尽くした手紙が書けていたら、かつての恋人たちは再会を果たし、父と娘は初めての対面ができたのだろうか。その場合には、クロエとドミニクの捩れた運命も違うものになっていたかもしれない。

「手紙、読ませていただいて感謝します」

　どんぐり眼の老人が頬を緩める。「わざわざマヨルカまで来た甲斐はありましたか」

「ええ、イヴォンという人に興味があったので」

　親友ジョアンの腕時計を長いことイヴォンは大切に使っていた。それが壊れたのと同時に、バスク解放のパルチザンとして生き延びてきた運も尽きたように見える。時計の急な故障を冥界の親友による警告と捉えて越境を中止していれば、死の運命を免れえたろう。しかしイヴォンは、「なんだか落ちつかない」と感じながらも、不吉な徴といった迷信的な思考は拒否したようだ。

　テラス席から見上げると、海を越えてバルセロナまで続く初秋の青空がある。イビサの浜辺で一泳ぎするのはやめにして、バルセロナにフェリーで渡ることにしようか。少年イヴォンがスターリニストの軍隊と市街戦を戦った地だと思えば、カタルーニャ広場やランブラス通りの光景も前に訪れたときとは違って見えるかもしれない。老人に一礼してわたしは席を立った。

参考・引用文献

J＝P・サルトル『自由への道　第一部　分別ざかり』（佐藤朔、白井浩司訳）人文書院、1950年
同右『自由への道　第二部　猶予』（佐藤朔、白井浩司訳）人文書院、1951年
同右『嘔吐』（白井浩司訳）人文書院、1951年
同右「新しい神秘家」（清水徹訳、『シチュアシオンⅠ』所収）人文書院、1965年
同右『ユダヤ人』（安堂信也訳）岩波新書、1956年
同右『奇妙な戦争』（海老坂武、石崎晴己、西永良成訳）人文書院、1985年
同右『女たちへの手紙』（朝吹三吉、二宮フサ、海老坂武訳）人文書院、1985年
同右『ボーヴォワールへの手紙』（二宮フサ、海老坂武、西永良成訳）人文書院、1988年
サルトル×ガヴィ×ヴィクトール『反逆は正しい』（鈴木道彦、海老坂武、山本顕一訳）人文書院、1975年
サルトル×レヴィ『いまこそ、希望を』（海老坂武訳）光文社古典新訳文庫、2019年
シモーヌ・ド・ボーヴォワール『娘時代』（朝吹登水子訳）紀伊國屋書店、1961年
同右『女ざかり』上下（朝吹登水子、二宮フサ訳）紀伊國屋書店、1963年
同右『ボーヴォワール戦中日記』（西陽子訳）人文書院、1993年
同右『別れの儀式』（朝吹三吉、二宮フサ、海老坂武訳）人文書院、1983年
同右『おだやかな死』（杉捷夫訳）紀伊國屋書店、1995年
同右『老い』上下（朝吹三吉訳）人文書院、2013年
同右『招かれた女』上下（川口篤、笹森猛正訳）新潮文庫、1956年
同右『モスクワの誤解』（井上たか子訳）人文書院、2018年
ミシェル・ヴィノック『知識人の時代』（塚原史、立花英裕、築山和也、久保昭博訳）紀伊國屋書店、2007年
ベルナール＝アンリ・レヴィ『サルトルの世紀』（石崎晴己監訳）藤原書店、2005年
A・コーエン＝ソラル『サルトル伝』上下（石崎晴己訳）藤原書店、2015年
ビアンカ・ランブラン『ボーヴォワールとサルトルに狂わされた娘時代』（阪田由美子訳）草思社、1995年

西永良成『サルトルの晩年』中公新書、１９８８年
澤田直『サルトルのプリズム』法政大学出版局、２０１９年
ジュリア・クリステヴァ『ボーヴォワール』（栗脇永翔、中村彩訳）法政大学出版局、２０１８年
シモーヌ・ヴェイユ『シモーヌ・ヴェーユ著作集』Ⅰ、Ⅱ（橋本一明、他訳）春秋社、１９６８年
同右『工場日記』（田辺保訳）ちくま学芸文庫、２０１４年
同右『自由と社会的抑圧』（冨原眞弓訳）岩波文庫、２００５年
シモーヌ・ペトルマン『詳伝　シモーヌ・ヴェイユ』Ⅰ、Ⅱ（杉山毅、田辺保訳）勁草書房、１９７８年
冨原眞弓『シモーヌ・ヴェイユ』岩波書店、２００２年
ジョルジュ・バタイユ『内的体験　無神学大全』（出口裕弘訳）現代思潮社、１９８３年
同右『無頭人（アセファル）』（兼子正勝、中沢信一、鈴木創士訳）現代思潮社、１９９９年
同右『眼球譚』（生田耕作訳）二見書房、１９７１年
ジョルジュ・バタイユ、マリナ・ガレッティ編『聖なる陰謀』（吉田裕、江澤健一郎、神田浩一、古永真一、細貝健司訳）ちくま学芸文庫、２００６年
ミシェル・シュリヤ『G・バタイユ伝』上下（西谷修、中沢信一、川竹英克訳）河出書房新社、１９９１年
湯浅博雄『バタイユ　消尽』講談社、１９９７年
岩野卓司『ジョルジュ・バタイユ』水声社、２０１０年
吉田裕『バタイユ　聖なるものから現在へ』名古屋大学出版会、２０１２年
モーリス・ブランショ『明かしえぬ共同体』（西谷修訳）朝日出版社、１９８４年
ジャン＝リュック・ナンシー『無為の共同体』（西谷修訳）朝日出版社、１９８５年
アンドレ・ブルトン『ナジャ』（巖谷國士訳）岩波文庫、２００３年
塚原史『ダダ・シュルレアリスムの時代』ちくま学芸文庫、２００３年
酒井健『シュルレアリスム』中公新書、２０１１年
岡本太郎『呪術誕生』みすず書房、１９９８年

赤坂憲雄『岡本太郎という思想』講談社、２０１０年
桜井哲夫『「戦間期」の思想家たち』平凡社新書、２００４年
桜井哲夫『占領下パリの思想家たち』平凡社新書、２００７年
バーネット・ボロテン『スペイン革命全歴史』（渡利三郎訳）晶文社、１９９１年
同右『スペイン内戦』上下（渡利三郎訳）晶文社、２００８年
アベル・パス『スペイン革命のなかのドゥルーティ』（渡辺雅哉訳）れんが書房新社、２００１年
Ｅ・Ｈ・カー『コミンテルンとスペイン内戦』（富田武訳）岩波書店、１９８５年
逢坂剛監修『スペイン内戦写真集』講談社、１９８９年
アグスティン・ギリャモン『ドゥルティの友グループ：１９３７年〜１９３９年』http://www.ne.jp/asahi/anarchy/anarchy/data/intro.html
ジョージ・オウエル『カタロニア讃歌』（鈴木隆、山内明訳）現代思潮社、１９６６年
アンドレ・マルロー『希望』（小松清訳）河出書房新社、１９６１年
剣持久木『記憶の中のファシズム』講談社、２００８年
渡辺和行『ナチ占領下のフランス』講談社、１９９４年
長谷川公昭『ナチ占領下のパリ』草思社、１９８６年
ジャン・デフラーヌ『ドイツ軍占領下のフランス』（長谷川公昭訳）文庫クセジュ、１９８８年
Ｊ＝Ｆ・ミュラシオル『フランス・レジスタンス史』（福本直之訳）文庫クセジュ、２００８年
ジャン＝クリスチャン・プティフィス『フランスの右翼』（池部雅英訳）文庫クセジュ、１９７５年
宮川裕章『フランス現代史　隠された記憶』ちくま新書、２０１７年
海原峻『フランス人民戦線』中公新書、１９６７年
クリスティン・ロス『68年5月とその後』（箱田徹訳）航思社、２０１４年
リチャード・ウォーリン『１９６８　パリに吹いた「東風」』（福岡愛子訳）岩波書店、２０１４年
＊稲葉由紀子氏、飯城勇三氏のご教示に感謝します。

初出「別册文藝春秋」二〇〇八年九月号〜二〇一〇年五月号
書籍化にあたり、大幅に改稿・加筆いたしました。

笠井潔（かさい・きよし）

一九四八年、東京都生まれ。七九年『バイバイ、エンジェル』でデビューし、同作で角川小説賞を受賞。九八年『本格ミステリの現在』（編著）で日本推理作家協会賞受賞。二〇〇三年『オイディプス症候群』と『探偵小説論序説』で本格ミステリ大賞小説部門と評論・研究部門を同時受賞。一二年にも『探偵小説と叙述トリック』で同賞評論・研究部門を受賞する。『哲学者の密室』『吸血鬼と精神分析』など〈矢吹駆シリーズ〉は著者のライフワークで、高い評価を得ている。

煉獄の時（れんごくのとき）

二〇二二年九月三十日　第一刷発行

著　者　笠井潔（かさいきよし）
発行者　花田朋子
発行所　株式会社 文藝春秋
〒一〇二―八〇〇八
東京都千代田区紀尾井町三―二三
電話　〇三―三二六五―一二一一
印刷所　萩原印刷
製本所　加藤製本

ISBN978-4-16-391599-9